KB042852

연애편지

연애편지

보부아르와 넬슨 올그런의 사랑

시몬 드 보부아르 지음
이정순 옮김

옮긴이 **이정순**

이화여대 불어불문학과를 졸업하고 파리 4대학에서 보부아르 연구로 석·박사 학위를 받았다. 대학에서 프랑스어·문학, 여성문학, 인문학을 강의했고, 여성문화이론연구소에서 대표를 역임하고 현재 이사로 있다. 박사 학위 논문 「시몬 드 보부아르의 철학사상과 문학표현」 외에 「시몬 드 보부아르의 자서전」, 「『아름다운 영상』과 『위기의 여자』에서의 여성 이미지」, 「시몬 드 보부아르의 삶, 작품, 사상의 변증법적 관계」, 「1970~1980년대 시몬 드 보부아르의 페미니즘 활동과 사유에 대한 일 고찰」 등의 논문을 썼고, 저서로는 『페미니즘 어제와 오늘』(공저), 『성 노동』(공저)이 있다. 또한 『제2의 성』, 『보부아르의 말』, 『남성의 재탄생』, 『사랑의 모든 아침』, 『사르트르에게 보내는 편지』(예정) 등 여러 책을 우리말로 옮겼다.

연애편지
보부아르와 넬슨 올그런의 사랑

발행일
2024년 5월 30일 초판 1쇄

지은이 | 시몬 드 보부아르
옮긴이 | 이정순
펴낸이 | 정무영, 정상준
펴낸곳 | (주)을유문화사

창립일 | 1945년 12월 1일
주소 | 서울시 마포구 서교동 469-48
전화 | 02-733-8153
팩스 | 02-732-9154
홈페이지 | www.eulyoo.co.kr
ISBN 978-89-324-7508-0   03860

Simone De Beauvoir At Les Deux Magots, 1944
© Robert DOISNEAU/Gamma-Rapho/Getty Images

차례

일러두기

- 원주는 온점(•)으로, 역주는 별표(*)를 달아 구분했다.
- 인명, 지명 등은 국립국어원의 외래어표기법을 따랐으나, 일부 굳어진 명칭은 일반적으로 통용되는 것을 사용했다.
- 단행본·잡지·신문 등에는 『 』를, 한 편의 에세이·시·논문·평론 등에는 「 」를, 영화·연극·노래·미술 작품 등에는 〈 〉를 달았다.
- 국내 출간된 번역 도서의 경우에는 한국어판 제목을 따랐고, 내용상 원제가 필요한 때에만 예외로 두고 옮긴이의 설명을 추가했다. 국내 미출간된 외국 도서의 경우에는 첫 등장 시에 원제를 병기했다.
- 원서에서 이탤릭체로 강조된 부분은 고딕체로 표시했다.

서문

시몬 드 보부아르가 넬슨 올그런에게 영어로 써 보낸 편지들은 오하이오주의 콜럼버스대학교가 경매를 통해 입수했고, 올그런이 보부아르에게 보낸 편지들은 시몬 드 보부아르가 보관하고 있었다. 나는 이 두 편지를 교차하여 한 권의 책으로 만들려 했으나 지금부터 설명할 이유 때문에 출판을 포기해야만 했다. 따라서 독자들은 이 책에서 1947년부터 1964년까지 시몬 드 보부아르가 올그런에게 보낸 편지들(304통)만 읽을 수 있을 것이다. 올그런의 미국 대리인들은 1년이 넘는 기나긴 침묵 끝에 결국 모든 기대를 저버린 채 우리의 거듭된 요구에 분명한 거부 의사를 밝혔다. 단 한마디의 설명도, 정당한 이유도 없이 출판을 금지한다는 절대적 명령 앞에 우리는 고개를 숙여야 했다. 올그런이 보부아르에게 보낸 편지들을 출판한다면 올그런에게도 큰 도움이 됐을 것이므로, 이는 누구보다 그에게 유감스러운 일이다. 그의 인생에서 전무후무하게 17년간 주고받은 이 내밀한 서신 교환이야말로 그 어느 글보다 올그런의 참모습을 더욱더 보여 주기 때문이다. 나는 시몬 드 보부아르의 편지에서 여러 이유로 반복되는 내용을 삭제해야 했지만, 편지는 그 자체로도 이미 완전한 판본으로써 가치를 지닌다. 다만, 올그런의 편지가 없는 까닭에 읽기의 연속성과 명료성을 더하기 위해 이 책에 세부 사항(올그런의 반응이나 일상적이고 우발적인 사건 혹은 특기할 만한 사건들)을 매번 추가했다.

시몬 드 보부아르는 평생 수많은 이와 편지를 주고받았다. 그중 이 '대서양을 넘나든 사랑'은 유일무이하다. 그렇다고 이것이 두 사람(보부아르와 올그런)의 동류성을 의미하진 않는다. 다른 특권적 교신 상대들은 모두 '공통' 세계 출신이었기에 언제나 동류고, 친밀해지기 전에 공간적으로 가까이에 있었다. 물론 그들과의 서신 교환은 보부아르에게 제각기 다른 의미를 지닌다. 이를테면 사르트르에게 보낸 편지들은 '자기 자신인 타인'과의 만남인 데 반해 올그런에게 보낸 편지들은 단순히 '한 타인'과의 만남이다. 이런 면에서 가시적 사실이 모든 것을 설명하지는 않는다. 즉, 사람들은 '외국인'이라는 진부한 사실과 함께 미국 남자와 프랑스 여자라는 고정관념으로 두 주인공의 국적 차이를 즉각적으로 생각할 것이다. 그러나 그것뿐만이 아니라, 이러한 사실을 초월하여 그들을 구별하는 근본적 '생소함'이 주는 기본적이고 민감한 상징이 더 중요하다. 이는 그들을 때로는 멀어지게 하고 때로는 이끌리게 한다.

1947년 휴런족,* 이 일종의 외계인이 시몬 드 보부아르의 우주 안에 예기치 않게 출현함으로써 그녀는 그동안 당연하게 여긴 것들, 즉 대화 상대자들과 공유하던 '공통 세계'의 자명한 사실, 전제 사항, 경험, 친밀한 현실 들을 수정하고 명확하게 설명하지 않을

---

* Huron. 북아메리카에 있는 휴런호 동쪽의 토착인

10

수 없게 된다. 그렇지 않았다면 그녀가 장 콕토나 앙드레 지드, 콜레트를 마치 달나라에서 온 것처럼 소개할 생각을 했겠는가? 자신의 이야기, 과거, 파리 생활양식을 마치 뿌리가 없는 듯이 제로에 놓고 소개할 생각을 했겠는가? 그들은 공동의 이야기를 가지고 있었으며, 여자로서 그리고 작가로서의 그녀 삶 전체를 공유하고 있었다. 그러므로 라푸에즈를 침입한 나치, 자코메티, 사르트르의 연극이 초연되기 전에 있었던 리허설의 광란, 종전終戰에 대한 환희, 그녀의 문학적 기호와 혐오, 카뮈, 케스틀러, 될랭, 도보여행에 대한 열정, 존재의 이면인 무無를 경험한 후에 느끼는 공포심, '실존주의적' 지하 클럽, 피에르 브라쇠르, RDR*의 회합 등을 그들에게 이야기할 필요가 없었다. 그러나 시카고의 넬슨 올그런에게는 이 모든 것을 가르치고 설명해야 한다. 다른 행성에서 사는 이 주민을 지도해야만 한다. 어떤 기준도 없고, 동일한 경험도 없으며, 암묵적인 것도, 함축적인 것도 없다. 그들은 몇 광년 떨어진 곳에서 서로를 향해 걸어간다. 오, 물론이다! 그들을 더욱 가깝게 하는 것을 과소평가해서는 안 된다. 무엇보다도 그들이 작가로서 공유하는 조건은 그들 사이에 형제애와 함께 강력하고 필요불가결한 실제적 관계를 만든다. 그러나 그들의 차이는 한층 눈에 띈다. 작가로서의 의식과 체험과 각자의 희망 속에는 구체적으로 어떤 공통점이 있을까? 우리는 다시 한번 순전히 객관적 사실(문화적 다양성 등)로는 설명할 수 없는 딜레마에 부딪히고 만다.

더 이상 아무것도 당연하지 않고 안심할 수 있는 세상의 친숙함도 사라지고 나면, 벌거벗은 존재만 남을 뿐이다. 타인 앞에 서 있는 한 사람, 한 여자, 한 남자가 서로 사랑한다. 그들은 서로를

---

* Rassemblement Démocratique Révolutionnaire. 민주혁명연합

모른다. 사랑의 묘약을 들이킨 후에 서로를 뚫어지게 바라본다. 누구인가, 내 앞에 서 있는 사람은? 나를 흥분시키고 마음을 혼란스럽게 하는 마법 같은 경험. 시몬 드 보부아르는 올그런에게 편지를 쓰기 시작할 때, 그가 들여놓은 그녀와 그 사이의 신선한 '거리감', 즉 제로에서 다시 시작하도록 강제하며 새로운 토양에 자신을 이식하도록 하는 것에서 매료되었음에 의심할 여지가 없다. 구원의 그물이 없어 위험한 완전히 새로운 시작. 당시 파리에서 뉴욕으로 가는 대서양 횡단 비행처럼 그렇게 위험천만했다. 이 사랑은 비행기에 의해 존재하고, 비행기에 의해 소멸하는 것이었다. 비행기는 사랑처럼 거리를 확인시키면서 거리를 사라지게 한다. 그 시절에 많은 이를 흥분시킨 험난한 모험인 대양 왕복 횡단을 보장해 주는 '코메트' 프로펠러 비행기의 모터 소리가 이야기의 시작부터 끝까지 웡웡거린다. 추락사에 대한 공포와 사랑에 대한 불안을 구별하기란 불가능하다.

그 엄청난 이동 거리를 철회하자고 제안하는 몫은 올그런에게 돌아온다. 그는 자신과 시몬 드 보부아르 사이에 뛰어넘을 수 없는 거리를 복구하는 결정을 한다. 우선 1950년에는 그녀를 포기하지 않은 채였고, 그다음 1964년에는 어느 정도 결정을 내린 확고함으로. 무슨 이유에서인가? 이를 해석하고 짐작하고 상상하는 것은 독자의 몫이다. 그 이유와 합리화는 의심의 여지없이 드러나는 두 사람의 본질, 두 존재, 두 가지 근본적 선택, 두 가지 주관적 구조 등 어떤 용어를 사용하든 본질적으로 양립되지 않는 것에서 비롯된다. 즉, 시몬 드 보부아르는 '행복에 재능'이 있고, 올그런은 실패에 대한 일종의 신경증 희생자다. 어쨌든 그가 몹시 싫어하는 자기 안의 분신인 "후버식 풀을 먹인 가짜 칼라를 가진 남자", 경직되고 원한에 사무친 치명적인 좀비가 결국 "멋진 사내", 발랄하고 유쾌하며 열렬한 성향의 "상냥한 젊은 토박이"를 얼

어붙게 했다는 것은 사실이다. 소름 끼치는 딱한 결말. 비극적이
다…….

　1965년에 『상황의 힘 La Force des choses』 번역판이 미국에서 출간됐
다. 시몬 드 보부아르는 몇 쪽에 걸쳐 자신을 올그런과 하나로 묶
은 관계, 그 의미, 그들이 직면한 고통스러운 딜레마에 대해 성찰
한다. 그리고 "당신과 관련한 글이 당신 마음에 들기를 바라요. 거
기에 온 마음을 쏟았거든요"라며 그에게 미리 알린다. 그러나 그
는 공격적이고 증오심에 불타는 공개 선언을 반복하면서 폭력적
으로 반응한다. 그러고 나서 1981년 죽을 때까지 침묵한다. 그의
죽음은 소설가로서 모든 상상을 뛰어넘는 극적 상황을 연출했다.
"아무도 거둬들이지 않는 올그런의 유해! Algren's body unclaimed!"라는
한 신문 기사의 제목처럼 자택에서 급사한 다음에 아무도 묻어 주
려 하지 않은 고독한 남자의 고독한 죽음. 시몬 드 보부아르는 당
시 올그런의 노여움을 감안할 때 자신의 편지를 올그런이 없애지
않았다는 사실에 놀랐다. 이 편지들이 출간되리라 예감한 그녀는
자신이 번역과 편집을 직접 감독한다는 명시적 조건 아래 출판을
긍정적으로 고려했다. 그때까지 그녀는 자신의 편지를 인용하거
나 악용하는 것을 모두 금지시켰다. 그러나 그녀에겐 계속해 나
갈 시간이 없었고, 이 계획은 나의 몫으로 돌아왔다. 편지 자체가
흥미로운 것은 물론이거니와 시몬 드 보부아르의 단호한 의지가
존중받기 어렵다는 사실에 자극을 받아 나는 이 일을 하기로 결심
했다. 이 원고는 누구에게나 개방된 문서보관소에서 제대로 보호
받지 못했으며, 그녀가 살아 있을 때에도 표절되다가 세상을 떠난
1986년 이후에는 그 정도가 더욱 심해졌다. 프랑스에서처럼 미
국에서도 소위 허가를 받은 전기 작가, 언론인, 연구원, 대학 교수
등 무자비한 원고 사냥꾼들이 최소한의 권리조차 없는데도 불구
하고 이 원고를 계속 야만적으로 사용하고 문학적으로 불법 복제

했다. 시몬 드 보부아르가 두려워하던 일이 일어나고 만 것이다. 즉, 사람들은 그녀에게 모든 것을 말하게 만들었다. 무능하든, 경험이 없든, 악의적이든 간에 그녀의 필체에 익숙하지 않은 이들의 작업은 놀라운 결과를 낳는다. "금발"을 "사랑하는 사람"으로 옮겨 적는 판국에 그보다 덜한 단어와 표현에 대해 뭐라 하겠는가? 따라서 나는 텍스트의 진위를 확실히 판별하고 정확하게 독해하여 신뢰할 만한 번역으로 시몬 드 보부아르가 편지에서 쓰는 구어체 스타일, 그녀가 좋아하는 어휘, 어투, 그녀의 말의 리듬, 거기다 그녀의 특이성까지 최대한 복원하는 것을 원칙으로 삼았다. 다행히 내 수중에 있던 올그런의 답장들은 그러한 공격을 받지 않았다. 비록 대중에게 직접 공개할 수 없지만, 그것들을 읽고 번역하는 일은 귀중했다. 그것들을 보부아르의 편지들과 순서대로 교차·대비해 봄으로써 시몬 드 보부아르의 편지에서 왜곡되고 수난당한 부분을 더욱 분명하게 찾을 수 있었기 때문이다. 게다가 올그런은 편지에 항상 날짜를 기입했기 때문에 미국 번역본에서 알 수 없는 사람들의 손에 의해 발생한 순서의 중요한 오류를 바로잡을 수 있었다.

실비 르 봉 드 보부아르[*]

---

[*] Sylvie Le Bon de Beauvoir. 시몬 드 보부아르의 양녀이자 은퇴한 철학 교수

옮긴이의 말

시몬 드 보부아르가 사르트르가 아닌 다른 연인에게 보낸 편지들을 모아 놓은 서한집이 1997년 파리에서 출간됐을 당시 독자들은 무척 놀라워했다. 보부아르는 사르트르와의 '계약 결혼'으로 이미 널리 알려져 있었고, 그들 관계에 대해 많은 호기심과 억측을 불러일으켜 왔기 때문이다. 그런 그녀가 사르트르에게는 거의 사용하지 않았던 "나의 남편"이란 호칭을 수시로 드러낸 또 다른 연인이 있었다는 사실은 다시 한번 세인의 놀라움과 의구심 그리고 호기심을 불러일으키기에 충분했다. 게다가 이 연인은 프랑스인이 아니라 미국인이다. 보부아르는 1947년에 강연 일주 여행을 제안받고 처음으로 미국을 방문한다. 당시는 실존주의가 세계를 풍미하고 있었다. 그녀는 사르트르와 함께 실존주의 작가이자 철학자로서 명성이 높았기에 세계 여러 나라에서 그들을 초대했다. 제2차 세계 대전 직후였던 당시 상황상 미국을 여행한다는 것 자체가 커다란 행운이었던 만큼 보부아르는 신대륙을 발견한

15

다는 기대와 흥분에 가득 차 있었는데, 그곳에서 예기치 않게 미국인 작가 넬슨 올그런과 사랑에 빠졌다. 이 사랑은 예사 사랑이 아니었다. 보부아르와 올그런 인생에서 한 번이면 족할 만큼 "기적과 같은 사랑"이었다. 보부아르에게는 그녀 말대로 "영혼, 가슴, 육체가 일체가 된 사랑"이었다. 이때 보부아르의 나이는 서른아홉, 올그런은 그녀보다 한 살 아래였다. 그렇다면 사르트르와의 사랑은?

　보부아르가 미국의 시카고에서 작가 생활을 하던 넬슨 올그런을 처음 만났을 때, 그들은 서로에 대해 거의 아는 바가 없었다. 인생사가 흔히 그렇듯이 그들의 만남에도 우연이 개입됐고, 그들은 만난 즉시 서로에게 호감을 느끼고 곧 깊은 사랑에 빠졌다. 여행 일정이 끝난 보부아르는 올그런과의 재회를 약속하며 미국을 떠나고, 이때부터 그들의 서신 교환은 1947년부터 1964년까지 무려 17년간 지속된다. 보부아르가 보낸 편지만 해도 304통이나 남아 있다. 스마트폰이나 전자우편 등 빠르고 손쉬운 통신 수단이 발달한 오늘날에는 상상을 초월하는 이야기라고 하겠다.

　보부아르와 넬슨 올그런의 대서양을 횡단하는 여행은 여러 차례 이어지고 서신 교환도 계속된다. 올그런이 보부아르에게 청혼하지만, 보부아르는 이를 받아들이지 않는다. 그러고 나서도 그들의 사랑은 지속되고 그 정도 또한 변하지 않는다. 그러나 사랑하는 여인을 곁에 두지 못하는 상황을 견딜 수 없었던 올그런이 먼저 결별을 선언하고 그들의 사랑은 종지부를 찍지만, 서신 왕래는 여전히 계속된다. 결별을 선언한 이후 10여 년이나 계속……

　혹자는 그들의 사랑이 이루어지지 않은 이유가 사르트르 때문이라고 말한다. 보부아르가 사르트르를 떠날 수 없어서 올그런의 청혼을 받아들이지 않은 것이라고. 그러나 이 서한집을 (주의 깊게) 읽고 나서도 그들의 이야기를 그렇게 간단히 말할 수 있을까? 판단은 독자의 몫이다. 시몬 드 보부아르는 자신과 사르트르의 관계를 다섯 권에 이르는 회고록을 통해 세상에 밝혔다. 사르트르가 스물넷, 보부아르가 스물하나일 때 만난 그들의 사랑은 사르트르의 제안에 따라 2년간의 '계약'으로 시작된다. 흔히 '계약 결혼'으로 불리는 그들의 관계는 '결혼'이라는 용어로 불릴 뿐이지 어떠한 형식도 서면 계약도 존재하지 않는 남녀관계의 한 형태일 뿐이다. 그들의 관계는 구두상 표현된 약속으로, 두 사람은 서로에 대한 신뢰를 바탕으로 일생 그 약속을 충실하게 지켜 나갔다. 우선 2년 동안 실험적으로 가능한 한 가장 가까운 사이로 지내본 뒤에 계약을 갱신하자고 약속했다. 그리고 2년 뒤에 그들은 서로의 관계를 '필연적'으로 규정하되 '우연적 사랑'도 서로에게 허용하는 영원한 관계로 들어가자는 데 합의한다.*

사르트르의 복잡한 여자관계는 익히 알려져 있으며 혹자는 보부아르가 그로 인해 많은 고통을 받았다고 말한다. 마치 보부아르가 일방적으로 당하기만 한 것으로 인식되어 왔다. 보부아르는 남녀관계에서뿐만 아니라 작가, 지식인, 철학자로서의 활동에서도 항상 사르트르의 그늘에 가려져 부당한 평가를 받아왔다. 역자는 다른 지면을 통해 두 사람의 철학적 연관성, 지적·사상적 동반관계, 보부아르의 독자적 사상의 존재 여부 등을 밝혀 놓은 바 있으니,** 여기서는 그들의 남녀관계에 대해서만 언급하기로 하자.

사실 보부아르는 사르트르와의 공동생활을 주 내용으로 한 회고록에서 사르트르 말고도 두 번의 사랑에 대해서도 언급한다.

---

* 사르트르와 시몬 드 보부아르의 '계약 결혼'에 대한 자세한 내용은 『보부아르의 말』(이정순 역, 마음산책, 2022)에서 「옮긴이의 말」(152~159쪽)을 참조하라.
** 이정순, 「시몬 드 보부아르의 삶, 작품, 사상의 변증법적 관계」, 『지식의 지평』, 한국학술협의회, 2008년 4호, 240~253쪽

서른아홉에 만난 넬슨 올그런과 마흔넷에 만난 열일곱 살 연하의 클로드 랑즈만과의 사랑이 그것이다. 종전 이후부터 1964년까지의 삶을 이야기하는 회고록 제3권 『상황의 힘』에서 우리는 올그런과의 만남, 사랑, 이별이 다른 내용들과 섞여 간략하게 언급된 것을 읽을 수 있다. 물론 연대기적으로 볼 때 이미 끝난 상태에 있는 사랑을 회고하며 쓴 것이라는 점을 고려한다고 하더라도, 독자들은 이 사랑이 부수적이고 에피소드적이라는 인상을 지울 수 없을 것이다. 아마 이런 이유로 하여 올그런이 『상황의 힘』을 읽고 크게 분노하여 죽을 때까지 완전한 침묵에 들어간 것이 아닌가 추측해 본다.*

또한 이 서한집에서 보부아르가 밝힌 보스트와의 중요한 애정 관계도 회고록에서는 제반 사정으로 인해 의도적으로 누락됐고, 몇 번의 하룻밤 이야기도 찾아볼 수 없다. 그 때문에 보부아르가 사르트르의 여자관계로 고통당하기만 한 여인의 이미지를 갖게 됐다고 본다.

그러나 이 서한집에서는 고도로 지적이고 전투적인 보부아르의 기존 이미지만이 아니라, 사랑에 빠진 정열적이고 관능적인 동시에 자상하고 다정다감한 여인의 모습(과 연인에게 자신과 주변에서 일어나는 여러 가지 사건을 유머러스하게 들려주어 독자들 또한 미소 짓게 하는 익살스러운 이야기꾼의 모습)도 만나게 된다. 또한 사르트르와의 관

---

* 넬슨 올그런은 보부아르에게 크게 두 번 분노했었다. 첫 번째는 『레 망다랭』이 미국에서 번역 출간된 1956년에 있었다. 이때 올그런은 이 소설의 여주인공 안과 그녀의 미국 연인 루이스 브로건의 사랑이 자신과 보부아르의 이야기라고 생각해 보부아르가 그들의 이야기를 소설 소재로 삼은 것에 대해 화를 냈고, 한 미국 매체와의 인터뷰에서 보부아르를 비난했다. 그러나 그 직후 올그런은 보부아르에게 그에 대해 사과했다. 두 번째는 1965년 『상황의 힘』이 미국에서 번역 출간된 이후에 있었는데, 1981년 올그런은 심장마비로 갑작스럽게 사망할 때까지 보부아르에게 손을 내밀지 않았다. 따라서 이 서한집은 1964년에서 멈췄고, 이후 올그런은 보부아르에게 보낸 편지를 출간하지 못하도록 금지하는 데까지 이르렀다.

계에서 자기 삶을 주체적·독립적으로 살아가는 자유로운 보부아르도 발견하고, 그들 관계에서 진짜 모습이 무엇이었는지도 알게 된다. 그러므로 이 서한집은 그동안 우리가 알고 있던 보부아르의 왜곡된 이미지를 바로잡는 데 기여하고, 작품을 통해 부분적으로만 알려졌던 보부아르의 진면목을 볼 수 있도록 한다. 하지만 보부아르의 진정한 독자라면 편지 속에 나타난 그녀의 모습이 사실상 그녀의 작품 속에도 이미 녹아 있음을 확인할 수 있을 것이다.

시몬 드 보부아르가 넬슨 올그런에게 보낸 사랑의 편지에서 각자 서로에 대한 성실성을 그리 오랫동안 간직했다는 부분은 특히 눈길을 끈다. 우리는 편지를 통해 그들의 사랑이 어떻게 전개되고 왜 맺어질 수 없었는지, 결별 이후에는 어떤 관계가 펼쳐졌는지 등을 읽어 나가면서 우리 각자의 애정과 우정 관계뿐만 아니라 인간관계의 전반적 의미를 다시 한번 되돌아보는 값진 기회를 가질 수 있을 것이다.

두 사람의 사랑 이야기에 관심을 갖고 이 책을 집어 든 독자라면 사랑 말고도 뜻하지 않는 수확을 얻을 수 있겠다. 이 서한집은 풍부하고 다양한 읽을거리를 가득 담고 있다. 시몬 드 보부아르는 자신이 체험하는 모든 것을 공간적으로 멀리 떨어져 있는 연인과 공유하기를 열정적으로 원했다. 그래서 자기 내면에서 순간순간 일어나는 사랑의 환희·고통·그리움의 감성뿐 아니라, 자신이 몸담은 세계를 모르는 시카고의 연인에게 매일매일 자신과 주변에서 일어나는 모든 일을 글로 옮겨 전했다(작가와 철학자로서의 글쓰기와 잡지 『현대』를 통한 지식인의 참여 활동, 문학 외 그녀의 큰 관심사였던 음악·미술·영화·연극 등의 감상 및 비평, 프랑스와 세계 여러 나라에 대한 여행과 정치 상황 서술, 그리고 그녀가 만난 수많은 작가와 예술인 및 지식인 등에 대한 공적·사적 자리에서의 일화들). 그리하여 독자들은 당시 프랑스 지성계와 문학 및 예술계의 한복판에 자리한 시몬 드 보부아르에 의해 기록된 20여 년간의 유럽 지성사와 예술사의 흐름을 여과되지 않은 상태로 생생하게 읽을 수 있다.

이 책이 1997년 프랑스에서 출간된 지 얼마 지나지 않아서 역자는 이 책을 처음 번역하기 시작했다. 이 책의 출간 소식은 프랑스뿐만 아니라 해외에서도 큰 화제가 되었고, 당연히 국내 출판계와 독자들 사이에서도 책 내용에 대한 관심이 고조되던 차에 출판사 '열림원'에서 신속하게 번역 출간하기로 했다. 보부아르 연구자인 역자 역시 보부아르와 그녀의 미국 연인의 사랑 이야기가 무척 궁금했다. 그래서 빠른 시일 내 독자들의 관심에 부응하고자 출간 시점까지 거의 매일 일고여덟 시간을 컴퓨터 앞에 앉아 작업했다. 그 결과 6백여 쪽에 이르는 프랑스어 판본은 국내에서 1999년에 1권, 2000년에 2권이 순차적으로 출간될 수 있었다.

한국에서 처음 출간된 당시에도 서한집의 내용은 1947~1964년의 이야기라는 시차에도 불구하고 그 중심 서사인 두 사람의 사랑과 그 외의 풍부한 읽을거리로 독자들에게 놀라움과 감탄을 자아냈다. 25년이란 시간이 흐른 뒤 재번역하면서 역자는 이 책의 문학적·사료적 가치가 여전히 빛을 발하는 것을 확인할 수 있었다. 서한집은 글쓴이와 관련 당사자들의 내밀한 사적인 기록이므로 그 내용과 시효가 제한적일 수밖에 없다는 선입견을 가질 수 있다. 그런데 이 서한집은 개인적 삶의 기록이라는 한계를 뛰어넘을 뿐 아니라 시공간을 초월하여 보편적 관심과 흥미를 일으키는 기록문학으로서의 가치를 지닌다고 단언한다. 이번 재번역 작업은 위대한 작가의 역량이란 작품뿐만 아니라 서한집에서도 여지없이 드러난다는 것을 다시 한번 확인하는 기회였다. 다만, 아쉬운 점이라면 여전히 우리는 넬슨 올그런의 편지를 읽을 수 없다는

사실이다. 보부아르의 편지를 번역 편집한 보부아르의 양녀 실비
르 봉이 보부아르의 편지에 대한 넬슨 올그런의 반응과 상황 등을
중간중간 시의적절하게 언급하고 있지만, 독자들이 직접 읽고 확
인할 수 없다는 점은 무척 안타깝다.

　마지막으로 이번 재출간을 위해 첫 출간 당시 의도치 않게 있
었던 번역상의 오류와 현시점에서 더 이상 유효치 않은 표현이나
문장 등을 다시 손보는 과정에서 역자와 함께 꼼꼼히 읽고 작업해
준 정미진 편집자에게 감사드린다.

2024년 4월
이정순

1947년

1947년 미국

미국의 여러 대학에서 초청을 받은 시몬 드 보부아르는 1월부터 5월까지 미국에 머물며 미국이란 나라를 발견해 나간다. 그해 2월 뉴욕에서 넬슨 올그런의 친구인 메리 골드스타인은 시몬 드 보부아르에게 시카고를 지날 때 자신을 대신해 올그런을 만나 보라고 권유했다. 올그런과 보부아르는 만나서 저녁나절을 함께 보냈고, 다음 날 오후에도 함께했다. 올그런은 그녀를 도시의 빈민가와 폴란드인 구역의 술집들에 데려갔고, 그런 다음에 그녀는 로스앤젤레스로 향했다.

1947년 2월 23일 토요일 저녁, 캘리포니아행 기차에서

친애하는 넬슨 올그런 씨.

영어로 편지를 써 보도록 하겠어요. 그러니 저의 서툰 문법 실력을 용서해 주시고, 단어를 올바르게 사용하지 않더라도 이해해 주세요. 게다가 저의 글씨체는 워낙 알아보기가 힘들고, 더욱이 저는 달리는 기차 안에서 쓰고 있답니다.

당신과 헤어지고 나서 곧 호텔에서 기사 하나를 마쳤어요. 별로 잘 쓰지 못했답니다. 걱정되는군요. 할 수 없지요. 당신과의 저녁 식사를 방해한 그 증오스러웠던 프랑스인들과 저녁 식사를 했습니다. 그리고 저는 당신에게 전화를 했고, 그들은 저를 열차에 태웠어요.

열차 침대에서 당신 책*을 펴고서 잠들 때까지 읽었답니다. 오늘은 온종일 창문 가까이에 앉아 경치에 도취된 채 그 책을 계속

---

* 당시 프랑스에서 출간된 올그런의 단편집 『네온의 황야Le Désert du néon』. 원제는 "The Neon Wilderness"

25

읽었어요. 너무나 고요한 하루였지요. 잠자리에 들기 전에 제가 당신 책을 얼마나 좋아했고 또 당신에게도 큰 호감을 느끼고 있다고 꼭 전하고 싶었어요. 우리가 많은 이야기를 나눈 건 아니지만, 당신도 이를 짐작했으리라 생각해요. 감사의 말은 하지 않겠어요. 그건 별로 의미 없을 테니까요. 그러나 당신과 함께 행복했고 당신이 그것을 알아줬으면 합니다. 당신에게 안녕이라 말하는 것이, 어쩌면 제 생애에 다시는 만나지 못할 이별의 인사 '아듀'를 고한다는 것 같아 맘에 들지 않았어요.

4월에 시카고로 다시 와서 저는 저에 대해 말하고, 당신은 당신에 대해 말해 주기를 진심으로 원합니다. 그런 시간을 가질 수 있을까요? 어제 우리가 헤어진 것은 안타까웠지만, 더 오랫동안 함께하면서 아주 좋은 친구가 된 후에 헤어진다면 그것이 더더욱 안 좋은 일이 아닐까 자문해 봅니다.

안녕이든 아듀든 저는 시카고에서 보낸 이틀을 잊지 않겠어요. 제 말은 당신을 잊지 않겠다는 뜻입니다.

S. 드 보부아르

올그런은 바로 답장을 보냈다. 답장에는 시몬 드 보부아르를 위해 그가 호텔 프런트에 맡겨 놓은 책들을 그녀가 호텔을 떠나면서 갖고 가지 않은 데 대해 유감이라는 내용이 들어 있었다. 우리는 그가 시몬 드 보부아르를 만난 순간 바로 끌렸다는 것을 알 수 있다. 올그런은 그녀를 보자마자 서로 의기투합하고 마음이 맞는다는 걸 느꼈지만, 시몬 드 보부아르라는 인물과 그녀의 사상 및 작품에 대해 자신이 전혀 모른다는 대조적 사실을 재미있어 했다. 사실 그는 『뉴요커』에 실린 실존주의에 관한 기사 한 편을 막 읽은 것 외에는 그녀에 대해 아무것도 모르고 있었다.

1947년 3월 12일, 뉴욕

친애하는 친구,

캘리포니아 여행에서 돌아와 당신의 편지와 책들을 발견했습니다. 저는 팔머하우스의 모든 판매대를 뒤졌지만, 그 책들을 찾지 못해 매우 실망했었답니다. 읽고 싶었던 책일 뿐 아니라 당신의 선물이기 때문에 제게는 귀중했습니다. 마침내 그 책들과 편지를 받게 되어 매우 기쁘군요.

4월에 시카고에 갈 수 있을는지는 아직 모르겠습니다. 뉴욕 근방에서 해야 할 강연이 많이 남아 있어요. 어쨌든 내년에 미국으로 다시 돌아오는 것은 거의 확실해졌습니다. 로스앤젤레스에 있는 친구들이 제 신간 소설*을 영화 제작자에게 팔기로 하여 매우 기쁘답니다. 그러면 제가 오랫동안 미국에서 지낼 수 있을 테고 시카고에서도 잠시 머물 수 있을 거예요. 정말 파리에 오실 의향이 있나요? 당신에게 기쁜 마음으로 파리를 보여 주겠어요. 무엇보다도 먼저 당신 소설**을 읽고 싶으니 구해 주세요. 부탁합니다.

캘리포니아는 무척이나 마음에 들었습니다, 샌프란시스코, 아름다운 경치들, 아주 친절한 사람들. 거기서 미국인과 결혼하기 위해 파리를 떠난 후 1년 동안 보지 못한 절친한 친구***를 다시 만났어요. 책을 좀 읽을 수 있었답니다. 토머스 울프의 『그대 다시는 고향에 가지 못하리』****인데, 괜찮더군요. 하지만 저는 시카고

---

* 『모든 인간은 죽는다』(1946)

** 『결코 오지 않는 아침 *Never Come Morning*』(1942). 추적 불가능. 리처드 라이트(Richard Wright)의 서문

*** 나탈리 소로킨(Natalie Sorokin). 『나이의 힘 *La Force de l'âge*』 참조〔이 책은 국내에서 『계약결혼』, 『여자 한창때』 등 다른 제목으로 출간된 바 있어서 원제를 따랐다. ─옮긴이〕

**** 프랑스에서는 *L'Ange banni*(1940)로 출간됐다.

의 바워리가街,* 작은 폴란드 술집들, 차디찬 바람을 잊지 않았어요. 결코 잊지 못할 겁니다.

안녕히 계세요. 당신을 만나 행복해요. 우리는 올해 아니면 내년에 다시 만날 것이라 확신합니다.

S. 드 보부아르

1947년 4월 24일, 펜실베이니아대학교 필라델피아칼리지

친애하는 친구.

뉴욕 부근을 순회하며 여러 대학에서 강연하고 다시 뉴욕에 와 있습니다. 이곳에서 2주를 보내려 합니다. 5월 10일에 비행기로 미국을 떠나는데, 당신을 또 한 번 만나지 않고는 떠나고 싶지 않아요. 그러나 시카고에 다시 간다는 것은 정말 어려운 일입니다. 몇 편의 글을 써야 하고 몇몇 토론회가 예정되어 있으며, 뉴욕에서만 강연을 두 차례나 해야 합니다. 당신께서 4월 27일과 5월 10일 사이에 이곳으로 오실 수는 없을까요? 우리는 자주 만나 여유롭게 이야기할 수 있을 거예요. 만약 가능하다면 날짜를 정하기 위해 당신에게 언제든지 전화드릴 수 있을 겁니다. 그렇지 않으면 제가 그곳으로 가서 이틀을 보낼 수 있도록 노력해 보겠습니다. 회답 주세요. 그리고 당신 소설을 가져다주시길 부탁드립니다. 그중 한 부를 어제 친구들 집에서 봤는데, 실물하고 전혀 다른 당신의 흉한 사진이 실려 있었어요. 그 책을 훔치고 싶은 유혹이 일었지만, 그럴 수는 없었습니다.

안녕히 계세요. 곧 다시 뵙기를 희망하면서.

---

* bowery. 부랑자, 노숙자 등 모든 비루한 사람이 모이는 거리의 이름

뉴욕으로 돌아온 시몬 드 보부아르는 올그런에게 전화한다. 사르트르 쪽 사정으로 미국 체류 기간을 연장한 그녀는 망설임 끝에 올그런을 만나러 시카고에 가서 그와 사흘을 보낸다. 올그런은 그녀의 설득으로 뉴욕까지 동행하여 그녀가 파리로 떠나는 17일까지 함께 지낸다.

1947년 5월 17일 토요일 오후, 뉴펀들랜드 KLM 비행기에서

상냥하고 기막히게 멋진 사랑하는 나의 '토박이 젊은이',* 당신은 저를 또 한 번 울게 했어요. 그러나 달콤한 눈물, 당신에게서 오는 그 모든 것이 그렇듯이 달콤한 눈물을 흘리게 했지요. 저는 막 비행기 안에 자리를 잡곤 당신의 필체를 보고 싶은 마음에 당신에게 무언가를 써 달라고 부탁하지 않은 걸 후회하면서 당신 책의 첫 장을 넘겼어요. 아, 거기엔 당신의 정답고 사랑스럽고 아름다운 문장들이 있었지요. 나는 비행기의 둥근 창에 이마를 대고 푸른 바다 위에서 울었어요. 그러나 달콤한 눈물, 사랑의 눈물, 우리 사랑의 눈물이었지요. 당신을 사랑합니다. 택시 운전사가 물었어요. "남편이신가요?" "아니오." "아, 친구신가 보죠?" 호의가 가득한 목소리로 그가 덧붙였어요. "그분 정말로 슬퍼 보이더군요!" 저는 "저희는 헤어지는 것이 무척 슬퍼요, 파리는 너무 멀어요"라고 말하지 않을 수 없었어요. 그러자 택시 운전사는 파리에

---

* 1909년에 태어난 올그런은 시몬 드 보부아르보다 한 살 더 젊었다.

대해 친절하게 이야기하기 시작했어요. 당신이 저와 함께 매디슨 애비뉴와 라과디아에 오지 않길 잘했어요. 그곳에는 최악의 프랑스 목소리와 최악의 프랑스 얼굴을 지닌 애매한 지인들이 나와 있었는데, 그들은 어쩜 그렇게 못생겼나 몰라요. 저는 얼이 빠져서 울 수조차 없었어요. 그런 다음에 비행기는 이륙했지요. 저는 비행기를 좋아한답니다. 우리가 어느 정도의 감정에 이르렀을 때 비행기는 마음의 상태와 조화를 이루는 유일한 교통수단이라고 생각해요. 비행기, 사랑, 하늘, 슬픔 그리고 희망이 하나의 전체를 이루지요. 저는 당신을 생각하며 세밀한 부분들을 하나하나 정성껏 기억해 냈어요. 당신 책을 읽었는데, 먼젓번 책보다 더 좋더군요. 위스키와 함께 점심 식사를 맛있게 했는데, 크림소스가 가미된 닭고기와 코코아, 아이스크림이 나왔어요. 비행기 바깥의 경치, 구름, 바다, 해안, 숲, 마을 들을 당신이 봤더라면 탄성을 지르며 어린아이 같은 따뜻한 미소를 지었을 거예요. 뉴욕은 겨우 오후 세 시에 불과했을 텐데 뉴펀들랜드에는 벌써 어둠이 깔리고 있었어요. 섬은 정말 아름다워요, 짙은 소나무와 여기저기 녹지 않은 눈과 함께 애조 띤 호수로 가득 차 있었지요. 당신도 섬을 보면 아주 좋아했을 거예요. 비행기가 착륙했고 여기서 두 시간을 기다려야 합니다. 바로 이 순간 당신은 어디에 있나요? 어쩌면 다른 비행기 안에 있을지도 모르겠군요. 당신이 우리의 작은 집으로 돌아오면 저는 침대 밑이나 집 안 곳곳에 숨어 있을 거예요. 이후로 저는 항상 당신과 함께 있을 거예요, 시카고의 슬픈 거리에서, 지상 철교 아래에서, 고독한 방 안에서 사랑하는 남편과 함께 있는 사랑스러운 아내처럼 저는 당신과 함께 있을 거예요. 우리는 깨어나지 않을 거예요, 왜냐하면 꿈이 아니니까요. 이제 겨우 시작인 현실의 멋진 이야기예요. 저는 당신이 저와 함께 있는 것을 느껴요. 제가 가는 곳마다 당신이 같이해요. 당신의 시선뿐 아니라 당신의 온 존재와 함께할 거예요. 당신을 사랑해요, 더 이상 덧붙일 말이 없어요. 당신은 저를 품에 안고 저는 당신을 꼭 껴안아요. 당신에게 키스한 것처럼 키스해요.

당신의 시몬

1947년 5월 18일 일요일

시카고의 소중한 내 사랑, 파리에서 당신을 생각합니다. 당신이 없어 그리움이 가득한 파리에서요. 비행기가 동쪽으로 날아가면서 밤을 건너뛰는 환상적인 귀국 여행을 했습니다. 뉴펀들랜드에서는 해가 지는 듯했지만, 다섯 시간 후에 섀넌의 아일랜드풍 부드러운 초록빛 풍경 위로 해가 떠올랐어요. 모든 것이 너무 아름다웠고 생각할 게 너무 많았기 때문에 잠을 거의 이루지 못했어요. 오전 열 시에는 파리 한복판에 있었답니다. 파리의 매력이 슬픔을 극복하는 데 도움이 되길 바랐지만, 그렇지 못했어요. 우선 오늘 이 도시는 매력이 없고 회색빛에다 구름이 끼어 있어요. 일요일이라 거리는 비어 있고 모든 것이 빛을 잃은 듯 어둠침침하며 죽어 있는 듯해요. 파리에서 제 가슴은 죽어 버린 게 틀림없어요. 제 가슴은 뉴욕에, 우리가 작별 인사를 나눈 브로드웨이의 그 사거리에, 시카고에 있는 나의 집에, 그리고 제가 기댔던 진짜 따뜻한 자리에, 당신의 그 정다운 가슴에 머물러 있어요. 2, 3일 후에는 상황이 달라지리라 생각해요. 저는 다시 프랑스 생활, 일, 친구들과 관련되어 있다고 느낄 거예요. 오늘은 그 모든 것에 관심조차 갖고 싶지 않아요. 게으름을 피우며 피곤하고, 오직 추억만이 마음에 들어요. 나의 사랑하는 사람, 당신에게 사랑한다고 말하기 위해 왜 그토록 오랫동안 기다렸는지 모르겠어요. 저는 확신을 갖고 싶었고, 쉽고 공허한 말을 하기 싫었어요. 지금 생각하면 처음부터 사랑이었던 것 같아요. 아무튼 됐어요. 그건 사랑이었고 마음이 아프네요. 그토록 불행하다는 게 오히려 행복해요. 당신도 그렇다는 걸 알고, 이 슬픔을 공유한다는 게 달콤하기 때문이지요. 당신과 함께 있을 때 느낀 기쁨은 사랑이었어요. 이제 고통도 사랑입니다. 우리는 사랑이 지닌 모든 얼굴과 마주해야 해요. 재회의 기쁨, 우리는 그것을 알게 될 테고, 그것을 원하고, 그것이 필요하고, 그것을 가질 거예요. 절 기다려 줘요. 저는 당신을 기다립니다. 제가 말한 것보다 훨씬 더, 아마도 당신이 아는 것보다 더 많이 당신을 사랑하고 있어요. 당신에게 늘 편지를 쓰겠어요. 당신도 그렇게 해 줘요. 저는 영원히 당신의 아내랍니다.

당신의 시몬

제가 엄청 좋아하는 당신 책을 다 읽었어요. 그 책을 반드시 번역하도록 하겠어요. 헤아릴 수 없는 키스, 또 키스를. 당신이 키스했을 때 너무 감미로웠어요. 당신을 사랑해요.

1947년 5월 21일 수요일

사랑하는 나의 남편, 파리 날씨가 하도 음산하고 불쾌해서 오늘 오후에는 그리 멀지 않은 대략 30킬로미터 떨어진 곳*으로 떠났지만, 멀리 있는 듯 느껴져요. 이곳은 새들의 노랫소리와 푸른 초원 그리고 숲과 나무 아래에 흩어져 있는 몇 채의 작은 집이 있는 진짜 시골이에요. 저는 노란색, 파란색이 칠해진 작고 예쁘장한 식당 겸 여인숙에서 2주가량 머물 거예요. 지금은 오후 일곱

---

* 슈브뢰즈에 있는 생랑베르

시, 해가 천천히 지고 있고, 저는 전망이 좋은 집 앞의 작은 정원에 있답니다. 따뜻한 미풍이 불고 있어요. 당신 곁에 아주 가까이 있는 것 같아 행복감을 크게 느껴요. 제게는 휴식과 잠 그리고 평화가 필요했어요. 다시 일하고 책 읽고 깊이 생각하고 추억하기 위한 나만의 시간과 여가를 갖고 싶어요. 요즘 만나는 친구들은 거의 다 얼음장처럼 차갑거나 쌀쌀맞게 보였어요. 당신이 저를 비뚤어지게 만들었어요. 너무 따뜻하고 관대하며 상냥한 당신이 말이에요. 세상이 진저리 나는 꿈처럼 보이는 건 저 자신이 쌀쌀맞거나 차가워 그런 게 틀림없어요. 저는 모든 것, 모든 사람을 무시해 버렸어요. 하지만 어제저녁에는 제 마음이 녹아내렸답니다. 어제 생제르맹가의 한 테라스에 앉아 있었어요. 잎이 무성한 활엽수들과 저녁 빛이 어찌나 아름답던지 당신에게 파리의 거리를 얼마나 보여 주고 싶었는지 몰라요. 당신을 기다리고, 당신과 함께 그리고 당신을 위해 다시 사랑하기 시작한 파리를 말이에요.

당신 책을 갈리마르 출판사에 가져갔어요. 이번 2주 동안 검토될 거예요. 이곳에서 출판하지 않는다면 다른 출판사를 찾아보겠어요. 어쨌든 우리는 잡지 『현대*Les Temps modernes*』에 이 책의 발췌문을 실을 예정이에요. 저는 당신 편지를 매우 애타게 기다리고 있어요. 아마 2, 3일 이내로 제게 전해질 거예요. 나의 친구, 나의 연인, 나의 사랑하는 사람, 지극히 사랑하는 나의 남편, 우리가 서로 떨어져 있다고 느끼지 않도록 편지를 아주 자주 보내 줘요. 그러다가 9개월, 10개월 후에 우리가 다시 만나면, 틀림없이 헤어질 때보다 훨씬 더 가깝고 훨씬 더 친밀해져 있을 거예요. 비록 우리 사이에 대서양과 거대한 우주 공간이 펼쳐져 있다 해도 이 몇 달을 함께 살아가도록 노력해요. 당신이 프랑스어를 읽지 못한다는 사실이 몹시 애석해요. 당신이 배우지 못할 이유가 어디 있겠어요? 저와 제 삶을 훨씬 더 잘 이해할 수 있을 텐데요. 당신이 그렇

33

게 할 거라면 제 책들을 보내도록 하지요.

저는 지금 카프카의 『일기』를 읽고 있어요. 그의 나머지 작품도 모두 알고, 그를 아주 좋아한답니다. 그의 작품이 영어로 번역됐다고 보는데, 카프카를 아시나요?

당신이 제 곁에서 미소 짓는 걸 상상해요! 제가 그 미소를 얼마나 좋아하는데요! 2주 전만 해도 당신이 프랑스의 정원에서, 사랑에 빠진 프랑스 여자의 가슴속에서 그렇게 다정하게 미소 지을 거라고 생각했었나요? 당신은 그리하고 있어요. 나의 사랑하는 사람, 아주 가까이에서 뻐꾸기가 노래하는 동안 당신은 제게 미소를 짓고 저를 사랑하고 있어요. 저 역시 이 프랑스의 정원에서, 시카고에서 당신에게 미소 지으며 당신을 사랑하고 있어요. 당신이 프랑스에 사는 것처럼 저는 시카고의 우리 집에 살고 있어요. 우리는 헤어져 있지 않으며 절대 헤어지지 않을 거예요. 저는 영원히 당신의 아내랍니다.

당신의 시몬

1947년 5월 23일 금요일

나의 사랑하는 사람, 여인숙의 이 작은 방에서 편지를 쓰니 더없이 기쁩니다. 오후 다섯 시예요. 해는 마을과 푸른 언덕 위에서 부드럽게 빛나고 열린 창가에 제 책상이 놓여 있어 저는 안에 있는 동시에 밖에 있답니다. 파스칼이 오랫동안 살았던 유명한 수도원 포르루아얄데샹이 겨우 1.5킬로미터 정도 떨어진 곳에 있어요. 라신도 이곳에서 공부했답니다. 바로 옆에는 그가 새들의 노래를 즐기면서 산책한 작은 오솔길이 있지요. 그는 이를 주제로 형편없는 시 한 편을 지었고, 사람들이 그 시를 판석에 새겼어요.

지난번 편지 이후 저는 밤 열 시부터 정오까지 아무에게도 방해받지 않고 잠을 잘 수 있어서 아주 평온한 이틀을 보냈어요. 물리도록 잤지요. 사실 잠이 너무 필요했어요. 레드 와인을 곁들인 맛 좋고 신선한 프랑스 음식을 즐긴 후 조금 걷다가 방으로 돌아와 책을 읽거나 간단한 작업을 합니다. 저녁 여덟 시에 식사를 하고 잠자리에 듭니다. 제가 이처럼 규칙적이고 여유로운 생활을 하는 건 드문 일이지만 꼭 필요했어요. 카슨 매컬러스의 책을 읽었어요. 미국 소설을 읽는 건 즐겁지만, 이 책은 좋지 않았어요. 그리고 여전히 카프카를 읽고 있지요. 저는 당신이 현대 프랑스 문학을 꼭 읽어 보셨으면 좋겠어요. 카뮈의 『이방인』, 사르트르의 『파리 떼Les Mouches』와 『닫힌 방』이 번역됐고, 저와 사르트르의 글도 『파르티잔 리뷰Partisan Review』와 다른 잡지들에 실려 있어요. 제가 장담하건대 메리 골드스타인이 그것들을 기꺼이 구해 줄 거예요. 나의 사랑하는 남편, 제가 시카고에서 당신 삶을 살아 보려고 애썼듯이 당신도 프랑스에서의 제 생활을 이해하려고 노력해야 해요. 그러고 싶은가요?

저는 당신이 준 반짝거리는 빨간색 작은 만년필을 사용하고 당신의 반지를 끼고 있어요. 제가 반지를 끼는 건 처음 있는 일이라서 파리에 있는 모든 사람이 몹시 놀랐답니다. 당신 편지를 애타게 기다리며 당신을 그리워하고 있어요. 당신의 입술, 당신의 두 손, 따뜻하고 강한 당신의 몸 전체, 당신의 얼굴, 당신의 미소, 당신의 목소리, 당신이 너무나도 그립군요. 그건 좋은 거예요. 당신은 꿈이 아니라 존재하고 살아 있으며, 당신을 다시 만날 거라는 걸 강하게 느끼게 해 주니까요. 일주일 전에 우리는 뉴욕의 한 방에 함께 있었어요. 우리가 재회하기까지는 오래 걸릴 거예요. 당신의 소중한 얼굴과 달콤한 입술을 가장 깊은 애정의 키스로 덮습니다.

당신의 시몬

여기 당신을 위해 꺾은 프랑스의 작은 꽃들을 받으세요.

1947년 5월 24일 토요일

아주 소중한 N. 올그런.* 오늘 당신의 작은 노란색 편지를 받아
무척 행복했답니다. 편지는 슬프면서도 명랑하고, 사랑에 서투
르고 당황하기도 하며 진실하게 울리는 당신과 닮았어요. 당신은
제가 진실한 것과 그렇지 않은 것에 대한 감각을 지녔다고 말했
는데, 자랑스럽네요. 당신이 얼마나 진실한 분인지를 금방 느꼈
답니다. 당신 안의 그것이 처음부터 저를 끌리게 했으며, 나중에
는 당신을 사랑하게 했어요. 당신 안의 모든 것, 말, 동작, 사랑과
증오, 기쁨, 고통, 당신의 생활 전체가 진실되지요. 당신 곁에서
는 저도 진실되게 느껴졌고, 모든 것이 좋았고 진실하게 다가왔
어요. 당신이 시카고의 작은 집에서 제 모습을 계속 느꼈다고 말
해 줘서 행복해요. 우리가 뉴올리언스로 떠날 때까지 저는 그곳
을 떠나지 않겠어요. 지금쯤 당신은 제가 보낸 편지 중에서 뉴펀
들랜드에서 쓴 편지, 파리에서 부친 전보, 그리고 아마도 다른 한
두 통의 편지를 받았을 것으로 보여요.

저는 열심히 일하기로 결심했습니다. 6개월 전 여성에 대해 썼
던 글을 모두 다시 읽었는데, 별로 나빠 보이지 않는군요. 그러나
저로서는 글을 다시 쓰기 시작하는 게 어렵고, 왜 누구든 무엇이
든 써야만 하는지 그 이유를 명확하게 이해하지 못해요. 존재하

---

* 시카고의 '토박이 젊은이', 내 친구, 나의 사랑하는 연인, 일주일 동안의 그리고 영원한 나
  의 남편

는 광대한 세계는 우리의 말을 필요로 하지 않아요. 저는 시카고를 기억하고, 프랑스의 푸른 풍경을 봤어요. 더 이상 무엇을 바랄까요? 내일 다시 시작할 거예요, 더 많은 성공을 기대하며. 그래야만 해요.

자주, 아주 자주 편지를 보내 줘요. 당신의 노란색 편지는 무한한 기쁨이었어요. 저는 당신에게 편지 쓰는 게 좋아요. 저의 글씨체를 알아볼 수 있나요? 프랑스어로는 훨씬 더 잘 표현할 수 있을 테지만, 당신에게 제 사랑을 전하기에 제 영어는 충분하다고 생각해요. 그게 중요하지요. 당신을 사랑해요, 나의 귀여운 광대.

당신의 시몬

화요일

사랑하는 사람, 이 편지를 오늘에야 보내는 까닭은 팡트코트*(영어로는 어떻게 말하나요?)에는 우체부가 지나가지 않기 때문이에요.

저는 천천히 예전 생활로 다시 돌아오고 있어요. 말하자면, 일을 시작할 수 있게 된 거죠. 마치 일주일 내내 제가 약간 아팠던 것 같아요. 어찌나 정신이 멍해 있었던지 제 주위의 모든 게 너무 비현실적이었어요. 공항에서 당신의 첫 키스부터 길모퉁이에서 당신의 마지막 미소까지, 시카고와 뉴욕에서의 우리 이야기를 몇 번이나 되뇌었는지 모르겠어요. 저는 이 이야기를, 미소 하나하나, 시선 하나하나, 키스 하나하나, 단어 하나하나를 외우고 몇 시간이나 반추해도 싫증나지 않아요. 내 사랑, 제가 당신을 얼마나 그리워하는지 안다면, 당신은 거만해지고 교만해지며 더 이상 상냥하지 않을 거예요.

친구들을 만나러 파리에 가는데, 편지를 받으리라는 희망으로

---

* La Pentecôte. 성신강림 대축일. 부활절로부터 일곱 번째 일요일이다.

제일 먼저 제가 사는 호텔[*]에 들를 거예요. 제발 자주 편지를 보내 줘요. 저 역시 그러겠어요. 당신을 너무 뜨겁게 깊이 사랑한다는 사실에 제가 깜짝 놀란답니다. 제게 이런 일이 다시 일어나리라고는 믿지 않았어요. 그런데 일어났어요. 고통스럽기도 하지만 기뻐요. 오! 얼마나 당신 가까이에 있고 싶은지, 얼마나 당신 어깨에 뺨을 대고 당신이 저를 꼭 껴안는 것을 느껴 보고 싶은지 몰라요. 당신은 저를 바라볼 거고 저는 당신을 바라볼 것이며, 우리는 서로에 대해 알아야 할 모든 것을 알아 가고 더없이 행복할 거예요.

당신의 시몬

1947년 5월 29일 목요일

내 사랑. 파리에 도착하자마자 기차에서 뛰어내려 택시를 탔고, 택시에서 내려서는 계단으로 돌진했었어요. 그런데 아아, 슬프게도 편지가 없었어요. 당신에겐 죄가 없다는 걸 알아요. 시카고는 너무 멀고, 비행기들은 너무 느리게 날아요. 내 사랑, 지난주 일요일부터 당신에게 일어난 일을 모른다는 건 슬픈 일이에요. 어쩌면 당신은 누이동생을 만났을 거고, 그녀와 함께 장을 봤을 거예요. 그 외에 어떤 일이 있었나요? 시장에서 당신은 틀림없이 손해를 봤을 거예요. 저는 당신의 소소한 일상을 알고 싶어요.

파리는 다시 눈부시게 빛나고 있어요. 당신은 항공료가 생기면 이곳으로 바로 와야만 해요 — 이곳에서 사는 비용은 제가 감당할 수 있어요. 눈살을 찌푸리지 말아요. 제 돈을 받는다는 생각에 언

---

[*] 센가에 있는 루이지애나 호텔, 『상황의 힘』 참조

짧아하지 말아요. 만일 저도 당신을 만나기 위해 돈이 필요해진 다면 당신 돈을 받을 테니까요. 우리가 서로 사랑하는 한 당신 것이 제 것이며 제 것이 곧 당신 것이에요. 오세요. 파리로 오세요, 우리는 뉴욕에서처럼 행복할 거예요. 당신에게 나의 도시를 보여 주고 싶어요. 공연히 하는 말이 아니랍니다. 저는 허튼소리를 절대 하지 않아요. 당신이 제가 있는 파리에 머물도록 더 많은 것을, 돈보다 훨씬 더 많은 것을 줄 거예요. 제가 당신을 사랑한다는 걸 잊지 말아요. 나의 사랑하는 시카고 '토박이 젊은이'. 그러니까 파리는 푸른 나뭇잎사귀와 기분 좋은 냄새, 멋진 여름 원피스를 입은 예쁜 여인들, 거리에서 키스하는 연인들, 행복한 사람들과 함께 아름답고 푸르고 무더웠어요. 친구들과 함께 몽마르트르 언덕에 있는 테르트르 광장에 갔답니다. 이 멋진 광장을 아시나요? 별난 음악 소리를 들으며 야외에서 저녁 식사를 할 수 있어요. 머리 위엔 하늘, 발아래로는 대도시를 내려다보며 훌륭한 음식과 와인을 곁들여 맛볼 수 있지요. 당신과 둘이 거기에 갈 거예요. 친구들과는 이야기하면서 다시 걸어 내려와 지하철을 탔어요. 그리곤 다음 정거장에 내렸고, 문이 길 쪽으로 열려 있는, 피아노와 스카치 앤드 소다가 있는 바에 갔어요. 미국에선 결코 볼 수 없는 그곳은 유쾌하게 수다 떠는 사람들로 넘쳐났어요. 한 미친 여자가 들어왔어요. 꽤 늙고 아주 못생겼으며 빨강·분홍·파랑·노랑으로 짙게 화장하고, 염색한 머리 위에 거대한 밀짚모자를 쓴 진짜 머리가 돈 여자였어요. 그녀는 원피스를 무릎 위로 걷어 올려 가련하고 비참한 종아리와 넓적다리를 드러냈고, 믿을 수 없이 외설적인 말을 고래고래 퍼부으며 춤추기 시작했지요. 우리는 술집이 문을 닫고 우리를 쫓아낼 때까지 그곳에 머물렀고, 검푸른 센강 위로 동이 트기 시작할 때 파리를 가로질러 제가 사는 생제르맹데프레로 다시 내려왔어요. 내 사랑, 저는 이날 파리의 밤을 당신과 함께 나눴다는 욕망으로 가득 차서 당신을 생각하며 잠자리에 들었어요.

　다음 날에는 파란색과 노란색으로 칠해진 여인숙으로 돌아왔어요. 지금은 글을 쓰며 열심히 작업하고 있어요. 친구들*이 저를 자주 만나러 오고, 우리는 끝없이 이야기한답니다. 당신에게 그들에 대해 이야기하고 싶지만, 영어로 편지에다 쓰는 것은 어려워요. 무엇보다도 얼마간은 당신과 단둘만 있는 기분을 더 느끼고 싶어요. 제 글씨와 영어가 어느 때보다 더 형편없을까 무척 두려워요. 밤이 깊었고, 무척 졸려 하면서 침대에 있기 때문이지요. 당신 꿈을 꾸고 싶지만 꿈은 제 말을 듣지 않아요.

　당신을 사랑해요. 당신에게 정열적으로 키스해요.

당신의 시몬

1947년 6월 2일 월요일

　내 사랑, 이번에는 편지가 있네요. 저는 그것을 가지고 제 방으로 뛰어 들어갔어요. 당신이 손으로 만진 그 종잇조각을 제 손가락 사이로 느껴 보니 심장이 강렬하게 뛰었어요. 편지 안에는 슬픔이 담겨 있었지만 그래도 행복했어요. 실제로 우리의 손가락은 서로 만나지 못했어요. 편지를 읽고 또 읽었지만, 당신 그리고 타이거**조차 나타나지 않았지요. 책 보내 줘서 고마워요. 『성소聖所』와 쿠프린*** 책을 읽었어요, 정말 고마워요. 그러나 저는 어떤

---

* 　장 폴 사르트르와 자크로랑 보스트(Jacques-Laurent Bost)

** 　올그런의 고양이 이름

*** 　Alexandre Kouprine. 『염라대왕, 라 포스*Yama, La Fosse*』(1909)의 작가. 올그런이 훗날 발표한 소설 『황금 팔의 사나이*The Man with the Golden Arm*』의 제사(題詞) "이해하시지요,

책보다 당신의 편지를 좋아해요. 당신의 생활을 낱낱이 이야기해 줘요. 수영을 했는지, 어떤 뼈를 뜯었는지* 모든 것이 제게는 중요하답니다.

일주일 내내 파리에 있을 거예요. 만나야 할 사람들도 있고, 『현대』의 일을 맡아 해야 하거든요. 낮 동안에는 날씨가 찌는 듯하답니다. 밤에도 덥지만, 그래도 아름답고 기분이 좋아서 야외 공원이나 작은 광장에서 저녁 식사를 하고 북적거리고 활기 넘치는 거리를 오랫동안 거닐 수 있어요. 제가 사는 곳의 거리는 아침이면 무척 활기차답니다. 여자들이 크게 수다를 떨며 웃고 이야기하는 거리에 생선, 육류, 버찌, 채소 들을 사들이는 장*이 하나 서요. 모든 것이 아직은 매우 비싸지만 적어도 물건들이 있고, 거리가 텅 비어 있던 시절과 비교하면 정말 유쾌하답니다. 당신에게 편지를 쓰고 두세 시간 작업을 하러 '되마고' 카페에 가기 위해 제가 사는 동네의 시끄럽고 살아 있는 듯한 거리를 따라 걷는 것을 좋아해요. 글을 다시 쓰려고 붙잡았으나 아직 충분치 않네요.

어제 아침에는 훌륭하게, 아마도 가장 훌륭하게 만들어진 프랑스 영화** 시사회에 참석했어요. 줄거리는 단순했지만, 의미가 풍부하고 이야기가 잘 짜인 영화였지요. 열일곱 살의 청년과 최근에 사랑 없이 어떤 병사와 결혼한 스무 살의 여자, 매우 젊은 두 사람이 제1차 세계 대전 동안 사랑했어요. 이 어린 연인에게 전쟁은 바캉스를 의미했어요. 그들의 사랑은 어른들에 의해 짓밟혔지

여러분, 끔찍한 것은 바로 그겁니다. 다른 끔찍한 것은 없습니다!"는 그가 좋아한 쿠프린의 문장에서 빌려왔다.

* quelle sorte d'os vous avez rongés. '어떤 음식을 먹었는지'라는 의미로 장난기 어린 표현

· 아직도 존재하는 뷔시(Buci) 시장

** 라디게(Raymond Radiguet) 원작, 오탕라라(Claude Autant-Larad) 감독의 1946년 영화 〈육체의 악마〉. 제라르 필리프(Gérard Philipe)와 미슐린 프레슬(Micheline Presle) 주연

만, 맞서 싸우기에 그들은 너무 어렸어요. 사람들이 그들을 떼어놓았고 여자애는 죽어 버리지요. 불이 다시 켜졌을 때 모두가 목이 메어 있었어요. 지금 프랑스 영화는 발전 중이에요. 할리우드 영화보다 더 대담하고 더 인간적이며 사실적이에요. 이곳의 생활은 매우 흥미롭지만 여러 이유로 어렵고 복잡해요. 당신에게 그에 대해 이야기하기가 어렵군요. 시카고에서 이곳의 상황을 설명하기엔 시간이 너무 없었어요. 내년에는 다를 거예요. 우리는 많은 시간을 함께 보낼 거고, 저는 당신이 바쁘고 서두르고 항상 여기저기 뛰어다니도록 놔두지 않겠어요. 뉴욕에서처럼 수없이 많은 시간 동안 당신을 제 옆에 붙잡아두고서 이야기하고 이야기하고 또 이야기할 거예요. 저는 당신과의 깊은 친밀감을 갈망하고 우리가 서로 사랑하는 만큼 서로를 알기를 갈망해요. 그것이 필요해요. 물론 사랑이 가장 중요하고, 사랑은 그 자체로 앎이에요. 저는 우리가 자랑스러워요. 우리에게 주어진 짧은 시간을 이 정도로 잘 활용한 우리는 정말 대단해요. 첫날 밤, 택시에서 당신이 했던 말을 기억해요. "우리에겐 낭비할 시간이 없어요." 저도 같은 말을 입술에 담고 있었어요. 낭비할 시간이 없다고요. 우리는 1분도 헛되이 보내지 않았어요. 우리가 일주일만 함께 있었다는 느낌이 들지 않고, 결코 끊어지지 않을 수백 개의 끈으로 당신과 연결돼 있다고 느낀답니다.

나의 친구, 나의 연인, 당신은 멀리서도 제게 많은 것을 줘요. 당신을 생각하는 것만으로도 평온과 행복을 느낀답니다. 당신에게 보내는 이 키스가 제게 당신이 얼마나 귀중한 분인지를 더 잘 말해 줄 거예요. 당신을 사랑해요.

당신의 시몬

1947년 6월 4일 수요일

나의 사랑하는 남편, 아래층 우편함에서 당신의 편지, 너무도 다정한 당신 편지를 발견하고 무척 기뻤습니다. 마치 당신의 소중하고 장난스러운 목소리를 듣고 당신의 따뜻한 미소를 보는 듯했으며, 당신이 제 곁에 있고 우리가 유쾌하게 이야기하는 것 같았어요. 답장이 바로바로 도착하기만 한다면 편지를 주고받는 것은 진정한 기쁨이지요, 대화가 가능해지니까요. 지금 이 순간에 당신은 멀리 있는 것 같지 않고 당신이 저를 사랑하는 것을 느껴요. 제가 당신을 사랑하는 것을 당신이 느낀다는 것까지도 느끼고 있답니다. 내 사랑, 그것이 저를 얼마나 행복하게 만드는지 당신은 모를 것이고, 당신이 제게 행복을 얼마큼 주실 수 있는지 저조차 모르고 있었어요. 저의 가슴속으로 들어온 그 달콤한 편지 덕분에 온종일 햇살이 눈부셨고 행복했고 경이로웠어요. 그런 편지들을 쓸 수 있다니 질투가 나는군요. 공평치 않아요. 저는 제가 하고 싶은 말을 외국어로 표현할 수 없는데, 당신, 당신은 재치 있는 척할 수 있고, 사물을 잘 묘사할 수도, 이야기를 재미있게 잘할 수도 있어요. 저는 바보 같지는 않더라도 유치하고 형편없는 영어밖에 구사할 수 없겠지요. 어때요, 당신? 당신은 당신이 더 영리하고 더 흥미롭다고 믿을 것이며, 저의 서투름 앞에서 거만한 경멸감을 품게 될 거예요…….

저녁

내 사랑, 자정이에요. 시카고는 몇 시죠? 저녁 식사 시간일 거라 생각해요. 지금 당신은 무얼 하고 있나요? 제 방은 정말 지저분하고 누추해서 당신에게 보여 주기가 부끄러워요. 벽은 괜찮아요. 분홍색, 치약 색깔의 분홍색으로 아주 더러운 천장과 예쁘지

43

도 않고 안락함도 없는 무척 초라한 이 방을 매력적이고 '여성스러운' 모습으로 바꿔 줄 유능한 남자 청소부가 필요해요. 그럼에도 불구하고 저는 국수와 감자를 익혀 먹으면서 전쟁 내내 살았던 이 누추한 방에서 빠져나올 수 없는데, 이것은 유일하게 분별 있는 행동일 거예요.

오늘 저녁에는 분별력이라고는 하나도 없고 저 자신이 너무나 불행하게 느껴진답니다. 조금 울게 해 주세요. 당신의 두 팔에 안겨 우는 것은 감미로울 거예요. 당신에게 안겨 울 수 없기 때문에 울고 있어요. 만약 제가 당신에게 안겨 있었다면 울지 않았을 테죠. 사랑의 편지를 쓴다는 건 어리석은 일이에요. 사랑은 편지로 말할 수 없어요. 그러나 이 끔찍한 대양이 사랑하는 사람들 사이를 가로막고 있다면 당신은 무얼 할 수 있나요? 저는 당신에게 무얼 보낼 수 있을까요? 꽃들은 시들어 버리고 키스와 눈물은 보낼 수 없어요. 단지 단어를 나열할 수 있지만, 저는 영어로 잘 표현하지 못한답니다. 당신은 자부심을 느껴도 좋아요, 대서양 건너편에서 저를 울게 할 수 있으니까요. 너무 지치고 당신이 너무 그리워요. 정말이지 이번 귀국은 너무 힘들고 견디기가 무척 어렵군요. 프랑스에는 아주 슬픈 무언가가 있는데, 저는 이 슬픔을 좋아해요. 미국에서는 휴가 중인 저 자신에게 아무것도 강요하지 않았어요. 허나 여기서는 해야 할 일들이 있는데, 그것이 무엇인지 정확하게 알 수 없고 일을 할 수 있는지조차 모르겠어요. 이상한 하룻저녁을 보냈고, 그것을 견디기 위해 술을 많이 마셨더니 정신이 혼란스럽군요. 저를 사랑한 '아주 못생긴 여자'*에 대해 당신에게 이야기한 적이 있는데, 그때가 기억나는군요. 우리는 뉴욕

---

* 비올레트 르뒥(Violette Leduc). 그녀는 자신을 그렇게 불렀다. 문제의 원고는 1948년에
『굶주린 사람들L'Affamée』로 출판된다.

44

의 트윈베드에서 여자들에 대해 이야기했고, 저는 당신의 소중한 얼굴을 바라보며 행복해했지요. 그녀와 저녁 식사를 했어요. 나흘 전에 만났는데, 그녀는 저의 눈치를 살피며(그녀가 그 사실을 고백했어요) 온몸을 떨면서 제가 앉아 있던 카페에 들어왔어요. 그녀에게 한번 저녁 식사를 같이하자고 약속했었지요. 그녀는 저에 대한 사랑을 조금의 망설임도 없이 상세히 이야기하는 일기 원고를 가져왔어요. 놀라웠어요. 그녀는 훌륭한 작가고, 사물을 깊이 있게 느끼고 우리가 감탄하도록 만들지요. 저에 대해 쓴 일기인 만큼 이를 읽는 일은 제 마음을 꽤 흔들었어요. 저는 그녀에 대해 충분히 감탄하는 마음과 많은 호감을 갖고 있지만, 파리에 있을 때 한 달에 한 번 정도만 그녀를 만날 뿐이지 그녀에게 그다지 애착이 있진 않아요. 그녀도 그 사실을 알고 있어요. 우리가 저를 향한 그녀의 사랑에 대해 아주 자유롭게 이야기할 수 있고, 그것을 마치 병인 양 토론할 수 있다는 점은 혼란스러워요. 어쨌든 당신은 그녀와 저녁을 보낸다는 게 쉬운 일이 아니라는 걸 짐작할 거예요. 그녀는 항상 파리에서 가장 좋은 음식점으로 저를 초대하고 값비싼 샴페인과 요리를 주문해야 한다고 고집해요. 저는 평소보다 더 많이 말하고 여러 이야기를 하며 쾌활하고 자연스러워지려고 애쓰지요. 그녀, 그녀는 밑 빠진 독에 물을 붓듯이 술을 입에 들이부어요. 그런 다음에 우리는 어느 바에 가고, 거기서 그녀는 비극의 주인공이 되어 저를 불편하게 해요. 그래서 저는 그녀에게 작별 인사를 하지요. 그러면 그녀는 울고, 머리를 벽에 부딪치고, 자살하겠다는 생각을 되씹으려고 가 버린답니다. 저는 그녀가 그런다는 걸 알고 있어요. 그녀는 저 말고는 단 한 명의 친구도 원치 않고, 아침부터 저녁까지 홀로 지내며 1년에 여섯 번 정도 저를 만날 뿐이지요. 절망한 채 죽음을 꿈꾸는 그녀를 홀로 거리에 내버려 두는 게 정말 싫어요. 그러나 제가 무얼 할 수 있을까요? 지나친 친절은 무엇보다 위험한 거예요. 어쨌든 저는 그녀에게 키스할 수 없고, 문제는 그거예요. 그러니 제가 어떻게 해야 할까요?

오늘 아침에 『현대』에서 많은 원고를 가져와 낮 동안 검토했어요. 그중에 놀라운 원고가 하나 있었지요. 어느 매춘부가 쓴 매춘부 생활에 관한 이야기예요. 맙소사! 그녀가 단 한 번뿐인 삶을 살기 시작한 이후 그녀의 눈에 세상이 그처럼 보였을 테고, 다른 아무것도 알지 못한 채 죽게 되리라 생각하면 정말 끔찍해요! 그녀의 문체가 너무 자연스럽고 지나치게 날것 그대로여서 출판이 거의 불가능해요. 우리는 우리의 자잘한 고민거리보다 그와 같은 일에 대해 울어야 할 거예요. 게다가 그녀는 그런 생활에서도 익살스러워지는 방법까지 찾아냈답니다!*

나의 사랑하는 임, 잠을 자려 해요. 당신에게 편지를 쓰니 위로가 됐어요. 당신이 살아 있고 저를 기다리고 있으며, 행복과 사랑이 돌아오리라는 걸 안다는 것이 제게 얼마나 용기를 주는지 모른답니다. 언젠가 한번 당신이 말했죠. 제게 당신이 중요한 것보다 당신에게 제가 더 중요하다고요. 저는 그 말이 더 이상 맞지 않다고 생각해요. 당신이 그립고, 당신을 사랑해요. 당신이 제 남편인 것처럼 저는 당신의 아내예요. 당신의 품에서 잠들래요, 내 사랑.

당신의 시몬

1947년 6월 7일 토요일

내 사랑, 오늘 아침부터 비가 무섭게 퍼붓는 데다 철도 파업까

---

* 프랑스의 월간지 『현대』 1947년 12월~1948년 1월 참조

지 있어서 제 시골 숙소로 어떻게 돌아가야 할지 모르겠어요. 파리에서의 일정을 마치고 그곳으로 돌아가 쉬면서 일하고 싶어졌어요. 수요일 밤에 당신에게 편지를 썼을 때 우울증 같은 게 있었는데, 지금은 나아졌어요. 우선 다시 일할 수 있고, 그게 제일 중요하답니다. 미국으로 떠나기 전에 시작한 여성에 관한 책을 곧바로 다시 시작하려 한 것은 잘못이었어요. 그 책은 이제 저의 관심에서 멀어졌어요. 마치 아무 일도 없었다는 듯이 그 책을 다시 붙잡을 수 없답니다. 나중에 다시 시작하겠지요. 지금은 지난 여행*에 모든 생각을 기울이고 싶어요. 그것이 사라지는 걸 원치 않아요. 그것으로부터 무언가를 찾아내야 해요. 만일 무엇도 가능하지 않다면 최소한 글로라도 무언가를 살려야 해요. 저는 미국에 대해 그리고 저에 대해 말할 거예요. '미국에서의 나'라는 경험의 총체를 환기해 내고 싶어요. '도착한다'는 것과 '떠난다'는 것은 무엇을 의미할까요? 한 나라를 '횡단한다'는 것은요? 사물을 바라보고 그로부터 무언가를 파악한다는 것은 무엇을 의미할까요? 동시에 현실 그 자체를 이해하고자 해요. 제 말을 이해하시나요? 저 자신을 명확히 설명하지 못할까 두렵지만, 이 계획에 아주 큰 흥미를 느낀답니다.

파리에서 좋은 시간을 보냈어요. 어제 아침에는 사르트르가 자신이 시나리오와 대사를 쓰고 들라누아가 만든 영화**의 첫 번째 프린트 시사회에 저를 데려가 줬어요. 아주 좋은 영화가 될 거라 믿어요. 전에도 말했지만, 프랑스 영화는 우리가 책에서 그렇게 하듯이 감독들이 영화에 독창적 인생관을 진지하게 표현하려 노력하기 때문에 많이 발전하고 있지요. 거기서 최종적으로 편집되

---

* 『미국 여행기』로 출간될 것이다. 〔원제는 "미국의 나날들(L'Amerique au Jour le Jour)" – 옮긴이〕

** 제라르 필리프와 미슐린 프레슬이 주연한 영화 〈주사위는 던져졌다Les Jeux sont faits〉

기 전의 필름을 한 컷 한 컷 보는 것은 흥미로웠어요. 촬영이 아직 안 끝났고, 다듬어지지 않은 있는 그대로의 작업 상태와 한 장면을 촬영하는 다양한 방법 그리고 최종적으로 선택해야 할 때 제기되는 문제들을 감지할 수 있었지요. 또 저는 대부분의 배우를 알고 있었고 생제르맹데프레의 여러 카페에서 흔히 마주치는 이런저런 젊은이들을 영화 속 인물에서 다시 발견하는 일이 아주 재미있었답니다. 오후에는 제 책을 출판하는 갈리마르 씨 집에서 칵테일파티가 있었어요. 그는 가난한 작가들을 착취해 많은 돈을 벌었고, 매주 칵테일파티를 열지요. 저는 처음으로 가 봤어요. 수백 명이 정원과 드넓은 방들을 가득 채웠고, 그곳에서 출국한 이후 만나지 못한 유쾌하고 마음이 따뜻한 거의 모든 친구를 만났어요. 그들은 미국에 대해 질문했고, 최근 파리에서 나도는 소문들을 들려줬지요. 우리는 저녁나절을 함께하기 위해 약속을 다시 잡았어요. 그래서 자정쯤에 프랑스의 젊은 인텔리겐치아, 아니 자신들이 그렇다고 여기는 사람들이 가짜 인텔리겐치아인 젊고 예쁜 여자들과 정신없이 춤추고 마시는 재미있는 곳으로 갔지요. 그곳은 작은 바 아래에 있는 기다란 지하 술집인데, 불그스름한 벽과 천장에다 다소 컴컴하며, 테이블과 둥근 의자가 있었어요. 스무 명이면 족할 공간에 수백 명이 춤추고 있었어요. 사내애들과 여자애들이 터무니없이 파격적인 옷을 입고 미친 듯이 춤췄기 때문에 재미있었죠. 몇몇 사내애는 멍청해 보이지 않았고, 어떤 여자애들은 호감 가는 얼굴이었어요. 음악은 좋았어요. 그들은 미국의 대다수 백인보다도 연주를 더 잘했고, 그것은 그들에게 많은 것을 의미해요. 저는 특히 젊은 트럼펫 주자*를 좋아해요. 음악적 재능이 있고, 직업은 엔지니어(오직 생활비를 벌기 위해)이자

---

* 보리스 비앙(Boris Vian)

작가예요. 무리하면 죽을 수도 있는 심장병을 앓고 있는데도 트럼펫을 열정적으로 연주하지요. 그는 미국 흑인이 저자고 자신은 번역자에 불과하다면서 파문을 일으킨 문제의 책* 한 권을 출간했고, 매우 외설적이고 가학적인 내용의 이 책이 대중에게 큰 인기를 끌면서 큰돈을 벌었어요.

네, 우리는 술을 조금 마시고, 이야기를 많이 하며, 재즈를 듣고, 사람들이 춤추는 걸 보았어요(개인적으로 저는 춤을 추지 않고, 춤추는 것을 결코 좋아한 적이 없었어요). 한동안 이 사람들을 다시 볼일은 없지만, 즐거운 야회였지요. 저는 그들과 어울릴 계획은 없으나, 그들이 프랑스에, 파리에 존재하고, 글을 쓰고 재즈를 듣고 저와 같은 거리와 하늘을 바라본다는 사실을 좋아해요.

저는 일주일에 한두 번 시골에서 파리로 와서 미국에 관한 책을 써 나가며 당신, 당신에게 편지 쓰는 이 생활을 한 달간 계속하려 해요. 당신의 네 번째 편지를 기다리고 있어요. 다음 월요일엔 틀림없이 받을 수 있겠지요. 오늘 아침에는 혹시나 편지가 있을까 기대했지만 없었어요. 제게 한 주에 한 번이 아닌 두 번씩 편지를 써서 보내 줘요, 나의 사랑하는 사람. 나는 많은 사람에게 당신의 소설에 대해 이야기했는데, 몰래 당신의 손을 잡고 당신에게 미소 짓는 듯했어요. 파리는 지금 정오랍니다. 시카고에서 당신은 어쩌면 수영을 하거나 당신의 실내 가운을 걸치고 부엌에서 분주하게 움직이고 있는지 모르겠네요. 혹은 잠자고 있나요? 당신에게 다가가 당신을 키스로 깨워 줄게요. 당신에게 몇 번이고 키스해요.

당신의 시몬

---

* 『너희들 무덤에 침을 뱉으마』

49

1947년 6월 12일 목요일

나의 사랑하는 사람. 일주일이 넘도록 당신에게서 편지 한 통이 없군요. 당신이 편지를 쓰지 않는다고 해도 당신을 의심하지 않아요. 더 오래 견딜 수 있을 거예요. 우리는 서로에게 "저는 당신을 잃지 않을 것이고, 당신은 저를 잃지 않을 것입니다"라고 말했고, 저는 당신이 저를 믿는다는 것과 당신이 저를 잊지 않고 있다는 것을 알기에 당신을 믿어요. 그렇지만 슬프군요. 파리에 도착하면 가장 먼저 당신의 편지를 찾기 위해 제가 사는 호텔로 달려가지요. 어제 저의 작은 편지함은 비어 있었고 오늘도 온종일 빈 채로 있었어요.

시골에서 사흘을 보냈어요. 그곳으로 택시를 타고 돌아가야 했기에 비용이 무척 많이 들었어요. 그러나 매우 프랑스적인 예쁜 마을들과 작은 길들, 숲과 계곡들을 지나는 여정이 저를 매혹했지요. 작업은 아주 잘 진행되고 있어요. 미국에 관한 이 책이 마음을 사로잡네요. 긴 작업이 될 거예요. 저는 결코 빨리 쓰지 않을뿐더러 의도하는 바도 꽤 어렵기 때문이지요. 좋은지 나쁜지는 아직 모르겠고, 기쁜 마음으로 일을 강행하고 있어요. 그리고 어제 파리로 다시 왔지요.

오늘 저녁에 파티를 열려고 해요! 미국으로부터의 귀환을(내 사랑, 그들은 미국으로부터 '떠나오는 것'을 '귀환'으로 생각한답니다) 축하하기 위해 스무 명 정도의 친구들을 초대했어요. 사람들이 춤출 수 있는 쾌적한 작은 지하 술집을 발견했고, 그곳에서 좋은 재즈 음반과 작은 오케스트라의 음악을 들을 거예요. 저는 위스키, 코냑, 진, 보드카 등 많은 술을 사 놓았고, 뉴욕에서 구입한 당신이 좋아하는 멕시코 원피스와 유리 목걸이로 최대한 우아하게 차려입었지요. 당신은 결코 제가 우아할 수 없을 거라고 말했지만, 저는 우아해 보이는군요. 내 사랑, 만약 당신이 갑자기 저의 분홍 치약 색깔의 방으로 들어온다면, 저는 너무 기뻐서 사람들을 쫓아내고 술병들을 깨고 멕시코 원피스를 찢어 버릴 텐데! 내 사랑, 그런 일은 일어날 거예요. 우리는 다시 서로의 얼굴을 볼 것이고, 당신의 입술이 제 입술에 키스할 것이며, 저는 당신의 목소리를 들을 거예요. 그렇게 될 거예요. 그러나 오늘 저녁은 아니지요. 오늘 저녁에 저는 파티에 갈 거고, 거기서 즐길 수 있기를 바라요. 나중에 이야기해 줄게요.

출판사 세 군데에서 당신 책에 관심을 보입니다. 확답을 받으려면 시간이 좀 걸리겠지만, 출판되리라 확신해요. 그렇게 되면 당신은 아마도 프랑스 돈을 갖게 될 거예요. 파리는 기분 좋은 곳이지요. 생제르맹데프레에 있는 작은 광장들에서 화가들이 나무, 성당 그리고 작은 광장들을 소재로 그림을 그리고 있어요. 재능이 없는데도(왜냐고요? 모르겠지만 정말 재능이 없어요) 그들은 어찌나 만족해하는 것처럼 보이는지 그들을 관찰하는 사람들도 만족스러워하지요. 워반지아 애비뉴는 어떤가요, 내 사랑? 편지 좀 써줘요, 부탁해요. 제게 이야기해 주고, 미소 지어 주고, 키스해 줘요. 사랑해요.

당신의 시몬

뉴욕의 라이트 씨 집에서 찍은 작은 사진들을 동봉해요.

1947년 6월 13일 금요일

내 사랑, 프랑스 국기처럼 빨강, 파랑 그리고 흰색이 눈부신 편지가 도착했어요. 다정하고 긴 편지가 저를 기쁘게 했어요. 매번 새로운 기분으로 네 번, 다섯 번이라도 읽을 수 있어요. 정말 고마워요.

파티는 완전히 실패했지만, 모든 것이 항상 저를 즐겁게 만드니까 즐거웠어요. 지하 술집은 넓고 어둡고 마음에 드는 바가 있는 괜찮은 곳이었어요. 레코드음악도 좋았고 진, 위스키, 코냑 등 술이 풍성했으며, 초대된 사람들도 모두 마음에 들었지요. 하지만 파티는 실패였어요. 사람들이 마실 줄도 모르면서 술을 너무 많이 마셨기 때문이에요. 저도 상당히 마셨지만 멀쩡했지요. 두 시간이 지나자 젊은 남녀들은 잠을 자거나 울고, 특히 사방에서 구토를 했어요. 저는 그들이 토하는 걸 도와주고 그들에게 손수건을 나눠 주는 등 무척 바빴어요. 음악 연주자들은 처음부터 술에 곯아떨어졌고, 우리는 기타 연주도, 피아노 연주도, 트럼펫 연주도 들을 수 없었어요. 우리 중 열 명 정도만이 제정신이었고, 파티는 아침 다섯 시까지 계속됐지요. 그러나 저 말고는 아무도 기운이 없었어요. 다섯 시에 파리의 장엄한 새벽을 걷는 것이 얼마나 기쁘던지요!

나중에 초대 손님들을 다시 만났을 때, 그들은 모두 파티가 매우 즐거웠다고 말했어요. 심지어 잠을 잔 사람들, 울었던 사람들 그리고 구토한 사람들까지도요. 어쩌면 그다지 실패한 파티가 아니었는지도 몰라요. 저는 지하 술집에 가방을 두고 왔었어요. 다음 날 아침에 그것을 찾으러 호텔에 갔지요. 지배인이 가방을 돌려주며 "눈 하나는 못 찾으셨어요?"라고 물었어요. 어찌나 끔찍하던지! 저는 겁에 질려 펄쩍 뛰어올랐어요. "아니요." 그녀가 말했어요. "젊은이 중 한 명이 바 위에 있는 꽃병 옆에 자기 눈을 두고 갔다고 했는데, 우리가 찾지 못했어요. 자기 유리 눈을 꺼내 한 친구에게 보여 주곤 깜빡하고 그냥 갔대요." 결국 그렇게 끔찍한 일은 아니었지만, 잠시 세상이 흔들렸지요.

가짜 금발의 여자*와 타이거 그리고 미스 G.의 소식을 들어 반가웠어요. 그리고 당신이 소설을 쓴다는 걸 알고 기뻤어요. 좋은 소설 쓰세요. 당신이 제안한 제목들**은 좋다고 확신할 수 없군요. 약간 셀린*적이긴 하나 두 번째 제목이 더 나아요. 어쩌면 더 좋은 제목을 찾을 수 있을지 몰라요. 당신이 실존주의에 관심을 가지니까 말인데요, 『이방인』의 저자 카뮈가 독일군의 파리 점령을 오랑에 창궐한 페스트 이야기로 가장하여 다룬 중요한 책 『페스트』를 이제 막 출간했다는 사실을 알아 두세요. 그는 끔찍스러운 병과 그 병에 전염될까 두려워 굳게 닫은 문 뒤편의 도시를 뒤덮는 고독, 공포와 용기를 묘사했어요. 그 모든 것을 통해 인간 존재의 의미, 이성, 그리고 그것을 받아들이는 방법에 대해 성찰하고자 해요. 저는 그 모든 것에 동감하진 않아요. 하지만 그는 아름다운 프랑스어를 구사하고 어떤 부분은 감동적이며 가슴에 와닿아요.

자랑할 게 있어요. 당신이 『선데이 서플리먼트_Sunday Supplement_』에서 읽은 기사, '기병대장'***이 아주 천박하게 무시한 그 기사 덕분에 미국인들로부터 축하 편지를 받았어요. 저는 으스대고 있답니다. 그들이 보기에는 제가 미국에 대해 뭔가를 이해한 거예요. 정말이지 저는 내년에 미국에 다시 가서 오랫동안 머물기로 결심했어요. 그럴 방법을 찾아낼 수 있을 거예요. 그건 정말 확실하니 믿어도 좋아요. 그러니 당신이 프랑스에 올 수 없고 신神이나 말

---

* 마약중독자이자 매춘부이며, 도둑과 결혼한 올그런의 친구
** 올그런은 그의 소설 제목으로 두 가지 안에 대한 의견을 물어봤다. "'주정뱅이 그리고 허약한 사람' 어때요? 너무 멜로드라마적인가요? 좋아요, 그럼 '밤의 끝으로의 하강(下降)'. 너무 셀린적인가요?"
* 『밤 끝으로의 여행』을 쓴 프랑스의 소설가 루이페르디낭 셀린(Louis-Ferdinand Céline)을 가리킨다.
*** 올그런의 또 다른 괴상한 지인(知人)

들*이 당신을 도와주지 못한다 하더라도 우리는 아주 많은 시간을 함께 보낼 거예요. 나중에 팔아도 되니까 어쩌면 차를 한 대 살 수도 있고, 비행기와 버스를 타고 미국 전역을 누빌 수도 있고, 한동안 뉴올리언스에 머물 수도 있겠어요. 생각만 해도 몹시 흥분되는군요. 정말 당신과 함께 진짜 여행을 떠나고 싶어요. 당신이 뉴욕에서 그랬던 것처럼 모든 것에 기쁨을 느낀다면 여행은 즐거울 거예요. 당신은 정말이지 재미있는 사람이에요. 우리는 함께 웃을 거고 그건 말할 수 없이 좋은 일이지요. 서로 사랑하고 함께 웃는 것은 여행의 아주 좋은 방법이랍니다.

(…)

지금은 토요일 저녁이에요. 시골로 다시 돌아왔어요. 거센 바람과 함께 비가 내리고 있지요. 저는 이런 날씨가 좋아요. 제 영어에 대해 어떻게 생각해요? 서툴지요, 그렇지 않아요? 그리고 제 글씨는요? 마음에 들어요? 좋아요, 사랑하는 당신은 이를 확실히 읽어 낼 거예요. 당신에게 많이, 오랫동안 애정을 기울여 키스해요, 내 사랑

당신의 시몬

1947년 6월 17일 화요일

내 사랑, 두 시간 넘게 작업했기 때문에 약간의 휴식을 취합니다. 코냑 한 잔을 주문했고(애석하게도 여기엔 위스키소다가 없군요!) 우리의 '실존주의' 카페인 '플로르' 2층에서 편지를 쓰고 있어요. 길위로 열린 커다란 실내와 테라스에는 사람들이 바글바글한데 이

---

* 올그런은 경마에 심취해 있었고, 포커도 열광적으로 좋아했다.

곳에는 저밖에 없어요. 창문을 통해 생제르맹 거리의 가로수들을 바라보지요. 기분이 좋아요. 사르트르가 미국 일기(가상의 여행 일기)의 초반부를 읽곤 잘됐다고 했기 때문이에요. 그래서 기쁘게 계속하고 있지요. 사람들에 대해 완전히 자유롭게 이야기할 수 없다는 게 얼마나 유감인지 모르겠어요. 그럴 수 있다면 훨씬 더 흥미로울 텐데요. 예를 들어 리처드 라이트에 대해 제가 아는 모든 것을 이야기할 수 없어요. 그에 대한 크나큰 우정에도 불구하고 제가 그리한다면 그가 만족스러워하지 않을 거예요. 다른 이들에 대해서도 마찬가지지요. 그런데 이런 종류의 책은 단지 책이 지니는 진실의 가치에 의해서만 흥미가 있어요. 저는 책의 내용이 진실되도록 노력하고 있답니다. 미국에 대해 이야기한다는 것은 다양한 종류의 모든 미국인에 대해 이야기하는 것이에요. 유감이지요. 그러나 제가 말할 수 있는 것으로 최선을 다하겠어요. 당신이 그 책을 읽지 않으리라 생각하니 그 또한 유감이군요. 당신에게 보내는 긴 편지처럼 구상하고 싶었어요. 이제는 당신의 나라에서 이 책이 번역되도록 아주 잘 쓰는 일만 남았답니다. 진정 프랑스어를 배울 수 없나요? 자, 매번 당신이 편지에 프랑스어로 열 줄을 쓰면 제가 틀린 부분을 고친다고 가정해 보세요. 어떻겠어요? 그런 다음에 당신은 프랑스 책을 읽을 것이고, 마르세유에서 배에서 내렸을 때 혼자 잘 헤쳐 나갈 수 있을 거예요. 어떻게 생각해요?

지금은 다른 아무것도 중요하지 않기에 제 일에 대해 이야기하고 있어요. 삶은 시골, 파리, 다시 시골에서 이어지고, 좋은 삶이죠. 왜 진즉에 이런 생활을 하지 않았을까요? 더할 나위 없이 고요한 시골에서 사흘 동안 책을 읽고 글을 쓴 후에 파리로 돌아와 커피를 마시고 친구들을 만나는 일이 얼마나 기쁜지 모르겠어요. 어제는 아름다운 나무들과 작은 호수가 있는 몽수리 공원 안에 있는 레스토랑의 야외에서 저녁 식사를 했답니다. 밤 열 시에 공원 문이 닫히고 레스토랑 손님들만 남으면 인적 없는 이 밤의 녹지에 거의 혼자인 것처럼 느껴져요. 마법 같아요. 저는 어린애처럼 행복했어요. 그다음에 샹젤리제에서 위스키 몇 잔을 마시겠다고 고집을 부렸지요. 어떤 바는 서비스가 좋으나 '얼음 파업'(현재 프랑스에서는 항상 이런저런 파업이 일어나지요)이 있었고, 종업원이 얼음을 넣지 않은 위스키를 주면서 스카치라고 단언했지만 미국 스카치와는 전혀 달라서 마음에 들지 않았어요. 시카고에서 파리를 찾으려 해서는 안 되는 것과 마찬가지로 파리에서는 미국을 찾지 않는 것에 매력이 있어요.

우스운 일이 있었어요. 누군가가 전화로 저를 찾았지요. 모르는 사람이었어요. 그가 "여보세요, 'orange juice(오렌지 주스)' 단어를 좀 발음해 보시겠어요?"라고 요구했어요. 제가 "무슨 일이죠? 누구신가요?"라고 물었지요. 그랬더니 "당신이 아니라 내가 질문합니다. 'orange juice'를 어떻게 말씀하시나요?" "무슨 말이죠?" "당신이 'orange juice(오렌지 주스)'라고 하는지 'orange joys(오렌지 조이스)'라고 하는지 알고 싶습니다." "제가 'orange joys'라고 말하는지 어떻게 아세요?" "오! 기자들은 어디에나 있지요." "드러그스토어(drugstores)도요?" "플로르 카페는 드러그스토어가 아닙니다." "아 그렇군요! 그렇다면 화나네요." 깜짝 놀란 저는 전화를 끊었지요. 뉴욕에서 한 친구가, 제가 '오렌지 주스'를 '오렌지의 기쁨'이라 발음한다고 말한 적이 있었대요. 그러나 그 일을 누가 알 수 있겠어요? 하지만 곧 이해됐지요. '플로르' 카페 부근의 한 바에서 저의 나쁜 억양에 대해, 바로 이 예를 들면서 이야기한 원고 한 쪽을 잃어버린 적이 있어요. 별난 사람들이 그것을 발견해 냈고, 거기서 이런 농담이 나온 거지요. 그 일은 저를 불편하게 만들었어요. 분명 그 종이쪽지에는 곤란한 게 아무것도 적혀 있지 않았지만, 프랑스 사람들은 워낙 악의에 차 있어서 어떤 것이든 비열한 농담을 할 수 있거든요. 어쩌면 그들은 아무 짓도 하지 않았을지 모르지만, 알 수 없는 일이에요. 걸핏하면 제게 관심을 쏟는 것이 무척 싫어요. 왜냐하면 악의를 가지고 그러거든요.

자, 당신에게 작은 번역거리 하나를 제안하는데, 다음 편지에 그 번역문을 보내 주세요. 아주 쉬운 거예요. 당신이 제대로 이해했는지를 말해 주겠어요. 주목하세요! 이 편지에서 가장 흥미 있는 부분이랍니다.

"내 사랑은 아주 멀리 있으나 나는 매일, 온종일 그를 생각하네. 나는 다시 만날 때까지 그를 생각할 거야. 그러면 더 이상 그를 생각할 필요가 없을 것이고, 그는 나를 두 팔에 안을 것이며, 우리의 입술이 닿을 것이고, 우리가 행복했던 것처럼 행복할 것이고, 그리고 우리가 더욱더 사랑할 것이기에 그보다 더 행복할 거야. 그는 아주 멀리 떨어져 있지만 내 마음속에 살고 있으므로 그보다 더 내 가까이에 있는 사람은 아무도 없어. 그의 이름은 넬슨 올그런."

당신이 이해하지 못한다면 여기에 그 의미가 있답니다. "사랑해요, 당신에게 키스합니다." 그러나 프랑스어로 하면 더 사랑스럽지요. 당신이 세상에서 가장 어리석은 사람이라 해도 당신은 알 수 있을 거예요, 제가 당신을 사랑한다는 것을. 저는 우리의 재회를 기다리면서 살고 있어요.

당신의 시몬

1947년 6월 20일 금요일

내 사랑, 저 자신은 약간 악어의 평화 속에서 살고 있는데, 이는 주위의 드넓은 세상을 고려할 때 화나게 만드는군요. 어제는 분홍 치약 색깔의 제 방을 떠나 파리에서 최신 유행을 따르는 사람들이 춤추고 술을 마시는 멋진 지하 술집 한 곳으로 향했어요. 당신에게 그 술집 가운데 두 곳에 대해 이미 이야기했고, 이번에 간 곳은 제가 사는 거리에 있는 다른 곳이에요. 작년에는 앙티유 사람들*이 드나들던 개인 클럽이었는데, 지금은 매일 밤 생제르맹데프레의 모든 인텔리겐치아가 모여드는 장소가 됐지요. 밤 열한 시경에 아주 신비로운 한 카페의 문을 두드리면 검은 머리의 여자가 문을 열어 주고, 사람들은 양탄자, 짙은 붉은색의 안락의자, 바, 피아노, 음반 등 가장 우아한 술집 가운데 한 곳으로 내려가지요. 온갖 종류의 사람들이 그곳으로 달려가 비밀스럽게 문을 두드리고 모든 지식인은 자신들이 속한 파의 깃발을 공격적으로 휘두른답니다. 당신에게 이야기한 적이 있는 영화 〈육체의 악마〉에서 주역을 맡았고 지금은 사르트르 영화에 출연하는 미슐린 프레슬도 거기에 있었어요. 그녀의 파트너이자 영화 〈로마, 개방된 도시〉에 출연한 이탈리아 영화배우 파글리에로와, 제가 아는 다른 두 영화의 관계자들과 함께요. 그들은 아무런 깃발도 가지고 있지 않았어요. 그러나 다른 사람들은 자칭 실존주의자(저 자신도 거기에 포함하여)거나 공산주의자 혹은 파시스트라고 주장한답니다. 그중에서도 특히 정신이 약간 돌고 가증스러운 아주 이상하고 고약한 작자가 한 명* 있었어요. 그는 전후戰後에 총살당할 뻔했는데, 술에 취한 한 추악한 여자와 춤추고 있었지요. 몇 명의 독일 앞잡이와 파시스트가 동반하고 있었고, 분위기는 매우 경직되어 있었어요. 술자리가 파할 무렵에 파시스트들이 큰소리로 유대

---

* 앙티예(Antillais). 프랑스령 서인도제도 사람들을 칭한다.

• 피에르 부탕(Pierre Boutang)

인에 대해 옳지 않은, 매우 부당한 말을 해서 공산주의자 한 명이 "유대인이 뭘 잘못했어?"라고 응수했어요. 그리고 몇 명의 실존주의자가 파시스트들에게 주먹세례를 퍼붓기 위해 공산주의자들에게 일시적 동맹을 맺자고 제안하러 왔어요. 공산주의자들은 이를 거절했고 실존주의자들과 격렬하게 토론하기 시작했는데, 두 그룹은 각각 자기 파의 깃발을 공격적으로 휘둘러 댔지요. 그런 다음에 공산주의자들은 자리를 떴고 실존주의자 가운데 한 명이 파시스트의 발을 밟고 지나갔어요. 이 파시스트는 "당신이 내 발을 짓이겼어"라고 말했고, 그들은 서로를 모욕하기 시작했어요. 빨간 소파 위에서 술에 곯아떨어진 서너 명을 제외하고는 사람들이 두 파로 재집결했고, 치고받고 하기 위해 밖으로 나갔어요. 새벽 네 시였기 때문에 여자들은 실내에서 아무 일도 없이 남자들이 돌아올 때까지 하품하며 기다리고 있었어요. 이런 유의 하찮은 사건들은 우아하고 지적인 이 지하 술집에서 매일 밤 일어나는 일이라고 누군가 말해 줬지요.

저는 새벽 다섯 시에 잠들어 푹 자고 나서 저의 노랗고 푸른 여인숙으로 다시 돌아와 여전히 그곳에 있답니다. 내 사랑, 전쟁의 깃발들이 펄럭이는 저의 세계를 간결하게 설명했는데, 그것이 당신의 기분을 전환시켜 줬으면 좋겠어요. 그러나 뿌리, 구더기,*오래된 뼈로 이루어진 행복한 세계, 당신의 세계가 존재한다는 걸 안다는 건 확실히 소중한 일이에요. 당신의 구덩이 안에서는 안전하게 느껴지거든요. 저는 그것이 존재하고, 한 남자 — 악어가 그 안에 엎드려 있으며, 제가 부탁하면 태양과 진흙 속에서 저를 가까이에 눕게 할 거로 생각하는 게 기뻐요. 그리하여 우리는 때로 빛나는 초록의 잔인한 세계를 함께 모험할 것이고, 때로 뿌리

---

* 낚싯밥 용

안에서 서로의 두 팔에 안긴 채 숨어 웅크리고 있을 거예요.

저는 지상에 평화와 행복이 존재한다는 것을 알고, 당신의 두 팔에 안겨 누워 있으면 충분하답니다. 내 사랑, 만약 당신이 기별 없이 누구도 깨우지 않고 도착만 한다면, 당신이 제 곁에 살며시 누워만 준다면……. 내 사랑, 저를 깨워야만 해요. 그렇게 하면? 당신은 짐작할 거예요. 그 일이 일어날 테니 꿈꾸도록 해요.

저는 이제 막 눈을 뜨고 당신에게 미소 짓는 것처럼 느껴지는 군요.

당신의 시몬

그 끔찍스러운 비행기 사고에 관해 어떻게 생각하세요? 『더 타임스』에서 사고의 전말을 읽었고, 우리가 언제 다시 비행기에 오를지는 확신할 수 없군요. 당신은 산 채로 불에 타 죽고 싶은가요? 우리는 운이 아주 좋았어요. 『선데이 뉴욕 타임스』의 사장이 전화했는데, 그를 만나볼 수 없었어요.

1947년 6월 24일 화요일

넬슨, 내 사랑, 사랑하는 당신의 편지들 맨 아래에 당신 손으로 당신 이름이 새겨져 있는 것을 보면서 저는 당신 이름을 사랑하게 됐고, 그것을 쓰기로 했답니다. 네, 예쁜 이름이고, 그 이름은 '아주 멋진 남자'에게 알맞으며 당신에게 잘 어울려요. 사실 그건 당신의 이름이고, 그것으로 충분해요. 저는 당신이 지닌 것들에서 선별할 생각이 없어요. 전적으로 당신의 모든 것을 취합니다.

사랑하는 나의 넬슨, 오늘 저녁, 전원은 아름답고 평화로우며 고요하답니다. 영어 단어로는 표현할 수 없어요. 어떤 의미에서 영어로 편지를 쓴다는 건 제게 더없이 좋은 일이에요. 영어로는 어떤 형편없는 문학이나 어떤 형태의 문학도 가능하지 않으며, 저는 해야 할 말을 가식 없이 가장 직설적으로 할 수 있을 뿐이니까요. 전원은 평화롭고 고요하며 덥고 아름다워요. 저녁 식사 후에는 오랫동안 정원에 앉아 분홍빛과 파란 색조를 잃어 가는 하늘과 지붕 위에서 반짝이는 작은 조각달을 바라보며 두 눈과 심장을 지닌 인간이라는 사실에 행복해했습니다. 장미꽃들은 어쩜 그리 찬란하게 피어나는지요! 당신이 사 주는(그러면 저는 왕성한 식욕으로 그 꽃들을 먹어 버리지요) 꽃들을 제외하고는 꽃들을 별로 좋아하지 않지만, 이 장미꽃들은 저를 놀라게 해요. 이렇게 아름다운 것들이 누구에 의해서도 주어진 것일 수 없다는 게 얼마나 이상한지 모르겠어요 — 주는 사람이 없는 선물처럼 터무니없어요. 어떤 사람은 즉시 신의 뜻이라고 할 테지만, 사실 신이 할 수 있는 종류의 선물이 결코 아니지요. 생레미에서 파리까지 철로를 따라가면, 어린 시절부터 친근하고 대단히 오래된, 그렇지만 마치 당신에 대한 저의 사랑이 매일 새로운 것처럼 아주 새로운 — 매해 여름이 바뀔 때마다 새로운 이미지인 빨간색 벚나무들만이 늘어서 있어요.

자, 말썽 없고 점잖으며 가장 윤리적인 테마인 꽃들과 버찌들 이야기 다음에 동성애자 중에 여자 역할을 하는 동성애자에 대해 이야기하도록 하죠. 어제저녁, 이번에는 지하가 아니라 지붕 밑에 있는 아주 재미있는 클럽에 갔는데, 손님들은 태평스럽고 못생겼으며 멍청한 소부르주아에다 오케스트라 음악은 그지없이 나빴어요. 그러나 기막힌 광경이 있었지요. 화장하고 곱슬곱슬한 긴 머리의 여자로 가장한 꽤 잘생긴 남자들이 있었는데, 당신도 물론 이런 유의 진귀한 일을 알고 있을 거예요. 어떤 사람들은 그들이 크고 건장하긴 하지만 예쁘고 우아한 여자들이라 믿고 속아 넘어갈 거예요. 기막힌 광경이란 시와 외설스러움이 당황스럽게 뒤섞인 그들의 촌극 때문이었지요. 의도적이지는 않으나 사실적인 시 말이에요. 예를 들어 그들은 아담과 이브의 이야기를 연기했어요. 한 사람이 선악과나무 역할을 했는데, 당신이 기억할는지 모르겠으나 정확히 영화 〈병사 샤를로트〉에서 샤를로*의 나무였지요. 그리고 크고 검은 꼬리만 달린 벌거벗은 긴 뱀과 아주 못생긴 이브(물론 그들은 여자를 혐오해요) 그리고 우스꽝스러운 아담과 사랑스러운 인간 — 사과가 거기에 있었어요. 그들은 놀라운 발레를 보여 줬지요. 다른 장면들이 뒤따랐으나 이 장면이 가장 훌륭했어요. 저는 새벽 세 시까지 친구들과 맛이 고약한 버번위스키를 마시며 그 모든 것을 보면서 머물렀어요.

제가 경험한 모든 것을 쏟아 내면서 미국에 대해 계속 쓰고 있는데, 선별하는 일은 나중에 할 거예요. 미국에서 보낸 초반 3주간의 일을 이야기했고, 이젠 시카고 차례예요. 우리의 첫 만남에 대해 무엇을 이야기해야 할지 모르기 때문에 여간 어렵지 않아요. 물론 저는 당신에 대해 그리고 저에 대해 말하지 않을 거예요. 그러나 당신에게서 나오지 않는 시카고에 대해 제가 아는 것은 무엇일까요? 네, 진실을 말하지 않은 채 진실을 말하는 방법을 찾아내야 해요. 결국 문학이란 정확하게 그것이지요. 진실을 은밀하게 말하는 능숙한 거짓말.

8월에 스웨덴으로 여행 갈 계획이에요. 반은 스웨덴 사람인 당신은 이 나라에 대해 뭔가 알고 있나요? 이 나라에 대해 어떤 감정을 가지나요? 제 책이 거기서 번역되어 저는 거기에 약간의 돈이 있답니다. 그러나 당신은 스웨덴어도 읽지 못하죠, 그렇지 않아요?

---

* Charlot. 찰리 채플린의 프랑스식 애칭

지난밤에 너무 늦게 잠자리에 들어 기진맥진해진 지금 침대에 누워 잘 준비를 하고 있어요. 한두 마디만 더 쓰겠어요. 무엇을 쓰든 상관없어요. 당신에게 쓰고 있다는 사실만이 오직 맘에 드는군요. 마치 당신에게 키스하는 것 같고 뭔가 육체적이며, 당신에게 글을 쓰는 제 손가락들에서 당신에 대한 사랑을 느껴요. 단지 머릿속에서뿐만 아니라 몸의 살아 있는 부분이면 어디든 사랑을 느끼는 건 좋은 일이지요. 글을 쓰는 건 분명 키스하는 것만큼 기분 좋은 건 아니에요. 조금 메마르고 고독하며 슬프기까지 하지만 아무것도 없는 것보다 낫지요. 저는 선택의 여지가 없어요. 그래서 당신도 알겠지만, 저는 아무거나, 바보 같은 말을, 단지 안녕이라는 말을 하지 않기 위해 말도 안 되는 글을 쓰고 있어요. 오늘 아침에는 며칠 전 밤에 만난 젊은 미국 여자와 플로르 카페테라스에서 한 시간을 다 보냈어요. 그런대로 괜찮은 여자였으나 어쩜 그리 바보 같은지요. 끔찍할 정도로 어리석었어요. 그렇지만 영어로 말하는 것이 기뻤어요. 처음에는 겁먹었지만, 나중에는 단어들이 되살아났어요.

제 창문이나 정원에서는 언제나 인근 공항 쪽으로 향하는 비행기가 천천히 내려오거나 힘차게 날아오르는 것이 보여요. 매번 당신을 생각하지요. 어떠한 상황에서나 말이에요. 당신은 밤낮으로 저와 함께 살고 있어요. 지금 저와 함께 잠들러 오세요. 안녕, 잘 있어요, 너무 피곤하군요. 안녕이라 말하고 싶지 않다면 제 꿈속으로 오세요. 당신이 꿈속에서 나타나기를 바라요, 당신은 결코 그렇게 하지 않지만요.

종이 위에서 당신에게 키스해요. 불이 꺼지면 두 눈을 감고 입술은 당신 키스의 맛을 기억하며, 당신이 두 팔로 나를 감싸는 모습을 상상하겠어요. 저는 이렇게 잠들기를 바라요.

당신의 시몬

당신 책의 제목 『4분 혼혈아*와 딜러 La Quarteronne et le Dealer』를 좋아해요. 듣기에 좋답니다.

수요일

사랑하는 넬슨, 작은 사진들과 커다란 노란색 편지 한 통이 도착했어요. 얼마나 좋은지 몰라요! 우리 둘의 사진이 아주 잘 나왔고, 당신은 정말 '꾸밈없는' 좋은 얼굴을 하고 있어요. 제 편지가 어떻게 당신을 불편하게 할 수 있나요? 제 편지들은 언제나 사랑으로 가득 차 있답니다. 내 사랑, 제가 무엇을 하든, 일을 하든 술을 마시든 혼자 있거나 다른 사람들과 함께 있든 저는 가슴에 항상 당신을 간직하고 있어요. 당신도 알 거예요. 또 당신과 ― 함께 하는 ― 미국에 대한 계획들을 세우기 시작했고, 우리는 행복할 거예요. 이 편지를 오늘 부치고 싶어요, 그러니 잘 있어요. 사랑해요, 내 사랑.

늦은 저녁

제 편지가 당신을 불편하게 만들었다는 것에 대해 조금 화가 났어요. 가장 깊은 사랑으로 가득 채워진 편지 때문에 불편함을 느낀다는 게 너무 어처구니없어요. 사랑하는 넬슨, 당신이 저를 불편하게 느끼는 건 견딜 수 없지만, 행여 그런 일이 일어나면 말해 줘요. 서로에게 절대 거짓말하지 않도록 하고, 항상 진실을 말하도록 해요. 그러나 당신은 저를 울게 만들지는 않았어요. 편지를 읽으면서 저에 대한 당신의 사랑을 느꼈지요.

---

* 대개 흑백 혼혈아와 백인 사이에 태어난 혼혈아를 가리킨다.

1947년 6월 28일 토요일 아침

넬슨, 내 사랑, 이틀간 머물렀던 파리는 끔찍했어요. 1900년 이후 그렇게 더운 적은 없었어요. 저는 시카고를 생각했답니다. 워반지아 애비뉴에서의 생활은 힘들 것이고 낮에는 볕이 뜨거울 거예요. 그러나 여기는 당신이 미국식 영어로 말하듯이 '살인적' 더위랍니다. 글을 쓰든 무슨 일을 하든 간에 많은 인내를 요구했어요. 팔레루아얄에 있는 아름답고 오래된 레스토랑*에서 못생긴 여자와 저녁 식사를 하고 샴페인을 마셨어요. 그녀와 저는 왜 한결같이 샴페인을 마시냐고요? 모르겠어요. 장 콕토(예순 살의 동성애자, 유명한 프랑스 시인)도 그곳에서 꽤 잘생긴 세 명의 동성애자들을 동반하여 저녁 식사를 하고 있었지요. 우리는 한동안 함께 담소를 나눴고, 그는 아주 친절하고 무척 재미있었어요. 못생긴 여자가 사랑을 한다면 아마도 오히려 레즈비언이 될 것이기에 이 모임에서 나는 유일한 이성애자고, 그들 쪽에서 보면 순수한 타락을 의미하지요. 이 동성애자들의 행태를 보면 웃지 않을 수 없었어요. 남성적이고 거친 사람처럼 보이려고 하면서 그들에게 깊이 배어 있는 여성적인 면을 감추기 위해 얼마나 많이 노력하던지요. 그들은 못생긴 여자의 친구들이었어요. 저는 그녀가 글을 좀 더 잘 쓰고 책들을 매개로 친구들을 만들 수 있도록 도와주면서 그녀에게 좋은 일을 한다고 생각해요. 그녀도 더 이상 전처럼 불행하지 않아요. 그녀는 분명 제가 알고 있는 여자들 가운데 가장 흥미로워요. 우리는 함께 좋은 저녁나절을 보냈지요. 저녁 식사를 하기 전에 오후에는 갈리마르 출판사에서 큰 문학상 시상식이 있었고, 식이 끝난 후에는 대규모의 뷔페 파티가 있었어요.

---

* 르 베푸르(Le Véfour)

젊은 작가에게 10만 프랑의 상금이 수여됐지요. 제가 말한 또 다른 동성애자 시인[*]이 상을 받았는데, 그는 어릴 때 부모에게서 버림받았고 커서는 도둑이 된 사람이죠. 그는 외설스럽고도 아름다운 몇몇 작품을 썼어요. 오늘 그의 사진이 모든 신문에 실렸는데, 마침 그의 연인은 어느 큰 호텔에서 몇 개의 작은 은수저를 훔친 죄로 18개월 징역형을 치러야 했어요. 그는 돈을 갖는 것에 만족해하지만 신문에 사진이 실린 것은 불만스러워하지요. 갈리마르 출판사의 파티 후에 스타인벡의 집에서 칵테일파티가 있었지만, 너무 혼잡스러워서 저는 그에게 인사하러 가지 않았어요. 현재 파리에는 많은 미국인이 와 있는데, 넬슨, 왜 당신은 없는 거죠?

이틀 동안, 거의 20년 전부터 알고 지내는 아주 오래된 친구들, 특히 그녀가 마흔 살일 때 당시 어린 저를 매혹한 매력적인 한 늙은 부인[**]을 다시 만났어요. 저는 마흔 살 여인이 된다는 것을 황홀하고 매우 인상적인 것으로 생각했었지요. 그런데 그 나이가 된 지금은 그것이 다른 나이보다 더 낫지도 더 나쁘지도 않아요. 그녀는 지금 예순이고 더 이상 깊은 인상을 주지 않지만, 저는 그녀를 무척 좋아한답니다. 그녀의 친구이자 저의 친구이기도 한 젊은 커플[***]이 그녀와 함께 있었어요. 젊은 아내는 핀을 하나 삼켰다가 이제 겨우 회복했답니다! 며칠 전 자동차 안에서 입에 핀을 물고 있다가 차가 흔들리는 바람에 삼켜 버렸나 봐요. 꽤 커다란 핀이었대요. 그녀는 병원으로 이송되어 나흘간 입원해 있었어요. 엑스레이 덕분에 위에서 장으로 천천히 내려가는 핀을 찾아낼 수 있었고, 마침내 핀이 몸 밖으로 빠져나왔다는군요. 위에 핀

---

* 장 주네(Jean Genet)
** 모렐 부인. 『나이의 힘』 참조
*** 기유 부부(Les Guille)

이 들어간다면 저는 겁에 질렸을 텐데, 그녀는 아무렇지 않은 듯해요. 이런 종류의 모험은 그녀에게 끊임없이 일어나고, 그녀의 불쌍한 남편에게 견디기 어려운 일이지요.

좋아요, 이제 저는 저의 일, 여성에 관한 글을 다시 시작하려 해요. 뉴욕의 한 잡지에 그 일부분을 싣기로 약속했고, 이미 제게 250달러가 지급됐으며, 기사가 나오면 250달러를 더 받기 때문이죠. 이 돈은 뉴욕에 남겨두겠어요. 내 사랑, 그 돈은 우리가 뉴올리언스에서 지낼 수 있도록 해 줄 거예요. 글쓰기는 우리 여행, 우리 행복, 우리 사랑을 실현해 나가는 데 대단히 고무적일 거예요. 잘 있어요, 내 사랑하는 임. 이 편지 안에 당신에게 해로운 어떠한 독도 없기를, 단지 종이, 잉크 그리고 사랑만이 들어 있기를 바라요. 편지가 당신에게 해를 끼치리라 믿진 않지만 조금 두렵군요. 넬슨, 내 사랑, 당신이 저로 인해 결코 불편함을 느끼지 않았으면 좋겠어요. 당신이 저를 그리워할 수도 있고, 당신 가까이에 저를 둘 수 없어서 애석해할 수도 있어요. 저도 당신이 그리워요, 그리고 애석해하고 있어요. 그러나 불편함은 아니에요. 제 사랑이 당신을 부드럽게, 따뜻하게 감싸기를, 당신이 그 안에서 편안함을 느낄 수 있기를 원해요. 당신을 너무나 사랑하고 있어요. 이 뜨거운 프랑스의 여름 안에서 당신을 이처럼 열렬히 사랑하리라고는 시카고에서도 믿지 않았었답니다. 당신에게 키스해요.

당신의 시몬

1947년 7월 2일 수요일

넬슨, 내 사랑. 당신 정말 좋은 편지를 보내 줬어요! 하얀 꽃 위에 얼굴을 대고 그랬던 것처럼 애정이 넘쳐 울어 버릴 만큼 좋은 편지를요. 당신을 사랑하고 그리고 행복해요. 당신이 이 사랑은 좋다고 말해 줘서 행복해요. 왜냐하면 저도 확신하니까요. 무엇보다 당신 편지는 길었어요. 편지가 길면 내용을 외울 때까지 일주일 내내 다시 읽을 수 있고, 그러면 또 다음 편지가 도착하지요. 이번 편지는 일찍 도착했어요. 토요일에 보냈는데 어제 받았어요. 게다가 이번 편지는 아주 생생하며 신선했어요. 당신은 우리가 마치 레콩포르 쉬디스트°를 마시려고 워반지아의 집에 앉아 있거나 잡담하려고 뉴욕의 트윈베드에 매우 평온하게 누워 있는 것처럼 평화롭고 다정하고 한가롭게 이야기했어요. 아시다시피 처음에는 우리가 점점 더 멀어지지 않을까 두려웠어요. 당신은 초반 편지에서 방어적이었고, 편지 안에는 별다른 이야기가 없었거든요. 바쁜 척하고 침묵하며 끝없이 피하는 듯한 첫날과 같았지요. 그러나 지금은 당신이 가까워지는 것을 느끼는데, 당신도 같은 느낌인가요? 제게 당신에 대해 조금 이야기해 줘서 만족하고, 그것은 저에게 퍽 중요하답니다. 당신에 관해 알고 싶은 것이 무척 많아요. 먼저 왜 항상 사람들을 당신에게서 멀리 두려고 하나요? 흥미롭지만 마음에 걸리는군요. 그 이유를 알 수 있다면 당신을 더 잘 이해할 거예요. 또 하나는 공산당이 어떤 식으로 당신을 실망시켰나요? 당신에게 답하라고 재촉하지 않겠지만, 만일 기회가 된다면 조금 설명해 주면 정말 좋겠어요. 내 사랑, 제가 당신을 마치 "실크 속옷을 입은 듯" 당신의 신경과 두뇌에 대해 뽐내도록 해 준다고 생각하니 자랑스럽군요. 그러니 원한다면 시가를 사세요!

저를 행복하지도 자랑스럽지도 않게 만드는 단 한 가지가 바로 우리의 프랑스어 수업이에요. 그건 정말 그래요. 교실에서 당신

---

* Réconfort Sudiste. 옥수수를 원료로 한 미국산 버번위스키

은 눈알을 희번덕거리는 사람 뒤에 앉아 있어요. 당신의 번역은 오류투성이고 절반도 하지 못했어요. 당신의 프랑스어 문장은 무슨 말인지 하나도 모르겠어요. 당신은 결코 좋은 학생이 아니에요. 그럼에도 불구하고 당신이 차차 해독할 수 있으리라는 희망을 갖고 내일 제 책들 가운데 두 권을 보낼 거예요.

당신은 처음에 당신 앞에 있는 사람이 누구인지 어떤 사람인지 알지 못했다고 말하고 있어요. 저 역시 당신에 대해 들어본 적이 전혀 없었고, 그게 바로 우리 이야기에서 가장 이상한 일이었지요. 시카고를 처음 떠날 때 당신에게 끌린다는 것은 확실히 알았으나, 당신이 누구인지는 전혀 몰랐어요. 저는 여러 토론으로 기진맥진했고, 뉴욕에서 알았던 그 모든 추상적 존재에 지쳐 저 자신을 '멋진 남자'의 가슴에 있는 한 여자로만 느끼기를 갈망하면서 시카고에 도착했지요. 저는 당신의 두 눈에서 제가 여자로 비친다는 것을 느꼈고, 당신이 맘에 들었기 때문에 그 점이 참으로 다행이었어요. 하지만 정확히 어떤 일이 일어나려고 했던 걸까요? 처음처럼 당신에게 끌리려 했던 걸까요? 그래서 저는 호텔 방을 구하고 싶었어요. 그리고 그 하루 동안 당신은 제 마음을 끌었고, 당신이 제게 키스했을 때 맘에 들었으며, 당신 집에서 잠을 자면서 행복했어요. 제가 당신을 진정 알게 된 것은 그다음 날이었지요. 처음에는 당신이 저를 사랑하는 방식에 민감했고, 그다음에는 그냥 당신을 사랑하게 됐어요. 우리 사랑은 매우 새로웠지만, 지금은 당신을 오래전부터 알아 온 것 같고 우리가 일생 친구였던 것 같은 느낌이에요. 내 사랑, 밤낮으로 저는 당신의 사랑으로 감싸인 듯한 느낌이고 당신의 사랑은 모든 해악에서 저를 보호해 주고 있어요. 날씨가 더울 때 저를 시원하게 해 주고 찬 바람이 불면 저를 다시 따뜻하게 해 줘요. 당신이 저를 사랑하는 한 저는 절대 늙지 않으며 죽지 않을 거예요. 당신의 두 팔이 제 주위를 감싸는 것을 느낄 때면, 저는 당신이 말한 그런 충격을 뱃속까지 느끼고 그로 인해 온몸이 아프게 되지요.

1947년 7월 3일 목요일

지난번 당신에게 보낸 편지 이후 지하 술집도, 파티도, '지적인' 삶도 아닌 가장 평온한 삶을 영위하고 있어요. 불볕더위로 사람들이 타 죽어 가는 듯하던 하루 — 사랑도, 일도, 행복도 더 이상 아무 의미가 없었어요 — 를 보낸 후에 천둥 비바람이 불어닥쳤어요. 갑자기 하늘에 거대한 검은 연기가 솟아오르고 이상야릇한 환영이 암흑 같은 빛 속에서 줄을 이었지요. 이윽고 광란의 비가 쏟아지고 천둥이 모든 것을 뒤흔드는 동안에 사람들은 하늘도 풍경도 더 이상 알아보지 못하고 단지 바람에 쓰러진 벚나무 한 그루만을 알아볼 뿐이었어요. 나무들이 꺾여 나가고 꽃들은 온통 쓰러져 버리고 진짜 전쟁터 같았지요. 그와 같은 천둥 비바람은 결코 본 적이 없어요. 종교적이면서 지옥에서 나오는 소리 같은 반향이 생기는 그리스의 델포이에서도, 그리고 하늘과 땅이 미친 듯했었던 뉴올리언스에서조차 보지 못했어요. 그런 다음에 얼마나 평화롭던지요!

친구들이 저녁 식사를 하고 긴 저녁 시간을 보내러 왔어요. 핀을 삼켰던 여자, 그녀의 남편, 제가 무척 좋아하는 노부인 그리고 사르트르와 함께요. 저는 별로 침착하지 못했고 천둥 비바람 때문에 초조해했으며 술을 많이 마셨는데, 내 사랑, 저는 너무 많이 마시면 모든 분별력을 잃어버린답니다. 친구들이 떠나자 저 자신이 천둥 비바람으로 변해 버렸고 삶과 죽음 그리고 모든 것에 신탁 — 비상식적 언동 — 을 내리면서 불쌍한 사르트르를 괴롭혔어요. 술에 취하면 저는 모든 게 비극적이고 장엄하며 무시무시한 것처럼 보이고, — 모든 것은 죽음에 이를 것이므로, 본질적으

로 중요한 동시에 무의미하게 보이지요. 머리를 벽에 짓찧기도
해요. 이번에는 그렇게까지 하진 않았으나 그전에 고요하고 좁은
시골길을 밤에 걸으며 횡설수설했어요. 저는 더 이상 마시지 않
겠다고 결심했어요.

언제나 매우 행복했음에도 불구하고 저에게 존재란 간단치 않
은데, 어쩌면 제가 더없이 행복하기를 원하기 때문인지도 몰라
요. 삶을 정열적으로 사랑하고 언젠가는 죽어야 한다는 생각을
몹시 싫어해요. 또 지독하게 탐욕스럽고 인생의 모든 것을 원하
지요. 여자이기도 하고 또한 남자이고 싶고, 많은 친구를 갖고 싶
지만 또한 고독하고 싶기도 하고, 엄청나게 일하고 좋은 책들을
쓰고 싶고 또한 여행하며 즐기고 싶고, 이기주의자인 동시에 관
대하고 싶고……. 아시겠어요? 제가 원하는 모든 것을 갖기란 쉽
지 않아요. 그런데 거기에 이르지 못하면 화가 나 미칠 것 같아요.

됐어요, 어쨌든 천둥 비바람 뒤에 마음의 평정을 되찾았고 달
러를 벌어 당신과 뉴올리언스에 가기 위해 여성에 관한 글을 썼
어요. 화요일엔 파리에 다시 와서 당신에게 한 번 이야기한 적이
있는 그 유대계 여자 친구를 만났어요. 그녀는 예전에 뛰어난 학
생이었지만, 깊은 사랑 없이 아리아인과 결혼하여 4년 동안 숨어
살면서 지금은 더 이상 뛰어난 것 없이 불행하답니다. 그녀는 저
에게 무척 애착이 있지만 저는 별로 그렇지 않아요. 저에겐 또 다
른 여자 친구가 있는데, 그녀는 러시아계*고 결핵 환자며 — 그녀
역시 제게 애정을 품고 있지요. 그러나 슬프게도 저는 이 여자 친
구들에게 진정으로 관심이 없어요. 잘 모르긴 하나, 그녀들은 너
무 어리거나 속이 너무 꼬여 있어요. 제가 높이 평가하고 존경하
는 유일한 여자는 — 그 노부인뿐이에요. 다른 여자들에게 제가

---

* 올가 코사키에비치(Olga Kosakievitch), 『나이의 힘』 참조

엄마나 큰언니 같은 뭔가를 연상시키나 본데, 그 여자들이 제 딸 같다는 느낌은 전혀 들지 않아요. 저는 어떤 딸도 원하지 않아요. 아, 잊어버리고 있었군요! 제가 아주 좋아하는 딸 같은 사람이 있는데, 올해 함께 여행했던 다른 러시아계 여자지요. 그녀는 결혼하여 로스앤젤레스에서 살고 있어요. 그녀는 저에게 중요한 사람이랍니다. 다른 기회에 그녀에 대해 이야기할게요. 당신에게 몇 시간 동안 편지를 계속 쓸 수 없군요. 정신을 차릴 수 없이 일이 많아서요.

사르트르가 일주일 동안 파리를 떠났기 때문에 저 역시 수영하고 걷고 혼자 즐기러 바닷가로 떠나려 해요. 코르시카섬에 가려고요. 내일 아침 아작시오*행 비행기를 탈 거예요. 저는 코르시카섬을 잘 알아요. 12년 전에 핀 사건의 여인과 그녀의 남편 그리고 그녀의 여동생과 함께 갔었지요. 우리는 텐트 안에서 자고 야외에서 음식을 만들었어요. 멋진 곳이랍니다. 오래전부터 다시 가고 싶었는데, 배나 비행기 좌석을 예약하기가 힘들었어요. 기뻐서 어쩔 줄 모르겠어요. 비행기에서 구워지지 않기를 바라며, 신문들에서 소식을 접하게 될 거예요. 일주일간 제 편지를 전처럼 신속하게 받아 보지 못하더라도 놀라지 말아요. 코르시카섬에서는 시간이 더 걸리겠지만 편지를 성실히 쓸 거랍니다.

한 시간 전에 (항공편으로) 책들을 보냈어요. 『타인의 피』부터 읽어 보세요. 내 사랑, 당신이 제게 편지로 주는 만큼의 행복을 저도 당신에게 편지로 주고 싶어요. 제가 당신을 제 가까이 느꼈던 것처럼 당신도 저를 가까이 느끼도록 하세요. 만일 우리가 서로를 볼 수 없다면 불빛이 꺼졌기 때문이에요. 제 손으로 당신을 만질 수 있고, 제 입술로 당신에게 키스할 수 있어요. 저는 그렇게 하고

---

* 프랑스 코르시카섬의 행정 수도

있지요, 매우 다정한 나의 사랑하는 임.

당신의 시몬

1947년 7월 8일 화요일

나의 넬슨. 일주일에 두 번 편지를 보내겠다는 규칙을 어긴 건 이번이 처음이군요. 코르시카에서는 그것이 아주 무용해 보여요! 이 편지가 파리로 돌아가서 보낼 다음 편지보다 먼저 도착할까요? 제게는 이것만이 걱정이에요. 하지만 당신에게 편지를 쓰지 않으면 마음이 편하지 않을 거예요. 온종일 제가 무엇을 하는지, 무엇을 보는지 당신에게 들려주고 싶어서, 저는 코르시카의 작은 버스들과 아작시오의 비행기에 운명을 걸고 시험해 보겠어요.

이곳은 제가 기억하는 것만큼 기막히게 아름답고 야성적이며 황량하고, 푸른 바다와 높은 산들 그리고 깊고 풍부한 색채를 지니고 있어요. 무엇보다도 이 섬의 관목지대 냄새, 영어 이름을 모르는 건조한 식물들의 냄새를 사랑해요. 아침에 잠에서 깰 때면 침대까지 덮치는 이 냄새는 밖은 물론 집 안에서도 현저하게 느껴진답니다. 12년 전 배를 타고 왔을 때 멀리 바다 위에서 그 냄새를 느꼈었는데, 이번 금요일에 비행기에서 내리면서 다시 맡았어요. 그러나 이곳의 생활은 힘듭니다. 먹을 것이 거의 없고, 교통수단도 거의 없으며, 인적이 드문 오솔길에서 사람들은 길을 잃어버리지요. 산에서 한 번 길을 잃어버렸는데, 다음번에 이야기해 줄게요. 사흘 만에 제 모습이 어찌나 흉해졌는지 당신이 절 보셨다면 실망했을 거예요. 햇빛에 얼굴이 붉어지고 바닷물에 머리가 헝클어지고 가시덤불에 다리가 긁히고 낡은 원피스에 보기 흉한 신발을 신고 있었지요. 당신에게 모든 것을 순서대로 이야기하겠어요. 일주일 전에 예약했는데도 불구하고 항공사 직원들이 승객 명단에 제 이름을 기재하는 것을 잊어버려서 저는 파리의 공항에서 (오전 일곱 시였어요) 미친 듯이 화를 냈어요. 그들은 제게 부르제 공항으로 가서 해결해 보도록 권했답니다. 공항에 도착하자, 리옹을 거쳐 마르세유에 도착하는 노선을 모색하긴 했지만 아무런 보장도 없이 운에 맡겨 보는 수밖에 어쩔 도리가 없었어요. 여행의 시작은 분노와 초조로 망쳐 버렸지요. 결국 마르세유로 갔고, 그리고 마르세유에서 아작시오에 도착했어요. 바다 위를 날아 산이 많은 해안가에 착륙하는 것은 환희에 찬 일이었답니다. 그때가 오후 두 시였어요. 허름한 식당에서 바닷가재를 먹었는데, 코르시카 어디에서나 사람들은 바닷가재를 먹어요. 음식은 아주 역겨운 진흙 냄새가 나는 올리브유로 만들어졌어요. 진흙투성이의 요리를 맛본 후에 예전엔 우아했으나 지금은 아주 형편없어진, 그러나 그 자체만으로도 맘에 드는 '그랜드' 호텔에 배낭을 풀었지요. 그곳은 종려나무들과 꽃들이 있는 먼지로 뒤덮인 정원이 있으며, 호텔 내부는 부서져 있었어요. 제 방 창문 너머로는 해안과 바다가 멀리까지 펼쳐지는데 저는 그 풍경을 무척 좋아해요. 해수욕을 했고, 해변과 바다는 온통 제 차지였답니다. 이 가난한 지역에 지금은 관광객이 없어요. 수영할 줄 모르는 게 얼마나 유감스러운지 모르겠어요! 어릴 때 우리 가족은 바닷가에 가지 않았고, 10년 후에 수영을 조금 배웠지만 움직이지 않고 물 위에 겨우 뜰 수 있을 정도예요. 어쨌든 그만큼 큰 즐거움을 맛볼 수 있었어요. 아작시오에 돌아와서 좁은 길과 작은 항구를 산책했지요. 당신은 이 도시(더 정확히 말하자면 마을)를 좋아할 거예요. 이 도시는 마르세유의 축소판 같답니다. 어떤 젊은이들은 석양의 더운 날씨 속에서 아주 솜씨 좋게 구슬 놀이를 하고 있었고, 다른 사람들은 말소리를 부드럽게 웅웅거리며 광장을 정처 없이 거닐었습니다.

모두가 어딘가로 향하고 바쁘게 일하는 미국의 삭막하고 건조한 거리를 생각하면 이러한 광경을 보는 것은 아주 기분 좋고 유쾌했답니다. 다음 날 해수욕은 더 좋았어요. 오후에는 세 시경에 출발하는 작은 버스를 타고 아작시오에서 50킬로미터 정도 떨어진 산속을 걷고 싶었어요 — 모험이었지요! 정원보다 두 배나 많은 사람이 버스를 기다리고 있었어요. 헛된 기다림이었죠. 네 시에 다른 차가 와서 모두 버스에 달려들어 탔지요. 짐을 싣고 드디어 다섯 시경에 떠났어요. 버스 운전사는 가는 내내 파스티스*를 마시고 친구들과 잡담하려고 차를 세웠는데, 한마디로 도착하는 데 두 시간이 걸렸어요. 보통의 미국인이라면 누구든 죽도록 화났을 것이고, 단지 몇 명의 머리가 돈 '토박이 젊은이'만이 저만큼이나 재미있어 했을 거예요. 산의 높은 곳에 위치한 예쁜 마을에서 식사하고 머물 곳을 찾았어요. 산을 관통하는 긴 트레킹을 계획했기 때문에 일찍 잠자리에 들었고, 아침 여섯 시에 일어났어요. 지도와 『기드 블뢰 Guide Bleu』 여행 안내서에는 경로가 표시돼 있었어요. 게다가 몇 명의 농부에게 길을 물었는데, 그들은 제가 어떤 길로 가야 하는지 설명해 주고 그 길이 아주 쉽다고 했어요. 그래서 우유를 곁들인 커피와 익히지 않은 햄을 넣은 딱딱한 코르시카 빵을 조금 먹은 후에 숲과 바위 사이를 가로질러 길을 떠났지요. 처음 두 시간 동안은 모든 것이 순조로웠어요. 더 이상 조그만 오솔길 하나 없는 작은 나무 다리까지는요. 다행히 집이 한 채 있었고, 그 옆에서 한 남자가 꼴을 베고 있어서 그에게 길을 물었지요. 덕분에 오솔길 하나를 찾았고 한동안 그 길을 따라갔으나 제대로 가는 게 아니라는 것을 알았어요. 다른 길을 찾아봤지만, 별 소용없었어요. 점점 피로해지고 공복감이 밀려오던 오후 한 시가 되자

---

* pastis. 아니스 향료를 넣은 술

땅에 털썩 주저앉아 버렸고, 더 이상 무얼 해야 할지 몰라 잠을 잤
지요. 다시 돌아간다는 건 생각조차 할 수 없는 끔찍한 일이었어
요. 왜냐하면 저의 모든 계획을 수포로 만들 것이기 때문에요. 경
사가 급한 언덕을 기어올라 앞서 말한 그 집까지 되돌아갔는데,
아무도 없었어요. 비탄에 잠길 수밖에요. 그때 그 남자가 다시 나
타났지요. 그는 먹을 것을 하나도 가지고 있지 않았지만 마실 것
을 줬고, 숲속에서 30분 동안 동행하며 문제의 그 길을 가르쳐 줄
정도로 꽤 친절했어요. 그 길은 사실상 들어서는 곳이 전혀 길 같
지 않아서 초행자가 찾아내기란 거의 불가능했어요. 안내자는 돈
을 한 푼도 받지 않으려 했어요. 코르시카 농부들은 아무리 가난
하다 할지라도, 아니 어쩌면 그래서인지 모르지만 특별히 친절하
답니다. 저는 기막히게 아름다운 경치를 볼 수 있는 어느 산봉우
리까지 올라갔어요. 그러나 다시 내려오려 할 때 오솔길이 더 이
상 없었으므로 약간 불안해하면서 우거진 나무들과 자갈밭을 가
로질러 무턱대고 계속 걸어갔지요. 두 시간을 걸어간 뒤에 목적
한 마을이 아닌 다른 마을에 이르렀다는 것을 알았지만, 아무 상
관없었어요. 제가 원한 것은 머리 위의 지붕과 먹을 것뿐이었답
니다. 소원은 이루어졌고 저는 다시 살아났지만, 당신에게 편지
를 쓰기에는 너무 지쳤어요. 오전 일곱 시부터 오후 일곱 시까지
단 두 시간만 쉬고 꼬박 걸었답니다. 길을 잃을 수도 있어서 걱정
스러운 마음에 두 손이 떨렸으며 다리는 아파서 고통스러웠지요.
어제는 더 이상 걷는 것이 불가능했어요. 다시 아침 여섯 시에 일
어나 차를 타고 지금 제가 있는 보니파시오로 왔는데, 무척 아름
다운 길이었답니다. 바다가 내려다보이는 거대한 바위 위에는 반
쯤 낡아빠진 오래된 집들이 있고, 몇 킬로미터 떨어진 곳에는 사
르데냐섬도 보였어요. 작은 광장에서 '토박이 젊은이들'과 섞여
파스티스 한 잔을 마셨어요. 점심에도 바닷가재, 저녁에도 바닷

가재를 먹었는데 그 외에 다른 몇몇 생선도 좀 있었지요. 정오에 가까워졌으니 떠나려 해요. 당신 편지가 그곳에서 틀림없이 저를 기다리고 있을 거예요. 금요일엔 아작시오, 토요일엔 파리로 돌아가 당신에게 다시 편지 쓸게요.

내 사랑, 때로는 글 쓰는 일이 얼마나 싫은지 모른답니다. 특히 여행 중 긴 트레킹으로 지쳤을 때 말예요. 이 편지는 제게서 받은 편지 중에 가장 애정이 깊은 편지라는 걸 실감해야 할 거예요. 왜 냐하면 햇빛을 받으며 산책하고 바다를 즐기는 대신 우중충한 식당에 갇혀 글 쓰는 게 지금 아주 싫거든요. 하지만 실내에 갇힌 채 여전히 편지를 쓰고 있어요. 왜 그런지 아세요? 이 세상에서 그 무엇보다도 당신에게 이야기하는 것을 좋아하니까요. 이제 잘 있어요. 당신, 언젠가 저와 함께 숲속에서 길을 잃으러 코르시카섬에 오지 않겠어요? 안녕 나의 넬슨, 나의 사랑하는 임. 저는 밤낮으로 당신을 생각해요. 당신은 제가 가는 곳이면 어디든지 함께 가지요. 우리는 결코 헤어지지 않아요.

당신의 시몬

내년 봄에 우리 뉴올리언스를 여행한 다음에 플로리다주의 어딘가에서 한동안 머물도록 해요. 우리는 바다에서 해수욕을 하고, 당신은 제게 수영을 가르쳐 주겠지요.

1947년 7월 12일 토요일

넬슨, 내 사랑, 계속 코르시카섬을 자랑하고 제가 이곳에 있는 걸 얼마나 좋아하는지 이야기하려 해요. 보니파시오에서 또 다른 작은 항구인 포르토 베키오로 가고 싶었어요. 버스가 오전 네 시 또는 다섯 시에 출발하기 때문에 너무 일러 택시 한 대를 빌렸지요. 택시는 오후 두 시에 오기로 돼 있어서, 점심으로 바닷가재를 먹은 후부터 기다리기 시작했어요. 낮잠을 자고 오후 네 시가 되어도 택시는 여전히 오지 않았어요. 전화를 걸어 항의했고, 그들은 제 말을 다 듣곤 택시 운전사가 그 시간에 아작시오에 있는 게 틀림없다고 단언했어요. 누군가가 아침에 그와 길에서 마주쳤기 때문이라는 거예요. 흔히들 코르시카 사람들한테는 진정으로 화낼 수 없다고 하는데, 저는 꽤 성이 나 있었어요. 전화를 받은 사람이 태워다 줄 수 있다고 하여 그렇게 하기로 했지요. 다시 한번 아름다운 저녁이었어요. 때가 잔뜩 낀 여인숙 안에는 화려한 프레스코화가 벽을 뒤덮고 있었는데, 검거나 붉은색 머리에다 옷을 반쯤 벗은 여자들 그림으로 그와 같은 곳에서는 우스꽝스러웠어요. 시카고 '태생의'(서명하면서 명시해 놓았어요) 한 미국 병사 — 화가의 작품이었어요. 귀여운 새끼 거북 한 마리가 침대 위에서 종종걸음치고 있었고 사방에서 온갖 것이 기어 다니고 있었어요. 저녁 식사 후에는 무척 많은 적색 깃발과 스탈린 및 토레즈의 거대한 사진들로 장식되고 촛불로 밝혀진(마을에 전기가 끊긴 관계로), 길 쪽으로 문이 활짝 열린 실내에서 진행되는 공산주의자들의 작은 모임에 참석할 수 있었어요. 젊은이들과 늙은 사람들이 파시즘이 무엇인지 설명하는 갈색 머리의 젊은 여자 공산주의자의 말을 집중해 듣고 있었지요. 저는 분명 PC*를 좋아하지 않아요. 그러나 더없이 아름답고 가난한 섬을 둘러싸고 있는 드넓은 세계에 관해 무언가를 열정적으로 배우려 애쓰는 이 사람들과 뜻이 맞았어요. 다음 날, 구불구불한 작은 산길을 조금 걷자니 커다란 트럭이 저를 태워 주려고 멈춰 섰지요. 여기, 매우 코르시카적인 일화가 하나 있어요. 화요일 아침에 장거리 버스를 타고 싶었

---

* Parti Communiste. 프랑스 공산당

어요. 버스가 오전 여섯 시에 떠난다고 했어요. 새벽에 일어나 오전 여섯 시에 광장에 갔지요. 그런데 차가 없었어요. 버스 운전사가 전날 밤에 술을 너무 많이 마셔서 아직도 자고 있다고 사람들이 가르쳐 줄 때까지 저는 기다리고 또 기다렸어요. 오전 일곱 시에 사람들은 그의 창문 아래로 갔지요. 모든 게 닫혀 있어서 어쩔 도리가 없었어요. 한 시간 후에 한 '토박이 젊은이'가 여인숙의 문을 격렬하게 두드렸고 여인숙 주인이 그를 깨우러 올라갔는데, 주인 역시 죽도록 취해 있었어요. 운전사는 옷을 반쯤 걸친 채 버스로 달려갔고, 버스가 좁고 구불구불한 길 위를 달리자 모든 사람이 숨이 넘어갈 정도로 웃어 댔고, 아무도 잃어버린 시간 때문에 안달하지 않았어요. 저는 많이 걸었어요. 마을 사람들과 독일과 이탈리아의 점령, 코르시카의 관목지대 등등에 관해 이야기했지요. 해 질 녘에 농부들이 지독하게 맛없는 기름진 스프를 먹는 허름하고 더러운 작은 숙소에 도착해 모두와 수다 떨면서 레드 와인을 마시는 건 무척 기분 좋은 일이에요. 이 지역 사람들은 멍청하지 않아요. 그들은 모든 것에 관심이 있고, 여자들은 미인이며, 가난한데도 불구하고 행복해 보인답니다. 아작시오로 가는 길 한가운데에서 한 무리의 자고새 새끼들을 만났어요. 버스 운전사가 즉시 차를 세우자 남자들이 자고새 새끼들을 잡으려고 창문으로 뛰어내렸고, 버스 안은 온통 흥분의 도가니였어요. 아작시오에서는 총성이 울렸고, 전반적으로 흥분된 분위기가 감돌았으며, 버스 바깥으로 사람들이 몰려들었지요. 그렇지만 아무도 죽지 않아 크게들 실망했어요. 이곳 사람들의 삶에 대한 사랑이 마음에 들어요. 온갖 것에 대해 그리고 무엇이든 간에 열광하는 이런 태도 말이에요.

수영 실력은 처음보다 조금 더 나아졌지만, 거의 하지 못해요. 물속에서 조금 앞으로 나아갈 뿐이지만, 그럼에도 불구하고 수영하는 걸 무척 좋아하지요.

1947년 7월 13일 일요일

내 사랑, 당신 편지가 저를 기다리고 있었어요. 저는 그 편지를
정성 들여 읽었지요. 어제 아침에 아작시오에서 해수욕하고, 비
행기로 아주 빠르고 멋지게 돌아와 저녁 식사를 파리에서 하는 게
좀 어리둥절했어요.

네, 저는 『모비딕』을 읽었고, 이 책은 제가 선호하는 책 가운데
하나기도 해요. 마크 트웨인의 책* 역시 올해 미국에서 읽었지요.
실존주의를 위해 용감하게 싸웠으니 훈장을 받아 마땅해요. 넬슨,
내 사랑하는 임, 저는 당신 외에 미국의 어떤 것도 원치 않아요.
만일 당신이 우체통 안에 들어갈 수 없다면 제게 이 편지와 같은
다른 편지들을 보내 주세요. 저는 더 이상 아무것도 원치 않아요.

저는 만족해요. 저의 권유로 당신 소설을 읽은 독자들이 이 소
설을 아주 좋아하며 출판을 결정하길 바라요.

저는 파리에서 하루만 지내고 사르트르와 함께 연극〈무덤 없
는 주검〉의 초연을 보기 위해 나흘 예정으로 영국에 간답니다. 저
는 온통 햇빛에 그을리고 코와 이마가 벗겨져 보기 흉하지만 건강
함을 느끼고 있어요.

우리가 헤어진 지 거의 두 달이 지났지만, 당신의 아무것도 잊
어버리지 않았어요. 요즘처럼 당신이 어느 때보다도 더 가깝게
느껴진 적이 없어요. 당신 반지는 어디든 저와 함께 가고, 세수할
때는 비누를, 코르시카 해변에서는 모래를 집고, 런던에서는 먼
지를 조금 쓰게 될 거예요. 그리하여 당신은 저의 모든 생활에 뒤
얽혀 있지요.

---

* 『미시시피강의 삶』

외출하기 전에, 당신에게 수없이 많은 긴 사랑의 키스를 해요.

당신의 시몬

1947년 7월 15일 화요일

내 사랑 넬슨, 런던의 이 숨 막히는 오후에 당신과 함께할 수 있는 조용하고 긴 시간을 갖게 되어 만족스러워요. 10년여 전 사르트르와 함께 이 도시에 2주 정도 머물렀는데, 다시 보게 되어 기뻐요. 이 도시는 폭탄과 로켓의 폭격으로 집들이 어마어마하게 파괴되어 을씨년스러운 면이 있고, 영국인은 식량과 의복 부족으로 고통당하고 있으며, 오후 열한 시에는 더 이상 마실 것이 없어서 모든 바와 카페가 문을 닫지요. 아직 전쟁 중인 것 같아요. 그들은 초라하고 음침하며 매혹적인 구석이라곤 조금도 없답니다. 그러나 완전히 침울한 건 아니에요. 사람들은 매우 용기 있기 때문에 상황을 품위 있게 받아들이고 있지요. 폐허 위로는 야생의 꽃들이 자주색, 붉은색, 노란색으로 화려하게 뒤덮고 있어서 그다지 슬퍼 보이진 않아요. 산책하다 보면 푸르고 커다란 나무들로 가득 찬 아름다운 공원과 조그만 광장들만이 아니라 폭격을 받아 무너져 내린 집들 자리에 꽃들이 가득 피어 있는 묘한 어울림의 정원들도 보게 되지요. 미국에 갔다 와 보면, 런던은 많은 점에서 미국을 모방하기 시작한 파리보다 훨씬 더 진부해 보여요. 자동차와 버스는 골동품들이고, 이곳 사람들은 마치 현대적 중세에 사는 듯해요. 제가 말하려는 의미를 이해하시겠지요. 날씨가 별로 덥지 않기 때문에 사람들은 거리를 거닐고 피커딜리 광장의 분숫가에 앉아 있는데, 특히 해군들과 매춘부들이 많아요. 공원에서 사람들은 길게 누워 있고 연인들은 주변에 아랑곳하지 않고 정열적으로 키스하는데 그 모든 것이 유쾌하고 정겹지요. 저는 거리들, 작은 광장들, 템스강, 오래된 선술집, 대중음식점들, 돌과 흙으로 된 런던의 모든 것을 좋아해요. 언젠가 한번 당신과 이곳에 왔으면 좋겠어요.

저는 사르트르와 그의 출판인 중 한 명인 N 씨와 함께 있는데, 그는 주로 그의 연극의 재정을 담당하고 못생긴 어린 개구리처럼 생겼어요. 그가 비행기 타는 것을 두려워하기 때문에 우리는 안락의자와 작은 탁자가 갖춰져 있는 호사스러운 플래슈 도르*를 타고 왔지요. N 씨가 당신의 책을 출판하려고 생각하므로 그에게 당신에 대해 많이 이야기했어요. 그에게 당신이 얼마나 친절하고 멋진 사람인지 전혀 드러내지 않고 당신을 당당하고 중요한 사람, 미국 문학의 기린아로 소개했지요. 그는 제 말에 홀렸지만, 고료를 제대로 지불하기나 할까요? 그가 큰 호텔에 스위트룸을 예약해 놓았었는데, 어려움이 있었죠. 왜냐하면 우리는 그와 계속 함께 있을 생각이 아니었거든요. 그가 멍청이여서가 아니라 끔찍하게 말이 많은 데다 추하고 쩨쩨한 사업가 근성을 갖고 있기 때문이었어요. 우리는 그에게 불손하게 굴었는데, 그는 별로 개의치 않았어요. 왜냐하면 그가 좋아하는 사르트르에게서 돈을 엄청나게 사취하기 때문이에요. 그러나 그는 눈물이 날 정도로 우리를 자주 웃게 만든다는 걸 고백해야 해요. 결론적으로 말해 우리는 그를 차 버렸지요.

오늘은 오전 내내 걸었고, 그다음에는 커다란 빨간 버스의 지붕 위 좌석에 앉아 다녔어요. 우리는 내내 굶주렸고, 음식점에서는 먹을 것을 부실하게 줬어요. 티켓이 없으면 아무것도 살 수 없어요. 반면에 스카치소다는 배부르게 마시고 있어요.

---

* Flèche d'Or. '황금 화살'이란 이름의 기차

안녕, 내 사랑. 어제 편지를 마치지 않은 채 잠들어 버렸고, 나중에는 런던 거리로 다시 떠났어요. 소호 거리에서 저녁 식사를 잘 했으나 양이 적었고, 걷고 또 걸었어요. 저는 런던이 점점 더 좋아지는데, 유일한 문제는 제가 정말로 일하고 싶고 일을 해야만 하는 데도 오랫동안 전혀 하지 않고 있다는 거예요. 제가 글을 쓰는 잡지의 이름조차 모르는데, 10월에나 나올 거예요. 그 잡지가 『타임』, 『라이프』 그룹에 속해 있어서, 거기에 기고한다는 게 별로 자랑스럽지 못해 더 이상 작업하지 않으려 해요. 『뉴욕 타임스』에 쓴 제 기사에 관해 많은 편지를 받았어요. 어떤 미국인은 자기 나라에 대한 혹독한 비판에 대해 흡족해했고, 또 다른 사람들은 그렇지 않았지요. 당신에게서 그렇게 멀리 떨어져 있으면서 영어로 말하는 것을 듣고, 미국에 있지 않은데도 당신 언어의 음音을 듣는 것은 야릇한 기분이 들게 해요. 저는 사랑이 담긴 다정한 말들을 하면서 당신의 작은 사진들을 자주 바라봐요. 그 말들이 들리나요? 그 말들을 들으면서 당신을 감싼 제 두 팔을 느껴 봐요. 사랑해요.

당신의 시몬

1947년 7월 19일 토요일

내 사랑하는 이. 어제는 플래슈 도르를 타고 가면서 우편함에서 편지를 발견하지 못하리라는 생각에 슬펐는데, 두 통이나 있었어요! 서신 프로그램을 어떻게 조작한 건가요? 당신은 모든 예상을 뒤엎었고 저는 아주 많이 행복해하고 있답니다. 두 통의 길고 정다운 편지는 당신과 아주 가까이 있다는 것을 느끼게 해 줬어요. 당신이 "우리가 가까워졌다는 것을 느끼나요?"라고 묻는 그 순간에 저는 당신에게 "우리는 그 어느 때보다도 더 가까워요"라고 쓰고 있었어요. 네, 그건 진실이에요. 우리가 헤어진 후에 무슨 일이 일어났고, 우리는 우리에게 일어난 일을 이해했어요. 사랑이었지요. 저는 뒤늦게 깜짝 놀랐어요. 그리고 제게 심장이 있는 것만큼 확실하게 우리가 서로에게 실망하지 않으리라는 것을 알고 있답니다. 내 사랑, 당신은 제 허리에 두 팔을 감고 키스할 것이고 다시 한번 저의 남편이 될 거예요.

낡아빠진 이 도시의 거리에서 한가로이 거닐기 위해 런던에 하루 더 머물렀어요. 목요일 저녁에는 런던의 아주 예쁜 거리 중 하나인 해머스미스의 한 작은 예술극장에서 사르트르의 작품이 초연되었어요. 밤하늘의 별처럼 아름다운 리타 헤이워스를 만났지요. 영어 제목이 〈그림자 없는 사람들〉*인 첫 연극은 완전히 망쳐버렸어요. 사르트르는 프랑스의 항독抗獨 운동가들을 고문하고 죽이는 프랑스 민병들을 등장시키고자 했지요. 즉, 두 편으로 나뉜 프랑스인들, 선택을 잘못한 프랑스 젊은이들과 올바르게 선택한 또 다른 프랑스 젊은이들을요. 거기엔 있는 그대로의 인습적이지 않은 냉혹한 현실이 있답니다. 그러나 영국인 연출자가 겁을 먹고서 파렴치한 민병들과 관련된 부분은 거의 잘라 냈어요. 삭제하지 않고 남겨 놓은 부분은 그가 이해하지 못한 부분이었어요. 그러므로 누가 적인지도 모르고 싸우는 선량한 프랑스 항독 운동가들의 영웅적인 이야기만 남아 있을 뿐이었어요. 배우들의 연기는 훌륭했지만, 몹시 화났었어요. 사르트르의 다른 희곡 작품인 〈공손한 매춘부La Putain respectueuse〉는 연출이 기막히게 잘되었어요. 구변 좋은 권력가이자 1백 퍼센트 미국인인 남부 사람들

---

* 〈무덤 없는 주검〉

에 의해 양심이 조정당하는 한 젊은 매춘부의 이야기예요. 그녀
는 무고하고 가난한 한 흑인에게 불리한 거짓 증언을 하도록 강
요받아요. 미국이, 적어도 남부의 몇몇 주州가 호되게 질책당하고
있어요. 영국인들은 쌍둥이 형제가 그러는 방식으로 미국인들을
사랑하고 증오하기 때문에 이 풍자극에 매혹되었지요. 그들은 무
대 위에서 배우들이 하는 미국 영어 악센트를 듣는 사실 하나만으
로도 포복절도했고, 내용을 잘 이해했어요. 공연은 대성공이었답
니다. 사람들은 무척 어색해하고 수줍어하며 말이 없는 사르트르
를 무대 위로 오르게 했지요. 리셉션이 이어졌는데, 사람들은 사
르트르의 두뇌와 리타 헤이워스의 미모 대결로 리셉션이 화려하
리라 기대했어요. 그런데 기록적으로 침울하고 우스꽝스러웠답
니다. 우리는 식당에 차려 놓은 여러 개의 작은 테이블 주위에 앉
았는데, 사르트르는 한쪽 구석에서 혼자 콘드비프를 침울하게 씹
어 먹고 있었어요. 저는 리타 헤이워스의 맞은편에 앉아 여러 남
자를 미치게 했겠지만 제게는 아무 쓸모없는 그녀의 기막히게 멋
진 어깨와 유방에 감탄하면서 그녀와 대화하려 애쓰고 있었어요.
그녀는 지루해 어쩔 줄 몰라 했고, 사르트르도 줄곧 지루해했으
며 모든 사람이 내내 따분해했어요. 우리는 가능한 한 빨리 도망
쳐 나왔지요. 여자를 보면 사족을 못 써서 여행 내내 혐오감을 일
으킨 작은 개구리 남자와 함께 어제 플래슈 도르를 타고 도버해협
을 건너 돌아왔어요.

　내 사랑, 지금은 자정이에요. 일을 많이 했고, 친구들을 만났
고, 여기 분홍색 방에 와 당신 편지를 이제 막 다시 읽었어요. 이
편지를 단어 하나하나 다시 쓸 수 있을 거예요. 제 감정을 다음과
같이 표현할 수 있을 텐데 그런 일은 자주 일어난답니다. "누군가
를 이렇게 한없이 그리워하리라고는 생각지 않았어요……. 만일
지금 이 순간 당신을 안고 있다면 고통과 행복으로 울어 버릴 거

예요." 당신으로 인해 고통받는 걸 기꺼이 받아들여요. 당신 역시 저를 그리워하므로, 당신이 그처럼 강렬하게 그리운 사실도 받아들여요. 마치 제가 당신이고 당신이 저인 것 같답니다. 무슨 일이 일어난다 해도 제가 당신을 믿는 것처럼 저를 믿어 줘요. 우리는 결코 헤어져 있다고 느끼지 않을 거예요. 우리 사이에는 사랑만 있을 거예요. 저는 당신을 기다리고 당신을 갈망하고 있어요. 당신의 두 팔에 저를 안고 키스해 줘요. 그리고 당신의 아내로 삼아 줘요.

당신의 시몬

1947년 7월 23일 수요일

사랑하는 나의 임, 지난주에 받은 두 통의 편지 이후로 새로운 편지가 없어서 그 편지를 다시 읽었어요. 제가 당신의 게임 취미를 그다지 비난하지 않는다는 걸 알아주세요. 온종일 일했다면 게임을 하지 못할 이유가 어디 있겠어요? 단 하나 중요한 건 일을 잘하는 거랍니다. 일을 마치고 쉬고 싶을 때는 원하는 걸 할 수 있지요. 저는 술 한 잔 마시는 걸 좋아하는데, 그건 카드놀이보다 낫도 못하지도 않지요. 지금은 좀 과하게 마시는 편인데, 그건 상상할 수 없을 정도로 당신이 그립기 때문이에요. 사랑하는 넬슨, 당신은 남자들 가운데 가장 상냥한 사람이에요. 제가 돌아갈 때 모든 것을 완벽하게 준비하려는 건 정말 좋은 일이지만, 그러한 마음은 희망으로 남겨 둬요. 당신이 저를 사랑하는 마음으로 여전히 살아 있다면 무얼 더 바라겠어요? 특별한 어떤 것도 하지 말아요. 혹시 10달러에 자동차를 살 수 있다면 그것으로 완벽하답니다. 그러나 장거리 버스와 비행기들을, 아니 비행기는 말고 장거리 버스만 타고서라도, 그리고 부엌에서 스테이크와 옥수수만 먹고도 아니, 스테이크 없이 옥수수만 먹고도 우리는 행복할 거예요, 그렇지 않아요? 제가 까다롭지 않다는 것을 알잖아요. 빵과 감자, 사랑과 신선한 물만으로도 살 수 있으니 아무것도 걱정하지 말아요.

어떤 의미에서는 네, 저는 진실로 두렵답니다. 오늘 오후에 사르트르의 완성된 영화*를 보았는데, 꽤 잘 만들어졌어요. 그러나 더 좋을 수 있었어요. 할 수 없죠. 그건 문제가 안 돼요. 문제는 영화 이야기가 제 마음을 흔들었다는 거예요. 한 남자와 여자가 죽은 다음에 서로 만나 사랑에 빠지는 이야기예요. 그들에게는 지상으로 다시 돌아가는 특권이 부여됩니다. 만약 그들이 이 사랑을 인간적이고 생생하게 살아 있는 진정한 사랑으로 변모시킨다면 그들은 전 생애를 다시 살고, 실패한다면 죽는다는 내용이지요. 영화는 감동적이었고 당신과 저를 생각하게 했어요. 우리는 추억과 희망을 통해, 그리고 떨어져 있는 거리와 편지를 통해 서로를 사랑하고 있어요. 우리가 이 사랑을 인간적이고 살아 있는 행복한 감정으로 만들 수 있을까요? 그래야만 해요. 저는 우리가 성공하리라 믿지만, 쉽지 않을 거예요. 넬슨, 사랑해요. 그러나 당신에게 저의 인생을 주지 않으니 제가 당신의 사랑을 받을 자격이 있을까요? 왜 당신에게 제 인생을 줄 수 없는지를 설명하려고 했어요.** 그걸 이해하나요? 그에 대해 원망하지 않나요? 결코 원망하지 않을 건가요? 그럼에도 불구하고 당신을 향한 사랑이 진심이라는 걸 여전히 믿으시겠어요? 어쩌면 이런 질문들을 하면 안 되는 건지 모르겠어요. 이렇게 직설적으로 표현하는 게 마음이 아프네요. 하지만 이처럼 피할 수 없어서 저 자신에게 이런 질문을 던

---

* 〈주사위는 던져졌다〉
** 올그런은 보부아르의 다음 귀환이 사실상 확정적이기를 희망한다고 편지를 보냈었다.

집니다. 당신에게 거짓말하고 싶지 않고 무엇이든 숨기고 싶지 않아요. 제가 두 달 전부터 불안해했던 것은 이 질문들 가운데 하나가 제 마음을 떠나지 않고 괴롭히기 때문이에요. 모든 것을 다 줄 준비가 되어 있지 않으면서 자신의 일부를 준다는 게 옳은 일인가? 만일 그가 요구한다면, 나는 인생 전부를 그에게 줄 의도 없이 그를 사랑할 수 있고 사랑한다고 말할 수 있는가? 언젠가 그는 날 미워하게 될까? 넬슨, 내 사랑, 저로서는 이 문제를 제기하지 않는 것이 더 쉬울 것이고, 당신이 문제를 제기한 게 아니니 쉬울 수도 있겠지만, 당신은 우리가 서로에게 결코 거짓말하거나 침묵할 수 없을 거라고 매우 상냥하게 말하곤 했어요. 저는 우리 사이에 어떤 종류의 나쁜 감정도, 실망도, 또 원한도 견딜 수 없을 거예요. 이제 질문은 던져졌고, 글로 쓰였어요. 원하지 않으면 대답하지 말아요. 우리가 재회할 때 이야기하도록 하지요. 제가 당신을 얼마나 존경하는지 이야기한 걸 기억하세요? 그러한 감정이 이 편지를 쓰게 했어요. 당신이 제 인생을 요구했다는 걸 의미하는 게 아니에요. 단지 우리가 다시 만날 때 무슨 일이 일어날지 모르고, 제가 아는 모든 것은 어떤 일이 일어나도 당신에게 결코 모든 것을 줄 수 없으며, 그 점에 관해서 제가 불편함을 느낀다는 거예요. 오 넬슨, 이처럼 중요한 것들을 이야기할 때 멀리 떨어져 있어 서로를 볼 수 없다는 건 지옥 같은 일이에요. 그런 모든 것에도 불구하고 제가 진실하게 말하고자 애쓰는 것은 사랑에서 비롯됐으며, 그것이 "당신을 사랑합니다"라고 단순하게 말하는 것보다 더한 사랑을 표현하는 것임을 당신은 느끼나요? 제가 당신의 사랑을 갈망하는 것과 마찬가지로 당신의 사랑을 받을 자격을 강렬하게 원한다는 걸 느끼나요? 당신 어깨에 제 머리를 기대게 하고 정다운 마음으로 이 글을 읽어 줘요. 어쩌면 제 편지가 유치해 보일지 모르겠어요. 당신은 제가 말하는 것을 이미 알고 있으니까요. 오늘 저녁에는 이 글을 쓰지 않을 수 없었어요. 우리의 사랑은 진실함이 틀림없고 우리는 우리의 재회가 성공할 수 있도록 해야만 해요. 저는 저 자신만큼 당신에게도 똑같이 희망을 걸고 있어요. 당신이 무엇을 생각하든 제게 키스해 줘요, 아주 강렬하게.

당신의 시몬

이에 대해 올그런은 시몬 드 보부아르가 돌아오면 청혼할 생각이었다고 답장했다. 그는 진지한 문제들을 맞닥뜨리기 위해 그들이 한자리에 있기까지 기다리려 했다. 그러나 둘은 7월 19일의 편지를 읽고 두 사람의 결혼이 양자 모두에게 자기 자신과 다름없는 세계를 포기하게 할 것이므로 불가능할 거라는 사실을 명철하게 인식했다. 정신적 자살 같은 것을 저지르지 않은 채 또는 유배자를 향수에 젖거나 정신적으로 고갈된 상태로 놓지 않으면서 어떻게 각각의 상대로부터 그리도 먼 곳에 내린 뿌리들—그녀는 파리에, 그는 시카고에—을 뽑아낼 수 있겠는가? 어쨌든 그는 7년간(1938~1945) 결혼 생활을 지속한 법률상 아내보다 그녀와 훨씬 더 친밀하게 결혼한 듯 느끼고 있었다. 미래로 말하자면…… 언젠가 그가 그녀를 미워하게 될까? 그 점은 당시 그에게 상상할 수 없는 것처럼 보였다. 그는 그녀와 인습적이지 않은 삶을 공유하는 것을 감사히 받아들였다. 그녀는 한동안 공동생활을 한 뒤에 다시 떠날 것이고, 그는 가능하다면 프랑스에 와서 그녀와 합류하여 드라마도 파토스도 없이 다시 떠날 것이다.

1947년 7월 26일 토요일

넬슨, 내 사랑, 제 마음이 환하고 푸른 희망으로 넘쳐흐르기 때문에, 이 밝고 푸른 종이 위에다 편지를 쓰고 있어요. 우리에게 뭔가 행복한 일이 일어나려 하고 있어요. 아무 일이 없다면 9월 초에, 정확히 7일부터 20일까지 ― 거의 2주간 우리의 염소 굴屋에서 서로의 팔에 안겨 함께 보내기 위해 워반지아에 다시 갈 거예요. 6일 저녁에 파리-시카고 직행 비행기를 타고서 7일 오후 여섯 시(시카고 시간)에 도착할 거예요. 공항에 나오지 말아요. 끝없이 지루한 수속 절차를 밟아야 할 것이고, 아주 가까이 있어도 보이지 않는 그곳에서 당신을 느끼고 싶지 않아요. 또 공항이란 곳이 남편과 부인의 재회를 위한 달가운 장소는 아니거든요. 목마르고 허기지고 피로할 테니까 우리 집에서 좋은 위스키와 햄 그리고 잼을 준비하고 기다려 줘요. 또 많은 사랑과 당신이 식품점에서 살 수 있는 그 고장 특유의 가장 훌륭한 사랑의 모든 통조림과 술병도 가지고 있도록 해요. 내 사랑, 제가 얼마나 행복한지를 말하려 애쓰지 않겠어요. 갑작스럽게 결정됐고, 9월에 2주를 제 마음대로 사용하리라는 걸 알았지만, 시카고가 아주 멀리 있는 것 같았어요. 제가 뉴욕에 와 달라고 했을 때 당신이 그랬던 것처럼 저도 그곳에 간다는 생각에 겁먹었어요. 제가 고집하면 출판사로부터 돈을 받을 수 있다는 걸 알았으므로* 저 자신에게 이렇게 물어봤지요. '멀리'란 무엇을 의미하지? 만약 사랑하는 남자를 진정으로 만나고 싶다면 24시간 비행이 무슨 문제란 말인가? 질문한 즉시 문제는 해결됐어요. 저는 떠나기로 했고 떠날 거예요. 여행사로 달려가 6일과 20일 표를 예매했어요. 제 비자는 여전히 유효하니까 항공료를 지불하고 비행기에 올라타기만 하면 돼요. 정말 그건 대단한 일이 아니더군요. 제가 가진 돈이 많지 않고 수중에 50달러만 있고, 당신도 그때 돈이 다 떨어져 빈털터리가 돼도 상

---

* 그녀에게 다시 여행할 수 있도록 용기를 주고 돈을 제안한 사람은 사르트르였다.

관없어요. 저를 위해 어떤 방도 예약하지 마세요. 우리는 작은 부엌에서 먹고, 종일 이야기하고, 조금 일하고, 음반을 듣고, 서로 사랑하면서 우리 집에 머물도록 해요. 귀국 비행기 편을 프랑스 돈으로 지불하는지 등 이런 실용적인 세부 사항들밖에 생각할 수 없어 아무것도 쓸 수 없군요. 너무 흥분되네요. 어제 당신의 귀중한 편지를 발견했어요. "이제 당신은 내게 돌아와야 한다는 걸 알고 있나요?" 네! 너무나 잘 알고 있어서 돌아가고 있어요. 그렇게 하지 않을 수 없답니다. 당신이 아직 아무것도 모른다는 것이 즐겁고 야릇해요. 또 커다란 책과 시카고에 관한 팸플릿 그리고 시詩도 받았어요. 고마워요, 저에게 기쁨이었어요.

네, 드라이저*의 거의 모든 작품을 알고 있어요. 당신 책의 제목 "원기 없는 사람, 주정뱅이 그리고 허약한 사람"은 전혀 나쁘지 않아요, 훌륭하기까지 하답니다. 사랑하는 남편, 넬슨, 6주 후에는 당신 팔에 안길 거예요.

당신의 시몬

1947년 7월 31일 목요일

나의 사랑하는 임, 나의 사랑하는 남편. 당신의 전보가 저를 깨웠어요. 마치 당신이 직접 문을 두드린 것처럼 가슴을 쳤어요. 당신을 실제로 본다면 생각만으로도 벅차서 다리와 심장이 아래로 꺼져 버릴 거예요. 너무나 행복해요, 넬슨. 5주 후에는 제가 당신에게 키스하리라는 걸 알죠, 꿈같은 일이에요. 덧붙일 말이 거의

---

* 시어도어 드라이저(Theodore Dreiser). 자연주의 작가이며, 『시스터 캐리』(1900), 『금융가 The Financier』(1912), 『타이탄 The Titan』(1914), 『아메리카의 비극』(1926) 등을 썼다.

없답니다. 당신을 본다는 생각에 너무 정신이 빠져 있어서 글 쓰는 기쁨은 사라져 버렸고, 당신하고만 말하고 싶어요. 파리는 일주일 전부터 끔찍하게 더워요. 이 도시에서 겪은 것 중에 가장 더운 여름이라 모든 사람이 더위에 녹아내리고 있어요. 저는 당신에게 편지를 쓰면서 매 순간 손수건으로 얼굴을 닦아 내며 온몸에 땀을 흘리고 있고, 사람들은 더위에 짓눌려 있어요. 저는 나쁜 꿈을 꾸고, 술을 너무 많이 마시고, 일을 거의 하지 않아요. 떠나는 것이 기쁘지만, 한 주 이내로는 당신 편지를 받을 수 없을 거라는 점이 좋지 않네요. 내일은 사르트르와 함께 코펜하겐행 정오 비행기를 타고 거기서 4, 5일 머문 뒤에 스웨덴의 호수들과 스톡홀름 그리고 북부의 산들을 보고, 스톡홀름으로 되돌아와요. 9월 3일이나 4일경에 파리행 비행기, 6일 저녁에 시카고행 비행기를 타지요. 변경된 주소로 편지를 받을 수 있으니 8월 말까지 스톡홀름에 우체국 수취 우편으로 편지를 보내 줘요. 당신에게 날아가기 직전에 파리에서 편지 한 통을 발견하면 무척 좋을 거예요.

당신에게서 또 다른 편지가 도착했어요. 네, 잭 런던을 잘 알고 있어요. 어릴 적 그의 책을 거의 모두 읽었고, 후에 그의 책 중 몇 권, 특히 『마틴 에덴』을 참 좋아했지요. 네, 당신은 제가 사교생활을 좋아한다고 믿는 척하면서 저를 모욕하는데, 저는 사교계에 절대 가지 않고 그런 것을 혐오해요. 또 우아하지도 않고 옷 입는 데 시간을 허비하지도 않아요. 예쁜 외투나 원피스를 하나 정도 가지고 있고 그것들을 좋아하지만, 요컨대 그런 것에 개의치 않아요. 워반지아에 도착할 때 아주 멋지게 보이도록 노력할 거예요. 오로지 워반지아가 멋진 곳이고 당신이 당신의 아내를 자랑스러워하길 원하기 때문이지요. 당신을 머리부터 발끝까지 봤을 때 약간 불안하고 당황하면서 마음 깊은 곳에서 '저 사람이 누구지?' 하고 자문했어요. 분명 쌀쌀맞진 않았고요. 그러니 다음번에 우아해지려고 시간을 너무 낭비하지 마세요.

자, 잘 있어요. 오늘은 긴 편지를 쓸 여유가 없어요. 여행을 위해 짐을 싸야 하고, 제가 절대 하지 않고 또 하기 싫어하는 모든 일을 해야만 하거든요. 세탁하기, 스타킹 기우기, 종이 정리하기 등을요. 그러니 안녕, 잘 있어요, 사랑하는 나의 남편.

당신을 만나러 갈 테니 오늘은 쓸 필요가 없군요. 당신의 팔 안에서 잠들겠어요. 눈을 뜨면 당신의 미소 짓는 얼굴을 볼 거예요. 당신의 미소와 당신의 소중한 목소리를 더없이 좋아해요. 지금 각각의 추억은 약속이고, 기억하는 것은 희망하는 것이며 그리고 저는 기억할 것을 아주 많이 갖고 있어요.

당신을 사랑해요. 워반지아에서 당신의 아내가 될 거예요.

당신의 시몬

1947년 8월 3일 일요일

넬슨, 나의 사랑하는 남편. 한 달 후에는 워반지아의 집에서 당신과 함께 있을 것이고, 그곳에서 지낼 생각을 하면 이렇게 행복한 적이 없었던 것 같아요. 이런 예상은 제 주변의 모든 것을 한층 더 유쾌하게 만들어 준답니다. 저는 코펜하겐을 좋아해요. 금요일에 도착했는데, 순서대로 이야기할게요.

금요일 아침 출발하기 전에 종이, 돈 그리고 필요한 것들을 구하기 위해 매우 분주했어요. 간단히 점심 식사를 하고, 공항에서 내부가 온통 흰색과 빨간색이며 좌석마다 앞에 작은 테이블이 갖추어진 진짜 장난감 같은, 제가 본 것 중에서 가장 예쁜 비행기를 탔어요. 잠을 꽤 많이 잤고, '한 달 후면 또 다른 비행기가 나를 시카고로 데려다줄 것이고 내 사랑하는 그 고장의 젊은이를 다시 만날 거야'라고 생각했어요. 착륙하자마자 끔찍한 사태에 당혹스러 웠어요. 비밀리에 왔다고 믿은 이 불쌍한 사르트르에게 코닥카메 라로 무장한 열 명의 기자들이 사진 세례를 퍼붓기 위해 기다리고 있었어요. 사방에서 사진을 찍어 댔고, 우리를 작은 실내 공간으 로 데려가서 무려 15분간 인터뷰했어요. 이곳에서 사르트르의 몇 몇 연극 작품이 공연됐는데, 덴마크인은 그를 아주 좋아해요. 특 히 그의 철학이 키르케고르의 영향을 받았기 때문이지요. 키르케 고르는 안데르센과 함께 덴마크의 위대한 인물이랍니다. 그러므 로 기자들은 그에게 키르케고르와 안데르센에 관한 질문들을 했 어요. 우리는 이런 식으로 우리를 계속 귀찮게 하지 않을까 염려 하면서 호텔에 도착했으나, 그들은 사르트르의 사진을 신문에 엄 청나게 싣고 1면에 커다란 기사를 내보는 것에 만족할 뿐 다른 일 은 없었어요. 이 작고 아주 평화로운 나라에서 신문사들은 기삿 거리가 별로 없어서 아무리 사소한 일도 큰 사건으로 만들어 버 리지요. 어린 시절에 안데르센의 동화를 읽어 보았나요? 저는 열 정적으로 읽었어요. 어린이들을 위한 작가 그 이상인 그를 대단 히 좋아해요. 코펜하겐에 온 이후로 그 분위기를 완벽하게 표현 한 그를 더욱 좋아하게 됐어요. 그가 환기하는 인간성을 충실히 알아보고 있지요. 다시 말해 왕궁의 병정들, 연못의 오리들, 시장 광장의 꽃들이 그야말로 장난감처럼 보여요. 신기한 분수들과 조 상彫像들 그리고 괴물, 용, 인어, 백조 들로 장식된 녹색 궁전도 있 어요. 항구는 하얀 배들과 운하 그리고 전통 의상을 입고 강한 냄 새가 나는 생선을 파는 여인들로 아주 매혹적이에요. 카페, 레스 토랑, 청룡 열차, 연못들, 기막힌 조명, 폭포 등으로 가득한 커다 란 공원인 티볼리라 불리는 재미있는 장소 외에는 매우 조용한 도 시지요. 이 공원은 사람들로 북적거리는, 반쯤 우아하고 반쯤 대 중적인 약간 싸구려이긴 해도 즐거운 곳이에요. 자정이 되면 문을 닫기 전에 사람들은 불꽃놀이를 해요. 지금(호텔에서 편지 쓰고 있어요) 그것들이 하늘에서 소란스럽게 터지고 있지요. 항구가 그중 제일 나은데, 부두를 따라 술집과 댄스홀만이 줄지어 있어요. 오늘 저녁에는 취한 군중 — 해군들이 특히 많고 학생들과 꽤 예쁜 처녀들도 있는 — 사이에 섞여 슈납스*를 마시려고 그곳에 갔어요. 제가 부유하면 좋겠고(아니면 당신이 부유하든가요), 당신과 함께 앤트워프, 암스테르담, 코펜하겐 등 오래된 유럽을 횡단하고 싶어요. 당신이 이 장소들을 알고 사랑하기를 바라요.

우리는 꽤 여유롭게 보내고 있어요. 아침과 늦은 오후에 일하고, 낮 시간과 저녁 몇 시간 동안 관광하는 계획이었지요. 사실 저는 일하지 않고 잠을 자주 잤어요. 요즘은 왜 그렇게 잠이 오는지 모르겠어요. 제가 조금 피곤한가 봐요. 어쨌든 일을 조금 하고 있으며 맘에 든답니다. 시원한 곳에 있는 게 얼마나 감미로운지 모르겠어요! 견딜 수 없는 파리의 폭염 뒤에 이 얼마나 좋은 휴식인지요!

내 사랑, 스톡홀름에 당신 편지가 와 있기를 바라요. 그것을 읽기를 갈망하며 그보다 훨씬 더 당신을 갈망하고 있어요. 당신은 제가 당신을 얼마나 사랑하는지 알고 있어요. 제 사랑과 키스를 받고 제가 당신을 기다리는 것처럼 저를 계속 기다려 줘요.

당신의 시몬

1947년 8월 7일 목요일, 8월 10일 일요일까지

사랑하는 넬슨, 당신 조상의 조국, 회색빛 바다로 둘러싸인 야

---

* Schnaps. 브랜디 등의 독한 술

성적이며 슬프고 아름다운 돌투성이의 스웨덴 섬, 북극이 가까이 있다는 것을 예감할 수 있는 황량한 풍경 속에서 편지를 써요. 월요일은 코펜하겐에서 보냈는데, 그곳을 침울하고 여유 없는 도시로 생각하기 시작했어요. 사실 온종일 일했고, 저녁에는 티볼리에 있는 '이상한 나라'에서 옛 이탈리아 스타일의 팬터마임을 보았어요. 야외에서 큰소리로 웃어 대는 금발의 어린아이(이 나라의 어린애들은 머리털이 유달리 하얀 금발이에요) 무리 앞에서 공연된 때문에 재미있었지만, 그리 잘한 건 아니었어요. 우리는 선원들의 댄스홀로 다시 갔어요. 이 사람들은 술을 어쩌나 마시는지요! 정말 엄청나게 마시더군요. 다음 날 아주 만족스럽게 일한 다음에 헬싱외르행 기차를 탔어요. 녹색 지붕과 회색 돌로 지어진 무척 아름다운 햄릿성은 르네상스식인데, 셰익스피어를 전혀 연상시키지 않아요. 우리는 여객선을 타고 해협을 횡단해 스웨덴의 헬싱보리 부두에 닿았어요. 거기서 꽤 희극적인 일이 있었지요. 사르트르가 '그랜드' 호텔에서 어떤 스웨덴 사업가로부터 돈을 받기로 돼 있었는데, 거기에 돈은 없었어요. 우리에게는 단 한 푼도 없었고, 도시 전체에 빈방이 하나도 없었지요. 사르트르가 프랑스 영사에게 돈을 빌리려 했지만, 그는 진짜 영사도 아니고 사르트르에 관해 전혀 들어본 적도 없고 대출도 거부한 스웨덴의 늙은 사기꾼이었어요. 우리가 약간 초조해하면서 스톡홀름에 성과 없는 전화를 하는 동안 호텔의 문지기가 만일 사르트르가 적어도 사르트르라면 빈방이 있다고 했답니다. 기자들이 사방에서 밀어닥치며 사진을 찍어 댔고, 저녁 식사 때 프랑스 국기가 우리 테이블 위에 당당히 놓여 있었으나 우리 주머니에는 여전히 한 푼도 없었고 돈을 구하려는 최소한의 생각도 없었어요. 그런데 다행스럽게도 다음 날에 돈이 도착했어요. 사르트르의 사진이 여러 신문에 엄청나게 실린 그때, 영사가 전화로 사과하며 돈을 제안했어요. 우리에게 이런 일은 처음이 아니에요. 먼 타국에서 돈 한 푼이 없는 경우도 흔했고 또 늘 해결됐어요.

어제는 아침나절을 학구적으로 보낸 다음에, 아름다운 암석으로 이뤄진 잿빛 해안을 따라 예테보리까지 열차 여행을 했어요. 황금빛 밀과 짙은 색 소나무들이 어우러진 기묘한 조합. 저는 책을 읽고 바라보고 꿈을 꾸고 있었지요. 우리가 목적지를 비밀에 부쳤는데도 예테보리에서 한 작자가 역에 숨어서 우리를 기다렸고, 호텔에서는 기자들이 기다리고 있었어요. 그들은 우리를 오랫동안 귀찮게 하지는 않았어요. 어둠 속에서는 반짝이는 물빛으로 마음을 끌던 항구가 낮에 우중충한 모습을 드러냈지요. 우리는 반짝이는 은회색의 슬프고 드넓은 바다에서 멋진 보트 여행을 하려고 항구를 떠났어요. 모든 것에서 멀리 떨어져, 낯선 행성에 흩어져 있는 듯한 수백 개의 작은 무인도 사이를 항해했지요. 날씨는 온화했고, 흔들리는 태양이 구름 뒤로 종종 숨곤 했어요. 이윽고 이 작은 섬에 도착했답니다. 이번 주 내내 매우 만족스럽게 일했고, 여성에 관한 커다란 장章을 마쳤어요. 이제 미국에 관한 글을 다시 잡을 거예요. 저는 더 이상 졸리지 않고, 더 이상 술을 마시지 않으며, 긴장이 풀리고 모든 것이 맘에 들어요. 한 달 후엔 당신을 다시 볼 거예요. 당신에게 해 줄 이야기가 너무나 많고, 당신에게 줄 사랑도 무척 많답니다.

점심 식사 전에 네 시간 동안 작업하기 위해 꽤 일찍 일어났고, 점심 식사로 생선 요리를 이 고장 화주火酒인 아크바비트*를 곁들여 아주 맛있게 먹으며 즐거운 이틀을 보냈어요. 우리는 오전 열시에 다시 배를 타고 방금 출발했어요. 제가 탄 배에는 아주 조그만 간이침대들이 갖춰져 있고, 작아서 사람이 그리 많지 않아요.

---

* akvavit. 회향(茴香)류의 씨로 맛을 들인 스칸디나비아 술

갑판의 안락의자에 자리를 잡았어요. 얼굴 위로 커다란 태양이 내리비치네요. 배는 푸르른 초원과 숲들 사이로 천천히 미끄러져 나갑니다. 가엾은 사르트르는 거기까지 쫓아온 한 여성과 인터뷰를 해요. 어제도 사진기자들이 외딴 섬에서 우리의 사진을 찍었지요. 프랑스에서는 모든 사람이 그의 얼굴에 침을 뱉는데, 스칸디나비아에서는 그토록 대중적이라는 사실이 오히려 재밌어요. 여기서 그의 이름은 일종의 참깨*예요. 저는 스톡홀름에서 누군가가 우리를 골탕 먹일까 두렵기까지 하네요. 우리는 수도에서 다시 북쪽으로 올라갈 것이며, 라플란드 사람들과 빙산 위에 걸려 있는 자정 시각의 태양을 볼 거예요. 프랑스어를 하는 사람은 아무도 없어서 영어로만 말하는데, 그들의 영어가 저보다 못하기 때문에 제가 모국어를 구사하는 듯한 인상을 받아요. 우리가 시카고에서 말이 통하지 않으면 저는 당황하고, 당신은 그게 전적으로 제 잘못이라고 주장하겠지만요. 스웨덴 사람들은 유대인들보다 당신을 더 닮지 않았다는 걸 알아 두세요. 저는 당신이 독특한 표본이라는 인상을 받았어요. 바람 속에서 글을 쓰는 게 그다지 쉽지 않아 글씨가 그 어느 때보다 형편없네요. 우리, 계획을 짜도록 해요. 첫날 저녁나절, 그다음 날에도 작은 집에 '미친 여자'도, '헌병'도 없고, 단지 타이거만 있게 해 주세요. 당신과 저, 단 두 사람과 타이거만요. 제가 시카고에 오는 건 절대 비밀로 하고요. 도살장**에 한번 가 보고 싶어요. 다들 그곳에 가지 않았다고 나무랐어요. 미술관에 가서 프랑스 회화를 감상할 건가요? 오, 그렇게 해요. 어쩌면 재즈를 들어볼 수도 있겠네요. 그러나 관광은 부차적인 일이에요. 넬슨을 보고 그에게 키스하고 그를 사랑하기

---

* 난관을 돌파하는 주문. 『아라비안나이트』에서 알리바바가 사용한 주문인 "열려라 참깨"에서 빗댄 말이다.

** 시카고는 도살장으로 유명하다.

위해 가는 거예요. 저녁에는 음반을 들으며 미국 남부의 레콩포
르주를 마시기 위해 우리의 집에 남아 있도록 하죠. 당신은 당신
에 관한 모든 것을 이야기하고, 저는 저에 관한 모든 것을 이야기
할 거예요. 그리고 당신에게 프랑스어를 가르쳐 주겠어요. 시간
이 남으면 일할 거예요. 자, 이것이 제 계획이랍니다. 당신의 계획
은 어떤 건가요? 많은 것을 기대했다가 서로에게 실망하지 않기
를 바라요. 아니요, 분명 그렇지 않을 거예요. 아마도 저는 24시
간 여행으로 매우 피로하고, 당신을 다시 만나는 것에 무척 흥분
해 있을 거예요. 만일 제가 당신이 꿈꾼 대로가 아니라 쌀쌀맞거
나 냉담하다거나 또는 바보 같거나 우아하지 않다거나…… 그러
면 이튿날까지 참아 줘요. 내 사랑, 매우 중요한 게 하나 있어요.
9월의 시카고 날씨는 어떤가요? 제가 여름 원피스나 니트웨어를
가져가야 할까요? 그리고 저 말고도 파리에서 필요한 것이 있다
면 말해 줘요. 넬슨, 내 사랑, 이 모든 것을 냉철하게 쓰고 있지만,
사실 당신을 보고 당신을 만질 생각을 하면 현기증이 나고 가슴이
터져 버릴 듯해요. 이를 끊임없이 생각하면, 때로는 참을 수 없이
격렬하게 목이 메고 입안이 바싹 마르지요. 그것은 한 달도 되지
않아 현실이 될 거예요. 넬슨, 그게 어떤 일일지는 당신도 알고 있
어요.

당신의 시몬

1947년 8월 13일 수요일

넬슨, 내 사랑, 오늘 오후 스톡홀름에서 당신 편지들을 받고, 중
앙우체국 앞에 있는 작은 콘디토레이에 들어가서 읽었어요. 그것
으로 기쁨에 가득 차서 온종일 그저 당신을 한없이 사랑한다 생각

했지요. 자정이고 피곤해 죽겠지만 당신에게 말해야겠어요. "당신을 너무나 사랑해요." 제가 당신을 잘 이해하고 당신이 저를 잘 이해하는 것은 놀라운 일이며, 이렇게 서로 이해하는 것은 우리 사랑에서 매우 귀중한 것 중 하나예요. 그래요, 당신이 이해한 바를 정확하게 말하고자 그 편지를 진지하고 사려 깊게 썼어요. 때로는 자신의 전 생애를 줄 수 없다는 게 깊이 사랑하지 않음을 의미하지 않는다는 사실을 당신이 받아들여 줘서 마음이 놓였어요. 그 두 가지 진실은 서로 모순되는 게 아니지요. 어떤 의미에서 우리의 삶은 계속 떨어져 있을 테지만, 저는 당신을 매우 강렬하게 사랑하고 있어요. 당신이 하신 말씀은 정확해요. "우리는 더 많은 걸 공유하고, 대다수의 결혼한 사람보다 더 많이 사랑할 것이오. 우리가 만나면 사랑에서 비롯된 것이고, 우리가 헤어질 때도 사랑 속에서이며, 우리는 함께 행복할 것이고 서로를 그리워할 것이오." 우리의 다음 만남, 3주 후를 생각하도록 해요. 택시가 도착할 거고, 저는 계단을 올라가 문을 열 거예요. 눈 깜짝할 사이에 당신은 거기서 두 팔로 저를 감싸겠지요. 나의 사랑하는 남편, 당신이 저를 필요로 하는 만큼 저도 당신이 필요해요. 그래요, 감옥 같다는 당신의 시골집에도 정말 가 보고 싶어요. 당신의 해변에서 해수욕하는 건 맘에 들 거예요. 노출이 너무 심하지 않고 꽤 괜찮은 파란색 수영복 하나를 샀어요. 다른 사람 없이 우리 둘만 있다면 당신이 원하는 모든 것을 할 거예요.

  그래서 저는 여기 스톡홀름, 아름다운 도시에 있어요. 이틀 동안 작은 배는 운하와 호수들 위를 차분하게 미끄러져 나아갔고, 저는 책을 읽고 글을 쓰며 당신을 생각했어요. 우리는 매혹적인 오래된 도시에 매일 두 시간씩 기착했고, 학생들이나 기자들의 인터뷰에 응하고 사진을 찍곤 했어요. 매일 되풀이되는 진짜 코미디지요. 어제저녁 스톡홀름에 도착했을 때는 적어도 열두 사람이 꽃을 들고 있었어요. 그 모든 것이 우리, 사르트르와 저를 기다리고 있었어요. 사람들은 끊임없이 우리를 사진 찍었고 수없이 질문했으며, 우리가 가능한 한 거절한 저녁 식사와 파티에 초대했어요. 다른 곳에서는 그와 같은 일이 일어나지 않을 거예요. 스웨덴 사람들은 하품하고 지루해하고 있어서 다른 사람들을 귀찮게 함으로써 오락거리를 끌어내려 하지요. 스톡홀름의 밤은 반사되는 물과 불빛의 반짝거림으로 무척 아름다웠답니다. 후원자들이 (그들은 우리에게 빚진 돈을 돌려줬기 때문에 자신들이 관대하고 다정하다고 느끼고 있지요) 우리를 위해 매혹적인 호텔에 방을 예약해 줬다는 것을 고백하지 않을 수 없군요.

(…)

목요일이에요. 어제는 못 견디게 졸음이 왔어요. 스톡홀름에는 정말 아름다운 18세기 거리와 더 오래된 거리가 하나 있는데, 오늘 아침 내내 그곳에서 산책했어요. 진짜 연극무대 장식이라 해도 좋을 어느 오래된 레스토랑에서 모든 종류의 상어알과 희한한 생선들을 맛보았어요. 당신의 편지들을 받은 뒤에 '프리저르'*가 제 머리를 감겨 주었고, 다섯 시에는 스웨덴 친구들이 일종의 공원 같은 놀라운 곳으로 데려갔어요. 어떤 섬 안에는 예전의 집들과 상점들, 농가, 약국, 수동식 압착기, 고풍의 식품점 등등을 그대로 옮기거나 그 모형을 새로 지어 놓았는데, 그 모든 것, 특히 오래된 가구들과 자수제품들이 갖춰져 있는 농가들이 매혹적이었지요. 그것들은 재미있어 즐거웠으나 이후 시간에는 '중요한' 프랑스인과 스웨덴 사람들과 함께하는 매우 끔찍스러운 만찬을 견뎌야만 했어요. 테이블에는 프랑스 국기가 놓여 있었고, 기자들이 와 있었어요. 당신이 가족 만찬에서 그랬던 것처럼 저도 극

---

* Friseur. 컬 전문 미용사

도로 화가 났는데, 노여움이 이 정도에 이르면 병이 나 버리지요.
저는 밑 빠진 독처럼 아쿠바비트, 와인, 코냑을 마셨으나 충분치
않았어요. 그렇지만 만찬이 있었던 언덕 위에서 바라보는 끝없는
일몰은 무척 아름다웠고, 짙푸른 물, 불빛들, 광활한 하늘, 도시
전체가 녹색 지붕들로 뒤덮인 경치는 볼만했지요. 우리는 가능한
한 빨리 도망쳐 나왔고, 나중에 둘이서 짧은 산책을 했어요.

오늘은 일하고 거리에서 걷는 걸로 하루를 보냈어요. 스톡홀름
의 독창성은, 아름다운 옛 거리는 별도로 하고, 도시의 건축물들
이 성공적으로 훌륭하게 지어진 아주 젊은 현대적 도시라는 데 있
어요. 제가 알고 있는 도시 중에서 가장 아름다운 현대적 도시랍
니다. 그 이유를 설명하기란 힘들어요. 우리가 다시 만날 때 설명
하도록 하죠.

이 저녁 식사에서 프랑스인들은 제 반지를 보고 감탄하면서 어
디서 구입했냐고 물었어요. 아주 짧은 순간에 저의 자만심이 화
를 누그러뜨렸지요.

아듀, 내 사랑 넬슨, 아듀, 곧 다시 만나요. 당신에게 키스하고
그 어느 때보다 더 당신을 사랑해요.

당신의 시몬

1947년 8월 18일 월요일, 스톡홀름의 '샤토' 호텔

내 사랑, 3주 후면 시카고의 시각은 아홉 시일 거고, 한쪽 눈을
뜨면 제가 잠자는 동안에만 잊을 '매우 상냥한 사나이'를 가까이
에서 볼 거예요. 처음으로 워반지아의 집에서 깰 거고요. 미국 소
설책 몇 권을 샀던 이곳의 한 서점에서 당신 책을 보았어요. 기차
에서 읽으려고 토머스 울프, 피츠제럴드 그리고 탐정소설 등을 샀

답니다. 그곳에 "읽을 것! 매우 훌륭함. 세상에서 가장 마음 좋은 사람의 작품"이라고 쓴 작은 팻말을 꽂아 두고 싶었어요. 저는 탐욕스러운 동시에 침착한 당신의 존재 방식, 당신의 열정, 당신의 인내, 인생에서 무한히 많은 것을 끌어내면서도 별로 커다란 것을 요구하지 않는 당신의 태도를 좋아해요. 왜냐하면 너무 인간적이고 너무도 생동감이 넘치니까요. 당신 책들을 통해 느낄 수 있는 당신 유머와 다정함도 좋아하고요. 또다시 당신에게 반해 버렸네요, 나의 감미로운 악어 남자.

평온했던 요 며칠 동안 미국에 관해 쓰는 책을 많이 진전시켰지만, 정말 집필한다고 할 수는 없어요. 추억하는 것일 뿐 아름답게 하려고 애쓰지 않고 기억하는 모든 것을 적어 두고 있어요. 매우 기분 좋은 일이지요. 금요일은 사교의 밤이었어요. 저는 사르트르와 함께 국왕의 차남인 빌헬름 왕자의 성에 초대받았지요. 그가 이미 사르트르를 알고, 과거에 사르트르에게 매우 친절했기 때문에 우리는 가지 않을 수 없었어요. 그는 소박하고, 우둔한 사람은 아니었기 때문에 기분 나쁘진 않았어요. 진짜 귀족을 관찰하는 일은 지금껏 한 번도 없었어요. 불행히도 그는 스톡홀름에서 1백킬로미터 떨어진 곳에 살고 있었고, 우리의 어리석고 지루하며 끔찍스러운 친구들(말하자면) 가운데 한 명이 오후 여섯 시로 예정된 만찬에 늦지 않기 위해 우리를 오전 열한 시에 데리러 왔어요. 이 스웨덴 사람들처럼 느린 사람은 결코 보지 못했어요. 저는 그들을 저주해요. 우리는 일하는 것, 쉬는 것도 포기하고 열한 시에 차에 올라타야 했어요. 그는 가는 길에 파란 호숫가에 있는 멋진 성을 방문할 수 있게 했어요. 그러나 그 대가로 그와 함께 점심을 먹어야만 했고, 그에게 너무 화가 난 저는 식사하는 동안 한마디도 꺼낼 수 없었어요. 타이어 하나가 터졌고, 사르트르도 그 스웨덴 사람도 고칠 줄 몰라 도움을 기다려야만 했어요. 결국 우리는 여섯 시경에 도착했고, 기자들에게서 수많은 플래시 세례를 받으며 차에서 내렸어요. 그 지역의 스카치 앤드 소다와 슈납스를 마시면서요. 프랑스식 만찬은 경탄할 만했어요. 전원을 향해 있는 이 전망 좋은 집은 무척 아름다웠어요. 그곳에는 그 지역의 매혹적인 골동품들이 가득했고, 스웨덴 친구, 사르트르, 저, 왕자와 그의 아내인 나이 든 프랑스인 귀부인만 있었지요. 정원에서 커피를 마셨어요. 자동차를 타고 오면서 굉장히 멋진 오로라를 구경하는 행운을 얻었답니다. 아세요? 하늘 전체가 마치 이상한 등대 아래에 있는 것처럼 푸르스름하고 불그스름하며 하얀 여러 빛깔로 환했고, 약간 무시무시한 유령 같은 빛이 보였어요. 사람들은 그 빛이 북극에서 온다고 했고, 저는 순간 에드거 앨런 포를 생각했지요. 그런데 당신들, 미국인들은 왜 포를 그리 좋아하지 않나요? 어쩌면 좋아하는지도 모르죠.

바빠요. 북극으로 떠나는데, 24시간의 기차 여행이 기대됩니다. 우선 제가 사랑하는 남자로부터 또 다른 편지 한 통을 받으리라는 희망으로 우체국에 들를 거예요. 내 사랑, 이후로는 파리로 편지를 쓰세요. 9월 3일에는 그곳에 있을 거예요. 표를 가지고 있어요. 그리고 6일에 시카고로 출발. 당신이 제가 생각하는 것만큼 정말 친절하다고 믿는다는 게 어렵군요. 변하지 마세요. 넬슨, 나의 매우 소중한 남편. 당신을 얼마나 사랑하는지 몰라요. 수없이 많은 키스를 하고 또 해요.

당신의 시몬

1947년 8월 20일 수요일

너무 상냥한 사랑하는 이, 나의 넬슨, 이 아름다운 장소에서 당신에게 편지를 쓸 수 있어 행복해요. 10시 15분인데, 한 달 전이라면 이 시간에 여기서 자정의 태양을 볼 수 있었을 거예요. 우리는 아이슬란드보다 더 북쪽, 북극권 너머에 그러니까 스톡홀름에서 북쪽으로 1천5백 킬로미터 떨어진 곳에 있어요. 밤이 얼마나 아름다운지 모르겠어요. 태양은 두세 시에 지지만 하늘은 여전히 밝고 어떤 별도 분명히 알아볼 수 없어요. 작은 역을 제외하면 호텔이 유일한 집이고, 그 앞에는 그리 높지 않으나 꼭대기가 눈으로 덮인 산들로 둘러싸인 크고 아름답고 우울한 호수가 있어요. 호수 역시 밤에도 놀라울 정도로 하얗게 빛납니다. 수백 킬로미터 떨어진 곳에 마을 하나, 길 하나 없고 단지 네다섯 대의 기차가 매일 삐걱거리며 달리는 철길만이 있을 뿐이에요. 이러한 절대적 고독은 손으로 만질 수 있고 지구보다 달에 있는 것처럼 느껴져요. 당신, 저와 함께 달에 있고 싶은가요, 아니면 무서운가요?

월요일엔 조금 실망했어요. 우체국 수취 우편에 당신 편지가 없더군요. 혹시 당신은 제가 스웨덴에 아주 오랫동안 머문다는 사실을 이해하지 못한 걸까요? 당신 편지가 그리워요. 지난주의 편지를 여전히 다시 읽지 못하고 있어요. 그리 슬퍼하는 건 아니랍니다. 당신은 저와 아주 가까이에 있고, 2주 남짓 후면 당신을 만지고 당신을 보고 당신을 포옹하고 당신에게 말할 수 있기 때문이지요. '심각해'지려는 것이 아니라 당신에게 이야기하고 싶어요. 우리가 뉴욕의 트윈베드에서 평온하게 누워 완전한 신뢰 아래 편안하게 이야기했을 때, 얼마나 좋았는지 기억나세요? 다소 실망한 채 기차를 탔고, 우리에게 그토록 '관심을 가졌던' 그 스웨덴 사람에게 작별 인사를 하여 몹시 기뻐했어요. 오, 그는 악한 사람은 아니에요. 그렇지만 어찌나 끈질기게 어리석던지 악한 게 더 나을 뻔했어요. 기차가 움직이기 시작했을 때 제가 아주 기쁜 듯이 작별 인사를 했기 때문에 그가 뭔가를 눈치챘음이 틀림없어요. 왜냐하면 왕자의 집에서 돌아온 이후 그를 다시 보지 못했기 때문이지요. 아비스코에 이르러서는 벽면 전체가 커다란 유리창들로 되어 있는 매혹적인 호텔에 투숙했어요. 저는 산책을 하기도 하지만, 가지각색으로 변하는 이상하고 아름다운 경치에 때때로 시선을 던지면서 미국에 대한 글을 쓰기 위해 대부분 방에 있어요. 피츠제럴드의 『밤은 부드러워』(저는 『위대한 개츠비』가 더 좋아요)를 읽었고, 어려운 작품처럼 보이는 『시간과 강』*을 읽기 시작했어요. 또 기분을 전환하기 위해 탐정소설들도 읽었어요. 그리고 사랑과 행복으로 끊임없이 당신을 생각하지요.

내 사랑, 저를 위해 뭔가를 해 줄 수 있나요? 물론 해 주시겠지요. 2월 1일부터 5월 18일까지 『뉴욕 타임스』나 『시카고 트리뷴』 또는 『시카고 선』 같은 몇몇 신문의 총서(제가 미국을 방문한 시기에 간행된 호號들)가 필요해요. 가능한가요? 어느 신문이라도 괜찮아요. 아마도 같은 시기의 『타임』 총서도 좋고요. 제가 도착하면 볼 수 있도록 구해 줄 수 있나요? 번거롭지 않았으면 좋겠네요. 급한 일은 아니에요. 당신을 귀찮게 하지 않는 범위에서만 해 주세요.

그리고 당신을 위해 제가 무얼 해 줄 수 있을까요? 의견을 주세요. 제 마음 외에, 적어도 파리에서 가져다줄 수 있는 것을 말해 주세요. 자려고 해요, 내일 짧게 덧붙여 쓰겠어요.

목요일

오전 내내 작업했어요. 한 시 반이 되니 무척 배고프군요. 저는 이곳의 식사 방식을 높이 사요. 모든 음식이 커다란 테이블에 차려지고, 각자 원하는 것을 접시에 담아 자기 테이블로 돌아가 먹지요. 스톡홀름에서는 식사 속도가 어찌나 느리던지 저를 몹시

---

* 토머스 울프의 책

화나게 한 반면에 여기는 아주 빠르답니다. 저, 식사하러 가요. 키스와 사랑을, 나의 사랑 넬슨.

당신의 시몬

1947년 8월 23일 토요일

나의 넬슨, 저는 소식을 받지 못하는 것을 좋아하지 않아요. 변경된 주소로 우편이 배달되도록 스톡홀름에서 미리 알려 줄 걸 그랬어요. 그러나 이곳을 좋아할지 머물지 확신할 수 없었기 때문에 당신의 편지가 분실되는 것을 원치 않았어요. 아직 한 주를 더 기다려야 하는군요. 당신이 여전히 워반지아에 살고 건강하고 그리고 더 이상 나를 사랑하지 않겠다고 결심하지 않았기를, 또 7일에 도착하는* 저를 기다려 주기를 바라요.

이곳은 아주 쾌적해요. 어제는 당신에게 이야기한 그 호수에서 모터보트를 타고 조금 돌았고, 호수 건너편에 배를 대고 가파른 숲, 빨갛고 파란 색깔의 예쁘고 작은 항만港灣들이 여기저기 산재해 있는 자작나무 숲속을 걸었어요. 그곳 라플란드인들은 나무와 흙으로 지은 꽤 편리한 오두막 아래서 살고 있었어요. 그들의 옷은 밝은 색상으로 화려했으나 그들은 아주 못생겼답니다.

오늘은 네 시간 동안 작업했고, 점심 식사 후에는 사람들이 전망이 대단히 아름답다고 말한 산 정상에 올라갔어요. 과연 아름답더군요. 저는 산에 오르는 걸 무척 좋아하는데, 당신은 어떤가요? 코르시카섬에서처럼 자주 배낭을 메고 일주일, 2주 혹은 3주 동안 산을 오르기도 하지요. 여기 산은 그리 높지도 가파르지도

---

* 사실상 그녀의 비행기는 이틀 연착됐다.

않아서 두 시간 등반하면 한 시간 만에 하산할 수 있었어요. 그렇지만 황무지기 때문에, 9백 미터 높이에서도 식물 하나 자라지 않는 검은빛 풍경 속 음침한 빛깔의 바위들 가운데에 있게 되지요. 근처에는 커다란 눈덩이와 얼음장이 있어서, 저 아래 호수의 부드러운 파란색에도 불구하고 초자연적이고 고독하며 약간 무시무시한 풍경을 보게 된답니다. 하지만 그 모든 것이 저를 매혹했어요. 여기서 사흘을 더 지내고, 나흘째에는 배를 타고 유람한 후 일요일에 스톡홀름으로 돌아와요. 그다음 일요일에는 시카고고요.

내 사랑하는 이, 당신은 계획 세우기를 좋아하니 저와 함께하고 싶은 것 중 하나를 계획해 보세요. 저는 기꺼이 따르겠어요. 당신이 즐겁다면 저도 즐거울 거예요. 경마나 야구까지도요. 만약 당신이 아무 계획도 짜지 않는다면 그 역시 아주 좋을 거예요. 당신이 저와 함께 있고 저를 사랑하기만 한다면 모든 게 다 좋을 거예요. 다른 건 몰라도 당신과 함께 있고 당신을 사랑하기 위해 가는 것은 확실해요. 제가 도착하는 정확한 시간을 알리기 위해 4일이나 5일쯤에 파리에서 전보를 치겠어요.

제가 당신을 얼마나 사랑하는지 느껴 봐요, 바로 지금 느껴 보세요. 지금 당신을 아주 강렬히 사랑하니까요.

당신의 시몬

9월 9일 화요일에 시몬 드 보부아르는 시카고행 비행기에 다시 오르는데, 이는 잊지 못할 파란만장한 비행이었다. 털털거리는 낡은 비행기가 섀넌에서 아조레스제도까지 열두 시간 운행하는 중에 엔진 하나가 멈췄다. 대양 상공에서 180도 방향을 바꿔 섀넌으로 되돌아오는 다섯 시간 동안 보부아르는 공포에 떨었고, 비행기의 수리로 인해 도착일은 이틀이 지연됐다. 아조레스제도에 착륙할 때는 바퀴 하나

가 터져 홀 안에서 18시간을 기다려야 했다. 그리고 1천5백 미터 하
강과 함께 몇 번의 천둥 비바람으로 비행기는 동요됐다.

그녀는 23일에 시카고를 다시 떠난다. 이번 체류 동안에는 이 도시에
대해 진정으로 알게 된다. 그녀와 올그런은 봄에 몇 달간 여행하기로
계획한다.

1947년 9월 26일 금요일

넬슨, 내 사랑. 시작이군요, 당신을 그리워하며 당신을 기다려
요. 당신이 힘센 팔로 다정하게 저를 또다시 힘껏 안을 축복의 날
을 기다려요. 몹시 아프네요, 넬슨. 하지만 이 무자비한 고통은
사랑이며, 당신도 저를 사랑한다는 걸 알기에 잘됐네요. 당신은
아주 가깝고도 멀고, 아주 멀고도 가까워요, 나의 사랑하는 임.

택시는 '라고' 장의사 앞, 키안티*를 마시면서 당신에게 미소
지으며 매우 행복해했던 피자집, 그리고 수많은 상점과 거리 앞
을 지나갔어요. 공항에 일찍 도착한 저는 의자에 앉아 눈을 감았
지요. 잠시 후 한 남자가 상자 하나를 가지고 와서 "미스 드 보부
아르, 여기에 친구들이 계신가 보군요. 이것은 당신을 위한 것입
니다"라고 말했어요. 저는 향내 나는 아름다운 흰 꽃들을 바라보
다가 제 가슴 위에 얹었어요. 울지 않았어요. 당신에게 전화했지
요. 사랑하는 당신의 목소리는 아주 가깝고도 아주 멀었어요. 수
화기를 내려놓았을 때 제 안에서 무너져 내린 무언가는 당신이 다
시 키스할 축복받은 날까지 소리 없이, 냉정하게 죽은 채로 있을
거예요. 실성한 여자처럼 울지 않을 수 없어서 편지 쓰는 게 힘들

---

* Chianti. 이탈리아 시에나산(産) 레드 와인

군요. 사랑해요. 됐어요. 열한 시에 비행기에 탔으나 곧바로 내리게 하더군요. 시동 장치가 작동하지 않았기 때문이에요. 비행기는 자정이 돼서야 이륙했지요. 무척 긴 시간 동안 구름과 별, 바다와 하늘 사이를 비행했고, 그동안에 꽃들은 제 가슴 위에서 시들고 있었어요. 조금 무서웠고 잠을 잘 수 없었어요. 당신이 사 준 탐정소설, 희곡 작품 그리고 필리핀에 관한 책들을 읽었지요. 때때로 당신이 준 위스키를 한 모금씩 마시곤 했어요. 당신은 저를 위해 무척 많은 일을 당연한 듯 아주 다정하게 해 주었어요. 사랑은 꽃향기와 위스키 맛 속에, 문고판 책들의 색깔 속에, 곳곳에 있었어요. 그리도 소중하고 감미롭고 또 고통스러운 사랑이 말이에요. 파리에 도착하기 위해서는 스물세 시간의 비행을 해야 했고, 비행기는 새벽에 도착했지요. 이틀 밤을 뜬눈으로 새워 녹초가 된 저는 끝없는 길고 긴 이 하루를 버티기 위해 커피를 마시고 알약 두 알을 삼켰어요. 부드러운 회색빛 하늘 아래 안개가 약간 낀 파리는 죽은 꽃잎들을 향기롭게 만들었어요. 많은 일이 저를 기다리고 있었는데, 잘됐어요. 시골은 다음 달에나 갈 거예요. 우선 라디오 방송국이 원하는 것을 말할 수 있게 원하는 만큼 많은 시간을 매주 방송할 수 있도록 『현대』에 동의했답니다. 그게 무엇을 의미하는지 당신은 알고 있겠지요. 무수히 많은 사람에게 영향을 미치고, 우리가 옳다고 믿는 것을 그들에게 전달할 수 있다는 가능성입니다. 그것은 많은 관심과 배려를 요구하는데, 이 주제에 관해 오늘 아침에 회의를 했어요. 게다가 사회당은 정치와 철학 간의 관계에 대해 우리와 토론하기를 원하고 있어요. 사람들은 사상이 바로 현실이라는 사실을 이제 막 인식하기 시작했답니다. 마지막으로 온갖 종류의 우편물이 있었는데, 잡지 하나만 해도 해치워야 할 일이 엄청나게 많이 있어요. 저는 그런 것들에 만족해하며 일하고 싶어요. 마치 복역수처럼 일하고 싶답니다. 제가 시카고에 남으려 하지 않는 본질적 이유는 결국 일하고자 하는 욕구, 일함으로써 제 인생에 의미를 부여하고자 하는, 제가 항상 느껴 왔던 이러한 욕구 때문이에요. 당신 역시 이러한 욕구를 느끼고 있어요. 그렇기 때문에 우리는 서로를 아주 잘 이해하는 거예요. 당신은 책을, 좋은 책을 쓰기를 원하며, 책을 씀으로써 세상이 조금은 덜 추해지도록 돕고 싶어 하지요. 저도 마찬가지예요. 저는 사람들에게 저의 것인 동시에 제가 진실이라 믿는, 생각하는 방식을 전달하고 싶어요. 당신과 영원히 함께 남아 있기 위해서라면, 여행과 온갖 소일거리를 포기하고 친구들을 버리고 파리의 감미로운 생활을 떠날 수 있을 거예요. 그러나 저는 오로지 행복과 사랑만으론 살 수 없을 거예요. 제 책과 일이 의미를 갖는 세계의 유일한 장소에서 글을 쓰고 일하는 것을 포기할 수 없을 거예요. 당신에게 말한 것처럼 이곳에서 우리가 하는 일이 다소 절망적이기 때문에 더욱 고달픈 반면, 사랑과 행복은 매우 구체적인 현실이에요. 그렇지만 해야 할 일은 그것이에요. 공산주의와 반공주의의 거짓말에 맞서, 프랑스 내 거의 모든 곳에 만연하는 자유의 부재에 맞서, 여력과 열망을 지닌 사람들이 뭔가를 시도할 수 있어야 해요. 내 사랑, 그것이 우리 사이에 어떤 갈등도 일으켜서는 안 돼요. 오히려 진실하고 올바르다고 믿는 것들을 위해 싸우는 이러한 투쟁 속에서 저는 당신과 아주 가깝게 느끼고 있어요. 당신 역시 투쟁하고 있어요. 그러나 상황이 이렇다는 것을 잘 알면서도 저는 오늘 저녁, 마치 미친 여자처럼 흐느껴 울지 않을 수 없군요. 당신과 더할 수 없이 행복했었고 당신을 한없이 사랑하지만, 당신은 너무나도 멀리 있으니까요.

토요일

피로에 지쳐 열네 시간을 내리 잤어요, 딱 한 번 잠에서 깨어나 당신 생각에 또 한 번 운 것 말고는요. 오늘 아침 눈물 때문에 얼굴이 어찌나 보기 흉하던지 길에서 저와 마주친 카뮈가 임신하지 않았냐고 묻더군요. 그의 말에 의하면 제가 '가면'을 쓴 것 같았대요. 제 희곡 작품 『군식구Les Bouches inutiles』를 번역한 영국 젊은이를 만났는데, 그는 이를 영국에서 공연하고 싶어 해요. 당신에게 번역본을 하나 보낼게요. 일을 다시 시작하기에 아직은 너무 기진맥진해서, 매력적인 파리를 산책하고 친구들과 수다를 떨고 당신을 생각했어요. 딱히 생각이라 할 수 없어요, 저는 당신에게 속해 있고 저 자신을 느끼듯이 제 몸과 마음 그리고 영혼 속에서 종일 당신을 느끼고 있답니다.

넬슨, 당신은 너무나 친절했고, 너무나 다정했으며, 너무나 상냥한 그 모든 것이었어요. 당신이 준 모든 것, 꽃, 위스키, 럼주 케이크, 초콜릿, 당신의 미소, 키스, 당신의 말, 침묵, 낮과 밤들, 제게 주는 사랑과 제가 당신께 드리는 사랑 그 모든 것에 저는 감사해야 해요. 그러나 감사를 표현할 수 있는 말은 없고, 당신이 제게 준 건 너무나 많답니다. 당신에게 "사랑해요"라고만 말할 수 있을 뿐이에요. 레코드판이 돌아가는 동안 제가 그토록 좋아하는 그 목소리로 "나 역시 속으로 울고 있어요"라고 말했을 때, 당신의 따뜻한 어깨 위에 기대어 우는 건 진정 감미로웠지요. 넬슨 내 사랑, 지금 저는 당신이 얼마나 귀중한지 알고 있어요. 당신이 저를 사랑하고 저를 갈망하는 한 저는 제가 나누어야 할 것을 당신과 함께 나누기 위해 뭐든지 할 거예요. 당신의 편지를 기다리고 봄과 우리의 인생도 함께 기다려요. 믿음과 희망을 품고, 행복이기도 한 고통과 함께 기다리고 있어요. "당신의 두 팔에 저를 안고서 달래 줘요, 내 사랑." 저는 당신의 상냥한 작은 개구리*예요.

---

* 미국인이 프랑스인을 경멸적으로 표현할 때 일컫는 말이다.

1947년 9월 28일 일요일

넬슨 내 사랑, 금요일에 열네 시간 그리고 지난밤에 열두 시간 잠을 자고 난 뒤에 상태가 좋아졌어요. 제 기분은 더 이상 눈물에 젖어 있지 않으며, 우리 사랑의 달콤함과 열기가 저를 가득 채워 주고, 출발의 쓰라림이 더 이상 저를 짓누르지 않아요. 네, 당신이 말했듯이 이 정도로 서로 사랑한다는 건 무한한 행운이고 제 가슴 속에서 그토록 젊은 심장이 뛰는 것은 행운이에요. 당신 덕분에 열다섯 살 때처럼 행복할 수 있고, 당신 덕분에 고통스러워할 수 있어요. 이 고통과 행복은 젊음이고, 당신이 주신 수없이 많은 훌륭한 선물들 가운데 하나지요.

저는 매우 바쁘답니다. 점심 때 사회주의자들이 큰 차를 타고 와서 메를로퐁티(『현대』의 장長들 중 한 사람)와 사르트르 그리고 저를 시골로 데려갔어요. 우리는 점심을 먹고 실존주의와 사회주의 간의 가능한 결합에 대해 이 늙은이들과 다른 더 젊은 작자들과 토론했지요. 이 사회당은 초라하고 진부하고 약하기 때문에 기대할 것이 많지 않아요. 그렇지만 보수주의적인 MRP*와 PC 사이의 유일한 통로지요. 우리는 그들과 함께 뭔가를 하도록 노력해야 하는데, 아마 그렇게 할 거예요. 회합과 그와 비슷한 일들을 하게 되겠지요. 당신에게 이야기해 줄게요.

그런 다음에는 미국에 관한 책 몇 쪽을 썼어요. 당신을 만나러 다시 갈 때 그 책이 끝마쳐 있기를 원해요. 금방 저녁 식사 시간이

---

* Mouvement Républicain Populaire. 프랑스 인민공화파

되었고, 식사한 후에는 사르트르와 함께 부드러운 하늘빛 아래 달빛을 받으며 기분 좋게 센 강변을 거닐었어요. 우리는 사회주의자들에 대해 다시 이야기했고, 당신에게 말한 적이 있는 호의적인 화가 앙드레 마송의 화실을 방문했지요. 그는 색깔을 집어삼키는 듯한 느낌이 들어서 한동안 먹는 것을 거부했대요. 그가 엉뚱하게 귀신 붙은 집들에 관해 이야기해 우리를 즐겁게 해 줬는데, 그는 유령의 존재와 그 모든 이야기를 굳게 믿지만 그로 인해 정신이 유달리 혼란한 상태는 아니었죠. 또 젊었을 때 그를 매혹했으나 지금은 뒤떨어지고 생기 없어지고 죽어 버린 상태에 있다고 할 수 있는 초현실주의에 관해 폭소를 터뜨리게 하는 몇 가지 에피소드로도 아주 즐겁게 했어요. 그러고 나서 저의 분홍색 방으로 돌아왔고 당신에게 편지를 썼어요. 당신이 준 위스키 조금과 터키담배, 거대한 성냥들이 아직 남아 있고, 내일 혹은 모레 당신을 볼 것 같은 느낌이 들어요. 자, 시간은 아무것도 해결해 주지 않아요. 저는 당신을 다시 만날 것이며, 당신의 목소리를 들을 것이고, 당신의 미소를 볼 거예요.

내일은 제 연극 번역본*을 보내겠어요. 이 연극은 1945년에 무대에 올려졌고, 러시아계 제 여자 친구가 클라리스 역을 맡았었어요. 이 작품에 많은 결점이 있다는 것을 알지만 당신이 저의 뭔가를 읽었으면 해요. 비록 연극이 형편없다 할지라도 당신이 생각하는 바를 솔직하게 말해 줘요. 시카고는 지금 여섯 시고, 당신은 어쩜 단편소설 하나를 타이핑하고 있을지 모르겠네요. 저는 당신이 창문에서 무엇을 보고 있는지, 당신이 어떤 표정을 하고 있는지 알아요. 오 내 사랑, 지금부터 봄까지는 결혼하지 않도록 노력해 줘요. 저는 당신이 원하는 곳에서, 당신이 원하는 대로, 당

• 『군식구』

신과 함께 아주 많은 시간을 보내기를 매우 깊은 열정으로 바라고 있어요. 매일 밤 당신의 두 팔에 안겨 잠자고, 매일 아침 당신의 소중한 얼굴이 미소 짓는 모습을 보기를……. 우리는 그렇게 살도록 해야 해요, 넬슨. 그래야만 하고, 저는 그것을 위해 모든 일을 하겠어요. 잘 자요, 내 친구, 내 남편, 내 연인. 우리는 행복했었고 앞으로도 행복할 거예요. 사랑해요, 나의 '토박이 젊은이', 나의 악어, 나의 넬슨.

화요일

아침은 잔인해요, 내 사랑, 눈을 뜨면 당신은 여기에 없어요. 작년에 제 삶은 충만하고 풍요로웠으나, 오늘은 모든 것이 의미 없어요.

어제 되마고 카페에서 글을 쓰고 있는데 케스틀러가 들렀어요. 『제로와 무한Zéro et Infini』과 『스페인의 유언Testament espagnol』(후자의 책이 훌륭해요)을 쓴 저자 말이에요. 작가로서 당신이 그 작품들을 어떻게 생각하는지 기억나지 않지만, 사르트르와 카뮈 그리고 제가 그와 함께 보낸 기이한 밤을 당신에게 이야기해 주었다고 생각돼요. 그때 우리는 모두 술에 취해 우리의 우정과 정치적 의견 차이에 대해 눈물을 흘렸었는데, 몹시 우스꽝스러웠지요. 저는 그와 아주 예쁘고 친절한 그의 아내를 좋아해요. 우리는 함께 미술 전시회에 가서 당신과 제가 시카고 미술관에서 본 것과 같은 모네, 마네, 르누아르, 툴루즈 로트레크의 그림을 보았는데, 가슴이 찢어지는 듯한 슬픔을 줬어요. 당신에게 작년에 그 사람과 한 번 잤다는 사실을 이야기하지 않았는데, 희한한 경험이었어요. 왜냐하면 우리는 서로 끌렸으면서도 그가 저를 충분한 반공주의자가 아니라고 평가해 '정치적 의견 차이'로 대립한 때문이지요. 이는 저를 별로 괴롭히지 않았으나, 그를 괴롭혀 공격적이도록 자극했어요. 그런데 저는 공격성, 특히 성적性的 부분에 뒤섞인 호전성을 증오하므로 그와의 두 번째는 없었어요. 어쨌거나 어제는 언젠가 당신이 한 말이 진실이라는 것, 원하지 않는다면 인습적 의미에서 '성실'해야 할 필요가 없다는 것을 느꼈어요. 저는 당신을 다시 만날 때까지 그 누구와도 잘 수 없다는 것을 알아요. 제가 열렬히 원하는 건 당신의 두 손과 당신의 입술이기 때문에 다른 남자의 손과 입술은 참을 수 없을 거예요. 저는 모범적이고 전통적인 아내처럼 성실할 거예요 — 이것이 곧 진실이에요.

되마고로 돌아가면서 동성애자이자 도둑인 장 주네를 우연히 만났는데, 그는 아주 친절하고 재미있었지만 제가 작업하는 것을 방해했어요. 다른 지인들도 만났어요. 결국 저의 아침 시간을 낭비했지요. 앞으로 아침에는 제 방에 머물기로 했고, 지금은 잼을 바른 빵과 함께 차를 마시며 집에서 일하려 해요. 그게 더 나아요.

사르트르와 함께 라디오 방송국의 한 작자를 만났고, 우리는 다음 토요일부터 사회적·정치적 사건들에 대해 말하기 위해 매주 30분간 방송할 거예요. 당신이 모틀리*와 함께 만든 청소년 범죄에 관한 방송을 언급했지요. 다른 사람들은 그것이 바로 우리가 반유대주의, 식민주의 그리고 다른 모든 것에 반대해야 하는 일이라면서 열광했어요. 그러나 젊은 친구들이 우리를 도와준다고 할지라도 그리 되면 일이 많아질 거예요. 사회주의자들뿐 아니라 무정부주의 — 조합 활동가들 역시 하나의 이데올로기를 표명할 수 있도록 도와 달라고 요청하고 있어요. 후자가 훨씬 더 흥미로운데, 그 이유는 젊은 그들에게 대담한 의지가 있기 때문이지요. 슬픈 일이에요! 구체적이고 효과적으로 행동하고자 하는 이 모

---

* Willard Motley. 미국의 흑인 작가이자 올그런의 친구. 『아무 문이나 노크하라Knock on any Door』를 썼다.

든 기회가 더 이상 희망할 게 없는 순간에 오는군요. 모든 사람이 2년 내로 전쟁이 일어날 거라 믿는데, 당신은 어떻게 생각하나요?

파리는 매혹적이랍니다. 우리는 몽파르나스 거리의 한 카페테라스에 앉아서 지금 공부 중인 몹시 어려운 철학자 헤겔을 주제로 토론했어요. 오늘은 내내 작업이 무척 잘됐고, 그것이 저를 진정으로 도와주는 유일한 것이에요. 우편물에 답하기 위해 『현대』에 들른 다음 저의 책 작업을 시작했지요. 『폴리틱스*Politics*』 7, 8월호에 저와 사르트르 그리고 메를로퐁티의 기사들이 실렸어요. 읽어보세요. 저는 당신과 저에 대해 많이 숙고하기 때문에 당신에게 할 말이 무척 많지만, 내일 이야기하겠어요. 잘 있어요. 이 편지를 우체국에서 부치겠어요. 이 작은 편지 안에는 사랑이 너무 많이 담겨 있어서 비행기가 부서질 수도 있어요. 당신 편지를 열렬히 기다리고 있어요.

잘 자요, 내 사랑. 당신을 그지없이 사랑해요. 이를 표현할 단어는 없답니다.

당신의 시몬

1947년 10월 3일 금요일

넬슨 내 사랑. 오늘 아침 다정한 편지 한 통을 받아 사랑으로 읽었어요. 그러나 또 다른 편지를 받기까지 일주일을 기다려야만 하는군요. 당신이 그렇게 멀리 있는 것을 비통해할 수밖에요. 언젠가 한 번 당신은 제가 어린애 같은 여자 유형인지 아니면 분별 있는 여자 유형인지를 물어본 적이 있어요. 저 자신이 유치하다고 생각하진 않지만, 제가 그리 분별 있는 건 아니라고 확신해요. 분별 있는 여자는 당신 때문에 그처럼 고통스럽게 애태우지 않을 거예요.

우리가 뉴욕에서 헤어졌을 때, 그것은 사랑의 시작이었어요. 제가 당신을 워반지아의 집에서 다시 만났을 때와 당신의 팔 안에서 떨고 있을 때, 그것은 사랑의 절정이었어요. 아니요, 저는 분별력이 없어요. 약간 비겁하기까지 하답니다. 제가 파리로 돌아올 때까지 망설임과 공포심 때문에 이 사랑의 강렬함과 깊이를 완전히 받아들이지 못했어요. 당신을 그렇게나 사랑한다는 것은 당신 곁을 떠날 때, 당신이 기분 좋지 않을 때, 특히 당신이 저를 덜 사랑할 때, 당신 때문에 제가 엄청나게 고통스러워할 수 있다는 것을 의미할 거예요. 그것은 저의 행복이 당신의 두 손에 있다는 걸 의미하죠. 어쩌면 그것을 제 손에 쥐고 있기를 원했는지도 몰라요. 좋아요, 이제는 끝났어요. 저는 더 이상 어찌할 수 없고 이러한 예속을 받아들여야만 하며, 당신을 사랑하기 때문에 그것을 받아들이고 싶어요. 어느 날 저녁 워반지아에서 제가 한 말이 계속 마음에 걸려요. 당신에게 진실을 말하겠어요. 제가 봄에 오랫동안 미국에 머무른다고 말할 때, 왜 그것을 마치 여행하고 뉴욕에서 친구들을 만나고 강연하는 평범한 다른 일들처럼 말했는지 모르겠어요. 그건 진실이 아니라는 걸 알아주세요. 프랑스에서 하는 일 말고는 당신 외에 다른 아무것도 중요하게 생각하지 않아요. 어쨌거나 꼭 하고 싶은 일이 하나 있는데, 캘리포니아에 있는 제 여자 친구를 만나는 거예요. 그녀는 저에게 딸과 같답니다. 그러나 당신과 함께 더 많은 시간을 보내기 위해 캐나다와 뉴욕 등 여러 곳을 여행하고 친구들을 만나는 등 나머지 일들은 포기하겠어요. 저는 저 혼자만의 방 하나를 쓸 수 있겠고, 당신은 조용히 일하고 원할 때는 혼자 있게 될 거예요. 저는 얌전하게 있을 거고 설거지를 하고 비질도 하겠어요. 달걀과 럼주 케이크를 사러 갈 것이고 허락 없이는 당신의 머리, 뺨, 어깨도 만지지 않을 거예요. 당신이 아침 우편물이나 다른 이유로 기분이 영 좋지 않을 때는 슬퍼하지 않도록 할 거고, 당신의 자유를 구속하지 않을 거예요……. 이 점에 대해서는 답장하지 않아도 돼요. 3월은 아직 멀고 아무것도 확실치 않으니 당신이 할 수 있고 하기를 원하는 게 무엇인지 두고 보도록 해요. 당신에게 말하고 나니 마음이 가볍군요. 제 모든 영혼과 온 마음, 온몸으로 가능한 한 가장 오래 당신과 함께 남아 있기를 바라요. 우리가 어디를 가든 또 시카고를 떠나지 않는다고 해도 상관없어요. 당신 곁에서 사는 것만이 유일한 바람이에요. 당신은 저를 함정에 빠뜨렸고 저는 당신을 사랑해요. 넬슨, 겁내며 도망가지 말아요. 저는 당신에게 속해 있어요. 저는 그것이 행복하고, 그러기를 원해요. 그러나 내 사랑, 저는 결코 당신에게 짐이 되지 않을 것이고, 메리 G* 같은 여자도 되지 않을 거예요. 저는 당신이 원치 않는 일들은 절대 하지 않을 거예요.

나의 넬슨, 나의 상냥한 악어, 당신은 어쩌면 저의 심각함에 미소 짓고 있을지 모르겠고, 어쩌면 말이 지나치게 많은 작은 개구리의 수다일 뿐이라고 생각할지도 모르겠으며, 어쩌면 당신이 옳은지도 모르겠어요. 그런 이유로 사랑은 저를 두렵게 하고, 저를 제정신이 아니게 할 거예요. 어쨌든 저는 가슴에 담고 있는 걸 솔직히 말했답니다. 마지막 두려움이 하나 있어요. 넬슨, 당신을 너무나 강렬하게 사랑해요. 저에 대한 당신의 사랑이 식을까 염려되는군요.

당신에게 파리의 모든 매력을 보내 드리고 싶어요! 오래된 추억과 떨리는 희망이 담긴 미풍이 불고, 빛을 발하는 포근하고 푸르른 아침의 매력을요. 그러나 그건 불가능하군요. 네, 저는 헨리 제임스를 아주 잘 알고, 젊은 시절에 그를 아주 좋아했었어요. 지

---

* 올그런의 여자 친구. 그는 그녀와 별로 대수롭지 않은 관계를 맺은 적이 있다.

금은 왜 그런지 모르겠으나 당신처럼 반응해요. 하지만 그의『나
사의 회전』을 아주 좋은 소설 중 하나라고 믿고 있어요. 당신이
책을 계속 쓰고 있으니 몹시 기쁘군요.『4분 혼혈아와 딜러』에 무
슨 일이 일어날까요? 마약 관련 방송을 하려는 당신의 생각은 아
주 훌륭해 보여요. 잘되기를 바라요.

　왜 시골에 가지 않느냐고요? 파리에서 할 일이 너무 많거든요.
그 매력적인 노부인이 시내로 돌아왔기 때문에 우리는 오후에 그
녀의 집에서 작업하는데, 고요하고 편안해요. 그녀는 우리에게
아뮤즈귈*과 함께 차를 내오고, 우리는 잠시 환담한 다음에 각자
책을 쓰기 위해 책상 앞에 앉지요. 아침에는 제 방에 남아 있고 저
녁에는 친구들을 만나요. 화요일에는 사르트르와 함께 케스틀러
와 그의 부인을 만났어요. 그는 이상하지만 흥미로운 사람이에
요. 때때로 그가 술에 취하면 엄청난 자기도취에 빠져 버리고 순
교자인 체하면서 자신을 어찌나 중요하게 생각하는지 끔찍스럽
답니다. 이번 화요일엔 그와 반대로 그가 솔직하고 단순하며 친
밀하게 굴었어요. 그는 저와의 '관계를 되살리려' 애쓰고 있지만,
당신에게 설명했듯이 여러 이유에서 저는 그럴 생각이 없어요.
무엇보다도 당신에 대한 저의 사랑이 제 안에서 하찮은 연애 사
건들에 대한 취미와 호기심을 죽여 버렸어요. 그러므로 아무 일
도 일어나지 않았지요. 어제 우리는 카뮈와 함께 저녁 식사를 하
고 위스키를 마셨어요. 그도 대단히 호의적이고 친절해요. 또 한
명의 흥미로운 사람이지만 다루기는 어려워요. 작업하는 책이 만
족스럽지 않을 때는 오만불손한 반응을 보이지요. 꽤 커다란 성
공을 거둔 지금은 태도가 달라졌고 겸손하며 솔직한데 — 이상해
요. 전혀 비루하지 않고 뒤틀리지 않았으며 관대하고 진실한 당

---

* 　amuse-gueule. 애피타이저로 먹는 비스킷, 샌드위치

신과 함께 지낸 뒤에는 이런 사람들의 쩨쩨함과 비틀린 에스프리를 선명하게 느끼고 있어요.

『폴리틱스』를 구해 봤나요? 제 연극 작품을 읽어 봤어요? 케스틀러와 카뮈는 제가 젊어졌고 무척 행복해 보인다고 했어요. 젊음과 행복, 그것들을 제게 준 사람은 당신이에요. 네, 비록 눈물을 많이 흘리지만, 그건 행복이랍니다. 저는 죽을 때까지 여행 가방들을 땅에 떨어뜨리면서 저를 감싸는 당신의 두 팔을 느꼈던 그 순간을 기억할 거예요.

토요일

어제 저의 작업은 잘 진행됐고, 우리는 오후에 『현대』 팀이 네 시간 동안 방송 프로그램 하나를 준비하고 녹음했던 라디오 방송국에 갔어요. 이 팀은 화요일마다 방송을 내보낼 거예요. 저녁에는 프랑스 영화 〈금은세공품 상점가〉*의 시사회에 갔었는데, 진부한 탐정소설 이야기를 훌륭하게 영화화했더군요. 이제 작업하러 돌아가야 해요. 이 편지가 만족스럽지 않군요. 게다가 워반지아를 기억하는 지금, 종이 한 장과 사랑을 한다는 건 어려운 일이지요. 워반지아는 꿈이 아닌 현실로 나타나고, 파리는 슬픈 꿈인 경우가 많아요. 잘 자요, 허니, 저는 당신에게 속하고, 당신은 제 사랑이에요.

당신의 시몬

---

* 〈Quai des Oxfévres〉. 앙리조르주 클루조(Henri-Georges Clouzot) 감독 작품, 루이 주베(Louis Jouvet)와 샤를 뒬랭(Charles Dullin) 주연

1947년 10월 7일 화요일

넬슨, 내 사랑. 요즈음 파리는 너무나 아름다워서 행복하고 희망으로 벅차오르지 않을 수 없어요. 당신을 다시 만나 몇 날 며칠, 몇 주, 몇 달을 당신과 함께 산다는 희망, 이 아름다운 도시에 당신이 와서 제가 그토록 좋아하는 이 작은 거리들을 함께 산책한다는 희망으로 말이에요. 어제 오후에는 파리 북쪽 언덕에 있는 가난하지만 활기찬 두 거리, 벨빌가와 메닐몽탕가를 거닐었어요. 당신은 그 작은 길들에 있는 많은 작은 집을 좋아하실 거예요. 저는 일하면서 그리고 당신을 생각하면서 조용히 지낸답니다. 별다른 일은 없었어요. 일요일에는 사르트르, 카뮈, 늙은 앙드레 지드 그리고 다른 작가들과 함께 아프리카 문제에 관한 모임에 참석했어요. 흑인들은 미국에서보다 프랑스령 식민지에서 훨씬 더 착취당하고 있는데, 그들 가운데 한 명이 백인 작가들에게 도움을 청했지요. 역설적이게도 이 흑인은 독실한 기독교도고 순종적이며 극도의 보수주의자인 반면, 우리는 모두 좌파에 속하는 사람들이에요. 그는 프랑스와 자유에 관해 지극히 예의 바른 용어로 연설했고, 혁명 없이 그리고 백인을 쫓아내지 않으면서 프랑스 민중의 도움을 받아 흑인들의 지위를 향상하기를 희망했어요. 우리는 마치 대독對獨 협력자 같은 인상을 풍기는 이 작자에게 분노했고, 프랑스는 식민지에서 신망을 잃었으며 백인 통치자들은 모두 악당이라고 응수해 문제의 흑인을 기분 나쁘게 만들었어요. 리처드 라이트* 역시 미국 흑인들이 사실상 아프리카인이라고 주장하자 그 흑인은 화를 냈지요. 저는 라이트를 무척 좋아해요. 제가 어찌

---

* 리처드 라이트는 올그런의 절친한 친구고, 1940년에 『미국의 아들』을, 1945년에 『블랙 보이*Black Boy*』를 출간했다.

나 감상적으로 되어 버렸는지 영어로 말하는 것을 듣자 가슴이 벅차더군요. 그가 카페 되마고의 테라스에 왔을 때 아주 기뻤어요. 그는 양식과 석탄 그리고 기름이 궁핍한데도 불구하고 프랑스에서 사는 데 만족해하는 듯했고, 소설을 끈기 있게 집필하고 있어요. 그러나 그가 사태를 너무 지나칠 정도로 심각하고 '중대하게' 받아들인다는 당신의 주장은 옳다고 우리, 특히 사르트르는 생각하고 있어요.

어제는 (저에 대한) 일기의 마지막 부분을 가져온 못생긴 여자와 저녁 식사를 했어요. 그녀의 일기는 매우 아름다운 언어로 쓰인 더할 나위 없이 좋은 작품이에요. 진지하고 고독한 레즈비언인 그녀는 제가 아는 여자 중에서 표현하는 방식뿐만 아니라 표현하는 내용이 가장 독창적이고 대담해요. 제가 말하고자 하는 바를 아시겠지요? 거의 모든 여성 작가가 소심하고 문학적인 면에서 무미건조하며 쓸데없이 섬세한 데, 이 여자는 여성의 감수성을 가지고 남자처럼 써요. 그녀의 책이 출판되고 그녀가 자신감을 갖도록 제가 도울 수 있어서 기뻐요. 여러 진지한 작가와 비평가가 그녀에 대해 대단히 좋게 평가하기 시작했는데, 그것은 그녀 인생의 비극적이고 고독한 인생에서 필요불가결한 것이지요. 그녀는 자신을 어찌나 못생겼다고 생각하는지, 욕구는 있지만 남자든 여자든 누구하고도 자고 싶어 하지 않아 해요. 그녀는 성으로 인한 고통을 덜 당하기 위해, 즉 더 평안해지기 위해 노년을 애타게 기다리고 있답니다! 저는 그녀와 같은 처지가 되고 싶지 않아요. 그녀는 사랑에 관해서도 매우 놀랍고도 감동적인 어조로 말할 줄 알아요. 저는 그녀의 말을 마치 저에 대한 게 아닌 것처럼 들어요. 그러나 그녀는 그것을 감추지 않는데, 그러면 우리의 대화는 결국 괴상한 게 돼 버리지요. 그녀는 전적으로 자신에 대해서만 말해요. 그런데도 비탄에 잠긴 목소리로 "우리는 항상 나에 대해서만

123

말하고 있어요! 당신에 대해 말합시다!"라고 불평하지요. 그러면 당연히 그렇게 하고 싶은 욕구가 모두 달아나 버려요. 저는 저에 대해 절대 말하지 않을 거고, 그 누구에게도 거의 말하지 않아요. 가장 힘든 건 그녀가 사랑하는 사람을 만날 수 없을 거라는 그 불가능성, 그 사람의 갑작스러운 등장의 기이함 등을 떠올릴 때예요. 저는 당신을 생각했어요. 보고 싶고 그립고 저를 행복하게 또 불행하게 만드는 당신을요. 만약 그녀가 이를 알았다면 그녀에게는 얼마나 끔찍한 일일까요! 그녀는 제게서 어떤 종류의 사랑도 기대하지 않아요. 그러나 제가 다른 곳에서 사랑하고 있다는 것을 그녀가 상상하기 시작한다면, 그것은 그녀에게 지옥이 될 거예요. 결국 그녀는 얼큰하게 취했고, 종업원이 문을 닫아야 하니 나가 달라고 함으로써 서로 작별 인사를 해야 한다는 것을 알았을 때는 거의 기절하다시피 했어요. 제게 그녀를 더 이상 만나지 말라고 하지 말아요. 어쨌든 한 달에 한 번 저를 만나고 제가 그녀의 책들을 좋아한다는 것을 아는 건 그녀의 삶에 어느 정도 의미를 부여해요. 저도 그녀를 아주 좋아하지만, 오로지 사랑만을 요구하는 사람에게 그것은 얼마나 부족한 걸까요? 당신이 만일 저를 '그저' 좋아하기만 한다면, 저는 대단히 낙담할 거예요.

수요일

당신을 위한 사랑, 나의 악어, 어제저녁에 당신 편지를 받았어요. 저는 어느 클럽에서 돌아오면서 그 편지를 읽고 잠이 들었어요. 사랑해요. 친구 한 명이 그림 전시회를 했어요. 그녀는 아주 예쁘고 아름답기까지 하지만 매우 형편없는 화가*예요. 정말 슬픈 일이었어요. 모든 사람이 그녀의 그림이 가치 없다는 걸 알았

---

* 자클린 브르통(Jacqueline Breton)은 다비드 해어(David Hare)와 결혼했다.

으나 아무 말 없이 그림을 봤고, 그녀도 그 그림들이 실패했다는 걸 알았지요. 그래서 그녀를 위로하기 위해 그녀와 그녀의 남편인 미국인 조각가를 초대해 쿠스쿠스*를 먹고 위스키를 마셨어요. 그녀의 남편이 뉴욕행 비행기를 타기 전 파리에서 마지막 밤을 보낸다는 사실에 저는 매우 서정적인 기분이 되었지요. 그가 목요일에는 미국에 있을 거라는 생각은 미국을 아주 가깝게 여기게 했지만, 당신은 그 어느 때보다 멀리 있더군요. 그들이 캐나다의 커다란 호수에서 카누를 타고 한 바퀴 일주하는 계획을 제안했지만, 저는 '만약 나의 사랑하는 악어가 괜찮다면, 세상에서 가장 친절한 사람들과 가장 아름다운 호수를 돌아보기보다는 그의 햇빛 광선 아래에서 움직이지 않는 쪽을 택하겠어'라고 생각하며 은밀하게 행복해했지요. 문제의 클럽은 전날 개업을 했어요. 저의 집에서 아주 가까워요.* 추악한 스페인 무용수와 가수들이 있었어요. 그곳에는 뭔가 열렬하고 유쾌한 분위기가 있어요. 거기서 많은 친구를 만났는데, 파리에서는 저녁이면 모두가 같은 장소를 드나들기 때문이에요. 저는 저녁 내내 무척 기쁘게도 영어로 말했어요.

이제 작업을 해야지요. 밤중에 제 꿈속에는 전혀 나타나지 않으면서, 낮 동안에는 가장 적절하지 못한 상황에서 제게 미소 짓고 저를 바라보고 저에게 말을 걸고 키스하는 당신은 아주 비난받을 만해요. 다음 편지를 받기까지는 오래 기다려야 할 텐데, 이 편지는 일찍 도착했어요. 네, 필리핀에 관한 이야기들을 좋아하고 있답니다.

당신에게 오랫동안 키스하도록 내버려 두세요. 사랑해요, 내

---

* 아랍 음식
• 가게 이름은 '카탈루냐인(Catalan)'이고, 그랑오귀스탱가에 있다.

사랑.

당신의 작은 개구리, 당신의 시몬

늘 저만 말하고 당신은 침묵할 수밖에 없다는 건

순전히 거짓이에요. 당신은 저만큼 수다스럽고, 당신이 그런

달콤한 꿈을 꾼다는 건 불공평하군요.

1947년 10월 9일 목요일 자정

나의 사랑하는 악어, 잠들기 바로 전에 침대에서 당신에게 편지를 쓰노라면 기분이 좋아요.

어제는 케스틀러 때문에 몹시 견디기 어려웠던, 어쨌든 부분적으로 견디기 어려웠던 저녁 모임이 있었어요. 우리는 그와 그의 부인과 함께 카뮈의 집에서 저녁나절을 보내고 있었어요. 카뮈의 부인이 맛 좋은 저녁 식사를 준비했고, 우리는 무척 많은 와인과 술을 가져갔어요. 저녁 모임은 꽤 부드럽게 시작됐지요. 그러나 시작되자마자 케스틀러가 단 한 마디의 유머도 없이 극도로 심각해져 버렸어요. 그는 정치와 과학을 토론하고 싶어 했으나, 우리는 그와 우리의 의견이 전적으로 일치하지 않기에 그 토론을 피했어요. 그러자 그가 투덜거렸어요. 더욱이 그는 『파르티잔 리뷰』와 관련 있는 가증스러운 어떤 미국인을 데려왔어요. 이 작자는 미국 대사관에서 공작하는 트루먼 정치의 맹신자이자 우리가 모두 역겨워하는 간첩 부류이며, 유대인이면서 반유대주의자고 흑인들을 증오하고……. 나머지도 다 이런 식이에요. 우리가 이 작자에 대해 못 참겠다고 이야기했는데도 케스틀러는 다시 데려온 거예요. 우리는 가능한 한 모든 방법을 동원해 그를 들볶아 댔고, 그가 떠나자 사르트르는 케스틀러에게 불쾌감을 감추지 않았어

요. 케스틀러는 그가 반공주의자라는 사실만으로 그를 좋아해요. 맹목적인 공산주의자가 되는 것과 마찬가지로 반공주의자라는 이유로 아무에게나 홀딱 빠져 버리는 것도 추악하다고 생각해요. 자존심이 몹시 상한 케스틀러는 끔찍하게 역정을 냈고, 사르트르에게 격노하며 "이번에야말로 우리는 원수지간이오!"라고 선언하곤 떠나 버렸지요. 정말 어리석은 일이었어요. 그러나 그가 그처럼 추악해질 수 있으므로 그 작은 사건은 별로 유감스럽지 않아요. 카뮈는 무척 친절하고 쾌활했지만, 전반적으로 그 모임은 진이 빠져 버렸어요. 케스틀러는 모든 즐거움과 유머를 짓밟아 버렸지요. 저는 술을 많이 마셨지만 온전하게 있었어요. 새벽 세 시에나 잠들었기 때문에 아침 내내 잠을 잤고, 이를 전혀 후회하지 않아요. 오후에 작업했기 때문이죠. 뉴욕에 대한 대목을 계속 썼는데 이상해요, 시카고가 뉴욕에 대한 기억을 죽여 버렸어요. 시카고에 대한 추억이 하도 생생해서 뉴욕에 대한 것들은 모두 사라져 버렸어요. 뉴욕에 대한 글도 성공적으로 쓰고 싶어서 고민되네요.

잘 자요, 내 사랑. 때로는 눈을 감은 채 어둠 속에서 제가 파리에 있는지 시카고에 있는지 더 이상 알 수 없을 정도로 당신을 강렬하게 생각해 당신의 존재를 느끼고, 두 손과 입술 그리고 온몸에서 당신이 느껴져요. 그런데 당신은 아주 빨리 희미해져 버려요. 제가 당신을 더욱더 강렬하게 생각한다면 당신은 제 앞에 현존하게 될지도 몰라요. 인도에서 최면술사들이 이런 종류의 마술을 한다고 들었는데, 저도 해 보려고요.

일요일

매우 평온하게 일하는 며칠간이네요. 케스틀러가 의도와는 달리 코믹한 편지로 용서를 빌었고, 사르트르도 같은 어조로 답장했으나 우리는 다시 만나진 않았어요. 어느 날 저녁엔가 당신에게 이야기한 적이 있는, 사창가에서 니체를 읽고 밑 빠진 독에 물 붓듯이 술을 마셔 대며 될랭과 함께 사는 그 엉뚱한 여자*의 소식을 들었어요. 그녀는 하루 중에서 술에 깨어 있는 적이 없는 것 같고, 그로 인해 얼굴이 벌겋게 부어올라 있으며, 몸을 떨고 초대한 손님들 앞에서 테이블 아래로 나동그라진대요. 간이 터질 정도로 부어올라서 조만간 죽을지도 모른다는군요. 정말 유감스러운 일이에요. 왜냐하면 그녀는 대단한 인물이었거든요.

우리는 지난주 일요일에 추하고 역겨운 연설을 한 드골에게 할애한 다음 시간대의 방송을 완성했어요. 그리고 몇몇 프랑스 정치인과 지식인이 미국과 러시아 중 하나를 선택하는 것을 받아들이지 않고 아직도 전쟁을 피할 수 있기를 희망하며 사회주의 유럽을 건설하고자 한다는 것 등등을 단호히 선언하는 일종의 성명서에 대하여 사회주의자들과 다른 경향의 사람들과 함께 논의했어요. 많은 사람이 우리처럼 생각하지만, 아무도 이런 방향으로는 어떤 일도 하지 않아요. 만약 조합의 지도자들이 우리를 지지한다면 그것은 중요해질 거예요. 분명 그럴 거예요. 우리는 곳곳의 정치인과 지식인의 서명을 받은 이 성명서를 공표할 것이며, 그리하여 자본주의자인 친미주의자처럼 공산당에 대해서도 대항할 뭔가를 갖길 바라요. 당신을 위해 그것을 번역하겠어요. 이 모임에 남자는 열다섯 명을 넘고 여자는 저 혼자였으므로 저는 입을 열지 않고 쉬게 했어요. 모임은 흥미로웠어요.

더 이상 앞으로 나아갈 수 없었기 때문에 제 책을 고쳐 쓰는 일을 시작했어요. 투박한 글을 다시 잘 쓰려고 노력하는 일은 즐거워요. 당신이 준 술에 조금 남은 위스키를 작은 잔에 따라 마시면

---

* 시몬 졸리베(Simone Jollivet). 그녀가 카미유로 등장하는 『나이의 힘』 참조

서 이 편지를 쓰고 있어요. 그건 워반지아에 가까워지게 하고 가슴을 아프게 하는군요. 우리가 함께 그 술을 샀던 상점을 또렷이 기억하고 있어요. 날이 어두워질 때 나병에 대해 이야기했던 작은 회랑, 당신의 차가운 가슴이 녹아내리고 제가 다시 행복해졌던 종교 미팅, 키안티 술을 들고 돌아오던 밤 등등 저는 헤아릴 수 없이 많은 것을 생생하게 기억한답니다. 모든 것이 소중했었고, 단지 방에서 스티븐 크레인*의 책을 읽으며 당신 곁에 있었던 것도 소중했어요. 네, 저는 운이 아주 좋아요. 내 사랑, 그처럼 많은 사랑을 주고받았던 것은 행운이에요. "넬슨, 나의 넬슨, 사랑해요" 라고 말하기 위해 종이에 단어들만 나열해야 하는 게 오늘은 한탄스럽군요.

당신의 시몬

1947년 10월 14일 화요일

나의 사랑하는 악어, 나의 넬슨, 이제 작은 신들이 호의적인 것 같군요. 당신이 금요일에 편지를 부칠 때 그들이 도와주었던 게 틀림없어요. 그 편지를 어제 벌써 받았으니, 당신의 노란 종이는 시카고에서 파리까지 여행하는 데 사흘밖에 걸리지 않은 거네요. 길고 상냥한 편지였어요. 물론 당신이 결혼하지 않았는지를 의심한 제게 그렇지 않다고 확신을 줘서 아주 기쁘고, 또 당신이 저를 사랑하는지 의심한 제게 사랑한다고 말해 주어 매우 기뻐요. 당신의 악어 뱃속에 태평하게 누워 있는 개구리는 틀림없이 매우 쾌

---

* Stephen Crane. 미국 자연주의 작가이자 남북전쟁을 감동적으로 그린 『붉은 무공훈장 The Red Badge of Courage』(1896)과 『난파선 The Open Boat』(1898)을 쓴 저자다.

적하고 따뜻하며 편안할 것이고, 저녁 식사 때 아무런 해도 끼치지 않을 거예요.

제 연극 작품에 대한 당신의 지적을 아주 잘 이해하고 있어요. 그 연극은 프랑스어로조차 약간 부자연스러워요. 몇몇 비평가가 무척 좋아했고 어떤 비평가들은 몹시 싫어했지만, 거의 모든 사람이 지나치게 어색하고 계몽적이라고 생각했어요. 저는 제 소설이 훨씬 좋다고 생각해요. 제 소설의 분위기는 비교적 어둡지만, 그 안에 저의 훨씬 많은 부분과 유머를 집어넣었거든요. 당신과 함께 있을 때면 항상 웃고 있지만, 세상을 보는 시선은 완전히 다르다는 사실에 놀라지 말아요. 당신은 세상보다 훨씬 더 친절하고, 그런 당신을 바라보는 건 기분 좋은 일이에요. 세상은 전체적으로 제대로 돌아가고 있지 않아요. 제 말에 동의하지 않나요? 사실 저는 사랑, 증오, 우정, 죽음 그리고 몇몇 좋은 책과 그림, 사람들의 비열함과 관대함 그리고 사람들이 다른 사람들에게 끼치는 해악 같은 것들을 아주 중대하게 여겨요. 네, 어떤 것들을 중대하게 여긴다는 건 상대적으로 다른 것들을 덜 중요하게 생각하도록 만들지요. 이 지상에서 저는 다른 어떤 삶도 갖지 못할 것이므로 저 자신의 삶이 본질적으로 중요하게 보여요. 그렇지만 죽을 거라는 걸 알기에 제 삶이 그렇게 중요한 건 아니에요. 이것은 적어도 널리 퍼져 있는 관점이지요. 그러나 살아 있는 한 저는 열광할 수 있고 많지 않은 것에 진정으로 관심을 쏟고 싶어요. 당신은요? 당신도 저와 닮았다고 믿었었는데요.

당신에게 말했듯이 당신의 편지와 사랑 외에는 미국의 어떤 것도 필요치 않아요. 만약 당신이 혼자서 UNRRA*의 역할을 꼭 하

---

* United Nations Relief and Rehabilitation Administration . 전쟁으로 궁핍해진 나라들을 돕는 원조 기구

고 싶다면, 귀찮지 않다면 저의 어머니에게 쌀, 연유, 버터 그리고 통조림 고기를 보내 주면 될 거예요. 제가 어머니에게 약간의 돈을 드리지만, 그녀 편에 아무런 재원財源이 없으므로 별다른 걸 잡숫지 못하고 계세요. 어머니는 파리 15구 블로메가 8번지 2호에 사세요. 그렇게 해 준다면, 고맙겠어요.

케스틀러요? 헝가리 유대인이에요. 젊어서 신문기자였고, 공산당에 입당해 소련에서 한동안 살았고, 모스크바에서 온갖 공식적이고 중요한 직책을 다 맡았었지요. 스페인전쟁(그가 참전한) 뒤에 공산당을 탈당했고 맹렬한 반공주의자가 되었어요. 그 후에는 영국에서 살면서 자신의 책을 영어로 써냈지요. 그의 첫 책『스페인의 유언』이 당신 마음에 들리라 확신해요. 프랑스에서 큰 성공을 거둔 책은 모스크바의 재판을 그다지 정확하진 못하지만 능숙하고 흥미진진하게 재현한『제로와 무한』이에요. 그 사람의 진짜 문제는 공산주의자들을 광신적으로 증오하면서 가장 지독한 반동분자들과 어울리고,『파르티잔 리뷰』의 작자들과 사귀면서 보수적인 신문들에 기고하고, 우파의 정치에 찬성한다는 거예요.『현대』에서 우리가 고발하는 태도가 바로 그거예요. 시간적 여유가 좀 있고 구할 수 있다면 그의 책들을 읽어 보세요.

노동조합에 대해서는 당신 의견이 옳아요. 그들은 사회주의자들보다도 훨씬 더 흥미로워요. 우리는 CGT* 반대 경향의 지도자를 만났는데, 그는 공산주의자들이 조합 생활에서 어떻게 민주주의 정신을 파괴하는지, 그리고 그것을 지키기 위해 무엇을 해야 하는지 계몽적으로 설명해 줬어요.

라디오 방송 일은 이상하게 돌아갔어요. 이 사건은 선거 전에 반공산주의와 반드골주의를 선전하고자 하는 라마디에 정부에

---

* Confédération Générale des Travailleurs. 노동자총연맹

의해 촉발됐다는 것을 알았지요. 재정에 대한 지원을 라디오 방송국(정부에 귀속돼 있으나 자율성을 갖고 있고, 가져야만 하는)이 아니라 라마디에로부터 직접 받을 거라는 거예요. 분명 우리는 반공산주의자고 반드골주의자지만, 라마디에가 인도차이나에서 한 일만 가지고도 그를 혐오하므로 우리는 그를 지원할 생각이 없어요. 그래서 어제 드골에 대해 무척 재미나고 충격적인 대담을 준비했지만 전부 집어치우기로 했지요. 그 일로 인해 일련의 후속적인 일들이 있을 거예요. 라마디에는 우리가 이런 결정을 한 게 마치 방송국의 작자들이(대부분이 공산주의자인 그들은 우리의 프로그램을 원치 않고 있어요) 우리를 그만두게 하려고 그가 숨기려고 애썼던 사실을 일부러 폭로했다고 생각하거든요. 라마디에가 숨기려 했던 사실이란 우리가 정부에 스파이를 두고 있다는 것인데, 이건 그들이 조작해 낸 거짓 정보지요. 그는 분노했고, 그들에게 우리가 규정대로 참여하도록 직접 부탁하라면서 그렇지 않으면 해고하겠다고 했어요. 그 바람에 그들은 정말 귀찮게 돼 버렸지요. 이 한심스러운 이야기는 그야말로 프랑스적이에요.

수요일

우리는 영국으로 돌아가는 케스틀러에게 작별 인사를 했어요. 그처럼 많은 말다툼과 사과 뒤에 그리고 수없이 많은 요란스러운 언쟁 뒤에 "나는 1백 퍼센트 드골주의자요"라는 그의 갑작스러운 선언으로 모든 게 끝나 버렸어요. 우리는 아무 대답도 하지 않고 서로 포옹하며 열렬하게 인사했으나, 사르트르와 저는 이후 그와의 모든 우정이 불가능하다는 것을 알아차렸죠. 드골주의는 증오스러운 것이며 우리는 그것과는 아무런 관계도 없어요. 이리하여 화합의 장場을 발견하려는 희망 속에서 케스틀러와 함께 그 많은 시간을 소비하고 우리의 턱뼈를 그렇게 많이 움직인 게 아무 소용도 없게 됐고, 우리는 "나는 드골주의자요"라는 신앙 고백을 만나기에 이르렀지요. 됐어요, 그에게 안녕을.

그런 다음에 생제르맹데프레에서 자주 마주치는 호감 가는 한 젊은 여자가 편집한 무척 좋은 영화를 보았어요. 그녀는 1900년부터 1914년까지의 파리와 프랑스를 되살리기 위해 개인 컬렉션과 공공 컬렉션을 참조했고, 그 시대의 필름을 그러모으고 사진들을 자르고 선별해 콜라주했어요. 이 시기에 프랑스 생활의 인상적인 모습을 재창조했지요. 나이 든 사람들은 대단히 사실적인 이 영화를 보면서 눈물을 흘려요. 거기에는 작가, 화가, 배우, 시인 그리고 정치인들의 초상화가 있어요. 그리고 사람들은 파리의 거리, 결혼식, 장례식, 붐비는 해변, 뮤직홀, 서민들의 생활, 공장들, 파업, 전쟁의 고조, 독일의 숲속에서 사슴을 사냥하는 황제, 병사들, 군대들을 볼 수 있어요. 우리는 벨 에포크와 같은 평화의 시대가 곧바로 피를 흘리는 살육의 장場으로 통했다는 것을 느꼈어요. 세부적으로 보면 여인들의 드레스와 모자, 낡은 자전거들, 오래된 자동차들, 비행기들, 구레나룻의 남자들, 스무 살의 모리스 슈발리에 등으로 기분을 전환시켜 줘요. 그렇지만 영화관을 나설 때는 가슴이 에이는 듯하고, 삶 전체를 덧없고 불길하며 부조리하다고 보게 되지요.

안개 낀 밤의 파리는 굉장히 멋졌어요. 지하철 파업으로 길거리에는 독일 점령하에서 자전거가 우글거렸고 구식 자동차와 사륜마차들이 다시 나타났어요. 샹젤리제 거리의 안개 속에 서 있는 수천 개의 노란 전조등은 가공할 만한 어떤 일이 터지려 한다는 인상을 주고 있었지요. 우리는 약속이 있었는데, 늦어서 마차를 잡아탔어요. 그런 기묘한 밤에 샹젤리제 거리의 공원들을 가로질러 가는 이 낡은 털털이 마차와 늙은 말은 너무나 인상적이었어요. 저 멀리 떨어진 거리의 나무들 아래서 레스토랑의 불빛들이 빛나고 있었으며, 모든 것이 낡아빠지고 괴상했어요. 어떤 알수 없는 연대감이 사람들을 단결시켰는데, 그것이 독일 점령기를 기억나게 했다고 믿어요. 어떤 의미에서 우리는 그 시절에 대한 향수가 있는데, 그때는 누가 친구고 누가 적인지를 분명히 알고 있었기 때문이죠.

자정

자, 라디오 방송국의 그 한심스러운 사건의 예상 결말은 다음과 같아요. 우리를 증오하는 국장이 무릎을 꿇다시피 하여 우리에게 방송을 계속해 달라고 빌었어요. 비열하고, 이 모든 작자는 악취를 풍기지요. 사르트르와 저는 저녁나절을 리처드 라이트네 집에서 보냈는데, 그는 아주 친절했고 원하면 분위기를 아주 재미있게 이끌었어요. 프랑스 공산당과의 분쟁에 관한 이야기로 웃기기도 했지요. 당신에 관해서는 항상 존경심을 가지고 말한답니다. 잘 자요, 내 사랑, 미시시피강 깊은 곳에서 당신과 함께 있었으면 싶어요.* 당신은 저녁 식사 시간에 뼈를 전부 다 먹을 수 있을 거예요. 사랑해요.

당신의 시몬

1947년 10월 17일 금요일

나의 악어에게 사랑을. 한 작고 쓸쓸한 바에서 미국 음악들(좋지 않은)을 들으며 맛 좋은 스카치를 마시는 제가 무척 낭만적으로 느

---

* 올그런을 악어로 부르면서 장난스럽게 표현한 문장

꺼지는군요. 파업은 계속되고, 사람들은 자전거를 타거나 걷거나 그밖에 온갖 종류의 트럭과 괴상망측한 것들을 타고 이동하고 있어요. 저는 나의 거리인 생제르맹데프레를 거의 떠나지 않기 때문에 크게 불편하지 않아요. 아름다운 가을이 계속되고 있어요. 낙엽을 태우는 냄새, 회색 구름 사이로 스며 나오는 센강 위의 노란 태양 빛. 저는 워반지아의 부엌에서 나무 그림자가 움직이는 장면을 다시 눈앞에 그려 봅니다. 몇 분 전까지 우리가 함께 보낸 열흘이 각자에게 얼마나 다를까 생각해 봤어요. 물론 제가 당신을 봤을 때 당신은 저를 보고 있었고, 그것부터 이미 커다란 차이예요, 그렇지 않나요? 하지만 당신은 당신을 사랑하는 저를 보고 있었고, 저는 저를 사랑하는 당신을 보고 있었으므로 우리는 서로에게 현실적으로 존재했으며, 그것이 우리의 사랑이었어요. 아니에요, 근본적 차이란 제가 당신의 집, 당신의 도시, 당신의 삶에 들어갔다는 데서 연유해요. 당신은 단순히 작은 개구리 한 마리와 함께 같은 세계를 보존했던 거예요. 반면 저는 경이롭고 이상한 아주 후미진 곳, 악어인 당신의 공간에 상륙했지요. 그 작은 집이 제 눈에 소중한 만큼 당신 눈에도 똑같이 소중할 수 없고, 회랑, 나무, 길, 우리의 침대 속으로 들어오는 밤 전체 그 모든 것이 요정들의 왕궁만큼 멀고 깜짝 놀라운 것처럼 보이지만, 그것들은 저의 사랑만큼 그리고 저의 심장과 저의 피와 마찬가지로 실재하는 것이 확실하답니다. 우리는 둘 다 모두 각자 자신의 독특한 방식으로 행복했었어요, 안 그런가요? 저는 더 이상 울지 않아요. 저는 대단히 운이 좋고 행복하답니다.

자, 제가 어떤 식으로 매일매일 착실한 여자의 생활을 하는지 보세요. 여덟 시와 아홉 시 사이에 기상, 30분 후에 되마고 카페에 도착, 차와 크루아상을 먹고 신문을 읽은 다음 오전 내내 집필 작업. 점심 식사를 러시아 또는 유대계 여자 친구들 혹은 다른 친구들과 함께하거나 어머니 댁에서 하지요. 그런 다음에 사르트르를 만나요. 우리는 담소를 나누거나 사람들(라디오 방송이나 정치 회합들에서)을 만나고, 오후가 끝날 무렵에 노부인의 집에서 두세 시간 일하고, 저녁나절은 단둘이 보내거나 혹은 친한 친구들과 보내다가 자정에 잠이 들지요. 그런 식으로 책은 아주 빠르게 진전되고 있어요.

일요일

『뉴욕 헤럴드』에서 충성이라고 부르는 것에 관한 아주 불쾌한 기사를 읽었어요. 공산주의자와 악수를 하거나 라디오에서 월러스*가 말하는 걸 듣는다면 미 국무부에서 일할 수 없다는 거예요. 당신 나라에서는 정세가 날이 갈수록 악화되고 있다는 인상을 받아요. 여기도 그보다 더 나을 건 없지요, 다른 의미에서요. 오늘은 지역단체장 선거일이고 모든 사람이 열에 들뜬 듯이 흥분하고 있어요. 파업이 계속되어서 투표하러 가는 데 탈 지하철도 버스도 없어요. 파업은 노동자들에게 무척 견디기 어려운 것이고, 온종일 걷도록 강요받기 때문에 대중적 지지도 받지 못해요. 물론 지하철 종사자들은 돈을 벌지 못하고 있지요. 사람들은 파업이 선거에 어떤 영향을 미칠지 걱정스러워하고 있답니다.

캘리포니아의 친구가 재미나고 고민 가득한 편지를 보내왔어요. 그녀의 어린 딸(18개월짜리)이 중요한 주제에 대해 깊이 생각할 때, 두 손가락을 입안에 집어넣고 다른 두 손가락은 작은 성기 안에 넣는데요. 때때로 아이는 자기 성기를 먼저 만진 다음에 입을 만지는 걸 만족스러워하는 것 같다나요. 친구는 "내가 무얼 해야

---

* Henry Wallace. 1940년부터 1944년까지 루스벨트 대통령 재임 동안 미국 부통령을 지냈다. 그는 1948년 '좌파' 대통령 후보로 출마했다.

하지?" 하고 물었어요. 제 의견으로는 할 일이 없다는 거예요. 어린애는 스스로 변화할 거니까요.

저는 워반지아에서 오는 노란색 편지를 기다리기 시작하는 주초를 좋아해요. 비행기가 추락하지 않는다면 아마 내일이나 화요일에 편지를 받게 될 거예요. 이틀 전에는 비행기 한 대가 마르세유와 오랑* 사이의 바다 한가운데에 잠겨 버렸어요. 우리가 만약 알제**에 간다면 배를 타야만 할 거고, 저는 워반지아에도 배를 타고 갈 거예요. 지난번 여행에서 바다에 추락해 익사한다는 게 어떤 것인지를 몸서리치게 느꼈지요. 저는 살고 싶어요. 그 어느 때보다도 더. 적어도 우리가 서로 사랑하는 동안은 말이에요. 때로는 당신 없이 그처럼 많은 세월을 살아왔다는 게 너무 이상하게 느껴진답니다. 당신을 알고 있는 지금은 행복한 세월을 더 길게 누리기 위해 아주 많이 조심하도록 하겠어요.

당신의 온기와 상냥함 덕분에 삶이 너무나도 따뜻하고 좋아요, 나의 사랑하는 사람. 사랑에 빠진 당신의 아내, 개구리의 사랑과 키스를.

당신의 시몬

일요일 밤

꽤 흥분된 밤. 바를 여기저기 옮겨 다니면서 라디오에서 방송하는 첫 번째 선거 결과에 주의를 기울였어요. 결과 자체로는 별로 중요치 않지만, 여론의 현재 경향을 잘 나타내 줘요. 현재 50퍼센트가 (드골의) RPF***이고, 40퍼센트가 공산당이에요. 제 의견으론 공산주의자들이 이 같은 결과를 일으킨 거랍니다. 즉,

---

* Oran. 알제리의 한 도시
** 알제리의 수도 이름
*** Rassemblement du Peuple Français. 프랑스인민연합

더 이상 사회당도 없고 더 이상 제3의 길도 없다는 거예요. 드골 아니면 공산주의라는 거지요. 어쩜 그것이 우리가 잘 이해하지 못하고 있는 이 파업의 의미인지도 모르겠어요. 저는 그 둘이 그 것을 예상하지 못했다고 확신해요. 큰 재앙이에요. 이제부터 프랑스에는 나라 밖에서와 마찬가지로 두 진영이 있을 거예요. 즉, 미국 또는 소련, 드골 또는 토레즈, 일종의 내란이지요. 모든 반드골주의자는 토레즈에 합류할 텐데 둘 다 최악이랍니다.

저는 다시 분홍색 방으로 돌아왔어요. 술을 약간, 어쩜 조금 지나치게 마셨고 더 이상 정치에 대해 골머리를 앓고 싶지 않아요. 당신을 사랑하기 위해 그리고 당신으로부터 사랑받기 위해 제발 저를 몇 년간 더 내버려 뒀으면 좋겠어요. 제가 왜 다른 걸 걱정해야만 하나요. 약간 취한 상태에서도 이런 방식으로는 정말 생각할 수 없어요. 왜냐하면 우리의 사랑조차도 다른 수많은 것을 내포하고 있으니까요. 더 잘 표현하겠어요. 다시 말해, 지금 이 순간 저는 당신을 사랑하고 당신에게 사랑받는 것만을 걱정하고 있어요. 지금 이 순간 분홍색 방에 들어와 남편이 아내를 포옹하는 것처럼 저를 두 팔로 안는 당신 말고는 다른 아무것도 생각지 않기로 했어요. 넬슨, 당신이 저에 대해 많이 안다고 할지라도 우리의 사랑만큼 귀중한 것을 허락받았다는 게 제게 무슨 의미인지 당신은 모를 거예요. 당신이 시작한 거예요. 우리 중에 제가 더 많이 사랑하는 사람이 되어도 영원히 당신에게 고마워할 거예요. 어느 날 이 사랑 때문에 고통받는다고 하더라도요. 이 사랑은 참되고 진실하며 깊은 것이고 체험할 만한 가치가 있습니다.

달링, 사랑하는 당신, 이 편지를 다시 읽어 보니 내용이 아주 빈약하군요. 이 안에 저의 모든 사랑, 저의 온 마음과 온몸, 파리의 가을, 단풍이 물든 나무들, 평화로운 하늘, 열에 들뜬 사람들의 모습을 담고 싶었어요. 그런데 거기에는 단어들, 메마른 단어들뿐이군요. 하지만 저는 당신이 그것을 읽을 수 있을 거라는 희망을 충분히 품고 있어요. 어쩌면 당신은 제가 담고자 했던 모든 것을 그 안에서 발견해 낼 만큼 꽤 영리할지도 모르고요. 그 안에서 당신은 어쩌면 저까지도 발견해 낼지 몰라요, 저를 말이에요. 당신을 기다려요, 넬슨 당신이 올 때까지 기다리겠어요.

당신의 시몬

1947년 10월 21일 화요일 저녁

넬슨, 내 사랑. 두 번이나 제가 사는 호텔엘 다녀왔으나 작은 신들이 이번 주에는 우리를 돕지 않았어요. 편지가 없어요. 당신에게 보내는 편지를 쓰는 카페에 가는 길에 안개 낀 아름다운 밤이 당신을 닮았다고 생각했지만, 당신에게 설명할 수는 없군요. 비용*의 시에서 "행복 속에 슬픈 밤, 슬픔 속에 웃음 짓는 밤"처럼 말이에요.

분수대 옆에서 나는 목이 타들어 가고
눈물에 젖어 웃으며 희망 없이 기다린다…….

빛으로 가득한 하루가 저물고 어두운 빛깔의 섬세한 나뭇잎들과 하늘에 떠 있는 기묘한 노란 반달에서 희미한 빛이 속삭이는 풍부하고 충만한 신비로움이 풍겨 나오고 있어요. 안개 낀 파리의 아름다운 저녁을, 더군다나 영어로, 어떻게 묘사할 수 있을까요? 어쨌든 저는 이런 저녁을 세상 그 무엇보다도 좋아해요.

---

* François Villon. 중세 말기의 프랑스 시인

라디오 방송국은 우리의 활동에 대한 짜증과 신경질을 그치질 않았어요. 당신 나라에서 말하듯 웃을 노릇이지요. 선거는 RPF에게 성공적이어서 기분이 저조했다고 당신에게 편지를 썼었죠. 그러나 다음 날에는 상황이 그렇게 나빠 보이지 않았어요. 보수 정당들이 단단하게 단합했지만, 실제로는 단 한 석도 얻지 못했거든요. 공산주의자들은 이기지도 패하지도 않았고, 오히려 SFIO*가 표를 조금 얻었지요. 오후에는 라디오에서 드골에 반대하여 매우 공격적으로 말했어요. 신속한 반응이자 매우 재밌고 좋은 작업이었다고 생각해요. 방송 책임자는 "시끄러워질 거요!"라며 잔뜩 겁을 먹었어요. 아닌 게 아니라 미친 듯이 화가 난 드골주의자들이 사르트르를 공격하고 우리 모두를 헐뜯는 신문 기사를 길게 실었어요. 그들 정당의 몇몇 지도자가 사르트르에게 그들과 토론하라고 요구했고, 그들과 사르트르는 사석에서 그리고 마이크 앞에서 서로 욕설을 퍼부어 댔지요. 방송에서 누군가에 맞서 우리처럼 격렬하게 말한 적은 없었던가 봐요. 우리는 오래가지 않을 것 같고 사람들이 우리를 쫓아내겠지만, 우리가 생각하는 것을 그렇게 큰소리로 외칠 수 있어서 기뻤어요.

한 시간 전에는 얼마 전 배를 타고 온 젊은 미국인을 만났어요. 유네스코를 위한 영화 몇 편을 감독했고 몇 편의 기사와 소설을 쓴 본맨이라고 하는데, 아시나요? 사실 그는 캐나다인이지만 뉴욕에서 살고 있어요. 그곳에 사는 저의 가장 친한 친구 버나드 울프를 알고 있고, 꽤 호감 가더라고요. 그는 R. 라이트에 대해 아주 혹독한 평가를 했지요. 라이트가 『블랙 보이』를 끝내지 않으면서 『애틀랜틱 먼슬리 *Atlantic Monthly*』에 글을 썼다는 거예요. 우리는 한 시간 동안 떠든 다음에 작별했는데, 부끄러운 마음이 들었어요.

---

* Section Française de l'Internationale Ouvrière. 국제노동자동맹 프랑스 지부

미국에선 모든 사람이 저를 도와주고 여러 곳에 데려가고 또 시간을 할애해 아주 많은 친절을 베풀어 줬는데, 저는 이 사람이 파리에서 갈피를 잡지 못하는데도 그를 도와주지 않기 때문이지요. 저는 정말 시간이 없기 때문에 그에게 여자 친구 한 명과 만나볼 만 한 흥미로운 사람들을 소개하도록 할 거예요. 어쨌든 마음의 회한으로 몹시 괴롭군요. 미국인과 미국에는 늘 마음이 끌리지만 동시에 저를 자극하고 슬프게 만들어요. '이 사람은 여기 있는데, 내가 그토록 열렬하게 원하는 그이, 그를 닮은 이 안개 낀 밤에 만난다면 너무 행복할 그이는 왜 이곳에 없는가?'라고 생각하지요. 그렇기 때문에 제 마음의 은밀한 곳에서는 당신이 아닌 죄 없고 가련한 젊은 미국인을 미워했어요. 넬슨, 내 사랑하는 넬슨, 당신이 한없이 그리워요. 너무나 아름다운 이 가을을 당신과 함께 나누고 싶어요.

부헨발트 수용소에서 3년을 보낸 체험을 두 권의 책으로 훌륭하게 쓴 남자를 제가 잠시 언급한 게 기억나는군요. 『우리 죽음의 날들Les Jours de notre mort』은 아직 번역되지 않았지만, 두 번째 책은 최근에 『다른 왕국The other kingdom』이란 제목으로 번역됐다고 들었어요. 저자 이름은 다비드 루세예요. 부탁하건대 이 책을 찾아보세요. 열광할 거예요. 우리가 같은 것들에 열광할 수 있을 때 무척 기쁘답니다. 루세는 우리의 정치 계획 조직에 참여하고 있어요. 당신은 그의 외모에 깜짝 놀랄 거예요. 눈 하나를 잃어서 검은색 눈가리개를 하고 있고, 치아는 거의 없고, 게다가 남아 있는 치아마저 깨져 버렸지요. 그리고 매우 기름지고 뚱뚱하며 얼굴이 넓어요. 그는 가장 끔찍스러운 일들을 웃어넘길 수 있어요. 심한 충격을 받은 노인들이 그에게 피와 학살의 잔인한 이야기들을 들려줬지만, 그는 웃으면서 한층 더 잔악한 방법으로 이야기하지요. 약간 미치긴 했어도 심지가 곧은 사람이에요. 사람들은 대개 그를 처음 만날 때 질겁하지만, 그런 다음에는 좋아하게 되지요. 머지않아 그는 공산당에 무엇이 남아 있는지 등을 알아보기 위해 독일에 갈 거예요.

진정 사랑하는 나의 악어, 자러 가야겠어요. 열한 시까지 저녁 내내 사르트르, 메를로퐁티와 함께 라디오와 드골주의에 관해 토론한 뒤에 당신에게 편지를 쓰기 위해 생제르맹데프레 광장의 조용한 작은 카페에 왔어요. 지금은 저밖에 없고 카페 문을 닫으려 하는군요. 당신을 닮은 안개 낀 밤 속을 걸어 돌아가려 해요. 때때로 저는 아주 불타는 가슴으로 당신의 미소, 당신의 두 눈, 당신의 목소리를 불러내지요. 눈물이 나지만 울지 않아요, 안 울어요. 그것은 사랑이에요. 우리가 함께한 시간을 하나하나 펼쳐 낼 수 있는 기막히게 좋은 기억력을 갖고 있다는 건 행운이에요. 각각의 시간은 그때처럼 생생하게 남아 있어요. 저는 그 모든 것을 반추하지만 당신의 말과 당신의 시선 중에 몇몇은 너무 소중해서 저마저 손대는 것을 겨우 허락한답니다. 손상되지 않고 온전한 그것들은 처음처럼 불시에 저를 격렬하게 감동시켜요.

수요일

오늘 아침에 이를 닦고 머리를 매만지면서 당신을 아주 강렬하게 그리워했어요. 그리고 거기 있었어요! 편지를 계단 아래서 발견했는데, 모두 그렇듯 특별히 상냥한 편지였어요. 맨 나중에 받은 편지는 당신이 존재하고 당신이 저를 사랑한다는 걸 다시 한번 증명해 주니까 항상 제일 좋아요. 지금은 아무것도 읽지 못하고 있어요. 시간이 없어서지요. 한 달 후에 시골로 가면 만회할 거예요. 어쨌든 당신이 말한 것을 아무것도 읽지 못했어요.

제발, 제발, 그 가짜 금발의 여자를 우리의 보금자리에 데려오지 말아 줘요. 그녀는 제 위스키를 마시고 제 럼주 케이크를 먹을

142

것이며, 어쩌면 제 남편과 제 침대에서 잠잘지도 몰라요. 게다가 워반지아는 가장 이상적인 곳이기에 그녀는 결코 떠나려 하지 않을 거예요. 그러면 제가 떠나야 할 것이고, 저 역시 모르핀 주사를 맞아야 할 것이며, 그렇게 되면 슬프겠죠, 그렇지 않아요? 부디 굳세게 저항하여 제 집을 지켜 줘요. 이에 관해서는 저도 지독히 이기주의자며 고집스러워요. 물론 농담이에요. 내 사랑, 당신이 해야 할 일을 하도록 해요. 저는 당신의 자유를 간섭하지 않을 거예요.

우리 방송에 대한 소동과 분노가 두 배로 커졌어요. 청취자들이 밤새도록 국장에게 전화를 걸어 그와 사르트르를 죽이겠다고 위협했대요. 조간신문들에는 이 주제에 관한 기사들이 넘쳐났지요. 공산주의자들은 우리를 위해 단 한마디도 꺼내지 않았어요. 그들은 사르트르를 드골만큼이나 증오하고 있어요. 우파 신문들에는 경멸과 모욕만이 실려 있어요. 비공산주의의 진보적인 두세 신문만이 우리를 지지할 뿐이지요. 우리 사진이 신문에 몇 장 실렸는데, 제 사진들은 어찌나 흉한지 당신에게 보내지 않을 거고 어쩌면 사르트르를 희화화한 그림이 당신을 즐겁게 할지도 모르겠군요. 프랑스에서 라디오 방송국은 정부에 귀속되어 있으므로 개인 기업이 아니에요. 그리고 모든 사람이 한 치의 유머도 없어요. 결국 그들의 엄숙하고 경건하고 째째한 영혼은 상처를 입었던 거예요. 당신이 말하듯이 유머를 모른다는 건 가장 해로운 결점이에요. 우리의 모든 친구는 몹시 기뻐하고 있어요. 친구가 아닐지라도 우리처럼 생각하는 사람들은 오늘 아침 지나가는 길에 우리를 보며 호의적으로 웃었어요. 레스토랑 종업원과는 아주 뜨겁게 악수했어요. 요컨대, 우리는 정치 생활 속에서 벌어지는 이런 해프닝이 마음에 들었답니다.

말라케*를 만났는데, 그는 번역을 시작하기 위해 당신 편지를 기다리고 있더군요. 제가 당신의 다른 책들을 맡긴 그 술집 주인 은 모르핀에 중독되어 별다른 바람직한 일을 하지 않는다는 걸 알 았어요. 다른 사람을 찾아보겠어요.

잘 있어요, 내 사랑하는 임. 10월의 이 아름다운 아침은 당신을 닮았고, 저의 심장은 제가 사랑하는 모든 것 속에서 당신과 다시 만나요. 상냥한 아내가 틀림없이 그렇게 하듯 당신에게 키스해요.

당신의 시몬

1947년 10월 23일 목요일

잘 자요, 내 사랑.

한 시간 전에 몽파르나스에 있는 스칸디나비아식 작은 바에서 스카치위스키를 마시고 있었는데, 갑자기 릴리 마를렌의 음조가 저를 워반지아로 옮겨다 놓았어요. 당신은 실내 가운을 입은 채 부엌에서 이것저것 고치고 있었지요. 당신을 얼마나 사랑하는지 당신에게 말하지 않고서는 잠을 잘 수 없었고, 그것은 절박했어 요. 사랑해요, 넬슨, 나의 남편. 많은 일을 하면서 절도 있게 보내 는 고요한 생활 속에서 고통과 행복, 뜨거운 사랑 같은 보물들을 가슴속에 느낄 수 있다는 건 경탄스러운 일이에요. 한마디가 입 술에서 끊임없이 흘러나와요. "고마워요." 고마워요, 내 사랑, 나 의 남편, 나의 친구, 나의 연인, 워반지아에서 보내 주는 모든 선 물에 대해서요. 정말이지, 한 번도 영어로 사랑의 편지를 써 본 적

---

* Malaquais. 번역가

이 없어요. 미국 외에도 이집트의 콜레라, 프랑스의 드골 등 드넓은 세계에서 수없이 많은 중대한 사건이 일어나고 있는데, 개인 감정에 그처럼 많은 중요성을 부여한다는 건 상식 밖의 일이란 걸 알아요. 솔직히 잠들면서 저 자신에게 들려주는 어리석지만 아름다운 이야기예요. '저 멀리 워반지아에 내가 사랑하는 한 남자가 있다.' 잘 자요, 나의 넬슨. 오세요, 제가 눈을 감으면 당신의 두 팔에 저를 안고 당신의 입술을 주세요.

일요일

거리에서는 겨울이 느껴져요. 그래요, 겨울이 오고 또 어서 지나가야 당신을 다시 만날 수 있어요.

지금 불쌍한 사르트르는 그가 린치를 당해 마땅하다고 주장하는 편지를 하루에 스무 통씩이나 받고 있어요. 스물네 명 정도의 젊은 장교들이 인도차이나로 떠나기 하루 전날인 목요일에는 그에게 제대로 된 체형을 가하겠다며 불타올라 생제르맹데프레의 모든 클럽을 뒤지며 그를 찾았어요. 우리는 신중해야 한답니다. 금요일 밤에 사르트르는 우리가 저녁 식사를 한 친구 집*에서 잤고, 저도 집으로 돌아가지 않았어요. 게슈타포로부터 몸을 숨겨야 했던 독일 점령기의 마지막 달과 해방되는 동안 며칠 밤을 보낸 곳에서 잠자는 건 마음에 들었어요. 창문으로 그랑오귀스탱가에서 젊은 독일 병사들이 살해당하는 것을 보았다고 이야기했었지요. 추억이 아주 많은 장소예요. 드골이 그렇게 많은 사람에게 숭앙받다니 놀랐어요. 간담이 좀 서늘해져요. 라틴가에서는 학생들이 유대인 동료들을 다시 밖으로 쫓고 괴롭히기 시작하고 유대인 교수들에 관한 반유대주의 기사들을 쓰는 등 파시즘의 위협이

---

* 미셸 레리스(Michel Leiris) 부부의 집

도사리고 있는 것 같아요. 그들이 승리하지 않기를 바라요. 한 가지 긍정적인 건 미국이 드골의 성공에 대해 그리 만족하지 않았다는 거죠. 당신 나라에서 일고 있는 이 '충성'에 대한 확인과 할리우드에서의 '빨갱이들'에 대한 박해는 끔찍해요. 작업하러 시골로 떠나고 싶어요. 그러나 전쟁과 유럽에 대한 성명서, 특히 라디오 방송을 끈기 있게 밀고 나가야만 해요. 내일은 방송국에서 녹음해야 해요. 당신은 우리가 하는 방송을 들을 수 없어요. 미국 쪽으로는 전파가 가지 않는다고 사람들이 말해 줬어요. 당신이 프랑스어를 이해하지 못하니까 그건 그다지 중요치 않아요.

잘 있어요, 내 마음의 악어. 저는 행복하고 우리의 사랑이 자랑스러워요. 당신에게 키스해요, 내 사랑, 다시 또다시. 매일 당신이 그립군요, 넬슨, 당신을 다시 만날 때까지 매일 그리울 거예요.

당신의 시몬

1947년 10월 27일 월요일

나의 사랑하는 악어, 진짜 추위가 시작되었고 지난밤 파리에는 얼음이 얼었어요. 오늘 아침에 사람들은 추위로 코가 빨개지고 눈에 눈물이 나오고 있었고, 털장갑, 목도리, 숄, 겨울 외투 들을 꺼내 입었지요. 저도 세탁소에 맡겨둔 모피 외투를 찾으러 가야겠어요. 세 시간 전부터 노부인 집에서 작업하고 있어요. 그러나 석탄이 없어서 그녀의 커다란 아파트는 얼음장이고 그로 인해 저의 발은 감각이 없어요. 우리는 내일부터 사르트르의 집에 자리를 잡고 일할 텐데, 불행히도 그곳에는 조금 견디기 힘든 그의 어머니가 살고 계세요. 그러나 우리는 당신이 말하듯이, 입술에 단추를 채우고 난방이 무척 잘 되는 작은 서재를 활용할 거예요. 저의 분홍색 방은 이불 더미 아래서 잠을 자기에나 좋고, 거기서 일하는 건 꿈도 꿔선 안 돼요. 다행스럽게도 되마고 카페는 웬만해요. 사실, 저는 이 추위를 싫어하지 않아요. 윙윙거리는 냉장고와 중유 난로가 있는 워반지아는 참으로 편안할 거고 나의 악어는 부엌 식탁 가까이에 있는 안락의자에 앉아 있을 게 틀림없어요. 저도 난로 가까이 다른 안락의자에 앉아 있고 싶고, 난로가 있어도 조금 추워지면 침대가 아늑한 보금자리를 제공할 거예요. 저는 무척 자주 추운 척할 거예요. 추위를 두려워하거든요.

방송이 나갔고, 다시 한번 협박 편지가 빗발쳤어요. 우리가 스탈린에게 매수됐다는 둥 죽도록 채찍질당하거나 산 채로 불태워져야 마땅하다는 둥 사람들이 얼마나 격한 말을 쏟아내는지 당신은 상상할 수도 없을 거예요. 사람들이 반쯤 미친 것 같아요. 우리는 매우 온건한 어조로, 공산주의자는 아니어도 왜 지금 좌파 전체가 RPF에 맞서 연합해야 한다고 판단하는지를 설명하면서 공산주의에 대해 말했지요.

화요일

당신 편지가 또 한 번 빠르게 날아왔어요. 어제저녁에 돌아오면서 당신 편지를 받았어요. 당신을 떠나온 뒤에 처음으로 당신의 미소, 당신의 키스, 잠들기 전에 듣는 당신 목소리를 떠올리지 않았고, 오직 당신 편지의 단어들이 제 가슴에 내려앉도록 두었어요. 편지가 너무 따뜻하고 너무 생생하고 또 너무 상냥해서, 읽으면서 그리고 그다음에는 어둠 속에서 당신 말을 되풀이하니 당신이 그립지 않더군요. 당신이 바로 거기 있음을 느꼈어요. 그것들은 곧 당신의 말들이며 당신이었어요. 사람들은 당신의 꿈들을 신경증이라 생각할 수도 있겠지만 그것들은 저를 재미나게 해요. 누군가 들이닥치고 당신이 깊은 잠에서 헤어 나오지 못하는 채로 잠에서 깨는 두 번째 꿈은 제게 익숙하고 끔찍해요. 가슴이 아팠어요. 당신을 죽이기 위해 들이닥친 사람은 당신이 제게 보낸 만화에서처럼 바로 당신 자신 아닌가요? 짓궂고 대담하고 재능 있고 허황된 토박이 젊은이가 수줍고 불안하며 어리석은 악어를 죽이러 왔던 거예요.

아니요, 넬슨 나의 임, 고백하건대 당신을 함정에 빠뜨린 것을 전혀 뉘우치지 않아요. 당신은 어느 아름다운 봄밤에 어떤 작은 기분 풀이만을 원했었지요. 저는 강렬하고 고독하며 길고 열에 들뜬 미국 여행 뒤에 따뜻하고 진정시키는 하룻밤을, 단지 매력적인 한 남자의 품에 안겨 마음을 가라앉히는 따뜻한 하룻밤을 원한 건데, 우리에게 무슨 일이 일어났는지 알겠어요? 우리 둘 다 덫에 걸렸어요. 우리가 만든 것을 해체할 수 없지만 그렇다고 후회하지 않아요. 오히려 당신을 함정에 빠뜨리기 위해 제법 꾀를 썼다는 데 만족스럽기까지 하군요. 오! 저는 당신을 풀어 주지 않을 거예요, 가능한 한 오랫동안 무자비하게 덫을 조일 거예요. 제가 당신의 것이듯 당신은 저의 것이에요.

미국에서는 당신이 유대인이라고 주장할 필요를 느끼지 않는다는 사실*을 전적으로 이해해요. 여기서는 같은 감정이 들지 않을 거라 믿어요. 반유대주의는 매일 더욱더 고개를 쳐들고 있답니다. 몇몇 신문 기사에는 온갖 종류의 모욕이 실려 있어요. 시온주의자는 아니지만, 프랑스 유대인은 다른 유대인들이 겪는 것에도, 그리고 그들 가운데 어떤 이들이 건설하려는 것에도 무관심

---

* 어느 인터뷰에서 올그런은 자신을 "스웨덴 유대인"으로 규정지었는데, 이는 그가 자신을 스웨덴인으로도, 유대인으로도 느끼지 않았기 때문에 단순한 농담이었다. 그는 자신을 구대륙 역사로부터 그리고 모계나 부계 선조들로부터 분리하는 절대적 단절을 반복적으로 주장한다. 그에게 그 모든 것은 죽었고 의미가 없다. 그는 현재 미국에서 유대인이 무엇인지 생각조차 하지 않는다고 단언한다. 또한 시오니즘에 어떤 찬동도 하지 않는다. 유대인인 것을 자랑스러워하는 자국민들에 대해서는 혐오감을 느낀다.

할 수 없다고 생각해요. 유대인은 아니지만, 우리도 돈과 저술, 강연 등등으로 도우려고 노력해요. 2주 후에는 우리 방송 중 하나를 거기에 할애하려고 합니다. 그것은 동정과는 상관없고, 정의의 문제지요. 어쨌든 유대인을 위해 할 일이 특별히 없다면, 순전히 말로 하는 권리 요구는 별 의미 없고 당신이 말하는 "전도된 자부심"을 갖지 말아야 한다는 걸 인정해요. 그렇지 않으면 당신은 더 이상 당신 자신이 아니게 될 거예요. 부디 당신은 저의 '토박이 젊은이'라는, 전도되지 않은 기분 좋은 자부심만을 품도록 하세요.

목요일

어제 꽤 우울했어요. 왜 그랬는지 이유를 모르겠어요. 따뜻하고 행복한 향수 대신 당신에 대한 그리움이 슬픔으로 변했어요. 제 생각에는 우선 고약한 국면에 접어든 정치 상황에서 연유하는 것 같아요. 공산주의자들은 속이 꽉 막힌 미치광이처럼 행동하고, 갈피를 못 잡는 것처럼 보이며, 더 이상 무얼 할지 모르고 있어요. 그 모든 게 드골을 크게 도와주고 있고요. 우리는 파시즘을 멈추기 위해 한동안 그들 곁에 남을 수 있기를 희망했으나 불가능해 보이며, 파시즘이 멈추지 않을까 두려워요. 그리고 어제 아침에 한 잡지에는 사르트르에 관한 엄청난 기사가 실렸는데, 그의 유년 시절의 사진들과 조부 사진 등도 함께 담겨 있어요. 저도 문제가 되었는데, 사람들은 제가 6개월 전에 사르트르와 결혼했다고 '폭로'했어요. 이것은 거짓이고, 또 제가 아름답고 재능 있다고 (당연하지요) 썼으나 고약하고 무뚝뚝하며 거칠고 냉혹하다고 '폭로'했어요. 신문에 실린 보기 싫지는 않은 제 사진은 그야말로 심각하고 냉혹해 보였지요. 저는 당신이 알고 좋아하는, 항상 행복해하고 상냥하며 잘 웃는 저의 얼굴을 생각했고, 당신을 그리워하면서 매일 아침 당신의 품 안에서 잠을 깨던 워반지아의 개구리인 저를 그리워했어요. 사르트르에 대해서는 다소 이해심을 보였다 할지라도 그 같은 기사들을 읽으면서 우리는 언제나 죄의식과 순결치 못한 감정을 갖고 있지요. 사르트르, 그는 파렴치하게 공개된 유년기 사진들을 보고 몹시 화를 냈어요. 그 사진은 그의 어머니가 기자에게 줬어요! 기자가 사진들을 미국에 보내려 한다면서 그녀를 온갖 감언이설로 꾀었던 거지요. 자신이 무슨 일을 했는지 실감한 이 불쌍한 여인은 아들이 얼마나 못마땅해할지 그리고 자신의 어리석고 경솔한 행동을 깨닫고는 폭포 같은 눈물을 흘렸고, 우리는 그녀를 위로해야 했어요. 하지만 그녀는 자신이 중대한 실수를 저질렀다는 걸 알았고, 그 모든 일은 그녀를 매우 의기소침하고 비참하게 만들었어요.

그 후에는 매주 하는 것처럼 러시아계 여자 친구와 점심 식사를 했어요. 그녀는 저에 대한 사랑이 자기 자신과 거의 완쾌된 자기 폐 그리고 자기 연극 계획 등등에 대해 끊임없이 말하는 데 있다고 생각해요. 그러고 나서 베오그라드에서 10개월을 살고 돌아온 제 여동생을 만났지요. 1년에 한두 번씩 만날 때마다 동생은 저를 미치도록 사랑한다고 주장(제가 동생을 거의 염두에 두지 않는 반면)해 저를 우울하게 만드는데, 사실 그 애는 저의 실제 삶에 관심을 두기보다 저를 숭배하고 있어요. 저에 대해 아무것도 모르고 아무런 질문도 하지 않으며 아무것도 느끼지 못하면서 제가 오는 걸 보면 울어요. 저는 냉혹하고 자기 생각이란 하나도 없는 보잘것없고 출세주의자일 뿐인 동생의 남편을 견딜 수 없어요. 동생은 그를 맹목적으로 존경하는데, 그 애는 사람들을 숭상하는 것이 필요할 뿐이에요. 제가 그에 대한 생각을 말할 수 없기에 우리 사이에는 거짓말이 산더미같이 쌓여 있어요. 우리 관계는 20년 전부터 기나긴 속임수에 지나지 않아요. 그렇지만 그 애에게 일종의 애착이 있어서 예전 어린 시절과 함께 저의 여동생이라는 느낌을 강하게 지니고 있어요. 제가 너무 순식간에 불명확하게 설명했지만, 분명 당신은 제가 말하고자 하는 바와 그 애와의 만남이 얼마나 씁쓸한 맛이었는지 이해하실 거예요.

다행히도 저녁나절은 가장 좋았어요. 우리는 친절한 노부인 집에서 그녀의 딸과 손녀와 함께 샴페인을 마셨지요. 우리는 서로를 아주 잘 이해해요. 그녀는 유머가 풍부하고 제가 좋아하는 방식의 친절함을 지니고 있어요.

오늘은 좋은 날이었어요. 진저리 나는 사람을 아무도 만나지 않았고 작업을 많이 했어요. 또한 뤽상부르 공원에서 산책도 하고 앉아서 햇볕도 쬐었어요. 날씨는 거의 당신 나라의 '10월의 여름'이었으며, 낙엽 냄새가 나고 단풍 색깔은 경이로웠지요. 저는 물론 당신을 생각했고, 당신이 말하듯이 "기분 좋고 따뜻하게" 느껴졌어요.

넬슨, 나의 감미로운 사랑, 저는 편지를 끝맺는 걸 아주 싫어해요. 그것은 작별의 말을 하는 것이므로, 가슴을 그처럼 뜨겁게 타오르게 하는 것에 대해 어떤 말도 하지 않았다는 걸 갑작스럽게 느끼게 되지요. 정말이지, 저는 제 안에서 당신에게 말할 때 그리고 당신을 생각할 때 항상 영어를 사용해요. 그래서 온종일 영어로 말하게 하지요. 길에서나 카페에서나 우연히 듣는 영어 단어들은 제 귀에 다정하게 울려 퍼져요. 보시다시피 점점 바보가 되어 가고 있어요. 저는 똑똑한 여자였고 적어도 사람들이 그렇게 말하곤 했지요. 그런데 이처럼 바보스럽게 되다니, 제가 당신을 사랑하는 게 틀림없는가 봐요.

안녕, 나의 토박이 젊은이, 말들이란 부질없는 거예요. 제 입술과 두 손을 사용하여 당신에게 키스하고 당신을 붙잡고 당신의 몸, 당신의 온기, 당신의 사랑을 느끼고 싶어요. 또 저의 온몸으로 당신에게 사랑을 주고 싶어요.

당신의 시몬

1947년 10월 30일 목요일

넬슨 내 사랑.

편지 한 통을 부치자마자 너무 헛헛해서 또 한 통을 쓰지 않으면 안 됐어요. 저는 항상 아무 말도 하지 않은 것 같은 느낌인데, 아마도 사랑이 말해질 수 없기 때문인 것 같아요. 깊은 잠 속에서 당신에 관한 생각에 저를 내던지려고 불 끄는 걸 망설였어요. 쓰는 건 더 큰 노력이 필요하고, 비록 서신이 부분적 환상을 내포한다고 할지라도 더 진실한 소리를 만들지요. 사실 이 편지가 지금 이 순간에 쓰여야 한다는 게 당신에게는 하등 중요하지 않겠지만, 제겐 대단히 중요해요. 지금이란 말은 얼마나 괴상한지 모르겠어요. 우리의 시각이 다르고, 우리의 입술이 서로 만날 때와 "지금, 지금 제가 당신을 가졌어요"라고 말할 수 있을 때 수없이 많은 것을 의미하기 때문이지요. 당신은 저만큼 단어에 많은 중요성을 부여하지 않고, 당신 눈에는 제가 단어에 지나치게 많은 취향을 지닌 것으로 보인다는 걸 저도 알아요. 저는 언제나 턱과 펜을 혹사하고 있어요. 당신이 옳아요. 그러나 기나긴 기다림을 견뎌야 하는 제가 가진 것이라곤 말밖에 없거든요.

당신이 저의 눈만큼이나 저의 사랑하는 방식을 사랑한다는 글을 읽고 아주 깊이 감격했어요. 그것은 다름없이 당신에 대한 저의 사랑이에요. 저는 항상 두 눈을 가지고 있었지만, 사랑 속에 그처럼 많은 기쁨과 기쁨 속에 그처럼 많은 사랑을 가지고, 그처럼 많은 열기와 평화를 가지고 당신이 사랑하는 바로 그런 방식으로 사랑한 사람은 아무도 없었다는 걸 알아주세요. 저는 한 남자의 품에서 현실적이고 완전하게 한 여자임을 느껴요. 그것은 많은 것을, 저에게 많은 것을 의미해요. 제게 그보다 더 좋은 일은 아무것도 일어날 수 없을 거예요. 잘 자요, 내 사랑, 이 말을 하기가 힘들어요. 워반지아로 돌아가기 전보다 훨씬 더 힘들어요. 오세요 내 사랑, 와서 저를 당신의 힘세고 부드러우며 탐욕스러운 두 손으로 안아 줘요. 저는 당신의 두 손을 기다리며 당신을 기다려요.

토요일

나의 넬슨, 시카고에서 열린 세르당 권투 시합에 관한 기록영화는 엄청 즐거웠어요. 당신도 분명히 참석했을 텐데, 그럴 수 있었나요? 언론을 통해 당신이 경험한 그날 밤에 대한 세부 사항을 알 수 있었죠. 마지막 라운드는 특별했을 거예요, 안 그런가요? 당신의 넓적다리와 무릎을 제 것과 꼭 붙이고서 보고 싶었어요.

저는 계속 작업하고, 사람들은 계속 우리를 모욕하며, 사르트르를 찾는 영웅 의식에 사로잡힌 젊은이들은 최소한 그의 눈을 때려 멍들게 하려고 클럽들에 계속 난입하지만 그를 찾지 못하고 있어요. 요즘 미국에 관한 출판물이 늘어나고 있어요. 처음에는 제가 쓰는 책 때문에 그런 경향이 조금 걱정스러웠지만, 그것들을 읽고 난 후에는 마음이 가라앉았지요. 그것들은 미국을 슬로건으로 축소했지만 저는 생생한 경험을 복원하려 애쓰고 있어요. 『4분 혼혈아와 딜러』는 잘 지내나요? 당신은 하는 일에 만족하나요? 당신 편지를 다시 읽으면서 사소하고 일시적인 것일지라도 당신에게서 충족감을 빼앗는다는 생각에 조금 슬프고 죄책감도 느꼈어요. 당신이 행복해하는 걸 무척 보고 싶어요. 그런 모습은 당신에게 대단히 잘 어울리거든요. 한편으로는 제가 당신에 대해 성적으로 매우 강한 질투심을 느낄 수 있겠다는 것도 알아요. 비록 제가 그러한 감정을 비난하지만요. 그러한 감정을 느끼고 또 그 감정이 강렬하다는 사실조차 그것이 진정한 의미를 지니고 있음을 증명하는 거예요. 다른 한편으로는 당신을 그처럼 강렬히 사랑하고 당신의 행복과 기쁨에 관한 생각을 더없이 소중히 여기기 때문에 저는 당신이 다른 여자에게서 만족감을 느낄 수 있도록 도울 수 있어요(물론 일시적이고 저에 대한 당신의 사랑과 충돌하지 않는다면 말이죠). 그러므로 저는 제가 바라는 게 무엇인지 모르겠고 ─ 아니, 저는 성녀聖女가 아니기 때문에 사실 제가 바라는 걸 아주 잘 알고 있어요. 어쨌든 저는 선택의 여지가 없으며 고통을 당한다고 할지라도 우리의 사랑을 해치지 않는 한 당신이 하는 모든 것에 동의해요. 내 사랑, 조심성 때문이 아니라 저의 생각들을 당신과 함께 나누는 기쁨을 위해 안심하고 말하는 거예요.

일요일

여기 『폴리틱스』 주소예요. 45 애스터 플레이스, N. Y. 주필, 드와이트 맥도널드. 읽을 수 없다고는 말하지 마세요. 일요일 아침을 아주 싫어하지만, 일은 잘했어요. 너무나 많은 사람이 미사를 끝내고 저의 고요한 카페에 침입하는군요. 드골 지지자들이 성당에 갔다가 집에 돌아가기 전에 차를 마시러 잠시 들르는 거지요.

저는 가끔 여동생을 만나요. 저를 미치도록 사랑한다고 주장하는 동생이 제게 만나자는 약속을 얼마나 드물게 하는지 이해할 수 없는 노릇이에요. 저로서는 아주 잘된 일이지만, 의미심장한 일이지요. 그 애는 유고슬라비아에 대해 소름 끼치는 이야기들을 들려줘요. 분명 그곳은 악어가 둥지를 틀 곳이 아니에요. 먹거나 일하거나 걷거나 노래하거나 생각하거나 아니면 생각하지 않기 위해서거나 간에 집단행동이 항구적 의무이기 때문이랍니다. 우리는 그곳에 가지 않을 거예요. 어쨌거나 사르트르의 측근인 제가 오는 걸 허용하지 않을 거예요. 그는 거기서 마치 악마의 화신처럼 여겨지고 있어요. 당신에게 저의 캐리커처를 보냅니다. 그러나 주의하세요! 당신이 아는 얼굴을 간직한 사진이 아니니 겁내지 마시고, 제발 '아듀'란 말은 하지 말아요!

점심 먹으러 가야겠어요. 아니면 기절할 것 같아요. 안녕, 내 사랑. 당신을 사랑한다고, 당신이 그립다고 그리고 당신의 모든 것을 생각한다고 반복적으로 말해 당신을 망치지 않도록, 오늘은 은밀한 사람이 되어 한마디도 하지 않겠어요. 만약 제 감정을 알고 싶다면 알아맞혀 봐요. 알아맞히겠어요? 오, 당신 정말 짓궂군요!

당신의 시몬

1947년 11월 5일 수요일

넬슨, 내 사랑, 경이로운 일이에요. 당신이 전서구傳書鳩로 변신한 뒤부터 금요일 편지들이 매주 월요일에 규칙적으로 아주 싱싱하고 신선한 상태로 도착하고 있어요. 기쁨이랍니다. 당신이 세르당에 대해 침묵하는 건 유감입니다. 그게 제 편지를 일주일 늦출 거예요. 그러나 당신이 여전히 같은 토박이 젊은이고 현명한 예언자라면 잘된 일이에요. 당신의 편지는 분명 아주 친절했지만, 당신과 다퉈야 할 게 두 가지 있어요. 우선 영화 비평가로서 당신은 해고되어야 마땅해요. 〈천국의 아이들〉*에 대한 당신의 서투른 평가에 깜짝 놀랐어요. 물론 프랑스에서 세 시간 동안 상영된 영화가 그곳에서 끔찍스럽게 가위질당하고 갈가리 찢겼다는 것은 알고 있어요. 좋아요, 영화 속 사랑 이야기는 바보스러워요.

---

* 〈Les Enfants du paradis〉. 한국에서는 〈인생유전〉으로 상영됐다.

그러나 옛 파리의 모든 부분과 오래된 극장들이 마음에 들지 않았나요? 어쩜 시카고 토박이에게는 거의 의미 없는 건지도 모르죠. 제 의견으로는 팬터마임과 옛날의 통속극 그리고 그것의 패러디는 훌륭했어요. 그리고 배우들의 스타일을 좋아하는데, 특히 프레데리크 르메트르 역을 연기한 피에르 브라쇠르의 스타일을 좋아하고 아를레티도 무척 좋아하죠. 됐어요, 어쩌면 정말 제대로 감상하려면 프랑스인이어야 하는지도 모르죠. 미국에서 그 영화를 좋아하는 사람이 거의 없다는 걸 알아요.

둘째, 제가 글자 그대로 당신의 자유를 제한하지 않으려 노력하는데도 저를 놀린 것과 진지하게 여기지 않은 것은 대단히 모욕적인 처사라고 비난받을 만해요. 좋아요, 저는 당신의 자유를 간섭할 것이고, 워반지아 주위에다 전기 울타리를 설치하고 당신의 피부와 입술에 독을 바르겠어요. 그래서 당신이 다른 여자를 만지면 그 여자가 즉사하게 할 거예요. 그럼에도 불구하고 라플란드 신발을 신고 춤추는 '폴르'*의 그림은 저를 즐겁게 했다고 고백해야겠네요. 그런데 당신, 그 신발들을 신나요?

파리는 여전히 굉장하답니다. 우리 나무의 잎사귀들은 떨어지고 있나요? 여기 나무들의 잎사귀들은 모두 떨어져 센강 위를 떠다니고 있어요. 최근에 친구들이 공유하자고 한 이상하고 슬픈 감정에 휩싸여 오랫동안 파리 시내를 걸었어요. 이전에는 다른 도시에서 산다는 게 불가능해 보였고, 파리와 비교해 다른 모든 도시는 불완전하고 하잘것없어 보였어요. 그러나 이제 파리는 단지 다른 많은 도시 가운데 하나일 뿐이고 더 이상 우리의 피도 육체도 아니에요. 저는 이방인처럼 파리가 지닌 수많은 아름다움을 의식하며 파리를 바라보았고, 전에는 전혀 눈치채지 못한 아름다

---

* Folle. '미친 여자'라는 뜻

움까지도 발견해 냈지만, 마치 낯선 한 도시를 방문하는 것 같았어요. 예전에는 너무 가까이 있어서 파리에 관한 글을 쓸 수 없었을 테지만, 지금은 글을 쓸 수 있을 거예요. 일요일에는 많은 사람이 단지 오후 시간을 죽이기 위해 서두르지 않고 대로를 거닐었고, 작은 가건물에서 사람들이 사탕 과자와 면도날을 팔고 있었어요. 그 모든 것은 다른 세기, 다음 세기의 먼 곳에서 관조하는 어떤 광경처럼 낡아빠지고 음울했어요. 파리는 이제 10년 전의 프라하나 빈처럼 죽은 도시지요. 왜냐하면 우리는 더 이상 스스로 존재하지 않고 세계의 중요한 움직임은 이곳이 아닌 러시아와 미국에서 일어나고 있기 때문이에요.

그리스와 유고슬라비아에서 돌아온 『뉴 매시스New Masses』* 출신의 젊은 기자이자 당신 나라의 공산주의자 한 명을 만났어요. 인간적으로 그는 우리나라의 공산주의자들보다 나았지만, 프랑스에 대해서는 그들과 같은 말을 앵무새처럼 되풀이했어요. 그의 말에 따르면 미국 사정은 그다지 나쁘게 돌아가지 않는다고 했지만, 제가 보기에 그는 공산주의자임에도 불구하고 자기 조국에 유리한 심한 편견으로 가득 차 있었어요.

우리는 매주 월요일 방송을 끈기 있게 계속하기 때문에 다양한 우편물을 받아보고 있어요. 사르트르는 인분人糞으로 더럽혀진 자기 사진을 받았는데, 그렇게 될 수밖에 없었어요. 며칠 전 저녁에는 한 바에서 스카치소다를 마시고 있었는데, 옆 테이블에 앉아 있던 사람들이 사르트르가 그곳에 있는 줄 모르고 그와 실존주의에 대해 말하기 시작했어요. 그들은 무엇보다도 『존재와 무』라는 제목만으로도 메스껍다고 선언하면서 30분 동안 이야기했지요. 같은 날 저녁에는 한 작자가 길에서 우리를 지나쳤다가 알아보곤

---

* 미국의 공산당 잡지

5분 동안 뒤쫓아 왔어요. 싸움을 걸진 않았지만, 마치 자기 자신에 맞서 혼자 싸우는 듯했지요. "브라보!" 하고 외치고 싶었던 걸까요, 아니면 우리를 모욕하려 했던 걸까요? 아마도 우리를 모욕하고 싶어 그랬으리라 생각해요.

당신에게 우리가 자주 만나는 아주 절친한 친구, 우리가 항상 즐겁게 만나는 유일한 친구인 한 조각가에 대해 말할 기회가 없었다고 생각해요.『타인의 피』에서 그에 대한 일종의 초상화를 개략적으로 그리고 있답니다. 그를 예술가로서 대단히 존경해요. 그의 조각보다 월등한 현대 조각은 없어요. 그리고 그는 이루 말할 수 없는 순수성과 인내심과 에너지를 가지고 작업하지요. 그의 이름은 자코메티예요. 다음 달에 뉴욕에서 그의 많은 작품이 전시될 거예요. 그가 성공을 거둔 지 그리고 초현실주의에 영감을 받은 조각으로 엄청난 돈을 벌어들인 지 20년이나 됐어요. 돈 많은 속물이 그에게도 피카소에게처럼 엄청난 액수의 돈을 지불했지요. 갑자기 그는 자신이 어디에도 가지 않고 자신을 소모하고 있다는 걸 느꼈고, 속물들에게 등을 돌리고 생활에 꼭 필요한 것 외에는 아무것도 팔지 않고 홀로 예술을 추구하기 시작했어요. 그래서 그는 더러운 옷을 벗지 못하고 무척 가난하게 산답니다. 게다가 저는 그가 더러움을 좋아하는 것 같다고 말하지 않을 수 없네요. 그에게 목욕한다는 건 너무 큰일이지요. 어제는 그의 집을 방문했는데 겁나더군요. 그는 매력적인 작은 정원 안에 회반죽으로 뒤덮인 아틀리에를 갖고 있는데, 그 옆에 붙은, 헐벗은 벽과 천장만 있는 넓디넓은 헛간 같은 곳에서 살고 있어요. 거기에는 가구도 먹을거리도 없고, 난방도 되지 않아요. 천장에는 구멍들이 나 있어서 빗물을 받으려고 마룻바닥에다 항아리와 통을 늘어놓았는데, 그것들마저 구멍이 뚫려 있어요. 그는 열다섯 시간을 줄기차게, 특히 밤중에 작업하는데, 옷이며 손 그리고 숱이 많고 때가 찌든 머리카락이 회반죽으로 뒤덮이지 않고서는 아틀리에를 절대 나오지 않아요. 추위와 얼어붙은 두 손도 개의치 않고 작업해요. 이러한 삶을 묵묵히 받아들이는 그의 젊은 아내가 존경스럽답니다. 그녀는 밖에서 종일 비서 일을 하고 난 후에 이 절망적인 숙소로 돌아오지요. 그녀는 겨울 외투도 없고 다 닳아빠진 신발을 신고 있어요. 그와 함께 살려고 파리로 온 그녀는 자신의 가족과 세상의 모든 것을 버렸어요. 그녀는 아주 친절하답니다. 그는 그녀에게 대단한 애착을 두지만 다정한 사람이 아니라서 그녀는 힘든 순간들을 보내지요. 그를 특히 높이 평가하는 건 2년간 작업한 작품들을 하루아침에 산산이 부숴 버릴 수 있었다는 거예요. 그는 모든 것을 깨뜨려 버렸어요, 냉정하게. 그의 친구들은 이를 끔찍하게 생각했지요. 그러나 그는 조각에 대해 자신만의 독특한 생각을 갖고 있고, 몇 년 전부터는 아무것도 전시하지 않으면서 미치광이처럼 깨뜨렸다가 다시 시작하기를 시도하고 또 시도하고 있어요. 그는 예술에 대한 독특하고 열정적인 개념을 가진 까닭에 돈, 찬사 그리고 좋은 평판을 쉽게 얻을 수 있지만 천만예요, 그 모든 것에 아랑곳하지 않는답니다. 마침내 그가 어떤 경지에 이르렀다고 믿어요. 제가 어제 본 것은 아주 깊은 감명을 줬어요.

여동생은 여전히 파리에 있고, 저는 그 애를 되도록 드물게 만나고 있어요. 동생 남편이 도착해 단 한 시간을 그와 함께 보냈는데 어찌나 진저리가 나던지요. 피차 마찬가지였을 것이라고 추측해요. 저는 지루한 걸 증오해요. 그는 심각하고 완고한 옹고집으로 '삶'을 위해 싸운다고 주장하는데, 사실 그에게 삶이란 아무것도 의미하지 않아요. 그는 무엇도 사랑하지 않고 생각하지도 않으며 아무것도 진정으로 원하지도 않으면서 쉬지 않고 싸우고, 이러저러한 특별한 투쟁에 대해 자기 의견을 주장해 모든 사람을 지겹게 만들지요.

　당신의 프랑스어는 어떻게 되어 가고 있나요, 게으름뱅이 양반? 사랑해요.

당신의 시몬

1947년 11월 8일 토요일

　넬슨, 내 사랑, 아무 일도 일어나지 않고 매우 따분하군요. 그렇지만 당신에 대한 사랑만은 한결같아요.

　어제는 친구 중 한 명인 살라크루*가 만든 연극 총연습을 보러 극장에 갔어요. 그는 해마다 아주 큰 박수갈채를 받지만, 형편없는 연극을 하나씩 저지르곤 하지요. 형편없는 이 연극 역시 박수를 크게 받을 거지만, 술꾼과 결혼했고 등이 굽은 이 뛰어난 배우인 늙은 뒬랭을 다시 본다는 게 얼마나 기쁘던지요. 기상천외한 술주정뱅이인 그의 아내는 모피와 베일로 감싸고서 외견상 절도 있으나 실상은 뇌졸중 징후를 보이며 흐릿한 눈으로 있었어요. 우리는 그녀에게 말을 걸지 않고 도망 나왔지요. 많은 친구가 즐겁게 저녁 식사를 하기 위해 살라크루와 합류했지만, 저는 이런 일에 흥미를 점점 더 잃어 일찍부터 일에 전념하기 위해 잠자러 돌아왔답니다. 저는 소위 밍크코트라는 걸 입었었는데, 모두들 아주 우아하다고 말했어요. 그러니 제가 우아한 외모를 지녔음이 틀림없어요. 저는 거울 속의 저를 바라보면서 저의 눈을 거의 속였지요.

　당신이 그처럼 게으르고 프랑스어 책도 읽지 않는다니 유감스

---

* Armand Salacrou. 초현실주의풍의 전위적 기법을 시도한 프랑스 극작가

럽군요. 최근에 나온 저의 책*을 당신이 읽어 주기를 바랐어요. 연한 푸른색 표지가 아주 보기 좋아요. 오늘날 윤리와 정치가 화합할 방법에 관한 성찰을 담은 작은 에세이예요. 당신이 프랑스어를 아실 때 이 책을 보내 드리고 연습할 수 있도록 짧은 판본을 준비하겠어요.

일요일

오늘 저녁에는 유대계 여자 친구와 대단히 슬픈 시간을 보냈어요. 그녀가 완전히 미쳐 버리지 않을까 염려되는군요. 그녀는 2년 전에 정신과 치료를 받아 병이 나았고 작년 겨울에 몹쓸 발작을 일으켰지만, 꽤 안정된 생활을 해 왔어요. 그런데 일주일 전부터 다시 상태가 나빠졌어요. 제가 말했죠. 10년 전 그녀가 제자였을 때 저는 그녀에게 많은 영향력을 미쳤고, 지금도 여전히 그녀에 대해 책임감을 느끼고 있어요. 전쟁으로 몹시 혼란스러웠던 그녀는 박해를 피하려면 아리안의 성姓이 필요했기 때문에 사랑하지도 않는 작자(제가 보기에 소름 끼치는)와 스무 살에 결혼했지요. 4년 동안 가짜 증명서를 가지고 여러 마을에서 숨어 살았어요. 젊을 때는 똑똑한 학생이었어요. 전쟁이 끝난 후에는 꽤 어려운 교수 자격시험*을 통과하는 일만 남아 있었지요. 많은 후보가 이 자격을 따려고 노력하지만, 단 열 명만이 합격한답니다. 만일 그녀가 그 시험을 차분하게 준비했었더라면 합격할 수 있었을 거예요. 그러나 상황이 그렇지 못했어요. 공산주의자에 가까운 그녀는 돈이 많고 다이아몬드 상인으로 크게 사업하는 아버지의 돈을 받는 걸 거절하고 스스로 생활비를 벌려고 했지요. 그런데 그녀

---

* 『애매성의 윤리를 위하여 Pour une morale de l'ambiguité』[이 책은 국내에서 『그러나 혼자만은 아니다』라는 제목으로 출간됐으나, 여기서는 내용상 원제를 따랐다. – 옮긴이]

* 아그레가시옹(agrégation)

와 같은 시험을 준비하는 그녀의 남편은 이미 두 번이나 시험에 실패했어요. 그들은 부자인 아버지의 돈을 받아야만 했지요. 그녀는 끈기 있게 일하면 독립할 수 있다고 생각하면서도 전쟁으로 자신이 불리한 조건에 놓이게 되었다고 믿어요. 그러나 스물여섯에 어린 딸의 엄마로 다시 학생이 된다는 건 끔찍한 일이지요. 아무도, 심지어 정신과 의사조차도 그녀가 왜 무시무시한 공포감에 사로잡혀 있는지를 모른답니다. 그녀는 이 시험에 절대 합격할 수 없을 거라고 확신하면서 좌절감에 휩싸여 온종일 침대에 누워 울고 비탄에 잠겨 있어요. 최근 2년간은 시험을 보지 않았어요. 올해에는 시험을 보려고 진지하게 공부하기 시작했다고 주장하지요. 그러나 다시 공포에 빠져 일주일 전에는 갑자기 이 시험 때문에 더 이상 고통 받지 않겠다고 결심했고, 아버지에게 그의 사무실에 취직시켜 달라고 부탁했어요. 그렇지만 자본주의 직업을 갖는다는 것과 자신의 공산주의를 화해시키지 못했기 때문에, 그것은 그녀의 상태를 악화시킬 따름이에요. 이틀 전에는 반은 실성해 미친 여자처럼 울고 있는 그녀를 발견했고, 오늘 저녁에는 그녀와 그 문제에 대해 몇 시간이나 토론했어요. 그녀가 사랑하고 있다고 주장하는, 자격시험에 떨어진 남편과의 관계 그리고 주로 돈 때문에 지나치게 의존하는 부모와의 관계가 분명 결정적 문제지요. 그러나 그것들이 모든 걸 설명하지는 않아요. 제가 발작의 근본적 원인을 밝히기 위해 이유를 하나 대고서 어떻게 행동해야 하는지를 설명하면 그녀는 즉시 다른 이유를 대지요. 저도 돌아버릴 것 같아요. 그런데 모든 게 사실인 동시에 어느 것도 사실이 아니에요. 의사들은 그녀의 병을 발견하지도 못하고 치료하지도 못했으니 그녀는 신체적으로 건강하지 않아요. 그런데 또 다른 정신분석요법을 시작할 예정인데, 과연 성공할 수 있을까요? 오늘 저녁에 그녀가 냉정하고 열성적으로 말할 때 저는 "설마, 턱도 없지!"라고 혼잣말을 했지요. 그건 오로지 그녀에게 달렸어요. 만약 그녀가 자유롭고, 스스로 '난 아프지 않아. 난 이 시험에 합격할 수 있어'라고 마음먹는다면 그녀는 금방 구원될 거예요. 그런데 돌연 겁에 질린 무언가가 그녀의 시선에 나타났고, 저는 갈피를 잡을 수 없었지요. 천만에요. 그녀는 자유로울 자유가 없어요. 그처럼 강렬하게 도움이 필요한 사람을 도울 수 없다는 것이 얼마나 괴로운지 모르겠어요. 몇 시간 동안 목이 쉬도록 말하고 노력했음에도 불구하고 아무런 도움도 주지 못했고, 그것을 알아 버렸으니까요. 그녀는 저를 꽤 참을성 없게 만들어요. 그러나 또 노여움을 진정시키고 마음을 움직이게도 만든 답니다. 그녀의 결론은 더 이상 다른 방법이 없고 자살하는 길밖에 없다는 거였지만, 그렇게까지는 하지 않을 거예요. 저는 그녀가 그렇게 말하면서 마음이 어떨지 상상하는 걸 좋아하지 않아요.

잘 자요, 내 사랑, 제가 무척 좋아했던 것처럼 당신에게 키스할게요.

당신에게 속한 당신의 시몬

1947년 11월 11일 화요일

넬슨, 멀리 있는 나의 사랑하는 남편. 당신에게 괴상하고 흥미로운 인물들에 대해 재미있는 이야기를 해 주고 싶지만, 일요일부터 맥 빠진 고요함이 계속되고 있어요. 동생과 그 남편은 괴상할 수 있지만 확실히 흥미롭진 않아요. 사르트르는 흥미롭지만 괴상하지 않고, 그밖에 다른 사람은 아무도 만나지 못했어요. 아, 그렇군요! 제가 되마고에서 글을 쓰고 있을 때, 가끔 늙은이나 풋내기가 의욕 넘치는 알 수 없는 태도로 다가와 이제 막 완성한 어처구니없는 원고 한 편이나 『현대』를 위한 센세이셔널한 생각 또는 시를 보여 줘요. 그들은 한결같이 제게 귀중한 선물을 제공한다고 확신하지요. 무례하게 구는 게 쉬운 일은 아니지만, 2년 만에 저는 그렇게 하는 걸 배웠어요. 더 재미나는 일이 있어요. 제가 매일 아침 이 카페에 자리를 잡고 있으니까 제 주위에서 일어나는 온갖 자질구레한 사건들을 목격해요. 예를 들어, 일주일 전에 한 여자가 큰 여행 가방을 들고 와서는 그때까지 시종 홀로 있던 한 남자에게 정열적으로 키스했어요. 그들은 둘 다(특히 여자가) 행복의 이미지를 줬으며, 사흘 동안 규칙적으로 다시 만났답니다. 그러고 나서 여자가 사라져 버렸어요. 그다음 날 그 남자에게 키스하고 그와 함께 행복의 이미지를 준 사람은 다른 여자였어요(그렇지만 그가 처음보다 더 기뻐하는 건 아니에요)! 첫 번째 여자는 인텔리처럼 보였으나 정말 너무 못생겼었어요. 두 번째 여자는 자신이 예쁘다고 생각했겠지만 전혀 그렇지 않았어요. 분명 인텔리도 아니고 미남도 아닌 남자는 제가 있던 바에서 엊저녁 내내 버림받은 돈 후안의 모습으로 홀로 쓸쓸하게 술을 마시며 보냈어요. 오! 그가 얼마나 고통스러워하던지요. 그리고 자기 때문에 고통스러워하는 두 여자가 있다는 것을 얼마나 자랑스러워하던지요! 인텔리 여자가 이겼는지 예쁜 여자가 이겼는지를 알아내면 알려 줄게요.

가만히 생각해 보면 그처럼 오랫동안 편안하고 고요한 적이 없었어요. 술도 없고, 흥분도 눈물도 없으며, 오직 일만 하고 파리의 부드러움 속에서 산책하고 잠을 잘 자며 그리고…… 당신을 기다려요. 저는 가득 채워질 욕망이 넘쳐흐르는 가슴을 가지고 있답니다. 엄청난 행운이에요. 잘 자요, 내 사랑. 오늘 저녁 당신을 사랑하는 게 아주 감미롭군요.

목요일

　사랑하는 악어, 드디어 엊저녁에 당신의 편지가 도착했어요.
편지를 받지 못하면 당신이 죽지나 않았나 두려워져요. 편지를
받으면 생동감 있는 당신을 실감하고 당신이 보고 싶어서 조급해
져요. 그러니 저는 평화를 알지 못해요. 그런데 왜 제가 그것을 알
아야 하나요? 사랑은 평화보다 나아요. 화요일에 썼던 말을 번복
하는 것 같지만, 절대 아니에요. 사실 저는 깊은 평화를 누리고 있
답니다. 왜냐하면 제가 원하는 걸 알고, 그것을 갖게 되리란 걸 알
며, 당신이 저를 사랑한 때부터 이미 그것을 갖고 있었기 때문이
에요. 저의 열은 표면에 남아 있고 — 휴식 속 평화와 흥분 속 휴
식 — 그것은 사랑하는 좋은 방식 아닌가요? 마치 비용이 쓴 발라
드에서처럼요.

　원고 보내 줘서 고마워요. 시카고의 한 탁월한 작가에 대해선
한마디도 하지 않았지만, 이 원고는 대단히 흥미로워요. 있잖아
요, 『결코 오지 않는 아침』의 저자인 넬슨 올그런 말이에요. 그가
당신 맘에 안 들어요? 사람들은 그가 심술궂은 토박이 젊은이라
고 말했어요. 이 원고를 번역해 곧 출판되도록 하겠어요.[*]

　물론 여기서도 부르주아 계층에서 커다란 성공을 거두고 있는
루이스 브롬필드[**]를 알아요. 편협한 사고를 하는 성가신 사람인
그를 참아낼 수 없어요. 그를 케이오ᴋ.ᴏ시켜 버리도록 하세요. 그
가 내세우는 아주 깨끗한 도덕성과 사기꾼의 심리 상태를 혐오
해요. 뉴욕의 '철학도서관'이 출판한 사르트르의 소품 『실존주의

---

[*]　1948년 2월호 『현대』에 「유리병 속 웃음, 시카고의 현지 보고」라는 제목으로 소개됐다.

[**]　Louis Bromfield. 『그린베이 차나무 *The Green Bay Tree*』와 『우기 *La Mousson*』의 저자. 사람
　　들이 올그런에게 그와 함께 소설의 미래에 관한 토론에 참여해 달라고 부탁했었다. 실존
　　주의에 대해 아무것도 모른다고 말한 브롬필드는 실존주의를 "허무주의, 운명주의 그리
　　고 절망의 독트린"이라고 정의 내렸다.

L'Existentialisme』를 읽으면 가장 유용할 거예요. 만일 구할 수 없다면 제가 우편으로 보내 주겠어요. 『투와이스 어 이어*Twice a Year*』에 도러시 노드만이 저의 책『애매성의 윤리를 위하여』의 발췌문을 실었는데, 그것도 도움될 수 있을 거예요. 만일 실존주의에 대한 두 설명이 만족스럽지 않다면, 제가 그 주제에 관해 뭔가를 써 주겠지만 영어로는 어렵답니다. 프랑스어를 배우지 않겠다는 게 참으로 밉군요. 당신이 양말대님을 더 이상 착용하지 않는 이래 유일하게 당신의 미운 점이에요.

오늘은 우리 성명서에 찬성하는 서명을 받으려고 애쓰는 사르트르와 제게 고된 하루였어요. 지식인들(가장 좁은 의미에서)은 자기 자신에게 불성실한 일을 해서는 안 된다고 생각하며, 만약 엉뚱한 단어 한 개에 의견이 일치하지 않으면 "그것에 서명할 수 없음"이라고 선언하지요. 종이 한 쪽에 쓰인 모든 단어에 대해 1백 명의 의견을 일치시킨다는 건 불가능한 일이에요. 맙소사, '무엇이 중요하고 무엇이 중요치 않은가?' 중에서 하나를 선택해야만 하는 거지요. 현시점에서는 드골이나 스탈린의 손아귀에 들어가지 않도록 노력하는 게 중요합니다. 이러한 시도 외에 우리가 또 무얼 할 수 있을까요? 무언가를 시도한다는 그 자체가 중요해요. 정말 대다수의 예술가와 작가는 그들의 작은 에고ego 외에는 모든 것에, 그리고 모든 사람에 대해 무관심해요. 브롬필드를 케이오시키기 위해 당신은『파르티잔 리뷰』가 출판한 유대인 문제에 관한 사르트르의 소책자를 이용할 수 있을 거예요. 실존주의를 직접적으로 다루지는 않지만, 당신의 흥미를 끌 거예요. 그리고 당신은 한 실존주의자가 구체적인 문제들에 관해 '다이내믹한' 방법으로 표현할 수 있다는 걸 확인할 수 있을 거예요. 그것은 그가 당신보다 더 절망적이거나 더 비관주의자가 아니라는 걸 보여 주지요. 저는 브롬필드 앞으로 보내는 당신의 편지에 다음의 말을 덧붙일 것을 제안해요. "나는 시몬 드 보부아르를 알고 있습니다. 그녀가 나와 잠자리를 할 때 허무주의자보다 더 절망하는 것으로는 보이지 않았는데, 당신과는 어떨지 모르겠군요……." 물론 저는, 그렇게 한다면 절망적으로 보일 수 있겠네요.

사랑해요, 넬슨.

당신의 시몬

1947년 11월 15일 토요일

사랑, 사랑, 극진히 사랑하는 나의 남편.

지난해 비 오는 겨울에는 당신에 대해 전혀 들어본 적이 없었고, 당신 또한 저에 대해 마찬가지였었어요. 저는 진정 어떤 일 —사랑, 당신에 대한 사랑— 이 일어나리라고는 조금도 생각지 않으면서, 마치 무슨 일인가가 일어나야만 할 것처럼 열에 들떠서 미국으로 출발하는 날을 초조하게 기다리고 있었어요. 달링, 만일 제가 당신 어깨에 두 뺨을 기대고 당신 귀에 소곤댈 수 있다면, 감히 묻겠어요. 넬슨, 작년보다 더 행복한가요? 비록 우리가 키스하려면 몇 개월을 더 기다려야 하지만, 당신의 어리석은 작은 개구리의 사랑이 당신을 행복하게 하나요? 그러나 저는 아무것도 묻지 않을 거고, 만일 저의 두 뺨이 당신의 어깨 위에 놓인다면 당신의 키스를 기다리겠어요.

28일에 사르트르와 함께 한 달간 파리를 떠나는 것이 결정돼 기뻐요. 라푸에즈의 모렐 부인 댁으로 편지를 보내도록 하세요. 저는 책을 끝마칠 거예요. 제가 즐거운 또 다른 이유는 이 책, 아직 끝나지 않은 이 책이 적지 않은 돈을 벌어 주리라는 것과, 사람들이 이 책을 미국에 관해 쓴 책의 좋은 예로 봐 주리라는 희망이 충분한 때문이에요. 이 책의 초반부를 읽은 사람들이 흥미롭게 여기고 있거든요. 그에 대해 당신과 무척 토론하고 싶어요. 요즈음 저는 복역수처럼 열심히 일했는데, 떠나기 전에 아주 많은 일을 해결해야만 하기 때문이지요. 우선 다섯 개의 방송을 준비하고 녹음해야 해요. 독일에서 3주를 보내고 돌아온 루세, 마찬가지로 조합 대표들, 아프리카 식민국에서 돌아오는 흑인들과 우리 그룹도 (사회주의, 자유 등에 관해) 말할 거예요. 그런 다음에 몇 시간 동안 계속 토론하고 재토론한 성명서를 다시 쓰고 다시 토론해야 해요. 그야말로 아주 고되고 힘든 작업입니다. 우리는 월러스가 서명하기를 바라고 있고, 성명서를 공들여 손질해야 해요. 그러나 무엇에 관해서든 지식인 스무 명의 의견이 일치되도록 하는 건 불가능해요.

알다시피 저는 그게 제 의무라고 판단하기 때문에 그 모든 걸 맡아서 하고 있어요. 하지만 진저리가 나요. 시시한 정치 모의는 지긋지긋하고 세상에서 기꺼이 없애 버리겠어요. 시골로 떠나 글 쓰는 일에 전념하고, 좋은 책을 만들려 노력하고, 기분 좋은 독서를 할 수 있게 되어 얼마나 다행스러운지 모르겠어요. 당신이 권한 책을 사기 위해 브렌타노스*에 들를 거예요.

유대계 여자 친구는 점점 더 나빠지고 있어요. 앉아 있는 두 시간 동안 세 문장도 말하지 않았고, 저 또한 말하고 싶지 않았어요. 공포는 신경쇠약증으로 변해 버렸고, 그녀는 모든 것에, 즉 남편, 딸, 친구들 그리고 그녀 자신에 철저하게 무관심해요. 아침에 일어날 수 없는 그녀는 모든 것이 쓸모없고 멍청하다고 생각하며, 세상은 아무 의미 없는 나쁜 꿈으로 그리고 그녀 자신은 의지가 없는, 죽을 의지조차 없는 유령이라 생각하고 있어요. 의사들은

---

* Brentano's. 파리에 있는 대형 미국 서점

아무런 병도 발견하지 못하지만, 그녀는 피로해하고 졸면서 두통을 앓고 서성이며 10분도 가만히 서 있을 수 없답니다. 사람들은 그런 그녀의 얼굴 앞에서 무슨 말을 하고 무엇을 해야 할지를 몰라요. 그녀는 이미 그녀를 진료한 적이 있는 작자에게 치료받고 있는데, 의사는 요양소로 격리되는 정신병으로 끝날 거라고까지는 예상하진 않지만 매우 근심하는 것 같아요.

자, 잠을 자고 당신을 잊어버리겠어요. 눈을 뜨자마자 당신은 저와 뒤섞여 있을 거예요. 어제저녁에는 작은 카페에서의 첫 만남부터 마지막 헤어짐까지 아름다운 동화 한 편을, 우리 이야기 전체를 저 자신에게 이야기했어요. 아름다운 이야기예요. 넬슨 내 사랑, 이런 추억과 희망을 소유한다는 건 얼마나 큰 행운인지 모르겠어요. 잘 자요, 당신의 따뜻한 팔에 안겨, 당신의 따뜻한 가슴에 기대어 행복감을 느껴요. 저는 당신에게 속한 당신의 개구리이자 당신의 친구이며 당신의 아내예요.

화요일

나의 사랑하는 악어, 축축한 며칠 내내 당신을 아주 강렬히 원하고 있어요. 떨어진 거리는 때로 사랑하는 이의 자취를 사라지게 하지요. 그는 더 이상 잡히지 않는 부드럽고 슬픈 음악, 향수, 인생의 따뜻한 냄새일 뿐이랍니다. 그러다가 길모퉁이에서 온갖 사람들 가운데에서 사랑하는 그 남자, 그 머리카락, 그 미소, 정확히 내 뺨의 높이에 있는 그 어깨를 마주치게 되지요. 어제 아침에 당신은 그렇게 제게 왔고 제 손을 잡고서 더 이상 놓지 않았어요. 그리고 당신의 편지를 받았어요. 내 사랑, 저는 그렇게 멍청하지 않아요. 당신이 저를 놀린다는 걸 알고 있으나 당신의 환상은 저를 즐겁게 했어요. 제 성격은 그다지 나쁘지 않고 아주 맹꽁이여야 해요. 생각해 봐요, 저도 모욕당했다고 주장하면서 당신을 놀렸거든요. 만일 당신이 실제로 상처 입힌다면(당신을 사랑하느라 정신이 아주 나갔기 때문에 이런 일은 일어날 수 있을 거예요), 저는 쌀쌀함이 아니라 분노나 슬픔으로, 아니면 그 둘을 한꺼번에…… 보일 거예요. 제가 거만하고 쌀쌀맞고 냉담하게 있을 만큼 아주 교만스럽지는 못해요. 두고 보지요, 뭐…… 어쩜 아닐지도. 우리 사랑 안에 모든 게 그처럼 따뜻하고 그처럼 행복하고 자연스럽게 보이는군요.

네, 당신은 심각하고 엄숙한 삶을 살고 있지만, 제게는 "바닥을 비질하였소"라는 당신의 간단한 문장에도 시가 깃들어 있어요. 작은 집과 당신을 떠올리게 하니까요. 어떤 이유에서든 당신은 당신의 순수한 생각으로부터 저만큼의 기쁨을 끌어낼 수 없어요. 만약 그렇다면 불안하기까지 하겠지요. 그래서 사실상 당신의 고독, 당신이 원고를 교정하는 것, 그 모든 게 침울하게 보일 수 있어요. 부탁드리건대, 봄에 휴가를 떠나기 위해 열심히 일하세요. 이러한 고요한 낮과 밤을 그리워할 정도로 당신의 생활을 변화시킬 거예요. 평화는 끝날 거고 당신은 여행하며 사람들과 여러 가지를 볼 거예요. 술도 마시고 턱을 움직이고 제 턱의 소리도 들을 거예요. 제가 당신을 사랑하듯이 당신은 저를 사랑하고, 제가 다시 떠날 때 당신은 짐을 덜게 될 거예요. 떨리죠, 안 그래요?

저는 지루할 시간이 없어요, 저는요, 오 없고말고요! 그러나 당신에 대한 욕구, 그리움, 욕망으로 고통스러워하는 시간은 아주 많아요. 당신은 받을 자격이 없지만, 연푸른색 표지의 제 책을 보내도록 할게요. 사르트르 소설의 제2권 『집행유예 Le Sursis』가 최근 크노프 출판사에서 출판됐는데, 어떻게 생각하는지 말해 주세요. 영화와 문학에서 우리의 의견이 많이 엇갈린다는 걸 확인했는데 — 잘됐어요. 이 경우, 제가 그렇게 나쁜 취향을 가지고 있다면, 왜 당신의 책들을 그토록 좋아할까요? 그렇다면 그 책들은 별 볼일 없고 어리석은 것임이 틀림없어요. 그렇다고 당신을 향한 제 사랑이 변하는 건 아니에요. 의견이 엇갈린다는 것은 우리에게 토론과 다툼 할 거리를 제공한다는 것이기에 잘된 일이에요. 우리는 그다지 다투지 않는데, 그건 구식에다 바보스러운 일이에요. 자, 자, 좀 더 호전적으로 됩시다! 그리고 성性 투쟁이라고요? 사랑 속 자유? 자유로운 사랑? 진보적 관념들? 그처럼 구시대적 여자들 부류에 속한다는 건 저를 모욕하는 것이고, 저는 당신이 유죄라고는 전혀 생각지 않아요! 그런데 남자들은 자신을 숭배하는 여자를 경멸한다고들 하는군요. 나쁜 전략이에요. 당신이 위대하고 현명한 악어고, 제가 하찮은 개구리라는 걸 누가 증명하나요? 어쩌면 저는 무지무지하게 커다란 개구리고 당신은 아주 조그만 도마뱀일지도 몰라요. 결투해 보도록 합시다, 이를테면 다음 주에 말이죠. 오늘은 저를 품에 안고서 "멍청한 개구리처럼 나를 계속해서 사랑해 줘요, 나 역시 당신을 사랑하고 있으니까요"라고 말해 줘요.

수요일 저녁

넬슨, 내 사랑. 촛불 아래서 당신에게 편지를 쓰고 있어요. 아주 낭만적이에요, 어쩌면 조금은 지나칠 수도 있고요. 여느 때처럼 전기가 나가 버렸어요. 이 호텔은 정말 끔찍해요. 사르트르가 여기 살 때 아픈 적이 있었는데, 그때 그의 어머니가 오셔서 보시곤 울면서 돌아가셨어요. 그만큼 이곳은 아주 지독해요! 그 후로 그녀의 남편이 사망했고, 그녀는 아들이 자기 집에 와서 살도록 압력을 가했으며, 사르트르는 그렇게 했어요. 벽에는 습기가 차고 방은 어찌나 추운지 겨울마다 그곳을 떠나야 한다고 저 자신에게 말하지요. 그러나 겨울철에는 파리에서 집을 구할 수 없어요. 그래서 한겨울을 더 참고 지내다가 여름이 오면 다시 다른 곳을 찾는 게 그리 급해지지 않게 돼요. 계속 그런 식으로 지금까지 지내왔고, 여전히 이런 불편함을 안고 살아요. 저는 워반지아의 집에서처럼 모든 게 아주 편안하게 준비된 상태를 좋아하지만, 저 자신에게 편안함을 제공하는 능력은 타고나지 못했어요. 레콩포르 쉬디스트도 무척 맘에 들었고, 그 무엇보다도 두 팔에 안겨 느끼는 그지없이 따뜻하고 기분 좋은 안락함이 가장 맘에 들었지요. 어제 작은 소포를 발견하고 매우 흐뭇해했어요. 그리고 여기 1946년도를 위한 파랗고 빨간 연하장이 도착했어요 — 1946년에 당신은 저를 모르고 있었지요, 나의 다정한 심장.* 당신은 1948년도 신년 인사를 보내야 했지만, 어쨌든 흐뭇했어요. 이치에 맞도록 이제야 당신에게 감사드릴 수 있게 되었네요. 왜냐하면 넬슨, 저는 당신 눈에 분별력 있게 보이기를 열망하니까요. 그런데 제가 당신을 사랑하고 당신이 당신인 것을, 아니면 저를 사랑하는 것까지 당신에게 감사하는 게 말이 될까요? 사람들은 그런 일에 대해 누군가에게 제대로 고마워할 수 없어요. 반면 당신이 책 한 권을 보낸다면 저는 당신에게 감사해할 수 있어요. 제 가슴속에 갇혀서 나오지 못하는 모든 감사의 마음이 출구 하나를 발견할 수 있는 거예요. 고마워요, 내 사랑, 무척 고마워요. 비록 이디스 워튼의 책이지만, 고마워요. 책보다 한없이 더 많은 것에 대해 고마워하고 있어요.

곧 시골로 떠나게 되어 기뻐요. 이 마지막 한 주는 너무나 견디기 어려웠어요. 매일 낮, 매일 저녁이 라디오 방송과 정치 성명서에 관해 토론하는 것으로 지나가요. 불쌍한 사르트르는 그것을 저보다 더 좋게 평가하지 않지만, 사람들이 그에게 부탁했기 때문에 자신의 의무라고 생각하고 있어요. 분명 산호초로 둘러싸인 푸른 호수에서 당신과 함께 자유롭게 노니는 것을 그도 즐거워할

---

* 연인인 넬슨 올그런을 부르는 또 다른 표현. 연인이 자신의 심장만큼 중요하다는 의미

거예요! 그러나 당신은 시카고가, 당신의 대륙 전체가 진정 안전하다고 확신하나요? 파리로 피신 와야 할 사람은 오히려 당신이에요. 시카고에서 당신은 의심할 여지없이 머리에 원자폭탄을 맞게 될 거예요. 현재 파리는 너무나 왜소하고 아무런 의미를 지니지 않기 때문에 그 누구도 폭탄을 떨어뜨리려는 수고를 하지 않을 거예요. 그러니 이곳으로 오세요. 내 사랑, 저는 밤낮으로 우리가 워반지아에서 다시 만나는 걸 꿈꾸고, 또 내후년에 당신이 파리에 오는 것도 자주 꿈꾸고 있어요. 오! 당신이 이곳에서 멋진 생활을 하도록 해 주겠어요! 제가 시카고에서 행복했던 것처럼 당신을 행복하게 해 줄 것이고, 제가 좋아하는 모든 걸 당신께 보여 줄 것이고, 당신은 모든 것을 좋아할 거예요. 네, 1949년 봄, 그리 머지않은 때에 그렇게 될 거예요. 우리를 위해 일하도록 해요. 훌륭한 일에 대한 사랑과 제가 당신을 자랑스러워하는 자부심을 위해 일하도록 해요. 그리고 우리가 태양이 가득한 뉴올리언스에서 유쾌하고 평온한 휴가를 즐길 수 있도록 일해 줘요. 지금 당신의 생활이 조금 침울하다 할지라도 번민하지 말아요. 제가 당신의 생활을 아주 충분히 휘저어 놓고, 당신을 피곤하게 만들 테니까요. 당신의 고요하고 일시적인 고독을 잘 활용하도록 해요, 그게 오래가지 않을 테니까요.

자, 사랑 말고는 아주 텅 빈 멍청한 편지군요. 미안해요, 내 사랑. 저는 당신을 그야말로 시커먼 혐오감으로 증오할 수 없고, 변화를 위한 무관심조차 불가능하답니다. 그렇게 해 보려고 세상에서 가장 강한 의지로 노력하지만, 제 안에서는 사랑만을 찾아낼 수 있을 뿐이에요. 저의 사랑을 가지도록 해요, 내 사랑 잘 자요. 잠자리가 무척 춥고 쓸쓸해 보이는군요.

당신의 시몬

1947년 11월 21일 금요일

내 사랑. 춥고 비 오는 한 주를 보낸 뒤에 맞이한 오늘은 푸르고 온화한 황금빛을 띤 아주 상쾌한 하루였어요. 어제는 파리를 떠나기 전에 마감하고 싶었던 부분을 끝마쳤고, 오늘은 사업가이자 완벽한 주부로서 해야 하지만 끊임없이 미뤘던 자질구레한 일들을 해결했어요. 그동안 집필해 온 『미국 여행기』와 『현대』에 게재한 제 마지막 평론들을 모은 소책자*를 출판사와 적잖은 돈을 받고 계약했어요. 재정을 총명하게 관리한 게 무척 자랑스럽답니다. 그런 다음에 드라이클리닝 맡기기, 빨래, 하찮은 필수품들 구입, 방 정돈, 밀린 원고들 읽기, 부탁을 거절하는 (공손한) 편지들 보내기, 그리고 미국인들에게 늦은 답장들 보내기, 오! 참으로 부지런한 하루였어요! 임무를 모조리 완수했는데, 그같이 효과적으로 일을 마친 뒤에 우울한 기분이 드는 건 당연해요. 미국으로 떠나기 전까지 다시는 그런 일을 시작하지 않을 거예요. 효과적이고 모범적인 주부 노릇은 1년에 두 번이면 분명 충분하고, 어쩜 지나칠지도 몰라요. 완벽했지만 왠지 우울한 이 하루를 약간의 유쾌함으로 활기를 주기 위해 몇 권의 좋은 책을 발견해 내려는 희망을 품고 대형 미국 서점에 들어갔지만, 허사였어요. 이미 읽었거나 읽고 싶지 않은 것들밖에 없었거든요. 저는 단지 몇 권의 추리소설, 오 헨리의 중편소설들 그리고 영화가 좋았던 『옥스보의 작은 사건 L'Incident d'Oxbow』**을 집었을 뿐이에요.

여행에는 당신이 보낸 책과 프랑스어 책들을 가져갈 거예요. 워반지아를 생각하는 것과 마찬가지로 평화롭게 독서에 탐닉할

---

* 『실존주의와 국민들의 지혜 L'Existentialisme et la Sagesse des nations』

** W. 반 틸버그 클라크(Walter Van Tilburg Clark)의 작품

생각을 하니 워반지아를 생각하는 것만큼이나 기뻐 죽겠어요. 또 어제는 능률적이고 모범적인 날이었는데, 그런 날은 저주받아 마땅해요! 오후 내내 네 개의 방송을 녹음해야 하는 방송국에서 시간을 낭비해 버렸어요. 루세는 독일에 대해 매우 잘 이야기했어요. 라마디에가 최근 정부를 떠났고 몇 달 안에 드골을 다시 불러들일 가능성이 점점 더 높아지고 있기 때문에, 우리는 아무 즐거움 없이 몇 개의 해설을 곁들인 성명서를 소개했어요.

러시아계 여자 친구는 『신은 화난 사람이다God's Angry Man』*를 무척 좋아해서 『현대』에 번역해 싣고 싶다고 하는데, 힘든 작업이에요 — 사실 특정 작가와 그의 문체에 진정으로 충실하려면, 모든 게 번역하기 어렵지요. 사르트르의 『집행유예』의 번역 문장들을 자세히 읽어 보았는데, 경악할 만했어요. 번역자가 원작의 대담성을 살리기는커녕 밋밋하게 만들어 버렸지요. 문체는 죽고 작품은 김빠지고 평이하며 상투적인 것이 되어 형편없었지요. 사실을 말하자면 오직 직업이 작가인 사람만이 제대로 번역할 수 있어요. 게으른 당신, 당신은 거만하고 국수주의적인 훌륭한 미국인으로서 당신의 모국어만을 알기 때문에 이해할 수 없어요. 네, 네, 당신은 두 언어, 달러의 언어와 원자폭탄의 언어로 말을 해요. 그러나 프랑스어는 다르지요. 좋은 언어예요. 당신은 그것을 배우려고 노력할 수 있을 텐데, 그조차 하지 않을 만큼 우리를 무시하나요? 그런데 애처로운 말라케에게 새로운 일이 있나요? 번역 작품을 출판하도록 하는 건 점점 더 어려워지고 있어요. 출판계는 다른 분야와 마찬가지로 매우 어렵답니다. 프랑은 가치가 아주 낮고, 책을 사려는 사람은 거의 없어요. 재미있는 일이 하나 있어

---

* 레오나르 에를리히(Léonard Ehrlich)의 「분노의 예언자Le Prophète de la colère」, 『현대』 1948년 5·6월호

요. 우리가 드골에 반대하는 방송을 한 뒤에 서점 중 70퍼센트가 사르트르의 마지막 소설을 반납했어요. 훌륭한 드골주의자들로서 이런 물건을 판매하지 않겠다면서 말이지요.

내일 하루도 매우 효과적이고 모범적으로 보내야 한답니다. 미국 여자들에 관한 글 하나를 싣기로 스웨덴 잡지에 약속했어요—다섯 쪽짜리예요. 그런데 미국 여자는 8천만 명이나 되고, 모두 다르죠. 그리고 저는 어느 한 사람에 대해서도 아는 바가 없으니 다섯 쪽에다 무얼 쓸 수 있겠어요? 그러나 이미 돈을 받아 파란 벨벳의 멋진 바지와 빨간 구두를 스톡홀름에서 사 신고 뽐내며 걸어 다녔어요. 그러니 내일 아침에 미국 여자들에 관해 쓰는 일 외에 다른 무엇을 할 수 있겠어요? 가능한 한 늦게 일어나겠어요……. 시카고는 저녁 일곱 시일 것 같아요. 어쩌면 당신은 부엌에서 토마토수프를 들고 있을지 모르겠군요. 열심히 일하도록 해요, 내 사랑. 그리고 당신의 고요한 생활을 즐기도록 해요. 그러나 그 생활이 영원히 지속되지는 않을 거예요. 우리는 함께 일하고 함께 사는 걸 배워야만 해요. 넬슨, 우리가 덧없이 며칠간 불안한 열정 속에서 사랑하지 않고, 일상적인 일과 때로는 좋고 때로는 나쁜 기분으로 매일 밤 서로의 품에서 잠들며 몇 주 몇 달을 계속 사랑하는 건 정말 멋진 일일 거예요. 저는 이러한 기다림 속에서 제게 속한 제 남편인 당신을 기다리며 살고 있답니다.

일요일

여전히 효율성 그리고 침울함.* 어제는 라이트와 다른 작가들의 문학 에이전트인 한 미국 여자와 약속이 있었어요. 그녀는 많

* 보부아르는 글쓰기 말고는 모두 무가치하다고 생각한 때문에 그 외의 것에 시간을 쓴다는 것이 그녀를 침울하게 만든 것이다.

은 성과를 거둘 만한 원고를 주문받아 소개해 줌으로써 우리의 미
시시피강 여행을 재정적으로 뒷받침해 줄 거예요. 그녀가 저를
도와줄 거랍니다. 저는 당신 작품들을 프랑스어로 번역하는 문제
를 제의했고, 그녀가 그 일을 맡을 거예요. 『초대받은 여자』에 이
어 『타인의 피』가 크노프 출판사에서 출판될 거예요, 잘된 일이에
요. 첫 번째 책이 당신의 흥미를 끌 거예요. 그녀가 제 사진 한 장
을 요구해 당신이 좋아하지 않는 사진 — 미국 여자 지식인같이
찍힌 얼굴 — 을 줬어요. 『신은 화난 사람이다』에 대해 러시아계
여자 친구와 오랫동안 싸웠는데, 현재는 이것이 우리의 괴팍한 취
미가 됐어요. 그녀의 남편과 사르트르도 그 일에 열광해 우리는
적확한 동의어를 찾아내려고 몇 시간 동안이나 씨름하지요. 작업
은 저자의 성서 같은 놀라운 문체 때문에 매우 어렵지만, 그 속에
몰두될 때면 어리석고 풀리지 않는 놀이가 그럴 수 있는 것처럼
대단히 매혹적이에요. 제목 자체가 문제를 제기하는데, 아직 해
결되지 않았어요.

　우리는 사회주의자들과 함께 라디오 방송국에 다시 돌아와 되
돌려놓았는데, 저는 모든 사람에게 작별 인사를 할 수 있어 무척
안심됩니다. 당신의 글에 대단히 흥미를 보이는 한 젊은이에게 번
역을 맡겼는데, 그 글에다 제가 몇 줄 써야 한답니다. 제안할 게 있
나요? 『현대』의 프랑스 독자들이 당신에 대해 정확히 무엇을 알
았으면 싶나요? (그들에게 당신이 상냥한 악어고, 짓궂은 토박이 젊은이며, 저
의 감미로운 남편이라는 사실을 알릴 필요는 없어요. 아니오, 피상적인 문학 소
개가 필요해요.) 그리고 또 다른 「시카고의 편지」를 보내 주길 부탁
해요.

　상황은 악화되고 있어요. 추하고 어리석은 파업, 어찌할 바를
모르는 공산주의자들은 드골의 권력 복귀를 앞당기려고 온갖 짓
을 다하고, 슈만은 오래가지 못할 것이고, 블룸이 실패한 이후 전

망이 어두워 보였어요. 저는 꽤 의기소침해 있답니다. 저도 때때로 '신경증'이 있다는 걸 알아 두시고, 만일 우리가 함께 지내는 동안에 나타나더라도 겁먹지 말아요. 발병은 본질적으로 육체적 원인에 달려 있으니까요. 더욱이 저는 나흘 전부터 녹초가 되어 열이 나고 균형을 잃어 불안정해하고 있어요. 어제는 잠에서 깨어났을 때 새로운 하루를 직면하는 게 힘에 부치는 것 같았고, 악몽을 꾸었답니다. 요컨대 모든 사람과 마찬가지로 저도 저만의 문제들을 가지고 있어요. 첫째로, 대다수 사람이 돈이 없는데 반해 저는 돈이 있다는 사실을 증오해요. 오! 그렇다고 부자는 아니랍니다. 어쨌든 3년 전부터 적지 않은 돈을 벌었고, 그중 많은 부분을 저의 어머니와 친구들 등에게 주고 그 나머지로도 편안하게 살고 있어요. 그래요, 저는 형편없는 방에서 살고 있어요. 그러나 옷을 잘 입고 잘 먹으며 아무것도 부족한 게 없어요. 때때로 이 문제에 관해 무시무시한 죄의식을 느끼는데, 그 이유가 없지는 않아요. 대부분의 경우에는 겉으로 괜찮은 듯하나, '신경증의 발작'이 일어날 때는 용인할 수 없는 것처럼 보이지요. 게다가 유년 시절부터 글 쓰는 일이 본질적 근심거리였으며, 그것에 제 인생을 바쳤어요. 그러나 우리가 하는 일의 가치를 어떻게 평가할 수 있을까요? 게다가 사르트르와 저는 이런 행동이 인간적으로 하나의 의미가 있다는 희망으로 프랑스 지성계에 영향을 미치려 노력해요. 그런데 더 이상은 희망을 품지 않아요. 분명, 희망 없이 행동할 수도 있지만, 마음이 약해졌을 때는 그러기가 힘들지요. 요컨대 제가 사랑하는 남자, 그가 주는 행복으로부터 제가 멀리 떨어져 있는 거예요. 만약 그 거리를 정당화하는 이유에 대한 제 믿음이 사라진다면, 모든 게 부조리에 빠져 버려요. 제가 잘 지낼 때는 이런 문제들을 참을 수 있어요. 그러나 어제저녁에는 죽음과 같은 캄캄한 우물의 깊은 나락에 떨어져 두 시간 내내 열병과 공포 그리고 일종의 절망 속에서 발버둥질했어요. 저는 다시 수면 위로 떠올랐고 잠이 들었으나, 눈이 많이 상해 검은 안경을 써야만 했어요. 이번 발작은 분명히 이로웠어요. 기분이 다시 좋아졌거든요. 확실히 술에 취한 상태지만, 충격요법처럼 도움을 줘요. 제가 냉정하게 고려하는 사실들이 이 캄캄한 암흑의 한복판에서는 얼마나 끔찍하고 고통스럽게 보이는지를 기억하고는 깜짝 놀라지 않을 수 없었답니다. 그러한 사실들은 몹시 슬퍼할 만하지만, 비탄 자체는 무익한 것이지요. 우리가 살기로 선택했을 때는 헛되이 슬픈 생각에 잠겨서는 안 되고, 한탄해서도 안 돼요.

나의 사랑하는 임, 내 마음의 평화이자 욕망, 넬슨, 제가 완전히 일치한다고 느끼는 사람들에게만 그러듯이, 당신에게 확신을 갖고 고요하게 말하는 건 감미로워요. 좋은 것이든 나쁜 것이든 당신에게 모든 것을 말하는 게 좋고, 당신이 이해심 있고 상냥한 눈으로 저를 바라보면서 제 머리와 어깨를 쓰다듬어 주는 걸 좋아해요. 당신의 사랑이 매우 소중하다고 느껴요. 감미롭고 부드러운 당신의 입술에 키스합니다.

당신에게 속해 있는 당신의 시몬

1947년 11월 25일 화요일

나의 넬슨, 마침내 노동과 고통에 대한 보상을 받고 있어요. 시골의 외딴집, 책상 위에 놓인 흰 장미들, 제 주위에 있는 수많은 양서, 한 달 내내 쓰고 읽는 일 외에는 할 일이 아무것도 없는 일정 — 얼마나 기분 좋은지 모르겠어요! 더 이상 러시아계 여자 친구도, 유대계 여자 친구도, 못생긴 여자, 어머니, 여동생, 제부, 형편없는 원고의 저자들, 만나야 할 사람이 아무도 없어요. 신나는 일이에요! 따뜻한 물로 목욕한 뒤에 독한 사과주를 작은 잔으로 몇 잔 맛보았어요. 정말 여왕 같답니다.

반은 푸르고 반은 비가 오며, 반은 춥고 반은 온화한 파리에서의 마지막 하루는 출발 준비로 활기가 넘쳐 불쾌하지 않았어요. 택시 한 대가 통신사까지 멋있게 데려다주고, (20~30장의 사진으로 설명하고 싶은 미국에 관한 저의 책을 위해) 몇 곳의 잡지사와 일간 신문사들이 자리하는 커다란 건물 앞에도 내려 주었는데, 이 건물이 저를 감동시켰어요. 독일군이 패주하기 하루 전날, 최초의 몇몇 자유 신문이 비밀리에 인쇄된 곳이기 때문이지요. 기억나는군요. 카뮈와 그의 젊은 친구들은 손이 닿는 곳에 총을 두고 철문들을 잠근 채 긴장을 놓지 않고 일했어요. 독일군이 언제라도 난입할 수 있었기 때문이었지요. 그러면 일이 정말 고약하게 흘러갔을 거예요. 거리 곳곳에서 총을 쏘고 있었기 때문에 사르트르와 저는 심장에 가볍게 짜릿한 위험을 느끼며 사건 추이를 관찰하고 그에 대한 르포르타주를 확보하기 위해 파리를 관통했죠. 미국인들이 파리에 진입했을 때 여러 사무실에서 벌어진 축제는 굉장했어요! 대낮에 신문들이 나오고, 모든 사람이 기쁨에 겨워 술에 취했었지요. 어떤 의미에서는 제 인생에서 최상의 순간이었어요. 프랑스의 내부 상황을 고려한다면 확실히 그랬지요. 우리는 장래에 대해 조금도 걱정하지 않았어요. 당장 과거로부터 해방된다는 것이 더할 나위 없이 훌륭했어요! 점령기의 마지막 순간들, 해방 초기의 도취는 우리 모두를 향수에 젖게 할 것임을 알았어요. 어제는 푸른 아침 속에서 이 장소를 다시 찾아 추억했지요. 사진을 고르기 위해 기분 좋은 두 시간을 보낸 후에 개구리 같은 얼굴을 한 키 작은 출판업자(런던까지 우리를 동반한)를 찾아갔지요. 그가 오래전에 쓴 저의 글 모음집을 적당한 값에 산 까닭에 자축했어요. 우리는 미소를 지으며 계약서에 서명했어요. 그러고는 곧

바로 라디오 방송국으로 뛰어갔어요. 우리는 CGT 내의 소수파 출신인 중요한 활동가 한 명을 초대했답니다. 마이크 앞에서 무척 긴장한 그는 간신히 할 말을 찾았고, 우리가 최선을 다해 도와도 몇 번이나 다시 시작해야 했어요. 그는 뜨거운 물에 익힌 가재만큼 얼굴이 빨개졌고, 마이크 앞에 앉자 평소답지 않게 신경질적으로 안절부절못하고 발길질하고 기침하며 소란스럽게 욕지거리까지 했으며…… 그러다가 다시 시작해야 했어요. 고된 일이었지요! 우리는 모두 얼굴이 시뻘게져서 나왔어요. 오후 여섯 시에 사르트르와 저 그리고 이런저런 우아한 사람들이 리츠 호텔에 있는 우아한 바에서 마티니를 마시고 있었어요! 네, 그래요, 우리는 거기서 부에노스아이레스의 작가이자 시인이고 아르헨티나의 큰 잡지사 『수르Sur』의 사장인 빅토리아 오캄포와 약속이 있었어요. 쉰 살의 그녀는 예전에 무척 아름다웠을 것임이 틀림없고, 지나치게 많은 진주와 다이아몬드로 치장하긴 했어도 지극히 우아하고 예전에 무척 아름다웠을 미모가 남아 있었어요. 그녀는 자기 나라에서 대단한 부를 가진 중요한 인물이기 때문에, 돈이 많이 들어가는 강연에 우리를 초대할 수 있을 거예요. 우리는 이 목표에 관해 그녀와 뜻이 맞도록 노력하고 있으며, 일은 잘되어 가는 것 같아요. 제가 미국을 떠날 때(당신 곁을 떠나 당신이 프랑스에 오기를 기다리기 시작할 때) 여름(거기는 온화한 겨울)을 남미에서 보내고 싶어요 — 아직은 단순한 꿈에 불과하지만 어쩌면 실현될는지도 모를 꿈이고, 그러한 희망, 그 하나만으로도 '리츠' 호텔 바에서 마티니를 마시는 건 가치 있었지요. 떠날 준비를 하느라 잠을 몇 시간밖에 못 잤어요. 이것이 아주 유용하게 보낸 하루라 부르는 것이죠, 그렇지 않은가요? 저는 보상받을 만해요. 그리고 여기에는 제가 바라는 보상을 해 줄 당신이 없기 때문에, 이 평화로운 항구에 머무는 것보다 더 훌륭한 보상을 받을 수 없었지요.

그러므로 저는 모든 의무를 톡톡히 완수하고 나서 파리를 떠났어요. 파업 때문에 기차가 하나도 없을까 불안했지만, 한 대가 있었답니다.

수요일

지금 제 행복에 단 한 점의 불행은 우체부들의 파업으로 이틀 전부터 더 이상 우편물이 없다는 거예요. 오래 지속되지는 않겠지만 심한 연착 현상을 빚을 것이고, 저는 오랫동안 월요일의 편지를 받지 못할 거예요. 그것은 당신에게도 마찬가지가 아닐까 싶어 염려되는군요. 더 이상 끝맺지 않고 제 마음의 기분, 추억, 희망, 제가 아는 모든 잔잔하고 따뜻한 것을 즐길 수 있다는 것이 얼마나 달콤한지 모르겠어요. 사랑해요.

제가 있는 마을은 아름답진 않으나 매우 프랑스적이에요. 프랑스 마을 중에서 가장 보기 싫은 마을도 당신 나라의 마을들과 비교하면 아름답답니다. 저는 미국의 대도시들을 좋아하지만, 마을들은 좋아하지 않아요! 이 마을은 아름다운 구석이라곤 거의 없지만, 쾌적한 회색 기와지붕들, 오래된 작은 집들, 푸르름, 신기한 것들을 많이 가지고 있는 작은 상점들과 함께 마음에 든답니다. 도착한 이래로 밖에 발을 내밀 수 없을 정도로 비가 내려요. 저는 낡은 가운을 입고 슬리퍼를 신은 채 생활하고 있어요. 저의 작은 방은 2층에 있고 사르트르는 큰 방을 쓰는데, 저도 그 방에서 함께 작업해요. 노부인은 우리가 식사하고 차를 들기 위해 모이는 매우 커다란 방을 쓰고 있어요. 우리는 1층에는 내려가지도 않는답니다! 기다란 입구의 한쪽 끝에는 편찮은 노부인의 남편이 모습을 드러내지 않은 채 살고 있다고 당신에게 말했지요. 그는 20년 전부터 신경증을 앓고 있고, 7년 전부터 창의 덧문과 커튼을 내리고 어둠 속에 갇혀 오직 작은 스탠드 불빛만을 켜 놓은 채 침대를 떠나지 않고 있어요. 그를 본 적이 한 번도 없고, 사르트르도 15년 전부터 보지 못했대요. 이따금 희미한 종소리를 듣는데, 그가 자기 부인을 부르는 소리예요. 음식을 만드는 늙은 여자와 중년의 하녀가 저택의 깊숙한 곳에 있으며, 우리에게 차를 대접하지요.

우리 세 사람은 무인도에서와 같은 생활을 만들었어요. 좋은 점은 정확히 모두가 자기 마음에 드는 일을 하고, 원하지 않으면 다른 사람에게 말할 필요가 없다는 거예요. 노부인은 정말 보배랍니다. 종일 책을 읽거나 라디오를 들으며 침대에 누워 있어요. 두통이 심하다는 데도 전혀 불평하지 않아요. 그녀는 수백 마리의 소가 목에 종을 달고 물을 마시러 오는 커다란 폭포에서 물이 떨어지는 소리가 머릿속에서 울리는데, 매우 시적이어서 만족한다고 말하지요. 저는 아홉 시간을 잤고 한낮에 두 시간을 더 잤어요. 그리고 제 글 모음집의 서문을 집필했으며, 미국에 관해 쓴 원고를 모두 다시 읽었고 마지막 장을 시작했지요. 그래서 오늘 대략 일곱 시간을 작업했는데 괜찮은 편이에요. 조금 기진맥진해져서 가서 누워야겠어요.

잘 자요, 내 사랑. 그리고 저를 기다려 줘요. 사랑해요.

당신의 시몬

1947년 11월 27일 목요일

넬슨, 나의 남편. 편지가 없으나 걱정하지 않아요. 안락한 생활이 계속되고 있어요. 정말이지 한 번도 내 집을 가져 본 적이 없지만, 앞으로도 내 집이란 걸 갖지 않기로 했어요. 자기 집을 갖는다는 건 너무 많은 걱정거리를 만들어요. 어릴 적에 부모님이 가난하셨고 추하고 보잘것없는 소부르주아로 격하됐기 때문에, 저는 거의 더럽기까지 한 서글픈 우리 아파트*를 증오했어요. 여동생과 저는 침대 두 개가 겨우 들어갈 만한 아주 조그맣고 형편없이 남루한 방을 함께 썼지요. 아침에 일어나면 겨울에 유일하게 난방이 되는 아버지의 서재에 모두 모여 종일을 보내야 했어요. 저는 그 음산한 방에서 책을 읽거나 공부하는 걸 몹시 싫어했어요. 집이 비어 있는 오후에만 그곳을 좋아했어요. 그때 금서를 탐독하기 위해 가죽으로 된 깊숙한 안락의자에 앉아 있었지요. 뮈세, 빅토르 위고의 작품을 읽을 때면 여왕처럼 느껴졌었어요. 하지만 저녁에 이 집에 돌아오는 것, 그곳의 더러운 계단을 오르는 것, 그리고 혼자 쓸 수 있는 공간 하나 없이, 어떤 평화도 갖지 못한 채 춥고 황량한 이 집에서 말다툼하는 부모님과 함께 잠드는 것을 무척 싫어했어요. 어쩌면 이런 이유에서 내 집을 소유하는 것에 그토록 관심이 없는 건지도 모르겠군요. 집과 제 어머니 같은 좋은 아내의 생활양식과 관련된 모든 것이 제 안에서 죽음과 같은 공포를 불러일으킨답니다. 그 후에 일단 학업을 마치고 교사가 된 저는 호텔에서 살기로 작정하고 이런 생활양식을 지켰어요. 지금은 형편없는 호텔들에 지쳤으나 그런 생활에서 벗어나려고 애쓰지 않을 거예요, 그건 너무 많은 문제를 일으키지요. 그러므로 저는 내 집이란 걸 도무지 가져 본 적이 없기 때문에 때로 다른 사람들의 집에 대해 강한 취향을 가지고 있어요. 당신을 사랑하기 전에 당신의 집을 좋아했다는 것을 알아 두세요. 그러나 지금은 워반지아를 떠올리지 않겠어요. 그곳엔 장식이 지나치게 많아요. 저는 실내 가운을 입고 슬리퍼를 신은 채 왜 여기 있는 게 기쁜지 당신에게 설명하고 싶었어요. 나무 타는 냄새와 옛 시절을 좋아하고, 지

---

* 파리 6번가 71번지 렌 거리

방의 전통 있고 훌륭한 음식을 좋아하지요. 매일 저녁에는 여러 가지 수프와 구운 사과가 잔뜩 들어 맛이 기막히게 좋고 전혀 질리지 않는 감미로운 음식인 크레이프를 즐겁게 먹어요. 글 쓰고 책을 읽고 수다 떨고 라디오를 조금 듣고 독한 사과주를 마시며 르와르*처럼 깊이 잠자다 보니 하루하루가 빠르게 지나간답니다.

『이선 프롬』을 읽었는데, 서문은 동감하지만 대단원은 그렇게 생각되지 않아요. 본질적인 중심 부분에 대한 것도 동의하지 않고요. 이선과 마저리 사이의 사랑이 강렬하게 표현됐으며, 특히 아내가 부재중인 평화로운 집안에서의 저녁 식사는 매우 감동적이에요. 이디스 워튼은 유일하게 자유로운 이 저녁나절에 풍부하고 시적인 의미를 불어넣는 데 성공했어요. 그것은 일상적이고 단순하며 진짜 같은 인상을 주지요. 그리고 말해지지 않은 차분하고 강인한 그들의 사랑도 진짜 같답니다. 삶과 죽음을 넘나드는 사랑, 그처럼 심오하고 그처럼 본질적인 사랑이 의식意識 속에서, 일상 속에서 세부적인 것들을 통해 체험된다는 생각이 저를 매혹했어요. 또 그들의 이별이 줄 끔찍스러운 격렬한 아픔, 그로 인한 이별의 불가능성과 각자 상대의 현존에서 발견해 낸 평범하고 감미로운 위안 사이의 대비도 훌륭해 보였어요. 그 때문에 저는 작가가 그려 놓은 꽤 인습적이고 별 설득력 없는 결말과 깊이 부족 그리고 통찰력의 결핍을 용서하겠어요. 때때로 작가는 토머스 하디를 생각나게 하지만, 인간에 대해 뛰어난 연민을 느끼게 하는 재능을 소유하고 있어요.

금요일 저녁

편지가 없군요. 당신이 오랫동안 편지받지 못할 거라는 생각에

---

* Loir. 다람쥐와 쥐의 중간으로, 동면하는 설치류의 일종

특히 가슴이 아파요. 당신은 어떻게 생각할까요? 당신도 저와 마찬가지로 낙관적이고 마음이 넉넉하기를 그리고 만약 당신이 아무것도 받지 못한다 해도 저는 죄가 없다는 것을 알기를, 제가 당신을 단 하루도 덜 사랑하고 있음을 의미하지 않는다는 걸 알기를 바라요. 하지만 당신이 때로 느닷없이 초조해할 수 있기 때문에 마음이 편치 않네요.

주목할 만한 일은 아무것도 없어요. 카슨 매컬러스의 작은 소설들이 지나치게 '여성적'이고 시적이며 예민하고 비밀스러운 의미로 가득 차 있긴 하지만, 맘에 들었어요. 그녀는 지금 술을 너무 마셔서 반신불수 상태로 파리의 미국 병원에 있다고 제가 말했지요? 떠나기 바로 전에 그걸 알고서 마음이 아팠어요. 왜냐하면 그녀를 만났을 때, 그녀의 못생기고 민감하며 이상한 얼굴, 회색 플란넬 바지를 입은 마르고 우아한 몸매, 남부연합파* 같은 쉰 목소리를 좋아했기 때문이지요. 분명 그녀는 훌륭한 책들을 썼을 것이지만 그녀의 상태는 거의 희망이 없는가 봐요. 그녀의 남편 역시 점잖고 조용한 모습이었지만 거의 그녀만큼 술을 마시지요. 슬픈 일이에요.

사과 크레이프로 저녁 식사를 한 뒤에는 워반지아에서처럼 책 읽기에 가장 좋은 자세로 침대 위에 길게 드러누워 사과주 맛을 보고 있어요. 파리에서는 책 읽을 시간이 없고 항상 눈코 뜰 새 없이 바빴답니다. 그건 견딜 수 없는 일이에요. 하지만 이처럼 잠들기 전에 여가로 두 시간 동안 누워 있는 건 달콤해요. 안녕, 내 사랑, 무척 사랑받는 당신의 편지와 당신을 끊임없이 기다리고 있어요.

당신의 시몬

---

* 미국 남북전쟁 당시의

1947년 12월 1일 월요일

　나의 남편, 당신의 편지를 받지 못한 지가 까마득한 옛날이에
요. 2주가 마치 한 세기처럼 느껴지는군요. 모두가 아무것도 받
지 못하고 있어요. 당신도 저로부터 아무것도 받지 못할 게 두려
워 당신이 좋아하지 않는다는 걸 알면서도 전보를 쳤어요. 당신
이 제 침묵의 이유도 모른 채 초조해하고 걱정할 수 있다는 생각
이 싫답니다. 어떤 일이든 저 때문에 당신에게 불쾌한 일이 생긴
다는 생각이 싫어요. 당신에게 사랑만큼 많은 행복을 주고 싶은
저인데 말이에요. 만일 제가 당신을 위해 저의 사랑을 행복으로
바꿀 수 있다면, 분명 당신은 엄청 행복할 거예요.

　당신은 우리의 생활양식에 대해 웃음 지을 게 분명해요. 모두
가 1층까지 내려가는 모험은 절대 감행하지 않으면서 실내 가
운을 입고 슬리퍼를 신은 채 하루의 대부분을 침대 위에서 보내
는 진짜 환자들이에요! 일주일 내내 칩거하다가 머리가 아파서
30분 정도 같이 산책 좀 하자고 했더니 노부인은 저를 미친 사람
취급하더군요. 제게 약을 먹이려 했지요. 사르트르도 머리가 아
팠기 때문에 그를 설득하는 데 성공했고, 우리는 작은 길을 잠시
걸었어요. 넬슨, 이 산책은 멀리 떠나는 여행처럼 아름다웠답니
다! 솜뭉치처럼 두꺼운 구름 낀 하얀 하늘, 서리로 뒤덮인 나무와
풀잎, 이런 풍경은 나무의 잔가지에 지나치게 많이 쌓여 있는 무
거운 눈보다 훨씬 더 아름다워요. 서리는 나무와 풀잎을 돌과 얼
음으로 고체화하면서 인간성이 아직 고동치는 몽상적인 경치를
만들어 내지요. 쓸쓸한 하얀 들판에는 두 명의 농부가 예스러운
몸짓으로 알지 못할 무엇을 뒤적거리고 있었고, 비극적인 커다
란 검은 날개를 단 풍차 하나가 있었어요. 까마귀 한 마리가 이따
금 하얀 나무 위로 날아오르고 있었고요. 여기저기에 무척 미묘

한 색깔의 얼룩이 있었는데, 붉은색의 작은 장과漿果,* 황금빛 나뭇잎, 불타 버린 땅 위에 얼어붙은 흰색으로 가려진 초록 풀들이었어요. 이 전원은 아름답지 않으나 뺨과 폐에 담배 연기 대신 차가운 공기를 얼마나 기분 좋게 느끼게 하는지 원기를 완전히 회복하도록 했어요.

파리에서 가져온 미국 책과 프랑스 책들을 벽난로 위에 가지런히 놓아두고 바라보는 일은 저를 즐겁게 해요. 더욱이 다락방부터 지하실까지 이 집은 온갖 종류의 책들, 특히 오래된 책들로 넘쳐흘러서 마치 버섯을 따려고 바구니를 들 듯이 책을 담기 위해 바구니를 드는 일이 기뻤어요. 저는 몇 권의 지루하고 형편없는 소설들 — 헨리 제임스의『메이지가 알았던 것』, 포드 매독스 포드의『훌륭한 군인』등을 발견했는데, 이 책들은 전혀 읽을 가치가 없었어요. 반면 흑인에 관한 두꺼운 책『미국의 딜레마An American Dilemma』*에 빠져 이를 열광적으로 읽었어요. 저자는 영리하며 아주 많은 걸 알고 이해하고 있었어요. 흑인 문제만이 아니라 미국의 다른 많은 문제를 다루고 있기 때문에 이 책을 정열적으로 탐독하고 있어요. 만일 당신에게 여유가 있다면, 봄에 가져다 드릴까요? 당신도 저만큼 이 책에 흥미를 가질 것이지만, 덩치가 꽤 크답니다. 이 두꺼운 괴물을 손으로 만져 보고 매일, 적어도 2주 동안 만날 거라고 생각하니 몹시 기뻐요. 오랫동안 책을 손에 들고 있으면 책과 친밀한 관계가 만들어지는데, 사람들은 이러한 관계를 아무하고나 맺으려 하지 않지요.

내 사랑, 우리에게 또 다른「시카고의 편지」를 보내 주지 않겠어요? 어떤 주제에 관해서든지 말예요. 그 젊은 번역가가 당신의

---

* 다육과(多肉果)의 하나. 과일 껍질이 특히 얇고 먹는 부분인 살은 물과 즙이 많고 그 속에 씨가 들어 있는 열매. 감·포도·무화과 따위가 여기에 속한다.

• 군나르 뮈르달(Gunnar Myrdal)의 작품

서명인 '악어'를 보곤 아주 많이 당황해했어요. 제가 옮겨 주어야만 했답니다. 우편물이 없어요. 우리는 정말 무인도에서, 아니 간간이 유일하게 새어 나오는 라디오 소리를 듣고 파리에 전화 몇 통만 걸면서 수용소에서 살고 있어요. 파업이 크게 실패했기 때문에 노동자들은 분노했지요. 그들이 진정한 노동자 정당 하나를 조직할 수 있다면 좋을 거예요. 사람들이 저항하고 있지만, 그건 분명 쉬운 일이 아니지요.

화요일

안녕, 달링. 저의 이 작은 방은 유년 시절에 조그만 책상 앞에 앉아 인형들에게 하는 이야기를 썼던 방과 마찬가지로 평화로워요. 우리가 여기에 있을 수 있는 건 행운이에요. 파리에서는 지하철이 안 다니고 전기가 드물게 들어오며 도시도 황량하다고 친구들이 전화하지요. 여기는 아침에 전기도 물도 없어요. 우리는 때때로 저녁때 전기가 들어오지 않아서 어둠 속에 있으나 전체적으로 마음이 무척 편안해요. 그렇지만 편지가 없어요, 사랑하는 넬슨의 편지가요. 두꺼운 『미국의 딜레마』를 읽으면서 저의 작은 '미국'이 마무리되고 있기 때문에, 여성의 조건에 대해 시작한 에세이를 다시 성찰하고 있어요. 저는 뮈르달의 책만큼 중요한 어떤 것을 완성하고 싶어요. 게다가 이 책은 제가 이미 꿰뚫은 흑인의 상황과 여자의 상황 사이에 수없이 많은 암시적 유사점을 강조하고 있어요. 수고스럽겠지만, 뮈르달의 다른 책 『국가와 가족 *État et Famille*』이 미국에 나왔는지 알려 줄 수 있나요? 스웨덴어로만 출판됐을까 두려워요. 당신에게 종종 잔심부름을 부탁하는데, 당신은 제게 부탁할 게 아무것도 없나요? 저는 초조하게 당신의 편지를 기다리고 있어요. 편지가 분실되지 않고 곧바로 도착하기만 하면 좋겠어요. 노란 종이, 타이핑된 단어들, 사랑하는 남편의 친필 사인이 필요해요. 당신이 허황된 꿈이 아니라는 걸 확인해야만 해요. 당신이 사라지는 건 아니지만, 때때로 당신이 피와 살의 현실을 가지고 있고 제가 잠들 때만 들려주는 이야기가 아니라는 사실을 어렵게 확신하지요. 멀리서 침묵하는 신기루 같은 남편, 어릴 적에 신을 믿은 것처럼 당신을 믿지 않으면 안 돼요. 이 둘의 차이점이라면 제가 실망하지 않으리라는 거고, 언젠가 당신은 제 몸을 두 팔로 감싸고 우리의 입술은 서로 만날 거라는 거지요.

우리 키스하도록 해요, 오랫동안.

당신의 시몬

1947년 12월 6일 토요일

내 사랑, 비둘기를 보내지 않다니 당신 아주 나빠요, 게으름뱅이 양반. 저는 월요일이 되기 전에는 아무것도 받지 못할 거고, 꼬박 3주 동안 소식 없이 지낼 거예요. 사랑, 저는 사랑이 죽지 않았다는 걸 추측할 수 있지만, 일기예보* 없이 어떻게 살 수 있을까요? 때때로 핸드백 안에서 오래된 편지들을 꺼내 읽어요. 그러나 모두 외어서 알고 있고, 당신이 어땠는지 알고 그리 계속되리라 짐작하는 것만으로는 충분치 않아요. 당신의 주변과 균형을 잃은 당신의 머릿속 그리고 선하고 따뜻한 당신의 가슴속에서 무슨 일이 일어나고 있나요? 다음 주에 아무것도 받지 못한다면 전보를 보낼 거예요. 당신 때문에 예민해지고 있어요. 제 생활에는 이렇다 할 사건이 거의 없고 몇 번의 정전 외에는 당신 생활보다 한층 더 고요하지요. 분명 촛불은 벽에다 예쁜 그림자를 만들어 주지만, 글

---

* 일기예보처럼 규칙적으로 받아 보는 소식이라는 의미

을 쓰기엔 불편해요. 노부인에게 『이선 프롬』을 건넸더니 대단히 즐거워하며 읽고 있어요. 저는 미국에 대한 교양을 계속 쌓아 가고 있어요. 제가 그곳의 토박이인 한 젊은이와 결혼했기에 그 나라의 문학을 아는 것은 저의 가장 엄격한 의무죠. 프랑스 개구리 한 마리와 결혼한 그는 프랑스에 대해선 거의 배울 생각을 하지 않아서, 저는 그를 비난하지요. 오 헨리의 몇몇 중편소설을 좋아해요. 그의 작품들은 때로 무겁고 주장하는 바가 강하지만, 유머를 갖추고 있어요. 그는 사람들과 길거리를 감지하는 아주 미국적인 사람 같아요. 소로의 『월든』도 읽었는데, 그는 시야가 좁고 에스프리가 편협해 별로 맘에 들지 않아요. 소위 채소만 먹고 여자들을 삼가야 한다는 그의 말은 헛소리일 뿐인데, 만일 당신이 그 말을 따른다면 참담할 거예요! 지루한 책이에요. 그러나 나무, 공원, 숲, 눈을 광적으로 좋아하므로 그 책을 읽는 데 기쁨을 느껴요.

부탁인데요, 『신은 화난 남자다』의 첫 장의 제목 「How are you on the goose?」가 의미하는 바를 말해 주겠어요? 제 질문에 미국인들은 'goose'란 제가 무척 먹기 좋아하는 기름기 많은 새나 춘화春畵를 지칭한다고 답했어요. 이 둘의 의미가 모두 적당치 않아서 러시아계 여자 친구와 저는 그에 대해 골머리를 앓고 있답니다. 『미국의 딜레마』를 반쯤 읽었는데, 여전히 흥미진진해요. 제 책도 큰 진전을 보이고 있어요. 내일은 시카고를 공격할 것이고 최선을 다할 거예요. 가운, 슬리퍼, 사과 크레이프, 사과주, 신문의 나쁜 소식들 외엔 아무것도 새로운 게 없군요. 정말이지, 당신이 자던 대부분의 시간 동안 워반지아의 침대에서 편안하게 누워 훑어본 신문들이 퍽 유용했답니다.

몇 통의 편지가 오래된 것과 최근의 것이 뒤섞여 도착한다는 것은 가장 불쾌해요. 동맹파업자들이 파리에서 우체통을 부수고 우편물을 도랑에 내던져 버렸어요. 당신 편지들이 분실되지 않기를 바라는데, 정말 그러면 화나 울어 버릴 거예요. 슈만의 새 정부가 우리를 라디오에서 쫓아냈어요. 늙은 욥이 말하듯이, 라마디에 신神이 우리에게 라디오를 주셨고, 슈만 신이 우리에게서 그것을 빼앗은 거예요. 이럴 수가! 흥미로웠지만 환희에 찬 건 아니고, 조용한 작은 방에서 저 자신을 위해 글 쓰는 걸 훨씬 더 선호한답니다.

화요일

내 사랑하는 임, 나의 넬슨. 오늘 아침의 행복. 마침내, 내 사랑, 마침내 늙은 하녀가 아침 식사와 함께 당신의 편지 한 통을 올려왔어요. 저는 침대에서 펄쩍 뛰어내려 창의 덧문을 연 다음에 노란 편지 쪽을 우선 빨리, 탐욕스럽게, 다음엔 천천히 애정을 기울여 읽으려고 침대로 돌아갔지요. 29일의 편지였는데, 한 통이 모자라요. 제 생각에는 파리에 있을 거고, 내일 노부인의 아들이 우편물을 가져올 거예요. 당신의 치아는 좋지 않지만, 당신의 가슴은 그렇지 않은 거군요. 한 시간 후에 저의 어머니가 전화하셨어요. 어머니는 그때 막 식량이 넘치는 당신 선물을 받으셨는데, 기뻐서 어쩔 줄 몰라 하시는 것 같고 진짜 어린애 같으셨어요. 고맙고 또 고마워요, 내 사랑. 당신이 각각의 물건을 정성스럽게 구입하고 포장해 우편으로 부치는 모습을 상상해요. 그것이 당신을 참으로 많이 번거롭게 했을 테지요. 결국 그 모든 게 사랑에 의한 것이로군요.

당신에게 할 말이 하도 많아서 어디서부터 시작해야 할지를 모르겠어요. 두서없이 머리에 떠오르는 대로 대답하겠어요. 예전에 한 아들이 전쟁터에 나갔고 그 어머니가 한탄한다는 내용의 꽤 진력나는 책을 읽은 적이 있기 때문에, 이디스 워튼에 대해 가벼운 선입견을 품고 있었던 건 사실이에요. 그러나 당신에게 말한 것처럼 『이선 프롬』은 대단히 높이 평가했어요. 제게 그 책을 보내다니 얼마나 친절한 배려인지 모르겠군요, 내 사랑. 뒷면에 예쁜 소나무 하나가 그려져 있어 크리스마스 선물이란 게 두드러지더군요. 무척 소중한 남편, 당신은 제 안에 두 여자가 공존한다는 말을 되풀이하고 싶어 하지만, 그건 틀린 말이에요. 당신을 제대로 사랑하기 위해서는 한 명으로 족해요. 사실 제 논설과 제 편지들을 구별하는 커다란 차이라면, 편지는 영어로 쓰고 논설은 프랑스어로 쓰는 데서 오지요. 만일 프랑스어가 영어만큼 약했다면 저는 보잘것없는 작가였을 테지요. 하지만 이 무의미한 차이가 당신을 기만해서는 안 돼요. 한 여자만이 존재해요, 오직 한 여자만이. 저는 소설과 에세이를 쓸 때 당신에게 사랑한다고 말할 때와 마찬가지로 진실하려 노력합니다. 당신에게 사랑한다고 말할 때는 긴 에세이를 쓸 때와 마찬가지로 마음 깊은 곳에서 이 사랑의 진실을 중대하게 생각하지요. 농담하는 게 아니고, 우리의 사랑, 당신이 제게 주는 매우 중요한 것 그리고 제가 당신에게 주지 않는 것에 대해 오랫동안 진지하게 성찰하고 있어요. 그럼에도 불구하고 달링, 만일 제가 이중의 존재라는 의견을 견지하겠다면, 두 여자가 모두 당신을 사랑하고 있다는 것과 어쩌면 가장 사랑스러운 여자가 가장 똑똑한 여자는 아니라는 걸 확신하도록 하세요.

넬슨, 나의 심장. 젊은 유대인 여자와 더 나이 든 여자에 대한 당신의 이야기는 저를 깊은 혼란에 빠뜨렸어요. 아침 내내 그에 대해 깊이 숙고했어요, 브라지야크*의 죽음에 대해 숙고할 수 있는 만큼 깊게요. 제게는 당신과 관련한 일은 아무리 미세한 것이어도 중요하니까요. 이런 일은 오직 당신이 단호한 의도로 우리

---

* Robert Brasillach. 프랑스 소설가. 제2차 세계 대전 중 독일에 협력했다는 이유로 종전 후에 처형됐다.

사랑을 배신하려는 유일한 경우에만 일어날 수 있을 텐데요, 당신이 우리 사랑을 배신하지 않는 한 대체로 '당신은 자유롭게 느껴야 한다'고 생각해요. 당신에게서 한순간의 쾌락을 빼앗는 건 불쾌한 회한을 불러일으키지요. 당신이 당신과 저 사이에 아무것도 망가뜨리지 않은 채 한 여자, 무척 예쁘기까지 한 여자와 워반지아의 보금자리에서조차 동침할 수 있다는 것을 잘 알아요. 만일 제가 편지에서 다른 것을 제안했다면, 저는 저 자신을 비난합니다. 제가 그렇게 멀리 떨어져 있는데, 당신은 당신이 원할 때 다른 여자들과 동침하지 못할 어떤 이유도 없어요. 당신의 사랑을 신뢰하고, 당신이 그렇게 한다 해도 당신에 대한 저의 사랑은 조금도 변하지 않을 거예요. 좋아요, 질투하지 않기에는 제가 당신을 육체적이고 관능적인 사랑으로 너무 사랑하고 있어요. 당신이 한 여자에게 키스하고 그녀와 자는 것을 심장에 고통스러운 통증을 느끼지 않고서 상상할 수 있으려면, 제게 물고기의 피가 필요할 거예요. 그러나 그것은 별로 중요하지 않은 동물적 본능 같은 것이지요. 당신의 편지를 읽으면서 이 여자와 함께 밤을 지냈다는 것을 알리려 한다고 즉시 생각했고, 저의 첫 반응은 당신의 솔직함, 당신의 진솔함에 대한 만족이었어요. 두 번째 반응은 심장에 느낄 충격을 기다리는 것이었으나 그 충격을 극복할 수 있다는 확신도 함께였지요. 자, 솔직히 말하자면, 당신이 우리의 사랑을 위해 이처럼 배려한다는 사실에 크게 안심이 되었고, 제 가슴은 감사의 마음으로 넘쳐흘렀어요. 그러나 그다음에는 회한을 느꼈답니다. 어쩜 제가 표현을 잘 못하는지도 모르겠어요. 기아로 죽어 가는 당신에게 누군가가 준 맛좋은 럼주 케이크를 당신이 먹지 않고 저에게 보낸다고 가정해 보지요. 자, 제가 어떻게 느끼는지 보도록 해요. 그건 당신이 제게 주지 않아도 되는 아름답고 관대하고 사랑스러운 사랑의 선물이에요. 왜냐하면 당신은 럼주 케이크를 먹을 권리가 있으니까요. 그리고 만약 당신이 매번 당신 몫의 케이크를 제게 준다면 저는 회한과 죄의식까지도 느낄 거예요. 사랑하는 이, 다음에 어떤 여자가 당신을 유혹하면 유혹에 넘어가고, 당신을 즐겁게 한다면 그녀를 워반지아에 데려오도록 하세요. 진지하게 말하는데, 저를 아프게 하리라 생각하면서 겁내지 말아요. 다만 제가 그곳에 갈 때는 그녀가 없기를, 그리고 당신의 가슴에 너무 깊이 들어가지 않기만을 바라요. 이 문제에서 명심할 점은 당신이 나중에 그 여자를 버린다면 그녀가 고통당하지 않도록 주의하는 거랍니다. 그것만 염려하도록 해요. 당신에게 말했듯이 우리의 사랑을 해치지 않는 한 모든 게 괜찮아요.

음! 거의 「눈에는 눈 œil pour œil」*만큼이나 긴 소논문이 됐군요. 요약하겠어요. 다음번에 만약 당신이 원한다면 여자와 동침하도록 하세요. 이번에 당신이 삼간 것은 애정 어린 사랑의 선물로 받아들이겠어요. 선물 더하기 별거 수당은 둘이 돼요, 그렇지 않아요? 누구도 별거 수당을 받는 걸 고마워하지 않아요. 당연히 받아야 하는 것이기 때문이죠. 당신은 제게 아무것도 빚지지 않았어요. 이게 바로 선물을 귀중하게 만드는 거지요. 특히 그것을 제도화시키지 맙시다. 거의 불필요하다는 건 알지만, 이 문제에 대해 한마디만 더 하죠. 제게 항상 진실을 말해 달라는 거예요. 마지막 한마디, 사랑해요.

『폴리틱스』가 당신의 흥미를 끌었다니 잘됐군요. 루세의 책 전체를 찾아보도록 하세요. 메를로퐁티의 논문을 읽어 보았나요? 오래된 친구예요, 저의 가장 오랜 친구지요. 그를 20년 전부터 알고 지냈으며, 그는 우리와 함께 『현대』와 라디오 그리고 곳곳에서 고되게 일하고 있어요. 누구 못지않게 그를 별로 좋아하지 않아

---

* 『실존주의와 국민들의 지혜』에 다시 실린 논설들 가운데 한 편

요.* 왜 그런지 그 이유는 봄에 설명하겠어요. 그러나 그가 쓴 논설은 좋답니다. 공산주의에 관한 우리의 입장을 정의하지요. 사르트르의 원고에 관해서는 실수를 하나 했더군요, 아니면 번역자의 실수거나요. 아니요, 그는 취하지 않았고 단지 사람들이 홀바흐*를 변증법적 유물론과 혼동하지 말아야 한다고 말했을 뿐이에요. 취했던 사람은 당신 아닌가요? 그런데 우리가 술병이 예뻐서 샀던 그 이상한 술은 어떻게 됐는지 말한 적이 없었지요? 누군가가 술병을 비워 버렸나요? 어쩌면 당신이?**

1947년 12월 11일 목요일

넬슨 내 사랑.

당신은 시카고에 살고 있다고 믿겠지만 천만에요, 이 집에 살고 있어요. 어제 '라푸에즈의 착한 비둘기'가 당신의 편지를 가져왔어요. 편지에서 연기 같은 게 나와서 커지고 또 커져 당신의 형상을 만들었죠. 저는 더 이상 당신을 놓치지 않았지요. 우리는 함께 경험한 모든 것을 재경험했어요. 작은 이탈리아에서 키안티를 마셨고, 주州 교도소를 방문했고, 마술사 앤도르를 경탄하면서 바라봤어요. 음반도 들었고 럼주 케이크도 먹었으며 위스키를 마셨고 잊힌 거리들도 배회했어요. 당신은 "당신을 만나지 않을 수 없었을 거요"라고 말했고, 또 "아무도 당신을 빼앗지 못할 거요", "당

---

* 무엇보다도 그녀는 친구 '자자'의 죽음에 대해 상당 부분을 그의 책임으로 돌리고 있기 때문이다. 시몬 드 보부아르의 『얌전한 처녀의 회상Mémoires d'une jeune fille rangée』에서 그는 '프라델'이라는 이름으로 등장한다. 『자자: 엘리자베트 라쿠앵의 서신과 수첩일지, 1914~1929Zaza; correspondance et carnets d'Élizabeth Lacoin, 1914~1929』(쇠이유 출판사) 참조

* Paul Henri Dietrich d'Holbach. 독일 태생의 프랑스 철학자. 계몽기의 대표적 유물론자

** 이 편지의 끝부분은 분실되어 찾지 못했다.

신은 나를 아주 행복하게 해 주었소"라고 말했지요. 만일 두 통의 편지가 당신을 실물로 소생시켜 실제로 만질 수 있었다면, 어땠을까요? 그 편지들이 상할까 두려워서 가슴을 두드린 말, 시선, 미소, 키스를 간직하는, 고도의 안전장치가 설치된 상자를 자주 열지 않겠지요. 하지만 오늘은 그것을 열고서 저의 모든 보물을 껴안았어요. 온종일 당신을 느낄 수 있어 감미로웠어요, 내 사랑.

당신도 즐거운 크리스마스를 보내도록 해요, 내 사랑. 우리의 사랑 때문에 당신이 그다지도 좋다 하니 정말 행복해요. 우리의 사랑이 저에게 그러하듯 당신에게도 깊고 소중한 행복을 가져다주기를 바라요. 당신, 이제 아름다운 여행을 준비해야 할 시간이라고 말했지요. 네, 저는 이곳에서 발견한 커다란 지도를 이틀 전부터 탐욕스럽게 바라보고 있어요. 그래요, 저는 멕시코를 더 좋아할 거예요. 그러나 벌써 계획을 세운다는 건 불가능하답니다. 저는 거의 확실하게 3월 중순께 그곳에 갈 것이고, 5개월간 머무를 수 있는 것도 거의 확실해요. 그러나 돈은요? 돈을 벌기 위해 적어도 2주는 뉴욕에 머물러야만 할 거고, 한 달은 로스앤젤레스에 갈 거예요. 나머지 기간은 당신 것이에요. 우리의 경제 사정이 허락하고 당신이 가능한 범위에 따라 함께 아름다운 여행을 하면 좋을 거예요. 아니면 워반지아에서 당신의 두 팔에 안겨 자는 것만으로도 충분해요. 봄에 당신과 함께 생활하는 것을 열렬히 욕망한다는 것 외에는 아무 말도 덧붙일 게 없어요. 넬슨, 우리는 공유해야 할 것이 많은데, 아직 진정으로 기회가 주어지지 않았어요. 우리 둘이 함께하는 많은 시간이 필요해요. 이 일은 생각만 해도 기뻐서 정신을 잃어버릴 지경이랍니다. 내 사랑, 저는 상냥할 거예요. 두고 봐요, 정말 상냥할 거예요. 겁내지 말아요, 당신, 고독한 늑대여.

브롬필드에게 브라보. 하지만 다른 네 개의 강연은 어떻게 됐나요? 당신에게 돈을 지불조차 않는다면 왜 그렇게 안절부절못하는 건가요? 저처럼 턱을 움직이는 단순한 기쁨에서인가요? 그러나 당신과 함께 수다를 늘어놓는 게 맘에 들지 않는 멍청한 늙은 여자들과 함께하는 건 맘에 들지 않아요 — 이 수수께끼를 제게 설명해 주세요. 당신들, 미국인들이 『닫힌 방』을 지루하게 여긴다니 알 수 없군요. 파리에서는 대성공이었어요. 당신 나라의 배우들이 그것을 소화해 낼 능력이 있기나 한가요? 우리에겐 물론 훌륭한 배우들이 있고, 연극을 제대로 표현하기 위해서는 배우들이 중요하지요. 슈만은 알자스인이에요. 공산주의자들이 그를 '보슈'*라 부르는데, 비열한 짓이에요. 그는 앞뒤가 꽉 막힌 보수주의자랍니다.

캘리포니아에 있는 여자 친구가 할리우드에서 게리 쿠퍼, 진저 로저스 그리고 그 동류의 거동에 대해 행해진 설문조사에 관한 괴이하고 끔찍스러운 이야기를 보내 왔어요. 미국은 그녀에게 공포심을 불러일으키기 시작했답니다. 그녀가 아무것도 아닌 상태(난센 여권˙을 가진 한 러시아계 피난민)에서 미군과 결혼해 미국인이 된다는 것은 승리를 의미했으나, 오늘날에 이 국적은 짐스럽게 느껴진대요. 그녀는 이 모든 정치에 구역질하며, 할리우드는 그녀의 머리털을 곤두서게 할 정도로 악취를 풍기고 있다고 했어요.

금요일

세 번째 편지! 축제로군요, 넬슨! 연대기적으로 첫 번째고, 완벽한 개구리의 일곱 계명의 편지예요. 저도 동의해요. 얼마나 감미로운 편지인지, 사랑으로 몹시 뜨겁게 했고 그 때문에 밤엔 눈

---

* Boche. 독일 사람을 경멸적으로 부를 때 쓰는 호칭
˙ Nansen passeport. 무국적 피난민에게 발부된 대체 여권

을 감지 못하고 낮엔 일하지 못했어요. 눈을 감고서 그리고 크게 뜬 채 당신을 꿈꿨답니다. 당신이 너무 그리워요.

네, 『모비딕』을 몇 번이나 읽었고, 그 작품을 무척 좋아해요.

에디트 피아프는 부자연스럽지만 놀라워요. 다른 많은 가수의 예쁜 목소리보다 그녀의 쉰 목소리를 더 좋아한답니다.

토요일 오전 두 시

잘 자요, 내 사랑. 저는 이 정돈된 집에서 그렇게 늦게 잠자리에 든 적이 결코 없어요. 그러나 노부인의 아들이 자기 아내와 아이들과 남미에서 도착했고, 우리는 무척 많이 마셨어요. 그가 당신의 마지막 편지를 가져왔어요. 우리는 모두 독한 흰색, 갈색, 여러 다른 색깔의 알코올을 섞어 마셔서, 저는 피곤하고 졸리고 거의 구토가 날 지경이에요. 당신을 사랑하는 절도 있는 자아, 가장 훌륭한 저만 있는 게 아니라 자아 전체가 개입하고 있지요. 절도 있는 자아와 마찬가지로 취한 자아, 행복한 자아와 슬픈 자아, 건강한 자아와 몸이 아픈 자아도요. 잠자기 전에 취한 자아가 당신에게 이렇게 말해요, "사랑해요, 넬슨." 제 안에는, 당신 안에도 특별한 건 아무것도 없어요. 그렇지만 당신에 대한 제 사랑은 지상에서 가장 귀중한 것처럼 보여요. 당신을 사랑하고 당신으로부터 사랑받는 것은 참으로 행운이에요. 그만 쓰겠어요. 말들이 저를 슬프게 하고 또 어찌나 건조한지 당신에게 제 사랑을 말하기 위해선 아무리 하찮은 것일지라도 저의 온 인격이 필요해요. 우리에게 3, 4개월의 시간이 주어지기를, 그러면 전 당신에게 보여 줄 거예요.

취한 개구리

1947년 12월 15일 월요일

나의 악어, 제 생활에 비하면 당신의 생활은 환상적이고 스릴 넘치는 모험처럼 흥미진진해 보이지만 여기의 이 고요함, 이 단조로움은 제게 알맞아요. 아무 일도 일어나지 않을 때는 가장 하찮은 사건도 귀중하게 느껴져요. 오늘은 세 번째로 산책을 나갔는데, 단지 한 시간 걸렸다 할지라도 커다란 사건이에요. 하늘이 이렇게 푸를 수가! 그 사실을 잊고 있었어요. 장미꽃들은 초가집 담벼락에서 아직 지지 않고, 나무 잎사귀들은 노랗게 물들어 있었지요. 참으로 놀라운 색의 노랑이었어요! 제게 두 눈이 있다는 사실에 감격했지요.

토요일에는 노부인의 아들이 도착했어요. 그는 정확히 저와 동갑이고 우리는 스물둘에 서로 알게 됐어요 — 아주 오래전 일이군요! 사르트르가 아직 학생이었을 때 돈을 벌려고 과외 공부를 지도했는데, 그가 사르트르의 학생이었지요. 당시 부유했던 노부인은 게으르고 멍청한 아들을 위해 가정교사들을 고용할 여유가 있었어요. 그렇게 해서 사르트르는 그녀와 알게 되었고, 저는 그를 통해 그녀를 알게 되었지요. 우리는 그 어머니의 아주 좋은 친구가 되었고, 그 아들과는 좋은 동료가 되었어요. 저를 아연실색하게 만든 일화가 있었는데, 지금도 기억나요. 저는 종종 그의 어머니 집에서 잠을 자곤 했었어요. 어느 날은 그가 제 방에 들어와서는 웃으면서 제 옆에 누울 수 있냐고 물었어요. 저는 어렸고 어찌나 어리석었던지 농담이라고 생각하며 "안 될 게 뭐 있어요?"라고 말했지요. 사실 어안이 벙벙했었답니다. 그러자 그는 제가 자기와 잔다면 선물하려 한다는 보기 싫은 머플러를 자랑삼아 보여 줬어요. 그가 농담하는 게 분명했지만, 어쨌든 제 가까이에 길게 누웠지요. "침대가 두 사람에게는 너무 작아요"라고 항변했으나 그는 아주 좋다고 답하며 저를 애무하기 시작했어요. "당신 미쳤어요?"라고 말했고, 그는 머플러를 대가로 할 게 아무것도 없다는 걸 알고는 가 버렸지요. 우리 사이에 손톱만큼의 연애 감정도 없다고 생각했기 때문에 얼이 빠져 버렸어요. 몇 년이 흘렀고, 그는 자기 어머니가 막대한 땅을 소유하고 있는 아르헨티나로 떠나 거기서도 아주 외딴 에스탄시아*에서 은자隱者의 생활을 영위했지요. 그는 결혼했어요. 그와 그 부인(예쁘고 똑똑한 유대계 의사)은 서로 사랑했으나 그들의 삶은 지옥 같았어요. 왜냐하면 그녀는 그와 같은 고독 속에서 사는 생활을 못 견뎌 했고 그로 인해 신경증이 발전됐거든요. 어느 날 두 친구가 그들의 집에서 점심 식사를 하고 있었는데, 다소 불안해하는 것처럼 보이던 그녀가 욕실에 갔다가 반쯤 웃으면서 돌아왔대요. "쥐를 잡는 스트리크닌 한 병을 집어삼켰어요." 그는 어깨를 들썩하면서 "웬 멍청한 농담을 하는 거야!"라며 말했고, 그녀는 "농담 아니에요, 가서 봐요!"라고 했어요. 그리고 그녀는 미치다시피 했어요. "도와줘요, 죽고 싶지 않아요!" 의사는 그녀에게 우유와 클로로포름을 마시게 해야 한다고 일러줬어요. 하루가 끝날 무렵에 그녀는 무시무시한 고통 속에서 죽었어요. 경찰들이 자살에 관해 수사할 때 그에게 살인 혐의로 고발하지 않겠다면서 뇌물을 요구했대요. 그는 거절했고, 한동안 그녀를 살해한 것으로 의심받았어요. 죽은 부인의 위를 검시하기 위해 묘지를 다시 열었고, 위에서 스트리크닌을 발견했어요. 썩어 빠진 형사들은 수감되고 불쌍한 사내는 자포자기에 빠져 버렸고 불행해했지요. 12년 전에 그는 프랑스로 돌아와 다른 여자와 반쯤 사랑에 빠졌어요, 단지 반쯤만. 그는 그녀를 아르헨티나로 데려가고 싶어 하지 않았으나, 배가 부두에서 멀어지

---

* estancia. 남미의 농장, 목축장

자 그녀는 낭만적으로 황급히 달려가 배에 올라탔지요. 우리 친구는 그녀의 뱃삯을 지불하기 위해 그의 부모님에게 전보를 쳤어요. 그는 그녀와 결혼했고 두 아이를 얻었으나, 그것은 (돈을 목적으로 한) 타산적인 결혼이었어요. 그녀는 항상 냉정하고 무관심했으며, 그는 그대로 무척 사랑하는 어린 딸과 함께 밖에서 자기 삶을 보냈어요. 첫 부인의 비극적인 죽음에 대한 기억으로 깊이 상처받은 그는 초기에 무척 친절했으나 점차 그녀를 증오하기에 이르렀지요. 현재 그는 그녀를 떠나고 싶어 하며 그녀가 자신을 귀찮게 하지 않기만을 바라고 있어요. 그들이 도착했을 때는 서로 거의 한마디도 나누지 않았어요. 그녀는 꽤 아름답지만 그건 슬프고 정지된 아름다움이지요. 그는 괴상한 인상을 줬어요. 다시 말해 저는 젊은 청년의 추억을 간직하고 있었는데, 지금은 한 남자, 거의 늙은 한 남자인 거예요. 그는 자신이 멍청하고 거칠며 시골뜨기 같을 거라고 상상하면서 이야기하려 하지 않았으나, 우리가 그를 다시 만나 흡족해한다는 걸 확인하고는 명랑해졌고, 우리가 함께 자지 않은 그 밤을 기억하는지 제게 물었어요. 저는 그것에 대해 이야기하는 게 조금 거북했고, 특히 그의 아름답고 냉정한 부인 앞에서는 더욱 그랬어요. "머플러가 너무 보기 싫었기 때문이었어요"라고 말했어요. 우리는 남미로의 여행을 계획했고 그는 예전과 마찬가지로 재미있어졌으며 함께 좋은 마음으로 새벽 두시까지 술을 마셨어요. 그는 자기 아내와 애들 그리고 그 모든 이야기에 정신이 빠져 버린 어머니를 여기에 남겨두고 다시 아르헨티나행 비행기를 탔답니다.

화요일

당신이 '그 고장의 실존주의자'로 변신함으로써 브롬필드에게 패배를 맛보게 했다는 게 기뻐요. 반면 장 발*과 토론하지 않은 것은 신중했어요. 네, 저는 그를 아주 잘 알아요. 왜냐하면 제가 대학 졸업반일 때 저의 교수님이었으니까요. 저는 스물한 살이었고, 그는 교수가 되려면 치러야 하는 시험인 아그레가시옹의 심사위원이었지요. 극도로 박식하나 무질서하고 순전히 추상적이며 인간적인 구석이라곤 조금도 없는, 왕왕 괴물 같은 교수들이 가지고 있는 그런 전형적인 지성을 갖춘 키 작은 유대인이에요. 전쟁 중에 독일군은 유대인이 강제 수용을 기다리던 드랑시 수용소에 그를 가뒀어요. 거기서 그는 반쯤 미쳐서 커다란 우산 아래서 잠을 잤어요. 어떤 기적으로 풀려났는지 모르지만 남미로 망명했고, 해방 이후에나 돌아왔어요. 게다가 그는 분명히 남자를 좋아하는데도 불구하고 체구가 아주 작은 만큼이나 몸집이 아주 거대하고 나이가 무척 어린 여제자와 결혼했고, 그녀에게 아이 둘을 만들어 줬어요(그가 그 아이들을 만들었나? 그녀가 두 아이를 만들었다고 합시다). 제가 봤던 커플들 가운데 가장 코믹한 한 쌍이에요. 실존주의에 대해 그는 자신이 주장하는 만큼 그렇게 강하지 못해요(물론 교수로서 강하지 않다는 것이지요, '토박이 젊은이'에게는 여전히 너무 강할 거예요). 그가 사르트르에게 술수를 썼고, 저는 그에 대해 지적으로 별 의견이 없어요. 우리는 그와 거리를 두었고, 현재는 비교적 틀어진 상태예요. 그를 누구도 절대 이해하지 못하며 어떤 학생도 결코 이해하지 못했으며 그 자신도 스스로를 이해하지 못하고 있다고 생각해요. 이런 괴짜와 토론을 한다는 것은 분명 당신에게 무척 힘든 일이었을 거예요.

내 사랑, 우리가 동시에 같은 생각을 했다는 사실이 몹시 기뻐요. 뉴올리언스에 가지 맙시다. 그러나 멕시코가 중앙아메리카보다 더 낫지 않겠어요? 그곳에서 제게 엽서를 보낸 한 친구가 돌아

---

*   Jean Wahl. 프랑스 철학자

왔는데, 그곳의 아름다움에 대해 끊임없이 말해서 그 나라가 보고 싶어 죽겠어요. 만일 당신이 그곳을 이미 여행했다면 다시 가려고 하지는 말아요(비록 그 나라가 거대하고, 분명 당신에게 알려지지 않은 많은 장소가 남아 있다고 해도요). 우리는 절충할 수 있어요. 과테말라와 멕시코 둘 다를 여행하는 거예요, 어떠세요? 만일 중앙아메리카만을 고집한다면 당신 마음에 드는 것을 하겠어요. 왜냐하면 당신을 사랑하니까요.

사랑해요, 내 사랑. 저는 여든 살까지 살려 했으나 당신이 일흔일곱 살*에 사망할 것이므로 당신 품에서 일흔여덟에 죽고 싶어요. 당신에게 제 수명의 두 해를 바칩니다. 당신, 고마운가요? 우리가 드넓은 세계를 가로질러 여행을 하든 염소굴에 머무르든 두 계획은 모두 관심을 끌어요. 당신에게 하루에 한 시간씩 석 달 동안 프랑스어를 진지하게 가르치면, 당신은 많이 알 거예요. 그리고 저에 관한 이야기, 유년기와 모든 것을 이야기해 줄 거예요. 당신이 저에 대해 좀 더 알기를 원하지만, 당신이 전혀 질문하지 않으니 당신을 싫증나게 할까 두렵군요. 좋아요, 당신에게 즉시 한 가지만 밝히지요. 사실, 전 요리를 할 수 있답니다. 전쟁 초기에 교사였고 돈을 거의 벌지 못했어요. 그때 아직 캘리포니아 사람도 아니고 아무 직업도 없었던 캘리포니아 여자 친구가 먹고살기 위해 제게 의지하고 있었어요. 그래서 부엌 달린 방 하나를 얻어 3년 동안 그 친구와 사르트르 그리고 저를 위해 음식을 만들었지요. 사람들은 무, 양배추, 국수 그리고 가끔 감자와 단순히 물에 삶아 낸 식량 외에는 아무것도 찾을 수 없었기 때문에 어떤 의미에서 요리는 쉬웠어요. 두 번째 해에는 노부인이 일주일에 한 번

---

* 독일의 한 여자 점쟁이가 올그런에게 일흔일곱이 아니라 일흔여섯 살까지 살 것이라고 예언했다. 실제로 그는 일흔두 살에 사망했다.

씩 고기를 보내 줬고, 때때로 분홍색 방으로 친구들을 저녁 식사에 초대하기까지 했어요. 그건 쉬웠어요. 하지만 고기가 항상 약간 상한 상태로 와서 부패한 고약한 맛을 아무도 눈치채지 못하도록 수를 써야만 했기에 다른 의미에서 당신에게 요리하는 것보다 더 어려웠지요. 국수에는 구더기가 우글거렸고 강낭콩은 바구미가 들끓어서 그것들을 골라내는 게 정말 일이었지요. 그다음에 양배추를 물에만 데쳤으면서도 버터를 쳤다고 큰소리로 주장해야만 했어요. 부족한 가스를 아끼려고 가스불에서 익기 시작하는 양배추와 수프를 침대 안에 묻어두었지요. 처음에는 양배추를 구하는 것부터 문제가 많았지만, 요리하는 데 너무 많은 시간을 쓰지 않으면서 우리 모두를 너무 마르지도 약해지지도 않게, 3년 동안 그렇게 살아갈 수 있도록 한 것에 자부심이 없지 않네요. 마지막 해에는 구입한 고기와 버섯을 어머니와 친구들에게 가져다주기 위해 파리에서 1백 킬로미터 떨어진 곳까지 기차와 자전거를 타고 갔는데, 한번은 사르트르와 함께 다녀왔어요. 그는 천사같이 착해서 무나 상한 고기에 대해 한 번도 불평하지 않고 할 수 있는 한 도와줬어요. 돌아오는 길에 영국과 미국의 비행기들이 기차에다 기총소사를 했어요. 많은 여행객이 죽었고 다른 사람들은 피를 몹시 흘렸어요. 열차 안에서는 푸줏간의 고약한 고기 냄새를 풍겼고(우리처럼 모든 사람이 식량 사냥에서 돌아오는 중이었지요), 인간과 소고기의 피 냄새들이 뒤섞여 전혀 유쾌하지 않았어요. 어느 작은 역에 죽은 사람과 부상자들을 내던지고서 새로운 기습을 두려워하며 여행을 계속한다는 것도 유쾌하지 않았어요. 전쟁이 끝나갈 무렵에 당신들이 그래야 했던 것처럼, 이 모든 게 기차들을 세워 전멸시키고자 할 때 일어난 일이지요. 아무도 그것에 대해 분개하지 않았어요. 조금 공포에 떨었을 뿐이죠. 그것이 저의 마지막 원정이었어요. 해방되던 주週에는 가스라는 게 완전히 사라졌기 때문에 냄비 밑에다 신문지 불을 지피고 국수가 완전히 익을 때까지 종이를 밀어 넣으면서 음식을 만들었는데, 길고 진저리가 나는 일이었어요. 그래요, 그런 생활은 3년 동안 지속됐고, 저는 그 일을 놀이 삼아 재미있어했지요. 이제 그 놀이는 더 이상 존재할 이유가 없어요. 어쩌면 저는 요리하는 걸 전보다 더 싫어하는지도 몰라요. 그러나 만약 당신이 과테말라 사막에서 병이 나 식사를 준비할 수 없게 된다면, 저는 저의 효용성을 되찾아 다시 시작할 수 있을 거예요. 그리고 당신은 마음껏 저를 비웃을 수 있을 거고요. 상냥한 바보, 저를 사랑하는 한 당신은 저를 보고 웃을 수 있으나 저는 그렇게 어리석지 않아요. 그런다고 해서 제게 상처 입힐 수는 없어요. 또 당신이 도살장에 그 여기자와 함께 간다고 하여 상처받지 않을 거예요. 하지만 그녀가 나의 '프티 카페'에서 당신과 만나기로 약속한 것은 정말 뻔뻔해요. 지상에 신성한 것이라고는 아무것도 없는 건가요?

잘 있어요, 내 사랑. 일곱 시간 동안 책 작업을 하고 연이어 이긴 편지를 쓰니 피곤해 죽을 지경이에요. 아! 잊었군요! 당신이 책을 진척시킨 것은 아주 만족스러워요. 봄이 되면 틀림없이 모양이 잡힐 거예요. 제가 읽을 수 있길 바라고 우리가 진정한 휴가를 보낼 수 있기를 바라요. 넬슨, 나의 남편. 이제 더 이상 멀지 않았고 우리는 도정의 거의 반쯤에 와 있어요. 당신은 정말 마음이 곱군요, 내 사랑. 때때로 마음속에서 이런 말들만을 되뇌지요. '상냥한 내 사랑하는 임, 그이는 진정 마음씨가 고와.' 제 마음도 얼마나 고운지를 느껴 보세요. 당신에게 키스해요, 행복하고 상냥한 긴 긴 키스를.

당신의 시몬

1947년 12월 18일 목요일

나의 사랑하는 악어, 엄밀히 쓰고 읽는 일만 하기 때문에 약간의 문학비평을 하려고 해요. 그 밖에 크레이프를 먹는 일을 하지만 그것에 대해 뭘 말할 수 있겠어요? 때로 크레이프에 소금 혹은 설탕을 넣거나 아니면 럼주나 알코올을 부어 불에 태워 먹지요. 그보다는 차라리 제가 남편의 나라에 관해 얼마나 열심히 공부하고 있는지를 들어 보세요.

미국에 관한 모든 독서를 아주 좋아해요. 왜냐하면 저와 당신을 결합해 주기 때문이죠. 이번 『애틀랜틱 먼슬리』에서 토머스 울프의 서신에 주목했나요? 전 대단히 마음에 들었어요. 그는 친구들에게 특히 옛 은사 분께 글을 쓰고, 자신의 책 가운데 몇 권에 대해 그리고 일반적으로 글쓰기의 의미에 대해 그의 소설보다 더할 나위 없이 간결한 문체로 설명하고 있답니다. 5, 6월호 『폴리틱스』는 당신을 펄펄 뛰게 할 거예요. 왜냐하면 월러스에 대해 악의적으로 다루고 있기 때문이죠. 잡지 주간이자 사설의 필자인 드와이트 맥도널드는 언제나 그 누구보다도 더 좌측에 위치하는 극좌파의 카테고리에 속하는 사람인데, 지구는 둥글기 때문에 좌측으로 언제나 더 좌측으로 뛰다 보면 결국 우측에 있게 되지요. 그는 공산주의자들을 충분히 증오하지 않는다는 이유로 월러스를 증오하고, 훌륭한 전직 스탈린주의자로서 세상 누구보다도 공산주의자들을 혐오하고 있어요. 그런데 그가 주장하는 것에는 일말의 진실이 있긴 한가요? 콜드웰의 『7월의 소란Trouble in July』과는 반대로 『폴리틱스』의 글들이 흥미를 끌어 저 자신도 이런 생생한 장면, 즉 어떤 사회학적 각도에서 포착한 남부연합파 공동체를 그려 낼 수 있을 것 같은 느낌이 들어요. 『담뱃가게로 가는 길』

과 『착한 신의 작은 아르팡』*은 좋았어요. 당신이 저를 위해 훔친 『존 브라운의 육체』•를 읽는 데 몰두하고 있는데, 좋은 구절들이 있지만 영웅적 서사시, 전장에 대한 끝없는 환기에 그다지 끌리지 않네요. 엄청난 『미국의 딜레마』는 끝냈어요 — 제게 수없이 많은 것을 가르쳐 준 놀라운 책이에요. 그 책을 가져갈까요? 그리고 루세의 『우리 죽음의 날』을 다시 읽었어요. 독서는 이 정도면 충분하지요, 안 그래요? 또 글도 많이 썼어요. 만일 오랫동안 이런 생활을 한다면 머리가 터져 버릴 거예요. 하지만 그러한 생활이 몇 주 동안 지속되는 건 만족스러워요. 한 번에 한 가지를 많이 갖는다는 것은 끊이지 않고 조금씩만 갖는 것보다 나은 것 같군요. 열흘간의 강렬한 열정은 반은 무관심하고 반은 격분하는 평생의 미지근한 거짓 사랑보다 나아요. 그렇지 않나요? 오 그래요, 물론 넬슨에 대한 뜨거운 사랑의 영원성은 한층 더 가치가 있지요.

지금 여기는 참으로 고요해요. 힘든 상황에 처했던 제게 여러 번 위안의 피난처를 제공한 이 집은 매우 귀중하답니다. 1939년 9월, 전쟁이 터지고 남자들이 떠났을 때 죽음이 닥친 것처럼 슬퍼하며 이곳에 처음 왔었고, 노부인이 큰 도움을 주었지요. 그 시절에 대단히 풍족했던 이곳에서 그녀는 매일 저를 지하실로 데려갔고, 저는 거기서 최고급 와인들 가운데 오래 묵은 병 하나와 맛 좋은 잼을 골라 왔고, 우리는 함께 닭이나 칠면조 고기로 저녁 식사를 했어요. 저는 초원에 누워 있거나 과일을 따거나 독서를 했고 그렇게 해서 가슴속에 어느 정도의 평화를 회복할 수 있었지요. 1940년 6월 독일군이 파리를 점령했고, 저는 도로가 끊기기 전에 승용차로 이곳에 다시 왔어요. 처음으로 독일 군대를 보았을

* 어스킨 콜드웰의 작품으로, 『담뱃가게로 가는 길』의 원제는 "Tobacco Road", 『착한 신의 작은 아르팡』의 원제는 "God's Little Acre"
• 스티븐 빈센트 버닛(Stephen Vincent Benet)의 작품으로, 원제는 "John Brown's Body"

때 지금처럼 이 방에 있었어요. 아침부터 패주하던 프랑스군 병사들과 장교들이 마을을 통과했고 농부들은 숲과 들판으로 숨어들었으며 집안의 모든 사람—거기에는 수많은 사람이 있었어요—또한 시골로 도망갔어요. 오직 병들고 실성한 노인만이 곁에 있는 노부인과 함께 침대에 남아 있었지요. 저도 남아 있었어요—당신이 알다시피 저는 피를 흘리며 죽는 돼지 새끼를 보는 것보다 훨씬 더 불쾌할지라도 제 두 눈으로 사건들을 직접 보는 걸 좋아하기 때문이에요. 사람들이 창의 덧문을 닫아 걸었는데, 그 틈새로 인적 없이 완전히 정적에 싸인 마을의 뜨겁고 하얀 텅 빈 거리를 분명히 보았어요. 그때 사거리에서 뭔가가 폭발했고 이웃집의 창문 유리가 깨져 날아갔어요. 거칠고 쉰 목소리로 "아흐!" 하고 외치는 소리를 들었으며, 또 그들을 보았지요. 녹색 유니폼을 입은 키가 크고 금발인 분홍색 살결의 그들이 힘을 내뿜고 있는 것을요. 울지 않을 수 없었어요. 수백 수천 명이 사흘 밤과 사흘 낮을 남쪽으로 행군하면서 지나갔어요. 주민들은 다시 왔고 새로운 생활이 시작됐지요.

금요일

내 사랑, 지금이야말로 반드시 당신에게 새해 인사를 건네야 할 때예요.

첫째, 당신은 남자라면 그래야만 할 바로 그런 사람이므로 지금 그대로의 당신 자신으로 남아 있어 줘요—남자들이란 너무 편협하지요. 그저 저의 넬슨으로 남아 있어 줘요.

둘째, 좋은 책, 다른 책들만큼 좋은 책을 쓰도록 해요. 이 말은 그 책이 한층 더 훌륭하거나 아니면 적어도 달라야만 한다는 것을 내포하지요.

넷째, 당신에게 건강과 약간의 돈이 있기를 바라요. 이건 매우 중요해요.

그런데 그 전에 셋째 바람이 될 터인데, 그것은 당신이 사랑하고 당신을 사랑하는 여자와 보내는 좋은 시간이 당신에게 생기기를 바라요. 그 어느 것도 당신의 사랑을 해치지 않기를, 그 사랑이 마땅히 받아야 할 만큼의 행복을 두 사람에게 주기를 바라요. 그 사랑은 그런 행복을 충분히 받을 만하니까요.

자, 나의 악어, 이것이 저의 바람이랍니다.

토요일

러시아계 여자 친구의 나쁜 소식이에요. 그녀는 폐가 회복되어 대단히 행복해하면서 다음 겨울에는 다시 무대에 설 수 있으리라 생각했는데 — 그녀는 예전에 연극 〈파리 떼〉에서 공연한* 탁월한 여배우였어요 — 몸속에 못된 균이 또다시 살고 있다는 걸 알게 됐어요. 그녀는 다시 아주 많이 마르고 지치고 보기 싫어졌어요. 오랫동안, 어쩜 영원히 회복될 수 없을는지도 모른다는 걸 그녀는 알고 있어요. 그 때문에 그녀가 몹시 낙담했지요. 제가 그녀를 예전처럼 더 이상 좋아하지 않고 다른 사람의 병과 슬픔을 견디는 게 언제나 지나치게 쉽다 할지라도 — 추악하지만 사실이에요 — 그것은 저 역시 침울하게 만들어요. 그처럼 쾌활하고 삶에 대해 그처럼 탐욕스러운 그녀가 이제 죽기만을 기다려야 한다니, 산다는 것에 더 이상 의미가 없다면 삶은 너무 을씨년스럽네요. 그녀는 삶에서 뭔가를 얻어 내려 몹시 열광적이었지요. 저는 그녀의 이기주의에 반감을 품었으나 그녀의 열정에 대해서는 높이 평가했었어요.

제게 에디트 피아프에 관해 물었지요. 마침 얼마 전에 그녀의

---

* 그녀는 1943년에 '엘렉트라'를 연기했다.

음악회에 참석했던 뉴욕에 있는 프랑스 여자 친구에게서 편지를 받았어요. 그런데 에디트 피아프와 함께 무대에 선, 그녀의 재능에 반도 못 미치는 가수들이 그녀보다 훨씬 더 큰 성공을 거두었다는군요. 제 친구는 이 패러독스를 정확하게 설명합니다. 그녀 말에 의하면, 프랑스적 현실에 부딪혔을 때 미국인들은 정확히 프랑스에서 미국적 현실에 부딪힌 우리처럼 반응한대요. 다시 말해 그들은 그들이 보기에 프랑스적인 것을 좋아한다는군요. 미국인은 프랑스의 오래된 대중가요를 불렀던 문제의 가수들을 이해하고 좋아했대요. 그러나 프랑스의 진짜 비범한 것들은 그 정도로 프랑스적인 것으로 다가가지 않고 단지 새로울 뿐이라는 거죠. 그것들이 프랑스의 오래된 것들과 다르기 때문에 프랑스에서는 높이 평가하는 거고요. 그렇게 유추하니, 미국에서 저를 처음에 매료시킨 것은 제 눈에 전형적으로 미국적인 것처럼 '보이는' 것이라는 걸 아주 잘 인지할 수 있었어요. 이제 조금 더 알게 됐으니, 그처럼 전형적인 미국적인 것들은 더 이상 중요해 보이지 않아요, 무슨 말인지 아시겠어요? 쉰 목소리와 볼품없는 얼굴에다 검은 드레스를 입은 에디트 피아프는 프랑스적 외모를 거의 지니지 않았으며, 미국인은 그런 그녀에게서 무엇을 찾아야 할지 모르고 냉담하게 있었던 거죠. 이곳에서 우리는 그녀를 좋아하고, 아름다움과 추함이 만날 때 탄생하는 그 기묘함을 독특하다고 생각해요. 그런데 당신이 당신 나라의 사람들은 이 혼합을 별로 좋게 보지 않는다고 말했어요. 관중은 그녀가 이상스럽게 관능적이고 번민에 싸인 몸짓으로 목과 목 주위를 만지는 행위를 좋아하지 않아요. 그곳은 남자들이 과음한 다음 날 입안이 칼칼하고 목이 마른 곳이고, 또 욕구불만의 여자들이 남자의 입술을 느끼길 갈망하지만 느끼지 못하는 위치여서 모든 사람이 거북함을 느끼지요.

자, 지금까지 여자 친구,* 적어도 피아프를 찬미하는 그녀가 모든 문제를 어떻게 설명했는지를 알려 드렸어요. 저는 그녀의 의견에 동조한다고 할 수 있어요.

안녕, 내 사랑. 저는 당신이 아는 것보다 당신을 조금 더 사랑해요. 당신을 아주 세게 포옹해요.

당신의 시몬

1947년 12월 22일 월요일

내 사랑. 이 평화로운 은신처에 불행이 일어나고 있답니다. 크리스마스로 손님들이 쇄도하기 시작하여 우리의 고요한 삶은 끝이 났어요. 오늘은 한때 교사였고 똑똑했으나 5년 전부터 말을 거의 하지 못하는, 친척 중에서 뭔가가 잘못된 한 노파가 도착했어요. 그녀는 몸을 매우 힘들게 움직이고, 사람들은 끔찍한 일이기는 하지만 그녀가 식탁에서 음식을 기도로 잘못 삼켜 숨이 막혀 죽지나 않을까 예상해요. 그렇지만 아무도 그것에 대해 걱정하진 않아요. 그녀는 친자식들과 며느리, 사위들을 진저리가 나게 만들어요. 그들은 버려지고 절망하는 사람들에게 기막히게 친절한 노부인에게 장애인을 떠넘겼지요. 내일은 우리 친구의 딸과 손녀 차례인데, 자기 어머니 근처에도 못 따라가는 딸은 꽤 바보스럽고 욕구불만에 사로잡혀 불행하지요 — 이 가정의 식구들은 결혼이 성공적이지 못해요. 어머니는 전혀 사랑하지 않는 정신질환자가 돼 버린 의사와 결혼했고, 아들은 운 나쁜 일들을 당했다고 제가

---

* 데이비드 해어와 재혼한 자클린 브르통. 시몬 드 보부아르는 그녀를 1947년 미국 여행 중에 만났다.

말한 적이 있지요. 그리고 딸은 남편이 너무 지루하고 생기도 없고 무척 이기적이라(전적으로 사실임) 여겨 그로부터 도망쳤으나, 아이 때문에 이혼을 결심하지 못한 상태예요. 저는 진심으로 결혼이란 썩은 제도고, 한 남자를 사랑할 때 그와 결혼함으로써 모든 걸 망칠 필요가 없다고 생각해요. 열네 살짜리 손녀 역시 꽤 어리석어 보이지요. 그들의 도착은 별로 즐겁지 않아요. 점심과 저녁 식사를 하기 위해 씻고 옷을 차려입어야 한답니다. 우리에게 아주 적합했던 악어들의 안락한 늪 — 당신이 있는 곳보다 더 진흙탕이고 더 외딴 — 의 생활은 끝났다고 생각해요. 사실, 만약 노부인들이 모이는 퇴폐 장소에서 당신이 장광설을 늘어놓고 턱뼈를 계속 움직인다면 당신은 진정한 악어로 오래 남지 못하고 아주 멋쟁이가 될 거예요. 저는 워반지아로 돌아오면서 당신을 너무 '우아하게' 여긴 바람에 겁먹고 다시 비행기를 탈까 두려워요. 조심해요, 저는 제 악어의 어떤 변화도 용납하지 않을 것이며, 제가 좋아하는 그대로 정확히 남아 있기를 바란답니다 — 오만한 독재지요, 그렇지 않아요?

그래도 역시 식사를 제외하고는 생활이 그다지 변하진 않을 거예요. 최근 시카고에 대해 글을 썼어요. 그 도시에 대해 잘 아는 당신은 이 글의 내용이 빈약하다고 평가하겠지만, 저는 당신을 통해 접하고 이해한 것들을 프랑스인들에게 조금이나마 전하고 싶어요. 사르트르가 이 대목을 책의 가장 좋은 부분이라고 평가하여, 기뻤어요. 저는 쓰는 단어마다 당신을 생각했고, 당신에 대해 쓰고 당신에 대한 제 사랑에 관해 이야기하려 애쓰는 만큼 어렵고도 흥분되는 일일 것 같은 감미로운 인상을 받았어요.

어제는 가장 아름다운 산책을 했답니다. 어렸을 때 전원을 얼마나 좋아했었는지 기억해요. 파리에서는 옹색한 생활을 했다고 당신에게 이야기했지요. 분명 저의 부모는 부르주아지에 속해 있었어요. 제가 여섯 살 때인 제1차 세계 대전 동안 아버지가 전쟁에 참여하셨기 때문에 변호사였던 그는 고객들을 잃어버렸고, 신발 공장의 소유주였던 외할아버지는 파산하고 말았어요. 1918년 최악의 사태에 직면한 우리는 누구도 대응하거나 적응할 수 없었어요. 진짜 가난했었어요. 하지만 매년 여름, 커다란 정원과 규모가 큰 농가들로 둘러싸인 예쁜 집을 소유하고 계셨던 시골 친할아버지 댁에서 두세 달을 머무르곤 했어요.* 저는 이 휴가를 무척 좋아했어요. 몇 날 며칠을 온종일 숲속과 초원을 홀로 거닐었고, 홀로 있는 것을 즐기면서 은밀한 곳에 누워 잠자고 책을 읽고 파란 사과를 깨물어 먹으면서 꿈꾸고, 깊이 생각하고, 세상이 그처럼 아름다우니 인생은 멋질 것이라고 예감하면서 행복해했지요. 때로 고요한 연못 위에 떠 있는 달이나 늑장 부리는 긴 황혼을 바라보다가 저녁 식사 시간을 낭만적으로 잊어버리기도 했어요. 더 이상은 황혼, 달, 바람, 나무들, 물 그리고 하늘이, 그 당시 그것들이 신자에게 신만큼이나, 연인에게 사랑만큼이나 그리고 지금 제게 당신만큼이나 또다시 그처럼 중요하게 여겨질 것 같지 않아요. 그러나 저는 아무것도 잊지 않았고, 다시 조용하고 고독한 자연 속에 있으면 깊이 감동하지요.

화요일

치통을 앓던 주중 석유난로에 불이 제대로 타지 않던 흐리고 추운 날에 쓴, 크리스마스 우표로 장식된 편지를 가지고 있어요. 내 사랑, 왜 이리 슬픈지 모르겠어요!

반쯤 언어장애인인 그 노파는 퍽 무시무시하답니다. 그녀의 마비 정도는 매년 악화되고 있어요. 간신히 음절을 발음할 수 있는

---

* 메이리냑(Meyrignac), 『얌전한 처녀의 회상』 참조

데도 말을 하고 싶어서 식사하는 동안 음률이 맞지 않고 아무도 이해하지 못하는 비통한 탄식을 만들어 내지요. 숨이 차서 기침하고 성공하지 못해 눈물을 막 쏟으려 하면서 다시 시작하지요. 지금 우리는 식당에서 식사하고 1층에서 평범하게 옷을 입지만, 그런 다음에는 즉시 도망쳐 나와요. 식사는 더 이상 축제가 아니랍니다. 나머지 시간에는 정말 이목을 끌지 않는 사람들 중 한 명인 이 불쌍한 병자를 만나지 않아요.

달링, 여기도 춥고 흐려요. 당신의 온기가 무척 필요해요. 새해복 많이 받으세요, 내 남편 그리고 사랑하는 악어 씨! 당신을 위한 저의 모든 기원이 이뤄지기를! 적어도 당신에게는 저의 사랑을 보장할 수 있어요. 당신은 그걸 갖고 있고 간직하게 될 거예요. 크리스마스를 위해 당신에게 줄 다른 선물이 없는데, 이건 어때요? 새해를 위한 수천 번의 키스, 나의 '토박이 젊은이'를 위한 산더미 같은 크리스마스의 사랑!

당신의 시몬

1947년 12월 24일 수요일 크리스마스 밤

나의 남편. 거의 자정이 되어 교회 종소리가 일제히 울리고 있어요. 노파, 요리사, 하녀, 딸 그리고 손녀 등 모든 사람이 자정미사에 참석했어요. 사르트르는 자기 어머니를 보러 파리에 갔고, 노부인의 아픈 남편은 역시 침대에서 꼼짝하지 않고 있어요. 이 집에서 살아 있는 사람은 노부인뿐인데, 그녀는 교회와 설교를 혐오하고 미사에 아랑곳하지 않은 채 다른 방의 고요 속으로 피신했어요. 저는 소원대로 당신과 함께 크리스마스이브를 보내기 위해 여기 혼자 있답니다. 우편물을 받은 다음 날이면 매번 그렇듯이 지금부터 일주일 이내에는 다른 편지를 받지 못한다는 걸 알기에, 특히 조금 짧았던 마지막 편지(치통의 편지)가 저의 위장을 비워 버렸어요. 허기지네요, 달링. 그러나 오늘 저녁나절의 평온과 고독 속에서는 다시 괜찮군요. 우리의 첫 번째 크리스마스에요. 내 사랑, 당신을 제게 주고 저를 당신께 주신 것을 감사해하기 위해 신을 믿고 싶어요. 누구에게도 고마워할 필요 없이, 오직 당신만이 크리스마스 선물 가운데 가장 귀중한 선물이라는 생각이 드네요. 종소리가 바보스럽게 일제히 울리고 있지만, 당신을 제 가까이에서 느낄 수 있어 좋아요.

이 집의 딸과 손녀가 도착했는데, 그들은 쾌활하고 산뜻하며 집에 있는 것을 행복해하기 때문에 제법 즐겁지만 상당히 어리석기도 해요. 더스패서스의 『넘버원Number One』을 읽었는데, 엄청 좋아한 그의 이전 책들만큼은 아니었어요. 하지만 그 안에는 수많은 차가운 음료, 옛날 비행기, 여행, 미국의 더운 여름 들로 넘쳐나서 미국에 대한 향수, 단지 당신, 오, 오만하고 자존심이 강한 사람, 그보다 더한 사람인 당신에 대한 향수뿐만 아니라 술꾼들과 분주하고 아름다우며 미친 듯하고 황홀한 당신의 광대한 나라의 모든 것에 대한 향수에 젖은 나머지 현기증이 났어요. 더 이상 스카치소다를 부러워하지 않으려고 독한 사과주를 적잖이 마셨고, 그 결과 금박을 입힌 은빛 드레스를 입은 남미의 흑인들과 정원과 쪽빛 수영장에서 춤추는 아름다운 나체 여인들의 한복판에 있는 화려하고 멋진 꿈이 흘러나왔지요. 그러나 잠에서 깼을 때…… 입 안에선 악취가 났고 가슴에는 서글픔이 느껴졌어요. 그건 더스패서스의 잘못이에요.

당신은 노부인을 무척 좋아할 거예요. 캘리포니아 여자 친구와 그녀는 제가 애정하는 유일한 여자, 존경하는(제가 많은 사람을 존경하는 건 아니에요) 유일한 여자이지요. 나이 든 지금까지도 매력이 남아 있어요. 스무 살 정도일 때의 사진을 보았는데 경이로웠어요. 키가 아주 작고 — 그녀 곁에 있으면 저는 거인 같은 느낌이 드는데, 그녀의 머리가 간신히 제 어깨에 오지요 — 우리가 상상할 수 있는 가장 작은 코에 작고 둥근 얼굴, 작고 둥근 입술, 무척 인간적인 짙은 눈, 그리고 아름다운 검은 머리 — 뭔가 경쾌하고 눈부신 것을 지닌 아주 예쁜 얼굴이었어요. 유년기에 그녀는 어머니가 없는 아르헨티나의 거대한 목장에서 살았어요. 엄격하고 지적인 아버지 밑에서 사내아이로 교육받고 라틴어와 독일어를 배우고 수학을 공부했으며, 어린 시절을 황량한 팜파스에서 야생마들을 타며 보냈답니다. 그녀와 그녀가 애지중지하는 여동생은 스무 살에 파리로 왔는데, 프랑스 사회가 끔찍스럽다고 생각했대요. 프랑스에 있는 친척은 매우 신사적인 사람, 장군, 아내들이 항상 따라다니는 해군 장성들이었다는군요. 이 작은 아마조네스*는 더 이상 야생마도, 자유도 없다는 사실을 증오했다는군요. 동생은 사업가와 결혼했고(그 이유를 누가 알겠어요?), 노부인(당시 아주 어렸던)은 동생을 떠나기 싫어서 그 남자의 사촌 중 한 명인 부유하고 이름난 의사와 결혼하는 것을 승낙했대요. 불행히도 여동생은 곧 죽었고, 동생의 죽음은 그녀에게 영혼의 밑바닥까지 충격을 준 커다란 상실이었어요. 구레나룻에다 파나마모자를 쓰고 다니는 유복하고 잘난 체하는 대부르주아지인 남편이 그녀 곁에 머물렀지만, 그녀는 그를 사랑하지 않았대요. 저는 그녀가 그와 자는 것을 혐오했다고 믿는데, 왜냐하면 그녀 눈에 섹스란 정신이 약간 돈 사람들의 심심풀이처럼 보였기 때문이지요. 그녀가 극진히 사랑하는 두 아이가 태어났지만, 남편은 제가 앞서 말한 상황에서 병에 걸려 그녀와 따로 살기 시작했어요. 적어도 표면상으

---

* amazones. 그리스로마 신화에 등장하는 여전사로만 이뤄진 부족

로 그녀는 자기 인생을 남편과 자식들에게 헌신했으나 개인적인 깊은 우정들을 유지할 줄 알았다는 점에서 저를 매혹했어요. 이는 일반적으로 극히 드문 일이고 여자들에게서는 더더욱 드문 일이지요. 마흔 살에 그녀는 아들에게 과외하는 젊은이들과 친분을 쌓았는데,* 그들과 여행도 하고 한 명**과는 육체적 관계가 포함되지 않은 일종의 사랑도 경험했어요. 이 친구는 10년 전에 결혼했는데, 그들이 친밀한 관계를 계속 유지한다고 할지라도 그녀가 그로 인해 몹시 고통스러웠으리라 확신해요. 그녀의 삶은 음울하지만, 그녀는 결코 그렇게 느끼지 않아요. 그녀는 머리가 좋고 속이 꽉 차고 지적이며 안정된 사람이기 때문에 수많은 일에 대해 깊이 숙고해요. 또한 과한 희망을 품지 않은 채 자신의 슬픔 속에서 쾌활하고, 시니컬하지 않은 채 아무것도 그리고 아무도 믿지 않으며, 감성주의에 빠지는 일 없이 다소 거칠기까지 해요. 따뜻한 가슴을 지닌 그녀는 꽃들, 개 한 마리, 고양이 한 마리, 태양, 한 권의 좋은 책에서 기쁨을 끌어낸답니다. 요컨대 모든 것에 대한 이해심과 호감 그리고 강렬한 관심을 보이면서 수많은 사람을 도와주고 있지요. 제가 보기에 그녀는 절대 늙지 않았어요. 그처럼 매력 있는 존재의 비밀스러운 깊은 울림은 젊은 처녀의 매력과 다른 그 무엇으로 그녀를 구별해 주지요. 제가 아는 한 그녀는 한 남자에게 집착하지 않고, 또 오직 숨을 쉬기 위해서라도 남자를 필요로 하는 대다수의 프랑스 여자와 미국 여자 같지 않아요. 저는 이기적으로 사는 게 아니라 스스로 살아갈 수 있는 여자를 존경해요. 됐어요, 이 집에서 그녀와 단둘만 있는 것에 대한 제 기분을 당신이 충분히 이해할 수 있기를 바라요.

---

* 기유와 사르트르. 『나이의 힘』 참조
** 기유

우리는 구운 밤을 잔뜩 집어넣은 맛이 훌륭한 거위로 점심 식사를 하면서 크리스마스를 조용히 축하했어요. 그런 다음에 제방에서 작업을 하고 당신을 생각하며 부질없는 공상에 잠겼지요. 저는 크리스마스 편지를 전혀 보내지 않고 받지도 않아요. 사르트르가 파리에서 새로 나온 미국 책들을 가져왔는데, 제가 달려들어 빼앗아 버렸고 또 케이크와 샴페인도 잔뜩 가져왔어요. 우리는 그것들을 병자와 손녀가 잠든 후에 먹고 마셨지요. 노부인은 일단 시동이 걸리면 아주 재미있어지고, 자기의 진실을 우리 각자에게 농담조지만 아주 신랄하게 말하지요.

라푸에즈에 일주일 더 머물 예정이고, 그다음에 파리, 어쩌면 베를린에서 닷새를 머물지도 모르겠어요. 당신께 알려 드리지요. 도시로 돌아간다는 건 별로 기쁘지 않아요. 『현대』, 제 책들의 출간, 또 미국 여행을 위한 준비를 위해 의무적으로 갈 뿐이에요. 사르트르는 파리가 음산하다고 생각했고, 저도 같은 느낌을 갖게 될 것 같아요. 첫 소설*을 출간했을 때 많은 사람을 알게 되었고, 마침내 저의 조개껍데기 밖으로 나오게 되어 무척 기뻤어요. 그 이후로는 거의 모든 사람이 저를 지루하게 만들고 프랑스의 전체적인 분위기가 혐오감을 일으켜요. 한 상냥한 악어의 늪을 공유하는 것, 그게 훨씬 나아요.

잘 있어요, 내 사랑. 파리로 편지하세요. 편지가 없더라도 제 마음처럼 성실하고 따뜻한 당신의 마음을 신뢰하고 있어요. 그렇지만 당신을 실제로 팔에 안을 수 없다는 것이 자주 고통스러워요. 넬슨, 나의 남편, 나의 연인, 사랑해요.

당신의 시몬

---

* 『초대받은 여자』(1943)

넬슨, 멕시코 여행에 관해 왜 아무 대답도 하지 않았어요?

1947년 12월 30일 화요일

넬슨, 진정 사랑하는 남편. 어제 빨간색 작은 천사와 함께 당신의 편지를 받았어요. 필시 당신은 더 이상 당신의 일정을 존중하지 않는군요. 이젠 월요일마다 편지를 부치네요! 전적으로 동감이에요, 멕시코에서 두 달을 보내고 워반지아에 머물도록 합시다. 내 사랑, 계획을 치밀하게 세우려는 다정한 괴벽으로 말미암아 당신은 정말 미국인 같은 인상을 주는군요 — 그렇다고 해서 뚱뚱한 농부는 아니고요. 저도 몇 가지 사항에 관한 여러 가지 세밀한 계획을 세우고 있어요. 예를 들어, 우리가 재회할 때 정확히 당신을 어떻게 포옹하고 제 입술이 어떻게 당신의 입술을, 저의 심장이 어떻게 당신의 가슴을 만날 것인가에 대해 그리고 정숙한 여자가 차마 편지에 써 넣을 수는 없는 여러 세부적인 것도 예측해 보았지요. 저의 구상이 당신 마음에 들기를 바라요. 드넓은 세계를 여행하는 건 많은 계획을 필요로 하지 않아요. 정말이지, 작년에도 미국인들은 어떤 도시에서든 예약 없이 호텔 방을 잡는다는 것은 불가능한 일이라고 미리 알려 줬어요. 그런데 캘리포니아 여자 친구와 우리는 아무것도 예약하지 않았고 아무것도 세밀하게 계획하지 않았지만, 모든 것이 매우 순조롭게 진행됐어요. 여행하는 동안에는 자유롭게 느끼고, 원하는 순간에 하고 싶은 것을 하고, 계획을 언제든 바꿀 수 있어야 한다고 생각해요. 어떤 영역에서는 최소한의 예측이 필요불가결하다는 것을 알아요. 그러나 너무 많은 것이 아름답고 흥미로워서 만약 하나를 놓친다면 다른 하나로 만회할 수 있어요. 저는 언제나 이런 식으로 수없이 많이 여행했으며 언제나 보고 싶어 했던 것을 보고야 말았어요. 하지만 좋아요, 멕시코에 대해 알아보도록 해요.

두 달간의 여행에 1천 달러 정도의 비용이 들 거라고 예상하는데, 그거면 될 거예요. 저의 정확한 도착 날짜를 말하자면 아직 정할 수 없군요, 달링. 그것은 수없이 많은 사항을 어떻게 고려하느냐에 달려 있어요. 어쨌든 당신을 다시 만나기 위해 한 달 반을 기다리진 않을 거예요. 당신 미쳤어요? 캘리포니아에 가기 전에 남편이 실제로 존재하고 그가 꿈이 아니라 실재한다는 것을 확신하기 위해 적어도 일주일은 그와 함께 지낼 거예요. 당신과 떨어져 미국에서 혼자 지낸다면, 저는 조바심으로 죽어 버릴 거예요. 무정한 가슴이여! 당신은 그렇게 오랫동안 제게 키스조차 하지 않은 채 제가 당신 가까이에 있는 것을 참을 수 있을 것 같아요? 저를 위해 당신의 목소리를 녹음했다니 얼마나 친절한 생각인지요. 당신이 심술궂은 기분으로 침묵할 때, 저는 외로움을 덜기 위해 작은 음반을 틀 거예요.

내 사랑, 당신이 저로 인해 이번 겨울이 작년 겨울보다 더 낫다고 말할 때 절 얼마나 행복하게 하는지 당신은 알 수 없어요. 이번 새해에는 우리가 서로에게 행복만을 안겨 주기를 기원해요 —— 오! 우리는 투덜거리기도 하고 화도 낼 것이며 기분이 좀 안 좋기도 할 테지만, 그 모든 것은 별로 중요하지 않아요. 제 편에서는 여행하는 동안 지나친 탐욕과 고집으로 평소보다 덜 상냥할까 두렵고, 두 달 동안 우리가 두 번 정도는 다툴 거라고 장담해요. 그렇지만 당신을 너무 사랑하고 또 30분 이상 당신을 미워하기에는 당신이 너무 친절하기에 우리의 말다툼은 짧게 끝날 거예요. 여행 생각을 하면 얼마나 즐거운지 모르겠어요. 우리는 어쩜 과테말라까지, 우리 마음에 들면 온두라스까지도 갈 거예요. 제가 "우리"라고 말할 때는 당신도 당신의 의지를 표현할 권리를 일부 가지고 있다는 걸 의미해요.

프랑스 작가 앙드레 모루아가 쓴 두꺼운 미국 역사책 한 권을 끝냈어요. 좋은 책은 아니었어요. 그가 어찌나 편견으로 꽉 차 있던지 책 읽는 내내 몹시 화가 났답니다. 저는 그보다 더 많은 것을 깊이 알고 있지만 어쨌거나 제게도 조금은 가르쳐 줬어요. 우리의 보금자리에서 링컨, 잭슨 그리고 다른 사람들에 관한 책을 읽을 생각이에요. 그리고 10년 전에 이미 읽었던 포크너의 『파일론Pylon』을 다시 읽었으나 제가 미국을 알고, 특히 뉴올리언스를 아는 까닭에 이제 그 책은 새로운 의미를 지니게 되었죠. 딱 절반만 좋아요. 그는 인간의 삶에 대해 지나치게 순전히 비극적 관점을 가지고 있어요. 인간의 삶은 비극적이에요. 그러나 항상 그런 건 아니지요. 당신의 책에서는 이런 모호성을 아주 잘 느낄 수 있지만, 포크너에게는 모든 게 한결같이 비장하답니다. 때때로 그것은, 예를 들어 『8월의 빛』에서는 정당화되기도 하지만, 다른 때에는 모자를 사거나 샌드위치를 맛보는 정도의 비장함을 만들어 웃음거리가 되기도 하지요. 그런데 그는 사물들을 보여 줄 줄 알아요. 우리는 그것들을 체험하고, 과장되게 비극적인 이 세계에서 빠져나올 수 없으며, 그것을 믿어요. 『미국의 딜레마』는 흑인뿐만 아니라 미국 전체와 유럽인에 관해서도 그리고 모든 형태의 편견, 기만, 억압 등등에 관해서도 많은 것을 알려 주는데, 정말이지 굉장하답니다.

신문을 보고서야 뉴욕에 엄청난 눈보라가 쳤다는 걸 알았어요. 시카고에 대한 소식은 없어요, 불공평해요. 내 사랑, 당신 혹시 얼어붙었었나요? 뉴욕에서 55명이 얼어 죽었대요.

편지가 왜 발가락으로 쓴 것 같은 인상을 주는지 알아요? 왜냐하면 오, 슬퍼라, 예쁜 빨간색 만년필이 아파요. 간신히 사용할 만하지만, 세상의 무엇을 준다 해도 다른 것으로는 쓰지 않을 거예요. 밀월 선물이며, 소중한 것이니까요. 파리에 가져가 고치거나 그렇지 않으면 그대로 사용할 거예요. 더욱 소중한 선물인 은반지는 잘 있어요. 제가 당신에게 속해 있다는 은밀한 표시인 그것을 저는 한순간도 손가락에서 빼놓지 않아요. 잘 자요, 내 사랑, 저는 당신의 사랑으로 행복해요. 제가 워반지아에서 하리라 계획한 키스처럼 당신에게 키스할게요.

당신의 시몬

1948년 1월 2일 금요일

나의 넬슨, 오늘 저녁 당신에게 편지 쓰는 것은 저로서는 엄청난 친절을 베푸는 일이에요. 일을 많이 해서 지금 피곤해 죽겠거든요. 미국 여행 일기를 마쳤지만, 아직 완전히 끝난 건 아니에요. 좀 더 손볼 곳이 있지만, 그건 타이핑을 끝낸 후에 할 거예요. 왜냐하면 제가 쓴 원고를 다시 읽는다는 것은 제게도 고된 시련이거든요. 어쩌면 당신이 타자하는 법을 가르쳐 줄 수도 있겠네요. 이제는 여성에 관한 에세이 작업으로 돌아왔어요. 당신께 말했듯이, 저는 여자라는 사실에 결코 고통당한 적이 없고 때로 여성이라는 사실에 대해 자축하기도 해요. 그렇지만 제 주위의 여자들을 보면 그녀들이 특수한 문제들을 체험하고 있고, 그 특수성에서 문제들을 분석할 가치가 있다고 확인하지요. 저는 정신분석, 사회학, 법률, 역사 등의 책을 많이 읽어야 하지만 두렵지 않아요. 공부하고 배우는 것에 관해 숙고하기 위해 학생 때처럼 도서관을 자주 드나든다고 생각하니 좋아요. 나흘 후에, 돌아가자마자 시작하겠어요. 여기서는 이미 쓴 것을 다시 정리했고 일반 개념들의 밑그림과 작품의 전체 도면을 그렸어요. 그것은 저를 매료시켰고, 그래서 종일 죽도록 일만 했지요.

지난해 마지막 밤의 만찬은 아주 정겨웠으며 노부인과 손녀는 샴페인에 취했어요. 열다섯 살가량의 그 여자아이는 아주 예쁘고 매력있어요. 어린애 같고 사내아이 같은 애가 춤을 추고 위험한 점프를 했지요. 나이 어린 소녀란 혼란스러워요. 많은 것을 알지만 또 많은 것을 모르기도 해요. 제가 남자로 태어났다면 대단한 변태였을 거예요. 아주 어린 소녀들과 함께 자고 그 애들에게 사랑받는 것은 분명 강렬한 기쁨을 줄 것이나, 그 애들을 금방 내팽개쳤을 거예요. 왜냐하면 그 애들은 왕왕 너무 바보스럽고 유치해서 빨리 싫증이 나거든요. 제가 교사였을 때 아이들은 빈번하게 저와 사랑에 빠졌어요. 저도 그게 언제나 싫은 건 아니었어요. 서너 번 정도는 제가 처신을 아주 잘못할 정도로 내키는 대로 행동했지요. 그때부터 끝없는 이야기들이 펼쳐졌어요. 이런 일은 매력적이나 중요하다고는 생각되지 않았지만, 이 여자아이들에게는 적어도 한동안 무시할 수 없는 것이었기에 그 애들을 조심스럽게 다뤄야만 했어요. 멕시코의 푸른 바닷가에서 길고 여유 있게 이야기해 드리지요. 그 이후에는 그런 모험에 흥미를 잃었어요. 아주 어린 소녀들 안에는 매력적인 것과 함께 매우 역겨운 무엇이 있어요.

지금은 남쪽 바다에 관한 스티븐슨의 훌륭한 책을 읽고 있어요. 내 사랑, 다른 야만인들을 잡아먹거나 아니면 백인들을 덮쳐 게걸스럽게 먹어 치우는 야만인이 사라지기 전에, 언제 한번 그곳에 가 보도록 해요. 저는 그 야만인들을 더 이상 만나지 못하면 어쩌나 걱정하고 있답니다. 그들은 그 이후로 문명화됐을 거예요. 그러나 그 장소들은 얼마나 아름답고 또 놀라울까요! 우리는 꽃으로 옷을 해 입고 관습에 따라 노인 수염으로 솜씨 좋게 땋은 가발로 우리 머리를 장식하도록 해요. 코코넛을 먹고 나서 포효하는 바다 근처에서 잠을 자는 거예요. 그에 대해 다시 생각해 봐야겠어요.

당신 선물이 얼마나 굉장한지 어머니께서 전화로 다시 한번 말씀하셨어요. 또 한 번 고마워요. 당신의 친절이 매번 기억될 때마다 마음이 뭉클해져요. 제가 간직하는 당신의 첫인상은 친절함이었어요. 당신 기억나요? 진정으로 친절한 남자, 그런데 지금은 다른 수많은 감미로움을 생각하고 있지요. 당신을 사랑해요. 사랑은 눈을 멀게 한다고들 해요. 하지만 당신의 친절함, 그것에 대해서만은 확신하고 있어요. 당신에게 사랑의 감정을 느끼지 않을 적에도 친절함을 확인했었으니까요.

토요일

하늘이 푸르고 햇빛이 화창한 하루, 공기는 온화하고 부드러웠어요. 쾌적하게 가벼운 산책을 했어요. 떠나는 게 아쉽군요. 여기서는 마음대로 일하고 책을 읽고 잠을 잤거든요. 6주가 쏜살같이 지나가 버렸어요. 이제 돌아가야만 해요.

안녕, 내 사랑. 일을 조금 더 해야겠어요. 사랑에 빠진 당신의 여자,

시몬

1948년 1월 8일 목요일

나의 넬슨. 다시 파리에 돌아온 날은 전혀 기대하지 않았을 때처럼 낭만적이며 행복했어요. 처음에는 모든 것이 적대적으로 보였었지요. 비와 눈의 중간인 까만색의 더러운 얼음물이 떨어지고, 상인들의 파업으로 상점, 카페, 레스토랑 등이 닫혀서 음산했었으나, 천만에요! 당신의 감미로운 편지가 도착해 있어서 저를 행복하게 만들었답니다. 당신에게 종일 말했어요.(영어로). 그리고 다시 도시를 보는 데 만족스러워졌지요. 저는 도시들을 아주 좋아해요. 파리처럼 어둠침침하고 슬프더라도요. 친구들과 함께 몇 군데 바에서 위스키(스카치가 아니라 버번)를 약간 마신 다음에 우편물이 쌓이고 『타인의 피』의 번역 원고 — 당신이 5월에 읽을 수 있을 — 가 기다리는 『현대』 사무실에 들렀어요. 저는 워반지아에서 보낸 개구리의 삶과 제 일이 연결되기를 강렬히 원하고 있어요. 당신이 제 책들, 특히 저에 대해 뭔가를 알게 되리라 확신하는

제 두 번째 소설인 이 책에 접근할 수 있기를 바라요. 그리고 우리 스스로 서로에 대해 깊이 알기를 바라고 있어요. 그렇기 때문에 이 책의 번역이, 비록 엄청난 오역으로 손상됐다 할지라도 런던과 미국에서 5월에 동시에 나온다는 게 기뻐요. 우리는 멕시코를 두루 돌아다니면서 그것에 대해 토론할 수 있을 거예요. 좋아요, 멕시코 정도로 해 두죠. 하지만 쿠바에서 돌아온 친구들이 그곳에 대해 경탄하는 소리를 들었기 때문에 어쩌면 뉴올리언스로부터 그곳에 그리고 그곳에서 멕시코를 갈 수 있지 않을까 하는 생각도 해 봤어요. 당신은 어떠세요? 당신은 서인도제도에 흥미를 별로 느끼지 못하는 데다 그곳이 너무 관광지화된 게 아닌가 두려워하지요, 안 그래요? 저는 그곳이 대단히 흥미로우리라 생각해요. 멕시코는 다른 해에 가는 것으로 연기하도록 하죠. 서두를 것 없어요. 잘 생각해 보자고요. 중요한 건 두 달을 함께 여행한다는 거예요. 어디로 갈지 목적지는 부차적이죠.

화요일로 되돌아옵시다. 저녁에는 혼자 〈분노의 포도〉*를 보러 샹젤리제에 갔어요. 미국의 목소리를 듣고 애리조나와 뉴멕시코를 가로질러 캘리포니아 여자 친구와 함께 갔던 바로 그 길을 다시 보는 것에 무척 감격했지요. 여러 장소 중에 특히 콜로라도의 다리를 알아봤어요. 어떤 장면들은 주목할 만했어요. 예를 들어, 보잘것없는 농장에서 형사들이 설교사를 죽이는 장면은 좋게 표현하자면 '냉혹한' 영화라고 할 수 있지요. 어제는 아무것도 아닌 자잘한 일들, 쓸데없는 일들과 잠으로 하루를 보내 버렸어요. 아마도 시골에서 지나치게 일한 까닭에 상당히 피로해 있었나 봐요. 오늘 여성에 대한 읽을거리들이 관심을 끌지만, 그보다도 파리의 슬픔이 가슴속으로 스며들어 오는군요. 당신을 사랑하고 당

---

* 존 스타인벡의 원작을 존 포드 감독이 1940년에 영화화한 작품

신이 너무 그리워서 약간의 눈물을 흘렸고, 밤에 당신에게 오랫동안 이야기했어요. 사랑해요.

당신의 시몬

「시카고의 편지」들, 고마워요. 아주 재미있고 흥미로웠어요. 당신은 재능 있는 풍자 작가예요. 제게 그러는 게 아니라는 조건에서 당신이 화를 내고 신랄하게 이야기할 때, 맘에 꼭 들어요. 당신, 어쩌면 그렇게 심술궂을 수 있어요! 이틀 안에 번역자를 찾지 못한다면 힘들더라도 제가 전념해야 할 텐데, 쉽지 않은 작업이에요. 두 논설 ─ 전혀 뛰어나지 않은 ─ 에 대한 원고료를 당신의 에이전트에게 보내라고 『현대』에 말할까요, 말하지 말까요? 사르트르가 무척 좋아했고 그가 이해하는 한도 내에서 웃었어요.

1948년 1월 9일 금요일

넬슨, 나의 사랑하는 남편. 파리는 매일 점점 더 을씨년스러워져요 ─ 컴컴하고 춥고 습하며 거리는 텅 비었어요. 만일 제가 숙소라는 이름에 걸맞은 집을 소유하고 있다면 덜 으스스하고 춥지 않다고 느낄지도 모르겠어요. 봄은 아주 멀리 있는 듯해요. 당신에 대한 욕망으로 고통받는 건 인정해요. 그러나 가슴의 이 침울함만은 못 받아들이겠어요. 됐어요, 한탄하는 건 쓸데없는 짓이에요. 당신이 말했듯이, 우리가 지옥에서 목이 타들어 가서 울부짖더라도 물을 얻진 못해요.

아침에 국립도서관에 가요. 스무 살 때 가장 어려운 마지막 시험을 준비했던 곳이에요. 아홉 시에 와서, 식사하려고 겨우 한 시간 쉬고 저녁 여섯 시에 나왔지요. 당시 저에 대해 좋지 않은 감정을 지닌 부모님은 제가 굉장히 노력해야 한다는 사실과 저같이 젊은 애가 얼마나 먹어야 하는지를 전혀 이해하려 하지 않으셨어요. 그들은 집에 와서 먹으면 된다는 핑계로 점심 값을 주지 않으셨어요. 부모님 말씀대로 했다면 피곤하기도 하거니와 모든 시간을 낭비하는 것이므로 집에 가지 않고 공원에서 빵과 때때로 리예트*를 곁들여 먹었지요. 그리고 책을 읽고 필기하고 맹렬히 읽었는데, 공부하는 능력이 엄청났었어요.

도서관에서 아무것도 하지 않는 우크라이나인 여자 친구*는 헝가리나 루마니아 학생들과 연애하는 걸 좋아했고, 때때로 친절하게 제게 케이크를 사 주곤 했어요. 저는 그녀가 사내들에게 추파를 던지는 것을 보고 놀랐어요. 당시 저는 남자들에게 흥미가 없었고 그들도 제게 별 흥미를 갖지 않았지요. 늘 똑같은 옷에 화장도 하지 않았고 머리도 제대로 만지지 않았으며 뺨은 바보스럽게 둥글었던 저는 공부에만 열중하는 여학생이었어요. 그녀는 스페인 화가**와 사귀고 있었고 심지어 그와 잠자리까지 했는데, 제가 겁먹을까 두려워 감히 이를 말하지 못했어요. 저는 너무 순진해서 그들이 같은 호텔에 사는데도 눈치채지 못했고요. 후에 그들은 결혼해 아이를 하나 낳았고, 유대인이자 공산주의자인 화가는 스페인으로 싸우러 떠났어요. 지금 그들은 뉴욕에서 살고 있는데, 작년에 여러 번 만났어요. 한 달 전에 페르난두를 체포한 경찰이 그를 정치 활동 혐의로 프랑스로 돌려보내든가 '빨갱이'로 감옥에 집어넣겠다고 으름장을 놓았어요. 더 이상 젊지 않고 다소 못생겼지만 마음이 무척 좋은 스테파는 신발 공장에서 힘겹게 일하고 있어요. 오늘 아침에는 이 모든 추억이 밀려드는군요. (20년 전) 저녁 여섯 시에 도서관에서 나왔을 때 거리에서 자유로

---

* Rillette. 잘게 다져 기름에 지진 돼지 또는 거위 고기
• 스테파. 『얌전한 처녀의 회상』 참조
•• 페르난두 헤라시(Fernando Gerassi)

워 보이는 사람들을 바라보며 부모님에게서 벗어나 끊임없이 저를 추궁하는 사람이 보이지 않는 제 소유의 방으로 돌아가는 행복을 꿈꿨어요. 이런 독립을 얼마나 열망했는지 몰라요! 기분이 좋지 않은 부모님과 1그램의 자유도 없는 추하고 보잘것없는 아파트를 보는 일이 얼마나 슬펐던지요! 저녁 식사 후에는 혼자 외출할 권리가 없었기 때문에 머리는 무겁고 몸은 안절부절못하고 가슴은 텅 빈 채 기껏해야 읽고 쓰고 다시 공부하는 일만 했었지요. 지금보다 그때, 삶을 훨씬 더 격렬하게 사랑했어요. 당신은 제가 삶을 얼마나 사랑하는지 알지요? 고독과 자유에 대한 뜨거운 욕망이 저를 말라 들어가게 했어요. 이듬해 시험에 합격했을 때 저의 소원은 성취되었지요. 그러나 그러기 전까지 국립도서관에서 돌아오는 저녁나절들이 얼마나 음울했던지요! 조금 전과는 아주 달랐어요. 저는 더 이상 20년 전만큼 젊다고 느끼지 않아요. 오늘 제가 마흔 살이 된 걸 아시나요? 그건 큰 충격을 주었답니다. 당신은 저를 있는 그대로 사랑하지만, 저는 당신에게 더 젊은 사랑을 주고 싶었어요. 멀리 떨어져 있고, 저와 같은 나이를 갖는다는 것, 그리고 다른 삶에서 줄 수 있을 것의 아주 적은 부분만을 당신에게 주는 것은 슬픈 일이에요. 당신은 이를 결코 비난하지 않았고 분명 당신에 대한 제 사랑은 진실해요. 그러나…… 저는 늙는 것을 좋아하지 않아요. 작년에는 개의치 않았으나, 당신으로 인해 이제 더 이상 그렇지 않아요. 지금은 많은 것에 대해 걱정하지요. 예를 들어 베를린행 비행기를 타는 것이 겁나요. 그곳은 비행기로 가지 않는 한 기차로 가기에 너무 머니까 아예 가지 않을 정도로 두려워해요. 어쩌면 마음을 바꿔 먹고 갈지도 몰라요. 그러나 죽는다는 생각이 두렵게 해요. 전에는 전혀 그렇지 않았어요. 이런 식은 아니었어요. 저는 항상 언젠가 죽는다는 추상적인 생각으로 무서움에 떨었지만 무엇을 하든 저를 결코 방해하진 않았지요. 죽어야 하는 거라면 이르든 늦든 별 차이가 없었어요. 지금은 차이가 있어요. 당신에게 아직 더 키스하고 싶고, 당신과 함께 더 많은 것을 갖고 싶으며, 당신이 저로 인해 고통받는 걸 원치 않아요. 죽는다는 것은 잘못을 범하는 일이 될 거예요. 저는 죽고 병들고 늙거나 추해지거나 몸이 불편해지는 것이 싫어졌어요. 당신 때문이지요. 당신이 아주 생기 있고 건강하며 상냥하고 아름다운 여인의 사랑을 받기를 원해요. 최선을 다하겠어요, 내 사랑.

잘 자요. 마음이 무겁고 유쾌하지 않은 어두운 생각들을 하고 있어요. 당신이 미소 지어 줄 수 있다면, 저는 그것이 필요해요. 저는 아주 어리석고 겁 많은 개구리라고 느끼며, 당신 악어의 온기 안에서 웅크리고 마음 편히 잠들고 싶어요. 잘 자요, 내 사랑.

일요일

다시 읽으니, 저의 편지가 얼토당토않군요. 우울함은 저 개인적인 것만이 아니고 최근에 만난 모든 친구도 침울한 기분에 있었어요. 오늘날 프랑스에서 무엇을 할 수 있을까요? 카뮈와 루세와 함께 정리했던 성명서(이에 대해 당신에게 석 달 동안 이야기했어요)는 실패로 끝났어요. 사회당의 진보파가 공산주의가 아닌 진실로 혁명적이며 진정한 좌파 정신의 프로그램을 만들어 내길 바랐으나, 희망에 부응하는 건 아무것도 없어요. 성명서는 나왔지만 미적지근했고 아무 성과도 없었어요. 사실 우리는 정치에서 어떠한 돌파구도 예감하지 못하지요. 다른 한편으로 만약 세계 자체가 절망적으로 보인다면 현재 정치적인 의미가 있는 글은 아무것도 쓸 수 없기 때문에 글쓰기란 절망적이고 부조리한 것으로 변해 버려요. 모든 사람이 이런 감정을 공유하고 있어서 의기소침해 있지요. 지난주에 트럼펫을 부는 젊은이의 친구 한 명이 술에 취해 7층 창

234

문에서 뛰어내려 (본의 아니게) 자살했어요. 자, 이것이 오늘날 프랑스 젊은이들에게 일어나는 일이에요. 그들은 전망이 없기 때문에 지나치게 술을 마시고 바보 같은 짓들을 저지르지요. 하지만 금요일에 기분이 나빴던 것만은 아니었어요. 당신과 멀리 떨어져 산다는 것, 당신이 제게 주는 행복으로부터 멀리 떨어져 산다는 사실이 더 이상 정당화되지 않는다면, 그리고 여기서 더 이상 할 일이 아무것도 없다면 견딜 수 없을 것 같아요. 제가 무엇을 말하려는지 이해하지요? 또 저 때문에 너무 애석해하지 말아요. 당신은 상황을 더 많이도 아니고 더 적게도 아닌 제대로된 무게로 측정할 것이기 때문에, 아주 솔직하게 말하는 거예요. 어쩌면 상황이 호전될지 모르지만, 더 나빠질 수도 있어요.

국립도서관에서 오래된 작은 사진을 돌려줬어요. 편지 초반부에서 오랫동안 이야기한 그 시절 제 학생 카드에 붙어 있던 사진이지요. 당신에게 보냅니다. 사진의 저는 당신을 만나 사랑을 알기 위해 두 배 이상 살아야만 했어요, 내 사랑.

여자들에 대해 계속 알아보고 신기한 것들을 배우고 있어요! 어떤 이야기들은 아주 외설스럽지요. 사람들이란, 여자들이건 남자들이건 어쩌면 그렇게 괴상하게 행동하는지, 머릿속에 얼마나 기상천외한 생각들을 가졌는지 몰라요! 이 세계에서 대부분 인간이 그리고 특별히 여자들이 자존심과 기쁨을 동시에 누리면서 올바르게 처신한다는 건 그다지 쉽지 않아요. 여자들이 많은 권리를 가지고 있는 지금까지도요. 미시시피강에서 시간 있을 때 오싹한 이야기들을 해 줄게요. 저는 그 순간을 기다리고 있어요. 내 사랑, 당신이 그립고 필요해요, 사랑해요.

당신의 시몬

1948년 1월 13일 화요일

　내 사랑. 매우 유쾌하고 따뜻한 당신의 편지가 모든 슬픔을 싹 가시게 했고, 제 주위는 온통 당신의 따뜻함을 느꼈어요. 우리는 결혼하지 않았지만, 신시내티 선상에서 간이침대를 함께 사용하게 되나요? 저는 노부인들과, 그리고 당신은 수염 달린 늙은이들과 자야 한다는 건 간담을 서늘하게 해요. 당신이 계획하는 방식대로 '우리의 사랑을 망쳐 버릴' 수단을 찾아낼지 어떨지 궁금하군요. 성공할까요? 확실하지 않아요. 어쨌든 시도해 보도록 해요. 5월 15일의 배가 아주 좋아 보이는군요. 하지만 제가 아주 멀리서 산다는 사실과 당신이 생각하는 만큼 이 큰 여행의 계획을 짜는 일이 그리 쉽지 않다는 것, 정해진 날짜에 제대로 도착하는지 장담할 수 없다는 것을 이해하셔야만 해요. 아주 많은 문제가 불확실한 채 남아 있어요. 그렇지만 제가 5월 초, 8일이나 10일에 시카고에 도착하는 것과 우리가 두 달간 여행할 거라는 것은 거의 확실해 보여요. 7월 중순에* 카뮈와 사르트르와 함께 강연하러 남아메리카로 떠날 것이고, 석 달 후에 돌아와서 당신과 함께 한 달 또는 그 이상을 머무르려 하는데, 아직 모르겠어요. 예전에 계획한 게 수정되어 파리에서 시카고로 직접 갈 것이고, 캘리포니아와 뉴욕의 계획은 가을까지 미뤄 두겠어요. 당신이 40달러를 잃은** 그 순간에 저는 아무것도 하지 않고 50달러를 벌었어요. 우리의 저축을 위해 그 돈을 당신에게 보내는데 이 돈을 게임에 쓰는 것을 금해요. 필시 250달러가 더 나올 것이지만, 당신은 그 돈으로 내기할 권리가 없어요. 그 돈은 제가 남편과 함께하는

---

* 이 계획은 성사되지 않는다.
** 올그런은 편지에 포커에서 돈을 잃었다고 썼다.

나의 여행을 위한 나의 돈이에요. 넬슨, 당신은 덕망이 너무 높은 사람이어서 저 자신이 부끄러워요. 당신이 저를 위해 무언가를 할 때면 곧바로 마음에 와닿아요(양말대님을 착용하지 않곤 "당신이 더 이상 착용하지 말라고 부탁했잖아요!"라고 상냥하게 말한 걸 절대 잊지 않을 거예요). 그러나 당신이 여자와 게임을 금하고 수도승 같은 생활을 한다는 생각에 부끄러움을 느껴요. 그렇게 하지 말아요, 부탁해요. 진심이랍니다. 진지하게 얘기하는 것이고, 그렇게 생각하지 않는다면 말하지도 않았을 거예요. 그것에 대해 곰곰이 생각해 봤는데, 사실상 아무것도 우리의 사랑을 해칠 수 없으며, 당신 마음이 내키지 않는다면 제게 말하지 않고서 당신이 원하는 만큼의 여자들을 워반지아에 데려올 수 있다고 결론지었어요. 왜냐하면 만일 제가 "당신 하고 싶은 일을 해요, 단 제게 말해 줘요"라고 선언해 버린다면, 사태의 중요성을 부풀릴 것이기 때문이죠. 또 어쩌면 제게 그 사실을 이야기하고 싶지도 않고, 그리고 침묵함으로써 거짓말을 하고 싶지도 않을 것이기 때문이지요. 그러니 당신이 이야기해야 한다는 데 대해서는 생각조차 하지 말고, 당신 마음이 내킬 때 당신이 하고 싶은 것을 하도록 해요. 저는 저에 대한 당신의 사랑을 알고, 당신이 저를 깊고 따뜻하게 이해하는 것에서 당신의 진정한 성실함을 알고 있으므로 다른 무엇에 대해서는 걱정하지 않아요. 수도승처럼 살지 않아도 돼요. 당신은 수도승이 아니고, 이는 당신께 축하하는 일이지요. 당신 생활을 너무 침울하게 만들지 말아요, 내 사랑. 당신에게서 아무것도 빼앗고 싶지 않아요. 포커도 좀 하고 여자들도 조금 상대하도록 해요. 나쁠 게 하나 없어요. 제 마음은 덕스러운 당신과 마찬가지로 결함 있는 당신도 축복할 거고, 당신은 여전히 저의 소중한 악어로 머물러 있을 거예요. 모든 것을 밝게 비춰 주는 나의 남편, 제가 당신을 얼마나 사랑하는데요! 당신이 키스를 너무 많이 해서 저를 진력나거나 귀찮게 하는 일은 전혀 없을 거예요. 당신은 그렇게까지 하지 못할 것이며, 진정한 위업은 멕시코의 화산에 기어 올라가기 위해 저를 침대에서 끌어내는 일이 될 거예요.

목요일

내 사랑. 제 생활은 아주 잘 정돈되어 있어요. 매일 아침에는 국립도서관에서 네 시간, 이 여자 친구나 저 여자 친구와 점심 식사, 오후에는 사르트르의 서재에서 작업, 저녁 식사는 레스토랑에서 그와 함께하고 끝으로 바에서 스카치소다를 마신 후 자정에 잠자리에 들고 다음 날 다시 시작해요. 제 여자 친구들은 별 위안이 되지 않아요. 병세가 악화된 러시아계 여자 친구는 매일 저녁에 갑자기 고열이 나고 올해 안에 죽을 수도 있다는 것을 알지만, 기적을 일으킨다는 미국 약을 기다리고 있어요. 과연 이 약이 효험이 있을까요? 유대계 여자 친구로 말하자면 재앙이라 할 수 있지요. 10년 전에 그녀는 제게 심각하게 반했더랬어요. 그러나 그녀가 아주 어렸기 때문에 중대한 결과를 초래하진 않은 것 같았어요. 불행히도 정신분석요법은 그녀의 상태를 더 나쁘게 만들었어요. 어제 남편과 아이가 있는 데도 예전과 마찬가지로 저를 계속 강렬하게 사랑하는 게 두렵다고 온몸을 떨면서 말했어요. 그녀의 말은 불쾌했고 별로 상기하고 싶지 않아요(당신에게 메리 G.의 일이 그렇듯이). 특히 지금은 그녀에게 해 줄 수 있는 일이 무언지도 모르고 그녀에게도 거의 호감을 느끼지 않아요. 어쨌거나 결코 제게 매달려서는 안 되고 그녀 스스로의 힘으로 살아야 하는데, 그녀에겐 이것이 불가능하지요. 정신분석요법을 받는 사람들과 자신의 문제를 되씹는 데 인생을 보내는 신경증 환자들은 사람을 끔찍이도 의기소침하게 만들어요.

기분 전환으로 카뮈와 케스틀러 그리고 그의 아내와 술잔치를 벌인 밤이 있었어요. 아주 예쁜 흑인 여자가 경영하는, 라틴가에 있는 작은 레스토랑에서 — 처음에는 분위기가 좋았지요 — 맛있는 크레올 음식을 먹고 샹송을 들었지요. 그리고 마르세유에 있는 '시네마 블루'에 관한 코믹한 이야기들을 하던 케스틀러는 모든 사람에게 상냥했어요. 그러나 그다음에는 자신이 좋아하는 끔찍스럽고 우스꽝스러운 러시아적 장소들로 우리를 데려갔고, 우리는 그곳에서 무너져 내리는 듯한 감상적 멜로디의 음악을 들으며 보드카 진을 연거푸 들이마셨어요. 술에 취하면 언제나 그렇듯이 자기 나름대로 여성스럽고 어린애같이 돼 버리는 케스틀러가 사르트르의 머리 위에다 술잔들을 내던져 버리고 그를 거의 패다시피 했어요. 그리고 카뮈를 실제로 주먹으로 때려 눈을 멍들게 할 정도로 난폭해졌지요. 화가 나 어쩔 줄 몰라 하는 가엾은 카뮈가 그를 때려눕히고 싶어 했지만 우리는 그를 말렸고, 케스틀러는 우리가 집으로 돌아가는 동안 어둠 속으로 사라져 버렸어요. 사르트르는 만취했기 때문에 많은 돈을 도둑맞았어요. 케스틀러로 말하자면 여행자 수표를 2백 달러나 잃어버렸고요. 카뮈가 그에게 비난을 퍼부었는데 그는 아무것도 기억하지 못했고, 사르트르에게 전화를 걸어 화해를 주선해 달라고 말했지요. 그는 언제나 아내 아니면 친구들과 분쟁하는, 다루기 힘든 사람이에요. 골치 아픈 모임이었어요. 더 이상 이런 싸움판에 흥미가 없어요. 저는 꽤 마셨으나 취하진 않았었어요. 당신처럼 저도 시간 낭비하는 것을 증오해요. 당신의 것이어야 했을 이 시간, 만일 제가 그 시간을 가지고서 가치 있는 일을 아무것도 하지 않고 또 당신이 동의할 일을 아무것도 하지 않는다면, 저는 당신에게서 시간을 빼앗을 권리가 없어요. 이 모든 코미디는 쓸쓸함만을 남겼답니다.

당신이 제 가슴에 자리 잡게 한 태양은 사라지지 않았으며, 이 모든 것에도 불구하고 그리 상태가 나쁘지 않아요. 당신은 밤낮으로 제 가까이 있어요. 저는 당신의 사랑을 사랑하며 당신을 사랑해요.

당신의 시몬

1948년 1월 18일 일요일

나의 넬슨. 국립도서관이 문을 닫는 날이어서 계획을 바꿔 더운 데다 사람들로 시끄러운 되마고 카페에서 편지를 쓰고 있어요. 어려운 이중 모험 속에서 꼼짝도 못 하던 두 달 전의 그 남자는 더 이상 오지 않아요. 어제는 좋은 저녁나절을 보냈어요. 작은 극장에서 사르트르, 카뮈, 그의 여자 친구와 함께 뉴욕에서 한 번 만난 적이 있었던 놀라운 흑인 여가수 마거릿 우드의 노래를 들었지요. 그녀를 아세요? 그녀는 아름다우며 제 생각에 메리언 앤더슨만큼 훌륭하답니다. 그녀는 클래식 노래와 흑인 영가들을 불렀고 청중은 환호했지요. 그런 다음에 노부인의 딸, 손녀와 저녁 식사를 했어요. 우리는 이 젊은 두 사람에게 그다지 관심이 없다고 당신에게 말했었지요. 그러나 그녀들을 초대해야만 했기 때문에 카뮈에게 우리와 동행해 달라고 부탁했고, 아주 기분 좋게 됐어요. 우리가 만날 때마다 그는 매번 새 여자 친구를 데리고 나와요 (부인과 애들이 있는 데도요). 이번 여자는 매력적이며, 젊을 때 공장에서 고된 일을 한 뒤에 지금은 몇 군데 작은 클럽에서 노래를 부르고 있다더군요. 그녀가 어떻게 노래를 부르게 됐는지는 알 수 없으나, 그녀가 말하기를 아주 친절한 카뮈 외에는 전부 더러운 짐승인 남자들과 대단히 슬픈 경험들이 있다는군요. 문제는 그가 조만간 그녀를 내팽개칠 것이며, 그러면 그녀는 필경 그 어느 때보다 더 불행할 거라는 거죠. 왜냐하면 그녀가 그를 몹시 사랑하는 것 같기 때문이에요. 이 불쌍한 카뮈는 전날 저녁에 케스틀러에게 얻어맞아 멍든 부분을 감추려고 검은색 안경을 썼기 때문에 괴상한 인상을 줬어요. 깜찍한 데다 중요한 사람들이 가는 장소에 간다는 사실에 몹시 기뻐하던 노부인의 손녀는 열다섯 살의 생일을 축하받았어요. 미남인 카뮈에게서 깊은 인상을 받은 그 아이는 귀부인 행세를 하는 놀이를 했는데 그 모습이 익살스러웠지요. 저녁 식사는 어느 러시아 음식점에서 했고, 그다음에 쾌적한 클럽에서 샴페인으로 건배했어요. 이 클럽은 좋은 흥행거리들을 내놓아요. 그중 한 명의 '실존주의 가수'가 있는데, 이 말은 그가 오로지 기상천외한 짓에 몰두한다는 것을 의미해요. 실제로 그는 미친 사람이에요. 러시아인을 흉내 내기 위해 소리를 지르고, 유리잔들을 깨뜨리고, 마지막에는 의자 하나를 부순 다음 땀에 흠뻑 젖은 채 자칫하면 졸도할 뻔했지요. 그가 피아노를 망가뜨리고 손님들을 때린다고 소문이 나 있어서 많은 카바레에서 그를 거절하고 있어요. 재능은 있는 사람이에요. 프랑스에서 어린 소녀들과 늙은 부인들에게 아주 인기 있는 유명한 젊은 배우*가 저녁 늦게 왔어요. 그는 그녀들의 사랑을 받을 만하다고 말하지 않을 수 없더군요. 매혹적이었지요. 그가 사르트르에게 인사하고 손녀의 건강을 위해 술잔을 비웠더니, 아이는 흥분하여 죽어 넘어갈 지경이었어요. 열다섯 살의 어린 소녀가 꿈꿀 수 있는 가장 아름다운 생일이었으리라 믿어요. 우리는 술을 많이 마시지 않았고 모든 것이 무척 다정스럽고 유쾌하며 평온했어요. 요즘은 여유로운 야회를 즐기는 것이 너무 드물기 때문에 그것만으로도 만족하기에 충분했어요. 보통 사람들은 혼자 있거나 아니면 정치에 대해 서로 싸우는 게 전부랍니다.

---

* 제라르 필리프

마지막으로 저는 반드시 베를린에 28일부터 4, 5일 정도 갈 거예요. 나중에 정확히 말하겠어요. 제 마음을 끄는 일이긴 하지만, 저는 오직 일하고 싶어요. 저의 목표는 5월에 자유로워지는 것이에요. 언제 새로운 「시카고의 편지」를 보낼 건가요? 두 번째 것은 번역이 매우 잘됐어요. 그러나 첫 번째 것은 엉망이라 제가 다시 번역해야 할 거예요. 당신, 문학뿐 아니라 어떤 주제에 관해서든지 논설을 보내도 돼요.

자, 밤이 됐군요. 오늘 낮에 슬픔에 잠긴 러시아계 여자 친구와 서글프게 점심 식사를 했어요. 다시 병들었다는 사실에 어찌나 분노하는지 그녀는 자신을 더 이상 돌보지 않고 서서히 죽도록 내버려 두고 있어요. 하지만 그녀는 죽고 싶어 하지 않아요. 이후에는 사르트르의 서재에서 쉬지 않고 일했고, 사르트르도 희곡 작품*을 쓰고 있으나 즐겁게 하진 않아요. 왜냐하면 이 일은 지금까지 기회를 얻지 못한 두 여자를 돕기 위해 하는 것이고, 그녀들에게 약속했기 때문에 하는 거니까요. 그중 한 명은 러시아계 여자 친구의 동생이에요. 그는 순수한 의도로 친절하고 선량하고 관대하게 일하고 있으나, 그것만으로 되는 게 아니죠. 등 뒤에는 극장, 극장주, 연출자 그리고 모든 것이 있잖아요. 연습을 시작해야 하는데 텍스트가 끝나지 않았어요! 그는 모두가 흥분하여 발을 동동 구르고 있고, 반드시 끝맺어야 한다는 것도 알고 있으므로 기계처럼 쓰고 있답니다. 저는 세상에 무엇을 준다 해도 그와 같은 조건에서는 글을 쓸 수 없을 거예요 — 그도 미칠 것 같이 고통스러워하고 힘들어하지만 어떤 의미에서는 재미있는 전투를 치르고 있다 할 수 있어요. 문제는 모든 연극계가 아주 추잡하고 보잘것없으며 쩨쩨한 음모에다 불결하고 치사스러운 흥정들뿐이라는

---

* 〈더러운 손〉

거죠. 그 때문에 저는 저 자신의 경험을 되풀이하고 싶지 않아요.

잘 자요, 허니. 오늘 저녁에는 평화롭고 행복하게 느껴지네요. 당신을 곧 만나지는 못하지만 그렇다고 아주 오랫동안 만나지 못하는 것은 아님을 알고 있어요. 저는 기다리기만 하면 돼요, 그럴 거예요. 몇 주 동안 제 입술로 "잘 자요, 내 사랑"이라고 말하고, 당신의 온기로 따뜻해진 침대에서 잠들고, 잠에서 깨어나면 당신이 거기에 있을 거예요. 참으로 감미롭겠죠. 당신을 가까이에서, 그렇지 않으면 제 침대에서 느끼면서 저의 가슴은 당신의 온기로 따뜻하겠지요.

당신의 행복한, 사랑에 빠진 개구리,

시몬

1948년 1월 20일 화요일

나의 무척 소중한 남편. 시카고처럼 여기도 엄동설한이며 저는 완전히 얼었어요. 그렇지만 기분 좋은 아침나절을 보냈지요. 생제르맹에서 아주 먼 트로카데로에 있는 한 도서관에서 민속학 저서들을 열람하기 위해 안개 속에 잠긴 파리를 택시를 타고 가로질렀어요. 에펠탑은 붉은 하늘 속으로 사라졌고, 아름다웠지요. 도서관에서 놀랄 만한 것들을 많이 찾아냈어요. 예를 들면 오스트레일리아, 인도 그리고 아프리카의 부족들이 여자들에게 정말 비상식적으로 처신하는 것을요. 이 도서관은 커다란 박물관에 속해서 콜럼버스 발견 이전의 예술 전시회를 관람하려고 시간을 냈지요. 아름다운 조각들, 조각된 돌, 직물들, 우리가 그곳에서 볼 것들의 복사품들이에요. 좋아요, 쿠바에도 과테말라에도 가지 말고 멕시코를 속속들이 알아보도록 해요. 저는 여러 일 때문에 언제

도착해야 좋을지 아직도 정하지 못하고 있지만, 그런 건 우리에게 크게 중요하지 않아요. 어쨌든 5월 초에는 당신과 함께 있을 거예요. 생제르맹의 한 바에서 타는 듯한 펀치를 마시면서 당신에게 편지 쓰는 지금 저는 여왕이 된 기분이에요.

포크너와 미국에 관한 설명 고마워요. 라푸에즈에서 독서 향연을 보내고 난 후 당신 나라에 대해 웬만큼 알기 시작했어요. 포크너에 대한 당신의 지적은 매우 정확하더군요. 저는 그의 거의 모든 작품을 읽었고 그중에서도 단연 『8월의 빛』을 선호해요. 특히 당신이 말하는 중편소설은 훌륭한 것 같으나 제 의견을 고수하는데, 비극은 남부가 특별히 개입되지 않는 『파일론』에서 정형화되는 경향이 있어요. 사르트르의 『집행유예』로 말하자면, 사르트르가 사용하는 기법, 즉 한 주제에서 다른 주제로 지속해서 통과하는 것은 시간적 한 단위에 속해 있는 모든 사건을 소설적 한 단위에 결집하려는 시도로 설명되지요. 그는 같은 주제(전쟁의 위협)의 동시성으로 전 세계에 걸쳐 분명한 현실을 만들고자 했어요. 이러한 기법은 독자에게 큰 노력을 요구하지만, 만일 독자가 그러한 수고를 받아들인다면 그에게도 많은 것을 가져다주지요. 당신이 말하는 것처럼 그 기법은 순간들을 결집해요. 그렇지만 그의 다음 소설은 이런 시도를 되풀이하지 않을 것이며, 그 안에서 완전히 특별한 한 상황에 연결된 경험만을 봐야 해요. 마티외와 브뤼네의 생활을 통해 그가 경험한 포로수용소의 생활을 더 직접적이고 단순하고 고전적인 문체로 환기할 거예요. 가엾은 사르트르! 그는, 술을 너무 많이 마셔서 시각장애인이 될 지경인 무시무시한 알코올 중독자 화가*의 사기를 올려 주려고 이제 막 바를 급하게 가로질러 갔어요. 독일계 유대인인 그는 박해로 인해 심한 타

---

* 볼스(Wols)

격을 받았고, 몇 년 전부터는 아침부터 저녁까지 폭음하는 일 외에 절대 아무것도 하지 않아요. 그는 재능 있는 화가지만, 더 이상 작업하지 않으며 술만 계속 마셔요. 서른네 살인데 당신보다 열 살은 더 들어 보이지요. 우리는 그를 잘 몰라요. 그러나 술에 흠뻑 취하려고 사르트르에게 때때로 돈을 꾼다는 정도는 알고 있지요. 그런데 사람들을 도와주기 시작하면 더 많이 도와주어야 한다는 것과 그들은 당신이 그렇게 할 것이라 기대한다는 것을 깨닫게 되네요. 그가 무척 아픈 지금 그의 아내는 사르트르를 매일 귀찮게 해요. 고약한 것은 너무 비싸지 않은 일반 병원에서 그를 치료하지 않을 거라는 거죠. 그는 치료를 계속 미룰 것이고, 막대한 비용이 드는 '미국 병원'에 데려 가지 않는다면 열흘 안에 시각장애인이 될 거예요. 그런데 그나 그의 부인이나 돈 한 푼이 없어요. 그래서 그들은 사르트르가 그를 병원에 가도록 설득하고, 예전에는 돈만 줬던 남자에게 하루에 15달러나 드는 치료비를 몇 개월간 지불하기를 기대하고 있어요. 만약 그를 이대로 놔둔다면, 알코올의존증으로 미쳐 버리거나 나아가 시각장애인이 되어 — 소름 끼치는 일이에요 — 죽어 버릴 거예요. 그러니 어떻게 하죠? 어제 저녁에 우리가 식사하려고 나왔을 때 부인이 현관 앞에 있다가 튀어나왔어요. 아주 심술궂어 보이는 그녀는 몇 시간 동안이나 우리가 나오는 것을 망보고 있었음이 분명해요.

목요일

자, 그러니까 화가는 설득당했고 병원에 갈 거예요. 그는 무척 아픈 것 같아요. 다른 조그만 사건이 있었어요. 우리는 케스틀러와 또 한 번 심하게 말다툼한 후에 어느 정도 화해했었어요. 그는 정말 별난 사람이에요! 이번에는 제가 그와 언쟁했죠. 어제는 흥미로운, 그렇다고 너무 엉뚱하지도 않은 못생긴 여자와 저녁 식사

245

를 했어요. 그녀는 자신의 인생과 어렸을 때 여자애들과 어떻게 잤는지 등등을 이야기했어요. 케스틀러가 한 친구와 함께 들어왔을 때 우리는 이야기를 나누며 스카치를 마시고 있었어요. 그는 자기 친구에게 저를 소개했지요. RPF 당원인 친구는 혐오스럽게도 곧바로 사르트르에 대해 가혹하고 추잡스러운 말을 퍼붓기 시작했어요. 그는 사르트르가 라디오 방송에서 말하기 전에 RPF에 돈을 구걸했었을 거라는 둥 그런 말들을 주장했어요. 화가 머리 끝까지 치민 저(당신은 당신의 개구리를 알아보지 못했을 거예요)는 이 더러운 작자에게 호되게 욕설을 퍼부었지요. 저는 그들이 이런 중상모략으로 무얼 할지 잘 아는데, 그들은 이를 여러 신문에 활자화시켜 버리지요. 케스틀러는 그냥 웃으면서, 내기에서 지는 사람이 상대에게 샴페인을 내자고 말했어요. 만일 어떤 스탈린주의자가 그를 유사한 방식으로 공격했더라면 우리는 그를 옹호해 줬을 거예요. 그러나 그는 정말 매정스러웠고, 제 여자 친구도 동감하며 그를 때리려는 것까지 제가 막아야 했어요. 저는 RPF를 욕하고 또 케스틀러에게도 약간 욕을 퍼부으며 그 자리를 떠났지요. 다음 날 RPF는 사과의 편지를 보냈는데, 그 내용이란 사람들이 그 작자를 속였었고 지금은 그도 사르트르가 RPF에게 몸과 영혼을 판 적이 결코 없었다는 것을 안다고 했어요. 오늘 저녁 케스틀러를 다시 만났을 때, 좋지도 나쁘지도 않은 어조로 그에 관한 쓰라리고 자극적인 진실들을 꺼냈지요. 그가 유치하고 음흉한 표정을 지었어요. 결론적으로 그는 썩은 사람이에요. 3월에 그가 미국으로 강연하러 떠나는데, 아마도 시카고에서 당신이 그를 만날지 모르겠군요. 저는 그가 당신 맘에 들리라고 생각지 않아요.

시간이 늦었어요. 일을 잘하고 있으며 봄을 기다리면서 당신을 생각해요. 이는 아침에 눈을 뜰 때 하는 첫 번째 생각이며 저녁에 눈 감을 때 하는 마지막 생각이에요. 제가 할 수 있는 한 잘 그리고 당신이 원하는 만큼 오랫동안 당신께 키스해요.

당신의 시몬

1948년 1월 24일 토요일

나의 남편, 당신의 키스처럼 당신의 말이 저를 행복하게 해요. 그게 무슨 의미인지 아시죠. 당신 편지를 받은 그날 하루는 세상이 멋져 보였어요. 당신을 만난 것은 큰 행운이랍니다, 내 사랑.

저는 정녕 그렇게 불만이 많은 소녀는 아니었어요! 분명 제가 기억하는 유년 시절은 제 생애에서 가장 좋은 때는 아니었지만 매우 행복했어요. 열두세 살 때까지는 아주 지성적이라고 믿었던 아버지를 우상처럼 숭배했지요. 그는 책을 읽어 줬고 저를 잘 돌봐 주셨으며, 저의 우수한 학업 성적을 아주 자랑스럽게 뽐내셨어요. 저는 공부하고 책 읽는 것을 무척 좋아했고, 한 여자 친구*를 깊은 (관능적인 것이 전혀 아닌) 사랑과 온 마음, 온 영혼으로 좋아했어요. 또 신이 저를 극진히 사랑한다고 확신해 신을 믿었어요. 시골, 학업, 책, 동무들, 봄, 가을, 잠자기, 먹기, 기도하기, 모닥불, 산책, 그 모든 것이 강렬한 기쁨을 가져다줬지요. 열네 살에서 스물한 살까지는 확실히 더 이상 순탄치 않았어요. 어머니, 아버지를 무시하기 시작했고(그들은 그런 대접을 받을 만했어요), 더 이상 어떤 신도 믿지 않았으며, 독서와 사과* 이상의 것들을 열망했고, 저와 동갑인 사촌과 사랑에 빠졌어요(이번에도 육체적 관계 없이 마음과 영혼의 애정이었지요). 그는 제게 별달리 마음 쓰지 않은 채 '가엾은 것'인 저

• 자자. 『얌전한 처녀의 회상』 참조

* pommes. 『구약성경』에 나오는 금단의 과실

247

에 대해 어느 정도 애정을 갖고 있었지요. 저는 가족을 증오하기까지 하고, 군 복무를 위해 아프리카로 사라진 사촌 때문에 저 자신이 무척 불쌍하다고 느끼기까지 했어요. 제 사진 속 비탄에 잠긴 표정이 그때예요. 그렇지만 저는 젊고, 인생에서 많은 것을 기대하며 그것을 얻을 수 있을 것임을 알았기 때문에 결코 완전히 끔찍하지는 않았지요. 마지막 해(부모님 집에서 살면서 보낸 학창 시절의 마지막 해를 의미해요), 그 딱한 사진을 찍은 해에는 복역수처럼 온종일 그리고 저녁까지도 집에서 공부만 했어요. 그러나 어떻게 해서인지는 기억나지 않지만, 약간의 돈을 구해 내는 방법을 찾아냈고(짐작건대, 돈을 훔치면서) 그리고 때때로 형편없는 카바레 몇 군데서 매춘부라고 자칭하면서 술 몇 잔을 마시는 위험한 모험을 감행했지요. 몇 명의 작자들과 불쾌한 일들이 몇 번 있었지만, 저 같은 얼굴로는 두려워할 게 별로 없었어요. 그들은 결코 키스조차 하지 않았어요. 그리고 시험에 훌륭하게 합격했고 가족을 떠나 스스로 생활비를 벌면서 제힘으로 정착하기로 했지요.

작은 방을 세냈어요. 재난이 두 번 닥쳐왔어요. 첫 번째는 사랑하는 사촌이 모로코에서 돌아와 순전히 타산적으로 한 여자와 결혼한다고 선언한 것이고, 두 번째는 그리도 사랑하는 여자 친구가 스물한 살에 비극적이고 비장한 죽음으로 인생을 끝마친 것이지요. 이러한 일은 제게 엄청난 충격을 줄 수 있었지만, 다행히도 운이 좋아 그때 사르트르와 그의 친구들을 만났어요. 저보다 두세 살이 많은 그들은 무척 많은 사람을 알고 있었고 그때부터 제 인생 전체가 바뀌었어요. 멀리 있는 사촌에 대한 '사랑'과는 전혀 별개로 사르트르와 저는 서로에게 깊은 애착을 느끼기 시작했어요. 그것은 현실이었고, 제 인생 전체를 바꿔 놓았던 관계였어요. 우리가 배를 타고 미시시피강을 내려갈 때 그에 대해 이야기하겠어요. 여기서는 단지 저의 비탄에 잠긴 표정에 대해 설명하고 싶을 뿐이에요. 아주 어릴 적 제 사진들을 찾아서 당신에게 보낼게요.

수요일 아침 기차로 베를린으로 떠나 그다음 주에 돌아올 거예요. 그 전에 당신에게 짧은 편지를 보낼게요. 잘 자요, 내 사랑, 저는 너무 행복해서 두려워요. 왜 이렇게 많은 행운이 따르는지 이해하지 못하겠어요. 봄이 빨리 오기를, 내 사랑을 나의 침대에서 나의 두 팔에 안을 수 있기를! 그렇게 될 거예요.

당신의 시몬

어머니에게 유년 시절의 사진들을 달라고 부탁한 것이고, 또 어머니가 다른 사진들을 갖고 계시지 않으니 사진은 조심스럽게 돌려주세요. 어머니에게도 돌려드리겠다고 약속했어요. 알 속에 들어 있는 햇병아리만 보도록 해요.

당신이 『집행유예』를 아주 좋아한다니 만족스러워요.

1948년 1월 26일 월요일

잿빛의 진눈깨비가 내리고 있어요, 내 사랑. 그러나 제 가슴속엔 여전히 빛과 따뜻함, 미시시피강과 멕시코의 푸른 하늘이 끈질기게 자리 잡고 있어요. 저의 다음 편지가 늦어진다고 해서, 제가 미시시피강의 보트 선실을 예약하게 한 뒤에 고독하게 버려지는, 시골의 한 가련한 사람의 마음을 농락하는 그런 악한 여자라고 생각지 말아 주세요. 자주 편지를 쓰겠지만, 베를린에서 편지를 부치는 일이 어려울 것 같아 돌아오기 전까지는 아무것도 보내지 않겠어요. 수요일 아침에 떠나서 다음 날 오후 세 시에나 도착할 거예요 — 긴 여행이지요. 어제저녁, 리처드 라이트와 그의 아내, 사르트르, 몸이 아픈 러시아계 여자 친구 그리고 우리의 가장 좋은 친구인 그녀의 남편*과 함께 기분 좋은 시간을 보냈어요. 라이트의 아내 엘렌을 아나요? 그와 결혼한 지 7년밖에 안 된 그녀는 정말 친절하고 제가 아주 잘 아는 여자 중 한 사람이에요. 우리는 함께 코냑을 마신 뒤에 오후 늦게, 부유하지만 적막한 동네에 있는 그 부부의 집에 암스트롱과 베시 스미스의 음반을 들으러 갔어요. 그들의 어린 딸은 여전히 예쁘고 어찌나 생기 있고 발랄하던지 우리는 그 애를 만족시키기 위해 요정이 되고 싶을 정도였답니다. 손님이 한 명도 없는 아랍 음식점에서 쿠스쿠스를 먹었지요. 당신, 마르세유에서 먹어 본 적이 있나요? 아주 맛있어요. 달링, 내년에 당신이 오면 이 음식을(자의든 타의든 당신이 발견할 수 있도록 제가 준비할 수많은 색다른 것들 가운데 하나인) 파리, 마르세유, 특히 알제에서 사 드릴게요. 야회는 '칼리지 인College Inn'에서 끝났는데, 지난주 이 클럽에서 노부인의 손녀의 열다섯 번째 생일을 축하했지요. 제가 사촌과 바보스럽게 사랑에 빠졌던 미운 오리 새끼 시절에 제게 많은 의미가 있었던 이곳을 자주 드나들곤 했었어요. 멋진 재즈 음악과 맛 좋은 위스키가 있었거든요. 예전에 당신에게 부질없이 설명하려 했던 그 아프리카 흑인들 사건에 대해 라이트가 이야기했어요. 그는 불만을 토로하면서도 너무 심각하게 굴지 않았고, 흑인교회의 한 설교자를 그럴듯하고 익살맞게 흉내까지 냈어요. 다들 영어로 말했지요. 러시아계 여자 친구는 아주 독특하고 아름다운 영어 억양을 가지고 있었지만, 거친 미국인들을 상대하기에는 너무나 세련됐기 때문에 쓸데없었어요. 라이트와 엘렌은 프랑스어 단어 한 개만을 간신히 발음할 뿐이에요. 저는 당신들 미국인들이 지상에서 가장 게으르며 가장 오만한 국민이

---

* 자크로랑 보스트. 당시 그는 『가장 하찮은 직업Le Dernier desmétiers』을 막 출간했다. 시몬 드 보부아르와는 1935년에 알았다. 『나이의 힘』 참조

라고 생각해요. 당신들은 어떤 외국어도 배우려 하지 않아요. 몇 명의 수준 높은 가수들이 차례로 나와 노래를 불렀고, 우리는 그 다지 많은 술을 마시지는 않았어요. 다른 누구와 심한 언쟁을 한 사람도 없었고, 저는 일찍 잠자리에 들었어요. 네, 좋은 야회였어요. 저는 일을 계속 잘하고 있지만 더 이상 국립도서관에는 가지 않아요. 메모해 놓은 것을 사용하고 그것을 혼자 숙고하는 그 순간을 매우 좋아한답니다.

어제 제부가 도착해서 그와 어머니와 함께 점심 식사를 했어요. 그들은 끊임없이 말다툼하는데, 제가 보기에는 둘 다 잘못했고 똑같이 비루해요. 저는 비루한 사람들을 혐오하기 때문에 그와 그녀에 대해 참을 수가 없어요. 물론 그가 일자리를 잃고(공무원 일자리 감소로 인해) 집까지 없는 한심한 상황에 놓여 있긴 해요. 한 달 안으로 제 동생이 유고슬라비아에서 돌아오겠지만, 그들은 돈 한 푼 없이 무엇을 해야 할지 모르고 있어요. 어머니가 그들에게 아파트를 빌려줌으로써 궁지에서 벗어나게 해 줄 수도 있겠지만, 그가 그것을 너무 당연한 것처럼 여겨요. 그는 사람들에게서 도움 받을 권리가 있다고 생각하는 거죠. 하지만 저는 누구에게나 가장 작은 권리라도 가지고 있다고 믿는 사람들을 증오해요. 어머니는 비난받을 만하지만 늙으셨고 게다가 소유물을 포기한 채 홀로 몇 개월 동안 떠나는 것은 그녀에게 무척 힘든 일일 거예요. 그러므로 그 역시 비난받아 마땅하지요. 저는 이 모든 일이 고약한 냄새를 풍긴다고 생각했어요. 더욱이 그는 6월에 있을 동생의 전시회에 제가 있어야 한다면서 불만을 표시하고 있어요. 하지만 그 때쯤이면 저는 이곳에 없을 거예요. 그 까닭을 당신은 알지요? 동생에게 재능이 없다면 제가 어떻게 그 재능을 줄 수 있겠어요? 저는 인맥, 우정, 돈, 사회·경제적 지위 등등으로 재능을 살 수 있다는 생각을 증오하지요. 그녀가 해야 할 일이란 좋은 그림을 그리는 것인데, 그렇게 하지 못한다면 그림 그리기를 포기해야 해요. 그 애에게 천재성이 없는데도 제 동생이라는 이유만으로 사람들에게 그녀의 천재성을 이해시킬 수는 없어요. 아! 이 모든 것을 갑작스럽게 치밀어 오른 노여움으로 썼기 때문에 잠시 쓰는 것을 멈추고 신선한 공기를 한번 크게 들이마셔야겠어요. 됐어요, 제 가족이 전혀 흥미롭지 않다고 하더라도 남편으로서 당신은 그들을 알아야 해요.

자정

내 사랑, 이 편지의 글씨를 알아보려면 당신이 저를 진정으로 사랑해야만 해요. 아니면, 사랑과 고난 둘 다를 포기하든지요. 방금 제가 쓴 것을 다시 읽어 봤는데, 저도 간신히 읽었답니다. 당신은 어떻게 읽어 낼 수 있을까요, 당신이? 의혹이 생기네요…….하지만 당신은 제 편지에 대답하고 그 의미를 알아내는 것 같았어요…….저는 그 사실에 깜짝 놀라고 있답니다. 결국 당신은 저를 진정으로 사랑하는군요.

저는 행복해요. 넬슨 당신과 함께 시간을 보내게 되어 무척 행복해요. 1년 전에는 당신을 몰랐었고 우리가 한 달 내내 함께 보내지 않았다고 생각하는 게 믿을 수 없는 것처럼 보여요. 그렇지만 당신은 제 남편이고 저는 당신의 아내예요. 아니요, 당신이 저를 이처럼 사랑하는 이상 저는 나이 든 것 같지도 않고 기분이 좋아요. 제 심신과 영혼은 당신에게 속해 있으며, 당신 또한 그것을 알고 있어요. 잘 자요, 달링.

당신의 시몬

저의 집과 아주 가까운 곳에서 대출을 전문으로 하는 작은 미국 도서관을 찾아냈어요. 거기에는 특히 고전 작품들이 많이 있더군요. 최근에 출판된 책들을 몇 권 추천해 줄 수 있나요?

1948년 1월 31일 토요일, 베를린

넬슨, 나의 남편. 마침내 당신에게 편지를 쓸 수 있는 꽤 조용한 순간을 찾아냈어요. 이야기할 것이 엄청 많지만, 중요한 건 프랑스와 미국에서와 마찬가지로 독일에서도 당신을 사랑한다는 것이고, 이 사랑이 국제적으로 전개되고 있다는 거예요. 모스크바에서는 어떤 일이 일어날까요? 수수께끼로군요. 어떻게 지내고 있어요, 내 사랑? 오랫동안 당신의 말을 한마디도 듣지 못했지만, 파리에서 편지들이 기다리고 있다는 걸 알아요.

어쨌든 대경실색하는 일이 있었어요. 여기서 하는 첫 번째 저녁 식사 때부터 미국인들과 마주쳤는데, 그중에 로디티라는 사람이 있었어요. 그가 물어본 첫 질문은 "메리 G.를 아십니까?"였어요. 그녀와 약혼을 한 사이라나요, 뭐. 그녀는 백만장자인 아버지와 화해하고 소설을 쓰면서 로스앤젤레스에서 살고 있대요. 미국에 관해 이야기하다가 당신 이름을 언급했는데, 그가 아주 언짢은 듯 보였어요. "당신은 메리를, 넬슨 올그런과 그녀의 관계가 끝난 후에 알게 되었나요?"라고 묻고는 쓴웃음을 지으며 덧붙였어요. 그녀는 정기적으로 이 작가, 저 작가에게 반하지만, 지금은 다른 작가와 결혼하려고 하는데, 그가 바로 자기라고요. 당신의 사생활을 듣기 위해 베를린까지 오다니 너무 기묘했어요. 그 사내는 『파르티잔 리뷰』류의 가장 형편없는 작자이며, 거드름을 피우는 데다 지극히 어리석고 퇴폐적이며 그리고…… 어쨌든 모든 것이 최악인 사람이에요.

저는 지저분한 세계, 잘난 체하고 추하며 꼴불견인 정말로 멍청한 사람들, 장군들, 대사들과 그의 부인들과 마주치는데, 그것이 당신 미국인들이 부르는 우아함, 화려한 생활이라고 믿고 있어요. 때로는 그것이 저를 격렬한 노여움 속으로 집어 던져서 차라리 여기에 오지 않았으면 좋았을 뻔했다고 하기도 해요. 예를 들어 보자면, 내일은 야회 드레스를 입어야 한다는 사실이 저를 미치게 만들어요. 이런 코미디가 역겨워요. 어떻게 보면 모욕적이에요, 당신 이해하지요? 그것은 제가 부르주아지 여자 그룹에 속해 있다는 것을 상기하게 만들어요. 제게 긴 드레스가 없다는 사실이 그들에겐 충격인 모양이에요. 키가 큰 보기 흉한 여자가 한 벌 빌려줄 거예요. 사실 독일 여자들은 야회 드레스는커녕 아주 짧은 원피스조차 가진 사람이 별로 없어요. 그러나 우리의 의무는 그녀들에게 독일인이 아니라는 사실이 어떤 것인지, 사치스러운 드레스를 입을 수 있다는 것이 무엇인지 보여 주는 거지요. 아! 여기서 프랑스인이라는 사실은 추해 보여요. 미국인이나 러시아인이라는 사실 또한 아주 추하지요. 그렇지만 가장 힘 있는 자들과 맞서 독일인과 뜻을 같이한다고 할지라도 독일인이라는 사실이 더 나아 보이는 건 아니에요. 아마도 영국인이라는 사실은 용인될 수 있을지 모르겠는데, 그들은 보이지 않는군요.

모든 것을 당신에게 잘 이야기하려 하지만, 너무 어려워요. 특히 영어로 이야기한다는 것이 그래요. 처음 수요일에는 불모지일 뿐만 아니라 전쟁 분위기로 불안스러운 프랑스의 동부를 가로질렀어요. 전쟁 기간에 병사들과 불쌍한 피난민에 섞여 알자스 지역에서 숙영宿營하는 사르트르를 만나러 갔는데, 이 어둡고 소름끼치는 시기를 생각하면 가슴이 아파요. 그치지 않는 비, 진흙, 음산한 초원과 언덕을 짓누르는 전쟁 위협의 기억들이요. 잠을 잤고 그런 다음 배가 고파 뭔가를 먹으려 했지만, 약속과는 달리 기차 안에는 식당칸이 없었기 때문에 화가 났어요. 어떤 역에서 바나나를 몇 개 살 수 있었을 뿐이에요. 지나치게 더운 열차 안에서 좋지 않은 미국 소설 하나, 중학교 여학생들과 남학생들의 이야기인 『접힌 나뭇잎』*을 읽었지요. 사람들이 그 책이 좋다고들 했었는데, 전혀 그렇지 않았어요. 오후 네 시에는 자르브뤼켄의 매우 인상적인 폐허를 통해 독일로 스며들었는데, 여행은 다소 불쾌하고 야릇한 모양을 띠어 갔지요. 마침내 먹을 것이 빈약하게 제공되던 음산한 식당칸에는 프랑스인들, 특히 장교들만 있게 됐는데, 침대칸에도 마찬가지였어요. 독일인이 다른 칸들을 차지하고 있다는 걸 알았지만, 단 한 명도 보지 못했어요. 우리를 둘러싸고 있는 독일의 내부에서 우리는 순회하는 프랑스인 집단을 구성하고 있었던 거지요. 그러한 사실은 불쾌하게도 점령당한 프랑스 내의 독일인들을 떠올리게 했으며, 그들만큼 우리도 혐오스럽게 느껴졌어요. 그 모든 것에도 불구하고 주먹을 쥐고서 잠을 잤지요. 저는 침대칸이나 배 안에서 밤을 지내는 것을 대단히 좋아한답니다. 잠자는 동안에 미시시피강 위를 천천히 미끄러져 갈 배 안의 우리가 묵을 침대칸을 떠올리니 너무나 행복했어요. 독일의 아침은 무척 아름다워요. 소나무와 자작나무 숲들, 우울하고 광대한 하늘, 울긋불긋 야단스러운 색깔이 칠해진 작은 집들, 베를린에 도착하는 것은 흥분되는 일이었어요. 그러나 역에 들어가기 한 시간 전인 열한 시에 또다시 끔찍해졌답니다. 폐허와 잔해들, 잔해와 폐허들, 끝이 없더군요. 현실에 대한 얘기를 무척 많이 들어왔고 그것을 영화에서까지 보았지만, 현실을 상상한다는 것은 불가능했어요. 대베를린의 북쪽에 있는 프랑스 구역에 도착하는 것은 불쾌했어요. 독일인은 열차에서 내려도 된다는 허가를 받기 위해 프랑스인들이 나가는 것을 기다려야만 했어요. 또 한 번 파리 점령 당시의 상황들이 무의식적으로 떠올랐는데, 점령군 쪽이 된다는 것은 더 나쁜 일이에요. 그리고 우리의 출발은 우리

---

* 윌리엄 맥스웰(William Maxwell)의 소설이고, 원제는 "The Folded Leaf"

를 기다리던 사진사들, 라디오 방송, 기자들 때문에 지연됐어요. 독일 사람들에게 프랑스 책과 프랑스 문화를 파는 작은 프랑스 남자가 자신은 매우 똑똑하고 정신적이며 유머로 가득 찼다고 믿으면서 우리를 승용차로 호텔까지 데려다줬어요. 누군가의 초대 없이는 베를린에 올 수 없고 한 푼의 돈도 지닐 수 없으며(마르크화를 주지 않아요), 잠잘 곳도, 식량이나 기타 필수품을 보급 받을 티켓도 없고, 어떠한 생존 방법도 없다는 것이 가장 성가셨어요. 이 작은 남자가 우리를 초대해 준 대신 우리는 그에게 귀속되었어요(그는 우리와 다른 사람들을 영접하기 위해 프랑스 정부로부터 돈을 받았고, 그것은 그의 할 일이며 그것으로 끝이지만, 그가 우리를 마치 친구처럼 개인적으로 영접하듯이 행동하는 것을 막지는 못하지요). 프랑스 구역이 시내에서 25킬로미터나 떨어져 있으므로 우리는 자동차가 필요한데, 그것을 구해 줄 사람은 그밖에 없었어요. 우리에게 차 한 대를 빌려줬으나 사실 그가 모든 것을 통제했어요. 이해하시겠지요? 프랑스 지구인 프로나우는 소나무 숲, 신선한 공기, 매력적인 집들이 있는 아주 예쁜 교외 주택가지만, 저는 도시에서 25킬로미터 떨어져 있지 않고 도시 중심부에 있는 느낌을 좋아한답니다. 그리고 그 작은 남자는 흥미 없는 사람들과의 저녁 식사, 점심 식사, 강연, 리셉션, 토론회 등등을 자주 마련했어요. 점령 당국의 의지는 방문객들, 특히 작가들과 기자들이 진정한 것 ― 진짜 독일 사람들, 독일의 실생활 ― 을 아무것도 보지 못하게 막는 것이지요. 그들이 방해해도 그것을 조금이라도 보려면 싸워야만 해요. 그러나 시간을 엄청나게 빼앗기지요. 저는 얼간이들과 내키지 않는 칵테일파티에 억지로 가야만 하는데, 당신은 당신의 개구리가 어찌 그리 말을 잃어버렸는지 보면 깜짝 놀라실 거예요. 저는 입을 꾹 다문 채 머릿속은 텅 비우고 말 한마디 하지 않아요. 이렇게 하지 않으면 분노를 터뜨리고서 지나치게 많은 말을 할 거예요.

자, 이런 점들이 비관적이에요. 긍정적인 면은 이미 언급한 모든 자잘한 재난을 참고 견딜 만한 가치가 있다는 것이지요. 베를린은 대단히 흥미롭고 비장한 광경인데, 베를린에 가 본 적이 있나요? 독일에는 가 봤지요, 당신. 당신은 독일을 아주 좋아했어요. 그러나 당신이 베를린에 가 봤는지는 기억이 안 나는군요.

일요일 아침

사르트르가 어느 커다란 극장에서 〈파리 떼〉에 대해 강연을 길게 하는데, 뒤이어 중요한 토론들이 있을 예정이에요. 독일어 강연이라서 전혀 알아들을 수 없기 때문에 저는 그 작은 프랑스인과 그의 부인의 빈축을 사면서 의사 표명하는 걸 사양했어요. 그들과 함께 프로나우로 떠났고, 그곳에 도착하자 그들은 강연에 참석하기 위해 엄청난 사람들이 줄지어 기다리는 극장 앞에다 저를 남겨 두고 가 버렸어요. 베를린의 특징 중 하나는 사람들이 극장과 영화관에 기분 전환이나 어려운 문제들을 잊기 위해서가 아니라 제기되는 문제들에 대한 답을 찾기 위해 간다는 것이지요. 사람들은 쿠르퓌르스텐담 거리의 폐허와 잔해 속에서 자리를 잡기 위해 아침부터 저녁까지 줄을 서지요. 〈파리 떼〉는 놀랄 만한 관심을 끌었어요. 그 연극은 점령하에서 쓰였다는 데 보편적 의미가 있지요. 즉, 고약한 상황에 부닥쳤을 때 후회나 뉘우침에 사로잡히는 것은 무용하므로, 행동하고 상황을 개선하려고 노력하는 게 필요하다는 것이지요. 독일인들은 이를 그들의 현 상황에 적용하고 있어요. 모든 러시아인과 적잖은 프랑스인이 공연을 금지하려 했던 것에 많은 사람이 분노하고 있어요. 반대로 미국인들은 그들의 독일 정책을 고려하여 공연에 만족스러워하고 있지요. 물론 당신은 여기에 정착한 당신의 동포들이 가장 형편없는 부류라는 걸 잘 알고 있어요. 가차 없는 숙청이 행해졌고 모든 자유주의자와 루스벨트 지지자가 쫓겨났으며, 전적으로 파시스트적인 그룹이 만들어졌어요 — 프랑스인들도 비록 그들 중 몇 명은 강력한 러시아인들에게 미소 짓는 척하고 노예처럼 복종한다고 할지라도 마찬가지로 끔찍스러운 내셔널리스트지요. 그래요, 독일인은 좌석 하나에 5백에서 1천 마르크를 지불하면서까지(평균 3백 마르크로 한 달을 살 수 있죠), 그리고 좌석을 얻기 위해 거위 두 마리를 주면서까지 〈파리 떼〉에 대해 열광했어요. 먹을 것이 거의 없는 이 나라에서 거위 한 마리가 무얼 의미하는지는 상상할 수 있을 거예요. 오늘 아침에는 모든 사람을 뒤로하고 베를린 시내를 걷고 고가高架열차를 타면서 산책했지요. 시에서 가장 활기찬 장소로 남아 있는 쿠르퓌르스텐담에 당도하려면 한없이 펼쳐져 있는 폐허와 잔해들을 지나가야만 해요. 저는 30분간 헤맨 끝에 카페를 하나 — 앉을 수만 있다면 카페든 바든 레스토랑이든 아무거나 — 찾았어요. 끝없이 걷고 난 후에 마실 거라곤 오로지 수프 같은 것 하나만을 제공하는 카페 하나를 겨우 찾아냈지요. 당신은 여러 장소의 황폐함과 베를린 시민의 슬픔 그리고 한없는 절망이 어떤 것인지를 상상할 수 없을 거예요.

목요일에는 프로나우의 한 프랑스 호텔에 자리를 잡은 뒤, 그 작은 남자의 아름다운 집에서 환대받으며 점심 식사를 했어요. 프랑스인은 우아한 집에서 살고 있으며, 석탄과 양질의 식품을 구하는 수단을 찾아내지요(모든 연합군이 똑같이 한다는 게 사실이에요). 베를린에 들어갈 것이라는 기대에 들떠서 우리는 휴가를 냈고, 기차와 지하철로 알렉산더플라츠에 당도했어요. 이 광장은 예전에 타임스퀘어처럼 사람들이 들끓던 대중적인 장소였으나 오늘날에는 뒤에 아무것도 없는, 그저 수많은 벽만 있을 뿐이죠. 사르트르가 (1932년) 베를린에서 1년을 보내는 동안에 제가 그를 만나러 약 한 달간 이곳에 왔었다는 이야기를 당신께 한 것 같아요 — 아주 오래 전 일이지요! 이런 상태에서 도시를 다시 본다는 것은 우리에게 강한 인상을 줬어요. 과거에 이 도시를 알지 못했다면 어느 정도로 폐허가 됐는지 상상할 수 없어요. 일종의 괴상야릇한 아름다움이 남아 있다고 할 수 있겠는데, 그것은 런던이나 르아브르*처럼 모든 게 사라져 버리지 않았기 때문이며, 집들의 벽과 골조가 우뚝 서 있으나 이 벽들 사이는 움푹 팬 진공상태이자 무無의 상태지요. 그것은 초현실주의의 악몽과 흡사하답니다. 알렉산더플라츠 거리는 언제나 가난한 곳이었으나, 거기에 덧붙여 무너져 내린 벽돌, 텅 빈 건물들, 뽑힌 고철들, 진흙, 회반죽의 부스러기들이 비 오는 날 서부 매디슨의 집 없는 빈민들의 빈곤과 동등한 것으로 만들지요. 사람들의 얼굴은 굶주림으로 회색빛이고, 다리를 절거나 불구자, 폭격으로 한쪽 팔다리를 잃은 장애인들이 우글거려요. 입을 것조차 없는 사람들은 길거리에서 나무 조각들을 긁어모아 배낭이나 수레 안에다 넣고 끊임없이 거추장스럽게 끌고 다녀요. 저는 이를 프랑스 점령하에서 주목해 봤었는데, 빈곤과 궁핍을 양어깨에 걸머진 사람들은 주머니와 보따리들을 정처 없이 옮기고 있어요. 그런 다음에는 베를린의 옛 시카고 애비뉴인 운터덴린덴에 도착했어요. 모든 것이 날아가 버렸고 거리에는 고양이 새끼 한 마리 없었어요. 티어가르텐 대공원에는 주민들이 겨울 동안 쓸 땔나무로 잘라가 버려서 나무들은 없고 대신 주민들이 키우는 무와 고구마의 작은 채소밭들이 있었어요. 사람들은 그것을 더 이상 티어가르텐으로 부르지 않고 게뮈제가르텐*이라고 불러요. 쿠르퓌르스텐담에는 더 이상 호사스러움이 없었는데, 그것은 그리 절망적인 것 같지 않았어요. 그러나 어둠이 내

---

* Le Havre. 프랑스 북서부의 항구도시
• Gemüsegarten. '동물 공원'이 아닌 '채소 공원'이라는 의미

리자 이 끝나지 않는…….

갑자기 잉크가 떨어져서 쓰는 걸 그만둬야 했어요. 당신과 저, 우리 함께 좋은 저녁나절을 보내도록 하죠, 달링. 저녁 일곱 시예요. 기진맥진한 독일인들이 꽉 찬, 어둡고 침울한 기차를 타고서 따뜻하고 편안한 제 방으로 지금 막 돌아왔어요. 저는 빵과 잼 그리고 커피(그것을 커피라고 부를 수 있다면)를 부탁했고, 내일 아침까지 당신에게 편지를 쓰고 책을 읽고 자는 일 외에 다른 아무것도 할 일이 없어요. 밖은 어둡고 습한 겨울이 느껴져요.

당신에게 할 말이 아주 많아서 시작도 하기 전에 조금 걱정되지만, 당신에 대한 사랑으로 한번 시도해 보겠어요. 왜냐하면 당신은 이야기를 하는 것만큼이나 듣는 것을 아주 좋아하기 때문이죠. 목요일 첫날 오후부터 다시 시작하겠어요. 처음으로 음산한 베를린을 재빨리 구경한 뒤에 그 로디티와 아주 추하게 생긴 또 다른 미국 정치가 한 명, 못생긴 프랑스 외교관들 그리고 아름다운 머릿결과 화려한 옷차림의, 제가 만난 사람 중에 가장 멍청한 여자, 그 어리석음이 '눈부신' ─ 그녀는 끊임없이 지껄였어요 ─ 머리가 조금 돈 헝가리 백작부인과 작은 남자의 집에서 저녁 식사를 하기 위해 우리에게 보내진 승용차를 타고 프로나우로 다시 돌아왔어요. 프랑스 대사가 사르트르에게 인사했으나, 당신도 잘 알다시피 부유하고 보수적이며 맹목적인 애국심으로 가득 찬 이 모든 패거리는 사실 그를 증오하고 있어요. 지리멸렬한 야회였으나 베를린에서의 생활이 매우 흥미로워서 그런 것은 별로 중요하지 않았어요. 다음 날 아침에 한 '지휘관'이 전날의 폐허만큼 인상적이고 흥미진진한 폐허를 둘러보는 '관광'을 시켜 주려고 우리를 데려갔지요. 전에는 궁전이었겠지만 지금은 뒤틀리고 산산조각이 나 버린 히틀러의 총통관저, 그가 마지막에 숨어 있었고 아마도 죽었을 것이라 추정되는 벙커, 많은 옛날 기념물, 거리, 공원 그 모든 것이 폐허고 잔해였어요. 이 지휘관은 거리를 다니는 사람들의 얼굴빛이 파리하다는 것도, 우리가 수많은 장애인과 마주친다는 사실도 받아들이지 않으려 했어요. 러시아 외교관들과 끔찍이 못생긴 데다 가톨릭 신자인 독일 여성 작가와 그녀의 남편과 점심 식사를 했어요. 사르트르가 공산주의자가 아니기 때문에 러시아인들은 사실상 그를 좋아하지 않았으나 겉으로는 호의적인 척했지요. 독일인 부부는 혐오스러웠으며, 그 남편은 선한 가톨릭 신자로서 묵인할 수 없으나 두려워하고 있다면서 러시아인들 앞에서 독일의 범죄를 뉘우쳤어요.

이 회개의 문제는 독일인들에게 본질적이에요. 사적인 대화에서와 마찬가지로 모든 강연과 토론에서도 그들은 이 말, 즉 '회한'이란 말만을 입에 담고 있어요. 한번은 사르트르가 세 시간 동안 줄곧 이 주제에 대해 그들과 함께 토론했답니다. 사실, 우리가 만나는 거의 모든 독일인이 반나치주의자였어요(혹은 그렇다고 주장했지요). 많은 공산주의자가 독일이 회개해야만 하고 양심의 가책을 느끼고 있다고 생각해요. 사르트르의 입장은 독일인들이 과거에 저지른 모든 행위에 대해 집단적 책임을 인정하고 죄의식을 느껴야 한다는 것인데, 어떤 의미에서는 모든 사람이 일어나는 모든 일에 책임이 있고, 무엇보다 먼저 자국에서 일어나는 일에 죄가 있기 때문이라는 것입니다. 하지만 이러한 감정과 책임감은 부끄러움이나 굴욕감, 회환을 내포하는 것이 아니라 앞으로 올바르게 행동하려는 구체적인 행동 의지를 내포합니다. 이 주제는 우리가 함께 이야기한 대부분의 학생, 작가, 지식인 들의 아픈 곳을 찔렀고, 그들은 그것에 대해 자기들끼리 신랄하게 토론했어요. 이 '과오'의 문제는 그들이 당장에 토론하고자 하는 대상이지요.

점심 식사 후에는 연합군의 통제하에 도시의 행정을 관장하는 일종의 위원회인 행정 관저에서 리셉션이 있었어요. 지루한 연설들 그리고 말과 시간의 낭비였지요. 그런 다음에 슬픈, 오! 참으로 슬픈 카페에서 악취가 나는 맥주를 마셨고, 사람들을 바라봤어요. 거기에서는 진짜 베를린에 와 있는 것처럼 느껴졌고 기분이 괜찮아졌어요. 미국인들이 우리를 초대했답니다. 그들이 연합군 가운데 가장 부유하기 때문에 우리는 저녁 식사를 잘하고 잘마실 수 있으리라 희망했지요. 아, 사람들이 우리를 함정에 빠뜨렸어요, 너무나 가혹하게! 그들은 저도 참여하는 세 시간 동안의 토론을 자정에 커피 대용을 제외하고는 마실 것 하나 없이 계획한 거예요! 서글펐어요. 그러나 회개, 희망, 자유를 주제로 독일인들과 토론하는 것은 무척 흥미로웠어요. 아주 매혹적인 여자, 안나 제거스를 만났는데, 당신은 그녀에 대해 들어본 적이 있나요? 『제7의 십자가』의 저자예요. 이 책을 바탕으로 훌륭한 영화를 만들었는데, 영화가 책보다 더 좋답니다. 눈처럼 흰 머리, 매력적인 얼굴, 미소, 특히 눈이 매혹적이었어요. 골수 공산주의자인 그녀는 사르트르를 공격했으나 태도는 상냥했지요. 언제나 그랬듯이 가톨릭 신자들, 개신교 신자들 그리고 공산주의자들의 연이은 공격은 끝이 안 났으며, 토론은 거의 내내 제가 이해하지 못하거나 잘못 이해하는 독일어로 진행됐기 때문에 저는 기운이 다 빠져 버렸어요.

토요일 아침에도 베를린에서 아는 프랑스 기자들(그중 한 명은 사르트르의 제자)과 거리에서 산책했어요. 우리는 쿠르퓌르스텐담으로 돌아갔지요. 독일인들은 평균 2백에서 3백 마르크를 벌어요. 티켓으로 40마르크에 해당하는 것을 얻고 그 이상은 안 돼요. 그러므로 그들이 권리대로만 산다면 40마르크를 쓰게 되는데, 이는 보름 동안 겨우 버틸 수 있는 금액이에요. 암시장에 눈을 돌릴 수밖에 없는데, 거기에서는 모든 것이 비싸서 갈 형편이 못 된답니다. 담배 한 갑(스무 개비가 든 질 나쁜 프랑스 담배)의 값이 30마르크고, 버터는 1파운드에 8백 마르크지요. 의복도 마찬가지인데, 다행히도 그들 대부분은 과거에 옷을 많이 가지고 있었기 때문에 지금까지 남아 있어요. 많은 여자가 모피 외투를 입었으나 화장은 하지 않았고, 대부분 바지를 입고 살았으며, 소부르주아지들은 좋은 외투를 입고 보란 듯이 과시했어요. 사실 불평등이 상당히 존재합니다. 대부분은 습하고 더럽고 시내에서 멀리 떨어진 빈민굴에서 살고 있으나, 몇몇은 중심가의 근사한 아파트에서 살지요. 기묘한 현상도 볼 수 있어요. 다시 말해, 어떤 상점도 싸거나 누구나 살 수 있는 가격대의 물건들을 팔지 않아요(예를 들어 옷이나 신발 등등은 거의 없음). 반면에 폐허가 된 건물들의 1층에 있는 많은 아름다운 상점은 2천 마르크의 드레스, 보석, 은기, 옛날 책들, 귀중한 도자기 등등을 내보이고 있어요. 사실상 독일인들은 먹을 것을 구하기 위해 보석과 도자기를 내다 팔았지요. 저는 이 비참한 도시에서만큼 어디에서도 그렇게 많은 중국 식기 세트와 섬세한 유리 제품 그리고 희귀한 책들을 본 적이 없어요. 골동품들이 엄청나게 많이 있답니다. 역시 흥미로운 현상은 '교환 상점'이에요. 거기에는 신발과 셔츠 등이 산더미같이 쌓여 있으나 돈으로는 아무것도 살 수 없고, 상인에게 없는 것을 물물교환하지요. 아주 잘 조직되어 있는 진짜 제도상의 거래예요. 모든 상점과 모든 카페, 살아 있는 모든 것은 땅바닥과 같은 높이에 자리 잡고 완전히 무너지지 않은 것을 보강하는 것에 만족해했으며, 집들은 다시 손본 1층 외에는 붕괴한 그대로 있지요. 사람들이 설명하기를 베를린을 재건하는 데 가장 큰 어려움은 제가 당신에게 말했듯이, 단단하고 견고하게 버티는 벽들을 부수기가 힘들다는 데 있다더군요. 지금은 화물차 몇 대가 길 가운데에 있는 벽돌과 돌을 치우고 있으나 이런 작은 청소로는 어림도 없어요.

기독교인이지만 실존주의자라고 자처하는 한 루터교 프랑스
인 목사와 점심 식사를 했는데, 그가 맘에 들었어요. 적어도 그는
인위적인 도덕심, 오늘날 일반화되어 있는 혐오스러운 사회적 편
견을 드러내지 않았어요. 이 목사는 헤스를 포함하여 뉘른베르크
재판에서 사형을 면했던 일곱 명의 나치 전범을 자주 방문했고,
그들에 대해 이야기를 잘해 줬어요. 매우 짧게 휴식을 취한 뒤에
베를린으로 돌아가요. 운전사(한 프랑스 병사)가 왜 앞장서서 우리를
산책시키려 했는지 모르겠어요. 사르트르와 저는 칵테일파티에
가는 대신에 단둘이서 교외를 가로질러 운전했는데, 한 시간 늦게
도착했어요. 이는 분명 비난받을 일이었지만 칵테일파티는 더더
욱 그랬지요. 2백 명의 사람들, 모든 중요한 인사, 연설들, 처음부
터 끝까지 사진 플래시. 지독하게 못생긴 가톨릭 신자인 독일 작
가의 부인이 제게 난초를 닮았다면서 선사했어요! 그들은 한 여
자 실존주의자가 아주 추하지 않다는 사실에 깜짝 놀랐지요. 곳
곳에서 사르트르와 제가 결혼했다고 부르짖었지만, 그것은 사실
이 아니며 그들도 그것을 알고 있었어요. 하지만 우리가 결혼하
지 않았다면 우리를 함께 초대한다는 것이 부도덕해지기 때문에
그들은 우리가 결혼했다고 믿는 척했지요. 오, 이런 사람들! 악취
가 진동해요. 이 편지의 서두를 쓸 때는 쿠르퓌르스텐담의 아름
다운 집에서 열린 그 형편없는 칵테일파티에서 막 돌아와 여전히
노여움에 펄펄 뛰고 있었어요. 저는 사르트르를 그의 친구들과
함께 베를린에 두고 왔답니다.

일요일에는 손님들이 보잘것없는 잿빛 음식을 먹고 있던(많은
티켓을 내고) 또 다른 크고 음산한 카페에서 무척 맛이 없는 음료를
삼켰고, 오하라의 단편소설들을 읽었어요. 두 시에 사르트르가
작은 남자를 데리고 도착했어요. 그는 아침 내내 성모마리아 회

원들과 가톨릭 신자들과 토론했어요. 그런데 그의 말을 들으면서 성모마리아 회원들과 러시아인들까지도 그가 허무주의자도 아니고, 미국의 자본주의에 팔려 간 사람과도 관계가 없으며, 진정한 좌파이자 구체적이고 현실적인 자유, 정의로운 사회 등등의 지지자라는 것을 이해했답니다. 그들은(저는 러시아인을 의미하는 거예요) 우리를 진심에서 우러난 다정한 태도로 자기네들 클럽에 초대했어요. 그러나 그 전에 영국 클럽에서 형편없는 점심 식사가 있었지요. 유별나게 한심스러운 회식자들이 모였었고, 그들 가운데에는 제가 만난 사람 중에 가장 추한 여자(제가 이미 언급한 여자가 아니라 다른 여자예요. 그러니까 저는 정말 가장 못생긴 여자를 미처 모르고 있었던 거죠)가 있었어요. 이 여자는 베를린대학의 철학 교수예요. 여드름과 안경으로 뒤덮인 남자 같은 얼굴에다 검정 실크로 몸을 덮은 지나치게 살찐 여자의 몸을 가진 불가사의한 집합체였지요. 우리에게는 지나치게 맹신적이고 비굴하게 굴며, 프랑스에 대한 사랑으로 미쳐서 남의 환심을 사려는 살찐 민달팽이 같아요. 구역질 나는 인간이에요.

다행히 오후는 훨씬 나았어요. 열두 명 정도의 남녀 학생과 만나 조용하고 정답게 유익한 이야기를 나눴죠. 그들은 물질적으로 얼마나 힘든 생활을 하는지 알려 줬어요. 먹을 것이 거의 없고 책도 거의 없으며 기차와 버스를 끝없이 타고 다녀야 하고, 기차 안은 너무 붐비고 추워서 책조차 읽을 수 없는데 아침저녁으로 한두 시간을 타야 해요. 그들의 관심거리는 여전히 '과오와 희망'이었어요. 다소 절망적이고 비장한 데다 대단한 열의를 가진 것처럼 보였으며, 모든 어려움에도 불구하고 살려고 애쓰고 있었어요. 사실, 모든 독일 학생이 그들 같지는 않으며, 많은 학생이 편협하고 매우 기분 나빠하며 맹렬한 민족주의자로 남아 있다고 고백하더군요. 초라한 행색에 창백한 얼굴의 학생들이, 특히 형편없는 스타킹과 신발을 신고 윤기 없는 머리와 아름다운 눈을 가진 여학생들이 저를 깊이 감동시켰어요.

마침내 — 오, 웬 시련인지! — 〈파리 떼〉 공연이 있었어요. 거기서는 야회복을 입어야만 했는데, 뭐, 검은색 긴 스커트와 아름다운 블라우스가 제게 잘 어울렸어요. 이러한 가장假裝에는 크게 화내진 않았어요.

연극을 말하자면 수치 그 자체였지요. 감독이 몇몇 장면을 통째로 잘라 버리고 배우들을 연출하면서 허무주의 작품으로 왜곡하여 사르트르의 의도와는 정반대의 연극이 됐어요. 그리고 모든 것이 아주 추했지요, 의상, 동작, 무대장식, 모두가. 독일인들이 마음만 먹으면 아무도 그들보다 더 흉한 일을 할 수 없을 거예요. 배우들은 끊임없이 고함치고, 쉴 새 없이 땀을 흘리며 드러눕고, 계단의 높은 곳에서 낮은 곳으로 굴러 떨어졌어요. 진짜 정신질환자 수용소가 따로 없었어요. 프랑스인들은 만장일치로 연극이 엉망진창이었다고 평가했으나 독일인들은 30분이나 박수를 쳤고, 그들 눈에는 사르트르의 왕림이 하나의 사건이 된 대단한 성공이었어요. 사람들이 사르트르를 무대 위로 밀어 올리고 박수 칠 때는 무척 기뻤어요. 사람들은 그에게 수없이 키스해 댔고, 오해에 근거한 성공이 그를 아연실색하게 만들었지요. 이 성공은 러시아 클럽에서의 긴 만찬으로 마지막을 장식했는데, 형편없는 음식이었으나 보드카는 넘쳐흘렀어요……. 러시아와 독일의 공산주의자들과 이야기하는 것은 만족스러웠어요. 그들은 정말로 호의적이었고 우정 어린 연설을 한 반면에 프랑스 공산주의자들은 아시다시피 우리를 혹평하고 있어요. 우리는 서로에게 수없이 많은 일에 대해서 설명할 수 있었답니다.

이틀 동안 우리가 비밀리에 하고 싶은 일을 하기 위해 모두에게 어제 떠난다고 알렸어요. 그래서 우리는 좋은 하루를 보낼 수 있었지요. 아침 일찍 기차를 타고 베를린으로 떠나서 여러 카페에 들어가기도 하고 사람들을 바라보면서 걸어 다녔어요. 선술집에도 들어갔어요! 그런데 티켓이 없었기 때문에 종일(아침 열 시부터 다음 날 새벽 세 시까지) 최소한의 식량도 구하지를 못했어요. 우리가 커피나 맥주 또는 펀치라는 이름으로 마셨던 것들은 형편없었어요. 우리의 위胃로 독일인들의 독일을 이해했지요. 두 오케스트라로 영업하는 한 커다란 카페에서 사람들이 춤추고 있었고, 나머지 사람들은 모두 담배를 피우면서 술을 마시고 있었어요. 그카페는 옛 베를린을 조금 생각나게 했으나 사람들이 그곳에서 먹고 마시는 것들은 믿어지지 않는 것들이지요! 저녁 일곱 시에는 가장 좋은 카바레에 들어가 아주 훌륭한 공연, 현재 독일의 생활을 테마로 하여 노래와 춤을 곁들인 뮤직홀의 시사코미디를 볼수 있었어요. 표면적으로는 우스꽝스러웠지만, 극도로 으스스하고 충격적이었지요. 독일 민중의 비참함, 독일 민중을 강제로 배불리는 연합군들에 관해 쉬지 않고 아첨하는 말들, 귀에 거슬리는 웃음, 보기 좋은 이상理想, 공산주의, 사실주의, 실존주의, 희망, 맹세……. 하지만 신발도 없고 빵도 없는 극이었어요. 새벽 세 시까지 몇 명의 지식인과 오랫동안 이야기를 나눴기 때문에 늦잠을 잤고, 그런 다음에 외교관들과 마지막으로 지겨운 점심 식사를 했어요. 이 공직자들은 단 한 명의 독일인도 만나지 않은 채 베를린에 살고 있으며, 우리가 지하철을 탔다는 사실에 놀라워했어요. 그들은 지하철 타는 것을 절대 용납하지 않아요. 간통, 자질구레한 스캔들, 보잘것없는 쑥덕공론에나 관심을 쏟으면서 지독하게 프랑스적인 생활방식에 틀어박혀 있지요. 멋진 아파트와 수다스러운 월례 회합 외에는 아무것도 걱정하지 않는, 지능도 가슴도 피도 내장도 없는 패거리지요. 점심 식사는 베를린에서 가장 '중요한' 프랑스인인 '장관' 집에서 했어요. 그런 후에는 〈우리 중에 살인자가 있다)˚를 보러 다시 떠났지요. 혹시라도 이 영화가 시카고에서 상영되면 꼭 보세요. 죄의식을 다루는 이 영화는 베를린과 독일의 문제들을 기막히게 잘 느낄 수 있게 하지요.

그리고 다시 제 이야기. 내일 정오에 출발하여 파리에는 목요일 저녁에나 도착한답니다. 당신에게 소포를 부치겠어요. 다름없는 편지에요, 아닌가요? 저는 당신에게 그처럼 두툼한 것을 받아본 적이 없어요. 인내심을 가지고 이 편지를 해독하길 바라요, 저는 인내심을 가지고 썼답니다. 아직 할 말이 엄청 많아요. 이 여행은 생각할 것이 무척 많지만, 지금은 이것으로 충분해요. 이 같은 편지를, 게다가 외국어로 쓰기 위해서는 한 남자를 너무나 사랑해야만 하지요. 만약 제가 당신을 얼마나 사랑하는지 정확하게 알고 싶다면 편지 속 제가 사용한 문자 기호의 수를 계산해 보도록해요. a가 얼마나 되고 b가 얼마나 되는지 등등 말이에요. 그 수를 취해 10,345로 곱해 봐요. 그러면 당신은 평생 제가 당신에게 드리고 싶은 키스의 수를 대략 알 수 있을 거예요.

당신의 시몬

1948년 2월 6일 금요일

넬슨 내 사랑. 당신에게서 온 감미로운 편지를 발견하기 위해 파리로 돌아오는 것은 언제나 가슴을 뛰게 한답니다. 기차 안에서 편지가 와 있다는 것을 알았고, 그것은 제가 당신에게 돌아간다는 환상을 줬어요. 아니에요, 유년 시절의 사진들 속 노부인은

˚ 원제는 "Die Mörder Sind Unter Uns". 1946년에 발표한 슈타우테(Wolfgang Staudte)의 작품. 전쟁 후 프랑스에서 상영된 최초의 독일 영화

저의 할머니가 아니라 제가 무척 따랐다고 사람들이 말해 준(왜냐하면 전 기억을 못 하니까요) 아주 충실한 유모예요. 훌쩍 자란 후에 찍은 사진 속 저는 촌스럽고 못생겼다는 것을 알기에 다른 사진들과 함께 보내는 것을 망설였으나, 당신은 저에 대해 모르는 것 없이 다 알고 있어야 한다고 생각했어요. 네, 저는 다루기 어려운 어린 아이였어요. 열 살까지는 어른들에게 갑자기 불같이 화내고 거리와 공원에서 울부짖으며 고함지르는 바람에, 마음씨 좋은 부인들이 제가 학대받는 어린이인 줄 알고 우리 하녀에게 물어보려고 사탕을 가지고 달려오기까지 했어요. 부인들은 제 머리를 부드럽게 쓰다듬으려 했지만 저는 또 그것이 화나서 발로 걷어찼지요. 땅에 온몸을 내던져 몇 시간 동안이나 울부짖고 발버둥질할 수 있는 아이였죠. 나중에는 독실한 신자가 되어 신을 사랑하고 복종했어요 ─ 단지 얼마 동안만 그랬지요. 그중에 아름다운 이야기를 미시시피강에서 해 줄게요. 그런데 당신은요? 당신은 왜 옛날 사진을 보내지 않나요? 최근 사진이라도 왜 보내지 않는 건가요? 자, 여기 다른 석 장의 사진을 동봉해요. * 신문의 사진은 베를린에 도착했을 때 역에서 스크랩한 것이고, 다른 사진들은 뒷면에다 설명을 써 넣었어요. 당신이 사진 속에 있는 여러 명의 시몬을 몰랐을 거라고 믿는데, 저 또한 그녀들을 모르고 있었어요. 그렇지만 그녀들은 당신이 사랑한다고 여기는 당신의 아내라고 생각되기에 이 사진들을 보냅니다.

〈살인광 시대〉는 브로드웨이에서 초연되는 날 오전에 봤는데, 다소 실망스러웠으나 〈황금광 시대〉만큼 기대가 컸다는 사실을 인정해야 해요. 제가 샤를로를 좋아하므로 행여 그의 존재가 죽지 않을까, 또 샤를로가 극중 인물을 제대로 표현하지 못하면 어쩌나

---

* 이 사진들 가운데 이 책의 원서 표지에 실린 사진이 들어 있었다.

두려워요. 물론 몇몇 장면은 기막히게 좋지만, 인물에 진실성이 빠져 있어서 옛날처럼 샤를로를 믿을 수 없어요. 채플린이 지나치게 무모한 시나리오를 구성했기 때문이 아니라 반대로 '베르두 선생이 누구였던가?'를 선명하게 선택하지 않았기 때문이지요. 그의 결점은 소심하다는 것이에요. 또 사실주의와 시 사이에서 선택하지 않았으며, 당신이 말씀하듯이, 결과가 웅대하지 않아요. 어쨌든 흥미는 있었으나 위대한 채플린에 걸맞은 뭔가를 기대했었어요. 그를 뉴욕에서 만났었다고 말했던가요? 어느 야회에서 연설하는 것을 들었지요. 그때도 역시 매력적인 순간들이 있었지만, 다소 실망스러웠어요. 언젠가 한번은 위트레흐트의 작은 미술관에서 옛날의 어떤 화가의 그림들에 주목한 적이 있었는데, 서투르고 어설프며 소박한 그 화가의 초상화들은 탁월했고 그 그림들 안에는 영혼이 들어 있었으며 매혹적이었어요. 그는 이탈리아로 떠났고, 거장 티치아노와 이탈리아 화가들의 그림을 찬미하며 바라보았죠. 그리고 돌아와서는 더 이상 좋은 그림을 전혀 그리지 못했어요. 끝장나 버린 것이죠. 채플린에게도 이 같은 일이 일어난 게 아닌가 두려워요. 그는 자신이 하고자 하는 일이 무엇인지 알고 있지만, 그런데도 실패한 뒤부터는 그 일을 하는 데 뭔가를 상실했어요. 저는 그를 원망하는 만큼 좋아했어요. 〈살인광 시대〉에서도 그가 섬광처럼 눈부신 순간들이 있어요. 동의하나요?

당신에게 저의 패배를 인정해야겠어요. 저는 무슨 수를 써서라도 승리하려는 그런 사람이 아니니까요. 『미국의 아들』과 『블랙 보이』를 다시 읽었는데, 『미국의 아들』이 훨씬 우수하다는 데에 동의해요. 당신이 전적으로 옳았어요. 지금 공산주의자들은 가장 야비한 방법으로 라이트를 공격하고 있어요. 그들은 그를 사르트르와 동일시하고, 가장 악의적이고 치사한 소문을 퍼트리면서 그에게 침을 뱉고 있지요. 한 젊은 공산주의 비평가에 의하면,

억압받는 자, 유색인종, 가난한 자, 요컨대 그들이 누가 되었든 간에 이런 불행한 사람들의 비참한 생활 조건에 대해 더 이상 아무도 환기할 권리가 없대요. 다시 말해, 이후로는 희망을 노래해야만 한다는 거죠! 그는 라이트가 첫째, 『현대』에 글을 실었고 둘째, 흑인들 역시 선량한 공산주의자와 마찬가지로 문명화되고 완벽한 데 반해 그들을 야만적이고 잔인하며 투박한 모습으로 보여 줬다고 비난했어요. 그는 백인과 흑인이 서로 포옹하고 싶어 끓어오르는데 라이트가 이를 방해하면서 인종차별을 전적으로 날조한다고 주장했어요. 사람들이 라이트에 대해 무슨 생각을 하든, 어떤 의구심을 품든 간에 이런 일부 공산주의 문학은 제 눈에 우연히 들어온 그야말로 아주 비열한 것들 가운데 하나예요. 그 글은 사르트르의 옛 제자*의 작품인데, 젊어서 신경증적이었던 그를 사르트르가 크게 도와준 적이 있었지만, 현재 그는 몇몇 신문사에 사르트르에 대해 가장 고약하고 외설적인 내용을 떠벌리는 동시에 우정 어린 헌사로 장식된 자기 책을 사르트르에게 계속 보내고 있어요. 제가 그에 대해 말하는 이유는 이 기사가 오늘 나왔고, 우리 모두는 이에 격분하기 때문이에요. 좋은 미국 문학과 나쁜 미국 문학에 관한 긴 기사에서 모든 공산주의 작가는 당연히 좋은 작가로 그리고 비공산주의 작가는 나쁜 작가로 분류됐지요. 당신은 정반대의 이유로 브롬필드에 대한 것만큼이나 그것에 대해서도 웃었을 거예요.

밤 열 시고 당신과 저를 위해 좋은 저녁 한때를 간직해 놓았어요. 혼자서 간단한 저녁 식사를 마친 다음에 지금은 적막하고 따뜻하며 조용한 되마고 카페에서 당신의 편지를 무릎 위에 놓은 채 코냑 한잔을 마시고 있어요. 당신의 미소가 3개월 거리를 두고 안

---

* 장 카나파(Jean Kanapa)

개 속에서 하늘거리면서 하루하루 제게 다가오고 있고, 당신에 대한 저의 사랑도 매일 깊어지고 있어요. 당신은 저를 아주 행복하게 만들어 주지요.

식당칸은 없지만, 침대칸이 달린 편안한 기차를 타고 목요일 오전에 베를린을 떠났어요. 샌드위치를 줬는데, 불행히도 제가 대수롭지 않은 버터 알레르기로 고생하고 있어서 먹을 수 없었어요. 부탁하건대, 제 나이에(거의 당신의 할머니 나이) 오래된 습관을 고치려고 애쓰지 말아요. 버터가 발라진 빵에 매우 만족한 사르트르는 모든 샌드위치를 먹어 치웠고, 저는 본의 아니게 스물네 시간 동안 금식하면서 허리띠를 꽉 졸라매고 있었어요. 독일에서 나쁜 쪽이 승리자의 편에 있다는 거북함이 지속됐어요. 러시아와 미국의 국경에서 기차가 멈췄고, 모든 독일인은 기차에서 내려 추위 속에서 여권 등을 확인하는 것을 몇 시간 동안 기다려야만 했어요. 그들은 배낭과 보잘것없고 초라한 짐 가방들을 들고서 미소 짓고 있었어요. 그동안 저는 예전 독일인들이 침대칸에서 편안히 쉬고 있을 때 붐비고 더러운 기차와 추위와 빗속에서 그와 같이 길고 고통스럽게 기다린 나날들을 회상했지요. 이제는 그 반대의 일이 벌어져 우리를 무척 거북하게 했고, 어떤 면에서는 죄책감을 느꼈어요. 우리는 기차에서 나갈 필요도 기다릴 필요도 없었어요. 우리가 탄 기차는 멈추지 않고 계속 달렸죠. 그다음 날에는 벨기에역에 도착했는데, 믿을 수 없는 광경이 펼쳐졌어요. 폐허도 잔해도 없는 예쁘고 깨끗한 작은 도시였어요! 저는 고흐의 서간집을 읽었어요. 그 책이 영어로 번역되지 않은 것이 유감스러웠어요. 당신은 그를 진정으로 좋아할 거예요. 누구도 그보다 더 선량하고 따뜻하며 더 순수할 수 없어요. 당신조차 그를 능가하지 못해요. 고흐가 자신의 귀를 자르고 그것을 아름다운 실크 종이에 싸서 유곽의 한 매춘부에게 가져간 방법과 더 이상 그림 한 점 팔지 못하고 고통에 시달리다가 자살한 이유를 미시시피강의 배 위에서 이야기해 줄게요. 그는 개의치 않고 끊임없이 작업하고, 끊임없이 사람들과 예술을 사랑하고, 또 사람들과 예술을 위해 끊임없이 더 좋은 날들을 희망하고 아무것도 요구하지 않으며 계속해서 자신의 모든 것을 바쳤어요. 고흐를 일생 부양했고, 그가 그림을 계속 그릴 수 있도록 해 준, 그리고 고흐가 광기의 발작으로 자살한 6개월 후에 순전히 비탄으로 죽어 버린 그의 남동생에 대해서도 이야기하겠어요. 대단히 아름다운 이야기고, 저는 고흐가 위대한 화가들 가운데 한 명이라고 확신해요.

책을 좀 읽다가 당신의 품에 잠들러 집에 돌아가겠어요, 달링. 만약 당신의 효율성을 증명하고 싶으면 뉴올리언스에서 베라크루스로 가는 길을 알려 줘요. 도시는 매력이 없고 시골이 더 멋질 것이기에 우리는 분명 멕시코시티에서 사흘 이상 머물지 않을 거예요. 우리는 둘 다 명령적이고, 조직하고 계획하는 것을 좋아하기 때문에 제가 일종의 협약 같은 것을 상상했는데, 들어 봐요. 여행하는 날들을 둘로 나눠서 당신은 밤을 계획하고(당신이 밤에 약하지 않았었다는 게 떠올랐어요) 저는 낮을 계획할게요. 상대 의견에 무조건적으로 따르도록 해요. 어떻게 생각해요?

일요일

당신은 제가 우리를 위해 벌어 놓은 250달러를 뉴욕의 한 잡지사로부터 곧 받을 거예요. 그 돈을 가짜 금발의 여자에게 주지 말고, 포커 놀이에도 쓰지 말 것이며, 럼주 케이크를 사 먹는 데도 쓰지 않기를 부탁해요. 우리 여행을 위해 그 돈을 간직해 주길 바라요. 다른 돈도 곧 보태겠어요. 이 돈은 쉽게 벌었어요. 여성에 관한 제 책의 한 장章을 새로운 잡지사에 줬었지요. 5백 달러를 받았는데(그런데 우리가 함께 여행할 거라는 사실을 모르고 작년에 반을 써 버렸어요), 그 발췌문은 실리지 않았어요. 아주 잘됐어요. 왜냐하면 문제의 이 잡지가 더러운 『타임』과 『가정생활la Vie familiale』과 한 패라는 것을 알았거든요. 그리고 만약 구매자를 찾으면 그것을 되팔 수 있답니다.

저를 위해 영어 책을 보관해 주겠어요? 당신이 침울해서 제게 말을 걸지 않을 때 미시시피강에서 그 책을 열어 볼 수 있게요. 이럴 때에는 눈물을 흘리게 하는 좋은 책들을 선호해요. 여성에 관한 저술에 다시 심혈을 기울이고 있어요. 그 책이 완성되면, 달링, 남자들은 여자들에 대한 모든 것을 알고 더 이상 그녀들에게 관심 두지 않을 위험이 있지만, 세계를 변혁시킬 거예요. 악어들과 개구리들에게는 가장 사소한 차이도 없게 될 거예요.

검은색 벨벳의 눈과 머리, 검은색 벨벳의 턱수염을 가진 무척 잘생긴 한 미국인이 방금 말을 걸었는데, 몇 달 전에는 장미를 선물했었어요. 우리는 서로 말하지 않고 거의 매일 마주치는데, 오늘은 그가 자기 작업실에 엘렌 라이트와 저를 초대하려고 제가 있는 테이블로 다가왔어요. 그는 화가이자 시인이며 퓨마라고 불려요. 누군지 알겠어요? 그의 말에 의하면 제 영어가 아름답다는데, 왜 당신은 유일하게 제 영어에 포복절도하는지 모르겠어요. 당신의 거친 영어가 어느 정도 세련된 영어에 대해 무감각하게 만드는 것 같아요. 당신이 이 퓨마를 질투하게 만들 수 있을까요? 아니면 당신은 퓨마보다 악어를 워낙 우위에 둬서, 아무것도 두렵지 않을 만큼 자존심이 강한가요? 그는 우울하고 턱수염을 기른 아주 젊은 낭만주의자이며, 아름다운 영어를 들으면 식별할 줄 아는 그런 영어에 대한 진정한 애호가예요. 당신을 당황하게 만들지요, 안 그래요? 당신을 초조하게 만들지요?

에이, 아니에요. 분명 아니지요, 당신이 옳아요. 만일 악어들이 퓨마들에게 승리한다면, 모르겠어요, 그러나 개구리로서의 제 운명이 한 악어와 함께한다는 것은 알고 있어요. 저는 당신을 기다리고 있고 당신이 그리워요. 당신을 기다리며 다시 당신의 아내가 될 때까지 계속 기다릴 거예요.

당신의 시몬

1948년 2월 12일 목요일

내 사랑. 이 새로운 책을 가능한 한 빨리 진척시키고 싶어서 하찮은 사건들은 그냥 내버려 둘 만큼 일을 지나치게 많이 하고 있어요. 이 작업에 저의 모든 시간을 바치고 있어요. 퓨마의 그림조차 보러 가지 않았어요. 작은 도서관에서 아무것도 발견하지 못할까 두렵긴 하지만, 책 제목들을 적어 보내 줘서 고마워요. 어쨌든 지금은 책을 읽지 않고 있어요. 그중에 몇 권을 우리의 여행과 '저의 집'으로의 귀환을 위해 살 거예요. 아, 참, 조직된 악어연맹이 무척이나 오만스럽게 보이는군요! 자, 여기 개구리협회의 답신이에요. "우리의 가장 소중한 개구리를 당신에게 언제 정확하게 보낼지는 알기 어려움. 분명 4월 1일 이전은 아니고 5월 초순 이후도 아님. 2주 후인지 전인지 걱정할 필요 없이 당신은 아주 맛있고 대단히 아름다운 개구리 요리를 무척 오랫동안 드실 수 있으니 안심하기 바람." 우리는 두 달을 함께 보낼 거고, 그 뒤는 아직 결정할 수 없어요.

2, 3일 내로 당신의 흥미를 분명히 끌 만한 무언가를 보내겠어요. 당신, 조각가인 제 친구*를 기억하죠? 그가 뉴욕에서 작품을 성공적으로 전시하고 있어요. 사르트르가 그에 관해 좋은 기사를

---

* 알베르토 자코메티

한 편 썼어요. 그의 아름다운 작품들이 가득 복사되고 사르트르의 영어 번역 기사가 들어 있는 카탈로그를 받았어요. 당신 생각은 어떤지 말해 주세요. 조각을 좋아하나요? 저는요, 그의 조각에 깊이 감동했어요. 당신과 함께 이 취미를 공유하고 싶답니다.

러시아계 여자 친구는 열이 나는 등 여전히 상태가 나빠요. 사람들은 그녀가 1, 2년 내로 죽을까 겁내고 있지요. 참으로 슬픈 일이에요. 그녀는 이미 반쯤 죽은 것 같아요. 확실히 그녀는 언제나 이기주의자였지만, 생기와 따뜻함으로 넘쳤고 때로는 무척 부드러워 보였어요. 그녀의 목소리를 듣는 것이 기분 좋았고, 사람들은 그녀와 함께 기꺼이 웃을 수 있었어요. 이제 그녀는 아주 추한 작은 노파 같아요. 그녀의 이기주의는 저주로 변하여 그녀는 더 이상 아무도 사랑할 수 없어요. 즉, 그녀는 메마르고 차가우며 희망을 품고 있지 않아요. 또 자신의 결점도 알고 있어요. 천사처럼 상냥한 그녀의 남편은 그녀가 죽기를 거의 바라고 있어요. 어떤 점에서는 그렇게 되기를 그녀도 원하지요. 다시 말해 그녀는 죽는다는 생각을 몹시 증오하면서도 정말로 병을 이겨 내려는 결심도 하지 않아요. 유죄인 동시에 무죄인 그녀는 스스로 죽어 가고 있고, 사람들은 그녀를 무참하게 죽이고 있어요. 그녀를 볼 때마다 그러한 사실이 저를 정신적으로, 육체적으로 고통스럽게 한답니다.

사르트르 연극의 리허설이 곧 시작될 터인데, 그는 최악의 어려움에 직면해 있어요. 제가 말했듯이, 그는 이 연극을 두 여자 친구 ─ 그중 한 명은 올가의 여동생 ─ 가 진정한 여배우가 되도록 도와주기 위해 썼다고 했잖아요. 하지만 두 사람 모두 재능이 없어요. 이로 인해 나머지 배역들을 할당하고 연출자 등을 찾는 일이 어렵게 됐어요. 그는 아침부터 저녁까지 이 다루기 힘든 연극인들과 씨름하고 있는데, 그것은 저의 경험을 떠올리게 한답니다. 안녕, 내 사랑. 오늘 오후에는 제 책에서 중요한 부분을 쓸 거예요. 안녕, 잘 있어요.

토요일

나의 매우 소중한 봄의 남편. 당신의 반가운 편지 한 통이 오늘 도착했어요. 훌륭한 사진들을 보내 줘서 고마워요. 그것들을 어디서 훔쳤어요? 독서에 관한 정보도 고맙고요. 『고독한 마음의 아가씨』*와 『에보니_Ebony_』*를 알고 있어요. 당신 정말 이 잡지에 글을 기고했나요? 여기서도 구할 수 있어요. 내 사랑, 당신이 로디티 이야기에 화낸 건 너무 과민했던 것 같아요. 왜 그래요? 아주 현명한 악어도 보잘것없는 여자와 자는 일이 일어날 수 있어요. 그녀는 평범함에도 불구하고 당신에게 애착을 가진 거예요. 당신은 자신에게 '좋아, 그녀는 아무 작가와도 잤으므로 난 그녀에게 그다지 해를 끼친 게 아냐'라거나, 아니면 '좋아, 그녀는 나에게 애착을 두고 있었으니까 그리 시시껄렁한 여자는 아니었어'라고 말할 수도 있어요. 그런 말은 당신을 만족시키고 모든 회한을 거둬 내며 당신 자신을 자랑스럽게 할 거예요. 그러나 감수성이 예민하고 허영심 없는 당신은 오히려 '내가 그녀에게 해를 입혔어', '그녀는 쉬운 여자였어'라고 생각하며 회한과 부끄러움을 동시에 느끼는데, 그건 너무 지나쳐요, 허니. 사실 당신은 그녀에게도 당신에게도 잘못하지 않았어요. 저는 그보다 훨씬 못한 이야기들을 알고 있고, 저도 그런 잘못을 저지른 적이 있어요. 하지만 제가 애착을 갖는 것에 대해, 예를 들어 사랑하는 토박이 젊은이에 대해 상당히 민감하기 때문에 당신이 얼마나 예민한지 확인한 것이 기

---

* 너대니얼 웨스트(Nathanael West)의 작품. 국내에서는 『미스 론리하트』로 출간됐다.
• 시카고에서 흑인들이 중심이 되어 출판하는 잡지

뼈요. 만일 우리 둘 다 다치기 쉬운 피조물이라면, 우리는 이러한 위험에 대해 깊이 생각하고 서로에게 고통을 주지 않도록 조심해야만 할 거예요. 이상해요, 저는 우리가 미리 대비할 것이 없고, 서로에게 대단한 고통을 주지도 못할 것이며, 각자 상대의 마음에서 사랑을 간파할 만큼 매우 섬세하다는 것을 알아요. 저는 여권, 예약, 돈 때문에 초조해지기 시작했어요. 당신을 아마도 두 달, 기껏해야 석 달 이내에 만날 거라는 걸, 아무튼 당신을 만날 거라는 믿음이 들기 시작했어요. 정말이에요! 그것은 더 이상 아득한 꿈이 아니며 제 가슴은 그로 인한 기쁨으로 넘치고 있답니다.

팔레스타인을 위해 투쟁하고 집에 시온주의자들을 숨겨 주었던 사르트르의 유대인 옛 제자*에 대해 내가 말한 적이 있던가요? 그가 투옥됐고, 부르주아지들, 드골주의자이며 가톨릭 신자들인 배심원, 모든 보수주의자가 그를 박해했어요. 그는 임시 석방 중이었고, 어제 사르트르가 증인으로 출석한 그의 재판이 열렸어요. 재판은 아주 짤막했으나 흥미로웠고, 사르트르는 젊은이에 대해 그리고 유대인 문제에 대해 말했어요. 이번만은 정직했던 판사가 젊은이를 거의 치하하다시피 자기 생각을 호의적으로 드러냈고 1천2백 프랑(약 6달러) 벌금형에만 처해서, 우리는 대만족했지요. 그런 다음에 사르트르의 연극 리허설에 동행했어요. 사르트르는 완다라는 여자에게 단역을 맡기고 싶어 하는데, 다른 사람들이 만장일치로 그녀의 연기를 아주 혹평하기 때문에 최악의 어려움을 겪고 있어요. 결국 그는 온통 아주 형편없는 배우들과 연출가와 일하고 있답니다. 그런데 이상하게도 완다가 돌연 진정한 스타로 두각을 나타냈어요. 이는 예기치 않게 일어났어요. 그녀는 모든 사람이 머리 숙이고 따라야 할 만치 훌륭해졌어요. 사

---

* 미즈라이(Misrahi). 스템(Stem) 모임 멤버

르트르는 이제 형편없는 배우들과 연출가를 쫓아낼 거고 — 이건 완전한 코미디예요. 한 편의 연극이 탄생하는 것을 지켜보는 것은 언제나 아주 큰 즐거움을 줘요. 거기에는 포커와 비교할 만한 비장한 뭔가가 있어요. 아무리 좋은 연극이라고 해도 아무도 승패를 예언할 수 없어요. 결과는 헤아릴 수 없을 만큼 많은 변수에 따라 좌우되기 때문이지요. 저는 이 연극이 훌륭하다는 확신을 가지고 다른 많은 사람과 이를 공유하나, 혹시 커다란 파장을 일으키지나 않을까(공산주의자에 대해서도 드골주의자에 대해서와 똑같이 냉혹한 비판, 아니 그보다는 드골주의자에 대해 훨씬 더 강도 높게 비판하나 공산주의자에게 준엄한 각도에서 문제들을 제기하는 그 정치적 내용으로 인해) 걱정하고 있어요. 두고 봐야지요. 어찌 됐든 어제의 문제는 다른 거였어요. 그처럼 날림으로 해치운 일에는 오직 실패만 있을 거예요. 무능한 사람들은 돌려보내고, 여러 사람을 해고하고, 모든 걸 공중에 날려 보내야만 했던, 열광적인 하루 저녁나절에 완수된 대단한 변혁이었어요. 사람들은 기적적으로 좋은 연출가와 배우들을 찾아냈어요. 당신, 연극과 영화에서 많은 일을 한 프랑스의 위대한 시인 장 콕토를 아시나요? 그의 영화 〈미녀와 야수〉가 현재 미국에서 상영되고 있어요. 예순 살 동성애자인 그는 대단히 매혹적이고 아주 재미있으며 시인이자 도둑인 장 주네의 친구예요. 저는 그를 무척 좋아해요. 그는 연극에 관해 조예가 깊은데, 사르트르의 공연에도 직접 참여하여 배우들을 지휘하고 좋은 배우를 찾아내 그들의 연기를 지도하기로 했어요……. 우리는 그동안 한 극작가가 다른 극작가의 성공을 위해 전심으로 지원하는 것을 결코 본 적이 없어요! 일반적으로 서로에게 가능한 한 치사하게 행동하지요. 저는 콕토의 관대함에 행복과 함께 감동을 느꼈어요. 이런 일에 치사한 행동이 없다는 것은 대단히 드물고, 이는 저의 하루를 즐겁게 만들었지요. 당신에게 그에 대해서 다시 이야기하겠어요. 그는 언제나 아주 멋진 젊은이들에 둘러싸여 있어요. 그중 한 명은 15년 전에 그의 연인이었는데, 그는 그를 프랑스 일류 영화배우로 만드는 데 기여했어요. 이 잘생긴 젊은이를 위해 정말 모든 걸 다해 줬고, 어찌나 '여성스러운지' 그들이 함께 있는 모습을 보면 웃음이 난답니다. 저는 동성애자도 괜찮은 사람이라면, 즉 너무 꾸미지만 않는다면 꽤 좋아해요. 그들은 단지 사랑에서 특별한 기호를 지녔을 뿐 다른 사람들과 마찬가지지요.

잘 자요, 허니. 전 더 이상 펜을 쥘 수 없으나 다시 한번 당신을 팔에 안고서 제 나이가 2개월 더 많다고 주장할 수 있어요. 내 사랑, 우리는 함께 무척 잘 지낼 거예요, 두고 보세요. 오 그래요! 당신은 두고 볼 거고 저 또한 두고 볼 거예요. 당신이 그리워요, 허니, 당신의 키스를 원해요. 제가 갈게요, 나의 넬슨 제가 갈게요, 그리고 당신에게 물리도록 키스할 거예요. 사랑, 사랑, 나의 감미로운 심장이여.

당신의 시몬

1948년 2월 17일 화요일

몹시 소중한 넬슨, 나의 남편. 춥고 푸른 날씨에 쾌적한 삶은 계속되고 있어요. 시인이자 도둑인 장 주네와 영화 〈천국의 아이들〉의 여주인공 아를레티와 함께 유쾌한 점심 식사를 했어요. 당신이 그 영화를 좋아하지 않았다는 걸 알지만 그녀, 당신은 그녀가 아름답다고 생각하지 않았나요? 그녀는 지금 오십 대에 접어들어 늙기 시작했으나 처녀의 쾌활하고 경쾌한 일면을 간직하고 있어요. 다만 불행하게도 그녀의 얼굴은 영화에 더 이상 적합하지 않아서 그녀는 역할을 찾는 데 고생하고 있어요. 그리고 그녀는 전쟁 중에 처신을 잘못했답니다. 제 생각에는 그녀가 독일 장교와 잤다는 것은 범죄가 될 수 없고, 그런 일이라면 다른 여자들은 그보다 더 나을 것 없는 미국인들과 잤거든요. 세상사를 잘 이해하지 못하고 정치에 대해 전혀 염려하지 않은 한 여자의 사랑 이야기가 제게는 충격적이지 않으나, 수많은 사람에게는 극도의 범죄로 보였어요. 현재 그녀는 아주 많이 고립되어 있어요. 그렇다고 그녀가 생기 없거나 재치 없는 것은 아니었어요. 그녀는 주네를 아주 좋아하고, 그들의 만남은 서로를 고무시켜요. 그는 예쁘장한 한 어린 낙하산부대 대원(현재 동성애자는 낙하산부대 대원의 꽁무니를 쫓고 있지요, 예전에 해군을 뒤쫓았듯이)을 발견했어요. 불량소년, 살인자, SS* 등이 아니면 좋아하지 않는 주네가 황홀하게도 전직 SS로서 감옥에서 살다 나온 마르세유 억양을 가진 러시아인에게 빠져 있답니다. 이 젊은이는 사실, 말하자면 미남이에요. 주네는 기분이 좋은 데다 쾌활하고 재미있어서 이 두 사람과 함께 점심 식사를 하는 내내 기꺼이 웃었어요.

같은 바에서 그 퓨마를 5분간 다시 만났는데, 자신의 끔찍한 시 원고를 줬어요. 사진에서 보면 그의 그림들이 더 나아 보이는데, 목요일에 감상하러 갈 거예요. 라이트는 이 퓨마가 미친 사람이라고 알려 줬어요. 그가 뉴욕에서 출판한, 훌륭하게 복사된 현대예술 작품집에 관한 기사를 『라이프』에 실었는데, 당신 알고 있나요?

점점 더 비참해지는 못생긴 여자와 긴 저녁 시간을 보냈어요. 그녀는 섹스에 대한 욕구가 자신을 미치게 만든다고 고백하더군요. 12년 전부터 남자와 자 본 적이 없고, 몇 년 후 쉰 살이 되면 더 이상 기회가 없을 거라며, 남자 한 명을 침대에 끌어들이고 싶

* Schutz Staffel. 나치의 친위 대원

281

은 무시무시한 욕구로 못 견디겠다는군요. 그녀는 제가 아는 꽤 잘생기고 호감 가는 남자에게 자기랑 자고 싶은지 묻는 편지까지 보냈는데, 그런 것을 글로 쓴다는 것은 슬픈 일이에요, 그렇지 않나요? 그는 그러고 싶지 않다고 상냥하게 답장했대요. 그녀는 몹시 부끄러워하며 눈물을 글썽이면서 이 이야기를 꺼냈어요. 그녀는 곧 자살할 거라고 협박하고 있어요. 비탄에 잠겨 말하는 그녀의 이야기를 듣고 대답해 주는 것도 힘들었어요. 그녀의 상황은 더할 나위 없이 절망적으로 보여요.

유대계 여자 친구로 말하자면 상황이 조금 나아졌어요. 광기와 슬픔이 덜해진 그녀는 다시 공부하기 시작했어요. 그러나 그녀에게는 건강할 때에도 마음속에 아주 메마르고 비통하며 음산한 무언가가 머물러 있었던 지라 큰 차이가 없답니다. 러시아계 여자 친구도 폐결핵으로 죽어 가고 있다는 걸 생각할 때, 저의 여자 친구들이 행복하지 않다는 사실을 받아들여야만 하지요.

수요일

이번 겨울에 멕시코를 여행하고 뉴욕을 거쳐 돌아온 한 남자 친구와 점심 식사를 했는데, 그 나라는 정말 굉장한 것 같아요. 열대 밀림의 유카탄반도에는 더위가 찌는 듯하고 높은 고원들에는 사막이 있고 바람이 분대요. 우선 유카탄반도에 가도록 하지요. 이번 달에는 많은 정보를 얻을 텐데, 이 정보들이 저를 충분히 유혹하고 있어요. 당신은 밤낮으로 제 곁에 있을 거예요. 당신과 함께 집에 머무를 때 하얀 가운 대신 입을 아름다운 긴 원피스를 만들게 하고 있어요. 제가 이 비단옷을 입고 설거지할 때, 당신이 저의 우아함에 감탄하기를 바라요. 제가 4월 15일경에 도착할 것은 거의 확실하고, 남은 문제는 캘리포니아에 갈지 말지인데, 가기에는 아마도 기간이 너무 짧을 거예요. 어쨌든 당신은 두 달 이내

로 첫 번째 악어 식사를 할 수 있을 거예요. 당신, 멕시코 여행 계
획을 위해 여행사에 한번 가 보겠어요? 중요하진 않아요. 만일 당
신이 가지 않는다면 제가 가겠어요. 저는 이 나라를 정말 보고 싶
답니다.

사르트르의 리허설은 모든 게 아주 순조롭게 진행되고 있어요.
콕토가 열심히 도와주고 훌륭한 배우들도 데려왔답니다. 돌려보
낸 여자 중 한 명이 크게 화를 냈으나 완다는 순종적이에요. 잘됐
어요, 왜냐하면 이 불쌍한 사르트르는 초기에 난처한 일들에 짓
눌렸었거든요. 네, 당신이 옳아요, 그에게 종종 우스꽝스럽고 터
무니없는 연애 사건들이 일어나곤 하지만 그리 심각한 일들은 전
혀 일어나지 않아요. 부분적으로 그는 결코 아무것도, 특히 그 자
신을 중요하게 생각하지 않는 반면에 상대는 그를 너무 중요한 사
람으로 여기기 때문에 놀라운 오해들이 생기고, 사람들은 그에
대해 종종 분노를 터트리곤 해요. 그 사람에 관해 당신과 이야기
해야 할 것이니 저 때문에라도 당신이 누구와 일이 있는지 조금은
알도록 해요. 저는 당신이, 유쾌하며 선하고 예의 있는 그를 좋아
할 거라고 장담해요. 정말이지, 그의 지성과 재능만을 좋아해서
그렇게 오래전부터 그와 삶을 공유하려 했던 건 아니에요. 그가
다른 사람들과 다르기 때문에, 당신이 저만큼 높이 평가하는 그것
때문에 그에게 애착이 가요. 당신은 '누군가에게 정신적으로 속해
있다'고 생각하는 것을 좋아하지 않는다고 고백한 적이 있어요.
문제는 '속해 있는 것'이 아니에요. 그는 현재의 제가 될 수 있도록
도와줬어요. 물론 저도 현재의 그가 될 수 있도록 도와줬고요. 당
신이 언젠가 그를 만나기를 바라요.

저의 『미국』*은 인쇄 중에 있어요. 저는 다른 책을 쓰는 데 엄

---

* 『미국 여행기』

청난 힘을 기울이고 있고요. 『4분 혼혈아와 딜러』는 어떻게 됐나요? 저는 아침부터 저녁까지 우리의 여행 외에는 다른 어떤 것도 생각할 수 없어요.

잘 자요, 내 사랑. 오늘 저녁은 우울하군요. 이유를 모르겠어요. 어쩌면 러시아계 여자 친구의 남편과 저녁나절을 보냈기 때문인지도 모르겠어요. 그는 문학, 영화(그는 시나리오 작가예요), 여행, 저널리즘을 아주 좋아하는 더없이 기분 좋은 젊은이지요. 그의 인생은 훌륭하게 시작됐으나 글자 그대로 다 죽어 가는 그의 아내가 파괴하고 있어요. 다시 말해 그는 그녀를 버릴 수도, 같이 살 수도 없지요 — 그것이 저를 우울하게 만들었어요. 오래전부터 아는 남동생 같은 그가 완전히 꼼짝 못 하게 되었답니다. 이곳의 사람들은 행복하지 않아요, 정녕 행복하지 않아요. 저는 행복에 대한 욕망이 아주 강해서 당신을 어찌나 열렬히 기다리는지 이 열정적인 기다림이 때때로 저를 녹초로 만들어 버린답니다. 저를 포옹해 주러 오세요, 내 사랑. 제게 필요한 것은 바로 그거예요, 저를 세게 껴안을 당신의 두 팔. 사랑해요.

당신의 시몬

1948년 2월 20일 금요일

내 사랑, 너무나 귀중한 멕시코의 남편. 모든 것이 근사하게 잘돼 가고 있어요. '드 그라스'에 4월 7일 자로 예약했으며, 뉴욕에는 13일에 도착해요. 7월 13일에 비행기로 멕시코에서 남아메리카로 떠날 거예요. 석 달 후에는 한 달 동안 지내러 다시 올 거고요. 캘리포니아에 가는 것을 망설이고 있답니다. 로스앤젤레스에는 가지 않고 뉴욕에서 열흘간, 그다음에는 나머지 모든 기간을 당신과 함께 남아 있기를 더 원해요. 제 여자 친구에게 편지로 계획을 알렸는데, 10월에나 본다면 그녀가 너무 실망하지 않을까 걱정되어 답장을 기다리고 있어요.

동생과 제부는 베오그라드에서 돌아오면서 자동차로 이탈리아와 프랑스를 횡단했다는데, 기막힌 여행이었대요. 그러나 그들은 지겹고 불쾌하고 이기주의적이며 속이 텅 비어서 파리에 그들이 있다는 것은 언제나 괴로운 일이지요. 못생긴 여자와 유대인 여자 친구는 제게 늘 불가능한 것, 다시 말해 자신의 삶에 의미를 달라고 요구하면서 저를 무겁게 짓누르는 편지들을 보내요. 몸이 아픈 러시아계 여자 친구, 그녀는 아무것도 요구하지 않는데, 사실은 그게 더 나쁘지요.

그런데 허니, 제가 그 퓨마에 대해 당신에게 짓궂게 굴었던 것은 옳았어요. 당신이 한번, 제 얼굴은 추파를 던지게끔 자극하지 않는다고 이야기한 때보다 남자들에 대해 더 많이 알지 못하지만 수상한 점을 눈치챘었고, 그의 그림들을 보러 가면서 경계했지요. 그의 그림들은 무척 흥미롭기까지 했어요. 엉큼한 속셈을 지닌 그의 미친 짓 속에는 친절함이 배어 있었어요. 그러나 모르는 여자들에게 키스하겠다고 우기는 당신네 남자들의 태도는 도대체 뭔가요? 어떤 프랑스인도 저를 결코 덮치려 한 적이 없었고, 제가 어떤 남자들과 (별로 많지 않은) 잠자리를 하기 전에는 매번 암묵적인 또는 표명된 동의 같은 것이 이루어졌어요. '감히' 그 누구도 홀로 자기의 운을 시험해 보려 하지 않았죠. 그러나 이 퓨마는 그리하는 것을 두려워하지 않았어요. 당신은 제가 키스하기에 쉬운 사람이 아니라는 걸 누구보다 잘 알 텐데, 저는 '토박이 젊은이'가 시카고에서 저를 함정에 빠뜨린 이래 더욱더 호락호락 넘어가지 않아요. 그러므로 이 퓨마는 제 뺨 조각만을 붙잡았을 뿐이었고, 우리는 그의 그림들을 바라봤지요. 그런 다음에 그는 다시 한

번 시도했는데, 제가 그의 이마를 거칠게 밀어내면서 그를 물리쳐 버렸어요. 난처하고 우스꽝스러운 상황이었어요. 아, 얼마나 간교한 사람인지 몰라요! 그는 자기 집에 끌어들여 아첨하는 인사말을 꺼낼 줄은 알았으나, 그의 능숙함이란 아무짝에도 쓸모없었지요, 아시겠어요. 이 일은 불쾌하지는 않았는데, 단 하나의 이유 때문이었어요. 제가 정신 나간 시골 악어 외에 다른 사람의 눈에도 매혹적으로 보였다는 것이죠. 그러므로 저는 이 악어가 사랑하도록 놔두면서 그를 속이지 않았을지도 모른다는 것을 증명했어요. 퓨마의 키스를 허락하지 않은 건 당신을 염두에 둬서가 아니라 잘생긴 외모에도 불구하고 저를 무감각하게 만들었기 때문이란 걸 알아 두세요. 자신을 상대에게 완전히 주지 않으면서 왜 키스하는지 모르겠어요. 서로를 완전히 줄 수 있다면, 이런 경우에는 어쨌든 제가 보기에 강렬한 의미를 지녀요. 그런데 이러한 의미에 완전하게 이르기를 바라는 일은 제게 거의 일어나지 않아요. 허나 그 일이 또 한 번 불가사의한 마법을 통해 시카고에서 일어났어요. 오, 달링! 저는 오늘 당신을 아주 유쾌하게 사랑해요! 당신이 여기 있다면 당신을 얼마나 놀리며 즐거워할까요!

파리는 춥고 눈이 내리고 얼음이 어는 날씨지만, 따뜻한 태양이 하얗게 눈 덮인 땅 위에서 빛나고 있어서 행복감을 느낄 수 있게 해 주지요. 내 사랑, 만약 제가 캘리포니아를 포기한다면 우리가 사랑하고 여행하기 위해 당신이 5월 1일부터 7월 13일까지 시간을 낼 수 있는지 말해 주겠어요? 적어도 우리가 사랑하기 위해서 말예요. 이제 더 이상 저를 붙들지 마세요, 그 퓨마에게 그랬던 것처럼 당신과도 완강하게 싸울 거예요. 일하겠어요, 어떤 미소도 어떤 키스도 일하는 것을 막지 못할 거예요. 안녕히…… 곧 다시 만나요.

당신 정말 또다시 저와 사랑에 빠졌다는 거예요?* 맘에 들어요. 당신의 달콤한 편지에 눈물이 어렸어요. 과테말라에 대한 계획은 정말 근사하고 매혹적이에요. 가장 합리적인 방법은 뉴올리언스에서 유카탄행 비행기를 타고 그곳을 둘러본 다음에 과테말라, 베라크루스 그리고 멕시코를 방문하는 거예요. 거기에는 지리적·문화적 통일성이 있지요. 저는 점점 더 캘리포니아를 포기하고 싶은 유혹을 느끼고, 결단을 내리기 위해 로스앤젤레스로부터 편지를 기다리고 있어요.

착실하게 보낸 하루였어요. 아침에 글을 쓰고 어머니, 동생 부부와 점심 식사를 했지요. 한심스러운 인물들이에요. 오후 세 시에서 여덟 시까지 글을 쓰고, 마침내 리허설에서 돌아오는 사르트르와 함께 저녁 식사를 하면서 간단하게 위스키를 마셨답니다. 당신에 대한 수많은 좋은 생각을 되새기면서 자겠어요. 당신은 아무것도 요구하지 않으면서 많은 것을 주고, 제가 말한 것과 말하지 않은 것을 그렇게도 섬세하게 이해하며, 탐욕스러운 동시에 인내할 줄 알아요. 당신을 사랑한다는 사실이 영광스럽답니다. 당신이 몹시 그리워요, 달링. 우리는 합당한 보상을 받을 거예요. 이 고통을 모르는 사람들은 우리가 누릴 행복 또한 몰라요. 저는 로스앤젤레스의 친구에게 아주 상냥하지도 충분히 헌신적이지도 못할까 두렵지만, 당신과 너무나 함께 있고 싶어요. 그러니 망설일 수밖에요. 캘리포니아 친구에 대해 이야기해 줄게요. 그녀는

---

* 올그런은 2월 6일에 시몬 드 보부아르가 베를린에서 보낸 사진을 매우 감탄하며 봤는데, 그 사진을 보자 그녀와 다시 사랑에 빠졌다고 설명하는 편지를 보냈다. 또 그녀가 자신처럼 못생긴 남자를 사랑할 수 있다는 사실에 놀랐다고도 썼다. 실제보다 별로 좋지 않게 묘사된 그의 자화상이 뒤따르는데, 시몬 드 보부아르는 편지 끝에 그 자화상의 몇 가지를 다시 언급한다.

정직해요. 제가 왜 그녀에게 애착을 느끼는지 알게 될 거예요. 저는 그녀를 거의 딸처럼 여기고 진실하게 대하지요.

넬슨, 나의 남편. 저는 당신에게 몸과 마음, 영혼이 속해 있고, 당신 것이에요. 저를 기다려 주세요. 당신의 부러진 코, 잉크 찌꺼기가 많이 묻은 당신의 두 눈, 당신의 코끼리 같은 귀, 그리고 잠든 듯한 당신의 입에 키스하고, 모든 것, 당신의 모든 것을 좋아해요. 잘 자요, 내 사랑.

당신의 시몬

1948년 2월 23일 월요일

나의 매력적인 시골 사람. 눈으로 뒤덮인 파리는 어제저녁에 대단히 아름다웠어요. 생제르맹데프레는 고요하고 새하얀 길들이 나 있는 작은 마을이에요. 그곳에 커다란 눈송이들이 유쾌하게 내리고 노란 불빛들이 거대한 그림자들을 비추고 있었지요. 안타깝게도 지금은 반이 녹았고 시커멓게 더러워졌어요. 옷을 따뜻하게 입고 난방하면 추위는 견딜 수 있어요. 저는 잠을 자기 위해 모직 스키복 바지를 벗지 않은 채 구멍 난 신발들을 끌고 다니지요. 하지만 전쟁 때의 그 끔찍한 겨울들과는 비교할 수 없어요. 달링, 오늘은 당신을 안 지 정확히 1년이 되는 날이에요. 그때도 시카고에 눈이 내렸어요. 저는 얼어붙은 땅 위에서 미끄러졌고, 당신은 지하철을 타고 가는 내내 저의 팔을 붙잡고 있었어요. 처음에는 전화를 잘못 걸었다면서 저를 당신 삶의 바깥에 두려고 어찌나 엉큼하게 노력했는지 당신, 기억하세요? 저의 악착스러움이 저를 구원한 것이지요. 당신이 음흉하게도 저를 함정에 빠뜨리고 있다는 걸 조금도 의심하지 않고 순수히 머나먼 과테말라까

288

지 따라갈 정도로 당신 곁이 편안하고 평화로웠어요. 당신을 가득 신뢰했죠. 제 인생에 새로운 일이 일어나리라고는 전혀 생각지 못했고, 저 자신이 너무 나이 들었다고 느끼고 있었지요. 아주 사소한 것들도 실제로 근심할 만한 가치가 있어요. 이제 당신은 저에게 두 번째 젊음을 주었고, 놀랍고 멋진 시골의 사랑은 국제적인 것이 되었어요. 모든 일이 너무나도 경이롭게 잘되어 갔어요. 아직도 그에 대해 감탄한답니다. 당신은 조금 무섭기도 해요. 다시 말해, 당신이 그렇게 교묘하다면 저를 아주 불행하게 만들 수도 있다는 거지요. 어쩌면 이 행운을 시험하지 않는 것이, 또 미국으로 돌아가지 않는 것이 신중한 것인지도 모른다고 자문하고 있어요. 달링, 자정이에요. 저는 오직 한 가지, 이것만을 자문해요. 당신에게 키스하기까지 두 달을 어떻게 참는단 말인가? 세상에! 제가 지낸 밤들 가운데 39년은 당신이 자리하지 않은 채 살았지만, 쉬운 듯했어요. 그런데 그것이 왜 이렇게 어려워졌을까요? 당신은 이해해요? 저는 이해하지 못해요. 제가 아는 모든 것은 당신에 대한 지옥 같은 그리움으로 꽉 차 있다는 거예요. 정확히 말해 지옥 같은 것은 아니지요. 지옥에는 어떤 희망도 남아 있지 않으니까요. 단순히 희망만이 아니라 당신이 다시 제 곁에 눕게 되리라는 사실을 알고 있어요. 넬슨, 저는 당신에 대한 그 같은 욕망이 있답니다. 사랑해요, 내게 속해 있는 나의 남편.

오늘 아침에 당신의 편지를 받았어요. 당신은 당신의 개구리가 언제 두 손안에 들어올까를 무슨 일이 있어도 알고 싶어 하는 것 같으니, 그날이 4월 25일경일 가능성이 매우 크다는 것을 말해 주겠어요. 캘리포니아 친구는 만일 10월에 본다고 하더라도 그리 실망하지 않을 거라고 확언했어요. 그래서 그녀를 포기하고 뉴욕에서 돈을 모으기 위해 열흘간 보내고 당신과 합류하겠어요. 저는 변화를 두려워하고 날짜를 정하는 것을 아주 싫어하지만, 어느 정도 구체적으로 드러나고 있답니다. 내년에 당신이 저를 만나러 올 때 알제에 가기 위해 언제 좌석을 예약해야 하냐고 물어보면 두고 보세요. 당신은 거침없는 태도로 "내가 도착할 수 있을 때 도착할 거요. 나를 맞을 준비나 하시오"라고 선언할걸요. 여권에 사용할 사진들을 기다리며, 우아함으로 정열을 불태우기 위해 다양한 옷을 주문했지요. 진실을 말하자면, 이 원피스들은 특히 남아메리카를 위해 마련했어요. 그중 걸치려는 것이 아니라 벗으려는 것으로, 당신을 위해 제가 무척 좋아하는 하나를 준비해 두었어요. 이 원피스가 당신 마음에 들기를 바라요.

네, 『에보니』를 알아요. 작년에 그 잡지 한 권을 라이트와 함께 할렘에서 산 적이 있고, 그 이전에 파리에서도 대강 훑어본 적이 있어요. 그 안에는 활짝 웃는 메즈 메즈로*의 사진이 실려 있더군요. 저는 미국으로 떠나는 것에 미친 듯이 기뻐하며 그것이 무엇을 의미할지, 당신을 만날 것이기 때문에 사랑의 탄식과 번민으로 보낼 수많은 밤이 저를 기다리고 있다는 사실을 모르면서 돈 레드먼의 오케스트라 연주를 듣고 있었어요.

수요일에 민족지民族誌 박물관의 한 석학과 약속이 있어요. 우리는 기막히게 좋은 과테말라-멕시코 여행을 계획할 거예요. 주목할 만한 것이 아무것도 없음, 눈과 파란 하늘, 개구리의 근면한 생활. 도서관에서 당신들, 끔찍스러운 남자들이 우리, 불쌍한 피조물 여자들을 억압한 수많은 방법에 대해 알아보고 있어요. 잘 있어요, 끝없는 사랑의 키스를 보내요, 내 사랑이여.

당신의 시몬

---

* Mezz Mezzrow. 재즈맨이자 1946년에 출판된 『진짜 블루스Really the Blues』의 저자. 프랑스에서는 "삶의 열광(La Rage de vivre)"이라는 제목으로 출간됐다.

1948년 2월 28일 토요일

잘 자요, 달링. 모든 저녁 중에도 오늘 저녁, 특히 파리의 은밀한 아름다움 속에서, 감미로운 안개가 꽤 자욱한 아름다운 밤에 (안개 낀 달콤한 밤은 당신을 떠올리게 해요, 왜일까요?) 당신을 사랑해요. 훌륭한 전시회 덕분에 대단히 좋은 하루였어요. 1940년에 사망한, 반은 독일인이고 반은 스위스인인 화가 파울 클레를 아세요? 시적이고 극도로 매혹적인 그의 작품은 일부만 알려졌지만, 이미 저를 황홀하게 만들었어요. 독일인이 그를 퇴폐적이라고 금지했기 때문에 그의 그림들은 거의 드러나지 않았어요. 오늘 그의 그림이 1백여 점 이상 전시됐답니다. 한 사람의 삶 전체와 한 인간의 총체성, 판타지가 풍성하고 때로 추상적이었어요. 아무튼 매우 비현실적인 미술이었습니다. 사람들은 전시회를 나오면서 현실의 밤을 응시하곤 충격을 받지요. 네, 바로 그거예요. 실제 밤의 녹색과 빨간색 불빛들에서나 기막힌 색깔들의 그림의 비현실주의에서나 같은 아름다움, 같은 유머, 같은 슬픔 그리고 같은 기쁨이 터져 나오고 있어요. 당신이 깊이 정당화됐다고 느끼게 만드는 것이 문학과 예술이 지닌 힘이고, 그것이 문학이나 예술을 평가하는 타당한 기준 아니겠어요? 당신 책들은 이러한 귀중한 특성을 지니고 있어요. 그것이 바로 사람들이 한 남자나 한 여자에게 똑같이 요구하는 거예요, 그렇지 않아요? 이러한 그림, 이러한 책, 이런 사랑, 이런 미소들, 이와 비슷한 사건들이 세상에서 예기치 않게 일어난다면 세상은 존재할 만한 가치가 있다고 느끼는 단순한 감정을 불러일으키죠.

컬럼비아의 미국인 교수와 그의 부인과 술 한잔 마셨어요. 그들 때문에 기분이 좋지 않았어요. 그들은 분명 세상을 살 만한 곳으로 만들지 않아요. 그러나 뉴욕에서 무척 친절했었고 그들과 만나서 미국에 대한 수다를 떠는 것이 별로 불쾌하지 않았어요. 그들은 당신이 말한 커포티*의 책 한 권을 주었고, 약간 경계하긴 했지만 그 책이 궁금했지요. 그 책이 마음에 드나요, 당신?

지금 프랑스에서, 더 정확하게는 니스에서 훌륭한 재즈가 연주되고 있어요. 저는 라디오 여기저기서 하찮은 본보기만 맛볼 뿐이랍니다. 우리는 수요일 오후에 흑인들과 함께 당신이 전혀 이해할 수 없었던 암스트롱을 만날 거고, 저녁에는 그의 음악을 들으러 살플레옐 — 우리의 카네기홀 — 에 갈 거예요. 좌석 값이 지독하게 비싸고 청중이 지독하게 우아한 사람들일 것이라 회의적이에요. 시시하지나 않을까 두렵군요. 제 오래된 친구, 트럼펫을 부는 젊은이•는 리포터 자격으로 니스에 가 있는데, 매우 열정적이에요. 제가 때때로 모험을 감행한 지하 카바레에서 연주하던 그의 작은 오케스트라는 유일하게 선발된 프랑스 오케스트라지요. 그 점에 대해 얼마나 많은 토론이 난무했고 얼마나 화를 냈었던지! 그러나 직업적인 재즈 오케스트라는 형편없고 그의 오케스트라는 아마추어로 구성됐어도 아주 훌륭해요. 저는 그를 더 이상 만나지 않아요, 이 트럼펫 부는 젊은이를요. 유감스럽지만, 경박함이 그를 망쳤지요. 그가 위조해 쓴 책과 그 뒤에 나온 다른 책들도 그가 미국 것이라 주장하는 외설스러움으로 넘쳐흘러 놀라운 광고 효과를 일으켰어요. 그는 그것으로 많은 돈을 벌었으며, 오직 돈에 대한 욕심으로 자기 이름이 신문의 1면에 커다랗게 찍히기만을 바라고 있어요. 오늘날 프랑스에서는 정치로 인해, 아니면 이 젊은이처럼 정치에 대한 무관심으로 인해 젊은 사람들이 썩어 가고 있어서 보기에 몹시 추하답니다.

---

* 트루먼 커포티(Truman Capote). 미국 소설가

• 보리스 비앙

수수께끼 같은 일이 있는데, 우리 선언서는 당신에게 말했듯이 실패였어요. 그러나 이틀 전에 우리는 별로 중요하다고 생각지 않는 그와 유사한 것에 서명했어요. 그런데 기이하게도 큰 성공을 거뒀어요. 모든 언론이 그것에 대해 말하고, 사회주의자 하원 의원들뿐 아니라 공산주의자 의원들까지도 서명하고 회합이 준비되는 등 여러 가지 일이 있었어요. 결과는 두고 봐야죠. 그리고 전혀 예상치 않은 뜻밖의 좋은 일이 있었어요. 예전에 우리와 절친했다가 RPF 당원으로 변신한 오래된 친구*는 자기 당이 얼마나 썩었는지를 깨달았으면서도 전혀 썩지 않았다고 설득하려고 애썼어요. 정말 희극적이었어요. 그는 상황을 잘 알고 있지요. 윌러스의 작은 승리에 흡족해하고 있어요. 그 승리가 의미하는 건 뭔가요? 당신이 뛰어난 강연을 한 결과인가요?

내 사랑, 계속 수다 떨고 싶지만, 무척 졸립군요. 분명 잠은 사랑보다 더 강하지 않고, 사랑을 체험하는 다른 방법에 불과해요. 다시 말해 이불 밑에 똬리를 틀고 2월 28일이 아니라 4월 28일이라고 우기는 거예요. 저는 눈을 감고 당신의 팔 안에 누워 당신의 어깨에 뺨을 기대고 잠들겠어요. 넬슨, 당신을 아주 강렬하게 사랑하고, 저는 당신 것이에요. 키스해 줘요. 그래요, 이런 것들을 글로 쓰는 건 아무 소용없지요. 당신은 알고 있어요, 넬슨, 그렇지 않아요? 기억하도록 하세요.

월요일

서글픔의 조짐과 함께 그윽하고 부드러운 봄날의 첫날. 제 가슴엔 어떤 슬픔도 없어요. 당신은 때때로 제가 한순간에 슬픔과 기쁨을 동시에 기다린다고 말했지요. 당신에게 가면서 어떠한 슬

---

* 레몽 아롱(Raymond Aron)

품도 받아들이지 않을 거라는 걸 알아 두세요. 저는 보기 싫은 작은 사진이 붙어 있는 타오르는 듯한 새 여권을 소지하고 있고, 불타오르는 듯한 새 옷들은 제작 중에 있으며, 새로이 불타오르지 않는 것은 제 가슴뿐이에요. 이미 예전에 타올랐기 때문에 지금도 여전히 예전 상태를 간직하고 있어요.

금요일 저녁에 우리는 평소 스카치를 마시던 지하 카바레에서 케스틀러와 마주쳤어요. 이탈리아 여행에서 이제 막 자동차로 돌아와, 길고 어두운 도정에서 짐을 풀어선지 그는 피로하고 고독해 보였어요. 그러나 당신의 표현을 따른다면, 그의 머리 위에다 병을 깨뜨려 버려야만 했었지요. 우리가 얼음같이 차갑게 대하자 그가 조금 언짢아했어요. 겨우 30분 정도 이야기했어요. 그는 아페리티프*로 부르고뉴산 화이트 와인을 샀어요. 알코올 때문에 머리가 아프다고 하면서 체코슬로바키아 사건에 대해 언급했지요. 만일 전쟁이 터져 그를 러시아인들이 먼저 총살하지 않는다면 미국인들이 포로수용소에 처넣을 거라고 확신할 만큼 극도로 무서움에 떨고 있더군요. 그는 보잘것없는 거짓말쟁이에다 엄청나게 소심한 하찮은 배신자에 불과해요. 이 초라한 쓰레기에 역겨움을 느꼈어요. 그는 미국으로 떠나지만 시카고에서 체류하지 않을 거고, 어쨌거나 그럴 가치가 없어요. 라이트 가족을 만났는데, 그들도 저와 같은 감정이었어요. 라이트가 "케스틀러는 공산주의자로 남아 있어요. 그는 당신을 보자마자 비난하고 공격하지요"라고 말했어요. 그가 예전에 공산주의자였다는 사실에 지독히 양심의 가책을 받는다고 주장할 때, 그 말은 사실 공산주의자들이 이기고 있는 지금에 그가 더 이상 공산주의자가 아니라는 것 때문에 괴로워한다는 것을 의미하는 게 아닌가 의심해요. 왜냐하면 그는

---

* apéritif. 식전에 식욕 증진제로 마시는 술

오직 승리자의 편에만 서기를 바라기 때문이지요.

숱한 사람이 공포 속에서 살고 있고 공산주의자들이 이탈리아에서 권력을 잡으려 해요. 그렇다면 프랑스는? 어떤 사람들은 러시아에 점령당할 거라는 환상을 갖고, 그러면 러시아인들이 여자들과 어린애들을 학살할 거라는 따위의 일들을 주장한답니다! 그들은 두려움을 즐기는 거예요. 최소한의 책임을 지지 않아도 무방하다는 생각으로, 분명한 도피 행위지요. 저 자신은 그다지 대담하지 못하고 또 죽는다는 생각을 증오해요. 그러나 그게 어떻단 말인가요, 때가 되면 우리는 죽을 거예요. 미리부터 두려움 때문에 죽지는 않겠어요.

네, 라이트 부부는 아주 호의적이에요. 그는 대다수의 프랑스 지식인보다 월등하고 훨씬 더 생기 있으며 유쾌하고 유머가 넘쳐요. 그의 부인은 무척 상냥하고 얼마나 훌륭한 요리사인지 몰라요! 저도 그처럼 요리를 잘하길 바라요, 그러면 당신은 1백 살이 될 때까지 저를 사랑할 게 분명하지요. 그가 멕시코시티 가까이에 있는 작은 마을을 알려 줬어요. 마을 이름이 '암소의 뿔'이라는 뜻인데, 매혹적인 것 같아요. 그들은 당신의 개구리에게 비열하게 키스하려 한 퓨마를 알고 있어요. 그들 말에 의하면, 그는 하찮은 기회주의자이자 검은 턱수염의 정신질환자래요. 사실 그는 저를 만날 때마다 부탁 하나씩을 해요. 전시회를 위해 자신을 도와줄 수 있느냐, 기사 하나 쓰는 것을 도와줄 수 있겠느냐 등등을요. 친구들과 함께 있을 때조차 바의 한가운데서 5분 내내 귀찮게 하지요.

작은 유대인 여자 친구와 새로운 만남을 시작했어요. 우리의 만남 뒤에 그녀는 매주 몇 날 며칠 공부를 못하거나 잠자지 못한대요. 그러니 우리는 간격을 두고 만나는 게 더 나아요. 저는 그렇게 하는 게 아주 기쁘답니다. 우리와 함께 저녁나절을 보낸 뒤에 못생긴 여자는 규칙적으로 구토를 해요. 어쨌건 무서운 일인데, 제가 그렇게 불길한 일을 했을까요? 당신, 당신은 저를 다시 만나면 무얼 하실 건가요? 울기? 토하기? 둘 다요? 당신은 제가 가지 않는 걸 더 좋아할까요?

좋아요, 어쨌든 갈 거예요. 그것을 항상 생각하고 있어요. 당신과 함께 보낼 과테말라의 봄은 감미로울 거고, 그것을 기다리고 있어요. 사랑 속에서 그리고 행복에 둘러싸인 채 당신에게 아주 열렬히 키스해요.

당신의 시몬

1948년 3월 4일 목요일

내 사랑. 파리는 그 어느 때보다 아름다워요. 뤽상부르 공원에 앉아서 엷은 분홍빛 하늘을 배경으로 어둡게 그늘진 헐벗은 나무들을 오랫동안 바라보았어요. 독한 감기 때문에 열이 나고 온종일 많은 알약과 뜨거운 그로그*를 삼켰어요. 그랬더니 불쾌하지 않은 묘한 상태에 젖어 들었지요. 어제는 아주 좋은 하루였어요. 어제 갔던 재즈 콘서트는 제가 몇 년 동안 보고 들은 것 중에 가장 훌륭했어요. 카네기홀만큼 넓은 살플레엘은 고함지르는 청중으로 우글거렸는데, 대부분이 열광하는 젊은이들이었어요. 이미 오래전에 모든 좌석이 예약돼 있었는데, 사람들은 억지로 들어가려고 몸싸움했지요. 암스트롱 외에 하인스 비슷한 이름을 가진 훌륭한 피아니스트가 연주했고, 클라리넷, 트롬본, 드럼, 더블베이스 모두 미국에서 가장 훌륭한 연주자들이었어요. 뚱뚱하고 키가

---

* grog. 럼주 또는 브랜디에 설탕, 레몬, 따뜻한 물을 섞어 마시는 음료

큰 흑인 여자 미들턴은 기막히게 노래를 잘 불렀어요. 네, 정말 멋진 저녁나절이었지요. 그리고 오후에는 '프레장스 아프리켄'*이라는 모임의 흑인들에게 자신의 아름다운 아파트를 개방해 오던 늙은 갈리마르(저의 출판인) 씨의 집에서 암스트롱을 위한 기분 좋은 모임이 있었어요. 프랑스의 모든 흑인 지식인과 파리의 모든 예술가가 그곳에 밀려들었지요. 암스트롱이 들어왔을 때 아프리카 젊은이들이 탐탐**의 반주에 맞춰 노래와 춤을 추었고, 한 처녀가 그에게 춤을 추게 했는데 호감이 갔어요. 사진을 찍는 기자들과 미국인들로 넘쳐흘렀지요. 검은 턱수염의 희멀쑥한 퓨마는 자기 그림을 팔려고 곳곳에서 도움을 구걸했기 때문에 많은 사람으로부터 미움을 샀지요. 라이트 부부도 당연히 그곳에 있었고, 파리에 가득 넘치는 다른 많은 미국 지식인도 있었어요. 내년에는 다르게 생긴 한 명이 더 있을 텐데, 그는 우리가 여기서 무척이나 그리워하는 미국 악어랍니다.

나의 악어, 이 편지를 금요일에 끝낼 거예요. 어제저녁에는 어찌나 열이 나고 피곤하던지 편지를 끝내지 못하고 자러 갔어요. 처음으로 당신을 남편으로서 욕망하지 않았고, 오로지 저의 불같은 뺨 아래 부드럽고 신선한 당신의 어깨만을 원했었는데 감미로웠을 거예요. 어쩌면 저는 과테말라에서 당신 어깨의 이 부드러움과 신선함을 누리기 위해 뒤탈 없는 미열을 앓을지도 몰라요. 다음 달이에요, 달링. 제가 당신을 얼마나 사랑하고 있는지 진정으로 알기 위해서 당신이 충분히 허영심이 많은지 아닌지를 자문하고 있어요.

당신의 시몬

---

*   Présence Africaine. '아프리카의 현존(現存)'이라는 의미

** tamtam. 아프리카 원주민의 북

1948년 3월 6일 토요일

달링. 당신의 마지막 편지를 받았는데 감기에 걸렸다니 유감스
럽군요. 저 역시 감기가 들었고 기침하고 코 푸느라 정신없어요.
그러나 더 이상 눈은 없고 봄이 오고 있지요, 잘됐어요. 당신이 저
의 지난 편지들 때문에 겁먹고 있지나 않나 두렵군요. 제가 적어
보낸, 우리가 방문해야 할 그 모든 장소 때문에 말예요! 무엇보다
도 당신이 제 맘에 들고 싶어 하는 것만큼 저도 당신 마음에 들고
싶어 한다는 것을 알았으면 좋겠어요. 그러니 우리는 별로 말다
툼하지 않을 거예요. 만약 당신이 계속 머물고 싶은데 제가 움직
이고 싶어 한다면 우리는 타협안, 예를 들어 과테말라에서 3주 그
리고 멕시코에서 3주를 조용히 머물고, 3주 동안은 호숫가에 있
는 마을들과 폐허가 있는 산들을 여행하는 걸 생각해 보도록 해
요. 마음 내키는 대로 하고 예상치 못한 곳에도 머물고 예정보다
빨리 다시 떠날 수 있는, 언제나 자유가 있는 여행을 하도록 해요.
그렇지만 우리 조금은 움직여야만 할 거예요, 여기 그 이유가 있
어요. 만약 우리가 유럽을 방문한다면, 저는 파리, 마드리드, 로마
그리고 알제를 두 달 안에 모두 돌아보려고 고집 피우지 않을 거
예요. 그건 미친 짓일 거고, 당신처럼 저도 "하나만 봅시다"라고
말할 거예요. 그러나 멕시코와 과테말라에는 오랫동안 머물고 싶
은 그런 장소가 없어요. 그곳의 대도시들은 대체로 평범하고 마
을들과 소도시들이 아름다워서 우리의 마음을 사로잡을 것이지
만, 단지 얼마 동안만 쾌적할 게 틀림없어요. 체류를 연장하면 지
루해질 거예요. 마을, 소도시, 폐허 그리고 주위의 경관은 함께 어
우러져 하나를 이루고 있어요. 따라서 격노한 미치광이처럼 이곳
에서 저곳으로 급히 달려가는 것보다 하나의 전체, 고대와 현대
의 히스파노-인디언 문명을 보고 이해하고 느끼려는 것이 중요하

지요. 자, 두고 보도록 합시다, 내 사랑. 당신이 우려하는 듯 보이는데, 저는 손발을 떠는 경박하고 불안정한 사람이 아니에요. 제가 이 여행을 즐기려는 만큼이나 당신도 이 여행을 즐기길 원하고 있어요. 우리는 전반적으로 우리가 가는 곳과 그곳의 사람들에게 비슷한 감정을 느낄 것이고, 우리가 동일한 생활 방식을 좋아하기 때문에 문제는 없을 거예요. 네, 저는 5월 초에 미시시피강에 가고 싶어요. 예약을 변경하기 전에 다음 편지를 기다려 줘요. 우리의 남아메리카 여행이 정부의 의지에 달렸고 확정적으로 결정된 것이 아니어서 어려움이 따른답니다. 그래서 우리 여행 계획을 확정할 수 없어요. 캘리포니아 친구가 저를 만나러 멕시코로 오는 것은 불가능해요. 왜냐하면 저는 비행기를 타고 멕시코와 당신을 떠나 남아메리카로 갈 테니까요. 지금은 당신에게 특히 몰두해 있어요. 다시 말해, 어떻게 하면 당신과 함께 가능한 한 많은 시간을 보낼 수 있을까 생각해요. 오 얌전한 악어, 개구리에게는 함정인가요?

일요일

이 초봄에 무척 행복하답니다. 태양이 갑자기 나타나 어찌나 따뜻하던지 사람들은 털외투를 벗어던지고 가벼운 옷들을 꺼내 입었어요. 저는 옷장에서 흰색 코트를 꺼냈지요. 아이들은 공원에서 놀고 파리지앵은 생제르맹가의 테라스에서 얼굴을 태우고 있어요. 사람들은 여유롭게 산책하고, 마찬가지로 서두르지 않는 친구들을 마주치며 모두가 행복하다는 것을 느끼지요. 아주 쾌적한 분위기예요. 당신이 내년 봄에 파리에 오길 바라요, 내 사랑. 당신은 한 달에 3백 달러로 왕처럼 보낼 것이고, 2백 달러로는 매우 편안하게, 1백 달러로도 가능할 거예요. 우리는 해결할 수 있을 거예요. 안 그래요?

당신에게 관심이 있는 한 출판인을 찾아냈어요.* 그는 『결코 오지 않는 아침』을 읽었고, 픽과 엘리스에게 그들이 하는 일을 물어볼 거예요. 어쨌든 그는 『부랑자Somebody in Boots』**와 『네온의 황야』를 모두 출판하기를 희망해요. 또 독립 출판인으로 데뷔하는 젊고 친절한 사람이며, 당신과 함께 대성공을 거두려는 심산이에요. 기대해 보죠. 문제는 당신 글이 프랑스인들이 읽기에 너무 어렵다는 거예요. 그래서 번역하기도 대단히 어렵지요. 그러나 대단한 집착을 보이는 그가 그 문제를 해결하리라 확신해요.

제 책에 점점 더 열광하고 있어요. 지금 책의 4분의 1을 완성하고 2부를 시작하고 있어요. 이 작업은 말할 수 없이 마음에 들고 저의 행복에 기여하지요. 금요일 역시 나쁘지 않았어요. 오후에 사르트르의 연극 연습이 있었답니다. 정치적 살인을 다루는 그의 연극은 아이로니컬하고 유머로 가득 찼다고 할지라도 피비린내 나고 음침한 드라마예요. 제가 "끝이 좋은 것은 다 좋다Tout est bien qui finit bien"라는 제목을 제안했는데, 수락됐어요. 제목이 프랑스어 격언처럼 들린답니다. 배우들의 결함 때문에 연극 연습은 여전히 의기소침하답니다. 두 남자 주인공이 대립하지요, 젊은이(암살자)와 그보다 나이 많은 늙은이(암살당한 사람). 젊은 프랑스 배우 중 가장 뛰어난 한 명***이 연기하는 젊은이 역은 훌륭해서 우리에게 연극이 위대한 예술이라는 것을 이해하게 만들지만, 늙은이 역은 저명인사인 이류의 허영심 많은 엉터리 배우가 연기하는데 정말 화나요. 그는 비판과 비난을 받아들이기에는 자신을 너무 위대한 인물로 믿고, 설사 그렇다 해도 연기를 잘하기엔 여전히 지나치게 멍청해요. 그는 공산주의 지도자 역할을 연기하는데, 실

---

* 폴 모리앵(Paul Morihien)

** 1935년에 발표한 올그런의 첫 장편소설

*** 위고 역을 맡은 프랑수아 페리에(François Périer)

은 부유한 실업가를 닮았어요. 가엾은 콕토는 그에 대해 난감해 하지요. 완다는 그야말로 배우다운 구석이 전혀 없고, 할 수 있는 것을 하지만 대수롭지 않아요. 잘 되기만을 빌어요. 틀림없이 더 형편없어지지는 않겠지만, 훌륭한 것이 될 수도 있어요. 저녁에 는 지난 시절의 미인이자 수많은 남자와 성관계를 맺은 위대한 매 춘부인 극장 소유주가 우리를 그녀 집에 데려가 함께 저녁 식사를 했어요. 입에서는 가장 저속한 어조로 외설적인 말들을 끊임없이 쏟아내면서 과시해도 되는 것과 안 되는 것을 구분하지 못하고 자 신의 종아리, 엉덩이, 넓적다리를 자랑스레 내보이는 이 쉰 살의 ─서른 살로 보이려고 악착스레 애쓰는─ 여자는 사람을 아연 실색하게 만드는 파리의 걸물이랍니다! 그녀는 너무 상스러운 나 머지 재미났어요. 저녁 식사는 기묘하고 훌륭했어요. 다시 말해 그녀가 예전에 모로코 왕의 정부였다는 핑계로 오로지 아랍 요리 만 있었어요. 흥미로운 것은 다른 데 있었어요. 그녀가 아주 재치 있고 또 무척 재미있는 콕토와 함께 늙은 콜레트를 초대했다는 거 지요. 추측건대, 당신은 콜레트에 대해 이야기하는 걸 들었을 거 예요. 그녀는 프랑스에서 유일하게 위대한 여성 작가지요. 진정 으로 위대한 작가에 대해 말하는 거예요. 젊은 시절에 대단히 아 름다웠던 그녀는 뮤직홀에 등장했고 수많은 남자와 동침했으며, 포르노그래피 소설들을 날림으로 써 댔어요. 그런 다음에 자신의 진정한 책들을 썼지요. 그녀는 자연, 꽃, 동물, 육체적 사랑을 무 척 좋아했는데, 이는 그녀가 자연의 것이 아닌 인위적 호사를 열 렬히 맛보는 것도 막지 않았어요. 그녀는 여자들과도 잤지요. 맛 좋은 음식과 와인, 요컨대 인생의 온갖 좋은 것에 대해 심취해 있 는 그녀는 그에 대해 글을 경이롭게 쓸 줄 알았어요. 일흔다섯 살 인 그녀는 매혹적인 시선과 매력적인 삼각형 얼굴을 간직했으나, 살이 피둥피둥 찌고 손발이 부자유스러우며 귀가 약간 먹었어요.

그런데도 그녀가 이야기하고 미소 짓고 웃기 시작한다면 아무도 그녀보다 더 젊고 더 예쁜 여자를 바라보려 하지 않을 거예요. 저녁 내내 그녀는 콕토와 함께 이웃에 대해 잡담했어요. 여담이지만, 둘 다 파리에서 아주 아름다운 장소 중 한 곳인 팔레루아얄에서 살아요. 그들은 이곳을 떠나지 않는 늙은 매춘부들의 존재와 초라한 상점들, 작은 카페들 그리고 그곳에 사는 사람들의 무리를 어찌나 인간적으로 그리고 유머러스하게 환기하던지, 우리는 그들의 이야기에 푹 빠져 귀를 기울였어요. 저는 그녀를 또 만나기를 바라요. 어렸을 때 그녀의 책들을 통해 그녀와 조금 사랑에 빠졌던 저에게 그녀를 만나는 것은 진정한 의미가 있었어요. 그처럼 충만하고 그처럼 열렬하고 그처럼 자유로운 삶을 살았으며, 삶에 대해 그렇게도 잘 알고 그리고 그녀 자신은 모든 게 끝났기 때문에 모든 것에서 초연할 수 있는 늙은 여자……. 그녀는 참으로 수수께끼 같은 존재예요.

월요일

내 사랑, 미시시피, 과테말라, 유카탄도 상관없어요. 당신이 중요해요. 당신과 함께 있다면 멕시코와 뉴올리언스도 어떤 중요성이 있겠지만, 아직은 제 곁에 당신이 없다는 것을 실감하면 오직 한 가지 욕망만 남아요. 당신을 다시 한번 두 팔에 안고, 한 번 더 당신의 두 팔의 함정에 빠지고픈 욕망 말이에요. 모든 시간이 당신에게로 흐르고 있어요. 내 사랑 천천히, 천천히 그러나 확실하게, 시간은 저를 당신에게 가깝게 만들어요. 낮과 밤, 양지와 음지를 통해 4월 말의 날짜와 워반지아의 보금자리를 향해 치닫고 있어요. 그래서 앞으로 당분간은 움직이지 않을 것이고, 제 심장은 "당신을 사랑해요"라고 말하기 위해서만 뛸 거예요. 욕망, 기다림, 희망은 끝날 것이고, 저는 저의 집에 있을 거예요. 저는 당신에게 속해 있어요. 곧 당신 생일이지요? 3월로 기억해요. 생일 축하해요, 행복하게 보내기를, 나의 사랑하는 넬슨! 당신이 저의 사랑 없이 살았던 만큼 오랫동안 저의 사랑 속에서 살기를 빌어요. 생일날을 즐겁게 보내기를! 안녕 내 사랑. 제 가슴속에는 태양이 가득한 열대의 사랑이 있어요. 모두 당신을 위한 것이지요. 우리는 아주 행복할 거예요, 기대해도 좋아요. 당신을 종일 생각하고 당신을 생각하자마자 당신에게 키스해요. 사랑해요.

당신의 시몬

1948년 3월 14일 일요일

　나의 남편. 어제 당신의 감미로운 편지를 받았어요. 참으로 분주해 보이는군요, 당신은 언제나 그리고 아직도 턱뼈에 조금의 휴식도 취하지 않은 채 노부인들 앞에서 장광설을 늘어놓고 있네요! 조심해요! 조만간 제게 말해야 하니까요, 목소리를 조금 아껴 두도록 해요. 달링, 당신과 함께 사진을 찍고 재즈를 듣고 흑인들의 클럽에도 가고 싶어요. 당신이 계획하는 모든 것을 하고 싶어요. 좋아요, 도살장엔 더 이상 가지 맙시다. 저는 그 모든 것을 믿기 시작했으며, 행복으로 불타오르고 있어요.

　우리의 계획이 또 한 번 뒤집어졌어요. 그것은 제 의지에 달려 있지 않다는 걸 당신이 알고 있지만, 별로 큰 차이는 없을 거예요. 제 생각에는 4월 초에 배를 타지 않고 5월 초에 비행기를 타고 시카고로 직행할 것 같아요. 4월과 5월 사이에 날짜를 정확하게 정할 수 없다고 미리 알렸으니, 제가 악어연맹에 대해 변덕스럽고 불성실하다고 말하진 말아요. 어쨌든 두 달 후 오늘쯤이면 미시시피강에서 배에 오르기 하루 전날이 될 것이고, 우리는 워반지아나 신시내티에 있을 거예요. 미국 시각으로 대략 여섯 시나 일곱 시에는 아마도 스카치를 마시거나 거리에서 산책하거나 아니면 서로 키스하거나 아니면 더 좋은 것을 하겠지요. 우리가 무얼 하든 간에 확실하고 확실한 건 대단히 행복할 거라는 거죠.

푸른 하늘과 태양이 가득한 파리는 저녁에도 외투가 필요 없을 정도로 더워요. 저는 글을 쓰고, 사르트르의 리허설에 좋은 조언을 내리려고 노력하면서 참여하고, 사르트르와 루세가 창설한 새로운 정당인 RDR에 대해 계속 토론하고 있어요. 금요일의 미팅은 성공적이었어요. 6백 명을 예상한 실내에 수천 명이 운집했고, 신문들에도 잘 보도됐어요. 반면 어제는 오로지 친구들과 쾌적하고 즐거운 휴식을 취했지요. 사르트르, 러시아계 여자 친구와 그 남편, 조각가와 그 애인, 당신이 본 영화 〈개방된 도시 Ville ouverte〉의 배우 파글리에로와 그의 매력적인 부인이 모였어요. 훌륭한 현대 미술품으로 벽을 장식한 작은 레스토랑에서 저녁 식사를 했는데, 식사비를 현물로 계산하는 몇몇 화가가 그곳의 고객이지요. 그런 다음에 미국 병사들이 형편없는 재즈 피아노 소리를 들으며 술에 취하려고 오는 기분 좋은 바에서 스카치를 마셨어요. 각자가 자기 이야기를 했고, 대부분 음담패설이었으나 익살맞은 이야기였지요. 저는 처음으로 거의 발까지 내려오는 치마와 레이스로 장식된 블라우스를 입고 유고슬라비아산 목걸이를 했어요. 조각가가 보나르의 어떤 그림 이래로 그처럼 아름다운 것은 보지 못했다고 하여 자랑스러웠어요. 그래요, 이 지친 겨울이 지나고 저는 다시 좋아 보이기 시작했어요.

커포티의 소설 『머리 없는 매 *The Headless Hawk*』*를 번역판으로 읽었는데, 제 추측에는 그 소설이 지닌 미국 영어의 맛이 사라진 것

• 프랑스어판의 제목은 "Le Faucon sans tête"

같아요. 소설은 괜찮았어요, 특히 아주 젊은 사람이 쓴 것으로는
요. 그러나 열광할 만한 건 아니었어요. 이런 종류는 프랑스에서
도 젊은이들이 숱하게 써 내고 있고, 우리는 정신질환자들과 광
기 그리고 전쟁에 관한 이야기로 헤어 나오지 못하고 있답니다.
그 모든 것의 작가 정신은 다소 조악하고요. 그렇지만 그의 대소
설을 읽을 거예요. 사람들은 그것이 포크너식 남부의 놀라운 사
건이라고 말했어요. 달링, 당신의 첫 번째 「시카고의 편지」가 『현
대』에 실렸는데, 성공적이었어요.* 거기에 저의 『미국』 발췌문을
실을 예정인데, 그 또한 많이들 좋아하는 것 같아서 만족해요. 오
늘은 자만심에 빠져 있답니다. 사람들에게 받은 찬사를 당신에게
되풀이하고 있군요. 당신을 만나러 간다는 것, 그리고 당신이 저
를 사랑하는 걸 행복하게 느끼기 때문이지요.

내 사랑, 우리가 배를 타고 미시시피강을 내려갈 날짜는 15일,
월요일이에요. 제가 당신을 기다리는 것이 행복한 만큼 당신도
저를 기다리는 것이 행복하기를 바라요. 저는 당신의 두 팔에 안
긴다면 더 이상 말이 필요 없을 것이고, 우린 서로의 얼굴에서
행복을 볼 거예요. 행복하게 당신에게 키스해요, 나의 사랑하는
5월의 남편.

당신의 시몬

1948년 3월 17일 수요일

너무나 사랑하는 임. 아, 너무 불공평해요! 당신은 워반지아의
당신 보금자리에서 편안하게 책을 쓰고 럼주 케이크를 먹으면서

---

* 보부아르가 번역하여 「유리병 속의 웃음: 시카고의 르포르타주」라는 제목으로 실렸다.

이따금 제가 탄 택시가 도착하는지 보기 위해 길모퉁이에 눈길을 주곤 하겠죠. 반면에 저는! 저는 미국 대사관에서 지문 날인을 위해 손가락에 잉크를 묻히고 어머니와 아버지 그리고 미국에서 무엇을 하려는지에 대한 무례한 질문들에 답하느라 아침 한나절을 잃어버렸어요. 당신에게 묻겠는데, 제가 왜 그곳에 가는 거죠? 제가 무엇이라 답할 수 있었겠어요? "강연하려요"라고 대답했어요. 거짓말이 되지 않기 위해서는 당신에게 강연해야만 할 거예요. 그런데 됐어요, 저는 커다랗고 아름다운 비자를 받았고, 제가 원할 때 날아갈 수 있어요. 또 다른 성공은 뉴욕에서 달러를 거둬들이기 위해 조처를 해 놓았다는 것이고, 1천 달러를 — 모두 써 버려야 하는 의무 없이 — 휩쓸어 가기를 희망해요. 남는 돈은 우리의 또 다른 밀월을 위해 당신이 시카고로 가져가도록 해요. 그리하여 우리는 하고 싶은 것을 문제없이 다 할 수 있는 충분한 돈을 갖게 될 거예요. 게다가 치과의사가 저의 턱뼈 위에다 경탄할 만한 일을 하고 있어서 저는 전보다 두 배 빨리 움직일 수 있을 것이고, 당신이 이를 기뻐할 거라고 확신해요. 당신 기억해요? 지난 겨울에는 우울했고, 저 자신이 늙고 못생겼다고 느꼈었어요. 봄은 제구실을 다하고 있고, 만일 아무것도 변하지 않는다면 당신은 아름다운 안색의 아내를 맞을 거예요. 사실은요, 넬슨, 아주 안 좋답니다. 당신이 저를 만났을 때, 당신은 제가 다소 현명한 여자였기에 저를 사랑했어요. 그런데 저는 당신을 사랑한 뒤부터 모든 현명함을 잃어버렸고 다른 여자와 마찬가지로 멍청해졌어요. 전에는 얼굴이나 외관에 대해 거의 신경 쓰지 않았으나 지금은 미시시피강 위의 당신에게 아주 건강하고 젊고 신선하며 우아하고 아름다운 여자 친구로 가고 싶어요. 어쨌든 저를 있는 그대로 받아 줘요. 내 사랑, 요즘 세상에서 가장 멍청하게 당신을 사랑하고 있답니다.

목요일

못생긴 여자는 새로운 소설, 제가 생각하기에 좋은 소설을 시작했어요. 그 소설에서 그녀는 이제까지 어떤 여자도 하지 않은 것을 진실하게 시적으로, 그 이상으로 여성의 성적 특질에 대해 말할 거예요. 제가 소설의 서두를 좋아한 것에 그녀는 몹시 기뻐한 나머지 오로지 글만 쓰면서 홀로, 영원히 홀로 살아가는 것을 약간 덜 불행해하는 듯 보였어요. 러시아계 여자 친구는 반대로 건강이 호전되지 않아서 점점 더 을씨년스러워지고 있어요. 그리고 유대계 여자 친구는 제가 해를 끼친다고 생각되기 때문에 더 이상 만나지 않고 있어요. 이따금 제 동생을 만나지만 참을 수 없는 그녀의 남편이 늘 그녀와 동반한답니다. 그렇지만 오늘은 어린 시절을 회상하며 잠시 단둘이 시간을 보낼 수 있었고, 제가 잊어버렸던 많은 세부적 일을 상기시켜 줬어요. 커포티의 소설 『다른 목소리, 다른 방』*(사진 속의 그는 금발에다 아주 젊고 낭만적이며 불쾌하지 않아 보여요)을 가지고 있지만, 아직 열어 보지도 않았어요.

토요일

여기 저의 작은 인터뷰 기사를 동봉해요. 당신은 읽을 수 없을 거예요, 게으름뱅이 시골 양반. 그러나 작은 데생이 당신을 재미나게 할지 모르겠군요. 저 역시 바쁜 한 주를 보냈어요. 목요일 극장에서 한 번, 전위 극단에 의해 올려진 오래된 가벼운 희극을 봤지요. 어제는 파리의 가장 넓은 장소에서 큰 정치 회합이 있었어요. 4천 명이 참석했어요, 그리 저조한 것은 아니었지요. 첫 번째 연설자는 뛰어나지 못했고, 사르트르의 연설은 좋았으며, 루세는 훌륭했어요. 열광한 청중이 떠나갈 듯 박수를 쳤고 성금을 냈으

• 프랑스어판의 제목은 "Les Domaines hantés"

며, 많은 사람이 정당에 가입했어요. 사태가 너무 빨리 진행되고 있기에 분명 우리는 행동할 가능성이 있지만 제한되어 있어요.

월요일

어제 황금빛 태양이 빛나는 푸르른 날씨에 동생과 제부가 저를 드라이브시켜 줬어요. 우리는 파리를 둘러싸고 있는 숲속을 몇 시간 동안 달렸고(꽃이 핀 나무들에 조그만 초록 잎사귀들이 나오고 있었어요), 야외에서 점심 식사를 했어요. 저는 사랑하는 남자 곁에서 보낼 빛나는 날들을 계속 꿈꾸며 가슴은 조바심으로 두근거렸답니다. 지금은 피곤하고 가벼운 두통으로 인해 졸음이 와요. 워반지아를 떠난 이래 단 하루도 쉬지 않고 일을 많이 했기 때문인 것 같아요. 사랑의 긴 휴가를 떠나기 전에 전원에서 3주를 보낼 생각이에요. 뉴욕에는 5월 5일, 우리의 보금자리에는 8일이나 9일 어쩌면 7일에 도착할 것이 지금 확실해 보이는군요. 그건 분명 하루나 이틀 이상은 걸리지 않을 뉴욕에서 할 일들에 달려 있을 거예요. 그러므로 우리는 우리 사랑의 첫 번째 기념일을 함께 축하할 거예요, 생각해 봤나요? 당신이 저를 함정에 교묘하게 빠뜨린 게 5월 10일경이랍니다.

거대한 홀에서 박수를 치고 소리 지르고 키스를 던지며 열광하는 젊은이들로 가득 찬, 메즈 메즈로의 멋진 콘서트에 참석했어요. 저 역시 열광했답니다. 오래된 훌륭한 재즈를 무척 좋아하는데, 많은 것을 환기해 줬어요. 우리가 비록 함께 듣지 못했어도 그 음악은 저를 당신과 가깝게 해 줬지요. 시카고에서는 시간적 여유가 있을 테니 당신의 책을 읽을 것이고, 신시내티로 배를 타러 떠나기 전에 베시 스미스를 들으러 가도록 해요. 안녕, 내 사랑, 녹초가 됐어요. 바로 당신이 부활절 선물이로군요! 종鍾들이 로마에서 돌아오면서 저를 아주 행복하게 해 주려고 당신을 디트로이트로 다시 데려왔어요! 당신에게 아주 잘 어울려요. 행복한 생일날을 보내도록 하세요, 생일 축하해요! 저 없이 보낸 해만큼 많은 해를 우리 함께 보내도록 해요. 저는 당신에게 줄 일생의 사랑이 있어요. 당신의 입술에 키스합니다.

당신의 시몬

1948년 3월 25일 목요일

사랑하는 나의 남편. 당신 편지가 너무 빨리 도착해 얼마나 놀랐는지 모르겠어요. 그러나 세상에! 제가 어리석은 사람을 골라서 사랑했군요. 당신은 지난주에 하도 많은 일이 일어나서 모든 것을 말할 수 없다고 하더니, 정말 단 한 가지도 이야기하지 않았어요. 저는 당신의 아내이니 알아야만 해요. 그러나 당신을 꾸짖지 않겠어요. 당신의 편지는 너무 감미로웠거든요. 그래요, 넬슨, 우리의 사랑은 잡초처럼 자라고 있으며, 자라는 걸 멈추지 않고 거목이나 괴물이 돼 버릴까 무서워요. 그러면 우리는 그것으로 할 수 있는 것을 합시다. 네, 당신이 무자비한 권투선수의 그림을 보여 줬던 마지막 순간들을 기억해요. 저는 말할 수 없답니다. 너무 소중하고 너무 벅찬 추억이거든. 이후에 다가올 첫 번째 순간들, 모든 시간과 며칠, 몇 주를 생각한다는 건 경이로운 일이에요. 뉴욕은 5일에, 시카고에는 8일에 도착하는 5월 4일의 표를 확정적으로 예약했어요. 분명 비행기로 하루나 이틀은 항상 지연될 가능성이 있지만, 더 이상의 지연은 불가능해요. 다시 한번 제 몸으로 당신의 두 팔을 느끼고, 밤낮으로 당신과 함께 오랫동안 지낼 거라는 생각에 몹시 들뜨게 돼요. 우리에게 그런 일은 결코 없었지요. 그처럼 오랜 시간 ― 적어도 6개월 ― 파리를 떠난다는 단순한 사실이 저를 신경질적으로도 만드는군요. 삶이 그처럼 완전하게 변한다는 건 불안해요. 잠을 잘 자지 못하고 어렵게 일하며 안절부절못하고 있답니다. 이틀 전에는 한 미국인 친구를 만나 기뻤어요. 잡지『새로운 방향들Nouvlles Directions』 발행인인데, 아세요? 그는 동성애자고 제가 대체로 좋아하는 남자 유형인데, 여자들에게 꽤 자주 다정한 모습을 보이기 때문이지요(그리고 함정에 빠질 염려가 없기 때문이에요!). 이 남자는 친절하긴 해도 인간에 대해 여전히 다소 무관심하고 가슴이 메말라 있어요. 또 이기주의자기도 한데, 이는 동성애자들에게 흔한 경우지요. 그와는 정치적 문제에 접근할 필요가 없어요. 그래도 그는 반동주의자 편에 들지 않고 — 오히려 개의치 않아요 — 미국 국무부에 호의적이랍니다. 그와 사르트르 그리고 크노*와 저는 문학과 문학가들에 대해 한담하면서 점심을 먹었고 기분 좋게 수다를 떨었어요. 우리가 정치에 얼마나 깊숙이 개입돼 있는지 모르겠어요! 제 경우처럼 정치가 우리를 끌어당기지 않는다고 할지라도 말예요. 우리가 쓰는 모든 것, 우리가 하는 모든 일은 정치적 의미를 띠고 있지요. 친구들과의 관계는 모두 정치적 배경을 내포하고 있어서 진저리가 나게 해요.

일주일 후에는 사르트르 연극의 초연이 있어요. 이미 화젯거리가 되어 한 주 후에는 공연이 정지되지 않을까 걱정하고 있어요. 왜냐하면 연극이 치열한 논쟁을 일으킬 것이 틀림없기 때문이지요. 연극은 모든 사람의 신경을 곤두서게 한답니다. 그 모든 사람이란 그러한 연극을 기획한 사람들, 즉 배우, 작가, 제작자 등이에요! 모두 오랫동안 고되게 일했기 때문에 만약 이런저런 이유로 실패한다면 상당히 끔찍할 거예요. 연극이 정치적 이유로 실패한다면 불쾌할 거고요. 어떤 이들은 너무 친공산주의적이라 하고,

---

* 레몽 크노(Raymond Queneau). 소설가

또 어떤 이들은 너무 반공주의적이라고 평가하는데, 어떻게 알 수 있겠어요? 사람들은 막바지에 와서 최악의 상황을 두려워하는데, 모두 겁먹고 있어요. 한 주 후에는 마음을 놓겠지만요.

잘 있어요, 내 사랑. 곧 같은 기쁨이 우리 두 사람의 가슴을 가득 채울 거예요. 저는 그것을 기다려요. 당신을 기다려요. 다른 일은 아무것도 하지 않고 있답니다.

당신의 시몬

1948년 4월 2일 금요일

내 사랑, 매우 소중한 다음 달의 나의 남편. 당신이 이 편지를 받을 때쯤이면 우리는 한 달 남짓만 떨어져 있을 것이고, 5일이면 뉴욕에서 당신의 목소리를 전화로 들을 것이며, 7일이나 8일에는 당신의 두 팔에 안길 것이고, 그때부터 꿈같은 생활이 시작될 거예요. 우리가 만나기 전에 제가 3주 동안(4월 10일부터 5월 1일까지) 고요하게 보낼 바르의 라마튀엘에 있는 벨뷰 호텔로 편지하세요. 당신의 마지막 편지를 파리로 돌아오는 길에 받기를 바라니, 그렇게 되도록 능숙하게 처리해 줘요.

순금과 흰빛으로 번쩍이는 새로운 치아가 입안에서 이상한 느낌을 줘요. 예를 들어 당신이 제게 속해 있는 것처럼 제 것은 아니지만, 모든 사람이 제 모습이 더 나아졌다고 단언하지요. 5년간 부러진 이를* 고치지 않았고, 그것에 개의치 않았어요. 치아를 고치는 비용이 너무 많이 들고, 그것은 불필요한 것처럼 보였어요. 제가 왜 마침내 고치기로 했는지 아세요? 네, 당신은 알고 있어

---

* 자전거 사고로 인해. 『나이의 힘』 참조

요. 제 치아 하나가 빠졌든 말든 당신은 상관하지 않지만, 저는 당신에게 완벽한 미소를 짓고 싶어서 일주일 중 사흘 아침을 당신의 아름다운 눈을 위해 치과에 갔어요 ─ 저는 당신에게 키스하는 것을 좋아하고 치과의사를 증오하기에 그 어떤 키스보다도 진정한 사랑의 증거이자 더 커다란 사랑의 표시지요.

우리의 작은 세계에 떠들썩한 소동과 요란함이 있었답니다. 사르트르 연극의 총연습이 어제 있었지요. 오늘 저녁 초연에는 기자들과 비평가들 그리고 모든 사람이 오기로 했어요. 참석한 4백 명은 모두 '친구들'뿐이었어요. 우리가 '친구들'이라 부르는 사람들은 모두 친구들이라는 사실과는 거리가 멀어 불안했었어요. 성공적이었을까요? 성공적이었어요. 사람들은 전반적으로 사르트르의 가장 훌륭한 연극이라고 평가했고, 저도 동감해요. 연극의 주제는 프랑스 관중에게 매우 무거운 의미를 지녔기 때문에, 그들은 대사를 열정적으로 주의 깊게 들었지요. 전시에 중부 유럽에 있는 어느 나라의 공산당에서 현실적이고 시니컬하지만 관대하고 인간적인 나이 많은 지도자와, 피와 살로 된 인간들보다 윤리적 순수함과 원칙들을 선호하는 같은 당의 젊은 이상주의자가 충돌하지요. 후자처럼 부르주아지의 자식인 젊은 지식인들에게 프랑스 공산당과 공통의 이해를 위해 손잡을 것이냐 그렇지 않을 것이냐는 여기서 매우 미묘한 문제기 때문에, 이러한 논쟁은 모두에게 깊은 감동을 줬어요. 그 누구도 전적으로 옳지도 틀리지도 않아요. 연극은 주인공들이 어떻게 행동하는 게 유리하다고 확실히 정하지 않고 그들을 소개해요. 그것이 줄거리를 진실하고 감동적이게 만들지요. 연습 막바지에 고조된 분위기에서 중대한 변화와 삭제를 갑자기 결정했어요. 다른 배우들을 쓰기 위해 일부 배우들을 돌려보냈고, 의상과 무대장식을 즉석에서 만들어 냈지요. 콕토의 친구고, 파리의 가장 좋은 극장들의 단골 무대장식가

이자 재능이 많지만 가증스러운 베라르가 도와주러 왔었어요. 베라르는 그를 사랑하지 않을뿐더러 마약으로 몸을 버리는 한 남자 무용수에게 미쳐 있어요. 에테르 중독자인 이 무용수는 어제 극장 한쪽 구석에서 반쯤 죽어 나뒹구는 반면 베라르는 흐느껴 울고 있었고(진짜 눈물을 흘리며), 그곳에는 에테르 악취가 가득했어요. 우스꽝스러운 일화들이 많이 있었답니다! 당신이 수다에 지쳐 제게 기회를 준다면 배 위에서 그것들을 이야기해 줄게요. 결론적으로 아주 좋은 저녁이었으며, 모든 배우가 능력 이상의 힘을 발휘했어요. 사르트르는 완다를 위해 연극 작품을 썼는데, 그녀는 아름다웠고 연기를 잘했어요. 사람들은 놀라워하며 그녀를 대단히 좋아했어요. 이러한 상황에서도 사르트르는 조금도 자기중심적이지 않고 겸손해서 언제나 매력적이지요. 그는 자신을 제외한 모두를 걱정했어요. 한 달 전에는 한 유대인 단체 앞에서 강연하는 것을 수락했기에(미친 짓이에요) 그는 공연이 끝날 때나 도착했고, 우리는 그의 가장 친한 친구들과 함께 새벽 다섯 시까지 위스키와 화이트 와인을 마셨어요. 조각가 자코메티 부부, 러시아계 여자 친구의 남편(저의 '남동생')과 저 말고는 아무도 없었지요. 정말로 좋은 야회였어요. 반대로 오늘 저녁에는 배우들과 콕토, 베라르 그리고 그 부류들과 함께 공식적인 만찬이 열리겠지만, 그때처럼 기분 좋지는 않을 거예요. 저는 아주 겸손하고, 당신이 본 그 어느 때보다 더 우아했다는 것을 알려 줘야겠군요. 남아메리카에서 입으려고 사 두었던 복숭아뻐까지 내려오는 호사스러운 실크 드레스 중 하나를 처음으로 입었고, 유고슬라비아산 커다란 목걸이와 이국적인 기다란 귀고리를 했어요. 머리 위에는 검은 레이스의 만틸라*를 썼고요. 제가 이처럼 치장한 것을 아무도 본 적이 없었지

---

* Mantille. 에스파냐 여자들이 쓰는 머릿수건

요. 오늘 저녁에는 이 모든 일을 다시 시작한 다음에 부에노스아이레스를 기다릴 거예요.

그럼, 달링, 이것을 우편으로 부친 다음에 사람들이 여러 세부적인 것을 손보고 있는 극장으로 돌아가겠어요. 그런 다음에는 옷을 입을 거고, 무대 뒤의 공연을 볼 거예요. 술을 조금, 그러나 지나치지 않게 마실 거고, 당신을 생각하면서 늦게 잠을 청할 거예요. 늦거나 이르거나 저는 항상 당신을 생각하고, 5월까지 당신을 생각할 거며, 그 후엔 더 이상 그럴 필요 없겠지요. 한 달 후에는 제가 얼마나 당신을 사랑하는지 알게 될 거예요.

사랑…….

시몬

1948년 4월 4일 일요일

달링, 당신 꿈을 꿨는데 훌륭한 건 아니었어요. 파리 어딘가의 커다란 사무실 안에서, 이를테면 유네스코에서 당신은 중요한 위치에 있는 미국인들과 섞여 완전히 바뀐 얼굴로 제가 당신을 만나러 온 것과 당신의 명예를 손상하고 당신의 평판을 나쁘게 만든 것을 심각하게, 엄격하고 신랄하게 비난했어요. 저는 단 몇 분만이라도 단둘이 말할 수 있게 해 달라고 부탁하고 애원했으나, 당신은 그것이 저의 아주 사악한 행동 가운데 하나라고 차갑게 답하곤 거절했어요. 저는 우리가 멕시코에 가지 않을 거고 당신을 두 번 다시 보지 못할 거라고 확신하면서 뜨거운 눈물을 흘리며 떠났어요. 친구들이 "청교도적이고 순응주의자들이며 인습을 존중하는 모든 미국인은 다 한통속이야"라고 결론지으면서 저를 진정시키려 애썼고, 저는 이해하지 못했지요. 꿈속에서는 여전히 '이건 꿈일 뿐이야!'라는 생각이 떠올랐어요. 오늘 아침 당신 편지가 도착할 때까지(다행스럽게도!) 께름칙했어요. 어쩌면 이 꿈의 일부는 당신 편지를 금요일에 받지 못한 실망에서 비롯됐는지도 모르겠어요. 왜 그런지 모르겠는데, 우리의 재회를 생각할 때 행복은 막연한 공포로 변하고 그로 인해 숨이 막히고 심장에서 피가 솟구치는 것 같아요. 제가 간신히 견딜 수 있는 행복일 것 같아요. 물론 견뎌 낼 거예요. 당신은 너무 따뜻해서 마음을 가라앉혀 주기 때문에, 당신이 미소지으면 공포는 더 이상 없을 것이고, 평화롭고 뜨거운 행복만이 있을 거예요. 아마도 공포의 감정은 극도의 피로감에서 오는 것일지도 모르겠어요. 사흘 전부터는 〈더러운 손〉 때문에 간신히 눈만 붙이고 있는데, 목요일에는 새벽 대여섯 시에 잠자리에 들었어요. 금요일에는 위험한 순간, 즉 문학 비평가들과 기자들에게 불안한 마음으로 과감하게 맞서야 했지요. 우리는 때로 무대 뒤에서 연극 공연을 봤고, 때로는 술집에서 코냑을 삼켰어요. 그런데 진정 대성공이었고, 사람들은 사르트르의 작품 중 가장 훌륭한 연극이며 프랑스에서 오래전 상연된 연극 중에서도 최고라고 대단히 칭찬했어요. 우리는 몹시 기뻐했지요. 그러나 축하의 말들 뒤에는 성대한 만찬에 참석해야만 했었는데, 성공작이 아니었답니다. 사르트르는 관례에 따라서 배우들, 극장장들, 당신에게 말했듯이 그를 도와준 콕토 등등을 초대했어요. 연극계의 이 모든 사람은 왜 불행하게도 가장 형편없는 부류여야만 할까요? 보석으로 뒤덮이고 등과 가슴이 파이고 옷자락이 끌리는 긴 실크 드레스에다 가발을 쓰고 머리 위에는 깃털을 꽂은 정말 우아한 여자들이에요. 기분 나쁜 부자들, 속물들, 대다수가 드골주의로 개종한 옛 대독 협력자들과 여자 역을 하는 동성애자 그룹을 잊을 순 없죠. 즉, 매우 늙어 보이던 콕토, 한 늙은 여자, 에테르 중독자인 대머리 러시아 무용수를 위해 자신의 더러운 턱수염 속에

서 사랑으로 우는 베라르, 콕토의 옛 애인, 콕토의 옛 애인의 현재
애인, 그리고 콕토의 현재 애인, 돈 때문에 늙은이들에게 사랑받
도록 내버려 두는 바보 같고 굶주린 풋내기들이에요. 정신이 나
간 데다 상당히 혐오스러운 리셉션이었지요. 모두 오직 한 가지
에 관해서만 이야기했어요, 그들 자신에 대해서만요. "난 참으로
연기를 잘했어!"라고 한 배우가 말했지요. "내 남편은 연기를 정
말 잘했어!" 하고 그의 부인이 말했어요. "내가 당신을 얼마나 기
막히게 도와줬던가!" 콕토가 말했지요. 가엾은 사르트르는 저만
큼이나 진저리가 나서 머리를 절레절레 흔들고 수긍하곤 했지요.
사람들이 축배를 들자고 권했지만, 그는 거절했어요. 그가 살 바
그람 회관의 모임에서 발언한 적이 있었는데, 오늘 저녁에 또 하
지 말란 법이 어딨겠어요? 그들은 놀랐지요. 그는 "모임에서 진실
을 말했고, 그들이 어떤 과오를 범하고 있었는지를 말했으며, 그
것은 쉬웠어요. 여기서는 사람들을 축하만 해야 할 텐데, 그게 훨
씬 더 어렵더군요"라고 대답했지요. 그들은 쓴웃음을 지었어요
— 사실 그들은 그의 생각을 증오했어요. 어쨌거나 저는 즐겼는
데, '중요한 사람들'의 테이블인 귀빈석을 떠나 한쪽 구석에서 어
린 완다와 호의적이고 아무런 '중요성' 없는 두 젊은이(완다의 애인
과 러시아계 여자 친구의 남편)와 함께 술을 마시며 이 동물원에 대해
험담했지요. 그것은 끝날 줄 몰랐고 저는 또 한 번 잠을 거의 자지
못했어요. 어제 다시 한번 극장에 갔으며, 공연 뒤에는 친구들과
늦게까지 파티가 있었어요. 그런데 일찍 일어나야 했어요. 동생
이 소형차로 저를 시골에 데려다주고 싶어 했기 때문이죠. 요컨
대, 저는 요즘 비행사들이 몸을 지탱하기 위해 사용한다는 흥분제
인 벤제드린*을 사용해야만 깨어 있을 수 있어요. 수면 부족과 과

---

* Benzédrine. 각성제의 일종

음, 벤제드린은 저를 꼼짝 못 하게 만들어 버렸어요. 다행히 일주일 후에는 전원에서 다시 일할 것이고, 르와르처럼 깊이 잠잘 것이며, 태양과 자연을 느끼면서 곧 당신에게 키스하는 행복을 누릴 거예요.

연극이 그토록 성공적이었고, 연극 공연에 대한 호평 기사도 쓰였고, 완다도 개인적 성공을 거두어 대단히 기뻐요. 그 모든 것이 그녀를 위해 만들어졌으니까요.

사랑해요, 나의 넬슨.

당신의 시몬

1948년 4월 14일 목요일, 라마뒤엘

나의 사랑하는 남편, 이 기분 좋은 작은 호텔에서 당신 편지를 그렇게 빨리 받아볼 수 있다니 얼마나 기쁜지 몰라요! 누군가가 편지를 가져왔을 때 베란다에서 책을 읽으며 쉬고 있었어요. 그래요, 우리는 이제 서로 아주 가깝고 3주 후면 당신 목소리를 들을 것이고, 당신에게서 단지 하루나 이틀만 떨어져 있을 거예요. 싱글 생활의 마지막 주를 잘 자도록 해요. 여기서 저는 적어도 두 달간 잠이 싫을 만큼 잠자고 있어서 당신을 밤에 쉬도록 놔두지 않을 거고, 당신이 저를 진정 사랑한다는 것을 확인할 거예요. 언제 확신할 수 있을까요? 제게 말해 줘요. 올라가야 할 화산들과 둘러봐야 할 옛 무덤들 그리고 타야 할 비행기들이 너무 많아서 낮에는 안돼요. 안돼요, 우리가 함께 있을 때 어리석게 꿈꾸며 시간을 낭비하지 않도록 할 거예요. 그러니 사려 깊은 악어라면 지금 잠을 비축해 두도록 하세요.

다음 두 달간은 일하는 것이 불가능하다는 것을 알기에 매일 아침 서너 시간은 향기롭고 햇빛이 가득한 조그만 정원에서 일하고 있어요. 점심 식사 후에 가벼운 산책을 하는데, 어제는 제가 있는 마을과 쌍둥이처럼 완전히 똑같은 아주 좁은 길들, 자그만 광장 그리고 매력적인 술집이 있는 이웃의 작은 마을까지 멀리 산책을 다녀왔어요. 관목들과 그곳의 건조하고 그윽하며 매콤한 향기가 나는 꽃들을 아주 좋아해요. 그 어떤 풍경도 프랑스의 이 구석진 곳보다 저를 더 감동시키지는 못해요. 교사로 첫 발령(스물세 살)이 나고 나서 파리의 생활, 가족, 친구들 그리고 사르트르와 떨어져 살았을 때, 이 아름다운 지방을 산책하고 강렬하게 사랑한 것은 많은 도움이 되었어요. 마르세유에서 교편을 잡고, 매주 목요일과 일요일 새벽에 아니면 그보다 일찍 첫 시외버스를 타고 해안이나 고지대의 어느 곳까지 가서 종일 태양 아래 홀로 걷고 꿈꾸곤 하다가 밤중에나 돌아오곤 했어요. 그것을 무척 좋아했지요. 네, 저는 이 지방에 그런 추억들이 있어요.

돌아와서 케스틀러의 마지막 작품 『밤의 도둑들Thieves in the night』* 을 좀 더 읽었는데, 팔레스타인에서 삶을 일구려 시도하는 유대인들에 관한 것이었어요 — 주제는 매우 흥미롭지만 유감스럽게도 주제 의식은 약하답니다. 케스틀러가 미국에서 아주 더러운 일을 했는데, 카네기홀에서 러시아와 싸우는 것이 미국인의 의무고 미합중국은 반소련 캠페인을 벌여야 한다는 둥의 설교를 했대요. 이제 그 사람이 진짜 싫어요. 그는 다름없이 배신자지요. 커포티의 소설을 다 읽었지만, 별로 좋지는 않았어요. 랭스턴 휴스의 『웃음 없는 거절No Without Laughter』도 읽었는데『블랙 보이』와『피터 이벳슨Peter Ibbetson』**만 못하지만, 꿈에 대한 부분은 당신이 읽고

---

* 프랑스어판 제목은 "La Tour d'Ezra"
** 조지 듀 모리에(George du Maurier)의 1981년작

싫어 할 만한 오래된 이상한 책이에요. 프랑스 책들도 읽었으나 언급할 가치가 전혀 없어요. 오후 다섯 시까지 책을 읽고 저녁 식사 때까지 다시 일하고, 그다음에 다시 읽고 아주 일찍 잠을 자지요. 매우 성실한 생활이에요, 안 그래요?

당신에게 편지 쓰는 것이 전만큼 기쁘지 않아요. 당신은 너무나 가깝고 저는 즉시 '아! 차라리 말로 하겠어'라고 생각하지요. 당신과 저 사이에는 더 이상 종이도 잉크도 필요 없고 더 이상 '좋은 비행기'도 필요 없어요. 행복해요. 매일 아침 푸른 하늘이 빛나고, 가슴은 곧바로 행복과 사랑으로 두근거려요. 오래지 않아 눈을 뜨면 내 사랑, 저는 당신을 볼 거고, 저를 장난스럽게 바라보는 사랑스러운 악어를 볼 거예요. 언젠가 한번 당신은 제가 무척 오랫동안 당신 곁에 없고 자신을 조금밖에 주지 않는 이상한 아내라고 말했어요. 아니 저는요, 저 자신을 당신에게 그토록 많이 주고 당신과 하나되어 너무 가까이 살아서 당신이 저를 알아볼 수 없기에 이상한 아내라고 생각해요. 때때로 당신은 당신 안에서 저를 느낄 거예요, 제가 당신을 제 안에서 느끼듯이, 그렇지 않나요? 변화를 주기 위해 이번에는 당신이 저를 보고, 저를 만지고, 제게 키스할 수 있도록 바깥으로 가겠어요. 당신은 이보다 더 충실하고 더 가깝고 더 상냥한 아내를 둘 수 없을 거예요.

사랑해요, 나의 남편.

당신의 시몬

1948년 4월 19일 월요일, 라마튀엘

나의 남편. 오늘 오후에 받은 당신 편지는 기대하지 않았어요. 우편물이 점점 더 빠르게 도착하고 있어요. 내 사랑, 당신을 기다리고 당신과 가까워지는 이 멋진 지역에는 태양이 있고 고요하고 즐거운 생활이 있답니다. 우리 집을 떠난 이래 이처럼 행복한 때는 없었어요. 깨어 있을 때나 잘 때나 걸을 때나 영어 단어를 읽을 때나 글을 쓸 때나 그리고 햇볕을 쬘 때도 행복해요. 사랑해요.

잠자리에 들기 전에 최근의 자질구레한 일들을 이야기해 주고 싶어요. 우리는 사르트르의 연극이 공연되는 극장 소유주의 집에서 저녁 식사도 하고 잠도 잤어요(몇 일자인지 모르지만, 사람들이 『뉴욕 타임스』에 실린 그녀에 관한 기사를 알려 줬어요). 그녀는 아주 재미있고 흥미로워요. 젊을 때는 돈 때문에 매춘부처럼 진짜 온 세상 남자와 잤지요. 그녀는 미인이었고 사기 결혼을 화려하게 꾸밀 줄 알았어요. 남편들과 애인들을 거느린 그녀는 스물다섯 살에 파리에서 아주 부유한 여자들 가운데 한 명이 되었어요. 전쟁 중에는 땅에 파묻은 2백만 프랑 가치의(말하자면 1백만 달러) 금과 보석을 잃어버렸고, 결코 되찾을 수 없었어요. 그녀는 그 사실을 간신히 깨달았지요. 이제 극장 하나와 부유한 남편을 가진 쉰 살의 그녀는 오히려 비장해 보여요. 세상에서 그녀보다 더 적나라하고 상스럽게 표현하는 여자를 본 적이 없어요. 사르트르는 그녀의 말을 들을 때면 늘 얼굴이 빨개져요. 맹세코 부끄러움을 타는 구석이 전혀 사람인데도 말이죠. 그녀는 이곳에서 멀지 않은 곳에 끔찍하게 '아름다운' 집을 소유하고 있는데, 최소한 수천 달러는 나가는 자가용으로 우리를 그곳에 데려다줬어요. 드넓고 호사스러운(욕실 아홉 군데, 침실 스무 군데) 만큼 추하기도 한 이 집에서 전쟁 동안 2백 명의 독일 병사가 숙영했어요. 그녀요? 그녀는 파리에서 찾을 수 있는 가장 비싸고 가장 흉한 드레스를 막무가내로 입지요. 모자와 보기 흉한 드레스, 가구들과 양탄자 등 모든 것을 몹시 비싸게 사들였음이 틀림없어요. 그곳에서 마흔 살 남편과 일흔다섯 살의 늙은 애인과 함께 머무르고 있어요. 꽤 지루한 야회였어요.

와인이 지나치게 많았고 사업 얘기들도 넘쳐났지요. 반면, 아침에 햇살이 드는 바다가 내려다보이는 테라스에서의 아침 식사는 다소 유쾌했어요. 남편과 애인은 자고 있었고, 그녀는 사르트르와 제게 그녀 특유의 놀랍도록 외설적이고 자연스럽고 혐오스러운 언어로 사랑과 육체관계, 남자들과 돈에 관해 이야기했어요. 그녀는 제게 조금이라도 의미가 있었더라면 귀까지 빨개졌을 법한 질문을 던졌어요. 사실 그녀는 저를 슬프게 만들어요. 단 한 명의 남자도 절대 사랑하지 않으면서 수많은 남자와 성관계를 가진 이 여자는 잠자리에서의 사랑이 차이 난다는 것을 생각조차 못 해요. 그녀에게 육체적 사랑이란 가슴과 영혼 그리고 두뇌, 간단히 말해 사랑 — 완전한 사랑과는 아무 관계가 없다는 것을 말해요. 그녀의 말에 의하면, 육체관계란 여자에게 아주 드물게 기쁨을 주기 때문에, 남녀들이 관계할 때 그들은 충심으로 서로를 증오한다는 거지요. 그녀가 무엇을 말하려는지 이해해요. 남자들과 한 치의 우정조차 없이 단지 돈이나 '재미있게 놀기' 위해 남자들과 잔다는 것은 여자에게 진저리 처지는 일임이 틀림없어요. 반면 저는 남자와 잘 때 그를 사랑할 수 있고, 육체적으로 충족되기 때문에 가슴으로 사랑할 수 있어요. 그리고 몸이 가슴과 동일시되는 만큼 더욱더 육체적으로 사랑할 수 있다고 설명하고 싶었어요. 저는 당신과 함께 저의 몸과 정신 사이에 차이를 느끼지 않는 것과 마찬가지로 쾌락과 사랑 간의 차이를 전혀 느끼지 않았어요. 당신을 욕망하는 사람은 완전한 여자지요. 저라는 존재는 당신에 대해 뜨거워지고 자랑스러워하고 조바심하고 행복해하는 욕망 외에 아무것도 아니랍니다.

당신의 시몬

1948년 4월 22일 목요일, 라마튀엘

나의 남편. 당신을 다시 만나려는 조바심 외에는 새로울 것이 전혀 없어 지루해지기 시작하는군요. 이틀 전부터 비가 내리고 있어요, 반갑고 굵은 비가요. 더 이상 산책하지 않고 글을 쓰고 읽으며 앞으로 쓸 소설, 어쩌면 희곡이 될 수 있는 것을 구상하고 있어요. 동시에 여러 일을 한꺼번에 할 수 없고 우선 여성에 관한 책을 끝내야만 해요. 더 나중을 위해서죠. 마지막 순간까지 여기서 머물다가 떠나기 하루 전에나 파리로 돌아가려고 해요. 인적 없는 이곳은 정말 편안해요. 친구 한 명이 합류했어요. 러시아계 여자 친구의 남편인데, 글을 무척 좋아한다고 내가 말했지요. 소란스럽고 시끄러운 파리에 있었던 그도 이곳이 기막히게 좋다고 생각해요. 우리는 이틀 전에 아름다운 야생의 언덕들 사이로 나 있는 길을 따라서 그를 찾으러 생트로페에 갔었어요. 작은 항구를 거닐면서 시골 여인네의 빨강·파랑·하양의 원피스 한 벌과 원주민의 오래된 손수건을 모아서 만든 색다른 블라우스 하나를 샀는데, 나중에 볼 거예요. 과테말라에서 당신을 명예롭게 하려고 샀답니다. 저는 실내가운을 우리의 음탕한 벼락부자 여자 네서 처음으로 사용했고, 그녀는 그것이 파리의 유명한 디자이너가 디자인한 것이라 믿고 흐뭇했답니다. 저는 행복해요, 넬슨. 그러나 간신히 글을 쓸 수 있고 말은 쓸데없이 텅 빈 것 같아요. 2주일 후면 당신의 두 팔에 안겨 직접 말할 것이어서 다른 것은 아무 의미 없어요.

저의 모든 사랑으로 당신에게 키스해요, 나의 사랑하는 소중한 남편.

당신의 시몬

1948년 4월 24일, 라마튀엘

넬슨, 사랑하는 남편. 이것이 저의 마지막 편지라고 생각하니 감미롭군요. 당신이 이 편지를 받을 때면 당신과 저 사이에는 일 주일이라는 시간만 남아 있을 거예요. 모든 것이 순조롭고 비행기는 저녁에 제대로 이륙할 것이라는 등을 확인시켜 주기 위해 4일에 파리에서 전보 치겠어요. 그리고 몇 시에 시카고에 도착하는지 알리기 위해 뉴욕에서 전화하겠어요. 당신이 공항에 오는 것을 좋아하지 않는다면 지난번처럼 집에서 기다려 줘요, 부탁해요. 제 생각에는 9월처럼 워반지아에서 재회하는 것이 동물원에 가자던 당신의 제안보다 훨씬 더 성공적일 것 같은데, 안 그런가요? 제가 뉴욕에서 전화할 때 당신이 결정한 것을 말해 주세요. 저는 주변에 아무도 없는 우리만의 장소에서 당신의 팔에 안기기 위해 당신 집 계단을 오르는 것을 늘 꿈꿔 왔어요.

당신에게 정성스럽게 고른 선물을 가져가겠어요. 사르트르의 음란한 극장 소유주가 새 남편과 늙은 애인을 데리고 무시무시하게 긴 자동차를 타고서 우리와 함께 점심 식사를 하러 왔어요. 우리가 묵는 값싼 호텔에 전혀 만족하지 않은 그녀는 음식과 모든 것이 고약하다고 결론지었지요. 그러나 우리는 그녀의 흉하고 난잡한 집에 되돌아가는 것이 시간 낭비라 생각했고, 그녀는 '사업상' 사르트르를 만나고 싶어 했기에(다시 말해 그녀는 그를 사취하고자 했기 때문에 분명 목표를 달성할 거예요. 그녀는 돈을 숭배하지만 그는 그렇지 않고, 그녀는 또 그런 상황에 정통하기 때문이지요) 양보할 수밖에 없었어요. 그 일은 비교적 우스웠고, 그녀는 진정 독보적 존재랍니다, 그 여자가 쓰는 언어란 정말이지! 그녀는 그날 아침 자기 남편과 침대에서 무엇을 했는지, 다른 애인들과 몇 년 전에 무엇을 했는지 등을 적나라하게 묘사했어요.

그러나 문제는 그게 아니에요. 그녀가 멋진 실내 가운을 가져왔고, 저는 즉시 당신이 그걸 입으면 아주 편할 것이라고 생각했지요! 녹색과 흰색 줄이 쳐진 아랍 카프탄*으로 남자 가운이에요. 당신이 입으면 아주 근사할 것 같아요. 단 양쪽이 열려 종아리와 허벅지 그리고 엉덩이 부분을 내보이기 때문에 허리띠를 하는 것에 유의하세요. 배 위에서 그렇게 많은 살을 드러내는 것은 단정치 못하니까요. 당신 마음에 들기를 바라요. 당신에게 극지極地의 신발과 열대지방에 맞는 가운을 선물할 거예요.

잘 자요, 내 사랑. 기분이 너무 좋아요. 축배로(2주 후 저의 도착을 축하하는) 독한 코냑을 마셨어요. 비가 그쳤고, 우리는 렌터카로 아름다운 마을들과 언덕들 그리고 10년 전 피곤한 다리를 이끌며 이르렀던 — 하루에 30마일**을 걸을 수 있었어요 — 경치를 굽어볼 곳들을 가로질러 멋진 산책을 했어요. 이 예쁜 길들을 그리 쉽게 완주한다는 것과 예전을 회상하는 것 그리고 옛날보다 한층 더 좋아진 제 상황이 기뻤어요. 더 젊다고까지 느꼈지요, 당신의 사랑 덕분에. 참으로 아름다운 곳이에요! 여기에 함께 오도록 해요. 남은 건 내일 끝마치도록 하고 자겠어요.

일요일

반짝이는 태양, 햇살이 눈부신 하루. 바다를 바라보면서 오렌지 꽃향기에 묻혀 정원에서 집필 작업을 했고, 오후에는 언덕을 걸었어요. 여기는 거의 섬 같아요. 바다가 삼면으로 둘러싸여 있기 때문이지요. 수풀 속의 메마른 야생화들, 숲, 전망, 작은 마을들……. 결국 이곳의 모든 것을 참으로 사랑한답니다! 2, 3일 더

---

* Caftan. 터키 사람들이 입는 털가죽을 댄 외투

** 약 50킬로미터

있을 것이고, 그러고 나서 이탈리아 국경까지 해안을 따라 조금 여행한 후에 파리로 돌아갈 거예요. 그리고…… '착한 비행기'가 저를 당신에게 데려갈 거예요. 비행기가 부서지지 않기를 바랍시다. 만약 부서지면 화나겠지만, 우리가 재회하기 위해 이런 위험은 감수할 만하다는 생각으로 저는 죽을 거랍니다. 내 사랑, 2주 후에는 워반지아에, 3주 후 이 시간에는 배 위에서 미시시피강을 미끄러져 가기 시작할 거예요. 그건 이상하기도 하고 무척 멀기도, 또 아주 가깝기도 해요. 그날을 위해 마지막으로 종이 위에서 당신에게 키스해요, 내 사랑.

그 어느 때보다도 더, 그리고 영원히 당신을 사랑해요.

당신의 시몬

1948년 미국의 시몬 드 보부아르

시몬 드 보부아르는 올그런과 함께 석 달간 여행하기로 했으나 그녀가 출발하기 며칠 전에 사르트르의 계획이 변경되는 바람에 그녀의 계획도 수정되어 두 달만 머무르기로 하고, 그 결정을 올그런에게 직접 설명하기 위해 기다리기로 마음먹는다. 이번에는 아이슬란드와 래브라도를 거쳐 아무 문제없이 비행한다. 시몬 드 보부아르와 올그런은 신시내티에서 뉴올리언스까지 미시시피강을 내려가는 외륜선을 탄다. 그리고 뉴올리언스에서 유카탄과 과테말라로 가서 멕시코시티로 돌아온다.

"나는 아직 나의 출발 문제를 거론하지 않았었다. 도착하자마자 감히 그럴 용기가 없었고 그다음 주에도 용기가 나지 않았다. 시간이 지날수록 더 긴급해졌고 더 어려워졌다. 멕시코시티와 모렐리아 사이를 오가는 긴 버스 여행길에서 서툴고 무례하게 올그런에게 파리에는 7월 14일에 돌아가야 한다는 것을 알렸다. '아! 그래요'라고 그가 말했다."*

며칠 후 올그런은 멕시코와 여행이 지겹다고 선언하면서 언짢은 기분을 드러내며 토라진다. 그렇지만 그들은 뉴욕으로 다시 돌아가기 전에 몇 군데 도시를 더 방문하고 뉴욕의 '브리타니'에 정착한다. 올그런은 적대적이고 침울하고 불쾌한 태도를 보인다.

"어느 날 저녁, 우리는 센트럴파크 한가운데 있는 야외 레스토랑에서 저녁 식사를 했고 '카페 소사이어티'에 재즈를 들으러 내려갔는데, 그는 유별나게 불쾌한 태도를 보였다. '내일 당장 떠날 수도 있어요.' 내가 말했다. 우리는 몇 마디를 주고받았고 그가 열정적으로 말했다. '당신과 결혼할 준비가 돼 있소, 지금 당장.' 나는 그에게 아무런 원망도 품지 않을 거라는 것을 알았다. 모든 잘못은 내 쪽에 있었다. 언젠가 그를 다시 만나리라 확신하지 못하고 7월 14일에 떠났다."**

1948년 7월 15일 목요일 저녁

그러니까 넬슨, 제가 탄 택시는 또다시 멀어져 갔어요. 가슴은 슬픔에 잠기고 귓속에는 당신 사랑의 음을 담고서 마지막으로 당신 얼굴을 봤어요. 조금 뒤에는 마지막으로 당신 목소리를 들었어요. 오! 내 사랑, 사랑하는 당신, 글 쓰는 게 힘이 드는군요, 저는 아직 믿지 못해요. 당신을 1년 안에는 ― 당신이 적어도 1년이라고 말했어요 ― 만나지 못할 거라고 실감하지 못했으나, 글을 쓰니까 깨닫게 되는군요.

스테파가 메디슨에서 저를 기다리고 있었어요. 그녀와 조용

---

* 『상황의 힘』 참조
** 위와 같은 책

히 이야기를 나눈 후에 공항에서 당신에게 전화를 걸었어요. 긴 두 시간이 이어졌고, 매우 친절한 당번 여기자 한 명이 제가 참고 기다릴 수 있도록 도와줬지만 저를 공산주의자라고 확신할 정도로 제가 거칠게 대한 끔찍한 파시스트 기자들에게서는 보호해 주지 못했어요. 그녀와 저는 한담을 나누면서 오렌지 주스를 마셨고, 긴 기다림 끝에 마침내 비행기가 이륙했어요. 날씨가 나빠 아조레스제도를 거쳐 우회했으나, 비행은 아조레스제도까지 열 시간, 한 시간의 기착 그리고 파리까지 여섯 시간으로 빨랐어요. 저는 약간의 위스키를 마셨고, 가지고 있던 모든 책을 읽었어요. 당신이 옳았어요, 스테파가 고른 에벌린 워*의 책은 헛소리에 불과했어요. 두 권의 탐정소설은 재미있어서 마음에 들었고요. 여행하는 내내 눈물을 한 방울도 흘리지 않아서 제 자신이 자랑스러워요. 이미 너무 많이 울어 눈물이 메말라 버렸지요. 당신이 저는 당신의 아내로 남아 있고 작별은 귀환을 약속하는 것이라고 단언했기에, 당신을 믿어요. 돌아오는 동안 거의 모든 것을 추억했지요, 푸른빛 해변과 분홍빛, 회색빛 그리고 자줏빛 해변도. 모든 것이 좋았고 눈물을 흘리던 밤들까지도 좋았어요. 깊고 오랜 행복과 마찬가지로 슬픔과 실의의 가벼운 먹구름들도 모두 사랑이었으니까요.

파리는 끔찍해요. 라디오 방송국이 파업해서 착륙할 수 없으리라 생각했지만, 다행히도 잠시 후에 비행기가 착륙했어요. 세관원의 파업도 있었지만 일이 쉽게 풀렸어요. 그렇지만 우리가 탄 비행기 외에 지상에 비행기라곤 한 대도 없었고, 어느 곳에도 사람 한 명 없는 황량한 공항은 죽음의 냄새를 풍겼지요. 7월 14일의 명절에 가련하고 음침하며 버려진 듯한 파리는 참기 어려웠어

---

* 에벌린 워(Evelyn Waugh). 영국 소설가 겸 평론가

요. 제가 살던 호텔에서 다른 방을 줬는데, 이 방은 분홍색이 아니고 둥근 모양이에요. 이 호텔은 색이 바래고 더러워서 진저리가 나요. 프랑스, 사르트르, 친구들, 『현대』, 신문들, 잡지들, 그 모든 것을 되찾는 일이 필요했지요. 넬슨, 언젠가 사정을 더 잘 설명하겠으나, 제가 여기에 남아 있어야 하는 것은 기쁨이나 매력 또는 그와 비슷한 어떤 것이 아니라는 점을 알아주세요. 달리 어쩔 도리가 없어서일 뿐이에요. 저를 믿어 줘요, 제발 부탁하고 부탁해요. 후에 설명하도록 하겠어요. 오늘 저녁엔 제 말만을 믿어 줘요. 만일 운 좋게도 당신과 함께 남아 있을 수 있다면 그렇게 하겠어요. 어떤 의미에서 지금 파리를 증오해요. 이곳에서 저는 춥고 생기 없게 느껴졌어요. 지난 이틀간 사람들과 이야기하고 최근 두 달간 일어난 일들에 대해 알아보는 데 시간을 보냈고 또 미장원, 양장점 등에서 분주하게 보냈지요. 제가 진정 당신에게 작별 인사를 했던가요? 믿어지지 않아요. 이별이 너무 빨랐어요. 열여덟 시간이었지요. 당신과 모든 것이 너무도 가까이 느껴지는데, 믿어지지 않아요. 믿을 수 없어요. 믿는 순간 너무 고통스럽겠지만 회피하지는 않겠어요. 당신이 베풀어 준 행복의 대가로 고통과 번민 속에 남아 있겠어요. 그 행복은 그럴 가치가 있거든요.

『프레첼에 소금이 너무 많아*Too Much Salt on the Bretzels*』*는 인쇄 중이며, 곧 『현대』에 실릴 거예요. 이 책을 읽은 사람들, 타이프라이터와 비서 그리고 사르트르는 이 소설이 훌륭하다고 평가했답니다. 사르트르는 집필 중인 소설에서 당신의 문장 하나를 표절했다는 생각에 미안해하고 당신의 파이프 선물을 고마워하고 있어요. 내일은 당신 책**을 위해 출판인을 만날 거예요. 그 책이 프랑스에서

---

* 올그런의 중편소설
** 『결코 오지 않는 아침』

출판되기를 원해요. 저 말고도 많은 사람이 그 책을 대단히 좋아해요. 저는 파리에 머물지 않고 미디* 지역이나 북아프리카로 내려가 두 달간 조용히 일하겠어요. 사르트르가 〈더러운 손〉을 영화로 각색하는 것을 도와줘야 하고 여성에 관한 제 에세이를 진전시켜야 해요. 당신에게 주소를 전보로 보낼게요. 지금은 이곳으로 계속 편지하도록 해요.

넬슨, 할 말이 너무 많아요. 제 가슴에는 행복과 사랑이 가득하답니다. 저는 당신이 '구속되어' 있다고 느끼는 것을 원치 않기에 감히 그것을 크게 말하지 못해요. 제가 어떻게 그것을 원하겠어요? 당신이 더 이상 저를 사랑하지 않는다면 어쩔 도리가 없어요. 당신이 더 이상 저를 보지 않으려 한다면, 그 사실을 받아들여야만 할 거예요. 아니오, 넬슨, 저는 당신의 동의 없이는 당신에게 중요한 그 무엇도 요구하지 않을 거예요. 다만 당신이 한동안 더 사랑해 주기를 바라요. 왜냐하면 당신을 그 어느 때보다도 더, 당신을 사랑했던 그 어느 때보다도 더 사랑하고 있으니까요.

오 넬슨, 오 그래요, 당신을 사랑해요!

당신의 시몬

애정 어린 답장을 보낸 올그런은 예상보다 이른 이별을 (언뜻 보아) 별 문제없이 받아들였다. 이틀 동안 그는 뉴욕에서 옛 공산주의자 친구들, 그의 에이전트, 헤라시 부부(포커 한판을 하기 위해), 그리고 출판인들과 바쁜 나날을 보냈다. 7월 15일 시카고의 집에 돌아와서는 소설 『결코 오지 않는 아침』을 퇴고하기 시작한다.

---

* Midi. 프랑스 남부

1948년 7월 17일 토요일

넬슨 내 사랑. 아침에 일어나는 것이 힘들군요. 최악의 순간이에요. 라이트와 사르트르와 함께 점심 식사로 쿠스쿠스를 먹기로 한 약속 때문에 결국 자리에서 일어났어요. 딕*은 멕시코가 매우 침울한 나라라는 우리 의견에 동의했어요. 그가 석 달을 쿠에르나바카(당신 기억나지요, 창문으로 물건을 살 수 있을 정도로 우리가 머문 방이 광장 위로 불쑥 튀어나왔던 그 도시 말예요)에서 체류했는데, 미국에서 모든 사람이 멕시코에는 인종차별이 없으므로 틀림없이 이 나라를 좋아할 것이라고 말했지만 빈곤을 참지 못했대요. 그는 되마고 카페 근처에서 아름다운 아파트를 발견해 기쁨에 휩싸여 있지요.

제가 멕시코 블라우스나 파란 꽃무늬가 있는 프로방스 지역의 겉옷을 입으면 추위와 비 때문에 실성한 것처럼 보이는지 동네에 한바탕 소란이 일어났어요. 러시아계 여자 친구에게 얼룩덜룩한 흰 웃옷을 선물해 그녀를 아주 기쁘게 했고, 조각가 아내 친구에게는 옷감을 선물해 기쁘게 했는데, 누군가가 우체국에서 10분 만에 훔쳐 갔대요. 가엾게도 그녀는 종일 그것 때문에 울었어요. 가진 것이 거의 없는 그녀에게 제가 받은 선물 가운데 하나와 제 회색 외투를 주었고, 그녀는 다시 미소 지었어요. 파리는 음산해요, 이 추위와 습기 속에서 무시무시할 정도로요. 분명 이곳에서 우리는 잘 먹고 있고, 프랑스 음식을 다시 먹는다는 사실은 진정한 기쁨이에요. 그러나 오래가지 못해요, 그렇지 않아요? 당신은 오늘 워반지아에 돌아왔을 거라 짐작되는군요. 당신은 당신 앞으로 보낸 모든 선물을 받는 게 즐거운가요? 책, 침대 커버, 식탁보, 커튼 들을요? 그리고 당신 아내의 몇몇 기념품을요? 당신은 집에

---

* 라이트의 애칭

다시 돌아온 만족감에 가슴이 터질 것 같을 거예요. 글 많이 쓰도록 해요, 내 사랑.

당신 작품들을 대단히 높이 평가하는 젊고 우호적인 출판사가 '프레오클레르'(말라케 출판사)에 당신 작품을 돌려 달라고 요구했어요. 그들이 저작권을 가지고 있다고 주장하는데, 당신은 프레오클레르와의 계약을 기억하나요? 당신 에이전트가 그 일을 좀 맡아서 할 수 없을까요? 이 계약 건을 확실히 하기 위해 월요일에 제가 직접 갈 거예요. 그들이 출판하지도 않으면서 책을 가지고 있을 필요는 없어요.

딕 라이트가 저의 『미국 여행기』가 일으킨 많은 반응을 알게 해 줬어요. 제가 이야기한 사람 중에 전적으로 분노했던 몇 명, 예를 들어, "당신, 시몬 드 보부아르가 우리에 대해 쓴 것을 읽어 봤나요? 전 그녀를 용서해야만 한다고 생각해요!"라고 말한 N. 도로시를 제외하고는 전반적으로 그 책을 좋아하고 있어요. 여기서는 비교적 성공적이어서 만족한답니다. 이 책을 영어로 번역하는 것을 허락해 달라고 부탁한 젊은 흑인 작가를 만날 거예요.

파리에는 크게 새로운 게 없어요. 새 '실존주의' 카바레들이 오래된 지하에 문을 열었어요. 그중 하나에서는 1900년대풍 긴 내복을 입고 실크 모자를 쓴 네 명의 젊은 가수*가 누구나 다 아는 멍청한 옛 노랫가락을 부르며 흥미진진한 볼거리를 선보여요. 노래하든 경이로운 유머로 팬터마임을 하든 레퍼토리는 일류지요. 주네는 여전히 감옥에 갈까 두려워하고 있어요. 자코메티도 기묘하고 아름다운 상(像)들을 변함없이 고통스럽게 작업하고 있지요. 러시아계 여자 친구는 천천히 호전되고 있으며, 10월 중순에 〈더러운 손〉을 재공연하길 바라고 있어요. 제 동생은 여전히 좋지 않

---

* '붉은 장미(La Rose rouge)' 카바레의 '자크(Jacques) 형제들'

은 그림을 그리면서 즐기고 있고요. 저는 아직 일을 시작하지 못했어요 — 해결해야 할 세부적 일들, 만나야 할 사람들, 읽어야 할 『현대』, 지체된 우편물이 너무 많아요. 그리고 일에 다시 몰두하기가 어렵답니다. 마음이 여전히 많이 흔들려서 하얀 종이 앞에 앉아 집중할 수 없어요. 제 정신은 즉시 과테말라나 워반지아 또는 뉴욕에서 떠돌고 있으며 당신이 너무 그리워요. 어쨌든 사르트르와 함께 금요일에 떠나서 북아프리카 어딘가에 정착할 것이고, 모든 것에서 멀리 떠나 두 달 동안 열심히 일할 거예요.

이 편지는 어렴풋하고 모든 것이 비현실적이랍니다. 현실은 제 뒤편 멀리에 존재해요. 그것이 우리의 사랑이며 우리의 삶이지요. 저는 제 가슴에 맞닿은 당신의 그리도 따뜻한 가슴을 느껴야만 당신에게 또다시 편지를 써야 한다는 것을 간신히 믿을 수 있답니다.

월요일

넬슨 내 사랑, 그렇게 일찍 도착하리라 기대하지 않은 당신 편지가 이 세상에 현실성을 되돌려줬어요. 다시 당신을 기다리기 시작하겠어요. 지금, 아침에 다시 일어나고 일할 수 있을 거라 확신해요. 과테말라에서 온 당신의 가엾은 물건들이 사라졌다니 얼마나 실망이 컸겠어요! 어쩌면 소포 꾸러미들이 영원히 사라지지 않았을지도 모르잖아요? 스테파의 소포가 도착하는 데 말할 수 없이 오랜 시간이 걸렸으나, 아무튼 도착했어요. 저는 당신이 침대 커버와 커튼을 갖기를 얼마나 원하고 있는데요. 여기는 비와 추위 그리고 침울함이 오래 지속되고 있어요. 어제 『현대』의 모임이 있었어요. 우리는 스페인 난민들을 다룬 특별호를 준비하고 나머지는 대부분 독일에 대해 다룰 건데, 틀림없이 무척 흥미로울 거예요. 『분노의 예언자 *Le Prophète de la colère*』가 발간됐고(발췌문들), 저자의 노기등등한 편지를 준비해 기다리고 있어요. 당신의 열광적인 중편소설『프레첼에 소금이 너무 많아』는 9월에 출간될 거예요. 그 작품을 아주 좋아하는 사르트르는 제목이 별로 좋지 않다고 하는데, 당신에게 다른 좋은 생각이 있는지요?

일을 다시 시작하기 위해 여성에 관해 써 놓은 것의 반을 다시 읽었어요. 쓴 사람이 저인가 싶을 정도로 완전히 낯설어요. 이미 한 부분을『현대』에 실었는데, 일단 인쇄되니 더 이상 제가 쓴 것처럼 보이지 않았어요. 당신의 감정과 같은 종류의 비현실적인 감정이 저를 지배하고, 옛날의 저를 되찾지 못하고 있어요. 책을 계속 쓰겠지만 끝맺을 수 있을까요? 당신은 저를 왜 이토록 흔들어 놓는 건가요? 너무 짓궂어요.

잘 있어요, 달링. 주네가 지금 막 되마고 카페에 들어왔고 사르트르와 저는 그와 함께 점심 식사를 할 거예요. 나머지는 내일 쓰겠어요. 다음 편지는 알제의 우체국 수취 우편으로 보내 줘요, 부탁해요. 안녕, 사랑해요.

당신의 시몬

1948년 7월 19일 월요일 저녁

넬슨, 나의 소중한 사랑. 감미롭고 평온하며 상냥한 편지를 받았어요. 몇 사람이 "오늘, 행복해 보이는군요"라고 말했어요. 네, 자정이고 저는 완전히 녹초가 됐어요. 자몽 주스(스카치를 찾을 수 없어서)에 진을 조금 타서 겨우 마셨고, 잠자기 전에 당신에게 키스하러 왔어요. 달링, 악어가죽 가방을 선물한 아프리카인이 커다란 침대 커버도 두 개 줬는데, 과테말라 것이 분실됐으니 하나를 당신에게 보낼게요. 먼저 것보다는 못하지만 나쁘지는 않아요.

가능한 한 빨리 우편으로 부치겠어요.

주네는 제 옷차림과 외모, 최근의 제 책에 대해 축하했고, 급기야는 손바닥으로 저를 때리기까지 했어요. 그에게 새로운 젊은 애인이 생겼고, 그는 새 희곡 작품을 시작했으나 대다수 사람과 마찬가지로 변함없이 여전히 똑같은 사람이지요. 저는 시골로 휴식을 취하러 가는 러시아계 여자 친구에게 작별 인사를 했어요. 여느 때와 마찬가지로 새로운 비극이 있어요. 두 달 후에는 그녀가 〈더러운 손〉을 재공연해야 하는데, 그에 대해 벌써 많은 걱정을 하고 있지요. 그녀는 초반 리허설 동안에 말 그대로 아파서 연기할 수 없는 상황일 것이 확실해요. 연기를 재개하기 전에 1년간 쉬도록 설득하려 애썼으나, 보람이 없었어요. 그녀는 조바심으로 죽을 지경이고, 최악의 일이 일어나지 않을지를 가능한 한 빨리 알고 싶어 하지요. 어리석은 일이지만 아무도 어찌할 수 없는 노릇이에요. 『가장 하찮은 직업』의 저자인 그녀의 남편 보스트와 저녁 식사를 했어요. 몽마르트르 거리에는 장터에서 펼쳐지는 축제가 벌어지고 있었지요. 흐리고 음산한 저녁에 아름다운 롤러코스터, 마술 열차, 복권 추첨, 곡예사 들은 깊은 감동을 주는 환멸, 실망, 마법 풀기를 표현했어요. 보스트는 당신을 알기 전에 수년 전부터 동침한 젊은이지만, 당신이 아는 그 이유로 작년에 뉴욕에서 돌아오면서 관계를 끝냈어요. 이 이야기는 더 이상 예전처럼 중요하지 않아요. 그것을 종결짓는다는 것도 중요치 않지요. 그런 이유로 당신에게 아무 말도 하지 않은 거예요. 우리는 친밀한 관계로 남아 있지만, 그의 아내 같은 여자와 부부라는 사실이 연애하는 데 심각한 장애가 되어 지금 연애 이야기에 그가 그다지 행복하지 않기 때문에 우리가 함께 보낸 저녁나절은 어떤 우울함이 배어 있었지요. 그리고 그와의 관계를 끝낼 때 그는 그렇게 화내지 않았어요. 제가 그를 더 이상 진정으로 사랑하지 않는다는 것을 분명 알고 있었어요. 그렇지만 기분 좋은 일은 아니어서 우리 사이에 어떤 거북함이 지속되고 있지요. 이런 이야기를 하는 건 당신이 저의 엉뚱한 머릿속에서 무슨 일이 일어나는지를 알려 달라고 했고, 또 저에 대해 최대한 많이 알아줬으면 좋겠기 때문이지요.

저는 당신을 위해 아름다운 젊은 남자, 그 이상 훨씬 많은 것도 포기할 수 있고, 정말이지, 대부분을 포기할 수 있어요. 반면 만일 제가 사르트르와의 삶을 포기할 수 있다면 당신 마음에 드는 그 시몬은 아닐 것이며, 쓰레기 같은 피조물, 배신자 그리고 이기주의자가 될 거예요. 당신이 미래에 무엇을 결정하든 간에 그것을 알아주기를 원해요. 제가 당신과 함께 살고자 머물지 않는 것은 사랑이 부족해서가 아니라는 거지요. 저는 당신을 떠나는 것이 당신보다도 더 힘들고, 당신을 그리워하는 것이 당신보다 더 고통스럽다고 확신해요. 제가 당신을 그보다 더 사랑할 수도, 더 원할 수도 없을 것이며, 당신은 저를 그보다 더 그리워할 수 없을 거예요. 당신이 이 사실을 알고 있을지 모르겠어요. 또 당신은 제가 무척 자만하는 것처럼 보일지 몰라도, 사르트르가 저를 얼마나 필요로 하는지 아셔야 할 거예요. 그는 외적으로 아주 많이 고립되어 있고, 내적으로 심한 번민과 매우 혼란한 상태에 빠져 있어요. 저는 그의 단 한 명의 진정한 친구이자 그를 진정으로 이해하고 도우며 그와 함께 일하고, 그에게 평화와 균형을 가져다주는 유일한 사람이지요. 그는 거의 20년 전부터 저를 위해 할 수 있는 모든 일을 했고, 제가 살아가고 저 자신을 발견하도록 도와줬으며, 저를 위해 많은 것을 버렸어요. 4, 5년 전부터는 저도 그가 제게 해 준 것과 같은 것을 해 줄 수 있고, 저를 그렇게 도와준 그를 도울 수 있게 됐지요. 저는 그를 결코 버릴 수 없을 거예요. 꽤 오랜 기간 동안 그를 떠나 있는 것은 가능해요. 그러나 다른 누군가와 함께하기 위해 저의 생애를 걸 수는 없을 거예요. 이에 대해 다시 이야기하는 것은 정말 싫답니다. 저는 위험 — 당신을 잃는다는 — 에 처해 있다는 것을 알고 있고, 당신을 잃는다는 것이 무엇을 뜻하는지도 알아요. 그러나 당신은 반드시 이해하셔야 해요, 넬슨. 저는 당신이 진실을 잘 이해하고 있다고 확신해야만 해요. 그래야 당신과 함께 죽을 때까지 시카고나 파리 또는 치치카스테낭고에서 밤낮을 보내는 것이 행복할 거예요. 제가 당신에게 느끼는 사랑, 곧 몸과 가슴 그리고 영혼의 사랑보다 더 많은 사랑을 느낀다는 것은 절대 불가능해요. 하지만 저의 행복을 위해 온갖 것을 다한 사람에게 깊은 고통을 주고, 돌이킬 수 없는 잘못을 저지르기보다는 차라리 죽음을 택하겠어요. 저를 믿어 주세요. 죽는다는 것은 저를 격분하게 만들어요. 그런데 당신을 잃는다는 것, 당신을 잃어버린다는 생각은 죽는다는 생각과 마찬가지로 견딜 수 없는 것이에요. 당신은 제 말이 실없다고 생각할지 모르겠으나, 제 인생과 우리의 사랑은 본질적이에요. 그것을 중요하게 만들 가치가 있답니다. 당신은 제게 생각하는 바를 물었고, 저는 당신을 정말 믿기 때문에 제 가슴을 가득 채우는 것들을 말하는 거랍니다. 지금, 자겠어요, 당신에게 키스하면서 — 사랑을 담은, 애정이 가득한 키스를요.

금요일

달링, 저의 전보에 당신이 화나지 않았기를 바라요. 당신에게 설명하겠어요. 제가 7월 중순에 파리로 돌아가야만 했던 이유는 사르트르가 최근의 희곡 작품을 시나리오로 각색하는 작업에 저를 필요로 했기 때문이에요. 당신에게 말했지요? 그가 부탁하면 저는 언제나 그를 도울 거라고요. 더욱이 생활비를 버는 방법의 하나기도 하고요. 제 책을 쓰는 것만으로는 돈이 부족할 거고, 영화의 대사 작업을 하는 것 등은 부업이에요. 그러나 화요일에 갑자기 제작자들이 의견을 바꾸어 우리는 의논하고 언쟁을 했어요. 결론적으로 시나리오는 지금 끝나지 않을 거예요. 사르트르는 언젠가 다시 각색해야 한다며 일을 시작하기 전에 문제를 해결하기 위해 이곳에 남아 있어야만 한다고 했어요. 그는 결국 아무 이유 없이 제게 돌아오라고 한 결과에 대해 몹시 괴로워하며 원한다면 시카고행 비행기를 다시 타라면서 비행기 값을 지불하겠다고 하더군요. 자, 이런 것이었답니다. 저는 당신이 일하고 싶어 했다는 것을 알고 있었고, 당신은 뉴욕에서 그것을 설명했으며, 제가 그 의지를 이해하고 받아들이기에 가장 좋은 위치에 있었으므로 당신의 대답이 부정적일 것이라고 짐작했었지요. 그러나 당신과 의논하지 않고 한 달 동안 떨어져 지내기로 결정할 수 있었겠어요? 더욱이 우리는 서로 교묘한 술책을 쓸 필요가 없어요. '그가 예의 바르게 행동할 필요는 없어, 나도 은밀할 필요가 없고'라고 혼자 속으로 중얼거렸지요. 제가 잘못한 건가요? 당신의 전보를 받았을 때 아직 반쯤 잠든 상태에서 "일이 별로 많지 않음"이라고 읽었고, 순간 "와요"를 의미한다고 상상했어요. 그다음에는 "안 돼요. 일이 너무 많소"라는 것을 다시 알아보았지요. 제가 짐작한 대답이었어요. 네, 일하도록 하세요, 내 사랑. 저는 당신의 일을 좋아하며, 당신이 책을 끝마치고 또 다른 좋은 책을 쓰기를 열렬히 바라고 있어요. 단지 어느 날엔가 우리가 나란히 앉아 일할 방법을 찾고, 우리의 사랑이 뉴욕에서 마지막 시간 동안 당신을 사로잡은 그런 공허함을 더 이상 주지 않길 원해요. 낮에는 일하고 밤에는 사랑을 나누면 아름다울 거예요. 저는 그렇게 할 수 있다고 느껴요. 아마 당신도 그럴 수 있다는 것을 알지도 모르겠어요. *

---

* 시몬 드 보부아르는 시카고에 다시 가더라도 올그런의 작업을 방해하지 않기 위해 필요

우리 사랑에 관한 또 다른 것. 작년에 우리의 사랑은 분홍빛 영화처럼 수월하게 시작됐어요 — 대단히 좋았죠. 이후에는 땅 위의 인간적 모험으로 변모했고, 우리가 그것에 가치를 부여하기만 한다면 한없는 가치를 지닐 수 있어요, 동감하나요?

월요일의 당신 편지는 제 가슴에 기쁨을 안겨 줬고, 태양을 다시 비췄어요. 파리는 더 환해졌어요. 저의 귀환은 매번 같은 방식으로 진행되지요. 뉴욕과 시카고 다음에 파리는 며칠간 끔찍해 보이다가 조금씩 제 마음을 다시 차지해요. 오늘은 음산한 흐린 날씨에서 과테말라 블라우스들이 조금 지나치게 번쩍거리는군요. 우리가 함께 골랐던 옷감으로 멋진 블라우스를 두 벌 맞췄어요. 파리로 계속 편지를 보내 줘요. 부탁해요. 저는 다음 달 이전에는 떠나지 않을 거예요. 앨범을 정리하기 시작했나요? 제가 곧 우리의 밀월 사진들을 볼까요? 애정 어린 밀월 사진들을요, 넬슨.

일 잘하도록 하세요. 내 사랑, 제게 두툼한 노란색 편지를 보내 주세요. 당신의 시몬에게서 끌어낼 수 있는 가장 많은 행복을 끌어내도록 하세요.

시몬

1948년 7월 26일 월요일

넬슨, 내 사랑. 편지가 없군요. 편지가 알제를 거쳐 온다고 생각해, 그곳의 우체국 수취 우편에 편지를 보내 달라고 부탁했어요. 유엔에서 일하는 매우 호의적인 친구가 일주일간 제네바에 함께

하다면 그의 집에 살지 않겠다는 제안을 올그런에게 했었다. 그에 따르면 그것은 당치 않은 생각이었다.

가자고 초대했답니다. 그러나 저는 아주 분별력 있고 무척 착실해서 거절하고 여기에 남아 있어요. 집필 중인 책에 또다시 매료됐기 때문이지요 — 건강에 그보다 더 좋은 건 없어요. 당신은 남자가 되고 저는 여자가 되는 것을 결정한 순간을 규명하기 위해 국립도서관에서 온종일 생물학과 생리학의 두꺼운 저서들을 열람하고 있어요. 자, 그런데 그 순간은 우리의 어머니와 아버지의 씨앗이 만나 음모를 꾸며 예쁘고 작은 인간의 알 하나를 만들어낸 바로 그날이었지요. 이런 규모의 결정을 내렸을 때 우리는 지독히 어렸던 거예요. 저는 다른 수많은 본질적인 것을 배웠고 그것을 꿈꾸기 시작했어요. 제가 만일 프랑스어로 편지를 쓴다면 매우 시적인 수많은 불가사의를 설명할 테지만, 당신의 언어로는 너무 어렵군요.

이틀 전부터 더워요. 몹시 덥답니다. 뉴욕에서만큼은 아니나 무더운 건 사실이에요. 저녁나절과 밤들이 사람들을 더없이 즐겁게 하지요. 파리의 매력은 밤에 있어요. 종일 고된 일을 한 뒤에 생제르맹 거리를 거니는 것으로 충분하지요. 사람들은 어떤 특별한 약속 없이도 잠자기 전에 좋은 시간을 함께 보낼 친구들과 마주칠 거라고 확신해요. 누구를 발견할지 예측할 수 없으며, 그것은 아주 작은 모험이에요. 어제 자코메티의 여자 친구를 만나 그녀와 함께 보가트와 로런 버콜의 영화 〈밤의 길손들 Les Passagers de la nuit〉을 봤는데, 괜찮았어요. 제가 제 책을 위해 주위의 모든 여자를 인터뷰하고 있기 때문에 그녀는 자신의 삶을 이야기해 주었어요. 햇빛 가득한 이 일요일에 저의 과테말라 옷차림은 센세이션을 일으켰어요. 되마고 카페에서 만난 전혀 모르는 사람들마저 어디에서 온 건지 따져 물었고, 마주치는 상인과 친구들 모두 저의 옷차림에 망연자실했어요. 저는 녹색과 보라색의 치치카스테낭고 옷감으로 된 치마와 파츠쿠아로의 녹색과 보라색의 블라우스를 입었고, 머리에는 아름다운 탁스코 터번을 쓰고 귀고리와 목걸이를 달고 있었어요. 그 모든 것이 이국적인 분위기를 풍겼고, 이 거리와 썩 잘 어울렸지요.

며칠 전에 맥코이Mac Coy, 체이스Chase, 케인Cain을 번역하는 미국 문학의 공식 공갈꾼인 한 천치가 맥코이의 최근 작품을 열광적으로 칭찬했어요. 그는 사르트르와 제게 테네시 윌리엄스를 만나보라고 권했으나, 우리는 사양했지요. 그는 바에 30분마다 다시 오곤 했는데, 매번 더 취한 나머지 마지막에는 만취한 상태에서 "결국 테네시 윌리엄스는 절대 하나도 볼 게 없어요"라고 인정했어요. 사실상 그의 연극은 별로 대단치 못하지만, 당신과 제가 함께 보았으므로 이후 제 가슴에는 작은 자리를 차지할 거예요(여자들은 정신이 나갔어요. 제 책에서 입증해 보이겠어요).

요즘 젊은 실존주의자들은 턱수염을 기르는데, 미국 관광객도 마찬가지예요. 검은 눈에 제법 쌀쌀맞고 거만한 그 퓨마를 마주친 적이 있는데, 순정적인 사랑은 끝났어요. 턱수염을 기른 모든 이는 소름 끼치게 추하답니다! 지하의 '실존주의' 클럽들은 발 빠르게 성공하고 있어요. 두 집단, 이것이 모든 생제르맹데프레이지만 이 지역의 내부에서 앉을 곳을 찾는다는 건 불확실한 일이지요. 바나 카페나 클럽이나 보도에서조차도요. 이 고도孤島의 외부는 암흑이자 죽음이에요.

화요일

저는 오늘 당신을 위해 천사가 됐어요! 우선 아프리카 침대 커버 말인데요, 어찌나 골칫거리던지요! 우체국에서는 소포가 너무 클 뿐만 아니라 견고하게 포장되지 않았다고 말했고, 그 가치가 얼마나 나가는지 알고자 했어요. 왜냐하면 만일 3달러가 넘으면 허가를 받기 위해 무척 멀리까지 가야만 했기 때문이지요. 그것이 당신에게 도착할까요? 확실치 않아요. 거기서 꼬박 한 시간을 보내 버렸어요. 그다음에는 마침내 프레오클레르 출판사의 사장을 찾아냈는데, 그는 당신 소설에 대한 어떤 권리도 갖고 있지 않아요. 그러므로 다른 출판사와 모든 것을 다시 시작하고 있어요. 한 번역가가 그 책을 번역할 준비가 됐다고 했는데, 멋진 소식이에요. 그러나 말라케의 잘못으로 1년을 버렸다는 사실에 미친 듯이 화나 있어요. 더위가 더 심해지고 있답니다. 마치 마야족 사제가 가슴에서 심장을 뽑아 낼 준비가 된 것처럼 제 피부 빛깔은 푸른색을 띠고 있어요. 과테말라 셔츠의 물이 빠져 피부에 물든 거지요! 하지만 옷을 입지 않은 저를 볼 사람이 아무도 없기에 상관없어요.

당신은 아주 멀리 있는 것 같지만, 저는 가까이에 있는 것과 마찬가지로 멀리서도 당신을 사랑하고 있어요. 당신에게 부드럽게 키스해요, 달링.

당신의 시몬

1948년 8월 3일 화요일

나의 남편. 당신 편지는 굉장히 좋은 결과를 가져왔어요. 그래요, 그래요. 저는 참을성 있게 기다릴 거예요. 만약 여전히 당신의 아내라는 것과 전에 그랬던 것처럼 우리가 행복하리라는 것, 그리고 제가 당신을 생각하는 만큼의 사랑으로 당신이 저를 생각한다는 것을 알고 있다면요. 때로 떨어져 있는 거리와 기다림이 우리가 서로에게 어떤 존재인가 하는 사실을 자취도 없이 사라져 버리게 하고 당신을, 저의 피와 살인 당신을 희미한 기억으로 만들 수 있다는 생각이 저를 무섭게 해요. 언젠가 당신은 "절대로 희미해지지 말아요"라고 써 보낸 적이 있는데, 그 말이 가슴에 곧장 와닿았어요. 저는 절대 희미해지지 않고 당신 곁에 영원히 현실의 아내로 남고 싶어요. 그러나 당신에겐 아무것도 현실적이지 않다는 것을 알고 있고, 그것 또한 저를 겁나게 해요.

더위가 기승을 부리든 비가 오든 멈추지 않고 일하고 있어요. 적어도 1년은 더 걸릴 길고 중대한 작업이 진정 훌륭한 결과를 맺어서, 그로 인해 당신이 당신의 아내를 자랑스러워하기를 바라요. 원고 중 『현대』에 이미 발간된 부분이 몇몇 남자들을 노발대발하게 만들었다는 사실에 기뻤어요. 거기에는 남자들이 여자들에 관해 애지중지하는 황당무계한 신화들과 그들이 만들어 내는 악취미의 시詩에 대해 다룬 장이 있어요. 그들은 급소에 타격을 받은 것처럼 보여요. 지금은 별로 매력적이지 않으나 더욱 과학적이면서도 흥미로운 측면을 다루고 있지요.

라이트와 그의 부인은 생제르맹데프레의 위치가 좋은 아파트로 이사했어요. 우리는 닭고기 튀김으로 저녁 식사를 했고 딕은 뼈까지 먹었어요. 엘렌이 미국식 닭고기 요리는 완전히 익히기 때문에 뼈까지 먹을 수 있다고 설명해 주어, 제 환상은 깨져 버렸어요. 저는 당신만이 유일하게 이 위업을 이룩할 수 있다고 믿었거든요. 제가 좋아하는 '붉은 장미' 카바레에 다시 갔는데, 네 명의 가수 대신에 다른 기구 없이 자기 손으로만 놀라운 곡예를 펼치는 유명하고 비범한 마술사가 있었어요. 조련된 벼룩들을 가지고 묘기를 부리던 뉴욕의 마술사를 기억해요. 매우 기쁘게도 2주 후에는 생제르맹에서 멀지 않고 노트르담과 센강이 보이는 작고 예쁜 숙소 하나를 아주 싼 가격에 얻을 게 거의 확실해 보여요! 다락방과 부엌이 있고 가구가 모두 갖춰진 스튜디오지요. 기막힐 거예요. 그리하여 당신이 오면 당신은 워반지아에서 저를 맞이한 보금자리만큼 기분 좋고 편안한 보금자리를 발견할 거고, 아마도 거기서 너무도 기분이 좋아 거의 모든 시간을 보낼지도 몰라요. 어쨌든 생활하고 일하는 나만의 장소를 소유한다는 것은 매혹적이에요. 이제 호텔은 진저리가 난답니다.

그래요, 넬슨, 아마도 사르트르에 관해서는 전에 분명히 설명했어야 했을지도 몰라요. 당신이 저에 대해 명확한 생각을 갖고 있기를 원하지만 제가 말했지요, 당신에게 이야기하는 것이 종종 겁난다고요. 우리가 함께 아주 행복하게 있을 때는 말이 쓸데없는 것처럼 보이고, 우리의 깊은 공감대는 모든 지식을 초월하지요. 그렇지만 저는 당신이 이야기하는 것을 좋아해요. '카사 콘텐타'*에서 당신은 당신의 젊은 시절과 여자들 그리고 콘로이**에 관해 속마음을 털어놓았고, 한번은 당신이 글을 쓰는 이유를 털어놓았는데, 그 순간들이 너무도 소중했어요. 그와 마찬가지로 저에 대해 이야기한 드문 기회들도 아주 중요하답니다. 우리에게는 서로에 대해 알아야 할 것이 무척 많이 남아 있는데, 그것은 확실히 좋은 일이에요. 편지로라도 더 많은 것을 말하려 노력할 거예요. 지금은 아니고요, 지금은 일을 너무 많이 해서 피곤하답니다. 최근에 당신의 중편소설을 교정보았고, 다음 달에 나올 거예요. 제목은 나중에 정할 거랍니다. 바깥바람 좀 쐬야겠어요. 이 편지를 부치러 가겠어요. 네, 물론이지요, 그럼요 저는 기억해요, 넬슨. 모든 것을 기억하고 있어요. 모든 밤과 우리의 몸이 재회한 일요일 첫날 밤 그리고 우리의 몸이 서로에게 작별 인사를 해야 했던 마지막 밤, 마지막 아침을요. 모두 다 기억하고 있어요. 제가 떠났을 때 제 안에서 무언가가 무너져 내렸고 지금은 무성無性인 것처럼 느껴져요. 그러나 뉴올리언스와 메리다, 케트살테낭고와

---

* Casa Contenta. 과테말라의 아티틀란 호반에 있는 바
** Jack Conroy. 시카고에 사는 올그런의 가장 친한 친구이자 작가

멕시코시티에서 남편의 팔에 안긴 여자의 기분이 얼마나 황홀했는지를 기억하고 있어요.

아무튼 저는 저에 관해서 한 가지만은 매우 분명하게 인식하기를 바라요. 당신에 대한 저의 사랑말입니다.

당신의 것인 당신의 시몬

1948년 8월 8일 일요일

안녕 내 사랑. 우리는 함께 눈을 떴고, 당신이 저를 주먹으로 위협했으며 그런 다음…… 그래요. 오, 둥근 방에서 이렇게 무심하고 고독하게 잠에서 깨어나다니!

이번 일요일은 바람이 많고 고요해요. 사르트르가 자기 어머니를 모시고 일주일간 떠나면서 그들의 아파트를 맡겼어요. 이곳에 자리 잡은 저는 창문을 통해 교회와 되마고 카페를 볼 수 있지요. 지금 열 시인데, 저녁 여덟 시까지는 움직이지 않고 자극적인 파스티유*를 삼키며 한 장을 끝내고 싶어요. 제 짐작에 당신도 종일 고되게 일할 것 같군요. 저의 철학 에세이 『애매성의 윤리를 위하여』가 미국에서 나올 것이고, 『투와이스 어 이어』가 이미 그 발췌문을 발간했어요. 저는 다시 가서 마술사를 봤고(제가 그의 몇몇 속임수를 간파해 내기 시작했어요), 새로운 지하 클럽에 발을 들이기 시작했는데, 미국 관광객들이 어찌나 넘쳐나는지 서 있을 수 없었어요. 되마고 카페의 지하에 있는, 환각적이지만 쾌적한 스타일로 멋지게 장식된 그 클럽에는 파리에서 가장 훌륭한 재즈와 뛰어난 작은 오케스트라가 있고, 요란하게 춤을 추는 젊은이들이 있지요. 트럼

---

* pastille. 과일 맛이 나는 동그랗고 납작한 사탕

펫을 부는 젊은이는 오케스트라를 지휘하는데, 당신 친구 케네스 피어링이 쓴 『빅 클락』의 번역을 최근에 끝냈어요. 이상해요, 제 친구가 당신 친구의 책을 번역하는데, 두 세계는 너무 멀리 떨어져 있는 반면에 우리 둘은 너무 가까워요. 저는 제 존재 양식을 끈기 있게 밀고 나가고 있어요. 낮에는 일하고 저녁에는 카페테라스에서 친구들을 만나거나 지하 클럽에서 사르트르, 잘생긴 보스트, 자코메티, 라이트와 위스키를 마시지요 — 대단히 규칙적인 생활이에요. 계속 가혹할 정도로 당신이 그리워서 때로는 울고 싶답니다. 그러나 어느 날 밤에 너무 운 나머지 지독한 고통만 남겨진 후부터는 쉽고 평화로운 눈물조차도 흘릴 수 없게 됐어요. 그렇지만 트렁크에서 A라고 수놓은 손수건을 보고 당신이 그토록 좋아했던 작은 검은색 스웨터를 다시 입으면서 쓰러질 뻔했지요.

어제저녁에 영화관에서 게리 쿠퍼와 바버라 스탠위크가 주연하는 〈볼 오브 파이어 Ball of Fire〉*를 봤는데, 간혹 재미있긴 했지만 전체적으로는 아주 멍청한 영화였어요. 길고 조용한 하루가 기다리므로 당신에게 이야기하고 싶어요. 당신처럼 아름다운 우화를 지어 내기에는 재능이 없기 때문에, 상관없다면 진짜 이야기를 해 보겠어요. 당신의 마지막 편지를 다시 읽었고, 그 이야기를 다시 하고 싶어요. 첫째, 잘생긴 젊은 남자를 언급한 것은 절대로 자랑하기 위해서가 아니에요. 모든 자만은 저의 당신에게 그리고 당신의 제게 있을 수 없는 것처럼 보이기 때문에, 만일 인생에서 무언가를 자랑해야만 한다면, 그것은 우리의 사랑일 거에요. 저는 우리가 서로에게 마음속 이야기를 가능한 한 많이 털어놓고, 우리는 연인일 뿐 아니라 친구이기도 하다는 것을 운명처럼 느끼고 있어요. 어쨌든 저의 사랑 경험은 자랑할 게 거의 없지만, 당신이 어느

---

* 하워드 호크스(Howard Hawks) 감독의 1941년도 작품

행복한 저녁에 '카사 콘텐타'에서 당신의 사랑 경험을 들려준 것처럼 오늘은 제가 들려주고 싶어요. 당신에게 말했었지요. 저는 가톨릭 신자에다 시대에 뒤떨어진 소부르주아 가정에 속해 있어서, 신앙심을 잃고 대학생이 되고서야 금서에 접근할 수 있을 만큼 엄격히 길러졌어요. 그럼에도 불구하고 제게는 '도덕적'인 모든 것이 남아 있었어요. 열일곱 살에 저와 동갑인 잘생기고 똑똑하며 매력적인 사촌을 무척 사랑했고, 단지 남자라는 사실에 그를 경외했지요. 그는 저를 좋아했고 현대문학을 알려 줬어요. 가족에게서 지적으로 해방되는 것을 도와준 그는 젊은 부르주아지가 여자 사촌을 '존중하는' 것처럼 저를 '존중했어요.' 그리고 어차피 결혼할 바에는 부유한 여자와 하는 것이 좋겠다고 생각해 바보 같고 못생긴 처녀와 결혼했고, 그런 다음에는 주정뱅이가 되어 주위 사람들을 불행하게 만들면서 인생을 망쳤어요. 결국 저는 이상주의 소녀의 아주 진부한 사랑을 했던 거지요. 그의 결혼은 충격이었지만 제게 별 영향을 미치지 않았어요. 왜냐하면 바로 이때 새로운 대학생 친구들을 알게 됐고, 그중 사르트르가 있었기 때문이죠.

사르트르와 저는 아주 빨리 서로에게 애착을 가졌어요. 그가 스물다섯 살이고 제가 스물두 살일 때, 열정적으로 그에게 제 인생과 저 자신을 줬어요. 그는 잠자리한 첫 남자였고, 그전에 저는 누구와도 키스조차 하지 않았어요. 오래전부터 우리 삶은 뒤섞여 왔고, 그와는 어느 정도의 사랑으로 맺어져 있는지를, 아니 그보다는 절대적 형제애에 더 가까운 사랑으로 맺어져 있다고 이미 말했지요. 성적으로는 완벽하게 성공하지 않았으나, 본질적으로 그 때문이었어요. 그는 성에 대해 열정적이지 않아요. 그는 잠자리를 제외한 모든 면에서 따뜻하고 생기 있는 남자지요. 저는 경험이 없었음에도 불구하고 그에 대한 직감이 빨랐으며, 조금씩 함께 자는 것이 무용하고 심지어 외설적으로 보였어요. 우리는 이 분야에서 성공의 영광을 별로 얻지 못하고 약 8년에서 10년 뒤에 그만뒀어요. 그때 젊고 잘생긴 보스트가 나타났고, 이제 10년이 됐어요. 저보다 훨씬 젊은 그는 사르트르의 학생이었고, 사르트르를 아주 좋아하고 있었어요. 저는 여름에 그와 함께 산속을 걷는 것을 무척 좋아했지요. 그 시절에 그는 저의 러시아계 여자 친구와 연애를 시작했으나 그만두고 싶어 했죠. 그녀 쪽은 저의 학생이었고, 어떤 의미에서 저는 그녀를 아주 좋아했지만 그녀는 그에게와 마찬가지로 제게도 매우 기분 나쁘게 처신했어요. 그녀는 다른 사람들에게 뭔가를 지나치게 요구하는 그런 여자예요. 모든 사람에게 의존하고 모든 사람이 의존해야만 직성이 풀리는 스타일이었어요. 알프스산맥에서 도보 여행을 하는 중에 같은 텐트에서 잠자던 보스트와 저는 함께 자고 싶은 갈망을 느꼈고, 우리에게는 문제될 게 없었어요. 우리는 그녀에게 아무 말도 하지 않았어요. 보스트는 그녀와 헤어지고 싶어 했지만 그럴 수 없었어요. 그녀는 이미 그에게 너무 심하게 집착했고, 그는 그러한 그녀를 고통스럽게 하고 싶지 않았거든요. 전쟁이 일어났고 그다음에 그녀는 병에 걸렸고, 보스트는 점점 더 곤란한 처지에 놓여 아시다시피 그녀와 결혼해 살고 있어요. 그렇지만 우리 두 사람의 친밀한 관계는 결코 멈추지 않았어요. 그것은 치정 관계가 아니라 기분 좋은 관계고, 질투도 거짓말도 없는 감정인 동시에 커다란 우정이자 무한한 애정이에요. 정말이지 저는 제 인생이 충만하게 느껴졌고, 다른 형태의 사랑은 없는 대신 그처럼 깊은 관계를 지니고 있는 것으로 충분했어요. 다른 형태의 사랑을 하기에는 이미 나이 들었다고 생각했어요. 저를 소중하게 여기는 사람들을 극진히 사랑하고 일하면서 죽을 때까지 그렇게 계속 살았을 거예요. 그리고 무슨 일이 일어났는지는 당신이 알고 있어요. 사르트르와 보스트를 빼면 제 인생에서 진정한 관계를 맺을 어떠

한 가능성도 없었지만, 세 번 정도는 알고 지내던 친구 중 마음이
끌린 남자들과 하룻밤을 보냈어요. 당신을 만나러 시카고에 다
시 갔을 때는 이런 정사를 예상했고, 당신이 마음에 들었기에 우
리는 기분 좋은 며칠을 함께 나눌 수 있으리라 생각했어요. 그렇
기 때문에 당신이 저를 함정에 빠뜨렸다고 말하는 거예요. 저는
사랑을 전혀 기대하지 않았고, 유혹되리라고는 생각지 않았어요.
당신! 당신은 저를 사랑에 빠지게 했고 시카고에 다시 오게 했으
며, 언제나 당신을 더 많이 사랑하게 했어요. 이를 보스트에게 말
할 수밖에 없었다는 걸 지금은 이해할 수 있지요? 보스트에게 이
를 설명하려고 했기에, 그와 친밀한 관계로 남아 있다 해도 또 제
가 그를 무척 자주, 대부분 사르트르나 그의 부인을 동반해 만나
거나 때로는 단둘이 만난다고 할지라도 우리 사이에는 무엇인가
가 죽어 버린 것이지요. 당신도 느꼈듯이 우리 관계는 더 이상 처
음 몇 년간처럼 정말로 정열적이지 않았어요.

그 모든 것은 넬슨, 제가 당신의 팔에 안겨 진정하고 완전한 사
랑, 가슴과 영혼 그리고 몸이 일체되는 사랑을 체험했다고 말하는
다른 방식에 불과하답니다. 작년에는 미남 청년이 없었고, 이번
해에도 없을 것이며, 짐작건대 더 이상 결코 없을 거예요.

자, 이것이 저의 과거이자 현재예요, 내 사랑. 당신 이해하겠죠,
지금 제 가족이 파리에 있는 것처럼 모든 일이 이곳에서 이루어지
고 있어요. 저는 그 가족을 구성하는 사람들을 아주 오래전부터
알고 있어요. 너무나 친한 우리는 좋은 일 나쁜 일 할 것 없이 수
많은 사건을 함께 겪어 왔기 때문에, 단순히 한 무더기 친구라기
보다는 진정한 가족이라고 봐요. 제게 생물학적 가정은 아무 의
미가 없고, 저 스스로 다른 하나를 선택했어요. 가족이 있다는 것
은 어떤 의미에서 특권이고, 당신이 살아가는 데에 도움이 되지
요. 다른 한편으로 가족은 당신을 고독하게 만들어요. 특히 당신

이 (미친 듯이) 사랑에 빠져 있을 때 가족은 더 이상 도와주지 못해요. 당신이 제 말을 어느 정도로 더 분명하게 이해하는지를 알지 못하지만 제가 "보스트와 사르트르 그리고 올가를 만났어요"라고 쓸 때 그 의미를 알아차렸으면 좋겠어요. 그리고 당신과 하나가 되기 위해 말하는 것을 그만둘 때까지는 그에 대해 편지에 쓸 게 많을 거예요.

잘 있어요 넬슨, 당신에게 이야기하고 나니 마음이 가벼워졌답니다. 꿈속에서 당신의 입술에 키스해요.

당신의 시몬

1948년 8월 14일 토요일

나의 사랑, 나의 넬슨. 당신의 긴 편지와 함께 저의 관심을 끌고 저를 흥분시켰던 당신 출판인의 편지를 동봉해 줘서 고마워요. 당신 소설은 낙관적이지 않고 등장인물들이 "구원될 수 없다"고 비난하다니, 그는 정말 천치군요. 누가 구원받을 수 있어요? 그들은 영웅적이고 미소 짓는 인물들을 원하고 있어요! 그런 어리석은 말들은 프랑스 신문에도 우글거리고 실존주의에 가한 아주 빈번한 비판 중 하나지요. 이러한 궤변에 신경 쓰지 않기를 바라요. 그와는 반대로 책이 좀 더 압축적이면 나을 거고, 프랭키에게 결국 무슨 일이 일어나는지 알아야 한다는 것은 맞아요. 저는 명암법을 좋아해요. 가장 중요한 사건들, 예를 들어 루이스의 살인이 명시적으로 표현되지 않는 암묵적인 것으로 남아 있는 방법은 좋아요. 투명성을 위해 그것을 희생시키는 것에 동감하지 않아요. 그것은 포크너와 늙은 메러디스의 스타일이고, 당신은 당신이 해야 할 것이 무엇인지 알고 있어요. 단지 출판사들의 상업적 편견에 동요되지 않도록 해요. 『결코 오지 않는 아침』을 위해서는 동의해요. 저는 삭제된 사본을 기다리고 있답니다.

『타인의 피』에서도 명암법에 대한 제 생각은 같아요. 독자에게 유니크한 감정을 불러일으키고 싶었고, 모든 구성이 이러한 의도에 종속돼 있지요. 이는 결코 일반적인 이론이 아니라, 단순히 그 특이한 남자 블로마르가 어릴 적에 연인으로서 그리고 남자로서 단 한 가지 문제를 안고 끊임없이 죄책감에 시달리고 있다는 것이 관건이에요. 그러므로 소설이 몇 년, 몇 개월에 걸쳐 이야기 하나에 간신히 전개되기를 원했어요. 왜냐하면 그의 의식은 돌이킬 수 없는 단 하나의 운명을 두려워하기 때문이에요. 그래서 소설은 과거와 현재가 뒤섞여 같은 날 밤에 시작하고 끝맺는답니다. 그는 자신을 이방인으로 이해하기 때문에 자신의 이야기를 하면서 '그'라고 하거나, 아니면 자기 자신을 끊임없이 같은 사람으로 느끼면서 '나'라고 말하지요. 정말 이해하기 어려운가요? 어쨌든 엘렌에게 할애한 장들이 가장 분명해요. 그녀는 항상 '그녀'라고 지칭되지요. 삶에서 어둠의 후광이 고집스럽게 지속되는 것처럼 문학에도 그림자가 있는 것을 좋아해요. 그러나 너무 많은 음영을 도입한 걸까요? 말해 줘요.

내 사랑, 우리가 헤어진 지 벌써 한 달이에요. 참으로 빨리 지나갔군요! 어쩌면 당신을 다시 포옹할 날이 그리 멀지 않았을지도 모르겠어요. 그리도 충만하고 그리도 행복하며 가슴 뛰는 우리의 몇 달은 평범한 달들보다 훨씬 더 가치 있고, 참고 기다릴 가치가 있어요. 인내하시기를! 내 사랑.

제가 아는 한 미국인 소녀를 '붉은 장미' 카바레에 데려갔어요. 더 이상 마술사는 없지만, 찰리 채플린의 겉모습(모자, 신발)은 흉내 내지 않으면서 오직 오래된 무성영화의 리듬을 따라 움직임과 행동만으로 그의 얼굴과 몸을 구현해 내는 대단한 팬터마임 배우가 있었어요. 그는 혼자 리셉션에 가고 술 한 잔을 마시고 사랑에 빠지는 등 샤를로를 완전히 떠올리게 했는데, 굉장했어요. 저도 정말이지, 저녁에 작은 보상을 받을 만했지요. 비가 계속 내리는데도 전력을 다해 고통스럽게 일을 계속하니까요. 몹시 피곤해요. 소설을 쓸 때는 그처럼 끊임없이 매달릴 수 없고 문제가 더 제기되지만, 덜 지쳐요. 에세이는 하루에 여덟 시간을 집중할 수 있지만 그러면 폭발할 거예요. 제가 열망하는 유일한 보상을 주기 위해 당신이 여기 없다는 것은 부끄러운 일이에요.

안녕, 소중한, 너무나 소중한 당신. 저의 밀월 사진들을 언제 가질 수 있을까요? 그 사진들이 없더라도 모든 것을 기억하고 또 그 사진들이 모든 것을 보여 주지 않는다고 해도, 저는 그것들을 원해요. 제가 당신을 얼마나 사랑했는지 기억해요, 넬슨. 그리고 지금 당신을 똑같이 사랑하고 있어요.

당신의 시몬

1948년 8월 18일 수요일

나의 넬슨. 지독하게 쓸쓸한 날씨에도 불구하고 쾌적하게 지냈어요. 일요일에 사르트르의 집에서 열심히 일하고 있을 때(그의 어머니가 제게 열쇠를 남겨 놓았다고 말했지요. 수수께끼의 피조물 한 명이 뒷방에서 잠자는데, 늙은 요리사의 조카라고 생각돼요. 우리는 전혀 마주치지 않고 때로 알 수 없는 소리만 들릴 뿐이에요) 누군가가 초인종을 눌렀어요. 애인을 동반한 저의 아주 절친한 친구*였어요. 당신에게 그에 대해 이야기했지요. 유네스코에서 일하고, 코르테스 호텔과 파츠쿠아로 등

---

* 『얌전한 처녀의 회상』에서 '에르보'라고 불린 마외(Maheu)

에 관한 정보를 준 사람이요. 그를 안 지는 20년이 됐지요. 사르트르를 만나기 전부터 알고 있었는데, 사르트르의 친구였어요. 그는 저처럼 대학생일 때 제가 시간을 보내던 국립도서관에 드나들었으며, 그가 처음 말을 걸어왔을 때는 무척 기뻤어요. 그 시절에는 그와 쉽게 사랑에 빠질 수 있었겠지만, 그가 기혼이었기에 동침하지 않았어요. 우리는 매우 가까운 사이로만 지내왔지요. 여전히 결혼한 상태인 그는 아내를 더 이상 사랑하지 않으므로 애인을 동반했어요. 아주 만족스럽게도 그들은 작년에 제가 두 달을 보낸 시골의 작은 마을로 저를 데려갔는데, 당신 기억나요? 초반에 노랑과 파랑으로 칠해진 그 여인숙에서 편지들을 쓰면서 당신을 무척이나 그리워했지요. 거기서 점심 식사를 한 다음에 초원을 거닐었어요. 그토록 편안한 일탈에 무척 행복해하다가 밤이 돼서야 돌아왔지요. 그리고 사르트르가 돌아왔고, 어제는 라이트 부부와 함께 러시아 식당에서 저녁 식사를 했어요. 배가 아주 많이 불러올 즈음에 엘렌이 떠났고, 딕은 그의 호화로운 차에 우리를 태워 몽마르트르로 데려갔지요. 근사한 저녁이었어요. 우리는 믿을 수 없이 지저분한 작은 광장 곳곳에서 술을 적잖이 마셨어요. 딕은 거리에서나 클럽에서나 사람들을 매력적으로 바라보는 것을 즐겼어요. 그들을 탐욕스럽게 바라보고 그들에 관한 이야기를 상상으로 꾸며 내지요. 몽마르트르에는 유별난 사람들이 많이 있어요! 그리고 외국인들이요! 주민이 3백만 명인 도시에 이번 달에는 외국인이 1백만 명이나 됐지요. 주로 스웨덴과 노르웨이 사람들 그리고 당연히 미국인들이에요. 영국인들도 있는데, 그들은 짐 가방들로 찌부러진 보기 흉한 검은 자전거로 가난한 여행을 해요.

금요일

나의 남편. 제가 오늘 무엇을 받았는지 알아요? 사랑하는 남자, 일리노이주 시카고(켄터키주의 시카고가 아니라)에 사는 어떤 시골 젊은이로부터 아름다운 노란색 편지 한 통을 받았어요. 그러니까 푸르른 날이었고, 저는 여기 되마고 카페에서 잠자기 전에 코냑을 맛보며 답장을 쓰려고 앉아 있어요. 당신이 드디어 『타인의 피』를 좋아한다고 하니 기쁘군요. 다른 미국인들이 그 책을 그리 어렵게 생각한다니 놀랍고요. 프랑스에서는 그런 인상을 받지 않았어요. 처음 20쪽까지는 약간 이해하기 어렵고 지나치게 '미국식 기법'에서 영감받았다고 평가했지만, 어렵다고는 하지 않았어요. 당신이 옳아요, 그 책에는 철학이 지나치게 많이 들어 있어요. 세상에 대한 저의 본능적 이해지요. 저와 관계 있는 모든 사건에 관해 속으로 추론하고 감정과 사건과 철학을 구분하지 않는데, 이 마지막 것을 배제한다는 것은 저의 본질에 어긋나는 거예요. 그러나 이야기가 궤도를 벗어나는 추상적인 탈선 기법을 지나치게 사용하는 것보다는 더 좋은 의미의 전달 기법에 초점을 맞추는 게 필요하겠지요. 사실 현시점에서 소설적 기획은 저를 적잖이 거북하게 만들 거예요. 이전 소설들에서 저지른 실수를 무척 의식하기는 해도 제가 느끼는 고유한 방식을 버리고 싶지 않고, 제가 하고자 하는 것을 어떻게 잘 이끌어 갈지 모르겠어요. 내년에는 일단 여성에 관한 에세이를 끝낸 후에 답을 찾아야 할 것 같아요. 당신이 비록 짜증은 냈지만 저의 책을 읽어서 기뻐요. 그것은 제 과거에 대해 많은 것을 알려 주고, 파리에서의 제 삶의 무언가를 공유해 줄 거예요. 끝까지 읽을 만큼 저를 사랑해 줘서 정말 고마워요.

접때 『야생 종려나무*Les Palmiers sauvages*』*에 대한 제 의견을 알렸어요. 당신 의견에 아주 많이 근접한답니다. 처음에는 극히 사소

---

* 윌리엄 포크너의 작품으로, 원제는 "The Wild Palms"

한 사실들을 예로 들기 위해 사용된 철저하게 비극적인 문체와 부족한 유머 그리고 과장된 말투에 질렸지만, 결국 인물들에 열중하고 그들의 사랑을 믿기에 이르렀어요. 지금은 몇몇 대목에 대한, 특히 에로틱한 장면들에 대한 기억이 강하게 자리 잡고 있음을 깨달아요. 작가가 육체적 사랑을 깊이 느끼게 만드는 것은 드물어요. 포크너는 많지 않은 말로 겨우 한두 개를 암시하면서 육체적 사랑의 흥분과 격동을 전하는 데 성공했어요. 오늘은 문학비평을 하는 저녁이므로 케스틀러의 이야기를 다시 합시다.『제로와 무한』은 경탄할 만한 작품이라는 데 동의해요. 하룻밤에 단숨에 읽었을 만큼 매료시킨 책이나, 그의 관점이 정직한지는 모르겠어요. 그는 현실보다는 일이 어떻게 일어날 수 있었는지를 상기해요. 잘못은 주인공에게 현실적인 정치인의 양심이 아니라 개인주의적인 기자(그의 분신)의 양심을 빌린 것에서 기인해요. 부카린은 갑자기 인간 양심의 가치, 개인의 가치를 발견했기 때문에 스탈린에게 반대한 것이 아니라, 전체적인 정치적 상황에 대해 다른 개념을 가지고 있었기 때문에 대항한 거지요. 그와 비슷한 다른 인물들은 주관적인 이유가 아니라 객관적인 이유로 싸웠던 거예요. 이 책은 프랑스에서 뜨거운 논쟁을 불러일으켰고, 메를로퐁티는 이 책을 작년에 자기의 긴 시론*에서 비판했지요. 이로 인해 그는 스탈린주의자(이것은 거짓이며)로 취급받아 왔고, 자신을 비난하는 자들에게 답함으로써 실존주의 및 공산주의 작가들의 작은 세계에서 큰 돌풍을 일으켰어요. 브라지야크에 관한 제 논문이 실려 있는『폴리틱스』에도 역시 메를로퐁티의 이 시론이 들어 있답니다. 당신이 그 잡지를 가지고 있다면 어떻게 생각하는지 말해 줘요. 요즈음 당신 정말 많은 것을 읽었네요!

---

* 『휴머니즘과 폭력』

과테말라의 물건들이 도착했다니 정말 잘됐어요. 저의 작은 부분을 영원히 분실한 것 같았어요. 우리가 아름다운 침대 커버와 커튼을 함께 사면서 얼마나 기뻐했었는데요. 자려고 해요. 최근 4주 동안 하루에 거의 여덟 시간씩 미친 사람처럼 일해서 무척 피로해요. 저녁에는 기진맥진해 더 이상 계속할 수 없기 때문에 술을 다소 지나치게 마시고 충분히 먹지 않아서 귀국했을 때처럼 안색이 안 좋아요. 일하고 여행하고 당신을 사랑하는 것, 어쩌면 제가 그 모든 것에 지나친 건 아닐까요? 그런데 원래부터 그렇게 생겼는지 미지근하게 일하는 것보다는 아예 안하는 걸 더 좋아해요. 당신을 미지근하게 사랑할 수 없어요, 달링. 그리고 만일 여행하고 일하는 것을 잠시 멈출 수 있다 해도 당신을 사랑하는 것은 멈출 수 없어요. 그러므로 제 방식대로 당신을 사랑하고, 제 방식대로 당신을 그리워하면서, 그리고 어떤 절제도 없이 잠을 자겠어요.

일요일

저는 점점 더 늦게 자고 더 많이 마시며, 잠에서 깨면 더욱 피로해서 각성제를 먹고 몇 시간 동안 정신없이 일해요. 그러나 저녁에는 녹초가 되어 술을 조금만 마셔도 긴장이 풀어지는 동시에 더 이상 자고 싶지 않고, 이런 식으로 톱니바퀴는 다시 돌기 시작해요! 어제는 물루지*와 그의 예쁜 아내와 오랫동안 같이 있었어요. 반은 브르타뉴인이고 반은 아랍인인 이 젊은이는 당신에게 자주 이야기했던 영화배우인데, 열여덟 살에 아주 재미있는 책을 썼고 지금은 멋진 그림들(당신 마음에도 들 거예요. 페르낭의 그림과는 전혀 다르며, 오히려 고흐식 그림이에요)을 그리고 있어요. 만나기에 기분 좋은

---

* Marcel Mouloudj. 프랑스의 샹송 가수, 작사가, 소설가

사람이에요. 그만큼 그는 자기 일에 대해 행복해하고 있지요. 그의 아내(역시 영화 일에 종사)와 그는 각각 상대의 질투에 대해 공격하고, 각각 상대가 사내들에게 (아니면 여자들에게) 지나치게 곁눈질한다고 비난하면서 자신은 그렇다는 것을 인정하지 않고, 솔직함과 성실성에 관해 끝없이 언쟁했어요. 두 사람 모두에게 동시에 예의를 갖추기는 어려웠지요. 우습게도, 그녀는 그가 상당한 호의를 품고 만나는 여자들에 대해 이야기해 주지 않는다고 분노했어요! 사실 그는 그 여자들에 대해 지루해했고, 남자들이 훨씬 더 재미있고 흥미롭다고 생각해요. 결과적으로 그가 되레 그들에 대해 이야기하지요. 그녀는 남자들이 여자들보다 마음을 한없이 더 끌고 그녀의 관심에서 중심까지 독점하고 있어서 남편의 관점을 이해할 수 없대요. 논리를 잃고 치정의 한가운데 있는 사람들이 토론할 때는 끔찍해요. 그들은 헤어날 수 없는 대혼란과 혼돈의 한복판에서 어쩔 줄 모르지요. 멈췄다가는 다시 시작하고, 출구는 없고 진저리가 나지만 어떤 의미에서 마력이 있어요. 주제가 별로 흥미롭지 않은데도 불구하고 그들의 말을 오랫동안 듣고 있었다는 사실이 그것을 설명해 주지요. 그들은 진정으로 서로 사랑하고 있어요, 드문 일이에요. 그리고 제가 지겨워하는지 그렇지 않은지는 전혀 상관하지 않았어요.

정신분석에 관해 연구하러 가요. 추억을 간직한 채 당신을 사랑하기를 계속한답니다.

당신의 시몬

1948년 8월 26일 목요일

매우 소중한 당신. 여전히 당신을, 적어도 당신 사진을 원할 만큼 충분히 사랑한다는 것을 알아 둬요. 다음 주에 알제로 떠나니까 사진을 부치기 전에 제 전보를 기다려 줘요.『뉴요커』에서 스크랩한 기사[*]를 보내 줘 고마워요. 매우 만족스럽군요. 어쩌면 그 기사 덕분에 제 책의 영역본이 출간되어, 당신이 제 책을 읽을 수 있을지 모르겠어요. 그러나 놀랍게도 이 기사에는 '미국 지역 남자들의 성행위'에 관한 현지 보고서가 언급되지 않았어요. 저는 그것에 대해 가장 흥미로운 경험들을 축적해 놓았지요. 앞서 말한 미국의 지역 남자들은 이상하게도 섹스를 대단히 좋아하고, 매일 밤과 마찬가지로 낮에도 두 번이나 해요. 더욱 이상한 것은 함께 자는 여자들도 아주 좋아한다는 환상을 고집스럽게 품고 있다는 거예요. 그러므로 만약 그들에게 우호적인 여자라면 구역질하는 것까지 좋은 척을 해야만 해요. 정말 수치심 없는 작자들인데, 호텔의 홀에서 반나체로 거닐고 때로 모호한 목욕 수건으로 배를 가리는 척하지만 정작 감춰야 할 것을 감추지 않아요. 그들이 잠자리에서 무엇을 하는지 정확하게 상술할 수 없으나 분명 온당치 않은 일이라는 것을 장담할 수 있어요. 제가 그 모든 것과 다른 많은 관찰(배의 선실에서의 독특한 행동, 거울 사용법, 특히 검은색의 둥근 거울)을 기술했고, 요컨대 확실한 자료를 바탕으로 한 정당한 르포르타주였어요. 어쩌면 출판사에서 제게 알리지 않고 삭제했는지도 모르지요. 그렇다면 저는 자줏빛의 특별한 소책자로 출판할 거예요.

내 사랑『결코 오지 않는 아침』으로 희곡 작품을 만들었다니 기쁘군요. 당신 마음에 드나요? 제가 받아볼 수 있을까요? 어쩌면 파리에서 연극으로 올릴 수 있을지 몰라요. 여기서는 좋은 연극들을 끊임없이 기다려요. 지금 주네는 그의 마지막 연극을 이을 또 다른 연극을 찾고 있는데, 당신 연극이 너무 길지 않을까 염려

---

[*] 『미국 여행기』에 관한 기사

되는군요. 제게 알려 주고 가능하면 한 권 보내 줘요. 당신은 당신이 묘사하는 이상한 방법으로 일하면서* 노란색 종이의 작은 꾸러미들을 뒤섞지는 않겠죠? 사람들은 당신이 시작과 끝을 바꿔도 분명 그 차이를 알지 못할 거예요. 진실을 말해 주는 이 일화를 들어보세요. 일주일 전에 사르트르가 한 여자 친구에게 다음 소설의 친필 원고를 보여 줬어요. 그녀는 50쪽을 읽은 후에 기법의 독창성에 몹시 놀라서 의도를 정확히 파악하지 못했다고 고백했어요. 사르트르는 완전히 고전적인 문체를 사용했기에 어리둥절했지요. 나중에 진실이 밝혀졌어요. 그녀는 1쪽에서 50쪽이 아니라 그 반대로 50쪽에서 1쪽으로 거슬러 올라가면서 읽었어요! 정말이에요. 오늘 오후에 빅터 마추어 주연의 〈죽음의 교차로Carrefour de la mort〉*를 봤는데, 걸작처럼 보였어요. 처음부터 끝까지 숨죽였지요. 필요하다면 기어가서라도 보도록 해요.

저는 기진맥진한 채 영화를 보러 갔지요. 잠자지 않고 각성제를 복용하는데, 약효 때문에 계속 잠을 못 자요. 최근 며칠 밤은 새벽 네 시까지 잠을 자지 못해서 극도로 피곤하답니다. 동생과 저녁 식사를 하기 전에 지금(오후 다섯 시예요) 한 시간이라도 좀 쉬려고 해요. 상식을 벗어난 생활방식이라는 것을 잘 알아요. 곧 그만둘 거예요. 알제에서 아니면 어느 조용한 해변에서 사르트르와 함께 영화 일(한 달 전에 하리라 믿었었던 것)을 하고, 책을 쓰기 시작할 거예요. 긴장을 풀고 특히 잠이나 푹 자도록 하겠어요. 일요일 저녁에 자코메티와 그의 애인, 또 사르트르와 보스트 그리고 저는 바스티유 광장의 장터에서 벌어지는 오락을 즐겼어요. 그들은 시소와 놀이기구를 탔으나, 저는 그러지 않았어요. 저는 지나치게 위

---

* 현재 진행 중인 소설에서 올그런이 사용하는 작업방식에 대한 암시. 그는 쌓여 가는 종이 더미, 원고의 삭제·교정·부분적인 자리 이동 등으로 간신히 길을 찾을 뿐이었다.
* 원제는 "Kiss of Death"

장에 신경을 써요. 공포에 질린 자코메티를 봤어야 해요. 그러나 그가 어찌나 열광하고 만족스러워하던지 우리는 그 광경을 보며 마음 놓고 웃었지요. 코니아일랜드에서의 오후를 기억하나요?

당신이 인용하는 연극 〈하녀들Les Bonnes〉은 주네의 연극인 것 같아요. 그래요, 이 연극은 그 오래된 범죄 사건을 환기해요. 당신은 기억력이 좋군요. 때때로 당신이 제 말에 귀를 기울인다는 것을 확인하면 만족스럽답니다. 당신, 어떻게 갑자기 그 많은 탐정소설을 탐독했나요? 저는 과테말라에서 가져온 수놓인 옷감으로 화려한 물건을 만들게 하고 있어요. 겉옷들이지요. 제 몸에 맞게 옷을 만들려고 제 주위를 빙빙 도는 다섯 사람 때문에 미칠 것 같았지만, 정말로 아름다운 것을 만들게 할 작정이어서 중노동을 했답니다! 그들 말에 따르면, 옷감이 손질하기는 어렵지만 훌륭하대요. 넬슨, 당신의 길고 친절한 편지를 오늘 아침에 받고 너무 행복했어요. 당신은 나의 귀중한 남편이고 나의 사랑하는 시골의 젊은이이며 나의 사람, 나의 넬슨이에요. 네, 당신은 내 사람이에요. 왜냐하면 아무도 당신을 결코 저보다 더 깊이, 더 따뜻하게, 그리고 더 완전하게 사랑하지 않았으며 사랑하지도 않을 것이기 때문이지요.

당신의 시몬

1948년 8월 29일 일요일

매우 소중한 당신, 나의 사람, 나의 넬슨. 지난번에 녹초가 되어 잠을 조금 잤고, 상냥한 여성인 한 여자 친구(그녀의 남편*은 독소 조

---

* 폴 니장(Paul Nizan)

약 때 공산당에서 탈당한 뒤 제2차 세계 대전 중에 죽었어요. 이로 인해 여생 동안 공산주의자들이 그를 배신자라고 선포했고, 그의 친한 공산주의자 친구들도 맹렬하게 중상모략 했어요)와 버번을 두 잔 마셨어요. 그러고 나서 참을 수 없는 동생과 제부를 다시 만났지요. 파리에서 30분 정도 떨어져 있는 마를리까지의 드라이브는 그다지 나쁘지 않았어요. 센 강가에 있는 바와 레스토랑으로 개조한 바지선에서 마티니를 마셨답니다. 저는 배를 좋아하고 배 위에서, 특히 미시시피강 위에서 스카치 한 잔을 마시는 것을 좋아해요. 당신이 저와 같이 마시는 사람이라면 더욱 좋겠지요. 고상한 취미로 내부를 꾸민 오래됐지만 예쁜 그들 집에서 동생은 맛있는 저녁 식사를 준비했어요. 결국 아무것도 없는 것보다는 나았어요. 제가 약간 취했었기 때문에 말을 무척 많이 했고, 그 덕분에 그들 말을 듣지 않아도 됐지요. 그러나 그다음에는 힘들었어요. 오, 참으로 힘들었답니다! 동생이 자기 그림들을 보여 줬어요. 정말 좋지 않은, 의미가 없는 그림들이었어요. 그녀에게는 좋은 그림을 그릴 재능이 없기에, 그 그림들이 나쁘다고 말하는 것은 쓸데없는 일이었으며, 그렇게 말하는 것은 희망에 대한 전망은 조금도 열어 주지 않으면서 고통을 줄 거예요. 오래전부터 저는 한마디도 하지 않았는데, 오늘에 와서 그런 말을 할 필요는 없지요. 그렇지만 한두 점의 작은 데생들, 꽃, 집 한 채, 의자 하나는 커다란 유화 그림들보다 조금 나았어요. 그녀의 남편과 저는 그녀가 이러한 방향으로 깊이 파고들거나 화폭에 단순히 색칠하는 대신에 세계를 바라볼 것을 제안하려 했어요. 그녀는 화를 냈고 눈물을 약간 흘렸죠. 어쨌든 그녀의 경우는 절망적이었기 때문에 그것은 불쾌했어요. 그런 다음에 파리로 돌아와 종일 일했고, 술을 마시지 않고 일찍 잠자리에 들었어요. 수요일이나 목요일에 비행기를 탈 거예요. 알제의 우체국 수취 우편으로 편지하도록 해요, 내 사랑.

저의 새 아파트에 가 보았는데 좋아요, 분명 워반지아만큼은 아니지만요. 일단 커튼과 침대 커버 그리고 적당한 가구들로 장식하면 꽤 좋을 수 있어요. 커다랗고 밝은 방 하나와 그보다 작은 방 하나 그리고 부엌과 화장실, 욕조는 없지만 노트르담을 향한 전망이 아주 아름다워요. 정말이지, 넬슨, 마음으로 이 장소를 당신에게 헌정했어요. 우리의 장소가 될 거예요. 당신을 알기 전까지는 이곳에서 전혀 살지 않았고, 당신 외에 어떤 남자도 자지 않을 거예요. 그리고 내년 어느 날 당신, 당신이 이곳에서 잠을 잘 거고, 당신이 오면 우리가 함께 바라보는 전망이 될 것이며, 당신이 식사를 준비할 우리의 부엌, 우리의 침대가 될 거고……

언젠가는, 저는 그날을 기다리고 있어요. 공항에 마중 가서 당신을 택시로 모셔 오고 당신에게 키스하고 당신의 팔 안에서 눕는 것을 몇 번이나 상상했던가요. 언젠가는 그리되리라, 매일 그날을 생각해요.

당신의 시몬

1948년 9월 9일 목요일, 알제

넬슨 내 사랑. 편지를 쓰기에 얼마나 멋진 장소인지 모르겠어요! 알제에서 60킬로미터쯤 떨어져 있는 높은 언덕의 정상에서 마을들이 촘촘히 박혀 있는 드넓은 평원과 해안 그리고 바다를 굽어보고 있어요. 푸른 서양 삼나무들이 산을 위에서 아래까지 뒤덮고 있답니다. 불행하게도 이곳은 부인네들과 아이들로 넘쳐나요. 남편들은 알제에 남아 주말에나 오며, 여자들은 아기들과 (휴양, 정양을 위해) 시골에 머물고 있어요. 프랑스의 소부르주아 아내의 운명이란 얼마나 괴로운 것인지 모르겠어요! 아침부터 저녁까지 아이들을 꾸짖어요. 몸을 더럽히고 우는 아이들을 깨끗이 씻겨 주고 아이들에게 소리치지 않을 때는 뜨개질하고 빨래하고 바느질하지요. 엄마들은 뜨개질감과 빨랫감들 위에서 어린애의 병, 시어머니의 심술궂음에 대해 수다를 떨어요. 세상에! 저는 이런 삶을 자주 보지 못한 까닭에, 얼마나 끔찍한지 더 이상 기억하지 못하고 있었답니다. 그런데 그것이 그들의 휴가라고 생각하면! 1년 중 가장 좋은 때라니! 엄마들과 아이들의 이러한 동거(공동생활)는 어리석어요. 아이들 역시 지독하게 울고 바보 같은 짓들을 하지요. 이렇듯 모두가 불만족해해요.

알제에서 평화로운 이틀을 보냈고, 초록과 보랏빛의 푸른 바다를 바라보면서 가재를 먹었어요. 당신이 가재를 꼭 먹어야 하는 건 아니지만, 쿠스쿠스는 의무적으로 먹어야 해요. 당신이 그것을 좋아하고 알제도 무척 좋아할 거라고 확신해요. 그리고 자동차로 아틀라스산맥 발치에 있는 매혹적인 작은 도시인 블리다로 옮겼지요. 제 방 창문에서 평원과 바다 위로, 당신이 말했듯이 아라비아의 향기를 떠올리게 하는 불붙는 듯한 붉은색과 분홍색의 가장 아름다운 일몰을 즐겼답니다. 아침에 아주 일찍 택시 한 대가 우리를 서양 삼나무의 거대한 숲속 한가운데에 있는 크레아로 데려다줬어요. 꽤 불편하지만, 정원이 있고 일하기에 매우 쾌적한 전망 좋은 테라스가 갖춰진 호텔 하나를 어렵사리 찾아냈지요. 하루에 여섯 시간에서 여덟 시간 일하고 있어요. 제 책이나 시나리오 모두 잘 진행되고 있지요. 저는 야외에서 태양을 받으며 전망 좋은 곳에서 글 쓰는 것을 대단히 좋아해요. 단 한 가지, 매우 큰 근심거리는 제 주위에서 떠들어 대는 이 여자들과 어린애들의 존재예요. 알제로 계속 편지하세요, 곧 그곳으로 돌아갈 거예요.

내 사랑, 만일 제가 우는 것을 결정적으로 멈춘다면 당신은 저를 사랑하지 않을 거라고 말한 적이 있어요. 그런데 무미건조한 두 달이 지나고 어느 날 밤에 알제에서 눈물을 흘렸어요. 그윽한, 마음을 아프게 하는 밤, 행복을 위해 만들어진 어느 날 밤에 당신이 너무 그리웠답니다. 자정 가까이에는 정원과 침묵에 잠긴 거리를 조용히 울면서 배회했어요. 알제의 시가지가 제 발아래 반짝였고, 하늘은 감탄스러웠고, 꽃과 나무들의 향기는 가슴에 와 닿았고, 저는 당신에 대한 사랑을 느꼈어요. 미칠 듯이 당신이 보고 싶었고 제가 당신을 얼마나 사랑하는지 말해 주고 싶었어요. 지금 당신에게 말하고 있으나, 말은 별 힘이 없어요.

오! 작은 이야기 하나를 잊을 뻔했군요. 몇 년 전에 튀니지에서 혐오감을 일으키는 늙은 아랍인에게 거의 강간당한 적이 있었어요. 어제는 그렇게까지는 아니나, 사르트르와 함께 블리다의 한 주점에 밤 열한 시경까지 앉아 있는 동안 열린 문을 통해 보도에 앉아서 제게 미소 짓는 아랍인을 발견했어요. 그는 바지를 열어 놓고 분홍색의 긴 것을 가지고 천천히 태평스럽게 놀고 있었어요. 불이 환한 거리에는 사람들이 지나가고 있었고, 몇몇 사람이 그를 바라보려고 멈추곤 했으나 그는 절대 동요하지 않고 집요하게 계속했지요. 카페가 문을 닫을 즈음에 우리는 자리를 떠났는데, 그가 어떻게 됐는지는 모르겠어요. 여자들에게 위험한 나라지요.

잘 있어요, 나의 남편. 당신을 그토록 열렬히 생각하면 행복하기도 하지만 불행하기도 해요. 불행을 거부하고 행복만을 간직하는 편이 더 나을지 모르지만, 그건 불가능해요. 저는 둘 다 받아들여야 해요. 눈물과 미소를 통해 당신에게 매우 강렬하게 키스해요. 당신은 어째서 그리도 상냥한가요?

당신의 시몬

1948년 9월 14일 화요일

매우 소중한 남편. 어제 당신에게 편지하려 했으나 갑자기 별로 낭만적이지 못한 방식으로 병이 나 버렸어요. 저의 탐욕스러운 식성 때문이 아니라면 분명히 알제리 와인 때문일 거예요. 여기 위스키가 없어요. 그러니 어쩌겠어요, 그렇게 맛 좋은 와인 앞에서 어떻게 해야 할까요? 결국 지난밤에는 너무 아파서 잠에서 깼지요. 제발 제가 잘난 체하면서 정어리를 넣은 끔찍하게 맛있는 과자에다가 아이스크림을 섞어 먹었다고 주장하지는 말아요. 그건 사실이 아니에요. 위장에 병이 났기 때문에 보잘것없는 음식을 먹고 있어요. 숲속이나 해변에서는 살 것이 아무것도 없어요. 그러므로 이는 전적으로 불공평하니 아무 말도 하지 말아요.

그런 상태에도 불구하고 택시를 타고 바다를 굽어보는 소나무 숲을 가로질러 산책했어요. 하지만 세 시간 후에는 먹지도 쓰지도 걷지도 못하고 침대 위에 쓰러져 버렸어요. 저 자신에게 무척 화가 나서 책을 조금 읽고 잠을 많이 잤지요. 지금 다시 살아났답니다. 어떻게 지내고 있나요, 나의 넬슨? 지난주에 편지가 없어서 목요일에 알제의 우체국 수취 우편함에 가 볼 거예요. 밤이에요. 달과 별, 나무들 사이로 커다란 바람과 바닷소리, 크레아의 가공할 부인네들과 아이들의 소리에 이어 주위가 참으로 고요하군요.

어제는 산에 있는 호텔에 갔는데, 그 호텔에는 원숭이들과 다른 동물들이 자유롭게 살고 있었어요. 원숭이 한 마리가 아주 무서웠어요. 동작이 빠르고 무례해서 아침 토스트를 모두 훔쳐 갔답니다. 다른 것들은 아주 작고 제 어깨 위에 앉아서 블라우스를 긁어 대고 자기들끼리 미친 듯이 놀았어요. 고대 로마 도시*의 유

---

* 티파자(Tipaza)

적지에서 편지 쓰는 거예요. 인적 없는 해변 위에 방갈로들이 흩어져 있고, 저는 일하기 위해 작은 테라스(당신은 포치라고 말하겠죠)에 테이블을 끌어다 놓았어요. 폰차트레인 호수*에서 물에 젖어 머리털이 달라붙은 당신이 얼마나 못생겼었는지를 회상하면서 신나게 수영했지요. 오! 정말 못생겼었어요. 그 후에는 다시 아름다워졌지요. 그리고 튀어나온 그 보기 싫은 작은 배는요? 다시 들어갔나요? 당신, 제가 알던 아폴로가 맞나요?

더할 수 없이 평화로운 생활, 다시 말해 일과 자연 둘 다 마음에 들어요. 당신은 알제를 좋아할 테지만, 아랍인은 인디언들보다 당신을 훨씬 더 화나게 할 거예요. 그들은 가난하고 침울하며 병들고 추해요. 거기다 빈둥거리며 끝없이 장광설을 늘어놓지요. 그들보다 더 나을 것 없는 프랑스 병사들과 장교들을 차치하고서라도요. 당신은 식민지를 결코 본 적이 없으니 분노할 거예요. 그것은 큰 재앙이지요. 주인들이나 노예들이나 여기서는 모두 불쾌하답니다. 그러나 경치가 아름답고 기후는 완벽하며 아무도 우리를 모르고 우리 또한 누구도 모르기에 숨 쉬고 일을 시원스레 해치우기에는 이상적이에요.

저는 더 이상 울지 않고 눈물도 많이 흘리지 않아요. 슬퍼하지 않으면서 당신을 생각하려 노력하고, 자주 그렇게 하지요. 당신의 편지를 애타게 기다리고 있고, 편지들을 그리워하며 특히 당신이 그리워해요. 당신을 미친 듯이, 계속 바보스럽게 사랑하고 있어요.

당신의 시몬

---

* Pontchartrain. 뉴올리언스 가까이에 있는 호수

올그런은 9월 19일 일요일에 답장하지만, 시몬 드 보부아르는 튀니지에서 분실된 이 편지를 아주 늦게야 받는다. 그는 자기 소설의 새로운 판版을 에이전트에게 보내기 위해 무척 고되게 열심히 일한 때문에 자기 자신에게 방탕한 주말을 허락했다고 고백한다. 술을 마시며 이 바에서 저 바를 전전하고 싸움까지—단지 습관적인 것들일 뿐—했다. 그러나 또 다른 것이 있다. 그는 매우 외롭다고 느꼈고, 한 여자와 함께 있기를 매우 욕망했다. 어느 날 저녁에 하마터면 한 여자 친구와 밤을 지낼 뻔했지만, 유혹에 지지 않았다. 그러나 그는 여전히 그것을 원한다면서 메마르고 침울하며 기쁨 없는 삶이 너무 불만족스럽다고 밝힌다. 아주 빨리 사라질 우울증의 순간이지만, 그 일화는 시몬 드 보부아르를 크게 불안스럽게 만들었다. 그녀는 그들의 '대서양을 넘나드는 사랑'의 합법성과 의미를 조심스럽게 다시 자문하게 된다(그녀의 11월 17일과 12월 3일 자 편지들 참조).

1948년 9월 20일 월요일

넬슨 내 사랑. 당신의 편지는 결코 한 번도 빠진 적이 없었어요. 그래서 우체국 수취 우편함에서 아무것도 발견하지 못하자 얼이 빠져 버렸지요. 즉시 당신이 저와 절연하지 않았나 두려웠어요. 그런 다음에는 바보 같은 생각이고 당신이 그런 식으로 받아들이지 않으리라 생각했어요. 그러나 어쩌면 당신이 죽었을지도 혹은 아플지도 모른다고 생각했지요. 저는 차분함을 유지하며 심각한 일은 아무것도 일어나지 않았다고 믿으려 애쓰지만, 불안한 것은 마찬가지예요. 암흑 속에서 편지를 쓰는 것은 아무런 기쁨이 없어요. 제가 당치 않은 생각을 하는지 모르겠어요. 당신에게는 잘못이 없어요. 그러나 가슴에 걷잡을 수 없는 두려움을 안고 유쾌하지 못한 며칠간을 보냈지요. 그 며칠간은 아름다울 수도 있었어요. 해안을 따라서 알제로 다시 돌아왔고 그곳에서 이틀을 묵었지요. 그 지역의 엄청나게 큰 은행 지폐를 말한 적이 있던가요? 그 지폐들은 마술사의 '커다란 돈'을 닮았는데, 당신을 아주 즐겁게 해 줄 거예요. 가난한 나라들은 왜 그런지 모르겠으나 지폐들이 터무니없이 크답니다.

목요일

오, 내 사랑! 드디어 당신 편지와 사진들이 왔어요. 그 무시무시한 순간들을 보낸 후에 너무 행복해요. 월요일에 당신의 전보를 받으면 진정되리라 확신했었지요. 그러나 아무것도 없었어요. 편지도 전보도 없다는 것은 설명될 수 없는 일이었거든요. 잠을 잘 수도, 일을 할 수도, 먹을 수도 없었고 사흘 동안 두려워서 죽을 것 같았어요. 저를 위해 무언가 조처를 해 주세요, 부탁해요. 제게 누군가의, 당신 어머니나 콘로이 혹은 '헌병'의 이름과 주소를 주세요. 그리고 그 사람들에게도 제 이름과 주소를 주고, 만일 당신에게 무슨 일이 일어난다면 제가 알 수 있도록 해 줘요. 그렇게 할 거지요? 아마도 당신은 하루에 두 번씩 우체국 수취 우편함에 가고, 전보가 있을까 하는 희망으로 호텔에 전화하면 아무것도, 늘 아무것도 발견하지 못하는 것이 무엇을 의미하는지 모를 거예요. 제 짐작에는 사진이 있는 커다란 봉투가 너무 무거웠고, 게다가 프랑스에서 항공 파업이 있었으며, 알제리에서 우편물이 잘못 배달됐던 것 같아요. 자, 지금은 웃지만, 분명 지옥 같았어요.

다른 불행들이 저를 덮쳤답니다. 그것이 당신을 기쁘게 할 것 같으니 알아 두도록 해요. 알제를 떠나 카빌리아의 산속에 있는 아주 아름다운 마을에 도착했지요. 빨간색의 커다란 발코니와 드넓은 전망을 가진 예쁜 방에 들었어요. 마지막 날 아침 여덟 시에 일하려고 자리를 잡았을 때, 우선 담배가 없다는 것을 알았지요. 일을 시작하려 했을 때 갑자기 발코니에 누군가가 토해 놓은 것이 보였어요. 가방을 확인해 봤어요. 돈이 사라졌고(많은 돈은 아니고), 트렁크에서 물건들이 없어졌어요. 남색 벨벳 바지 그리고 당신 맘에 그렇게 들었던 검은색 작은 스웨터와 다른 스웨터 하나도요. 몹시 슬퍼서 어떻게 해야 할지 몰랐지만 한 작자를 경찰에 고발하는 것은 정말 싫었답니다. 도난당한 사실을 알리지 않고, 누군가가 제 방에 토해 놓았다는 사실만 알렸어요. 그 전날은 커다란 장이 서기 하루 전날이었어요. 못내 불안해하던 호텔 지배인은, 두 개의 방에서 잠자고 제 방의 열쇠를 가져가 버린 먼 마을에서 온 푸줏간 주인을 의심했어요. 그러나 그를 찾지 못했고, 그래서 제 물건들도 찾지 못했죠! 됐어요, 검은색 작은 스웨터를 다시 살 거예요…….

카빌리아의 시장은 훌륭해요. 치치카스테낭고 시장의 아름다움과 기묘함에 견줄 수 없지만, 그 다채로움이 흥미로웠어요. 여기엔 여자가 한 명도 없답니다. 인디언 여자들은 자신들을 불쌍한 피조물인 아랍 여자들과 비교해 운이 좋다고 생각할 수 있을 거예요. 다시 말해 이곳의 여자들은 집을 절대 떠나지 않아요. 오로지 때가 묻은 흰색과 회색의 옷을 입고 머리에는 터키모자를 쓴 남자들만 있어요. 반면, 낙타와 말 그리고 당신이 애지중지하는 작은 당나귀들은 수없이 많아요. 새벽부터 길 위로 불쑥 튀어나온 제 방에 먼지와 당나귀 냄새가 몰려 들어와요. 어떤 사람들은 밀과 보리를 싣고서 멀리 떨어진 작은 마을에서 이틀을 걸려 장에 도착하지요. 사람들은 소와 염소 그리고 양들을 잡았고, 피로 뻘겋게 변한 땅 위엔 뼈들이 어지럽게 널려 있었어요. 밀, 고기, 과일, 채소 그리고 양들, 인디언 물건들의 광경보다는 정취가 덜하지만, 그러한 빈곤에서 밀과 식량은 생사에 버금가는 것이기에 인상적이에요. 오후에 우리가 탄 버스는 바구니를 비워 멀리 있는 그들의 집으로 천천히 돌아가는 낙타와 노새들의 행렬을 30킬로미터나 따라갔는데, 굉장했답니다.

카빌리아는 산악 지방의 아주 좁은 지역에 150만 명이 사는 곳인데, 유럽 국가 중에서 인구밀도가 가장 높은 벨기에와 같아요. 얼핏 보면 그 지역은 황폐하고 버려졌으며 비참하고 비인간적인 것처럼 보여요. 확실히 가난해 보여요. 그러나 헤아릴 수 없이 많은 독수리 둥지처럼 생긴 마을들 — 마을들이 산꼭대기에 매달려 있는 듯한데 그중 몇몇 마을 안으로 스며들어 갔지요. 견디기 어려운 경험이었어요 — 과 그 더러움이란! 길들이 하도 협소해서 사람들이 간신히 들어가고, 남자들은 없고(그들은 다른 곳에서 돈을 벌어요, 대다수가 프랑스에서요), 때가 잔뜩 낀 아이들과 노인들만 있으며, 때때로 젊고 예쁜 여자 한 명이 문 뒤에서 우리의 얼굴을 뚫어지게 바라보고는 민첩하게 문을 다시 닫아 버리지요. 여자들은 서로의 집에 가는 것이 허용되지 않고, 하루 중에 물을 길러 가는 시간이 유일하게 좋을 때인데, 물은 골짜기 깊숙이 8백 미터 떨어진 곳에서 흐를 수도 있어요. 프랑스인들은 마을에 샘을 파고 우물을 만들어 주면서 자신들이 잘한다고 생각했어요. 그러나 여자들은 자신들의 유일한 기쁨을 빼앗아 갈까 두려웠던 나머지 우물이 만들어지자마자 그것을 무너뜨렸어요. 정말이지, 여자에게는 옥수수 전병 만드는 일보다 더 형편없는 일이 있어요.

아마도 최악의 일은 어찌나 심술 맞던지 전보에 답신조차 하지 않는 남자를 사랑할 만큼 꽤 분별없어지는 일일 거예요. 오 세상에! 제가 당신을 증오해야만 해요.

우리는 산악 지역에서 동부 해안으로 내려와 분지에 있어요. 더 이상 불안해하지 않는 지금, 여기 있는 것이 아주 마음에 든답니다. 제가 요청한 대로 갈리마르 출판사에서 실행하지 않았을 경우를 대비해『현대』를 보내요. 당신이 브롬필드에 관해 쓴 작은 원고는 발간되지 않았는데, 분명히 메를로퐁티가 브롬필드의 경우는 프랑스인들의 관심을 그다지 끌지 않을 거라고 평가했을 거예요. 당신이 좋아하는 시카고의 폴란드인 거리를 보여 주는 영화 〈콜 노스Call North〉*가 얼마 전 파리에서 개봉했어요. 돌아가는 즉시 달려가서 그 영화를 보겠어요. 무척 잘 나온 사진들 고마워요. 우리 둘이 찍은 사진이 대단히 좋네요. 죽지 마세요, 달링, 부탁이에요. 저는 당신을 다시 만나고 당신에게 다시 키스해야만 해요. 긴 편지도 고마워요. 그리고 우리를 방어해 준 데 대해 모든 실존주의자의 이름으로 다시 한번 감사해요. 생조르주 호텔(알제)로 편지하세요. 더 이상 두려움에 떨지 않는 지금 성실하게 편지 쓸 거예요. 제가 농담한다고 생각지 말아요. 그 긴 침묵은 저를 정말로 불안하게 만들었어요. 당신을 행복과 희망으로 생각하게 되어 기뻤답니다. 사진 속에서 당신은 아주 상냥해 보이더군요! 몸조심하고, 제게 당신 마음의 작은 조각을 보내 줘요. 저는 그것이 필요하고 그럴 자격이 있어요. 사랑해요, 사랑해요, 사랑해요, 나의 남편, 당신에게 탐욕스럽게 키스해요.

당신의 시몬

세르당-잘르의 권투 시합을 어떻게 생각해요? 저는 당신 책의 새
제목**이 미국인의 귀에 정확히 어떻게 들릴지 알 수 없고
판단할 수도 없어요. 당신의 삶은 잠자고 일하고 포커를 하는
아름다운 인생이네요.

---

* 제임스 스튜어트 주연, 헨리 해서웨이 감독의 1948년도 영화. 프랑스에서는 "북부 777번을 부르시오(Appelez Nord 777)"라는 제목으로 개봉됐다.
** "프랜틱 맥갠틱(Frantic Mac Gantic)" 혹은 단순히 "맥갠틱(Mac Gantic)." 올그런이 취하지 않을 제목이다.

1948년 9월 26일 일요일

넬슨 나의 남편. 저는 당신의 사진들을 좋아해요. 우리가 뉴올리언스에서 첫 번째 사진들을 현상했던 날, 당신이 사진을 그리잘 찍으리라곤 꿈에도 생각지 못했어요. 전사戰士들의 사원은 정말 인상적이에요. 우리 둘이 있는 커다란 사진 속에서 당신은 어쩌면 그리도 상냥하게 미소 짓는지 모르겠어요! 그 미소가 제 가슴을 관통하는 것을 다시 한번 느끼고 싶어요. 당신에 대해 더 이상 안달하지 않는 게 너무 좋아요.

바닷가에 있는 아주 아름다운 호텔에 있답니다. 보스트가 사르트르와 저와 함께 공동으로 시나리오 작업을 하기 위해 이틀 전에 도착했어요. 그는 직업적인 시나리오 작가고, 프랑스에서는(짐작건대 할리우드에서처럼) 한 영화의 제작에 많은 사람이 동시에 참여하지요. 개인적으로 이를 좋게 생각하지 않아요. 저는 완전한 책임하에 혼자 하는 걸 선호해요. 그런데 사르트르와 보스트와 함께 토론하고 모색하는 일은 종종 즐겁고 언제나 흥미를 끌지만, 무엇이든 아무도 확정적으로 결정짓는 것처럼 보이지 않아요. 다른 사람들이 나중에 일을 맡아서 할 거예요, 다른 많은 사람, 제작자들 등이……. 그래서 우리는 자신이 고안한 것 가운데 그 무엇도 실현되리라고는 생각지 않고 있어요. 이미 말했다시피, 단지 우정과 돈 때문에 협력하는 거지, 즐거움을 위해서는 아니랍니다.

우리 호텔은 쾌적하고 한적해요. 거의 우리만을 위한 영업을 하는 것 같아요. 저는 매일 수영해요. 아침에 네 시간의 긴 노동을 하는 동안 물에 뛰어들고 싶어 안달하지만, 단호하게 물리치며 노동에 대한 보상이 될 파란 물을 응시하기만 하지요. 현재 베스트셀러인 카뮈의 『페스트』를 읽어 보았나요? 저는 그 책이 미국에서 성공하는 이유를 이해하지 못해요. 『이방인』을 훨씬 선호하지만, 당신이 그 책에 대해 어떻게 생각하는지 안다면 흥미로울 거예요. 톨스토이의 경이로운 소설(세상에! 그와 같은 책을 발견할 때 우리는 겨우 용기 내어 글 쓰는 것을 감히 계속하지요) 『전쟁과 평화』를 다시 읽고 있어요. 어렸을 때는 전부를 이해하지 못한 채 좋아했었고, 지금은 이야기와 인물들을 살아 있게 만드는 그와 같은 기술과 단순함에 감탄해요. 모든 예술은 그러한 단순함이 부재한 듯 보이는 반면에 톨스토이 예술의 그러한 단순함 속에는 진정한 예술의 모습이 드러나지요.

월요일

어제는 즐거운 저녁나절을 보냈어요. 호텔에서 스카치를 발견한 우리는 그곳으로 달려갔지요. 파리를 떠난 후 3주일 동안 단 한 잔의 스카치도 마시지 않았으므로 우리는 복수했답니다. 사르트르는 가벼운 취기를 보였어요. 초승달이 어찌나 강렬하게 빛나는지 자정에는 홀로 그 달과 짠 바닷물 그리고 제 혈관에 들어 있는 위스키와 가슴속에 있는 당신에 대한 사랑으로 깊이 행복해하며 홀로 해수욕을 했지요. 이 행복은 사라지지 않았어요. 바닷소리에 휩싸인 채 잠을 자고, 반짝이는 푸른 물이 내려다보이는 곳에서 눈을 뜨고, 소금기 어린 냄새를 들이마시는 것, 그 모두가 만족스러워요. 더 오랫동안 머물 수 없는 것은 유감스럽지만, 사막의 모래를 다시 보고 싶어요. 그것을 발견한 3년 전부터 그에 대한 향수를 간직했어요. 10월 중순쯤에 돌아가야만 해요. 그러므로 이틀 후에 알제로 돌아가서는 새로운 편지를 발견하길 바라요.

잘 있어요, 이 편지를 마을에서 부칠게요. 오직 사랑에 의해 그렇게 하는 거랍니다. 정말이지, 테라스에 남아서 꿈꾸는 것이 훨씬 더 편안할 거예요. 그다음에 저녁 식사 때까지 일하려 해요. 제 마음에 드는 모든 것, 태양 빛과 달빛은 당신과 함께 당신에 대한 나의 사랑을 통해 마음에 들어요. 안녕, 나의 감미로운 남편, 나의 매우 소중한 친구, 내 사랑 넬슨.

당신의 시몬

1948년 10월 1일 금요일

소중한, 매우 소중한 당신. 알제에 다시 와 있어요. 제 방의 창문 아래로는 종려나무와 분홍과 보라색 꽃들의 거대한 정원과 집들, 소나무들 그리고 멀리에 배 여러 척과 아주 엷은 푸른색의 바다가 펼쳐져 있어요. 바람이 종려나무 가지를 부드럽게 흔들고 있답니다. 만일 제가 당신의 노란 종이들을 들고 있다면 정말 기분 좋을 거예요. 편지들이 매우 불규칙적으로 도착하는 지금, 제가 당신에게 얼마나 의존하고 있는지를 느껴요. 너무 지나치게 안달하지 않으려 애쓰겠으나 조금 불안하군요. 저의 전보에 당신은 전보로도 편지로도 대답하지 않았어요. 당신답지 않아요. 좋아요, 미치다시피 하면서 두 번째 전보로 당신을 괴롭히기 전에 참을성 있게 기다리겠어요.

어제, 버스를 타고 해안에서 돌아오는 동안 가장 놀랍고 또 과테말라의 것보다 더 무시무시한 천둥 번개가 쳤어요. 트럭들이 충돌하고 도로는 침수되고 15분 만에 교통이 마비됐지요. 매스컴의 뉴스는 별로 기쁜 것들이 없군요. 소련을 물리칠 군대를 우리가 조직하는 것을 미국이 얼마나 세심하게 '도우려고' 하는지 당신 봤나요? 우리는 그들의 지나친 도움을 좋게 생각하지 않는다고 이야기 좀 해 줘요. 프랑스인들이 전쟁에 참여해야 한다는 생각은 전혀 예사롭지 않아요. 스탈린을 월스트리트만큼 증오할 때

어떡해야 하나요? 그 모든 것은 악취를 풍겨요. 당신 그렇게 생각하지 않아요? 오, 멕시코시티나 치치카스테낭고로 날아가고 싶어요. 우리는 원자폭탄이 날아가는 소리가 들릴 때 순진하게 코위로 침대 시트를 끌어당길 거예요! 작업하도록 노력하겠지만 오늘은 늙어빠진 것처럼 느껴져요. 당신에게 때로 세상과 제 인생 전부가 제 목을 잡는다고 말했었지요? 저는 창문으로 뛰어내릴 수도 있을 거예요. 아마도 일하느라 지쳐서 피곤한 게 틀림없어요. 또 다른 것을 쓰고 싶고 소설 하나를 꿈꾸기 시작했어요. 또 다른 소설 하나를 쓰는 것이 행복하게 해 줄 거라 믿으며, 작은 생각들이 머릿속에서 움트고 있답니다. 그러나 우선 이 책을 끝내야 하는데, 그러려면 아직 몇 개월은 더 걸릴 거예요. 작업 잘하고 행복해지도록 해요. 그리고 제게 편지 써 줘요. 기운 빠진 이 편지를 용서해 줘요. 당신은 저의 대망의 연인이자 친구이기 때문에 제 감정을 솔직하게 말하는 거랍니다. 넬슨, 매우 소중한 당신, 한없이 사랑해요.

당신의 시몬

1948년 10월 4일 월요일

심술궂은 남편. 그래요 당신은 바보, 아티틀란의 산티아고에서와 마찬가지로 바보였어요. 어제 당신의 편지를 받기 전까지 다시 겁먹기 시작했기 때문이지요. 당신은 무엇이 필요하고 무엇이 불필요한지를 느끼는 재능이 없어요. 당신은 항상 저를 기쁘게 하고 제 부탁을 들어줘야만 한다는 걸 알아야 해요. 제가 만일 당신 곁에 있다면 그렇게 인정 없고 시야가 좁은 당신의 어리석음을 호되게 벌했을 거예요. 이곳에서는 당신을 벌하는 것이 불가능하므로, 당신을 용서하는 것과 당신이 같은 잘못을 다시 저지르지 않기를 비는 일밖에 없어요. 10월 20일까지는 우편물을 니스의 우체국 수취 우편으로, 그다음엔 파리의 뷔슈리가 11번지, 저의 새 아파트로 보내기를 부탁해요. 당신의 어리석은 머릿속에 모든 것을 뒤섞지 말아요. 『현대』와 침대 커버를 받았는지 말해 줘요. 내 사랑, 당신이 생후 8개월 때 바닥에 떨어져 머리를 다친 일이 정말로 일어났었다면, 그것은 여러 가지를 잘 설명해 줄 거예요.

알제리 여행은 끝나 가고 보스트는 이미 배를 타고 떠났으며, 사르트르와 저는 다음 주에 비행기를 탈 거랍니다. 우리는 마침내 시나리오를 완성했어요. 그로부터 벗어나게 되어 대단히 만족스러워요. 대본은 좋은 영화를 만들 수 있게 하겠지만, 세상에, 어디 좋은 영화만 있나요? 이 대단한 영화계에서는 아무것도 확실한 게 없답니다. 중요한 것은 제가 제 책에 다시 몰두할 수 있고, 여자들이 얼마나 기이한 피조물인가를 쉬지 않고 설명할 수 있다는 거예요. 남자들도 마찬가지로 이상하지만, 저는 그들에 관해 쓰기로 한 것이 아니지요. 소설을 시작하고 싶다는 욕망은 쉬지 않고 커지고 몇 가지 생각이 머리에서 떠나지 않지만, 아주 길고 고된 작업일 거라서 겁나요. 제 계획은 아직 안개처럼 몽롱하기만 하죠. 그에 대해서는 나중에, 몇 개월 후에 말하도록 하겠어요.

남쪽으로 가는 것은 아주 어려울 것 같아요. 3년 전 알제리와 튀니지 남부로 혼자 떠났을 때 모래와 종려나무숲들을 사랑하게 됐는데, 그것들을 무척이나 다시 보고 싶었어요. 그러나 더위가 아직도 강렬한 데다 좋은 호텔들은 문을 닫아서 지독히 느린 시외 버스들이 우리를 그리 멀지 않은 곳에 단 하나밖에 없는 오아시스에 묶어둘 뿐, 그 이상은 기대할 수 없을 거예요. 체념하기로 했어요. 여기도 충분히 매력 있으니까요. 매일 아침 다시 보는 풍경이 전하는 강렬한 행복, 비단같이 부드러운 바다, 푸른색과 분홍색의 일몰, 어둑해질 무렵의 아라비아의 향기, 당신이 미소로 저를 행복하게 해 주던 축복받은 시절에 느꼈던 미시시피강 위 석양의 바로 그 향기가 있어요. 온종일 일하고 책을 읽으며 방 안에 있고, 테라스에서 식사해요. 당신처럼 조용한 생활을 하고 있지요. 고요한 생활을 열망하므로 파리에 가서는 아무도 만나지 않고 당신이 그러하듯이 보금자리에 틀어박혀 있도록 노력할 거예요. 당신이 포커 하러 갈 때는 위스키를 마시러 갈 거고, 당신이 다가올 때는 당신에게 다가갈 거예요. 그리고 다음번에 당신은 아랍인 아내처럼 진정 상냥하고 사려 깊고 순종적인 저를 볼 거예요(아랍 여자들은 지독하게 수다스럽답니다, 그 점을 알아 두세요). 좀 길기는 하지만 마음에 드는 『천일야화』를 계속 읽고 있어요. 당신 알지요? 알제에서 읽은 이 상인들과 도적들 그리고 여행 이야기들은 박진감이 넘쳐요. 잘 있어요, 넬슨, 제 가슴속 깊은 곳에서 당신을 남쪽으로 데리고 가요. 당신은 낙타들과 종려나무들 가운데서 사랑받을 거예요. 그렇게 수많은 장소에서 사랑받은 남자는 별로 많지 않을 거예요. '토박이 젊은이'에게는 행운이지요, 안 그래요? 저는 결국 세상에서 가장 훌륭한 장소인 당신의 팔에 안겨 당신을 사랑하고 싶어요, 넬슨. 당신의 입술은 너무도 따뜻하고 달콤했어요, 내 사랑.

당신의 시몬

1948년 10월 8일 금요일

매우 소중한 당신. 습관처럼 창문 가까이에 앉아 있으면, 종려나무들과 모래의 무한한 공간 그리고 엄숙한 하얀 도시를 볼 수 있답니다. 낙타들과 작은 당나귀들이 미심쩍은 강물에 물을 먹으러 오고 흰색이나 푸른색 혹은 연분홍색 베일을 온통 뒤집어쓴 아랍 여자들이 담벼락을 따라 미끄러져 가지요. 저는 도시와 사막을 굽어보고 있어요. 여기서부터 사하라 사막이 시작돼요. 알제의 호텔 지배인이 문을 아직 열지 않은 부사다의 호텔에다 우리에게 방을 주라고 부탁해 놓았어요. 우리는 정원과 테라스 그리고 자그마한 연못들에 둘러싸인 이 매혹적인 집의 왕이면서 유일한 손님이지요. 이 순수한 아랍의 장소에는 프랑스인이 거의 없고 밤들은 굉장하답니다! 남자들은 돗자리에 누워 진한 커피나 민트차를 마시고 동양 음악을 배경으로 카드나 도미노 놀이를 하지요. 여자들은 집에 갇혀 있어서 길에는 어린 소녀들만 있어요. 어른처럼 옷을 입은 아이들이 어찌나 여성적으로 걷고 말하는지 마치 난쟁이족 같아요. 몇 명의 아이들은 뺨과 입술에 화장까지 했어요. 여자들은 후미진 길에서 베일을 갑갑하게 쓴 실루엣만을 볼 수 있을 뿐이에요, 아름다운 '울레드-나일'족 여자들이지요. 당신 맘에 들 거예요, 이 여자들은요! 여기에 무언가 문제가 있어요. 어떤 특이한 부족의 소녀들은 몸을 팔아 결혼지참금을 스스로 번답니다. 5년 혹은 그보다 더 오랫동안 속된 매춘부들과 다를 바 없는 생활을 하다가 저축한 돈으로 남편을 사서, 다시 남은 생애 동안 온통 베일에 싸인 채 간신히 외출하고 남자들과 격리되어 집에 갇히는 평범한 아랍의 아내가 됩니다. 그녀들은 몸을 파는 동안 아주 아름답고 옷을 굉장히 잘 입어요. 비단과 은으로 한껏 모양을 내고 문지방 위에 서 있거나 춤도 추지요. 음악은 이 매혹적인 사창가에서 흘러나옵니다. 유감스럽게도 프랑스인들에게는 그녀들을 특별한 방에서만 만나도록 강요해요. 저는 아랍 대중과 섞이고 싶었기 때문에 그만뒀어요. 밤에 그들의 거리를 거닐면서 박하와 향 그리고 전형적인 기름 냄새들, 남자들의 얼굴과 여자들의 미소 속에서 욕망을 읽어 내는 것을 좋아해요. 그리고 나서는 작업하러 돌아가지요, 늘 작업하러, 집필 중인 책을 쓰면서 그리고 또 다른 책을 꿈꾸면서. 제가 좋아하는 몽상을 당신은 좋아하지 않나요? 나중에 꿈을 종이에 써 내려가야 할 때 괴롭지요. 그러나 우선은 유회의 기쁨만 있어요. 저는 사막 일부분을 횡단하면서 더 남쪽으로 내려갈 거예요. 이 계획은 저를 기쁘게 해요. 제가 여행을 무척 많이 한다는 것은 더 이상 파리를 사랑하지 않는다는 것인데, 이는 어떤 의미에서 저를 슬프게 해요. 당신이 시카고를 사랑하는 만큼 저도 파리를 사랑했지만, 지금은 그곳으로부터 멀리 떨어져 있는 것이 좋아요.

아! 투정하는 걸 잊었군요. 저는 더 이상 시각장애인들을 위한 그 보기 흉한 우표들을 원치 않아요. 예쁘고 귀여운 그림들을 보내거나 아니면 아무것도 보내지 말아요. 당신은 제가 이 나쁜 장난을 알아보지 못하리라 믿었나요? 좋아요, 당신을 한 번 더 용서하지요, 당신을 사랑하지 않을 수 없어요. 달링, 아라비아에서 온 아주 신선한 사랑이 여기 있어요, 아주 신선하고 넘쳐나는 사랑이.

당신의 시몬

1948년 10월 15일 금요일

소중한, 매우 소중한 당신. 제가 다시금 사랑에 빠진 기막힌 도시 마르세유에서 당신을 얼마나 생각했는지 몰라요! 그곳에서 당신과 함께 긴 시간을 보내고 싶어요. 수요일 아침 비행기로 알제에서 돌아오는 동안의 세 시간은 온통 푸르렀어요, 푸른 하늘, 푸른 바다. 마르세유, 파리와 저의 부모님, 제 친구들 그리고 안 지 2년밖에 안 된 사르트르를 처음으로 떠나 교사로 1년을 보냈던,

저에게 많은 의미를 가득 지닌 장소라는 것을 당신은 알고 있지요. 그때 생활은 고독했지만, 태양과 도시와 주변의 산속에서 일주일에 두 번 트레킹하는 것을 무척 좋아했어요. 오랜 시간 동안 걷곤 했지요. 그곳에서는 제힘으로 사는 것, 생활비를 버는 것과 동시에 아무에게도 어떤 방식으로도 의존하지 않고 사는 법을 배웠어요. 후에 독일 점령하에서 자유로운 도시 마르세유에 도착하는 것은 모험이었답니다. 우리는 자유 지역과 점령 지역을 둘로 나누는 '경계선'을 조금 겁에 질린 채 밤에 걸어서 혹은 자전거로 금지사항을 무릅쓰고 범한다는 것을 대단히 자랑스러워하며 넘었었어요. 여행 중에는 자주 왔지요. 그곳에는 미국 영화들과 프랑스 신문들이 있었고, 마치 천국 같아 보였어요. 마지막으로 왔을 때는 너무 가난해서 형편없는 마늘 머스터드소스가 뿌려진 빵과 전혀 크림 같지 않은 착색되고 얼어붙은 물에 불과한 아이스크림만을 먹을 수 있을 뿐이었어요. 크레수스*가 아닌 한 어디에도 먹을 게 없었고 모든 상점은 비어 있었지요. 그런데 오늘날 물건들이 터져나갈 듯 많은 시장과 가지각색의 음식으로 넘쳐나는 넓은 상점들, 쾌적한 레스토랑과 바 그리고 테라스를 되찾다니! 좋아하던 구舊도시는 독일인에 의해 파괴되어 매춘부들의 골목과 싸구려 식당 그리고 비좁은 시장, 제게 그리도 귀중했던 그 모든 구시가지를 되찾지 못한다는 것이 슬프네요. 그러나 마르세유는 그대로 있어요. 찢어지는 가슴을 부여안은 채 추억하고 거닐면서 하루를 보냈어요. 그곳에 남고 싶었으나 사르트르의 어머니가 니스에 있는 자신의 별장에서 며칠간 보내라고 간곡하게 청해서 그렇게 하지 않을 수 없었답니다. 그녀는 제가 증오하는 완전히 죽

---

* Crésus. 그리스 신화에 나오는 기원전 2500년 전 터키에 살았다는 대단히 부유한 왕의 이름

어 버린 한심하고 소부르주아적인 교외 구역에서 살고 있어요. 마침내 저는 추하고 편안한 제 방에서 일하게 됐어요. 그녀는 선량하긴 하나 끔찍스럽게 부르주아적인 여인네지요, 비록 그녀는 아니라고 부정하지만 말예요. 저는 그녀를 식사 시간에나 보지만, 견디기에 힘든 사람이랍니다. 정말이지, 당신이 정녕 친절하다면 제게 특별한 잉크 한 병, 그러니까 파커 51 좀 보내 주겠어요?

월요일

오, 저는 얼마나 정돈된 생활을 하는지 모르겠어요! 워반지아에 있는 당신 은신처에서의 생활보다 더 정돈된 생활이지요. 오, 기절할 만큼 편안하고 조용한 이 별장, 이곳에서는 빨리 시들어 버릴 거예요! 사르트르는 고통스럽지만 위험하지 않은 간 발작과 신장 통증 때문에 이틀간이나 드러누워 있어야 했어요. 저는 하루에 한 시간씩, 식사 시간에 그의 어머니와 단둘이 있었어요. 그 외에는 잠자고 책 읽고 또 읽고 다시 자고 글을 쓰면서 방을 비우지 않지요. 책꽂이에는 오로지 닭, 토끼, 배추 등에 관한 책들이 있을 뿐이고, 종종 익살맞은 서버*의 책『당신의 동물을 귀찮게 하지 마시오*Fichez la paix à votre animal*』가 있고, 『뉴요커』에 최초 실렸던 기사들이 있어요. 사흘 전에는 스카치를 마시러 니스로 내려갔다가 우연히 우체국 앞에서 늙은 앙드레 지드와 마주쳤어요. 그를 알아요? 작년에 노벨 문학상을 받은 프랑스 작가예요. 미국에서 그의 『일기*Journal*』가 번역됐는데, 그 책은 미국인에게는 길고 지루할 거예요. 다수의 이해하기 어려운 프랑스인과 그들에 얽힌 일화 그리고 전적으로 프랑스적인 세부 사항들이 인용되어 그가 무엇을 이야기하는지 모를 것이기 때문이지요. 그는 예전에 프랑

---

* James Thurber. 미국의 풍자 작가, 삽화가

스 문학의 리더였고, 대단히 똑똑하며 때때로 재미나기도 했으며, 자유와 동성애를 위해 투쟁했어요. 지금은 매우 연로하고, 안경과 펠트 모자를 쓰고서 저를 웃게 하지요. 왜냐하면 무척 다정한 모습을 보이는 동시에 우리의 만남이 3분을 넘길까 노심초사하기 때문이에요. 그는 쉬 피곤해져요. 노년이에요.

당신이 그렇게 잘못 판단한 영화 〈천국의 아이들〉의 시나리오 작가이자 대사 작가고, 삶을 플로르 카페와 되마고 카페에서 보내는 유명하고 매력적인 시인*이 신문 보도에 의하면 죽었을 거라는군요. 창문에서 떨어졌는데, 일부러 그런 것은 아니고 친구들과 떠들다가 누군가를 흉내 내려고 활짝 열린 창문 앞에서 뒷걸음질했다가 그랬다는군요! 네온사인을 붙잡으려 했으나 실패했고 두개골이 깨졌어요. 끔찍해요. 신문사들이 알제리에서의 사르트르와 저에 관한 비상식적인 기사들을 싣고 있어요. 그들은 우리가 트램 및 대중교통을 이용하는 것과 제가 호텔에서의 식사와 방에 대해 불평하지 않았다는 것을 매우 놀라워해요 — 아니 세상에, 그들은 작가들을 뭘로 본단 말인가요? 지독하게 당신이 그리워요, 달리 무슨 말을 할 수 있겠어요? 언젠가는 눈물을 흘리며 당신을 갈망하는 그 순간을 기억하리라는 것을 알기에 당신의 품에 안겨 누운 채 눈물을 글썽이며 제시 제임스의 발라드를 어떻게 들었는지 기억해요. 당신에 대한 그리움뿐만 아니라 그곳에 있는 저에 대한 그리움이 저를 슬프게 해요. 우리와 우리 주위의 시카고 그리고 제 가슴속의 갑작스럽지만 행복한 뇌우雷雨가 그리워요. 무척 울적하군요. 니스는 죽어 가거나 죽었고, 거기에는 세 들려는 사람보다 세 주려는 아파트가 더 많아요. 니스에 자주 오던 늙은 영국인들은 죽었고, 살아 있는 이들은 파산했지요.

---

* 자크 프레베르(Jacques Prévert). 그는 이 사고에서 다행히 기력을 되찾는다.

커다란 호텔들은 문을 닫았고, 황량한 큰 거리를 따라서 색이 바랜 별장들이 줄지어 있어요. 옛날에는 교외에 있는 아름다운 산속을 거닐고 자전거를 타곤 했어요. 오, 제가 얼마나 좋아했는지 모른답니다! 그러고 나서 피로하고 더러워진 저는 우아한 도시로 돌아오곤 했지요. 지금은 탐정소설이 역겨워지고 쓰고 있는 책이 혐오스러워서 저 자신이 늙은 부인처럼 느껴져요. 파리에 가면 기분이 달라질 거예요. 모든 것이 잘못되고 상황은 더욱 악화되고 있지만 말예요. 누가 옳고 누가 그른가요? 이 끔찍스러운 현세계에서 사람들은 잘못될 수밖에 없어요. 광부들의 파업에 관해 이야기하는 거예요. 그들은 당연히 급료를 더 올려 받아야 하지만, 그들의 정치적 파업은 프랑스의 석탄에 파산을 불러와 아무것도 타결 짓지 못할 거예요. 저는 마셜플랜을 찬성하지 않아요. 그러나 그것 없이 프랑스는 살아남을 수 없지요.

내일 비행기로 파리에 돌아가는데, 만일 추락해 죽지 않는다면 파리에서 당신 편지를 발견할 수 있기를 바라요. 어제 스코틀랜드에서 있었던 끔찍한 사고를 아나요? 당신은 제 인생의 마지막 행복한 순간들을 줬어요. 당신과 함께하여 너무 행복했던 저는 때로 더 이상 진정한 행복을 알 수 없으리라 생각해요. 제가 잘못 생각하고 있다면 잘된 일이고요. 당신은 제가 당신을 얼마나 사랑하는지 알고 있지요, 그렇지 않은가요?

당신의 시몬

1948년 10월 23일 토요일

내 사랑, 무척 소중하고 소중한 당신. 자, 저는 추락하지 않았고 어제저녁에 가장 아름다운 비행 — 니스로부터 — 을 한 뒤 파리에 착륙했어요. 비행기는 높은 알프스산맥 상공에서 한 시간 동안 곧장 전속력으로 날았어요. 아래쪽의 고독한 산봉우리들 위에 쌓인 눈을 분명히 알아볼 수 있었어요. 멕시코의 산맥들 위에서 비행하는 것보다 더 무시무시하고 멋졌지요. 약간 음산하지만 춥지 않은 이 가을의 파리는 쾌적하답니다. 당신 편지가 저의 새 집에서 얌전하게 저를 기다리고 있었어요. 내 사랑, 제가 무엇을 말하는지 알아요. 저는 뷔슈리가* 11번지에 살고 있다는 거예요. 당신이 프랑스어를 알고, 그것을 제게 가르쳐 줄 수 있다고 상상하는 건가요? 라틴 구역의 아주 오래된 이 길은 죄 없는 짐승들의 학살과는 아무 상관없고, 그곳에는 단 한 명의 부셰도 없어요. 네, 이것이 앞으로 저의 변함없는 주소일 것이고, 마침내 주소를 가지게 되어 만족해요. 거기서 당신의 편지들을 받을 것이고, 어느 날엔가는 당신을 맞이할 거예요. 왜냐하면 지상에 있는 저의 모든 재산을 거둬들인 뒤에 규정대로 오늘 오후부터는 당장 그곳에 정착할 의도니까요.

당신에게 편지를 쓰고 있는 되마고 카페에 방금 당신의 출판인이 들렀어요. 번역가와 모든 이야기가 잘되었고, 우리는 요약된 새로운 판을 기다리고 있어요. 인쇄된 것 하나(교정쇄로 충분할 거예요)를 항공우편으로 보내 줘요, 가능한 한 빨리요. 당신이 침대 커버를 받았는지 말해 주는 것을 다음엔 잊지 마세요(알았어요, 제가 당신을 속이고 있다는 것을 고백하지요, 편지 한 통이 분실된 게 틀림없어요).

일요일

제게 스카치를 보낸다는 이야기는 당신이 꾸며 낸 거짓말 중

---

* Bûcherie. 이 길의 이름은 부슈리(boucherie. 푸줏간)와 비슷하여 외국인들이 종종 혼돈한다. 부셰(boucher)는 푸줏간 주인 또는 백정을 의미한다.

하나라고 생각했답니다! 당신이 '루이지애나'*에 산책하러 가라고 조언한 것에 얼마나 놀랐는지 상상할 수 있나요? 그러나 저는 아랍인 아내만큼 순종적이기 때문에 당신 말을 그대로 따랐어요. 원 세상에! 얼마나 놀랍고 친절한 일인지, 오 나의 상냥하고 착한 남편, 달달한 먹거리와 황금빛 옥수수(프랑스에는 왜 없는 거죠?)를 보내 줘 고마워요. 특히 훌륭하고 화려한 스카치도 고마워요. 제 침대 곁에 있는 작은 탁자와 얼마나 잘 어울리는 장식물인지 모르겠어요. 아 그래요, 지금은 정말 저의 집에 있는 것처럼 느껴져요. 그리고 이제부터 집에서 식사할 생각이에요. 오늘 저녁에는 옥수수와 밀가루를 맛볼 것이고, 크레이프 등을 만드는 데 밀가루를 사용할 거랍니다. 지금 새 아파트와 사랑에 빠지는 중이에요. 자이제, 가구를 들여놓았고 커튼과 블라인드까지 필요한 모든 것을 주문해 놓았어요. 이 숙소는 편리하고 넓고 유쾌할 것이며, 동네도 더할 나위 없이 쾌적할 거예요. 제 방의 창문에서는 센강과 강둑이 내려다보이지요. 뒤쪽으로는 일종의 웨스트매디슨스퀘어가 펼쳐져 있고, 거지들이 보도에 앉아 있으며, 좁은 길들과 아주 작은 상점들이 있답니다. 그리고 흐린 가을이 어린 시절을 회상하게 만들어요. 이 계절은 새 학기의 개학, 친구들과 선생님들과의 재회를 의미했고, 저는 그것을 아주 좋아했었어요.

프랑스는 그 어느 때보다 나쁜 상황에 놓여 있어요. 광부들은 작업을 재개하지 않을 거예요. 그들이 결국 옳아요. 그러나 정부가 단호하고 완강하게 조처함으로써 끔찍한 소요에 많은 사람이 (특히 노동자들이) 부상하고 사망했다는 것을 당신도 분명히 알고 있을 거예요. 슬프고 어리석은 짓이지요.

산을 무척이나 좋아하는 저를 닷새간 떨게 만든 사고를 알고

---

* 클럽 이름

있나요? 두 명의 전문 산악인이 등반하기 매우 어려운 봉우리 중하나(과거에 성공한 사례도 단 두 번만 있을 뿐이에요)에 등정하려고 했어요. 등정이 끝날 즈음에 배낭이 굴러떨어졌고(어쩐 일인지 모르겠으나), 그들은 밧줄과 아이스피켈 그리고 등반에 필수적인 도구들, 식량, 덮을 것, 따뜻한 의복 들을 모두 잃었지요. 좁은 돌난간 위에서 올라갈 수도 내려갈 수도 없었던 그들은 얼음 같은 바위 위에서 닷새 동안 밤낮을 보냈어요. 그 소식을 듣고 동료들은 그 길을 오르고자 했으나 눈과 얼음 때문에 갑자기 지나갈 수 없게 되었어요. 그래서 다른 길을 통해 올라갔으나 지나쳐 가는 바람에 다시 내려오지 않으면 안 됐어요. 그들은 닷새 낮과 닷새 밤을 먹지도 자지도 못하면서 두 산악인에게 닿아 약간의 식량을 내놓았고, 두 산악인은 하산할 기력을 되찾았어요. 그리고 마침내 병원 침대에서 사지가 얼어붙고 기력이 쇠한 채 쓰러졌어요. 당신이 그런 상황이었다면 죽어 버렸을 거예요. 가엾고 소중한 당신! 아니면 당신에게는 그런 궁지에 빠지는 일이 절대 일어나지 않을 거예요, 오, 조심성 많고 꾀 많은 악어여!

월요일

어제 '퐁루아얄' 바에 사르트르와 함께 있을 때 케스틀러가 왔어요. 그는 팔레스타인에서 6개월간 체류했어요. 그가 몇 가지 흥미롭고 세부적인 이야기들을 들려줬으나 우리는 그와 친해질 마음이 없었으므로 겨우 입을 열어 그의 말을 끊었어요. 그의 커다란 개는 카펫 위에다 먹은 걸 토한 다음에 다시 그걸 모두 삼켰어요. 저는 그의 개뿐만 아니라 케스틀러에게도 혐오감을 느껴 토하는 줄 알았어요. 우리는 그를 다시 보지 않을 거예요. 제 숙소와 그 멋진 스카치가 저를 대단히 기쁘게 만들어, 작업을 다시 아주 잘 시작했어요. 제가 착실하게 느껴지네요. 사랑받아 마땅할 만큼 어쩌면 그보다 조금 더 당신을 사랑해요. 선물들 가운데 가장 단아한 선물, 빨간 글씨로 쓰인 귀여운 노래 그리고 상자 안에 스카치위스키보다 한층 더 훌륭한, '자기 고향의 좋은 냄새를 풍기는' 사랑이 너무나 고마워요. 당신은 나의 사랑하는, 대단히 소중한 사람이에요. 소중한 당신이지요.

당신의 시몬

추신. '결코'라는 말을 가지고 더 이상 책 제목*을 짓지 마세요! 『결코 오지 않는 아침』은 그래도 괜찮지만, "결코 죽지 않는 원숭이 *Le singe ne meurt jamais*"는 너무 지나치군요.

1948년 11월 1일 월요일

소중한, 매우 소중한 당신. 오늘은 국경일이고, 저는 자축 중이에요. 국립도서관에서 추위에 떠는 대신 따뜻한 열기 속에서 차를 마시고 저의 작은 숙소에 홀딱 반해 미친 듯이 작업하고 있거든요. 벽에 걸 만한 아름다운 복제 그림 두 점과 안락의자 하나 그리고 장롱 하나를 찾아냈어요. 점심 식사와 저녁 식사에 사람들을 초대했지요. 네! 제가 사 온 익힌 채소와 햄을 식사로 준비한답니다. 다만 깡통따개를 잘 사용하지 못해 벌써 두 개째 망가뜨렸어요. 혼자 사는 여자에게는 고된 일이어서 통조림을 따 줄 친절한 주부 — 남편이 필요해요.

당신의 중편소설에 푹 빠진 못생긴 여자와 저녁나절을 보냈어요. 수많은 독자가 입이 마르도록 찬사를 아끼지 않아요. 분명 번

---

* 올그런은 다음 소설의 제목안을 10여 개 정도 적어 보냈었다. 그중에서 "황금 팔의 사나이(L'Homme au bras d'or)"가 제목으로 정해진다.

역에 찬사를 보내야 한다는 이야기가 끊이지 않네요. 못생긴 여자는 건강이 아주 나빠요. 그녀 말에 따르면, 모든 것이 머리에서 생기는 것인데, 그렇다면 머리 상태가 대단히 안 좋은 거죠. 때때로 그녀는 아무것도 삼킬 수 없대요. 입에 가득 담고 있는 물 조차도요. 그녀는 종아리와 넓적다리가 얼어붙고, 기절해서 몇 시간 동안 의식 없이 있다는군요. 의사가 자신 없어 포기한다고 선언해 버렸고, 정신과 의사에게 진찰받아야 할 것이지만 그렇게 하지 않을 거예요. 그녀는 여름 대부분을 어머니 댁에서 보냈어요. 어머니의 존재는 유년기만큼 중요하게 남아 있어서 그녀를 두렵고 불행하고 반쯤 미치도록 하지요. 그녀가 준비 중인 소설은 별로 좋지 않지만, 인생에서 다른 아무것도 없는 그녀에게 감히 그것을 말하지 못하겠어요. 그녀는 저에 대한 뜨거운 사랑으로 계속 불타고 있답니다, 이 고집쟁이! 하지만 그녀는 저를 거의 만나지 못하는데, 이것이 아마도 그녀의 고집을 설명하는지 모르겠어요.

화요일

머리를 예쁘게 다시 올려 준 미용실을 나와 당신에게 편지 쓰기 위해 플로르 카페에 와 앉았어요. 무척 오랜만에 이곳을 오후에 찾았는데, 많은 추억이 떠오르네요. 전시戰時 중 날씨가 추우면 모든 사람이 이곳 난로에 붙어 앉으려고 했기 때문에 저는 좋은 자리를 차지하기 위해 아침 일찍 오곤 했지요. 독일인들은 플로르 카페에 절대 들어오지 않았는데 그 이유를 모르겠어요. 지금은 그곳에서 영어로만 말해요. 당신은 투표에서 윌러스를 찍을 거지요? 듀이가 승리하리라는 걸 모두 알고 있어요. 당신 신경이 몹시 곤두설까요? '해리스' 바에 들르도록 노력하겠어요. 투표 결과가 나오는 대로 기록하기 위해 사람들이 벌써 거기에다 여러 주의 이름이 적혀 있는 게시판을 걸어 놓았어요. 많은 미국인이 모여들 거로 생각해요.

최근 파리 지성계의 최고 사건은 카뮈의 지독한 실패랍니다. 그가 소설『페스트』를 길고 야심 찬 연극으로 만들어 일류 무대에 올렸지요. 저는 총연습에 가지 않았어요. 그곳에선 모든 사람이 턱시도와 야회 드레스를 보란 듯이 과시하는데, 사르트르와 저는 이를 혐오하지요. 연극에 대해 우리 친구들 대부분은 언론 의견에 동의해요. 지독한 실패작이라는 거예요. 맙소사! 사람들은 참으로 냉혹하고 악의에 차 있어요! 카뮈의 실패에 모두가 그렇게 만족해할 수 없답니다. 사람들은 사르트르가 이를 기뻐한다고 확신해요. 괴상해요. 작가들은 그렇게 질투하지 않고 서로 증오하지도 않지만, 연극계에서는 칼부림이 난무한답니다.

몇 시간 전에 당신 편지를 받았어요. 네, 개구리는 당신을 비난하고자 해요. 그러나 당신이 일해야 하고 좋은 책을 완성해야 한다는 것을 잘 이해하고 있으며, 편지 왕래가 의무적인 부역이 되는 것을 원치 않아요. 저는 모든 부역을 증오해요. 사랑에 의한 부역은 가장 해롭고요. 당신 마음이 내킬 때 편지하도록 해요. 내 사랑, 일 잘하고 선량한 토박이 젊은이가 되도록 해요. 그리고 당신의 귀여운 개구리를 잊지 말아요. 미시시피에서 보낸 시간은 미친 짓이 아니었어요. 저를 행복하게 하고 제가 사랑하는 사람을 행복하게 하면서 물 위를 그렇게 미끄러져 간 것은 제 인생에서 제가 한 아주 좋은 일 중 하나예요. 세상에서 그보다 더 나은 일이 있을까요?

여전히 애정을 기울이며,

당신의 시몬

1948년 11월 8일 월요일

내 사랑, 그렇게 오랫동안 소식이 없다가 드디어 당신 편지를 받았어요. 국경일 때문이었던 것 같아요. 아니요, 이곳에서 만성절*은 전혀 축제 분위기가 아니에요. 이날은 검정 옷을 입은 늙은 여인들이 묘지 위에 어두운 색조의 꽃을 갖다 놓기 위해 공동묘지에서 줄을 잇는 날이지요. 아이들을 위해서나 그 누구를 위해서도 즐거운 일은 아무것도 없어요. 당신이 '예쁜 어린 소녀'로 변장했다는 것을 높이 평가해요. 사진을 찍을 가치가 있었네요!

그러니까 선거에서 승리한 사람은 트루먼이로군요! 모두가 그에 대해 어리둥절해하고 흥분하고 만족해했는데, 실제로 그 정도로 좋은 건가요? 미국의 자유주의자들은 두 손을 비비며 만족스러움을 나타내는데, 거기서 어떤 의미를 찾아야 하나요? 우리나라 상황은 안 좋아요. 프랑스인민연합(RPF)이 상원의원 선거에서 커다란 승리를 기록했고, 공산당은 거의 모든 의석을 잃어 버렸는데 아마도 파업 때문인 것 같아요.

생마르탱의 매혹적인 여름은 끝났고, 춥고 습한 날씨에 눈이 내리는 진정 겨울이에요. 새로운 것은 아무것도 없으며, 저는 휴식도 취하지 않고 치첸이트사의 고집스러운 개미들처럼 쉼 없이 일하고 있어요, 당신 기억나요? 사르트르는 신성교회**에 의해 공식적으로 파문당했어요. 어떤 가톨릭 신자도 그의 책들을 열어 볼 권리가 없는 거죠. 언론에서 이 사건은 정신주의적이고 때로 웃음을 터뜨리게 하는 많은 견해를 불러일으켰어요. 말도 안 되는 우스꽝스러운 일이지요.

---

* Toussaint. 모든 성인의 축일
** 바티칸

예외적으로 '발레' 공연을 보기 위해 극장에 갔어요. 발레에 상응하는 영어 단어는 뭔가요? 저는 연습하는 동안 고된 작업(그중 무척 나이 어리고 순수하며 아름다운 열다섯 살의 뛰어난 한 어린 소녀의 작업)을 관찰했어요. 그들이 보기 흉하고 더러운 연습복을 입고 각각의 동작을 맹렬하게 연습하는 것을 본 후에, 찬란한 복장과 좋은 상태의 조명 그리고 완벽에 가까운 공연, 게다가 현재 파리에서 매우 비싸고 우아한 공연 중 하나를 보는 것은 기쁨이었지요. 순수하고 커다란 기쁨의 원천이에요. 수줍어하면서 가볍게 미소 짓는 어린 소녀는 열렬한 갈채를 받았어요. 사실 이런 연출은 큰 의미가 없어요. 저는 연극, 영화 그리고 뮤직홀을 더 좋아한답니다. 아마도 그 공연은 당신을 진력나게 했을 거예요.

여자들을 다룬 진저리 나고 멍청한 수많은 책 가운데 로렌스의 소설들을 다시 읽었어요. 퍽 지루했어요. 한결같이 똑같은 성性의 너절한 잡동사니. 로렌스 자신을 꼭 닮은 연인에게 굴복당한 여자는 그들 공통의 행복을 위해 자아를 죽여야만 해요. 자 그런데 당신은 제 '에고'를 죽이지 않았고, 우리는 산뜻하게 행복했어요, 그렇지 않아요? 그럼에도 불구하고 이따금 그는 사랑의 삶, 아무도 감히 접근하지 못했던 사랑의 현실에 대해 진정한 따뜻함을 가지고 말해요. 그가 좀 더 간결했다면 소설은 더욱 감동적이고 좋을 수 있었을 거예요. 『깃털 달린 뱀』의 시작 부분에서 멕시코에 있는 투우장이 묘사되지만, 그 사람은 저나 당신 방식으로 체험하지 않아요. 그에 대한 당신의 의견은 어떤가요?

당신 책의 복사본 하나면 충분해요. 빨리 보내 주세요! 신문 기사를 오려 보내 줬군요! 혼자서도 아주 잘 이해하고 있어요, 고마워요!

답장하기 위해 당신의 편지를 기다리고 있고, 그 때문에 주중에 아무것도 쓰지 않았어요. 약간 버림받은 외톨이가 된 것처럼 느껴졌어요. 당신 가슴에서 제가 지워지지 않기를 바라요. 당신이 저를 어느 날에 깨워 준다면 저는 당신 가슴속에서 잠드는 것에 동의하지만, 그곳에서 죽는다는 것은 무시무시할 거예요. 당신은 제 가슴속에서 대단히, 너무 지나치게 생생해요. 당신을 이렇게도 그리워하는 것이 종종 고통스럽답니다.

사랑해요 넬슨.

당신의 시몬

1948년 11월 12일 금요일

너무나 소중한 당신. 최근 내내 이상한 날씨가 이어지고 있어요. 늘 회색의 짙은 안개가 끼어 저녁에는 통행이 불가능하므로 택시를 타는 것이 위험해요. 이 짙은 안개는 저의 집과 국립도서관까지 파고들어 와요. 아침에 집을 떠날 때 그리고 태양이 센강의 둑 위를 관통할 때의 광경은 황홀하답니다.

어제 11월 11일은 종전 30주년을 기념하는 국경일이었어요. 매년 승리를 자축하나, 이번에는 비극이 되어 버렸답니다. 저는 라디오의 한 인터뷰를 위해 샹젤리제 거리에 있었어요. 길의 양옆으로는 군중이 있었고, 길 한가운데는 무척 많은 경찰과 경찰차만이 있었어요. 한쪽에서 사람들은 국기를 흔들어 댔고 〈라마르세예즈〉를 부르고 있었어요. 그들은 좌파에 대부분 참전용사들이었는데, 손에 (모조) 비둘기를 들고 있는 부인들과 어린이들을 동반하고 있었어요. 경찰이 그들이 한가운데로 행진하는 것을 막자 그들은 화가 났지요. 그들이 개선문으로 다가갈 때 돌연 경찰차가 달려들어 길을 막았고, 아이들 때문에 더욱 질겁한 그들은 분노를 터뜨렸지요. 그들이 도로를 따라 늘어서 있는 나무 장벽들을 걷어차는 것을 보았어요. 첫 일격에 경찰들은 그들을 급습해 야만스럽게 때려눕혔고 많은 사람이 타박상을 입었으며 몇 명은 심하게 다쳤어요. 세상에! 민중과 경찰 사이에 웬 증오인가요! 경찰들이 탄광에서 파업을 분쇄했고 동맹 파업자를 죽였다는 것을 기억하지요? 그들은 그 어느 때보다도 더 그리고 당연하게 증오의 대상이 되고 있지만, 그들, 그들이 프롤레타리아를 증오하는 방식이란! 저는 그 자리를 떠났어요. 후에 더 폭력적인 충돌이 있었을 때 경찰 한 명이 총을 쏘았고, 그 총알은 한 사내의 다리에 박혔어요. 수많은 사람이, 기자들까지도 마구 얻어맞았어요. 오늘 파리는 노여움으로 들끓었어요. 이 소요는 정부가 아마도 자기 힘을 과시하고 공산주의자들을 무찌르기 위해 드골 같은 사람도 필요하지 않다는 것을 보여 주기 위해 조장한 거나 다름없어요. 정말 야비해요.

트루먼-스탈린의 만남은 프랑스인들에게 많은 것을 의미할 거예요. 공산주의자들은 마셜플랜에 더 이상 반대하지 않을 것이고, 드골이 실패하도록 어쩌면 그들과 사회주의자들 간에 타협이 있을지도 몰라요. 우리 즉, 루세, 사르트르, 저 그리고 다른 많은 사람은 RDR의 회합을 재개했고, 그 운동은 계속 잘 이어지고 있어요. 우리는 예전에는 거의 공산주의였지만, 복잡한 이유로 스태프들이 포기하고 RDR이 새로운 관리자가 된 유력한 일간지를 소유하고 있어요. 이 일간지는 노동자들에 의해 대단히 많이 읽히는 민중 신문이에요. 우리는 그다음에 주간지를 발행하기를 희망해요. 완전한 편집진이 준비되어 있고 없는 것은 돈뿐이지요. 당신 혹시 우리에게 줄 5천 달러가 있나요? 아니면 그보다 더 많이는요? 그것은 시작이 될 거예요. 우리는 그 모든 것을, 당신이 월러스를 위해 투쟁한 때처럼 환상 없이 하고 있어요. 그 일을 해야만 하지요. 그게 전부예요.

내 사랑, 당신에게 말하는 것을 잊었어요. 당신의 럼주 케이크는 더할 수 없이 맛있었어요! 그것은 저를 힘들게 했지요. 그러니까 우선 상자를 열 수 없었고, 그다음에는 그것을 맛본 사람 모두가 그것을 통째로 먹고 싶어 했으며, 사르트르와 러시아계 여자 친구는 그것 때문에 심하게 싸웠어요. 그래도 저는 저 자신을 위해 몇 조각을 억지로 떼어놓을 수 있었어요. 스카치는 이미 저 혼자 다 비웠어요. 세상에, 빨리도 새 나가더군요!

토요일

오늘은 목요일 사건에 대한 항의 파업으로 버스도 지하철도 없고, 겨우 택시만 다녀요. 눈이 멀고 귀가 먼 저는 아홉 시가 되자마자 요행히 택시를 잡아타고 어떤 조짐도 알아차리지 못한 채 국립도서관으로 갔고, 조용히 연구했어요. 그런 다음에 멀리 있는 레스토랑에서 사르트르와 루세 그리고 인도차이나인들과 점심 식사 약속이 있어서 택시나 버스를 타려 했는데, 그때는 아무것도 알지 못하여 무척 많은 고생을 했지요. 결국 걸어서 갔답니다. 아주 맛있는 인도차이나 음식을 맛보면서 최악의 상태에 있는, 당신 나라의 남부 골짜기보다 더 심한 프랑스 식민지들에 관해 이야기했어요. 저의 여자 친구 한 명이 마르티니크에서 돌아왔어요. 그들(그녀와 그녀의 남편)이 도착한 지 이틀 후에, 그들이 흑인들을 알고 있었고 이들의 집에 친구처럼 자주 드나들었으며 흑인 전용 버스를 탔다는 소문이 쫙 퍼졌어요. 그랬더니 아무도 그들을 만나지 않으려 했고, 그들에게 대여해 준(민족학 연구의 사명을 위해 공식적인 명목으로) 자동차는 회수됐어요. 그녀는 덧붙여 말하기를, 흑인 주요 인사들이 덤불숲이나 늪지대에서 죽은 채 발견되는 일이 흔했대요. 당신 마다가스카르에서 벌어지는 잔악한 일들에 대해 들어 봤나요? 이 반란으로 흑인 9만 명이 학살당했고, 백인 150명이 죽었어요. 이는 프랑스에서 오랫동안 일어나지 않은 최대 스캔들이에요.

여전히 훌륭하고 성실한 아내인 저는 무성無性에다 불감증의 올드미스 생활을 하고 있어요. 그것은 제게 별로 적합한 생활이 아니랍니다. 그러나 자, 당신이 저를 함정에 빠뜨렸어요. 저는 남편 하나를 되찾고 싶어요. 그 사람은 당신이어야만 해요. 옛사랑과 새로운 나의 모든 사랑으로 당신에게 키스해요, 나의 남편.

당신의 시몬

1948년 11월 17일 수요일

넬슨, 나의 진정 사랑하는 남편. 당신의 편지들, 최근의 것과 분실된 예전의 것이 이제 막 도착했어요. 너무 흥분돼서 일할 수 없네요. 알제리로 보낸 당신 편지가 정신 나가지 않았으면 비뚤어진 배달원의 잘못으로 튀니스*로 배달됐는데, 그것도 모르고 저는 놀라서 당황하고 있었다니, 바보 같은 일이에요! 당신은 제 가슴에 곧바로 와닿는 신뢰감으로 친밀하게 말했지만, 그때 저는 당신을 그렇게 멀게 느끼고 당신이 생활의 여러 면을 감추지나 않을까 — 그건 거짓이었어요. 저는 그것을 이해해요 — 두려워하고 있었어요. 우리는 또다시 같은 딜레마에 부딪히는군요. 당신이 다른 여자와 자는 것 말예요. 저는 상관하지 않아요(물론 완전히는 아니지요, 그러나 중요하게 생각지 않아요). 그러나 만일 당신이 문제의 그 여자 때문에 자유롭지 않다면, 그렇게 하는 게 당신에게는 어려울 거예요. 그러므로 당신에게 행복을 주지 않으면서 당신에게서 자유를 혹은 자유 일부분을 빼앗는 것은 제가 비록 죄가 없다

---

* 튀니지의 수도

할지라도 야비한 것 같아요. 당신이 저를 잊어버리거나 고독하고 슬프게 느끼기를 희구하기에는 제가 당신을 너무나 사랑하고 있어요. 지난 편지에서 말했지요. 제게도 한 남자와 잠자리를 전혀 하지 않는다는 것이 때때로 힘들다고요. 여자에게는 그래도 다른 것 같고, 필시 남자보다도 견디기가 더 쉬운 것처럼 보인다고 할지라도 말예요. 다른 한편으로는 파리에서 같이 자고 싶은 남자를 알지 못해요. 그러나 당신이 느끼는 욕구를 아주 잘 이해할 수 있어요. 항상 진실을 말해 줘요, 넬슨. 우리는 부부지만 친구 사이라고도 생각해요. 그리고 당신이 언젠가 외로움을 없애 주지 않는 멀리 있는 사랑에 지친다 해도, 우리 친구 사이로 남도록 해요. 언제나 상대에 대해 솔직하게 그리고 신뢰감을 가지고 말하도록 해요. 당신의 이 편지에 답장하지 못한 것이 슬프군요.

만일 당신이 너무 오랜 뒤에나 저의 집에 올 수 있다면, 제가 당신 집으로 가겠어요, 아마도 6월이나 7월에요. 이 짧은 시간이라도 혹은 오랫동안 가능해지기만 하면 서로의 두 팔에 안겨 다시 행복해지는 게 필요해요. 이것을 더 명확하게 생각해 봅시다. 당신이 지독하게 그리워요.

피곤한 오랜 비행을 마치고 당신을 다시 만날 때처럼 당신에게 강렬히 키스해요. 사랑해요.

당신의 시몬
러시아계 여자 친구와 몽마르트르를 산책하면서
당신을 위해 우편엽서 몇 장을 샀어요.

1948년 11월 22일 월요일

가엾고 소중한 당신. 변화를 주기 위해 사랑스럽고 작은 이야기들로 가득한 아름다운 편지를 쓰고 싶었지만, 아무 일도 일어나지 않았고 제 꿈들조차 기억하지 못해요. 거리가 춥고 흐린 것처럼 제 영혼도 다소 그렇군요. 제 책의 첫 부분이 12월 중순에 완성될 것이고, 제2권을 진전시키는 동안 이를 출판할 건데 엄청난 물건이 될 거예요. 한 석간신문에서 남자들에 대한 생각을 묻더군요. 당연히 답하지 않았지요. 제가 당신과 필립 라브*에 대해 같은 생각을 하나요? 물론 '멋진 남자'는 여자에게 많은 도움을 줄 수 있겠지만, 제가 말하는 '멋진 남자'가 무엇을 의미하는지 그들에게 설명할 수 있었을까요? 요컨대 당신 표현에 따르면, 제 턱뼈를 쉬게 했어요.

토요일에 동생과 제부가 생제르맹데프레의 지하에 있는 클럽을 몇 군데 보여 달라고 요청했어요. 그들은 파리로부터 15킬로미터 정도 떨어진 곳에 살고 있으며 시골뜨기 같답니다. 그러므로 저는 더 이상 발을 들여놓지 않는 몇몇 장소로 안내했어요. 저역시 다뉴브강의 농사꾼이 됐지요. 먼저 우리는 저의 작은 집에서 저녁 식사를 했어요. 그들은 제가 주방장처럼 요리한다고 인정했어요. 햄, 소시지, 빵집의 케이크 그리고 소고기를 넣은 강낭콩 통조림들 — 제부가 깡통을 열어서 성공적이었어요. 그다음에는 뛰어난 재즈 음악이 있고 바지를 입은 젊고 날씬하며 귀신같이 춤을 잘 추는 매력적인 여자들이 있는 첫 번째 클럽에 갔어요. 자칭 아일랜드 위스키라고 하지만 사실 프랑스 것에도 못 미치는 형편없는 위스키를 두 번째 클럽에서 마셨는데, 사람들이 끔찍하게 꽉 차 있었지요. 우리는 테이블 하나를 잡아 놓았었어요.

RDR은 잘돼 가고 있어요. 말로가 지적인 자유에 관해 헛소리

---

* Philip Ravh. 1930년대에 나타난 마르크스주의적이고 사회학적인 경향에 속하는 문학 비평가

했던 프랑스인민연합(드골주의)의 기묘한 회합이 있었어요. 만일 드골이 지배하면 지적인 자유가 무엇일지 충분히 상상할 수 있어요! 제 생각에는 다행히 그렇게 되지 않을 거예요. 최근에 그는 천치 같은 몇몇 연설을 했고, 미국이 그에 대해 사정없이 화내는 것 같은데, 잘됐어요. 왜냐하면 그들의 지원이 없다면 그는 무력하고 보잘것없는 꼭두각시에 불과하니까요. 우리는 12월 중순쯤에 프랑스와 외국의 작가들, 화가들 등의 협력을 얻어 RDR 지식인들의 대회합을 조직하려고 해요. 라이트는 십중팔구 참석할 것이고, 어쩌면 저도 그럴 거예요. 그러나 확실치 않아요, 제가 겁낼까 두렵군요.

그 모든 것에도 불구하고 희망이 다시 찾아왔어요, 언젠가 당신에게 키스하고 당신과 함께 또다시 행복할 거라는 희망이요. 만약 당신이 이곳에 온다면 당신은 멕시코에서처럼 관광객으로 느끼지 않고 좋은 시간을 보낼 거예요. 미국이 제게 많은 것을 가르쳐 줬듯이 파리는 분명 당신에게 많은 것을 가르쳐 줄 거예요. 파리의 미국인 작가들이나 예술가들의 반응과 행동을 관찰하는 것은 놀랍고 흥미로워요. 그들은 이 도시를 사랑하고 그 사실에 대해 혼란스러워하고 있지요. 그것은 그들에게 강렬한 경험이 되는 것 같아요. 당신도 언젠가 체험하도록 해요……. 그에 대해 다시 생각해 보세요…….

안녕, 내 사랑. 시몬은 언제나 넬슨을 사랑해요…….

당신의 시몬

올그런은 11월 23일과 12월 8일 자 편지에서 그가 보냈으나 분실된 9월 편지에서 시작된 비통한 성찰을 다시 전개한다. 즉, 영위하는 삶에 불만족하고, 사적인 고독과 지적인 고립에 지친 그는 안정과 안전 그리고 결혼생활의 일상적인 협동 생활을 열망하고 있다. 시몬 드 보부아르에 대한 사랑은 조금도 줄어들지 않았으며, 그는 결코 그와 같은 사랑을 알지 못했고 앞으로도 알 수 없을 것임을 알고 있다. 그러나…….

이 편지들이 부분 인용되어 있는 『상황의 힘』(1963년 원본, 갈리마르 출판사 '폴리오Folio' 시리즈, 232-234쪽)의 일부를 여기에 재수록한다.

매주 우편함에서 시카고 우표가 붙은 편지 봉투를 발견하곤 했다. 알제리에서 올그런의 소식을 왜 그렇게 드물게 받았는지를 알게 되었다. 그는 테네스가 아니라 튀니스로 편지를 보냈고, 그에게 되돌아간 편지를 다시 보낸 것이었다. 그 편지는 나를 몹시 마음 아프게 했을 것이기에 당시 편지가 분실됐었던 것은 행운이었다. 그는 월러스를 지지하는 여성 회합에서 이야기하다가 한 젊은 여자와 사랑에 빠졌다고 편지를 썼다. 그녀는 이혼 중이었고, 그는 그녀와 결혼할 것을 고려했었다. 그녀는 정신분석 치료를 받고 있었으며 치료가 끝나기 전에는 그와의 관계에 뛰어들기를 원치 않았다. 그 편지가 내게 12월에 도착했을 때 그들은 더 이상 만나지 않고 있었다. 그는 다음과 같이 명시했다.

"나는 이 여자와 끝났고 그녀는 더 이상 큰 의미로 다가오지 않아요. 그러나 변하지 않는 것은 3, 4주 동안 그녀로부터 상징된 것, 즉 내 아내와 내 아이들까지 함께 살 수 있는 장소를 소유하고 싶다는 나의 욕망입니다. 이런 것을 바란다는 것은 대단한 게 아니지요. 오히려 아주 흔한 욕망이기도 해요, 내가 그런 감정을 한 번도 경험한 적이 없다는 점만 빼고 말입니다. 아마도 내가 마흔 살에 가까워지기 때문인지도 모르겠어요. 당신은 달라요. 당신에겐 사르트르가 있고 또 어떤 종류의 생활양식, 즉 사람들에 둘러싸여 있고 사상적인 것에 적극적인 관심이 있어요. 당신은 프랑스의 문화적인 생활에 잠겨 있고 매일 당신의 일과 생활에서 만족감을 끌어내고 있지요. 반면 시카고는 모든 것에서 멀리 떨어져 있습니다. 나는 오직 나 자신에게만 집중하며 메마른 삶을 살고 있어요. 그런데 그런 생활에 순응하는 것은 전혀 아닙니다. 내가 여기에 못 박혀 사는 것은 당신에게 말했듯이 또 당신도 이해해 주었듯이, 이 도시에 대해 글을 쓰는 제 일 때문이며 여기에서만 할 수 있기 때문입니다. 이런 푸념을 되풀이하는 것은 소용없는 일이겠지요. 아무튼 그 때문에 누구 하나 이야기 상대가 거의 없는 상태에 놓여 있어요. 말하자면 내가 설치한 함정에 빠진 꼴이지요. 그것을 확실히 바란 건 아니지만 내가 할 수 있는 문학에 가장 적합한 삶을 택한 것입니다. 정치활동을 하는 사람들, 인텔리겐치아는 나를 권태롭게 하고 현실감 없는 듯 보여요. 현재 내가 사귀는 창부, 도둑, 마약 환자들은 그들보다 진실해 보입니다. 그렇지만 내 개인적인 생활은 그 때문에 희생되고 있지요. 이번 이야기는 우리 사이의 상황을 더 잘 이해하는 데 도움이 됐어요. 작년이었다면 당신에게 충실하지 못해 무언가를 손상할까 봐 두려워했을 거예요. 그러나 지금은 그런 생각이 어리석다는 걸 알고 있습니다. 왜냐하면 누구의 팔도 대서양 저쪽에 있는 한 그 온기가 느껴지지 않으며, 몇 달 동안 아무 온기도 구하지 않고 지내기에는 인생이 너무도 짧고 너무도 춥기 때문이지요."

다른 편지에서도 그는 동일한 주제를 다루고 있다.

"센트럴파크에 있는 레스토랑에서 내가 모든 걸 망치기 시작한 그 불행한 일요일 이후, 지난번 편지에도 썼듯이 나 자신의 무언가를 바라는 감정을 계속 지녀왔습니다. 최대 원인은 수 주일 동안 아주 가깝고 소중하게 생각된 그 여자 때문이지요. (지금은 그렇지 않지만, 그 자체는 조금도 다름이 없어요.) 만일 그 여자가 아니었다면 다른 여자가 그랬을 것입니다. 이는 당신을 사랑하지 않는다는 뜻이 아니에요. 당신은 너무 멀리 있었고 당신을 다시 만나기까지의 시간이 너무 길게 여겨졌기 때문에……. 지나간 일을 이렇게 이야기하는 것이 조금 부질없어 보이는군요. 그러나 역시 이야기할 가치는 있어요. 당신이 시카고로 이주하는 것도 내가 파리로 이주하는 것도 불가능해요. 나는 나의 타이프라이터와 고독에 계속 얽매어 있지 않으면 안 돼요. 그러고 보니 가까이에 누군가를 느끼지 않으면 견딜 수 없습니다. 그러나 당신은 너무 먼 곳에 있어요. 그래서…….”

대답할 말은 아무것도 없었다. 그가 옳았다. 전적으로 옳았다. 그러나 그것으로 마음이 편해지는 건 아니었다. 거기서 우리의 이야기가 끝난다면 나는 가슴을 도려내는 것 같은 후회를 맛볼 것이다. 이 성급한 결말이 시카고와 미시시피와 과테말라에서 밤낮없이 맛본 그 행복을 단순한 신기루로 바꾸려 하고 있었다. 그러나 다행히도 올그런의 편지는 조금씩 따뜻함을 되찾았다. 그는 나에게 나날의 생활을 이야기했다. 신문 스크랩, 술과 담배에 관한 교화적인 전단지, 책, 초콜릿, 커다란 밀가루 포대에 숨긴 오래된 위스키 두 병 등을 부쳐주었다. 게다가 6월에 파리에 올 거라고 말했고, 배의 좌석도 이미 예약했다고 알려 왔다. 나는 마음을 놓았다. 그러나 가끔 우리 관계는 끝날 운명에 있으며 그것이 머지않았다는 걸 깨닫고 괴로워졌다.

1948년 11월 28일 일요일

매우 소중한 당신. 우리를 위해 저녁나절을 남겨 놓았어요. 탁자 위에 놓인 당신의 두툼한 편지, 그것은 당신이고 지금 제가 쓰고 있는 이 편지는 저예요. 밖은 몹시 춥고 서리가 내려 나무들은 얼어붙었으며 신비로운 안개는 크리스마스와 산들을 떠올리게 하지만, 그 모든 것이 닫힌 창문 너머에 있어요. 소리를 내며 불이 타고 있고 내가 피우는 담배와 뜨거운 차가 있어요. 하얗고 편안한 침대가 저를 기다리고 있고, 그 옆에는 당신이 저를 너무 오랫동안 붙잡아두지 않는다면 펴 보고 싶은 책들이 있답니다. 벽에는 동생이 그린 그다지 좋지 않은 그림 하나가 걸려 있는데 — 우울한 방에 놓여 있는 초라한 꽃들 — 어쩔 수 없이 걸어놓고서 쳐다보지 않는 것만으로 만족해하고 있어요. 레제*도 그림 하나를 선물해 줬어요. 그는 추상화 계열의 유명한 프랑스 화가로, 당신도 그의 쾌활하고 생기 있는 색깔들을 좋아할 거예요. 그리고 고흐의 훌륭한 그림 — 그가 자기 가슴에 총 한 방을 쏘자 사람들이 그를 들판에서 데려다 눕힌 당구대가 있는, 그가 죽은 작은 카페 그림 — 의 복제품 한 점을 샀어요. 당신은 그 그림의 빨간색, 초록색 그리고 노란색을 무척 좋아할 거예요.

『뉴요커』에서 카뮈의 연극을 비평했으나, 사실 그들이 말하는 것보다 사정이 더 나빴어요. 한 부분을 읽고 나서 제 눈으로 아주 좋지 않다는 것을 확인했지요. 격분한 카뮈는 사르트르와 제가 보낸 초대 편지에 답하지 않았어요. 그는 실패를 겪을 때마다 매번 사르트르를 만나기를 거부하지요. 인터뷰와 기사들에서까지 자기 연극의 가치를 옹호해요. 유치한 짓이에요. 우리는 실패를 실패로써 받아들일 수 있어야 해요. 작가는 실험을 꾀할 수 있어야 해요. 그가 자신에게 '항상 성공할 수 없고 다음에 더 잘할 거야'라고 말하기만 하면 돼요, 안 그런가요?

금요일 저녁에는 커다란 갈라 — 또 한 번의 발레 — 에 참석했어요. 인류학자이자 무용가인 미국 흑인 여자 캐서린 던햄의 갈라였지요. 미국의 어디선가 학위를 취득한 그녀는 브라질과 쿠바의 원시무용을 전수하고, 흑인 무용단을 구성하여 자신이 공연에 참여하는데, 그녀의 야심은 관중에게 카리브해에 있는 나라들의

---

* 페르낭 레제(Fernand Léger)

춤이 무엇인지를 보여 주는 것이래요. 사람들이 말하기를, 시카고에서는 겨우 중간 정도의 성공밖에 하지 못했다는군요. 실제로 사람들은 미개한 야만을 표방한 공연이 아주 쾌적하게 보였기 때문에 불만족스러워했어요. 거기에는 소위 사람들이 말하듯 '파리의 명사들'이 와 있었어요. 장 콕토와 깜짝 놀랄 만한 눈부신 하얀 드레스를 입은 균형 잡힌 몸매의 아름다운 조세핀 베이커가 있었지요. 그녀는 그날 야회의 '별'이었어요. 사람들이 극장 전체를 정글로 꾸며 놓았어요. 복도에다 치첸이트사의 밀림보다 더 위험한 열대 나무와 호랑이 그리고 뱀들을 놓아뒀지요.

견디기 어려웠던 한 주였답니다. 먼저 우리의 늙은 출판인 갈리마르가 더 이상 『현대』에 관여하고 싶지 않다고 선언했어요. 잡지를 출판하는 비용이 너무 많다는 핑계로 우리를 쫓아냈는데, 사실은 정치적 이유 때문이죠. 골수 드골주의자인 말로가 압력을 가한 거예요. 결국 우리는 다른 출판사를 찾아야만 했고 운 좋게도 찾아냈지요(RDR 소속의 한 젊은이가 하는 출판사). 그다음은 사르트르가 사기꾼인 그의 연극 에이전트 때문에 혼난 일이에요. 〈더러운 손〉에 대한 소송과 그 소송에 뒤따르는 모든 일 때문이지요. 그 연극을 미국에서 공연하면서 원작에 조금도 손대지 않겠다고 계약했지만, 그것을 끔찍한 멜로드라마로 변형한 것을 알았어요. 사르트르가 번역 원고를 수없이 요구했으나 헛된 일이었지요. 어떤 사람들은 그에게 말하기를 연극이 매우 반공주의적이라고 했고, 또 다른 사람들은 친공산주의적이라고 했어요. 그래서 다른 통제할 방법이 전혀 없이 에이전트가 하는 대로 내버려 둘 수밖에 없었기 때문에 소송한 거죠. 뉴헤이븐과 볼티모어에서 한 공연들이 대성공을 거뒀다는데, 도대체 어떤 성공일까요?

마침내 못생긴 여자의 집에서 처음으로 저녁 식사를 했어요.

그녀의 책*이 최근 출간됐는데, 그녀는 그 책에서 제가 얼마나 아름답고 똑똑하며 친절한지를 썼어요. 당신은 그 책을 반드시 읽어야 해요. 그러면 저를 높이 평가하기 시작할지도 몰라요. 그녀는 가난한 동네에서 고흐의 그림들과 당신의 사적인 개구리의 사진들로 가득 찬 잘 정돈되고 초라한 아파트에 살아요. 우리는 닭고기와 샴페인을 맛보았지요. 그녀는 더 이상 나아지지 않고 돈이 없어서 돼지를 사육하러 시골로 떠나야 해요. 그녀와 잠시 이야기하는 것은 견딜 만하답니다. 그러나 야회가 끝나갈 즈음에는 끔찍해지지요. 취한 상태에서는 어린애 같고 히스테릭하며 멍청한 소리를 한답니다. 저는 혐오감을 느끼면서 될 수 있는 대로 빨리 자리를 피해 버리지요.

생제르맹의 길가에서 극히 코믹하고 사르트르보다도 키가 훨씬 더 작은 트루먼 커포티와 마주쳤는데, 웬 수다를 그렇게 떨던지요! 그가 입만 열면 모든 사람이 웃음보를 터뜨려요. 그가 술집 주인에게 말을 건네는 것을 들어야만 해요.

사람들이 제 얼굴 마스크를 석고로 뜨려 해요. 그런 것은 사람이 죽은 다음에나 하는 줄 알았는데, 생계 수단으로 삼는 작자가 전시회를 준비하며 내 머리를 원하네요. 그가 가질 거예요. 문제는 그가 머리카락 위에도 석고를 발라 버려서 그다음에 샴푸를 하러 미장원에 가야 한다는 거지요 — 귀찮은 일이에요. 디킨스의 유머보다 훨씬 더 심오하고 섬세하며 더 신랄하지만, 더 가볍고 자연스러운 도스토옙스키의 유머에는 전적으로 당신과 동감이에요. 그리고 스탕달은요? 제 생각으로는 우리가 그에 대해 전혀 이야기한 적이 없어요. 그의 책을 감탄하면서 다시 읽고 있어요. 그러나 '그의 책을 완전히 즐기기 위해서는 필연적으로 프랑스인이

• 『굶주린 여자L'Affamée』

어야만 하지 않을까' 하고 자문한답니다. 그만큼 그의 작품은 프랑스적 배경에 강렬하게 잠겨 있거든요.

트루먼 커포티에 대한 다른 일화. 제가 가끔 가는 '몬타나'의 주인에게 그 젊은이 이름이 트루먼 커포티라는 것을 사람들이 가르쳐 줬어요. 그 이름의 이상한 울림 때문에 그가 겨우 알아듣고 외쳤어요. "뭐라고요? 트루먼…… 루스벨트처럼요? 그리고 커포티는, 영국산 커포티*같이요?" 저는 그의 말 중 재미있는 부분은 "트루먼…… 루스벨트처럼요?"라고 생각해요.

저도 '아라비아의 로렌스'를 무척 좋아하며, 다른 로렌스는 좋아하지 않아요. 그(두 번째)는 성과 성적인 사랑의 문제에 솔직하고 정직하게 손을 대려 노력했는데, 칭찬할 만한 야심이지요. 누구도 그것을 설득력 있게 드러내지 못했으니까요. 제 생각에는 불행히도 그는 실패했어요. 그의 말들이 지나치게 원색적이거나 아니면 지나치게 무미건조해서 시도 자체에 무시무시한 어려움이 내포되어 있었다고 생각해요. 가장 좋은 것은 『야생의 종려나무』에서처럼 최소한의 것만을 말하며 육체적인 사랑의 현실에 숨죽이는 아직도 포크너식의 우발적 암시일 거예요. 저 역시 사람들이 해가 갈수록 더 나빠지고 있다는 느낌이에요. 몇 년 전, 특히 독일 점령하에서 사람들과 함께 있는 것을 무척 좋아했고, 친구들을 다시 만나는 것이 커다란 기쁨이었어요. 그러나 지금은 더 이상 귀찮게 하지 말고 저를 조용히 내버려 두기를 바라고 거의 모든 사람에게 진력나는데, 왜 그럴까요? 당신은 정말 다른 사람들보다 월등한가요? 아니면 제가 당신을 조금밖에 보지 않았기에 당신을 사랑하는 건가요? 당신 어떻게 생각해요?

이제 자려고 해요. 책을 조금 읽고 당신을 너무 그리워하지 않

---

* capote anglaise. 프랑스 속어로 '콘돔'을 의미한다.

으려 노력하겠어요. 저는 아무것도 모른 채 고독한 잠자리를 즐기는 열 살짜리 어린 소녀인 척하겠지만, 세상에, 열 살짜리 소녀는 아니에요. 언젠가 제게로 다시 와요, 나의 남편. 이렇게 아름답고 길고 기분 좋은 편지를 받게 되어 달콤하답니다. 결국 당신은 저를 다시 만날 의향이 있는 것 같군요. 저를 만나면, 살짝 키스해 주고…… 당신이 키스한다면…… 사랑해요, 넬슨. 당신과 함께 오랫동안 남아 있는 것은 정말 달콤했어요.

당신의 시몬

5천 달러 고마워요. 우리는 1만 달러를 더 사용할 텐데,

당신 가지고 있나요?*

1948년 12월 3일 금요일

대단히 소중한 나의 사랑, 당신. 우리가 문제의 근본까지 가도록 자극하는 9월의 그 편지를 받은 것에 만족하고 있어요. 하지만 어떤 의미에서 마지막 편지인 그 긴 편지가 저를 행복하게 했다고는 말할 수 없어요. 그토록 많이 울었던 그 밤 이후로 분명 우리의 이야기가 가까운 시일 내에 끝날 것이고, 어떤 의미에서는 무언가가 이미 죽었다는 것을 알고 있었어요. 그러나 그 끝이 그렇게 빨리, 벌써 이번 가을에 일어날 수 있고 내일 일어날 수도 있다는 것을 깨닫는 것은 어쨌거나 참으로 충격이었어요 — 아니오, 그것은 저를 행복하게 만들지 않았어요. 그러나 당신이 전적으로 옳고, 당신이 말하는 모든 것은 정당해요. 당신에게 완전히

---

* 올그런은 자신이 직접 정성스럽게 오려서 색칠한 멋진 달러들을 보냈었다. 그의 편지에는 종종 다양한 데생이 첨부되어 있었다.

속한 여자를 갖고 싶어 하는 당신의 욕구를 아주 잘 알 수 있었고, 당신은 당신을 남편으로 맞이하는 운명을 포기하지 않을 여자, 그런 여자를 맞이할 자격이 있어요. 당신은 한 여자에게 매우 아름다운 운명이 될 거고, 만약 상황들이 저를 막지 않았다면 저도 그 운명을 선택했을 거예요. 네, 이해해요, 넬슨. 다만 지난해에 보인 당신의 성실함이 당신을 슬프게 하지 않기를 바랄 뿐이에요. 그것은 의미가 있었어요. 1년 동안 그처럼 성실하고 참되며 따뜻한 사랑을 안다는 것은 제게 너무나 큰 의미가 있었고, 그 사랑은 깊은 감동을 줬었답니다. 그리고 저 또한 똑같은 행복을 당신에게 돌려줬으므로 만약 당신이 제게 조금이라도 애착이 있다면 후회하면 안 돼요. 저에게 그토록 많은 것을 주었다고 자책하지 말아요. 한없이 감사한 마음으로 받아들였으니까요. 인생은 매정하고 짧답니다. 네, 그러므로 우리의 따뜻하고 강렬한 감정들을 경멸하는 것은 잘못일 거예요. 우리가 그처럼 서로 사랑하고 나머지를 희생하는 게 미친 짓은 아니었어요. 한동안 우리는 서로를 행복하게, 참으로 행복하게 했으며, 그것은 대다수 사람이 인생에서 얻는 것보다 더 많은 거예요. 저는 절대 잊지 않을 것이며, 당신도 때때로 추억하기를 바라요. 달링, 지금 저의 모든 희망은 우리가 긴 시간을 함께 보낸다는 데에 한정돼 있어요. 이를테면 4월과 9월 사이에 파리로 오도록 해요. 당신이 결혼한다 해도, 우리가 계속 친구로 남아 있기를 바랄 뿐이랍니다.

춥고 비가 내려요. 하늘 덕분에 집을 떠나는 일이 점점 더 줄어들고 아침부터 저녁까지 일만 하고 있어요. 이틀 전에 '핀' 사건의 여인네 집을 방문했는데, 정말이지 그 일은 저를 온통 뒤흔들어 놓았어요. 그녀는 현재 의학으로 나을 수 없는, 적혈구가 감소하는 일종의 혈액암인 수수께끼 같은 병으로 죽어 가고 있어요. 깡마르고 핏기 없는 비틀어진 긴 얼굴로 방향 잃은 모호한 시선과 미소를 지닌 채 침대에 누워 있었어요. 겉만 보면 죽은 것 같아요. 그녀는 자신이 죽어 간다는 사실을 모르나 남편인 기유는 알고 있어요. 그는 아이들(세 명, 그중 장녀가 일곱 살밖에 안 됐어요)이 없었다면 자살했을 거라고 말해요. 아내가 천천히 확실하게 멀어지는 것을 보면, 머릿속에서 자신의 장례식과 자기 죽음 자체에 대한 선명한 영상을 몰아낼 수 없고, 말하는 시체와 함께 사는 것 같은 인상을 받는대요. 그는 단 한 가지만을 희망한다는군요. 가능한 한 빨리 끝나기를요. 너무 가혹한 일이랍니다. 다음 주에도 그곳에 다시 갈 것이고, 그다음에도 사르트르와 함께 그를 자주 만나 조금이라도 도와주려고 힘쓸 거예요.

잘 있어요, 넬슨. 제 가슴은 불타고 있는데 당신에게는 저의 팔이 그렇게 차갑게 보인다는 것을 어떻게 믿어야 할까요? 하지만 진실이라는 것을 알아요. 멀리 떨어져 있는 두 팔은 차가워요. 당신이 또 한 번 따뜻하게 생각해 주기를 바라는 희망(얼마나 뜨거울 수 있는지 당신은 알고 있어요)이 제 안에서 이어지고 있답니다. 오, 당신은 지금 저를 사랑할 거예요, 당신은 지금 저를 사랑하고 있을 거예요. 이제 저는 당신이 달걀을 깨트린 그날의 저로 돌아갔어요. 왜냐하면 제 영혼이 뒤집혀 행복에 대한 오만을 잃었거든요. 하지만 당신을 여전히 그만큼 사랑해요.

당신의 시몬

1948년 12월 6일 일요일

대단히 소중한 나의 사랑, 당신. 당신, 책* 표지의 그림에 멋을

---

* 『결코 오지 않는 아침』 문고판

너무 부렸어요! 부끄럽지 않아요? 사내들이 저의 집 가까이에 있는 센 강변의 고서적 상인들에게서 사서 외투에 감춰 보는 금서 같아요. 자, 그런데 몸이 말랐군요, 당신 책 말예요! 예전엔 그렇게도 기름졌었는데……. 비행기 안에서 뚱뚱하고 기름진 원본을 처음 손에 쥐고는 저를 위해 덧붙인 짤막한 시詩에 흐느껴 울며 읽었던 게 벌써 오래전이군요. 그 책을 파리의 가장 훌륭한 번역가, 물론 저 말고 가장 훌륭한 번역가에게 다시 맡기라고 내일 출판사에 전화할 거예요. 여전히 『현대』에 실린 당신의 중편소설에 대해 많은 찬사를 받고 있어요. 이 같은 성공은 제 번역 덕분이라는 사실에 더 이상 의심의 여지가 없어요.

여기 사람들은 게리 데이비스 사건에 광적으로 흥분하고 소동을 피우고 있어요. 당신은 분명 미국 대사관 한복판에서 미국 여권을 반환하겠다고 선언한 적갈색 머리의 작은 남자에 대한 이야기를 들었을 거예요. 대사관 직원이 "아니, 이건 세계에서 가장 좋은 여권이란 말이오!"라고 하자, 그가 "나는 어떤 여권도 원하지 않소. 국적 구분을 반대하며, 나 자신을 세계 시민이라 여기오"라고 했어요. 유엔에서 그를 쫓아 버렸어요. 그러자 그는 건물 정면의 계단 위에 드러누워 버렸고, 프랑스인들이 바나나를 가져다주면서 한동안 그 장소를 점거했어요. 나중에는 장내에 숨어 있던 지지자들을 대동해 회의가 열린 장소에 비밀리에 들어가 느닷없이 평화를 위한 슬로건을 고래고래 외쳤어요. 다른 사람들도 이구동성으로 소리를 질렀지요. 언론은 쫓겨나는 그들의 사진과 슬로건을 전재前載했어요. 한마디로 커다란 사건이었고, 이로써 평화에 대한 거대한 회합을 조직하게 됐지요. 사르트르는 의사 표명을 삼갔는데, 진지하지 못하다는 의견이었어요. 카뮈, 그는 발언을 꽤 잘한 것 같아요.

『뱀굴Snake-Pit』*을 읽었는데, 별로 좋지는 않았으나 인상적이었어요. 머리카락을 곤두서게 하는 이야기를 수없이 들은 까닭에, 그런 정신병원들이 얼마나 참혹한지를 알아요. 이 책은 루앙의 한 병원을 오랫동안 방문했을 때** 제 안에서 일어난 감정을 되살렸어요. 그 외에는 아무것도 없어요. 하늘은 푸르고 날씨는 온화하며, 저는 제 책의 1부를 마무리하고 있어요.

화요일

어제는 못생긴 여자를 기다리며 당신에게 편지를 쓰고 있었는데, 그녀가 이를 중단시켰어요. 그녀는 아드보카트 술을 좋아하지 않는지라 우리는 자몽 주스와 진이 섞인 것을 마시고는, 가까운 곳에서 맛이 아주 훌륭한 오렌지즙이 곁들여진 오리고기를 먹었어요. 한 달에 두 번 그녀를 만나는 것이 힘들긴 하지만, 그녀의 외로움이 안타까워요.

잘 있어요 달링. 조바심을 내며 편지를 기다리는 저는 언제나 그렇듯 사랑과 함께 있답니다.

당신의 시몬

1948년 12월 11일 토요일

달링, 이번 주엔 편지가 없군요. 그러나 이제는 그것이 당신이 얼어 죽었다거나 산 채로 타 죽었다는 것을 의미하지 않음을 알아요. 우편물이 도착하지 않으면 당신의 죽음만을 떠올리던 시절을

---

* 메리 제인 워드(Mary Jane Ward)의 작품. 영화로도 만들어졌다.
** 1936년. 『나이의 힘』 참조

그리워할지는 몰라도, 이제는 지나치게 걱정하지 않아요. 당신 책을 출판사에 넘겼어요. 출판사에서는 저도 동감인데, 라이트의 서문을 그대로 두는 게 적절하다는군요. 우리는 『현대』에 게재한 번역의 한 부분을 실을 거예요. 다음번 책의 제목을 생각하고 있나요? 지금 결정해야 해요. 제 책의 완성된 1권은 타이피스트 수중에 있고 ─ 큰 짐을 덜었어요. 어쨌든 2권에 대한 엄청난 작업이 남아 있지요.

월요일에는 자유주의적인 좌파의 대회합이 열릴 거예요. 비공산주의자이자 반드골주의자인 작가들이 모두 참여할 것이고, 어떤 이들은 이탈리아와 독일에서 올 거랍니다. 라이트가 말하고 제가 통역할 거예요. 루세는 제가 발언하기를 원했으나, 때때로 약간 편협한 에스프리와 거의 여성적인 허영심을 지닌 카뮈가 화냈어요. 왜냐하면 『현대』의 너무 많은 사람이 개입하기 때문이지요. 그래서 저는 포기했어요. 딱히 할 말도 없었거든요. 모두 할 말이 없거나 아니면 할 말이 같아요. 당신도 이를 모르지 않지요. 그러므로 누가 발언한다 해도 본질적인 게 아니에요. 성공을 바라야지요. 게리 데이비스의 마지막 회합은 대성공이었어요. 1만 2천 명의 청중이 모였는데, 프랑스에서 그 정도가 모인 것은 대단한 것이지요. 오, 사람들이 얼마나 평화를 원하는지요. 그들이 평화를 쟁취하도록 하늘이 돕기를!

당신 편지가 늦어지지 않았으면 좋겠어요. 더 이상 당신과 연락이 닿지 않는다고 느껴지면 우울해요. 제 마음속의 당신은 희미해지지 않아요. 당신에게 키스하도록 내버려 둬요.

당신의 시몬

1948년 12월 15일 수요일 저녁

넬슨, 내 사랑하는 이. 당신에 대한 감정이 변하지 않았다는 것을 허영심 많은 당신이 어떻게 알아요? 누가 당신에게 말해 줬나요? 제 감정이 변하지 않았다는 사실이 두려워요. 아! 사랑과 기쁨의 형벌은 어쩌면 이다지도 큰지. 편지를 받는 것과 넬슨 당신이 올 거라는 것, 그리고 당신이 저를 여전히 사랑한다는 걸 아는 것은 얼마나 큰 기쁨인지 모르겠어요. 저는 이해해요, 내 사랑, 당신이 보낸 다른 편지들을 잊지 않고 있어요. 그러나 앞으로 무슨 일이 일어나든지 당신이 저처럼 미시시피에서의 추억들을 간직할 거고, 우리의 꿈은 진실이었으며 우리 각자에게 영원히 귀중하게 남을 거예요. 그리고 무엇보다도 넬슨, 우리가 또다시 함께 꿈꿀 거라고 확신하는 일은 얼마나 행복한지 몰라요! 오! 저는 오늘 저녁 정말 정신 나간 것처럼 느껴지고 지금 사랑과 기쁨의 눈물, 당신이 좋아하는 눈물을 몇 방울 흘리고 있어요. 넬슨, 나의 사랑하는 연인, 당신에 대한 사랑을 더 이상 기뻐하지 못한다면, 저는 뻣뻣하고 늙고 무미건조해져 버릴 거예요. 당신 편지는 저의 마음과 그렇게도 멀고 그렇게도 가까운 감미로운 한 시절의 모든 달콤한 추억을 되돌려 줬어요. 모르겠어요, 달링, 당신이 정확하게 무엇을 썼고 제가 어떻게 해석했는지 잘 모르겠어요. 그러나 뼈저리게 슬픈 2주를 보낸 뒤(단 한 통의 편지도 없이), 오늘 아침 모든 것이 다시 견고해지고 있답니다. 당신은 그토록 다정하고 따뜻하게 말하면서 여전히 저를 사랑해요(저는 더 이상 그렇게 믿지 않았으나 당신이 그렇게 말한다면 믿을게요. 당신을 믿지 않을 수 없네요). 그리고 당신이 올 거라고 단언해요. 그것은 저의 약간의 광증狂症을 정당화해 주지요. 4, 5개월, 그 이상이 아닌 몇 개월 후에 당신은 이 편지를 쓰는 제 침대에서 잠을 잘 거고, 벽에 걸린 고흐의 그림을

411

볼 거예요. 이러한 생각은 거의 견딜 수 없게 하는데, 당신은 실제로 제 가까이에 있을 거고 저는 당신의 두 팔에서 녹아 버릴 거예요. 제가 사리에 맞게끔 생각하도록 해 줘요. 당신이 5월 초에 오면 가장 좋을 것 같아요. 그 이유는 저도 쓰고 있는 책을 떨쳐 버리고 싶기 때문이에요. 다른 이유도 있긴 하지만(예를 들어, 돈 문제로) 그게 더 적합한 이유일 거예요. 당신, 그럴 수 있나요? 시카고로 돌아가는 비행기 표는 사지 말고 그 돈을 프랑스에서 생활하는 비용으로 가지고 있도록 해요(제가 당신을 위해 7월이나 8월에 비행기 표를 예약하겠어요). 그 돈에다 당신이 그동안 『현대』와 출판사에서 벌었고 앞으로도 벌 돈이 추가될 거예요. 제 쪽은 문제없을 거고요. 어디를 여행하고 싶어요? 베니스, 로마, 나폴리? 알제? 파리에서 무얼 하고 싶나요? 계획을 세워 보도록 하지요. 계획을 세우고 그것이 실현될 것을 기대하는 일은 참으로 신나요.

당신을 행복하게 해 줄게요, 넬슨, 그 어느 때보다 행복하게 말예요. 제가 당신에게 미소 지을 때 당신은 다시 한번 새롭게 사랑에 빠질 거라고 말한 적이 있어요. 그래서 당신에게 미소 지을 거예요, 내 사랑, 당신은 처음처럼 저를 사랑해야만 해요. 미시시피강에서처럼, 당신을 사랑하는 오늘 저녁처럼 당신을 사랑할 거예요. 당신의 비행기 표를 사도록 해요, 편지에다 더 이상 무엇을 더 쓰겠어요? 당신에게 다시 한번 속할 거예요. 넬슨, 이전에 그랬던 것처럼 그렇게 될까요? '카사 콘텐타'에서처럼 '캐러번스레이'에서처럼요? 당신을 기다리고 있어요, 나의 남편.

당신의 시몬

1948년 12월 18일 토요일

넬슨, 나의 사랑하는 매우 소중한 당신. 지난번 편지를 받은 이후로 얼마나 기분이 좋은지 모르겠어요! 젊고 행복해졌어요. 당신과 사랑에 빠졌죠. 당신이 보고 싶어 죽겠어요. 필요하다면 남자 없이 지낼 수도 있으나, 당신에 대한 생각이 절실해지는 이상 당신 없이는 지낼 수 없어요. 당신에게 바보 같은 편지를 보냈는데, 그만큼 저는 행복했고 행복으로 의식이 흐려졌었지요. 오늘 저녁에는 간신히 정신을 차렸어요. 하늘에는 아름다운 달이 떠다니고 있어요. 미시시피강에서 우리가 보낸 밀월 때보다는 크지 않으나 노트르담 사원의 빛나는 지붕 위로 반짝이는 은빛 달이에요. 그러나 저는 커튼을 치고 불이 활활 타오르는 방에서 술을 마시며 당신에게 편지를 쓰고 있어요. 몸을 따뜻하게 하려고 가스 난로를 피우는 대신 그리하는 것은, 당신과 함께 워반지아의 보금자리에 있는 것 같은 기분이 들기 때문이죠.

월요일에는 3천 명이 모인 회합이 있었어요. 많은 사람이 만원을 이룬 장내에 들어갈 수 없었어요. 모두 잔악한 드골주의자인 경찰들은 모스크바에서 온 말 많은 사람들의 회합이라고 주장하면서 입장하려는 사람들을 옳지 않은 방식으로 두들겨 팼어요. 일부러 온 카를로 레비, 그리고 많은 외국인, 아프리카인들, 인도차이나인들이 참석했어요. 카뮈는 상당히 어리석고 이상주의적인 것들을 열정적이고 격렬하게 말했어요. 사르트르는 잘, 그러나 준엄하게 거론했지요. 루세는 땀이 나도록 거칠게 소리 지르며 러시아를 너무 비방했고, 미국은 그다지 비방하지 않았어요. 카뮈는 제가 말하는 것을 원하지 않았고 저도 굳이 그리하지 않았으며, 단지 라이트의 연설, 매우 감동적인 훌륭한 연설을 통역했지요. 제 통역으로 말하자면 언제나 그렇듯 경탄할 만했고, 우리

413

는 박수를 아주 많이 받았답니다. 적지 않은 외국인들이 서툰 프랑스어로 발언했기 때문에 사람들이 정중하게 들었지만, 식민지국의 대표들을 위한 시간이 더 이상 남아 있지 않았다는 것은 조금 비극적이었어요. 그들은 의사를 표명할 기회도 주지 않으면서 초대한 것은 자신들을 무시하는 처사라고 보는 것 같았는데, 틀린 말은 아니었지요. 연설자들은 모두 식민주의를 고발하고 형제애의 깃발을 높이 흔들었지만, 루세와 그 일행은 한 명의 아프리카 흑인이나 인도차이나인이 백인 기자 한 명과 마찬가지로 가치 있다는 사실을 가슴 깊이 확신하지 않았어요······. 그러므로 다소 추악한 일화였고, 러시아에 대한 적대적 편견도 마찬가지였어요. 그러나 전체적으로 모두 듣고 싶어 한 것은 거론됐어요. 사람들은 뜨겁게 박수쳤고 샤블리산 화이트 와인과 햄을 넣은 달걀로 유쾌하게 밤참을 들었지요. 조금 전에는 카를로 레비와 점심 식사를 했는데 — 세상에, 얼마나 우스꽝스러운지 몰라요! 허세를 떠는 모습이란! 아무도 그를 따라가지 못하지요, 워반지아에서도요. 그는 자신의 소설 『예수가 에볼리에 멈췄다 Christ s'est arrêté à Eboli』가 그 마을 주민들의 성경이 됐고, 그들은 오로지 그 소설에 대해 토론하려고 신문을 창간했으며, 그중 한 명이 명함에 '루이치 오리글리오, 카를로 레비 소설의 인물'이라 찍었다는 거예요 — 터무니없죠, 안 그래요? 그는 이탈리아에 대해 잘 이야기해요. 우리가 그곳에 가면 그의 말이 맞는지 보도록 해요. 그는 바워리의 늙은 매춘부 가수들 — 당신, 이 괴물들을 기억하나요? —가운데 가장 늙은 여자가 자기 입에 키스한 것 때문에 계속 의기양양해하고 있어요. 그는 자신이 대단히 잘생겼기 때문에 그녀가 선택한 거라며, 그녀가 매일 저녁 스무 명의 관중에게 키스한다는 사실을 받아들이지 않을 거래요. 자기 말을 끝까지 고집하더군요. 커다란 모자를 쓰고 그렇게 유치했던 늙은 여가수는 죽었다나 봐요.

그밖에 다른 일은 없어요. 저는 일하고 자고 먹고 당신을 사랑하고 있어요. 못생긴 여자가 어느 날 아침에 와서 제 방 한가운데 앉아 흐느껴 울었는데, 얼마나 외로움에 떨면서 절망하든지 할 수만 있다면 우정상 그녀를 죽였을 거예요. 그녀에 대한 애정이 있음에도 불구하고 제가 할 수 있는 것은 아무것도 없었어요. 그녀는 떠날 즈음에 눈이 거의 돌아가서 저는 질겁하고 약간 얼이 빠졌어요.

당신에 대한 꿈을 꾸겠어요. 모든 것에 대해 고마워요. 희망에 고맙고, 5월의 기다림에서 살겠어요. 우리는 아름다운 생활을 할 테니 두고 봐요. 당신에게 종이 위에서 줄 수 없는 모든 사랑을 줄 거예요. 저의 두 팔은 따뜻할 것이고 넬슨, 당신의 두 팔도 따뜻할 거예요. 사랑해요.

당신의 시몬

1948년 12월 21일 화요일

넬슨 내 사랑. 문고판과 함께 온 편지는 이상하더군요. 12월 3일 자 편지였는데, 어제야 비로소 도착했어요. 비행기에 문제가 있었음이 틀림없어요. 2주 동안 왜 아무것도 받지 못했는지 그 이유를 알겠어요! 저는 이 상냥한 편지를 잃고 싶지 않았을 게 분명해요. 프랑스 돈에 대해서는 염려하지 말고 파리에 오는 것만 걱정하도록 해요. 당신이 시카고에서 돌봐 준 것처럼 당신을 잘 돌봐 드릴게요. 당신의 귀국 표를 예약할 셈인데, 언제 뷔슈리가 11번지의 문을 열지 알려 줘요.

몇 시간 후면 파란 하늘과 바닷가의 따뜻함을 맛보기 위해 홀가분한 마음으로 파리를 떠나 프랑스 남부의 예쁜 마을로 갑니다.

며칠 전 아침에 못생긴 여자가 눈물을 흘리고 몸을 떨면서 저의 집 문을 두드렸어요. 전날, 장 주네가 몹쓸 행동을 한 때문이지요. 주네는 완전한 사디스트고 — 많은 동성애자가 사디스트인데, 당신도 그 점을 알아챘나요? — 상처받기 쉬우며 또 고통에 대해 민감한 자신의 취향으로 인해 그녀에게 고약한 장난을 쳤어요. 그는 그녀가 유식한 체하고 재능이 없는 히스테릭한 배우라고 말했어요. 그녀가 울어버리자 점점 더 모욕적인 행동을 했지요. 그 일은 그들 말고도 한두 사람이 더 있었던 어느 바에서 일어났고, 그로 인해 그녀는 완전히 패닉 상태에 빠졌어요. 더욱이 그녀는 어머니와 함께 살 생각에 두려워하고 있었으며, 우리가 함께 외출했을 때 이미 반쯤은 안 좋은 상태에 있었지요. 결국 사르트르가 1년간 매달 약간의 돈을 빌려주기로 했으나, 그의 주머니에서 나오는 돈이라는 걸 알면 그녀가 받지 않을 것이기 때문에, 그녀의 다음 책이 잘 팔릴 것이라고 확신한 갈리마르가 미리 주는 것이라고 거짓말을 해야만 하지요. 갈리마르가 그렇게 세심하고 관대해 보이게 하는 것은 가슴 아픈 일이지만, 그렇게 하는 게 필요해요. 이 여자는 정말 흥미로워요. 그녀의 어머니는 그녀에게 엄청난 열등감을 안겨 줬어요. 그녀가 못생긴 것은 분명 사실이지만, 특히 그녀는 모든 것에 죄의식을 느끼고 있답니다. 어머니는 일고 여덟 살인 그녀에게 주먹질하고 몇 날 며칠 동안 "너는 나빠. 너는 악하고 네 아비를 쪽 닮았어. 넌 피도 눈물도 없어!" 따위의 말을 되풀이하면서 그녀를 공포에 떨게 했어요. 오늘날 그녀가 자신은 낙오자고 아무것도 아니라고 느끼면서 긴 악몽처럼 살아가는 건 우연이 아니지요. 그에 비하면 저는 당신 외에 다른 악몽은 없다는 것이 특권처럼 느껴지네요.

영어로 된 『초대받은 여자』를 한 부 받았는데, 미국에서도 출간 될까요? 아무튼 좋은 책이란 어떤 것인가를 알 수 있도록 조만간 당신에게 보내겠어요. 물론 프랑스어로 된 책이 좋지만, 영문판도 '일급품'이라고 느낄 거예요. 번역에 관한 이야기를 결말짓지요. 사르트르는 마침내 브로드웨이에서 공연되는 〈더러운 손〉 번역본을 받았어요. 언어도단이랍니다! 완전한 배신이고 원문과 같은 글은 단 한 자도 없으며, 유머와 등장인물 등 결국엔 가장 작은 세부 사항까지 모든 것을 학살해 버렸어요. 단지 멍청하고 잘못 쓰인 통속극만 남아 있을 뿐이지요. 그런데 사르트르는 공연을 중단할 아무 권리도 없어요! 그래도 그가 노력해 보겠지만, 제가 번역해 읽어 주는 동안 그가 얼마나 경악했을지 상상해 보세요. 다시 말해 각각의 문장이 그의 두 귀에 불을 붙였답니다. 마치 그의 작품인 양 브로드웨이의 관중에게 소개한다고 생각하면……!

스탕달의 『적과 흑』을 꼭 읽어 보세요. 영어로 읽으면 어떤 결과를 가져올까요? 그 소설이 1세기 전의 작품이라서 시대에 뒤떨어진 것처럼 보일 수 있다는 것을 잊지 말아요. 그러나 프랑스의 무언가를 알게 해 줄 겁니다. 그는 아마도 가장 위대한 소설가일 거예요. 『악령에 사로잡힌 사람들』로 말하자면, 그 책을 읽기 위해 시골에 가져갈 정도지요.

저의 에세이는 『제2의 성』이라고 부를 거예요. 프랑스어로 듣기가 좋아요. 또 여자들이 두 번째에 온다는 것과 남자들과 동등하지 않다는 사실을 언급하지 않으면서, 한편 남자 동성애자들을 항상 '제3의 성'이라 부르기 때문이지요. 서열은 은연중에 암시되어 있어요. 참으로 두꺼운 책이 될 거예요! 재미있는 이야기들로 가득 찬.

저는 기차를 탈 것이고, 당신 편지는 뒤따라오겠지요. 뷔슈리가로 계속 보내세요. 휴가 동안의 우리 사랑을 위한 당신의 계획을 일러 줘요. 저는 밤낮으로 당신이 원하는 모든 것을 할 거예요. 당신에게 파리를 멋지게 보여 주고 싶으나 일단은 당신 마음에 들어야 하니 모든 것은 당신에 달려 있다고 하겠죠. 당신의 마지막 편지들은 저를 아주 행복하게 만들었어요. 내 사랑, 저는 다시 온통 뜨거워져 당신을 원하며 당신에게 키스해요.

당신의 시몬

1948년 12월 25일 토요일

메리 크리스마스, 나의 사랑하는 토박이 젊은이, 해피 뉴 이어! 당신 소설이 큰 성공을 거두고 명예와 돈을 얻기를 빌어요. 당신이 포커를 하고 주사위를 던질 때 행운이 뒤따르길 기원하며, 멋진 토박이 젊은이로 남길 바라요. 파리에 와서 제가 당신을 사랑하도록 내버려 둬요! 그런 것들이 저의 새해 소망이랍니다. 예전처럼 또 한 번 행복해지도록 해요. 그것 말고는 아무것도 더 바라지 않아요. 우리가 이제는 도정의 반 이상에 이르렀다는 것을 느끼나요, 넬슨? 우리는 서로를 향해 전진하고 있어요. 조바심 탓에 제 고독한 잠자리에서 잠드는 것이 종종 힘들어요.

편지 한 통을 받고 싶어요. 확실하게 받으려고 아파트 경비원에게 세 통의 전보를 보냈어요. 제가 낭비한다고 당신은 화내겠지요? 죄가 없다고 변명하진 않겠어요. 하지만 겨울이라 해안의 호텔들이 대부분 문을 닫았기 때문에 거처를 정하기가 쉽지 않아요. 마르세유의 관광사무소 측은 문을 닫은 호텔과 열린 호텔을 모두 혼돈했답니다. 그들은 마지막에서야 당신의 편지가 제게 닿을 아름다운 장소를 발견해 냈어요. 사르트르와 저는 너무도 추운 겨울의 파리를 화요일에 떠났어요. 마르세유에는 구름 한 점 없는 하늘 아래 나무들의 향기가 가득했고 태양이 온화한 아침 하늘에 빛나고 있었어요. 제 방은 노트르담 드 라 가르드 성당 맞은 편에 있는 구舊 항구에 면해 있어요. 그곳에서 이틀을 머물렀지요. 마르세유를 볼 때마다 17년 전처럼 그 매력에 다시 사로잡혀 버려요. 그때 이후로 겨울에는 결코 다시 오지 않았는데, 과거로 돌아간 듯했어요. 얼마나 신선하고 순수한 추억인지 몰라요! 모든 것이 옛 추억들로 넘쳐나고 있었어요. 지금은 거의 푸른 바다에 있다고 할 만큼 바다 옆에 있는 외딴 호텔에 묵고 있어요. 이곳은 테라스에서 일할 수 있을 만큼 날씨가 좋아요. 지금까지는 호텔이 적막해요. 우리가 유일한 손님이에요. 점심 식사 후에는 예전에 배낭을 메고 홀로 걸었을 때처럼 멋진 언덕에서 산책했어요. 각각의 오솔길, 각각의 산봉우리, 각각의 계곡을 알고 있답니다 — 그것들을 다시 본다는 것이 얼마나 기쁜지 몰라요!

잘 자요, 내 사랑. 바다는 포효하며 바위들을 사납게 때리고, 바위들은 그것을 비웃고 있어요. 침대에서 보기 싫은 프랑스 만년필로 쓰고 있는데, 그 이유는 여전히 파커 잉크를 기다리기 때문이지요. 나의 넬슨, 당신은 다시 한번 제 가까이 있을 거예요.

당신의 시몬

1948년 12월 31일 금요일

매우 소중하고 사랑하는 이. 제가 특히 좋아하는, 당신 고장 특유의 달콤한 사랑으로 가득한 귀여운 크리스마스카드 고마워요. 워반지아에서는 아직 진짜 편지가 오지 않았군요. 엿새 후에는 분명 파리에 있을 거예요. 비행기 표를 예약했나요? 며칠 날짜로요? 어디서요? 그 모든 것을 알고 싶어 안절부절못하고 있어요. 우리는 호텔을 옮겼어요. 해안에 있는 호텔은 정말 이상했어요. '대장, 투숙객'이라고 쓴 플래카드를 걸어 놓지를 않나, 욕조에 붉은 물이 차 있질 않나, 저는 더 이상 참을 수 없었어요. 우리는 작년에 있었던 마을보다 훨씬 더 아름답고 더 높은 언덕에 자리 잡은, 좁고 꼬불꼬불한 길들이 있는 매우 오래된 기막힌 작은 마을*에 있답니다. 마을 뒤쪽으로는 멋진 산들이 있으며, 산자락에는 많은 마을이 여기저기 흩어져 있지요. 제 방에는 태양 아래 자리 잡고 앉아서 일할 수 있는 발코니가 딸려 있어요. 어디를 가나 곧 당신에게 이러저러한 장소를 보여 주겠다고 저 자신에게 말하지요. 당신이 도착할 때 맞춰 제 책을 완성하기 위해 엄청나게 일하고 있어요. 최근에 번역된 「킨제이 보고서」**를 읽고 있어요. 참으로 흥미 있고 코믹한 정보들이에요! 만약 여성에 관한 같은 앙케트가 존재한다면, 제게 도움이 될 거예요. 그리고 모르몬 교도의 이야기는 정말 기이하더군요. 조지프 스미스와 수많은 아내 말이에요.

오늘 아침, 커다랗고 붉은 태양이 바다 위로 떠올라 방에 스며들면서 저를 잠에서 깨웠을 때, 당신을 생각했어요. 저는 모든 것을 기억했어요. 택시 안에서의 첫 키스 이후로 모든 것이 훼손되지 않고 그대로 따뜻하고 경이롭게 머물러 있답니다. 그리고 모든 것이 다시 사실이 될 거예요. 아주 행복해요. 안녕. 작업하겠어요. 해피 뉴 이어, 대단히 소중한 당신, 나의 넬슨.

당신의 시몬

---

* 카뉴(Cagnes)
** 미국 남성의 성에 관한 사회학적이고 통계학적인 조사

1949년

1949년 1월 5일 수요일

소중한, 매우 소중하고 심술궂은 당신. 저는 다시 파리에 와 있는데도 전혀 기쁘지 않아요. 메를로퐁티가 뉴욕과 멕시코로 떠나기 때문에『현대』에 대한 책임을 떠맡게 됐어요. 그에게 과테말라와 치첸이트사 그리고 모든 것에 대해 찬양해 마지않았어요. 그가 시카고를 거쳐 간다면 기꺼이 당신에게 보낼 거예요. 그를 친절하게 대해 줘요. 그는 약간 쌀쌀맞고 자기 안에 갇혀 있는 것처럼 보여요. 그리고 행동이 굼떠서 워반지아에 자주 드나드는 사람들만큼 재치 있어 보이지 않아요. 그러나 똑똑하고 호의적이며 신뢰할 만한 사람이지요. 당신이 그를 알면 좋겠는데, 당신에게 방해가 될까요? 그가 시카고에 갈는지는 확실치 않지만, 파리를 떠나는 것만은 틀림없어요. 새 편집자가 일을 맡는 그때에『현대』부수가 줄어들지 않도록 큰 노력을 기울여야만 해요. 당신이 한 해를 유쾌하고 생기 있게 시작한 것이 기뻐요. 저는 당신, 그렇게 기분 좋게 미소 짓는 당신이 침울해지면 아주 싫어요. 그리고 예약은요? 왜 그리 늦어지나요? 마르세유에는 붉은색 바위들이 없고 1백60킬로미터 멀리 떨어진 곳에 있어요. 저는 당신이 생각하는 마르세유를 알아요. 그보다 더 더럽고 더 미친 듯했으며, 푸에블라처럼 매춘부들과 유곽이 가득했지만 안타깝게도 전쟁 기간에 폭파된 그런 마르세유마저도 알고 있어요. 그곳에서 함께 거닐면 멋질 거예요. 당신이 헤라시 부부를 망연자실하게 했다는 것을 아나요? 9월에 당신한테서 편지도 전보도 오지 않아서 어찌나 두려웠던지, 그들에게 당신이 여전히 살아 있는지 당신 집에 전화 좀 해 보라고 부탁했었어요. 그들이 전화를 걸었더니 당신이 더 이상 그곳에 살지 않는다고 웬 여성이 대답했대요. 깜짝 놀란 그들은 당신의 짓궂은 장난인 줄도 모르고 당신이 사라졌다고 믿었어요. 그들의 편지에는 어떤 만족감이 들어 있었지요. 왜 나하면 친구들이 겪은 불쾌한 일을 은밀히 즐기고 있었으니까요. 당신이 저를 간단하고 분명하게 차버려서 제가 당신을 욕한다면 그들은 마음에 들어 할 거예요.

저는 집에서 당신이 정말 올 거라고 답해 준 친절한 편지, 단 한 통의 편지를 발견했을 뿐이에요. 당신의 비행기 표 예약이 확실 해지는 즉시 알려 줘요. 배로 오는 당신을 맞이하기 위해 르아브 르로 갈지, 아니면 당신 나라의 조종사들에 의해 산산조각이 난 감미로운 재회를 하기에 을씨년스러운 르아브르로 갈지, 그것도 아니면 역시 을씨년스럽고 당신을 놓쳐 버릴 수도 있는 기차역에 서 당신을 기다릴지 생각해 보고 있답니다. 집에서 기다리는 게 더 좋을 거예요. 그러나 당신이 결코 찾아오지 못하겠지요. 택시 운전사들은 그 거리를 잘 알지 못해요. 건물 아래에는 초인종이 없어서 열쇠가 필요하고요, 그러니 어떻게 하죠? 좋은 해결책을 찾으려면 몇 개월간 심사숙고하는 게 필요할 거예요. 트루먼의 연설을 어떻게 생각해야 할까요? 거기에 의미가, 최소한의 의미 가 있는지 아니면 그 의미조차 없는지요? 당신 책의 제목은 잘 모 르겠어요. 다른 것들이 더 좋았다는 생각이 드는군요.

1월 9일

요즘엔 이상한 돌발 상황이 자주 벌어져요. 목요일에는 오전 여덟 시에 일어났지만, 온통 불이 환하게 켜져 있어서 날이 어둡 다는 것을 겨우 알아챘지요. 단장하는 동안, 화장으로 얼굴 반은 분홍이고 반은 하얗게 되었으며 머리를 매만지느라 머리핀을 입 에 물고 있을 때 정전이 됐어요! 입술을 반만 빨갛게 칠하고 머리 를 반만 매만진 채 지내는 것은 정말 큰일이었지요. 국립도서관 에 가야만 했거든요. 꾀가 많은 저는 눈 노릇을 손가락이 대신하도록 하여 난국을 뚫을 수 있었어요. 게다가 계속 내리는 비에 기운이 떨어져서 명랑해지려고 제게 멋진 빨간색 비옷을 생일선물로 줬어요 — 네에, 그래요! 오늘 아침 이후로 한 살을 더 먹었고 더 착실해졌으며 더 상냥해졌어요. 하지만 예전처럼 당신을 사랑해서 앞으로 거의 나아가지 않았다고 할 수도 있죠. 그리고 책 한 권으로 만들기에는 이미 엄청난 분량인 1권*을 내일 갈리마르 출판사에 가져갈 예정이니, 저는 또 하나의 선물을 받을 만하답니다. 제가 휴식을 취한다고 생각지 마세요. 당신이 도착해서 저를 방해하기 전에 2권을 끝내야만 해요. 아직 해야 할 것이 많이 남아 있어요. 오늘 너무 정신없이 작업해서 등이 아프고, 지금은 늦은 시각이 아니지만 완전히 녹초가 되어 곧 자러 가야겠어요. 잘 자요, 달링. 지쳐서 곧 쓰러질 지경이고, 당신만이 저를 잠시 깨어 있게 할 수 있어요. 당신은 이곳에 없어요. 그래서 저는 얌전하고 늙은 싱글의 모습으로 자도록 하겠어요. 당신을 다시 만나면 죽도록 키스할 거예요. 넬슨, 꿈속에서 지금 당장 죽도록 키스해요.

당신의 시몬

추신. 부탁이에요, 편지 봉투 안에 있는 편지를 풀로 붙이지 마세요. 봉투에서 빼낼 수 없어요. 안에 몇 조각이 붙어 있기 때문에 편지를 읽으려면 모든 것을 퍼즐처럼 다시 재구성해야만 하는데, 견디기 어려운 일이에요. 저는 카페에 들어갈 때까지 기다릴 인내심이 없기 때문에 특히 아침에 국립도서관으로 떠날 때와 길에서 추위와 바람 속에서 애쓸 때 더욱 그렇지요.

---

* 『제2의 성』 제1권 「사실과 신화」

1949년 1월 18일 화요일

너무나 소중한 당신. 내 사랑, 지난 일요일 아침에 처음으로 당신이 제 꿈속에 나타났어요. 오, 당신을 잡는 것은 힘든 일이었지요! 저는 동생과 제부와 함께 뉴욕에 가야만 했고, 거기서 워반지아까지 지하철로 간 다음에 우리의 보금자리에서 한없이 기다려야만 했어요. 당신이 돌아오기 전에 꿈에서 깰 것이라 생각하니 너무 화났어요. 마침내 당신이 도착했고 우리는 부엌에서 키스했지요. 자명종이 울리지 않았다면 무슨 일이 일어났을지 모르겠어요. 왜냐하면 동생과 제부가 워반지아의 제 침실에 눌러앉아 있었으니까요…… 또 우리의 작은 사진을 바라봤어요. 사진 속의 당신은 살아 있는 듯했어요. 당신은 꿈이 아니에요, 나의 넬슨. 그리고 당신은 저의 집 현관과 제 방문 그리고 저의 두 팔에서 당신의 자리를 찾아낼 수 있다고 말했지요? 당신 정말 그렇게 생각해요. 넬슨?

가엾은 사르트르에 대한 비평이 그렇게까지 어리석은 건 아니었어요. 그러나 그가 쓴 희곡의 단 한마디도 남아 있지 않았는데도 그 비평은 희곡의 진정성을 기준으로 평가한 까닭에 완전히 왜곡됐으므로 그에게는 한층 더 슬픈 일이었지요. 그들의 번역을 들여다보지 않고서는 그들이 무슨 일을 저질렀는지 상상할 수 없어요. 사르트르의 텍스트가 10퍼센트만 살아남았는데, 그들이 건드리지 않은 부분마저도 전혀 어울리지 않는 엉뚱한 장소에다 분산시켜 놓았어요. 전체적으로 희곡의 3분의 1이 그대로 있으나 정치적·심리적 의미는 모두 사라져 버렸어요. 가장 최악은 작가의 고유한 문체나 언어와 감수성의 독특함이나 아이러니 또는 음산함을 말살시켜 버렸다는 거예요. 만일 그와 같은 비열한 짓이 제게 일어난다면, 특히 그 사기꾼들이 "결론적으로 대략 같은 연극이지요"라고 단언하면서 공연을 밀어붙인다면 저는 미쳐 버릴 거예요.

제가 읽고 있는 모르몬 교도들에 관한 엄청나게 긴 책이 그 대단한 이야기에 대한 모든 것을 가르쳐 줘서 다른 책은 필요하지 않아요. 그레이엄 그린, 네 저는 그를 알지만 별로 좋아하지 않아요. 자신을 중요한 사람으로 여기지 않을 때의 그는 좋은 추리소설을 성공적으로 썼어요. 하지만 그의 가장 좋은 소설인 『권력과 영광』은 편협한 신앙심을 가진 영국의 늙은 부인을 위한 포크너 소설의 대용품처럼 보여요. 가톨릭 교도고 사제들과 그런 유형의 견딜 수 없는 패거리들을 아주 좋아하는 그가 지겨워요 ― 당연히 프랑스의 보수적인 부르주아 계층에서 인기가 매우 높지요.

친절한 당신, 당신은 저의 어머니에게 무엇이든 꼭 보내야 하나요? 만일 그렇게 할 거라면, 털실과 뜨개질바늘처럼 우리가 많이 갖고 있는 물건보다 작년에 보내 준 소포 같은 것을 어머니는 더 좋아하실 거예요.

여성과 관련된 소름 끼치는 이야기들을 그 어느 때보다도 많이 읽고 있어요. 예를 들어 지난 세기 말경에 아무에게도 해를 끼치지 않는 자위행위를 하는 어린 소녀들에게 형을 가한 끔찍한 이야기를요. 불행하게도 소녀들은 그들의 행위가 부도덕하다고 여기는 대단히 부유한 가정에 속해 있었어요. 사람들은 그 소녀들을 때리고(한 명은 여덟 살, 다른 한 명은 열 살, 가엾은 어린 것들!) 밤낮으로 묶어 놓았어요. 애들은 머리가 돌아 버리면서 사람들이 금지한 것 말고는 다른 아무것도 생각할 수 없게 됐지요. 애들을 '치료하기' 위해 의사를 불렀는데, 의사는 아이들에게 먹을 것을 주지 않았고 모든 것을 빼앗았어요. 결국 불에 달군 쇠로 그녀들의 바로 그곳을 지졌어요(각각 세 번). 당시 스위스 의사들은 자신을 '간음하는' 어린 소녀들을 위해 할 수 있는 유일한 일이 불에 달군 쇠로 지지는 것이라며 거드름을 피웠어요. 어린애들은 창문을 통해 도망가려 애썼지요. 제가 발견한 책에서 이 '치료법'을 보고하는데, 문제의 그 의사는 이 어린아이들을 겁에 질리게 만든 것을 아주 자랑스러워하더군요. 그는 어린아이들에게 입김을 불어 쇠를 빨갛게 달구던 불을 일으키도록 강요했어요. 잔악한 인간. 오늘날에는 더 이상 이런 식으로 행해지지 않는다는 데 동의해요. 그러나 매일 신문에서는 매 맞거나 굶주려 죽어 가는 어린이들의 애처로운 이야기가 터져 나와요. 아주 많은 프랑스 어린이가 불행하죠. 부모들이 무방비 상태의 피조물들을 때리고 자기 마음대로 한다는 것은 부끄러운 일이에요. 저는 파리의 회색 겨울 동안 공부하고 글을 쓰며 별다른 일 없이 지내고 있어요. 어제는 '갈리마르의 돈'을 받은 이후로 변모된 못생긴 여자를 만났어요. 더 이상 정신과 의사를 필요로 하지 않는 그녀는 일을 잘하고 잘 먹고 잘 자고 있어요. 사람들을 치료하는 가장 좋은 방법은 그들이 원하는 것을 주는 것인데, 이는 물론 언제나 가능한 것이 아니에요. 그러나 그렇지 않으면 아무것도 치료할 수 없지요. 가엾은 어린 러시아 여자 친구는 아직도 폐에 공동空洞이 있는데, 그동안 모든 게 치료됐다고 믿고 있었어요. 얼마 전에야 전혀 낫지 않았다는 것을 알고서 반쯤 미쳐 버릴 정도였죠. 그녀는 건강을 회복하기 위해 시골로 떠나요. 건강을 되찾아 다시 배우가 되기를 너무 강렬하게 원하는데, 현실은 참으로 슬퍼요.

저요, 제가 원하는 것은 당신이며, 만일 원하는 것을 얻지 못한다면 어떤 정신과 의사도 치료하지 못할 거예요. 자, 당신이 해야 할 일을 마치고 오세요. 만일 당신이 좌초한 퀸메리호를 구출하지 않고는 올 수 없다면, 그 배를 다시 뜨게 하세요. 게으름뱅이 양반, 와서 저를 찾아내도록 해요, 그리고 당신이 해야 할 일을 하도록 해요. 사랑해요.

당신의 시몬

1949년 1월 25일 화요일

나의 매우 귀중한 게으름뱅이 양반. 마침내 당신의 친절한 편지가 도착했어요. 그렇게 오랫동안 편지를 하지 않다니 당신은 정말 심술쟁이고 게으름뱅이예요. 그러나 당신을 꾸짖기에는 오늘 저녁 기분이 너무 좋아요. 불은 부드러운 소리를 내며 타고 있고, 저는 드라이 마티니 종류의 술을 햄과 곁들여 마셨어요. 인생은 그다지 나빠 보이지 않네요.

저는 벌써 우리의 다음 밀월을 진지하게 계획 중이랍니다. 커튼과 빨간색 침대 커버를 준비했는데, 방이 더 편안하게 느껴질 거예요. 이탈리아 돈을 얻기 위해 술책을 쓰고 있지요. 로마와 나폴리는 당신 마음에 들 거예요. 저는 우리가 진정으로 함께할 긴 공동생활을 위해 채비를 갖추도록 애쓰고 있어요. 왜냐하면 당신은 9월 이전에는 시카고로 돌아가지 않아도 될 테니까요. 당신, 우리가 잠자리에 있을 때 제게 계속 있도록 권하다니 정말 친절하더군요. 저는 실제로 놀라운 추상 능력을 소유하고 있는데, 특히 당신과 함께 침대에 있을 때 더욱 그래요. 거기서 가장 까다로운 주제에 관해 깊이 있는 생각들이 떠오르면, 우리는 단 1분도 낭비하지 않을 테니까 좋은 생각이에요. 그렇지만 만약 우리가 3, 4개월을 함께 산다면 제가 침대 밖에서도 일해야 할 거라는 생각이 들었어요. 4개월을 일 없이 한가하게 보낸다면 당신은 제게 싫증을 내고 작년처럼 약간 화도 낼 게 분명해요. 당신보다 훨씬 더 현명한 저는 당신에게 절대 진력내지 않을 테지만, 우리의 생활이 저를 완전히 만족시켜 주지 않을 거예요. 진실 아닌가요? 우리는 오직 서로와 풍경만을 감상하면서 몇 주간을 보낼 수 없을 거예요. 당신은 타자기를 가져오고 소일거리를 미리 생각해 놓아야 해요. 우리는 한동안 전혀 아무것도 하지 않고 한 번쯤은 맘에 드는 여행을 할 것이며, 그리고 구경하는 것이 지겨워질 때쯤 어디엔가, 마르세유나 알제 또는 모로코에 머물 거고, 해수욕을 하고 거리를 거닐고 서로에 탐닉하면서 몇 날 며칠을 조용히 글 쓰는 일로 보낼 거예요. 어때요? 이번 휴가가 전적으로 행복하고 우리의 진정한 삶의 한 부분이 되기를 원해요. 저는 당신의 존재 방식에 대해 적잖이 알기 시작했어요. 당신은 게으름뱅이지만 한가하게 머물러 있지 못해요. 당신이 지루해하는 괴로운 모습을 더 이상 보고 싶지 않아요. 당신은 아무것도 하지 않는다면 지루해할 거예요. 오, 저는 알아요! 당신은 워반지아 아닌 다른 곳에서 일할 수 없다고 반박하겠지요, 그러나 정말인가요? 거기에 대해 깊이 생각해 봐요!

다른 것도 지적해야겠지만, 무의미하다고 생각되니 마음이 아프네요. 오기 전에 프랑스어를 약간 연습하도록 해요. 좋은 문법 교재와 프랑스어 소설책과 사전을 택해 시작해요. 당신이 이 나라의 언어를 약간만이라도 안다면 분명 프랑스로부터 더 많은 기쁨을 얻고 프랑스를 더 잘 이해할 거예요. 당신 책이 완성되면 하루에 두 시간이라도 할애할 수 없나요?

결국 저는 당신을 배로 마중 갈 거라고 생각해요. 특히 당신이 르아브르로 도착한다면 당신 미국인들이 그곳을 얼마나 파괴했는지 보여 주고 싶군요. 당신의 도착 날짜와 시간을 정확히 알려 주세요. 이젠 그렇게 멀지 않았어요, 넬슨. 이 친근한 방을 바라보면서 그 안에 당신이 있는 것을 상상하는 게 믿기지 않지만, 무척 감미로워요. 당신도 저만큼 미칠 듯이 행복하기를 바라요. 노트르담 성당 위의 커다란 달이 당신을 매혹할 것이고, 차갑고 멀리 있는 저의 두 팔이 다시 따뜻해질지 두고 보도록 해요. 달링, 당신의 두 팔과 당신 입술의 온기를 기억하고 있어요.

당신의 시몬

추신. 달링, 편지를 읽을 수 없게 붙이지 말라고 부탁한 거지,
봉하지 말라고 한 게 아니었어요! 편지봉투가 열린 채 제 손에
온 것은 기적이에요. 봉투 안쪽의 종이가 아니라 봉투의
가장자리를 풀로 붙이세요. 쉽고 분명하지요. 안 그래요?
뜨거운 물에 피부를 담그는 것은 소용없는 일이에요.
신의 피부가 손상되지 않기를 바라요.

1949년 1월 29일 토요일

매우 소중한 내 사랑. 파리는 몹시 춥고 얼음 같은 안개가 자욱
해요. 상관없어요, 저는 봄을 기다리고 있고 기분이 좋아요. 며
칠 전에 딕 라이트와 쿠스쿠스를 먹었는데, 그가 아주 좋아했어
요. 최근에 그는 예쁘고 귀여운 딸을 낳아(그의 말에 의하면 예쁘다는
데, 저는 아직 아기를 보지 못했어요) 아주 행복해하지만, 일을 많이 하는
것처럼 보이지 않았어요. 파리에 정착하여 아기를 하나 낳은 것
이 그를 녹초로 만들었나 봐요. 그는 한 달 예정으로 로마로 떠난
답니다. 오랫동안 아프리카 흑인들에 대해 이야기했어요. 이상하
게도 아프리카 흑인들과 미국 흑인들은 서로 앙숙이에요. 당신에
게 표지를 줬는데 당신이 아무것도 이해하지 못하겠다고 한 잡지
를 발행하는 디오프를 기억하죠? 라이트가 그 잡지에 한동안 기
고했었는데, 지금은 디오프를 증오해요. 라이트 말에 의하면, 그
렇게 겸허하고 그렇게 그윽한 용모의 이 흑인이 그 어떤 백인 주
인보다 훨씬 더 가증스러운 방식으로 백인 비서를 대한대요. 디
오프가 신문에 보도된 소위 자기 사무실에 대한 불법침입 사건을
완전히 꾸며 냈을 거라고 이야기하더군요. 실제로 그는 한 가족
의 어머니이자 많은 식구를 거느린 여인의 아파트에 사무실을 차

렸어요. 그가 떠나기를 바란 그 여인은 어느 날 밤에 그의 모든 물건을 밖으로 내놓았대요. 바로 그때 그는 선전을 위해 강도를 당했다고 신고했다는군요 — 보다시피 어두운 이야기지요. 이곳의 또 다른 어둡고 재미있는 이야기는 파리의 속물주의 수준의 센세이션을 일으킨 크라프첸코* 소송이에요. 당신도 이 이야기의 큰 줄기는 알고 있지요. 다시 말해, 공산당 신문 『레트르 프랑세즈 Lettres françaises』에서 『나는 자유를 택했다 J'ai choisi la liberté』의 저자는 크라프첸코가 아닌 미국인이라고 주장했어요. 배신자의 얼굴을 한 크라프첸코는 사실 형편없는 책을 만들었는데, 그 책에 쓰인 글은 한 단어도 믿을 수 없지요. 어쩌면 문체를 수정해 준 미국 작가에게서 도움을 받았을지 모르나, 그 자신이 그 책을 짜맞춘 것은 틀림없어요. 그러므로 소송은 어리석은 짓이고 이미 결정 난 거예요. 왜냐하면 공산주의자들은 크라프첸코가 저자가 아님을 증명할 수 없기 때문이지요. 그들은 크라프첸코가 거짓말했다는 것을 입증하려 했지만, 러시아와 관계된 문제지 크라프첸코의 저작에 관한 것은 아니에요. 그의 편에서는 그들도 거짓말을 하고 있고 증거도 없이 비난한다고 해요. 이것은 사실이지만, 그의 책이 믿을 만하다는 것을 의미하는 것은 전혀 아니지요. 모두가 거짓말을 하고, 모두가 틀리고, 모두가 노발대발하고 있답니다. 크라프첸코는 진짜 러시아인으로 행동하고 있어요. 고래고래 소리 지르고, 주먹으로 탁자를 내리치며 히스테리를 일으키고, 항상 질문에서 빗나간 대답을 해요. 공산주의자들은 그를 함정에 빠뜨리려 애쓰면서 비열한 수법을 써요. 예를 들어 그에게 "〈인형의 집〉의 대단원은 어떤 것인가요?"라고 질문했지요. 그 이유는 그가 자기 책에서 그 연극에 대해 이야기하기 때문이에요. 크라프첸

---

* Victor Kravchenko. 우크라이나 태생의 소련 망명자

코는 "뭐요? 무슨 집이요?"라고 말했고, 그들은 웃음을 터뜨리며 "입센을 모르니 그 책은 그가 쓴 게 아니오!"라고 결론지었어요. 하지만 그 연극의 러시아 제목은 〈노라Nora〉며, 그 때문에 논쟁은 가치 없는 것이지요. 모든 토론이 다 이런 식이에요. 미국에서도 그에 관해 이야기하나요?

『현대』의 마지막 호는 훌륭하고 그 어느 때보다 뛰어나다는 것이 전체적인 의견이에요. 그 때문에 갈리마르는 손가락을 깨물며 몹시 후회하고 있어요. 메를로퐁티라는 친구는 대략 한 달 후에 도착할 것이며, 그에게 시카고에 들르라고 말할 거예요. 오랜만에 트럼펫 젊은이를 다시 만났어요. 지금 두 아이의 아버지인 그는 생제르맹데프레에서 미국 관광객들을 위해 연주하느라 밤을 보내고 있어요. 그가 멋진 레코드판을 소유한 덕분에 진짜 비밥, 길레스피, 찰리 파커의 음악을 들었는데, 기막히더군요. 제가 20년 전에 발견한 뉴올리언스의 오래된 재즈만큼이나 좋았어요. 파리에서는 어디서도 그것을 연주하지 않는답니다.

못생긴 여자는 저와 만난 지 4주년이 되는 것을 기념하기 위해 꽃을 선사했어요. 저의 에세이 제목을 "결코 오지 않는 여자Never Come Woman"*로 할까 하는데 어때요, 괜찮아요? 당신은 어떤 제목을 선택했나요?

달링, 일단 당신은 책이 끝나면 무얼 할 건가요? 며칠 전부터 걱정해 왔어요. 다른 책을 시작할 건가요? 아니오, 곧바로 시작하는 건 안 돼요. 그러면 무얼 하지요? 포커, 폭음, 서점들에서 자기 이야기하기, 프랑스어 공부, 저와의 서신? 아마도 당신은 공허함을 느낄 거예요. 당신이 프랑스에 있으면 저를 토하게 하지 않

---

* 올그런의 소설 제목을 패러디한 것으로, 프랑스어로는 "기다려지는 여자(La femme se fait attendre)"로 번역할 수 있다.

고서도 몇 시간 동안 말할 수 있을 거예요. 카사 콘텐타의 바에서 당신이 젊은 시절의 여자들에 관해 이야기했을 때와 글 쓰는 이유를 설명했을 때와 같이, 저는 당신이 자신에 대해 이야기하는 것을 무척 좋아해요. 아 저는 그때, 그 두 번의 저녁에 당신을 얼마나 사랑했던지요! 따뜻하고, 부유하며 행복하게 느껴졌었어요. 앞으로 당신을 그만큼 사랑할 수 있을까요?

잘 있어요, 달링, 일해야 해요. 일을 하도 많이 해서 녹초가 됐지만, 당신이 올 때 다시 좋은 모습으로 돌아오도록 할 거예요. 저를 원기 왕성하게 만들어 줘요. 당신은 대단히 귀중한 나의 당신이에요.

당신의 시몬

1949년 2월 9일 수요일

당신, 나의 사랑, 소중한 당신에게 편지를 쓰지 않고 어떻게 그리 긴 시간이 흐르도록 놔둘 수 있었을까요? 부끄러운 일이에요. 특별한 이유 없이 시간이 달아나 버렸어요. 이렇듯 아무 일이 없었다는 건 제가 분명 편지 쓸 기분이 아니었다는 것을 설명하는 거예요. 겨울이 가볍게 봄으로 변했고, 당신에 대한 저의 사랑은 변함없어요. 크라프첸코 소송이 이어지고 있어요. 아연실색하게 만드는 이 러시아인들(워반지아의 원주민보다 한층 더)은 얼굴에다 서로 고함지르고 앞다퉈 거짓말하며, 때로는 모두 이상스럽게 함께 웃는 데 열중해요. 크라프첸코의 부인은 크게 이름이 났지요. 사람들이 몹시 흥분해서 그녀를 기다리고 있었어요. 이 러시아 여자가 어떻게 옷을 입었을까 하는 호기심으로요. 자, 그런데 천박한 프랑스 여자나 보잘것없는 미국 여자처럼 옷을 입었지요. 그녀는 남편이 더러운 성격의 소유자인 데다 아이를 원치 않는다고 폭로했어요. 확실히 크라프첸코는 자기 책에서 엄청난 거짓말을 했지만, 그에게 불리한 증언을 하려고 온 러시아 스탈린주의자들도 그만큼이나 거짓말을 하고 있어요. 그 모든 세계는 아주 더럽고 어리석어 보였지요.

예전에 핀을 삼킨 가엾은 여자가 지난주에 혼수상태에서 사망했어요. 실의에 빠진 그녀의 남편은 아내와 아이들에게 모든 것을 걸었었고, 글을 쓸 수 있었을 텐데도 가족을 잘 먹이고 잘 입히기 위해 돈 버는 것만을 꿈꾸면서 글을 쓰지 않았어요. 이제 그는 세 명의 어린 자식과 함께 홀아비로 남았답니다. 그녀는 시골에 묻혔기에 아직 그를 만나지 못했는데, 그를 다시 볼 생각을 하니 겁이 나는군요.

반면에 늙은 앙드레 지드를 아주 기쁜 마음으로 다시 만났어요. 그는 생존한 작가 중에 가장 연로한 프랑스 작가라고 생각해요(그는 일생 자신이 동성애자였던 게 좋았다는 글을 써서 노벨상을 받았어요, 아시겠지요). 예전에 결혼했지만, 자기 부인과 결코 잠자리를 하지 않았어요. 그렇지만 다른 한 여자와의 사이에서 딸을 두었고, 딸의 어머니와 그가 사랑하는 연인과의 결혼을 꾸며 냈어요. 그 결과 이 여자는 인생에서 두 명의 동성애자와 성관계를 했다고 자랑할 수 있지요. 현재 그는 딸의 할머니인 매력적인 늙은 부인과 살고 있으니, 놀라운 가정이에요, 안 그런가요? 어쨌든 그는 자기를 극진히 사랑하는 이런 가족들의 한가운데서 행복한 것처럼 보여요. 그는 많은 이야기를 익살맞게 이야기한답니다. 사람들이 5천 달러 상금의 '괴테상'을 받으라고 그를 시카고에 초대했어요. 대단한 일이었지만, 그는 자신이 너무 늙었다고 느끼며 미국이 겁나게 만든다는군요. 노년의 절정에 이르는 동시에 명성을 얻는다는 것은 이상한 경험이에요. 사실상 사람들은 이때부터 살기 시작하는 거예요. 원하는 것을 하고 말할 수 있으며, 모든 사람이 칭송하지요. 당신, 그런 것을 원하나요?

현재 프랑스에서는 많은 낙태 사건이 일어나고 있어 분노가 치밀어요. 우리나라에서는 어떤 산아제한도 존재하지 않으며, 그것은 불법이에요. 그 결과 매년 출생 수만큼의 낙태가 행해지는데, 대략 1백만 건 정도예요. 낙태는 엄격히 금지되어 있어요. 제가 잘 아는 의사가 얼마 전에 체포됐는데, 제가 난처한 처지에 있는 많은 여자를 그에게 보냈어요. 그는 부유한 여자들과 마찬가지로 가난한 여자들도 도와줬어요. 지난주에는 다른 한 외과 의사가 창문을 통해 투신했는데, 사람들이 그를 이런 추잡한 사건에 연루시켰기 때문이지요. 반면 아들을 거의 죽을 지경까지 때린 아버지는 법정에서 징역형이 아닌 가벼운 징계만 받았을 뿐이에요. 일단 아이가 태어나면 필시 죽일 수 있다는 거지요, 재미로 말예요. 그리고 그가 전쟁터에서 죽는다면, 그러기 위해 아이를 만들어 냈다는 거고요. 그러나 아이가 어머니의 뱃속에 있는 한 아이에게 행하는 일은 무엇이든 살인이라는 거예요. 당신 앞에서 저는 고발합니다. 당신은 이러한 상황에 대해 아무 일도 하실 수 없나요?

당신 표 예약은 어찌됐나요? 당신 소설은요? 말해 줘요, 네? 우리가 집에서 식사할 수 있도록 부엌의 화덕을 수리하는 등 당신을 맞이하기 위해 모든 준비를 다 할 거예요. 당신은 저를 위해 좋은 스카치 한 병을 가져올 거지요, 안 그래요? 당신이 프랑스행 짐 가방을 꾸리는 것을 너무 보고 싶었어요! 저는 당신이 실제적으로 행하는 것을 보는 걸 무척 좋아해요, 당신이 아주 잘하거든요. 뉴올리언스에서 당신의 멋진 구두와 바지를 사고 있을 때 호랑이 한 마리가 길에 지나가는 걸 보았는데, 당신이 제 말을 전혀 믿으려 하지 않았던 것을 기억하나요?

자, 평소 당신이 그런 것처럼 친절해지도록 해요. 그리고 이 큰 여행을 위해 분주해지도록 해 봐요. 프랑스와 이탈리아에서 찍을 필름 몇 통도 잊지 말아요. 잘 있어요 내 사랑, 안녕, 곧 만나요. 그리고 저의 토박이 사랑과 겨루기 위해 사랑을 비축하는 것도 잊지 말아요.

당신의 시몬

1949년 2월 16일 수요일

나의 대단히 소중한 침묵하는 이. 편지를 못 받은 지 오래됐어요. 제 생각에 2주도 더 된 것 같아요. 기분이 울적하고, 당신이 어찌나 멀게 느껴지던지 5월 초에 당신을 포용할 수 있을지 진정 믿을 수 없어요. 하지만 그렇게 되겠지요, 달링, 그렇지 않아요? 저 역시 별로 편지 쓸 기분이 아니랍니다. 조만간 우리에게 다른 현실이 주어지는 만큼 말이란 게 어쩌면 당신을 귀찮게 하는지도 모르겠어요. 봄이 온화해지는 추운 날들 속으로 천천히, 부드럽게 미끄러져 들어오고 있어요. 저의 책은 당신이 점점 가까이 다가오는 것만큼 쉼 없이 두꺼워지고 잘되고 있어요. 그밖에는 특기할 만한 일이 아무것도 없군요.

크라프첸코 소송은 그 기이한 스타일에서 끈질기게 이어지고 있지만, 러시아인들이 잔인하게 고함지르며 서로 무슨 말을 외쳐대는지 아무도 이해하지 못하는 게 유감이에요. 어제는 파리 근교에 집 하나를 소유하게 된 케스틀러를 만났어요. 그가 자기 집에서 주말을 보낼 것을 제안했으나 거절했지요. 그러자 파리에서 야회를 갖자고 제안했고, 우리가 거절하자 그다음에는 점심 식사를 제안했으나 사르트르가 원치 않는다고 답했어요. 우리는 드골의 지지자인 말로의 친구와는 어떤 관계도 계속해 나갈 수가 없다고 설명했어요. 상당히 흥분한 그는 매 맞은 개를 연상시켰고, 이는 저를 아주 기쁘게 했답니다. 그런 다음에는 얼마 전 아내를 잃고 세 명의 어린 애들을 거느리는 홀아비가 된 우리의 가엾은 친구와 힘겨운 시간을 보냈어요. 그로 인해 제 마음이 완전히 뒤흔들려 버렸지요. 그 둘은 어쩌면 실제로 대단한 열정을 가지고 몸과 마음으로 서로 사랑했다고 단언할 수 있는, 제가 알고 있는 유일한 부부였는지도 모르겠어요. 그는 아내의 죽음과 장례식, 그리고 아이들이 이 참극을 아랑곳하지 않는다는 사실을 확인한 것과 이제 영원히 텅 비어 있는 집으로 돌아오는 것이 얼마나 고통스러운지를 자세히 이야기해 주었어요. 그는 불평하지 않았고 조심스럽고 다정했는데, 이것이 상황을 한층 더 비극적으로 만들었어요. 밤새 악몽에 시달렸답니다. 원하는 일을 해요, 달링. 심술맞게 굴어도 좋고, 필요하다면 저를 더 이상 사랑하지 않아도 좋아요. 그러나 죽지는 말아요, 제발 죽지는 말아요, 그것은 견딜 수 없을 거예요. 약속하지요?

당신은 꿈속에서 저의 잠자리에 다시 왔는데, 전과 같지 않았어요. 조금 실망했답니다. 그러나 꿈속의 남자에게 지나치게 요구할 수는 없는 거예요. 어쨌든 그렇게 멀리서 와 주다니 고마워요. 표는 예약됐어요? 당신 책은 끝나 가고요? 당신 편지를 기다리고 있어요. 조만간 편지를 더 잘 써서 보낼 거예요. 단지 당신에게 사랑스러운 키스를 보내고, 파리 뷔슈리가 11번지에 넬슨과 사랑에 빠진 한 여자가 존재한다는 것을 당신 기억에 환기하고 싶을 뿐이거든요. 그걸 잊지 말고 잘 있어요. 나의 고독한 사람, 나의 사랑하는 이여. 저는 당신의 사람, 당신의 시몬인 채 머물러 있답니다.

당신에게 속한 당신의 시몬

1949년 2월 20일 일요일

너무나 소중한 사랑하는 당신. 당신의 상냥한 편지를 받은 이후로 기분이 훨씬 더 좋아졌어요. 당신이 침묵을 지킬 때면 결혼하지는 않았는지, 아이를 다섯이나 만들고 저를 다시는 보지 않으려 하는지 싶어 두려워져요. 당신에게 통보하는데요, 달링, 지금은 제게 그렇게 할 수 없어요. 가스레인지를 고쳤고 빨간색 커튼을 주문했고 이탈리아 돈으로 환전해 놓은 지금, 그리고 이번 여름에는 사라질 거라고 모든 사람에게 알린 지금, 또 당신을 아침부터 저녁까지 때로는 밤까지도 기다리는 지금은 말예요. 저를 함정에 빠뜨리고 속인다면 당신에게(그리고 당신의 모든 아이에게도) 총을 쏘러 갈 거예요. 당신 편지를 읽으면서 또 다른 두려움에 사로잡혔어요. 당신이 포커를 하고, 술을 마시고, 괴상한 사람들 집에 자주 드나들고, 마침내는 파산해서 옷과 정신을 잃은 채 여행하기에 불가능하거나 아니면 제게 누더기를 걸친 토박이 젊은이를 데려오는 것 말고는 아무것도 하지 않으려는 것처럼 보였어요. 그 모든 것은 통탄스러운 일이에요. 당신은 워반지아의 보금자리에 은둔해서 프랑스어를 배우고 제게 편지 쓰면서 매일 매일의 생활을 즐겁고 유용하게 만들어야만 해요. 일주일에 한 번씩은 프랑스에 가져올 몇몇 자질구레한 것을 사도록 해요. 스카치 한 병, 달달한 먹을 것들, 두 번째 스카치 한 병, 레콩포르 쉬디스트 버번. 그다음에는 짐 가방을 싸도록 해요 — 고된 노동이지요. 정선된 짐 가방 없이는 사람들이 파리에 착륙하지 않으니까 우아하고 멋지게 싸도록 해요. 우리의 낮과 밤들을 꼼꼼하게 계획해요, 수많은 밤낮이 우리 앞에 펼쳐질 테니 각각의 밤낮을 정성 들여 계획해야만 해요. 파리-마르세유-이탈리아-튀니스-알제-마르세유-파리 코스를 어떻게 생각하나요? 지도를 보고 명상에 한 번 잠겨 봐요.

제목을 어떤 것으로 정했어요? 뉴욕에서 교정쇄를 제때 받지 못한다면 항공편으로 뷔슈리가 11번지로 보내도록 해요. 저는 복역수처럼 일하고 있지만, 결코 5월까지 책을 끝낼 수는 없을 거예요. 기다려야죠. 뭐, 그건 그렇게 중요치 않아요.

당신에게 말했지요, 헤라시 부부가 편지로 상황이 나빠지고 있다고 알려 왔어요. 2년 전 그들에게 프랑스로 돌아가라는 명령이 내려졌는데, 이를 따르지 않아 스페인의 강제수용소에 갇힐 거라는 경고를 받았대요(스페인 시민전쟁 당시 빨치산 장군이었던 그를요!). 그들은 돈이 없어요. 그녀는 일자리를 잃었고, 그는 그림 그리는 일 말고는 다른 일을 아무것도 하지 않았어요. 그들의 아들이 신문팔이를 하지만, 이것만으로는 먹고살 뿐이지 변호사를 선임하는 건 어림도 없어요. 그들을 도와주기 위해 제가 무엇을 해야 할지 모르겠어요.

다시 일하러 가야겠어요. 요즘에 제 편지가 짧은 것은 맹렬한 작업 때문이지만, 당신을 대단히, 정말로 대단히 사랑해요. 몇 주 후에는 당신을 느끼도록 해 줄 것이므로 그 말을 끝없이 반복하는 것은 소용없는 일이에요. 작년처럼 조바심을 내며 당신을 기다리다가, 당신의 어리석은 얼굴을 다시 보면 역시 작년처럼 이성을 잃을 거예요.

당신에게 키스해요, 달링.

당신의 시몬

1949년 2월 25일 금요일

매우 소중한 당신. 적어도 편지 한 통이 분실되어 당신의 표 예약에 대해 아무것도 몰랐어요. 그런데 당신이 온다는 소식을 들으니 즐거움으로 가득해지네요. 제 생각에 당신은 5월 9일이나 10일에 셰르부르에 도착할 것 같은데, 정확한가요? 저는 흉측하게 파괴된 셰르부르에 가지 않을 거예요. 당신은 틀림없이 직행 열차를 탈 거예요. 저는 당신을 파리역에서 마중하여 뷔슈리가로 데려올 거고요. 당신 책 제목이 정말 마음에 들어요. 책을 완성한 것을 진심으로 축하해요. 사람들은 봄을 향해 한 발 한 발 나아가고 있어요. 가난하고 더럽지만 기분 나쁘지 않은 저의 동네에는 무척 많은 아랍인이 거닐고 있답니다. 밤에는 작은 카페에서 아랍 음악이 흘러나오고 아랍 영화도 상영되고, 취객도 많고 거지도 많아요. 어제 모베르 광장에서 담배꽁초에 둘러싸인 한 노파가 정가의 4분의 1 가격에 되팔기 위해 커다란 상자에 담배를 수집하고 있더군요. 어떤 담배든지 싼값에 구하려는 탐욕스러운 고객은 얼마든지 있으니까요. 당신은 곧 그 모든 것을 볼 수 있는데, 정말 즐거울 거예요!

크라프첸코 소송에 대해서는 더 이상 전만큼 재미를 느끼지 않아요. 증언 하나가 주목받았는데, 한 독일 여자 공산당원의 증언으로, 1936년 당의 공식 노선을 더 이상 인정하지 않은 그녀의 남편은 중앙위원회와 논의하기 위해 소련에 소환됐어요. 러시아 남부의 수용소(끔찍한 강제 노동 수용소)에 보내진 그는 그곳에서 죽었고, 그녀는 라벤스부르크에 수용되어 나치스 친위대에 넘겨졌어요. 그녀는 이 비극을 간결하면서도 위엄 있게 상기했으며, 공산주의자들까지도 그에 대해 깊은 인상을 받았지요.

저녁나절에는 가엾은 홀아비와 함께 보냈는데, 그때마다 마음이 아프고 악몽을 꾸었어요. 그는 오래된 편지들을 다시 읽고, 사랑하는 부인의 죽음보다 과거가 더 현실성을 지닌 까닭에 자신이 지금 어느 시대에 살고 있는지 더 이상 모르고 있어요. 그리고 사르트르와 함께 매우 친절하고 다정한 카뮈를 만났어요. 우리는 더 이상 서로 이야기할 것이 없다는 것을 인정해야만 해요. 공산주의자들에 대해서만큼 드골에 대해서도 반대하긴 하지만, 거의 모든 주제에 대해 카뮈는 우리와 의견을 달리하지요. 가령 그는 데이비스 사건을 심각하게 받아들이지만, 그것은 전혀 심각할 것이 없어요. 그리고 당신에게 말했듯이, 그는 실패를 과감하게 받아들일 능력이 없어요. 실패가 그의 감정을 상하게 만드는 건 분명해요.

끔찍하게 거대한 턱수염을 기른 몹시 못생긴 한 흑인 젊은이가 『미국 여행기』의 번역을 최근에 끝마치고는 출판사를 찾고 있어요. 몇 가지 착오가 있는데도 불구하고 그는 이 책을 좋게 평가했어요. 이런 책에 관심 있는 출판사를 일러줄 수 있나요? 달링, 당신이 올 날이 더욱더 가까워질수록 편지 쓰는 게 덜 즐거워요. 머릿속에는 항상 당신이 존재하고, 당신은 저와 함께 파리에 살며 더 이상 워반지아에 있지 않아요. 그러니 제가 어떻게 당신에게 편지를 보낼 수 있겠어요? 당신, 제가 어떤 사랑과 어떤 조바심으로 당신을 기다리는지 느끼나요? 당신을 이보다 더 따뜻하게 사랑한 적은 결코 없었어요.

당신의 시몬

1949년 3월 2일 수요일

대단히 소중하고 감미로운 당신. 저의 어머니에게 소포를 보내다니, 당신은 천사 같아요. 어머니는 몹시 행복해하시면서 올그런 부부가 어떤 사람들이냐고 물으셨어요. 저는 부인이 특히 훌륭하고 어머니의 이름으로 그들에게 고맙다는 인사를 전하겠다고 답했는데, 그렇게 한 거죠? 고마워요. 시골 양반, 정말 고마워요. 갑작스레 다시 겨울이 됐고, 봄과 여름이 지나간 것 같아요. 제가 눈치채지 못한 사이에 당신이 왔던 걸까요? 어제부터 눈이 내리는 데다 바람까지 불어 매우 춥고 회색빛 풍경이 우울하답니다. 저는 걱정하지 않고 곧 작년처럼 대략 3주 동안 미디 지역으로 다시 갈 거예요. 제가 돌아올 때면 당신은 아주 가까이 있겠죠. 당신이 말했지요, 예전에 당신에게 그렇게 했듯이 당신은 제게 태양을 가져다줄 거라고요. 우리의 숙소를 아름답게 하려고 다른 그림들도 샀어요, 고흐의 두 번째 그림, 필시 당신 마음에 들 툴루즈 로트레크의 그림 한 점과 어쩌면 당신 마음에 들지 않을지 모를(그런 경우라면 뗄 거예요) 피카소 그림 한 점을요. 그리고 지금 흰색 가죽의 멋진 안락의자들을 흥정하는 중인데, 당신이 저의 집을 '진정으로 우아하게' 생각하기를 바라요.

지금 가장 큰 관심사는 떠나기 전에 에세이를 타이핑하는 거예요. 평소 제 원고를 치던 여인이 시간이 없는 관계로 일할 수 없기에, 난해한 저의 글씨체를 판독할 능력 있는 다른 타이피스트를 파리 전체에서 찾지 못하고 있어요. 당신은 저의 글을 어떻게 그리 쉽사리 읽어 내세요? 어쩌면 당신은 그런 체하는 것이 아닌지 모르겠군요? 날이 갈수록 저는 점점 더 열심히 일하고 있어요.

프랑스의 대시인 샤르*를 알게 됐어요. 그는 항독 지하운동의 영웅이기도 해요. 그가 해 준 경이로운 이야기들을 당신에게 되풀이해 주려 했으나, 당신이 머물 때 생생한 목소리로 들려주기 위해 남겨 두는 편이 더 기분 좋을 거예요. 당신은 그때, 제가 거짓말한다고 큰소리로 외칠 거고요. 동생이 모로코로 떠났어요.

---

* René Char

어머니는 그에 대해 몹시 기뻐하고 계시지요. 그녀는 딸들을 이
세상 무엇보다 사랑한다고 단언하시지만, 우리가 옆에 있는 것보
다는 무엇이 되었든 다른 것이 옆에 있는 것을 더 좋아하시지요.
당신에게 모로코를 보여 주고 싶은데, 동생은 절대 만나고 싶지
않아서 염려되는군요. 그녀도 저를 '매우 사랑하고' 있다고는 하
지만, 우리 사이에는 친밀감이 거의 없으며 그녀가 제 생활에 너
무 무관심해서 그녀에게 당신에 대해 한마디라도 고백하는 것이
몹시 꺼려져요. 이상하지요. 당신에게 헤라시를 소개해 줬고, 저
의 친구들 가운데 몇몇을 소개해 줄 것이지만 동생은, 아무리 사
소한 것일지라도 그녀에게 저의 사랑들에 관해 이야기한다는 것
은 잘못을 저지르는 것 같아요.

　미국 지식인들을 만났어요. 그들 가운데 매력적인 동성애자 한
사람은 인디언들과 함께 오랫동안 살았으며, 귀에 링 하나를 달고
녹색 가죽 장화를 신고 있었어요. 파리에는 그 어느 때보다 미국
인들이 몰려들고 있어서, 만일 당신을 위해 제가 아는 호텔에 방
하나를 예약하는 총명함을 발휘하지 않았더라면 당신은 방을 얻
지 못했을 거예요. 오늘은 대로大路 위를, 낡고 아득하며 애처롭고
초라한 파리의 이 심장부를 산책했어요. 당신이 파리를 좋아하기
를 바라요. 당신에게 파리의 아름다운 것들을 보여 줄게요. 오세
요, 내 사랑, 우리는 행복할 거예요, 두고 봐요. 당신은 한없는 애
정으로 기다려지는 나의 넬슨이며, 그리고 저는 한결같은,

당신의 시몬

1949년 3월 9일 수요일

넬슨 내 사랑, 지독한 독감에 걸렸어요. 술집 주인이 고안한 버

444

번, 코냑, 럼주 그리고 설탕을 넣고 끓인 물과 섞어 만든 뜨거운 음료를 알약과 함께 삼켰어요. 끓인 물을 많이 넣지 않았어요. 처음에는 감기 때문에 마셨지만, 다음에는 동생과 제부 때문에 골치가 아파서 몇 잔을 연거푸 마셨지요. 지금은 약간 취하고 꼴이 말이 아닌 채 침대에 누워 있어요. 눈에는 눈물이 흐르고요. 당신은 5월 11일에 식욕을 훨씬 더 돋우는 먹음직스러운 여자를 발견할 거예요.

마르세유와 알제로 가기 전에 달링, 이탈리아에 가는 것이 어떨까 생각해 봤어요. 당신이 베니스와 로마 그리고 나폴리를 좋아할 거라 확신해요. 진짜 키안티를 마시고 스파게티를 먹고 멋진 도시들을 방문하면서 한 달을 보내는 것은 굉장할 거예요, 안 그래요? 이탈리아 돈을 샀는데, 만일 당신 마음에 내키지 않는다면 되팔아 버리겠어요. 우리가 함께 있을 때 당신은 무뚝뚝해질 수도 있지만, 저는 결코 그렇게 될 수 없어요. 만약 책이 완성되지 못한다면 적절한 범위 안에서 일하도록 하겠어요. 우리 사진을 다시 봤더니 정말 제 얼굴이 좋아 보였어요. 하지만 당신이 없는 지금은 그때처럼 얼굴이 좋지 못해요. 제가 다시 그렇게 될까요? 당신 돈을 가져오도록 해요. 암시장에서 공식 환율의 두 배로 되파는 것은 아주 쉬워요. 러시아계 여자 친구가 살았던 '오데사' 호텔은 몽파르나스에 있고, 더 호화로운 '뤼테시아' 호텔은 전쟁 동안 독일 장교들의 숙영지로 사용됐어요. 그러나 저는 훨씬 더 멋지고 독창적인 '라 뷔슈리-보부아르' 호텔을 찾아냈지요. 만약 다른 호텔을 더 선호한다면 그곳에 방 하나를 예약하겠어요…….

어리석은 남자여, 당신은 제가 『결코 오지 않는 아침』을 '잊었다'고 생각할 수 있나요? 번역 중이며, 불가능한 것을 시도하는 데 아주 큰 기쁨을 느끼는 정신 나간 번역자는 즐거워하며 일하고 있어요. 출판사를 정하기 위해 확정적인 답변을 기다리고 있지요. 그중 한 출판사가 이렇게 말하더군요. "형편없는 미국 소설들이 너무 많이 출판되고 있고, 더 이상 좋은 소설을 출판할 방법이 없어요." 실제로 그 출판사는 아무것도 출판하지 않으며, 책들도 팔리지 않는답니다.

넬슨, 저는 완전히 나가떨어졌어요. 이 편지를 쓰는 초반부터 코를 풀어 대고 기침하고 눈물을 흘렸어요. 잠을 자도록 해 보겠어요.

토요일

며칠 전 저녁에 마신 그로그가 독감을 낫게 하는 데 충분치 못했어요. 심각하진 않지만, 간신히 일했고 지금 침대에 누워 있어요. 그리고 오늘 아침에는 머리 전체가 아파요. 눈, 귀, 코와 두 뺨 그리고 이빨도요.

하루가 즐겁지 않을 것 같아요. 왜냐하면 가엾은 홀아비 친구에게 그의 아내가 묻혀 있는 묘지에 함께 가겠다고 약속했거든요. 날씨가 무시무시하게 추운 데다 저는 녹초가 돼 있어요. 당신은 왜 프랑스어를 배우지 않아요, 게으름뱅이 양반?

목요일에 3주 예정으로 파리를 떠나 지난번과 같은 장소인 미디 지역으로 가요. 거기서 조용히 일할 것이고, 건강을 되찾을 거예요. 너무나 피곤하군요, 잘 있어요, 달링. 비록 좀 쓸데없는 것처럼 보이더라도 계속 편지를 써 줘요. 그것은 당신을 기다리는 것을 도와주고, 당신을 현실적으로 만들어 주고, 당신이 오는 것을 기뻐하는 데 도움을 줘요. 대서양의 이편에서는 무한한 사랑으로 당신을 기다리고 있답니다.

당신의 시몬

1949년 3월 17일 목요일

정말로 귀중한 사랑하는 당신. 파리를 떠나기 전에 짧은 키스를 보내요. 몇 시간 후에 떠날 예정이어서 매우 분주하답니다. 그래도 당신의 친절한 편지를 받고 신속한 키스로 답장하고 싶었어요. 봄이 움트고 있어요, 파리에서도요. 카뉴에서 봄이 저를 기다리고, 이 세상 어딘가에 '한 멋진 사나이'(미국 시카고 워반지아)가 존재하기 때문에 기분이 좋고 행복해요. 최근 며칠 동안 몸이 지독하게 나빠 제정신이 아니었어요 — 인정사정없는 감기 때문이었죠. 당신은 멕시코시티에서처럼 자애로운 마음을 가졌을 거예요. 이제는 완전히 정신을 되찾았기에 당신은 저를 그때만큼 사랑하지 않겠죠. 너무 건강해지면 당신이 조금 겁낸다는 것을 알아요. 그 모든 것에도 불구하고 5월 11일에는 가능한 한 몸 상태가 좋기를 희망한답니다.

당신에게 말했죠, 당신 소설이 번역 중이라고요. 번역가는 불가능한 기도企圖기 때문에 몹시 기뻐해요. 그는 이런 것을 아주 좋아해요. 어쨌든 그는 폴란드 은어의 의미를 명확히 하기 위해 5월에 당신과 대화하는 것을 기쁘게 생각할 거예요. 우리는 그 발췌문을 『현대』에 실을 거랍니다. 갈리마르 출판사를 떠난 후에 『현대』가 얼마나 번창했는지 정말 놀라워요. 잡지를 두 배나 많이 팔았지요. 갈리마르 출판사는 크게 부끄러워했고, 우리는 승리를 구가하고 있어요.

한심하기 짝이 없는 인도차이나 사건들이 미국에서 발생한 최악의 린치 사건을 능가하며 더 큰 관심을 불러일으키고 있어요. 저녁에 인도차이나 사람들은 감히 외출하지 못한답니다. 사람들이 파리 한복판에서 그들을 죽일 정도로 때리기 때문이지요. 인도차이나에서는 원주민에게나 젊은 프랑스 병사에게나 모두 소

름 끼치는 일이 일어나고 있어요. 프랑스 정부는 인도차이나에서
나 프랑스에서나 똑같이 배신자며, 그곳의 모든 사람이 증오하는
바오다이* 황제와의 조약에 사인했어요. 그러므로 이 전쟁은 계
속될 거예요. 베트남의 우리 친구들은 몹시 슬퍼하고 겁에 질려
있어요.

안녕 달링. 저는 파리에서처럼 카뉴에서도 당신을 기다리고 똑
같이 사랑할 거예요. 길고 뜨거운 키스를, 넬슨.

당신의 시몬

1949년 3월 23일 수요일, 카뉴

대단히 소중한 내 사랑, 당신. 일주일간 편지를 안 썼다는 것은
부끄러운 일이지만, 저는 당신을 기다리고 있어요. 당신을 성실
하게 기다리고 사랑했어요. 이를 당신이 잘 알기에 그 말을 쓴다
는 것은 다소 쓸데없는 것처럼 보이는군요. 제가 있는 아름다운
지역을 당신에게 보여 주고 싶어요. 그렇게 할 거예요. 당신은 우
리의 작은 일기와 과테말라와 멕시코에서 찍은 사진을 가져와야
만 해요. 당신이 멀리 있을 때는 너무 고통스러워서 감히 머리에
떠올리지 못하는 추억들을 당신 곁에서 두루 살펴볼 수 있게요.

탁스코에서 보낸 메를로퐁티의 카드를 받았는데, 교회 풍경이
가슴에 너무 와닿았어요. 탁스코는 맘에 들었으나 당신에게는
별로였었지요. 우리는 저녁에 교회 건너편에 있는 작은 카페에서
라디오를 들으며 좋은 시간을 보냈었죠. 기억나요?

지난주 목요일에 파리를 떠났고 기차 안에서 선잠을 잤어요.

---

* Bảo Đại. 베트남 응우옌 왕조의 마지막 황제

니스, 지중해를 지나 이 매력적인 장소, 1월에 제가 골랐던 그 오래된 아름다운 마을에 이르렀어요. 방에는 바다에 면한 로지아*가 있어요. 우스꽝스럽게도 이 중세풍 프랑스 마을의 집은 오늘날 대부분 예술가들에게, 아니 그보다는 오히려 미국의 탐미주의자들, 그리니치빌리지와 샌타페이, 기타 캘리포니아 출신의 노부인들과 미친 동성애자 등의 무리에게 속해 있지요. 그들은 아주 조그만 정원이 딸린 농부들의 집을 샀어요. 저는 매일 아침 벨벳 바지를 입고서 꽃에 물을 주는 노부인들을 본답니다. 그들은 저녁에 술 한잔하러 호텔로 오지요. 저요, 저는 술 마시지 않고 점심 식사 후에 걷거나 드라이브를 위한 휴식을 제외하고는 종일 전력을 다해 일하고 있어요. 초기에는 날씨가 별로 좋지 않았어요. 그러나 햇빛이 가득하고 푸르른 미디 지역의 진짜 하늘이 다시 나타났지요. 많은 과일나무가 잎사귀 하나 없이 고흐의 그림처럼 온통 꽃으로 뒤덮여 있었어요. 저는 그것들을 아주 좋아해요. 근교의 언덕에서 주민들이 꽃들, 특히 카네이션을 상업적으로 재배하고 있어요. 사람들은 밤에 꽃들을 보호하기 위해 지붕이 있는 시설을 설치했고, 해가 나면 바로 지붕을 걷어 버려요.

저는 T. E. 로렌스의 『지혜의 일곱 기둥』과 서간문을 읽었어요. 대단한 사람이에요! 매우 이상하고 매력적이며 신기한 유머 감각을 타고난 그는 자기 자신에게 매우 엄격하며, 정말 중요한 일에서는 극도로 진지해져요. 그리고 글을 쓸 줄 알아요. 그를 아나요? 기억이 안 나지만 시작은 지루해요. 아라비아의 모든 부족 이름이 나열되는데, 이내 빠져들어 가지요 — 당신이 대서양을 횡단할 때 읽으면 좋을 책이에요. 만약 프랑스어 공부를 하고 나서 책 읽을 시간의 여유가 있다면요……. 당신에게는 아직 6주가 남았

---

* loggia. 이탈리아 건축에서 한쪽 벽 없이 트인 방이나 홀

어요, 사실이에요. 제가 잊었군요. '보부아르-뷔슈리 호텔'에서는 아침 식사로 당신이 원하는 모든 것을 드실 수 있어요, 안심되나요? '오데사 호텔', '뤼테시아 호텔'이 더 나을까요? 그런데 '보부아르 호텔'에서는 당신이 사랑을 원한다면 언제든지, 저장품이든 신선한 것이든 최상급 사랑을 가질 수 있지만, 다른 곳에서는 어려울 거예요.

편지를 기다리고, 언제나 그렇듯 당신을 기다리고 있어요. 밤낮으로 당신을 생각해요. 넬슨 6주예요, 당신에게 죽도록 키스하겠어요. 내 사랑, 당신에게 키스하는 것은 매우 달콤할 거예요.

당신의 시몬

1949년 3월 30일 수요일, 카뉴

대단히 소중한 내 사랑. 작년 이맘때처럼 밝고 고요하며 기분 좋은 하루하루가 5월 10일을 향해 편안하게 흘러가고 있어요. 그때도 똑같이 이곳에서 그리 멀지 않은 미디 지역에 3주간 내려와 있었고, 끝나지 않는 같은 책을 작업하고 있었으나 그렇게 강도 높게 일하지는 않았어요. 왜냐하면 완성할 작정이 아니었으며 당신을 기다리고 있었기 때문이지요. 올해 당신과 프랑스에서 함께 지내는 일은 멋질 거예요. 당신은 여행을 위해 매일 작은 일을 하나씩 하는 것을 좋아하므로 당신에게 일을 하나 제안하겠어요. 이탈리아 비자를 받아 놓도록 해요. 프랑스인은 이탈리아로 갈 때 비자 없이 여권만 있으면 돼요. 미국인은 어떤지 모르겠어요. 알아보도록 하세요. 이탈리아에서 한 달을 보낼 돈을 가지고 있다고 말했지요, 우리는 왕처럼 살 거예요.

로렌스란 사람은 도대체 어떤 사람인지! 그는 아라비아를 정복했고 대단한 책 한 권을 쓴 다음에 군대와 장교 그리고 병사들을 증오했는데도 7년 동안 가명을 쓰며 일개 병사로 살았어요. 정확히 말해 그가 그들을 증오하기 때문에 그렇게 했던 거지요. 당신 그걸 이해할 수 있겠어요? 그렇게 꾀 많은 당신이 말예요.

이틀 전에는 러시아계 여자 친구를 방문하려고 택시를 세냈어요. 그녀는 건강이 회복되길 바라는 마음에서 이 근처의 또 다른 매혹적인 마을*에서 겨울을 보내고 있었어요. 그녀의 남편이 이따금 그녀와 함께 지내러 왔어요. 하지만 남편은 직업상 좋지 않은 미국 탐정소설을 번역하느라 파리에 묶여 있는 까닭에, 그녀는 몇 주간 혼자 지내야만 했어요. 좋은 소설들은 힘겹게 팔리는데, 출판사들은 보잘것없는 스릴러물로 거액을 벌어들이고 있지요. 그녀는 회복되리라 믿으며 많이 걷고 있어요. 그런데 저는 끔찍하게도 파리에서 그녀의 폐에 결핵균이 여전히 번식 중이라는 것을 알았어요. 기차 타는 데까지 그녀를 태워다 주기 전에 우리는 함께 산책했지요. 경치들, 제가 있는 아름다운 작은 마을, 호텔, 그녀는 모든 것을 마음에 들어 했어요. 그녀가 기묘한 이야기들을 해 줬답니다. 이 지역에서는 마녀들과 모든 수상한 패거리가 살아남았을 거라는 거예요. 저는 그녀를 보고, 그녀를 조금 행복하게 해 준 데에 만족했어요. 가엾은 그녀에게 커다란 애정을 느꼈어요. 그녀는 제가 아는 것을 모르고 파리에서 알게 될 것을 몹시 두려워했어요. 그녀가 탄 기차가 그녀가 알게 될 한탄스러운 진실을 향해 출발했을 때 애끓는 슬픔을 느꼈어요. 몇 년동안 매달 희망하고 절망하고 또 희망하고 절망한다는 것은 얼마나 끔찍한 일이겠어요.

달링, 푸른 바다를 마주하고 발코니에서 당신의 친절한 편지를

---

* 카브리(Cabri). 시몬 드 보부아르가 올그런을 데려가는 곳

읽는 것은 감미로웠어요. 패럴*에 관한 일화들은 언제나 관심을 끌어요. 그는 프랑스에서와 마찬가지로 미국에서도 허영심이 많고 지겨우며 무가치한 가장 형편없는 종류의 작가인 것 같아요!

당신이 도착하기 전에 책을 끝낼 수 있으리라 더 이상 자만하지 않고 작업하러 돌아가겠어요. 2주 후에 어쩌면, 당신이 충분한 낮잠을 청해 저를 조용히 내버려 둔다면 끝낼 수 있을는지도 모르겠군요. 당신은 분명 그렇게 하겠지요.

안녕, 넬슨, 저는 정말 행복해요. 다시 당신 곁에서 지낸다니 얼마나 좋은지요! 다음부터 파리로 편지해요. 아! 당신이 타고 오는 배에서 파리로 연결되는 직행 기차가 있는지, 있다면 몇 시에 있는지 알아보도록 해요.

제가 거기서 기다리는 것보다 확실히 그게 더 나을 거예요. 두 시간의 차이만 날 뿐이고, 세관에서 기다리는 시간과 배에서의 지독히 느린 모든 수속을 생략할 수 있거든요. 역에 있을게요.

사랑, 사랑, 사랑, 사랑, 사랑.

당신의 시몬

1949년 4월 7일 목요일, 망통

곧 만날 대단히 소중한 나의 사랑. 당신은 너무 게으른 아내를 뒀어요! 지금은 당신보다 편지를 더 많이 쓰지 않는군요. 하지만 당신에게서도 무척 오래전부터 소식이 없네요. 파리의 아파트 수위가 우편물을 간직하고 있을 게 분명해요. 월요일에 뷔슈리가에

---

* James Farrell. 시카고에 사는 아일랜드 출신 소설가이며, 『스터즈 로니건*Studs Lonigan*』과 『대니 오닐*Danny O'Neil*』의 저자다. 비평가 필립 라브와 마찬가지로 1930년대에 출현한 마르크시스트 경향에 속한다.

서 찾을 거예요. 그곳으로 편지해 줘요. 일주일 전에 누군가가 아름다운 방을 예약해 줬기 때문에 카뉴의 호텔을 떠났어요. 저도 변화를 주고 싶었고요. 당신도 저도 그리 좋아하지 않는 호사스럽고 커다란 호텔에 도착했어요. 그러나 바다 쪽으로 돌출된 곳에 야생 소나무 숲과 노란 꽃 무더기가 한가운데에 있는 대단히 훌륭한 곳에 있어요. 정말 멋진 곳이죠. 인적 없고 태양과 바람 그리고 포효하는 바닷소리가 스며드는 넓은 방에서 더할 나위 없이 기분이 좋답니다. 오늘도 결코 비켜 가지 않고 저를 향해 계속 돌진해 오는 고집스러운 파도를 바라보면서 한 달 후면 다른 대양의 다른 파도가 당신을 데려올 거라고 생각했지요. 넬슨, 내 사랑, 제가 당신을 얼마나 원하는지 몰라요.

　당신이 뉴욕의 어디에 있을지, 마지막 편지나 혹은 "오지 않아도 됨. 검은 턱수염을 기른, 시골 사람이 아닌 다른 남자를 찾았음"이라고 전보 보낼 곳을 말해 줘요. 어쨌든 당신의 도착에 대한 모든 정보를 알려 주도록 해요. 며칠 전에는 이탈리아 국경에서 8백 미터 정도 떨어져 있는 망통에서 15년 전 방문했을 때 매력적이었던 리비에라 해안을 따라 시외버스를 타고 갔어요. 해안에는 아치형 통로가 있는 고대 마을들이 무수히 많이 있었어요. 어쩌면 우리는 마르세유부터 이 길을 통해 이탈리아에 도달할지 모르겠네요. 프랑스와 이탈리아의 해안을 따라 제노바와 로마로요. 당신이 말을 진짜 잘 듣고 얌전히 있는다면 몬테카를로(라스베이거스나 리노처럼 전적으로 도박에 바쳐진 도시. 정원에서 교대 근무하는 직원들이 불운한 도박꾼들의 자살을 막고 있지요)의 카지노에서 위험스럽게 룰렛 놀이 하는 것을 허락할 거예요. 하지만 당신이 완벽하지 못하다면 수족관에서 물고기나 보겠지요.

　산책하고 일하고 독서하는 것이 생활의 전부예요. 8백 쪽이나 되는 로렌스의 서간집을 다 읽었어요. 정말 기막힌 사람이에요!

사람들이 그를 신경쇠약 환자로 취급한 이유가 있더군요. 그는 흥미롭고 보수 좋은 직업을 수없이 제안받고 저명한 사람이었음에도 죽을 때까지(오토바이 사고로) 일개 병사로 남아 있었어요! 때로는 자신을 혐오스럽게도 하지만(당신처럼 말이죠), 저는 그를 아주 좋아해요.

주네가 최근 연인인 갈색 머리의 미남을 망통에 대동하고 와서 구시가지에 있는 작은 아파트를 세냈어요. 그가 고맙게도 스카치를 마시러 우리 호텔에 왔답니다. 최근에는 젊은 시절에 겪은 무섭도록 혹독했던 에스파냐에서의 남창 생활을 그린 일급 작품*을 끝마쳤어요. 젊은 시절의 삶이 혹독했다는 것이 아니라 비루하고 옳지 못하며 멸시받을 만하므로 혹독한 — 자신이 그렇게 느끼는 — 그런 삶이지요. 그는 돈과 그 밖의 것들 때문에 몸을 팔고 사람들에 푹 빠진 것에 대해 죄의식을 갖고 있어요. 또 연극이 혹평을 받고 실패해서 맥이 빠져 있어요.

제 책 1권의 원고 교정을 끝냈어요. 그 책은 당신이 도착할 때 서점에 나올 거예요. 언제나 그렇듯이 이 편지가 당신에게 키스와 사랑을 가져다주기를 빌어요.

당신의 시몬

1949년 4월 11일, 파리

대단히 소중하고 상냥한 당신. 한 달 후 같은 날짜에 당신을 다시 한번 함정에 빠뜨릴 거라는 생각을 하면 얼마나 기분이 좋은지

---

* '사르트르와 카스토르'에게 헌정된 『도둑 일기』. 〔'카스토르(Castor)'는 영어로 '비버'라는 동물이고, 보부아르의 별명이다. - 옮긴이〕

모르겠어요! 밤 기차로 미디 지역에서 돌아오던 오늘 아침에는 당신 편지, 아주 예쁜 두 통의 편지를 발견했어요.

올해 여기에 오는 미국인이 37만 5천 명에 이를 것이라고 예상한다는데, 그 사실을 아나요? 당신은 파리와 마르세유에서 영어만 들을 거예요. 달링, 당신의 배에 대해 알아보겠어요. 당신이 르아브르에서 어느 역에 도착할지 알아요. 시간을 알아보고 역에 가 있겠어요. 만약 서로 만나지 못한다면 집으로 돌아가 있을게요. 다음 편지에 제 전화번호를 적어 보내겠어요. 제가 제게 전화할 일이 없으므로 제 번호를 외우지 못하거든요. 우리는 서로 찾을 거라고 확신해요.

굉장한 노란 와이셔츠를 입도록 해요. 부디, 오세요, 돈 걱정은 하지 말아요. 올해에는 제게 적잖은 돈이 있으니, 저의 초대 손님이 되도록 해요. 아마도 저는 미국에서 다시 한번 당신의 초대객이 될는지도 모르고, 또 그렇지 않다고 해도 아무 문제가 되지 않아요. 돈을 빌리지 말아요. 아주 진지하게 말하는 거예요. 지금 작업 중인 작품의 번역료를 내년에 받게 되고, 또 제가 돈이 필요해지면 그때 돌려주면 되잖아요. 당신과 저 사이에 돈은 아무 문제가 되지 않아요. 돈을 가지고 있는 사람은 돈을 가지고 있고, 그 돈은 우리가 공동으로 소유하는 거예요. 우리는 서로 사랑하고 있지 않나요? 비누도 가져올 필요 없어요! 프랑스에서는 빨래도 하지 않는다고 상상하나요? 빨래는 해요, 이따금. 다만 당신의 옷과 스카치, 그리고 가능하다면 사랑을 가져오도록 해요. 마셜 플랜 덕분에 우리는 필요한 모든 것, 과일주스까지도 가지고 있답니다. 걱정하지 말아요, 당신은 저의 초대 손님이에요. 당신은 항상 알리 칸*처럼 느껴질 거예요. 스탕달을 좋아한다면 잘됐어요,

---

* Ali Khan. 파키스탄 출신의 세계적인 대부호

455

그는 당신처럼 좋은 사람이에요. 오세요, 달링, 제가 당신을 사랑하도록 해 줘요.

당신의 시몬

추신. 담배 받았어요.

1949년 프랑스에서의 올그런

올그런은 5월초에 파리에 도착해 뷔슈리가에서 머문다. 시몬 드 보부아르는 그녀의 친구들과 파리를 소개해 준다. 그러고 나서 그들은 로마, 나폴리, 이스키아, 튀니지(제르바), 알제, 페스, 마라케시를 여행한다. 마르세유를 거쳐 프랑스로 돌아와 카브리에 있는 올가와 보스트의 집에서 머물고, 9월에 파리로 돌아온다. 배를 타고 왔던 그는 비행기로 다시 떠난다.

"올그런의 편지는 쾌활함으로 넘쳤다. 갠더를 경유하던 중 퓰리처 수상 소식을 어느 잡지사가 알려 왔다. 칵테일파티, 인터뷰, 라디오, 텔레비전 출연…….. 뉴욕시가 그를 축하해 줬다. 친구 한 명이 승용차로 그를 시카고에 데려다줬다. 그는 유럽 여행에 행복해했고, 집에 돌아와 행복해했다. 그리고 다음과 같은 편지를 써 보냈다.

'우리는 토요일, 일요일 내내 차를 운전했는데 미국의 나무들, 그리고 미국의 커다란 하늘과 큰 강과 초원을 다시 본다는 것은 기막히게 멋진 일이었어요. 프랑스처럼 그렇게 다채로운 것은 아니지요. 사람들이 대서양 횡단 열차를 타고 파리로 오거나 혹은 마르세유-파리 비행기를 타고 그 위를 비행할 때 볼 수 있는 빨간색의 작은 지붕들처럼 당신의 마음을 사로잡지는 않아요. 또 마라케시의 회색-초록의 빛처럼 그리 멋지지도 않아요. 다만 드넓고 따뜻하며 마음을 편안하게 하고, 믿을 만하고 조는 듯하며 자기 나름의 리듬을 가지고 있어요. 이 나라에 속해 있다는 것에 만족해요. 내가 어디를 가든 이

곳은 언제나 다시 돌아올 수 있는 나라라는 생각에 마음이 편해지
는 것 같았어요.'

그는 나를 기다리고 있다고 되풀이했고, 내게는 믿음이 다시 생
겼다."*

1949년 9월 13일 화요일 저녁

넬슨, 단 하나의 내 사랑. 가장 힘들고 가장 달콤한 이별의 시간
이었어요. 당신을 그토록 사랑한 적이 결코 없어서 가장 힘들었
고, 당신의 따뜻하고 귀중한 사랑을 그처럼 강렬하게 느낀 적이
결코 없어서 가장 달콤했어요. 우리가 서로에게 속해 있고 대양
을 넘어 결합해 있음을 확신해요. 저는 당신의 선하고 참된 마음
속에 안전하게 있답니다. 당신이 다른 여자들에게 키스한다고 할
지라도 당신을 그만큼 사랑하는 가슴도, 제 입술만큼 정다운 입
술도 찾을 수 없을 거예요.

당신이 제 곁에 앉았던 이 자동차를 타고 다시 혼자 떠났을 때
밤은 몹시도 아름다웠고, 멀리 있는 당신의 존재는 빈 좌석을 떠
나지 않고 있었어요. 저 위에는 소리 없는 빛들이 깜박거리고, 비
행기에 실려 온 다른 별들은 천천히 달려갔죠. 여전히 하늘에서
비장한 탄식과 불그스름한 빛깔을 알아볼 수 있었어요. 집에 돌
아와 눈이 빠질 만큼 울었어요 ― 우리 사랑이 죽었다고 믿었던
뉴욕에서처럼 절망적인 고통의 가혹한 눈물이 아니라, 소중하고
인내심 있는 당신의 어깨 위에 쏟아놓는 제 샹그릴라** 안의 눈물

• 『상황의 힘』 중에서

** Shangri-La. 티베트 계곡에 있다는 신화 속 영원한 청춘의 천국

이었어요.

 지난 이틀 동안 잠을 못 이뤘는데, 오늘 밤도 그럴 것 같네요. 지금은 새벽 두 시고, 당신에게는 저녁 여덟 시예요. 분명 당신은 에이전트들과 마티니를 마시면서 낙타나 다른 동물들이 끌고 가는 식당칸 같은 하찮은 것들에 관해 이야기하고 있을 거예요. 저는 떠나는 데 만족해요. 당신이 더 이상 없는 이 집에서 눈을 붙인다는 것이 지금으로서는 불가능해요. 낮 동안에는 각성제를 삼키고 조금은 편집광처럼 사방으로 뛰어다니지만, 진실한 것은 아무것도 없어요. 진정한 나, 저의 진정한 삶은 바다 건너 저쪽으로 가버렸지요. 힘든 첫 밤을 보낸 후 그래도 어제 아침엔 커다란 기쁨이 있었는데, 당신에 관한 『타임』의 기사였어요. 그리 정확한 판단은 아니더라도 훌륭한 내용이었지요. 당신의 사진도 꽤 잘 나왔어요. 시작이 좋은 것 같아요. 좋든 나쁘든 프랭키*에 대한 모든 기사를 보내 주겠어요? 타이피스트는 기요네가 이미 번역한 것을 전부 타자해 놓았고, 저는 그것을 카뉴로 가져가서 훌륭한 프랑스어로 교정할 거예요. 월요일 저녁에 당신의 전보를 받았어요. 고마워요 내 사랑, 가슴에서 무거운 게 떨어져 나갔어요. 눈구름 위를 나는 당신을 꿈꾸는 것은 분명 기분 좋은 일이었지만, 마음이 그리 놓이지는 않았어요. 그로 인해 토하고 싶었고, 전보를 받은 뒤에나 거의 정상적으로 다시 숨쉬기 시작했어요. 달링, 편지를 계속 쓰기에는 너무 피로해요. 카뉴에서 다시 편지하겠어요. 단지 당신에게 저의 사랑을 보내고 싶을 뿐이에요. 제가 아는 것을 당신이 아는 것처럼, 당신이 아는 것을 저는 알고 있어요. 제가 당신으로 인해 행복한 것처럼 행복할 수 있으리라고는 생각지 못했고, 달콤하고도 쓴 사랑의 불가사의를 더 이상 알지 못하

---

* 프랭키 머신(Frankie Machine). 『황금 팔의 사나이』의 주인공

리라 생각했어요. 넬슨, 당신을 사랑하는 것이 이리 좋을 수 없군요. 당신이 저를 보고 싶어 했으면 하지만, 내 사랑, 당신이 워반지아에서 행복하길 원하고 저도 당신과 균형을 이루기를 바라요. 당신을 그리워하는 일을 말하자면, 그건 쉽지만 당신이 저를 그리 원하는지는 확실치 않아요. 그렇지만 당신을 만난 것은 제 일생에서 아주 큰 행운들 가운데 하나였고, 저는 우리의 다음 포옹을 다시 기다릴 수 있을 거예요. 모든 것이 고마워요, 내 사랑. 오늘 저녁에는 울지 않을 거고, 당신의 정다운 두 팔의 온기와 힘에서 잠들도록 노력하겠어요.

당신의 시몬

추신. 당신의 더러워진 속옷가지들을 아파트의 착한 여자 관리인이 예쁘게 포장한 상자에 넣었답니다. 비행기를 타기 전에 부치도록 하겠어요. 또 아기 괴물*도 돌려보냅니다.

1949년 9월 15일 목요일, 카뉴

안녕, 내 사랑. 어떻게 지내요? 핀을 꽂은 귀여운 머리, 멍청한 얼굴, 지저분한 눈, 기묘한 코끼리 입은 어떻게들 지내는지? 나의 소중하고 상냥하며 지저분한 봇짐*은 어떻게 지내고 있나요? 틀림없이 당신은 뉴욕의 곳곳에서 온종일 마티니를 마시면서 계속 거짓말하느라 시간을 다 보내고 있을 거예요. 저는 우리가 보스트-올가와 함께 위스키를 마시고, 당신이 자살하고 싶은 마음 없이는 한 주도 살 수 없었을 거라던 그 예쁜 마을에 다시 왔어요.

---

* 또 다른 소포를 일컫는다.
* 올그런을 장난스럽게 지칭한 말

일요일부터는 마치 수수께끼의 사고를 당한 것처럼 내적으로 아팠는데, 이곳에서 점차 일상의 삶으로 돌아오고 있어요. 제게 무슨 일이 일어났는지, 당신 아나요? 혐오스러운 외과의가 제가 자는 동안 저의 몸에서 무언가를 자르려고 메스와 톱으로 수술한 것 같은 느낌이에요. 무엇을 잘랐을까요? 저는 여전히 두 다리와 두 팔 그리고 평소에 사용하는 머리를 가지고 있어요. 그 안에 뭔가가 빠져 있다는 것을 알아요. 거기엔 고통스러운 빈자리가 있어요. 지난 사흘은 참으로 음울한 꿈처럼 지나갔고, 제 안은 고요하고 집요하게 울고 있었어요. 드디어 오늘 아침부터 나아지기 시작했죠. 아마도 2, 3일 후엔 다시 일할 수 있을 거예요.

당신에게 처음에 말했었죠. 당신이 여기 있을 때, 하루에 한 시간 이상은 당신을 귀찮게 하는 일을 멈추고 싶지 않아서 나중으로 미뤘던 수많은 일을 처리하느라 야단스럽게 부산을 떨었다고요. 갈리마르 출판사, 『현대』, 양장점 등에 들렀어요. 물루지를 만나 당신을 놀라게 한, 그가 쓴 외눈박이에 관한 문장처럼 독특한 특성이 스민 그의 마지막 소설을 읽었어요. 그와 그의 원고에 대해 조금 작업했는데, 약간의 조언을 해 줬어요. 프랑스어를 못했기 때문에 당신이 그렇게 진저리 친 그 밤의 다음 날, 그는 아침 여섯 시 반부터 촬영해야 했어요. 한 시간밖에 자지 못했으므로 아프고 비참하며 얼빠진 채 잠에서 깼어요. 만취한 상태에서 자기 범죄를 고백하는 멍청한 살인자 역을 연기해야 했는데, 얼빠져 비틀거리는 연기를 얼마나 잘했는지 모두 축하를 보냈대요. 그러나 불행하게도 화면이 뿌예서 촬영은 망쳤고, 그는 오후에 다시 시작해야만 했어요. 이번에는 중간 정도의 퍼포먼스를 보여서 결국 그가 밤을 홀딱 새운 것은 아무 소용없게 됐다네요.

월요일에는 사르트르 그리고 무척 친절하게도 카브리에서 버스로 돌아오다가 들른 보스트-올가와 저녁 식사를 했어요. 첫날은 여행이 경이로웠지만 둘째 날은 지루했다고 그랬어요. 연극을 다시 하고 싶어 하는 올가는 상태가 괜찮아 보였답니다. 그들은 당신이 여가수를 무릎 위에 앉히고 위스키 한 병을 통째로 들이킨 일을 진저리 치며 떠올리긴 했어도 당신에 대해 대단한 우정을 가지고 말했지요. 저의 오랜 친구 마외는 — 지난번 저녁에 아주 급하게 제게 전화한 그 친구 말예요 — 큰 시련을 겪고 있답니다. 임신한 그의 젊은 정부가 아기를 낳고 싶어 하기 때문이지요. 그러나 늙고 병들고 질투와 성적 욕구불만으로 반쯤 미친 그의 아내에게 뭐라고 말한단 말인가요? 그녀를 떠난다는 것은 살인이 될 거예요. 한 중년 남편의 진부한 이야기지만, 그렇다고 끔찍하지 않은 것은 아니지요. 제가 알았던 그 뛰어난 젊은이는 망가진 인생과 무력함 때문에 몹시 고통스러워하며 막다른 골목에서 절망하는 남자로 변했어요. 그는 심중을 털어놓고자 하는 욕망에 저를 놓아주려 하지 않았고, 저도 고독한 잠자리로 돌아가는 것이 몹시 두려웠기 때문에 매우 피곤했음에도 불구하고 새벽 두 시까지 '립' 카페의 테라스에 남아 있었어요. 그리고 제가 사는 아파트로 올라갔을 때 이웃집 늙은 여자가 제게 중요한 전화(사실은 전혀 중요하지 않은)가 왔었다는 핑계로 자기 집에서 불쑥 나와, 자기 딸의 자살과 강제수용소 그리고 일련의 극한적인 불행에 관해 이야기하기 시작했어요. 결국 한참 후에야 집에 들어갈 수 있었고, 그러고 나서야 당신에게 편지의 첫 장을 썼어요. 당신을 잃지 않았다는 것을 알지만, 무시무시한 상실감에 사로잡혀 이번에도 잠들 수 없었어요. 아침에 니스와 카뉴에서 잠을 잤고, 오후에는 형편없는 것들을 읽었으며, 밤에는 모기들에게 뜯어 먹혔어요. 이상한 것은 대부분의 시간을 저는 저 자신에게 영어로 계속 말한다는 거예요. 여기서는 여러 읽을거리와 써야 할 편지 그리고 시작해야 할 일이 있으니, 곧 당신을 사랑하는 것이 덜 고통스러워지기를 희망해요. 그러나 이 고통에는 감미로움이 있어요. 우리의 덥수룩한 털이 우리 몸의 한가운데서 뒤섞였을 때처럼 당신은 저와 뒤섞인 채 있고 저는 당신 안에 녹아 있기 때문이지요.

당신의 시몬

1949년 9월 18일 일요일, 카뉴

넬슨, 먼 곳에 있는 내 사랑. 겨우 한 주가 지났을 뿐인데 벌써 아주 오래된 것 같아요. 어제저녁에 당신을 거의 제 안의 두 눈으로 보았어요. 당신은 가장 멋진 회색 양복과 파란색 와이셔츠 그리고 넥타이를 매고 극장에서 〈세일즈맨의 죽음〉*을 관람하고 있었어요. 불행히도 이곳의 저녁 여덟 시는 당신에겐 이른 오후에 불과해서, 당신이 극장 홀에 들어갔을 때 저는 깊이 잠들어 있었어요. 모든 것을 이야기해 줘요, 내 사랑, 옷을 어떻게 입었고 무엇을 먹었으며 지금 입고 있는 속옷은 구멍이 몇 개나 났는지, 어디에다 아랍 도자기를 놓았는지도요. 저는 이 모든 사항을 자세히 모르고서는 살 수 없어요. 이제 모기도 없고 나쁜 꿈도 꾸지 않고 잠을 자지만, 잠에서 깨는 것은 여전히 고통스럽답니다. 저의 다리는 당신의 다리를, 저의 뺨은 당신의 어깨를 찾아요. 아직 본격적으로 일을 시작하지 않았어요. 많은 편지에 답장했고 독서를 했으며 『현대』에 실을 전 세계의 원시사회에서 행해지는 결혼에 관한 두꺼운 논문**을 비평하는 자잘한 작업을 최대한 천천히 했지만, 마침내 끝내 버렸지요. 다음 작업이 두려워요. 그 작업은 뛰

---

* 아서 밀러의 1948년도 작품
** 클로드 레비스트로스의 『친족의 기본 구조 Les structures élémenraires de la parenté』에 대한 시몬 드 보부아르의 비평 글이 1949년 11월호 『현재』에 실렸다.

어들어서 해야 하는데, 더 이상 피하기만 할 수 없네요.

내 사랑, 당신은 왜 손 스미스의 『힘센 어린 양*Puissant Agneau*』*을 권했나요? 말과 갈매기로 변하는 별 볼일 없는 남자의 이야기를 말예요? 저는 예전에 남자 악어와 여자 개구리를 알았으나, 그것은 아주 다른 이야기예요……. 훨씬 뛰어나죠. 또 오하라의 소품, 『빠삐용』 그리고 서버의 좋은 번역 소설들과 에세이들을 읽었는데, 몇 권은 익살맞더군요. 당신 말에 복종하기 위해 『인간의 굴레』*를 가져왔는데, 제가 보기에는 지독하게 굼떠 보이는군요.

월요일

조만간 편지가 오기를 바라지만, 당신은 뉴욕에서 할 일이 넘칠 게 틀림없어요. 사랑이 담긴 이 종이쪽지를 당장 부치겠어요. 행복하세요 내 사랑. 무척 아름다운 넬슨이 제 가슴속에 존재하니, 그가 저를 행복하게 해 줄 수 있어요. 작별 인사를 하기 위해 키스해 줘요, 달링.

당신의 시몬

1949년 9월 24일 토요일, 카뉴

디비전 스트리트의 무척 소중한 도스토옙스키. 뉴욕 카니발 한복판에서 즐겁게 지내는 당신은, 당신의 가엾고 작은 골루아즈**

---

* 원제는 "The Stray Lamb"
· 서머싯 몸의 1915년도 작품
** 고대 로마인이 프랑스를 침입하기 전에 프랑스에 살던 사람들을 골루아(gaulois)라 불렀는데, 그것의 여성형이 골루아즈(gauloise)다. 오늘날에도 (장난스럽게) 프랑스 여자를 이처럼 지칭하기도 한다.

에게 편지 쓸 시간이 단 1분도 없다는 것을 잘 알지만, 막상 당신에게서 아무 소식도 없으니 약간 불길한 생각이 들기 시작했어요. 당신의 후미진 가슴 한편에 한 조각의 옛사랑이 남아 있으리라는 희망을 간직하고 있었어요. 그리고 오늘 아침에 여기 당신의 두꺼운 편지 한 통이! 오 내 사랑, 그 편지는 다시 한번 당신을 너무나 생생하게 만들었답니다! 살과 뼈로 된 당신의 현실이 코*가 사르트르에게 보낸 편지를 통해서도 이미 드러나고 있었어요. 그가 편지에 쓰기를, 당신이 정열적으로 포옹하면서 그를 깨우러 왔었는데, 당신이 포옹한 것은 그의 내면에 있는 유럽이거나 어쩌면 저였을지도 모른다고 겸손하게 의심했어요. 그러나 그것이 저였다면 다른 결과가 생겼을 것인데, 저는 그것이 두려워요.

여기에는 저와 함께 다른 것이 남아 있어요. 바로 브루노 바이첵*이에요. 그와 함께 시간을 보내고 있어요. 이 저주스러운 번역에 매일 개인적으로 적어도 한 시간씩 할애하고 있어요. 또 한 시간은 저녁에 사르트르와 함께 할애하고 있어요. 그는 기요네의 알아들을 수 없는 말을 프랑스어로 바꾸는 놀이에 재미가 들려 내기가 되어 버렸어요. 그가 저보다 훨씬 더 잘 해내고 있지요. 반면 하루에 타이핑한 양이 다섯 쪽 이상은 나아가지 못하고 있어요 ─ 인쇄된 한 쪽에 해당하죠! 그러므로 전체의 열 쪽은 경이적이고 세련된 문체가 될 것인데 그다음은…… 잘 모르겠어요. 어쨌든 각고의 노력을 하고 있답니다. 전체적으로 당신 책의 의미가 왜곡되지 않을 거라고 확신해도 좋아요. 달링, 저는 당신의 성공에 얼마나 만족하는지 몰라요. 당신의 성공을 거의 확신했었어요. 마지막 책을 굉장히 좋아하고, 저 자신의 판단을 믿으며(종종 당신

---

* 장 코(Jean Cau). 사르트르의 제자이자 비서
• 『결코 오지 않는 아침』의 주인공

과 반대로), 정말로 실현됐다는 것에 만족해요. 비평들은 훌륭하답니다. 다른 것들도 보내 줘요, 나쁜 것들도 포함해서요.

새로운 소설을 시작했어요! 단순히 머리에 떠오르는 모든 것을 인물들과 사건 간의 순서를 정하려고 애쓰지 않으면서 쓰고 있어서 별로 어렵지 않아요. 의미 없이 쓰인 이것들로 하나의 논리적 전체를 축조하는 그때가 어려울 거예요. 제 생활은 정확히 작년과 같아요. 아홉 시에서 오후 한 시까지 작업, 당신이 알고 있는 그 작은 테라스에서 사르트르와 점심 식사 그리고 자주 자동차를 타고 드라이브하기, 오후 다섯 시에서 여덟 시까지 다시 작업, 저녁 식사, 마을을 조금 산책하기, 독서.

보스트와 당신과 함께 수영했던 해변에 두 번 갔었으나, 해수욕은 하지 않았어요. 첫 번째는 철이 끝나던 때라서 극히 적은 수의 사람들이 위험을 무릅쓰고 수영하고 있었지요. 두 번째 갔을 때 호텔들은 문을 닫았고 바다는 불안해 보였어요. 매우 아름다웠으며, 개미 새끼 한 마리도 보이지 않았어요. 결국…… 또 여름이 올 거고 다시 당신의 두 팔이 저를 감쌀 거예요. 저는 산속에서 소형 자동차들이 서로 지나가지 못할 만큼 좁고 보잘것없는 길을 따라 적막한 풍경들을 가로질러 대단히 오랫동안 드라이브를 했어요. 당신이라면 대부분의 시간을 얌전히 졸고 있었을 거라는 걸 알아요. 저는 그렇지 않아요, 두 눈을 크게 뜨고 매우 즐거워했지요.

그 외에는 아무것도 없어요. 10월 6일에 뷔슈리의 보금자리로 돌아가서 제가 본 세상을 많이 이야기해 줄게요. 아프리카인 장관이 우회적으로 회수할 돈에 대해 사르트르가 당신에게 감사해하고 모든 우정을 보낸다고 단언해요. 그는 사촌 앨버트 슈바이처로부터 점심 식사에 초대됐으나 파리에 없는 관계로 받아들일 수 없었답니다. 그에 대해 그가 만족해했어요. 그는 끝없는 자기

소설 제4권 때문에 고되게 일하고 있지요. 어느 날에는 그가 칸에서 보리스와 함께 터무니없는 자동차*를 타고 코트다쥐르*로 내려오던 여자 친구를 우연히 만났는데, 그녀가 그 차 안에서 어찌나 겁에 질렸던지 아무것도 보지 못하더래요. 보리스는 앞에 말한 자동차를 수리하고 타는데, 시간과 돈을 버리고 있어요. 하지만 둘 다 그 차를 증오하기 때문에 드라이브하는 데는 절대 이용하지 않아요. 어떤 사람들은 인생을 진정으로 낭비할 줄 알아요.

넬슨, 내 사랑, 이제는 브루노 바이첵을 한 시간 더 만나러 가야 하는데, 그러면 여전히 당신 곁에 있는 것처럼 느낄 거예요. 이것은 어떤 의미에서 영구적이에요. 가슴 깊은 곳에서 우리는 서로 떨어질 수 없어요, 아니 결코 그럴 수 없어요. 저는 아직도 당신이 "내 귀여운, 내 진정한 아내"라고 부르는 것을 들어요. 절대로 그 어떤 여자 친구나 아내도 저의 사랑보다 더 많은 사랑을 주지 않았다고 확신해요. '준다'라고 말할 필요조차 없이 저는 당신에게 속해 있어요. 편지 보내 줘요, 내 사랑. 잘 자요. 편히 지내도록 해요. 사랑받는 이, 귀중한 사람. 그랬던 것처럼, 앞으로 그럴 것처럼 당신의 두 팔에 안긴 저의 몸을 느껴 봐요.

당신의 시몬

추신. 황금 팔의 사나이, 언제 다시 새 책을 시작할 건가요? 세관에서 무슨 일이 있었어요? 항아리들은 무사한가요? 선물들은 마음에 들었나요? 사람들이 당신의 모든 거짓말을 믿던가요? 이야기해 줘요, 이야기해 줘요, 이야기해 줘요.

---

* 보리스 비앙은 낡고 언제나 고장 나 있는 영국 스포츠카 '모건(Morgan)'을 구입했다.

* 프랑스 남부 지중해 연안 지역을 지칭한다.

대단히 소중한 황금 팔의 사나이. 그렇게 탁월한 책을 쓰면서 어떻게 그처럼 형편없는 책들을 즐길 수 있나요? 당신은 아마도 "그렇게 형편없는 책들을 쓰면서 어떻게 그리 훌륭한 책들을 비평할 수 있는 거요?"라고 대답할지도 모르겠군요. 그건 별로 친절한 말이 아닐 거예요. 그 몹쓸 허튼 이야기인 『힘센 어린 양』에 대해서는 단 한마디도 덧붙이지 않겠지만, 『인간의 굴레』는 정말이지! 유머도 없고 따분하며 혼란스러운 데다 어찌 그리 엄숙한지 몰라요! 어떻게 그리 비현실적이고 맥 빠진 사실주의에다, 예술과 지혜에 대해서는 뭐 그리 현학적인 담화들뿐인지요! 자, 저는 그 불구의 주인공을 경멸하고 멸시해요. 그 심술 맞은 여자(세상에, 그 여잔 어쩜 그리 구태의연할 수 있을까요!)는 그 가련한 작자의 모든 것을 파괴해 버릴 때 가벼운 흥분을 경험했을 뿐이에요. 저는 위반지아와 그곳의 깨진 도기들, 갈기갈기 찢어진 과테말라 이불과 너덜너덜해진 라플란드 신발들을 떠올리지 않을 수 없었어요. 애끊는 슬픔을 줬거든요. 그러나 좋아요, 서머싯 몸이 작가든가 아니면 당신이 작가예요. 그는 방식이 다르지만 패럴만큼 고약스러워요. 그리고 셔어우드 앤더슨의 중편소설들은 재미있으나 대단한 것은 아무것도 없어요. 저는 앵글로색슨 문학에 운이 없군요. 브루노 바이첵으로 말하자면, 저는 그를 좋은 프랑스어에다 강제로 집어넣느라 가벼운 구토증마저 느낀답니다.

이 깊고 강렬한 원한은 별도로 하고, 저는 당신으로 인해 상당히 행복해질 거예요. 당신의 편지를 받아서 좋고, 당신이 아주 멀리, 구름 너머의 존재하지 않는 곳 상그릴라까지 날아가 버리지 않고 마침내 위반지아의 보금자리에 착륙했다는 것을 알게 되어 좋아요. 그곳에 있는 당신을 상상하면 편안해지지요. 필시 당신은 이미 성공한 좋은 책들과 쌈짓돈, 사람들이 꿈꾸는 낙타 그리고 좋은 여자의 사랑이 있으니 지나치게 불행한 건 아니에요. 그 여자가 얼마나 가치 있는지는 제가 알 수 없지만, 적어도 사랑만은 확고하고 참되지요.

이곳은 밤새도록 거대한 천둥 번개를 동반한 비가 내렸어요. 바람이 크게 울부짖고 야생동물 무리가 지나가는 것처럼 모든 것을 휩쓸어 가는 듯했어요. 저의 작은 로지아에 놔두고 잊어 버렸던 접시와 잔들이 깨졌어요. 악마들이 제 영혼을 데려가려고 온 듯했어요. 작년에 우리가 만난 뇌우를 기억하나요? 저는 당신의 두 팔의 피신처로 슬그머니 들어가고 싶었고, 그러면 당신이 "누가 당신을 초대하기라도 했어요?"라고 물어보기를 원했어요.

이틀 전부터 글 쓰는 것에 기쁨을 느껴요. 제가 이스키아에서 오랜 시간 꿈꾸고 있는 동안 당신은 제가 아무것도 하지 않는다고 했지만, 저는 깊이 명상하고 있었어요. 수많은 인물과 사건이 하얀 종이 위에서 살아 움직이고 싶어 조바심치며 제 머리의 한쪽 구석에서 이미 기다리고 있었지요. 달링, 오늘 아침에는 이 새로운 책을 당신에게 선물하고 싶다고 생각했어요. 제 말은 책의 첫 페이지에 당신 이름을 인쇄하여 당신에게 헌정하겠다는 뜻이지요. 그것은 당신의 것이기도 해요. 왜냐하면 우선 제가 당신의 사람이니까요. 받을 건가요? 넬슨. 내 사랑, 당신을 사랑하는 것은 몹시 감미로워요. 오늘 저녁에는 당신이 너무 가혹하게 그립군요. 키스해 줘요, 진정으로 키스해 줘요, 내 사랑.

목요일

브래들리 부인*의 문제를 어떻게 할 건가요? 콘로이에 대해서

---

* 문학 에이전트

더 많은 것을 이야기해 줘요. 그를 좋아해요. 당신의 귀국에 대해 별로 말하지 않는 것 같군요. 당신의 황금 팔로 제게 편지를 쓰도록 해요. 달링, 동생은 제가 튀니스의 무척 가까운 곳에 있었는데도 저를 만나지 못해 조금 슬펐다는 편지를 보내왔어요―그러므로 검은 안경을 쓰고 저를 조심스럽게 감춘 술책은 대단히 잘 쓴 거지요.

마지막 키스예요, 내 사랑. 사랑해요.

당신의 시몬

1949년 9월 30일 금요일, 카뉴

나의 넬슨, 내 사랑. 베를렌*의 예쁜 시를 알아요?

도시에 비가 내리는 것처럼
내 가슴에 비가 내리네…….

오늘 제 마음이 딱 이래요. 비가 황량한 언덕에, 지붕에 끝없이 쏟아지고 제 안에서도 조금 내리고 있어요. 당신의 미소, 당신의 따뜻함, 당신의 두 팔, 당신의 사랑이 그리워요, 나의 매우 소중한 당신. 쉬지 않고 일하느라 하루가 천천히 흘러가요. 당신이 만나지 않은 사람들 가운데 한 명인, 6개월 전에 아내를 잃은 친구 기유를 사르트르와 함께 방문한 어제를 제외하고요. 그는 바닷가에 있는 대단히 아름답고 큰 별장에서 일곱, 다섯 그리고 두 살배기 세 아이를 데리고 휴가를 보내고 있어요. 그 별장은 제가 자주

---

* Paul Verlaine. 프랑스 시인

469

말한 친구인 노부인의 것이에요. 전쟁이 일어나기 전인 10년 전쯤에 저도 같은 장소*에서 한 달을 지냈었지요. 그곳에 다시 가니 기분이 이상했어요. 왜냐하면 그 이후로는 가지 않았기 때문이지요. 그곳은 그때의 신선함을 그대로 간직하고 있었어요. 수많은 사건, 즉 전쟁, 미국 여행, 첫 책의 출간, 두 번째 그리고 다른 책들, 당신과의 만남이 연이어 일어났는데도 종려나무 정원, 바다로 향해 있는 넓은 테라스 그리고 돛단배들과 수상스키로 뒤덮인 드넓고 멋진 바다는 과거와 똑같았어요. 제 주위로는 다른 세계가 펼쳐지고 제 안에는 분명한 변화가 있었지만, 그곳은 모든 것이 그대로였어요. 우리 친구는 세 아이를 얻었고, 그의 아내는 죽었어요. 애들의 사촌들과 다른 어린아이들이 근처에 바글거렸고, 집 안은 소리와 웃음 그리고 유쾌함으로 떠들썩했지요. 아마 당신은 제가 기유에 대해 말한 것을 기억하는지 모르겠어요. 그는 결혼에 자신의 모든 것을 쏟아부었고, 글쓰기와 여행 그리고 몇몇 우정까지도 포기하고 오로지 가족에게 헌신했어요. 그는 돈을 벌었고 자기 가정을 떠나지 않았으며 말할 수 없이 행복하다고 단언했어요. 아내가 죽었을 때 그가 자살하지 않은 것은 순전히 아이들 때문이었다고 말했지요. 자 그런데! 그를 다시 보면서 놀라지 않을 수 없었죠! 검게 탄 얼굴이 예전보다 훨씬 더 젊고 좋아보이지 뭐예요! 그는 많은 친구를 초대했고, 인생에 대해 만족해하면서 그들과 함께 신나게 즐기고 있었어요. 그가 매우 다정하게 그의 부인에 대해 넌지시 꺼냈으나, 우리에게 벌써 두 번의 연애, 한 번의 단순한 잠자리와 또 한 번의 감정적인 일을 경험했다고 고백한 뒤였지요. 그는 또 이렇게 말하더군요. 홀아비에 대한 여자들의 탐욕이 놀라웠다고요. 그녀들은 이른바 죽은 이에 대한

---

* 쥐앙레팽(Juan-les-Pins)

그의 성실함에 충격받아서 그를 불성실하게 만들고 싶은 욕망으로 서둘러 공격했대요. 그녀들의 신속함은 약간의 혐오감을 주면서도 그를 기쁘게 했다는군요. 결론적으로 저는 동반자의 사라짐에 얼마나 빨리 적응하고, 죽은 사람이 얼마나 빨리 잊히는가를 확인할 때마다 매번 심한 거북함을 느꼈어요. 물론 자살하지 않을 거면 살아야 할 거고, 산다면 살아요. 그러나 그러면 죽은 이들은 정말 돌이킬 수 없이 죽어 버린 거예요! 맙소사! 저는 죽고 싶지 않답니다.

돌아오는 길에 당신을 조금 증오했어요. 제가 땅에 묻힌 것을 상상했거든요. 당신, 당신은 '용기 있게' '강하게' 계속 살면서 살아남은 사람들에게 키스하더군요. 그렇지만 저는 당신이 먼저 죽는다는 생각을 견딜 수 없어요. 어떻게 할까요? 당신은 우리가 서로의 팔에 안겨 일흔여섯 살에 죽을 것을 제안했었지요. 조금 이르기는 해도 그게 가장 좋을 거예요.

토요일

오늘 아침에는 편지를 받으리라 믿었는데…… 어쩌면 월요일에 도착할지 모르고, 어쩌면 파리에 가서 받을지도 모르겠어요. 당신 소식이 무척 궁금해요. 뇌우가 하늘을 말끔히 씻어 냈으나 전기가 나가는 바람에 촛불에 만족해야만 했어요. 산속에서 점심 식사와 산책을 함께 하기 위해 기유와 그의 아이들을 기다리고 있어요.

오스카 와일드의 프랑스어판 전기를 읽었어요. 흥미롭긴 했지만, 그 사람에게 애착을 느낄 수는 없었어요. 그리고 브루노 바이첵 때문에 계속 진땀을 흘리고 있어요. 사르트르는 며칠 동안 두세 시간을 번역에 할애했으나, 변덕이 났는지 어쩌나 천천히 나아가는지 이런 리듬으로 하다가는 겨우 30쪽이나 할 수 있을 거예요. 저는 한 문체에서 다른 문체로 옮기는 작업이 매혹적인 놀이라는 것을 말하지 않을 수 없네요. 비록 자그마한 일이지만, 당신을 위해 뭔가를 한다는 것이 감미로워요. 이 작은 작업이 살아 있는 진정한 관계를 만들지요.

내 사랑하는 이, 저는 수많은 일을 기억해요. 당신은 이따금 졸음이 오거나 조금 취했을 때 자신에게 말하듯이 낮고 빠르게 몽환적으로 제게 말을 시작하지요. 당신이 당신 자신에게 말하거나 저에게 말하거나 그건 마찬가지라는 것을 깨달았어요. 저는 당신의 가슴 깊은 곳에 살고 있으며, 한순간 당신이 더 이상 당신 존재와 제 존재를 구분하지 않는다는 것을 느꼈어요. 아마도 저의 달콤한 추억들 가운데 그것이 가장 달콤한 게 아닌가 싶군요. 밤에 누워 있거나 자동차 안에서 반쯤 잠들어 저와 당신 사이에 아무 구분 없이 당신 존재의 가장 깊은 곳에 대해 말하는 당신처럼 당신도 제 고유한 자아와 구별되지 않고 제 안에 있답니다.

당신을 무척 사랑해요, 내 사랑.

당신의 시몬

1949년 10월 3일 월요일

넬슨 내 사랑, 당신의 편지와 동봉된 유쾌한 기사들을 토요일 산책에서 돌아오는 중에 받았어요. 제게 여성잡지에나 어울리는 한 가지 문제가 생겼어요. 달링, 그것은 다음과 같이 정리할 수 있을 거예요. "친애하는 애정 문제 상담자시여, 저는 가난하고 머리가 그리 좋지 않은 한 상냥한 시골 젊은이와 사랑에 빠진 지 2년이 됐어요. 그는 갑자기 국제적인 성공을 거둬 백만장자가 됐고, 사람들이 그를 도스토옙스키에 비교한답니다. 그와의 사랑을 유지하기 위해 무엇을 해야 할까요? 아주 단순하게 그를 그냥 잊어야 할까요?" 사실은 일에 쫓기는 당신의 짧은 마지막 편지에 깊은 인상을 받고, 당신의 대성공이 어쩌면 조만간 제게 편지 쓰는 것을 그만두게 할지도 모른다고 생각했지요. 아무튼 당신이 저를 사랑한다고 여겨지는 한 당신에게 일어나는 모든 일이 기뻐요. 정말 커다란 성공이고, 비평들이 굉장하더군요. 오 넬슨! 당신에게 행복한 일이 일어나니 그렇게 행복할 수 없어요. 뭔가가 당신을 기쁘게 할 때 당신은 매력적이랍니다, 매우 소중한 당신.

아름다운 달이 바다 위에서 천천히 당신을 향해 미끄러져 가요. 다섯 시간 후에는 시카고에 당도할 거예요. 저는 은빛 하늘을 가로질러 달과 동행하고 싶답니다. 오늘 저녁은 몹시 우울해요. 한 마리 쥐처럼 서글프고, 당신의 유령이 기다리는 뷔슈리가로 돌아가는 것이 두려워요. 매일 밤 나쁜 꿈을 꾸고 있어요. 우리가 잠자리에 있을 때 때때로 어둠 속에서 이야기를 나누다 "삶이 그리 쉽지 않다"고 제가 밝힌 적이 있었지요. 그때 당신이 놀란 것을 기억해요. "당신에게 삶이란 아주 쉬운 것이라 믿었어요"라고 당신이 말했죠. 당신 생각에 놀랐어요. 실제로 삶이 쉽지 않답니다. 밤낮으로 당신을 그리워하고, 멀리서 당신을 그처럼 강렬하게 사랑하는 일은 쉽지 않아요 ─ 새롭지 않은 문제지요. 보스트가 짧은 편지를 보내와, 병이 흔적도 없이 완전히 나은 올가가 봄에 무대에 오를 수 있다는 허가를 받았다는 소식을 알려 줬어요. 그렇다면 그녀에게나 그에게도 더할 수 없이 좋은 일일 거예요. 그는 늘 미국에 가고 싶어 하지만, 시피용은 가지 않을 거라고 말하는군요. 그의 '사모님'이 그를 놔주려고 하지 않는대요. 그녀가 그를 동반하거나(이는 불가능한 일이죠) 아니면 그가 남아 있을 거예요. 보스트는 시피용이 이 문제에 관해서는 그녀가 어느 정도로 완강한지 예상치 못하고 있다고 단언해요. 그녀는 완강하고, 그는 그 점에 대해 깨달을 거예요…….

토요일에는 마을 뒤편의 높은 산속에서 시야를 흐리는 안개에도 불구하고 대단히 멋진 광경이 펼쳐졌어요. 푸른 바다 아주 가까이에서 소나무들과 겨울의 초원을 마주한다는 것은 굉장한 일이지요. 기유는 대단히 상냥한 태도를 보였고, 저는 아이들이 얼마나 순한 동시에 어른 같은지를 관찰할 때마다 깜짝 놀라며 — 그가 데려온 위의 두 아이는 둘 다 예쁘고 귀여운 여자아이와 남자아이예요 — 그의 아이들과 어울렸어요.

목요일에 비행기로 파리에 돌아왔어요. 편지 보내 줘요, 오, 디비전 스트리트의 황금 팔의 도스토옙스키여. 저는 당신에 대해, 귀여운 일본 여자와 시카고의 여자 그리고 콘로이, 괴물의 어머니, 게리의 친구들, 서점 주인 그리고 이후 제게 매우 친근한 그 모든 사람의 소식을 다 알고 싶어요. 그리고 당신, 당신 무얼 하고 있나요? 사랑스럽고 지저분한 저의 봇짐에 무슨 일이 있나요? 떠나지 말아요, 당신이 저와 함께 있으면서 어둠과 빛 속에서 그랬던 것처럼 말하도록 해요. 저는 사랑으로 당신의 말을 듣겠어요. 당신을 강렬히, 강렬히 사랑해요, 나의 사람.

당신의 시몬

1949년 10월 6일 목요일, 카뉴

넬슨, 내 사랑. 그저께는 몹시 우울해서 당신에게 수없이 많은 질문을 했는데, 어제 예기치 않은 편지를 받아 감미로웠답니다. 당신은 모든 질문에 답변해 줄 뿐 아니라 또 당신의 가슴속에서 잠들라며 저를 초대해 줬어요. 그곳에 저의 보금자리를 만들고는 당신과 재회했는데, 당신이 저를 두 팔에 안기 전에는 나오지 않을 거예요. 당신과 함께 있으니 그렇게 좋을 수 없군요, 내 사랑. 당신이 저를 더 이상 사랑하지 않겠다고 너무 애쓰지 않을 거라는 것을 알게 되어 너무 좋았답니다.

당신이 브래들리 부인을 해고했다니 기뻐요. 코를 고용한 것은 좋은 일이에요. 이제 그에게 서류들과 지침서를 맡기도록 하겠어요.

사르트르가 살해했을 거라는 그 리제트*는 생제르맹데프레가 아닌 카르티에라탱의 상냥하고 귀여운 매춘부에 불과했어요. 이 범죄는 네 가지 낙태 사건을 폭로해요. 사르트르의 죄를 아직 아무도 모른답니다.

당신에 대한 나쁜 비평들도 보내 줘요, 부탁해요. 그런 건 없다고 저를 쉽게 속일 수 없어요. 제가 확실히 당신 말을 거의 다 곧이듣긴 하지만, 이것만은 안 그래요. 오늘 저녁에는 파리에 있을 거예요. 생제르맹데프레에서 혁명이 은밀히 진행되고 있다는 소문이 돈답니다. 미국 동성애자들의 침입으로 카페 주인들, 특히 플로르 카페의 주인을 미치게 만들고 있어요. "늙은 프랑스 작가들, 지드, 콕토는 그래도 괜찮아. 그들은 존경할 만한 사람들이야. 그러나 현재 우리가 미국인들의 돈을 갈취하기 위해 몽마르트르에서 내려온 도시의 찌꺼기들을 거둬들이고 있는데, 그건 안 돼, 그건 참을 수 없어." 사람들이 플로르 카페를 흔히 타페트*들의 카페라고 부른다는 것을 알고 주인은 이 무리를 문밖으로 쫓아내기로 했어요. '리프리'와 '몬타나' 등 카페 동업자들과 오랜 밀담 끝에 맥주 한 잔에 터무니없는 값을 요구해 첫 번째 일격을 가했지요. 그러나 당신네 미국 동성애자들은 이를 완전히 무시해 버

---

* 올그린이 "사르트르는 자신에게 모든 것이 허용된다고 믿는가?"라는 주제에 관한 여러 가지 농담과 함께 「한 모범적인 파리지앵의 타살은 실존주의 숭배에 대해 반대하는 항의를 이야기한다」라는 『시카고 트리뷴』의 기사를 오려서 시몬 드 보부아르에게 보냈었다. 리제트는 〈공손한 매춘부〉의 여주인공이다.

* tapette. 동성애자의 여자 역을 일컫는 프랑스어

렸어요. 해당 맥주에 가벼운 악취를 풍기게 하는 두 번째 일격도 소용없었어요. 급기야는 최후의 수단으로 경찰을 불렀고, 경찰관들은 서뿔로 연행하기 위해 고객들을 정기적으로 끌어모으고 있지요. 여자 없이는 어떤 남자도 더 이상 받아들이지 않을 거라는 거예요. 신문에는 플로르 카페에서 있었던 이러한 내용의 기자 회견 사진들이 넘쳐나고, 당신이 상상하는 것처럼 그들은 마음껏 즐거워하고 있지요. 시카고 사람들에 대해서도 많은 것을 알았어요. 당신네 시카고인은 첫 번째 공격 대상이기 때문에 원자폭탄에 대해 가장 공포에 질린 사람들이고, 가능한 한 가장 훌륭한 방어책을 마련하려 끝없이 협의하더군요. 저는 워반지아의 보금자리가 무사하리라고 생각지 않아요. 당신은 차라리 뷔슈리가에 정착해야만 할 거예요. 아무도 파리를 폭파하려 애쓰지 않으니까요.

당신의 바이첵이 저를 미치게 만들어요. 아니면 사르트르를 미치게 하든지요. 모르겠어요, 며칠 전 저녁에는 그와 함께 밤 열 시에 번역을 시작했는데, 그는 새벽 두 시 전까지 저를 놓아주지 않았어요. 헝클어진 머리와 미친 듯한 시선에다 얼굴은 빨갛게 상기된 그는 무엇보다도 이따금 기요네와 당신에게 욕설을 퍼부었지요. 그가 1부를 끝냈어요. 아침에 만났을 때 그는 밤새도록 번역하는 꿈을 꿨다고 고백했지요. 저도 마찬가지였어요. 그나저나 지금은 단 한 줄의 글도 읽을 수 없답니다. 강박증이자 병이에요. 조만간 멈출 거예요, 혼자 아니면 보스트의 도움을 받아 끝마치겠어요. 왜냐하면 이런 작업은 둘이 하는 게 더 낫기 때문이에요.

안녕 내 사랑, 그것은 지중해 연안의 마지막 키스였을 뿐이에요. 제가 비행기 추락사고로 죽는다면, 가슴에 사랑과 행복을 간직한 채 추락하리라는 걸 알아 두세요. 당신은 한 통의 편지가 당신의 소중한 미소 중 하나만큼이나 저를 행복하게 만든다는 걸 모를 거예요. 넬슨, 넬슨, 넬슨, 당신을 사랑하는 것은 더할 수 없이 좋답니다.

당신의 시몬

1949년 10월 8일 토요일, 파리

넬슨 내 사랑. 당신의 유령과 마주칠까 봐 이곳에 오는 것이 겁났어요. 그런데 매우 상냥한 모습으로 나타난 당신의 유령은 저를 두 팔로 안으면서 "우리는 다시 만날 거예요, 그것보다 더 확실한 것은 아무것도 없어요"라고 말하며, 제가 당신의 어깨에 몸을 바싹 붙이도록 놔뒀어요. 처음으로 숙면할 수 있었고, 곳곳에서 당신을 느낄 수 있었지요. 오늘 아침에는 예기치 않게 당신의 편지를 받았어요. 고마워요, 넬슨. 많은 힘이 되네요. 옆에 있는 작은 공원에 앉아 축축한 땅과 낙엽 냄새, 제가 무척 사랑하는 파리의 10월 냄새에 젖어서 편지를 읽었어요. 당신이 떠난 후에 처음으로 갖는 충만하고 평화로운 진정 행복한 순간이었어요. 당신이 강둑에서 찍은 사진을 좋아해요. 그 사진이 어찌나 좋아 보이는지 확대할 생각이에요. 오려 보낸 신문 기사들로 즐거웠어요. 뉴욕 공항에서의 당신 행동은 저를 실망시키지 않았답니다. 돈과 시간 그리고 근심을 절약하기 위한 당신의 재능을 알아요. 너무 즐거운 나머지 당신이 선물하는 것이라 여기며 꽃을 사서 남쪽에서 가져온 작은 화병에다 꽂아놓았지요. 그리고 저의 새로운 소설책에 "넬슨에게"라고 썼어요. 글은 이렇듯 눈부시게 시작되어 계속 쉽게 써질 거예요. 사실상 지난 목요일부터 아무것도 한 게 없답니다. 여행은 매우 쾌적했어요. 비행기 여승무원이 저의 옛 제자였고 무선 전신 기사는 사르트르의 옛 제자여서, 우리는 외로움에 시달리지 않았어요! 파리에 가까워지면서 안개가 짙어졌지만 무서워할 시간이 없었어요. 어느 때보다도 더 빈털터리가 된 보스트와 저녁나절을 보냈지요. 시피용은 여전히 그의 '사모님'과 기이한 생활을 하는데, 어쨌거나 그들은 하루에 세 번씩 서로 심하게 욕하며 싸우고 있어요. 보스트는 시피용이 언젠가는 그녀의 고통을 알 거라고 생각해요. 그런데 당신에 대한 시피용의 사랑은 깊고 명백한 그대로랍니다. 귀찮은 일들이 가없은 사르트르를 기다리고 있었어요. 그의 보호를 받는 사람 중에 예전에 결핵 때문에 일하지 못하던 젊은 사람이 있어요. 사르트르가 그에게 돈을 주고 있었지요. 그런데 그가 결혼하고 애를 가지다 보니 그 정도 도움으론 당연히 부족했답니다(사르트르의 인색함을 또 한 번 찬양하도록 해요……). 그래서 1백만 프랑 상당의 다이아몬드를 훔쳐 보석상에게 되팔았어요. 그러나 그의 초라한 행색에 보석상은 의심하여 액수의 반만을 지불했고, 그 가련한 도둑이 나머지를 달라고 왔을 때 경찰관들이 그를 붙잡아 감옥에 집어넣었어요. 그는 다이아몬드를 공동 세면기에서 발견했다고 주장했지만, 너무나 빈약한 항변이지요. 요컨대 사르트르가 그를 위해 변호사 비용을 대고 그에게 유리한 증언을 해야만 했답니다.

또 세 통의 편지가 기다리고 있었는데, 하나는 113일 전부터 저를 보지 못해 더 이상 참을 수 없다는 못생긴 여자의 열광적인 사랑의 편지고, 또 하나는 저를 즉시 자주 만나겠다고 강하게 요구하는 유대계 여자 친구의 강압적인 편지예요. 다른 하나는 우리에게 정기적으로 돈을 빌리는 여자 가운데 사르트르에게 급히 돈을 요구하는 한 명의 한층 더 강압적인 편지랍니다. 훌륭해요, 파리의 생활이 다시 시작되는 거지요. 기유가 카뉴에서 그의 아이들과 함께 온 날, 테라스에서 한 기자가 사르트르와 제 가까이에서 저녁 식사를 했어요. 우리는 기자와 그의 부인을 알지 못한 채

아이들 중 한 명이 개와 노는 것을 바라보았어요. 자 그런데 어제
저질 신문의 한 면에 사르트르가 스파게티를 먹는 방식과 제가 로
제 와인을 마시는 방식 등 모든 게 장황하게 실렸어요. 우리는 다
른 사람들처럼 음식과 와인에 대해 이야기했는데, 신문에는 우리
가 아무도 이해할 수 없는 표현을 쓴다며 불평하는 내용이 담겼지
요. 그 작자는 이해를 해도, 또 이해를 하지 못해도 미친 듯이 화
를 냈어요. 제 얼굴은 그런대로 괜찮지만, 제가 옷을 입는 방식을
그의 아내가 좋아하지 않는대요. 이게 사르트르와 저에 대한 그
의 희화랍니다. 또 그 신문은 여가수의 이야기를 온통 꾸며 내고
있어요. 몽마르트르의 한 클럽에서 사내 한 명이 그녀를 패러디
했는데, 그는 그녀를 상스럽게 흉내 내는 것에 만족하지 않고 혐
오스럽고 음란한 노래를 불렀어요. 그녀는 그를 법정에 끌고 갔
는데, 제 생각에는 그녀가 옳아요. 당신에게 그녀의 사진과 이 더
러운 작자의 사진을 보냅니다. 보스트는 그녀와 함께 '더 이상 사
과를 따지' 않으며, 그녀는 그에 대해 몹시 유감스러워해요. 그는
앙티브에서 우리가 그녀를 만났을 때(그리고 당신이 술에 몹시 취했을
때) 보스트와 여가수 사이의 수상한 점을 올가가 눈치채고 밤새도
록 울었다고 알려 줬어요. 그는 지난여름에 그녀에게 더 이상 잠
자리를 할 수 없다고 알려 줬대요. 자신이 너무 형제처럼 느껴진
다는군요. 비탄에 빠진 그녀는 그가 부득이한 경우에 이따금 낯
모르는 매춘부와 잘 수 있다고는 생각했지만, 자기도 아는 여자들
과 이야기를 벌이는 건 참지 못하겠다며, 그것은 자신을 모욕하는
것이라고 했어요.

됐어요, 파리 연대기는 오늘 이것으로 충분해요. 모든 것을 제
자리에 정돈해 놓았답니다. 책, 서류, 원피스 등. 작은 숙소가 당
신에게 미소 짓고 있어요, 나무랄 데 없이. 오늘 오후에는 '당신'
책을 다시 시작할 거예요. 당신도 일하세요, 내 사랑, 우리의 다

음 만남이 그것에 달려 있으니까요. 제가 가기 전에 당신이 새 책을 시작해야 한다고 말했으니 시작하도록 해요. 오 넬슨, 저는 이 편지를 가장 귀중한 선물들로 가득 채우고 싶답니다. 항아리, 베아르네즈 소스를 친 샤토브리앙, 레드 와인, 동으로 만든 쟁반들…… 하지만 여느 때처럼 제 가슴만 있을 거예요, 당신을 위해 멈추지 않고 뛰는 저의 가슴만요.

당신의 시몬

1949년 10월 15일 토요일

대단히 소중한 '겸손한 사람.' 편지를 아주 잘 쓰는군요. 아주 긴 편지였어요. 넬슨, 당신이 이야기를 꾸며서 저를 속인다고 말하도록 놔두세요. 모든 사람이 당신 책을 좋아한다는 것과 모든 사람이 그렇게 쉽게 속는다는 것을 믿을 수 없어요. 당신이 겸손하다고 주장한다는 그 여기자로 말할 것 같으면! 그건 도가 지나쳐요! 그녀가 묘사하는 매력적이고 온화한 그 시골 젊은이는 당신이 아니에요. 당신, 당신은 멀리 있는 나라들을 여행하고, 이른바 아득히 먼 곳으로 찾아간 한 여자를 사랑하며, 당신의 불행한 골루아즈에게는 간단한 한마디도 하지 못하게 하면서 단숨에 몇 시간을 이야기한다는데, 아니에요, 사기가 너무 지나쳤어요! 언젠가 비밀을 폭로할 거예요.

뷔슈리 집은 좋아지고 있어요. 자코메티에게 오래전에 주문한 물건을 사용하기 시작했죠. 다리가 긴 플로어 램프와 테이블 램프지요. 두 램프는 아주 아름다운 색조의 청동으로 주조됐고, 빨간색 커튼과 잘 어울리는 녹색 갓이 씌워져 있어요. 그러나 불행하게도 일단 커튼이 쳐지면 창문을 열 수 없고 카펫 때문에 문도 열 수 없어서 조명기구에 전원을 제대로 연결할 수 없었어요. 수위에게 도움을 요청해야만 했어요. 지금은 하나만이 희미한 빛을 발하지요. 내일 전기 기술자를 부를 거예요.

딕 라이트가 시카고에서 무얼 하는지 아나요? 그는 『초대받은 여자』를 영화화하고자 했던 프랑스 감독과 〈미국의 아들〉을 촬영하고 있는데, 그 영화를 부에노스아이레스에서 계속 찍을 거래요. 모든 프랑스 신문이 이를 보도하긴 해도 초특급 비밀 정보가 있어요. 그가 직접 빅 토머스 역할을 연기한다는 거지요.

제가 낙태 합법화를 요구하는 기사를 하나 쓴 뒤부터 『현대』의 가없은 비서는 힘든 순간들을 보내고 있어요. 모르는 사람들이 저를 만나기 위해 그리고 낙태하는 것을 제가 돕도록 해 달라며 괴롭히고 있어요. 그들 중 한 명은 매일 와서 제가 도와줘야 한다고 부르짖는대요. 요전 날에는 그녀가 격분해서 어두운 색깔의 작은 받침을 가리키면서 "우리는 저기서 해요"라고 말해 버렸어요. 얼빠진 표정의 실성한 사람들도 찾아와서 제가 그들을 도울 수 있는 유일한 사람이라며 저와의 즉각적인 면담을 요구했어요. 자, 이것은 제 생활의 위험한 일면이지만, 한없이 만족스러운 다른 면도 있어요. 저는 이틀 동안 두 가지 고백을 들었어요. 자 당신, 정신 똑바로 차리고 기절하지 말아요. 첫 번째는 모르는 남자가 신문에서 저의 사진을 보고 시적인 편지를 길게 써 보냈어요. 자신이 평생 꿈꿔 왔던 그런 여자의 얼굴이 저라며, 유년 시절로 함께 돌아가고 싶은 여행을 욕망하게 하는 놀랍도록 아름다운 얼굴(그건 사실이에요, 인정해야만 해요)을 지녔다고 고백했어요. 10월 22일 이전에 답해 달라고 하더군요. 다른 하나는 훨씬 더 재미있어요. 저에게 8만 프랑을 꾸려고 전보를 친 타이피스트를 기억하나요? 그녀가 수많은 남자와 자긴 했어도 여자들에게 홀딱 반해 있다고 말했었지요. 그런데 그녀가 돈을 보내 줘서 고맙다는 편지를 보내왔어요. "제가 당신을 위해 무얼 할 수 있을까요?"라는 말을 덧붙인 다음에는 2만 프랑을 또 부탁했고요. 사르트르는 더 이상 아무것도 주지 않겠다고 결정했으나, 결국 자신이 그렇게까지 치사한 사람은 아니라는 것을 또 한 번 확인했죠. 왜냐하면 그렇게 하기로 했으니까요. 그녀에게 돈을 건네주기 위해 어느 카페테라스에서 그녀를 만났는데, 그녀는 진정한 돈 후안인, 남장한 백발의 예순세 살 노부인을 죽도록 사랑하고 있다고 고백했어요. 노부인은 남자와 육체관계를 갖는 것이 무엇인지, 그리고 남자들과 잘 때 예상하지 못한 것을 보여 줬대요. 그녀는 눈물을 머금은 채 선언했어요. "지금까지는 여자의 몸을 가지고 있었으나 여자라는 것을 느끼지 못했어요 ― 지금은 제가 여자라는 것을 깨달았습니다!" 아아! 그녀에게 멋진 선물을 한 노부인은 그녀를 사랑하지 않기에 그녀를 버릴 거예요. 끔찍하고 죽음과 같은, 불행하지만 너무 우스꽝스러운 잠재적 비극이지요. 그녀가 설명했어요. 저의 옛 애인은 자신이 남자가 아니라는 사실을 지독하게 슬퍼했어요. 하지만 저는 "네가 그리워하는 게 단순히 기관이니? 그게 왜 필요해? 필수적인 것은 아니야. 머리를 써, 그게 훨씬 더 나아!"라고 말했어요. 우리 다음번엔 머리로 사랑을 해요, 넬슨……. 그녀는 제가 얼마나 욕정을 불러일으키는 몸을 가졌는지, 자기가 잠자리에서 얼마나 정열적인지를 마치 아름다운 레즈비언이 시를 짓듯 설명하고는 얼굴을 약간 붉히면서 이렇게 덧붙였어요. "저는 대여섯 번 당신과 사랑에 빠졌었어요……. 그런 일은 분명히 또 일어날 거예요." 저는 상냥하게 미소 지었고, 화제를 바꿨지요. 그녀는 제가 돈을 줄 때마다 자신의 고귀한 몸으로 은혜를 베풀고 싶어 해요. 그래서 돈을 주는 사람은 사르트르고 저는 그처럼 듬뿍 줄 여력이 없다고 알려 줬어요. 앞으로 어떤 일이 벌어질까요?

『자유의 길』제3권은 성공적인 것 같아요. 전반적으로 사람들이 그렇게 평가하고, 저도 동감하며 다른 두 권보다 더 좋다고 생각해요. 모든 비평가가 가슴에 분노와 증오를 담고서 사르트르는 문학에 대한 소신 때문에 좋은 소설들을 써서는 안 된다고 선포하고 나서 어쨌든 그가 소설을 썼다는 사실과 이것이 걸작이긴 — 그들 말에 의하면 — 하지만 그의 뜻에 역으로 성공했다는 사실을 인정하니 우스꽝스러워요. 어제는 제 책의 번역자가 『애매성의 윤리를 위하여』에 관한 미국 기사들을 가지고 왔어요. 대다수가 그 책을 흥미롭게 생각하지만, 신을 믿지 않고서는 진정한 윤리와 이런 종류의 무엇도 세울 수 있다고 믿지 않았어요. 저는 당신 책에 부단한 애정을 기울여 작업하고 있답니다. 최선을 다하고 있죠. 그 책이 진정으로 훌륭한 것이 되길 원해요. 왜냐하면 제가 당신에게 드리는 선물이니까요. 지금은 당신의 유령과 완전히 의좋게 지내는데, 제가 워반지아로 돌아갈 때까지 사이좋게 지내기를 바라요. 벌써 먼 그날에 대한 꿈을 꾸지요. 당신은 어떤 기상천외한 벙거지를 쓰고서 달아나는 저를 다시 붙잡아서 벌거벗고 신음하는 당신의 아내를 재빨리 두 팔에 안을 거예요.

당신의 시몬

1949년 10월 18일 화요일

나의 사랑하는 사람. 오늘 검은 안락의자와 흉한 그림들이 걸려 있는 어두운 작은 바에서 기요네를 다시 만났는데, 얼마나 쓸쓸하던지요. 장소가 무척 황량했어요. 그렇지만 평소와 다름없어 보이던 기요네가 슬프게도 1부만큼 2부 번역도 형편없이 마치고 돌려줬어요. 그는 그 책에 완전히 신물이 나서 한계에 이른 것 같앉어요. 그런데 그가 『황금 팔의 사나이』를 받지 못했다고 합니다. 사르트르는 받았지만, 그는 못 받았대요. 그가 그것을 아주 빨리 번역하고 싶어 했어요. 저는 보스트와 함께 바이첵 이야기의 마지막을 다시 쓸 거예요. 사르트르가 때때로 감수할 거고, 저는 지금부터 한 달 안에 완결하길 희망한답니다. 그때 갈리마르 출판사와 계약에 대해 냉정하게 의논할 거예요.

로마에서 에트루리아 유물만을 보고 싶어 하는 친구와 저녁 식사를 했어요. 그는 이 분야에서 몇 번 아주 혹독한 실패를 맛본 다음에 시칠리아의 유적지를 방문했대요. 그런데 순전히 시간 낭비였으므로, 앞으로 유물을 보는 데 더 많은 결벽성을 보여야 할 거라는군요.

과테말라의 한 시장에서 산 옷감 중에서 가장 아름다운 것으로 멋진 원피스를 만들었어요. 우리의 첫 번째 밀월의 향기가 아직도 스며 있는 그 천은 제 가슴을 뒤흔들어 놓았어요.

수요일

그렇게 충실하게 편지를 쓰다니 당신은 어쩜 그리 친절하세요, 고마워요, 넬슨. 당신은 그처럼 내용이 풍부하고 두툼한 편지를 받고 당신에 대해 모든 것을 아는 게 제게 무엇을 의미하는지 알지 못해요. 스크랩해서 보내 준 『뉴욕 타임스』의 기사를 보고 혼란스러웠어요. 얼굴도 목소리도 더 이상 당신 같지 않았어요. 최근 사진을 한 장 보내 주길 부탁해요, 내 사랑. 당신, 필립 라브와 비슷한가요? 아니면 카를로 레비와? 시골 사람 같은 당신의 얼굴에 익숙한 저에게 이 기사는 약간의 충격을 줬어요. 아주 훌륭한 인터뷰를 한 당신 모습이 겸손해 보였고, 그 모습에 한층 더 사랑을 느꼈어요. 당신이 사르트르에 대해 말한 것을 그에게 보여 줬는데, 얼굴 모습도 말투도 전혀 닮지 않은 것에 그 역시 약간 혼란스러워하긴 했지만 많이 웃어 댔어요. 그런데 저에 대해서는 왜 한마디도 없는 거지요? 제가 침대에까지 실존주의를 가져가지 않고, 당신이 껴안을 때는 작가 같지 않다는 것을 왜 밝히지 않은 거죠? 그것은 그들을 몹시 놀라게 할 거라고 확신해요. 다음번엔 잊지 말아요.

당신에게 일어나는 모든 행복한 사건이 아주 자랑스럽고, 거기에 대응하는 당신의 방식은 더욱더 그래요. 성공이 당신을 그렇게 변화시키지 않은 것 같아요. 당신은 공작부인을 아내로 삼으려 하지 않는군요. 당신의 말에 전적으로 동감해요, 할리우드에 가지 말아요. 제발 부탁이에요. 당신이 꼭 써야 할 훌륭한 책이 있는데 도대체 무엇 때문에 멍청한 영화들을 위해 멍청한 대사를 애써 만든단 말인가요? 물론 그것들은 황금 다리들을 제공하며 매우 기분 좋고 대단히 만족스러운 일이지만, 그 황금이 당신에게 무슨 소용이 있겠어요? 제 생각에는 제법 많은 양의 황금이나 지나치게 많은 황금이나 모두 마찬가지랍니다. 당신은 당신이 먹는 것보다 더 많이 먹을 수 없고, 비단옷을 입으려고 당신이 무척 좋아하는 보기 흉한 속옷을 버릴 수 없어요. 그리고 달러로 사랑을 살 수 없어요. 또 누군가가 전 생애에 걸쳐 쌓아놓을 사랑보다 더 많은 사랑을 소유하고 있어요. 그렇다면? 당신의 워반지아의 보금자리에 남아 있도록 해요, 내 사랑. 당신에게 명예가 되는 다른 이야기를 쓰세요. 눈을 뜬 채 기분 좋게 여러 가지 꿈을 꿨어요. 만약 『황금 팔의 사나이』가 영화로 만들어진다면 당신은 분명 영화 제작에 참여하러 할리우드에 갈 거예요. 만일 그 일이 우리가 만나는 때에 일어난다면 저는 당신과 동시에 일하고 나서 함께 말리부 해변에서 해수욕하고 아름다운 캘리포니아에서 주말을 보낼 거예요. 그리고 나탈리를 만날 거예요. 그녀는 우리를 위해 아담한 집 한 채를 찾아낼 거예요. 그런 일이 일어나지 않으리라 생각하지만 가능할 수도 있고, 만약 그렇게 되면 아주 좋아할 거예요. 사실 어디가 됐든 당신과 함께 있다는 생각은 저를 기쁘게 하지요.

어제 못생긴, 그 어느 때보다 더 못생긴 여자와 저녁나절을 보냈어요. 그녀의 의향에 따라 여느 때처럼 샴페인을 마시고 닭고기를 먹었지요. 그런 다음 새벽 두 시까지는 그녀의 원고를 읽어야만 했어요. 때때로 탁월하게 쓰인 곳도 있었어요. 그러나 출판하는 것은 불가능하답니다. 그녀의 글은 주네의 것과 마찬가지로 노골적인 레즈비언의 성 이야기지요. 그녀는 한 여자가 어떻게 다른 여자를 범하는지, 그녀가 자기 손가락으로 무엇을 하는지, 그로 인해 다른 여자의 성기에서 무엇이 나오는지에 대해 상세하게 묘사하고 있어요. 이것은 그녀들이 함께 피와 오줌, 그 나머지 등을 가지고 고안해 내는 이런저런 수많은 끔찍한 이야기로, 저마저 가벼운 혐오감을 일으키게 해요. 그러니 일반 독자들은 어떻게 반응할까요?

오늘 처음 본 저의 둘째 아이*는 첫째의 거의 두 배나 되는 분량에 이르는데, 단연 저의 귀염둥이랍니다. 분명 조만간 온갖 모욕적인 언사로 뒤덮일 거예요. 사르트르에겐 희극적인 일이 계속되고 있어요. 한 드골주의 잡지에 사르트르를 가장 뛰어난 사람이며 철학, 연극, 소설, 비평에서 가장 탁월하다고 인정하는 기사가 실렸어요. 네, 그의 뛰어난 소설이 일등상을 받기는 했지만, 모든 분야에서 그처럼 쉽게 이 정도로 성공한다는 것은 불쾌한 일이에요. 어떻게 생각해요?

당신은 확실히 바빠 보이는군요, 언제 일하나요?

---

* 『제2의 성』 제2권 「체험」. 5월에 출판된 제1권은 이미 재판을 찍었다. 미국의 한 출판사가 즉시 출간하기를 희망했다.

왜 저는 당신의 잠자리에 결코 찾아가지 못하는 거지요, 당신은 그렇게 자주 제 잠자리에 오는데? 넬슨, 내 사랑, 당신 편지가 저를 아주 행복하게 만들었어요. 당신을 그 어느 때보다도 더 사랑해요. 우리에게 또 멋진 날들이 있을 거라는 것을 알아요. 사랑, 사랑, 당신의 국제적인 아내.

당신의 시몬

『뉴욕 타임스』에 실린 당신 사진이 누구와 닮았는지 알아냈어요. 크노예요! 저는 크노를 좋아하지만, 몇 달 후에 그와 함께 잔다고 생각하니 글쎄요……. 저는 당신과 아주 뜻이 잘 맞았었지요.

1949년 10월 23일 일요일

넬슨, 내 사랑. 이 흐리고 추운 일요일에 어찌하여 저는 당신을 이토록 사랑하는 건가요? 왜 그런지 모르겠으나 사실이에요. 진짜 추위가 본격적으로 시작돼서 작은 가스난로에 불을 붙여야만 하지만, 가스가 새어 나와 조금만 지나도 머리가 아프고 현기증이 나요. 지난 6년 동안 저에게 일어난 일을 자세히 알기 위해 국립 도서관에 나가고 있어요. 다시 말해 정확히 어떻게 해서 우리가 그 전쟁에서 이겼고, 그다음에 무엇을 기도했는지를요. 도서관의 노랗게 바랜 신문들 속 과거는 아주 멀게만 보였어요. 때때로 사르트르의 연극 한 편이나 제 책 중의 하나가 언급되는데, 한층 더 죽어 있는 듯했어요. 저 자신의 이야기를 읽는 것은 마치 제가 이미 무덤 안에 누워 있는 것처럼 슬프게 만들더군요. 죽어 버린 이 잡지들과 신문들이 제게 어떤 유용성이 있는지 모르지만, 새로운 책을 시작하기 전에 암흑 속을 탐색하는 제 나름의 방법이랍니다.

저는 당신에 관한 이야기를 많이 들어요. 큰 출판사의 책임자가 사르트르의 비서에게 이렇게 말했어요. "굉장한 미국 소설 하나를 읽는 중이에요. 근래 가장 훌륭한 작품이지요!" 맞춰 보세요! 우리의 프랭키 머신이 아니면 누구겠어요? 기요네가 번역한 마지막 부분을 넘겨줬고, 저는 그것을 검토하느라 보스트와 함께 첫날 오후를 보냈어요. 별도의 농담인데, 제가 그 번역에 인간적인 형태를 주기 위해서는 다른 모든 활동을 제쳐두고 한 달 전부를 할애해야 할 것 같아요. 그 번역에 약간 절망하고 있지만, 그렇게 할 거예요. 저는 사르트르의 서가에 꽂혀 있는 『황금 팔』에 대한 첫 번째 비전이 있어요. 얼마나 아름다운 책인지 몰라요! 인쇄, 표지, 모든 것이 맘에 들고, 그것을 바라보는 것만으로도 그 소설이 훌륭한 것이기를 기원하지요.

사르트르와 저는 제가 아는 젊은 사람들보다 한없이 더 생기 있는 앙제의 매력적인 노부인과 저녁 식사를 했답니다. 그녀와 그녀의 딸이 제 아파트를 기막히게 좋게 생각해요. 저는 저녁 식사 초대를 강력히 요구한 데 대해 자부심으로 가득 차 있어요. 제가 지난 5, 6월에 수수께끼같이 사라진 데 대해 짓궂게 놀려 댔어요. 저는 아주 멀리 갔다고 생각했었는데, 모든 사람이 저를 파리에서 보았다는군요. 저의 최신작인 커다란 아이를 당신께 보내려하는데, 프랑스어로 쓰였기에 당신은 읽지도 않을 거예요. 영어로 번역된 보스트의 소설*도 보내요. 그러나 이 책의 번역이 엉망이라고 하네요. 저자가 쓰는 은어에 대해 아무것도 이해하지 못한 번역자들이 끔찍스럽게 망쳐 놓았다는군요. 이 소설의 문체와 병사들, 진짜 프랑스 병사들이 쓰는 언어는 책의 최고 장점들 가운데 하나기 때문에, 그것을 놓친다는 것은 그 책을 죽이는 일이

---

* 『가장 하찮은 직업』

에요. 어쨌든 그 책을 보내요. 어쩌면 그 책이 당신을 재미나게 할지도 모르겠어요.

저는 당신처럼 의자 막대기 생활을 하지 않아요, 워반지아의 쾌활한 토박이 젊은이여. 그러므로 제게는 할 말이 거의 남아 있지 않네요, 보잘것없는 단어로는 말해질 수 없는 것과 당신이 알고 있는 것을 제외하고는 말이죠. 당신도 알지요, 그렇지 않아요? 네, 당신을 사랑하는 것은 언제나 이렇게 좋답니다, 내 사랑.

당신의 시몬

1949년 10월 26일 수요일

당신이 왜 그렇게 훌륭한지 알아요, 넬슨? 사람들이 당신 어머니에게 라디오에 나와서 이야기해 달라고 부탁해서도 아니고, 할리우드에서 일주일에 6백 달러씩 지불해서도 아니며, 코가 당신을 위해 번역할 때마다 미리 4백 달러를 받았기 때문도 아니에요. 제게 상냥한 편지들을 길게 써 보내기 때문이랍니다. 저는 항상 받으리라 기대한 날보다 일찍 받아요. 그래서 그 편지들이 선물 같답니다. 그리고 제가 왜 훌륭한지 알아요? 당신에게 좋은 소설 한 편을 써 주기 위해 힘들게 애써서도 아니고, 또 당신을 그렇게 따뜻하게 사랑해서도 아니에요. 당신이 저를 다시 볼 때 저는 가자미만큼 납작해져 있을 것이기 때문이지요. 마사지해 주는 여자가 일주일에 두 번씩 저의 집에 오기로 하고, 오늘 아침에 일을 시작했어요. 그녀는 30분 동안 제 온몸을 난폭하게 다루면서 있는 힘을 다해 일하지요. 그러면 저의 몸은 아주 좋아져요. 얼마 안 있어 제게는 더 이상 배도 엉덩이도 다리도 목도 아무것도 남은 게 없을 거고, 그녀도 제가 한 오라기의 실일 뿐일 거래요. 만일 당신에게 너무 부족하다면, 좋아요, 당신이 두 팔에 안을 수 있는 조그만 뭔가를 남겨놓도록 하겠어요. 어떤 운동도 하지 않고 온종일 글을 쓰거나 말하면서 꼼짝하지 않고 앉아만 있기 때문에, 마사지를 받는 것은 건강에 아주 좋을 수밖에 없지요.

당신과 사업을 논의하는 데 지쳐서 사르트르의 비서한테 당신에게 편지 쓰라고 부탁했어요. 그가 포크너는 이제 폐물에 불과하고 미국 하늘에 떠오르는 별은 당신이라고 주장하면서 놀라울 만큼 일을 잘 처리하는 것처럼 보이기 때문이죠. 그가 당신을 위해 얻은 것을 받아들이세요. 당신은 진정 그보다 더 나은 것을 희망할 수 없을 거예요. 그런데 당신 에이전트들은 브래들리 부인과 어떻게 합의할 건가요? 그들은 그리 약삭빠라 보이지 않아요. 우리는 당신에 대해 두 번의 긴 기자회견을 했답니다. 한 번은 사르트르, 보스트 그리고 제가 했고, 또 한 번은 사르트르와 비서와 제가 했지요. 번역의 마지막 부분이 어찌나 나쁘던지, 큰 재앙이에요! 전부 다시 써야만 해요. 사르트르와 제가 다시 한 것을 본 보스트는 아직도 기요네의 읽어 내기 힘든 산문 중 너무 많은 부분이 그대로 있다고 평했어요. 그는 무척 친절하게도 맨 처음과 마지막의 초반부를 고치겠다고 제안했고, 그러는 동안 제가 후반부에 매달릴 거예요. 족히 3개월은 걸릴 거예요. 안타깝지만 출판이 석 달 뒤로 미뤄지더라도 만족스럽게 하는 것이 더 나아요. 게다가 달리 방법도 없는 데다 번역이 너무 형편없었답니다. 물론 당신 책의 다음 번역을 기요네에게 맡기는 것에 대해서는 더 이상 말할 필요가 없어서, 그에게 가능한 한 정중하게 번역을 회수할 거라고 알렸어요. 당신 작품은 번역하기가 놀라울 정도로 어렵다는 것을 말하지 않을 수 없어요. 사르트르가 아는 젊은 미국 여자에게 당신 책을 건네줬더니, 그녀는 그 책을 아주 좋아하면서 훌륭하다고 평가했어요. 하지만 그녀로서는 많은 단어를 이해할 수 없었다는군요. 내 사랑, 샴페인을 마시며 당신의 성공을 축하하고 싶어요. 항상 당신을 놀리지만, 제가 얼마나 기뻐하는지는 당신도 잘 알지요, 그렇지 않아요? 이번 성공은 저의 삶을 환하게 하지만, 제가 당신을 자랑스러워하게 만들지는 않아요. 왜냐하면 이에 관한 한 제가 발전할 수 없기 때문이지요. 그러나 저는 행복해요.

여기는 춥고 바람이 거세게 불어요. 굴뚝들이 지붕에서 굴러 떨어지고 나무들이 부러져 나가고 있지요. 또 황금빛 푸르고 눈부신 날씨랍니다. 이제 작업하러 가야겠어요. 당신은 저를 떠나지 않았어요. 내 사랑, 당신의 두 팔에 살그머니 안겨서 당신의 입술과 온몸에 키스해요. 당신을 이만큼 사랑해 본 적이 없답니다.

당신의 시몬

1949년 10월 30일 일요일

대단히 소중하고 사랑하는 사람. 당신은 라 모타가 배신자라고 경고했지만, 저는 그가 세르당과의 대전對戰을 피하려고 승객 48명이 탄 비행기를 폭파할 만큼 잔악할 줄 몰랐어요. 금요일부터 "비행기가 사라졌다"는 헤드라인을 보고 비통한 생각이 들었어요. 세르당과 우리의 가장 뛰어난 바이올리니스트 소녀,* 그리고 첫 번째 대모험인 미국 여행을 경험하기 위해 살던 산에서 내려온 가엾은 양치기들, 그들이 당한 이 비행기 사고는 어제 저를 포함해 모두에게 대단한 충격을 주었답니다. 어리석게도 저는 한

---

* 지네트 느뵈(Ginette Neveu)

편으로 당신이 이 큰 재앙을 가까스로 피했다고 상상했고, 또 한 편으로 제가 당신을 죽음으로 보내는 듯한 느낌이 든 오를리 공항에서의 우리 이별을 떠올렸어요. 오 넬슨, 넬슨, 저를 이런 끔찍한 방식으로 남겨놓지 말고, 저와 '함께'가 아니라면 더 이상 비행기를 타지 말아요. 비행기에서 당신이 혼자 폭파당하도록 놔두지 않겠어요. 네, 무거운 그림자가 어둡게 드리워진 이틀 동안 저로서는 근면하게 일하고 언제나 그렇듯 춥고 또 햇볕이 내리쬐는, 당신에 대한 아주 행복한 사랑으로 가득 차 있었어요. 엘렌 라이트의 집에서 트루먼 커포티라는 우스꽝스러운 물건을 만났어요. 커다란 흰색 스웨터와 파란 벨벳 바지를 입은 그는 버섯과 무척 닮았답니다. 그는 우리가 이스키아와 튀니스로 여행한 그때 그곳에 있었대요. 거기서 '꽤 편안한 집'을 사용했지만, 페스에서는 '진정으로 편안'하지 못했고, 파리에서는 '편안하지 않기' 때문에 '편안한 뉴욕'으로 돌아가야만 한대요. 저는 서비스가 별로 좋지 않다는 것을 알고 뷔슈리 호텔을 제안하지 않았어요. 그는 브래들리 부인에 대해 불평했고, 대화하고 싶어 하지 않는 주제인 그의 책으로 화제를 돌리려 했어요 — 제가 싸움에서 이겼지요. 엘렌과 커포티는 당신의 대성공을 모르지 않았으며, 그녀는 그것에 대해 아주 기뻐했어요.

사랑의 편지 받아 봤나요, 넬슨? 저는 받았어요, 무척 많이요, 주로 여자들과 동성애자들에게서지요. 제가 답장하지 않았으므로 전망은 별로 없어요. 낙태에 관한 의견 고마워요, 잘돼 가고 있답니다.

보스트와 올가 사이에 싸움이 연달아 일어나고 있어요. 보스트는 그녀를 증오한다고 단언했어요. 올가는 그가 시피용과 리자와 단 한 시간을 함께한 것까지도 비난하려고 하지 않을까요? 그는 현재 인류의 모든 암컷을 증오하고, 시피용에게 인생을 망치게 놔두지 말라고 충고하고 있어요. 비앙 부부는 서로를 무시무시하게 헐뜯고, 크노는 이틀 전에 아내에게 "네 위에다 똥을 누고 절대 돌아오지 않을 거야"라고 소리치며 문을 꽝 닫고 나갔대요. 당연히 돌아왔지만요. 당신, 아직도 싱글이라는 것을 고집스럽게 슬퍼하며 탄식할 건가요?

그 여가수는 파리에서 가장 잘생긴 고양이를 키우는데, 상賞을 받으려고 거칠고 멍청한 회색 페르시아 고양이를 두 팔에 안고 찍은 사진 몇 장을 여러 신문사에 보내 경연에 참여하고 있어요. 조만간 그녀는 코를 자를 거래요. 어느 날 그녀가 제 코를 보면서 "이런 코를 가질래요"라고 밝혔어요. 한 외과 의사는 신이 제게 수여했고 당신이 놀리는 그런 코를 그녀에게 만들어 주려고 한답니다. 그녀는 세르당이 탄 비행기를 라 모타가 추락시켰다는 사실을 전혀 의심치 않는답니다.

이번 주에는 라디오에서 제 책을 소개하고, 생제르맹데프레에 관한 영화를 위해 사진을 찍고, 모리스 슈발리에와 점심 식사를 할 거예요. 저의 사진이 파리의 많은 서점에 진열됐어요. 요컨대 저는 거의 당신만큼 중요해지고 있으나 그렇게 불손해지지는 않았어요. 단순한 시골 젊은이와 사랑에 푹 빠질 수도 있고요. 당신 일하고 있나요? 당신 어쩜 그리 게으르고 거만해요! 당신이 빈둥거린다면, 과연 저처럼 훌륭한 일꾼의 사랑을 받을 만한 자격이 있을까요? 어제는 우리 집 벽난로 오른편에 걸려 있는 데생을 선물한 화가*와 점심 식사를 했어요. 그는 미국에서 4년을 보내고 돌아와 현재 대단히 흥미로운 큰 전시회를 파리에서 열었답니다. 그는 시카고를 아주 좋아하는데, 프랑스인에게는 드문 일이지요. 그러므로 '리프리'에서 시카고를 회상하면서 점심 식사를 했고,

---

* 페르낭 레제

저는 가슴이 녹아내렸지요.

그곳 언론에서도 과테말라의 불쌍한 우리 인디언이 물에 빠져 죽었다는 보도를 했나요? 지독하게 내린 비로 그들 가운데 1천여 명이 생명을 잃었대요. 파리는 얼음이 어는 날씨예요. 시카고는요? 제게 모든 걸 계속 이야기해 줘요, 귀중한 당신. 계속 행복하고 계속 저를 사랑해 줘요. 나의 경이로운 당신, 저는 우리가 함께 보낸 넉 달을 더없이 즐겁게 회상해요. 전혀 지치지 않는답니다. 당신은 저의 태양이고 저의 달빛이며 저의 유성이에요. 당신은 장난꾸러기인 만큼 미남이고, 저는 당신을 사랑해요.

당신의 시몬

1949년 11월 2일 수요일

넬슨, 내 사랑, 『횃불 *La Porche*』에 실린(횃불은 도대체 뭔가요?) 당신 사진을 보내다니, 얼마나 엉큼한지요. 사진, 정말 잘 나왔어요. 이때까지 뷔슈리에서 당신 유령과 기막히게 뜻이 잘 맞았는데, 당신이 다시 죽도록 그립고 워반지아에서 당신과 함께하고 싶은 욕망에 미칠 것 같아요. 사진 속 당신은 대단히 상냥해 보이므로, 이제 당신 유령은 사라졌어요. 당신이 원하니 당신에게 그것을 다시 보내지만, 제가 간직하도록 같은 사진을 하나 더 얻을 수 없나요? 당신의 인터뷰도 맘에 들어요. 인터뷰에서 당신의 어떤 것, 당신이 말하고 웃는 방식의 어떤 것을 파악할 수 있었고, 당신의 소중한 목소리조차 거의 들을 수 있었어요. 그리도 가깝고, 그리도 멀리 있는 당신의 목소리를요. 이 신문에서 당신이 인용한 것을 헤밍웨이가 어디에서 말했나요? 사적인 편지에서인가요? 그 모든 것을 보내 주다니 친절하군요. 흥미롭고 기쁘네요. 대단한 성공이에요. 내 사랑! 즐겁고 정신이 없는 와중에도 저를 잊지 말아요. 다른 사람이 되지 말아요.

『현대』의 새 출판인 집에서 있었던 '도시적인' 점심 식사에서 돌아오는 중이에요. 오 세상에! 가엾은 나! 어쩌면 그리도 흉측하게 우아한 사람들에다 어쩌면 그리도 지겹게 서투른 배우들만 모였던지요! 모리스 슈발리에는 입을 열지 않았고, 사르트르도 마찬가지였어요. 그곳엔 화가, 작곡가, 정치가, 뮤직홀 가수, 출판인 들이 있었는데, 아내를 동반한 그들은 아무도 할 말이 없는지 누구에게도 말을 걸지 않았어요. 이 사람들에게는 이해력이 심히 결핍돼 있다는 느낌을 받았어요. 한 명이 대독 협력자였기 때문에 그 사람 혹은 다른 사람의 감정을 상하게 할까 두려워 감히 한 마디도 내뱉지 못했지요. 우아해 보이려고 애쓴 장소에서는 돈으로 살 수 있는 것만 발견될 뿐 진정 우아한 것이 하나도 없었어요. 요컨대 전체가 모두 혐오감을 일으켜 병이 날 지경이었어요.

헤라시 부부가 둘 다 버몬트에 있는 학교에 자리를 얻었다고 편지를 보냈어요. 일이 엄청 많지만, 멋진 전원 속에 살고 월급도 꽤 많이 받는다는군요. 그들은 뉴욕에서 어찌나 무일푼이었던지 돈을 꿔 달라고 할까 두려워서 모든 친구가 그들을 피했대요. 반면 결혼생활이 완전히 실패로 돌아간 소로킨의 편지는 우울해요. 남편은 그녀를 증오하고 그녀는 그를 더 이상 사랑하지 않아요. 그들은 서로 지독하게 욕하는 상황이에요. 그녀는 어떻게 해야 할지 모르고 있어요. 저는요, 신문 가게 주인이 잘 안다는 듯한 시선으로 "어제 당신이 들어오셨을 때 마침 제 아내와 시몬 드 보부아르에 관해 이야기하는 중이었답니다……"라고 말했을 때, 순간적으로 자랑스러웠어요. 아시겠어요, 저 역시 일종의 토박이 저명인사라고요.

크노 부부의 집에 저녁 식사를 하러 가기 전에 조금 일해야겠

어요. 잘 있어요, 제가 사랑하는 넬슨의 사진 한 장을 다시 보내
주세요.

당신의 시몬

1949년 11월 6일 일요일

사랑하는 매우 소중한 당신. 수요일에 크노 부부 집에서 저녁
식사를 하러 가기 전에 당신에게 편지를 썼지요. 그들 부부 사이
에 말다툼이 없었던 기분 좋은 저녁나절이었어요. 크노는 보통
때처럼 많이 웃었지요. 저는 당신이 그를 더 자주 만났으면 해요.
며칠 전 아침 아홉 시에 잠이 깼는데, 누군가가 문을 두드렸답니
다. "누구세요?" "한 가지 여쭤 보고 싶어서요." 옷을 걸치고 문
을 열자 겁에 질리고 아파 보이는 젊은 남자가 보였어요. "낙태하
려고요." 그를 돌려보냈으나 우울해졌고, 그는 충격을 받았어요.
"왜 당신은 침묵하는 거요!"라며 저를 비난했지요. 제가 그를 도
와줄 수 있는 사람을 한 명도 모른다는 건 사실이에요. 금요일 라
디오에서 한 여자가 질문하고, 두 여자 친구가 저와 함께 『제2의
성』에 대해 토론하기로 되어 있었어요, 네 명의 여자지요. 소식을
들은 젊은 사람들이 도착했고, 유리창 저편에서 히죽히죽 비웃으
면서 우리 얼굴을 뚫어지게 보기 시작했어요 — 아주 거북스러웠
어요. 한 여자 친구는 되마고 카페에서 두 젊은 작자가 『제2의 성』
을 좋아한다고 단언하면서 그들 중 한 명이 "그러나 내 아내가 그
책을 읽도록 놔두지 않을 거야, 너무 노골적이거든"이라 말했다
고 일러줬어요.

못생긴 여자와 저 사이에 일종의 미니 드라마가 있었지요. 제
가 한 달에 두 번씩 화요일마다 관례적으로 하는 우리의 저녁 식

사 요일을 바꿨기 때문이에요. 화요일을 목요일로 바꿨기에, 저는 그녀의 눈물 젖은 열정적인 편지를 받아야 했어요. 그녀는 기분이 나아지자 예전에 남편과 말다툼한 뒤에 가스 자살을 시도한 것에 대해 고백했어요. 꽤 감미로운 죽음 비슷한 것이었다나 봐요. 비행기들의 추락으로 말하자면, 연달아 웬일인지 모르겠네요! 포토맥강 사고는 당신의 정신 나간 나라의 작은 비행기들이 큰 비행기를 치받으려고 솟아오르는 습관에 대해 당신이 이야기해 준 게 생각났어요. 그건 그렇고, 제가 누구누구에 대해 이것저것 기억하는지 못하는지 묻지 말아요, 저는 모든 것을 기억하고 있어요. 당신이 말한 모든 것 그리고 당신이 했던 모든 것을요, 내 사랑. 제 영혼의 평화를 위해 너무 잘 기억한답니다.

저의 유대계 여자 친구는 남편과 알제로 돌아간 것이 구토물을 다시 삼키는 느낌을 일으켰다고 편지에 썼어요 — 끔찍하죠, 안 그래요? 사실 제가 보기에는 매우 참을 수 없는 것들 가운데 하나가 진정으로 사랑하지 않는 사람 곁에서 사는 것이에요. 올가는 점점 더 건강해져서 아마도 〈파리 떼〉를 다시 공연할지도 모르겠어요. 어쩌면 보스트는 아이티에 관한 장편영화를 찍을지도 몰라요, 유네스코가 제안했답니다. 비앙은 장편소설을 발표했는데, 반응이 좋지 않아요. 자기 결혼생활의 불행을 기이하게 시적으로 옮겨 놓은 책이에요. 보스트는 브루노 때문에 진땀을 흘리고 저도 땀을 조금 흘리고 있어요.

언제나 — 넬슨과 — 사랑에 빠진 저는 고되게 일하며 남편에 대한 향수에 젖어 혼자 잠들지만, 그를 다시 만날 거라는 것을 알기에 전체적으로 행복하답니다. 지금 날씨가 무척 추워 DDT 냄새를 맡으면서 모피 외투를 입고서만 외출해요. 시카고는요? 넬슨, 내 사랑, 당신은 돈을 벌고 유명해질 수 있지만, 당신이 불러일으키는 사랑보다 월등한 사랑은 결코 얻을 수 없어요. 당신에게 부드럽고 강렬하게 키스해요, 소중하고 사랑스러운 당신.

당신의 시몬

1949년 11월 9일 수요일

황금 두뇌를 가진 나의 남자. 금빛 손이 만든 금빛 책을 보내 줘 고마워요. 종이에서나 당신의 두 눈에서나 '사랑'이라는 단어를 보는 것은 항상 감미로워요, 내 사랑. 제가 다시 보낸 사진보다 못한 작은 사진들(당신 얼굴이 어떻게 빨간색과 노란색으로 변색됐는지 모르겠군요. 제가 당신과 권투 시합한 것도 아닌데 말이죠)도 고마워요. 첫 번째 사진에서는 웃는 원숭이를 닮았고, 다른 사진에서는 근엄한 체하는 교수를 닮았어요. 우리 둘이 같이 찍은 이전 사진들이 훨씬 더 잘 나왔더군요. 마흔 살의 남자가 처할 수 있는 위험에 관한 기사가 우선 겁나게 했지만 당신은 저와의 서신 교환으로 그 같은 재난을 피할 수 있고, 우리가 다음번에 만날 때 당신은 모든 위험을 벗어난 마흔한 살이 될 것이라고 생각했어요. 잠에서 깼을 때 당신 편지와 당신의 아침 키스가 문 앞에서 다정하게 기다리고 있었어요. 당신은 당신 소설이 연극으로 먼저 만들어진다면 영화*가 어째서 이득을 볼 거라고 믿나요, 어리석은 양반? 제 생각으로는 무엇이 됐든지 더 낫게 만들어지진 않을 거예요. 문제는 좋은 영화 감독을 찾아내고 시나리오의 가능한 한 많은 부분을 당신이 직접 담당하는 데 있어요. 당신이 그 소름 끼치는 할리우드에 가서 갈피를 잡지 못하느니 차라리 워반지아의 편안한 보금자리에 남고

---

* 올그런에게 『황금 팔의 사나이』를 영화로 만들자는 제의가 들어왔었다. 이 계획은 1955년까지 결실을 맺지 못했다. 프랭크 시나트라(프랭키 머신 역)와 킴 노박(몰리 역) 주연에 오토 프레민저(Otto Preminger) 감독의 영화

싫어 한다는 것을 저는 아주 잘 이해해요. 하지만 당신의 프랭키를 위해서라면 단순히 큰돈을 벌기 위한 것만은 아니지요. 어쨌든 당신 마음에 드는 일을 하세요. 일에서는 자기 기분에 맞게 행동하는 것이 현명해요.

내 기분이 어떠하냐고요? 온종일 책상에 앉아 하얀 종이를 앞에 놓고 괴로워하고 있지요. 도서관에도 가지 않고 머릿속에서 뭔가를 끄집어내려고 애쓰고 있어요. 고통스러운 작업이에요. 이 고통이 1년 내내 지속될까 두려워요. 이번 주에는 평소보다 많은 두 편의 영화를 보러 갔어요. 그중 하나는 플라어티*의 〈루이지애나 스토리Louisiana Story〉로, 느리고 때때로 지루했으나 뛰어난 영화였지요. 나무에 늘어져 있는 그 모든 스페인 이끼와 석유를 퍼 올리는 우물들을 보자 가슴이 기쁨으로 뛰기 시작했어요. 주위 경치보다 한층 더 성공적인 영상들이었어요.

트루먼 커포티는 사르트르가 자신을 "환상적인 실존주의자"로 규정지었다고 사방에(여러 잡지에) 퍼뜨리고 돌아다녀요. 물론 그에게 실존주의적 면모라고는 하나도 없고 환상적이지도 않지요. 당연히 사르트르가 그런 말을 한 적도 없답니다.

오후에는 예쁜 램프 불빛 아래서 작업하고 있어요. 스토브가 윙윙 소리를 내며 타고, 빨간색 새 의자 커버들이 실내를 아름답게 하지요. 모든 것이 붉은 색깔이어서 기분 좋아요. 이처럼 아늑한 저녁에 당신에게 편지 쓰는 것을 좋아해요. 당신의 따뜻함이 저를 저버리지 않았어요. 그렇지만 이 방에서 당신과의 이별 때문에 그렇게 많이 운 지도 벌써 두 달이 지났군요. 오늘 당신에게 몇 권의 책과 기사들을 부쳤어요. 제 책의 헌정사와 마찬가지로 보스트의 이름으로 쓰인 헌정사도 제가 쓴 거예요. 날씨가 흐리

---

* Robert Joseph Flaherty. 미국의 영화감독

고 추우며 비가 내리고 있지요. 일주일에 두 번 오랫동안 전기가 나가 버려 아름다운 초를 몇 개 샀으나, 그건 전쟁의 암흑을 너무 생각나게 만든답니다. 어제저녁에는 사르트르가 생활비를 대주는 반은 시각장애인에다 다리까지 반쯤 저는 화가가 술에 완전히 취해 절망적이고 소름 끼치는 모습으로 '럼므리 마르티니케즈'*에 들렀어요. 단정한 외모에 호감을 주는 젊은이가 그를 동반했는데, 백만장자가 거지를 닮을 수 있는 방식으로 화가의 외모와 닮았어요. 화가가 "어떻게 지내슈?" 하고 재기발랄한 목소리로 말을 걸었고, 그 깨끗한 젊은이를 미안한 듯 가리키면서 "느닷없이 들이닥친 이 물건은 내 동생이오"라고 지독한 경멸조로 말했어요.

제가 사랑한다고 말했었나요? 오, 네, 그래요, 내 사랑.

당신의 시몬

1949년 11월 13일 일요일

넬슨, 나의 위험한 임. 당신의 키스처럼 감미로운 편지들을 쓰는 당신은 뛰어난 작가임이 틀림없어요. 어제는 가장 기분 좋은 아침을 보냈답니다. 이른 아침에 아파트의 착한 여자 경비원이 문을 두드렸을 때, 저는 마사지 하는 여자의 매운 손놀림 아래서 고통스러워하고 있었어요. 그녀는 당신 편지를 들고 있었지요. 편지 안에는 제 가슴속 당신의 첫 번째 경쟁자인 다람쥐가 들어 있더군요. 나르시시즘에서인가요? 첫눈에 그를 사랑하게 됐어요. 벽에 핀으로 그를 꽂아놓고 기도하며 바라보노라면 제 가슴은 녹아내리지요. 저는 여전히 그가 누구인지 몰라요. 'gopher(땅

---

* Rhumerie martiniquaise. 바의 이름

다람쥐)'에 해당하는 프랑스어는 없답니다. 그를 매우 사랑해요. 그리고 다른 사건도 있었어요. 중세의 남자가 현대의 남자와 마주보는 아름다운 책 표지를 지닌 독일어판 『모든 인간은 죽는다』를 가져다주기 위해 누군가가 두 번째로 문을 두드렸지요. 유대인들의 친절한 편지와 축하를 보내는 유명한 여배우*의 친절한 편지가 함께 들어 있었어요. 저는 저의 다람쥐와 함께 조용한 기쁨을 누렸지요. 시련도 뒤따랐답니다. 커다란 노란 봉투 안에서 당신 유령이 아닌 시카고 어느 거리의 잔해에 앉아 있는 당신의 실제 자아가 갑자기 나타났어요. 오, 정말 가혹했어요. 당신을 우리의 작은 은신처 벽에 핀으로 꽂아놓았어요. (다람쥐는 거실의 벽난로 가까이에 당당히 자리 잡고 있으나 당신은 그렇지 못해요, 저의 어머니가 뭐라 하시겠어요?) 하루에 1백 번씩 당신에게 미소 지으면 당신은 일어나 미소로 답한 후 두 팔로 안을 것처럼 보이지만, 결코 그렇게 하지 않는군요. 사진이 찍힌 장소를 알아요. 우리가 집으로 돌아오는 길에 그 철교 아래를 지나갔었지요. 오, 저는 그곳으로 돌아가고 싶어요. 바람 속에서 소용돌이치는 오래된 신문지 조각들 가운데 있는 당신 곁으로요! 아름다운 사진이에요. 또 아름다운 편지고요.

목요일은 말라파르테의 『가죽*La Peau*』*을 읽느라 침대에서 하룻저녁을 보냈어요. 책이 영어로 번역되면 바로 읽도록 해요. 더러운 거짓말쟁이이자 가증스러운 파시스트이고 고약한 악취를 풍기지만, 재주 있고 재미있는 망할 놈의 이탈리아인 이야기지요. 꽤 훌륭한 「카푸트*Kaputt*」를 아시나요? 『가죽』에 들어 있는 작품인데, 당신네 위대한 양키 부대가 나폴리를 해방했을 당시 그곳 미국인들에 관한 이야기예요. 당신에게는 재미있을 거예요. 미국의

• 가비 실비아(Gaby Sylvia)

* 이탈리아 작가 말라파르테(Curzio Malaparte)가 1949년에 쓴 자전적 소설로, 원제는 "La pelle"

'순결함'과 돈 때문에 젊은 여자들은 매춘부가 되고 젊은 남자들은 동성애자가 됐지요. 당신이 나폴리를 아는 데다 그 병사들 가운데 한 사람이었기 때문에 이 책은 당신을 기쁘게 하면서도 무척 화나게 할 거예요. 금요일 늦은 오후에는 사모아와 뉴기니 그리고 미국의 성 차이에 관한 연구서 『남자와 여자Homme et femme』의 저자인 소름 끼치는 미국 여자 미드 여사를 만났어요. 친구들이 우리 둘은 서로 알아야 한다고 결론지었지요. 제가 그녀에게 "유감입니다만, 아직 당신 책을 읽지 못했어요"라고 말하자, 그녀도 "우리는 서로 빚진 게 없군요. 저도 당신 책을 읽지 않았으니까"라고 대답하더군요. 저는 그녀의 책을 읽고 싶어 안달 나 있다는 것을 보여 주려 했으나, 그녀가 프랑스어를 한마디도 못하고 게다가 저의 영어를 조금도 이해하지 못하는 것 같아서 더 예쁘게 생긴 다른 여자들과 이야기했어요. 당신이 시카고에서 도전한 적이 있고 카브리에서 마주친 적이 있는 키 작은 발*이 거기에 있었어요. 예순의 나이에 동성애적 성향이 있는 그는 갈색 피부에 꽤 떠들썩한 스물다섯 살 여자를 아내로 삼았지요. 이 여자는 자기 나라(마그레브**)에서 여자가 한 남자와 자는 것은 신을 만나는 것이기 때문에(그녀는 기독교 신자였어요) 어떤 여자도 불감증으로 고통스러워하지 않는다고 단언하면서 여자들에 관해 신경을 돋우는 질문들을 했어요. 저는 잠자리에서 항상 불감증은 아니지만 어떤 여자들은 그렇다고 넌지시 말하려 했지요. 오! 그 말이 그녀를 완전히 성나게 했어요. "그것은 분명 괴로운 일일 거예요! 아무런 기쁨이 없다면 그 여자들이 어떻게 살 수 있겠어요?" 제가 "그건 제 탓이 아니에요"라고 말했죠. 그랬더니 "아니오, 당신 탓이에요"라고 반박하더

---

* 장 발(Jean André Wahl)

** Maghreb. 모로코, 튀니지, 알제리를 포함하는 북아프리카 지역

군요. 당신이라면 뭐라 하겠어요? 그녀는 진지하게 책에서 불감 증에 대해 말하는 것은 그 일을 현실적인 것으로 만드는 거라고 했어요. 그다음에는 욱스말에 대해 몇 명의 민족학자와 이야기했 고, 저를 포함해 모두 욱스말이 세계에서 가장 아름다운 곳이라 는 사실에 동감했어요.

욱스말이나 이스키아 또는 제르바가 그렇다는 사실을 인정하 든 안 하든, 당신은 이성과 양식이 이끌던 한 사람의 삶을 뒤흔들 어 놓았어요. 당신 편지, 당신 사진 때문에 저의 이성은 산산조각 이 나 버렸어요. 우리가 다시 만날 거라고 말해 줘요, 또 그것이 아주 먼 훗날의 일이 아니라고 말해 줘요. 당신을 사랑하는 것처 럼 또 한 번 당신을 바라보고 싶어요. 다시 한번 당신을 제 안 깊 숙이 느끼고 싶고 행복해지고 싶어요.

저는 뷔슈리의, 당신의 충실한 다람쥐랍니다.

당신의 시몬

1949년 11월 22일 화요일

넬슨, 내 사랑, 나의 임. 당신이 왜 그리 오랫동안 저의 가련하 고 불운한 소식을 받지 못했는지 알아요? 제가 당신을 다른 때보 다 반쯤만 사랑한 때문이 아니라 저의 두 번째 주간 편지를 잃어 버렸기 때문이에요. 사실 그것만 분실한 게 아니에요! 지난 두 달 간 작업한 전체를 택시 안에서 잃어버렸어요! 큰 타격이지요. 저 의 모든 서류에다가 스크랩한 신문과 제 편지까지 넣은 노란 서류 가방을 들고 다녔었는데, 집에 도착했을 때 두 손은 비어 있었어 요. 택시 운전사는 예정한 장소로 가져오지 않았어요. 분실 물건 의 임자를 사흘간 기다리다가 수거하는 장소가 있긴 해요. 곧 그곳에 가 보겠지만 실낱같은 희망도 가질 수 없어요. 사실 당신도 그 과정을 알겠지만, 지난 두 달간 쓴 것 중에 많은 부분을 찢어 버렸고 특히 머릿속에서 작업했어요. 무척 기쁘게도 집필한 처음 1백 쪽(제 편지지 크기의, 손으로 쓴 원고)을 외워서 기억한다는 것을 확인했지요. 머릿속에서 간신히 끌어내 열에 들뜬 듯이 다시 써 나가기 시작했고, 당신 책은 결국 어떤 위험에도 처하지 않았어요. 내 사랑, 이러한 상실은 단지 일주일간의 초과 작업만을 요구하는데 그건 3, 4년에 비하면 별것 아니에요. 그보다 더 심각한 것은 제 머리 구실을 하던 그 가련한 물건을 지금 잃어버리는 중이라는 사실이에요. 과거에는 양식에 따라 적합하게 행동한 반면 지금은 괴상하게 행동하고 있답니다. 이를테면 서류들을 잃어버린 날(그 끔찍한 금요일)에 크노가 생제르맹데프레에 관한 영화를 위해 아침에 사진을 찍자고 부탁했어요. 저는 동의했고, 정오경 되마고 카페에서 찍기로 했지요. 그런데 그걸 잊어버렸고, 영화인 중 한 명이 전화해서야 기억이 났어요. 서둘러 되마고 카페로 갔지요. 그곳은 평소처럼 사람이 많았으나 운이 없게도 미술학교의 가장 형편없는 부류의 학생 무리가 공연히 소란을 피우고 있었어요. 저는 어두컴컴한 한쪽 구석에 앉았지만, 사람들이 조명등을 켜고 촬영하기 시작하자마자 테이블 위에 올라선 수백 명의 사내애가 "벗어라! 벗어!"라고 외쳤어요. 그들은 "저 여자는 글을 너무 빨리 써. 생각을 안 해"라는 말과 다른 농담들을 쏟아냈어요. 촬영이 끝날 때까지 제가 아무것도 듣지 않고 아무것도 보지 않은 채계속 글 쓰는 척하지 않으면 무엇을 할 수 있었겠어요? 이런 식으로 고약한 15분을 보냈지요. 그러고 나서 작은 불상사들이 연달아 일어났어요. 다른 약속들을 잊어버렸고 열쇠도 잃어버렸지요. 어제 아침에는 시장을 보는데, 빵집에서 빵 값을 치르고 정작 빵은 안 가지고 나왔어요. 5분 후에 다시 갔더니 빵 가게 여주인이

"무슨 빵이요? 저는 당신을 전혀 보지 못했어요!"라고 응수하더군요. 거기서 제가 미쳐 가고 있다고 생각하기 시작했고 — 사실 그녀가 잘못 생각했다고 확신해요. 저는 그 빵집에 갔고 돈을 냈어요. 자, 당신에게 속해 있는, 당신의 가련하고 소중한 사람이 어떤 상태에 놓여 있는지 보세요. 가련하고 소중한 당신.

비가 내려요. 날씨는 춥고 흐리고 서글퍼요. 넬슨, 당신에 대한 그리움으로 모든 것이 저를 몹시 아프게 만들어요. 멀리 있는 제 두 팔도 아주 차갑고 때때로 당신을 슬프게 만든다는 것을 느껴요. 오 넬슨! 당신을 그토록 사랑하는 것은 때로 저를 아프게 한답니다. 브루노 바이책은 프랑스어를 아주 느리게 말하기 시작했어요. 우리는 성공할 거예요.

지금 막 당신 편지를 스크랩한 기사와 함께 받았어요. 영화로 만들어진다면 좋겠지만, 그러면 고약한 순간들을 겪을 거예요. 영화인들이 프랭키와 그의 친구들이 마약을 하는 것을 받아들이지 않으면서 이들의 모든 진실과 인간성을 죽여 버리지만 않는다면, 누구나 영화 관계자들과의 그런 과정을 받아들일 수밖에 없어요. 당신은 최선을 다해 싸워야겠지만 완전히 승리할 수는 없을 거예요. 반은 승리하겠지만 반은 패배할 거로 생각해요. 어쨌든 해 볼 가치는 있어요.

말라파르테가 당신을 '기뻐서 어쩔 줄 모르게' 하기보다 차라리 심심풀이와 분노가 뒤섞여 어쩔 줄 모르게 할 것 같은 느낌이 들었어요. 잃어버린 편지에다가 차분히 시작된 저의 한 주를 이야기했어요. 보스트와 사르트르 그리고 크노 부부와 함께 저녁 식사를 한 뒤에 교회의 사제가 하는 식으로 대규모 예배를 드리러 모두 저의 집으로 왔지요. 저는 천장에다 고추 한 묶음을 장식으로 매달아 놓았는데, 크노 부부가 제 숙소를 대단히 좋아했어요. 크노는 밤새도록 재기 넘치고 익살맞았어요. 사르트르와 크노는 비앙에 대해 슬퍼했어요. 비앙이 다음 책에 대한 의견을 구하기 위해 원고를 줬거든요. 그들은 아주 형편없다고 생각했는데, 돈이 아닌 잘해 보려는 의지에서 몇 년 만에 처음으로 진지하게 쓴 그를 절망시키지 않으면서 그 사실을 어떻게 말해야 할지를 모르고 있었어요. 다음 날 사르트르와 저는 그와 함께 점심 식사를 했어요. 그는 사르트르가 말한 것에 별로 충격받은 것 같지 않았어요. 구상 중인 다른 두 소설로 우리의 관심을 돌렸으나 저는 그 작품들도 실패할까 두려웠어요. 사르트르는 그 대화에서 그가 매우 충격받았고 대단히 화났었다는 것을 뒤늦게 알았대요. 괴상하고 뒤틀린 데다 그리 마음을 끄는 사람은 아니에요.

세계 곳곳에서 비행기들이 계속 추락하고 있어요. 죽음에 대한 끔찍한 일화가 하나 있어요. 세르당과 같은 사고로 죽은 바이올리니스트 지네트 느뵈를 지난 수요일에 장례하기로 했는데, 그녀의 오빠와 형부가 관 속의 시신이 그녀가 아니라고 주장했어요. 이미 엄숙한 예식을 위한 모든 것이 준비된 때였어요. 실제로 어떤 차이가 있었겠어요? 사람들은 나머지 다른 가엾은 뼈들과 살점들을 뒤져야만 했고, 그들이 진짜 그녀의 것을 찾아냈는지는 확신하지 못해요.

이제 곧 머릿속에서 저의 책을 끄집어내어 다시 쓰기를 이어가야겠어요. 아듀, 내 사랑하는 당신. 다람쥐도 당신을 보고 싶어 하고 피카소의 어린 소녀*도 당신을 보고 싶어 하며 저의 침대도 당신을 그리워해요. 여기 있는 모든 사람이 당신을 그리워해요. 특히 저의 몸과 마음이요. 그러나 태양은 다시 떠오를 것이며 당신의 미소도 그렇겠죠. 저는 넬슨에 의해 새로이 행복해질 것이며, 그것을 강철같이 굳게 믿어야 해요. 그렇지 않으면 저는 우

---

* 뷔슈리가 아파트의 벽에 걸어 놓은 피카소 그림의 커다란 복제품

리가 이별한 그 날처럼 다시 울 거예요. 사랑이여, 언제나 그렇듯 영원히.

당신의 시몬

1949년 11월 25일 금요일

매우 다정스러운 내 사랑하는 이. 당신의 가련하고 소중한 저는 서류도 못 찾고 제정신도 못 차렸어요. 그러나 마음만은 꿋꿋하게 잘 버티고 있지요. 침울한 분위기예요. 대파업이 있어서 모든 상점이 문을 닫은 데다 신문도, 택시도, 가스도 없어요. 그래서 오늘 아침은 다람쥐에게 무척 추웠답니다. 흐리고 얼어붙을 것 같은 날씨에 사람들은 쉽게 우울해져요. 누군가가 곁에 없어서 한숨을 짓는다면 특히 더 그렇지요. 당신이 아는 담뱃가게 이웃인 뷔슈리가의 신문 가게 주인을 제가 소개했었나요? 네, 그런 것 같군요. 그는 '제가 누구인지' 알며, 정기적으로 저와 대화를 나눠요. 이틀 전에는 벨빌에 있는 일종의 야간대학에 관한 기사가 실린 일간지를 보여 줬어요. "당신은 이 동네에서 이런 일을 해야만 해요. 수많은 젊은이가 배우고 싶어 하지요……"라고 그가 말했어요. 우리의 가르구이유*를 암시한 걸까요? "당신이 교육 장소를 열었으면 해요. 당신을 돕는 데 저의 모든 여가를 바치겠습니다. 소르본대학과 나머지 모든 것도 그만두겠어요." 나이 쉰인 그가 "마르탱 에댕을 아십니까? 그가 접니다. 저는 모든 것을 홀

---

* gargouilles. 뷔슈리가에 있는 술집 이름이 '가르구이유에서 만납시다(À la gargouille)'였는데, 아마도 노트르담 사원과 가까운 곳에 있기 때문인 듯하다. 시몬 드 보부아르와 올그런은 그 동네의 거지들을 그와 같이 명명했었다. ['가르구이유'는 상상의 동물이며, 노트르담 사원 지붕의 빗물을 빼는 홈통은 이 동물 모양으로 만들어졌다. -옮긴이]

로 배웠어요. 무척 힘들었지요. 젊은이들은 덜 힘들었으면 해요"라고 덧붙였기 때문에 놀라지 않을 수 없었죠. 그는 강의실 하나를 얻으려 궁리하다가 동네 극장을 빌리는 데 성공했어요. 사르트르에게도 참여해 줄 것을 간청했고요. 며칠 안에 그는 "모든 게 준비됐습니다"라고 알릴 거고, 우리는 가르구이유에게 강의하러 가야만 할 거예요. 한번은 그가 지나치게 흥분해 있었어요. "제가 어제 처음으로 말했는데, 반응이 별로 신통치 않았답니다"라고 말하더군요. 요컨대 파리에서 그런 사람을 발견하기를 무척 좋아하는데 로마에서는 그런 사람을 볼 수 없다고 한탄하는 그런 인물이에요.

자, 우리 가족의 소식이 있어요. 시피용은 미국 프랑스 합작영화를 만들기 위해 두 달간 칸에 내려가지요. 제작자는 미국인이고, 한 미국인 가정이 프랑스에 정착한다는 얘기예요. 그는 '프랑스적이면서 미국적인 익살스러운 장면들'을 만들어 내는 일을 맡았는데, 그렇게 쉬운 일은 아니지요! 불쌍한 비앙은 소설이 결국 실패해 비탄에 잠겨 있어요. 2월에 『당신들 무덤에 침을 뱉으마』에 대한 소송이 있을 거예요. 지금 수많은 사람이 외설죄로 고소하는데, 우리는 항의할 작정이랍니다. 다시 병이 난 불쌍한 카뮈는 방에서 꼼짝하지 않고 누워 있어요. 가엾은 올가는 회복됐으나 올해 다시 연기하는 일은 신중치 못하다는 의사의 판단에 절망하고 있어요. 그녀의 여동생인 완다의 가엾은 개가 시름시름 앓다가 결국 죽었어요. 그녀는 "카뮈가 죽었다면 더 좋아했을 거예요. 나의 개가 카뮈만큼 사회적으로 중요하지 않고 또 카뮈 에스프리의 4분의 1 정도만 겨우 갖고 있을 뿐임을 알지만, 나의 개를 훨씬 더 사랑해요"라고 밝혔어요. 그녀가 말한 대로랍니다. 카뮈를 더 이상 별로 좋아하지 않는 사르트르와 우리 모두는 눈물 날 정도로 웃었어요. 당신의 가련하고 소중한 저는 괴상한 편지들을 계속 받고 있답니다. 한 늙은이가 아래와 같은 사실을 지적하면서 두 쪽이나 되는 축하 편지를 보냈어요. "당신은 어째서 프랑스 레지스탕스들에게 두들겨 맞고 강간당하고 폭행당하고 반쯤 죽임을 당하고 살해까지 당한 10만 명의 여성 사례를 특기하지 않은 거요? 이 여자들이 독일인과 잔 것은 옳았어요. 인류는 국기도 국경선도 인정하지 않아요. 당신이 일종의 '레지스탕시알리스트'*가 아니라면 그들의 수난을 말해야만 했소." 물론 10만 명의 두들겨 맞은 여자는 없었고, 몇 명의 여자는 독일인과 잔 때문이 아니라 프랑스인을 고발했기 때문에 머리를 깎였으니, 그런 벌을 받아 마땅했지요.

저는 최선을 다해 잃어버린 것을 만회하려 노력하고, 아무도 눈치채지 못하지만 사실 가장 평안한 생활, 일하는 지혜로운 생활, 또 사랑으로 가득한 생활을 하고 있어요. 당신은 눈을 뜰 때 가장 먼저 마음속에서 떠오르고, 눈을 감기 전에 가장 마지막에 떠오르는 사람입니다. 당신은 한순간도 저를 떠나지 않아요. 저는 추억하고 기다린답니다.

당신의 시몬

1949년 11월 29일 화요일

가련한 나의 사랑하는 사람. 추위, 음울함, 고독. 지독히 오래전부터 편지가 없군요. 일주일도 더 됐다고 생각해요. 어쩌면 당신은 제가 말한 이유로 늦어지는 제 편지를 기다리고 있는지도 모르겠군요. 제게는 당신 유령과 당신 사진 그리고 다람쥐가 있으나,

---

* Résistantialiste. 레지스탕스(Résistance)와 실존주의자(Existentialiste)를 합친 말

편지가 저를 더 따뜻하게 해 줄 거예요. 오, 저는 그것이 곧 도착할 것을 알아요.

원고를 전부 다시 썼어요. 당신은 하는 일을 전혀 말해 주지 않는군요. 할리우드 계획은 어떻게 됐어요?

새로운 일은 별로 없어요. 친절하고 아이디어로 가득한 젊은 여인이 『타인의 피』를 방송하자고 해서 동의했지요. 돈 꾸기 잘하는 레즈비언 타이피스트는 심하게 아픈 것 같은데, 유방에 몹쓸 것이 생겼나 봐요. 그녀는 저를 만나고(그리고 제게 돈을 빌리고) 싶어 한답니다. 화가의 부인은 사르트르와 제가 그녀의 남편을 만나게 하려고(그리고 우리에게 돈을 빌리려고) 우리를 다시 귀찮게 따라다녀요. 못생긴 여자로 말하자면, 엄청 긴 편지에다 육체적 사랑이 아니면 못 하나의 가치도 없으며 돈이 다 떨어졌다고 밝혔어요. 모두 요구하고 모두 불평하는 것에 저는 지쳤답니다. 유네스코에서는 1월에 멕시코에서 열리는 2주간의 학회에 참석해 달라고 제안했어요. 실존주의 학회가 진행되는 동안의 항공료와 체류비 등 비용 일체를 지불해 줄 거래요. 고집스럽게 거절하는 저 자신에게 화가 났답니다. 만일 4년 전 멕시코로 가는 기회가 제공됐더라면 일종의 황홀감에 사로잡혔을 거예요. 하지만 지금은 세계 어떤 곳이라도 홀로 여행하는 것에 더 이상 흥미가 없어요. 저의 일상생활에서 정직하게 저축할 수 있는 모든 시간을 당신을 위해, 오직 당신만을 위해, 당신에게 가치 있는 한 쓰지 않고 모아놓고 싶어요. 저는 겨울이면 스포츠 여행을 떠나곤 했어요. 이번에도 눈이 내리니 마음속에서 떠나고 싶은 욕망이 일었답니다. 그러나 가지 않을 거예요. 왜냐하면 당신과 떨어져 있는 이곳에서 일하면서 머물러 있어야 한다고 느끼기 때문이지요. 이런 방식으로 당신을 만나 저의 행복(바라건대 당신의 행복도)을 만들기 위해서라면, 일을 그만두고 모든 사람을 떠날 수 있어요.

벽장을 정리하다가 많은 비누를 발견했고, 그 한가운데서 박하향의 '구조대'*를 찾았어요. 비누 냄새 때문에 먹지는 못했답니다.

당신 소식을 받으면, 편지를 더 잘 쓰고 덜 불안할 거예요. 오늘은 날이 너무 흐리고 당신이 너무 그리워요. 당신의 두 팔에 안겨 조금 울고 싶군요. 당신의 두 팔에 안겨 울 때면 당신은 너무 다정해요. 당신은 언제나 매우 상냥하지요. 그래요, 당신에게 작별 인사를 하는 것은 가혹한 일이었어요. 안녕이라 말하는 것은 가혹해요. 그만 쓰겠어요, 내 사랑. 그렇지 않으면 울음을 터뜨릴 텐데, 고독한 눈물은 전혀 달콤하지 않답니다. 당신을 지금보다 더 사랑한 적은 없어요.

당신의 시몬

1949년 12월 2일 금요일 저녁

넬슨, 나의 사람 내 사랑. 지난번에는 짧고 슬프고 어리석은 편지를 썼지만, 이번에는 길고 행복하고 어리석은 편지가 될 거예요. 한밤중이에요. 그리고 당신을 사랑해요. 넬슨 내 사랑, 행복해요. 마침내 원고를 되찾아서 행복한 건 아니에요. 맞아요! 누군가가 '분실물 센터'에 원고가 보관되어 있다는 것을 알려 줬어요. 그 착한 택시 운전사를 위해 사례비를 남겨놓았지요. 같은 장소에서 잃어버린 제정신도 돌려 달라는 말을 잊어버리고 하지 못했어요. 좋은 기억력에도 불구하고 몇몇 구절을 빠뜨렸는데, 원고를 되찾아 한숨 돌렸어요. 무엇보다 간절히 바랐던 긴 편지를 받

---

* 올그런이 시몬 드 보부아르에게 준 사탕. 그녀가 대서양 횡단 비행을 할 때마다 비행기 멀미뿐만 아니라 모든 비행기 사고로부터 그녀를 '구하기' 위한 용도였다.

아서 행복해요. 그 편지는 럼주 케이크를 약속하였기 때문만이 아니라 제가 필요로 하던 사랑을 가득 안겨주었기 때문에 제 가슴을 살찌웠어요. 다이어트 중이라서 아주 조금만 먹지만, 당신의 사랑 없이 지낸다는 것, 그 사랑이 위에 좋든 나쁘든 그 사랑 없이 지낸다는 것은 있을 수 없어요. 편지가 없어 슬퍼했는데, 당신 편지가 도착한 저녁부터는 태양이 다시 뷔슈리 호텔에서 빛나고 있답니다.

그래도 당신에게 말해 줄 수많은 작은 것을 잊게 하지 말아요. 먼저 보스트와 함께 저녁나절을 보낸 '퐁루아얄' 바에서 돌아왔어요. 그는 당신이 부레Bourret를 좋아했다며 매우 거만스럽게 책 전체를 읽었는지 그리고 정확하게 번역됐는지를 물었어요. 혹시 그책이 몇 부나 팔렸는지 아나요? 흥미를 느낄 때만 답하도록 해요. 퐁루아얄 바에는 경악할 만큼 깜찍한 트루먼 커포티가 있었어요. 그는 작고 하얀 두 손으로 우아하게 움직이며 "안녕하세요"라고 인사하곤 미국 남자들과 여자들로 가득한 한쪽 구석으로 가 버렸지요. 재미있는 세부 사항 하나, 보스트는 저녁 식사 내내 그가 번역하는 책『더 월드 넥스트 도어 The World Next Door』에 대해 이야기해 줬어요. 보스트 말에 의하면, 프리츠 피터스라는 선임 병사에 대한 괴상한 이야기로, 『뱀굴』보다 훨씬 낫대요. 그런데 사랑스러운 커포티와 동석한 사람 중 한 명이 책 표지 사진의 프리츠 피터스 같아 보였는데, 실제로 그였어요! 보스트는 더 이상 흥분을 감추지 못했어요. 우리는 대화를 시작했고, 그는 매우 친절해 보였어요. 당신도 그를 알아요? 그가 파리에서 몇 개월간 머물기 때문에 분명 저는 그를 만날 거예요. 커포티는 비행기로 떠나지요. 추락할까요? 그가 저의 커다랗고 둥근 브로치에 감탄했어요(사람들이 미국에서는 3백 달러일 거라고 단언했답니다. 그러니 기발한 뙤리 모양에 불과하다고 무시하지 말아요). 저는 이 커포티만큼 우스꽝스러운 사람을 보지 못했어요. 그는 말할 때면, 제가 열다섯일 때 그런 것처럼 코를 비틀어요. 정말 가련한 인생이랍니다.

넬슨 내 사랑, 나의 연인. 나의 유일한 사람. 너무 피곤하군요. 침대가 고독해 보이지만 저를 너무 유혹해요. 꿈꾸러 가야겠어요. 잘 자요 내 사랑.

토요일

누군가가 문을 두드렸을 때, 당신이 아래에서 저를 불러 주길 기다리며 창가에서 감자껍질을 벗기고 있었어요. 슬프게도 마사지하는 여자였고, 당신에게서 멀리 있는 채 잠에서 깼지요. 당신도 마사지를 받으면 좋을 거예요, 내 사랑. 우리가 다음에 만날 때, 어쩌면 당신은 더 이상 화산을 오르진 않을 수도 있겠지만 틀림없이 침대에는 올라갈 것이니, 걱정스러운 중년의 허리가 아닌 젊은 사람의 허리를 유지하도록 하세요. 당신 편지는 모든 사람을 행복하게 했는데, 우선 저를 행복하게 했어요. 그다음으로는 스탕달보다 자신이 선택받았다고 의기양양해 하는 보스트를 행복하게 했어요. 시피용의 자존심도 만족시켜 줬고요.* 당신이 스탕달을 조금 더 높이 평가하지 않는 것이 조금 유감스러워요. 마틸드는 스칼릿**보다 훨씬 더 흥미로워요. 저는 낭만적인 분위기를 싫어하지 않으며, 쥘리앵의 자질과 어리석음이 맘에 든답니다. 물론 사실주의 작품은 아니지만, 그만의 독특한 사실성을 지니고 있지

---

* 올그런은 농담으로 GI와 프랑스 병사의 행동을 비교하고 시피용이 여자에게 환심을 사려는 태도로 무공훈장을 받았다고 주장했다. 시피용이 한 GI의 호주머니에서 담배 한 갑을 훔치려다 콘돔이 터지는 바람에 부상당했을 것이라고 했으나, 사실 동원되기에는 시피용이 너무 어렸다.

** 올그런은 『적과 흑』에 열광하지 않았다. 불친절하게도 특히 마틸드의 인물형을 『바람과 함께 사라지다』의 스칼릿과 캐슬린 윈저의 『앰버여 영원하라Forever Amber』의 앰버와 동일시했다.

요. 비행기 사고가 까닭 없이 늘어나고 있어요. 스웨덴에서는 스물아홉 명의 어린 소년이 죽었고, 프랑스에서는 영웅적인 승무원이 서른두 명의 승객을 구했지만 다섯 명이 산 채로 타 죽었어요. 끔찍해요. 그리고 우리의 뉴욕-멕시코 비행기는 댈러스에서 교묘하게 추락했는데, 희망은 있어요. 당신의 난로가 폭발한 것과 그 난관에서 벗어난 당신의 능숙함이 저를 즐겁게 했어요.

사람들이 위대한 여배우를 위해 희곡 작품을 쓰고 프랑스의 위대한 여배우(영화)를 위해 시나리오를 써 달라고 요청했어요. 하지만 저는 당신의 소설 쓰는 일을 고집스럽게 고수하고 있지요. 『제2의 성』은 최근 몇 개월간 베스트셀러 3위 자리를 지키고 있어요. 사르트르의 책은 7위일 뿐인데, 에세이로서는 괜찮은 편이지요, 안 그래요? 다른 것은 모두 소설이에요. 북부에서는 경찰이 서점에 난입해 『제2의 성』을 일제 단속했어요. '고결한 북부 연맹'이 그 책이 부도덕하다고 배척했기 때문이죠. 겁에 질린 그곳의 서점상들이 더 이상 그 책을 진열장에 전시하지 못하고 있어요. 갈리마르 출판사는 이 연맹을 법정으로 끌고 갈 거예요.

당신, 일하나요?

되마고 카페에서 오손 웰스*를 만났는데, 오늘 저녁에 그와 함께 서커스를 보러 간다는 이야기가 있어요. 귀여운 카술레가 어제 사르트르와 함께 커피를 마신 퐁루아얄 바에 들어와서는 "오손 웰스와 서커스에 함께 가실 건가요?" 하고 물었어요. 우리는 "왜, 가면 안 돼?" 하고 답했지요. 재밌을 거예요. 당신에게 얘기해 줄게요. 멋진 턱수염을 지닌 저의 흑인 번역가가 돈을 요구한 것에 대해 크게 사과했어요. 그도 브래들리 부인을 싫어하는데, 왜냐하면 그의 번역 원고를 가지고 있으면서도 활용하지 않기 때문이

---

* Orson Welles. 미국의 배우이자 영화감독

에요. 그녀는 돌려주기를 거부하고 있어요. 끔찍한 여자예요.

내 사랑, 저는 당신을 위해, 당신의 온기를 다시 느낄 그 날을 위해 저의 모든 온기를 포장해 간직하고 있어요. 괴물들을 기다리고, 당신의 다음 편지를 기다리며, 그리고 무엇보다도 당신과 멀리 떨어져 있지만 신선한 키스를 몹시 기다려요. 사랑, 사랑, 나의 유일한 사랑에게 사랑을.

당신의 시몬

1949년 12월 7일 수요일

워반지아의 매우 소중하고 파렴치한 기둥서방. 그래, 당신 작업에는 자유가, 전적인 자유가 필요하므로, 제가 시카고에 너무 일찍 오면 안 된다는 당신의 설명이 의미하는 바는 바로 그거로군요! 알겠어요, 알겠어요.* 좋아요. 당신이 이 여자애와 결혼하지 않고, 우리가 만나기 전에 열두 명의 애들을 갖지만 않는다면, 당신이 고되고 힘든 일을 하는 것에 반대하지 않아요. 저도 이 일을 조금 해야 할까요, 넬슨? 하고 싶은 생각은 거의 없지만, 당신이 하라고 강요한다면 뷔슈리 호텔에 예쁘장한 기둥서방을 들여앉히겠어요. 이를테면 필립 윌리엄스(아니면 윌리엄 필립스)를요. 어제 퐁루아얄에서 『파르티잔 리뷰』의 주간을 만났는데, 다른 멍청이 한 명이 그에 대해 "미국의 모든 사람 중에 가장 똑똑한 미국인입니다"라고 말했어요.

'에스카르고' 레스토랑에서 올가와 함께 성대한 식사를 했어요.

---

* 올그런은 자기 집에 어린애같이 귀찮게 구는 매춘부이자 마약중독자인 여자 친구를 거둬들였는데, 그녀로부터 평안함을 얻기 위해 수많은 어려움의 대가를 치르고서 최소량의 헤로인을 구해 줘야만 했다.

그곳은 주조 연도가 표시된 레드 와인을 당신이 습관대로 코카콜라와 섞어 마시지 않도록 제가 프랑스식 미식법으로 안내하려 했던 장소 중 하나지요. 서른한 살의 올가는 우리가 선물한 소렌토산 솔을 걸치고 있었는데, 아름다웠어요. 그다음에 우리는 싸구려 스카치를 마셨어요. 한 무리의 미국인이 들어왔고, 한 남자가 혼란스러운 감정을 불러일으켰어요. 케스틀러가 일으킨 것과 유사한 반응을 불러왔죠. 그보다는 더 미남인 그 작자는 케스틀러가 아니었지요. 누구인지 모르는 그를 응시하고 있는데, 그가 다가와서 말을 걸었어요. "우리가 크게 토론한 것을 기억하십니까?" "아니오, 어디서요?" "뉴욕에서요." "뉴욕, 어디서요?" "저의 집에서지요." 저는 여전히 그를 기억해 내지 못했어요. 그가 본인 이름을 밝혔고, 사과했으며, 우리는 월요일로 약속을 정했지요. 그는 끔찍스레 못생겼지만 엄청난 부자인 여자를 대동하고 있었어요. 이날 가엾은 사르트르는, 저는 이미 본 훌륭하고 외설적인 코미디를 완다와 함께 보기 위해 그녀를 극장에 데려가려고 저녁 내내 주머니에 표를 가지고 있었지만, 완다는 새로 생긴 개를 미워하면서도 개와 함께 있고 싶어 했어요. 그녀의 첫 번째 개가 2주 전에 죽었다고 말했었지요. 그래서 사르트르가 비싸고 오래된 혈통의 잘생긴 다른 종種 한 마리를 구해 줬어요. 저도 이 개를 아주 좋아해요. 이놈은 어린 곰을 닮았고 다람쥐만큼 예쁘답니다. 그러나 완다는 이 개(암컷이죠)를 볼 때마다 죽은 개가 생각난다면서 아주 싫어해요. 새로 얻은 개에게 매번 무언가를 해 줄 때마다 먼젓번 죽은 개에게는 그만큼 해 주지 못했다고 울음을 터뜨리지요. 그래서 그 가련한 사르트르는, 울다가 개에게 먹을 것을 주다가 때리고 다시 우는 완다를 바라보면서 저녁나절을 보냈어요. 그에게 당신의 마약중독자 여자와 보낸 사건을 이야기했더니, 그는 턱이 빠질 정도로 웃어 댔어요. 역시 당신답다고 하더군요. 당신이 마음 여리고 어리석어서 생긴 일이라며 자신에게는 결코 일어날 수 없을 거라고 자만했어요. 제가 우정과 사랑을 깊이 느끼는 남자들을 어떻게 고르는지 모르겠어요. 모두 최고로 기묘한 사람들이에요. 저는 분명히 올가에게 알려 줄 거예요.

　모두 조바심치며 기다리는 당신 선물은 도착하는 대로 알려 줄게요. 당신은 편지를 읽을 시간도, 사리에 맞게 답장할 시간도 없으니 편지 받을 자격이 없어요. 조금 자제하도록 노력해요, 불성실한 기둥서방 양반. 당신, 나의 기둥서방이 다른 여자로부터 돈을 받는다고 생각하는 것이 기분 좋은 일이라고 믿나요? 부끄러운 일이에요.

　당신이 결혼만 하지 않는다면 당신을 용서할지도 모르겠어요. 당신을 이미 용서하는 의미에서 당신에게 키스할게요. 넬슨, 내 사랑.

당신의 시몬

1949년 12월 10일 토요일

　넬슨 내 사랑, 당신을 사랑한다는 걸 상기하기 위해 주말의 작은 키스에 지나지 않는 크리스마스 선물을 보냈어요. 당신에게 필요한 물건을 생각하지 않았기에, 별것은 아니에요. 필시 당신은 그 작은 보금자리와 당신을 위해 원했던 모든 것을 파리에서 샀을 테니까요. 아주 좋아하는 책 한 권을 발견했답니다. 파리 교외를 찍은 책인데, 제가 이미 준 파리에 관한 사진 앨범보다 훨씬 나아요. 워반지아에서 으스대는 우리의 넬슨만큼 천재적이지는 않지만, 그 사진작가도 사진을 잘 찍었어요. 20번 사진을 잘 보세요. 우리가 마른강에서 본 로뱅송 댄스 클럽이고, 63번은 우리가 빵을 먹은 클럽이에요. 페달 보트, 기억나요? 아름다운 하루였죠. 어느 작은 섬에서 저녁 식사를 했고 당신은 매우 힘차게 노를 저었어요! 살아 있는 모든 고약한 기둥서방 중 가장 친절한 이와 함께 보낸 아름다운 하루였죠. 일은 어떻게 되어 가나요, 내 사랑? 그 여자애는 일을 잘하나요?

이곳에서는 중요한 문학 행사들이 열리고 있답니다. 공쿠르상은 한 권의 소설에 수여할 수 있는 가장 중요한 연례적인 상이에요. 수상작은 자동으로 베스트셀러가 되어 적어도 10만 부를 찍는데, 프랑스에선 막대한 숫자죠. 상을 받은 소설가에게는 영광과 돈이 함께 주어지죠. 아카데미 구성원인 열 명의 늙은이가 심사하는데, 출판사 간에 무자비한 전쟁이 일어나요. 출판사들이 늙은이 중 몇 명에게 로비하는 일도 일어나지요. 가장 좋은 소설을 알아볼 능력을 지녔다고 여겨지는 심사위원회는 여지없이 가장 형편없는 소설을 채택해요. 그런데 올해에는 무척 놀라운 일이 벌어졌어요. 처음으로 가장 좋은 소설인 『쥐드쿠트에서의 주말Week-end à Zuydcoote』*이 선정됐어요. 덩케르크 전투에 대해 환기하는 보스트의 소설 『가장 하찮은 직업』과 크게 다르지 않은데, 거기에 비상해요. 우리는 『현대』에다 그 소설의 발췌문을 길게 실었었지요. 공쿠르상과 그보다 권위가 떨어지는 상도 몇 개 차지한 갈리마르 출판사는 의기양양해하고 있어요. 공쿠르상보다 권위가 덜한 상 중 하나를 받은 재능이라곤 조금도 없는 여자는 명성을 얻는 데 대한 불안으로 사흘 전부터 먹지도 자지도 못하고 괴로워했다고 기자들에게 밝혔어요. 그녀가 입을 크게 벌리고 기쁨으로 두 눈을 어쩔 줄 몰라 하는 사진이 찍혔어요. 모든 사람이 허리가 끊어지도록 웃어 댔지요. 영어 교수인 공쿠르상 수상자는

---

* 로베르 메를(Robert Merle)의 작품

한동안 클리블랜드에서 보냈어요. 그가 번역해 줬으면 하는 기대로 '프랭키 머신'을 건넸으나, 그는 덩치가 너무 크다고 여기는 것 같아 진짜 문제네요.

수요일

무척 대단한 성공을 거둔 나의 소중한 기둥서방. 당신 편지의 일부분을 사르트르와 보스트에게 읽어 줬는데, 그들은 질투심에 사로잡혀 있어요. 당신은 지금 완전히 워반지아의 인물이에요.

여기도 하얀 눈보라가 치고 있어요. 넬슨, 우리의 친구인 가르구이유들은 추위에 시달리고 있어요. 그러나 저는 지옥 같은 마라케시의 열기에서 헐떡거리던 것을 아직 잊지 않았어요.

일요일에는 엘렌 라이트와 함께 점심 식사를 하면서 카슨 매컬러스가 자살을 시도했다는 이유로 구속복*을 입었다는 것을 알았어요. 그녀의 몸은 특히 남편과 그녀가 하루에 세 병씩 마신 코냑 그리고 거기에 더해 와인, 칵테일, 스카치 등 상습적으로 마시는 모든 종류의 술 때문에 마비됐고, 그녀는 마지막 소설*을 희곡으로 각색한 것 때문에 미치는 줄 알았대요. 돈이 무척 아쉬워서 작업했던 소설의 각색을 끔찍하게 평가했고, 친구들이 연극을 고의적으로 망쳤다고 믿었어요. 그녀는 발작을 일으켜 병원으로 이송됐고, 다시 뉴욕으로 이송됐대요. 반신불수가 되어 아마도 죽을 때까지 그런 상태로 있을 텐데, 소름 끼치는 일이에요. 젊을 적에 셰익스피어 극단의 배우였던 엘렌은 다시 시작하고 싶어 하며, 미국 극단에서 일을 조금씩 협력하고 있어요. 라이트를 깊이 사랑하지만 부에노스아이레스에 가 있는 그와 잠시 떨어져 있는 것에

---

* 拘束服. 정신질환자나 죄인에게 입히는 꽉 죄는 재킷
• 분명 『프랭키 애덤스 Frankie Addams』라고 프랑스어로 번역된 책 『결혼식 멤버 The Member of the Wedding』일 것이다.

불만을 품지 않아요. 그녀에게 자유가 주어진 것이지요—그녀는 정말 대단히 매력적으로 보인답니다.

볼썽사나운 윌리엄 필립스가 당신네 국가의 위대함과 자유주의에 대해 찬양했어요. 거기서는 모든 사람이 자신의 의사를 표현할 수 있대요. 스탈린주의자만 빼고 모두가 말예요. 스탈린주의자들은 당연히 자유를 박탈당해야만 하는데, 자신이 자유주의 적이라고 말하는 사람 대다수가 스탈린주의자들이므로 그들에게서 자유를 박탈해야만 한다는 거예요. 명쾌한 사람이죠, 안 그래요? 필립스는 자유를 향유하고, 그것을 의심치 않아요. 그렇다면? 저는 그리스의 끔찍한 상황을 시사했지요. 그 나라의 강제수용소에 대해 들어봤어요? 한 섬에 1만 5천 명의 자유주의자들과 공산주의자들을 가둬 놓았는데, 얼마 전부터는 나치 수용소와 다름없는 그곳에 대한 참혹한 정보들이 새어 나오고 있어요. 당신 나라의 고귀한 미군 병사들은 독일군과 맞서 싸운 그 그리스인들을 굶겨 죽이고 때리고 고문한다지요. 이미 상당히 지독한 악취를 풍기고 있는 스페인보다 더 끔찍스러워요. 그 모든 것을 필립스에게 말했는데, 그는 그 사실들을 부인하지 않았지만 "그리스는 소련처럼 세계를 위협하지 않아요"라고 하더군요. 제가 "좋아요. 그러나 미국의 정치가 관건이지요"라고 말하자, 그는 "미국이 어디서나 그렇게 행동할 거라고는 증명되지 않았어요"라고 말했어요. 숭고하죠, 그렇지 않아요? 정직한 윌리엄 필립스.

신문 가게 주인이 저를 제대로 함정에 빠뜨렸답니다. 카프카와 핵물리학에 대해 논하면서 날이 갈수록 깜짝 놀라게 해요. 그가 무프타르 거리에 있는 한 극장을 빌린 까닭에 1월 10일부터 사르트르와 저는 매주 화요일에 강연해야 해요. 우리는 거절할 수 없답니다.

내 사랑, 저는 보스트와 사르트르와 함께 얼어붙은 시골에 있는 모렐 부인의 집으로 떠나요. 26일에 그녀의 딸과 손녀와 함께 출발하여 1월 3일에 돌아오지요. 이 말은 당신이 편지 한 통을, 제 생각에는 다음 편지를 신중하게 계산해서 멘에루아르의 라푸에즈로 보낼 거라는 뜻이고, 저는 거기서 새해 편지를 받고 싶어요. 당신 책을 항공 우편으로 부쳤어요. 이 작은 선물이 가능한 한 빨리 당신 가슴에 당도하기를 원했어요. 할 수 있었다면 비행기를 몹시 두려워하긴 해도, 저 자신을 항공으로 부쳤을 거예요. 당신 없이 너무나 외롭답니다, 넬슨. 그러나 봄과 여름은 다시 올 거고, 워반지아의 태양도 돌아오겠지요. 매일 어느 때보다도 당신을 더 사랑해요, 내 사랑.

당신의 시몬

1949년 12월 17일 토요일

나의 매우 다정한 당신. 일주일간 파리에 머문 실로네*와 함께 점심 식사를 했어요. 자, 워반지아에서 기둥서방으로 성공하지 못할 사람이 여기 있어요. 제가 식사 값을 계산하려고 하자 그가 화내며 얼굴을 붉혔어요. 그는 이탈리아 남자인데, 여자가 자기를 위해 돈을 내는 것은 자기 생애에서 처음이래요. 로마에서 그들은 한 번도 제가 식사에 초대하도록 놔두지 않았어요. 결국에는 제가 이겼는데, 맹렬한 실랑이를 벌인 후였지요 ─ 카를로 레비와는 어떤 비교도 할 수 없어요. 친애하는 카를로 레비는 거의 스탈린주의자가 됐나 봐요. 그만큼 자신의 커다란 사진이 이탈

---

* 이그나치오 실로네(Ignazio Silone). 이탈리아 공산당의 창시자 중 한 사람으로 소설가이며, 1930년에 공산당으로부터 축출됐다.

리아 공산당 기관지인 『루니타L'Unita』에 친절한 논평과 함께 실린 것에 대단한 자부심을 느끼고 있어요. 실로네는 레비의 유치한 허영심에 대해 공개적으로 웃음을 터뜨렸지요. 그는 약간 침울해 보였지만, 언제나 그렇듯 상냥했어요. 우리는 아주 짧은 시간을 함께 보냈어요. 그는 모스크바와 마셜플랜 사이에 대규모 정당을 조직했어요. 당원이 18만 명으로 적지 않은 수지만, 그는 그렇게 믿지 않는대요. 이런 면에서 저는 그를 높이 평가해요. 저와 필립스가 만난 다음 날, 실로네와 필립스 사이에 대토론이 벌어졌는데 서로 대립했어요. 필립스와의 만남은 저를 기쁘게 했어요(필립스가 저의 영어 실력을 칭찬했고, 제가 단 한 번의 실수도 하지 않았다고 단언했는데, 당신은 그에 대해 뭐라고 하겠어요?).

여기 공산당은 심각한 문제가 있는데, 저는 이를 다행이라고 생각한답니다. 많은 공산주의자 지식인은 그 모든 소송과 티토의 제명 등에 대해 격분해 당을 떠들썩하게 떠나고 있어요. 지식인이 아닌 다른 사람들도 의견이 달라 대립이 표면화되고 있지요.

당신에게 자주 이야기한 금발의 여자를 기억하나요? 20년 전부터 주벽에 빠졌다는 여자요. 그녀는 자기 천재성을 확신했지만, 아무것도 성공하지 못했어요. 술에 취한 채 무대에 오르곤 했지요. 과거 아주 젊었을 때 사르트르는 그녀와 사랑에 빠졌었고, 그녀는 등이 굽은 프랑스의 대배우 뒬랭과 살았어요. 그런데 글쎄, 뒬랭이 이번 주에 병원에서 사망했습니다. 당신은 그녀의 사연처럼 대단히 독특하고 딱한 이야기를 웃음과 눈물을 섞어 아주 훌륭하게 이야기할 수 있을 거예요. 분명 그녀는 뒬랭의 파멸을 재촉하고, 불쌍한 그의 노년 생활의 끝을 진전섬망으로 해쳤어요. 그의 삶에 치명적이었어요. 다른 한편으로 그녀는 모욕당했지요. 병이 난(악성 신장염으로 신장 하나를 제거했어요) 뒬랭을 그의 친구들이 병원으로 옮겼을 때, 그 여자가 뒬랭 가까이 가지 못하게 했어요.

그녀는 몸을 제대로 가누지 못했고, 돈 한 푼 없이 자기 방에서 일주일간 먹지도 않고 아무도 만나지 않으면서 낙담했어요. 지금은 자유로워졌어요. 결혼한 그녀의 옛 노예가 그녀를 돌보고 조금 도와줬어요. 뒬랭은 그녀를 보지 못하고 죽음을 맞이했지요. 어쩌면 그는 그녀를 보고 싶어 했을지도 모르겠으나, 그의 친구들은 그녀의 히스테릭한 발작을 몹시 두려워했었어요. 저는 이해해요. 그녀에게 장례식에 참석하라는 연락조차 하지 않았지만(그녀는 합법적인 아내가 아니었어요), 그녀는 자기 힘으로 갔고 아무도 그녀에게 말을 걸지 않았어요. 그리고 그녀는 장지에서 고약한 발작을 일으키고 말았지요. 지나라는 노예가 불쌍한 사르트르를 불렀어요. 그는 이미 2년 전부터 그녀와의 모든 우정을 잃어버렸으나 아무튼 그녀를 돕고 싶어 해요. 지나의 말에 의하면, 그녀가 5년 전부터 단 하루도 술에 취하지 않은 날이 없었는데, 입원 치료도 효과가 없었대요. 그녀는 단 한 명의 친척도 친구도 없이 무일푼 신세예요. 사르트르는 뒬랭의 친구들에게 돈을 부탁할 것이고, 결국 그녀를 부양할 거예요. 그가 지나치게 너무 많은 사람을 부양하고 있다고 할지라도 최악은 아니에요. 그가 그녀의 유일한 희망이라는 것이 최악이지요. 그는 그녀를 위로하고, 글을 쓰도록 용기를 주고, 그녀가 술을 마시지 못하게 해야 할 거예요. 제가 그를 도울 거예요. 그는 지난번에 그녀가 자신을 거리낌 없이 내주면서 그의 입을 덮친 까닭에 겁에 질려 떠났던 그녀의 집에 지금 가 있어요. 마흔여섯 살인 그녀는 나이를 짐작할 수 없어요. 술 때문에 얼굴이 벌겋게 부어올랐으며, 지독하게 살쪘고 비참해요. 워반지아 애비뉴의 멋진 기둥서방인 당신, 당신이라면 어떻게 하겠어요?

저는 '프랭키 머신'에 대해 절망하기 시작했어요. 그 책을 번역할 사람으로 염두에 둔 재능 있는 영어 교수이자 작가가 편지에

"그 일을 하려면 2년간 고되게 일해야 할 겁니다"라고 썼더군요. 누가 하고 싶어 할까요? 누가? 크노도 알지 못하고, 그 누구도 알지 못해요.

뉴욕의 출판사가 두 권 분량에 상당하는 1천 쪽도 더 되는 『제2의 성』을 출판하기 위해 750달러를 제안했어요. 당신이 다음번에 시카고행 비행기를 탈 사람은 저라고 선언했기 때문에, 그 돈은 뉴욕에서 찾아 쓸 수 있을 거예요. 자, 됐어요. 『모든 인간은 죽는다』의 이탈리아어 판본을 방금 받았는데, 아주 예쁘네요. 이탈리아어를 한 자도 모르는 게으른 기둥서방에게 보내는 것은 쓸데없는 일이지요. 넬슨, 진지하게 말하는데요, 당신의 다음 책에 대해 말해 줘요. 지금 구상 중인가요? 한동안 옆으로 밀어두었나요? 메리 크리스마스, 내 사랑. 제가 밤낮으로 늘 그러는 것처럼 자정이 되면 마음속에서 당신에게 키스할게요. 산타 할아버지에게 너무 오래지 않아 당신을 다시 만나게 해 달라고 부탁할 거예요. 그렇게만 된다면 저의 가장 소중한 선물이 될 거예요. 저를 당신 양말에 걸맞은 크리스마스 선물로 여기기를 바라요.

당신의 시몬

1949년 12월 21일 수요일

게으르고 미친 나의 대단히 소중한 기둥서방. '로베르 파비앙'이 보낸 크고 매혹적으로 보이는 소포를 심부름꾼이 다시 들고 나가고 있어요. 그것을 받으려면 엄청난 액수를 지불해야 하는데(1만 프랑), 제게는 돈이 없어요. 그러므로 내일이나 모레쯤 기차역으로 찾으러 가야만 해요. 그럴 만한 가치가 있었으면 좋겠네요. 프랑스 세관은 당신이 믿는 것처럼 그렇게 어리석지 않아요, 내 사랑. 아무튼 그 커다란 괴물을 보낸 당신은 천사예요. 어제는 뷔 슈리가가 병원이었답니다. 감기에 걸려 탐정소설을 읽는 것 말고 는 다른 아무것도 하지 않고 침대에 누워 있었어요. 다시 일하고 싶은 마음이 하도 간절해져서, 제게 편지조차 하지 않는 고약하고 추한 시골 젊은이에게 많은 시간을 버리지 않겠어요.

뒬랭의 여자 친구는 사르트르가 예상한 것보다 덜 비참해 보였 어요. 그 늙은 남자가 죽은 것에 되레 짐을 던 듯했고, 오래전부터 술을 마시지 않아요. 사르트르가 돈을 건네자마자 모든 일이 잘 됐답니다. 그녀는 뒬랭과의 추억에 우선 충실하고자 더 이상 어 떤 남자와도 자지 않을 거라고 밝혔지요(어떤 남자가 후보자가 될까요? 아무도 몰라요). 그리고 사르트르에 대한 플라토닉 사랑을 남겨두기 로 했다며, 그가 이를 몹시 원한다고 단언해요. 그를 애지중지하 는 어린아이처럼 사랑하고 시와 영성 신학에 입문시킬 거래요. 그녀도 사르트르가 확실히 신을 믿지 않는다는 것을 알긴 하지만, 그에게는 신비적인 삶이 부족하므로 그러한 삶을 제공할 거래요. 또 다른 한편으로는 위대한 책을 쓸 거래요. 모든 것이 잘될 거라 는군요. 가엾은 사르트르는 몸서리친답니다.

토요일 저녁에는 카뮈 연극의 총연습이 있었어요. 실패를 예상 하며 즐거워한 그의 모든 '친구'는 비평가들의 호평에 실망했어 요. 사실상 그 연극°은 생기 없고 지루하며 상상력이 빠져 있어요. 사르트르와 말로, 저 그리고 사람들이 이미 수없이 말한 것들의 혼합물이었지요. 그러나 사람들이 좋게 생각한 것은 기뻐요. 그 가련한 사람이 지쳐 보였거든요. 폐결핵에 다시 걸린 그는 휴식 을 취하고 희망을 품어야만 해요. 공연이 끝나고 인사하러 갔을 때 그가 불쌍하다는 생각이 들었어요.

• 〈정의의 사람들Les Justes〉

가엾은 보스트가 당신 보고서에 대해 너무 익살맞다고 생각하지 않을까 두려워요. 그는 책의 운명에 조금 충격을 받고 있어요. 프랑스에서 작가들과 비평가들은 칭찬했지만, 독자들은 따르지 않았지요. 책이 미국에서 잘못 번역됐다는 것을 알면 분명 슬퍼할 거예요. 그에게 한마디도 하지 않겠어요. 우리 친구인 아벨이 번역한 『더러운 손』을 보낼게요. 문학이 무엇인지 알지 못해 피곤할 때 잠시 들여다볼 수 있을 거예요. 누군가 알려 주기를, 제가 한눈에 그를 알아보지 못해서 아벨이 미치광이처럼 화내고 있대요. 맙소사! 우리가 그를 자주 만나기나 한 것처럼 말예요! "사진사와 함께 사진을 찍는다"라고 적어 보냈던데, 뭘 말하려는 거예요, 거짓말쟁이 양반? 그가 사진을 찍는 동안 당신은 그를 귀찮게 하면서 근처를 거니는 것에 만족하죠. 허풍 떨지 말아요. 그가 아무것도 만지지 못하게 할 거예요.

당신의 순결한 침대에서 고독의 고통을 겪고 있나요, 내 사랑? 제가 자러 갈 때 침대보를 가는 것을 잊지 말아요. 저는 첫날밤에 당신이 두 팔에 침대보를 들고 오면서 제가 이미 누워 있는 것을 발견하고는 깜짝 놀란 것을 언제나 기억할 거예요. 바로 그 순간에 당신을 사랑하기 시작했어요. 이 사랑은 멈추지 않았어요.

이 괴물 같은 소포를 갈기갈기 찢어 맛본 뒤에야 당신에게 고마움을 표할 수 있겠군요. 각자에게 무엇이 돌아가는지 말해 주세요. 이 괴물을 소포로 만들고 우편으로 부치는 귀찮고 수고스러운 일을 하다니, 당신은 정말 천사예요. 넬슨, 내 사랑. 그것이 무엇을 의미하는지 너무 잘 알아요. 수중에 필요한 돈을 갖고 있지 않아서 몹시 슬프군요.

넬슨, 넬슨, 안녕이라 말하고 싶지 않아요. 당신이 방에 들어와 익살맞게 거짓말하면서 왔다 갔다 하다가 저의 순결한 침대에 누웠으면 좋겠어요. 아침에 당신 어깨에 머리를 기대면, 당신은 "누가 당신을 초대했나요?”라고 말할 거예요. 넬슨, 내 사랑.

당신의 시몬

1949년 크리스마스 밤

넬슨, 진정 사랑하는 내 사랑. 당신과 함께 이 밤을 지내는 것이 감미롭군요. 오후 다섯 시부터는 쉬지 않고 브루노 바이첵을 맹렬히 따라다녔어요. 지금은 자정인데, 아무것도 먹지 않았고 앞으로도 계속 먹지 않을 작정이에요. 배고파서 반쯤 죽을 것 같지만, 차만 마시고 있어요. 당신에게 편지를 쓰면 보상이 될 거예요. 제가 당신에게 줄 수 있는 가장 아름다운 크리스마스 선물은 이 번역을 끝내는 것이 아니겠어요? 그래요, 제 소설은 집어치우겠어요. 그것으로 녹초가 됐기에 이는 반가운 휴식이랍니다. 그리고 시골에 머무는 동안 『결코 오지 않는 아침』을 작업하는 데 시간을 쓰겠어요. 하루에 여덟 시간씩 일하면 닷새 안에 끝을 볼 것 같아요. 동시에 보스트는 자기가 맡은 부분을 번역하고, 우리는 서로의 결과에 대해 입씨름하면서 그에 관한 결정을 사르트르에게 맡기는 데 사흘을 쓸 거예요. 그러면 새해 첫날에 끝날 거랍니다. 1월 말까지 원고를 타이핑해서 2월 초에 갈리마르 출판사에 넘길 거예요. 일급 번역을 보증하지요. 내 사랑, 모든 사람이 당신에게 찬사를 보내는데, 제가 어떻게 그보다 덜할 수 있겠어요? 정말 멋진 사람! 저는 친애하는 그 괴물을 본국으로 송환시켰고, 그것의 내장, 그 어느 때보다도 더 훌륭한 럼주 케이크, 책들, 담배를 끄집어냈지요! 제 편에서는 우선 고맙다고 말하겠어요. 다음에는 몹시 기뻐하는 탐욕스러운 올가의 인사, 놀라고 기뻐 “어쩜 친절하기도 하셔라!” 하고 말하는 여가수의 인사예요. 비서도 감사해하지요. 모두에게 번쩍거리는 크리스마스카드를 나눠 줬어요. 시피용은 파리에 없기 때문에 선물을 언제 받을지 몰라요. 그리고 누구보다도 사르트르가 고마워해요. 시가를 받고 기뻐서 어쩔 줄 몰라 했어요. 이후로는 더 이상 프랑스 시가에 대해 말하지 않기로 했답니다! 그는 당신 나라의 제품을 아주 좋아해요. 어제 저녁에 두 대를 피우고 나서는 얼마나 고마워하던지 당신에게 편지를 쓰려고까지 — 자신이 영어를 쓸 줄 모른다는 것을 잊은 채 — 했어요. 제가 없을 때 괴물이 도착하면 거리에서 방황하지 않도록 아파트 수위에게 돈을 맡겨 놓았어요. 슬픔이 깃들고 안개가 끼고 어둡고 춥긴 했어도 당신 선물 덕분에 진정한 크리스마스였어요. 감기 때문에 조금 무기력해졌고, 거리에서 행복한 사람들을 마주칠 때면 무섭도록 당신이 그리웠어요. 물론 제게도 이 세상에 커다란 행복이 존재해요. 하지만 아득히 먼 곳에 있는, 도달할 수 없는 행복이에요. 때때로 두 손에 그 행복을 다시 잡기를, 무척 따뜻한 두 팔에 당신을 안기를 맹렬하게 원한답니다. 그때 저의 두 팔은 무척 뜨거울 거예요. 새해에도 당신에게 작년만큼 많은 행복이 찾아오기를 바라고, 우리가 서로에게 가기를 빌어요. 이 소원이 의미 있을까요, 넬슨? 당신의 소원이기도 한가요? 그러길 바라요. 이만 멈추겠어요. 그렇지 않으면 울어 버릴 거예요. 이렇게 가까운 당신이 그처럼 멀리 있다는 것이 믿어지지 않아요. 제게는 1센티미터도 당신을 기억하지 않고 당신을 기다리지 않는 부분이 없어요. 내일 네 시간의 짧은 여행을 하러 시골로 떠나요. 당신의 밤색 가방을 여행용으로 사용한답니다. 저기 선반 위에 놓인 당신 가방이 열린 채 파란색 둥근 라벨을 달고서 당신에 대해 이야기하고 있어요. 당신의 작은 한 부분이죠. 당신의 추억이 실내 전체에 스며들어 있어요. 제 가슴은 당신을 기억하는 것만이 아니라 당신과 함께 살고 있어요.

행복한 새해 보내세요, 내 사랑. 당신이 받아 마땅한 모든 행복을 받으세요, 아주 아주 많답니다. 여기서 크리스마스와 새해의 산더미 같은 사랑을, (당신의 시몬의) 모든 사랑을 찾아내도록 해요.

당신의 시몬

1949년 12월 28일 수요일

내 사랑. 스테파와 미용사, 토메크, 그 이외에도 가장 얼빠지게 하는 프랑스어로 서로서로 전쟁 중인 수많은 사람*과 약속이 있어서 당신은 짧은 편지를 읽을 거예요. 정직하지 못한 태도지요. 하루에 여덟 시간 이상 고통스럽게 일하고 있어요. 보스트도 마찬가지인데, 그가 그러는 것은 정말 기막히게 친절한 일이에요. 결국 그가 당신하고 전혀 자지 않았고, 앞으로도 그런 일은 결코 없을 테니까요……. 또 이런 일은 저를 화나게 만들어요. 저는 끝장을 보기 전에는 손을 놓을 수 없어요. 월요일에는 기차를 타고 당신에게 자주 이야기한 그 볼품없는 마을에 갔어요. 안락한 집에는 눈에 띄지 않는 늙은 남편과 매력적인 노부인, 그리고 그녀보다 매력이 덜한 딸과 손녀가 있어요. 또 사르트르와 보스트와 제가 끊임없이 글 쓰는 것을 이해하지 못하는, 턱수염이 난 옛날식 하녀도 살고 있어요. 이 하녀는 매우 놀라면서 이렇게 말하지요. "어떻게 그럴 수 있어요? 그 모든 게 당신들의 머리에서 나온단 말인가요? 우리가, 사람들이 걸음을 걷듯이 그렇게 글이 써진단 말씀인가요?" 우리는 거위와 칠면조 고기, 파이와 케이크를 먹고, 이야기를 나누고, 번역을 하지요. 아! 저는 기침도 해요. 번

역 작업을 멈추자마자 기침하는데, 당신이 그 이유를 설명해 주겠어요? 오늘은 한결 나아진 것 같아요. 브루노에게 빚을 갚고 나면 편지를 더 잘 쓸 거예요. 번역 때문에 등이 굽고 손 관절에 경직이 일어나는 것은 제 사랑을 말하는 하나의 방식이라는 것을 잘 알아 둬요. 편지를 기다리며 사랑, 사랑, 그리고 한층 더 많은 사랑으로 당신에게 키스해요.

당신의 시몬

1949년 12월 31일 토요일

나의 게으름뱅이 당신. 지난번 편지를 받은 지 한 주가 지나지 않았다는 당신 편지는 대수롭지 않았어요. 그렇지만 바이첵을 번역하느라 땀 흘리며 보낸 대단히 현실적이었던 이번 주에 받은 당신으로부터의 유일한 표명치고는 — 그보다 보상이라기에는 너무 빈약하군요! 심술궂어요. 여전히 하루에 열 시간씩 번역하는 저와 불행한 보스트라니! 자, 그런데 어제저녁에 우리 둘은 각자 맡은 부분들을 끝마쳤고, 이제 각자에겐 상대의 일을 확인하고 최종 점검하는 기분 좋은 일만 남았답니다. 사흘 안에 당신 책을 인쇄할 준비가 될 거예요. 넬슨, 이건 진정 최고의 번역 작품이 될 거예요. 사르트르가 "기다려지는 아침 Le matin se fait attendre"이라는 아주 예쁜 제목을 제안했는데, 그 제목은 『결코 오지 않는 아침』의 의미에 아주 가까우면서도 프랑스어로 시적인 울림이 있어요. 정확하게 "Morning is long to come, You have to wait long to get a morning, Morning is long delayed(아침이 오려면 멀었어요. 아침이 오려면 오래 기다려야 해요. 아침이 너무 늦어져요)"인데, 알겠어요? 프랑스어적 제목이 멋진데, 번역이 잘 안 되지요. 동의하나요?

제가 미디 지역으로 떠난다는 것을 어디서 들었나요? 당신이 곧장 편지를 쓸 수 있게 마을 이름을 분명히 앙제 근처라고 적었는데, 당신은 그렇게 하지 않았어요. 넬슨, 제 편지들을 읽기는 하나요? 아니면 제가 보낸 편지들을 소피 바베트°의 편지들과 혼동하는 건 아닌지요? 『황금 팔』 때문에 할리우드에 가는 게 기쁜가요? 브래들리에게서 해방된 건 어때요? 더러운 사기꾼. 모두가 그녀를 몹시 혐오해요. 여기 생활은 여전히 좋아요. 기침을 더 심하게 하는 것만 빼고요. 우리는 점점 늦게 자고 늦게 일어나는 생활을 하다가 나중에는 하루를 몽땅 잃어버리든가 아니면 더 얻을 거예요. 저는 화장도 하지 않고 머리도 빗지 않으며 실내 가운도 벗지 않고 겨우 씻기만 하는데, 얼마나 편한지 모르겠어요! 사르트르는 동성애자 도둑인 주네에 관한 긴 연구를 시작했어요. 집 전체가 주네의 작품에 푹 빠져 있답니다. 노부인도 확실히 그녀 나름대로 만만치 않지만, 젊은 시절에 결단코 그와 비슷한 무엇도 읽지 않았을 거예요. 그리고 이 특별한 외설스러움을 감미롭게 조롱하면서 발견하는 노부인과 주네의 작품을 주제로 토론하는 일은 우리를 미치광이처럼 흥분하게 하지요. 어제저녁에는 일반적으로 거리 부랑아의 궁둥이가 보여 주는 청결함이란 어느 정도인가 하는 끝나지 않는 토론에 매달렸어요. 주네가 지속적인 불결함에 대한 의견을 옹호하는 반면에 사르트르는 주네가 (군인 이외의) 일반인에게 깊은 인상을 주기 위해 이야기에서 불결함을 문학적 기교로 사용한다는 것을 증명하고 있어요.

내 사랑, 당신은 한마디도 더 들을 자격이 없고 저는 덧붙일 게 아무것도 없어요. 정말이지 당신 소설은 대단히 좋아요. 보스트도 엄청 좋아하지요. 그가 머리가 아니라 엉덩이 부분을 읽긴 했

• '헌병(Gendarme)'의 여자 친구

어도 말이지요. 감옥의 일화가 특별히 맘에 들고 매음굴의 일화 그리고 스테피와 브루노의 마지막 만남도요. 결말이 신속하게 전개되어 커다란 효과를 만들어 내지요. 강렬하게 느끼고 글로 써내는 능력이 있는, 진정 괜찮은 남자가 쓴 진정 좋은 책이에요. 그에게 키스해요, 이 남자에게, 아주 강렬하게. 그는 나의 넬슨이랍니다.

당신의 시몬

딜랭의 여자 친구가 사르트르에게 소름 끼치는 편지를 보냈어요. "왜 죽은 사람 때문에 울어야 하나요? 저는 지금 자유를 느껴요. 이제 그것은 행운이 될 거예요. 너무 유명한 사람 곁에서 산다는 것은 가혹하지요." 딜랭은 그녀가 결코 받을 자격이 없었던 기회를 주기 위해 모든 것을 했어요. 어떻게 그녀가 과거보다 더 많은 것을 할 거란 말인가요? 그녀는 크리스마스 밤에 그리스도의 구유와 성모 마리아, 양치기 등을 장식하고 그 옆에 딜랭 사진과 꽃, 양초들을 놓았대요. 그리고 딜랭 사진을 보며 니체의 글 몇 구절을 낭독했다는군요. 이것이야말로 그녀가 연극증*을 앓으면서 사람들 특히 죽은 사람들을 어떻게 사랑하는지를 보여 준답니다.

---

* 演劇症. 감동을 과장하여 표현하는 증상

1950년

1950년 1월 3일 화요일

넬슨, 내 사랑. 그래서 저는 그다지 소홀한 대우를 받았던 건 아니었네요. 당신은 공산당 이름에 어울리는 작가가 되기 위해 공산당에 입당해야 할 거라는 신문 기사가 스크랩된 두 번째 편지가 첫 번째 편지에 이어 곧바로 따라왔어요. 저는 흐린 날씨와 빗속에서 몇 시간 전에 돌아왔어요. 브루노 바이첵과는 작업이 끝났어요. 이제 타이피스트가 그를 맡을 거예요.

넬슨, 이제는 매우 중대한 문제를 거론해야 해요. 당신을 귀찮게 하지 않을까 주저하면서, 저의 행복을 좌우하는 당신의 대답을 몹시 두려워하면서 그 문제를 머릿속에서 생각한 지 벌써 며칠째예요. 바로 우리의 다음 만남에 관해서예요. 당신은 "우리는 다시 만날 거예요. 그보다 더 확실한 건 아무것도 없어요"라고 말했고, 튀니지의 길 위에서 제가 워반지아의 보금자리로 돌아갈 수 있을 거라고도 말했어요. 그러나 그렇게 빨리는 분명 아닐 거라고 했지요. 그런데 오늘 당신에게 제가 6월에 갈 수 있도록 해 달라고 부탁해요. 변덕스럽다고 생각하겠죠. 물론 당신의 두 팔에 다시 안겨 녹아 버리고 싶어 못 견딜 만치 당신을 갈망해요. 하지만 그곳에 일찍 가고 싶은 제 욕망이 이러한 향수 때문이라면 아무것도 강요하지 않고 제안할 수 있어요. 제가 강요하는 것을 내켜 하지 않는다는 것을 당신도 잘 알잖아요. 넬슨, 저는 많은 것을 요구하지 않으려 노력해요. 그러나 지금은 그럴 수밖에 없고, 또 그렇게 해야만 해요. 왜냐고요? 글쎄, 사르트르가 이번 여름에 석 달 동안 그리고 6월에 바로 떠나야 하는 처지에 놓여 있어요. 그런데 그가 매우 간곡하게 함께 떠났다가 돌아올 것을 부탁하네요. 너무 긴 이별은 지독히 매정하게 보일 거래요. 물론 그가 뭐라 하든 당신에게 요구할 권리는 절대적으로 없지만, 저의 상황을 이해해 줘요. 그와 연결된(그리고 그가 그리도 필요로 하는) 긴 세월의 우정을 사랑의 이름으로조차 끊지 않을 것이라 선택했으므로, 제가 완전히 우정 어린 방식으로 행동하지 않는 것은 어리석고 불쾌할 거예요. 지금까지 당신과 저는 그를 걱정하지 않고 우리의 만남을 결정했으며, 그는 처음으로 이것에 대해 하나의 바람을 표현했어요. 만일 그것이 저에게 중요한 만큼 그에게도 중요하다고 말한다면, 그 말을 믿어 줘요, 넬슨. 그리고 그는 출발을 늦출 수 없답니다.

이 말을 반복하겠어요, 내 사랑. 공동생활은 당신이 믿는 것처럼 작업하는 데 장애가 되지 않아요. 이스키아를 기억해 봐요. 우리는 거기서 둘 다 열심히 일할 수 있을 거예요. 저는 당신이 원하는 모든 것을 할 거고, 우리는 조용한 호숫가나 다른 곳에 정착해 일할 수 있어요. 시카고에 남을 수도 있고, 당신 집 가까이에 독립된 방을 잡아 당신이 필요하다면 며칠 동안 당신 혼자 있도록 할 수 있어요. 올해에는 저도 일을 잘하고 싶어요. 다시 말해 우리의 사랑은 휴가철 사랑만이 아니고 우리의 삶 전체와 한 몸을 이룰 거예요. 우리의 진정한 삶 속에 사랑이 살아갈 수 있게 합시다. 더욱이 당신, 저에게 가장 중요한 당신은 제가 당신 일을 얼마나 존중하는지 잘 알고 있어요(당신 작품을 충실하게 번역하기 위해 몇 시간 동안 적합한 단어들을 고르고 고르던 정성은 다른 많은 것 중에 당신이 가장 중요하다는 것을 당신에게 증명하는 걸 거예요). 그러나 우리 사랑도 매우 중요하다고 생각해 봅니다. 우리를 위해 그 사랑을 누리고 체험할 순간을 너무 늦추지 말아요. 행복, 그보다 더 중요한 것이 어디 있겠어요?

당신이 선택하도록 해요. 이곳에 다시 와도 되고 함께 여행하거나 어딘가에 정착해도 돼요. 그렇지 않으면 워반지아에 남아도 돼요. 그러나 가을의 서글픔, 겨울의 추위를 기다리는 대신 제가 6월에 가게 해 줘요. 돈 문제는 걱정하지 말아요. 이른 시일 안에 대답을 주세요, 내 사랑. 당신의 답장을 기다리는 동안 저는 거의 잠을 이루지 못할 거예요. 벌써부터 밤마다 악몽에 시달린답니다. 아마도 당신은 이 편지가 아주 엄숙하다고 생각할지 몰라요. "어서, 와요!"라며 농담할 수도 있고요. 아니면 화내면서 "안 돼요, 당신을 그렇게 일찍 보고 싶지 않다고 경고했잖소"라고 말할지도 모르겠군요. 모르겠어요. 제발, 넬슨, 당신이 그것을 피할 수 있다면 거절하지 말아요. 그리고 화내지 말아요. 우리의 사랑을 기억하고 저를 기억해 줘요.

당신의 시몬

1950년 1월 7일 토요일

내 사랑. 이번에도 당신이 우리를 깜짝 놀라게 했으니 의기양양해도 돼요. 고마워요, 넬슨. 저와 모두 그리고 착한 아파트 문지기 여자도 당신에게 감사드린답니다. '물건'은 수요일 아침, 그 꺼림칙한 편지를 당신에게 보내야 했던 거북함 때문에 우울했던 흐리고 추운 날에 도착했어요. 누군가에게 특별히 중요한 부탁을 할 때면 그로 인해 상대를 거의 적으로 둔갑시켜 버리지요. 적어도 저의 느낌은 그렇답니다. 그런 침울한 기분에 잠겨 마음속으로 '괴물이 도착한다고 해도 기쁘지 않을 거야'라고 생각했죠. 왜냐하면 이런 것들에 기쁨을 느끼려면 기분이 좋아야 하니까요. 그러나 아파트 문지기 여자가 두툼한 편지 한 통을 상냥하게 가져왔고, 저는 당신이 결코 적이 되지 않으리라는 것을 알았어요. 편지 속 당신의 상냥하고 터무니없는 말들이 제 가슴을 흥분과 다정함으로 채워 줬고, 행복이 다시 찾아왔어요. 그런 다음에 똑, 똑, 똑,

괴물 등장! 이번에는 지불해야 할 돈이 하나도 없었는데, 아마도 당신이 세관에 신고한 덕분인지 모르겠군요. 당신의 총명함을 자랑스러워하며 그것의 배를 탐욕스럽게 갈랐지요. 스카치 한 병을 집어들자마자 마셨어요. 맛이 기막히더군요! 보스트는 글 쓰는 데 필요한 용품들과 책, 기요네는 담배, 사르트르는 시가를 받고 무척 기뻐했어요. 시피용은 미디 지역에 갔고 물루지는 만나지 못했기 때문에 그들만 선물을 받지 못했어요. 파리의 당신 친구들과 당신의 다람쥐가 첫째로 당신에게 고맙다는, 한없이 고맙다는 말을 반복하고 있어요. 문지기 여자는 밀가루가 일등급이라는 판정을 내렸지요. 더 이상 프랑스 세관에 화내지 말아요. 그들이 결국 모든 소포를 열어 보는 건 아니거든요.

번역 작업으로 완전히 녹초가 된 저는 사흘 내내 잠만 잤어요. 정말로 모든 힘이 다 빠져 버려 거의 병이 날 지경이었기에 밤낮으로 잠만 자야 했어요. 그러고 나서 어느 미국 잡지에 바보 같은 기사를 쓰느라 온종일을 낭비해 3백 달러를 벌었어요. 2주 동안의 휴식을 끝내고 마침내 저의 책을 다시 잡았어요. 그 책이 당신 것이긴 하지만 사실 당신은 그 안에 들어 있지 않아요. 어쩌면 우리의 시카고 이야기를 암시할지도 모르겠네요. 어쨌든 당신에 관한 이야기는 잘 다루어질 테니 두려워하지 말아요.

메리 G.는 마셜플랜에 대한 세부 사항을 알아보기 위해 큰 신문사의 편집장을 만나러 갔어요. 그가 자기 사무실에 있던 어느 젊은 미국인을 가리키며 "여기, 사람을 다시 살게 하기 위한 마셜플랜 요원이 있소"라는 의문스러운 말을 했대요. 그러고는 어느 큰 기관에 소속된 미국 젊은이들은 프랑스 여자들에게 건강하고 잘생긴 아이를 만들어 주는 임무를 가지고 있다고 설명했대요. 그녀가 어리둥절해하자 친구들이 있는 대사관에 전화해, 이 점에 대해 메리가 의혹을 갖지 않도록 말해 달라고 친구들을 부추겼다는군요. 그녀는 그 사실을 굳게 믿고는 신문사에 그것을 알리려고 미국으로 돌아갔는데, 혹시 당신이 성교性交에 관한 마셜플랜에 대해 듣는다면, 그 기원을 알게 될 거예요.

될랭 부인이었던 툴루즈를 만났어요. 사십 대인 그녀는 엷은 청색 실내복을 입고 금발의 긴 고수머리를 청색 리본으로 묶고서 어린 소녀처럼 미소 지으며 안절부절못하다가 자기 집 거실에서 점잔을 빼며 걸어 다녔어요. 그녀는 '환상적인 이야기(늙은이의 죽음을 의미하지요)'가 끝난 것에 행복해하고, 그가 가까이 있음을 느낀다며 앞으로 일할 거라는군요 ─ 이 동사는 영원히 미래형이랍니다. 그렇지만 옛날처럼 그녀가 웃음을 자아내는 유쾌한 이야기를 몇 가지 해 줬다는 것을 인정해야만 해요. 정말 그래요. 그녀는 재미있는 이야기가 무언지 알고, 또 돋보이게 할 줄도 알아요.

나탈리가 소식을 줬어요. 어느 날 밤에 잠자다가 눈을 떴는데, 자기 침대에서 남편과 또 다른 한 남자가, 그녀가 명시하기를 "프랑스식이 아니라 미국식으로" ─ 이 말이 정확히 무얼 뜻하는지 이해하지 못하지만 ─ 얼싸안고서 함께 즐기고 있었대요. 이런 섹스 파티가 불쾌했던 건 아니래요. 그녀는 불감증이고 호기심이 많아서 제게도 그런 섹스 파티가 별로 놀랍지 않지만, 심히 불쾌하기는 해요. 아마도 지나친 청교도주의에서 오는 건지도 모르겠어요. 사랑하는 남자와 함께 잔다는 것은 최상의 기쁨이고, 사랑하지 않는 남자와 잔다는 것은 그를 인간적으로 좋아한다면 그럴 수도 있겠지요. 하지만 섹스를 한 무리와 하는 놀이로 만드는 것은 일종의 타락처럼 보여요. 그녀가 그것을 했다는 걸 생각하면 반감이 이는데, 제가 옳지 못한 건가요?

넬슨, 저의 '강요하는' 편지에 대한 당신의 답장을 기다리려니 마음이 그리 편치 못해요. 하지만 그것은 당신에 대한 저의 사랑을 체험하는 또 다른 방식이에요. 언제나 그렇듯 당신을 사랑해요, 내 사랑.

당신의 시몬

용감무쌍한 보스트의 용기에도 불구하고
우리는 유럽 전쟁에서 패하였네
러시아인들은
시카고를 폭파하였고
강인한 올그런은 이미 도주하였네
멀리서도 그는 폭발소리를 들었네
그리고 "불운한 폴로니아 바!" 하며 한숨지었네!
대공세 두 달 후에
강인한 올그런은 대담하게도 감히 돌아왔네
바도, 디비전 스트리트도 없고
폴란드인들도 미션도 없으며
브루노도 권투선수들도
스테피도 사랑의 잠자리도 없다네
결국 한마디로 더 이상 시카고는 없다네
"무얼 하나? 어디로 갈거나?
그리울 거야, 황폐한 나의 도시가!"
강인한 올그런은 울음을 터뜨렸네(운명이야!)
그러나 슬픈 감정에 자신을 내맡기지 않고
잔해를 정리하기 시작했네
우선 자신의 오른편에 남아 있던 벽돌을
쌓아 올렸네. 그리고 왼편에다
찾아낸 모든 선로를 갖다 놓았네
바닥을 정성 들여 비질했고
선로를 가지고 고가 지하철을 재건하였으며

그 아래에다 매춘부 집 하나를 만들었네, 벽돌을 가지고*

자크로랑 보스트

필기구 고마워요.

1950년 1월 14일 토요일

넬슨 내 사랑. 어느 날 당신은 어리석은 말들을 했어요. 저를 당신이 행복하게 만들기 때문에 사랑한다고요. 오 넬슨, 당신은 저를 극진히 사랑하는군요. 방금 당신은 제가 저를 불행하게 만든 것보다 훨씬 더 행복하게 만들었으니까요. 고마워요 넬슨. 그토록 상냥하게 동의해 줘서 고마워요. 당신은 정말 감미로운 사람이에요, 내 사랑. 가슴속 무거운 짐을 덜어 줬어요. 바로 지금부터 당신에게 가는 느리지만 확실한 여행이 시작되고 있어요. 이번 여름에는 당신의 두 팔에 안겨 있을 거예요. 별장 하나를 세낸다는 계획은 정말 맘에 들어요. 바닷가 별장일까요? 아름다운 해변인가요? 찌는 듯한 날씨일까요? 여러 달 동안 우리의 것이 될 그곳에 대해 조금만 이야기해 줘요. 오, 넬슨! 저는 상냥하고 얌전하게 마루를 닦고 모든 식사를 준비할 거예요. 그리고 당신 책과 저의 책을 동시에 쓸 것이고, 비록 저를 다소 피로하게 할지라도 당신과 하룻밤에 열 번씩 그리고 낮에도 그만큼 사랑을 나눌 거예요. 우리의 작은 숙소에 머물면서 글을 쓰고 수영을 하고 서로 사랑을 나누는 것은 멋질 거예요. 차라리 7월 1일부터 10월 1일까지 세내도록 해요. 당신에게는 그게 더 나을 것 같아서 제

---

* 시는 영어로 번역됐다.

가 될 수 있는 대로 출발을 늦췄거든요. 6월 25일경 파리를 떠나 제 돈을 찾기 위해 뉴욕에서 2, 3일 있다가, 6월의 마지막 날이나 7월 1일 워반지아에 도착할 예정이에요. 비행기 표에 대해서는 너무 걱정하지 말아요. 할인 가격에 대해 듣긴 했지만, 체류 기간이 최대한 두 달이어야 하고 게다가 가장 좋은 항공편으로 여행하고 싶어요. 대양 한가운데서 모터가 멈춰 버리는 걸 다시 보고 싶지 않거든요.

지금 당신 나라는 어쩜 그리 추잡한가요! 시카고대학교에서 『애매성의 윤리를 위하여』에 대해 당신과 토론할 뻔한 실존주의자 교수 장 발을 기억하지요? 공산주의자는 아니지만, 그는 평화에 관한 대강연회(분명 공산주의자들에 의해 조직됐으나 청중은 매우 다양했지요)에 참석했었어요. 그런데 미국 대사관은 유엔의 철학 심포지엄에 참석하기 위해 멕시코시티로 가는 그에게 비자를 거부했어요. 이 강연회에 참여한 사람은 모두 블랙리스트에 올라와 있고, 대사관 사람들은 그들에게 비자를 발부하기에 앞서 워싱턴에 조회를 하지요. 격노한 발은 워싱턴에 의뢰하지 말라고 명령했어요(어쨌거나 그들은 거절했을 테니까요). 그는 가지 않을 거예요. 비열한 나라예요.

우리는 브루노와 함께 이틀간의 오후를 보냈고, 이틀의 오후를 더 보낼 거예요. 즐거운 일이에요. 우리는 스카치 맛을 보기 위해 그때를 이용하거든요. 어제는 네 시간 동안 일한 뒤에 반은 파랗고 반은 분홍빛인 하늘이 펼쳐진 기막히게 시적인 파리를 가로질러 홀로 영화관에 갔었지요. 아래 시는 스카치에서 나온 건지 당신 책에서 나온 건지 모르겠어요. 오, 잊었었군요! 사르트르와 보스트 그리고 제가 약간 변형한 당신 소설에 나오는 시를 적어 보내는데, 어떤지 보세요.

용감한 올그런은 그 자리에서
구두를 벗지 않은 채 죽었다.

좋지요, 안 그래요? 물론 우리는 라이트의 서문을 첨가할 거예요. 그리고 조만간 『현대』에 발췌문이 실릴 거랍니다.

제가 본 영화는 〈세 번째 남자Le Troisième Homme〉였어요 — 음악과 오손 웰스 그리고 마지막 장면이 주목할 만했지요. 빈의 전체적 분위기가 매우 인상적이었답니다. 그 영화, 보셨어요? 저의 돈 문제를 걱정하는 당신은 정작 자기 돈 문제에 대해서는 그렇게 약삭빠른 것 같지 않군요. 확실하게 계약하지 않고 로스앤젤레스로 떠나지 말아요. 저는 사르트르와 함께 3월과 4월 중 첫 달은 장소를 옮기고 그다음 달은 한곳에 머물며 작업하려 해요. 아마 한 달은 이집트로 그리고 또 다른 한 달은 베니스로 떠날 것 같은데, 당신에게 계획을 명확히 알리겠어요. 다음번에는 소로킨에 관해 이야기해야겠군요. 오, 지금 바로 말하겠어요. 상관없다면 당신이 그녀를 만나지 않았으면 좋겠는데, 왜 그러는지 이유를 설명할게요. 그녀가 달리 변하지 않은 한 그녀의 첫 번째 관심사는 당신과 함께 자는 것이고, 그렇게 하려고 수를 쓸 게 분명해요. 그녀는 제가 한 남자와 관계 갖는 걸 참지 못하고 그와 자고 싶어 못 견뎌 하지요. 그런데 그런 생각은 과정의 숙명성 때문에 그다지 맘에 들지 않아요. 만일 그녀가 당신에게 끌려서 행동한다면, 괜찮을 거예요. 아니면 당신에게 진정한 호감을 불러일으키든지요. 그러나 그녀는 당신을 알기도 전에 침대로 끌어들이고 싶어 할 거예요 — 저에 대한 반감으로 말이죠. 그리고 저에 대해서도 자기 식으로 이야기할 거예요. 신만은 제가 당신에게 비밀이 없다는 것을 알겠지만, 그녀는 터무니없는 이야기를 꾸미고 속임수를 쓰고 저에 대해 다소 불평할 거라는 걸 알아요. 그 모든 것이 기분 좋은 생각은 아니랍니다. 특히 그녀는 우리가 지금 함께 지내지 못하는 만큼 저에 대한 왜곡된 이미지를 불러일으키려 할 거예요. 제가 그녀에게 편지를 너무 솔직하게 썼거든요. 결국 그녀가 7월부터 10월까지 휴가라는 것이 가장 위험해요. 저는 그녀를 자주 볼생각은 없지만 어쩌면 그녀에게 시카고에 며칠 들렀다 가라고 할지 모르겠는데, 아무튼 그 기간은 그녀가 원하는 것에 비해 아주짧을 거예요. 그녀가 당신과 잠자리를 함께하지 않고서도 우정을맺고 우리와 한 달 또는 그 이상을 함께 머무르겠다고 할까 두렵군요. 터무니없이 놀라운 요구를 할 수도 있어요. 저는 안 된다고말할 테지만, 만약 당신이 "그럴 수도 있지"라고 말한다면 그녀는저를 죽도록 미워할 거예요. 짐작하겠어요? 만약 당신이 그녀와친구가 된다면, 그녀는 관계가 시작되는 초반에는 매혹적이고 생기 있으며 열렬하게 굴 수 있어요. 그리고 우리와 한없이 같이 있으려고 고집을 피우겠죠. 저는 그녀가 모든 것을 망쳐 버릴 것을알기에 거절할 것이고, 그러면 그녀와 저 사이에는 완전한 결별만 남겠죠. 신중해지도록 해요. 혹 당신이 그녀를 만나곤 매력적이라고 생각한다면, 저를 신사적이지 못하다고 할지 모르겠어요.하지만 제게는 가슴 아픈 추억이 있어요. 저는 어떤 위험도 무릅쓰고 싶지 않아요.

넬슨, 당신은 누구도 저만큼 행복하게 만들지 않았다고 확신하고 있어요. 자랑스러워하세요. 당신이 무척 가까이 있는 것처럼느껴져요. 제가 머리를 돌리면 당신이 침대에 따뜻하고 편안하게반쯤 잠들어 있는 것을 볼 수 있으리라는, 언제나 당신의 따스한몸과 힘을 느끼면서 곁에 누울 수 있으리라는 착각이 든답니다.당신을 갈망하고 있어요.

우리는 우리의 작은 집에서 행복할 거예요, 내 사랑하는 임.

당신의 시몬

1950년 1월 18일 수요일

넬슨, 나의 다정한 연인. 관대한 마음을 가진 나의 남자. 파리는 날씨가 흐리고 추우며 눈까지 오지만, 제게는 지금부터 여름까지 당신의 미소를 약속하는 7월의 태양이 계속 빛날 거예요. 내 사랑, 저를 그처럼 행복하게 만드는 비결이 무엇인지요? 어떤 사람이 '프랭키 머신'을 번역하겠다고 자원했는데, 예일대학교에 있는 프랑스 교수예요. 하지만 우리는 결정을 내리기 전에 그의 번역 능력을 보기 위한 견본을 요구할 필요가 있어요. 타이피스트는 브루노를 능숙하게 타이핑하고 있는데, 그가 조만간 프랑스 생활을 시작할 거예요.

신문 가게 주인이 계획한 강연 중 첫 강연이 어제 열렸어요. 그는 간신히 위험을 모면했답니다! 당신이 꽤 좋아했고 제가 반유대주의적이라고 생각한 영화 〈마농Manon〉의 감독인 클루조를 믿고는 그가 초빙에 답변하지 않았음에도 관객에게 유인물을 나눠줬지요. 클루조는 전화로 사르트르가 오지 않는 한 그곳에 갈 의향이 없다고 사르트르에게 알렸어요. 사르트르는 다른 할 일이 있었어요. 하지만 그가 선량한 신문 가게 주인을 불쌍하게 놔둘 수 있었겠어요? 클루조와 동행하기로 했지요. 사실 이 경계심 많은 인간은 모든 기획이 우스꽝스러워질까 봐 두려워하면서 자기보다는 사르트르가 웃음거리가 되기를 바랐어요. 작은 실내에 약 50명의 많지 않은 사람이 모였지요. 신문 가게 주인이 말을 아주 잘 건넸고, 다음에 클루조는 영화인으로서의 직업에 대해 이야기하고 질문에 답변했어요. 작은 신문 가게 주인의 선량한 부인은 가짜 모피 외투, 가짜 보석, 가짜 빨강 머리로 치장하고 머리에 깃털을 달았는데, 짐작건대 그 일이 실패할까 봐 겁에 질렸던 만큼 행복으로 빛났어요. 전체적으로 만족스러웠으므로, 매주 화요일에 다시 시작할 거예요. 워반지아에서도 그 같은 성공이 가능할까요?

할리우드 여행은 어때요, 내 사랑? 우리는 사르트르와 저의 이집트에서의 계획을 넌지시 예측했었어요. 필요한 절차를 알아보면서 사르트르가 신분을 감추고 작업하고 휴식을 취하고 아무도 만나지 않기를 심히 원한다는 것을 특히 강조했어요. 영사관 사람들은 사르트르가 강연도 하지 않고 대단한 나라인 이집트의 중요한 사람들을 만나지 않고 그곳에 간다는 것은 상상할 수 없다며, 강연하고 사람들을 만나는 일은 흥미진진할 거라고 외쳤어요! 이런 조건에서 여행한다면 사르트르는 여행을 취소할 거라고 밝혔지요. 우리는 가지 않을 거예요. 저는 이집트 사람들에게 화나서 미칠 지경이었어요. 아무것도 강요당하지 않은 채 잠자리와 먹을 것을 자기 돈으로 지불하면서 한 나라를 조용히 여행할 수는 없는 건가요? 당신과 제가 마주치는 모든 인디언과 대화를 나누고, 그들에게 워반지아에는 높은 수준의 문명이 있다고 설명해야 하는 경우를 가정해 보세요. 진저리 나지 않겠어요?

호숫가에서 입을 가운들을 주문했어요. 올해는 당신에게 수영을 진지하게 가르쳐 주겠어요. 파도가 있나요?

토요일

넬슨, 가엾고 어리석은 사람. 우리의 행복한 시간을 다른 사람들과 보내지 말아요. 당신이 그 친구들을 좋아하고 그들과 함께 있는 걸 진정 좋아한다면, 좋아요, 그들과 시간을 조금 보내도록 해요. 그러나 우리의 작은 집에서 살도록 해요. 저는 당신과 단둘이서만 살기를 간절히 원해요. 섬에서든 대륙에서든, 바닷가에서든 호숫가에서든, 산속에서든 초원에서든, 도시에서든 사막에서든, 아랍사람 집에서든 가르구이유의 집에서든 단둘이 사는 것 말고는 이 세상 그 무엇도 바라지 않아요. 너무 이기적인가요? 미시간의 우리 보금자리에서 할 수영, 요리, 작업, 잠과 같은 수없이 많은 행복한 계획이 벌써 제 머릿속에서 세워지고 있어요. 당신도 원하지 않나요? 물론 이따금 선량한 헌병이나 펀치에 취한 여자 혹은 가엾은 도둑과 함께 있는 것도 좋아요. 하지만 그러한 일은 아주 잠시 동안만이에요. 그런데 만약 그들이 우리를 피곤해한다면요? 아니면 나에게만 피곤해한다면요? 제가 그들을 피곤해한다면요? 싫어요, 싫어요. 저는 제게 속한 내 남자와 함께 지낼 집을 원해요. 그게 전부예요. 오 당신, 어리석은 사람. 당신 어쩜 그리 어리석을 수 있어요! 왜 그렇게 출판사 여사장과 스카치를 마시라고 하는 거예요? 정말이지, 그건 건강에 안 좋아요. 넬슨, 그런 식으로는 새로운 문학 에이전트를 선택할 수 없답니다. 이는 출판사 내부에 중개인들이 있는 갈리마르 출판사의 손에 달려 있어서, 저는 아무것도 바꿀 수 없어요. 당신 에이전트에게 설명해 주세요. 그리고 제가 뉴욕에서 얼마간의 돈을 찾을 수 있을지도 몰라요.

사르트르와의 이집트 여행은 틀어졌다고 말했지요. 우리는 봄에 너무 뜨겁지 않은 사하라 사막을 여행하는 걸로 대체할 거예요. 맘에 들 것 같아요. 저는 아프리카를 좋아하는데, 제 취향에 따라 남쪽으로 충분히 내려간 적이 전혀 없었어요. 될 수 있는 한 모든 낙타 사진을 보낼게요. 한 장씩 보낼 때마다 당신을 생각할 거예요. 당신이 마차의 미친 말에서 저를 어떻게 보호하여 생명을 구해 줬는지 기억하고 있어요 — 고귀한 행동이었지요. 그러므로 제가 브루노의 짧은 인생을 구해 당신에게 보답하는 것은 당연해요. 보스트와 제가 그 걸작을 완성하기 위해 이틀 오후를 매달린 결과 이제야 끝났어요. 기요네의 오역은 이루 말할 수 없었답니다! 더욱이 프랑스어로 정확하지 않은 용어들을 제멋대로 지어냈어요.

작업은 아주 잘되고 있어요. 어떤 날에는 책 한 권은 될 만큼 산더미 같은 많은 종이를 바보 같은 말로 뒤덮는답니다. 오, 이상스럽지요!

고로 넬슨에 대한, 그를 향한 사랑만이 저를 꽉 채우고 있어요. 저는 그만을 사랑하며 다른 누구도 아닌 그를 원하고, 그리고 온통 그의 사람이 되기 위해서 그 역시 저의 사람이기를 원해요. 내 사랑, 우리는 도정의 절반쯤에 와 있어요. 어두운 공항에서 슬픔에 몸을 떨었듯이 조만간 기쁨에 전율할 거예요. 저는 당신에게 속해 있답니다. 내 사랑하는 이, 저는 당신의 귀엽고 사랑스러운 하찮은 것이에요.

당신의 시몬

1950년 1월 24일 화요일

내 사랑, 나의 매우 다정한 연인. 당신이 워반지아의 보금자리를 떠나기 전에 제 편지를 받을 수 있도록 서둘러 편지 쓰고 있어요. 그래요, 그래요. 시골 생활은 끝났고, 당신은 끊임없이 세계를 방랑하는 게 틀림없군요. 로스앤젤레스로 가는 당신 여비는 사람들이 지불하나요? 당신은 제가 전화로 "안녕히 계세요, 안녕히!"라고 말한 뒤에 시카고를 떠났을 때와 같은 기차를 탈 것이라 추측되네요. 그 기차 여행에서 저는 『네온의 황야』에 관해 두루 생각했었고, 분홍색 편지지에다 당신에게 보내는 첫 편지를 썼어요. 네, 3년 전 겨울 조금 이른 같은 기차 안에서였지요. 별 볼일 없는 첫날을 보내고 나면 아름다운 지역으로 들어갑니다. 인디언들이 앨버커키역에서 하찮은 물건들을 팔고 있어요. 당신은 인디언을 못 본 지 오래됐지요. 마침내 오렌지밭과 종려나무들 가운데서 눈을 뜰 거예요. 그곳은 패서디나와 로스앤젤레스일 거고요, 네, 저는 당신을 정확하게 뒤따라갈 수 있어요. 당신은 로스앤젤레스를 좋아하지 않을 거예요. 제게 전부 다 이야기하는 것을 잊지 말아요.

만약 칵테일파티에서 나탈리를 만난다면, 당신이 제게 어떤 사람인지를 그녀가 어렴풋이 안다는 사실을 알아 둬요. 제가 그녀를 미국에서 단지 며칠만 보는 것을 정당화하기 위해 그 사실을 알려 줘야 했어요. 1947년에 당신을 어떻게 만났는지는 알고 있어요. 그러나 1948년 우리의 과테말라, 멕시코 여행에 대해서는 어떤 언급도 하지 않았고, 그 해에 당신이 파리에 왔을 때 우리 이야기가 시작된 것으로 말했어요. 주의하세요.

별장에 대한 당신 계획이 저를 매우 기쁘게 만든답니다. 당신 말을 들어 보니, 크리스틴은 아주 친절한 것 같군요. 물론 그녀에게 복제품 한 점을 가져다줄 거예요. 어떤 것이 좋을까요? 그녀에게 선물할 다른 것이 있을까요? 당신의 '섬세한 감수성'에 관한 기사를 읽고 웃었어요. 당신이 모로코 항아리와 중앙아메리카산 복제품들을 가지고 있다는 것을 알게 됐지요. 어디서 얻었어요? 어떤 여자에게서요? 어지럽힌 아파트와 이 빠진 찻잔들이 부끄럽지 않아요? 주의하세요. 우리 별장은 완벽하게 잘 정돈되고, 이 빠진 그릇도 없어야 해요. 그렇지 않으면 당신은 쿠스쿠스를 맛보지 못할 거예요. 결국 제가 추첨을 잘한 것 같군요. 사람들이 당신은 부자가 될 거라고 만장일치로 예측한답니다! 당신이 밍크코트, 진짜 진주, 다이아몬드 몇 개 그리고 거대한 롤스로이스 자동차를 선물할지도 모르겠네요. 저는 탐욕으로 안절부절못하고 있답니다.

보스트는 당신이 쓴 그에 대한 시에 대단히 만족해한답니다. 기요네가 제 일이 끝났는지 안 끝났는지 물어보려고 한 주에 두 번씩 전화한다는 걸 말했던가요? 그는 갈리마르 출판사로부터 좀 더 많은 돈을 받아 내고 북구의 여러 나라를 여행하기 위해 원고가 타이핑되기를 기다리고 있어요. 난교파티에 대해서는 당신과 정확하게 같은 감정이에요. 제 생각은 다음과 같습니다. 커다란 침대 하나와 단 한 명의 남자. 남자에 관해서는 확고부동한 의견을 가지고 있어요. 그는 금발 남자에게 총을 쏴야 하고, 마흔한두 살가량이며 워반지아 애비뉴에, 그것도 정확히 1523번지에 살고 있어야 해요. 머리엔 든 것이 아무것도 없지만, 상냥한 미소를 지니고 당연히 안경을 끼고 있지요. 저는 이런 조건에서 이따금 소박한 난교파티를 하는 즐거움을 맛볼 거예요. 할리우드 경험은 사람을 변화시킨다고들 해요. 너무 많이 변하지 않도록 노력해 줘요, 내 사랑. 만약 당신이 너무 많이 우아해진다면 저로선 충격이 대단할 테니까요. 당신 그 자체로도 아주 훌륭하니 양쪽 두뇌의 균형을 잃지 않도록 애써 줘요. 좋은 여행을 하기를 빌어요. 다음번엔 저의 사랑을 로스앤젤레스로 보내겠어요. 당신 없는 동안 워반지아에는 작은 램프가 켜져 있을까요? 제 마음의 작은 한 조각도 거기에 남아 있을 것이지만, 대부분은 언제나 그렇듯 당신과 함께 떠나 늘 같이 있을 거예요. 행운을 빌어요, 내 사랑. 키스를 보냅니다.

당신의 시몬

추신. 밤색 가방이 아쉽다니 미안해요. 그러나 아프리카에서 제게 매우 유용할 테니, 모든 게 괜찮을 거예요, 안 그래요?

1950년 1월 28일 토요일

멀리 있는 매우 소중한 방랑자. 당신에게 한 번도 키스하지 못한 곳이고 분명 절대 키스하지 않을 그 미지의 장소, 거의 프랑스어 같은 이름을 가진 그곳 '르모인Le Moyne'에 있는 당신에게 편지를 쓰는 것이 좀 묘하네요. 그곳은 어떤 곳이에요? 그리고 할리우드의 찬란한 생활은 어떤가요? 당신, 실비아 시드니*하고 잘 거예요? 그녀는 이제 좀 나이가 들었겠네요. 마음을 호리는 한때의 아름다운 여자들이 아양을 떠나요? 감독과 제작진들이 매혹적이며 신비로운 당신 미소와 두 눈을 촬영하는 데 동의를 얻으려고 황금을 쏟아붓고 있나요? 그들 중 당신에게서 새로운 대니 케이*를 발견한 영리한 사람이 있던가요? 당신의 영화 이력을 이야기해 줘요. 넬슨, 모든 걸 이야기해 줘요. 조바심 나서 죽겠어요. 엄동설한에 눈까지 조금 내리는 이곳과는 반대로 더위와 태양 아래에 있을 당신을 상상하고 있어요. 뷔슈리의 보금자리는 난방도 거의 되지 않아서 특히 당신은 차디찬 작은 은신처에서 틀림없이 몸이 얼어붙는 듯하겠지만 사진 안에서는 낡은 종이와 낙엽 가운데에 앉아 걱정 없이 친절하게 미소 짓고 있어. 강연으로 사람들의 사회적 계급이 자기만큼 높이 올라갈 수 있도록 돕고 싶어 하는 마틴 이든의 호적수인 신문 가게 주인은 이를 훌륭하게 해냈어요. 두 번째 강연에서는 한 화가가 단 25명 앞에서 장광설을 늘어놓았는데, 자기 웅변술에 매혹된 그 작은 호인은 기뻐서 어쩔 줄 몰라 했지요. 명망 있는 작가, 무용가, 영화배우들이 참여하겠다고 약속했어요. 잘되기를 바라야지요. 제 차례는 다음 화요일이고, 저는 여성에 대해 말할 생각이에요. 그는 "준비하고 계획하는 일은 어렵지만, 신념을 가지면 어려울 게 아무것도 없어요!"라고 말했어요. 두 달에 한 번씩 저녁 식사를 할 때, 못생긴 여자는 항

- Sylvia Sidney. 1930년대 파라마운트 영화사의 스타 중 한 명
* Danny Kaye. 미국의 영화배우 겸 팝가수

상 꽃을 가져오고 샴페인을 권하지요. 우리는 그녀에 대해 이야기하고, 저는 그녀의 원고를 읽고서 할 수 있는 한 최선을 다해 조언하며 위스키를 함께 마신답니다. 석 잔째에 그녀가 자기 사랑을 전하면 저는 달아나지요. 조금도 바뀌지 않아요. 한 게이의 초대를 받고 눈 덮인 산으로 간 그녀가 한 달간 사라졌었어요. 그녀는 그런 남성들과 친분을 갖고 함께 수다 떨면서 바느질하고 뜨개질하는 것을 좋아하지요. 출발 전날에는 택시 안에서 저의 집 앞길 한 모퉁이에 서 있는 그녀를 보았어요. 그녀는 뜨거운 슬픔을 안은 채 저의 집을 응시하고 있었어요. 제게는 그녀가 전혀 중요치 않은데 그녀에게는 제가 그처럼 중요할 수 있다는 게 당황스러워요. 반면 제가 아주 중요하게 여기는 사람에게는 저도 조금 중요하고, 적어도 하찮다는 사실은 당연한 거지요.

나의 가장 훌륭한 부분인 넬슨. 이제, 이제 우리는 정말 도정의 중간쯤에 와 있어요. 미시간 호수를 향해, 서로를 향해 다시 올라가기 시작했어요. 그동안 좋은 시간 보내요, 나의 매우 다정한 사람. 할리우드가 당신을 즐겁게 하고, '프랭키 머신'을 좋은 영화로 만들고, 분주하고 또 만족하기를 바라요. 그리고 어쨌든 멀리 떨어져 있지만, 당신의 시몬에게 가까워지는 사랑으로 기뻐할 시간을 찾도록 해요.

당신의 시몬

1950년 1월 29일 일요일

멀리 있는 매우 소중한 당신, 마침내 우리 아이가 태어나 기요네에게 건네졌어요. 그가 내일 이 아이를 갈리마르 출판사에 전달할 거예요. 자신이 번역한 글자가 단 하나도 남아 있지 않다는 것을 확인하고 아연실색한 기요네는 자기 이름에 제 이름을 추가하자고 제안했으나, 저는 그런 영광을 사양했어요. 그는 올해의 가장 훌륭한 번역상을 받을 수 있지 않을까요? 정말 웃길 거예요. 우리가 훌륭하고 멋진 작업을 했다고 장담할 수 있어요. 제가 교정을 볼 거예요. 발췌문은 4월호나 5월호 『현대』에 실릴 건데, 저는 강간에 대한 일화에 마음이 쏠리고 사르트르는 매춘부의 집을 선호하지만, 곧 의견을 합한 후에 당신에게 알려 주겠어요. 프랑스 어린애를 가진 데 만족하나요?

어제 당신 편지, 매우 짧고도 '긴' 편지 한 통을 받았어요. 그래요, 달링. 라푸에즈로 보낸 편지가 도착해 당신에게 깊이 감사했는데, 제 편지들을 어떻게 읽었는지 말해 주겠어요? 당신은 언젠가 한 번 손가락 하나를 글자 위에 놓으면, 그 의미가 솟아 나온다고 고백한 적이 있지요. 그게 그처럼 잘 작동하리라 확신하지는 않아요. 라푸에즈에 보낸 편지에 대해 충분한 사의를 표명했는데, 이번에 받은 편지는 별로 고맙지 않군요. 왜냐하면 절반이 보스트(당신의 시에 대단히 만족해하는)에게 보내는 내용이고, 제게 보내는 것은 아주 적기 때문이지요. 문학 행사의 점심 식사 사진은 흥겨웠어요. 사진 속 당신은 기차역으로 당신을 마중 나갈 때 우연히 마주치는 빳빳한 칼라가 달린 옷을 입은 남자를 똑 닮았더군요. 행사의 세부적인 것들을 더 알고 싶었어요. 당신은 무엇에 대해 연설했나요? 오, 현명한 황금의 입이여. 사람들은 박수를 제대로 치던가요?

올가는 당신의 예쁜 밤색 팬티가 저의 파란 수영복만큼 해졌을까 걱정해요. 우리 분홍색 새 팬티 몇 장과 수영복 하나로 새로운 삶을 시작하도록 하지요. 우리에게 색다른 물건들을 선물할 정도의 여유는 되나요. 안 그래요?

금요일 저녁에 큰일이 하나 생겼어요. 아름다운 꿈을 꾸면서 얌전히 자고 있는데, 똑똑똑 하는 소리가 들렸어요. 당신도 알다시피 귀마개를 끼고 자는데, 한동안 그 약한 소리가 꿈과 뒤섞이다가 점점 더 커지더니 마침내 저를 깨우고 말았어요. 귀마개를 뺐더니 똑똑똑 하는 소리가 방 안에서 크게 들리는 거예요. 불을 켰지요. 아무것도 보이지 않았지만, 소리는 끈질기게 계속됐고 어쩌면 당신 유령이 미친 사람처럼 문을 두들기는 건 아닐까 생각됐어요. 그다음에 보았어요. 소나기가 천장에서 흰색 소파로 방울져 떨어지는 게 아니겠어요! 흠뻑 젖은 소파를 한쪽으로 치우자 물이 양탄자 위로 퍼져나갔지요. 새벽 네 시였는데 관리인 여자를 깨웠어요. 그녀는 솟아 나오는 분수 아래에 온갖 양동이, 대야, 물그릇 등을 대놓는 걸 도와줬고, 파이프 하나가 터졌다고 진단했어요. 물은 점점 더 억수같이 쏟아져 내렸지요. 잘 둘러싸인 인간의 쾌적한 거주지에 들이닥친 외부 세계의 야만적 침입은 얼마나 황당하던지요! 소리와 소란 때문에 한동안 다시 잠을 이룰 수 없다가 이윽고 잠에 들었고, 깼을 때는 가련한 양탄자 위에 화차 한 대 분량의 진흙이 쏟아져 있었어요. 양탄자를 바꿔야겠어요. 최대한 예쁜 빨간색 양탄자를 깔 생각이에요. 그러면 잉크 자국과 손상된 곳을 덮어 버릴 테니 전보다 더 나아지겠지만, 지금은 문을 열 때마다 매번 슬퍼지는군요. 당신 유령은 허리가 끊어질 듯 심술궂게 웃고 있다고 해야 할까요.

다음 토요일에 뒬랭을 추모하는 행사가 열린답니다. 배우, 극장장, 작가, 연출가 등 파리 연극계 전체가, 뒬랭이 몽마르트르에 오랫동안 소유해 왔던 예쁘고 아담한 극장*에 모일 거예요. 그는 그곳에서 배우와 마찬가지로 연출가로서도 탁월한 작업을 했고, 젊은 배우들을 도와줬으며, 고대 연극을 가장 훌륭하게 해석

---

* 라틀리에(L'Atelier) 극장

해 냈어요. 토요일에 그의 작품들을 발췌해 공연할 거예요. 사르트르의 첫 번째 희곡 작품 〈파리 떼〉를 전시에 공연한 사람이 바로 뒬랭이었고, 이 작품은 엘렉트라 역할을 뛰어나게 연기한 올가를 위해 쓰였어요. 그러므로 그녀는 〈파리 떼〉의 한 장면을 다시 연기할 거고, 이는 그녀에게 대단한 일일 거예요. 파리의 모든 사람이 그녀를 잊어버린 지금 그녀에게는 재기의 기회가 될 테니까요. 그녀는 다시 연기하기를 열정적으로 원하고 있어요. 리허설에서 그녀의 연기는 이루 말할 수 없이 탁월하고 감동적이었으며, 그 때문에 충분히 희망이 있다고 봐요. 그러나 그녀는 정말 못 말려요! 저는 그녀가 고대 희랍 스타일에서 영감을 얻은 예쁜 머리 모양을 하도록 파리의 일급 미용사를 추천했고 돈도 줬으며 시간 약속까지도 잡아 줬어요. 심지어 그녀와 동행하고, 30분 동안 머물며 조언을 해 줬어요. 그런데 그녀는 그날 저녁에 가엾은 보스트의 품에 안겨 실성한 여자처럼 흐느껴 울었어요. 이유인즉슨, 미용실에서 반쯤 기절했었고, 그래서 뒬랭의 특별 공연 책임자인 새 극장장과의 중요한 약속을 놓쳐 버렸다는 거예요. 그녀 말에 따르면 머리는 엉망이었고, 요컨대 모든 게 끝나 버렸지요! 그녀는 어제도 종일 울었어요. 오늘은 좀 나아졌지만, 얼마나 당혹스러웠는지, 끔찍해요! 그녀가 기절한 건 파리의 관중을 다시 맞닥뜨려야 하는 두려움 때문 아닌가 의심스러워요. 그녀가 그녀에게 꼭 필요한 진짜 성공을 거두기만 한다면 더 이상 바랄 게 없어요. 그러면 그다음 겨울에는 〈파리 떼〉에 다시 기용되는 것이 더 이상 문제되지 않을 것이기 때문이지요. 미디 지역에서 살갗이 예쁘게 타서 기분 좋게 돌아온 리자가 시피용의 풍자화를 달라고 간곡하게 부탁했어요. 시피용이 자기 선물을 리자에게 주지 말라고 칸에서 전화까지 했기에 저는 시키는 대로 했고, 그를 기다리고 있답니다.

잘 있어요, 넬슨. 좋은 시간 보내고 얌전히 일 잘하세요. 빳빳한 칼라를 가진 남자로 변하지 말고, 당신 속옷에 난 작은 구멍들과 당신의 상냥한 머릿속에 생긴 구멍들도 잘 간직하도록 해요. 그리고 언제나 저의 넬슨이도록 해요. 세상에서 그보다 더 훌륭한 남자는 없답니다. 뷔슈리의 차 한 대분의 사랑을 당신의 머리 위에 몽땅 쏟아부어요.

당신의 시몬

1950년 2월 1일 수요일

멀리 있는 매우 소중한 당신. 당신이 이 이상한 주소로 제 편지를 받을 거라는 확신이 없어요. 다만 그러기를 희망할 뿐이에요. 오늘은 바로 당신이 떠나는 날이군요. 시카고는 지금 오전 여섯 시. 기차역으로 가기 전에 할 일이 많은 당신은 서둘러 일어났겠죠? 제 편지가 바다 위를 날아가는 동안 당신은 분홍빛 사막을 기차로 횡단할 거예요.

며칠 전 뒬랭의 주정뱅이 과부인 툴루즈와 견디기 힘든 저녁 시간을 보냈어요. 그녀의 하녀이자 헌신적인 노예인 지나와의 전화 통화를 통해, 사르트르는 그녀가 주중에 술을 다시 마신 것을 이미 알고 있었어요. 우리가 저녁 식사를 하려고 도착했을 때, 지나는 눈물에 젖어 시큼한 악취를 풍기면서 어두운 아파트 문을 열었어요. 예전 툴루즈가 키 크고 날씬한 금발의 아름다운 처녀였을 적에 작고 예쁘고 섬세한 까만 새 같았던 지나는 이제 더럽고 기름진 얼굴에 머리카락이 흘러내리는 흉측한 인간이 됐어요. 툴루즈는 맛있는 저녁 식사를 대접하려 했으나 음료를 준비하는 동안 술에 취해 침대에 주저앉아 흐느껴 울다 드러누웠다고, 지나

가 알려 줬어요. 사르트르는 툴루즈와 이야기하러 갔고, 저는 한
탄하던 지나와 남았어요. 지나가 말하기를, 툴루즈는 언젠가 자
살할 것만 같고 자기 남편(교양 없는 노동자)은 그 모든 일에 신물이
나 있대요 — 가령 지나가 툴루즈의 침대에서 자는 일이 생기면,
툴루즈는 몹시 화를 내면서 그녀를 남편 침대로 돌려보냈다가 다
시 또 불러 내려고 그들 방문을 두드린다는군요. 둘 다 온종일 서
로의 얼굴에다 소리를 질러 대며 운대요. 툴루즈가 저지른 수천
가지 미친 짓을 지나가 보고하는 동안, 툴루즈는 사르트르에게 반
은 어린애 같고 반은 술에 취한 목소리로 자신은 사랑받고 싶지
만 더 이상 아무도 사랑할 수 없다고 푸념하고 있었어요. 그녀는
포크너나 찰리 채플린이 마음을 준다 해도 그들을 사랑할 수 없
대요. 그녀가 사랑할 수 있는 사람은 바로 사르트르일 거래요. 그
를 아주 오래전부터 알고 있기 때문이라나요. 그러나 그녀는 그
가 너무 바쁠까 겁나고 자기가 생각하는 만큼 그렇게 흥미롭지 않
다는군요. "난 아무것도 생각하지 않아"라고 가엾은 사르트르가
대답했어요. 그러자 그녀가 말하기를 "좋아, 그러나 사람들은 네
가 아주 흥미롭다고 생각해. 그런데 그건 사실이 아니야." 그녀는
사르트르가 옷을 잘 못 입고 그의 어머니를 사랑했어야 하는 만큼
사랑하지 않았지만 될랭은 사랑할 줄 알았다고 설명했대요. 그리
곤 울었다는군요. 사실 될랭이 말년에 몹시 아팠을 때, 그녀는 그
를 끔찍이 불행하게 만든 것에 대한 회한이 있지만 이를 거부하
고 있어요. 모든 사람이 그녀를 비난받아 마땅하다고 단죄하려
하지요. 그녀는 그 사실을 알지만, 절대로 받아들이지 않을 거예
요. 그 후 그녀는 사르트르를 자기 방에서 쫓아냈고, 우리는 감히
아무 말도 하지 못한 채 허기에 진저리 치면서 춥고 커다란 거실
에 함께 남겨졌어요. 그녀는 소름 끼치게 우스꽝스러운 몸짓으로
방에서 머리를 내밀었어요. 무척 커다랗고 빨간 얼굴에 불그스름

한 긴 머리채를 매달고서, 발등까지 내려오는 더러운 검정 드레스를 입고서, 편집광적인 웃음을 짓는 백치처럼 웃으면서 말이죠. 우리는 저녁 식사를 했는데, 지나는 그때까지도 반쯤 울고 있었어요. 살인 청부업자 같은 남편은 입을 열지 않았으며, 우리에게 술을 마시지 못하게 한 툴루즈는 식사 내내 사르트르에게 유치하고 기분 나쁜 욕을 쏟아부었지요. 그는 몇 달 동안 그녀를 부양하면서(그녀는 지금 그의 돈으로 생활하고 있어요) 그처럼 심하게 모욕당하는 것에 힘들어하고 있어요. 그녀는 제게 친절한 척했지만 그렇다고 별 차이가 나는 건 아니었어요. 완전히 빗나가 버린 대화는 우리도 완전히 미친 역할을 연기하도록 강요했지요. 우리는 그 집에서 거의 떨면서 나왔어요. 하지만 그녀와의 관계를 실제로 끊어버릴 수 없어요. 그녀는 이 세상에 아무도, 정말로 아무도 없기 때문이죠. 무슨 일이 일어날까요? 예전에는 작가가 아닌 연극 연출자로서 재능이 있었고, 모든 사람에게 능력을 인정받았어요. 그녀의 집에는 희귀한 집기, 조화로 된 장미 화관을 씌운 두개골, 매력적인 옷을 입힌 낡은 인형들 등 그녀의 창작품인 매혹적인 물건들이 가득합니다. 그녀의 집에 있으면 일종의 그레뱅 박물관*, 성소聖所에 있는 것처럼 느껴지지요. 그날 저녁에는 망자의 무거운 현존 때문에 뭔가 숨 막히는 분위기가 있었어요. 그녀는 여전히 그의 식탁 의자를 보존하고 있고, 그녀와 지나는 그에 사로잡혀 살고 있어요. 우리는 내내 그의 존재를 사방에서 느꼈답니다.

이야기가 길었군요! 당신에게 사랑을 보낼 시간이 조금밖에 없어요. 당신은 지금 그 이름 높은 도시에서 화려한 여자들에 둘러싸여 있겠지만, 사랑이 필요한가요? 당신이 신망 높은 분이라는 걸 그 여자들이 알아냈나요? 그렇긴 해도 당신의 귀여운 프랑

---

* musée Grévin. 19세기 말에 설립된 밀랍 인형 박물관

558

스 다람쥐를 잊지 말아요. 저는 유명하고 부유하며 젊고 잘생긴 사람이기 전의 당신을, 단지 초라하고 보잘것없는 시골 젊은이를 사랑했다는 사실을 기억하세요. 안녕, 시골의 내 사랑. 당신의 두 팔, 당신 입술 그리고 당신 가슴, 당신의 모든 것이 그리워요. 모든 것이 제게 돌아올 거예요, 당신의 모든 것. 며칠간 밤낮으로 자유를 누리세요. 넬슨, 당신은 미시간 호수에서 누구에게 속해 있는지를 알게 될 거예요. 사랑해요 넬슨. 진정으로 사랑하는 나의 연인.

당신의 시몬

1950년 2월 8일 수요일

매우 소중한 당신. 당신이 오렌지를 따는 동안 여기는 비가 오고 눈이 내려요. 이틀 전부터는 파업 때문에 저의 가련한 작은 은신처에 가스도 불도 전혀 들어오지 않는답니다. 진흙 자국을 감추기 위해 아름다운 빨간 양탄자를 매우 자랑스러워하며 샀어요. 왜냐하면 상점에서 양탄자를 누구에게 배달해야 하는지를 듣고선 파란 벨벳 옷을 입은 경영자가 이렇게 물었기 때문이지요. "보부아르라니, 혹시 시몬인가요?" "네" "당신이 시몬 드 보부아르세요?" "그렇습니다." 그가 바로 가격을 할인해 줬어요!『제2의 성』에 대한 장문의 찬사 편지도 보낸 것 같아요. 제가 할인을 받아들이지 않았기에 그는 다음 날 아주 예쁜 컵 하나를 선물로 보내 줬답니다.

어제저녁에는 신문 가게 주인이 계획한 일련의 강연에서 여성에 관해 이야기했어요. 무프타르가의 작고 예쁜 극장에는 학생들, 특히 노동자들이 많이 와 있었어요. 보스트와 올가가 저의 강연을 듣고서 아주 훌륭하다고 했지만, 저는 겸손했기에 그들의 말을 다 믿을 순 없었어요. 청중이 사회적 측면에 대한 문제의 핵심을 열정적이고 매우 지적으로 토론했기 때문에 정말 흥미로웠어요. 제가 북아프리카 여성들이 어쩌면 사람들이 희구할 모든 자유도 행복도 누리지 못하고 있다고 넌지시 말해서, 한 젊은 아랍 공산주의자를 화나게 했어요. 그는 그 잘못이 마호메트가 아닌 자본주의에 있다고 주장했지만, 이는 반만 사실이에요. 그가 인용한 코란의 구절에 대해 제가 무어라고 대답할 수 있었겠어요?

못생긴 여자가 산에서 매일 편지를 보내고 있어요. 이에 대해 당신은 어떻게 생각해요? 좋아요, 저는 당신에게서 편지를 매일 받지 않는 게 더 낫고, 당신이 그처럼 못생기지 않은 게 더 좋아요. 사실 오랫동안 당신에 대해 많이 알지 못했어요. 지난주엔 아주 짧은 편지 한 통을 받았을 뿐이고, 이번 주엔 아무것도 받지 못했어요. 그 거대한 세계에서 그리고 당신의 작은 머릿속에서 모든 것이 당신을 위해 가장 잘되어 나아가기를 빌어요. 그런데 시카고대학에서 맡기는 그 '할 일'이란 대체 무엇인가요? 마룻바닥을 문질러 닦는 일인가요, 아니면 실존주의에 대해 연설하라는 건가요?

편지 한 통을 받으면 더 잘 쓰겠어요. 어쨌거나 여기서 최고의 사랑을 찾아내도록 해요, 불성실한 내 사랑.

당신의 시몬

1950년 2월 18일 토요일

너무 바쁘고 매우 소중한 나의 꿈과 같은 사람. 마침내 편지 한 통이! 오늘 아침 편지가 문 아래로 미끄러져 들어오는 소리에 침대 밖으로 펄쩍 뛰어내렸어요. 2월 4일 자 편지가 분실됐군요. 편지에서 당신은 당신의 여행, 앨버커키의 인디언들 그리고 제가 알지 못하는 다른 것들에 대해 이야기했을 거라 생각되네요. 그것은 2주 넘게 아무 소식 없이 저를 내버려 두기에 충분한 것이었어요. 처음에는 저 자신을 비웃었고, 어쩌면 인디언들이 당신을 감금했을지도 모른다는 생각에 마음이 편치 않았어요. 결국 당신이 죽었을지 모른다는 악몽에 전보를 치지 않을 수 없었지요. 당신이 몹시 싫어한다는 걸 알아요. 용서해 줘요. 그러나 당신도 저를 그처럼 두렵게 만든 데 대해 사과할 필요가 있어요. 우리 둘 중에 누가 벌을 주고 있는지 저는 알아요. 사실 일주일 전부터 편지를 쓰지 않는 것은 당신을 벌주려는 게 아니에요. 당신은 오히려 편지를 너무 많이 받는다고 불평하기 때문에 그건 먹히지도 않을 거고요. 고독 속에서 편지를 쓸 용기가 없었고, 당신이 제가 모르는 '르모인'의 집에서 무엇이든 받아 볼 거라는 것도 확신할 수 없었고요. 농담 없이 진지하게 말하자면, 내 사랑, 당신이 사라지면 태양도 사라져요. 파리의 이른 봄의 첫날도 저의 가련한 가슴에 무섭게 슬퍼 보였답니다. 당신을 잃을까 몹시 두려워했을 때 좋았던 것이라곤 당신을 되찾으면서 저를 가득 채운 행복뿐이었어요. 오늘은 어떤 의미에서 이유도 없이 행복하답니다. 정말 제가 무엇을 받았나요? 아무것도 아닌 하찮은 것이지만, 그것은 제 사랑의 증거이며, 어리석게도 제 눈에 아주 소중한, 나의 사람 나의 넬슨이지요. 이상하지요? 네, 넬슨. 일단 편지를 손에 쥐자 당신이 실제로 생생하게 살아 있는 사람이라는 걸 한 번 더 확신하게 됐어요. 저는 한순간 당신의 두 팔에 안겨 당신의 어깨에 뺨을 기대고, 제 온기가 전해진 당신의 온기를 느끼며 잠자는 것을 상상하며 침대 안으로 다시 미끄러져 들어갔어요. 당신은 이곳에 없었지만, 저는 다시 잠들었고 모든 것이 상상에 불과한 것만은 아니었답니다.

저 역시 샌프란시스코를 좋아해요, 무척 많이요. 로스앤젤레스는 그렇지 않아요. 만약 영화가 만들어지지 않는다면 얼마나 우습겠어요! 잘 만들어질 거로 생각하도록 해요. 어맨다*에 대해 이야기해 줘요. 그녀는 어떻게 살고 있나요? 당신을 다시 만난 것에 대해 만족해하던가요?

이틀 전 밤, 제 아파트에서 보스트와 올가와 함께 스카치를 마시고 있을 때(지금 파리에서는 금값을 줘야 스카치를 구할 수 있어요), 꽃 가게의 젊은 여자가 애인하고 다툰 뒤에 생미셸 가까이에 있는 센강에 투신했어요. 한 미국인 학생이 그녀를 구하려고 뛰어들었는데, 그녀의 애인은 대경실색해 그녀를 바라보고만 있었어요. 그런데 두 명 모두 사망했답니다! 지나치게 흥분한 동네 사람들이 그 미국인을 대단한 사람이라 평가했어요. 교훈 하나, 저를 제외하고 물에 빠져 죽으려는 여자를 절대 구하려 들지 말아요.

지난 토요일 뒬랭의 추도제에서 올가는 아주 훌륭했어요. 우선 주정뱅이 과부를 데리러 가야 했는데, 여전히 같은 검정 드레스를 입은 그녀는 술에 취해 두 뺨이 머리처럼 불그레하고 고약한 와인 냄새를 풍기면서 비틀거렸어요. 그녀의 노에 지나는 울고 있었고, 우리는 그녀를 내버려 두고 싶었지만, 그녀는 꼭 오고 싶어 했어요. 우리는 툴루즈를 택시에 태운 다음에 무대에서 아주 가까운 어두운 칸막이 좌석에, 사람들이 잘 보이지 않는 곳에 앉았어요. 보스트, 지나, 사르트르 그리고 제가 그녀와 함께 자리를 잡았지요. 사람들이 뒬랭에 대해 연설했는데, 중요한 사람들(작가들과 연출가들)이었지만 보기에 기분 좋은 사람들은 아니었어요. 그러고 나서 뒬랭이 올린 좋은 혹은 좋지 않은 연극의 다양한 장면들이

---

* Amanda. 할리우드에 살고 있던 올그런의 전 부인

공연됐어요. 올가는 아주 위엄이 있었고, 모든 사람이, 그녀를 제외한 모든 사람이 그곳에 있던 여배우 중에 가장 훌륭했다고 평가했어요. 그녀를 환영하기 위해 모두 함께 샴페인을 마시며 만찬을 들고 있을 때, 그녀는 자신이 끔찍스러웠다면서 30분이나 엉엉 운 다음에 약간 취해 긴장을 풀었어요. 여러 신문과 관중이 연기를 잘했다고 되풀이하여 찬사를 보내자 그녀는 그 말을 믿기 시작했어요. 툴루즈로 말할 것 같으면, 저녁 식사 전에 사르트르, 저 그리고 두 젊은 배우가 그녀를 집으로 데려다주었지요. 그녀는 공연 중에 소란스럽게 울고 웃었으며, 축하하러 온 우아한 부인들을 통탄스럽게 영접했는데 정말이지 큰 재앙 덩어리였답니다! 술 취한 거지와 같았지요. 자기 집에 도착해서도 조금 더 울고 웃었고, 뒬랭이 매일 밤 자러 오기 때문에 자신은 충실하게 있어야 하며 애인을 두지 말아야겠다고 하더군요. 어쨌든 그가 죽었기 때문에 만족하지 못한 채 깨어난대요. 그래서 해결책을 찾았는데, 분명 애인과 여자로서는 잘 수 없겠지만 남자인 척하면 뒬랭이 반대할 이유가 있겠냐더군요. 농담이 아니에요! 그녀는 사르트르에게 과부들이 페니스 대용품으로 기분에 따라 사용한다는 고무 기구 세 개를 사다 달라고 부탁했어요. 그녀도 네덜란드에서 그 고무 페니스를 살 수 있겠지만, 여행하면 피곤할 것이니 많은 사람을 아는 사르트르에게 세 개, 그것도 다른 크기로 구해 달라고 했어요. 그렇게 갖추고서는 남자로서 주네와 다른 한 남자와 잘 것이라며, 적극적인 파트너의 역할을 맡을 것이라고 하는군요. 비극은 그녀가 매우 진지하다는 것이고, 또 그것을 믿는다는 거지요. 사르트르가 이를 주네에게 이야기했을 때 그는 진정으로 혼란스러워했어요. 그다음에는 알코올의존증을 치료할 것을 알리기 위해 전화했지만, 저는 그녀가 절대 치유되지 않을 거라고 확신해요.

영화 〈육체의 악마〉의 대사를 썼던 보스트는 우리 보스트의 형이랍니다. 그러므로 당신은 아주 조금 거짓말한 거예요. 당신이 이 영화를 좋아했다니 만족스러워요. 저도 좋아하니까요. 안녕, 내 사랑. 요 며칠 밤사이에 슬픔에 잠겨 잠을 설쳐서 매우 피곤하군요. 악몽 없는 단잠을 기대해요. 전보를 쳐 달라고 부탁한 일 때문에 저를 미워하지 말아요. 당신이 인디언들에게 살해됐다고 상상하는 것은 몹시 끔찍했어요. 당신에 대한 저의 사랑을 깨닫는 것은 때때로 저를 무섭게 한답니다.

넬슨, 넬슨, 나의 사람 나의 넬슨. 당신의 어리석은 얼굴 전체에 행복하게 키스해요. 죽지 말아요, 내 사랑. 그리고 저를 위해 당신의 가슴속에 따뜻한 보금자리 하나를 간직해 줘요.

당신의 시몬

1950년 2월 27일 월요일

어느 때보다 더 인색한 매우 소중한 당신, 즐겁게 지낸다니 잘됐군요. 그 지역이 그처럼 매혹적이라니, 미시간 호수 대신에 해안에다 별장 하나를 임대하도록 해요. 당신 자유예요.

이번엔 제가 법정에 끌려갈 차례예요. 『제2의 성』에서 한 구절을 매춘부를 위해 할애했고, 1900년대의 우아하면서도 경박한 여자들 가운데 클레오 드 메로드*를 언급했지요. 지난 일요일 라디오에서 누군가가 나인 척하며 이 부분을 읽으면서 그녀를 모욕했어요. 그래서 여러 신문과 개인적인 한 통의 편지로 이 부인이 저를 고소한다는 사실을 알게 됐지요. 저는 제 이름을 도용한 데

---

* Cléo de Mérode

대해 라디오 방송국을 상대로 소송을 제기할 거예요. 여기 문제의 여자와 제 사진이 있어요. 사실 저는 그녀가 오래전에 죽은 줄 알았어요. 그랬다면 문제가 쉬웠을 거예요.

툴루즈는 알코올의존증을 치료하기 시작했고, 그로 인해 달라졌어요. 금발의 분홍빛 얼굴에 긴 흰색 가운을 입고 부드럽게 미소 짓는 그녀는 건강미와 그윽함이 넘쳐 난답니다. 그녀가 한 시간 반 동안 줄곧 이야기했는데, 이는 약간의 병적 증세래요. 게다가 그녀가 묘사하는 그녀의 치료는 흥미롭지만 듣는 사람을 전율케 하지요. 치료받는 데 엿새 걸렸대요. 첫날에는 가벼운 장티푸스를 일으키게 하고, 그다음 날부터는 매일 환자의 살과 정맥을 굵고 기다란 주삿바늘로 찌르면서 다른 방식으로 약을 투입한대요. 의사 말로는 와인이 뇌의 지방을 모조리 먹어 치웠기 때문에 지방질 물질이 뇌에 이르도록 하여 뇌를 기름지게 해야 한다는군요. 그녀가 창문 밖으로 뛰어내리고 싶어 했기 때문에 간호사 한 명이 그녀를 밤낮으로 감시할 만큼 결핍에 대한 공포가 그녀를 정신적·육체적으로 괴롭혔지요. 지금 그녀의 뇌는 과다하게 기름져 보이는데, 병적 증세의 원인인 것 같아요. 답장을 보내 달라 부탁했는데 전보 한 장을 안 보내다니, 어쩜 그리 잔인한가요! 이번에는 당신 편지 가운데 한 통이 분실되기까지 했다고요! 당신은 한 번도 저를 몇 주씩 기다리게 하지 않았어요. 이보다 훨씬 더 자상했어요. 당신이 죽었다기보다 자상하지 않다고 생각해야 하나요? 이후론 그렇게 생각하겠어요. 고약하고 지저분한 사람.

아무튼 다음 편지는 3월 11일이나 12일까지 알제의 '생조르주' 호텔로, 3월 24일까지는 가르다이아의 '트랑자틀랑티크' 호텔로 정확히 보내는 걸 잊지 말아요.

그 모든 것에도 불구하고 어느 때보다 더 멍청한 저는 당연히 당신을 사랑하지 않을 수 없답니다. 재미있게 지내고 남은 시간을 잘 활용하세요. 이제 몇 달 후면 제가 당신의 생활을 혹독하게 할 거고, 무수한 방식으로 체벌할 거예요. 만약 당신이 지나치게 심술부리면 클레오 드 메로드를 보낼 거예요. 당신에게 키스를 보냅니다.

당신의 시몬
추신. 제 숙소를 위해 유리로 만든 칼 두 자루를 샀어요.
매혹적인 것들이죠.

1950년 3월 2일 목요일

매우 소중한 당신. 존경할 만한 그 늙은 매춘부가 저를 법정으로 끌고 간 날이 오늘이었어요. 유능한 여자 변호사의 변호를 받는 덕분에 저는 집에서 움직이지 않았지요. 제 이름을 사칭한 라디오 방송국에서는 대소란이 있었어요. 그 비열한 행위로 인해 사람들이 해고당했는데, 잘된 일이에요. 모든 것이 증오로 넘쳐나지요. 요 며칠간 전화 호출이 끊이지 않았고, 근처에 수상쩍게 어슬렁거리는 사람들이 있었지만, 이런 책동을 막기 위해 조처했으므로 지나치게 방해받지는 않았어요. 당신 책에 집중하다 보니 피로가 하늘을 찌르는 듯하지만, 조만간 사하라 사막의 심장부까지 달아난다는 생각이 그나마 저를 지탱하게 하는군요.

시카고 근처에 있는 작은 가톨릭 대학교인 노트르담대학의 교수라는 소름 끼치는 작자가 친구들 주선으로 저와의 약속을 얻어내려고 고집을 피웠어요. 그는 최고로 불쾌한 족속이었지요. 제가 시카고를 완전히, 당연히 그랬어야 했듯이, 고찰하지 않았다는 거예요. 가톨릭 시각으로 말이죠. 제가 그리하도록 노트르담대학에 갔어야 한다는 거예요. 그는 당신이 지금 성공하고 있다고 덧붙이면서, 당신 이름을 인용하더군요. 제 생애에 만난 사람 중 가장 혐오감을 일으키는 남자예요. 당신 혹시 이 추악한 사람을 알아요?

첫사랑인 사촌*과의 만남은 더욱 의미있었어요. 여덟 살부터 스무 살까지 그와 사랑에 빠졌던 저는 그와 결혼하기를 바랐어요. 다행히 저는 재산이 없었고, 그는 바보 같은 부잣집 여자를 골랐지요. 당신은 이 오래된 이야기를 알고 있어요. 매출이 좋은 스테인드글라스 공장의 소유주였던 그는 순전히 나태와 무관심 그리고 음주벽 때문에 전 재산을 잃어버렸어요. 다섯 아이의 아버지였던 그는 부인과 헤어졌고, 애들과도 멀리 떨어져 살고 있답니다. 그의 가족을 먹여 살리는 장인은 돈 한 푼 없고 지각없는 제 사촌을 몹시 싫어하지요. 20년 후에 그를 길에서 만나니 기분이 이상했어요. 저보다 나이가 많지 않았지만, 머리는 온통 하얗게 세고 얼굴은 술독으로 벌겋게 부어올라서 병적이었지요. 그와 술을 마시다가 그 자리에서 당장 돈을 주었고, 그다음에 만났을 때는 점심을 대접하면서 다시 돈을 주었어요. 그는 전화를 걸어 계속 만나자고 해요. 돈 때문만이 아니라 일할 능력도 없고, 인생에서 할 게 아무것도 없고, 아무도 그에 대해 걱정하지 않기 때문이에요. 그의 궁핍이 마음을 조금 움직이긴 했어도 저 역시 그를 염려하지 않아요. 절망적인 상황이지만, 누구도 그를 위해 아무것도 할 수 없어요. 제가 떠나면 이 관계는 깨질 거예요. 그러나 제가 돌아왔을 때 그가 다시 돈, 시간, 우정을 구걸할까 겁나는군요.

잡지 『새로운 방향들』이 주네의 작품을 출판하는데, 당신이 그 작품을 읽었으면 좋겠어요. 그 괴상한 프랑스어를 어떻게 번역할 수 있을까요? 틀림없이 에로틱한 장면을 많이 삭제했을 거예요.

---

* 『얌전한 처녀의 회상』에서 사촌 자크와 관련된 모든 것 참조

저는 태양을 갈망하며 해변에서 나체로 자신 있게 걷기 위해 피부를 태우고 살도 뺄 거예요. 하지만 태양보다 당신을 더 갈망해요. 당신 가슴의 양지바른 한 모퉁이에 저를 간직해 줘요, 넬슨.

당신의 시몬

1950년 3월 4일 토요일

매우 소중한 당신. 파리에 싫증이 나 있는 저는 참고 견뎌야만 하는 저주스러운 마지막 며칠에도 불구하고 — 해결해야 할 수많은 일과 만나야 할 수많은 사람 때문에 — 떠난다는 생각으로 몹시 기뻐요. 게다가 만약 더 일하겠다고 고집을 부린다면, 피로 때문에 나가떨어지고 말 거예요 — 네, 저는 녹초가 돼 버렸어요. 사촌을 한 번 더 만났고, 그에게 온종일 폭음하는 대신 시골에 가서 쉴 수 있는 돈을 주었어요. 제가 사랑에 빠졌던 뛰어난 청년이 돈도 자부심도 없는 가련한 폐인으로 변해 버린 것이 서글프네요. 그리고 못생긴 여자와 힘든 순간들을 보냈어요. 그녀가 겨울 스포츠 여행을 하는 동안(당연히 운동은 전혀 하지 않아요. 그녀는 당신보다 훨씬 더 겁쟁이기 때문이지요) 깊은 안도감을 느꼈지만, 그녀가 돌아왔을 때는 제가 출발한다는 것을 알려야 했어요. 그녀의 슬픔을 짐작했기 때문에 평소보다 상냥하고 따뜻하게 대했지요. 그녀는 말도 하지 못하고 앞도 보지 못하는 사람처럼 흑갈색 얼굴로 앉아서 아무 말도 하지 않더군요. 저에 대한 사랑이 이제는 정신적인 것이 아니라 강렬한 성적인 사랑이라며, 그런 불가능한 희망이 한 주 내내 머리에서 떠나지 않았다고 고백한 마지막 순간을 제외하고는요. 그 말에 저는 피까지 얼어붙었어요. 그녀는 언젠가 제가 그녀를 완전히 지겨워할 거라며 울었어요. 택시 안에서 저의 손

등에 키스했고, 오늘 아침 아홉 시에는 자신을 용서해 달라고 애원하기 위해 제 아파트 문을 두드렸지요. 물론 저는 그녀를 용서했어요. 몇 개월 동안 그녀를 보지 않는다는 게 얼마나 기쁜지 모르겠어요.

제게 돈을 요구하기 위해 편지를 마구 보냈던 뻔뻔스러운 여자를 기억하나요? 제가 직접 참여했다고 염치없는 거짓말을 한 그 라디오 방송의 계획자가 바로 그녀였어요. 그 사건이 파리의 커다란 스캔들이 되자(사흘 연속 제 사진이 여러 신문에 실렸어요) 제작자가 화나서 그녀와 함께 다른 사람들도 해고해 버렸어요. 그러자 그녀는 사람들에게 전화로, 편지로 자신을 내쫓지 못하게 해 달라고 부탁했어요. 그녀는 세 아이를 데리고 빈털터리가 되었죠. 결국 저는 그녀를 도와주려 애쓰고 있어요 — 이것 또한 꼴좋게 뒤죽박죽이에요.

이건 심술궂은 푸념의 편지랍니다. 지독한 추위도 불만이에요. 낮의 길이가 너무 짧고 잠이 부족한 데다 그리고…… 오! 줄곧 걱정거리만 있는 건 아니에요. 뷔슈리의 은신처에서 시피용, 리자, 보스트, 사르트르 그리고 크노 부부와 함께 아주 멋진 저녁나절을 보냈어요. 저녁나절 내내 침대에 누운 크노는 나무밑동처럼 잠을 잤지만, 다른 사람들은 스카치를 마셨고 기분도 최고였지요. 시피용은 부드러운 두 눈에 눈물을 머금으며 생트준비에브 언덕의 댄스홀에서 제 팔찌 때문에 생긴 당신의 용감한 전투를 떠올렸어요. 시피용과 보스트가 파리에 관한 영화(교외를 통과하는 우리의 긴 택시 여행의 원인)가 몹시 만족스럽게도 틀림없이 만들어질 거예요. 올가는 어느 매력적인 젊은 친구의 연극에서 작은 역할을 맡았어요. 리허설을 보러 갔었지요. 상황이 반은 무대 위에서, 반은 현실 세계에서 이루어져요. 사람들이 적절한 조명과 올바른 동작, 적합한 억양을 연구하고 모두 열정적으로 분주하게 움직이면서 잘

하려는 의지로 긴장해 있는 그 순간이 맘에 들었어요. 희곡을 쓰고 싶은 욕망이 제 안에서 되살아났어요.

근심거리. 아프리카에서 서신 교환은 어렵고 늦어질 위험이 있지만, 저는 당신의 편지가 너무 필요해요. 당신이 실제 생존해 있고 아직 저를 사랑하고 우리가 언젠가는 정말로 키스할 거라는 확인이 필요하니까요. 당신은 제 가슴에서 전혀 지워지지 않아요. 끊임없이 당신이 고통스럽게 그립답니다. 당신에 대한 그리움이 조금은 사그라지기를 원하지만, 현실은 현실이에요. 당신은 너무 감미로웠어요. 내 사랑, 절 잊지 말아요.

당신의 시몬

추신. 4월 4일까지 타만라세트의 '사트' 호텔로 편지하세요.

1950년 3월 13일 월요일, 알제

나의 무척 상냥한 사람. 마르세유발 알제행 비행기가 착륙하자 어리석고 모욕적인 당신 편지가 절 기다리고 있었어요 — 마침내 편지 한 통이 말예요. 여기는 햇빛이 얼마나 좋은지 몰라요! 그 밝은 빛과 반짝거림이 새들의 지저귐과 함께 저를 잠에서 깨웠어요. 저는 이때를 활용하여 당신에게 편지를 쓰고 있답니다. 당신이 제 모습을 보면 깜짝 놀랄 거예요. 미디 지역의 높은 지대를 걸으면서 햇빛을 너무 많이 받아 제 왼쪽 눈은 거의 감겼고, 얼굴에는 붉은색과 흰 줄이 쳐졌어요. 또 두 뺨은 부풀어 올랐고, 종아리와 두 팔은 긁혀서 살갗이 벗겨졌어요. 이런 일은 유순한 메리 G.에게는 분명 일어나지 않을 거예요. 아픈 발과 텅 빈 머리로 내리쬐는 태양 아래를 걷는 것은 일주일간 제가 왜 침묵했는지를 설명하는 것이겠죠. 그곳에서 글을 쓴다는 것은 무엇이 됐든 괴상망측한 일처럼 보였어요. 오늘 아침에는 만년필을 손에 쥐기가 아주 힘드네요.

지난 월요일에 있었던 올가의 초연은 성공적이었어요. 공연 전체가 탁월했지요. 긴 검정 바지와 반짝이는 검정 블라우스 그리고 커다란 검정 솜브레로*를 활용해 몸에 달라붙는 카우걸의 복장을 한 그녀는 너무나 아름다웠답니다. 그녀는 다른 사람들을 단연 압도했고, 연기가 무언지 알고 있었어요. 유일한 먹구름이라면 그녀가 싸늘하고 자그마한 그 극장에서 감기에 걸린 것이죠. 그녀는 미친 사람처럼 기침해 댔으며, 자신이 죽을 것이라 생각했어요. 그 후 우리 용감한 시피옹, 대담한 보스트, 작가, 미친 극장주는 간단한 식사를 하기 위해 '라쿠폴'에 모였답니다. 모두가 몹시 기뻐했고, 저는 새벽 두 시까지 남아 있었어요 — 예외적이었지요. 최근에 저는 수녀처럼 살았거든요.

화요일 밤에는 푸른 기차Train bleu를 타고 여행했어요. 사르트르가 칸에서 진저리 나게 지루한 사람들을 만나야 했기에 저는 택시와 도보로 혼자 떠났어요. 첫날에는 오후 한 시에서 저녁 여덟 시까지 걸었어요. 눈이 많이 쌓인 높은 산에 오르면서 한순간 길을 잃는 줄 알았어요. 죽거나 아니면 적어도 아름다운 별 아래서 잘 줄 알았지요. 그러나 산에서 내려와 저녁 식사를 하고, 제가 좋아하는 한 호텔의 솜을 잘 넣어 푹신푹신한 침대에서 잠잘 수 있게 손을 썼어요. 신기한 꿈을 꾸었답니다. 전날 밤에 빵과 소시지로 식사하려는데 칼이 없었어요. 산속의 어느 작은 상점에 훌륭한 칼들이 진열되어 있었지만, 물건을 파는 사람이 한 명도 없었어요. 그래서 250프랑을 놓고서 하나를 집어넣었지요. 제 꿈도 이에 관한 거였어요. 당신과 제가 아랍-과테말라식의 한 도시, 어쨌

---

* sombrero. 스페인, 멕시코 등에서 쓰는 챙이 넓은 펠트 모자

든 아라비아 시장에 있었어요. 당신은 조금 앞서 걸었고, 저는 진열대를 감탄하면서 바라보고 있었어요. 접시를 문질러 닦는 과테말라의 화려한 녹색과 보라색으로 채색된 일종의 솔이 눈길을 끌었어요. 탐은 났지만, 기념품 하나를 더 산다면 당신이 화낼 거라고 생각되어 그것을 몰래 쥐고 계속 길을 갔어요. 뒤를 밟던 한 처녀가 제 어깨를 치며 "분명 뭔가가 잘못됐을 거예요. 당신은 도둑처럼 보이지 않는데 말예요. 250프랑을 주셔야 합니다"라고 말했을 때, 그것은 수놓인 작은 테이블보로 변해 있었어요. 저는 부끄러워 어쩔 줄 몰라 하며 돈을 지불했어요. 그런데 당신이 사라져버렸어요. 그 거대한 도시에서 당신을 어떻게 찾는단 말인가요? 상실에 대한 공포로 가득 차 있는 꿈이었지요. 저는 오래전부터 편지를 받지 못했고, 당신은 워반지아로부터 멀리 떨어져 있어요. 또 제가 뷔슈리에서 멀리 떨어진 산속에서 길을 잃고 반쯤 헤매고 있었죠. 저는 사방을 찾아 헤매며 당신 이름을 불렀어요. 절망한 채 온통 비탄에 잠겨 마침내는 땅바닥에 쓰러지기에 이르렀지요. 돌연 밤중에 해변의 모래사장에서 당신은 완전히 벗은 채 (부끄럽게도) 나타나 제 곁에 드러누웠죠. 두 팔로 저를 안는 당신이 느껴졌고, 당신을 되찾아 기뻤어요. 거기서 꿈은 멈췄어요…….당신에 관한 꿈들은 왜 항상 너무 일찍 끝나는 거죠? 마치 당신 유령과는 부정한 행동마저 불가능한 것처럼 모든 일이 진행돼요.

고산지대로 돌아가지 않고, 사흘 동안 아몬드나무 꽃이 더할 수 없이 행복하고 아름답게 피어 있는 지역을 걸었어요. 마르세유에서 사르트르와 합류해 여기까지 이르렀답니다. 기억나세요, 내 사랑?

알제에 있는 교수인 유대인 친구가 호텔의 홀에서 저를 기다리고 있어요. 그녀와 함께 한나절을 보내려고 해요. 그리고 내일 아침에는 장거리 버스를 타고 사하라 사막을 통해 남하할 거예요.

기쁘답니다. 못생긴 여자가 열두 쪽의 긴 편지를 보내왔어요. 당신에게서 열두 쪽을, 그리고 그녀에게서 단 한 쪽의 편지를 받고 싶군요. 그녀는 열두 쪽 내내 저에 대한 사랑을 되풀이하고 있어요. 제가 절대 답장하지 않을 것을 알기에 비탄에 잠겨 무엇을 해야 하는지 자문하죠. 아무것도, 그녀는 절대 아무것도 할 수 없어요.

잘 있어요. 당신에게 키스를 보내요. 다시 워반지아로 편지를 보내고 싶어요. 우리 둘 다 우리의 집에서 멀리 떨어진 곳에서 헤맬 때는 더 이상 어떤 보금자리도 존재하는 것 같지 않군요. 만약 당신이 벗은 채로든 아니든 제 꿈에 다시 나타난다면 우리는 사과 몇 개를 함께 딸 수 있을 거예요. 사과와 쿠스쿠스가 먹고 싶군요. 당신의 입술 그리고 당신의 미소가 그리워 죽을 지경이에요, 나의 감미로운 연인.

당신의 시몬

1950년 3월 18일 토요일, 가르다이아

매우 소중하고 거만한 사람. 워반지아로 보내기에는 너무 이르고 로스앤젤레스로 보내기에는 너무 늦은 까닭에 편지를 서둘러 쓰지 않고 있어요. 그렇지만 할 이야기가 너무 많답니다! 무엇보다도 제가 질책한 효과를 확인했으므로 다시 되풀이하겠어요. 알제와 가르다이아에 보낸 편지는 친절했고 적당한 때에 도착했어요. 당신이 시간을 잘 조정했더군요. 그 작은 노란색 종잇조각이 저를 얼마나 평화롭고 기쁘고 잠을 잘 이룰 수 있게 하는지, 또 얼마나 환희 속에서 잠을 깨게 하는지 당신은 알 수 없어요. 만약 '프랭키 머신'이 영화로 만들어진다면 잘될 거예요. 존 가필드는 적당한 사람 같군요. 그리고 저는 당신이 접시를 닦고 바닥을 문질러 닦는 기술, 미시간 호숫가에서 유익하게 써먹을 기술을 잊어버리지 않았다는 것을 만족스럽게 확인했어요.

나의 매우 다정한 연인. 어찌나 많은 낙타를 보았던지 깜짝 놀라 잠시 당신을 잊었어요. 낙타고기까지 먹었답니다. 그것도 호텔에서 먹으려고 했지요 — 우선 피가 뚝뚝 떨어지는 간을 내놓았는데, 수상한 냄새가 났어요. 그다음에는 낙타 냄새가 나는 검은색 질긴 고기를 송아지고기인 양 내놓았어요. 가엾은 사르트르는 그 음식을 감히 돌려보내지 못하고 우울하게 간을 맛보았어요. 하지만 어제는 우리 둘 다 소위 송아지고기 스테이크를 단호하게 거절했어요. 이런 사건들이 가르다이아에서 일어나고 있답니다. 좋아요, 순서대로 제 이야기를 하겠어요. 화요일 다섯 시에 알제를 출발했어요. 버스가 출발할 때 잠이 들었지요. 여러 산을 거쳐 작은 마을인 젤파까지 길지만 아름다운 여행을 했고, 젤파에서 가공할 점심 식사를 제공받았어요. 지저분한 카페에서 편지 몇 통을 쓰고 책을 읽으며 몇 시간을 보냈지요. 하늘은 푸르고 날은 신선하고 따뜻하며 청명했어요. 기분이 아주 좋았어요. 아랍인들이 가득한 다른 버스를 타고 사하라 사막 한복판의 종려나무숲으로 둘러싸인 라구아트로 떠났어요. 호텔의 커다란 테라스에서 종일 원고 작업을 하고, 온통 모래와 조약돌로 만들어진 찻길 — 3백 킬로미터의 사막 — 을 통해 가르다이아로 갔지요. 고독하고 메마른 이 전경에서, 마라케시에서 당신이 좋아한 피부가 검고 말라빠진 아랍인들과 자주 마주쳤어요. 그들은 일정한 거처도 없이 떠돌아다니면서 낙타와 양들이 뜯어먹을 짜릿한 맛의 풀을 찾아내기만 하면 여자들과 아이들을 데리고 땅바닥에 그대로 누워 잠을 자지요. 더 멀리, 절대로 멈추지 않고 언제나 더 멀리 떠나면서 평생 떠도는 생활을 한답니다. 이런 유목 생활이 결국 일하는 것임에도 불구하고 그들은 일하지 않는다는 데 긍지를 갖고 있어요.

가르다이아의 생활은 제르바와 비슷해요. 종교도 같고 얼마 안 되는 토지에 농사를 짓는 사람들이 농부이지 유목민은 아니라는 점도 그래요. 그들 가운데 대부분은 가뭄과 궁핍으로 인해 자기 집을 두고 알제로 이주해 식료품상이 되지요. 그들의 아내들은 그 집에서 머물다가 나중에 그 땅에 묻힌답니다. 주민은 대략 4만 명 정도고, 다섯 도시가 그리 높지 않은 산들로 둘러싸인 거대한 분지에 자리 잡고 있어요. 페스 양식의 무척 아름다운 도시들에는 어둡고 신비로운 골목과 거칠고 기묘한 양식의 회교 사원의 첨탑이 하나 있지요. 초라한 종려나무숲 주위에는 몇 개의 채소밭과 이스키아에서와 마찬가지로 작은 당나귀 한 마리를 묶어놓은 우물들이 있어요. 하지만 당나귀는 원을 그리며 달리지 않고 오솔길 같은 곳을 특이하게 삐걱거리는 소리를 내면서 쉼 없이 오르내려요. 낙타고기를 주는 저녁 식사를 제외하고는 두말할 것 없이 드넓은 테라스를 지닌 호텔이 맘에 들어요. 기후는 우리를 어리둥절하게 만들어요. 뜨거운 태양이 아침부터 내리쬐지만 그늘에는 매서운 추위가 남아 있고, 세찬 바람은 태양이 비추는 곳까지도 시원하게 만들지요. 저는 햇빛 아래 머무르려고 하지만 차가운 바람에 쫓겨나고 말아요. 다시 시작되는 이 싸움에서 매일 지고 있어요.

가오, AOF*로 편지 보내 주실래요? 4월 5일에는 그곳에서 며칠 지낼 거예요. 그 후에는 우편물이 그곳으로 배달될 거고요. 프랑스어로 번역된 헨리 밀러의 『섹서스Sexus』를 읽고 있는데, 추하고 역겨운 작품이에요. 사랑하는 남자와 잠자리를 함께하는 게 매번 새롭고 매번 아름답다는 것에는 동의해요. 그러나 다른 사

---

* Afrique Occidentale Française. 프랑스령 아프리카 서부

람과의 잠자리에 대해 서면으로 하는 세밀한 묘사가 이러한 점을 제대로 표현해 내지 못하고 있어요. 밀러는 수없이 다양하게 표현하려 애쓰지만, 단조롭고 동일한 낡은 수법으로만 보일 뿐이지요. 그리고 그가 계속 지껄이는 비상식적인 언동에 아주 진력이 나요.

사냥에 관한 헤밍웨이의 책 『아프리카의 푸른 언덕』*이나 그 비슷한 것도 마찬가지예요. 밀러가 섹스를 지겨운 것으로 만드는 것처럼 그는 사냥을 그렇게 만들어요. 그들의 책을 읽으면서 하나만을 희망할 뿐이지요. 절대 사냥하지 말고 절대 침대 안에 들어가지 말라고요. 더욱이 헤밍웨이는 자신에 대해 좀 지나치게 자만하고 있어요. 그것은 그의 책 중에서 가장 형편없음이 틀림없어요.

넬슨, 내 사랑. 당신은 밤낮으로 제 곁을 떠나지 않아요. 여기서 저는 깨어 있는 채 몽상을 하고 감미로운 추억을 되새김질하지요. 우리의 모든 행복한 날을 하나하나 추억하고 있어요. 몇 달 후면 모든 게 다시 시작될 거라는 생각이 얼마나 경이로운지 모르겠군요! 제가 사랑한다고 워반지아의 보금자리에 전해 줘요. 부엌에서, 방에서 당신에게 키스할 거예요. 탐욕스러운 마음으로 기다리고 있답니다.

목요일

빳빳한 칼라를 가진 매우 소중한 남자. 뉴욕에서 온 편지를 받고 너무 놀랐어요. 도대체 제 남자는 어떤 사람인가요? 아름다운 정신을 소유한 시골 사람인 척하는 행세는 그만두고, 중년의 선량한 부르주아 남편이 사랑스러운 아내에게 하는 것처럼 편지를

---

* 원제는 "Green Hills of Africa"

써 줘요. 제 말은 수많은 암시와 농담을 되풀이하지 말고 이야기해 달라는 거예요. 당신 왜 '월도프애스토리아'에서 턱시도 차림으로 사람들 앞에 나타난 거예요?* '턱시도 차림의 시골 젊은이'의 사진 한 장을 보내 줘요. 턱시도는 샀나요? 빳빳한 것이 당신 가슴을 많이 바꿔 주나요? 지금도 빳빳한 가슴인가요? 편지를 다정하게 쓴 당신에게 감사하며 축하해요. 만약 저의 편지들이 정기적이지 못하다면, 제가 사막 깊숙이 있다는 것을 기억해 줘요. 저의 게으름이나 망각에 그 책임을 전가하지 말아 줘요. 가르다이아의 다섯 도시를 돌아봤지요, 하얀 도시들, 갈색 도시들 그리고 매혹적인 푸른빛의 도시 하나를. 당신 마음에 들지 않을 것이라면 파리 떼, 무수히 많은 파리 떼일 거예요. 한번은 얼음장 같은 바람이 파리 떼의 일대 군단을 전멸시켰는데, 다음 날에 전보다 더 많은 수가 나타났어요. 당신에게 이치를 따져 이야기하려 애쓰는 동안 파리들이 저를 마구 뜯어먹고 있답니다. 벼룩도 있어요. 가여운 사르트르는 첫날부터 다른 종류의 매우 은밀한 해충을 잡아냈어요. 그가 약사에게 이를 고백하면서 몹시 부끄러워했는데, 약사는 "여기선 모든 사람에게 흔한 것입니다"라고 말하며 미소 지을 뿐이었죠. 약사가 커다란 DDT 가루통을 줬어요. 사르트르는 자기 몸과 방에 온통 DDT를 뿌려 파리까지 죽이려고 했으나 성공하진 못했어요. 저는 이 향기로부터 제 방과 저를 지키려고 애쓰고 있답니다. 이 호텔에서는 낙타고기를 먹이려는 계획을 끝까지

---

* 올그런은 1949년 9월 프랑스에서 돌아가던 중에 자신의 퓰리처상 수상 소식을 들었다. 그러나 시상식은 뉴욕에서 1950년에 거행됐다. 이때 그는 다른 두 수상자 ─시 부문의 윌리엄 칼로스 윌리엄스(William Carlos Williams)와 역사 부문의 랠프 러스크(Ralph Rusk). 그는 『황금 팔의 사나이』로 소설 부문에서 수상의 영예에 올랐다─와 함께 월도프애스토리아 호텔에서 열린 커다란 파티에 참석했다. 엘리너 루스벨트(Eleanor Roosevelt) 부인이 인사말을 했고 그는 열렬한 환영을 받았다. 본문에 언급된 턱시도는 여기서 유래한다.

밀고 나가나, 저는 어떤 종류의 고기도 건드리지 않음으로써 그들의 계획을 실패로 만들고 있어요.

오늘 아침에는 제르바에서처럼 낙타와 그 밖에 모든 것을 볼 수 있는 커다란 장이 섰어요. 저는 아랍 옷을 입은 당신의 멍청한 모습을 회상하며 당신을 매혹한 그 거친 얼굴들에 호감을 느끼고 바라봤어요. 기름진 분홍빛 혈색의 얼굴을 지닌 계곡의 농부들은 아무 말도 하지 않았으나 멋진 사막의 아들들은 말이 넘쳐흘렀어요.

당신이 보내 준 작은 책들 가운데 몇 권은 다 읽었답니다. 당신의 가슴속에 저를 간직해 줘요, 나의 다정한 연인.

당신의 시몬

1950년 3월 30일 목요일, 타만라세트

매우 소중한 당신. 저는 여기 검은 산들로 둘러싸인 신비로운 지역인 아하가르의 심장부에 와 있답니다. 이곳 사람들은 군청색 베일로 검은 입을 가리고 있어요. 경이로운 곳이에요, 이곳으로 이르는 길도 정말 그렇고요. 이미 지난 토요일 새벽에 모든 것에서 멀리 떨어져 있는 것처럼 느껴지던 가르다이아를 떠났지요. 크고 빨간 태양이 산 위에서 떠오르고 있었어요. 우리가 가베스 근처에서 보았던 바다 위로 떠오르는 태양과 비슷했어요. 떠나기 전에 신에게 끝없이 기도했던 한 아랍인이 엄청 큰 트럭에 우리와 함께 다섯 명을 태우고 운전했어요. 흰옷을 입은 수녀 한 명, 아랍인들 그리고 우리 모두는 좁은 좌석 하나에 함께 끼여 앉았어요. 거대한 사하라 사막을 횡단하는 데 꼬박 하루가 걸렸죠. 차바

퀴가 두 번이나 펑크 났으며, 두 번째 수리할 때는 타는 듯한 태양 아래서 두 시간 반이 좀 못 걸렸는데, 그동안 아랍인들은 차茶를 준비했어요. 열네 시간의 도정 동안 우리는 물이 있다는 것과, 식량으로 가져온 것을 앉아서 먹을 수 있는 장소인 보르지*만을 알아볼 뿐이었어요. 한순간도 지루하지 않았으며, 끊임없이 변하는 경치는 황홀했어요. 나흘 내내 우리가 달린 길은 사실 초원으로부터 겨우 구별이 될까 말까 하는 넓은 오솔길이었어요. 운전하기엔 무척 힘든 길이지요. 1천 킬로미터를 가는 동안 사람들은 아무도 지나가지 않는 이 길에 대해 귀에 못이 박이도록 이야기한답니다. 150킬로미터마다 한 명의 프랑스 병사가 여섯 명의 흑인의 도움을 받아 이 길을 닦고 있어요. 그때마다 트럭이 멈추고, 프랑스 병사는 텐트에서 커피를 제공하면서 도로와 다른 병사들 그리고 장교들에 대해, 마치 하루에 한 번만 이야기하는 사람처럼 안절부절못하면서 말하지요. 다른 트럭과 마주칠 때도 마치 대양에서 서로 인사를 보내는 배들처럼 차를 멈춰 세워요. 하지만 그러한 일은 하루에 한 번 또는 기껏해야 두 번 정도 일어날 뿐이에요.

저녁에는 눈부신 양탄자와 구리 쟁반, 종려나무들 그리고 폭포수가 있는 진짜 아랍 궁전인 꿈같은 호텔에 이르렀어요. 아름답고 풍요로운 오아시스인 엘 골레아였어요. 하룻밤 숙박지였지요. 사르트르와 제 작품의 애독자인 한 육군 대위의 부인이 우리를 맛좋은 오찬에 초대했어요. 좋은 음식을 먹고 신선한 물을 마시는 것이 얼마나 좋은 휴식인지요! 이 나라엔 닭고기 외에 요리라고는 낙타고기밖에 없는데, 만약 이를 좋아하지 않는다면 굶어 죽는 수밖에 없답니다. 월요일 새벽 네 시, 칠흑 같은 어둠 속에서 출발했어요. 한 뚱뚱한 흑인 여자가 우리와 동반했는데, 그녀는 뉴

---

* bordj. 북아프리카의 바리케이드

올리언스에 있는 당신의 기름진 여자 친구와 똑 닮았어요. 그녀는 모든 사람과 우스갯소리를 했고, 누가 보든 말든 안중에도 없이 소변을 봤어요. 반면에 백인 수녀는 키 때문에 문제였지요. 전날 그녀는 혼자 떨어져 기도하는 척하더니 처음 나타난 숲 뒤로 사라져 버렸어요. 가르다이아 출신의 이 흑인 여자는 외딴 보르지의 백인 자작농과 결혼했대요. 바람이 쉴 새 없이 쌓아올리는 모래 아래에 반쯤 묻혀 버린 인살라에서 묵었어요. 사람들은 모래가 이곳을 질식시킬 거로 생각하고 있어요. 도시는 빨간색이고 주민들은 검은색이지요. 남자들은 베일을 썼지만, 여자들은 베일을 쓰지 않고 보석을 가득 달았어요. 그녀들은 귀걸이와 팔찌로 온통 치장하고, 오아시스에서 모든 일을 도맡아 하고, 땅을 경작하고 종려나무 가지를 자르지요. 정말이지 모래는 더없이 멋지답니다. 놀랍도록 순수한 여러 가지 색깔의 모래 언덕들이 말이에요. 저는 황혼에 도시 외곽의 모래 속에 앉아서 가장 정다운 마음으로 당신을 생각했어요. 너무 검은 산맥, 석탄처럼 검고 어두컴컴한 아하가르를 당신의 영혼과 함께 이틀 더 횡단했답니다. 기이하지만 때론 아름답고 종종 불안하게 만드는 횡단이었지요. 찌는 듯한 더위, 뜨거운 모래바람, 신기루. 트럭에는 사르트르와 저 둘만이 남았는데, 이전보다 훨씬 더 쾌적했어요. 당신이 보내 준 작은 책 중에 좋은 것들은 거의 다 읽었어요. 우리는 모든 것으로부터 4백 킬로미터 떨어져 있는 흑인 여자의 외딴 보르지에서 잠을 잤어요. 한두 번 사하라 사막을 가로질러 640킬로미터를 주파하는 젊은 투아레그족을 만났는데, 그들은 나무와 수많은 식료품을 실은 30여 마리의 메하리*들을 끌고 가고 있었어요. 사람들은 탈진해서 죽은 짐승들의 해골을 곧잘 만나지요.

---

* méhari. 질주용 단봉(單峰) 낙타

됐어요. 글로 모든 것을 말하면 너무 길어질 것 같으니까, 우리가 미시간 해변에서 빈둥거릴 때 자세히 이야기하겠어요. 그러나 이러한 여행이 웅장하기도 하지만 위험하다는 것도 알아 둬요. 단순히 열기 때문에 차가 길 위에서 불붙을 수도 있고, 광대한 사막에서 사람들이 목이 타서 죽는 일도 일어나니까요. 어제저녁에는 아주 작은 마을에 도착했어요. 이 마을은 비행기의 기항지로 사용되고 있어서 그곳에 꽤 좋은 호텔이 있었어요. 저는 아침 비행기 편에 부치려고 당신에게 보낼 편지를 일찍부터 쓰고 있어요. 휴식을 취하고 일하기 위해 이곳에서 6일간 머물 것이고, 다음에는 가오로 날아갈 테니 그곳으로 계속 편지 주세요. 타만라세트의 사랑을 좋아했나요? 여기 이 편지에는 사하라 사막의 무한한 사랑이 엄청 들어 있어요. 청색의 긴 아랍 옷을 입고 베일을 쓴 채 감추어진 입 위로 무시무시한 눈을 가진 당신은 멋있었을 거예요. 그런 이미지의 당신을 더욱 사랑해요.

사랑, 사랑, 사랑, 사랑.

당신의 시몬

1950년 4월 3일, 타만라세트

멀리 있는 매우 감미로운 사람. 사람들 말에 의하면, 내일 아침에 비행기 한 대가 프랑스로 날아갈 거라는군요. 당신에게 약간의 사랑을 부치려고 서두르고 있어요. 오래전부터 편지를 못 받고 있고, 사실 이곳에는 거의 아무 우편물도 도착하지 않아요. 아마도 가오에는 와 있을지 모르겠네요. 저는 모든 것에서 멀리 떨어져 있는 버려지고 잊힌 이곳에서 아주 좋은 시간을 보냈어요. 경탄할 만한 기후예요. 왜냐하면 사하라 사막 한복판이긴 하지만 고지대에 있기 때문이지요. 검은 바위들과 하얀 모래, 경이롭지 않나요? 그리고 토착민이 우리를 몹시 흥겹게 해 주었어요. 단순히 타만라세트에 살고 있다는 사실만으로도 장교, 교사, 학자 들인 이 프랑스 소부르주아들은 자부심으로 가득 차 있어요. 그들의 이성을 어지럽히는 자부심과 분노의 혼합물로 말이지요. 10년 전 군대에 의해 세워진 인공적인 이 마을에서 사는 스무 명의 사람은 서로를 마음으로부터 깊이 증오하고, 거짓말도 밥 먹듯이 해요. 저는 그 같은 것을 팔마하우스의 '작은 카페'에 들어간 이래 처음 봤어요. 각자는 다른 사람이 거짓말한다는 걸 알기에 만일 이방인이 찾아오면 그야말로 횡재하는 거지요! 우리가 마을에서 1천 킬로미터 떨어져 있는 곳에서 들은 이야기를 들려주면, 그 이야기를 지어 낸 사람이 누구인지를 아는 그들은 웃음을 터뜨리고 우리에게 또 다른 허풍으로 대꾸하지요. 제가 한 학자에 대해 이야기할 테니 당신이 직접 평가해 보세요. 사십 대의 청각장애인인 이 사람은 20년간 사막 생활을 했대요. 메하리를 타고 55만 킬로미터가량을 돌아다니면서(여러 증언으로 사실 여부가 인정됨) 그림, 석굴에 새겨진 벽화 등 1만 년 전에 제작된 진기한 것들을 발견하여 개인 박물관을 만들었어요. 그는 그 지역의 모든 것을 죄다 알고 있지요. 정복하기도 힘들고 살기도 힘든 이 지역에서 이런 사실들만으로도 벌써 머리카락을 곤두서게 하는데, 그는 다른 이야기도 덧붙이지요. 몇 번이나 목이 타서 죽을 뻔했다는 이야기 등을요. 그가 푸른 옷을 입고 머리부터 발끝까지 보석으로 뒤덮인 투아레그족 매춘부들(결혼한 여자들은 멀리 있는 텐트에 숨어 있어요)과 함께 차를 마시는 데 초대했답니다. 그녀들은 어두운색의 두 눈만 보이는 은밀한 얼굴의 남자들보다는 덜 놀라워요. 아랍인들의 말에 의하면, 남자들이 그런 식으로 자신의 추함을 가린다는군요. 그들의 여자 친구 중 한 백인 여자가 베일을 벗기려 했는데,

마치 강간의 위협에 처한 여자가 저항하듯이 그가 필사적으로 저지하여 베일을 벗기지 못하게 했다네요. 그들은 전통적으로 부지런하고 어리숙한 아랍인들의 양과 수확물 그리고 돈을 약탈해 살았지만, 프랑스 당국이 이를 금해 더 이상 아무 일도 하지 못하게 됐어요. 귀족들에게는 일하는 것이 인격을 손상시키는 것이기에, 그들은 남쪽에서 납치해 오는 흑인 노예들에게 일을 떠맡긴대요. 여자들에게 구애하고 잠을 자는 것, 그것이 우아하고 예의 바르며 세련된 이 남자들의 삶이지요. 베일에 닿으면 그들의 피부와 속옷들은 푸르러지고 청색이 강렬해질수록 더욱더 우아해져요. 당신은 잠만 자고 여자들에게 수작을 거는 이런 삶을 좋아할 거예요.

오늘 저녁에 투아레그족의 왕과 왕비를 접견하러 갈 거랍니다. 중대장이 우리를 안내할 거예요. 1만 명의 사람을 통치하는 진짜 왕이지요. 또 한 번 미묘한 일이 있었어요. 학자와 친절한 육군 중위 한 사람이 자동차로 그곳까지 데려다주기로 했어요. 그런데 초등학교 교사가 이 일로 학자에게 심한 질투심을 가졌어요. 한편 육군 중위에게 몹시 화나 있던 중대장은 우리가 그곳에 가는 것을 금지했어요(이곳에서 절대 권력을 가진 중대장은 도시에서의 체류 허가권을 가지고 교통수단과 모든 것을 통제하고 있지요). 이곳의 모든 사람이 우리를 안내하겠다고 나섰기에 우리는 이 알현을 놓칠 뻔했어요. 결국 중대장이 직접 자기 차로 데려다주기로 했어요. 웬 코미디인지! 유럽인들이 자행한 전쟁과 살육의 시대가 그렇게 오래전 일이 아니기 때문에, 아프리카의 거의 모든 지역과 사하라 사막은 군대의 통제 아래에 있어요. 권력을 남용하기에는 지나치게 가난한 이 나라에서 백인들은 원주민들을 혹독하게 대하지 않아요. 그러나 제가 가는 AOF는 달라요. 상황이 최악이에요. 민간인 통치하에서 수많은 백인이 불행한 흑인들을 가차 없이 착취하며 살고 있답니다.

　다음번에 다른 놀라운 것들을 이야기해 줄게요. 지금은 당신에 대한 저의 고집스러운 사랑에 만족하도록 해요.

당신의 시몬

1950년 4월 10일 월요일, 가오

　너무 사랑하는 당신. 아무도 우편물을 받지 않을 때 편지를 쓴다는 것이 얼마나 헛된 일인지요. 그래서 한 주간 당신에게 아프리카의 사랑을 보내지 않았어요. 넬슨, 이 사랑은 몹시 뜨겁답니다. 메드닌에서 이미 더위에 지쳐 버렸다면, 가오에서는 어떨지 상상해 보세요. 사르트르와 저는 투아레그족의 왕을 접견했지요. 타만라세트의 모든 '중요한 사람들'이 우리를 에스코트했어요, 교사 부부, 중대장 부부, 학자(두 번 이혼했고 부인이 없는)가요. 우리는 차와 설탕을 잊지 않았어요. 왕이 선물을 등한시하지 않기 때문이지요. 꿈처럼 아름다운 달빛을 받으며, 사막 한가운데 외따로 떨어진 야영 장소를 알아보는 것은 멋졌어요. 자동차는 도로가 없는 곳을 똑바로 전진만 했지요. 저녁 식사는 키가 작은 풀에 둘러싸인, 드넓고 아주 깨끗하고 아름다운 가죽 텐트가 아닌 야외의 모닥불 주위에서 하지요. 차를 곁들여서요. 한 여인이 곡을 연주했어요. 학자가 벌떡 일어나 모닥불 한가운데로 나갔고, 두 명의 위풍당당한 투아레그족이 환상적인 조명을 만들어 내는 횃불 같은 것을 각각 한 손에 들고 있었어요. 학자는 그러한 조명 덕택에 유유히 사진을 찍을 수 있었지요.

　시원하고 바람이 잘 통해 기분이 좋았던 타만라세트에 이어 아주 다른 모험이 시작됐어요. 우선, 출발 전날에는 실존주의가 뭔지 알고 싶어 하던 두 명의 친절한 트럭 기사와 함께 몸살이 날 정도로 술을 마셨답니다! 우리의 술자리가 저의 답변이었고 그게 전부였어요. 우리는 밤이 아주 깊도록 허리가 끊어지라 함께 웃어 댔지요. 꽤 노골적인 각양각색의 화제들 가운데, 그들이 아는 한 동성애자 이야기를 기억해요. 사하라 사막에 자리 잡은 보잘것없는 호텔의 경영자인 이 사람은 모든 기사에게 자기와 함께 잘 것을 요구한대요. 그날 밤, 제 방문이 열릴 때 저는 잠에 빠져들어 가는 참이었지요. 알코올과 대화로 열이 오른 호텔 주인이 '기분 좋게 야회를 계속하러' 온 거예요. 노발대발한 저는 그를 쫓아 버렸어요. 아침에 그는 자기 부인에게 고자질하지 말라며 오렌지를 내왔답니다. 오전 다섯 시에 소형 비행기를 타고 이륙했지요. 사막 위를 날자 목초지와 가축들이 서서히 나타났어요. 아주 아름다운 비행이었지요. 가축 떼, 새들, 흑인들, 분홍빛 모래, 니제르강의 회색빛 잔잔한 물 위에서 있었던 하강 비행은 말 그대로 황홀경이었어요. 물을 다시 보다니! 그러나 일단 묵을 호텔을 찾아내자 실망스러운 소식이 기다리고 있었어요. 더위 때문에 비행기를 제외하고는 모든 이동이 금지되어 있다는 거예요. 겨울에는 니제르강물이 불으면 배 한 척만 다닌대요. 투아레그족과 다른 여러 종족의 흑인들, 나체나 화려한 장신구로 치장한 흑인 여자들 그리고 또 작은 배들과 오두막, 원주민들, 목욕하는 여자아이들과 어린애들, 빨래하거나 음식을 준비하는 한 무리의 사람들로 붐비는 강가는 흥미롭고 재미있을 게 분명하지만, 여기서는 사흘 정도 머무르면 족할 거였어요. 맙소사! 불쌍한 사르트르가 이튿날부터 무시무시한 열병에 걸려 침대에 누워 버렸어요. 우리도 마찬가지지만 모든 사람이 키니네를 복용하고 있답니다. 저는 식민지 시대의 헬멧과 선글라스를 샀어요. 다음 날도 사르트르는 침대에 계속 누워 있을 정도로 완전히 녹초가 되었고, 우리는 한 대뿐인

주간 비행기를 놓쳐 버렸지요. 따라서 다음 금요일 비행기 — 일
주일 후 — 를 기다려야만 해요. 생각해 보세요. 메드닌의 폭염 속
에서 9일을 보낸다는 것을요! 시원한 바람이 침대를 작은 배처럼
흔들면 사람들은 기뻐하며 테라스에서 잠을 자지요. 다섯 시에
동이 트는데, 그때가 산책하고 일하기에 가장 좋은 때예요. 아홉
시가 되면 다시 바깥보다 비교적 시원한 방 안으로 들어가거나 그
늘을 찾아가야 하고, 더위가 가차 없이 기승을 부리면 낮잠을 청
한답니다. 그런 다음에는 다시 일하려 하지만 쉽지 않아요. 저녁
아홉 시나 열 시까지 숨 막히는 더위가 이어지기 때문이지요. 그
나마 다행인 것은 건조하다는 거예요. 마라케시에서처럼 땀이 철
철 흐르지 않아요. 이 지역에서는 열대 바람이 집 안과 침대 그리
고 벽장 안에까지 모래를 실어 와요. 혹독한 곳이지요. 백인들은
이곳을 저주하고 흑인들을 증오해요. 그리고 흑인들도 백인들을
증오하고요. 호텔의 의사가 기묘한 이야기를 해 줬어요. 이 지역
의 부자들은 할 수 있는 만큼 부인들을 살찌게 한대요. 그가 아는
여자 중에 몸무게가 250킬로그램에 이르는 여자가 한 명 있는데,
움직이지는 못하지만, 아침부터 저녁까지 웃어 댄다는군요. 그녀
의 남편은 정열에 불타, 그 거구의 여자가 적절한 체위를 유지하
도록 꽉 붙드는 노예 네 명의 도움을 받아 그녀와 자주 성관계를
한대요. 당신은 이에 대해 어떻게 생각하세요? 다른 한 여자는 상
피병으로 고통받고 있는데, 그녀의 유방은 무게가 각각 27킬로
그램이 나가서 의사가 그것을 제거해 줬대요. 그리고 터무니없이
큰 생식기를 자기 앞에 놓인 작은 외바퀴 손수레에 싣고 밀고 가
야만 하는 한 젊은 남자의 사진을 보여 줬어요. 그 환자도 수술해
줬고, 그는 완전히 정상이 되어 많은 아이를 가졌다고 하는군요.
정말 놀라운 일이지요. 그 밖에도 도시에서만 50여 가지가 넘는
문둥병이 있고, 매독도 창궐한다는군요! 매력적인 곳이에요.

네, 가오는 메마르고 거친 도시랍니다. 짚을 섞은 벽토로 만든 집, 나무는 거의 없고 땅은 모래가 섞여 꺼칠꺼칠하지요. 하지만 살아 있는 보배이며 붉고 푸른 기막히게 아름다운 벌새들과 예쁜 연작류 그리고 매혹적인 노란색 헌병 새도 있어요. '헌병'은 어떻게 지내나요? 워반지아는요? 워반지아의 강낭콩은요? 크리스틴이 호수 가까이에 좋은 별장을 하나 임대했나요? 20킬로그램이나 나가는 가슴 때문에 혹은 나병으로 코가 썩어 괴로워하더라도 저를 받아줄 건가요? 가르다이아 이후로 단 한 통의 편지도 없군요. 이후로는 모로코, 카사블랑카로 편지를 보내 줄 수 있나요? 제 동생 집에서 쉬었다 갈 생각인데, 그곳에서 당신 편지를 무척 받고 싶어요. 내 사랑, 그렇게 멀리, 아주 멀리서 그렇게 많은 사랑을 담고서 당신을 생각한다는 것은 고통스러워요! 석 달 후에, 당신을 가까이서, 아주 가까이에서 당신을 사랑할 때 보답받을 거라고 믿어요. 저를 위해 당신의 사랑을 간직해 주세요. 사랑해요.

당신의 시몬

1950년 4월 17일 월요일, 바마코

매우 소중한 당신. 마치 유카탄반도에 있는 것처럼 느껴져요. 타는 듯한 거대한 진홍빛 아래 울창한 나무들 그리고 종일 땀을 흘리게 하는 지독하게 습한 날씨 때문이랍니다. 여러 가지 이유에서 지옥 같은 나라예요. 한 주간 얼핏 본 간략한 인상만을 쓰겠어요. 분명히 찌는 듯한 날씨였지만 건조한 가오에서는 일하고 싶은 마음이 생겼고, 밤에는 다시 시원해진 하늘 아래서 기분 좋게 잠잘 수 있었어요. 떠나기 전에 사람들이 제공해 준 승용차 한 대로 근처 마을들을 조금 둘러보았는데, 마을 주민들은 강물의 양이 증가함에 따라 짚으로 만든 둥근 오두막을 여기저기로 옮기고 있어요. 끔찍스러운 곤충인 흰개미들은 오두막만큼 높은, 그야말로 건물이라 할 오래되고 커다란 케이크 모양의 진흙집으로 니제르강을 따라 기다란 대열을 이루더군요. 커다랗고 둥근 태양이 낮게 드리워지면서 하늘을 가린 소나기구름 속으로 빠져들어 가고요. 강가에서 흑인들이 낚시하는 황혼녘에 나무껍질로 만든 카누를 타고 산책한 것이 기억나는군요.

금요일에 보보-디우라소까지 날아가는 비행기에서 아파서 개처럼 끙끙대는 저를 보았다면 당신은 기분 전환이 됐을 거예요. 이 야만적인 지역의 어떤 원주민들에게는 아직도 식인 풍습이 남아 있고, 어린 소년들에게 독침을 사용해 죽이는 법을 가르치고 있으며, 사춘기 여자애들의 음핵을 자르지요. 모든 마을 사람은 머리를 빡빡 깎고 일하며, 가장 연로한 여자들의 피부 아래로는 상아로 만든 살을 찌르는 장식이 들어가 있어요. 어린 소년들은 기회만 있다면 자전거 타기, 운전, 글 읽기와 쓰기 등 아주 많은 것을 쉽게 배우지요. 그들이 인디언들보다 더 야만적으로 보일 수 있겠지만, 어떤 면에서는 훨씬 더 재주가 많아요. 보보-디우라소에는 몇 군데 옛 촌락이 모여 있는데, 더럽고 악취가 나지만 환상적이에요. 복잡한 머리 모양을 하고 보석을 자랑스레 과시하고 어깨를, 때로는 가슴 전체를 드러낸 요란스러운 빛깔의 옷을 입은 흑인 여자들이 사방에 있어요. 무척 많은 사자가 도시 주위를 어슬렁거려서 사람들은 그 사자들을 독살시키고 있답니다. 돈 많은 백인들은 집에다 새끼 사자 한 마리씩을 기르는 것을 좋아하지요.

훨씬 더 유럽적인 도시 바마코에서 편지를 쓰고 있어요. 엄밀히 말해 2백 명의 유럽인과 유럽화된 흑인들이 엄청 많아서 흥미로워요. 그곳에서는 신기한 만남이 이루어지곤 하는데, 어제저녁에는 교수이자 민족학자인 고령의 한 흑인을 만났어요. 그는 공로가 많은 사람에게 수여되는 빨간 리본의 레지옹 도뇌르 훈장을 받은 사람이지요. 그가 어렸을 때 프랑스 병사들이 삼림지대에 있던 그의 마을을 불태웠대요. 여자들과 어린이들은 달아났고, 붙잡힌 어린이들은 인질로 잡혀갔대요. 하사 한 명이 프랑스어를 가르쳐 줬고, 고아가 된 그는 부모의 살인자들에 의해 키워졌다는군요 — 그에게는 고마움과 증오심이 뒤섞여 있다는 것을 짐작할 수 있어요. 그는 아무것도 모른 채 마을에 남아 맹수들을 사냥하는 생활을 더 좋아했을 거래요.

드라이브하려고 택시 한 대를 불렀지만, 택시는 아무 이유 없이 오지 않았어요. 화가 치밀었지요. 흑인들에 대한 분노 없이 이곳에서 산다는 것은 틀림없이 어려운 일일 거예요. 점잖은 백인이 이곳에서 살 수 있겠어요? 제가 접근한 모든 백인은 소름 끼치는 노예제도 의식이 있었어요. 그들은 그 지역의 강력한 공산당을 몹시 두려워하고, 흑인들은 식민지화를 지긋지긋해하지요. 피가 끓어오르고 땀이 흐르는 이 지옥에서 정치란 위험스러운 만큼 열정적이기도 한 도박이랍니다.*

워반지아의 베란다에서 어느 날 밤에 우리가 했던 대화에 뒤이어 이곳의 나병에 관하여 더 많은 것을 알고 싶었어요. 나병 환자들의 마을, 사실 어느 병원을 방문했었는데, 그곳의 어떤 환자들은 오두막에서 가족과 함께 살고 있었어요. 상태가 아주 나쁜 사람들은 공동 진료소의 침대에 누워 있고, 대부분의 환자는 정상적인 생활을 하면서 치료받고 있었어요. 주임 의사가 이제 나병은 잘 치유되는 병이라고 단언하면서 치료 전과 후에 찍은 사진

---

* 아프리카 전문 민족학자인 레리스(Leiris)의 격려를 받고 사르트르는 RDA의 회원들을 만나기를 희망했으나, 파리의 공산당이 그들에게 사르트르를 피하라고 압력을 가했다. 결국 사르트르는 그들 가운데 단 한 명도 만나지 못했다

들을 보여 줬는데, 완치를 보장할 수는 없다 할지라도 눈부셨어요. AOF에 있는 나병 환자는 20만 명으로 추정되고, 바마코에서만도 수천 명에 이른다는군요. 제 눈으로 환자들을 보았어요. 유쾌하지 않은 경험이었고, 자랑스럽게 느껴지지도 않았어요. 차라리 돼지 떼따는 광경을 보는 것이 더 나았을 거예요. 그나마 잘 웃고 수다스러우며 금장식의 보석으로 치장하고 옷을 기막히게 잘 입은 흑인 여자들 때문에 덜 따분해했지요. 인디언들의 시장보다 훨씬 나은 시장에서 뷔슈리에 놓을 수많은 소품을 샀어요. 가죽끈을 두른 타조 알 몇 개, 기상천외한 가죽가방들 등등. 또 다른 을씨년스런 광경은 매우 특별한 죄수들이 완전한 나체에 칼자국들이 나 있는 잔인한 얼굴과 몸으로 사자와 뱀 동물원을 만들던 모습이에요. 그들 중 평범한 도둑, 강도, 살인범은 소수고, 대부분은 의도적인 살인 — 왜냐하면 이러한 종교의례는 가혹한 처벌에도 불구하고 끈질기게 지속되기 때문이죠 — 을 저질렀어요. 어떤 백인도 결코 위험을 무릅쓰고 들어가지 않는 삼림지대의 깊은 곳에 있는 수많은 마을, 그 안에서 어린 소년들이 산 채로 악어들에게 던져지고 노인들은 독살당하거나 짐승들에게 먹히는 등의 일이 일어나고 있답니다.

일요일, 다카르

끔찍한 아프리카. 이곳은 당신 나라 남부의 뿌리 깊은 인종차별을 연상시키는군요. 하지만 반은 백인 도시고, 반은 흑인 도시인 보기 흉한 도시 다카르에 착륙한 게 불만스럽지만은 않았어요. 대서양을 바라보고 시원한 미풍을 누리며 이불을 덮고 잘 수 있다니 얼마나 안심이 되던지요! 이틀 후면 카사블랑카행 비행기를 타요. 무엇보다 당신 편지 한 통을 발견하기를 바라고 있어요. 당신에 대해 아무것도 알지 못하고 나쁜 꿈들을 꾸는 상황을 증오해요. 카사블랑카에서 사르트르는 파리로 돌아가고, 저는 혼자서 추억하고 기다리기 위해 페스로 순례하러 떠날 거예요. 저는 기다리고 있어요, 내 사랑. 미시간 호수, 워반지아의 침대, 넬슨의 두 팔을 기다린답니다.

당신과 거의 같은 시기에 시카고 공산당 당원이었던 알렉산더 섹스턴의 『거대한 저주Big Cursing』를 아세요? 제 생각엔 훌륭해요. 당신은 어떻게 생각하는지 알고 싶어요. 사랑하는 당신과 관련된 모든 걸 알고 싶어요. 땀에 젖었든 상쾌하든 간에 당신을 사랑해요. 사랑해요, 사랑해요, 나의 넬슨.

당신의 시몬

1950년 5월 3일 수요일, 카사블랑카

넬슨, 내 사랑. 마침내, 마침내 시카고에서 보낸 당신 편지가, 26일 자 편지가, 한 달간의 침묵 뒤에…… 확실히 당신의 영적인 산문이 사하라의 어딘가에 묻혀 버렸거나 식인 풍습의 여흥 거리로 사용된 게 틀림없어요. 그래요, 당신은 살아 있고 여느 때와 마찬가지로 어리석고 분주하군요. 그 외에는 당신에 대한 정보가 많지 않아요. 제게 말해 줘요. 당신, 기요네의 이름 아래 보스트, 사르트르 그리고 보부아르가 번역한 넬슨 올그런의 발췌문이 실린 『현대』 4월호를 받았나요? 훌륭한 프랑스어인 것 같나요? 별장 예약은 어떻게 됐어요? 뉴욕에서 턱시도 차림으로 무얼 했나요?

페스에서의 센티멘털한 여행을 완수하려던 생각은 잘못된 것으로 확인됐어요. 우편물을 받았다면 감미로운 순례를 할 수 있었을 텐데, 아무 소식도 받지 못하고 제 가슴은 무너져 내리는 것 같았죠. 우리가 행복했고 무척 좋아했던 작은 길들을 걸었는데, 당신을 너무 원한 나머지 아무것도 즐겁지 않았어요. 죽도록 울고 싶을 뿐이었어요. 당신 편지를 받은 뒤부터는 다시 살아나고 있답니다. 모로코에서 당신들의 추한 미국산 양은 냄비 때문에 항아리들이 사라질 위기에 처해 있다는 것을 알아 둬요. 아랍인들이 섬세하고 예쁜 자기네 질그릇보다 그것들을 선호한답니다.

카사블랑카에 있는 제 여동생과 제부의 집에서는 별로 재미 없어요. 그들의 사업은 잘되지 않고 그는 운이 없어요. 그가 하는 모든 일은 실패해요. 그들은 십중팔구 무일푼이 되어 직업 없이 프랑스로 돌아올 거예요. 저로서는 그 모든 것이 지독히 권태롭기만 하답니다. 오직 한 가지, 뷔슈리의 나의 은신처로 돌아가기만을 열망하고 있어요.

당신이 원한다면, 두 달 후에 당신은 정말로 제게 키스할 거예요. 두 달은 이제 빨리 지나갈 거예요. 당신에게 행복한 사랑을 듬뿍 보내요. 당신을 위해 모두 간직하세요.

당신의 시몬

1950년 5월 8일, 파리

내 사랑, 매우 소중한 임. 카사블랑카에서 한 통 더 받았고, 파리에서는 세 통 분량의 두툼한 편지 두 통을 받았어요! 그래요, 당신은 결국 '상냥한 사내'예요. '월도프애스토리아'에서 루스벨트 부인이 당신을 포옹한 것을 매우 자랑스러워하고 있어요. 그러나 주의하세요! 우리 둘이 만날 때는 연미복은 안 돼요. 그렇지 않으면 저는 다시 비행기를 타고 떠날 거예요. 당신이 누구를 닮았는지 알아요? 해럴드 로이드*를 닮았어요 ─ 웃음을 자아내는 당신 사진 몇 장을 보고서 사르트르와 보스트 그리고 제가 만장일치로 내린 결론이지요. 저는 작은 동굴 안에 앉아 있는 남자, 아득하고 침울하며 알쏭달쏭하고 부드러운 얼굴의 남자, 시카고 가을 거리의 남자를 되찾고 싶어요. 당신 엄청 일하는 것 같은데, 안 그래요? 1년 전에 당신은 모자를 쓰고 하루하루 뷔슈리가로 오고 있었어요. 파리로 오기 전날, 동생과 제부는 친절하려고 애썼어요. 저를 차에 태워 라바트와 마라케시로 드라이브를 시켜 주었는데, 도시 주변에 있는 산꼭대기의 눈과 정원에 있는 꽃나무 수풀은 매력적이었지요.

밤에 비행기를 타고 파리로 돌아오면서 저도 모르게 느닷없이 무시무시한 두려움에 사로잡혀 '넬슨에게 다시 한번 키스하기 전엔 죽고 싶지 않아, 안 돼, 안 돼!'라고 생각했어요. 그리고 죽지 않았어요.

파리는 커다란 기쁨의 원천처럼 보여요. 파리에 살 정도로 상당히 운 좋은 사람들이 왜 외국으로 떠나는 거지요? 도대체 어찌된 일이지요? 맛있는 음식, 좋은 날씨, 문명화된 친절한 백인들이 있는데 말예요. 자동차도 비행기도 타지 않고, 일하고 산책하는 일 외엔 다른 할 일이 아무것도 없어요. 자기 집에 남지 않으려면 미쳐야 할 거예요. 사르트르와 보스트와 재회했고, 생제르맹데프레에 발을 들여놓자마자 사람들이 저를 인터뷰하고 사진을 찍어 댔어요. 변한 것은 아무것도 없었고, 떠나기 전과 모든 것이 똑같았지요. 또 그렇게 많은 흑인과 벌거벗었거나 베일에 가려진 여자들을 본 것이 아무런 변화를 일으키지 않았어요. 항상 어리석

---
* Harold Lloyd. 미국 영화배우이자 감독. 사랑 때문에 마천루를 기어오르는 것을 주저하지 않는 얌전하면서도 대담한 젊은이 역을 초연한 배우

고 바보 같은 저는 당신을 제 목숨보다 더 사랑한답니다. 이 사랑이, 그렇게 오랫동안 원했던 당신 편지가 행복해 어쩔 줄 모르게 했던 며칠만큼 저를 격렬하게 움켜쥔 적은 드물어요.

넬슨, 넬슨, 넬슨, 넬슨. 이제 곧, 정말 곧이에요. 곧 저는 당신의 정답고 따뜻한 두 팔 안에서 잠들 거예요. 당신의 두 팔과 당신의 어깨, 당신의 입과 나머지 모든 것을 원해요. 저는 당신과 사랑에 빠져 있답니다.

당신의 시몬

1950년 5월 10일

넬슨, 내 사랑. 당신에게 사랑의 편지를 쓰고 싶어요. 저는 사랑의 편지를 남용하지 않아요. 그리고 전보도요. 왜냐하면 당신이 좋아하지 않기 때문이지요. 그러나 작년에 제가 아말피에 무척 가고 싶어 했을 때 당신이 얼마나 천사 같았는지 잊지 않고 있어요. 제가 "저의 기쁨을 위해 우리 그곳에 가도록 해요"라고 말하자, 당신은 내키지 않아 했지만 "좋아요, 갑시다!"라며 상냥한 미소로 동의했지요. 지금도 저는 저를 기쁘게 하려고 편지를 쓰고 있어요. 당신을 너무 사랑한다는 것을 당신에게 말해야 해요. 자꾸만 어리석은 감상에 젖어 드는군요. 어쩌면 날짜 때문에, 어쩌면 옛날의 봄들과 비슷한 파리의 봄 아니면 다람쥐 사진 때문에, 아니면 당신 편지들 때문인가 봐요. 비바람이 몰아치는 날 당신의 두 팔 안에서처럼 당신을 너무 사랑해요. 당신이 "이럴 수가, 당신답지 않아요!"라고 말했을 때처럼 약간의 광기가 저를 떠나지 않고 있어요. 오 넬슨, 당신이 비행기를 타고 다시 떠나던 9월 10일처럼 저는 울고 있어요. 기쁨에서일까요, 아니면 고통에서

일까요? 당신이 가까이 다가오고 있기 때문일까요, 아니면 당신이 너무 멀리 있어서 그럴까요? 아침이 오면 죽음을 맞이할 것처럼 오늘 저녁 당신에게 제 사랑의 힘을 꼭 말해야만 할 것 같아요. 당신이 비록 제정신을 잃지 않는 냉정한 이성과 가슴을 간직한 분이라 할지라도 저를 이해하리라는 걸 알아요.

물론 그 모든 게 저의 어리석고 바보 같은 짓이지요. 당신은 너무 겸손해서 그 같은 사랑을 받을 자격이 없다고 말하지만, 그 사랑은 존재해요. 제가 당신을 "존경한다"고 말했을 때, 당신이 얼마나 놀라던지요! 그렇지만 제 말은 진실이었고, 지금도 여전히 진실이랍니다. 갑자기 당신이 누구인가에 대한 사실을 본의 아니게 의식한 오늘 저녁에는 격한 감정이 가슴에 밀려드는군요. 당신이 누구인가를 루스벨트 부인이 알고, 당신의 출판인이 알고, 당신의 에이전트가 알고 있다고 대답하지 말아요. 저 외에는 아무도 몰라요. 왜냐하면 당신은 이 세상에서 유일하게 저로 인해 진정한 당신이 되기 때문이지요. 당신도 이 사실을 모르고 있어요, 내 사랑. 알고 있다면 당신은 서서히 가증스러운 사람으로 변할지 몰라요. 저는 알고 있어요, 영원히. 당신을 사랑하기에 감미로워요, 넬슨. 제가 바보같이 당신에게 감사해하는 걸 내버려 둬요.

이제 어리석은 짓은 그만하도록 하죠. 멀리서 우는 것은 안 좋아요. 부탁이에요, 넬슨, 제 사랑의 강도를 느끼도록 노력해 줘요. 당신을 행복하게 만들고 당신을 웃게 만드는 뭔가를 주기를 간절히 희망해요. 당신을 원하고, 당신이 이러한 사실을 알기를 원해요. 당신이 제 가슴속에서 얼마나 경이롭고 아름다운지 알았으면 좋겠고, 그것이 당신을 기쁘게 했으면 좋겠어요. 당신은 제게 행복과 사랑, 청춘과 삶을 주었어요. 당신에게 충분히 감사하려면 저는 1만 년 동안 행복하고 사랑스럽고 젊고 아름다우며 생기있어야 해요. 그런데 제가 할 수 있는 일이란 멀리 있는 제 방에서 우는 게 전부고, 저의 두 팔은, 당신에게 따뜻함을 전하려는 너무 간절한 저의 두 팔은 차갑게 비어 있어요. 누구도 제가 당신을 사랑하는 것처럼 사랑하지 않았고, 앞으로도 그럴 거라는 걸 알아 둬요. 오 세상에, 이럴 수가! 만일 그 말이 당신의 자존심을 상하게 한다면 모두 잊어버려요. 이 편지는 당신에게 보낸 편지 중 가장 어리석은 편지가 될 게 틀림없어요. 오늘 저녁에는 가슴이 몹시 아프군요. 가슴이 아파요. 저는 잠을 이루지 못할 거예요. 하지만 제가 쓴 내용에는 모욕적인 것이 아무것도 없어요, 그렇지 않아요?

넬슨, 넬슨.

당신의 시몬

1950년 5월 12일 금요일 저녁

내 사랑, 매우 소중한 당신. 우리가 만날 날이 점점 더 가까워지는군요. 오늘 저녁에는 지난번의 바보 같은 편지에서처럼 당신에 대한 사랑으로 어리석게 울지 않고 즐거워 어쩔 줄 모르고 있어요. 넬슨, 갑자기 현실로 다가온 우리 집의 이미지를 그려 보는 것은 멋진 일이에요. 곧장 해변으로 이어지는 그런 별장을 소유한다면 무척 기쁠 거예요. 단 한 가지가 문제인 것 같군요. 당신과 제가 몇 주 동안 일하는데, 방 하나면 충분할까요? 만약 우리가 몇 달을 함께 살아야만 했다면 뷔슈리나 워반지아는 너무 작았을 거예요. 그렇게 생각하지 않아요? 제 생각엔 부엌 하나와 방 두 칸이 필요해요. 테이블과 의자를 갖다 놓을 수 있다면 테라스나 베란다도 방 하나로 칠 수 있으니까요, 그렇게 하면 우리 중 한 사람이 일하는 동안 다른 사람은 잠잘 수 있을 거예요. 아니면 우리 둘이 각각 다른 장소에서 타자기 소리에 방해받지 않으면서 작업할 수 있을 거예요. 아무튼 해변에 사는 편이 훨씬 나아요. 어쨌든 종일 서로의 무릎 위에 앉아 있지는 않을 거라고 희망하면서 별장을 택하기로 해요.

뷔슈리의 아파트는 눈에 띄게 아름다워지고 있어요. 아프리카에서 가져온 여러 가지 소품을 정리해 놓았지요. 기이한 그림들(나폴리의 경건한 그림들 옆에), 오래된 예쁜 피혁 가방, 가죽으로 둘러싸인 타조 알, 매혹적인 장난감 등등. 이 숙소는 정말 괜찮아요. 당신이 내년에 이곳을 볼 수 있었으면 해요. 파리 역시 경이로워요. 햇빛이 가득 차 밝게 빛나고 있지요. 돌아온 후 단 하나 우려되는 점이라면 수많은 사람과 다시 관계해야만 한다는 것이에요. 그리고 피할 수 없는 나쁜 소식들을 접해야 한다는 것도요. 이를테면 저에게 정기적으로 돈을 빌려 쓰던 불쌍한 레즈비언 타이피스트는 제가 파리를 떠날 때 유방의 통증으로 고통스러워하고 있었어요. 유방암이라는군요. 곧 그녀는 애아버지도 돈도 없이 어린 딸을 두고서 죽을 거예요. 호감이 가는 사람이었는데, 그녀를 보러 병원에 가야 한다니 끔찍하군요. 못생긴 여자와 저는 파리에 돌아온 후, 첫 번째 토요일에 만날 것을 약속하고 떠났었어요. 신문을 통해 사르트르가 돌아온 것을 안 그녀는 저도 돌아온 것으로 생각해 우리가 자주 만나던 장소에서 저를 기다렸대요. 물론 아무도 나타나지 않았지요. 그 일로 그녀는 병이 날 뻔했어요. 다음 화요일에 그녀를 만나면 용서를 빌어야 해요. 올가는 연극 순회공연에 참여했고, 다시 배우가 된 것을 그렇게 좋아할 수 없어요! 보스트와 시피옹은 날로 발전하고 있어요. 최근에 사르트르의 비서가 '문학이란 무엇인가'에 대한 풍자적이고 탁월한 짧은 소설을 출간했기 때문에 모든 사람이 흥분하고 있어요. 내용은 이러해요. 한 남자가 순수하고 공허하며 형식적이고 의미 없는 문체를 만들어 내려 시도하지요 — 더 이상 문장 없이 단어들만 있고, 더 이상 단어가 아닌 글자들이 있을 뿐이며, 끝에 가서는 글자들조차 없고 아이들이 그려 낸 것 같은 단순한 줄들만이 있을 뿐이지요. 터무니없는 문제를 제기하고 그에 대해 재치 있는 해결책을 고안해 내기 위해 적합한 기교를 쓴 거예요. 비서가 이렇게 재미있는 사람인지 누가 상상이나 했겠어요? 아마 기요네도 언젠가 소설을 쓰기 시작할지 몰라요.

7월 15일부터 집을 임대해야 할 거예요. 제가 10일경에 시카고에 도착할 텐데, 그 이유는 첫째 주에는 알제에서 돌아오는 유대인 여자 친구를 파리에서 만나야 하고, 그런 다음에 돈을 손에 넣기 위해 아마도 이틀을 뉴욕에서 머물러야 할 것이기 때문이죠. 그리고 저는 잠시 워반지아에서 지내고 싶답니다. 그러므로 15일부터가 아주 적합할 거예요. 석 달 내내 우리 별장에서 보내는 건가요? 아니면 두 달만 보내고 한 달은 서로 그리 멀리 떨어져 있지 않고 매혹적인 아름다움을 지닌 아이티나 쿠바에서 보낼 건가요? 결정하세요. 저는 단 한 가지, 당신만을 원할 뿐이에요.

넬슨, 당신으로 가득 찬 저의 심장에서 나오는 숨결은 당신을 향하고 있어요. 저는 당신 외에 어떠한 목적도, 어떠한 욕망도 없고, 다른 희망이나 바람도 없어요. 좋은 수영복 하나 장만하세요. 저도 그럴 생각이에요. 이스키아에서처럼 우리는 모래 위에서 햇볕을 쬘 거예요. 저녁에는 수영복을 걸치지 않고 우리 사랑의 열기 속에서 잠들 거고요. 그처럼 행복에 젖어 본 후에 또다시 그만큼 행복할 수 있을까요? 우리가 너무 지나친 걸 바라고 있나요? 하지만 그렇게 될 거예요. 넬슨, 당신의 두 팔에 안겨 잠들겠어요.

당신의 시몬

『플래어*Flair*』 매거진 파리 특집호를 보내요. 잘 보세요. 많은 친구를 볼 수 있을 거예요. 저에 관한 기사는 좋지 않지만, 원고료로

3백 달러를 받았어요. 그 돈으로 스카치를 살 거예요.
그게 그 기사의 의미지요.

올그런은 이 마지막 편지들에 대한 답장을 19일이 돼서야 겨우 한다.
귀에 거슬리는 상당히 불쾌한 어조의 짤막한 쪽지였다. 뭔가가 바뀌
었다.

1950년 5월 21일 일요일

다정한 나의 연인. 천둥과 비바람이 몰아치는 하루예요. 하얀
원피스와 봄 구두로 치장한 여자들이 억수같이 퍼붓는 빗속을 오
가고 있어요. 저는 편안하게 집에서 사랑하는 남자에게 편지 쓰
는 것이 더 좋아요. 기분 좋은 소식들이 있어요. 하나, 『기다려지
는 아침 Le matin se fait attendre』*이 조만간 출간될 거예요. 둘, 더 중요
한 건데, 크노가 마침내 우리의 『황금 팔』을 번역할 사람을 찾아
냈답니다. 패럴의 번역자인데, 모두가 그를 입에 침이 마르도록
칭찬하고 있어요. 그와 프랭키 머신에게 행운이 있길 기원해요.
부활절에 반항적인 한 젊은 수도사가 노트르담 사원에서 멋진
일격을 가했다는 이야기를 들었나요? 그는 장엄한 미사가 진행
되는 동안에 주교들과 다른 수도자들이 가득 찬 성당에서 단상
에 올라가 크고 명료한 목소리로 신이 존재하지 않는다고 설교했
어요. 끔찍한 소동이 있었지요. 무르라는 이름의 이 수도사는 정
신과 검사에 의하면 일종의 '사르트르 열병'으로 고통받고 있었어

---

* 『결코 오지 않는 아침』의 프랑스어판 제목

요. 그는 정신병원에 보내졌어요. 그러나 의학 보고서가 하도 수상쩍어서, 사람들은 그를 그곳에서 빼냈답니다. 그보다는 정신과 의사가 정신병원에 수용되어야 마땅하다고 평가하는 사람이 한둘이 아니에요. 거의 모든 프랑스 작가가 사건의 수치스러운 성격을 고발하거나 혹은 그것의 아름다움을 찬양하면서 신문에 기고했고, 신문사들은 그 사건에 대해 마음껏 즐겼어요. 무신론자 수사는 나름대로 큰 잡지에다 자기 인생을 이야기하고 거액의 돈을 벌고 있어요. 이 이야기를 읽어 보면, 이 자는 문학이 무언지 확실히 안다는 것을 알 수 있어요. 미군의 노르망디 상륙을 주제로 하는 보리스 비앙의 단막극을 보러 갔어요. 반미국적이고 반프랑스적이며 반독일적인 풍자극인데, 뒤죽박죽된 모든 군대가 등장하지요. 전쟁 직후였다면 센세이션을 불러일으켰을지 모르지만, 요즘 같은 때엔 모든 사람이 관심 없어 해요. 약간 익살스럽지만, 그걸로는 충분치 않지요. 별로 성공하지 못했답니다. 외설로 인해 비앙이 소송에서 형을 선고받았다는 걸 말했던가요? 순수의 이름으로 금고형이 아니라 벌금형에 처해졌어요.

파리에는 거의 지난해만큼의 미국 관광객이 있지만, 저는 그들을 거의 만나지 않아요. 지금 생각하면 아침부터 저녁까지 그리고 밤까지도 어떻게 영어로 말했는지 모르겠어요. 미국 관광객들이 그때 그렇게까지 흥미로웠단 말일까요? 반면 대부분 친구를 다시 만났어요. 크노와 보스트, 주네 그리고 다른 사람들을요. 그들은 살고 일하고 여전히 그대로예요. 현재 저는 사교적이지 못해요. 마음이 이미 떠나 있어요. 정말로요. 저의 가장 훌륭한 반쪽은 미시간 호수 위에 있고, 나머지 반쪽은 그것과 합류하려 조바심치고 있지요.

잘 있어요, 나의 달콤한 연인. 어떤 집을 골랐나요? 당신의 선하고 따뜻한 가슴속에 저를 위해 자리 하나를 간직해 두기만 한다

면 상관없어요. 당신을 탐욕스럽게 원해요. 저는 매일 밤 당신의
두 팔 안에서 자고 있답니다.

당신의 시몬

1950년 5월 23일 화요일

   매우 소중한 짐승 같은 남자. 우리가 집을 하나 갖게 됐군요. 저
는 만족해요. 좋아요. 메드닌에도 과테말라에도 쿠바에도 가지
않는 것에 동의해요. 집에 남아 해수욕을 하고 일하며 특히, 당신
이 작업하는 모습을 보는 건 맘에 들 거예요. 당신이 일하는 걸 한
번도 보지 못했는데, 정말 일할 거예요? 일할 수 있다고 확신하나
요? 당신에게 물어볼 게 아주 많은데, 이번만은 제발 대답해 줘
요. 집이 정확히 어떻게 생겼나요? 작은 도면 하나를 그려 보내
줄 수 있어요? 근처에 전원이 있나요? 있다면 어떤 곳인가요? 해
변은 어떤가요? 물은 짠가요? 그곳은 사람이 많이 사는 곳인가
요, 아니면 외딴곳인가요? 요리는 누가 할 건가요? 그리고 당신
이 연미복을 걸쳐야 하는 밤을 위해 제가 몇 벌의 이브닝드레스를
가져가야 하나요? 다이아몬드 목걸이를 사야 하나요, 아니면 진
주 목걸이를 사야 하나요? 몇 달간 고약한 짐승 같은 남자와 함께
살아갈 제 삶의 전체적인 윤곽을 알려 주세요.
   솔직히 남녀평등이란 신화에 불과하다는 것을 전적으로 시인
해요. 당신이 저와 대등한 사람이라고는 한 번도 생각해 보지 않
았으며, 예의로만 그것을 단언했을 뿐이에요. 우리가 함께할 돌
아오는 여름 내내 어떤 상황이 벌어질지 보도록 하죠. 당신이 행
복할 때 저도 행복할 거고, 당신이 저와 잘 때마다 저도 당신과 잘
거예요. 그것이 평등 아니겠어요? 아니면 우리 중 한 사람이 다른

사람과 자는 것보다 다른 한 사람이 더 자주 다른 사람과 자게 될까요?

엘렌 라이트와 기분 좋게 점심을 먹었어요. 딕이 남아메리카에 간 지 곧 열 달이 돼 가요. 영화 한 편 찍는 데 누구도 그처럼 오래 걸리지 않지만, 그는 자기 영화가 모든 기록을 경신할 거라는 것을 증명하고 있어요. 그가 엘렌에게 보낸 사진들을 보았지요. 그는 머리털을 길렀고 살이 5킬로그램이나 빠졌답니다. 목화밭에서 옷을 반쯤 벗고 있는 그가 몹시 거칠어 보였어요. 엘렌은 다른 남자를 만나는 것을 생각해 봤으나, 감히 실행하지는 못하고 있어요. 열 달간의 고독은 여자에게 너무 기니까요. 하지만 나의 남자와 재회할 거라는 것을 알면 견딜 수 있어요.

리자의 남편인 파글리에로가 생제르맹데프레에 관한 탁월한 영화를 하나 만들었어요. 그곳의 주민들 외에 누구의 관심을 끌 것인지는 알 수 없답니다. 당신, 당신은 관심이 있을 거예요. 크노가 텍스트를 편집했거든요. 당신이 본 그대로인 갈리마르 출판사의 칵테일파티, "생 이브"와 그의 1900년대 옛 노래들. 살아 있는 나폴레옹처럼 옷을 입은 미친 사람, 보리스 비앙, 시피용, 사르트르 그리고 저를 볼 수 있어요. 우리의 증손자들을 위해 간직해 둘 만한 것이지요. 파글리에로는 로마에서의 마지막 밤에 관한 영화도 촬영했답니다.

율리아나 여왕*이 파리를 방문하고 있어서 얼마나 혼잡스러운지 모르겠어요! 율리아나 여왕은 아무래도 좋아요. 반면에 미국은 우리를 끊임없이 괴롭히고 있어요. 팝콘과 코카콜라가 모든 것을 침범하는데, 당신들의 고약한 음료를 당신들을 위해 간직할 수는 없나요? 사르트르는 코카콜라를 좋아해서 마시지만, 그건 부

---

* Juliana Louise Emma Marie Wilhelmina. 1948~1980년에 재위한 네덜란드의 군주

끄러운 일이에요. 그것 때문에 그와 심하게 다툰답니다.

　지난주에 과테말라 옷과 프로방스 옷 등 당신이 알고 있는 많은 옷을 세탁소에 가져갔어요. 세탁소 주인은 자신의 훌륭한 솜씨를 사람들이 우러러볼 수 있도록 진열장에 전시해 놓았지요. 자, 그런데 한 무리의 미국인이 어떤 값을 치르더라도 그것들을 사겠다고 했대요. 주인이 파는 게 아니라고 누누이 말했지만, 그들은 흥정할 테니 제 이름을 대라고 억지를 부려 싸움이 일어날 정도였다는군요. 그들은 프랑스적인 어떤 것을 팔지 않는다는 사실을 생각지 못하더래요.

　모두가 기요네에게 훌륭한 번역을 축하해 줘요. 그는 "그 안에 저의 말은 한마디도 없어요"라고 겸손하게 대답한답니다.

　정말이지, 올해에는 당신 휴가에 가련하고 '소중한 저' 말고는 다른 아무것도 없을 거라는 생각에 조금 겁이 나요. 인디언도 아랍인도 시피용도 샤토브리앙도 작은 샤블리도 없고, 단지 이따금 당신이 사랑한다고 주장하는 이 작은 금덩어리밖에 없군요. 당신이 실망할까 두려워요. 작년에 당신은 무척 행복했다고 말했고, 그 말이 진심이었다는 걸 알아요. 제가 어떻게 혼자서 당신을 파리, 메드닌, 낙타 그리고 시장을 모아놓은 것만큼 행복하게 해 줄 수 있을까요? 제가 도움이 되는 무엇을 가져갈 수 있을까요? 소련을 공격하는 좋지 않은 책의 저자이긴 해도 기지가 넘치는 조지 오웰의 평등에 관한 농담을 아세요? 대혁명 뒤에 동물 공화국에서는 "모든 동물은 평등하다……. 그러나…… 어떤 동물은 다른 동물보다 더 평등하다"라고 선포하지요. 그러므로 우리도 의견이 일치할 수 있을 거예요. 우리는 평등하지만 저는 당신보다 약간 더 평등해요.

　넬슨, 지금 시간은 당신을 향해 달려가고, 저도 당신을 향해 달려가고 있어요. 제가 행복해지는 만큼 당신도 그러기를 빌어요.

당신을 사랑하는 건 너무나 좋답니다. 넬슨, 나의 사람, 나의 넬슨.

당신의 시몬

1950년 5월 27일 토요일

나의 매우 소중하고 자상하고 사랑하는 당신. 어떻게 보면 기분 좋은 일일 수도 있겠지만, 비참하게 실패해 버린 한 야회에서 돌아왔어요. 물루지와 그의 예쁜 부인 그리고 다른 친구들이 어제 뷔슈리에서 가까운 작은 거리에 클럽을 열었어요. 그들은 그곳에서 연주하고 노래해요. 주인도 그들의 친구지요. 우리 모두, 즉 보스트와 올가, 시피용, 리자, 파글리에로, 사르트르, 보리스 비앙, 저와 한 무리의 사람이 초대됐어요. 서로를 알고 있는 모든 사람이 진짜 스카치를 공짜로 마셨으며, 모든 것이 아주 순조롭게 진행되리라 예측했어요. 아프리카를 다녀온 후 저의 첫 번째 외출이었지요. 맙소사, 흰색 모자를 쓴 이탈리아 갱을 잘 연기한 물루지가 있긴 했지만 우리는 형편없는, 더할 나위 없이 악취를 풍기는 공연을 봐야 했어요. 바보스럽고 지겨운 〈시카고의 오페라〉와 〈멕시코 오락〉을요. 이것 다음에는 물루지가 노래를 불렀는데, 아주 잘 불렀어요. 그는 재능 있고 아주 기분 좋게 미소를 지으니까요. 그러나 그 외에는 아무것도 제대로 되는 것이 없었지요. 관중은 격분했어요. 더욱이 술이 빨리 취한 올가는 당신이 아는 진저리 치는 얼굴을 했고, 잘생겼지만 말 한마디 없이 입을 다물고 있는 이탈리아 영화감독을 함정에 빠뜨리려 애썼어요. 시피용과 아내는 서로 욕해댔어요. 그녀가 모든 사람을 집요하게 공격하면서 시피용을 어찌나 우울하게 만들었던지, 그의 머리가 돌아 버렸어요. 보스트가 그를 돌봐야만 했지요. 저는 기분은 괜찮

앉으나 조금도 즐겁지 않았어요. 물루지가 이 사업에서 한 푼도 벌지 못할까 걱정되는군요.

당신의 야만적인 도시 시카고에서 흑인들을 몰아내는 수법이 아주 보기 좋더군요. 전차 한 대에 그들을 50명씩이나 태우고서 거기다 불을 지르다니요! 축하해요! 이 새로운 수법은 우리에게 충격을 줬어요.

일요일

그러니까 툴루즈는 석 달 전에 강도 높은 알코올의존증 치료를 받았어요. 사실 그녀는 더 이상 술을 마시지 않아요. 어제는 여전히 괴물 같았지만, 예전의 좋았던 시절처럼 익살맞고 유쾌했어요. 늙은이의 죽음 이후에 집 전체를 꽃, 실크, 가짜 보석, 20년 연극 생활 동안 쌓아놓은 물건들, 의복, 값비싼 커튼, 가면 등으로 넘쳐나는 바로크 교회, 치치카스테낭고의 인디언 교회로 바꿨어요. 경탄할 만하죠. 그녀는 엉뚱하지만 확실한 취미를 가지고 있어요. 여느 때처럼 하얀 레이스가 달린 검은색 긴 실크 드레스를 입고 머리에는 장미를 꽂고 있었어요. 사르트르와 제가 외국 여행을 하는 동안, 다시 말해 두 달 동안 그녀는 자신의 노에 지나와 지나의 불행한 남편 외에 아무도 만나지 않고 살았대요. 그러므로 저녁 식사에 우리를 초대한다는 것은 엄청난 의식을 치르는 것이었지요. 낙타로 둘러싸이고 바닥에 모래가 퍼져 있는 사하라 사막으로 꾸며진 식탁에는 초콜릿으로 만들어진 종려나무와 아몬드 가루로 만들어진 아랍인들 그리고 모래언덕 한가운데 연못이 있는 케이크가 있었어요! 아주 맛있었답니다!

안녕. 이제 당신이 받아 마땅한 모든 사랑과 그렇지 않은 무한한 양의 사랑까지도 보냅니다.

당신의 시몬

1950년 6월 14일 수요일

넬슨, 내 사랑. 우리가 한 달 후에는 숨이 차도록 이야기할 거라는 걸 생각하면 편지를 쓴다는 것이 쓸데없는 일처럼 보여요. 당신은 집에서나 해변에서나 오랫동안 침묵하다가 갑자기 멈추지 않고 이야기를 시작할 거예요. 당신의 모든 우스꽝스러운 태도를 아주 또렷이 기억해요. 그러나 이 마지막 한 달 동안 우리가 단절된 것처럼 당신이 느끼는 것을 원치 않아요, 내 사랑. 그래서 몇 통의 편지를 쓰려고 해요. 파리는 더운 데다 천둥 번개까지 치는 여름 날씨예요. 당신도 잘 알겠지만, 파리의 여름은 정말 좋답니다.

비서가 아주 힘든 경험을 했어요. 이야기인즉슨, 붉은 머리의 귀여운 카술레가 비서는 이미 가 봤던 스페인 일주 여행에 그를 초대했대요. 프랑코를 비판한 그를 스페인에서 받아들이지 않을 게 분명했지요. 그래서 비서는 가짜 여권으로 떠날 수 있고, 카술레의 여자 친구들 가운데 프랑스 비행기 제작회사의 사장 부인인 부자 친구도 승용차에 동반했어요. 그들은 부르고스에서 세비아까지 그리고 세비아에서 바르셀로나까지 열흘간 달렸어요. 그런데 젊고 예쁜 부인은 늙은 남편을 목이 빠지게 기다리고, 카술레는 끊임없이 우울해했으므로 두 여자 모두 히스테릭한 상태에서 여행했어요. 그녀들은 특히 저녁에 남자를 찾았는데, 손이 미치는 곳에 있던 유일한 사람이 비서였대요. 그는 분명 카술레를 좋아하고 있었으나 그녀와 잔다는 생각은 추호도 없었기에, 그녀가 그렇게 하자고 했을 때 "아니오. 좋은 친구로 지냅시다"라는 식으로 대답했대요. 카술레의 친구는 카술레 이상으로 유혹하지 않았으나 차를 운전하는 사람이었고, 그녀가 너무 예민해져서 차를 나무와 다른 장애물에 들이받더래요. 그래서 자신이 그녀와 자는 가벼운 희생을 치르지 않는다면 그녀가 모두를 죽일 거라는 생각이 들었다는군요. 그것이 카술레를 미치게 하여 그녀는 "여행을 망치겠어요, 당신들 둘의 여행을!" 하고 고함쳤대요. 그리고 부자 남편에게 이르겠다고 친구를 위협하고 비서를 모욕하면서 정말 여행을 망쳤다는군요. 비서는 자기 자신과 스페인에 대해 만족해하면서 어제 돌아왔어요. 그는 여자들에 대해 생각하는 것만으로도 공포에 떨며 두 눈이 휘둥그레져 모든 이야기를 사르트르에게 쏟아놓았어요. 사르트르는 이제 카술레 쪽의 이야기를 기다리고 있어요. 당신에게도 알려 줄게요.

올가는 형편없는 연극에서 멍청한 역을 맡아 연기하고 있으나, 그녀가 무대 위에서 젊고 건강하며 예쁘게 보여서 기뻤어요. 〈파리 떼〉에서 성공을 거두기만 하면 좋겠는데. 그녀는 남자들을 꿈꾸기 시작했어요. 며칠 전 밤에는 흑인들의 무도회에서 D와 열렬하게 키스했다고 고백했어요. 그녀는, 오래전부터 그녀와 사랑에 빠진 그와 자고 싶다는 유혹을 느낄 정도로 그를 좋아하지만, 약간 겁이 난대요. 당연해요. 그녀에게 미친 듯이 열중해 있는 그는 그녀를 위해 무엇이든 다 할 수 있지만, 그녀는 그를 사랑의 감정으로 좋아하는 것이 아니어서 어려운 문제들이 일어날 수 있지요.

여가수와 카술레 사이에 불화가 생겼어요. 여가수가 레즈비언인 다른 아름다운 여자와 욕조 안에서 나체로 사진을 찍었기 때문이에요. 카술레의 질투. 비앙은 오손 웰스가 촬영하는 영화에서 불구자 역을 연기했어요(생제르맹의 다른 수많은 원주민과 함께). 뷔트 쇼몽의 택시 정류장 가까이에서요. 오! 이제 막 당신의 목소리를 들었어요. "그거 어디 있어요, 택시 정류장?" 그 말이 저를 깜짝 놀라게 했어요. 어리석은 저를요. 내 사랑, 우스꽝스러운 자전거를 도둑맞은 것은 슬프지만 당신의 영화가 잘 끝났다니 다행이에요. 그에 대해 더 자세히 이야기해 줘요. 당신에게서 아직도 멀리 있다는 사실은 슬프지만, 곧 가까이 간다는 것에 위안 삼고 있어요. 당신의 정신이 오락가락한다는 사실이 슬프지만, 당신을 아주 강렬하게 사랑하는 것에 만족해요. 저는 열심히 작업하고 술을 마시지 않으며—요컨대 수도승 같은 생활을 하고 있지요. 만약 이 마지막 문장이 거짓이라고 해도 다음 문장은 절대 거짓말이 아니에요. 당신을 이처럼 사랑해 본 적은 결코 없답니다.

당신의 시몬

1950년 6월 16일 금요일

아주 가까이, 한층 더 가까이에 있는 매우 소중한 당신. 저 역시 긴 편지를 쓸 기분은 아니에요. 그렇지만 이따금 죽음과 같은 공포 속에서 대양을 횡단하는 것이 아니라 누군가가 저를 기다린다는 사실을 상기시켜 줬으면 좋겠어요. 단지 기분을 전환시켜 주기 위해서 말이죠. 두 대의 비행기가 정확히 같은 장소에서 같은 시간에, 이틀간의 차이를 두고 호찌민과 파리 노선에서 추락한 사실 때문에 몹시 우울했어요. 오늘 아침에는 배편을 알아봤지만, 그러면 일주일이나 걸리는군요. 저의 고집 세고 맹목적인 사랑 앞에 일주일은 지나치게 길어요. 당신을 귀찮게 하며 보낼 일주일을 바다에서 낭비하지 않을 거예요. 그래서 7월 8일에 떠나 9일에 뉴욕에 도착하는 비행기 표를 샀지요. 10일엔 뉴욕에 있다가 워반지아에는 11일에 도착할 거예요. 그러나 덕분에 잔인한 턱을 가진 상어들이 나타나는 악몽에 시달리고 있어요. 그것들을 벗어날 수 있을지 제 수영 솜씨를 믿을 수 없군요. 나탈리는 8월 중순 이전에 만날 수 없으니, 됐어요. 아마도 이때쯤에 당신은 (짧은) 휴가로 고독한 며칠 밤을 즐길지도 모르겠군요. 기분 좋고 친절한 그녀의 편지로 인해 당신에게 그녀를 다시 소개하고 싶은 마음이 생겼어요. 그녀가 우리 집에 올지 아니면 제가 그녀의 집에 갈지 나중에 결정하도록 하죠. 제가 도착하면 시카고의 많은 사진을 감탄하면서 보게 될까요? 유쾌하고 좋은 일이 될 것 같네요. 당신과 함께 일하는 그 사람은 어때요? 당신은 그에 대해 열심히 말해 주지 않는군요.

여기는 새로운 게 아무것도 없어요. 억지로 작업하고 있지만 너무 흥분돼서 잘되는 게 별로 없답니다. 당신을 알아보고는 공항에서 떨었던 것처럼 마음속으로 떨겠지만 우리가 결코 떨어져 있던 적이 없었던 것 같을 거예요. 작은 굴속에 핀으로 꽂혀 있는 당신은 아주 다정해 보이는군요. 이 사진에서 당신을 나오게 하려고 제가 무언들 주지 않았겠어요! 쿠스쿠스를 먹을 만큼 배가 상당히 고픈가 보죠, 내 사랑? 아니면 사과요? 사과를 딴 지 아주 오래됐어요. 작고 파란 사과나 썩은 사과조차도요. 맛 좋은 과일이지요.

안녕 내 사랑. 당신은 곧 저를 볼 거예요.

당신의 시몬

추신. 당신의 에이전트에게 맡겨 둔 사르트르의 돈 2백 달러를 찾아줄 수 있나요? 『플래어』와 뉴욕에서 받을 돈 8백 달러를 더 가지고 갈 거예요. 그것으로 될까요? 안 그러면 갈리마르 출판사를 통해 더 얻어내도록 애쓰겠어요. 이제 당신이 호화롭게 살 거라는 건 사실이에요.

1950년 6월 20일 화요일

내 마음의 감미로운 시골 젊은이. 저를 기다리는 게 당신을 기분 좋고 평안하게 한다니 부럽군요. 반대로 저는 진정되지 않아 어찌할 바를 모르겠고 잠잘 때마다 악몽을 꾸곤 하죠. 간신히 식사하고 일하려고 여기저기 뛰어다녀요. 당신의 고약한 나라에 들어가는 게 상당히 어려워졌어요. 제게 돈은 있는지, 미국에서 저를 보증하고 돈을 지불해 줄 만한 친구들은 있는지를 증명하는 수많은 서류를 요구하더라고요. 그래서 갈리마르 출판사와 다른 사람들에게 제때 모든 걸 준비하도록 괴롭히지 않을 수 없게 해요. 떠나기 전에 갈리마르 출판사로부터 『기다려지는 아침』의 프랑스어 원고를 받아 교정봤다는 걸 알게 되어 기뻐요. 책은 가을에 출간될 거예요. 4백 달러를 받으면 뭘 하고 싶은가요? 다음 여행을 위해 파리에 두겠어요, 아니면 미국으로 부쳐 줄까요? 그들에게는 말할 수 없었어요.

제게 보내 주세요, 1) 이 점에 관한 답변을. 2) 당신의 전화번호를 다시 한번 알려 주세요. 3) 제게 편지를 보낼 수 있는 주소도 알려 줘요.

천둥, 번개, 비, 더위 그리고 후덥지근한 날씨도 마음을 편안하게 하는 데 도움이 되지 않는군요. 제 마음 깊은 곳에 감춰진 행복이 저를 조금 미치게 만들어요.

오늘 타미 굴드와 함께 점심 식사를 했어요. 그녀가 저를 몹시 울적하게 만들었답니다. 그녀는 제가 정말 좋아하는 몇 안 되는 여자 중 한 명이기 때문이지요. 속이 매우 깊고 진정으로 따뜻한 사람이에요. 항상 기분 좋고 유쾌한 여자로 알고 있어서 오늘 모습은 충격적이었어요. 봅이라는 이름만 들어도 그녀는 울음을 터뜨렸어요. 사연은 다음과 같아요. 그녀의 남편이 떠난 지 1년이 지났는데, 그녀는 뭔가 잘못돼 가고 있다고 의심하고 있어요. 그가 편지를 더 이상 다정하게 쓰지 않고, 돈이 있는데도 불구하고 둘이 합류하는 것을 원치 않는대요. 제가 아무 일도 아닐 거라고 위로하자, 지난 2월에 아주 심한 충격을 견뎌 냈다고 고백했지요. 봅이 되돌려 보낸 책과 쓸데없는 서류가 들어 있는 상자 안에는 두 쪽의 은밀한 일기가 담긴 그의 수첩이 있었대요. 단 두 쪽의, 그러나 어떤 것들이었는지! 그는 자기를 사랑하는 한 여자에게 자신도 미친 듯이 사랑한다면서 차를 한 대 사줬고, 그가 예상한 것보다 늦어지는 것은 그녀와 함께 남기 위한 거라고 쓰여 있었대요. 남편의 침묵과 우연히 발견한 뜻밖의 사실은 얼마나 끔찍한 경험이었겠어요. 그녀는 그가 돌아와서 모든 가족과 그를 더할 나위 없이 사랑하는 자신을 버리지 않을까 몹시 두려워하고 있어요. 우연한 기회에 그녀는 봅의 몇 번의 결혼에 대해 알려 줬어요. 그는 그녀와 2년 동안 함께 살았고, 그런 다음에 그녀가 3주간 집을 비워야만 했었대요. 그런데 그 기간은 그가 어느 무용수와 사랑에 빠져 결혼하기에 충분한 시간이었대요. 하지만 몇 달 후에 그가 돌아왔고, 그 무용수와 이혼했으며 타미와 결혼했대요. 그리고 그들은 단 한 번의 말다툼 없이 10년간 행복하게 살았다는군요. 치사하지도 않고 질투심도 없는 그녀는 모든 걸 이해할 수 있으나 봅의 인생으로부터 격렬하고 난폭하게 내쫓기는 것은 참을 수 없을 거라고 말했어요. 저는 그가 그렇게 할 거라고는 생각지 않지만, 그는 당연히 그럴 수 있다고 그녀가 시인하기 때문에 마음이 아파요. 그녀는 자신이 아는 사실을 감히 겉으로 드러내지 못하고 있어요. 저는 서로 존중하고 사랑하는 사람들 사이의 거짓말을 증오해요. 단 한 명의 남자도 한 여자의 가슴속이 얼마나 시커멓게 타들어 갈지 알아차릴 수 없을 거예요. 아무튼 이 이야기는 큰 충격을 줬어요. 그들은 제가 유일하게 아는 완벽하게 행복한 부부였기 때문이죠. 봅이 10년 동안의 결혼생활 뒤에 타미 같은 부인을 버리려면, 단순한 연애 사건 때문이어서는 안 돼요. 진정한 사랑이어야만 해요.

좋아요. 결국 당신은 그게 우리 일이 아니라고 말하겠지만, 종종 타인의 일은 저와 관련이 있고 그것에 충격을 받지요. 그렇지만 당신을 더 이상 오랫동안 지루하게 하지 않겠어요. 2주 후에는 당신의 두 팔에 안길 거예요.

당신을 너무 사랑해요, 내 사랑.

당신의 시몬

1950년 6월 22일 목요일

매우 소중한 당신. 날이 어찌나 더운지 녹아 버릴 것만 같아요. 지난번 받은 편지에서 당신은 휴식을 취하려고 매우 서두르는 것처럼 보였어요……. 조만간 당신의 턱과 귀가 혹사당할 거라는 걸 알아 두세요. 모든 서류가 준비됐답니다. 전화하지 않을 거예요. 저는 멀리서 들리는 목소리를 아주 싫어하거든요. 그 목소리는 저를 너무 뒤흔들기 때문에, 당신의 팔에 안겨서만 그런 충격을 견딜 수 있어요. 일요일이나 월요일 아침에 전보를 칠게요. 하루에 일을 다 해결할 수 있게 되면 워반지아에는 화요일, 그러니까 11일에 도착할 거예요. 내 사랑, 당신이 에이전트에게 돈을 준비하라고 요청해 주면 무척 큰 도움이 될 거예요. 돈을 받아내는 데 시간이 걸릴까 두렵거든요. 사르트르에게 돈을 빌린 것은 옷을 사고 싶기 때문이에요. 예쁜 옷들은 파리보다 미국에서 더 저렴하기 때문이지, 스카치나 럼주 케이크를 먹지 못할까 두려워 그런 건 아니에요.

프랑크푸르트에 다녀온 사르트르는 그곳에서 "올그런의 기막히게 좋은 소설을 번역한 사람이 당신이라는 걸 알아요……"라고 말한 출판인을 만났어요. 그는 "아니오. 저는 번역자를 고르는 일만 했을 뿐입니다"라고 겸손하게 대답했대요. 이 사람이 당신의 중편소설 하나(폴란드인들과 그들의 거리에 관한)를 함부르크의 한 잡지에 실었다며 비밀을 털어놓더래요. 당신 알고 있어요? 그리고 폴볼스의 아프리카 소설 『마지막 사랑』*도 아나요? 저는 볼스를 한심한 작가로 생각하지만, 이 책은 뛰어나다고 하는군요.

그건 그렇고, 당신들은 거의 우리에 필적했더군요. 58명의 학생이 미시간 호수에서 익사하다니, 세상에 그럴 수가! 그 호수에서 수영하는 모험을 감행하다 시체와 부딪칠까 두렵군요.

전쟁이 한국에만 국한되고, 제가 탄 비행기가 추락하지 않고, 당신 마음이 제 마음과 마찬가지로 어리석고 충실하길 바라요. 한 번 더 당신의 두 팔에 이르는 길을 되찾을 수 있기를 바라요. 편지는 한 번만 더 쓸 거고, 그다음에는 전보를 치고 나서 도착할 거랍니다. 약간 상식을 벗어난 것처럼 느껴지는 제가 당신에게 상식을 벗어난 키스를 보내요.

당신의 시몬

1950년 6월 24일 토요일

넬슨. 이것이 마지막 편지라고 생각하니 기분이 미친 듯이 좋아요. 더는 일을 할 수 없군요. 당신을 다시 보면 마음이 진정되겠지요.

어제 서류를 잔뜩 들고서 당신이 그토록 명예롭고 자랑스럽게 싸웠던 미국 대사관에 갔어요. 영사가 여행 목적에 관해 묻길래

---

* 프랑스어판 제목은 "사하라 사막에서의 차 한 잔Un thé au Sahara"이고, 원제는 "극지의 하늘(The Sheltering Sky)"이다. 한국에서는 "마지막 사랑"이라는 제목으로 번역되어 영화로 상영됐다.

올드미스로 머물러 있기에는 너무 젊게 느껴지고 함께 잘 수 있는 유일한 남자가 시카고의 워반지아에 있다고 말했어요. 그는 그런 제 계획에 미국 남자 한 명이 필요하다는 것을 인정하지만 대사관에도 그런 사람들이 넘쳐난다고 덧붙이더군요. 그들에게 시선을 한번 던지고는 "아니오"라고 결론지었지요. 그랬더니 미국에서 준수해야 할 의무에 관한 선언문을 읽고 오른손을 들어 선서하라고 명령했어요. 그렇게 했지요. 마침내 "됐습니다. 가시지요"라고 했고, 모든 절차를 끝냈어요. 이것이 제가 미국 대사관에서 벌어진 전투에서 어떻게 이겼는지에 대한 경위예요.

이제 막 소로킨이 사랑에 빠진 동성애자와 함께 한 시간을 보내고 왔어요. 젊고, 똑똑하며 약간 현학적인 사람이에요. 그는 자기 방식대로 그녀를 사랑하지만, 그녀가 많은 것을 요구하는 성가신 사람이라고 생각하고 있어요. 그는 10년 전 제가 가졌던 문제, 즉 누군가에게 질렸을 때 내 집에서 어떻게 몰아내는가 등의 똑같은 문제를 안고 있었기에 저를 재미나게 했어요. 그가 '신의의 서약문'에 서명하는 것을 거절했다고 해서 재직 중인 대학교에서 쫓겨날까요? 당신 나라는 고약해지고 있어요, 안 그래요? 당신이 편지를 그다지 많이 보내지 않았다는 것은 조금 슬픈 일이에요. 극도의 불안감이 떠나지 않아요. 제가 다시 만날 사람이 당신, 정말 당신인가요? 바로 그 넬슨, 나의 넬슨 맞나요? 그렇다는 생각은 들지만 느낌이 오지 않고 가까이 가면 갈수록 또다시 그 정도로 행복해지는 건 불가능해 보여요. 저는 지금 아주 추해요. 아마도 당신이 저의 컨디션을 다시 좋아지게 할 때까지 그 상태로 있을 거예요. 그리고 한국의 사태 역시 저를 불안하게 만들어요. 만일 국경이 폐쇄된다면요?

좋아요, 열흘 후에는 더 이상 문제가 없을 거예요. 저는 그것을 알고, 또 믿어요. 저는 당신의 두 팔에 안겨 있을 것이고, 그게 전부랍니다. 어느 때보다 더 많은 사랑으로 당신에게 가요.

당신의 시몬

1950년 미국에서의 시몬 드 보부아르

7월부터 9월 말까지 시몬 드 보부아르는 올그런의 집에서 보낸다. 하지만 이는 완전한 실패였다. 시몬 드 보부아르는 6월에 터진 한국전쟁이 전면전으로 확대된다면 프랑스로부터 소식이 끊길까 두려워하면서 미국으로 떠난다. 최근 몇 개월간 올그런이 보낸 편지의 어조가 바뀐 것, 그 횟수가 드물어진 것 그리고 그 간절함에 불안한 조짐을 느낀 그녀는 자신을 맞이하는 올그런의 태도에 완전한 충격을 받는다. 그는 더 이상 그녀를 사랑하지 않는다고 갑작스럽고 거칠게 밝힌다. 올그런이 미시간 호숫가에 있는 밀러에 빌린 집에서 그녀는 고통스러운 여름을 보낸다. 수영을 잘하지 못하는 그녀는 어느 날 익사할 뻔한다. 전쟁의 위협이 그녀를 극도로 불안하게 만든다. 나탈리 소로킨이 그녀를 만나러 오고, 이는 올그런의 신경을 무척 거슬리게 만든다. 이 또한 긴장의 또 다른 원인이었다. 할리우드에서 전 부인을 다시 만난 올그런은 그녀와 재결합할 것을 생각한다. 시카고를 떠날 때 시몬 드 보부아르는 그를 다시는 볼 수 없을 거라고 생각한다.

1950년 9월 30일, 뉴욕의 '링컨' 호텔

넬슨, 나의 매우 소중하고 다정한 연인. 당신이 제 곁을 떠난 지 얼마 되지 않아, 미소 띤 한 남자가 다가와 꽃과 두 마리의 작은 새 그리고 넬슨의 사랑을 전해 주고 갔어요. 그것은 "더 이상 울지 않는다"라는 정언명령을 무효로 만들어 버릴 뻔했어요. 사실 그 때문에 저는 냉정한 분노라기보다는 차라리 메마른 슬픔에 젖어 있어요. 지금까지 제 눈은 훈제된 생선처럼 메말라 있었답니다. 그러나 가슴속에는 들척지근하고 고약한 맛의 크림이 자리를 잡았어요. 공항에서 한 시간 반을 기다렸어요. 안개 때문에 로스앤젤레스에서 오는 비행기가 착륙하지 못했답니다. 당신이 떠나길 잘했어요. 마지막 기다림이 길어질 뻔했지만, 저를 데려다주길 잘했어요. 꽃을 보내 주고 저를 데려다줘서 고마워요. 나머지는 말할 것도 없고요. 자주색 꽃을 가슴에 꼭 껴안고서 맥도널드의 추리소설을 읽는 척하며 기다린 후에야 비행기가 이륙했어요. 별 탈 없는 여행이었답니다. 책을 계속 읽는 척했지만 사실 어리석고 못난 저의 가슴속 깊은 곳에 있는 당신을 향한 사랑 때문에 잠들 수가 없어서였어요. 뉴욕은 덥고 흐린 동시에 햇빛이 가득하고 매혹적이었어요. 얼마나 눈부신 도시인지 모르겠군요! '브리태니'로 다시 가서 가슴을 아프게 할 필요는 없겠기에 3년 전, 이 대륙에서 단 한 사람도 모르고 또 시카고에서 거짓말 같은 함정에 빠지리라는 것을 예상치 못하고 묵었던 링컨으로 갔지요. 사람들이 정확히 같은 방, 하늘에 약간 더 가깝긴 해도 같은 방을 줬어요. 그 먼 과거에 다시 있게 되니, 얼마나 이상하던지요! 3년 전처럼 아무 어려움에 부딪히지 않고서 미용실로 내려갔어요. 호텔은 텅 빈 것 같았지요. 올가를 위해 만년필을 샀어요. 제게 많은 돈을 돌려줘 고마워요. 겨우 쓸 돈밖에 없었거든요. 그리고 우리가 2년 전 마지막 날 밤에 한쪽 끝에서 다른 쪽 끝까지 걸었던 3번가와 브리태니 주위를 다시 걷고 또 걸었어요. 곳곳에서 당신을 되찾았고 모든 것이 기억났답니다. 일종의 벼룩시장이 열리는 워싱턴파크를 거닐다가 뉴욕에 어둠이 깔리는 것을 바라봤어요.

지금은 밤 아홉 시예요. 작은 샌드위치 한 개밖에 먹은 것이 없고, 워반지아를 떠난 이래 잠을 자지 않아서 지쳐 있어요. 당신이 준 스카치를 마시며 방에서 당신에게 편지를 쓰고 있으나, 그렇게 일찍 잠들 것 같지는 않네요. 제 주위로는 뉴욕과 우리의 여름이 있답니다. 완전히 기진맥진해질 때까지 그것에 대해 꿈꾸며 걷기 위해 다시 내려갈 거예요.

전 슬프지 않아요. 단지 그리도 가까웠던 당신이 이젠 멀리, 아주 멀리에 있다는 걸 진정 믿을 수 없어 녹초가 됐을 뿐이에요. 떠나기 전에 두 가지만 말하고 싶어요. 두 번 다시 반복하지 않을게요. 약속해요. 첫째, 언젠가 당신을 다시 만나는 것이 제 바람이에요. 그러길 원하고 제게는 그것이 필요해요. 그렇지만 결코 당신에게 만나자고 요구하진 않을 거예요. 자존심 때문이 아니라 — 당신에게 자존심을 내세우지 않는다는 걸 알죠? — 우리의 만남은 당신이 원할 때만 의미 있을 것이기 때문이지요. 그러므로 기다릴 거예요. 당신이 원할 때 말해 줘요. 그렇게 된다고 하여, 당신이 저를 다시 사랑하기 시작했다고 믿는다거나 저와 자고 싶어 한다고 결론짓지 않을 거예요. 우리는 오랫동안 같이 있을 의무도 없어요. 단지 당신이 그러고 싶을 때, 그리고 원하는 만큼만 그렇게 하겠어요. 당신이 저를 만나자고 하는 날만을 기다릴게요. 기억해 주세요.

아뇨, 우리가 더 이상 다시 만나지 않을 거라는 사실을 믿을 수 없어요. 저는 당신의 사랑을 잃어버렸어요. 그로 인해 너무 고통스럽지만 당신, 당신은 잃지 않았어요. 어찌 됐든 당신은 저를 무한히 충족시켜 줬어요. 넬슨, 당신은 제게 매우 중요한 것을 줬고, 그것을 다시 가져갈 수 없어요. 당신의 애정, 당신의 우정이 어찌나 귀중한지, 당신을 찬찬히 생각할 때면 다시 따뜻하고 행복해지며 열렬한 감사의 마음을 강렬하게 느껴요. 이 애정과 우정이 제게서 절대 사라지지 않기를 바라요. 부끄럽지만, 진실하고 당황스러운 고백을 해야겠군요. 제가 당신의 실망스러운 두 팔에 이르렀을 때와 똑같이 당신을 사랑해요. 저의 모든 존재는 당신을 덜 사랑할 수 없다는 것을 의미하지요. 내 사랑, 그것이 당신을 거북하게 만들지 않기를 바라요. 우리의 서신 교환을 고역으로 만들지 말아 줘요. 각각의 편지가 늘 저를 행복하게 만든다는 것을 염두에 두고, 쓰고 싶을 때 쓰도록 해요.

좋아요. 말이란 하찮아 보이는군요. 당신에게 다가가도록 절 놔두세요. 예전처럼 저를 영원히 당신의 시몬으로 놔두세요.

당신의 시몬

1950년 10월 4일 수요일

나의 매우 소중한 넬슨. 이 편지가 정신 나간 우체부에 의해 배달되어 제가 우편물을 꺼내기 위해 열었던 그 우체통에서 기다릴 거라 상상하니, 마음이 혼란스럽네요. 모든 것이 얼마나 멀어졌는지 알아도 모든 것은 여전히 가까이 있어요. 프랑스로 돌아오는 사람은 거의 없었지요. 커다란 공항버스 안에는 저 혼자 있었고, 비행기에는 겨우 열 명의 승객이 있었을 뿐이에요. 옆줄에 앉아 있던 미국 어린아이는 열여섯 시간의 비행 동안에 줄곧 아팠어요. 우리는 샴페인을 곁들인 맛있는 저녁을 먹었지요. 세찬 진동과 함께 뉴펀들랜드에 착륙했고, 그다음에 파리까지는 좋은 날씨가 이어졌어요. 빛나던 뉴욕과는 달리 파리는 약간 침울하고 흐렸어요. 사람들이 저녁 식사 시간이라고 주장하는 시각에 도착했어요. 제게는 점심 식사 시간인데 말예요. 그때가 오후 다섯 시(당신에게는 오전 열한 시)였지요. 신기해요. 눈을 붙이지 못했지만 그렇게 지치지는 않았어요. 사르트르가 저를 좋은 레스토랑에 초대했고 우리는 밤늦게까지 이야기했어요. 시가와 빨간색 면도날을 받고 매우 기뻐하는 그가 당신에게 가장 우정에 찬 인사를 보낸답니다. 뜻밖의 좋은 선물이 기다리고 있었지요. 1년 이상 늦어지긴 했어도 아이티의 가면과 북°이 그날 저녁에 도착했답니다. 우리의 은신처는 골동품 상점처럼 됐지만, 예뻐요. 그날 밤은 너무 짧았어요. 아침부터 동생이 거액을 요구하면서 저를 만나겠다고 전화했기 때문이지요. 그들은 예정대로 밀라노로 떠나는데, 그들에겐 좋은 일이에요. 내일 당장 파리를 떠나기 때문에 올해 안에는 그들을 자주 만날 일이 없을 거예요. 돈 때문에, 그 일을 맡은 비서에게 전화를 걸어야 했는데, 현재 사르트르와 제가 마침 동시에 돈이 떨어졌기 때문에 그가 투덜거렸어요. 자신이 돕는 사람들에게 돈을 덜 주거나 아예 주지 못할 정도로 사르트르는 돈이 없답니다. 정말 처음 있는 일이에요! 잠시 후면, 동생과 제부와 함께 점심 식사를 하고 그들이 요구하는 거액을 줄 거예요. 스카치에 대단히 만족해하는 비서와 보스트도 당신에게 매우 고마워하면서 둘 다 미시간의 '모진 어린이'에게 우정을 보낸대요. 모두가 아주 건강해요. 보스트와 시피용은 여름 내내 4막짜리 가벼운 희곡을 썼는데 어찌나 웃기는지 정신질환자들처럼 요란스럽게 웃지 않고서는 큰소리로 읽을 수 없다고 주장해요. 올가도 그들의 말을 들으면서 미친 여자처럼 허리가 끊어져라 웃어 댔대요. 그들은 큰돈을 벌길 바라요. 비서의 풍자적인 글은 성공적으로 출간됐어요. 그는 '순수한 기호들'로 구성된 추상적인 작품으로 가장한 글 속에서 문학을 조롱하고, 같은 스타일로 '작성된' 세 쪽의 축하 편지를 즐겁게 받아보고 있어요.

• 사르트르가 그녀를 위해 아이티에서 구입했다.

친애하는 선생님

/ /

/ /

당신의 ∞

『타인의 피』가 독일에서 라디오 전파를 타고 있어요. 작품에 호의적인 한 여자가 정성스럽게 준비한 두 시간짜리 긴 방송인데, 저는 그녀가 성공적으로 끝마친 데에 만족해요. 줄거리에 그 시절의 음악과 뉴스가 삽입되고 있어서 뛰어난 효과를 줄 수 있을 거예요. 『군식구』도 라디오 방송으로 나가고 있어요. 물론 수많은 우편물이 집에 쌓여 있지요. 당신들의 거대한 대륙에서 돌아올 때 자기 뿌리와 정체성을 되찾는다는 것은 낯설지 않아요. 시카고와 뉴욕에서는 길을 잃은 것처럼 더 이상 제가 아닌 듯 느껴졌지만, 여기서는 저일 뿐이에요. 이러한 사실은 분명 거대한 세계에서 대단한 것이 아니지만, 어떤 안락함을 보장해 주지요. 이곳 사람들이 당신을 무척 칭찬해요. 당신을 엄청 좋아하는 것 같아요. 그래서 끈질긴 제 감정이 계속 핑계거리를 가지나 봐요. 눈물을 흘린 것을 잊어버리고 용서해 줘요. 내 사랑, 저의 눈물이 당신을 얼마나 지겹고 귀찮게 만들었는지 깨닫고 있어요. 하지만 제게는 유익했답니다. 그렇게 많은 눈물을 흘리고 나니, 이제 슬픔과 쓰라림은 사라지고 가슴속에 빛을 발하는 애정만 남아 있어요. 그 눈부시게 아름다운 꽃은 대양의 상공에서 천천히 죽어 버렸지만, 두 마리 새는 가방 안에 간직해 뒀어요. 제가 당신의 감독관으로 남아 있다는 것을 잊지 말고 제게 새, 다람쥐, 호수, 집 그리고 잔디에 관한 보고서를 보내 줘요. 제 아파트 부엌문을 열고 충격을 받았어요. 냉장고도, 보일러도, 커다란 개수대도 다 없어졌기 때문이지요. 어디로 간 걸까요? 부엌 구실을 하는 이 초라한 기구들을 보자 제 눈을 믿을 수 없었어요.

아름다운 여름이었어요, 넬슨. 저는 지금 저의 샹그릴라였던 그 어깨에 얼마나 뺨을 대고 싶은지 모른답니다! 행복하세요. 소중한, 무척 소중한 당신.

당신의 시몬

1950년 10월 7일 토요일

무척 소중한 당신, 그렇게까지 불쾌하진 않았어요. 그렇게 빨리 편지를 써 보낸 것은 매우 친절한 일이었지만, 울프의 어머니에게 전화한 것은 좀 지나쳤어요. 그러나 그 같은 불안감으로 고통스러워하는 것은 거의 여자들이 우는 것만큼 우스꽝스러워요. 저로 인해 당신이 불행해지는 걸 원하지 않아요. 아무리 사소한 것이라 해도요. 그러면 저 역시 마음이 몹시 아플 거예요. 저를 생각하면서 좋아지도록 해요. 모든 진실을 고백하자면, 당신이 제 출발을 걱정했다는 것이 맘에 들었어요. 꽃이 할 수 없는 진실한 이 고백을 당신의 소중한 편지가 성공시켰답니다. 다시 말해 한 번 더 통곡할 뻔했지요. 그러나 참아 냈어요. 가슴이 뭉클해지는 것을 참아 냈지요. 다른 사람 일에도 절대 눈물 흘리지 않았어요. 이 메마름이 사르트르를 어리둥절하게 만들었답니다. 사소한 이야기 하나 들어 봐요. 6월에 타미 굴드가 제 어깨에 얼굴을 기대고 울었을 때 저는 깜짝 놀랐어요(제가 장래 흘릴 눈물에 대한 일종의 전조였다고 추측돼요). 어찌나 놀랐는지 저도 약간 눈물을 흘렸지요. 그래서 그녀와 함께 퐁루아얄 바에서 두 시간을 보내려는 것을 사르트르가 알았을 때, 그는 제가 놀라고 당황한 채 그곳에서 나올 거라고 예상했지요. 그는 한 여자 친구에게 저의 장점 중 하나가 타인의 난처하고 귀찮은 일에 감정을 이입하는 능력이 있다고까지 했었어요. 그래서 저녁에 함박웃음을 짓는 저를 만났을 때 그는 깜짝 놀랐고 몹시 실망했죠. "그래, 모든 게 잘돼 가요?"라고 그가 물었어요. 모든 게 더할 수 없이 잘못돼 가고 있으나 이젠 가슴이 메말라서, 사하라 사막에서 물 한 방울을 우려내기 어려운 것과 같이 제게서 눈물 한 방울을 우려낼 수 없다고 대답했어요. 아마도 일반적으로 남자들은 그 같은 반응을 — 아주 편안한 반응 — 보이는지도 모르겠어요. 그러나 우스웠던 것은 비난에 가까운 사르트르의 당황스러움이었지요. 그는 분명 울지 않았지만, 그 슬픈 이야기에 대해 끝없이 길게 따져 댔어요. 슬픈 이야기이긴 해요. 맞아요. 너무 긴 1년이 지난 후에 돌아온 굴드는 하루하루 오직 도망가려고만 애쓰면서 아내와 아이들에게 단 한 번도 시선을 주지 않고 키스도 하지 않았어요. 타미는 몹시 화나서 모든 것을 안다고 말해 버렸죠. 그는 "그럼 아주 잘 됐군"이라고 말하면서 영화를 만들러 아이티에 1년 더 가 있겠다고 했어요. 그리고 그 여자와 함께 파리로 돌아오든가 아니면 이번 겨울에 그녀를 파리로 불러 함께 살든지 하겠다는 거예요. 어찌 됐든 그는 타미와 이혼하고 그 여자와 결혼하는데, 그녀는 이전 결혼에서 두 아이가 있고 미국인이며 금발에다 자유분방하고 아름답대요. 그러면 그는 두 가족을 부양해야 해요. 이 여자가 벌써 많은 돈을 요구하고 있거든요. 타미는 이치를 따져 그를 설득하려 노력했고, 모든 결정을 내리기 전에 1년의 유예 기간을 요구했어요. 하지만 그는 의논조차 하지 않으려 해요. 그는 "네 인생 아니고 내 인생이야. 난 내 인생을 선택했고, 만일 나를 사랑한다면 나의 선택을 받아들여야

해"라고 말했어요. "내가 그렇게 하는 것에 대해 상처받는다는 것은 네가 아이들을 사랑하지 않는다는 걸 의미해. 넌 인생에서 별로 고통받지 않았으니 고통스러워하는 것을 배워야만 해. 한 인간에게는 좋은 일이지"라고 그가 단언했대요. 그렇지만 그는 분명 죄의식을 느끼고 있어요. 신경질로 인한 '우울증'으로 미국 병원에서 닷새간 치료를 받아야 했거든요. 그가 주장하기를—웬 속임수인지!—아내와 아이들이 자기 일에 방해되기 때문에, 다시 글을 쓰려는 그의 유일한 희망은 새로운 삶에서만 가능하대요. 그녀는 거의 모든 것—그가 더 이상 그녀를 사랑하지 않는 것, 다른 여자가 파리에 오는 것 그리고 봅이 이 여자와 자는 것—을 받아들이며, 다만 1년간 집에 있어 주기를 요구하지요. 그런데 그는 그 주제에 접근하는 것조차 받아들이지 않아요. 몸무게가 10킬로그램이나 빠져 귀신같고 심신이 부서져 몸을 떠는 그녀는 자살 같은 정신 나간 생각만 품고 있어요. 하지만 그는 그녀를 도와주려고 노력하지 않아요. 그가 걸린 이 갑작스러운 열병은 본질적으로, 그가 쓰는 문체 때문에 자신이 겪는 더 심오한 문제에 대한 일종의 도피 같아 보여요. 그의 이기주의와 거짓의 냉혹함은 끔찍스러운 균열을 감추지요. 그는 의심할 여지없이 자신에게 거짓말하는 거예요. 그는 이 상황을 거만스럽게 건성으로 훑어보는 대신에 적어도 타미가 이를 견딜 수 있도록 만들어 주려고 시도해야 할 거예요.

올가와 하룻저녁을 보냈는데, 그녀는 터무니없이 작은 갑과 만년필에 대단히 만족해했어요. 그리고 특히 당신이 나탈리를 밖으로 내쫓았다는 사실에 대단히 흡족해했지요. 그녀 둘 사이에 항상 존재했던 증오에 불타는 질투심 때문이에요. 나탈리가 실제로 떠났는지 확인하기 위해 당신이 버스까지 뛰어간 행동에 대해서는 몹시 기뻐했어요. 동성애자들과 돈 이야기는 구역질 나게 했지요. 오! 당신이 침대를 포개 놓고 싶어 했다고 말하자 그녀가 얼마나 웃었는지 몰라요. 바보 같군요! 당신이 혼자 있을 때는 침대가 두 개씩이나 필요하지 않아요. 그러니 떼어 놓으면 되는 거예요. 올가는 안색이 좋고 건강해진 것처럼 보여요. 그녀는 우리가 며칠 밤을 잤던 곳*에 있는 그들의 작은 집에서 여름을 보냈어요. 시피옹이 더할 나위 없이 친절했던 보스트와 함께 보드빌*을 작업하러 2주간 내려갔었대요. 그러나 이틀간 머물기 위해 내려온 그의 사모님이 지옥을 야기했대요. 그녀는 신경질을 내고 앙심을 품고 매우 불쾌한 모습을 보였다는군요. 올가 말에 의하면, 나탈리에 대한 저의 지나친 친절 때문에 당신이 그랬던 것처럼 그녀가 시피옹을 때리고 싶어 하기까지 했대요.

체중을 달아 보지 않았으나 모든 사람이 제 안색을 보고 대단히 좋다고 해요. 어쩌면 당신이 저를 너무 거칠게 대하지 않았을지도 모른다는 결론을 내리게 되는군요. 제 가슴속에서 당신은 아주 친절하게 미소 짓고 있어요. 저도 당신의 가슴속에서 미소 짓고 싶고 모든 불안을 단호하게 금하고 있어요, 내 사랑. 만일 당신이 조금이라도 고통스러운 감정을 느낀다면, 저는 울부짖을 거예요. 로랜드에 대해, 어맨다에 대해, 당신의 연설에 대해, 모든 것에 대한 소식을 주세요. 당신을 위한 다른 작은 이야기들이 다음번에 계속될 거예요. 저의 고약한 가슴 깊은 곳으로부터 나오는 수많은 키스를 보내요. 당신은 혐오스러운 사람, 제게 유일하게 혐오스러운 사람이고, 저, 저는 다른 누구에게도 혐오감을 일으키는 사람이 아니에요.

당신의 시몬

---

* 그라스 근처에 있는 카브리
* vaudeville. 노래가 섞인 통속 희극

엘렌 라이트는 저의 영어가 훌륭해졌다고 확언했어요. 당신, 몹시 불쾌한 인물인 당신은 왜 그렇게 말해 주지 않았어요? 『제2의 성』에 대한 소송이 계속되고 있어요. 늙은 고급 매춘부의 변호사가 지난 수요일에 변호했고, 제 변호사는 다음 수요일에 변호할 거예요. 자신이 아주 정숙했었다는 그녀의 주장을 모든 신문에서 비웃고 있어요. 저는 승소하길 바라고 있습니다.

1950년 10월 10일 화요일

매우 소중하고 혐오스러운 인물. 이 회색 도시에서 고약한 감기에 걸려 침대에서 편지를 쓰고 있어요. 속상해요. 집필을 너무도 다시 시작하고 싶고, 또 그렇게 해야 하기 때문이지요. 사르트르가 주네에 대한 원고*를 맡겼기 때문에 지금까지 일할 수 없었어요. 850쪽짜리의 어마어마한 이 물건 때문에 일주일 동안 세심한 독서를 해야 했어요. 괴물 같은 이 책에서 사르트르는 모든 주제에 손대고 있답니다. 다시 말해, 주네를 설명한다는 핑계 아래 윤리, 예술, 사회 등을 모두 다뤄요. 그는 그 안에서 이를테면 (한 남자에게 다른 한 남자가 행하는) 교접과 주네의 작품들과 졸라의 작품들의 너절함을 구별하는 차이에 대해 실존주의 이론을 제안하면서 철학과 외설을 괴상하게 뒤섞고 있답니다. 몇몇 발췌문이 이미 『현대』에 실린 관계로 온갖 종류의 신문이 사르트르의 비도덕성과 외설스러움 등을 규탄하면서 그의 명예를 난폭하게 더럽혔어요. 사실 그의 에세이는 흥미진진하고 아주 익살스러워요. 이 가엾은 사르트르를 공격하는 비평가들이 전반적으로 늘어나는

---

* 『성 주네, 코미디언이자 순교자 Saint Genet, comédien et martyr』

추세고 사태는 최악이지요. 이틀 전에는 파리지앵이 많이 읽는 저질 잡지에 사르트르가 어릴 적 부모의 성교 장면을 보고 어머니와 자는 것을 꿈꿨다면서 그가 동성애자라고 폭로하는 기사가 났었어요. 그에 대한 가짜 정신분석 기사도 크게 실렸지요. 정말 구역질 나고 멍청하고 한심한 기사죠.

커다란 편지 봉투를 장식한 많은 우표에 대해 축하하는 것을 잊었군요. 걸작이었어요! 처음에는 당신 편지인 줄 몰랐어요. 시들이 흥미로웠지요. 『한국에서의 죽음Mort en Corée』과 마드리드에 관한 비가悲歌도 번역할 사람을 구했으면 좋겠어요. 그러나 우리는 현재 잡지 한 권 전체를 미국에 할애하기 위한 충분한 자료를 가지고 있지 않아요. 당신에게 「스테피의 강간Le Viol de Steffi」 부분을 보내려고 『현대』의 여비서에게 부탁했어요. 만일 그녀가 보내지 않으면 제가 전할게요. 가련하고 불우한 당신! 『황금 팔』의 번역을 위해 사전에 교섭한 번역가가 또다시 연기처럼 사라졌어요! "번역이 불가능해요"라고 그녀가 평가했어요. 지금 프랑스어를 하는 엘렌 라이트도 "번역할 사람이 누구든 간에 어떻게 번역할 수 있을까요?"라고 지적했었어요. 어제 사르트르가 초역만 된다면 저와 함께 기꺼이 그 작품을 다시 맡겠다고 약속했어요. 갈리마르 출판사가 제공하는 번역료로는 마땅한 사람을 구하기가 어렵지만, 우리는 최선을 다할 거예요.

뉴욕의 제 출판인이 파리에 다니러 왔는데, 제게 미친 듯이 화나 있다는군요. 토요일 오후에 저를 기다렸는데, 제가 나타나지 않았다는 거예요. 사르트르는 그녀가 신경질적인 반공주의자라고 생각했고, 제 변호사(유대인)는 전쟁 중 뉴욕에서 망명하는 동안 이 출판인 여자가 자신에게 얼마나 고약하게 행동했는지를 알려 줬어요. 그래서 저는 이 쓰레기만도 못한 여자를 완전히 무시해 버린 거죠. 그녀가 탄 비행기가 추락하길 바라요!

그러니까 지난 수요일에 동생 부부와 점심 식사를 했고, 그들이 파리를 곧 떠나지 않았기 때문에 토요일에 다시 점심 식사를 했지요. 그들은 여전히 파리를 떠나지 않아서 저는 그들을 다시 만나야 해요. 당신이 알았다면 분개했을 거예요. 그렇게 끌어모으기 힘들고 또 그들이 결코 갚을 의향이 없는 1천 달러를 무슨 이유로 원했는지 알아요? 멋진 새 자동차를 사기 위해서예요! 저도 차가 없는데, 제가 그들을 위해 사르트르에게 돈을 빌려야 했던 거죠. 그도 차를 가지고 있지 않은데 말예요. 차를 살 돈이 없는데 왜 차를 사려는 걸까요? 그들은 자랑스러워하면서 차를 보여 줬고, 저는 화가 났어요. 그런 다음에는 정말 어리석은 그 작자가 『현대』에 실어 달라면서 형편없는 기사를 내밀었어요. 아무 가치도 없는 글이라고 했더니, 화를 내며 펄펄 뛰었어요. 그는 사르트르를 보러 갔고, 그 역시 그 기사는 생각해 볼 가치도 없다고 결론지었어요. 그가 또 한 번 펄쩍 뛰었지요. 결국 그는 어쩔 수 없이 자기 글이 보잘것없다는 사실을 받아들여야 했어요. 불쌍한 여동생도 호된 질책을 받았지요. 그녀는 도착하자마자 서너 군데 화랑에 자기 그림들을 보여 주러 갔어요. 어떤 화랑도 관심을 두지 않았다는군요. 다섯 번째 화랑에서 한 여자가 말했대요. "가엾은 부인, 당신 그림들은 아무 가치가 없어요! 고집 피우지 마세요. 당신은 결코 화가가 되지 못할 거예요! 다른 사람들의 그림을 보세요. 얼마나 다른가요!" 그러고는 자기 화랑에 전시된 작품을 가엾은 동생의 그림들과 비교하면서 보여 줬대요. "아시겠어요? 저것은 그림이고 이것은 쓰레기예요." 동생은 죽고 싶을 정도로 수치스러워 오열까지 했다는군요. 그 여자는 상냥하게 말을 계속했대요. "울지 마시고, 더 이상 그림을 그리려 애쓰지 마세요." 마침내 한 화랑이 동생의 그림을 받아들이겠다고 했고, 관리인은 그녀가 재능이 있다고 했대요 — 큰 격려였다는군요. 그런데 불행하게도 파산

직전에 있는 이 화랑은 올해 안에 문을 닫을 건가 봐요. 재수가 없어요. 그들은 밀라노로 떠나기를 애타게 기다리고 있지요.

물루지의 소식이 궁금한가요? 그는 여름 내내 코트다쥐르에 있는 보리스 비앙의 클럽에서 노래했어요. 사람들은 노래를 잘한다고 입을 모아 말하지만, 보리스와 말다툼하고는 노래하는 걸 포기했답니다. 여자 가수가 그를 대신해 노래를 불렀지만, 청중 마음에 안 들었고, 클럽은 문을 닫아 버렸어요. 물루지는 생제르맹의 한 지하 클럽에서 노래하는데, 어느 때보다 뛰어나다는 소식을 들었어요. 저는 자리에서 일어날 수 있다면 바로 그의 노래를 들으러 갈 거예요.

그런데 당신 처남의 아내가 당신 여동생이 아닌 건 어떻게 된 일이죠? 이해하기 어렵네요.

이번 여름은 툴루즈에게 가혹했어요, 알코올의존증은 치료됐지만, 나아진 게 아무것도 없답니다. 예전에는 비교적 불감증이었는데, 필시 나이가 섹스에 대한 광증을 불러일으킨 게 틀림없어요. 사르트르가 방문했을 때, 그녀는 자신의 충실한 노예를 내쫓은 지 이미 오래됐고, 완전한 고독에 파묻혀 살고 있었대요. 실내에서 발가벗다시피 한 그녀는 으스대며 걸어 다녔고, 사르트르에게 다음과 같이 말했다는군요. "몇 년 후면 나의 아름다움을 되찾을 거고, 그러면 너는 나를 사랑하게 될 거야." 한 달 뒤에 그녀는 프라이팬에 초를 넣어 눌러 만든 버터를 바른* 끔찍한 눈을 보란 듯이 과시하고 있었어요. 처음에는 그 이유를 말하지 않으려 하다가 마침내 실토하고 말았지요. 흉하고 초라한 어느 바에서 광산 노동자인 거칠고 상스러운 한 남자를 낚아챘대요. 그런데 20년 전 그와는 완전히 다른 부류의 남자들을 만났던 일을 떠

---

* 맞아서 멍든 부위를 가라앉히려고 한 행동

올리자 갑자기 두려운 생각이 들어 실행에 옮기기를 거절했대요. 그러자 그 사내가 무섭게 화를 내며 그녀를 때리고 바닥에 내동댕이치고 머리를 잡아끌었다는군요. 경찰이 와서 모두를 지서로 연행해 갈 때까지 그러한 상황은 계속됐고, 경찰들은 툴루즈를 비웃어 댔고 그 작자를 풀어 줬대요. 이로 인해 그녀는 몹시 의기소침해졌답니다. 이번 여름에는 사르트르에게 자신에 관해 기막히게 잘 쓴 스무 쪽의 편지를 보냈어요. 절망하고 회복 가망이 없으며 피로해진 자신의 모습을 진솔하게 털어놓은 편지는 마음을 사로잡았어요. 그런 다음에는 유감스럽게도 『현대』에 오손 웰스에 관해 쓴 에세이를 보냈지만, 그 글은 공허하고 멍청하며 무가치했지요. 뛰어난 편지를 쓸 능력을 갖춘 많은 사람이 출판을 목표로 할 때 겁을 먹고 모든 자질을 잃는 것이 참으로 이상해요. 사르트르는 그녀에게 에세이를 실을 수 없다고 알려야 했어요. 그 후로 그녀는 모든 서신 교환을 끊었기 때문에 이제는 그녀에 대해 아무것도 몰라요. 반쯤 실성한 외톨박이 그녀가 길에서 남자들을 유혹하고 두 번째 초를 넣어 눌러 만든 버터를 눈에다 바를 것을 생각하니 몸이 오싹해지네요.

자, 여기까지가 당신이 개인적으로 알거나 아니면 들어서 아는 친구들에 관한 모든 것이에요. 노부인과 자코메티에 관해서는 특별히 쓸 말이 별로 없네요. 자코메티는 미치광이처럼 쉬지 않고 작업하고 있어요. 이번 겨울에는 뉴욕에서 전시회를 열 거예요.

제가 돌아온 지 벌써 일주일이 됐고 청소, 세탁, 우편물 등 사소한 일거리를 모두 해치웠어요. 저는 일하는 생활을 다시 시작해야 해요. 오늘 밤에 감기가 나아 내일부터 일을 시작할 수 있기를 바라고 있어요. 다람쥐는 벽난로에서 멀리 있지 않고 당신, 당신은 작은 동굴 안에서 꿈꾸고 있군요. 매일 아침 당신이 보고 싶고 셀 수 없이 많은 날 동안 계속 당신이 그리울 거라는 걸 알아요.

안녕. 소중한, 매우 소중한 당신. 지금보다 더 당신을 사랑할 수 없을 거예요.

당신의 시몬

1950년 10월 15일 일요일

내 사랑, 매우 소중한 당신. 저의 작은 은신처에 상당한 변화가 있었어요. 『제2의 성』으로 상당한 돈을 벌었다는 것을 알았답니다. 그래서 저에게 축음기를 선물하기로 했어요. 거의 벽장만 한 커다란 축음기를 골랐지요. 제게는 라디오가 없어요. 아주 싫어해요. 내용이 형편없는 데다 집에 오는 사람들이 그것을 즐기면서 저를 진저리 나게 하는 게 두려워요. 그러나 저는 아주 많은 음반을, 특히 클래식 음반을 살 거고, 집에서 정말 좋은 음악을 들을 수 있다는 생각에 흥분이 되는군요. 축음기는 벽난로 가까이에서 기다리고 있는데, 기술자가 와서 작동법을 설명하는 즉시 음반을 살 거예요.

피란델로의 〈헨리 4세〉 공연에 참석했어요. 그 연극이 그에게 최고의 것은 아니었지만, 꽤 좋은 연극이었어요. 피란델로를 좋아하세요? 그럴 거라고 장담해요. 이번 주에 본 것 중에서 가장 흥미로웠던 것은, 재수용됐다가 세 번째 풀려난 예전 정신질환자가 기획한 정신질환자들의 그림 전시회였어요. 어느 정신병원에서 열렸어요. 그 사람은 바에서 정신이 온전할 때면 감금시켰다가 이상하게 느껴지기 시작할 때마다 풀어 준다고 친구들에게 설명했어요. 그림들은 여러 이유로 저를 사로잡았답니다. 이를테면 환자의 출신 국가별로 그림이 확연히 구분되는데, 프랑스인의 것은 왜소하고 소박하며 구식이고, 브라질인의 것은 너무 서정적이고 지나치게 채색되어 있어요. 미국인의 것은 추상적인 데다가 큐비즘과 초현실주의의 영향을 공공연하게 받았지요. 프랑스와 영국에서는 정신질환자들이 그림을 그리고 싶은 마음이 들 때만 그리는 데 비해, 남미와 북미에서는 그림이 치료요법의 하나여서 환자들에게 그림 그리는 것을 가르치고 있어요. 많은 사람이 자신의 끔찍한 내면을 뛰어나게 표현해요. 또 예전에 한 환자가 자기 경우를 주치의에게 '상술'하기 위해 길게 작성한 4백 쪽짜리 편지도 전시했어요. 두 시간 안에 모든 것을 자세히 보기는 불가능하여 그 전시회에 다시 가 보고 싶었는데, 불행히도 오늘 끝난답니다.

화요일에 못생긴 여자를 다시 만났어요. 우리의 재회는 일반적으로 그녀를 뒤흔들어 놓기 때문에 걱정스러웠어요. 게다가 그녀는 제가 지난주 일요일 이후부터 돌아와 있었다고 속으로 믿고 있답니다. 이것은 세상이 다 아는 착오지요. 먼저 되마고 카페에 가야만 했고, 이후에는 의례적으로 레스토랑에, 그다음엔 항상 마셨던 스카치를 마시러 역시 항상 들르던 '해리스' 바로 가야 했어요. 우리의 만남은 처음부터 끝까지 제가 여사제가 되어 주재하는 고대 의식과 비슷하게 진행됐지요. 의식이 거행될 때 여사제는 아무리 하찮고 세부적이라 할지라도 변화시킬 권리를 가지고 있긴 할까요? 결국 그녀는 단 한 번 울었을 뿐이에요. 우선 나탈리가 저지른 돈 문제를 거론했을 때 그녀는 병적으로 질투하는 나탈리에 대해 제가 냉담하다는 것을 알곤 즐거워했어요. 그러더니 모든 것을 자기 경우로 귀착시켜 버리는 수많은 여자에게서 나타나는 것처럼 와락 울음을 터뜨렸어요. 그녀는 매달 받는 돈이 갈리마르가 아닌 제가 주는 것임을 아주 잘 알고 있었는데, 더 이상 그 돈을 받지 않을 거래요. 하지만 그녀의 눈물은 거짓이었어요. 왜냐하면 그녀가 일을 찾으려고도 또 직접 생활비를 벌려고도 하지 않았으니까요. 그리고 그녀의 심장을 반쯤 멈추게 했음 직한 울음은 제가 울면 당신이 역정을 내는 것처럼 저를 화나게 했어요. 그녀를 설득하고 꾸짖어야 했지요. 또 휴가 동안에 집필한 엄청난 양의 소설 원고를 건네줬어요. 저는 이를 그녀가 프랑스의 어느 마을에서 지낸 사실을 근거로 삼아 읽어야 할 거예요. 이 장소에 관해 많은 이야기를 해 줬어요. 우리나라에서 큰 강 중 하나인 루아르강 ─ 당신도 그 강을 알 거예요 ─ 에 있는 서쪽의 이 평범한 마을에서 그녀는 집주인 여자와 하녀가 레즈비언이라는 것을 발견했어요. 그들의 사진을 봤어요. 늙고 유방과 엉덩이가 큰 거구의 두 여자였어요. 그녀들 사이에 섹스 같은 것을 상상한다는 것이 놀랄 노릇이지요. 그 여자들이 수다를 떨면서 늙고 신앙심이 독실하고 머리부터 발끝까지 검은 옷차림을 한 다른 세 쌍의 농사꾼 여자들도 레즈비언이라는 사실을 말해 줬대요. 그녀들 가운데 기혼인 데다 많은 아이가 있는 여자는 매주 사랑의 삶을 만끽하러 인근 도시로 간대요. 한편 같은 마을에는 오케스트라 지휘자가 있는데, 한 가정의 아버지인데도 여장하는 것 말고는 아무것도 좋아하지 않는다는군요. 달걀같이 대머리인 그의 아내는 세모꼴의 숄로 벗어진 머리를 감추고, 나머지 부분은 형언할 수 없는 누더기 밑에 감추고 있대요. 하지만 그 남편은 정성 들여 몸치장을 한다는군요. 긴 머리에다 얼굴과 입술에 화장하고, 넓게 팬 실크 블라우스에 바지를 입었지만, 굽이 높은 신발과 실크 양말을 신는대요. 사람들은 가짜 유방과 가짜 엉덩이에 대해 말하기까지 한다는군요. 하지만 그를 너그러이 봐주고, 그의 잘못이 아니라고 말한대요. 그의 할아버지는 다리를 절고 그의 아버지는 곱사등 때문에 몹시 슬퍼했으므로 유전적인 병이 문제라는 거죠. 그는 사내애들의 덕목에 대해 공격하지 않고 옷을 여자처럼 입을 뿐이에요. 원래 직업이 재단사인 그는 종일 정교하게 바느질한다는군요.

이 마을에서는 토착민에게 모든 것이 용인되지만, 이방인 여자가 홀로 자기 쾌락을 위해 몇 킬로미터를 달려가는 것은 용납하지 않는대요. 모두 못생긴 여자를 우롱해서 그녀는 산책하려면 행인이 많은 도로에서 멀리 떨어진 곳에서 숨어서 해야만 했대요. 그녀가 묵고 있는 싸구려 호텔에 또 다른 여자도 묵고 있는데, 그녀는 장애인이어서 비틀거리며 움직인대요. 어린애들이 그녀에게 돌을 던진대요. 그리고 그곳 강변의 모래사장은 공공장소로는 위험하대요. 물이 소아마비에 걸리게 하거나 수영하는 사람들에게 끔찍한 두통을 일으키게 한다는군요. 세상을 집어삼킬 듯한 급류의 소용돌이는 말할 것도 없고요. "위험. 해수욕 금지"라는 팻말은 많이 세워져 있지만, 원주민들은 개의치 않아서 매주 지역 신문에는 익사 파티가 언급된다나요. 못생긴 여자에게 그 마을에 관해 작은 기사를 써 보라고 제안했어요. 하지만 만약 그녀가 그렇게 한다면 문체를 지나치게 다듬어야 하고 말로 한 이야기의 신선함이 사라질까 두렵군요.

좋아요. 딜런 토머스에 관한 일화를 이야기할 시간이 없네요. 다음번에 하지요. 호수 위의 하늘은 아직도 황금색인가요, 아니면 회색인가요? 저는 어치들과 다람쥐들 그리고 당신 때문에 가슴이 에이는 듯해요. 모두에게 저의 사랑을 전해 주세요. 그러나 가장 큰 것은 당신을 위해 간직하세요.

당신의 시몬

1950년 10월 19일 목요일

소중한 총감독관님. 어제 받은 긴 보고서를 읽고 당신의 새 보금자리가 현재 무척 아름다운 외양을 갖췄다는 걸 알게 되어 기뻤

어요. 하지만 당신이 봉급을 주는 다른 보조 감독관을 생각하고
는 분개했어요. 어맨다*는 일을 꽤 잘 해낸 것 같으니 직함을 받을
만하지만, 일을 만들어 움직이네요. 심하게 말하자면, 그녀는 일하
는 사람이지요. 그것은 감독관의 직무가 아니에요. 감독관은 말
그대로 감독하는 거예요. 그녀에게 수선공이라는 이름을 붙이도
록 해요. 그리고 저의 직함을 간직하게 해 줘요.

이틀 전에는 한 석간신문에 "일을 하느니 차라리 죽겠다"라는
제목의 기사가 실렸어요. 같은 마을 사람들이 이제까지 병이나
다른 이유로 해서 얼마간 돈을 지급해 줬던 노파와 그녀의 마흔
살 먹은 두 딸에 관한 기사였어요. 사람들이 갑자기 돈 주는 것을
거부하고는 "그렇다면 그 사람들이 일하게 해야지요!"라는 결론
을 내렸어요. 그러자 세 여자 모두 미친 사람처럼 "일을 하느니 차
라리 죽어 버리겠다!"고 고함치며 숲속으로 황급히 달려갔대요.

새로운 시들을 보내 줘 고마워요. 프랑스에 돌아왔을 때는 아직
도 미국에 있는 것처럼 생각됐는데, 이런 느낌이 끈질기게 지속되
고 있어요. 일간지, 주간지 할 것 없이 모두 미국 정치와 미국 사
건들만 다루고 있어요. 대부분이 사실상 스탈린주의자들을 제외
한 모두가 미국에 팔렸어요. 가엾은 보스트가 언론에 아주 간단하
게나마 한 글자도 쓸 수 없는 이유가 바로 그 때문이죠. 잡지 『콩
바Combat』조차 맥아더에 의한 '서울 수복'과 같은 기사들을 신고 있
지요. 부끄러운 일이에요. 매우 혐오스럽지만 아주 잘 팔리는 주
간지들 가운데 하나가 허스트에 의해 매입됐다고들 말하지요. 갈
리마르 출판사에서 『결코 오지 않는 아침Never Come Morning』에 관한
논쟁이 있기에 저는 급하답니다. 그들은 'Come'에 's'가 없기 때문

* 올그런과 함께 살기 위해 다시 돌아온 올그런의 전처. 그는 얼마 지나지 않아 그녀와 재
혼했다.

에 소망을 뜻한다고 주장해요. 그게 아니라고 말했으나 제 말을 믿지 않아요. 어느 시에서 그 표현을 빌려온 거라고 명시해 줬는데, 맞나요? 인용할 수 있도록 그 시의 구절을 보내 줄 수 있겠어요? 제게 서문을 부탁했어요. 그들은 라이트가 쓴 프랑스어로 번역된 서문을 잊었나 봐요. 그것을 서문으로 사용할 거예요.

어맨다도 눈물을 꽤 좋아한다고 당신이 말했어요. 저만큼 그녀도 그렇게 오랫동안 우나요?*

1950년 10월 26일 목요일

무척 소중한 당신. 멋지긴 하지만 변덕스러운 새 축음기를 수리하기 위해 실내에 사람이 한 명 와 있어요. 바늘이 말을 듣지 않는 어린애처럼 원하는 대로 자기 멋대로 섰다가 가고 또 가고 그래요. 기술자가 어마어마한 강철 연장을 사용해 고치고 있어요. 저는 그에게 등을 돌리고 있지만, 소설 쓰는 작업을 하기엔 마음이 편치 않아서 당신에게 이 엉터리 글을 쓰고 있답니다.

어제 여덟 시에 깊은 잠에 빠져 있었는데 누가 깨웠는지 알아요? 다리나 실로네예요. 되마고에서 그녀와 그녀의 남편과 함께 술을 한잔했지요. 그녀는 예전처럼 뚱뚱하지는 않으나 얼굴이 털투성이에다 남편에게 말할 틈을 주지 않고 이야기해요. 오늘 점심 식사에는 그녀가 남편이 대화에 낄 수 있도록 해 주길 바라요. 그가 훨씬 더 흥미롭답니다.

어제 클레오 드 메로드 양에게 1프랑의 손해배상을 하라는 선고를 받았어요. 그것은 1센트의 3분의 1에 해당하는데, 정말 별것

---

* 편지의 마지막 부분이 분실됐다.

아니지요. 하지만 거기에다 소송비용이 추가되면 거액에 이를 거예요. 아무튼 그녀는 갈망한 수백만 프랑을 얻어 내지 못했어요. 그녀가 결국 매춘부 생활보다는 춤을 더 많이 추었던 것 같기에 저는 더 심각한 문제를 가질 수도 있었어요. 주네와도 점심 식사를 했는데, 아주 상냥하더군요. 어릴 적 신앙심에 관해 오랫동안 이야기했어요. 당시 그는 여러 교회에서 기도하는 것을 무척 좋아했고, 당나귀, 소, 갓난아기, 소나무를 가지고 예수 탄생 모형을 만들기도 했대요. 그가 못생긴 여자와 석연치 않은 놀이를 하고 있어요. 그의 친구 한 명이 카메라를 가지고 있어서, 그들은 공원에서 연극 한 편을 즉흥적으로 만들어 필름에 담았어요. 주워 온 어린애 역할을 맡은 주네는 이불보를 둘러매고 머리에는 챙 없는 하얀 모자를 쓴 채 울어 대며 갓난아기 흉내를 냈어요. 못생긴 여자는 엄마 역을 했지요. 그를 짐수레에 싣고 오솔길을 따라 밀고 가는 그녀에게 그가 팔을 바꿔 가며 채찍질을 가했어요. 주네가 어머니가 없었다는 것과 그 사실에 대한 슬픔, 그녀가 어머니를 증오하고 그녀를 통해 어머니가 매를 맞는 것에 대한 희열을 느낀다는 걸 염두에 둔다면, 이는 자발적으로 실현한 일종의 사이코드라마에 해당한다고 볼 수 있지요.

울프*가 뉴욕에서 이야기해 준 굉장히 재미있는 일화가 여기 있어요. 딜런 토머스의 이야기예요. 뉴욕에서 교수, 석학 들과 대학의 모든 집단 사이에서 아주 유명한 토머스(많은 사람이 그에 대해 학위 논문을 쓰고 그의 시를 고생고생하며 해설하려 애쓰고 있어요)가 뉴욕을 비롯하여 미국에서 순회강연을 하는데, 컬럼비아대학으로부터 초청을 받았어요. 젊을 적의 사진을 보고서 사람들은 그가 바이런 스타일의 미남일 거라 믿고 있었지요. 긴 금발, 섬세하고 감

---

* 버나드 울프(Bernard Wolfe). 작가이자 재즈맨

성적인 얼굴 등등. 사람들이 딜런 토머스를 마중하러 공항에 갔는데, 바이런 풍의 젊은 시인은 사실상 작고 뚱뚱한 중년 남자였대요. 그가 [비행기를 함께 타고 온 사람들을 가리키면서] "그들 모두를 체포하시오! 그들은 런던에서부터 나를 미행하고 있고, GPU*의 요원들이요!"라고 큰소리로 외치며 비행기 밖으로 미치광이처럼 돌진해 나왔대요. 정말로 두려워하는 행동이었대요. 그가 15년간 술에서 깨어나지 않았다는 것은 공공연한 사실이죠. 그는 비행기 안에서 끊임없이 폭음했대요. 사람들은 그를 간신히 제정신이 돌아오도록 만들어, 멋진 드레스를 입은 부인들을 대동한 교수들이 모여 있는 고급 레스토랑으로 데리고 갔다는군요. 울프도 그 리셉션에 초대받았어요. 전혀 행동을 삼가지 않는 딜런 토머스는 여기저기, 특히 나이 많은 부인의 무릎 위에 앉거나 그녀들을 가슴에 껴안으면서 뛰어다니기 시작했대요. 이런 서커스에 재미를 느끼는 울프에게 그는 껑충껑충 뛰기 전에 뻔뻔스럽고도 점잖게 윙크를 보냈대요. 무릎 위에 앉지 않을 때는 부인들의 드레스를 잡아당겨 "안에다 바람을 불어 넣어도 될까요?"라고 물으면서 가슴을 탐욕스럽게 바라봤다는군요. 모든 사람이 대경실색해서, 두 남자가 시인을 벽 쪽으로 몰아붙여 완강하게 붙들고 있었대요. 몇몇 교수들이 그의 시에 대해, 특히 고래 한 마리와 해초가 등장하는 오래된 시에 대해 질문하러 왔대요. "저는 그 시의 상징성을 잘 파악하지 못합니다"라고 한 존경할 만한 석학이 말하자, 술 취한 목소리로 "오! 그건 아주 간단해요. 형씨, 고래 그것은 자지고 해초는 보지요. 그들이 무얼 하냐고? 에, 그들은 성교하지요……." 그리고 해부학적 설명을 계속했대요. 한 부인이 그의 시집을 들고 와 헌사를 요구할 때까지 잠깐 잠자코 있었고요.

---

* Gosudarstvennoe Politicheskoe Upravlenie. 옛 소련의 비밀 정치경찰

그는 "스미스 부인에게"라고 썼고, 그 아래 종이 한가운데에다 "그녀가 이것을 몹시 필요로 하는 것으로 보이므로"라는 말이 곁들여진 엄청나게 큰 성기를 그렸대요. 그러고 나서 바닥에 앉아 스미스 부인이 그토록 고통스럽게 그리워하는 커다란 성기에 관한 너무 외설스러운 시를 지어 그녀에게 줬대요. 그녀의 남편은 물론이고 다른 모든 사람이 어찌나 역겨웠던지 토머스를 내쫓아 버렸다는군요. 뒤의 이야기도 가관이에요. 대학 교수들은 토머스란 인물이 혐오스럽다고 밝히기 시작했고, 슬그머니 "알고 보니 그렇게 위대한 시인도 아니더군" 하고 말하면서 더 이상 그에게 헌정된 소논문도, 박사 학위 논문도 쓸 생각이 없다고 했대요. 그렇지만 그들은 외설적이고 뻔뻔스러운 그의 행동에 쾌감을 느꼈나 봐요. 교수 중 한 명이 (대학교의 음향 자료실에) 숨겨둔 음란 테이프를 듣자고 교수들에게 제안하여 그것들을 돌려가며 들었는데, 여전히 울프의 말에 따르면 구역질 날 정도로 외설적인 테이프였다는군요. 기절초풍할 내용이었나 봐요. 토머스의 도발적이고 정신주의적인 강렬함에 한없이 충격을 받았다는 이 교수들이 그런 추잡함 앞에서는 뒷걸음질하지 않았다는군요. 에피소드의 결론은 이래요. 토머스는 다시 정신이 온전히 돌아오고 행동을 삼가는 사람이 됐으며, 강연을 해 대단한 성공을 거뒀다는군요. 저는 이 에피소드를 높이 평가한답니다. 왜냐하면 만일 조이스나 다른 문인들이 소위 그들을 찬미하는 대중 앞에서 진정한 자아를 드러냈다면 무슨 일이 일어났을까 하는 꿈을 종종 꿨거든요. 유감스럽게도 그들은 결코 그 정도까지 가진 않았어요. 시를 전문적으로 연구한다는 교수들이 진짜 가식 없는 시인이란 어떤 사람인가 한 번쯤 어렴풋이나마 의식하게 됐다는 것에 저는 아주 만족했어요.

됐어요. 수선공이 축음기를 고쳐서 지금은 완벽하게 작동하고 있어요. 제게는 이미 수많은 좋은 음반이 있어요. 그 흉물을 (왜냐하면 가구로서는 아주 보기 싫기 때문이지요) 당신과 함께 튀니스의 시장에서 산 여러 색깔의 예쁜 실크 천으로 가려놓았는데, 훌륭한 해결책이 됐어요.

오늘을 위해선 충분한 '발자국들'을 남겨 놓은 것 같군요.

사랑, 사랑, 그리고 사랑.

당신의 시몬

1950년 10월 29일 일요일

매우 소중하고 상냥한 당신. 금요일에 당신의 두툼한 편지를 받았어요. 당신에게서 편지를 기다리는 날이면 얼어붙은 계단을 아침에 세 번이나 오르내려요. 작년보다 더 현명해지지 못한 거죠. 당신에 대한 감정을 바꾸려고 크게 노력하지 않았어요. 불가능하다는 걸 잘 알기 때문이지요. 올겨울도 여느 때처럼 늙은 가슴, 어리석은 가슴을 안고 보낼 준비를 하고 있어요.

당신은 성경에 나오는 당신의 늙은 왕과 다른 복제 그림들을 함께 받을 거예요. 당신을 위해 주네 작품의 영역본을 찾아내려 애쓰고 있으나 어렵군요. 「스테피의 강간」을 보내는 소포에 동봉하려고 하거든요. 나탈리가 당신 돈을 돌려보내지 않았는지 모르겠네요. 적어도 그녀가 보낸 편지들을 뜯어봐야 할 거예요. 제가 편지를 보냈는데도 미국을 떠나온 이후 그녀는 전혀 소식이 없어요. 당신에게 말했던가요? 네, 저도 상당히 좋아하는 영화 〈쌍두독수리 L' Aigle à deux têtes 〉에서 길거리에 저와 함께 있는 사람은 장 마레예요. 당신의 외설적인 작은 '기념품'을 올가에게 감히 어떻게 전해 주지요? 그것을 발견했을 때 굉장히 놀랐고 우선은 그게 뭔지 정말 몰랐어요. 당신이 크노는 일본 태생이라고 단언하는 몇 줄의 글을 보스트가 베껴 적었고, 그것을 그에게 보여 줄 거예요—그게 그의 맘에 들지는 모르겠어요. 작년에 크노가 뉴욕을 여행할 때, 버나드 울프는 크노와 함께 있는 자크 기샤르노*와 다른 사람들을 만났었대요. 그가 기샤르노에게 직업을 물었더니 주말마다 뉴욕에 오는 것이라고 자랑스럽게 대답하더래요.

"그리고요? 거기서 무얼 하십니까?" 울프가 말했어요.

"타임스퀘어 부근에 방을 하나 가지고 있습니다."

"그러시군요, 그런데요?"

"타임스퀘어를 한 바퀴 돌아요."

"그 외에는요?"

"다른 아무것도 안 합니다."

아무것도 안 하다니, 뉴욕에서! 그는 단 한 명의 여자도 유혹하지 않고 타임스퀘어를 한 바퀴 돈다는군요. 만에 하나 그가 시카고를 방문한다면, 그를 만족시키는 건 어렵지 않을 거예요. 당신이 아름다운 10월을 누리며 호수에서 홀로 노를 젓는다니, 기뻐요. 여기는 겨울이 시작되고 있어요. 밤에는 얼음같이 차가워 물이 얼어붙는데, 낮에는 정말 따뜻해요. 마침내 저는 뉴욕에서 사려고 했던 것보다 더 멋진, 칼라가 있고 안감이 하얗게 대어진 검정 색깔의 멋진 외투를 샀어요. 모피보다 더 무겁지만, 얼마나 털이 많고 부드럽고 따뜻한지 그 외투에 너무 애착이 간답니다. 그래서 결국 나탈리가 오히려 제게 도움이 됐어요.**

지금은 모든 사람이 정치적으로 절망하는 기이하고 한탄스러운 상황이에요. 목요일에 점심 식사를 함께한 실로네는 프랑스로

---

* Jacques Guicharnaud. 프랑스 연극과 문학을 연구한 학자이자 예일대학교 프랑스어 교수
** 시몬 드 보부아르가 뉴욕에서 쇼핑하기 위해 남겨 둔 달러를 나탈리가 '빌려 감'으로 인해

이주할까 생각하고 있어요. 그는 이탈리아에서 교회와 스탈린주의에 대항해 싸우는 것에 진력이 났대요. 엄청 많은 사람이 도움과 조언 등을 청하러 와서 더 이상 문학 작업을 할 시간이 없는 데다 정치에 목까지 잠겨 있다는군요. 요컨대 파리에 정착해 더 이상 세계의 무의미함에 뛰어들려 하지 않고, 책을 집필할 거래요. 그는 여느 때처럼 친절했어요.

작고 좋은 아이티 미술 전시회를 볼 수 있었어요. 당신이 저와 함께 아이티에 가자는 저의 제안을 거절한 건 유감이었어요. 우리는 어떤 남신이나 혹은 몇 시간 동안 우리를 계속 붙잡아 놓고 춤추고 고함지르고 웃고 울었을 여신에게 우리의 혼을 아낌없이 바쳤을 거예요. 매혹적인 여신에게 혼을 사로잡히는 것은 나쁘지 않아요. 아이티의 그림들은 그 섬에다 마력적인 이미지를 성공적으로 제시하고 있어요. 그들은 그림을 재창조했어요. 창시자인 이폴리트라는 이름의 한 신부는 단순히 제단을 장식하기 위해 경건한 성모상과, 소박하지만 매우 흥미로운 작품들을 제작해 냈지요. 다른 많은 사람이 그를 모방했어요. 강렬한 색깔들, 유쾌함, 매력적인 데생, 당신은 그것들을 좋아할 거예요. 불행히도 복제 그림들이 없답니다.

저의 음악상자는 정말 경이로워요! 저는 부분적으로 매우, 매우 아름다운 현대음악을 탐색하고 있어요. 헝가리 작곡가 벨라 버르토크를 알아요? 놀라운 사람이에요. 빈의 새로운 작곡가들인 쇤베르크, 알반 베르크, 베베른은요? 그들은 상당히 난해하고 지적이지만 열광적인 음악 세계를 펼치고 있지요.

『현대』에서 몇 번의 중대한 모임을 했어요. 메를로퐁티와 사르트르 그리고 저는 잡지에 진지하게 전념하기로 했으며, 그것을 결론짓기 위해 또 한 번 만나기로 했죠. 수없이 많은 진지한 말들이 오갔지만 대단한 것은 없었어요. 잡지의 출판인인 쥘리야르는 정기적으로 사르트르와 저를 모리스 슈발리에 등 유명한 사람들과 함께 초대하고 있어요. 그가 파리에 잠시 머무는 모로코의 술탄(당신은 페스에 있는 그의 궁전에 가 봤지요)과 함께 사르트르를 초대했으나, 저는 술탄이 어떤 여자도 만나 주지 않으므로 초대받지 못했어요. 사르트르는 그 초대에 응하지 않았지요. 그러나 쥘리야르가 술탄의 아들을 위해 베푼 더욱 사적인 만찬에 우리 둘 모두를 초대했어요. 우리는 둘 다 참석하지 않겠다고 대답했는데, 그가 노발대발했어요. 우리가 거절한 유일한 이유는 권태를 절대적으로 증오하기 때문이라는 것을 그는 결코 의심치 못할 거예요. 그는 틀림없이 우리가 술탄을 별로 좋지 않게 생각하는 속물 중의 속물들이라고 믿을 거예요.

저는 휴식 없이 계속 일만 하고 있어요. 그리고 저의 커다란 사랑을 계속 사랑하고 또 사랑해요.

당신의 시몬

1950년 11월 2일 목요일

너무 소중한 당신. 파리는 날이 흐리고 우울하며, 당신도 알다시피 태양을 잃은 후부터 제 마음도 침울하고 서글프답니다. 겨울이 다가오는데 다람쥐와 어치들은 어떻게 하고 있나요? 당신 집은 따뜻하고 편안한가요? 매일 밤 저는 그곳에서 잠들어요. 그곳은 워반지아의 보금자리만큼 독특한 마법을 갖고 있어요.

별다른 일 없이 작업하고 음악을 듣는답니다. 못생긴 여자에게 왜 요즘 쓰는 글이 좋지 않은지를 설명해 주고 있어요. 그녀는 울지 않았지만 약간 겁을 집어먹었지요. 그녀의 글은 날이 갈수록 더 나빠져서 결국 그녀는 형편없는 걸 쓸 거예요. 사르트르는 술

고래 툴루즈를 다시 만났어요. 눈도 멍들지 않고 안색까지 좋아진 그녀는 사르트르에게 한 명 한 명 모든 사람에 대해 길게 질문하고 자신에 대해서는 휴가 기간에 두 편의 희곡을 썼다는 말만 하고 다음번에 보여 줄 거라고 간신히 이야기해 사르트르가 놀랐대요. 그런데 그를 바래다주러 내려온 그녀의 노예 지나는 꾸밈없는 적나라한 진실을 밝혔대요. 툴루즈가 다시 술을 마시기 시작했고, 글은 단 한 줄도 쓰지 않았으며, 여름 내내 와인에 절어 있었다고요. 사르트르가 방문한 그때도 부엌에서 코냑을 마시러 두 번이나 자리를 떴다는군요. 그녀는 건강해 보이려고 일부러 토하고 오후에는 공복에 알약을 삼켰대요. 그녀도 온 힘을 다해 술을 끊으려고 하지만 그렇게 할 수 없다는 것이 비통할 뿐이에요.

작년에 한 프랑스 남자가 아홉 사람을 살해했다고 제가 이야기했지요. 사형선고를 받은 그는 우유 대신 레드 와인을 넣은 젖병을 받았다는 등 불행한 어린 시절을 자세히 이야기하여 대중의 마음을 뒤흔들어 놓았어요. 이 레드 와인 이야기에 몹시 충격받은 툴루즈는 사형당하기 전에 그를 한 번 만날 수 있게 해 달라고 몇 주 동안 싸웠어요. 변호사를 통해 허락을 받아 냈지요. 그러나 약속된 날에 그녀를 태우러 택시가 도착했을 때 그녀는 어찌나 술에 곯아떨어져 행패를 부리던지, 지나와 그녀의 남편이 그녀를 침대에 있게 하려고 때려눕혀야만 했대요. 통탄할 노릇이지요, 안 그런가요? 제가 열여섯 살에 사랑한 사촌도 술 때문에 망가졌어요. 큰 재산가였고 유복한 여자와 결혼했지만, 지금은 몰락하여 가난뱅이가 됐어요. 그는 한 달에 60달러를 받으며 센강의 둑을 감독하는 '일'을 하고, 지독한 흡연과 폭음으로 눈이 멀 수 있는 데다 말도 겨우겨우 하고 잘 듣지도 못해요. 그는 빈털터리 아버지를 무시하고 최소한의 노력도 하지 않으면서 돈만 바라는 열아홉 살인 아들에게 제가 조언해 주기를 바랐어요. 불행인지 행운인지 그는 미소년이더군요. 사촌은 아들과 제가 라틴어와 그리스어로 토론하게 하려고 애썼어요. 고통스러운 경험이었지요.

『아메리칸 머큐리 American Mercury』*에서 보스트에게 원고를 청탁했어요. 매달 프랑스에 관한 '도발적인 르포르타주'를 보내면 2백 달러 이상의 보수를 받을 거예요. 프랑스 돈으로 거액이죠. 그는 몹시 기뻐하고 있어요. 당신은 이 잡지에 대해 뭔가 좀 알고 있나요?

그런데 트루먼에 대한 저격 사건은 어떻게 됐어요? 민주당원들이 선거를 위해 그를 순교자, 새로운 링컨으로 만들 셈인가요? 여론이 해군에 대한 그의 맹종을 잊고 있는 건가요?

어느 때보다 더 애정 어리게,

당신의 시몬

1950년 11월 6일 월요일

나의 매우 소중한 당신. 토요일 아침에 저를 봤다면 저에 대한 동정과 연민으로 쓴웃음을 지었을 거예요. 천사처럼 작업하고 있을 때 악마 같은 전화기가 울렸어요. 전화를 건 사람은 타미 굴드였고, 모든 게 아주 많이 잘못되고 있어서 저를 만나야만 한대요. 여자의 눈물에 약한 저는 그녀들의 가슴이 어떤 혼미함으로 가득 찼는지를 너무 잘 알기에 그녀와 약속을 제 작업 시간인 오후로 정했지요. 전화를 끊자 다시 전화벨이 울렸어요. 이번에는 반쯤

---

* 1920년대에 생겨난 잡지들 가운데 가장 중요한 잡지. 이 잡지는 대중의 횡포, 중산층의 근엄한 척하는 태도에 대해 만반의 포문을 열었다. 싱클레어 루이스, 시어도어 드라이저, 셰어우드 앤더슨이 거기에 협력했다. 편집주간인 멩켄(Henry Louis Mencken)은 비평가로서 커다란 영향력을 행사하고 있었다.

우는 주정뱅이 여자였어요. 모든 게 아주 나빠지고 있다며 이번 여름에 왜 편지를 써 주지 않았느냐면서, 요컨대 저를 만나야 한다는 거예요. 만일 누가 저를 정신과 상근 의사로 고용한다면 돈을 벌 수 있겠다고 생각하면서 그러자고 대답했지요. 타미는 기분이 가장 밑바닥으로 떨어져 어찌나 침울하고 신경이 곤두서 있는지, 어떤 날에는 자신이 미칠까 무서워하고 있어요. 그녀는 위장 때문에 술을 마실 수 없자 앞으로 몇 개월간 안정제를 복용할지 고려 중이에요. 그녀가 의사를 보러 가도록 하려고요. 3주 전부터는 부드럽게 미소 짓고 다정하게 대하려고 애썼는데도 봅이 적대적인 태도를 취한다는군요. 아이티로 다시 떠나는 자신을 그녀가 받아들이지 않는다는 걸 느끼는 거죠. 결국 그녀는 그날 아침에 우울증으로 히스테리를 일으켰고, 그에게 남아 달라고 무릎을 질질 끌면서까지 애원했대요. 당연히 이런 행동은 그녀로부터 달아나고 싶다는 욕망만을 불러일으켜요. 그녀에게 그가 떠나도록 내버려 두라고 충고했고, 1년 후에는 그가 다시 돌아오든가 아니면 그 없이도 사는 법을 배울 거라고 했지요. 다른 해결책은 없어요. 그녀가 격분하는 것을 이해해요. 그녀는 그가 더 이상 글을 쓸 수 없다는 문제, 그의 진정한 문제를 회피하고 있다고 내뱉었대요. 그는 그 말에 동의했으나 자기 결정을 번복하지 않았지요. 그는 충분히 고통당했으며, 이번에는 그녀 차례래요. 그녀도 저도 그가 무엇 때문에 그토록 고통당했는지 알지 못해요. 비록 그가 오래전부터 그녀를 사랑하지 않았다고 할지라도 그들은 오랫동안 사이가 아주 좋았어요. 그에게 뭔가가 부족할 수는 있었겠지만, 고통받는다는 것, 그것은 그가 자신에게 엄청나게 거짓말하는 것처럼 보여요! 그리고 그녀가 그를 결코 이해하지 못했을 거라는 그의 주장을 가장 믿을 수 없어요. 그는 무려 7년 전에 말한 그녀의 이야기를 들먹인답니다. 경악스러워요, 안 그래요? 가엾은 그녀는 '개인적인 삶'을 갖기 위해 피아노 치는 법을 배우는 일 외에 아무 방책도 준비하지 못했어요.

당신이 준 기이하게 생긴 작은 기념품을 올가에게 전하면서 그에 대한 설명이 담긴 당신 편지를 읽어 줬어요. 그녀는 꽤 예쁘다고 생각하면서 그것을 침대 위 벽에다 걸어놓을 거예요.

『현대』의 상황이 좋지 않아서 세 명으로 구성된 위원회로는 더 이상 충분치 않다고 결정 내렸어요. 어제는 열한 명의 우리 일행 모두가 프랑스의 독한 백주를 마시고 고래고래 소리를 질렀어요. 우리 각자는 다른 사람들이 잡지를 위해 무엇을 어떻게 해야 하는지 모두 일장 연설하고 나서 기분이 훨씬 더 좋아졌답니다. 이 사안을 다시 검토하기 위해 2주 후에 새로운 모임이 있을 거예요. 출판사가 상당히 불안해할 것 같아요.

성경에 나오는 왕의 그림, 고흐가 사창가에서 자신의 한쪽 귀를 자른 직후 그린 자화상, 제가 몰랐던 센세이셔널하다고 생각되는 그의 그림 〈아를의 작은 카페〉, 위트릴로의 풍경화 하나 그리고 블라맹크의 〈초가집〉 그림을 당신에게 보냈어요. 이달 말에 받을 거라 생각되는데, 적어도 고흐의 그림들을 좋아하길 바라요. 거기에 제가 많은 사랑을 동봉했으니 당신이 용인할 수 있는 모든 사랑을 취하도록 해요. 물론 이 편지에도 멀리 있는 정떨어지는 인물을 위해 많은 사랑을 담았어요. 저는 그 인물의 충실하고 정떨어지는 아내랍니다.

당신의 아내

1950년 11월 11일 토요일

넬슨, 매우 소중한 당신, 내 사랑.『현대』의 여비서가 마침내

「스테피의 강간」을 보냈다니 잘됐어요. 이루 형언할 수 없을 정도로 기막힌 번역이지요, 안 그래요? 당신은 『결코 오지 않는 아침』의 제목을 철자법에 따라 쓰고 싶어 하는 사람들이 미국 영어를 일본 원어민처럼 말한다고 하는군요. 그들이 크노와 뒤아멜이라는 것을 알아 두세요……. 그러니 크노는 일본인인 게 확실할 거예요. 피란델로는 20여 년 전 세상을 떠난 이탈리아의 뛰어난 드라마 작가예요. '한 인간의 현실적 자아에 관한 절대적 진실은 존재하지 않는다'라는 추상적인 테마에 영감을 받긴 했어도, 매우 생동감이 넘치는 연극 작품들을 성공시키는 힘든 일을 해냈어요. 광기의 비극이 그의 머리를 떠나지 않았지요(그의 부인이 겪은 비극). 〈헨리 4세〉는 자신을 헨리 4세로 여기다 회복하는, 다시 말해 자신이 헨리 4세가 아니라는 것을 의식하는 한 미치광이의 이야기를 다뤄요. 그는 병이 나은 후에 한층 더 미친 것처럼 보이지요. 오래된 적을 살해하고 나서 자기 행위에 대한 책임을 교묘히 피하려고 정신착란을 가장하지요. 미친 척할 때는 정신이 온전해 보여 그의 진정한 자아에 대해 한마디로 딱 잘라 말하기가 힘들어요. 인격 분열에 관한 이러한 표현 기법과 한 인물의 모호성이 당신 마음에도 들 게 틀림없어요. 패럴의 책이 그렇게 나쁘지 않다니 유감이네요. 다음번엔 그렇게 될 거예요……. 오늘 11월 11일은 오래전 독일과의 전쟁에서 승리한 것을 기념하는 날이에요. 비행기들이 하늘에서 선회하고 상점들은 문을 닫으며 프랑스인들은 프랑스인이라는 사실에 의기양양해한답니다.

당신의 『시카고』*를 어떻게 할 건가요? 제가 무척 좋아한 초판본 한 권을 받아볼 수 있을까요? 당신이 돈 때문에 모든 걸 엉망으로 만드는 상황에 놓이지 않았으면 좋겠는데, 당신과 함께 찍

---

* 『시카고, 출세주의자들의 도시 Chicago, ville des arrivistes』는 1951년에나 출판됐다.

은, 제가 보헤미안 같아 보이는 사진 — 당신 친구가 찍은 — 을 가질 수 있을까요? 무척 맘에 들었어요. 그래, 당신의 우스꽝스러운 더블 침대에서 잠이 잘 온다고요?!

화요일

당신 집은 여전히 따뜻하고 햇빛이 많이 드나요? 당신과 작은 집은 사이가 좋은가요? 당신은 결국 텔레비전을 들여놓았나요? 워반지아의 음산한 장의사가 그리운가요? 제게 자세히 이야기해 줘요.

그리고 선거는요? 언젠가는 맥아더가 대통령이 될까요? 프랑스에서는 공화당 승리가 미래의 전쟁을 의미하는 게 아닌가 불안해하고 있어요. 트루먼은 법률을 엄격하게 적용케 하면서 의회에 대한 보복을 가하는 것 같아요. 미국에 입국하려는 사람들은 이제 입국 전에 엘리스아일랜드에 감금되지요. 케스틀러는 한때 공산당에 속해 있었으므로 그 일을 치르기 바랍시다. 반신불수가되어 치료차 소련으로 날아간 프랑스 공산당 당수인 토레즈에 대해 여기서 크게 흥분하고 있어요. 가장 뛰어난 전문가들이 전담할 모스크바로 비친스키가 그를 초청했어요. 그가 부인을 동반하고 떠난 지 이틀이 되었답니다. 어떤 이들은 그가 디미트로프처럼 숙청될 거라고 믿고, 다른 사람들은 프랑스에도 뛰어난 외과의들이 있다며 토레즈는 프랑스인인데 감히 러시아인들이 어떻게 그를 납치해 가느냐고 지적했어요. '프랑스 정부가 어떻게 그런 일을 허용하는가?' — 고소를 금치 못할 반응이지요. 공산주의자들 외에는 아무도 '완쾌에 대한 욕망'이라는 단순한 명제를 받아들이지 않고 있어요.

못생긴 여자는 『현대』 모임에 초대받지 못했다는 것을 알고 불쾌한 시간을 보냈답니다. 그녀는 그 길로 즉시 가스를 열어 부엌으로 갔대요. "그러나 제 건강이 더 이상 예전 같지 않아요. 10분만에 그만뒀지요"라고 고백했어요. 그녀는 자살하고 싶었던 게아니에요. "가스를 트는 것은 저 자신의 문학적 회합 행위였지요"라고 말했어요. 더욱이 독서를 하고 있다더군요. "왜 전보다 책을더 많이 읽고 싶을까요? — 그 이유는 지금 제가 더 이상 울지 않아서 독서할 시간이 있기 때문이에요."

〈도시의 빛 Les Lumières de la ville〉을 다시 봤는데, 놀라웠어요. 예전에 그 영화를 반쯤 좋아했다고 한 건, 그 시절에 이런 수준의 영화를 그만큼 실컷 봤다는 걸 의미하지요. 지금은 찰리 채플린의 모든 영화가 멋져 보인답니다. 그는 대단한 사람이었어요.

『현대』에 포크너의 『야생의 종려나무』를 실을 건데, 그가 노벨상을 받는다니 때마침 잘됐어요.

일요일

토레즈가 러시아로 떠나는 과정을 지켜봤나요? 어느 미국 비행기가 러시아 비행기를 공격했어요. 세상에! 언론은 그에 대해목멘 소리를 하지요. 모르는 프랑스 여자에게서 소포를 받았다고놀라지 말아요. 영어로 번역된 주네의 작품인데, 세관의 눈과 누군가의 소송이 두려워서 가명으로 부친 거예요. 만약 당신에게사사건건 트집을 잡으면 아무것도 모른다고 말해 버려요. 확실히그 작품은 외설 문학인데, 당신 나라의 킨제이 박사가 프랑스에서찍은 사진들만큼 외설적이에요. 사실 저는 교정쇄밖에 얻을 수없었으나 상관없어요. 주네에게만 있는 독특한 마력을 번역이 죽여 버리기는 하지만, 상당히 잘된 것 같아요. 당신이 그 작품을 좋아할까요? 궁금하군요.

딕 라이트와 30분간 함께 이야기했는데, 그는 가만있지를 못해요. 그가 파리의 미국 흑인들을 모이게 했어요. 그들은 백인들만큼 일자리를 쉽게 구하지 못하는 것에 대해 불만을 터뜨리지요. 그가 자유주의자들을 선동했고 그들은 맥아더와 태프트 그리고 그 일당을 고발하기 위한 모임을 준비하고 있어요. 물론 아무 짝에도 쓸모없답니다. 그가 다음 일요일에 성대한 칵테일파티를 여는데, 전적으로 무용하다는 것을 알긴 하지만 프랑스 내빈으로 초대받은 이상 사르트르와 함께 가지 않을 수 없답니다.

금요일

불은 활활 타오르고, 테이블 위에는 아름다운 빨간색 카네이션이 있고, 음악상자는 이제 막 소리를 죽였어요 — 당신에게 편지 쓰기 좋은 순간이에요. 저신장 장애인 한 명을 앞세우고 네 명의 건장한 흑인에 둘러싸인 로빈슨이 황제 같은 태도로 실내에 도착하자, 이에 압도된 보스트와 비서 그리고 기요네는 로빈슨이 스톡을 학살하는 장면을 보고 왔어요. 링 위에서 로빈슨이 깡충깡충 뛰어다니는 동안 스톡은 침울하게 구타를 기다렸대요.

아 참, 승리에 대해 말인데, 망할 놈의 맥아더는 어찌 됐나요? 그는 평화로운 한국 땅에서 전쟁을 일으키는 중이에요. 어제 트루먼이 말도 안 되는 발언을 했을 때, 파리에서는 불안에 떨고들 있었지요. 오늘은 좀 나아지긴 했지만, 원자폭탄을 가지고 장난쳐도 괜찮을 만큼 이 인간은 성숙이라는 단어와는 거리가 멀어요. 중국인들이 현명하게 대처했지요. 새로운 황색 문명을 예언한 당신이 어쩌면 정확히 봤는지도 모르겠어요. 거기에 이르기 전에 피가 사정없이 흐를 수도 있고……. 만일 전쟁이 터져 러시아인들이 프랑스로 쳐들어오면 무슨 일이 일어날까요? 미래에 대한 전망은 가증스럽기 짝이 없답니다. 당신 나라의 장군들에게 궤도 이탈도 정도껏 하라고 말해 줘요. 그래 주겠어요?

당신의 실존주의 도서관을 위해 사르트르가 헌정한 소설 『영혼

650

의 죽음*La Mort dans l'âme*』을 번역판으로 보내겠어요. 당신의 프랑스어판 책도 조만간 보내도록 하지요.

그러면 이제 당신의 불쾌하고 진저리 나는 자의 키스를 받으시지요!

당신의 시몬

당신 반군국주의, 반스탈린주의 그리고 미국 정치에 반대하는 뉴욕 계간지 『지지자 시민 학생*L'Étudiant citoyen et partisan*』을 아세요?

1950년 12월 8일 금요일

넬슨, 내 사랑. 이번 주에는 편지 쓸 기분이 아니군요. 모든 게 너무 안 좋아요. 어떤 의미에서는 당신이 세계의 움직임에 대해 즐거워한다는 것을 이해할 수 있어요. 패배가 미국인들에게 무언가를 가르쳐 줄지도 모르고, 분명 미국인은 중국인들이 궤멸시키는 전쟁에서 배울 것이 많을 거예요. 그러나 개인적으로 심각한 위협이 초래될 거예요. 우리에게 전쟁은 소련의 점령을 의미하며, 우리 친구들은 모두 사르트르가 공산당에 의해 숙청당하거나 시베리아에 유배당할 거로 추측해요(저도 의심할 여지없어요). 맹세코 우리는 친미주의자가 아니고 지금은 그 어느 때보다 더 아니에요. 오히려 소련의 정치적 실험에 더 관심 있다고 할 수 있으나, 문제는 그게 아니지요. 망명을 고려해야만 할 거예요. 그렇다면 어디로? 우리는 미국인들과 전적으로 의견이 맞지 않기 때문에 미국은 아니에요. 브라질, 아프리카요? 그리고 보스트는요? 올가는? 우리의 다른 친구들은요? 미리 예상해 본다는 것은 결코 즐거운 일이 아니랍니다. 만일 오늘이 아니라면 1년 후 혹은 2년 후에 반드시 닥칠 일이겠지요. 정말이지 넬슨, 처음으로 당신이 저를 사랑하지 않는다는 사실을 자축했어요. 우리가 더 이상 서로를 보지 못하더라도 그렇게 커다란 차이가 없을 테니까요. 그렇지만 제가 필시 워반지아도, 포레스트 애비뉴도, 당신도 더 이상 다시 볼 수 없을 거라는 사실은 찢어지는 듯한 아픔을 준답니다. 웬 미치광이들과 더러운 돼지들이 당신들을 통치하고 있는지 모르겠군요!

긴 편지 고마워요, 내 사랑. 사향쥐가 어떻게 당신 배船를 훔칠 방법을 발견했나요? 거짓말쟁이는 사향쥐가 아니라 당신이라고 보스트가 넌지시 가르쳐 줬어요. 눈에 덮인 뒤꼍은 굉장할 게 틀림없어요. 여기는 진짜 눈은 없고, 오직 희고 어두울 뿐이에요. 마침내 출간된 당신 책은 자랑스러운 외양을 갖췄답니다. 그 책을 사르트르의 책과 함께 보낼게요. 조약돌을 노래하는 공산주의 시인인 퐁주*에 대해 가르쳐 줄 잡지 한 권도 넣었어요. 거기에 퐁주에 대한 초상과 그의 몇몇 시들이 들어 있답니다. 로트레아몽과 아폴리네르에 관한 기사들과 바티칸을 비난하기 위해 노트르담에서 설교한 무르 — 기억나세요? — 에 관한 기사도 같이 들어 있어요. 어느 정신 나간 정신과 의사가 그가 미쳤다고 선언했었죠. 갈리마르 출판사에서 몇 사람이 벌써 당신 소설이 뛰어나다고 평가하고 있어요. 매우 호의적인 비평 하나를 준비하고 있는데, 당신에게 곧 알려 주겠어요.

제 소설을 진전시키려 노력하고는 있으나, 마음이 별로 가지 않아요. 사람들은 파리에서 공포와 재난 속에 살고 있지요. 당신을 투옥하지 않기를 바라요, 당신을. 어디에 있든지 당신을 사랑할 거예요. 당신에게 애틋하고 애정 어린 키스를 보내요.

당신의 시몬

---

* Francis Ponge. 프랑스의 시인 겸 비평가

1950년 12월 10일 일요일

무척 소중하고 상냥한 사람. 며칠 전 밤에는 무시무시한 꿈속에 당신이 나타났어요. 저는 잊힌 어느 도시에서 당신을 막 찾고 있었지요. 거리의 이름도, 주소도, 장소도, 아무것도 기억하지 못하고 당신을 원하는 마음만 가득해서 도시를 헤매고 있었어요. 그러다가 모로코에서 당신의 주소를 알았으나 그때는 못생긴 여자가 나탈리하고 뒤섞여 나오면서 오토바이 사고로 죽는, 복잡하게 얽힌 이야기가 시작됐어요. 이 죽음에 제가 깊이 연루되어 있었고 당신을 찾기란 힘들었어요. 심장을 뛰게 하는 나쁜 꿈이었으나 당신 편지가 이를 사라지게 했죠. 소식을 알게 되어 무척 기뻤어요. 그래, 귀여운 매춘부가 밀러의 사창가의 다음번 여자가 되는군요! 그녀는 밖에서 잘까요, 아니면 정상적인 트윈베드에서 잘까요? 그녀가 작은 배 안에서 잔다면 밤에 아무도 그녀를 무섭게 하지 않을 거예요. 포레스트에 초대받기 위해서는 비밀로 해야 하나요, 넬슨? 마약중독자라고 주장하든가, 가짜 하얀 가루를 가져와야 하나요? 만약 지금부터 10년간 저를 초대하지 않는다고 해도 거기에 따르겠어요. 당신 사업은 잘되는 것 같군요. 제 안에서 워반지아가 쉽게 죽을 거라고는 생각지 않아요. 사람들이 죽이려고 노력하는 어떤 것들은 무시무시한 집착을 보여 주고 상을 당한 것 같은 생활을 지속하게 만들지요. 시카고에 관한 당신의 새로운 저작이 당연히 저의 관심을 끌지만, 첫 번째 것도 제게 보내 주겠어요? 맘에 든답니다. 그렇게 많은 돈을 벌다니 잘됐어요. 수중에 갖고 있다면 제게 좋은 책들 좀 보내 줘요.

유방암으로 병원에 입원해 있는 가엾은 옛 타이피스트를 보러 갔어요. 그녀는 난소를 제거하고 남성 호르몬을 주입받은 결과, 콧수염이 나고 남자 목소리로 말하며 살이 쪘어요. 우리에게 충격을 준 그 거세된 고양이 같았어요. 단순한 외과적 조작으로 그와 같은 괴물로 변신한다는 생각에 사람들은 전율하고 있지요. 그녀는 약간 덜 고통스러워하지만 어쨌든 회생하지 못하고 몇 개월 안에 죽을 거예요. 그녀가 이 사실을 알고 있다고 생각해요.

올가는 〈파리 떼〉가 계약된 것을 알고 나서 신경 발작을 일으켰어요. 그러나 며칠 후면 기뻐할 것이라 장담해요.

당신은 좋아하고 저는 경멸한 〈마농〉의 영화감독*이 주머니에 놀라운 사진들을 가득 담아서 바이아에서 돌아왔어요. 그 나라는 아이티보다 훨씬 더 흥미로워 보여요. 그는 그곳에서 7개월을 보냈는데, 그중 두 달은 종교단체의 입회식이 치러진 그 장소에서 보냈어요. 그 의식에서 사람들은 수상쩍은 음료와 갓 잡은 닭의 피를 마시고 염소와 비둘기를 제물로 바친대요. 노래하고 춤추고 최면 상태에 들어가면 성령이 사로잡는다는군요. 박박 밀어 버린 머리에다 피를 덕지덕지 바르고 깃털을 붙이고 피로 뒤덮인 벌거벗은 몸에 혼을 빼앗겨 얼굴 모습이 흉해진 바이아의 흑인 여자들 사진을 그가 보여 줬어요. 그의 얘기로는, 어찌나 매혹적이던지 이 흑인들의 생활을 함께 나누다가는 정신착란을 일으킬 수 있대요. 분위기를 바꾸기 위해 『제2의 성』으로 영화를 만들고 싶어 했는데, 제가 보기에는 미친 짓 같아서 생각을 포기하게했어요.

잘생긴 동성애자이자 배우인 마레의 연인이며 〈인사이드 스톰 Inside Storm〉**(이게 영어 제목인가요?)을 연출한 콕토가 사르트르와 저를 점심 식사에 초대했어요. 그곳은 호텔 주인이 와인 병을 만지지 못하게 하는 오래된 레스토랑이었어요. 그는 두 시간 동안 1분도 쉬지 않고, 잘생긴 마레의 전기를 쓰고, 머플러 위에다 마레의

* 앙리조르주 클루조
** 영화 〈쌍두 독수리〉를 말한다.

얼굴을 그려 우아한 부티크에다 팔고 있다는 등 자신에 대해 이야기했지요. 극도로 지루했답니다. 프랑스와 그 어디에서도 더 이상 그에게 관심을 두지 않는다는 걸 알아챈 그가 그렇지 않다는 것을 입증하기 위해 벌이는 코미디이기 때문이에요. 꽤 슬픈 일이지요. 그가 한 말 중에서 단 한 가지, 고양이 이야기만 좋았어요. 바보 같은 한 영화감독이 파리에서 어느 노파와 그녀의 굶어죽어 가는 50여 마리 고양이에 관한 영화를 찍고 있었는데, 노파가 고양이들을 위한 먹이를 가져오지 않으면(가난하기 때문에) 고양이들은 "호랑이처럼 달려들어요."(시나리오에 정확히 나와 있는 표현) 그래서 감독은 고양이들이 글자 그대로 호랑이처럼 뛰어오르기를 강제했지만, 고양이들은 그렇게 하지 않았지요. 그러자 감독은 고양이들에게 독이 반쯤 든 약을 타 먹였고, 몸뚱이의 섬세한 부분에다 염증을 일으키는 물질을 발랐어요. 그래도 고양이들은 뛰어오르지 않았어요. 고양이 애호가들이 더 이상 헛된 수고를 하지 말라고 경고했지요. "고양이는 정도가 약한 광증에도 고통받을 수 있소"라며 항의했으나 그는 아무 반응도 보이지 않았어요. 시나리오에 쓰여 있는 대로 고양이들은 호랑이처럼 뛰어올라야만 했어요. 그가 이틀 동안 먹이도 없이 고양이들을 자루에다 가둬 놓았고, 고양이들은 풀려났을 때 똥으로 뒤덮여 반쯤 죽어 있었대요. 마침내 사람들은 동물보호협회에 도움을 요청했으나 협회는 스튜디오에 들어갈 수 없었다는군요. 그 일은 수그러들지 않고 계속되고 있으며, 그가 호랑이 연기를 하지 않겠다고 버티는 다른 고양이들을 고문하고 있대요. 가공할 노릇이지요, 안 그래요?

마음씨가 비단결 같은 크노와 점심 식사를 했어요. 그가 일본인을 닮지 않았다는 것은 확실해요.

이제 잘 있어요. 안녕, 안녕. 고집스럽고 침울하지만 사라지지 않을 사랑과 함께.

당신의 시몬

1950년 12월 14일 목요일

매우 다정하고 소중한 당신. 그래요, 당신의 한없이 긴 편지를 받아 보는 건 좋았어요. 당신이 우표를 충분히 붙이지 않았기 때문에 사실상 무척 늦게 도착했지만, 어쨌든 도착했답니다. 당신이 말한 대로 저는 몇 날 며칠을 먹고 살 수 있어요. 귀여운 매춘부 헤럴드, 베티와 분주하고 무능한 당신에 관한 이야기는 아주 재미있었어요. 스크랩해 준 신문 기사도 고마워요. 알았어요, 날을 잡아 성경책에 전념해 보겠어요. 사르트르는 자신과 관련된 기사를 좋게 평가했답니다. 그의 소설 제목을 영국에서는 "Iron in the Soul"로, 미국에서는 "Troubled Sleep"으로 붙였어요. 그 대신에 예전에는 카뮈의 신문이었고 지금은 악취를 풍기는 친미주의적인 『콩바』에 당신에 관한 프랑스 기사가 실렸어요. 양심적이며 그리 어리석지 않은 비평 글이 '주간 문예란'에 실리는데, 그 중심 기사를 당신에게 할애했지요. 이해하도록 노력하세요, 아니면 닐에게 번역해 달라고 부탁해 보든지요.

네, 확실히 포크너는 연방에 속해 있어요. 그가 파리의 여러 신문과 한 더러운 인터뷰 내용이 이를 보여 주지요. 이제는 그를 전혀 좋아하지 않아요. 그는 자신이 어떤 경우에도 작가가 아닌 농부에 불과하고, 인간에 대해 아무것도 모르며, 단순히 머릿속에서 환상적인 것을 창조할 뿐이라고 주장해요. 우파 언론은 그가 어느 쪽으로 기울어지는지를 잘 이해했고, 『사막의 침입자Intruder in the Dust』에서 가장 미심쩍은 몇 구절을 신나서 실었어요. 나탈리가 길고 한심스러운 편지 한 통을 보내왔답니다. 제가 미국을 떠나온 뒤 처음으로 보낸 편지예요. 그녀는 겨우 편지 쓰는 정도의 노력만 할 수 있을 뿐이지요. 인생 최악의 시기(그녀의 애인*이 죽은 시기를 제외하고)를 이제 막 지나왔기 때문이에요. 할리우드로 돌아온 그녀는 남편과 함께 2주를 더 살았어요. 그러나 그들의 관계는 그녀가 떠날 결심을 할 만큼 악화됐어요. 그녀는 허름하고 작은 아파트를 임대하고 딸을 맡았지요. 그녀가 한 달에 2백 달러를 벌고, 또 이반이 소득세를 내지 않아도 될 만큼의 1백 달러와 어린애를 위해 약간의 추가 비용을 더 내기 때문에 그녀는 그럭저럭 살고 있어요. 그러나 그녀가 이반과 헤어졌을 때 그녀의 게이 친구는 자기 집으로 살러 올까 봐 어찌나 두려워했던지 그녀와 절교했고, 이에 그녀는 정신적으로 참담한 상황에 놓였었지요. 지독한 상처를 받은 그녀가 고독 속에서 가공할 만한 두 달을 보냈을 때 그녀의 게이 친구가 다가왔답니다. 그는 애인이 자신을 들볶아 멍청하게 만들었기 때문에 그랬다고 했어요. 돈 한 푼 없는데도 애인이 모든 가구를 팔아치우고 1천 달러의 빚을 지면서 번쩍이는 새로운 가구를 사들였다는군요. 그는 매일 그녀를 보러 왔고 그녀의 사무실에서 "당신 때문에 성기가 발기했다"고 고백까지 하면서 — 귀엽지 않아요?(나탈리 용어) — 그녀와 잤어요. 그러나 애인이 이 순정적인 사랑을 불쾌하게 여긴 나머지 나탈리의 따귀를 때리고는 그 친구를 데려갔다는군요. 그 이후로 그녀는 다시 고독해졌어요. 남편 이반은 이혼하지는 말자고 부탁했어요. 그가 애인과 결혼하는 것을 원치 않기 때문이지요. 나탈리는 그를 증오해요. 그리고 게이 친구 때문에 울어요. 전체적으로 불결하고 수상쩍어요. 그녀는 다른 사람들에게서 자신과 관련된 것

---

* 전쟁 중에 집단 수용소에 강제 수용된 젊은 유대인 '부를라'. 『나이의 힘』 참조

을 포착해 낼 능력이 없기 때문에 진실을 반영하지 않은 게 확실해요. 어떤 의미에서 그녀는 이기주의와 매정한 고집 때문에 그런 벌을 받아 마땅하지만, 얼마나 비참한지 모르겠어요! 물론 진전이 있겠지만, 그녀 안의 모든 것이 근본적으로 비뚤어져 있어서 순조롭게 진행되지 않을 거예요. 이런 상황에서 그녀가 제게 빚진 돈을 약속대로 보낸다는 게 쓸데없어 보인다고 자연스럽게 덧붙였어요. 언젠가, 어쩌면…….

타미 굴드의 상황은 천천히 변하는 것 같아요. 봅은 필요한 즉시 프랑스를 떠나기 위해 짐을 꾸리던 중대한 순간에 가족에 대한 책임감을 깊이 느꼈나 봐요. 자신이 바라던 것보다 적은 돈을 번 그는 아이티 여자를 계속 부양할 수 없으며, 타미에게 그녀와 관계를 끊겠다고까지 말했지만, 과연 타미가 필요로 하는 사랑을 줄까요? 그녀는 새로운 눈으로 그를 바라보다가 이기적이고 자기중심적인 남자를 발견한 다음에는 더 이상 그를 사랑하지 않게 됐어요. 이제는 젊은 남자에게 관심 있고 진정한 연애 사건을 원하지요. 저는 그녀에게 젊은 남자와 자고 봅을 쫓아내라고 충고했어요.

이제 내 사랑, 당신 편지의 중대한 부분에 진지하게 답하겠어요. 우선, 만일 모든 게 잘돼 간다면 오랫동안 저를 불행한 여자로 만들겠다는 당신 의도를 안 것이 저로서는 몹시 감미로웠어요. 이 계획은 제게 적합하답니다! 제가 막을 수 있다면 당신이 저의 삶에서 나가 버리지 않기를 원해요. 당신 인생에 작은 자리나마 제가 들어갈 수 있다면 무척 행복할 거예요. 제게 그걸 말해 줘서 고마워요. 예전에는 친근했지만, 지금은 저를 떠나 버린 일종의 편안한 애정을 느꼈어요. 그것이 제 가슴속에서 되살아나는 것은 저에게 좋은 일이랍니다 당신은 제게 아주 귀중한 사랑이에요, 넬슨. 그러나 이번엔 당신을 야단쳐야겠어요! 당신 말에 의하면 제가 히스테릭한 거라고요……. 자 그러나 당신, 당신은 틀림없이 자각하지 못하는군요. 제가 당신을 알게 됐을 때 당신은 이 상당한 수준의 무의식을 거짓-현명함으로 변화시킨다는 사실을 시인했어요. 진흙 속에 들어앉은 악어 한 마리라고요. 눈 덮인 당신의 작은 집이 편안하다는 것, 마약에 취한 미친 친구들과 재미있어한다는 것, 당신이 세계 상황을 그만큼 편안한 낙천주의로 평가하는 이유가 거기에 있는 건가요? 어쩌면 평화는 몇 년간 연장될 것이지만 그보다 덜 확실한 것은 아무것도 없어요. 게다가 당신들에겐 평화일 수 있지만, 우리에게는 소련 점령이 될 수 있어요. 파리에 러시아인들이 있다 할지라도 전쟁이 터지지 않을 수도 있어요. 그러나 여기서는 더 나을 게 없을 거예요. 공산당이 즉시 사르트르와 그의 친구들을 덮칠 거라는 것은 허황된 환상이 아니에요. 우리가 아는 모든 사람이 예외 없이 동의하는 바지요. 공산주의자들은 그를 지독하게 증오해요. 그는 지식인들 가운데 틀림없이 제1의 적이에요. 그러므로 망명을 예측하고 그것에 대해 현실적으로 끔찍함을 느낀다는 것은 전혀 히스테리가 아니에요. 정말이지 넬슨, 1940년경에 제 유대인 여자 친구 앞에서 제가 당신과 같은 반응을 보인 것이 기억나요. 그녀는 강제수용소와 유대인에 관해 신경증적으로 흥분한다고 생각했었지만, 그녀가 옳았어요. 우리의 살과 뼈가 위험하지 않으면, 그것은 비현실적으로 느껴져요. 그녀는 비유대인 프랑스인들 가운데에서 고립되고 이해받지 못한다고 느끼고 있었어요. 기억나요. 그와 마찬가지로 현재 상황은 당신과 제게 매우 다르게 형성되고 있어요. 당신에게는 최악의 상황이 일어날 수 있다는 것을 받아들이지 않는 것이 훨씬 쉽겠죠(제가 물에 빠져 죽어 가는 동안에도* 당신은 장난으로 여긴 것과 똑같이

---

* 미시간 호수에서 보낸 같은 해 여름 동안에. 이 기간에 대해서는 『사르트르에게 보낸 편

말예요).

다른 점 하나는 당신이 "미국으로 오시오"라고 말하는 거예요.
사르트르와 저는 우리가 그곳에 가면 감옥에 갇힐 거라고 믿으나,
문제는 거기에 있지 않아요. 프랑스인들 눈에 미국으로 망명하
는 것은 정치적 선택이랍니다. 그런데 그것은 우리의 선택이 아니
에요. 일단 전쟁이 끝나서 언젠가 돌아온다면, 스탈린이 쳐들어
왔을 때 우리가 트루먼의 두 팔에 안기기 위해 달려가는 것을 선
택한 사람들로 떳떳할 수 있을까요? 확실히 우리는 글을 써야 하
지만, 우리 독자들의 신뢰를 지켜야 해요. 미국으로 망명한다는
것은 배신이 될 거예요. 만약 미국에서 태어났다면 상황이 완전
히 다르지요. 그것은 선택을 내포하지 않은 채 그곳에 머무는 거
예요. 하지만 그곳에 간다는 것은 미국을 인정하는 것이 되지요.
이는 자부심 문제가 아니라 양심의 문제예요. 프랑스의 모든 좌
파, 자유주의 좌파조차도 현 미국 정치를 혐오하고 있다는 것 —
저도 포함해서 — 을 이해하도록 하세요. 우리는 돈을 구하기 위
해 뉴욕행 비행기를 타는 벼락부자들을 경멸해요. 미국을 선택
한다는 것은 우리가 쓰고 공언한 모든 것과 이율배반적으로 자본
주의를 선택함을 의미하지요. 알아요, 우리의 선택이 이 세계에
서 별로 중요치 않다는 것을. 그러나 우리에겐 중요하지요. 그리
고 윤리적인 문제와 얽혀 있는 돈 문제가 있어요. 미국에서 생활
비를 벌려면 우리가 무얼 할 수 있겠어요? 라디오 방송, 기사 쓰
기 등……. 그렇지 않으면 우리는 굶어 죽을 거예요. 1940년에서
1944년에 프랑스인들은 생계를 위해 선전국에서 일했어요(토박
이 미국인은 그리하지 않아도 될 처지에 있었겠지요). 그때에는 그럴 수 있
었지만, 오늘날에는 받아들여지지 않을 거예요. 풍요롭고 프랑스

_____

지 *Lettres á Sartre*』 참조

문화를 높이 평가하는 브라질은 반중립적 상태를 유지할 수 있을 거예요. 그곳이 어떨까 생각해요.

제가 중요하게 여기는 것들에 대해 당신과 소통되지 않는다고 느끼지 않았으면 좋겠고, 당신이 그것을 이해해 줬으면 해요. 저를 믿어 줘요. 우리는 모든 친구와 그것에 대해 이야기했고, 일말의 히스테리도 없이 매일 하루하루 그에 대해 심사숙고했어요. 프랑스 상황에서는 당신이 미국에 있기 때문에 파악하지 못하는, 아마도 파악할 수 없는 것이 있답니다. 답장해 주길 부탁해요. 단번에 비판하지 말아요. 사태를 상상해 보고자 노력하기 전에는 우월한 어조를 띠지 말아요. 됐어요, 내 사랑. 터무니없는 편지군요, 안 그래요? 당신은 어마어마한 편지를 타이핑해 보냄으로써 제게 가장 친절한 크리스마스 선물을 했어요. 크리스마스 잘 보내고 새해 복 많이 받아요! 당신을 위한 저의 모든 고약한 가슴으로.

당신의 시몬

1950년 12월 22일 금요일

매우 소중한 내 사랑. 이번 여름에 당신에게 화내지 않도록 조처한 것은 아주 현명했어요. 당신을 위해 내가 하는 모든 것을 하려면, 여자 친구 중에 제가 가장 좋은 친구일 필요가 있거든요. 첫째로 저는 라디오 방송에서 기요네가 당신에 관한 친절한 언사를 반복하도록 제안하면서 30분이나 세뇌시켰어요. 둘째로, 비서가 전화를 걸어 "기자가 아닌 올그런의 에이전트가 당신과 이야기하고 싶어 해요"라고 말했어요. 『오페라』에 실을 당신에 대한 스무 줄의 기사를 제게 요구했어요. 저는 제 책을 개선하는 대신 당신에 대한 글을 쓰느라 오후 한나절을 빼앗겼지요. 『오페라』는 아주 많이 읽히는 주간지예요. 다음 주에는 제가 쓴 서문과 함께 『기다려지는 아침』의 마지막 장을 실을 거예요. 당신 마음에 드나요? 시작일 뿐이랍니다.

포크너가 갈리마르 출판사의 칵테일파티에 참석해 모든 사람을 실망하게 했다고 들었어요. 작가에게 한 시간에 1백여 사람을 소개하는데, 그로부터 뭘 기대하는 걸까요? 딜런 토머스처럼 행동한다면 몰라도 말예요. 저는 그 칵테일파티에 가지 않았어요. 한 명의 미국 작가로 충분하지요. 그의 새해 인사에 감사드립니다. 사르트르도 자신에게 보내 준 새해 인사에 아주 만족하여 이후로는 바티칸에 자주 드나들 것을 진지하게 생각하고 있답니다. 당신, 중국 카드를 일부러 골랐지요, 그렇지 않은가요?

암에 걸린 가엾은 타이피스트를 보고 오는 중이에요. 그녀는 점점 더 남자로 변하고 있어요. 턱수염, 남자 목소리……. 제가 있을 때조차도 고통스러워 비명을 지르는데, 차마 들을 수 없었어요. 일요일에는 리처드 라이트의 정신 나간 미팅이 열렸어요. 프랑스 귀빈으로는 사르트르, 그와 대등한 미국인으로는 루이 피셔라는 사람이 참석했지요. 세계 평화와 자유를 지키기 위한 미국과 프랑스의 자유주의 회의에서 사르트르는 어떤 정치적 암시도 없이 5분간 말해야 했어요. 영국 대사관의 드넓은 실내 원탁에 약 40명의 무뚝뚝한 표정의 흑인들이 모여 있었지요. 예전에 공산주의자였고 러시아에서 15년간 살았던 루이 피셔는 변절한 공산주의자들의 특징인 어둡고 험상궂으며 몹시 앙심을 품은 시선을 하고 있었어요. 그는 연설하기 위해 자리에서 일어설 때까지 한마디도 없이 미소 한 번 짓지 않았지요. 소련에 대해 20분간 독설 가득한 연설을 퍼부은 다음에, 만약 유럽이 미국에 윤리적인 도움을 주지 않는다면 미국은 패배할 거라고 예언했어요. 미국은 평화와 자유를 구현하고 있으며, 지금 이 세계에서 각자 해야 할 유일한 것은 간디를 본받는 거라고 했어요. 그것은 사르트르를 성나게 했어요. 그 모든 게 완전히 정치적이었으므로 신랄하게 말했어요. 미국과 소련의 상호적 증오로부터 가장 커다란 재난이 일어나고 있고, 오늘날 아무도 어떤 곳에서도 자유롭지 못하다는 거예요. 피셔는 분노로 숨이 막힐 지경이었고, 이어 열린 끔찍스러운 만찬 석상에서 미국은 평화에 심히 열중하기에 자기 병사 중 한 명이라도 피를 흘리게 하느니 차라리 원자폭탄을 떨어뜨릴 준비가 되어 있다는 ― 그가 한 말 그대로예요 ― 미국에 대한 찬가를 다시 시작했어요. 거기서 딕은 제대로 반응했지요. 피셔가 러시아의 비극은 생존을 위해 거짓말을 할 수밖에 없다는 데 있다고 말했을 때, 그가 반박했어요. "모든 사람이 곳곳에서 그렇게 하도록 강요당하고 있소." "오! 누가 그런가요?" 피셔가 말했어요. "나요! 나는 거의 일생 거짓말을 했고 미소를 지었어요. 전혀 공감하지 않는데도 '예, 미스터'라고 머리를 끄덕여 동의를 표시했소." 어쨌든 이런 작자를 초대하다니, 그가 정말 미친 짓을 했어요! 그 역시 프랑스를 떠나기 위해 짐을 꾸리고 있답니다.

파리는 지독히 우울하고 눈 같지 않은 눈발이 날리는 끊임없이 흐린 날씨 속에 잠겨 있어요. 사람들이 누군가를 만나면 즉시 질문이 튀어나오지요. "떠나십니까? 언제요? 어디로요?" 돈 많은 사람은 도망가고, 개인 소유의 헛간에 비행기를 손질해 놓고 배들을 사고 있어요. 공산주의자들이 아닌 대부분 지식인은 만약 러시아인들이 이곳에 도착하면 자신들의 신념과 반대되는 선언과 행위를 강요당할 것이므로 그 전에 떠나는 것이 더 낫다고 생각하고 있어요. 사르트르는 신속하게 제거되고 저는 큰 위험에 처할 거라는 말에 모두 동의하고 있답니다. 저는 6개월 아니면 2년 이내에, 어쩌면 영원히 망명해야만 할 거라는 생각으로 살고 있는데, 기묘한 감정이에요.

메리 크리스마스, 해피 뉴 이어, 내 사랑. 좋은 책을 시작하세요. 그리고 당신의 작은 집을 계속 즐기고 행복하세요. 당신의 가슴에 작은 몫을 저를 위해 간직해 주길 바라고, 이따금 저를 다정하게 기억해 주세요. 저의 모든 사랑, 저의 성실하고 완고한 가슴으로 당신에게 키스해요.

당신의 시몬

1950년 12월 31일 일요일

내 사랑 넬슨. 이런 사기꾼 잡지가 있나요, 『오페라』말예요! 당신의 고약한 책의 서문을 쓰느라 오후 한나절을 보냈는데, 당신 책의 마지막 장도 싣지 않았고 저의 기사도 싣지 않았어요. 지독한 놈들이에요.

크리스마스이브는 뷔슈리의 은신처에서 쾌적하게 보냈어요. 보스트, 올가, 사르트르, 시피용을 초대했어요. 스카치, 샴페인, 푸아그라, 캐비아, 푸딩, 꽃 등 성대한 의식을 준비했어요. 우리는 먹고 마시고 농담을 했지요. 보스트와 시피용의 희극은 3월에 어느 대극장 무대에 올려질 거고, 올가는 〈파리 떼〉를 연습하고 있답니다. 모든 사람이 다 잘 지내요. 그러니 파티는 어느 때보다 익살맞았던 시피용이 마지막에 갑작스레 화장실로 사라져 다시 나타나지 않은 것을 제외하곤 성공적이었어요. 그가 죽었을까 겁에 질린 보스트가 곤드레만드레 취해 문을 열지 못하고 몸을 떨면서 층계 아래에 있는 그를 발견했지요. 보스트가 자신의 외투를 빌려주었어요. 불쌍한 시피용은 그다음 날 자신이 호텔 침대에 있다는 걸 알았어요. 저는 저 자신에게 쓸모 있는 크리스마스 선물을 했어요. 소리를 내면서 불타는 반짝이는 커다란 스토브예요.

당신이 아는 반쯤 부서진 한심스러운 옛날 것으로 몸이 얼어붙어 무시무시한 독감에 걸렸고, 밤에는 가슴이 찢어지게 아플 만큼 기침하곤 했어요. 이제는 집에 있는 것이 얼마나 아늑한지 모른답니다!

그러니까 올가는 연습 중이에요. 관중 앞에서 하는 첫 공연이 1월 12일이니 얼마 안 남았군요. 배우들은 아침과 오후에 작업하고 잘들 해 나가고 있으나 고통스러워해요. 초기에 올가는 자신이 잘하지 못한다고 느꼈는지 밤새도록 울었고, 연출가에게 아주 기분 나쁘게 굴었어요. 그 역시 화를 냈고, 우리는 그들이 감정을 폭발할까 걱정했지요. 그러나 사르트르가 처음으로 차갑게 올가를 야단친 후부터 그녀는 침착해졌고, 연기를 더 잘했으며, 연출자를 만족시켰어요. 잘될 것 같아요. 그녀가 병으로 무언가를, 젊음만이 아니라 그녀가 가지고 있었고 그녀를 거의 위대한 배우로 만들어 줬던 그 뜨겁고 생기 있고 약간은 마력적인 그 불을 잃어버린 것 말고는 말이지요. 어쩌면 그 불이 앞으로 다시 솟아 나올지도 몰라요. 확신할 순 없지만요.

올가, 보스트, 사르트르와 저는 라이트 부부네에서 꽤 지겨운 저녁 식사를 했어요. 라이트는 미국에서 녹음기를 가져와 좋지도 않은 음악을 끝없이 녹음했고, 우리는 할 수 없이 그것을 들어야 했어요. 이 끔찍한 신제품을 아세요? 그리고 파리에서 현재 비공산주의자 지식인들의 대화 가운데 반복되는 주제인 '그 주제'를 되씹는 걸 멈췄어요. 우리는 모두 브라질로 기울어지고 있지요. 허세 부리는 당신의 머리 위에 폭탄이 떨어지길 기다리는 대신 당신도 그곳으로 오세요. 딕은 사회주의적 생활공동체를 조직할 생각을 하는데, 모두 '깊이 책임감을 느끼면서' 공동으로 한마을에 살자고 하는군요. 이런 책임감을 짊어지지 않고 화목하게 사는 것이 더 나을 거라고 제가 반박했지요. 그러나 그는 인생을 바칠 목표를 거기서 발견했어요. 그의 사업이지요. 아니오, 우리는 내일 전쟁이 일어날 거로 생각하진 않지만, 그리 멀지 않았다고 생각해요. 그리고 저는 이런 추위와 회색의 우울함, 잔뜩 찌푸리고 눈발이 흩날리는 날씨 속에서 파리가 기분을 쾌활하게 만들어 준다고 말할 수 없군요.

그 아름다운 가수가 브라질에서 큰돈을 벌고 있다는 이야기를 했던가요? 그녀는 자신이야말로 진짜 실존주의자라면서 강연하겠다고 주장했어요! 그러나 겁나서 말 한 마디도 못했고, 프랑스 영사가 그녀 대신 말해야 했다는군요. 한번은 청중이 원하는 만큼 박수를 충분히 치지 않자, 그녀가 "브라질 국민은 후레자식일 뿐이야"라고 선언했대요. 한 미치광이가 무대로 뛰어 올라와 그녀의 머리카락을 먹겠다고 덤벼들었대요. 그녀는 당연히 그의 따귀를 때렸고요. 자신의 여가수에게서 멀리 떨어져 파리에 홀로 남아 있는 가엾고 귀여운 카술레는 우울함과 슬픔으로 인해 자살하고 싶어 해요. 아마도 언젠가 그렇게 할지도 몰라요. 돈도 없고 친구도 거의 없는 불쌍한 그녀는 무엇을 해야 할지 모르고 있어요. 당신이 보살피도록 그녀를 포레스트 애비뉴로 보내야 할까요?

잘 있어요, 내 사랑. 새해에도 다른 해만큼 당신을 사랑할 거라고 믿어요. 저는 과거도 미래도 생각지 않으려 애쓰지만, 사랑은 지금 여기에 있답니다. 1950년의 마지막 저녁, 당신에게 애정 어린 키스를 보내요.

당신의 시몬

1951년 1월 7일 일요일

내 사랑. 우표가 알맞게 붙여진 길고 상냥한 편지 고마워요. 당신, 사르트르의 책과 퐁주의 기사를 받았는지, 그리고 주네의 작품을 읽었는지* 말하지 않았군요.

우리에겐 매우 힘든 한 주예요. 올가가 〈파리 떼〉 연습을 하고 있는데, 그녀와 연출자가 서로를 증오하기 때문이에요. 그가 엘렉트라 역을 자기 정부에게 주려고 노리면서 올가를 끊임없이 비판해요. 그로 인해 그녀는 연기를 정말 잘 못하고 울기도 하며, 가엾은 보스트와 그녀를 도우려고 애쓰는 사르트르를 미치게 만들지요. 이 모든 사람이 불만을 털어놓으러 제게 오는데, 만약 당신이 아는 것처럼 제가 현명하고 꾀가 많고 안정된 여자가 아니었다면 저도 미쳤을 거예요. 이 젊은 연출가는 거짓말을 거듭해요. 예컨대 올가가 그 같은 역할을 맡을 만한 재능이 없다고 기자들에게 밝혀 버렸어요. 그래서 사르트르는 그가 조금도 재능 없다는 것을 폭로해 버리겠다고 위협했는데, 그가 재능이 없다는 것은 전적으로 사실이랍니다. 사실 올가가 기력을 되찾기만 한다면 다른 여배우들을 압도할 거예요. 저는 올가가 후반부에 가서 그러리라 믿어요. 우리는 모두 애를 태우며 총연습하면서 비평가들의 판정을 기다리고 있어요. 그녀가 실패하지 않으면 좋으련만! 그녀는 무척 오랫동안 기다렸답니다.

『오페라』의 구역질 나는 작자들이 결국 제가 쓴 당신에 관한 글과『결코 오지 않는 아침』의 마지막 장을 실었지만, 시기가 적절치 못했어요. 사르트르가 쓰지도 않은 다음번 연극 작품에 대한

---

* 사르트르의『영혼의 죽음』, 다양한 시인을 다루는 잡지『전환 50 Transition 50』, 주네의『꽃의 노트르담 Notre–Dame des fleurs』

추잡한 글이 같은 호에 실렸는데, 그 연극의 줄거리를 처음부터 끝까지 상세히 설명하고 — 그것이 공산주의 연극이며, 그만큼 그가 모스크바와 친구가 되기를 열망한다고 단언해요! 우리가 항의하자 "시몬 드 보부아르가 우리 잡지에 글을 쓰고 있으니 그 정도로 잡지를 무시하지 않는다!"고 반박했어요. 별일 아니에요.

클루조가 『초대받은 여자』를 영화화하는 것을 아주 심각하게 고려하고 있어요. 당연히 제 맘에도 무척 들 거예요. 당신에게 혼자 와인을 따라 마시지 못하게 했던 레스토랑 — 기억나세요? — 에서 우리는 점심 식사를 했어요. 그가 조만간 회답할 거고, 만일 대답이 긍정적이라면 그와 함께 시나리오 작업을 긴밀히 해야 할 거예요. 다음 주에는 늘 그랬듯이 앙제 근처의 시골로 2주간 떠날 거랍니다. 잘됐어요, 제겐 휴식이 필요해요. 석 달 전부터 쉬지 않고 꼬박 일했거든요. 날이 몹시 추워져 약간의 피로감도 느껴지네요.

시카고에 관한 당신 글을 언제쯤 받아볼 수 있을까요? 당신은 일에 대해 거의 말하지 않네요. 한 해를 잘 시작했나요? 호수는 얼었나요? 시카고 동물원의 고릴라가 죽었다는데, 당신을 많이 슬프게 하나요? 호머 스미스*의 이야기는 좋은 이야기예요. 해럴드**가 지붕 위나 지하실에서 종일 무엇을 할 수 있는지 전혀 상상할 수 없군요.

안녕 내 사랑. 저는 포레스트 애비뉴에서 다시 한번 스카치를 마시는 것 외에는 아무것도 바라는 게 없어요.

---

* Homer Smith. 그는 자기에게 식당차 좌석을 내주지 않은 데 대한 복수로 철도회사에 익명의 모욕적인 편지를 퍼붓고 기차 시간표를 알리는 인쇄물을 망가뜨렸다. 여론의 일반적인 움직임이 그에게 유리하게 작동했다.

** 올그런의 기이한 주정뱅이 친구들 가운데 한 명으로, 그는 올그런을 위해 여러 가지 잔일을 해 줬다. 올그런은 그런 그를 부양하고 있었다.

사랑 그리고 당신의 시몬의 사랑.

당신의 시몬

1951년 1월 14일 일요일

내 사랑. 저의 못난 마음과 뼈다귀 보따리인 저를 모든 남자 가운데 당신에게 주기로 정한 것은 결국 그렇게 어리석은 게 아니었을지도 모르겠어요. 왜냐하면 당신은 필시 가장 사려 깊은 남자니까요. 당신 편지는 메마른 저의 두 눈에서 두 개의 작은 눈물방울을 흘리게 했어요. 황금이 가득한 당신의 작은 항아리를 보관하도록 할게요, 넬슨. 정성스럽게 보관해요. 1, 2년 안에는 제게 필요하지 않기를 바라요. 상황이 조금 나아지는 것처럼 보이는군요, 안 그래요? 그러나 좋아요, 만일 최악의 상황이 벌어진다면, 멕시코나 리우에서 시작하기 위해 당신에게 1백~2백 달러를 부탁하겠어요. 프랑스 돈으로는 못 하나도 살 수 없을 테니까요. 브라질에서는 강의나 강연 등을 하면서 돈을 벌 수 있을 거라 믿어요. 그곳엔 무척 부유하고 프랑스어를 할 줄 아는 사람이 많으니까요. 그러나 시작이 어려울 테지요. 사르트르에게 말했더니, 눈물을 흘리진 않았으나 깊이 감동하여 1백 달러를 빌리는 데 동의했답니다. 당신을 진정한 친구라고 평가하더군요. 네, 그 모든 걸 두루 고려하며 당신의 금 항아리를 준다는 건 정말 고마운 일이었어요. 고마워요, 내 사랑.

한 우파 주간신문에서 스크랩한 『기다려지는 아침』에 관한 기사도 동봉합니다. 우파 성향이지만 당신 책을 좋아하지 않을 수 없었던 거죠. 이 신문은 그저 당신이 엄밀하게 따지면 도스토옙스키와 필적할 수 없다는 뜻을 내비쳐요. 못생긴 여자가 저로부터 좋은 평가를 받았다는 걸 알아 두세요. 그녀는 당신 소설에 열광하고 있어요. 솔직히 말해, 소설이 이런 열광에 대한 책임이 있는 건가요. 아니면? 만약 그녀가 예전에, 좋았던 시절에 당신과 저 사이에 있었던 일을 안다면 분노와 질투심으로 인해 몸이 뻣뻣하게 굳은 채 쓰러질 거예요. 결국 당신에 대해 흥분하도록 놔두는 것은 저를 배신자로 만드는 거죠. 그녀는 미용사에 대한 장면에서 특히 황홀경에 빠지더군요, 자기 고객의 머리를 응시하기 위해 한 걸음 뒤로 물러나는 장면. '인간성'에 대한 통찰이 빛나는 그 글은 ─ 그녀의 용어에 따르면 ─ 위대한 예술가에게서 나오는 거래요.

저는 주네에 대한 당신의 판단을 아주 잘 이해하고 있어요. 그도 그것을 수긍할 거예요. 당신은 그의 문체에 대해 정확한 반응을 보여 줬답니다. 외설을 규탄하는 것만으로 만족한다는 건 어리석어요. 그러나 옳다고 생각하는 것 또한 좋지 않지요. 주네는 당신, 저, 사르트르 그리고 보스트가 구현하는 모든 것에 대해 반대자가 되길 원하지요. 사실 그는 반대자예요. 이런 의지는 그의 유년 시절, 감옥살이 그리고 동성애에서 비롯됐어요. 그는 우리가 원하지 않는데도 불구하고 그를 우러러보길 원하지요. 그리고 특출난 자질이 있어서, 우리가 증오하는 바로 그 순간에 그의 책을 좋아하게 된답니다. 자코메티에 관한 데생, 고마워요. 그가 성공해서 기뻐요. 그를 미국으로 끌어들인다는 건 절대 안 될 거예요. 옹고집이거든요.

철학자 아롱은 스무 살 시절에 사르트르와 저의 절친한 친구였어요. 우리는 길고 추상적인 토론을 아주 좋아했지요. 유대인인 그는 런던에서 전쟁을 겪었어요. 1944년 겨울 그를 다시 만나게 되어 너무 기뻤었답니다. 인생의 비극이 끝나고 새로운 시대가 시작되는 걸 의미하는 듯이 보였지요. 그는 『현대』에 1년간 협력했고, 그다음에 드골주의자—RPF로 돌아섰어요. 사르트르와 제가 드골에 반대한다고 밝혔을 때 우리는 서로 죽도록 욕해 댔고 그 이후로는 더 이상 만나지 않고 있어요. 그는 할 수 있는 만큼 사르트르를 내려치지만, 당신이 보내는 그에 관한 서류 내용은 사실로 남아 있어요, 물론이지요.

짧은 편지 바로 다음에 받은 긴 편지는 저를 무척 기쁘게 했어요. 불쌍한 당신! 어쩜 그리 보기 좋게 라디오를 도난당했나요! 당신이 결코 배우지 않을 것을 당신에게 가르치려 애쓰는 그 귀여운 매춘부가 좋네요.

자, 그런데 우리는 지난주보다 더 고통스러운 한 주를 겪었어요. 그러니까 올가는, 자기 일에 대해서는 문외한이면서 자기 정부를 앉히려고만 하는 정말 가증스러운 작자인 연출가 에르망티에를 증오해요. 그는 기자 친구들에게 속내를 털어놓았고, 기자는 바로『오페라』에 긴 폭로 기사를 썼어요. 내용인즉슨, 에르망티에는 올가를 좋지 않은 여배우로 생각하는데 오로지 사르트르의 강요에 의해 그녀를 받아들였고, 그녀는 몸이 아픈 데다 연기할 능력이 없다 등등이었죠. 올가에게 어떤 영향을 미쳤을까를 상상해 봐요! 사르트르는 에르망티에를 몹시 비난했고, 그 말을 라디오 방송에서 취소하고 기자가 거짓말했다고 밝히라고 강요했어요. 그러나 이미 엎질러진 물이지요. 실은 대중 앞에서의 첫 번째 공연이 어제 있었고, 단연 으뜸이었던 올가는 실제로 뛰어났어요. 오늘 저녁에는 언론과 중요한 사람들 앞에서 총연습이 있을 텐데, 마찬가지로 그녀가 한결같이 잘하기를 바라요. 하지만 연출은 도대체! 수치스러워요. 빨강, 노랑, 초록의 요란스러운 조명이 마치 클럽에 와 있는 것 같고, 다른 많은 것이 그보다 더 흥하며 연극과는 아무 관련이 없어요. 무대장식, 의상 등 그가 연출한 모든 것이 끔찍스러워요. 의상은 중세, 고대 그리스, 19세기의 역사 등 모든 시대를 상기하는데, 그 모든 것이 흑인 춤과 음악과 뒤섞여 있어요. 정말 부끄러워요. 그는 혹평받아야 해요. 올가만이 곤경에서 벗어나야 하고요. 에르망티에가 그처럼 야비하게 굴었는데도 올가는 낙담하고 의기소침해하기는커녕 실력 이상의 힘을 발휘하겠다고 결심했고, 결과적으로 그렇게 했지요. 그러나 마지막 막에서 그 광란하는 듯한 무지갯빛 조명에 잠긴 그녀의 섬세한 얼굴이 얼마나 딱하던지요! 어쨌거나 그녀는 비교적 만족해하면서 난관을 뚫고 나가고 있고, 사람들은 그녀가 매우 훌륭하다고 단언했어요. 나중에 에필로그를 이야기하지요.

노부인은 몸이 조금 불편하고 동생이 도착한 까닭에 예정보다 늦게 시골로 떠났어요. 안녕, 모든 것이 고마워요. 내 사랑. 사랑으로 오래오래 당신에게 키스해요.

당신의 시몬

1951년 1월 20일 토요일, 파리

나의 바보. 당신의 푸른색 작은 편지가 좋기는 하지만 크기가 너무 작아서 이 편지지를 아주 싫어해요. 이 편지는 뷔슈리의 창가에 봉투가 열린 채 도착했답니다. 저는 두툼한 노란 종이를 좋아했었는데, 더 이상 받아볼 수 없나요, 넬슨? 당신이 주네에 대해 말한 것은 전적으로 사실이에요. 그는 자기 방식대로 극히 종교적이에요. 그도 그것을 인정하지요. 그는 '성자가 되는 것'을 깊이 욕망해요. 만일 누군가가 '과연 그는 성자가 될 수 있을까' 하고 의심하면 그는 성을 내지요. 아뇨, 퐁주는 스스로를 오직 '조약돌의 시인'으로만 규정짓지 않아요. 그러나 당신, 당신은 조약돌에 대해 글을 쓴 적이 있나요? 당신 소설에 대한 두 편의 다른 짧은 비평을 동봉하는데, 하나는 비공산주의 주간지의 비평이고 다른 하나는 우파 성향 잡지의 것이랍니다. 둘 다 탁월해요. 정말이지 당신, 진정으로 성공했어요. 제 수중에 들어오는 것만 당신에게 보내는데, 갈리마르 출판사에는 분명 수많은 기사가 있을 거예요. 나중에 기요네를 보내 집어오도록 하게 하려고요. 보리스 비앙이 『황금 팔의 사나이』를 번역하는 데 필시 기쁨을 느끼는 것 같아요. 그를 돕겠다고 나서는 시카고 출신의 사람들을 알고 있으나 번역하는 데 짧지 않은 시간이 걸릴 거예요.

또다시 나쁜 한 주를 보냈어요. 다음 화요일에 마침내 파리를 떠나는데, 안도감을 느낄 거예요. 총연습은 큰 재앙이었지요. 연출가가 연극을 망쳤다는 것이 만장일치의 의견이었고, 다수의 비평가가 올가를 혹평했어요. 이상해요, 모든 지식인이 그녀를 높이 평가하고 배우 중에서도 연기가 가장 훌륭하다고 평가하는데 말예요. 저 역시 그렇게 믿지만, 한패의 파리 신문들은 그녀가 못생겼다고 이야기하고, 그녀 목소리의 결함과 야릇한 분위기를 비판한답니다. 그녀를 거의, 아니 전혀 좋아하지 않아요. 에르망티에는 사르트르가 올가에게 배정한 역할을 지켜 주라고 명령했다는 글을 발표했어요. 아주 구역질 나는 짓을 저지른 거죠. 많은 기사 내용이 악의에 차 사르트르에게 치사스러운 욕을 퍼붓고 있답니다. 비평가들은 이 오래된 연극에 아랑곳하지 않는 사르트르를 배려해 주고 있어요. 그들은 에르망티에에 대해 몹시 혹독하고, 올가에 대해서도 상당히 치사해요. 그녀와 보스트는 그것에 대해 슬퍼하고 있어요. 저도 물론이고요. 왜냐하면 적어도 제가 특별히 그녀를 위해 연극을 쓰지 않는 한 그녀는 더 이상 연기하지 않을 거라는 걸 의식하기 때문이지요. 그녀는 너무 나이 들었고, 특히 재기하기에는 너무 지쳐 있어요.

설상가상으로 동생이 2월 초에 전시회를 하려고 도착했답니다. 그녀의 그림은 아무 가치도 없고, 저는 그녀에 대해 별로 염려하는 바도 없지만, 그녀를 돕기로 했어요. 우선 그녀를 만나 봐야 했는데, 이것은 당신이 애처로운 크리스티를 감당해 내는 것과 마찬가지로 지루했어요. 그다음에는 그녀를 도와줄 만한 '젠체하는' 사람들을 만나야 했어요. 무척 지겨운 일이었지요. 흐리고 습하고 추운 파리에서 '당신' 책을 잘 진행하긴 했지만, 더 이상 견딜 수 없군요. 노부인 집에서 2주를 보낸 뒤에 사르트르와 보스트와 함께 스키장에서 — 다리를 부러뜨리는 일 없이 — 2주를 보낼까 생각 중이에요. 저는 이 도시가 지긋지긋하답니다.

어제 컬럼비아대학의 교수인 오브라이언을 만났어요. 아주 쉬운 여행처럼 보였으나 당신에겐 여행하기가 결코 쉽지 않다는 걸 제가 알고 있어요. 당신은 태양이 빛날 때조차 비행기를 타지 않을 거예요. 좋아요, 포레스트 보금자리에 있는 것들에게 사랑한다고 말해 주세요. 네, 그들을 사랑해요. 그리고 저의 가슴은 아프고요. 당신 역시, 사랑해요.

당신의 시몬

1951년 1월 29일 월요일, 라푸에즈

바보 같은 내 사랑. 마침내 파리에서 벗어났답니다. 몹시 기뻐요. 떠나기 전 마지막 며칠 동안 지쳐서 사람들을 만나도 아무 즐거움이 없었어요.

타미 굴드와 점심 식사를 했는데, 당신이 웃을 만한 일이 있어요. 그녀도 웃었어요! 당신은 밥과 아이티의 미국 여자의 일이 사랑일지 모른다고 말했지요! 그가 돌아온 이후로 한 파리지엔과 두 번째 이야기를 병행해 나가는 동안, 아이티 여자는 그녀와 대목장에서 함께 살기를 간절히 원하는 아르헨티나의 대지주와 서신을 교환하는 동시에 아이티의 정치인과 잠자리를 한대요. 봅이 어떨지 상상해 보세요! 그는 그 모든 것을 타미에게 일절 말하지 않았으나, 그녀는 비밀을 캐냈지요. 배신자 연인에게 미친 듯이 화냈고 프랑스 여자와 나약하게 사랑에 빠진 그는 이탈리아로 떠나기 전에 "돌아와서 좋은 남편이 되겠소"라고 약속하면서 타미에게 키스했대요. 그녀는 자신이 좋은 아내로 남길 원하는지 아닌지를 더 이상 모르겠다고 말하지만, 저는 그녀가 그러길 원한다고 장담해요. 아무튼 저는 그녀와 배우 직업을 포기할 것을 고려하며 침울해 있는 올가에게 작별 인사를 하고 기차를 탔지요.

　노부인은 프랑스와 영국에서 모든 사람이 걸리는 아주 고약한 독감에서 낫는 중이에요. 열이 많이 나서 누워 있어야 하는데도 그러지 않고 바삐 움직이며, 밤새도록 잠을 자지 않고 수많은 책을 탐독한대요. 그녀의 남편은 아침 일찍 하녀를 시켜서 그녀를 깨운다는군요. 왜냐하면 그녀가 마침내 잠드는 바로 그 순간에 그녀를 깨우는 것이 '환자가 법을 만든다'는 원칙 중에 하나래요. 그 말고는 집에서 누구도 아플 권리가 없다는군요. 그는 부인의 체온과 같아지려고 열을 올리려 애썼으나 허사였어요. 늙은 요리사도 침대에 누워 있어요. 사르트르로 말하자면 한 주 내내 무시무시한 치통을 참고 견뎌 냈으며, 이제 잠잠해지기 시작했어요. 저는 잘 지내요. 옷도 차려입지 않고 머리도 만지지 않으며 화장도 하지 않은 채 종일 글을 쓰거나 책을 읽고 루아르처럼 수면과 휴식과 일을 즐기지요. 『화산의 아래서』*를 우연히 손에 넣어 읽었는데, 어찌나 악취를 풍기고 심오한 체하는지 모르겠어요! 지

---

*　맬컴 라우리 지음

루하고 피상적이며 어리석은 책이에요. 『벌거벗은 자와 죽은 자』*도 그저 그래요. 헝가리인이 영어로 쓴 『폭풍 속의 인도L'Inde dans la tourmente』(티보르 멘데)*는 뛰어나고 어마어마한 작품이라 독서를 계속해 나가고 있어요. 인도에 열광하는 당신이 빠트려선 안 될 책이지요. 인도 국민의 절망적인 생활방식은 충격적이고 가슴 아프답니다. 또 오늘날의 중국에 관한 대단한 책을 읽기 시작했는데, 프랑스어로 쓰여서 당신에게 권할 수 없군요. 못생긴 여자는 당신 소설을 여전히 무척 좋아해요. 그녀 말에 의하면, 당신이 쓴 감옥 일화가 주네의 것보다 낫다는군요. 주네를 숭배하는데도 말예요. 그녀는 무시무시한 상태에 처해 있었는데, 전쟁 때부터 썩어가던 열세 개의 치아를 뽑으려고 기다리는 중이었어요. 치과의사가 그중 하나를 성공적으로 뽑아냈으나, 그녀는 고통스러워 마취 상태에서 한 시간 동안 헛소리를 했어요. 심장이 약해 부분마취밖에 할 수 없었거든요. 질겁한 의사는 발광하는 여자에게서 아직도 뽑아야 할 치아가 열두 개나 남았다는 생각에 몸서리를 치고 있어요. 또 다른 끔찍한 시련은 병원 침대에 꼼짝 못 하고 누워 있는 암에 걸린 저의 불쌍한 타이피스트가 겪는 것이지요. 그녀는 숱진 턱수염과 콧수염이 얼굴 전체를 뒤엎고 얼굴이 두 배로 커졌으며 암이 폐까지 퍼져 5, 6주 후에 죽을 텐데, 그 사실을 모르고 있어요. 옆 침대에서도 늙은 여자들이 떠들썩하게 죽어 가는 이 병원은 그야말로 지옥이랍니다. 당신 마음에 드는 적당한 양의 고요와 지루함과 함께 한 해를 잘 시작하고 있나요? 당신에게 다정한 키스를 보내요.

당신의 시몬

• 노먼 메일러 지음

* Tibor Mende

1951년 2월 10일 토요일, 파리

　내 사랑. 집에 돌아오는 길에 엄청 두툼하고 친절한 당신 편지를 발견하곤 포레스트 애비뉴에 거의 2주 전부터 편지를 쓰지 않은 데 대해 부끄러움을 느꼈어요. 라푸에즈에 살 때는 말할 게 별로 없었답니다! 이제 저를 기다리는 당신의 많은 질문에 대한 답을 시작하겠어요. 시각은 아홉 시밖에 되지 않았지만, 너무 피곤하군요. 시골에서 충분한 휴식을 취한 것 같지 않아요. 세속을 떠나 복역수처럼 글 쓰는 데 몰두하느라 한 줌의 신선한 공기도 마시지 못했어요. 만약 중간에 곯아떨어져 오늘 저녁에 편지를 끝내지 못한다면 내일 끝낼 거예요.

　사르트르에 대한 당신 평가와 스크랩한 신문기사들로 사르트르는 만족해하고 있어요. 고마워요. 주네에 관한 당신 평가와 마찬가지로 사르트르에 대한 당신의 모든 평가에도 전적으로 동감해요. 이 불쌍한 사르트르는, 거짓말 보태지 않고, 더럽게 혼나고 이제 막 진정됐어요. 그는 파리를 떠나기 전날 밤에 치통으로 무시무시하게 고생했답니다. 치과의사가 괜찮을 거라 말해 떠났지만, 막상 시골에 도착하니 가까운 도시의 치과까지 찾아갈 만큼 아주 아팠으며, 치과에 다녀오고 나서도 진정되기까지 몇 시간이나 고통을 참아내야 했어요. 어제 돌아오는 길에는 전문의에게 돌진했지요. 저는 그를 오후 네 시에 1분밖에 볼 수 없었어요. 왜냐하면 그가 다시 지옥에 떨어진 사람처럼 고통스러워하며 저를 돌려보냈거든요. 오늘 아침에는 몸이 아픈 비서가 세 번이나 전화했는데, 사르트르가 전날 오후 네 시부터 오늘 아침 아홉 시까지 쉴 새 없이 고문당하고 진통으로 정말 미쳐 가고 있대요. "그는 말을 할 수 없고, 너무 고통스러워하고 있어요. '고함지를' 것 같아요." 이미 치료된 치아가 어떻게 그리 다시 심하게 아플 수 있는지, 아무도 뭐가 어떻게 됐는지 몰라요. 우리는 별의별 의심을 다 했지요. 제가 오후에 도착했을 때도 그는 여전히 아파하고 침울해하며 다시 한번 지옥 같은 치료를 받을 것이라 예상했어요. 너무 불안해서 그를 억지로 치과에 데리고 갔지요. 가기 전에 치과의에게 전화를 걸었는데, 그 치과의사는 그 정도로 통증이 있을 수 없다며 몹시 불안해하는 것 같았어요. 한 시간 뒤에 사르트르가 입가에 미소를 머금고 돌아왔지요. 2주 전부터 그를 고문한 것은 옆에 있는 다른 치아였다는군요! 벌써 오래전에 완치된 첫 번째 치아의 치료에 열중하느라 전혀 신경 쓰지 않은 다른 이였어요! 오후 늦게부터 그는 피아노를 치고 작업할 수 있을 거예요. 이후 일은 정상적으로 진행되겠죠. 가장 끔찍한 것은 그가 5월 중순까지 희곡 작품*을 끝내야 한다는 거죠. 매우 길고 정리하기가 곤란한 작품인데, 반도 못 마쳤답니다. 그래서 그 일을 하느라 정신이 없죠. 결국에는 때맞춰 끝낼 수 있을 거예요. 올가는 곤경을 잘 헤쳐 나가고 있으나 전체적으로 형편없는 공연은 며칠 이내로 중단될 거예요. 그런데 이것이 그녀를 비탄에 빠트리고 있어요. 이 에르망티에는 그레뱅 박물관에서조차 쓸모없고 모든 마법을 사라지게 할 거예요.

맥코이는 한 클럽에서 케셀이라는 작가로부터 심하게 얻어터졌어요. 소련 태생의 케셀은 작가로서 맥코이만큼 악취를 풍기지만, 저는 그 일이 당신을 즐겁게 하리라 생각해요. 사르트르와 함께 이스라엘에 초대받긴 했어도 올해에 가지 않을 거예요. 그의 희곡이 그를 혹서기인 6월까지 붙잡아 둘 거거든요. 아마도 우리는 6월과 7월에 시원한 브라질로 여행할지 모르겠네요. 하지만 계획하는 일이 재미있지 않아요. 당신의 베티는 정말 영리하네

---

* 『악마와 선한 신』

요. 그녀가 아주 좋아지기 시작했어요. 제 생각에는 그녀가 못생긴 여자보다 '문학이란 무엇인가'를 더 잘 알고 있어요. 그러니 그녀에게 『타인의 피』와 특히 『애매성의 윤리를 위하여』를 빌려주도록 해요

동생의 전시회가 이틀 후에 열리는데, 제게는 힘든 일이 될 것 같아요. 왜냐하면 평상시에는 제가 조심스럽게 피하는 사람들에게 인사해야 할 테니까요. 적어도 성공적이길 바라야겠지요. 보스트는 『머큐리』*에 실을 마지노선에 대한 르포르타주를 위해 떠나요. 반면에 아름다운 여가수는 브라질에서 3백만 프랑어치의 모피코트와 보석, 드레스, 수많은 금붙이 그리고 그녀와 결혼하고 싶어 하는 백만장자 애인을 데리고 왔어요. 그녀가 여러 차례 강연에서 "실존주의자가 될 수 있고 한 주에 세 번 목욕할 수 있어요"라고 단언했어요.

보스트가 라푸에즈로 와서 우리와 합류했는데, 노부인이 그를 아주 좋아해요. 우리는 결코 아무도 보지 못하는 노인이 엄청나게 노여워하는 소리를 들으며 푸아그라를 먹고 샴페인을 마셨어요.

방사능 구름과 네바다에서 시도된 원자폭탄 실험으로 오염된 눈이 시카고를 위협했다는 것이 사실인가요? 당신네는 언젠가 몸이 마비되어 쓰러질 거예요. 아직도 흑인이 백인 여자를 강간했다고 해서 린치당했을 거라니요? 뉴욕에서 발생한 철도 사고로 셀 수 없을 만큼 여행객이 죽었을 거라고요? 길에서 꽁꽁 얼어붙은 흑인 여자아이 한 명을 발견했을 거라고요? 정말 천사표 나라군요! 라푸에즈에서 호수, 스카치, 모래에서 잃어버린 열쇠 그리고 다른 많은 사건을 울적한 기분으로 떠올렸지요. 제가 글을 쓰지 못한 이유 중 하나예요.

---

* 『아메리칸 머큐리』

나탈리에게서 편지를 받았어요. 단순하고 상냥하지만, 한편으로는 슬픈 편지예요. 그녀의 상황은 좀처럼 나아지지 않는군요, 가엾게도. 이번 여름에 파리에 오면 돌려주겠다고 맹세한 돈을 그녀가 당연히 보내지 않았음에도 불구하고 파리에 조금 머물러 있어야겠어요.

당신 편지는 운이 좋았어요. 라푸에즈로 보낸 다른 두 통의 편지는 도착하지 않았답니다. 길고 상냥한 당신 편지를 기다리고 있었지요. 다시 시작하세요. 안녕, 나의 괴물. 예전에 당신이 저를 사랑했던 것을 기억하고 있어요.

당신의 시몬

1951년 2월 18일 일요일

내 사랑. 또 한 번의 작은 파란색 편지 한 통을 받았어요. 오래전부터 당신에게 편지를 쓰지 않았으니 더 이상은 받을 자격이 없어요. 당신이 새 타자기를 사용한다는 걸 알았어요. 불쌍한 베티!『초대받은 여자』를 그렇게 높이 평가하는 것으로 보아 문학이 무엇인지 아는 아주 영리한 여잔데, 그 정도로 상처를 입었다니 슬프군요. 당신에겐 독특한 친구들이 있어요, 넬슨. 우리나라 속담에 "닮은 이들끼리 모인다"는 말이 있는데, 그 의미를 알겠어요? 당신에게 꼭 어울리는 말이에요. 그리고 당신 영화는 어떻게 됐나요? 며칠 전에 만난 비앙이 30쪽을 번역했는데, 지옥 같은 작업이라고 하더군요. 그러나 최근 당신의 문체를 파악했다면서 이젠 하루에 10쪽씩 해치울 거래요. 그러면 4월에는 일을 끝낼 수 있을 거라고 하는군요. 그렇게 되기를 바라야지요.

동생의 전시회는 어떤 의미에서 큰 성공이었어요. 전시회가 열린 화랑은 포레스트 애비뉴 앞에 있는 화랑보다 더 크지 않지만, 하룻저녁에 1천 명이 줄을 이었지요. 헌신적인 여자 변호사가 저를 위해 파리 사교계의 모든 사람에게 와 달라고 부탁했어요. 못생기고 점잖으며 재미없는 오십 대의 이 여자를 만날 때면 저 자신이 아주 많이 늙고 재미없게 느껴져서, 무슨 이유로 그녀가 제게 그렇게 심취해 있나 이해할 수 없어요. 그러나 미친 여자가 말하듯이 "사실은 사실이에요." 그렇게 많은 사람을 초대해 줘서 고맙다고 말하자, 그녀는 차갑고 엄격한 표정으로 제 얼굴을 뚫어지게 보며 "당신이 그렇게 해 달라고 부탁하지 않았나요?" — "네, 그래요. 그렇지만 만약 제가 달을 부탁한다면요?" 그러자 그녀는 통렬하고도 냉정하게 "당신에게 그것을 주기 위해 최선을 다할 거예요"라고 대답하는 거예요. 당신은 어떻게 생각해요? 그러므로 저는 세 시간 동안 한 번도 쉬지 않고 모르거나 따분한 사람들과 악수했지요. 불쌍한 사르트르가 와서 15분간 있어 줬어요. 모두 그에게 달려들어 "치아는 어떠세요?"라고 물어보자, 그가 몹시 투덜거렸어요. 한 사진사가 모로코 풍경화 앞에 있는 사르트르와 제 동생 그리고 저를 마구 찍어 댔고, 이 사진은 그다음 날 한 석간신문에 실렸어요. 당신에게 그 사진을 보내기엔 제가 너무 흉하게 나왔답니다. 특히 그림을 보며 역겨워하며 '으악' 하는 표정이라니! 동생은 몇 개의 공손한 기사를 받아 냈고 대단히 만족해하며 밀라노로 다시 떠났어요. 사실 그녀는 단 한 점의 그림을 팔았는데, 이 모든 것은 눈이 튀어나올 정도로 돈이 엄청나게 들었으나(20만 프랑. 약 6백 달러) 제게서 나온 돈이기 때문에 그녀는 개의치 않아요. 이제 문제의 핵심, "그녀의 그림에 무슨 가치가 있는가?"라고 묻는다면 답변은 '아니다'예요. 그러나 이번 그림은 두 해 전 그림보다 낫고, 평균적인 비평을 받을 정도로 꽤 괜찮은 편이에요. 오늘날 호평받는 많은 그림과 다를 게 없어요. 사람들이 축하의 말을 퍼부어 대자 그녀는 기뻐서 어쩔 줄 몰라 했지요. 개최일에 맞춰 온 동생의 남편은 파리에 한동안 남아 있었으나, 저는 그를 딱 한 번 만났을 뿐이에요. 그들은 이제 떠나요. 아무튼 저는 사르트르와 보스트와 함께 내일 떠나는 것에 기뻐하고 있어요. 이곳은 춥고 습한 몹쓸 날씨이지만 그곳은 눈과 태양이 있을 거예요. 저는 높은 산의 정상에서 미끄러져 내려올 때마다 당신이 제 가까이에 있기를 기원하면서 당신을 생각할 거예요.

당신의 어리석은 얘기들을 이달 말까지 알프마리팀의 오롱으로, 그다음엔 바르의 생트로페로 보내 주기를 부탁해요. 사르트르는 더 이상 치통으로 고생하지 않아요. 다만 4월 1일로 약속된 연극 때문에 고통스러워하고 있어요. 그는 미치광이처럼 매달리고 있어요. 보스트도 스페인에 관한 책 작업에 열중하고 있어요. 저는 두 사람만큼은 아니지만, 그래도 열심히 소설을 쓰고 있지요. 못생긴 여자에게 일어난 유일한 변화는 치아 열 개를 뽑아냈다는 거예요. 지드는 고요히 죽어 가고 있답니다. 노벨상, 여든한 살, 아마 그도 떠날 시간이 됐는지 모르겠군요. 그러나 어떤 사람들은 혐오감을 불러일으킬 정도로 성급하게 행동하고 있어요. 벌써 사르트르에게 추도사를 몇 개 써 달라는 청탁이 들어왔어요! 물론 그는 거절했지요. 〈파리 떼〉는 3월 4일까지 공연되는데, 그 이후로는 올가에게 공백이에요. 정말 딱한 노릇이지요. 왜냐하면 수많은 사람이 그녀의 연기 수준을 알아봤기 때문이에요.

포레스트의 새들과 다람쥐들은 겨울을 어떻게 나나요?

안녕 넬슨, 내 사랑. 당신에 대해 이야기해 줘요. 당신은 여느 때와 마찬가지로 제게 소중하며, 저는 언제나 그렇듯 당신의 시몬이에요.

당신의 시몬

1951년 2월 26일 월요일, 오롱

내 사랑. 오래전부터 당신에 관해 아무것도 모르고 있어요. 착한 관리인 여자가, 제가 일주일 안에 도착할 코트다쥐르로 당신 편지가 배달되도록 해 줄 거라 생각해요. 지금은 아주 아주 높은 산의 눈 속에 있어요. 산이 어찌나 높은지 비행기에서처럼 만년필에서 잉크가 쏟아져 나오고 그래요. 태양이 내리쬐는 아름답고 넓은 테라스에 앉아 7월의 당신 정원에서처럼, 그때보다 옷을 약간 더 입고서 살갗을 태우고 있지요. 탁자가 없는 데다 너무 게을러서 접이식 의자에 앉은 채 편지를 쓰고 있으니, 이 떨리는 필체를 알아서 읽도록 하세요.

지난 화요일 저녁에는 저만큼 스키를 즐기는 보스트와 함께 셋이서 흐리고 우울하며 피곤한 파리를 떠났어요. 니스에서 탄 버스는 산의 심장부에 데려다 놓았는데, 쉽지 않았어요. 올겨울 프랑스에는 혹한이 몰아쳐 폭설과 산사태 등이 많이 일어나고 있기 때문이지요. 길은 무너진 바위 더미들로 덮여 있어 버스가 지나갈 수 없었어요. 짐을 잔뜩 든 우리는 콩가루가 된 바위 더미들을 헤치고서 1킬로미터나 걸어 올라갔다 내려갔다 하다가 밤 무렵에야 마침내 행선지에 데려다줄 버스를 탈 수 있었지요. 웬 눈이 그렇게 많은지! 새하얀 눈이 엄청 많이 내린답니다! 여덟 시에 일어나 아홉 시에 스키를 어깨에 메고서 공중 케이블카를 타고 정신이 아찔해지는 정상에 오르죠. 거기에서는 아래까지 미끄러져 내려와요. 그리고 멍청한 책을 읽고 저녁 식사를 하고 나서 잠자리에 들어요. 사르트르는 의자에서 떨어질 줄을 몰라요. 저는 보스트와 함께 올라가지만, 다시 너무 빨리 내려오는 게 무섭답니다. 스키를 천천히 타고 자주 멈춰 서는데, 이렇게 주의하는데도 불구하고 어제 무릎에 상처를 입었어요. 그래서 불 옆에서 대기하는 중이지요. 내일도 이 마력적이고 정신 나가게 하는 오락거리를 다시 할 거예요. 정말 좋아요. 스키 활주로가 여러 개 있고, 눈은 하루하루 달라지며, 저조차 매일 변하기 때문에 이 놀이의 즐거움은 매번 달라요. 당신이 이 산꼭대기 위에 있다면 이를 얼마나 증오할까요, 그리고 겁에 질려 얼굴은 얼마나 새하얘질까요. 불쌍하고 소중한 당신! 정말로 많은 사람이 다리가 부러져요. 일요일엔 사방 3백 킬로미터나 떨어진 곳에 있는 사람들이 새벽 네 시부터 빙판길을 자동차로 달려와 일몰 때까지 스키를 타고 돌아가지요. 현지인들(미용사, 상인, 사진사)은 종일 스키를 타고 거의 일하지 않아요. 남프랑스인들과 산사람들이 그렇듯이, 그들은 모두 무척 기분 좋은 사람이에요. 한 멋진 청년이 한 푼도 안 받고 제 무릎을 치료해 줬어요. 게다가 구릿빛 피부에 태양처럼 빛나는 머리털 그리고 푸른 눈을 가진 잘생긴 젊은이들이 얼마나 많은지 몰라요. 그러나 저는 말도 건네지 않는답니다. 몸과 마음이 영원히 화석이 되어 버린 것 같아요. 거의 매일 밤에 당신 꿈을 꾸어요, 악몽을요. 당신은 보이지 않고, 다른 사람들과 괴상한 것들이 돌연 나타납니다. 그러나 언제나 엄청난 상실감이 다시 일어나고, 그것은 절망과 공포로 변하면서 잠을 깨지요. 저는 제가 잃어버린 것이 무언지 알아요.

당신의 편지를 원해요. 당신에게 애정을 기울여 키스해요. 잊을 수 없는, 잃어버린 나의 커다란 사랑.

당신의 시몬

1951년 3월 5일 월요일, 생트로페

나의 어리석은 바보. 눈 덮인 편지를 막 부치려 할 때 스크랩한 신문기사로 두툼해진 편지다운 편지를 받았어요. 고마워요, 고마워요. 당신은 로버트 라우리에게 사랑에 관해 무언가를 말할 수 있었나요? 이 말의 의미에 대해 지극히 작은 지식이나마 가지고 있나요? 그리고 그는 그것에 대해 더 잘 알고 있던가요? 제가 다시 한번 그곳에 갈 경우를 위해 친절하게도 워반지아에 침대 하나를 간직해 주니 고맙군요. 당신은 그리되리라 믿나요? 그건 트루먼과 스탈린에게 달린 것만큼 당신에게 달려 있어요. 늙은 지드가 타계했고, 언론은 그가 어쨌든 위대한 인물이었음을 인정하면서도 그의 죽음에 대해 비열하게 이야기해요. 여든한 살에 친구들에 둘러싸여 평화롭게 죽는 것, 그게 바로 똑똑하게 죽는 거예요. 두 명의 가톨릭 신자가 지드를 증오했더랬어요. 소설가 클로드 모리아크와 시인 클로델이지요. 카술레가 기막힌 일을 저질렀답니다. 지드가 사망한 다음 날 모리아크에게 전보를 쳤지요, "지옥은 없소, 당신은 허리가 끊어지라 웃을 수 있소. 클로델에게 알리시오. 서명, 앙드레 지드." 모리아크는 화나서 얼굴이 시뻘게졌대요(그는 발신인이 누군지 모르고 있어요).

내일은 두 주간의 휴가를 끝내고 다시 작업을 시작할 생각이에요. 제 무릎은 다 나았고 역시 무릎을 다쳤던 보스트도 회복돼서, 우리는 빛나는 태양 아래서 눈 덮인 경사면을 급히 내려갔다가 또 내려갔다 했지요. 그러나 일요일이면 우리의 매혹적인 휴양지는 시장터로 변해 버려요. 수백 대의 승용차와 버스가 해안에서 몰려오고 1천 여 명의 사람들이 평소에는 스무 명도 안 되던 스키장으로 몰려들지요. 모두가 너나 할 것 없이 넘어져서 하루 만에 다섯 명이나 다리가 부러졌어요. 또 얼마나 많은 사람이 복사뼈와 무릎을 다쳤는지 몰라요. 사고 날 경우, 작은 썰매 한 대가 눈 깜짝할 사이에 내려가지요. 이 작은 마을에는 의사가 없고 가장 가까이에 있는 병원이 8킬로미터나 떨어진 곳에 있답니다. 사람들을 물에 빠져 죽게 만드는 프랑스의 해변에서처럼 당신은 분개할 거예요.

어제부터는 물론 보스트와 함께 해변의 한 매혹적인 항구인 생트로페에 내려와 있어요. 이곳에서 한 달간 머물 예정이에요. 방이 별로 따뜻하지 않지만, 전망은 굉장히 좋답니다. 여름에 생제르맹의 패거리가 몰려오면 우아하고 속물적으로 되지만, 지금은 텅 비었고 지중해의 다른 어떤 마을과 마찬가지예요.

멜빌의 생애를 읽었어요. 대단한 인물이에요! 그를 좋아해요. 로마에서 우리가 머문 '미네르바' 호텔에 그가 1백 년 전에 와 있었다는 사실을 알고 있었나요? 그리고 미국에서 출간된 조이스에 대한 아주 좋은 책 한 권도 읽었어요. 혹시 『피네간의 경야』를 읽어 봤어요? 올해 파리에서는 탄생 2천 주년을 축하하기 위한 커다란 축제가 열려요. 시카고는 그보다 조금 젊지요, 안 그래요? 항구에 면하고 있는 생트로페의 가장 아름다운 집은 시카고의 오래된 가문인 맥코믹 가문에 속해 있어요. 그들은 매년 가구들을 프로방스의 옛 가구로 새롭게 교체한답니다.

독 든 과자를 손주들에게 먹인 죄로 수많은 할머니가 체포됐고, 아버지들을 살해한 혐의로 많은 젊은이가 검거됐어요. 새로운 프랑스 스타일이에요. 우리는 전쟁을 덜 무서워하기 시작했지만, 워싱턴에 의하면 이러한 낙관주의는 될 대로 되라는 식의 위험한 태도에서 기인하여 우리가 더욱더 속을 끓여야만 할 거라나요. 하지만 우리는 두려움 속에 사는 게 지겹답니다.

화요일

편지가 없어요. 우표를 너무 많이 붙여서 편지가 독일이나 이탈리아로 갔을 거라 생각되네요. 유감이군요. 이렇게 맥 빠진 고요함 속에서 약간의 우편물, 특히 제가 가장 좋아하는 포레스트에서 편지가 온다면 대환영이었을 텐데.

보스트는 파리로 돌아갔어요. 올가는 연극을 그만두기로 했는데 이로 인해 우울해졌고 그도 우울하다고 보스트가 편지를 썼어요. 시피용과 그의 사모님은 꾸준히 말다툼하고 절교했다가 다시 화해하고, 그녀는 술을 점점 더 많이 마시고 있대요. 크노는 이제 막 아카데미 공쿠르*에 들어갔는데, 조금 실망스럽네요. 왜냐하면 이는 무척 인습적이고 무기력하고 가치 없는 일종의 마피아 같은 것이기 때문이지요. 카뮈, 사르트르 그리고 저도 그 상의 선정위원으로 추천됐지만 항상 거부했어요. 사르트르는 어떤 치아가 아픈지 정말 모른답니다.

월요일

편지가 한 통도 없군요. 기다리고 또 기다렸어요. 지금은 태양이 가득하고 날씨도 무척 좋아요. 저는 엄청 많은 작업을 하고 있답니다. 당신 책인 이 책은 1945년부터 1948년까지의 프랑스인들에 관한 소설이에요. 전쟁이 끝날 무렵, 많은 것이 다시 가능해지기 시작했을 때 우리가 겪은 행복한 부활과 그 뒤 천천히 전개된 환멸을 환기하려 노력하고 있어요. 중간에는 우리 둘의 이야기를 할 생각이에요. 1) 파리에서 시카고까지의 이 사랑은 비행기가 지구 위에 있는 도시들 사이의 거리를 그대로 두면서 단축해 주는 이 시대의 전형을 보여 주기 때문이고, 2) 특히 그 이야기를 종이 위에서 회상하는 게 기쁘기 때문이에요. 지금 이 부분을 집필하고 있답니다. 상당히 짧을 것이지만, 이 부분이 아주 좋았으면 하는 바람이에요. 그래서 그 작업을 아주 열심히 하고 있답니다. 하지만 저는 불행히도 너무 좋은 기억력을 가지고 있어서, 어떤 것

---

* 공쿠르상 위원회

을 기억해 낼 때는 현실적이고 사실적인 것이 되어 저를 몹시 우울하게 만들어요. 이번에도 어쩌나 우울했는지 당신에게 편지 쓰는 것도 힘들었어요. 제 안에서 너무 많은 사랑이 출구를 찾지 못하고 있어요. 제 기억 속에서 당신은 무척 친절한 것 같군요.

당신의 가련하고 순결한 작은 가슴에 시커먼 얼룩이 영원히 찍혀 버렸다면, 잘됐어요. 무릎이나 복사뼈는 마사지해 줄 수 있지만, 상처 난 가슴은 그럴 수 없어요. 그러므로 저는 불구인 가슴 그대로 남아 더 이상 쓸모없으리라는 예감이 드네요. 거칠고 불쌍한 바보인 당신을 위해 꽤 잘된 일이에요. 제가 당신의 시몬으로 남아 있는 것처럼 제 가슴도 당신의 것으로 남아 있을 거예요.

당신의 시몬

1951년 3월 27일, 생트로페

넬슨, 매우 소중한 당신. 오랜 시간 편지 한 통 없이 지내다가 어제는 당신의 사진 몇 장과 함께 당신 소식을 들으니 얼마나 안심되고 행복하던지요. 그 못생긴 작은 눈을 하고 찍은 당신 사진은 아주 익살스럽더군요. 자, 그런데 그곳에 다시 가는 것을 그토록 예의 있게 제안하니, 제가 거절한다는 것은 예의에 어긋난 일인 것 같아요. 그리고 당연히 저는 워반지아의 무지개와 포레스트 애비뉴의 아름다움을 친히 찬미해야만 하지요. 사실, 당신과 다시 만나리라 실감하고는 큰 충격을 받았어요. 오랜만에 처음으로 행복하게 느껴지는군요. 저는 하루에 두 번 이상은 울지 않고, 일주일에 두 번 이상은 소리치지 않으며, 한 달에 한 번 이상은 물어뜯지 않는 아주 점잖은 초대 손님이 되겠다고 약속하겠어요.

그리고 필요하다면 9월에 가도록 조처하겠으나, 어맨다만 괜찮다면 그녀가 8월과 9월 초에 있을 수 있으면 좋겠네요. 왜냐하면 저는 9월 말과 10월이 훨씬 더 나을 테니까요. 아니면 더 일찍, 8월 말경 도착해 어맨다가 도착할 때까지 있는 방법을 궁리하겠어요. 어찌 됐든 당신을 다시 본다니 행복하군요.

신문 사진 속 사르트르를 동반한 여자에 대해서는 당신에게 누차 편지로 이야기했었어요. 그녀는 우리가 방문한 마라케시의 거대한 궁전이 있는 술탄의 하렘에서 살았고, 엄청나게 부유한 장군과 결혼했으며, 수많은 정부를 거느린 위대한 매춘부지요. 한때는 영화배우였었죠. 또 목 질환으로 노래를 부르지 못할 때까지 가수이기도 했어요. 독일 장교들과 동침한 일로 전쟁이 끝난 후에는 머리가 부분적으로 깎이는 벌을 받았어요. 그 후 반나치 행동주의자인 유대인과 결혼했는데, 이는 그녀를 죄 없는 사람으로 만들고 체면을 되찾아 주는 계기가 됐지요. 수억을 거머쥐고 있는 그녀는 사르트르의 연극이 공연되는 극장을 소유하고 있답니다. 제가 이야기했었지요, 그녀는 음란의 화신이라고요. 한번은 그녀가 사르트르와 보스트 그리고 제 앞에서 이런 말을 꺼냈어요. "오! 굉장했어요. 오늘 아침에 남편과 섹스를 했어요! 거짓말인 줄 알아요?" 남편이 대답하기를 "맞아, 하지만 당신은 그 말을 하인들 앞에서 하지 말았어야 해. 그들에게 충격을 주었어"라고 대답했어요. 지난주에는 엄청나게 크고 보기 흉한 그녀의 별장에 사르트르와 저를 초대했어요. 그녀는 다시 목이 아파서 말할 수 없었는데, 이는 그녀를 펄펄 뛰게 했지요. 전 이해할 수 있었어요.

사람들이 생트로페에 벌떼처럼 몰려들어 부활절 날에는 레스토랑에 테이블이 단 하나도 남아 있지 않았어요.

작업은 끊임없이 하고 있어요. 당신은요? 아직 맛보지는 않았지만, 럼주 케이크 고마워요, 내 사랑. 당신을 다시 만난다는 생각에 마음이 다시 조금 흔들렸지만, 곧 진지하게 요리를 배우기 시작할 거고, 요리의 맛을 더하기 위해 코냑 열두 병을 가져갈 거예요.

　잘 있어요, 내 사랑. 고약한 온 마음을 다해 당신에게 키스해요.

당신의 시몬

　맥아더에게 11월까지 가만히 좀 있으라고 말해 줘요.

1951년 4월 11일 수요일, 생트로페

　나의 매우 감미로운 사람. 그렇게 빨리 답장해 주고 체류 기간을 9월로 잡아 주다니 얼마나 고마운지 모르겠어요. 고마워요, 넬슨. 약속하건대 한 달에 한 번 이상 울지 않고 하루에 한 번 이상 물어뜯지도 않겠어요. 당신이 잘생긴 만큼 분별 있게 굴고, 당신이 우아한 만큼 현명하게 행동할 거예요. 저의 요리사 자질로 말하자면……. 작은 호수와 회색 다람쥐 그리고 가엾은 크리스까지 회상할 때면 기분이 좋고 가슴이 가벼워지는 것을 느껴요. 정원은 틀림없이 가장 엄격한 감독을 필요로 할 거예요.

　사르트르는 4월 15일부터 리허설에 들어갈 연극 작품을 몇 달 전부터 하루에 열 시간씩 작업하기 때문에 머리가 터질 지경이에요. 공연은 여덟 시간이나 걸릴 것 같은데, 아직도 3분의 2 정도만 집필했을 뿐이에요! 이 연극을 위한 극본이 아직 다 쓰이지 않았는데도 극장주, 연출가, 배우 등 모두가 다음 월요일부터 연습을 시작하고, 6월 1일에 일반에게 선보일 거라는 생각에 몸서리치고 있어요. 사르트르만이 홀로 침착함을 유지하며 작품을 무던히도 늘리고 있지요. 게다가 늙은 광대 콕토는 갑자기 사르트르가 자기와 경쟁한다고 생각하고서는 전화를 걸거나 전보를 치면서 잔뜩 헛소리하고 있어요! 사르트르는 그의 푸념을 듣기 위해 파리에서 1백 킬로미터나 떨어진 곳으로 가서 그와 점심을 먹어야 했지요. 물론 그들 두 작품은 배경이 모두 16세기라는 것 말고는 아무 공통점이 없답니다. 그러나 16세기에도 20세기만큼의 여지가 있죠, 안 그래요?

『기다려지는 아침』에 대한 또 다른 긴 기사가 『오페라』에 났어요. 기사를 작성한 사람은 스테피의 강간을 견딜 수 없어 했고, 그 장면에서 위에 신물이 난 다음에는 깨달음을 얻어 모든 걸 이해했다는군요. 그것이 『제2의 성』의 잔인한 예증이라는 거예요. 제가 이 소설을 그리 좋아하는 이유도 그 때문이라는군요! 저는 대경실색했고, 분명 당신도 마찬가지일 거로 생각해요. 시카고에 관한 당신 기사를 책으로 만들다니, 잘했어요. 『현대』에 싣기 위해 그 책을 받아볼 수 있을까요?

맥아더가 해고됐다는 소식을 라디오에서 막 들었어요. 당신이 그렇게 했나요? 아주 잘됐어요! 그는 틀림없이 노발대발했겠지요, 그 고약한 쥐새끼. 가련하고 난폭한 미국 멍청이들의 한심한 머릿속에 약간의 양식이 남아 있다면, 전쟁이 그리 빨리 일어나지 않을지도 모르죠. 축하할 일이에요.

여기는 폭풍우가 지나간 뒤에 따뜻하고 좋은 날씨가 됐어요. 관광객이 없는 코트다쥐르는 굉장하답니다. 당신이 언젠가 프랑스에 다시 온다면 차를 한 대 사서 이 매혹적인 작은 항구에 데려오겠어요. 당신이 초가을을 얼마나 매력적이고 기분 좋은 사람과 보낼지를 생각하면 부러워요. 바로 그 매력적인 사람이 사랑, 사랑, 사랑을 가지고 당신에게 키스해요.

당신의 시몬

1951년 4월 15일 일요일, 파리

나의 매우 감미로운 사람, 모든 괴물 중에서 가장 부드러운 괴물. 집에 돌아왔을 때 나의 괴물 사진을 포함해 온갖 종류의 괴물을 가득 담은 채 저를 기다리던 놀라울 만큼 다정한 그 커다란 소포를 발견하고는 얼마나 기뻤는지 몰라요. 앞쪽 방의 소파에 앉아 있는 당신은 정말로 의사의 검진을 받기 위해 자기 방에서 방금 끌려온 위험한 정신질환자 같아요. 모든 사진이 맘에 들어요. 언제 어디서 어떻게 그 사진들을 찍었는지 똑똑히 기억하고 있어요! 이 사진보다 훨씬 더 잘 나온, 엘로이가 워반지아에서 찍은 사진을 갖는 건 정말 불가능할까요? 과일 케이크와 향기 나는 차는 정말 아름다움 그 자체로군요! 사르트르와 보스트는 시가를 피우며 으스대고 있답니다. 럼주 케이크에 대해서는 놀라서 할 말을 잊었어요. 크리스마스 선물이라기보다는 오히려 부활절 선물이라 할 만하겠지만, 상관없어요! 당신도 9월에 선물을, 프랑스에서 아니 유라시아에서 가장 예쁜 괴물을 받을 테니 두고 보세요.

밤 기차를 타고 여행했고, 침대칸에서 천사처럼 잠을 잤지요. 따뜻하고 온화한 날에 돌아오는 것은 유감이지만, 이 초봄의 파리는 나빠 보이지 않는군요. 여기서는 가장 친미적인 드골주의 신문들조차 맥아더의 해고에 대해 극도의 만족감을 드러내고 있어요. 적어도 앞으로 몇 년 동안은 우리에게 미국을 위해 죽으라고 강요하진 않을 것 같군요. 만족스러워요. 골칫거리가 끊임없이 있음에도 불구하고 우리를 마중하러 비서와 함께 역에 나온 보스트는 원기 왕성해 보였어요. 더 이상 연기할 수 없다는 걸 안 올가는 영어 번역에 재빠르게 매달리면서 자신의 상황을 받아들이고 있으나, 사실 그녀의 영혼은 죽어 버렸어요. 그 두 가지 일은 비교되지 않기 때문이지요. 그리고 간혹 보스트가 하룻밤의 반나절을 밖에서 지내고 와도 웬 난리인지! 그녀는 글자 그대로 놀랄 만한 직감을 가지고 있어요. 그러니 가엾은 보스트지요! 그도 모든 것을 명백히 털어놓지는 않지만, 힘든 순간들을 보내고 있답니다.

달링, 수요일에 계속 쓰고 있어요

그들 모두가 과일 케이크를 너무나 좋아해요. 그리고 아아! 당신이 실력 있는 사진사가 아니라는 것에 모두 동감하는 듯해요. 소파에 앉아 있는 당신을 보고 모두 미친 사람 같다는군요. 당장이라도 폭발할 듯한 올가는 매우 신랄해지고 보스트는 이제 진저리를 치고 있어요. 시피용과 그의 부인은 마침내 확정적으로 관계를 끝내 버렸어요. 사르트르는 연극의 무거운 짐 아래 굴복하고 있고요. 30명의 배우와 60개의 배역 그리고 장장 네 시간 동안 계속되는 연극이지요. 우리 — 보스트와 사르트르와 저 — 가 '발자르'에서 저녁 식사를 하고 있을 때, 라이트가 유령처럼 빠르게 지나갔어요. 그는 "엘렌이 휴가를 보낼 집을 찾고 있어요"라고 말했어요. 그러더니 돌연 "올그런이 파리에 있다는 말을 들었어요"라고 하길래 제가 부인했죠. 그가 "『황금 팔의 사나이』를 막 읽었어요. 환상적이더군요!"라고 말하며 마치 자기 이해의 한계를 넘어선다는 듯 쓴웃음을 지었어요. 보스트와 제가(사르트르는 영어로 읽을 수 없어요) 조심스럽게 "정말 좋은 작품이죠, 안 그래요?"라고 말하자 두 번째 쓴웃음을 지으며 "환상적이오!"라고 말했어요. 그런데 그가 프랑스어를 아주 못하기 때문에 이 형용사를 어떤 의미로 썼는지 우리는 알지 못해요.

비평에 의하면, 케스틀러의 마지막 책*이 악취를 풍기는 것 같

* 『열망의 시대 The age of Longing』(1950). 정치 에세이

고, 그가 나태와 두려움과 어리석음으로 인해 공산주의에 강력하고 분명하게 반대하지 않을 프랑스 작가들을 무척 비방할 거래요. 케스틀러는 그에 대해 많이 알고 있어요. 당신이 그 책을 구하는 게 어렵지 않다면, 그 책을 읽고 싶어요. 급할 건 없고요.

파란 하늘에 햇빛 가득한 파리와 언제나 그렇듯 쾌적한 뷔슈리의 집에서 그 어느 때보다 더한 행복감을 느껴요. 그 불쾌한 자들이 저의 미국 입국을 막지 않으면 좋으련만, 지금 우리는 그에 대해 불안해하고 있답니다. 반스탈린주의자일지라도 최소한의 마르크시스트라는 의심이 들기만 하면 입국이 충분히 금지될 수 있어요. 만약 미국 정치에 대해 한 번이라도 비판한 적이 있다면 상황은 마찬가지지요. 미국 노동자에 관한 탁월한 연구물의 저자인 한 친구는 후자의 경우인데, 미국에 부인과 애들이 있는데도 그들을 만날 수 없어요. 그들이 저에 대해서는 무엇을 트집 잡을까요?

안녕, 나의 달콤한 괴물. 저는 인디애나주와 일리노이주에서 가장 상냥한 괴물이 될 테니 두고 보세요. 저의 변함없는 마음 깊은 곳으로부터 당신에게 키스해요.

당신의 시몬

1951년 4월 23일 월요일

나의 매우 상냥한 괴물, 저의 마지막 편지 이후로 두 통의 답장을 받았어요. 그러니 당신이 저보다 한결 더 상냥한 것 같군요. 당신의 땅콩버터 사건에 열광하고 있으니, 안심하세요. 문어와 바이올린에 관한 사르트르의 설명에 의하면, 문어는 바이올린을 거꾸로 켤 수 없다고 하네요.* 그러니 그들에게 포레스트에서 뇌가 없는 토박이 젊은이 한 명을 찾아내 보라고 해 보세요. 그들이 성공할는지는 두고 보도록 하죠. 맥아더가 만들어 낸 상황은 수상하기 짝이 없어요. 그렇게 많은 사람이 그를 지지하는데, 어떻게 몇몇 민주당원이 반대하는 거지요? 거기에는 제가 이해하지 못하는 뭔가가 있어요.

하루를 시작할 때 저의 가장 중요한 의무는 당신 책*을 쓰는 것이죠. 그런데 하루가 끝나갈 무렵에는 모든 종류의 글이 역겨워져서 더 일찍 답장을 쓸 수 없었어요. 그래서 하루의 중반쯤에 편지를 쓰기로 했는데, 그것이 유일한 해결책이지요. 그리고 어떻게 된 일인지 모르겠는데, 많은 사람이 당신 책에 등장하고 있어요. 이를테면 프랑스 지식인들에게 타격을 주려 애썼던 케스틀러에게 심한 타격을 가하는 게 즐거워요.

작업하지 않을 때는 사르트르의 연극 연습을 참관하지요. 주연 배우는 영화 〈천국의 아이들〉에서 옛날 멜로드라마의 기막힌 배우 역**을 맡았던 피에르 브라쇠르**인데, 불행히도 미국판에서는 이 부분이 잘려 나간 것 같아요. 자, 여기 당신 마음에 드는 남자가 있답니다. 스무 살에 유명해진(지금은 마흔 살) 피에르 브라쇠르는 방탕한 생활을 했어요. 마약중독으로 죽을 지경까지 갔던 그는 아홉 번이나 치료를 받았어요. 하포 마크스***처럼 종종 사랑에 빠지기도 하면서 마주치는 모든 여자를 덮치고 대부분의 시간을 술에 취해 있었지요. 지금은 저와 무척 다정한 사이인 매력

---

* 텔레비전에서는 "그것을 요구하세요"라는 제목의 땅콩버터 광고가 시청자들이 원하는 모든 볼거리를 제공하고 있었다. 사람들은 이미 거대한 문어와 한 남자의 격투, 그리고 스트라디바리우스 바이올린을 손에 거꾸로 쥐고서 〈라마르세예즈〉를 연주하는 장면을 감탄하며 봤다.

* 『레 망다랭』

** 프레데릭 르메트르(Frédérick Lemaître)

** Pierre Brasseur

*** Harpo Marx. 미국의 각본가이자 영화배우

적인 여자와 결혼해 마약은 걷어치웠지만, 술은 여전해요. 그렇지만 보스트와 그가 함께한 저녁 식사에서 가장 술에 취한 사람은 우리가 예상한 사람이 아니었어요. 저도 함께 찍은 작은 사진한 장을 보내드리도록 하지요. 파리에 돌아온 이후로 그와 그의 부인 이외에는 유쾌하고 기분 좋은 사람을 아무도 만나지 못했어요. 음산한 사람들은 멀리하려 애쓰고 있지요, 자기 그림자로 축소된 불쌍한 올가 그리고 못생긴 여자를요. 못생긴 여자와 함께 무시무시한 저녁나절을 보냈어요. 그녀가 2년 전부터 작업하는 글이 한 푼의 가치도 없다는 것을 말해 버렸어요. 그렇게 해야만 했어요. 그렇게라도 하지 않으면 그녀는 2년을 더 악착같이 매달릴 테고, 그런 다음에야 별것 아님을 알면 결국 그녀를 우롱하는 것밖에 안 되기 때문이에요. 불행한 그녀는 울음을 터뜨렸어요. 암에 걸린 여자는 서서히 죽어 가면서 무척 고통스러워하지만, 정신만은 맑게 간직하고 싶다는 이유로 진통제를 거부하고 있어요. 세상에, 왜 그럴까요? 두 달 후면 그녀는 더 이상 이 세상에 없을 거예요. 나탈리는 남편이 자살할 거고 단지 돈 때문에 자신이 슬퍼질 거라고 말하고 있어요. 왜냐하면 그녀가 다시 남편과 그 정부를 좋아하기 때문이에요. 그녀는 그들과 함께 7월에 파리로 올지도 몰라요. 저는 파리에 오랫동안 남지 않으려 해요. 모리스 슈발리에의 노래가 미국에서 금지되다니! 그 모든 게 수치스러워요.

정말이지, 평화를 위한 청원서에 서명할 뻔했어요. 엄밀히 말하자면 공산주의자들이 내놓은 것은 아니지만, 제가 서명하지 않은 이유는 언젠가 이 때문에 당신을 다시 만나지 못할 수 있다는 걸 알아챘기 때문이에요. 현실적으로 일이 그렇게 굴러간답니다! 저의 혜안이 자랑스럽지 않나요? 9월에는 아무 어려움이 없기를 바랍시다. 작년에 받은 비자는 2년간 유효하고, 여기서는 아무것도 청원할 게 없으며, 시카고에서 누가 나를 주목이나 하겠어요? 내가 8달러를 사기 친 것을 기억하지 않는 한은 말이죠.* 햇볕 좋은 날이 이어지다가 다시 비가 내리고 추워지기 시작했어요. 마음이 행복한 저는 날씨에 개의치 않아요. 때때로 당신은 별것 아닌 것 가지고 행복해하는 저의 좋은 성격을 비웃었지요. 그런데 지금 그렇답니다.

9월에 당신을 다시 본다는 사실에 행복해서 그 이상은 아무것도 바라지 않아요. 당신의 감정마저도 걱정하지 않지요. 어쨌거나 당신은 배를 조종할 거고, 저를 위해 스테이크를 만들 것이며, 저는 약간의 위스키의 도움을 받아 행복할 거예요. 아뇨, 아뇨, 케이크는 굳지 않았고 코냑을 뿌릴 필요도 없어요! 유일한 단점이라면 식당의 어린 웨이터가 "과일 케이크는 끝났어요"라고 말하듯, 사람들이 이미 오래전에 다 먹어 버렸다는 거지요. 반면 매일 아침에 마시는 차는 당신을 추억하도록 만들어요 — 당신의 신중하지 못한 처사예요. 당신은 수없이 많은 것 속으로 침입해 오기 때문에 저는 별 상관없이 익숙해져 있답니다. 제 마음속에 당신을 간직하는 일은 언제나 그렇듯 감미롭지요.

당신의 시몬

1951년 5월 15일 화요일

사랑하는 바보. 여기 또 다른 한 다발의 예쁜 거짓말이 있어요. 당신의 거짓말 다발, 고마워요. 어린애들을 별로 좋아하지는 않지만, 어린 스티브가 소금에 절인 식료품 한 조각은 저를 위해 보

---

* 시몬 드 보부아르가 올그런처럼 CIA의 감시하에 놓여 있었다는 것은 확실한 듯하다.

관해 둬요. 아무튼 제가 9월에 뭔가를 먹어야 할 테니까요. 당신에게도 이 날짜가 적합하다면 좋아요. 그러나 태양을 좀 아껴 두고 이번 여름에는 너무 낭비하지 말아요.

그래서 사르트르는 정말로 '문어'와 싸우고 있어요. 대부분은 문어가 이기지만, 싸움이 어떻게 끝날지는 아무도 모르지요. 그가 이렇게 전하라는군요. "희곡 작품은 절대 쓰지 마시오. 고생이 너무 심하다오." 그의 작품은 네 시간이나 계속 공연되므로 배우, 연출가, 극장주, 모두가 몹시 겁내고 있어요. 사르트르가 팔을 걷어붙이고서 자르고 또 자르길 바라지요. 하지만 다른 말은 한마디도 하지 않고 있어요.

며칠 전에는 비서까지도 "내용을 좀 잘라야 합니다"라고 넌지시 말했어요. 그러자 사르트르가 난생처음 이성을 잃고 주먹으로 탁자를 내리쳤고, 비서는 얼굴이 파랗게 질려 버렸어요. 저는 그들이 결국 서로 손찌검할 거로 생각했어요. 문을 꽝 닫고 가 버린 비서가 절교 편지를 보냈어요. 이틀 동안 비서는 창백하고 반쯤 술에 취한 채 분노에 몸을 떨며 절망하여 생제르맹을 돌아다녔지요. 사르트르도 얼굴을 붉히며 겁날 정도로 입을 굳게 다문 채 분노로 몸을 떨었어요. 친구들, 보스트, 어린 카슐레 모두가 옆에서 몹시 슬퍼하고 있었어요. 그 후에 되마고 카페 앞에서 마주친 비서와 사르트르는 서로 얼싸안았고, 그날 오후에 사르트르가 극장의 심술쟁이들을 공포에 떨게 했어요. 농담이 아니고 정말로 그는 좋은 방법을 찾아냈답니다. 몇 명의 배우를 위해 냉정하게 약 15분 정도를 더 집필한 결과 연극이 많이 개선됐어요. 그러자 사르트르가 30분을 더 추가할까 싶어 벌벌 떨면서 감히 누구도 더이상 한마디도 못하고 있었지요. 그는 처음으로 '네'라고 말하는 능력을 잃었다고 믿을 만큼 극도로 흥분돼 있어요.

그의 작품을 무대에 올리는 사람은 주베*인데, 귀찮은 사람이지만 자기 직업에 대해 조금은 알고 있어요. 브라쇠르는 정말로 섹스광인 것 같아요. 만찬 중에도 한 손으로는 식사하고 다른 한 손으로는 탁자 밑에서 즐기면서 어느 예쁜 여자를 뚫어지게 바라본다는군요. 극장에서 모든 여자가 그를 두려워해요. 조금이라도 여자 같은 외모면 누구든 붙잡아 공격하기 때문이지요. 하지만 저에게는 친구 같은 감정을 품고 있어요. 그런데 며칠 전 그의 부인이 없는 사이에 비서에게 눈을 찡긋하면서 고백했대요, "나는 카스토르**가 좋소. 그녀와 성교하는 건 맘에 들 거요(원문 그대로). 당신 그것 좀 타결 지을 수 없겠소?" 그 말을 감히 그대로 제게 전하지 못한 비서는 사르트르에게 이야기했어요. 자기 습관대로 "우리 잘까, 아가?" 하고 내뱉지 않을 정도로 그를 꽤 주눅 들게 한 제가 자랑스러워요. 넬슨, 『현대』를 위해 시카고에 관한 당신 책을 보내 줘요. 우리는 독자들에게 제공할 것이 아무것도 없어요. 사르트르는 자기 컬렉션을 위해, 그리고 저는 저의 기쁨을 위해 요구한답니다.

자신의 실패에 괴로워하는 올가는 온 세상을 증오하고 있어요. 당신도 알다시피 저의 강한 인내심으로도 그녀를 간신히 참아내고 있답니다. 그녀는 진저리 나게 긴 야회에서 지긋지긋하다며 자리를 떠난 후, 저에 대한 찬사와 비난이 뒤섞인 어리석은 짧은 편지를 보냈어요. 그녀 말이, 그녀와 외출할 때 제가 어찌나 지루해하던지 더 이상 서로 만날 필요가 없대요. 아닌 게 아니라 저는 집에 있거나 영화관에 가는 것이 훨씬 더 좋지만, 그녀는 친구들이 필요해요. 저는 그녀를 내버려 둘 수 없어요. 그런데 그녀가 그

---

* 루이 주베. 프랑스의 배우이자 연출가
** Castor. 보부아르의 애칭

처럼 자신을 꼴 보기 싫게 만들 때는 제가 어떻게 진저리 나지 않은 것처럼 할 수 있을까요?

보스트의 영웅적인 가슴은 고통받고 있어요. 왜냐하면 사람들이 영웅으로 행동하고 미국을 위해 죽어 달라고 그렇게 빨리 요구하지는 않을 것이기 때문이지요. 평화가 공고해져 가는 것은 제게 굉장한 횡재예요. '리프리'에서 우리(보스트와 저) 옆에 자리 잡은 백발 미국인이 저를 아래위로 훑어보면서 한 시간 내내 위스키를 연거푸 마셔 댔어요. 끝에 가서 그가 인사했답니다. "당신의 『미국 여행기』에서 시카고에 관한 내용을 아주 좋아했습니다. 그런데 누가 안내를 맡았나요? 애스퀴스라는 사람 아니었나요?" "아니오, 올그런이라는 사람이었어요." "아! 몇 권의 뛰어난 책을 쓴 저자 말이군요!" 보스트는 "안내를 맡았다"라는 말을 "망나니 노릇을 했다"라고 알아듣곤 충격을 받아 화를 내면서 제게 설명을 요구했어요. 돈 있고 프랑스를 좋아하며 당신 친구들이 기다리는데, 당신은 왜 시카고에서 그리 멀지 않은 파리에 오지 않느냐고요. 그의 의견으로는 어리석다는군요. 그는 점점 더 화를 냈어요……. 당신을 잘 변호하지 못했다는 걸 고백해야겠어요. 당신의 죄는 눈이 튀어나올 정도였지요.

우리는 딕이 만든 영화의 사적인 시사회에 참석했어요. 그리고 아무 편파성 없이 ─ 정말이지 저는 그런 걸 가지고 있지 않아요 ─ 말하자면 그 영화는 매우 놀라웠어요. 굉장히 훌륭한 영화예요. 그는 연기할 줄 아는 사람이에요. 회춘한 호리호리한 몸으로 스크린의 꼭두각시가 아닌 진정한 연기를 했어요. 시카고 촬영 장면은 몇 번이나 가슴에 사무치는 슬픔을 안겨주었지요. 감독도 뛰어났고, 거대한 도시의 흉측함을 강하게 느낄 수 있었어요. 네, 대단히 훌륭한 영화예요. 남미에서 대단한 성공을 거둔 뒤에 6월에는 브로드웨이에서 상영될 거라고 엘렌이 알려 줬어요. 올가는 제가 자기를 무시하고 어린애처럼 여기며 결코 친밀하게 말하지 않는다면서 저와 말다툼하려 했어요. 저는 그녀에게 애착이 있다며 그녀를 야단치고 화난 척해야만 했지요. 이건 코미디예요! 사실 그녀는 일주일에 한 번이 아니라 두 번씩 그녀와 만나기를 원하는데, 저는 그렇게 하지 않을 거예요. 결국 그녀는 잘못을 시인했고, 저는 그녀에 대한 따뜻한 마음을 되찾았어요. 불쌍한 올가! 더 이상 연극을 하지 않는 것, 그 때문에 우는 것은 히스테릭하게 보이지 않아요.

자, 오늘은 거짓말이 충분해요. 아니, 마지막 하나, 당신은 남자 중에 가장 감미로운 사람이에요. 제 가슴속에 당신을 온전히 간직하고 있으며 당신을 지루하게 할까 두려워 차마 사랑의 말을 할 수 없어요. 그렇지 않으면 할 수 있을 텐데…… 당신에게 애정 어린 키스를 보내요.

당신의 시몬

1951년 5월 28일 월요일

나의 멋진 사람. 오래전부터 당신에게서 소식이 없군요. 여기는 불쌍한 사르트르가 저주스러운 연극 때문에 벌이는 일상적인 전투 말고는 사건이란 거의 없답니다. 배우들은 역할을 배우고 연습하며 〈악마와 선한 신〉 공연이 네 시간 걸릴 거라는 절망감을 소리 내지 않고 삭이고 있지요. 다른 문제는 의상이에요. 문제는 제기됐으나 해결되지 않았어요. 정신 나간 극장 여주인이 아주 커다란 의상실인 '시아파렐리'에 의상을 맡기는 바보 같은 짓을 저질렀어요. 마담 시아파렐리는 기발함으로 유명한데, 연극 의상에는 전혀 익숙지 않아요. 연극의 등장인물들이 모두 16세기의 가난하고 불쌍한 농부들인데, 기상천외한 장식이 달리고 화려한 색깔의 값비싼 옷감으로 옷을 해 입었어요. 그래서 사람들이 그 옷들을 회색과 검은색으로 칠하고 조각내고 먼지와 때를 입히려 하는데, 그녀는 이를 거부합니다. 게다가 이런 식으로 처리하더라도 이 의상들은 어울리지 않을 거예요. 그런 비현실적인 옷을 입은 인물들의 입에서 나오는 말은 누구도 믿지 않을 거라고 사르트르는 말해요. 그럼에도 불구하고 첫 공연은 6월 5일로 예정되어 있고, 이미 많은 좌석이 예약되어 있어요.

며칠 전 저녁에는 크림색 색조 화장을 하고 노래하러 가는 물루지를 만났어요. 그는 수많은 장소에서 노래하는데, 이브 몽탕만큼은 아니지만 상당한 성공을 거두고 있어요. 때로는 성공을 위해 비싼 대가를 치르기도 하지요. 그날도 교외에서 열리는 공산주의 축제에서 노래해 달라는 청탁을 받았어요(사례금을 받고). 그가 사랑, 청춘, 푸른 하늘, 그 모든 것을 찬양하면서 노래하기 시작하자 청중이 얼어붙는 것을 느꼈대요. 물론 다른 가수들은 노동, 시멘트, 강철의 영광을 노래했지요. 사람들이 그를 부르주아 가수로 취급하며 극도로 모욕했다는군요. 단순한 오해지요. 반면 그는 청중이 우롱하는 것을 혐오하는데, 이런 일은 특히 '멋있는' 속물적인 카바레에서 일어난대요. 한번은 호화롭게 옷을 입은 아름다운 매춘부가, 그녀를 숭배하는 패거리에 둘러싸여 노래하는 그의 코앞에 대고 웃으며 종이 뭉치를 던지기 시작했대요. 넓은 무대 위에서 조명을 받아 반쯤 눈이 멀고 땀에 젖은 그가 무엇을 할 수 있었겠어요? 그러나 그는 전체적으로 만족해하고, 이런 경험에서 많은 것을 얻었다고까지 생각한답니다.

시카고의 한 출판사가 『미국 여행기』를 출판하게 해 달라고 요청하는데, 어느 출판사인지 잘 모르겠어요. 허락할 생각이에요. 제 책의 번역자인 파슐리 씨는 2권(『제2의 성』)의 반을 번역했는데,

내용을 자르고 압축하자고 주장해요. 저는 그렇게 하도록 내버려 두고 있어요. 다른 누군가가 영국에서 출판하기 위해 저작권을 샀답니다.

어린 카술레는 사르트르의 연극에서 아주 조그만 배역을 맡았어요. 서른다섯 명의 배우가 있기 때문에 그녀에게 돌아온 대사는 단 두 개였지요. 그녀는 지독하게 연기를 못하지만, 그건 중요하지 않아요.

여름이 오기 전에 책을 끝내, 아직 한 줄도 읽지 않은 사르트르에게 보이고 싶어서 복역수처럼 작업하고 있어요. 사르트르가 필요한 비평을 해 주길 원해요. 그 후 여행하는 동안에는 그냥 내버려 둘 거예요. 유대인 여자 친구와 나탈리를 며칠 동안이라도 만나기 위해 7월 중순까지 파리에 있을 거예요. 그런 다음에 사르트르와 함께 노르웨이와 아이슬란드를 여행할 텐데, 어쩌면 그린란드와 스코틀랜드도 여행할는지 모르겠어요. 9월 중순에는 당신이 킬트를 좋아하지 않는다면, 에스키모 옷 한 벌을 당신에게 선물하고 싶어요. 원한다면 둘 다 가질 수도 있어요.

무척 훌륭한 툴루즈 로트레크의 전시회가 열렸었는데, 당신도 아주 좋아했을 거예요. 우리는 모두 조바심치며 시카고에 대한 소책자를 기다리고 있고, 저는 당신의 다음 편지를 애타게 기다리고 있어요. 당신이 몹시 보고 싶답니다. 당신의 시몬이 가장 부드러운 키스를 해요.

당신의 시몬

1951년 6월 6일 수요일

매우 감미로운 사람. 저의 편지가 막 날아간 그때 당신 편지가 도착했어요. 보스트에게 뭐라고 답변해야 하죠? 제가 잘 이해하지 못했어요. 당신은 어째서 시카고에서만큼 파리에서도 글을 잘 쓰지 않을 수 없나요? 저 역시 글을 쓰지만 제가 대양을 건너가니까, 파리가 시카고에 가까운 것보다 시카고가 파리에 더 가까운 걸까요? 이 문제는 혼란스럽네요. 저는 해결책을 찾지 못했고, 게다가 당신이 친구들과 함께 감옥살이 하지 않는 것은 그리 호의적이지 않네요. 여기는 이틀 전부터 여름이랍니다. 여자들은 거의 벌거벗은 채 외출해요. 저라면 과테말라나 아프리카에서 입는 원피스를 입었을 거예요.

우리는 좀 더 강인해졌어요, 가족 전체에게 필요한 거였지요. 보스트와 사르트르 그리고 현명하고 침착하며 안정된 저까지도요. 모두 사르트르의 미친 연극에 대한 정신 나간 연습 때문에 머리가 돌아 버릴 지경이에요. 여자들에 관해 대단히 훌륭한 취미를 가지고 있는 턱수염의 배우인 브라쇠르가 마침내 연기하지 않겠다고 선언했어요. 연기를 하느니 차라리 1백만 프랑의 위약금을 내겠대요. 그가 없으면 연극은 글러 버린 거예요. 그 가공할 주인공에게 생명과 진실을 줄 수 있는 배우는 그밖에 없답니다. 엎친 데 덮친 격이었고, 모든 것이 끝장나는 것 같았어요. 결국 그는 남겠다고 했지만, 일부러 막대기처럼 연기해요. 총연습은 오늘 거행돼야 했으나 의상도, 무대장식도, 아무것도 준비되지 않았어요. 어떤 분야도 제대로 되는 것이 하나도 없었어요. 전투 준비, 눈물, 고함 소리, 치아 갈기……. 공연은 다음 월요일로 연기됐는데, 돌연 모두가 다른 모두를 사랑하고 너나 할 것 없이 행복에 젖더군요.

『현대』에 스티브란 이름을 가진 미국인(아니면 영국인)의 뛰어난 글을 실었어요. 그는 한국에 중국 군인이 한 명도 없기 때문에 맥아더가 최소한의 교전도 절대 하지 않았다는 것을 결정적으로 입증한다고 해요. 또 그곳에 있는 미국 병사들의 존재까지도 의심하게 만들고 있지요. 맥아더가 교전했다고 말하지만, 거짓말이에요. 모든 것이 중국에 폭탄을 떨어뜨리는 것을 허락받기 위한 맥아더의 엄청난 망상으로 요약된답니다. 추리소설만큼 재미있는 글이에요. 라이트가 그의 긴 중편소설 『지하에 살던 남자*L'homme qui vivait sous terre*』*를 줬어요.

스테피의 지옥 같은 고난은 파리에서 재현됐답니다. 열여덟 살의 사내아이가 동갑내기의 여자 친구를 댄스홀에 초대한다는 핑계를 대고 지하실에 가두고는 다른 네 명의 친구들과 칼로 위협하면서 윤간했어요. 여자아이는 고소했고 사내애들은 체포됐지요. 맥기*에 관한 기사들은 놀라워요. "미국은 몇 명의 흑인을 살해하지만, 수치심과 회한을 가지고 있다. 그러나 심각한 것은 아니다. 한편 소련은 강제 노동 수용소에 대해 의기양양해하고 있는데, 그거야말로 악이다." 당신은 어떻게 생각해요? '당신들 스스로 나무라니까, 됐소. 원하는 만큼 죽이시오'라는 말 아닌가요. 게다가 미주리주 판사들은 조금도 수치스러워하지 않는다고 생각해요, 그렇지 않아요?

금요일

배신자! 뷔슈리에 있는 당신의 불쌍한 다람쥐에게 키스조차 하지 않고, 신문사 사무실에 칩거한 채 다른 작가들이 한 권 이상 책을 써서는 안 될 거라고 설명하면서 버스 운전사를 닮은 척하려고 파리로 오다니** 당신 너무했어요. 저뿐만 아니라 파리에 있는 당신의 모든 친구가 잡지 『파리프레스*Paris-Press*』에 실린 무척

---

* 원제는 "The Man Who Lived Underground"
• Mac Gee. 증거가 불확실했으나 한 백인 여자를 강간한 혐의로 흑인 남성이 처형됐다.
•• 파리의 한 신문에 실린 예상치 못한 올그런의 인터뷰 기사에 따른 농담이다.

생생하고 재미있는 인터뷰를 보고서는 깜짝 놀랐어요. 제가 당신에게 편지를 쓰는 동안에도 당신은 어쩌면 아직 파리에 있는지도 모르겠네요. 당신과 배 소식을 알려 주는 당신 편지가 더 상냥하군요. 네, 흑인들을 위한 회합에서 당신은 무척 혼났을 게 틀림없어요. 당신이 팰런과 뒤부아를 숨기고 있다면, 거기엔 '빨갱이의 음모'가 있는 게 아닌가요? 지나치게 영웅적인 행동은 하지 말아요.

당신의 가엾은 다람쥐도 여기서 고생하고 있어요. 우선, 비바람이 치고 비가 양동이로 퍼붓듯 쏟아지는 고약한 날씨 때문에 간신히 숨 쉬며, 몸이 축축하고 끈적끈적한 채 피로를 느끼지요. 예전 우리가 서로 사랑한 시절, 중앙아메리카를 여행할 때의 비바람 같아요. 그에 대한 추억은 제 마음을 어둡게 만들어요. 몇 주 내내 엄청 많은 작업을 하면서 과음하고 잠도 거의 자지 않았어요. 연극 〈악마〉의 최종 연습과 첫 공연으로 인한 극도의 흥분 상태 속에서 며칠 밤을 계속 폭음하면서 새벽까지 밤을 지새웠어요. 올가는 지쳐 버렸고 보스트, 시피용, 비서는 크게 웃어 댔으며 저는 결국 완전히 뻗어 버렸어요. 모두가, 그리고 저도 사르트르의 최고 작품이라고 평가해요. 관객은 네 시간 동안 1초도 지루해하지 않았어요. 정말 대단한 성공이에요. 무엇보다 브라쇠르의 공이 커요. 비평가들은 열광적으로 헛소리를 하거나 아니면 증오와 분노가 가득한 말들을 하고 있답니다. 코믹하게도 공산주의자들과, 도덕과 관계없거나 어렴풋한 무정부주의 우파까지도 박수를 보냈어요. 그것은 미지근하고 아주 그럴듯한 경애심으로 퍼붓는 혼탁함이에요. 즉 "이 연극은 처음부터 끝까지 참을 수 없을 정도로 신을 모독하고 있다. 주인공은 신이 보는 앞에서 짐승 같고 추악한 성격을 백일하에 드러낸 뒤에 신이 존재하지 않는다고 결론짓는다." 가톨릭 교도들은 큰 충격을 받고 공연을 중단시키고 싶어

해요. 연극에서 맹목적인 신앙 행위를 익살맞은 방법으로 비웃는 건 사실이에요. 한 젊은이가 총연습을 휘파람 소리로 교란하려 한 것 말고는 소동이 없었으며, 놀랄 만큼 많은 박수를 받았어요. 마지막 순간에 있었던 긴장과 두려움이 사라진 뒤엔 사르트르와 브라쇠르 그리고 모두가 몹시 기뻐했지요. 가엾게도 어린 카술레는 성공하지 못했고, 무대 위에서 어찌나 겁에 질렸는지 당신이 보았다면 아마 웃었을 거예요. 그녀에 대해 비평이 단 하나 있었어요. "그녀는 연극에서 기대할 게 아무것도 없고, 연극도 그녀에게서 기대할 것이 아무것도 없다." 불행하게도 재미있는 사진은 없고 지독하게 보기 싫은 사진만 있어서 보내지 않겠어요. 당신이 저를 물고기 얼굴로 상상하는 걸 원치 않아요. 가장 상냥한 다람쥐 얼굴로 미소 지으며 사랑으로 키스해요.

당신의 시몬

1951년 6월 23일 일요일

달링. 씁쓸한 파란색 편지 고마워요. 분명히 없는 것보다는 나았어요. 가엾고 소중한 당신, 당신에게 골치 아픈 일들이 늘어나고 있군요. 반면 우리는 기쁨에 넘쳐 있어요. 당신들의 아름답고 우아하며 재능 넘치는 그윽한 목소리의 마거릿 트루먼*이 파리를 방문 중이며, 일간지들이 "그녀가 어떤 댄스홀과 상점에 찾아가 영광을 베풀었는가?"라고 앞다퉈 보도해 우리에게 숨 쉴 여유를 주지 않아요. 당신들에게 대통령의 딸 노릇을 하는 이 추한 피

---

* Margaret Truman. 미국에서 클래식 소프라노, 배우, 저널리스트, 작가 등 다양한 일을 했고 트루먼 대통령의 외동딸이다.

조물의 아름다움과 매력에 감전되어 쓰러진 사람은 아무도 없는 것 같아요. 에르베 바쟁의 『손아귀에 든 독사Vipère au poing』에 대해 답하지 않았군요. 가족의 생활을 혐오스럽게 비판하고 특히 어머니에 대해 모욕적인 말들을 하기 때문에 그는 여기서 꽤 커다란 성공을 거뒀어요. 재미있는 건, 그가 약 30년 전에 신, 조국, 가정, 소유권 등에 광적으로 집착한 르네 바쟁의 조카라는 점이에요. 그래서 여론은 같은 집안의 젊은이가 일으킨 거센 반항을 아주 반가워하지요. 그러나 그는 진짜 재능이 없고, 그의 다른 책들은 성공하지 못했어요. 일단 그는 결혼하고 여러 자녀를 둔 아버지가 되자, 어머니가 그렇게 증오스러웠던 건 아니라고 슬그머니 말했어요. 한마디로 거의 삼촌을 재현하는 방향으로 나아가고 있어요. 비서는 그를 인터뷰하면서 더럽게 골탕 먹였지요. 비서를 자기 편으로 만들고 싶어 한 바쟁은 그를 자기 집으로 초대했어요. 그러나 비서는 그가 쓴 책들을 좋아하지 않으며 그 사실을 공표하겠다고 분명히 말했어요. 바쟁은 좋다고 대답했고, 인터뷰에서 그는 "영혼 깊은 곳에서" 공산주의자들 편에 있다는 비밀을 털어놓았어요. 이 고백은 활자화됐고, 그 때문에 그는 공쿠르상을 받지 못하게 됐지요. 미국에서는 어머니에 대해 이 정도로 비방하는 책을 좋아하지 않았다고 생각해요.

사르트르의 연극에 관심 있다면 잡지 『헤럴드 트리뷴』의 비평을 동봉하니 읽어 보세요. 어떤 사람들은 이 연극을 격찬하고 또 다른 사람들은 극도로 싫어하지만, 전체적으로 커다란 성공을 거두고 있어요. 못 말리는 브라쇠르는 이틀 전에 발작을 일으켰어요. 이제 죽는다고 생각한 그는 밑 빠진 독처럼 술을 마셔 댔지요. 의사는 당장 술을 끊지 않으면 올해 안에 죽을 거라고 경고했어요. 그 역할을 소화할 수 있는 유일한 배우가 말예요! 극장여주인은 그를 갓난아기처럼 어르고 저녁 식사를 그와 함께 하며 잠을 재워요. 휴가 기간에는 온천 요법을 받을 곳까지 따라갈 거예요. 그래서 저자인 사르트르보다도 하루에 더 많은 돈을 움켜쥐지요.

여전히 비바람이 불고 우울한 몹쓸 날씨예요. 저는 떠나고 싶어 애태우고 있어요. 오늘 저녁에는 무정부주의자 조합에서 여성에 대해 말해야 하는데, 별 흥미가 없군요. 한 매력적인 노부인 작가가 저에게 고백했어요. "정말이지. 나이 예순다섯에 이르면 열등감을 느끼기 시작하고, 더 이상 예전처럼 아름답지도 매혹적이지도 못하며, 남자들이 더 이상 예전만큼 자신을 원하지 않는다고 스스로에게 말하지요. 그런 느낌은 물리칠 필요가 있어요." 그녀는 10년 전부터 서른다섯 살이나 연하인 젊은 남자와 살고 있었어요. 지금 스물여덟 살인 그가 선언했대요. "이제는 다른 여자들을 알 때가 됐어. 당신에게도 수많은 남자가 있었을 텐데, 나라고 당신만을 가질 수는 없어." 몇 방울의 눈물을 흘린 뒤에 그녀가 말했어요. "단 하나의 치료 방법은 다른 연인을 갖는 것이고, 곧 그렇게 할 거예요." 세상에! 그녀는 할머니, 증조할머니 같은데 말이죠! 여자란 놀라운 존재예요.

저를 위해 작은 배를 좋은 상태로 간직해 줘요.

사랑, 사랑, 그리고 사랑.

당신의 시몬

1951년 7월 2일

매우 달콤한 사람. 당신의 긴 편지 고마워요. 짧은 편지보다 긴 것이 훨씬 더 좋아요, 적어도 포레스트나 워반지아에서 오는 편지는요. 〈죄와 벌〉에 관한 당신들의 언쟁은 통탄스러워요. 저는 영화*를 보지 않은 걸 다행으로 생각하지요. 실망할까 봐 두려웠고, 그만큼 그 소설을 좋아해요. 당신과 크레스웰 중에 누구 편이라고 한마디로 잘라 말할 수 없어요. 프랑스에서는 당신이 무척 좋아하는 아리 보르를 진정 대배우로 여겨요. 그는 유대인이지만, 전쟁이 시작되자마자 죽었기 때문에(자연사) 박해받지 않았어요. 그의 운명은 낭만적인 당신의 가슴이 원한 것보다 덜 비장했어요, 가엾고 소중한 당신.

놀랄 만한 소식이 있어요. 대학 당국이 비행기 표와 체류비를 지불하는 학생 그룹과 함께 나탈리가 3일 전부터 파리에 와 있어요. 우리는 다음과 같이 타협을 봤답니다. 제가 프랑스 돈으로 용돈을 가불해 주는 대신 그녀는 당신에게 일주일에 평균 25달러씩 보내기로요. 우리가 그 돈을 9월에 게리에서 쓸 수 있도록 잘 보관해 둬요. 그쯤 되면 2백50달러에 이를 것이고, 제가 1백 달러를 더 가져가면 함께 스카치를 조금 마실 수 있을 거예요. 그러나…… 실제로 당신이 정기적으로 돈을 받게 될까요? 그렇게만 되면 장부에 기재하도록 해요. 또다시 사기당하고 싶지 않아요. 9월 17일 뉴욕행 비행기 좌석을 예약했고, 시카고에는 19일에 도착할 거예요, 괜찮겠죠?

마라를 살해한 못생기고 광신적이며 어리석은 올드미스는 단두형에 처해졌는데, 잘된 일이에요. 마라, 그는 대단히 흥미롭고, 프랑스 혁명가 중에서 가장 대담무쌍했으며, 사유재산제의 폐지를 설파한 유일한 사람이었지요. 나탈리는 귀여운 면이 있지만, 쌀쌀맞고 꽤 현학적인 데다 동성애에 관한 강박관념에 사로잡혀 있어요. 사르트르는 진저리 나는 사람이라고 딱 잘라 말했지만,

---

* 아리 보르, 피에르 블랑샤르(라스콜리니코프), 마들렌 오즈레 주연. 피에르 슈날 감독의 1935년 작품

저는 자주 만나지 않아서인지 그녀에게 약간의 흥미를 느끼고 있어요. 5년 만에 다시 파리를 보는 그녀는 약간 어색해하더군요. 도시가 많이 변했고 엄청나게 더 부유해졌다고 생각하지요. 매년 여름처럼 미국 관광객이 많이 몰려들고 있답니다. 노트르담 사원 앞의 광장에서 오래된 종교의식이 공연되고 있어요. 1만 명의 관객석과 1백여 명의 배우, 조명의 물결로 장관이라는군요. 이틀 전 첫 공연에서 음향 장치가 약해져서 장장 세 시간 동안 그 누구도 단 한 마디도 알아듣지 못했대요. 신문에는 "진정한 수수께끼"라고 언급됐고, 게다가 그것이 〈악마와 선한 신〉에 대한 기독교 측의 도전이라고 추측하고 있어요. 당연히 가톨릭 비평가들은 신문을 사납게 찢어 버렸지요.

제 소설을 타이핑하는 동안 소설 쓰는 것을 멈추고, 경악할 만한 작가인 사드 남작에 대한 짧은 에세이*를 작업하고 있어요. 당신은 분명 그에 대한 이야기를 들었을 테지만, 그가 사디즘을 만들어 냈다는 것 말고는 그렇게 많이 알지 못할 거예요. 다른 것들을 이야기해 줄게요. 생각해 봐요. 열여덟 살부터 서른여섯 살까지 그는 피조물이 누릴 수 있는 만큼의 위세를 떨치며 잔인하게 여자들을 때리고 관계를 했어요. 어쩌면 남자들이나 동물들과도 성교했을지 몰라요. 그 후 혁명 기간 중 자유를 누린 5년을 제외하고는 서른여섯 살부터 일흔 살까지 감옥에 갇혀 살았어요! 그리고 실현할 수 없던 모든 것을 감옥에서 글로 상상하여 표현했답니다. 얼마나 많은 책이 이를 드러내는지 당신은 짐작하겠지요. 그 방약무인은 이루 말할 수 없죠! 문학적으로 그 책들은 아무 가치도 없고 길고 지루하며 평면적으로 구상된 것들이어서 유감이에요. 그러나 사드에 비하면, 밀러는 유아 같고 주네는 순수한 천사처럼

---

* 「사드를 화형에 처해야 하는가?*Faut-il brûler Sade?*」

보이지요. 그는 신에 관한 생각까지도 맹렬하게 증오했고, 모든 권위에 채찍을 가했어요. 네, 그에 대해 이야기해야겠네요.

곧 『미국 여행기』가 영어로 번역될 예정인데, 잘됐어요. 당신이 읽을 수 있게 됐어요.

잘 있어요, 나의 시골 젊은이에게 오랫동안 키스해요.

당신의 시몬

1951년 7월 13일

넬슨 내 사랑. 어찌나 놀라고 비탄에 잠겨 있는지 "더 이상 눈물을 흘리지 말자"라는 저 자신의 금지령을 어기면서 다시 울고 싶은 심정이에요. 비열하게도 당신의 고약한 나라가 저의 입국을 거부할 모양이에요. 저에 대한 정보를 요구했는데, 두렵네요. 어제 일어난 일이에요. 작년에 24개월짜리 비자를 받았기 때문에 별걱정 없이 여행사로 갔지만, 그곳에서 지난해 10월 30일부터 모든 비자를 다시 검사한다는 사실을 알았어요. 10분이면 될 거라고 확신하며 미국대사관으로 달려갔지요. 직원들이 매우 예의를 갖춰 오후에 다시 오라고 하더군요. 그래서 다시 갔고, 그때 한 늙은 여자가 어떤 공산주의 또는 파시스트 정당이나 연맹에 가입한 사실이 없었다는 것을 오른손을 들어 엄숙하게 선서하라고 명령했어요. 저는 그 명령을 따랐고, 많은 신분증명서에 서명도 했어요. 그녀가 "우리는 당신이 프랑스여성동맹(이를테면 공산주의)에 소속되어 있다는 인상을 받았어요"라는 말을 꺼냈어요. 지금 막 아니라고 선서했는데, 웬 치졸함인지요! 그리고 그건 거짓이에요! 제가 부인했지요. 그러나 그녀는 제가 완전히 잊고 있었던 대수롭지 않은 사실 하나를 알고 있었어요. 3년 전에 공산주의자가 아닌 수많은 여자와 함께 어느 연맹이 돌린 일종의 청원서에 서명한 적이 있었어요. 그 청원서의 목적이 무엇인지조차 기억하지 못해요. 그런데 그녀가 그 일을 알고 있었던 거예요! 저는 이것만이 이 연맹에 협력한 유일한 것이었다는 선언서를 작성하고 서명해야 했어요. 진짜 굴욕적이었죠. 제가 별로 자랑스러워하지 않는다는 걸 당신은 알지요. 모든 미국 대사관을 걷어차 버리고 싶은 마음에도 불구하고 자백하고 설명하고 항의해야만 했고, 침착하게 변명해야 했다니……. 유람 여행이었다면 그들을 날려 보내고 기꺼이 미국에 영원한 아듀를 고했을 거예요. 그러나 당신이 얼마나 보고 싶은지 몰라요. 그리고 더 기막힌 것은 제가 한 말이 그들에게 충분한 담보가 되지 않았나 봐요. 그들은 결정을 내리기 전에 조회하기 위해 일주일의 유예 기간이 필요하다고 말했어요. 저는 이 연맹에 가입한 적이 결코 없었어요. 하지만 그들이 만약 『미국 여행기』를 샅샅이 조사하고 『현대』에 실린 맥아더와 미국 정치에 반대하는 글들에 대해 화를 낸다면…… 어떻게 불안해하지 않겠어요?

그들이 저의 입국을 금지하면 당신에게 오라고 요구하기 어려운 만큼 더욱더 불안하답니다. 당신에게는 그보다 쉬운 일이 없겠지요. 당신들은 왕이에요. 비자도, 미국 시민이라는 선서도 요구하지 않고 공항에 가서 비행기에 착석하기만 하면 파리에 오니까요. 돈 문제로 말하자면, 제가 여행과 당신 집에서 체류하기 위해 절약해 두었던 그 돈 전부가 당신의 비행기 표와 여기서 우리의 공동생활에 드는 비용을 지불하는 데 충분할 거예요. 오 그래요, 쉬울 거예요. 그러나 만약 당신이 그렇게 하고 싶지 않다면 무슨 말을 더하겠어요? 그러니 그들이 안 된다고 말하고 당신도 오겠다고 말하지 않는다면, 저는 당신을 더 이상 만나지 못할 거예요. 오, 새삼스러운 일도 아니지만 저는, 저를 무척이나 행복하게 해 주는 9월의 우리 만남을 너무 기다려 왔기에 모든 것이 무너져 내리는 느낌이에요. 정말이지 당신을 여전히 똑같이 사랑하고 있답니다.

가능하다면 7월 21일 날짜로 노르웨이의 베르겐으로 편지 보내 줘요(국유치 우편). 어쨌든 저는 그곳에 8월 초에 다시 들를 거고, 당신 편지는 분실되지 않을 거예요. 아니면 8월 6일부터 아이슬란드 레이캬비크의 '보르그' 호텔로 보내 줘요. 지금 파리에는 사람이 너무 많고 저는 시간을 낭비하고 있어요. 타이핑된 제 소설에 대한 사르트르의 의견을 기다리고 있지요. 약 6백 쪽의 두꺼운 책으로 인쇄될 거예요. 노르웨이에서 편지를 더 잘 쓸게요. 여러 에피소드를 쓰기에는 마음이 내키지 않는군요. 비자 때문에 9월까지 암흑 속에 있게 될까 두려워요. 힘내도록 하겠어요.

안녕, 내 사랑. 당신에게 애정 어린 키스를 해요.

당신의 시몬

1951년 7월 23일 월요일

사랑하는 당신. 걱정 말아요. 스카치 때문이 아니라 배가 요동을 쳐서 글씨가 흔들리는 거예요. 아무튼 당신이 제 글을 읽을 수 있기를 바라요. 지난주의 제 편지는 유쾌하지 못했고, 저는 그 악랄한 사건에 대해 여전히 아무것도 모르고 있어요. 마음이 전혀 편치 않지만, 오늘은 우울한 마음을 떨쳐 버리려고 노력할 거예요. 무척 오래전부터 당신에게서 전혀 소식을 듣지 못한 저는 당신이 여전히 살아 있는지조차 확신할 수 없지만요. 살아 있긴 한가요?

일요일에 탄 비행기는 곧장 북쪽으로 갔어요. 코펜하겐에서는

비가 내리고 있었고 오슬로의 날씨는 상당히 온화했지요. 노르
웨이의 여러 매력 중 하나는 특히 여름에 밤이 없다는 거지요. 자
정에는 신문을 읽기에 충분한 묘한 회색빛이 머뭇머뭇하다가 새
벽 세 시부터는 환한 대낮이 돼요. 정오의 빛이 자정의 그것과 별
로 다르지 않다는 것을 인정하지만, 사람들은 자정의 빛을 좋아
해요. 이 원시적이고 장엄한 나라의 인구가 당신의 지옥 같은 시
카고보다 더 많지 않다는 것을 생각해 보세요. 총 3백만 명이랍
니다. 나무로 지은 집들과 나무로 포석이 깔린 길들 때문에 때때
로 미국이 연상되지만, 이곳은 한없이 가난하답니다. 먹을 게 거
의 없고 사람들의 옷 차림은 초라하지요. 이 배가 저를 북쪽으로
소련까지 데려가고 있는데, 제 눈으로 직접 소련 국경선을 볼 거
예요. 그 이상은 아무것도 없어요. 『환멸을 느낀 자désenchanté』라는
피츠제럴드의 우울한 작품을 읽고 있어요. 비록 저자가 흥미진진
한 걸물은 아니지만 주제만큼은 아주 흥미진진해요. 중국에 관한
뛰어난 책 한 권도 읽고 있는데, 이 놀라운 나라와 놀랄 만한 혁명
에 대해 무척 많은 것을 배우지요. 우리 ─ 시피용, 보스트, 올가,
사르트르, 소로킨, 오레스트, 완다 그리고 저 ─ 는 빗속에서 7월
14일*을 축하했어요. 생제르맹데프레 광장은 꽤 유쾌한 분위기
였으나 수그러들지 않는 추위에다 비까지 흩뿌리는 날씨였는데,
우리와 마찬가지로 사람들은 새벽 세 시까지 길에서 고집스럽게
춤을 추었지요. 저의 가엾고 고약한 가슴을 덥히기 위해 적잖은
코냑을 ─ 취하지 않고 ─ 삼켜야 했어요. 지금은 단 한 방울의 술
도 마시지 않고 있어요. 노르웨이에서는 알코올이 금지되어 있어
요. 하지만 저는 상관 안 해요.

　이번 여름에는 제가 당신에게 키스하는 것이 허용될까요? 그

---

* 프랑스혁명 기념일

렇게 되길 바라요.

사랑, 사랑, 그리고 또 사랑.

당신의 시몬

1951년 8월 7일

내 사랑. 대전투에서 이겼어요! 그러나 제가 이유 없이 혼비백산했다고 결론짓지는 말아요. 제가 출발한 후에 비서가 2주 동안 싸워야 했고, 계속 망설이고 조사하던 대사관에 세 번이나 다시 찾아가야 했답니다. 겨우 열흘 전에야 그들이 양보했어요. 더러운 돼지 새끼들! 당신만 아니었다면 미국을 영원히 걷어치웠을 거예요. 그러니 9월 18일에는 뉴욕에, 19일에는 시카고에 도착할 거예요. 결국 당신은 돈을 받지 못하게 됐군요. 나탈리가 뉴욕에서 단번에 3백 달러를 갚기로 했어요. 내 사랑, 무척 행복하답니다! 파리를 떠난 뒤부터 줄곧 불안해했었는데, 지금은 저 자신이 여왕같이 느껴져요. 이제 한 달만 있으면 별장과 물이 들어오는 배, 그리고 당신, 인쇄된 책의 저자인 당신의 어리석은 작은 얼굴을 다시 볼 거예요.

아이슬란드에 도착한 어제서야 파리로 보낸 당신 편지와 당신이 누군가를 때리고 싶어 했다고 쓴 작은 빨간색 편지를 받았어요. 아무 소식 없이 오랜 시간이 흘렀고, 저도 편지 쓸 기분이 아니었어요. 곧 달라지겠지요. 당신이 이를 읽는 즉시 런던의 국유치 우편으로 편지를 보내 줬으면 해요. 다시 나의 시골 젊은이에게 키스할 수 있다는 확신을 한 뒤부터 그의 편지를 받고 싶어 죽을 지경이랍니다. 당신에게 곧 상세히 이야기할 꽤 멋진 여행 계획이 있어요. 초기에 편지를 썼던 배 안에서 사흘을 보냈지요. 배는 피오르드로 깊숙이 들어가 끊임없이 변화하고 언제나 깊은 인상을 주는 풍경을 보여 주며 조그만 섬들이 여기저기 떠 있는 해안을 따라갔어요. 해가 지지 않는 한밤중이라 선상에서 책을 읽을 수 있는 북쪽 중에서도 북쪽에서, 어마어마하게 큰 산들이 경탄스러운 빛 아래서 바다로 곤두박질치고 있었어요. 직접 보지 않는 한 기묘하고 시적인 이 빛은 상상할 수 없을 거예요. 우리는 택시를 타고 소련 국경초소로 갔어요. 소련의 더 많은 부분을 보지 못할 거로 생각하니 더 감동적이었답니다. 매우 아름답고 오래된 항구인 베르겐으로 다시 내려와 높은 산들을 통과하는 기차를 타고 오슬로에 도착했어요. 눈, 바위, 호수 외에는 아무것도 없었지요. 어떤 유럽 기차도 그처럼 높은 곳에서 달리지 않아요. 무척 아름다운 여행이었어요. 오전 여덟 시 아이슬란드행 비행기를 타기 전에 오슬로에서 잠을 자긴 했지만, 전혀 휴식이 아니었어요. 비와 천둥 번개 때문에 코펜하겐에서 오슬로로 돌아간다는 것을 알게 된 오후 다섯 시까지 공항에서 오도 가도 못하고 있었어요! 이 도시에서 누군가가 우리의 평온한 하루를 망쳤다는 생각에 너무 화났지요. 6백~7백 미터 상공의 거대한 구름 위를 아이슬란드의 젊은 운동선수들로 가득한 비행기를 타고 여섯 시간 동안 비행하고 나서 해가 반쯤 빛나는 아름다운 새벽 두 시에 착륙했을 때, 예약된 방도 없고 공항에도 사람이 없었으며 호주머니에도 돈 한 푼 없었어요! 다행히 로스앤젤레스에서 알고 지낸 친절한 프랑스 사진사와 리포터들을 만났어요. 그들이 호텔까지 차로 데려다줬고, 우리에게 방을 얻어 주려고 호텔 주인과 맞붙어 싸웠답니다. 얼마나 사랑스러운 나란지 모르겠어요! 이곳 중앙난방 체계는 전부 화산에서 솟아오르는 강력한 간헐온천이나 끓어오르는 강물의 자연적인 더운물로 이뤄진다는 것을 생각해 보세요. 시내 중심까지 수로가 트여 있어 더운물이 공급되고 겨울 동안 극지에서 석탄과 나무를 절약하게 해 주지요. 섬 전체에 한 그루의 나무도 한 조각의 석탄도 존재하지 않는데, 다행스러워요. 기원후 950년 이곳에 최초 공화국이, 현대 세계의 최초 의회가 탄생했다는 사실을 알고 있나요? 저녁 식사 때에는 매력적이고 흥미로운 인물을 만나 무척 기뻤어요. 프랑스에서 아주 유명한 남자인 폴 에밀 빅토르를 만났답니다. 그에 대해 들어본 적 있나요? 대탐험가이자 북극과 남극 탐험대 대장인 마흔두 살의 그는 거의 20년 전부터 그린란드, 북극해 등지를 두루 돌아다니고 있어요. 개들이 끄는 썰매를 타고 미지의 땅들을 탐험하면서 3년간 에스키모 마을에서 살았고, 에스키모 여자와 결혼했어요. 지금은 특별한 모험에 몸 담고 있어요. 그린란드의 여러 캠프에 흩어져 남북극해 연안의 대부빙군大浮氷群(해발 2천7백 미터에 있는 얼음에 완전히 덮이고 빙산으로 둘러싸인 일종의 높은 평원으로 프랑스의 세 배 크기) 위를 예닐곱 명씩 그룹 지어 이동하는 70명의 남자를 지휘하지요. 빅토르는 그들에게 식량과 그 외의 물품들을 제공하려고 일주일에 세 번씩 그 위를 날아가요. 낙하산으로는 아무것도 투하할 수 없어서(깨질 것이므로) 40톤 화물을 3초 안에 안전하게 투하하기 위해 지상 5미터까지 내려가야만 해요. 그는 이 쾌거에 대한 짧은 필름을 보여 줬어요. 저는 그가 함께 가자고 요청해 주기를 원하면서도 여자는 데려가지 않을 거라고 나름대로 생각했어요. 만약 어떤 이유로든 착륙해야 한다면 다시 이륙할 수 없을 것이고, 9월 중순까지 중앙 캠프에 남아 있다가 지프와 배로 돌아와야 할 텐데, 그런 위험은 무릅쓰고 싶지 않아요. 그 외에도 뼈를 부러뜨리는 위험을 감수해야겠죠. 사흘 전에 한 그룹의 두 젊은이가 빙산의 크레바스로 떨어져 죽었답니다. 이 사건으로 빅토르는 커다란 슬픔에 빠졌지요. 네, 대담하고 모험심이 강한 만큼 기분 좋고 영리하며 놀라운 이야기로 가득 찬 사람이에요. 그의 말에 따르면, 그린란드 상공의 왕복 비행에서 가장 위험한 것은 아이슬란드인들이래요. 그들은 밤낮없이 어떤 경우든 어떤 시간이든 지독한 나무알코올에 취해 있으며, 조종사들도 거의 항상 만취 상태에 있다는 거예요. 게다가 구두 광택 약과 샴푸에서 알코올을 빼낼 수 있고, 프랑스나 미국에서 오는 배나 소포 꾸러미에서 병을 발견하면 무턱대고 맛본다는군요. 거기에 아황산이나 그와 유사한 물질이 들어 있으면 뻗어 버리는 일이 다반사래요. 경찰 업무의 대부분은 주정뱅이들을 경찰서에 감금하는 일이래요. 호텔이나 레스토랑에서 와인이나 알코올은 금지랍니다. 그러나 그들은 집에서 술을 퍼마시거나, 보통 턱시도나 멋을 부려 옷을 입고 길로 뛰쳐나와 고래고래 소리 지르며 노래를 부르고 토하면서 땅바닥에 주저앉아 버린대요. 형사들은 그들을 체포하기 위해 거대한 앞치마와 가죽장갑을 껴요. 이곳 사람들은 이 나라에 주둔하고 있는 많은 미국 병사(대서양조약 때문에)를 별로 좋아하지 않아요. 여기에는 적잖은 공산주의자들이 있는데, 일단 술에 취하면 미국인들이 시내에 들어오지 못하게 할 정도로 서로 잔인하게 싸워 댄답니다. 정말 대단한 나라지요. 이 나라가 무척 좋아요. 최소한의 열차도 없고, 도로는 극히 적은 데다 상태가 나빠서 비행기로만 이동할 수 있는데도 말예요.

해가 지지 않아 햇빛이 가득한 동시에 서늘한 이 신기한 천국에서 일주일 더 머문 다음에, 런던으로 날아가 그곳에서 편지를 쓰겠어요. 당신도 편지를 써서 빚을 전해 주세요. 저의 도착에 대해 제가 행복해하는 것의 반만이라도 행복해하기를 바라요, 나의 상냥한 사람. 당신과 어떤 전쟁도 시작하지 않을 거예요. 모든 게 마음에 들 거예요, 당신마저도요. 당신의 시몬의 키스, 사랑, 키스 그리고 또 사랑을 받아요.

당신의 시몬

1951년 8월 24일

나의 무척 소중한 괴물. 몇 주 후면 당신과 이야기 나눌 것을 확신하는 지금, 용기가 없어서 편지를 아주 조금밖에 쓸 수 없군요. 그러나 제가 어디에 있는지를 알리지 않는 것은 좋지 않지요. 가능하면 런던의 '파크레인' 호텔로 연락하길 바라요. 당신의 전화번호와 제가 완전히 잊어버린 워반지아의 옛 보금자리의 전화번호도 다시 알려 줘요. 19일 오후에 도착해 정확히 오후 여섯 시에 전보를 치겠어요. 전보를 워반지아와 포레스트 중 어느 곳으로 칠까요? 아이슬란드는 당신에게 말했듯이 관광객이 한 명도 없고 얼음과 연기 나는 화산이 뒤섞인 기막히게 경치 좋은 곳이에요. 런던은 제가 무척 좋아한 전쟁 전처럼 다시 유쾌하고 부유해지고 있어요. 미국에 있지 않으면서 영어를 듣는다는 게 이상했어요. 극장에서 로렌스 올리비에와 비비언 리 — 그녀는 별로 흥미롭지 않은 배역에다 연기도 잘하지 못하지만, 전체적으로 좋은 공연을 보여 주지요 — 주연의 연극 〈안토니오와 클레오파트라〉를 보았어요. 그러고 나서 여러 곳의 화랑으로 달려가 그림을 감상하고 여기저기를 거닐었답니다. 런던에서 기차를 타고 나름대로 매력 있는 우중충하고 서글픈 산업도시인 글래스고우로 향했어요. 그곳에서 배와 버스를 타고 스코틀랜드를 헤매고 다녔지요. 비 오고 안개 낀 날이었어요. 스코틀랜드인들은 못생기고 엄숙하며 구식이에요. 호수들은 예쁘고 산들은 완만한데, 자연은 너무 생기가 없어 이 모든 것이 침울하고 우중충합니다. 저는 영국 문학책들을 읽고 있어요. 보즈웰이 쓴 경이로운 전기가 있긴 하지만, 영국인들은 존슨 박사를 무슨 이유로 그렇게 위대한 인물로 만들었는지 이해할 수 없어요. 이 나라에는 전쟁의 흔적이 여전히 남아 있어요. 프랑스처럼 이곳에서도 미국을 좋아하지 않아요. 버터, 코코아, 식량, 의복 들을 아직도 자유롭게 살 수 없지요. 가난 속에서도 주민들은 품위를 간직하고 있어요. 런던에는 새로운 건물들이 V1 폭격기가 만들어 놓은 분화구를 대체하고 있으나, 아직도 폐허들이 많이 남아 있답니다. 복구하는 데는 많은 시일이 걸릴 거에요.

매우 소중한 넬슨, 다시 갈 수 있게 되어 너무나 기뻐요. 제게 편지를 보내 줘요. 당신의 시몬이 보내는 가장 애정 어린 키스를 받아요.

당신의 시몬

1951년 미국에서의 시몬 드 보부아르

9~10월, 시몬 드 보부아르는 마지막으로 포레스트 애비뉴에 있는 호수 별장으로 돌아간다. 한 달이 조용히 지나가고, 그녀는 사드에 관한 에세이를 끝마친다. 올그런은 조만간 전처와 재혼하려 한다. 마지막 순간, 시몬 드 보부아르가 그와의 우정을 계속 간직할 수 있으리라 생각하며 기뻐할 때 그가 남긴 말은 모든 것을 재고하게 만든다. "우정이 아니에요. 당신에게는 결코 사랑 이외의 다른 어떤 것을 줄 수 없을 거요."

1951년 10월 30일 화요일, 뉴욕의 '링컨' 호텔

넬슨, 나의 커다란 사랑. 피곤해 죽을 지경이지만 당신에게 편지를 쓰지 않고는 잠을 잘 수 없어요. 제가 여전히 당신에게 중요한 사람이라고 느낀 지 30분 만에 헤어진다는 것은 너무 가혹했어요. 당신의 감정에 대해 좀 더 일찍 확신했다면 남아 있기 위한 어떤 조처를 할 수 있지 않았을까 생각하니 더더욱 가슴이 아파요. 오늘 저녁에는 어떤 형태의 평화도 기대할 수 없으므로 당신에게 말해야 해요. 기차와 택시를 타고 또 비행기를 타고 오는 동안 내내 울었고, 당신에게 이야기하는 것을 멈출 수 없었어요. 당신이 말을 그다지 좋아하지 않는다는 걸 알지만, 한 번쯤은 당신에게 말하게 내버려 두고 제가 울어도 놀라지 말아요.

어제 당신이 읽어 보라고 한 서문에서 토마스 만은 도스토옙스키가 매번 간질병 발작이 일어나기 전에 10년간의 삶과 맞먹는 순수한 행복감을 몇 초 동안 맛보곤 했다고 밝힙니다. 때때로 당신이 10년간의 건강과 맞먹는 일종의 열병을 몇 분 만에 줄 수 있다고 느껴요. 당신의 고약한 가슴이 깊고 따뜻하긴 해도 제 가슴만큼 열병을 앓는 것은 아니기에, 당신이 또 한 번 베푼 사랑의 선물이 제게 어떤 충격을 주는지 당신은 이해할 수 없을지도 몰라요. 저를 육체적으로 아프게 만든 충격, 이러한 몸의 불편함을 이겨내기 위해 편지를 쓰는 것이니 이 편지가 터무니없어 보이더라도 용서해 줘요. 저는 이 상태에서 벗어나야만 해요. 그리고 우리의 이야기가 어떤 깊은 생각을 하게 만드는지 당신에게 말하고, 또 말하기를 간절히 원했어요.

당신을 한없이 사랑하고 있는데도 당신에게 줄 수 있는 것이 거의 없기 때문에, 처음부터 죄책감을 느꼈답니다. 당신은 제 말을 믿었고 저의 설명을 이해했다는 것을 알아요. 비록 저를 파리에 묶어 두는 것과 같은 그런 관계가 당신을 미국에 붙잡아두지 않는다고 할지라도, 당신은 프랑스에 완전히 살러 오라는 제안을 절대 받아들이지 않았을 거예요. 저는 이 점, 그러니까 사르트르와 글쓰기 그리고 프랑스를 포기할 수 없었다는 점을 다시 주장하고 싶지 않아요. 제가 할 수 없었어요, 라고 말할 때 당신이 제 말을 믿는다는 것을 알아요. 그렇지만 포기할 수 없는 동기를 이해한다고 해서 달라진 건 아무것도 없다는 것도 알아요. 당신에게 제 인생이 아니라 제 마음을 줬어요. 제가 줄 수 있는 모든 것을 줬으나 제 인생은 주지 않았다는 사실은 달라지지 않아요. 저는 당신의 사랑을 받아들였고, 그 사랑을 멀리 떨어지는 운명에 처하게 했어요. 항상 죄책감을 느꼈고, 이는 몹시 쓰라린 감정 중 하나랍니다. 진정으로 사랑하는 남자와 관련된 감정은 가장 뼈아픈 것이기도 해요. 당신을 저버리면서까지 당신에게 상처를 줬을 때 저 또한 상처를 입었어요. 우리 사랑의 불쾌한 부분을 당신에게 남겨두는 것에 대해서는 걱정하지 않으면서, 우리 사랑의 기분 좋은 부분은 저를 위해 가져간다고 당신이 생각할까 봐 끊임없이 두려워했어요. 그건 사실이 아니에요. 우리 사랑이 가져다준 행복을 당신에게 주는 데 실패했다면, 저도 무척 불행할 거예요. 하여튼 매 순간 당신이 그리웠고, 저의 잘못, 당신이 원한을 품을 수 있다는 생각에 가차 없이 비참했어요.

당신에게 준 것이 그처럼 적었기 때문에, 당신이 저를 가슴속에서 쫓아내기로 한 것은 절대적으로 정당하다고 생각했어요. 그러나 정당한 결정이라고 해도 너무 잔인해요. 처음 뉴욕에서는 가혹했는데 작년에는 너무나 가혹했어요. 이 점에 관해서는 저를 믿어 줘요. 제가 많이 울고 얼마간 터무니없이 굴었다면 그것은 이 깊은 상처, 한 해 동안 치유되지 않은 상처 때문에 그랬어요. 네, 당신의 사랑이 그 어느 때보다도 강렬하게 남아 있을 때 더 이상 사랑받지 못한다는 것은 쓰라린 아픔이에요. 그렇지만 9월에 당신을 만나러 다시 왔을 때 우리의 관계가 완전히 끝났다는 사실을 받아들이기 시작했고, 당신의 우정과 저의 사랑에 만족하려고 노력했어요. 그것은 저를 행복으로 가득 채워 주지는 못했으나 상황을 견딜 수 있는 하나의 방법이었지요.

오늘 저녁, 저는 무서워요, 절망적인 공포에 떨고 있어요. 당신이 다시 한번 저의 모든 방어벽을 허물어뜨렸기 때문이지요. 당신은 저를 더 이상 당신 가슴속에서 쫓아 버리지 않는다고 말했어요. 당신의 무관심에 더 이상 저항할 게 없기 때문에 저는 무장 해제되어 서 있답니다. 만약 당신이 저를 다시 쫓아 버리려 한다면 새로운 상처들로 한없이 크게 낙담할 거예요. 그것을 생각하면 견딜 수 없어요. 무겁게 짓누르는 듯한 피로감이 저를 감싸는군요. 무방비 상태로, 모든 건 당신의 두 손 안에 들어 있다는 느낌에 젖어 처음으로 당신에게 애원하겠어요. 저를 당신의 가슴속에 간직해 두든지 아니면 내쫓아 버려요. 그러나 사랑이 더 이상 존재하지 않는다는 것을 갑작스레 발견하도록 저를 당신의 사랑에 매달리게 두지 말아요. 이런 시련을 다시 겪고 싶지 않아요. 그에 관한 생각마저도 견딜 수 없습니다.

자, 제가 완전히 미친 건 아니에요. 만약 당신이 다른 여자와 사랑에 빠진다면 더 이상 할 말은 없어요. 다만 당신이 저를 버린다는 것과 버리지 않는다는 것이 제게 무엇을 의미하는지 숙고해 줘요. 지금 바로 제게서 당신의 사랑을 빼앗아 가지 말고, 우리의 다음 만남까지 당신의 가슴속에 간직해 줘요. 우리가 머지않아 다시 만날 수 있도록 해 줘요. 저처럼 당신도 결국 당신이 결정하는 대로 될 거라는 걸 알잖아요. 절대 당신을 귀찮게 하지 않겠어요. 당신에게 보내는 편지 중 이보다 더 끔찍한 편지는 앞으로 없을 거예요. 당신에게 단 한 번 솔직히 부탁하겠어요. 당신의 가슴속에서 저를 쫓아내려 하지 말고 간직해 줘요. 아직 애착이 있다는 것을 알아챈 시간이 얼마나 짧았던지요, 너무도 짧은 시간이었어요! 30분에 만족할 수 없어요. 연장되어야 해요. 다시 한번 당신이 사랑으로 키스해 주기를 원해요. 당신을 아주 강렬하게 사랑하고 있어요. 당신이 준 사랑과 제 안에서 일어난 육체적 욕망과 행복의 강렬한 부활 때문에 당신을 사랑했어요. 그러나 그것이 사라졌을 때조차, 아니 반쯤 사라졌을 때조차 저의 고집스러운 사랑은 당신이 당신이라는 사실 때문에 살아남았답니다. 바로 당신이기 때문에, 당신이 제게 주거나 주지 않는 것과는 별도로 당신을 제 가슴속에 영원히 간직할 거예요. 그러나 절망에 빠진 저는 가련하게 부서진 수많은 파편에 불과하답니다. 그러니 당신에게 이 정신 나간 편지를 쓰는 것에 대해 화내지 말아요.

저는 여기 링컨 호텔에 있어요. 잠을 자도록 애쓰겠어요. 밤이 몹시 무섭네요. 제 평생 당신을 다시 만나려는 의지만큼 뜨겁게 타올랐던 것은 결코 아무것도 없었어요.

수요일 아침

나의 무척 소중한 사랑. 잠을 조금 자긴 했지만, 여전히 지독한 두통에 시달리고 있어요. 에어프랑스와 열 시에 약속이 있는데, 다시 심장이 무섭게 뛰는군요. 저는 결정하지 못하고 있어요, '당신에게 전화를 걸지, 말지'를요. 전화를 걸지 않으려 해요. 전화를 걸면 견딜 수 없을 것 같고, 당신이 말하듯이 '멀리 떨어진 곳에서 울고' 싶지 않아요. 어제저녁에는 당신 곁에서 지낸 날들이 얼마나 감미로웠는지를 충분히 말하지 않은 것 같군요. 넬슨, 당신이 너무나 열렬하고 쾌활했기 때문에 저는 행복했어요. 당신과 함께해서 좋았어요. 안녕, 내 사랑.

만일 제가 탄 비행기가 추락한다면 저의 마지막 생각은 당신에게서 받은 모든 것에 대한 고마움일 거예요. 하지만 비행기는 추락하지 않을 것이기에, 당신의 두 팔에 다시 안길 때까지 당신을 사랑할 거예요. 가슴속 깊은 곳으로부터, 열정적이고 충실한 이 가슴 깊은 곳에서 당신에게 키스해요. 당신의 가슴속에 저를 간직해 줘요. 사랑해요.

포레스트 애비뉴 6228, 게리, 인디애나, 미국의 '거주자'에게.

친애하는 거주자분. 그린란드의 물고기들이 호수 형제들에게 보내는 애정 어린 생각들을 들어 보세요. 이미 네 시간을 비행했어요. 탄복할 만한 점심 식사(푸아그라, 샴페인)였지만, 저는 끊임없이 울지 않을 수 없었어요. 게리의 열차와는 달리 저를 안다고 하는 사람들로 가득 찬 비행기에서는 더욱 난처했어요. 눈물이 멈추기를 바라요. 한동안 흘리지 않았던 눈물이 막무가내로 나오는군요. 여든 살 먹은 노파만큼 추하고, 스무 살의, 아니 그보다 조금 더 나이 먹은 여자만큼 어리석게 느껴져요. 당신이 있는 안락하고 귀여운 집은 지금 새벽 세 시겠군요.

저의 사랑은 저와 함께 날고 있어요.

당신의 시몬

1951년 11월 3일 토요일

넬슨 내 사랑. 제가 비참한 국제 여행자임이 드러났어요. 런던에서 파리까지 멀미했고, 뉴욕에서 파리까지는 울었기 때문이지요. 힘이 다 빠지고 몸속에 수분이 단 한 방울도 남지 않고서야 얼마간의 평온을 되찾았어요. 비행기는 4백~5백 미터 상공에서 아주 높이 날았고, 그 인위적인 환경이 저를 완전히 고갈시켜 버렸어요. 덥고 습한 뉴욕에서 지독한 감기에 걸렸답니다. 링컨 호텔에서 열병이 난 저는 창문을 열어 둔 채 이불은 덮지 않고 잠을 자야만 했고, 몸은 불덩어리 같았지요. 지금도 계속 기침하고 코를 훌쩍이고 있어요. 저를 가엾게 여긴 승무원이 따뜻한 차를 무척 많이 가져다주었어요. '르 파리지앵'이란 이름의 비행기는 사실

궁전 같았어요. 프랑스 비행기 중에 가장 넓고 호사스러웠어요. 침대로 변형되는 좌석, 맛있는 식사, 샴페인. 저를 제외한 모두가 떠들고 웃고 있답니다. 갠더에서 파리까지 여덟 시간밖에 걸리지 않았어요. 그동안 일말의 공포심도 느끼지 않았어요. 당신 곁을 떠날 때 다른 것을 생각하기에는 마음이 너무 혼란스러워 아무것도 두려워하지 않는다는 걸 알았지요. 떠나올 때 그리도 고통스러웠던 상처는 죽음을 비교적 무의미한 것으로 만들더군요. 하지만 한숨도 잘 수 없었기 때문에 비행시간은 길게 느껴졌어요. 공항에서는 회색빛 날씨에 비가 내렸고, 모든 창문이 열린 차디찬 버스 안에 앉아 오랫동안 기다렸어요. 세관원과 형사들이 어찌나 프랑스적인 외모를 드러내던지 그들의 현실성을 의심했지요. 보도에는 투생날을 맞아 화분에 담긴 우울한 꽃들과 국화 그리고 검은 옷을 입은 사람들이 수 킬로미터에 걸쳐 늘어서 있었어요. 이 교외에는 공동묘지가 많이 있기 때문이에요 — 비탄. 파리는 훌륭해 보였지만, 얼마나 추운지 모르겠어요! 몸을 가눌 수 없을 정도로 피곤하군요. 여기 사람들은 잠자는 시간이 괴상해요. 텔레비전 화면에 〈퀴클라와 올리〉*가 나오는 그때 잠자리에 들고 마지막 프로그램이 끝날 때 일어나는데, 저는 이런 풍습을 따를 수 없어요. 금요일 오후 한 시에 사르트르와 보스트와 점심 약속이 있었어요. 잠을 자고 있는데, 누군가가 난폭하게 문을 두드렸지요. 착한 수위 아주머니가 저를 찾는 전화가 왔다고 알려 줬어요. 시간은 오후 두 시였지요. 저는 여기 사람들의 밤 생활을 즐기지도 못하면서 낮에도 꾸벅꾸벅 졸고 거기다가 지독한 감기에 걸렸어요. 한마디로 어디에도 쓸모없는 존재지요.

모두에게 책과 선물을 나눠 줬어요. 그들은 당신 소식을 물었

---

* 오후 여섯 시에 방영되는 인형극

고, 당신에게 고마워들 해요. 패터슨섬의 사진들이 그들을 샘나게 했는데, 그만큼 그 섬은 아름다워요. 거의 열대 섬 같다고들 하는군요. 그리고 당신, 정말 멋진 타잔 같아요! 제가 텔레비전과 냉동기에 대해 언급하자 그들은 군침을 흘렸으나, 당신이 진정한 좋은 작품을 완성하기 전에는 파리에 오지 않을 거라는 것을 알고는 슬퍼했어요. 그러나 그들은 그것이 무얼 의미하는지 너무 잘 이해하고 있지요.

주위 사람들의 소식 몇 가지를 이야기하죠. 보스트와 비서가 소련인의 미국 점령에 대한 글(공상과학소설)을 써서 『현대』에 실으려고 계획 중이에요. 내용은 조세핀 베이커가 '스톡' 클럽*에서 스테이크를 맛볼 권리를 가질 거라는 것과(그녀가 쫓겨났던 거 당신 아세요?) 코사크족이 워싱턴에서 춤출 거라는 것 등등이에요. 그들이 그 소설을 공들여 쓰기를 바라요. 비서가 잠자리를 함께하는 그 돈 많은 여자와 그리스를 여행했고, 불쌍한 카슐레를 버렸어요. 그녀는 어느 때보다도 더 외롭고 불쌍하며 비참하답니다. 여가수는 점점 더 유명해져서 값비싸고 멋진 장소에서 공연하며, 여러 잡지에서 향수 광고 글을 발견할 수 있지요. "아름다운 X, 사르트르의 실존주의자 여자 친구는 땀 냄새를 제거하기 위해 로-도-로-노를 사용합니다." 주네, 그는 국민 작가 자격으로 프랑스 대사로부터 스웨덴에 초대받았으며, 라디오에서 연설해 달라는 부탁을 받았어요. 그는 방송에서 "스웨덴 사람들이요? 어리석고 추해요. 이 나라가 민주주의를 주창한다고요? 거짓말이오! 청교도적 도덕주의가 악취를 풍기고 있어요"라고 밝혀 버렸지요. 대사는 심장마비를 일으켜 하마터면 죽을 뻔했고, 방송 PD는 화가 나 숨이 막힐 지경이었으나 아무도 그가 말하는 것을 멈출 수 없었어

---

* Stork Club. 뉴욕의 아주 멋진 클럽

요. 올가는 비교적 괜찮은 것 같아요. 여름 내내 뷔슈리가의 저의 집에 머물면서 같은 건물의 모든 사람과 사귀었답니다. 마음 좋은 수위 여자는 그녀에게 고아 시절의 슬픈 생활을 전부 이야기해 줬고, 옆에 사는 뚱뚱한 유대인 여자는 남편이 마를레네 디트리히와 잤으며 페터 로르가 매일 저녁 잠자리에서 손녀에게 키스해 줬는데, 그가 오래된 독일 영화 〈M, 저주받은 자M le Maudit〉*에서 영아를 살해하는 흡혈귀 역할을 맡은 뒤부터는 손녀가 키스 받기를 싫어했다는 둥 베를린에서 보낸 화려한 삶에 대해 모두 이야기해 줬어요. 올가는 제 방을 떠나 그녀가 사는 호텔로 다시 가자 울음을 터뜨렸으나, 우리 둘이 함께 외출했을 때는 상냥한 태도를 보였지요. 그녀는 더 이상 연극을 생각하지 않으며 생제르맹의 여러 클럽에서 밤새도록 춤추는 것을 무척 좋아해요. 그녀와 보스트는 각각 따로 살면서 수시로 계속 만나고 있어요. 시피용은 정신 나간 공산주의자인 샤테니에와 함께 라플란드를 여행했어요. 그들은 고래를 사냥하는 데 열흘을 보냈는데, 네 마리를 생포하는 것을 보았대요. 그는 그 여행을 좋아했으나 지금은 돈 한 푼 없고 일도 없어서 조금 침울해 있어요. 더 이상 그의 '사모님'을 보지 않는 것 같아요. 크노가 작은 시집 한 권을 출판했어요. 보스트는 〈공손한 매춘부〉의 시나리오 작업에 매달리고 있는데, 뭔가 가치 있는 대본이 되기를 바라고 있어요. 이에 대해 라이트에게 두세 번 의견을 물었는데 큰 도움이 됐다고 하는군요. 『미국의 아들』은 여기서도 성공하지 못했지만, 그것을 다시 본 보스트는 계속 훌륭하다고 생각하고 있어요. 엘렌 라이트는 일자리를 구한 것 같은데 그 이상은 모르겠어요.

오! 잊었군요! 당신이 유대인협회에서 한 강연에 대한 보고를

---

* 프리츠 랑(Fritz Lang)의 1931년 작품으로, 원작 이름은 "M"이다.

듣고 모두 깔깔대며 웃었어요. 당신이 마셜플랜에 관한 강연을 위해 프랑스에 와야 할 거라고 모두 생각하고 있지요.

사르트르가 카를로 레비를 다시 만났는데, 자기도취에 빠진 레비는 함께 저녁 식사를 하고 위스키를 마실 때 상대에게 술 한 잔따라주는 것조차 잊고 끊임없이 자신에 대한 감탄만 늘어놓았대요. 그는 숨 쉬는 것처럼 자연스레 거짓말하고 사르트르를 웃게하는 몇 가지 이야기, 예를 들어, 뉴욕 시장이 시칠리아섬의 고향마을을 방문한 이야기를 해 줬는데, 가장 훌륭한 이탈리아식 뛰어난 익살이었다는군요. 그렇지만 실제로 이탈리아는 하나도 유쾌하지 않고 지독한 가난을 막을 어떤 방법도 없으며 먹을 것은점점 더 줄어들고 있어요. 반면 어린이의 수는(매년 사망자의 수보다 40만 명이나 더 출생) 계속 늘어나요. 어린이들에 관한 대단한 스캔들 하나가 프랑스의 작은 마을을 뒤흔들고 있답니다. 어느 날 몸이 불편한 열두 살 어린 소녀가 엄마에게 "임신했을까 무서워요"라고 말했어요. 그 애는 여러 번 성교했고(사내 이름은 대지 않은 채), 자기 반 동무들도 자기만큼 한다고 고백했어요. 여덟 살에서 열네 살 여자아이들이 사실상 강간당했다고(여전히 한 명의 이름도 대지않은 채) 실토했어요. 의사에게 검사받은 아홉 명 중 여섯 명은 거짓말임이 입증됐는데, 이 아이들은 다른 세 아이가 1년 전부터 학교 한가운데서 자신들의 모험담을 자랑하자 질투가 나서 거짓말한 거였어요. 1년간 아홉 살, 열한 살 그리고 열네 살의 세 아이는상상할 수 있는 온갖 방법으로 이용당했어요. 이상한 건, 그 애들이 직업적인 늙은 여자들의 음란하고 외설적이며 거침없는 솔직한 어조로 그 일을 이야기한다는 거지요. 그 애들은 문제의 남자들을 고발하지 않았어요.

꽤 두꺼운 편지가 됐군요. 당신이 얌전하게 있으면 이런 수다의 속편을 다음에 보내 줄게요. 저에 대해서는 별로 덧붙일 말이 없군요. 집 안을 정리하고, 겨울옷을 샀으며, 친구들을 만나고, 밀려 있는 수많은 우편물에 답장했어요. 내일(오늘은 일요일이에요) 부터 제 소설을 위해 꼭 필요한 작업인, 최근 30년간의 프랑스 정치를 공부하기 위해 다시 국립도서관에 갈 거예요. 사드에 관한 작은 글은 기한 내에 도착했고, 긴 글은 다음 달에 출간될 예정이에요.* 아주 오래전부터 당신의 재잘거리는 목소리에 익숙해져 있는 저는 당신 편지를 기다리고 있으나, 어쨌든 긴긴 침묵 또한 각오하고 있어요. 그리고 계속 다른 편지를 기다릴 거고, 당신을 만나기를 끊임없이 기다리겠어요. 이런 다짐이 저의 사기를 약간 꺾어놓는군요. 당신에 대한 그리움은 얼마나 서글픈 병인지 모르겠어요. 그렇지만 당신을 사랑하는 것은 제 가슴을 다시 따뜻하게 만들어요. 넬슨, 제가 얼마나 당신을 사랑하는데요.

당신의 시몬

1951년 11월 9일 금요일

패터슨섬의 친애하는 시골뜨기 바보 양반. 대사건이 있어요! 여자란 열정 없이 살 수 없는 존재인데, 제겐 사랑이 금지되어 있지요. 그래서 제 고약한 가슴을 한 남자가 아닌 덜 메스꺼운 무언가에 바치기로 했어요. 검은색의 아름다운 소형 자동차를 샀어요. 당신에게 말했듯이 그것을 꿈꿔 왔어요. 주네가 차를 고르는

---

* 2, 3년 전에 『쥐스틴Justine』을 읽은 뒤부터 시몬 드 보부아르는 사드(Marquis de Sade)에 대해 열광했다. 훗날 『레 망다랭』으로 만들어질 소설의 초고를 끝마친 뒤 그녀는 그에 관한 이중 작업에 들어갔다. 하나는 여러 사람이 함께 쓰는 작품인 「유명한 작가들 Les Écrivains Célèbres」에 예정된 간략한 서지(書誌)로서, 크노가 청탁했다. 다른 한 편은 『현대』에 싣기로 예정된 심도 있는 에세이 「사드를 화형에 처해야 하는가?」다. 이것은 1955년에 발표한 글 모음집 『특권Privilèges』에 다시 실리게 된다.

걸 도와줬고, 갈리마르가 돈을 줘서(당연히 단순한 가불금이지요) 모든 게 아주 신속하게 이뤄졌답니다. 프랑스 자동차치고는 꽤 넓은, 아주 예쁘고 빠른 신형이에요. 그런데 바보스럽게도 제가 운전할 줄 모른답니다. 비서는 운전면허증을 가지고 있고, 보스트는 눈 깜짝할 새에 그것을 따는 방법을 찾아냈고, 사르트르조차 옛날 고리짝에 나온 분홍색 카드를 구해 놓았지요(그가 운전하지 않을 건 확실한데 아, 운전만은 안 돼요. 모두가 결사반대하고 있어요). 제게 도움이 되는 건 아무것도 없어요. 누구도 차를 차지하지 못하도록 주차장에 감춰 뒀고, 운전 교습을 받을 거예요. 아주 빨리 배울 거라는 느낌이 들어요. 첫 번째 교습은 대단한 기쁨을 안겨줬답니다. 제 앞에 새로운 삶이 열려 행복하기를 바라요.

몇 편의 좋은 영화를 봤어요. 이를테면 데 시카* 감독의 최근 영화 〈밀라노의 기적 Miracle à Milan〉을 봤는데, 몇 군데 잘못된 부분이 있지만 무척 좋았어요. 그 영화를 보고 당신 의견을 말해 줘요. 당신은 어쩜 그리 바쁜가요! 당신의 모든 연설이 제가 참여한 연설만큼 열광을 불러일으키고 있나요? 제가 텔레비전을 어찌나 진지하게 찬양했던지, 사르트르는 자기 어머니에게 텔레비전 한 대를 사 드렸다는 걸 말했던가요? 프랑스 텔레비전은 미국 텔레비전과 전혀 다르다는 것을 미처 생각지 못해서 참담한 결과가 생겼어요. 가엾은 비서가 매일 길들이려고 하지만 성공하지 못하고, 사르트르의 어머니는 그에게 화를 내지요. 아무튼 수상기가 작동한다고 해도 시사와 예능 프로그램으로 구성된 겨우 두 시간짜리 형편없는 방송이므로 얻는 게 전혀, 정말로 전혀 없을 거예요.

오, 좋은 일이 있어요! 다리나 실로네가 방금 전화했는데, 여기

---

* Vittorio De Sica. 이탈리아의 영화감독

유엔에서 일하게 됐대요. 종종 만나자는군요. 그녀의 남편은 로마에 있어요. 여가수가 어제 어떤 인터뷰에서 그녀의 성공이 사르트르에게서 힘입은 바 크다면서 그와 함께 잤다는 것을 은근히 내비쳤지요. 그가 자신을 가장 좋아할 거라고 설명했어요. 카술레는 그 때문에 얼이 빠졌지요. 그녀도 그와 함께 잤다는 것을 사람들이 믿게끔 하려고 무진장 애썼으니까요. 그 때문에 사르트르는 화가 났지요(그는 둘 중 누구와도 잔 적이 없어요). 그는 "부당하다. 그녀가 그런 것을 자랑하고 싶다면 적어도 실행에 옮겼어야 마땅한 일 아니냐"고 투덜거렸어요.

제게 그렇게 기름지고 기분 좋은 두꺼운 편지를 보내 호의를 베풀었으니, 당신에게 굉장한 이야기를 하나 해 줄게요. 예전에 프랑스에서 교수를 하다가 지금은 마다가스카르에서 근무하는 오랜 친구에 관한 거예요. 한 아이의 아버지이자 마흔두 살이라는 나이에도 불구하고 4년 전에 그는 매혹적인 젊은 여자와 결혼하기로 했지요. 그곳으로 떠났을 때 그는 약간의 인종차별주의를 드러냈으나, 그를 다시 만났을 때는 그 섬에 사는 백인들의 커다란 공포에 대해서 단숨에 상세하게 말해 줬어요. 커다란 공포란 흑인들, 이 우글거리는 위험한 자들에 의해 독살당한다는 공포지요. 흑인 여자들은 백인 정부가 그녀를 속이면 그 정부를 독살하고, 하인들은 자신을 해고하려 하면 그 주인을 독살한다는 거예요.

그의 경우는 자동차 사고가 한 번 있었다는군요. 그의 부인이 운전했는데 나무를 들이받았대요. 그는 잠시 머뭇거리다가 "그녀가 나를 죽이려고 일부러 사고를 냈어요"라고 말했어요. 제가 깜짝 놀라서 펄쩍 뛰자 그는 "아내가 한 마술사에게 홀려 정신이 나갔어요. 당신이 믿지 않으리란 걸 알아요. 그렇지만 진실이에요"라고 덧붙이는 거예요. 그는 마침내 이야기의 경위를 꺼냈어요.

매력적인 젊은 청년인 원주민 보이*가 그들의 시중을 들고 있었대요. 부인은 그를 애무하고 그와 함께 노는 습관이 있었다는군요. 그녀의 눈에 그는 거의 한 마리 짐승에 불과했고, 남편은 그녀와 같은 시각이라서 그에 대해 개의치 않았다는군요. 이 놀이를 계속하면서 그녀는 그에게 수음하는 모험을 감행하는 데까지 갔으나, 이 더러운 '니그로'와 동침한다는 건 말도 안 되는 일이었지요. 어찌 됐든 그녀는 결국 동침했고, 어느 날 남편은 장총으로 자살하려는 그녀를 발견했대요. "날 죽여 줘요! 죽여 줘요! 난 죽어 마땅해요!" 그녀가 보이의 아이를 임신했다는 거예요. 그녀는 이 검둥이 원숭이를 증오했지만, 그가 그녀를 바라봤을 때 자신을 품에 안았으면 하는 단 하나의 욕망이 그녀를 사로잡았다고 말했대요. 미치다시피 한 남편은 장총을 거머쥐고 보이가 자백하지 않는다면 죽여 버리겠다고 위협했대요. 그 흑인은 부인이 교태를 부린 다음에 자신이 원하는 것을 해 줄 때까지 때렸다는 사실을 '폭로했어요'. 남편은 그에게 바닥에 엎드리라고 하곤 회초리로 엉덩이를 대여섯 번 때렸다는군요. 여자도 같은 처벌을 요구했으나 그럴 마음이 없었어요. 그러고 나서 흑인은 자기 마을로 돌아갔고 남편과 아내는 프랑스로 다시 돌아와 그곳에서 구릿빛 피부의 아이를 낳아 비밀리에 길렀다는군요. 만약 이것이 세상에 알려지면 그는 교수 자리를 잃을 테니까요. 그는 자기 아내(제 생각에는 매춘부예요)에게도, 그 원주민에게도 화내지 않았대요. 그저 모든 일이 주술 때문이라고 확신하려고 자기 자신을 회유했지요. 그가 유물론과 실증 정신을 주창한 것을 기억하면 대경실색하게 하는 것이죠. 그의 인종차별주의가 불행을 일으켰고, 그의 불행은 한 흑인이 인간일 수 있단 것을 생각지 못한 그의 무능력으로

---

* boy. 백인들은 식민 시대에 원주민 하인 남자를 '보이'라고 지칭했다.

인해 일어난 것인데 말예요. 당연히 그는 그 어느 때보다 더 인종 차별주의자가 됐지요.

오늘 오후에는 재미있는 운전 교습이 또 있어요. 교통이 복잡하고 무시무시한 파리 시내에서의 운전도 별로 두렵지 않아요. 혹시 10년이나 20년 후에 당신이 프랑스에 오면, 당신이 가고 싶은 세상 끝까지 운전해서 모실게요. 당신은 차 안에서 점잖게 잠만 자면 돼요.

아뇨, 내 사랑. 우리의 이야기는 그리 나쁘게 끝나지 않았어요. 어떤 결말도 그 자체로는 좋은 것일 수 없으나, 당신과 함께 마지막 한 달을 보냈다는 것에 스스로 만족해하고 있어요. 사실 마지막 순간에 단 하나의 가벼운 실수가 있었을 뿐이었어요. 당신이 마음먹은 것보다 더 많은 말을 했든지 아니면 제가 당신이 말한 것을 잘못 이해했든지, 어쨌든 저는 너무 심각하게 받아들였어요. 솔직히 그 한 달 내내 단 한 순간도 당신이 따뜻한 우정 이상의 것을 주리라 상상하지 않았어요. 그렇기 때문에 당신 곁을 떠나면서 우정이 사랑보다 더 오래 지속되리라는 희망 속에서 "어쨌든 당신을 친구로 갖게 되어 기뻐요"라는 말부터 시작했던 거지요. 그 말을 반복하겠어요. "당신을 친구로 갖게 되어 기뻐요." 그러니 저에 관해 어떤 번민도 하지 말아요 — 제가 정직하기에 이리 말하는 거예요. 당신은 우리의 재회에 대해 무척 불안해하는 것 같더군요. 그럴 필요 없어요. 진실을 말하자면, 우리는 서로 어떤 원한도 갖지 않고 우리의 추억들은 손상되지 않았어요. 어떤 오해도 남아 있지 않아요. 우리의 우정이 가능하기 때문에 이보다 더 좋게 끝날 수는 없어요. 저의 눈물을 용서해 줘요. 저는 울지 않을 수 없었답니다. 그러나 그 눈물이 무기는 아니었고, 당신에 대해 단연코 어떤 음모도 꾸미지 않았어요 — 게다가 무슨 이유로 제가 눈물을 흘리며 싸우겠어요? 눈물로 사랑을 되살릴 수는 없답니다. 그러므로 제 감정들을 아름다운 검은색 자동차에 쏟도록 노력하겠어요. 그리고 당신의 가장 좋은 친구가 될 수 있도록 노력하겠고요. 다른 누가 저만큼 당신에게 애착을 가질 수 있을까요? 이런 새로운 마음가짐으로 당신의 영원한 시몬으로 남아 있을 거예요.

당신의 시몬

1951년 11월 19일 월요일

무척 소중한 이. 오, 재미있는 희극이 있었어요, 바로 오늘! 크레스웰이 당신에게 돌려준 책 가운데 한 권에 저를 푸앵카레와 익살맞게 비교하면서 제 말을 인용한 구절 — "허리띠 아래 문학", 그 비슷한 제목이 붙여진 구절 — 과 쥘리앵 그라크의 문체에 대해 지적한 것을 기억하는지 모르겠군요. 그는 같은 책에서 문학상에 대해 혐오감을 느낀다고 표명했고, 작가들은 상을 받으면서 자기 명예를 더럽힌다고 부르짖었어요. 자, 그런데 그라크가 따분하고 기교를 너무 부린 문장들로 가득한 책 한 권*을 이제 막 썼는데, 아카데미 공쿠르가 상을 수여하기로 했지 뭐예요! 물론 상에 대한 입장을 공언했기에 그는 그 상을 받을 수 없지요. 그는 인터뷰마다 확고히 했어요. 그러나 크노를 포함한 공쿠르상의 심사위원 열 명은 상을 받기 위해 그것을 고려할 필요가 전혀 없어요. 그들은 그들 의향에 따라 상을 수여한다고 응수했어요. 네 그래요, 오늘 그들이 그라크에게 상을 수여했지요. 상금 자체(5천 프랑)는 아무것도 아니에요. 그라크는 그것을 어렵지 않게 돌려보

---

* 『시르트의 바닷가』

낼 수 있으나 중요한 건 그게 아니에요! 공쿠르상 수상작은 자동적으로 베스트셀러가 되고 10만 내지 20만 부를 찍어 내요. 이는 수백만 프랑에 달하는데, 정말 거액이지요. 그것을 어떻게 거절할까요? 자신을 전혀 광고하려고도, 책을 많이 팔려고도 하지 않고 한두 권의 책을 썼던 이 남자가 어떻게 할지 모두 주목하고 있어요. 재미있지 않나요? 그가 함정에 빠진 방식이.

화요일

자, 그래서 그라크는 상금으로 받은 수표를 돌려보냈고, 출판사에 공쿠르상 수상작을 나타내는 노란 띠를 책에 두르지 말라고 했어요. 그러나 인터뷰에는 몇 번 응했어요. 말하자면, 감사 표시를 한 거지요. 그것은 대단한 광고가 됐고, 우리는 아주 재미있어 했어요.

탁자에서 당신의 크고 아름다운 사진을 발견했어요. 아주 친절한 헌정사와 함께요. 그것을 당신이 11월 5일 노기등등한 편지를 보낸 날과 거의 비슷한 날에 부쳤다는 것에 매우 놀랐어요. 오, 두려워 말아요! 이 사진을 사진 그 이상으로 여기지는 않으니까요. 다만, 화난 그 며칠 동안 당신이 마음 한편에서 저를 증오하지 않았다는 것에 기분이 좋아요. 고마워요 내 사랑. 그것을 다른 사진과 함께 작은 골루아즈 동굴 안에 놓았어요. 그것을 가지게 되어 아주 만족스럽답니다.

차는 뱃속에 기름을 가득 채우고 주차장에서 참을성 있게 기다리지만, 제가 그것으로 할 수 있는 게 아무것도 없다는 것이 어리석게 느껴져요. 한 주에 세 번 교습을 받는데, 진도가 빨리 나가지 않아 짜증 나요. 스페인에 관한 보스트의 책이 이제 막 나왔어요. 내용이 훌륭하긴 해도 그는 두께가 상대적으로 얇은 것에 실망하고 있답니다. 우리 친구 카를로 레비의 『손목시계 La Montre』를 읽었나요? 그는 책에서, 밤에 로마에서 사자들이 포효한다고 단언해요……. 로마의 암시장, 매춘 그리고 전쟁 직후의 기자들에 관해 쓴 부분들은 읽을 가치가 있어요. 그러나 전체적으로 너무 길고 작가의 주관적 개입이 지나쳐요. 책 일부분을 『현대』에 실을 생각이에요.

암에 걸린 타이피스트는 노란 얼굴에 눈과 입은 경련을 일으켜요. 호스피스 병원의 한 병실에서 목숨을 부지하고 있지요. 지옥 같아요. 그녀를 겨우 알아보았어요. 그녀는 너무 고통스러워서 항상 모르핀을 투여받고 있어요. 조그만 사고에도 목숨을 잃을 수 있지만, 아직 6개월을 버틸 수 있어요. 사람들이 그녀를 인위적으로 살게 하는데, 미친 짓이에요. 그녀는 극한 상황에서 기적의 약이 발견되기를 집요하게 희망한답니다.

사진에 대해서는 다시 한번 감사드려요. 얌전히 작업 잘하도록 해요.

저는 당신의 시몬이에요.

당신의 시몬

1951년 12월 2일 일요일

넬슨 내 사랑. 침울하고 어리석게 보낸 한 주였어요. 매번 당신 곁을 떠날 때마다 꾀병을 부려서 그런지 병이 났답니다. 제 삶을 다시 시작하기 전에 한동안은 하는 일 없이 지냈어요. 못된 감기에 걸렸고, 그다음엔 위가 아파서 금요일 내내 누워 있었어요. 작업은 조금밖에 하지 못했고 진저리 날 정도로 춥고 비 오는 날씨였지요. 하지만 태양과 파란 하늘이 다시 나타나자 컨디션이 좋아졌어요. 다시 작업하고 싶어요.

못생긴 여자는 제가 지시한 모든 곳으로 고분고분하게 배낭여행을 했어요 — 당신의 일본 여자보다 한층 더 순종적이었지요. 그녀는 저녁나절이 끝날 때에서야 울었어요. 처음부터 끝까지 완전히 다시 시작한 소설은 아주 잘돼 가고 있답니다. 주네는 스웨덴에서 겪은 경험을 이야기해 줬어요. 독일과 스웨덴을 횡단하는 긴 여행을 교묘하게 궁리해 냈지요. 우선 갈리마르 출판사에 가서 "독일로 떠날 예정인데, 『독일의 나날들*Allemagne au jour le jour*』을 쓸 테니 30만 프랑을 가불해 주시오"라고 말했어요. 갈리마르 출판사는 가불해 줬지요. 그 후 함부르크에 있는 그의 독일 출판사를 찾아가 "『독일의 나날들』을 쓸 거요. 1만 마르크를 주시오"라고 말해 돈을 받았어요. 스웨덴에서는 스웨덴 출판사에 "당신 출판사를 위해 『스웨덴의 나날들*La Suède au jour le jour*』을 쓸 거요. 내게 30만 쿠론을 가불해 주시오"라고 말했지요. 출판사는 돈을 줬어요. 완전히 폭파됐으나 다시 활기를 띠는 홍등가, 댄스홀, 바, 살룬,* 미국 서부의 작은 마을을 연상시키는 나무로 지어진 단순한 임시 건물들이 있는 함부르크에 그는 깜짝 놀랐다는군요. 스웨덴에서는 도착하자마자 화가 났대요. 그가 있던 호텔의 식당에서 넥타이를 매고 입장할 것을 강요했기 때문이지요. 한 찻집에서는 자기 말을 이해시키고자 자기가 원하는 케이크를 손으로 가리키려고 종업원을 팔로 밀었대요. 그랬더니 지배인이 욕설을 퍼부으며 그를 밖으로 쫓아냈대요. 그래서 라디오 방송에 나와 달라고 부탁했을 때, 그 나라를 A부터 Z까지 모욕했다는군요.

프랑스는 사정이 더욱 안 좋아지고 있어요. 제작자가 〈공손한 매춘부〉를 제작하기 위해 은행에 돈을 대출해 달라고 간청했어요. 그런데 제작자와 담당자 사이에 이런 얘기가 오갔대요. "그런

---

* saloon. 미국 서부의 술집

반미주의적인 영화를 찍는 데는 누구도 돈 한 푼 빌려주지 않을 거요." "그런데 그 공연이 뉴욕에서 4백 회나 공연됐어요." "미국인들이 미국에서 무슨 짓을 하든 우린 상관없어요. 우리는 여기 프랑스에 있소." 당신은 어떻게 생각하세요?

배우 부르빌이 한 달 후에 찾을 수 있는 아주 확실한 보증수표를 가지고 선지급해 달라고 은행에 요구했어요 — 저는 모든 은행에서 시행되는 가장 흔한 절차 중 하나인 이 거래의 정식 명칭을 몰라요. 그는 거절당했어요. "이유가 뭐요?" "당신이 공산주의자이기 때문이요. 우리는 정부로부터 공산주의자들에게 돈을 대출해 주지 말라는 명령을 받았소." 그가 공산주의자가 아니라고 항의했더니, 2년 전 열린 민중 축제의 프로그램을 펼쳐 보이며 말했대요. "당신은 공산주의 노동 축제에서 노래하고 공연했소." 그는 드골주의 축제에서도 노래하고 공연했다고 반박했지만 한 푼도 얻지 못했어요.

마지막 이야기 하나. 가장 반동적인 심사위원들이 엄선한 대규모 미술전람회에 토레즈와 한국전쟁을 상기하는 서너 점의 그림이 남아 있었어요. 경찰이 그것들을 압수했어요. 공산주의 그림이라는 거죠. 그들은 심사위원들의 결정에 간섭할 어떤 권리도 없는데 그렇게 했답니다. 엄청난 스캔들이었지요.

월요일

당신 편지를 받았어요, 아뇨, 편지를 읽고 별로 상처받지 않았어요. 저는 우리가 어디에 서 있는지 알고 싶었고, 그러는 편이 더 나아요. 그러나 당신은 그리 정직하지 못하군요. 기억하세요, 머무는 동안 저는 사랑이란 말을 한마디도 하지 않은 반면 당신, 당신은 제가 떠나기 30분 전에 사랑의 말들로 저를 무섭게 뒤집어놓았어요. 뉴욕에서 저를 다시 붙들었다 내던지는 이 유희를 견디는 게 점점 더 불가능하다는 것을 절실히 느꼈어요. 그렇게 다정한 말투로 당신 자신이 더 이상 저를 오랫동안 쫓아내고 싶지 않다고 단언했기에, 저는 당신에게 그 결정에 그쳐 달라고, 하루는 이렇게 말하고 다음 날은 반대로 말하지 말아 달라고 부탁했어요. 그런데 당신은 그리했어요. 이것이 결정적이든 아니든, 저는 이 정도에서 그치고 싶어요.

제 인생을 주지 않으면서 당신의 인생을 간직하고 싶어 한다고 주장하는 건 옳지 않아요. 3년 전부터 늘 당신이 다른 여자와 사랑에 빠질 거라는 생각을 받아들였고, 게리*에서 보낸 마지막 날에는 당신이 결혼할지라도 친구로 남고 싶다고 분명히 말했어요. 당신이 제안하지 않았다면 저는 가겠다는 말조차 꺼내지 않았을 텐데, 제가 어떻게 당신을 "1년 내내 묶어 뒀는지" 이해하지 못하겠군요. 마지막 순간까지 우리는 벅찬 감정 없이 기분 좋은 휴가를 보냈는데, 어떤 감정적 의무감으로 당신에게 부담을 줬는지 알 수 없군요. 당신에게 죄책감을 느낄 수밖에 없다는 건 알아요. 그 책임은 우리의 상황 이전의 제 삶 전체에 있지요. 그것이 저를 얼마나 슬프게 했는지를 숨기지 않았어요. 그러나 무죄인 면도 있어요. 사실상 당신에게 그 무엇도 강요하지 않으려 애썼어요. 어쩌면 뉴욕에서 보낸 저의 편지가, 엄격히 말하자면 지나치게 감정적이었는지도 모르겠어요. 그러나 마지막 순간에 그것을 촉발한 사람은 당신이에요. 당신의 최종 선택을 아는 것은 무척 중요했어요. 뉴욕에서는 당신에게 단 하나만 말하고자 했어요. "당신이 다른 여자를 사랑하지 않는 한 우리의 사랑을 죽이지 말아요. 만일 당신에게 다른 해결책이 있다면 그것을 확실히 이야기해 주는 것이 더 쉬울 거예요"라고 말이죠. 우리가 한 달밖에 만날 수 없

---

* 미시간 호숫가에 있는 도시. 밀러와 게리는 서로 맞닿아 있다.

다고 불평하는 건 부당해요. 이번 해에도 당신은 저를 더 오래 붙잡아두지 않았어요. 당신이 원하기만 했다면, 그리고 당신이 때때로 파리에 오기로 동의했다면, 우리는 1년에 서너 달을 함께 보낼 수 있었을 거예요. 이는 분명 아주 커다란 차이예요.

당신은 일종의 분노 상태에서 편지를 쓴 것 같군요. 그런데 당신이 왜 분노하는지 선뜻 이해되지 않는군요. 저는 당신에게 저의 온 마음을 다 줬고, 오래전부터 당신에게 대단한 것을 요구한 적이 없어요. 작년에 당신이 저에 대한 사랑을 거두고 그처럼 갑작스럽게 저를 사랑하지 않는다고 통보했을 때, 저는 아무 감정 없이 기계처럼 받아들일 수 없었어요. 그리고 올해 저는 정확히 당신이 세워 놓은 자리에 서 있었지요. 그러니 당신의 분노는 부당해요.

좋아요. 저는 당신이 요구할 때만 가겠어요. 당신의 요구를 받아들이는 것에 언제나 만족해하면서, 단순한 친구로서라도 말이죠. 어쨌든 당신으로부터 받은 최후의 키스는 감미로웠답니다. 당신의 사랑은 그지없이 중요했었지요. 당신을 더 이상 사랑하지 않으려 애쓰지는 않겠지만, 당신을 조금도 귀찮게 하지 않을 거예요. 당신의 화가 풀리면 우정 어린 애정을 돌려주리라 기대해요. 저는 언제나 당신의 시몬이 될 거예요.

당신의 시몬

1951년 12월 6일 목요일

매우 소중한 당신. 어제 크노를 만났는데, 아주 친절하게도 보리스 비앙이 당신 책을 350쪽가량 번역했으며 두세 달이면 끝난다고 했다고 알려 줬어요. 정말 기뻤어요. 그가 시카고에 관해 쓴 당신의 소책자를 받았다고 했으나, 저처럼 유용하게 사용할 수는 없을 거로 생각해요. 당신의 모든 프랑스 친구는 그것을 무척 좋아했어요. 크노는 『현대』에 실을 아주 재미있는 소설* 하나를 이제 막 끝마쳤어요. 당신이 그 작품을 읽을 수 없다니 얼마나 유감인지 모르겠군요! 그는 조이스가 영어로 했던 방법으로 프랑스어를 진짜 재창조하는데, 웃음을 자아내지요. 그의 부인은 차를 사서 운전을 배웠다는 걸 대단히 자랑스러워한답니다. 그녀는 자동차 때문에 저를 포함해 주위 사람들을 두려움에 떨게 해요. 그녀가 이따금 백미러로 장난치느라 운전대 잡는 걸 잊었고, 그 때문에 예기치 않게 깊은 도랑에 빠져 크노는 휴가 중에 어려움을 겪었어요. 그가 다른 여자와 관계를 계속 가져도 그 둘은 부부관계가 좋은 것 같아요. 몇 년 전 스위스에서 알게 된 매력적인 미국인 동성애자와 한 시간을 보냈어요. 이 사람은 당시 스위스에서 미국 대사인가 뭔가였지요. 그 후에는 런던에서 『새로운 방향들』을 공동 발행했어요. 나탈리 남편의 친구이자 케스틀러 부인의 친구이기도 한 그는 항상 런던이나 파리에서 살았어요. 그곳에서 가구가 아주 기막히게 잘 갖추어진 아파트를 임대해요. 그 아파트도 동성애자이자 골동품상인 프랑스 백작의 소유예요. 우아한 골동품 상인들은 모두 동성애자라고 제가 말했는데, 당신은 이를 수긍하려 하지 않았죠. 자, 여기 제 말을 증명하는 또 하나의 증거가 있어요. 이 작자는 자기 집을 정말 비상식적으로 꾸며 놓았어요. 여기저기에 공격적으로 매달려 있는 분홍색 벨벳 커튼, 엉뚱한 모양의 거대한 소파들과 기이한 물건들. 그중 영구차의 내부를 재현해 놓은 방이야말로 압권이랍니다! 완전히 검은색이지요. 천장을 뒤덮은 검은색 장막들, 벽은 은색과 검은색이며, 바닥과 가구

---

* 『인생의 일요일Le Dimanche de la vie』

들도 온통 까맣고, 사방에는 은으로 만든 십자가들이 걸려 있어요. 그 가련한 미국인은 그 방을 볼 때면 닭살이 돋고 때때로 밀실 공포증 때문에 발작이 일어나기까지 한다고 고백했어요. 그럴 때면 시원한 바깥으로 달려 나간다나요. 그는 크노프 출판사를 위해 카뮈의 최근 작품 『반항하는 인간』을 번역하고 있어요. 이 책은 읽지 말아요. 우파 사람들은 이 작품을 아주 좋아해요. 왜냐하면 카뮈는 이 책에서 돈을 벌려고 안락의자에 파묻혀 가만히 앉아 있는 것이 낭만적인 반항아인 양 이야기해요. 번역가도 그 점을 슬퍼하고 지겹게 여기더군요.

며칠 전에는 저녁에 〈악마와 선한 신〉의 1백 회 공연을 축하하는 대규모 리셉션이 있었어요. 극장 여주인이 파리 전체를 초대했지요. 술탄의 음악가인 30명의 모로코인을 마라케시에서 비행기로 오게 했는데, 카사블랑카를 한 번도 벗어나지 못한 그들은 그런 모험에 깜짝 놀랐다는군요. 사르트르가 얼굴을 내밀지 않고 초대객들을 파티에 보냈고, 보스트도 올가도 저도 참석하지 않았어요. 우리는 '파리의 명사들'이라고 이름 붙여진 패거리들을 만나고 싶지 않았거든요. 비서와 시피용은 그 모임이 견딜 수 없이 지루했다고 하더군요. 가지 않길 아주 잘했어요. 음악과 춤이 펼쳐지는 동안에는 음식을 먹으면 안 됐는데, 공연이 몇 시간 동안 계속됐기 때문에 호텔의 커다란 홀에 앉아 있던 사람들에게 다 식은 음식이 제공됐다는군요. 우리는 어느 술집으로 도피해 있었고 우아한 파리 사교계를 다녀온 밀정들은 그곳에서 우리와 합류했어요. 기분 좋은 밤이었지요. 평소처럼 쾌활하고 재치 있는 시피용은 북해에서의 고래사냥을 이야기했어요. 그가 노르웨이 영사에게 노르웨이에 관한 기사를 프랑스 언론에 쓰고 싶어 하는 기자와 함께 있다고 말하자, 영사는 공짜로 기차와 비행기로 여행할 수 있는 특권을 제공해 줬어요. "때때로 우리는 식사할 돈이 없었지요. 그래서 오로지 식사하기 위해 비행기를 탔어요……." 매번 점심 식사를 하고 싶을 때마다 비행기를 타야 하는 상황이 당신을 아찔하게 하지 않나요? 게다가 그가 비행기 멀미를 하고 비행기 공포증이 있다면요!

제 생활에 커다란 변화가 있어요. 더 이상 술을 한 방울도 마시지 않는답니다! "내 건강을 위해 그게 최상이야"라고 선언해 버렸어요. 그리고 이 책을 완성하기 위해 집중해 작업하고 싶어요. 그래서 요즘 하루에 예닐곱 시간씩 일하지요.

다소 춥고 비까지 내리고 있어요. 제 마음도 역시 춥군요. 당신은 제 사랑이 당신에게서 빼앗은 것들, 무엇보다도 다른 사람들에 대해 역설했죠. 아, 저도 얻은 게 별로 없어요. 당신에게 결코 한마디도 하지 않으려 했지만, 우리 이야기가 저와 사르트르의 관계에 좋은 결과를 가져오지 못했다고 장담할 수 있어요. 당신을 알자마자 감정적인 동시에 성적이며 편하고 기분 좋은 보스트와의 관계를 청산했어요. 그리고 요 몇 년간 다른 남자에게 눈길 한 번 주지 않았어요. 물론 지금도 그러고 싶지 않아요. 열렬한 가슴과 생생한 몸을 간직하고 있을 때 저의 연애 인생이 영원히 끝났다고 생각하는 건 무척 불쾌한 일이지요. 저는 불평하지 않아요. 다만 제게도 잃어버린 것들이 있다는 사실을 당신도 알기를 바랄 뿐이에요. 저는 정말 불평하지 않아요. 왜냐하면 앞으로 세상이 온통 얼어붙는다고 할지라도 그것은 가치 있는 일이었으니까요.

안녕, 내 사랑. 조만간 당신의 편지를 받기를 희망해요. 잘 있어요.

당신의 시몬

미국인 동성애자는 케스틀러가 자기 행동을 고집스럽게 밀고 나간다고 알려 줬어요. 그가 술에 취해 싸움을 벌인다는군요.

미국에서 주말을 보내기 위해 사람들을 자기 섬으로 초대해 놓고는 술에 취해 그 사람들을 때린대요. 다른 나라에서와 마찬가지로 그곳에도 친구가 한 명도 남아 있지 않대요. 자기 주변에 아무도 없으면 부인을 때린다는군요. 난봉꾼인 그는 최근에 가장 형편없는 여자를 집에 데려오기 시작했대요. 친절한 영국 여자인 부인은 내쫓고요. 그녀의 비극은 단 한 명의 지식인을 사랑할 수밖에 없다는 데 있어요. 믿을 수 없지만, 제 정보원은 영국에서 그와 비슷한 누군가를 찾는 것이 그녀에겐 어려울 거라고 넌지시 말하더군요. 그레이엄 그린이라면 몰라도……. 불쌍한 피조물! 그녀는 혼이 났을 게 틀림없어요.

1951년 12월 15일 토요일

다정하고 매우 소중한 당신. 프랑스에는 '인디언 서머'*가 없어요. 지금 이곳은 추운 겨울이지만 쾌적하며, 해 질 무렵에는 가벼운 안개가 낀 하늘이 찬란한 분홍빛을 띠어요. 이번 주의 좋은 점이지요. 나쁜 점은 동생이 저를 만나러 왔다는 거예요. 더구나 어제는 제부까지 왔어요. 그들은 다음 주 화요일에 떠날 거예요. 당신이 저의 새로운 사랑을 질투하지 않았으면 좋겠어요. 그러나 저의 새로운 사랑을 '그'라고 부르는 것은 남자의 어리석은 자만심의 소치예요. '그녀'니까요.** 저의 새로운 사랑은 여성에 속해요. 제가 사랑에 빠진 또 하나의 이유지요. 당신은 저의 집 계단을 오를 수 있는데 반해 그녀는 그럴 수 없어요. 그렇다고 해서 그

---

* Indian summer. 늦가을이나 초겨울의 추운 계절에 갑자기 따뜻한 날씨가 며칠간 계속될 때 쓰는 표현

** La voiture. 프랑스어에서 '자동차'라는 단어는 여성 명사다.

사실이 당신에게 대단한 우월감을 보장해 준다고는 보지 않아요. 사실인즉, 위험한 만큼 행복한(그녀는 저를 울게 만들지 않아요) 사랑이지요. 보스트와 제 동생과 함께 일요일에 파리 근교로 떠난 저는 우리 모두를 죽일 뻔했어요. 단 한 번 그랬지요. 교습 시간까지 포함하여 운전 경력이 단 세 시간에 불과하답니다. 저와 동행한 두 사람은 제가 초보자치고 운전을 그리 못하는 편은 아니라는 의견에 일치를 봤어요. 운전하는 건 정말 재미있어요.

불쌍한 다리나 실로네의 재난은 당신을 우울하게 만들 거예요. 저는 진심으로 그녀를 존경해요. 그녀는 실로네를 떠났고, 자기 생활비를 스스로 벌기 위해 파리에 정착했어요. 사르트르가 로마에서 관찰한 바로는, 실로네가 다른 아일랜드 여자와 그런저런 사랑에 빠졌을 거래요. 그가 다리나를 사랑하지 않는 이상 그녀도 그에게 더 이상 의지하고 싶지 않았던 거예요. 그녀는 분명 상황을 이해하는 데 시간이 걸리지만, 일단 확실해지면 해야 할 일을 하는 사람이지요. 유엔 기구에서 일자리를 얻었어요. 한 달에 버는 돈이 기껏해야 80달러 정도지만 자기 시간을 일에 다 바치지요. 식대만 겨우 벌면서 여자 친구 집의 식당에서 잠을 자요. 완전히 다른 생활에 젖어 있던 그녀가 말예요. 그녀에게 돈을 빌려주겠다고 제안했으나 거절당했어요.

당신이 되돌려 보낸 편지는 사르트르의 편지였고, 10월 16일자였지요! 그 편지를 이탈리아 호텔의 한 종업원에게 부쳐 달라고 한 건 사르트르의 실수였어요. 당연히 이 작자는 우표 값을 자기 호주머니에 챙겼어요. 편지를 버리지 않은 건만도 다행이에요. 제가 술을 마시지 않은 후로 제 글씨체가 정말 더 나빠졌나요? 그래요, 정말 술을 마시지 않기로 했어요. 하루에 스카치 한 잔만 마셔요. 매우 바람직하지요. 보리스 비앙은『황금 팔』을 번역하고 있고,『현대』는 그것을 출간하고 싶어 안달이 났어요. 못생긴 여자는 이번 여름에 배낭을 메고 프랑스 일주 여행을 했어요. 저의 제안으로 그녀는 여행 일기를 썼답니다. 지금은 자기 글이 『현대』와 갈리마르 출판사에서 출간되기를 바라지만, 그것은 아무 가치도 없답니다. 저는 지금 지극히 난처한 처지에 놓여 있어요. 그녀에게 진실을 털어놓으면 그녀가 절망할까 두려워요. 그녀는 정말 도덕적인 분열로 학살당한 작가의 기묘한 표본 같아요. 즉, 그녀가 지닌 문체의 결함은 그녀 마음에 있는 심각한 불성실성에서 비롯됐다는 말이지요. 예를 들어 그녀는 빈곤을 사랑한다고 밝히지만, 진주와 다이아몬드보다 빈곤에 더 많은 권위를 부여해야 할 의무가 있다고 믿지요. 그리고 권위에 대해 조악한 개념을 가지고 있어요. 그녀는 저를 위해 죽겠다고 단언하지만, 저의 마음을 움직이는 것이 무엇인가에는 결코 흥미를 보이지 않았고, 제가 어떤 기분일지에 대해서는 전혀 개의치 않아요. 아무것도요. 이 모든 것은 그녀의 문체조차도 견딜 수 없는 것으로 만들지요.

당신은 길고 두툼한 편지를 보내 줬어요, 넬슨. 그것은 저를 아주 행복하게 했답니다. 만약 당신이 길고 두툼한 편지들을 써 보내지 않는다면 저는 불안으로 요동치는 가슴의 박동을 담아 특별 우편으로 전달할 거예요. 그러면 끔찍스러운 이 가슴의 박동들은 당신 집을 기어 다닐 것이고, 당신은 더 이상 그것들에게서 벗어나지 못할 거예요. 반면 당신이 친절한 편지를 써 보낸다면, 저는 날개 달린 천사의 달콤하고 귀여운 목소리로 다음과 같이 속삭일 거예요. "아. 정말 얼마나 선하고 장난스러우며 재능 있고 미남이며 감미롭고 상냥스러운 사람인가, 이 남자는!" 당신은 심각한 자기도취에 빠져 자신에게 미소 지을 거예요. 네, 제 머릿속과 가슴속의 모든 것은 매우 분명하답니다. 저보다 더 사랑스러운 여자 친구는 결코 가질 수 없다는 사실을 당신도 인정하길 빌어요.

당신의 시몬

1951년 크리스마스

내 사랑. 즐거운 크리스마스를 보내고 있나요? 제가 오늘 카드를 부치면 당신이 너무 늦게 받을 거라는 생각을 미처 하지 못했어요. 하지만 이미 시효가 지난 크리스마스 인사에 섞인, 행복한 새해를 기원하는 글은 제때 받아볼 수 있을 거예요. 제 기원은 다음과 같답니다. "좋은 책을 쓰세요. 독자 절반을 황홀하게 만들고 남은 절반의 독자를 몹시 화나게 만드는 책을요." 행복하시고 당신의 가슴속 깊은 곳에 저를 위해 작은 자리를 간직해 줘요.

크리스마스 날 밤에 저의 집에서 보스트, 시피용, 사르트르, 올가, 완다와 함께 저녁 식사를 했어요. 푸아그라, 캐비아, 케이크, 샴페인 그리고 위스키가 있었지요. 아무도 술에 취하지 않았어요. 우리는 놀이를 고안해 냈어요. 사르트르가 녹음기(시카고산)를 가지고 있어요. 보스트와 사르트르 그리고 제가 그것을 방에 감쪽같이 숨겼는데, 아무도 눈치채지 못하더군요. 재수가 없었던 시피용이 순진하게 제가 하는 질문에 대답했어요. 그가 자기 영혼을 열고 여자들과 모든 것에 대해 말하도록 자극하는 교묘한 질문들이었어요. 사실 그는 평소처럼 자신을 아주 익살스럽게 표현했죠. 우리가 발언한 수많은 멍청한 말을 녹음기로 다시 들었을 때, 우리는 모두 재미만큼이나 부끄러움도 깊이 느꼈어요. 자기 목소리를 듣는다는 것은 견디기 어려운 경험이었답니다.

안개가 지독하게 꼈어요. 창문에서 노트르담 성당을 알아보지 못할 만큼 안개가 짙어요. 전조등을 모두 켜고 운전하는 것은 힘들어요. 그렇지만 일요일마다 용감하게 연습한답니다. 제가 지나치게 용감한 나머지 미끄러운 도로 위에서 무작정 달리기 때문에 보스트는 무서워 죽을 지경이에요. 저는 운전면허가 없지만 그런 놀이를 아주 좋아해요. 첫째 일요일에는 120킬로미터를, 둘째 일요일에는 160킬로미터를 주파했어요. 올가가 보스트를 동반했답니다. 파리 근교에는 아무런 흥미 거리가 없지만, 올가는 할 일이 없기 때문에 시간을 죽이러 오는 거예요, 가엾게도요. 운전 실력이 느는 것도 아닌데 갈수록 자신만만해진답니다. 하지만 자동차 사고는 저를 전전긍긍하게 만들어요. 최근에 차가 끔찍하게 박살 난 사고를 봤답니다. 앞으로 한동안은 시내에서 운전하지 않을 거예요.

〈공손한 매춘부〉가 영화로 나올 거예요. 매혹적인 무명 여배우를 뽑았어요. 그녀와 어느 유명 여배우를 공개적으로 오디션했는데, 글쎄 이 어린 여자가 훨씬 나았더랍니다.

시피용은 바닷가에 있는 봉건영주의 성을 하나 샀어요. 폐허가 된 성이지만 여름 한철 동안 지낼 거래요. 거기서 그는 여행에 관한 책 한 권을 만들기 위해 더운 여름을 보낼 생각이지요. 보리스 비앙은 이혼해요. 올가는 클럽에서 노래하고 싶어 하고요. 그녀는 좋은 목소리를 가지고 있어요. 그러나 새로운 일에 투신하기에는 건강도 따르지 않고 충분한 의지도 없어요. 사르트르와 보스트는 날로 성공하고 있어요. 저도 어느 정도는 그렇고요. 못생긴 여자가 최근에 몹시 힘들게 굴었어요. 제가 어찌나 인내심을 발휘하여 무관심하게 대하는지, 우리가 함께 보내는 매일 저녁(한 달에 두 번)은 이전 저녁과 너무 똑같아서 그녀는 미칠 듯이 흥분하며 소동을 일으키려 하지요. 그러나 그 술수가 저한테는 먹히지 않아요. 그녀가 점점 더 침울해해 봤자 소용없어요. 제 마음은 흔들리지 않거든요. 그러면 그녀는 정신 나간 편지들을 써서 보내는데, 저는 아무 편지에도 답장하지 않아요.

행복하고 좋은 한 해를 보내기를, 나의 상냥하고 감미로운 사람. 크리스티와 우리의 친구들 퀴클라와 올리, 그리고 모두에게 새해 인사를 전해 줘요. 저는 자주 그들을 생각해요, 나머지 모든 것도요. 당신에게 매우 다정하게 키스해요. 새해 복 많이 받으세요.

당신의 시몬

1952년

1952년 1월 9일 수요일 아침

눈보라에 길을 잃은 나의 상냥한 당신. 고독하고 가련한 나의 하늘에서는 머나먼 시골의 별이 더 이상 반짝거리지 않은 지도 무척 오래됐군요. 당신이 또다시 15센트를 절약하고자 노력했기에 저는 기름지고 살찐 편지를 받지 못했어요. 당신, 부끄럽지 않아요?

이곳은 눈이 조금도 내리지 않았지만, 런던처럼 안개로 비행기들이 착륙하지 못하고 자동차들은 충돌하는 사고가 일어나곤 해요. 어제는 보스트와 함께 운전 연습을 하려고 했어요. 파리 외곽을 벗어나 시골에 도착한 기쁨을 느끼자마자 되돌아가야 할 만큼 안개가 짙어졌어요. 이 어둠 속에서 보이지 않는 곳을 뚫고 나아가는 것은 불가능하고 위험했으며, 전혀 재미있지 않았어요. 사실 제게 운전은 처음 상상한 것처럼 그리 쉽지 않고 대단하게 여겨져요. 저의 선생 말에 따르면, 제가 제대로 운전하긴 하지만 늘 이론에 머문대요. 진짜 도로상에서 추월해야 할 진짜 트럭과 진짜 핀과 어린이들, 저를 겁나게 만드는 자전거들은 훨씬 어려운 현실이라는 거지요. 정말 무서워요. 차에 관한 꿈을 꾸느라 당신 꿈은 전혀 꾸지 못했어요. 며칠 전 꿈속에서는 도로 위에서 멋지게 운전하다가 오토바이를 타고 가는 두 사람을 쳤어요. 두 번째 사람은 완전히 가루가 되어 외투 단추밖에 찾지 못했어요. 다리가 휘청거렸으나 선생은 "좋아요! 모터사이클 선수들! 첫 번째 교습치곤 나쁜 편이 아니군!"이라고 결론지었어요. 멋진 꿈이지요, 안 그래요? 그리고 지난 일요일에는 어린애를 거의 죽일 뻔했는데 한편에선 보스트가, 또 한편에선 애 엄마가 막았지요. 그리고 운전에 대한 열정을 식게 만든 사고가 있었어요. 프랑스 대 여배우의 스물여덟 살 된 딸이 운전면허도 없이 친구 차를 쓰려고 했어요. 그 차는 안전장치가 없어 어린이들이 물에 떨어지기 십상이겠다고 당신이 한탄했던 그 생마르탱 운하의 둑 위에 주차되어 있었어요. 그녀는 앞으로 가려고 했지만 후진해 버렸고…… 차를 멈추려다가 액셀러레이터를 밟는 두 번째 실수를 저지르고 말았죠. 자동차는 뒤로 뛰어올라 물속에 곤두박질쳤고 불행히도 그녀는 익사했어요. 오싹하지요, 안 그래요?

저녁

당신이 제 편지를 어떻게 읽을 수 있는지 이해되지 않는군요. 어쩌면 편지를 읽지도 않고 쓰레기통에 던지는 것이 아닌지 두렵기도 해요. 오늘 아침에는 제가 갈겨 쓴 것을 다시 읽으려 했는데, 불가능했거든. 제가 당신만큼 매혹적인 시를 쓸 수 없다는 것이 얼마나 유감인지 모르겠어요! 타자기와 빨간 리본을 사서 타자하는 걸 배워야겠어요. "당신을 그토록 신뢰했던 죽은 작은 배"에 관한 당신의 시를 정말 좋아해요. 그런데 배가 아닌 당신을 신뢰한 다람쥐가 죽은 것 아니었나요?

아니오, 푸아리에 그라크는 당신이 믿는 것만큼 호감 가는 사람이 아니에요. 그의 소설이 8만 2천 부나 팔렸으니 그의 처지에 대해 한탄할 게 없어요. 그리고 그가 진정 수상을 거부하고자 했다면 심사위원들이 상을 줄 수밖에 없도록 공공연하게 선언하는 대신 그런 의도를 사적으로 표명했어야 해요. 그랬다면 틀림없이 수상할 수 없었을 거라고 크노는 설명하더군요. 제 생각에 당신은 아무 흥미 없고 아주 따분한 이 작가의 책을 두 쪽도 견디지 못할 거라고 봐요. 젊은 시절에 저를 사로잡았던 소피 터커의 음반을 무척 자주 들었어요. 스무 살의 저는 그녀의 더없이 아름다운 목소리에 〈사랑하는 남자The Man I Love〉와 〈요즘 어떤 시절Some of These Days〉을 들으며 눈물을 흘리곤 했죠.

이번 주에는 파리에서 1백20킬로미터 떨어진 작은 도시인 아미앵 감옥에서 괴상한 일이 있었어요. 손목, 발목에 쇠고랑이 채워진 두 사형수가 감옥에서 사형 집행을 기다리고 있었어요. 간수들이 그들과 함께 카드놀이를 했는데, 이는 유죄선고를 받은 죄수들의 '정신과 사기를 유지'하기 위해 함께 시간을 보내는 프랑스의 관습이지요……. 아무튼 죄수 중 한 명이 주머니에서 무기를 꺼내, 무장하지 않은 채(그럴 권리가 없지요) 카드놀이를 즐기던 간수들을 위협했어요. 겁에 잔뜩 질린 간수들은 죄수들에게 열쇠를 넘겨줬고, 쇠사슬이 풀려 자유로워진 그들은 간수들을 감방에 집어넣고 모든 사람을 감금시킨 뒤에 도주했어요. 둘 중에 더 약삭빠른 자가 자신은 아무 죄도 없는데 살인범인 다른 죄수와 도망가는 신세라고 한탄하는 긴 편지를 썼어요. 자전거로 달아난 그들은 유감스럽게도 이틀 뒤에 다시 붙잡혔고, 공범인 한 간수가 약삭빠른 놈의 감언이설에 넘어가 권총을 구해 줬다고 진술했어요. 이자는 자기가 일단 자유로워지면 간수에게 재산을 만들어 출세시켜 주겠다고 했대요. 분노의 소리가 들끓었지요. 특히 간수들과 살인범들이 다정하게 카드놀이를 한다는 사실에 더욱 그랬지요. 그런 모험을 감행한 두 작자는 사형될까요?

오늘 저는 한 살을 더 먹었답니다. 늙는다는 것은 때로 좋은 일이에요. 진심이에요. 2년 전에는 그런 생각이 아주 싫었지만, 지금은 되레 위안을 주지요. 제가 젊음을 유지해야 할 이유가 어딨나요? 호러스 월폴*이 매년 도버해협을 건너면서 만나러 왔던 청각 장애가 있는 늙은 프랑스 여자(여든이 넘은)* 이야기를 기억하세요? 어쩌면 당신도 제가 여든이 되면 대양을 횡단할는지도 모르

---

* Horace Walpole. 영국의 소설가
• 데팡 부인(Mme du Deffand). 그녀의 유명한 살롱에는 작가들과 철학자들이 자주 드나들었다. 그녀는 눈은 멀었지만, 귀는 먹지 않았다.

겠군요. 그러니 제가 매년 한 살씩 더 먹을 때마다 못된 멍청이인 당신에게 가깝게 가고 있는 거예요.

고아가 된 당신의 다람쥐가 보내는 키스를 받으세요. 잘 자요, 햇빛 찬란한 나의 바보.

10일

암에 걸린 타이피스트가 오늘 아침에 죽었다고 그녀의 동생이 방금 전화했어요. 그녀의 동생은 그녀가 무시무시하게 고통스러워한다면서 오늘 오후에 그녀를 보러 와 달라고 부탁했었어요. 저는 저 자신이 정말 비겁하게 느껴졌을 만큼 그곳에 가는 것이 내키지 않았어요. 그 후에 그녀가 다시 전화했어요. 모든 게 끝났다고요. 서글픈 인생, 헛된 인생에 뒤따르는 참으로 끔찍한 죽음이에요. 죽음이 부조리한 인생에 마침표를 찍는 만큼 더욱더 부조리하게 보이는군요. 무無에 도달하는 무無지요.

다리나 실로네, 그녀는 이혼해요. 엘렌 라이트는 앵글로색슨계 국가를 위한 문학 에이전트가 되기를 원하며, 이를 매우 진지하게 받아들여 아침 여덟 시에 저를 깨워 정보를 물었어요. 그녀는 사드에 관한 제 글을 당신의 고약한 나라에서 출간하기 위해 애쓰고 있으니, 당신은 그 글을 읽을 수 있을 거예요. 전반부는 지난달 이곳에서 출간되었고, 후반부는 이달에 나와요. 독자들이 좋게 생각하는 것 같아요.

보스트로 말할 것 같으면, 그에게 기찬 스토리가 있어요! 메그라는 이름의, 반은 백인이고 반은 인도차이나인인 서른여섯 살 여자가 있어요. 아름답지 않으나 그렇다고 불쾌하게 생기지도 않은 어떤 여성 작가지요. 공산주의자였으나 작년에 남편과 함께 당에서 축출된 이후로 비공산주의자 좌파와 교류하면서 둘 다 크노, 메를로퐁티, 보스트 그리고 올가와 친해졌어요. 보스트와 올가는 크리스마스이브에 제 숙소를 떠나 그녀의 집으로 자리를 옮겼고, 거기서 술에 취해 나가떨어졌지요. 메그가 보스트를 덮쳐 소파 위에다 밀어붙이고는 1초도 그의 입을 놓지 않았다는군요. 불쾌한 정도를 넘어선 올가와 — 보스트, 그는 매우 만족스러워했어요 — 화가 나서 얼굴이 시뻘게진 메그의 남편이 퍼붓는 비난에도 메그는 아랑곳하지 않고 몇 시간 동안 계속 그랬대요. 이틀 후에 올가는 제 앞에서 보스트를 저주하면서 분노와 증오에 차서 울었는데, 그들은 겉으로 화해했지만, 그녀가 그를 절대 용서하지 않으리라 생각해요. 며칠이 지난 어느 날 밤 보스트는 한 리셉션에 참석했는데(올가 없이), 이때 메그가 또 덮쳤어요. 그녀의 남편은 격노했고, 다른 여자와 재혼한 전남편도 호랑이처럼 질투하며 노발대발했어요. 그 둘은 몇 시간 동안 보스트가 전혀 가치 없는 인간이라고 메그에게 설명했어요. "뭐야! 녀석은 공산주의자도 아니었어! 공산당에서 내쫓기지도 않았단 말이야!" 그녀는 입을 다물고 뜨개질을 하면서 말을 듣는 척했지만, 보스트가 한 번도 공산주의자인 적이 없어도 그와 자겠다고 굳게 결심했어요. 이틀 후에는 한 카페에서 보스트를 다시 만났고, 사업을 하는 듯한 말투로 "좋아, 우리 호텔에 가자. 나 한 시간밖에 없어"라고 말했어요. 보스트가 좀 더 여유를 갖는 것이 나을 거라고 생각하여 동의하지 않았어요. "너와 끝내기 위해 그걸 하는 거야. 어쨌든 나는 너와 한 시간 이상을 보내지 않을 거야. 사랑에 빠진다는 건 말도 안 되고, 남편은 내게 더 많은 자유를 주지 않아." 그녀는 이 강박증에서 벗어나려는 생각을 굽히지 않았고, 그녀가 그리되는 걸 별로 원하지 않는 보스트는 그렇게 짧은 시간을 위해 자신의 멋진 몸을 선물하는 데 동의하지 않았어요. 그들이 이에 대해 어찌나 격렬하게 토론했던지 30분이 금세 지나가 버렸어요. 또 그녀는 이 일을 그녀의 남편(보스트의 친구)에게 그가 말해야 한다고 선포했어요.

결론적으로 보스트는 너무 당혹스러웠어요. 그는 분명 그녀를 원하고 그녀와 자고 담소하기 위해 일주일에 한 시간 이상을 보내길 바라지만, 그것은 올가를 미치게 만드는 일이에요. 메그가 "오히려 전남편이 널 죽이고 싶어 해"라고 털어놓았으나, 그녀도 남편을 무서워하고 있어요. 모두가 애태우며 후속편을 기다리지요.

같은 날인 크리스마스이브에 시피용은 완다와 자려 했고, 크노와 그의 열여덟 살 난 아들은 옛 공산주의자인 같은 한 사람과 자려 했으며, 크노의 부인은 끔찍한 추녀와 결혼한 영화제작자와 동침했다고 모두에게 밝혔어요. "그는 못생긴 여자들을 좋아해요"라고 그녀가 부드러운 말투로 변호했어요. 저는 제 유일한 사랑인 반짝이는 아름다운 차를 꿈꾸면서 그리고 제 가슴속 깊은 곳에서 다른 한 사람의 그림자를 포착하기 위해 순결한 침대에서 홀로 잤어요. 맙소사! 너무 피곤해 더 이상 쓰지 못하겠군요. 하얀 작은 배의 내 사랑. 당신을 위해 당신에게 알맞은 만큼의 사랑을 간직하도록 해요, 고약한 당신.

당신의 시몬

1952년 1월 말~2월 초 목요일

나의 당신, 나의 혐오스럽고 탐욕스러운 사람. 그래요, 당신은 긴 편지를 받을 자격이 있어요. 아름다운 신문 기사들이 가득 든 두툼한 편지를 보내 준 대가로 조만간 편지를 받을 거예요. 당신이 어떻게 닭 뼈를 모조리 먹었는지에 대해 자세히 보도된 『뉴요커』의 기사가 가장 좋았어요. 청색 셔츠를 입은 사진 속 당신이 얼마나 못생겼는지 모르겠군요!

축하해 줘요. 이틀 전 어둡고 추운 아침 여덟 시에 마침내 사람들이 저의 사랑을 맺어 줬어요. 그들은 예전처럼 운전면허증을 쉽게 내주지 않겠다는 결정을 내렸고, 저는 시험을 보기 위해 몇 주나 기다려야 했어요. 저절로 이뤄진 게 아니었어요! 게다가 시험 보는 날에는 감기 때문에 열이 올라 정신이 없었어요. 아주 형편없이 운전했지만, 결국 화요일에 면허증을 받았지요. 끔찍하게도 시동을 꺼뜨렸고 보도 위로 거의 올라가 버렸어요. 하지만 시험은 아주 쉬웠어요. 시험 시간이 10분도 안 되니, 운전할 줄 아는지 모르는지 어떻게 확인할 수 있겠어요? 어쨌든 성공했어요. 더 기막힌 것은 비서의 말이었답니다. 그는 친구 중 한 명이 시험을 보지 않고도 운전면허증을 얻어 줄 수 있었다고 했어요! 아무것도 아닌 일에 얼마나 마음을 졸였는지! 그 후에는 눈에 덮여 다소 위험한 찻길에서 연수를 받기 위해 보스트와 함께 즉시 떠났어요. 점심 식사를 하려고 잠시 멈췄을 뿐 계속 운전했고, 또 그렇게 하기만을 바랐어요. 실제로 운전을 상당히 오래 했답니다. 우리는 완전히 파괴된 북부를 달렸어요. 사람들은 재건축을 시작했지만, 그들이 하는 일은 정말 보기 싫고 소름 끼쳐요! 눈과 진흙 그리고 추위 속에서 되살아나는 이 죽은 도시들은 제가 본 것 중에서 아주 슬픈 광경 중 하나지요. 다른 때에는, 특히 일요일에는 파리 교외의 이름다운 숲과 오래된 작은 도시들을 가로질러 운전했어요. 한 주에 한 번씩 하는 이 드라이브를 아주 좋아해요. 주중에 많은 일을 하고 난 뒤에 갖는 일종의 휴가랍니다.

  네, 뉴욕에서의 당신의 굉장한 리셉션은 저를 아주 즐겁게 했어요. 보스트가 크리스마스이브에 그와 유사한 남성적 연설을 그와 자고 싶어 했던 여자에게 했다면, 그는 지금 별걱정이 없었을 거예요. 그러나 그렇게 하지 않았죠. 이 일은 끔찍한 대혼란을 이루고 있어요. 문제의 여자는 8년 전부터 현 남편과 살고 있는데 —아들이 하나 있지요— 그동안 이곳저곳에서 외박을 몇 번 했지만 그리 많이 하지는 않았다는군요. (그녀는 전에 최소 3백 명의 정부가 있었다고 주장해요.) 지금은 보스트를 아주 좋아하고 고집스럽게 그와 자고 싶어 하지요. 여전히 일주일에 네 번, 오후에 한 시간 정도 그를 만나요. 그의 취향으로는 모든 게 너무 급히 이뤄지지만, 그는 심각한 상황에 빠지고 싶어 하지 않기에 그럭저럭 괜찮은가 봐요. 반면에 꽤 똑똑하고 잘생긴 젊은 남편은 몹시 불만스러워하지요. 그녀는 그를 불행하게 만드는 것을 눈에 보이게 즐거워하면서 거짓도 진실도 아닌 모호한 태도를 유지하고 있어요. 그 일은 처음에는 그를 잠자리에서 무력하게 만들 정도로 고통스럽게 했지만, 지금은 열광 그 자체예요. 그는 이를 멈추는 즉시 슬픈 생각에 잠기게 된대요. 그래서 이 관계를 끝내고 싶다는 의지를 분명히 전달하려고 마침내 보스트에게 편지를 썼어요. 그녀 편에서는 그를 떠날 것이고, 더 이상 이런 코미디를 견딜 수 없다고 단언해요. 하지만 어떻게 될지는 아무도 몰라요. 보스트는 특히 올가가 그 일을 알까 봐 떨고 있지요. 남편이 보스트를 살해했는지 어쨌는지를 알려 줄게요. 〈잊힌 사람들Los Olividados〉*을 봤는데, 이것이 좋았는지 좋지 않았는지를 자문하고 있어요. 분명 굉장한 에피소드들이 있고, 그중에서도 하반신 마비 장애인 이야기는 특별하답니다. 탁월하고 경이로운 영화예요. 그러나 이를테면 〈구두닦이Sciuscia〉**식으로 호감이 가지는 않지요. 많은 면에서 무척 매혹적이긴 하지만 대체로 매우 거칠고 메말라 있어요. 멕시코 자체가 좋아하기에는 무척 까다로운 나라기 때문인지도 모르겠군요. 멕시코시티를 다시 보니 정말 기뻤고, 그 도시를 강렬하게 느낄 수 있었어요.

---

* 루이스 부뉴엘 감독의 1950년도 작품
** 비토리오 데 시카 감독의 1946년도 작품

올가는 꼬맹이 카술레의 초대를 받아 한 달간 독일을 여행할 거예요. 그녀는 그곳에 가길 원하지만, 하고 싶은 것을 포함해 온갖 여행 준비를 하도록 해야 하는 일이 얼마나 성가신지 모르겠어요. 보스트는 신분증, 기차표 등을, 저는 그녀의 잠옷 가운 등을 그리고 사르트르는 돈을 챙겨야 했어요. 그녀가 아직은 떠나지 않았으나 결국엔 떠날 거로 생각해요. 시피옹이 성城을 살 돈이 어디서 났냐고요? 물론 사르트르의 호주머니에서죠. 거기 말고 어디서 생겼다고 믿겠어요?

며칠 날씨가 좋다가 추위와 안개 그리고 눈발이 날리는 칙칙한 날씨로 다시 바뀌었어요. 암에 걸린 가엾은 여비서의 죽음이 어찌나 충격을 줬는지 일주일간 저도 암에 걸린 상상을 했답니다. 병원에 가서 검진을 받았는데 의사는 괜찮다고 안심시켰어요. 사실 예상한 바였지만, 대기실에서 기다리는 동안 불안했지요.

일을 하면 할수록 양이 많아져서 이 고약한 책에서 결코 빠져나오지 못할 것 같다는 느낌이 들어요. 몹시 피곤하군요. 올가가 떠난 다음에 저는 사르트르와 보스트와 함께 몽생미셸이나 다른 곳으로 짧은 여행을 할 작정이에요. 브라쇠르는 심한 치질로 고통받고 금주 명령까지 받아서 노발대발했어요. 또 관객이 오로지 자신을 보러 극장에 온다고 믿는 그는 〈악마와 선한 신〉을 아무것도 아니라고 평가하면서 격노하고 있지요. 그런데 아주 평범한 배우가 그 대역을 맡아 하는 지금도 그가 공연한 때와 마찬가지로 많은 관객이 극장에 오고 있어요. 그는 공연 배우가 자신이 아니라는 것을 분명히 알면 아무도 연극을 보러 오지 않을 거라는 생각으로, 침대에 누워 있는 자신을 사진 찍게 했어요. 그의 사진이 모든 신문에 났지만, 관객은 여전히 계속 몰려들어요……. 몹시 성이 난 그는 사르트르에게 꾸불꾸불하고 기상천외한 글씨로 "악마와 선한 신이 당신을 비역하기를 바라오. 그렇게 되면 당신은 치질이 무언지 알게 될 거요……. 당신 때문에 피똥을 눈다고 생각하니 미칠 것 같소"라는 내용의 두 장짜리 긴 편지를 보냈어요. 매력적인 인물이에요.

자, 읽을 만하지요! 빨간색의 또 다른 긴 편지를 보내 줘요. 당신을 가슴속 깊은 곳에 간직하려 애쓰지만, 당신은 언제나 어디든 오가기 때문에 막을 수 없군요. 할 수 없는 일이지만 당신이 어디에나 있다는 건 좋은 일이에요.

안녕, 내 사랑.

당신의 시몬

1952년 2월 어느 날

내 사랑. 처음으로 당신이 편지에 쓴 모든 내용에 동감해요. 당신이 그만한 관심과 분별력을 드러낸다는 건 틀림없이 드문, 아주 드문 일이에요. 네, T. S. 엘리엇은 사람들이 봐 주는 것을 아주 좋아하는, 심히 반동적인 사이비 지혜를 갖춘 자예요. 그래요, 4년 전 뉴욕에서 더스패서스를 봤을 때, 그의 두 눈은 정상이었지만 머리는 거의 정상이 아니었어요. 그는 세계 대전이 일어나리라고는 믿지 않았으나 단지 국지전 — 예를 들어 중국에서만 전쟁이 일어날 거로 믿었어요. 중국 안에서의 전쟁이라는 전망은 그에게 깊은 만족감을 안겨주는 것처럼 보였지요. 네, 슬픈 일이에요. 인간으로서 도스토옙스키는 그리 호감 가는 인물이 아니었으나, 그가 경이로운 작품을 쓰는 데 걸림돌이 되지는 않았지요. 그는 날카롭게 악을 꿰뚫어 봤고, 그 악은 그의 내부에도 감춰져 있었어요. 당신의 금발 바버라는 피츠제럴드의 여주인공을 닮았고, 제 마음에도 드는군요. 그녀와 함께 '관광 비행기'를 타고 파리에 오지 못할 이유가 없잖아요. 수백만 미국인이 올해 아주 싼 가격으로 새 관광 비행기를 타고 올 거예요. 당신이 리자와 올가 그리고 꼬맹이 카술레를 맡는 동안에 그녀는 곧바로 생트준비에브 언덕에 있는 작은 바로 날아가 시피용을 손안에 넣으려고 분주하게 움직일 수 있을 거예요. 이 꼬맹이 카술레는 개인적 용도를 위해 잘생긴 독일인을 한 명 찾아냈지요. 그녀는 올가와 함께 독일에서 여행하고 있어요. 그들은 정신 나간 편지와 함께 카니발에서 종이로 만든 기발한 모자를 쓰고 찍은 사진을 보내왔어요. 둘 다 그 잘생긴 독일인(다행히도 반나치주의자인)을 아주 좋아하는 것처럼 보이지만, 그 남자는 그중 카술레를 선택했어요. 올가는 그 사실에 대해 그다지 슬퍼하지 않아요. 무엇보다도 보스트가 탐욕스럽고 술에 취한 그 여성 작가와의 연애를 포기하기로 했기 때문이지요. 이 여자는 '병든' 남편과 이탈리아로 떠나요. 그에게 한 달간의 휴가를 주어야만 한다는 데 격노한 갈리마르 출판사의 전 가족은 그의 병을 비웃고 있어요.

당신은 (저의 차에 관해) 지나친 자만이라고 말하지만, 틀렸어요. 그것은 진정한 사랑이고, 끊임없이 깊어지는 사랑이에요. 우리는 한 주에 한 번씩 만나는데, 아마도 그것이 우리가 서로에게 지치지 않는 이유인지도 모르겠군요. 이 만남은 계속될 거예요. 2주 전에 르아브르에서 덩케르크까지 해안을 따라 올라갔어요. 전쟁 이후로 폐허가 된 도시들을 지나, 게으르고 비겁한 당신네 미국인들이 당신네 나라에서 편안히 있는 동안 수많은 영국, 프랑스 병사들이 학살당한 드넓고 인상적인 덩케르크의 해변을 따라갔지요. 저는 보스트와 함께 전쟁 기간에 그가 있었던 여러 숙영지의 자취를 순례했고, 그가 부상당한 '개인 구덩이'를 찾기 위해 눈 덮인 좁고 더러운 길에서 한 시간을 뱅뱅 돌았어요. 결국 찾지 못했지만요. 그러나 인적 없는 파괴된 마을에서 조국의 작은 한 조각을 방어한 용감한 연대의 유명한 기념물을 발견했어요. 그것은 그의 연대였고, 그의 가슴을 자부심으로 가득 차게 만들었지요. 운전은 점점 더 맘에 들어요. 차를 타고 시골의 작은 도시들에 가면 기막힌 맛의 오래된 와인이 있는 훌륭한 레스토랑이 우리를 맞아주지요. 일을 많이 하면서 한 주를 보낸 뒤 주말에 휴가를 즐기는 기분 좋은 방식이에요.

사르트르는 당신의 단편소설*을 열심히 작업하고 있어요. 당신의 단어를 번역하기 위해 너무 상스럽지도 또 너무 고상하지도 않은 등가물을 찾는 게 어렵다는군요. 프랑스 은어는 대부분 너무 노골적이고, 또 일상 언어도 적당치 않아요. 보스트와 제가 돕는데, 아주 재미있어요. 글자 퍼즐보다 더 재미있답니다.

아내가 머무는 미국에서 사는 걸 몇 년 전까지만 해도 아주 좋아한 리포터 친구가 돌아왔어요. 그가 돌아와 공포에 질려 말하길, 사람들이 모였을 때 그들 중 한 명이 FBI에 고발할까 두려워 정치적으로 암시하는 말을 더 이상 감히 하지 못했다는군요. 이번 달에 『현대』에 피츠제럴드의 「무너져 내리다」를 실었어요. 물론 번역문이었고, 성공적이었지요. 로렌스의 「모태 The Mint」도 실었어요. 이 놀라운 책을 여덟 개의 작은 장에만 할애한다는 게 안타까웠어요. 대단한 작가예요! 미국에서는 그 책을 구할 수 없나 봐요. 그렇지 않으면 당신에게 그 책을 읽으라고 명령했을 거예요.

오늘은 봄의 첫날이에요. 길고 침울하며 춥고 안개가 자욱한 겨울을 지낸 후의 봄은 아주 감동적이지요. 푸른 하늘, 온화한 날씨, 가볍고 유쾌한 것이 어디에나 있어요. 모든 삶이 변한 것처럼 보이는군요.

저는 당신처럼 그렇게 예쁜 편지를 만들어 낼 수 없어요. 우선

---

* 『시카고, 출세주의자들의 도시』

타자기로 편지를 쓰지 않고, 잉크는 빨간색이 아니며, 언어를 자유자재로 구사하지 못하거든요. 게다가 여기서는 아무 일도 일어나지 않아요. 아름다운 두툼한 편지를 보내는 걸 싫증 내지 말아 줘요. 저는 그것들을 한없이 좋아한답니다 '팁-톱-탑'에서 좋은 시간 보내도록 해요, 그리고 다른 곳에서도요. 당신이 저를 호수에 데려갈 때 언덕 너머에 버려두지 말아요. 안녕, 친애하는 피조물이여.

당신의 시몬

요즘 희한한 소송이 있어요. 한 지역의 여자*가 가족의 재산을 독차지하기 위해 열한 명을 독살한 혐의로 기소됐어요. 비소가 몸속에 있는지를 입증하기 위한 검시 과정에서 사람들이 늙은 아주머니의 두 눈을 할아버지의 위와 남편의 뼈와 뒤섞어 버리는 바람에 각각의 기관이 누구의 것인지, 누가 몸속에 비소를 지니고 있는지, 비소가 몸속에 있는지 없는지를 더 이상 아무도 구별할 수 없게 됐어요! 그 여자가 틀림없이 독살했다고 할지라도 용의자는 분명 석방될 거예요. 그처럼 비전문적인 전문가들이 그녀에 대한 명백한 증거를 찾기란 불가능할 테니까요.

1952년 3월 4일

나의 매우 소중한 보라색 큰 호박.** 집에 돌아오는 중에 당신 편지를 받았어요. 아주 기분 좋은 일이었지요. 오늘은 최근에 제가 왜 그리 비참한 편지를 썼는지 고백하려 해요. 고약한 시기를

---

* 마리 베나르(Marie Besnard) 사건
** 올그런은 '진보'로 인해 미국에서 커다란 사각형 호박과 바이올렛 향이 나는 국화를 재배할 수 있게 됐다고 주장했다.

거쳤어요. 오, '팁-톱-탑'의 어리석은 친구 때문도 아니고, 자동차에 대한 새로운 사랑 때문도 아니며, 오로지 가련한 저 자신 때문이에요……. 다행스럽게도 곤경에서 벗어난 지금은 당신에게 모든 것을 밝힐 수 있어요. 당연히 당신은 제가 분별력이 부족하다고 결론짓겠지요.

유방암으로 20개월이나 고통스럽게 앓다가 끔찍하게 죽은 불쌍한 타이피스트의 운명에 대한 소식을 알려 줬었지요. 한 여자가 유방암으로 죽는 여자 친구를 보면 자신도 암에 걸리지 않았을까 하는 무시무시한 공포에 떨기 마련이에요. 저도 예외가 아니었어요. 오른쪽 유방에 가벼운 통증을 느끼기 시작했고, 이미 지난해부터 이따금 유방암에 걸린 건 아닌지 의심하기 시작했어요. 그러나 올해 시카고에서 돌아왔을 때 진짜 통증을 느꼈고 한쪽 유방에서 실제로 멍울이 만져졌답니다. 그렇지만 제가 어리석다고 생각했고, 그것을 심각하게 여기지 않았어요. 진짜로 정신 빠져 있는 저를 본 사르트르가 마침내 한 전문가에게 문의했고, 저는 무서워 식은땀을 흘리며 — 예, 그랬어요. 왜냐하면 암에 걸린다는 일은 분명 웃을 일이 아니니까요 — 진찰을 받았지요. 그가 나를 검사하고 손으로 만져 보고 나서 "뭔가가 있군요"라는 결론을 내렸어요. 분명 심각하지 않은 하찮은 것일 테지만, 만일 커지면 제거해야 한다고 신중하게 설명하면서 말예요. 그러고는 현미경으로 암인지 아닌지를 규명할 거래요. 암은 통증이 없으므로 '그것이' 아픈 것은 좋은 징후라는군요. 저의 훌륭한 건강 상태도 좋은 점이고요. 1월에 일어났고, 그 후로 평화롭게 6주가 흘렀어요. 의사는 이 기간이 지난 후에 다시 오라고 권했고, '그것'이 점점 커지는 것을 숨길 수 없어서 최근에 제 머릿속은 완전히 쑥대밭이 됐었어요. 정확히 열흘 전에 다시 찾아갔을 때 전문가는 이렇게 말했어요. "커졌으니 떼야겠군요. 이것은 아무것도 아니에요. 당신 나이대의 여자들에게 일어나는 작은 사고일 뿐이에요. 나흘 후면 거뜬해질 거예요. 암일 확률도 있지만, 그러면 유방 전체를 절제하는 수술을 할 겁니다. 2주만 침대에 있으면 돼요. 그러나 재발을 방지하기 위해 미리 대비해야 할 것입니다." 그래요, 초기에 암을 치료하면 낫는다는 걸 알지만, 암에 걸렸다고 생각하는 게 얼마나 음울하겠어요. 목요일 아침에 피를 뽑고 검사했지요. 최악의 경우를 생각하지 않으려 애쓰면서 보스트와 산책하며 이틀을 보냈고, 사르트르와 비관적인 일요일 하루를 보냈어요. 마침내 그날 저녁, 훌륭한 개인 병원의 커다랗고 쾌적한 병실에 입원했어요. 이때 저는 모든 것을 각오했고, 오직 한 가지, 결과를 알기만을 원했어요. 알약 덕분에 잠을 잘 잤고 아침에는 전신마취를 했어요. 저는 차분했답니다. 그러나 한번 상상해 보세요. 외과의가 수술을 통해 종양(미세한 살점 하나)을 떼어 내요. 그의 가까이서 생물학자가 세포를 현미경으로 검사하는데, 만약 세포가 아무 증상을 보이지 않으면 외과의가 절개 부분을 다시 꿰매지요. 만약 암세포가 나타나면 유방 전체를 제거하고요.

그러니 마취에서 깨어나는 사람이 암에 걸린 여자일지 아니면 건강한 여자일지 모르는 이 상황은 악몽 그 자체지요. 이제는 간단한 정맥 주사 한 대로 펜토탈을 사용해 기막히게 마취를 시켜요. 입안에서 마늘 맛을 느끼면서 의식을 잃을 거라고 미리 알려줬어요. 저는 "아, 마늘 맛이군"이란 말밖에 할 시간이 없었는데, 더 이상 아무것도 없는 거예요. 그다음에 다른 마취제를 투여하는 것 같은데, 그에 대해선 전혀 알 수 없어요. 겨우 눈을 다시 떴을까 말까 하는 상황에서 "당신은 아무 이상이 없습니다. 암이 전혀 발견되지 않았어요"라는 목소리를 들었어요. 천사의 목소리였지요.

그러고 나서 이 병원에서 사흘간 책을 읽으며 지내는 것으로 문제가 해결됐어요. 사르트르와 보스트가 수다를 떨러 왔지요.

월요일의 수술은 제 인생에서 처음 하는 것이었어요. 어제 독일 여행에서 돌아온 올가는 보스트와 함께 자동차로 집에 데려다줬어요. 레스토랑에서 스카치 두 잔을 마셨고 당신 편지를 받았으며, 오늘 아침에는 정상적인 생활을 되찾았지요. 다시 완전히 건강해진 저를 되찾았어요. 더 이상 두려움 속에서 살지 않아요. 분명 그다지 중요하지 않으나 결국 제 것인, 제 유방을 지켜냈다는 것에 무척 행복해하면서 말이죠.

어떻게 보면 이 일화는 확실히 당신과의 스토리를 매듭짓는 상징성을 드러내요. 비록 당신이 우리의 이야기를 종결짓지 않았다 할지라도, 이 이야기는 제 나이 때문에 당연히 끝나야 했음을 의미했지요. 저의 연애 생활이 마땅히 끝나야 할 때 끝맺었다는 생각이 위로해 줬어요. 저는 나이 든 몸으로 사랑에 매달리는 늙은 여자들을 증오하기 때문이죠. 생각조차 하기 싫어요. 제 연애의 끝이 그것의 절정과 일치한다는 사실에 만족해요. 당신이 그리 친절한 편지들을 보내 주는 좋은 친구로 남았다는 데 만족해하면서, 오직 당신이 그리 멀리 산다는 사실만을 유감스럽게 생각해요. 왜냐하면 우정조차 이따금 옆에 있는 것이 필요하니까요. 당신이 편지를 아주 오랫동안 계속해 주기를 바라면서 언젠가 당신을 다시 만나기를 희망해요.

우리를 니스에서 파리로 태워다 준 아름다운 비행기가 아무 이유도 없이 추락하여 33명의 승객이 새카맣게 타 죽은 사실을 알고 있었어요? 그중 아홉 명은 카니발에서 돌아오는 젊은 여배우였지요.

올가는 카슐레와 함께 독일을 두루 돌아다닌 후에야 그 애가 아무것도 모른다는 당신 말이 옳았음을 알게 됐어요. 독일 젊은이는 엘렉트라 역을 연기한 올가를 우러러보고 올가에게 먼저 관심을 가졌어요. 그러나 카슐레가 그를 진지하게 좋아한다는 것을 눈치챈 올가는 그를 포기했어요. 카술레는 사르트르와 모든 사람을 안다는 구실로 그가 파리에서 돈 버는 것을 도와줄 수 있다면서 그를 유혹했어요. 유혹에 빠진 그는 그녀에게 청혼했지요 — 그녀는 거절했고, 그와 자기 위한 요령조차 피우지 못했어요! 그녀는 또 다른 독일인으로 바이에른의 루드비히 2세의 증손자인 콘스탄틴 왕자와 격렬한 사랑에 빠졌어요. 그는 카술레에게 관심을 가졌으나 그녀의 지나친 센티멘털리즘에 겁을 냈고, 동침도 하지 않고 모든 걸 내팽개쳤어요! 요컨대 밀라노(그들이 제 동생을 방문한 곳)에서 카술레는 신경질적 우울증을 일으키고 소리 지르고 울음을 터뜨렸고, 올가는 힘닿는 데까지 따뜻한 음료와 좋은 말로 그녀를 위로해야 했죠. 이 일로 올가는 자기 자신에 대해 아주 만족스러워했답니다. 카술레보다 훨씬 우월하다고 느끼면서 말이죠. 두 사람은 낡은 나치주의가 죽기는커녕 신나치주의라는 이름 아래 뮌헨 주변에서 번성하고 있다고 단언해요. 신나치주의는 나치가 결국 소련을 무찔렀기 때문에 옳았다고 여기며, 미소를 보내는 미국의 강력한 지원을 받고 있대요. 그렇지만 모든 독일인에게 히틀러의 천연 요새인 베르히테스가덴에 홀로 방문하는 것을 금지한다는군요. 그들은 프랑스인이나 영국인 또는 미국인의 에스코트를 받으며 올라가든지 아니면 절대 가서는 안 된대요. 그녀들은 범상치 않은 여성들만의 댄스파티에 참석했어요. 오후에 여자로 가장한 남자 오케스트라를 대동하고 농부 여자들과 도시 여자들이 한 댄스홀에 모여 먹고 마시며 춤춘대요. 저녁에는 남편과 형제들이 입장하여 가족 간의 사랑스러운 통음 난무가 시작된다는군요. 올가는 한 번쯤 프랑스를 떠났다는 것에 아주 행복해하고 있어요, 가엾게도.

다음 주에는 지난해처럼 생트로페로 떠나요. 약간의 태양을 되찾는다는 생각에 얼마나 기쁜지 모르겠어요! 어쨌든 편지는 다른 때와 마찬가지로 파리로 보내세요. 생트로페에서 오랫동안 있지 않을 거예요. 조만간 당신은 한 살을 더 먹겠군요. 생일 축하해요, 내 사랑! 커다란 사각형 호박보다는 차라리 보라색 국화가 돼 보도록 해요……. 어쨌든 저는 당신을 제 가슴속에 간직하고 있답니다.

당신의 시몬

1952년 4월 2일, 생트로페

내 사랑. 저의 생일 선물이 당신에게 닿았기를 빌어요. 파리에서 가장 우아한 남자들이 초일류 상점에서 파는 이 스카프를 두른 걸 보고 당신도 이 정도는 가지고 있어야 한다고 생각했어요. 맘에 들어요? 싫으면 바버라에게 주세요, 그녀가 받을 만한 조건에서. 당신은 힘든 생활을 하는 것 같군요, 가엾은 사람! 기분 전환을 위해 닐에게 귀여운 매춘부를 제공하지 않을 이유가 어딨어요? 그가 정말 누군가를 죽여야만 한다면 오하이오의 남편이 크리스틴을 왜 살해하지 않을까요? 이 가엾은 여자에 대한 당신의 처신에 제가 왜 이리 크게 기뻐하는지 모르겠어요. 이 여자는 여기저기에 하얀 분을 조금씩 바르는 것으로 자신에 대해 만족해하는데, 이는 아무에게도 해를 입히지 않아요. 문제는 당신이 그녀 안에 성적 악마를 불러일으켰다는 거예요. 제가 보기에 그것은 진짜 죄예요. 저에게는 그런 죄를 저지르지 않았어요, 한두 번 제 식욕을 왕성하게 만든 경우를 제외하고는 말이지요. 그리고 저를 '팁-톱-탑'에 자주 데려가지 않은 건 사실이에요. 제 가슴속에서 당신은 눈처럼 하얗게 쌓여 있어요. 제가 비행기 사고로 죽는다고 해도 당신을 까맣게 만들지 못할 거예요. 엘렌 라이트가 뉴욕의 『그로브 프레스*Grove Press*』에 사드에 관한 제 글을 팔았답니다.

아주 만족해요. 그 글을 읽으세요. 한 남자 안에 들어 있는 진짜 음흉함이 무엇인지 알게 될 거예요.

파리에서 생트로페까지 매우 기분 좋은 여행이었어요. 사르트르, 보스트 그리고 저는 여덟 시 반에 떠나기로 했지요. 저는 사르트르가 전화한 아홉 시 반까지 참을성 있게 기다렸어요. 그가 말하길 보스트가 잠에서 깨지 않았다는 거예요! 그리고 사르트르는 치통으로 인해 황급히 치과에 가야 했대요. 결국 우리는 열한 시에나 출발했어요. 그런데 비가 양동이로 쏟아붓듯 퍼붓는 바람에 자동차 지붕 위에 실은 짐들이 물에 잠겨 방수포를 사야 했어요. 짐을 차곡차곡 다시 실으려고 오랫동안 애먹어야 했죠. 정오쯤에야 파리를 떠났지요. 할 수 없었어요. 빨리 운전했죠. '타프-트롱'에서 맛있는 식사를 하기 위해 많은 시간을 보냈고, 몇몇 도시를 방문했으며, 저의 제안으로 국도가 아닌 꼬불꼬불한 작은 시골길을 따라가면서 경치를 감탄하며 바라봤어요. 둘째 날에는 놀라운 볼거리인 '이상理想의 궁전'을 방문했어요. 당신에게 그곳 사진과 궁전을 지은 우체부[*]의 사진을 보낼게요. 그는 마흔 살에 '자신의 꿈을 실현하기'로 결정했어요. 마을에서 계속 우편을 배달하면서 31년간 근처 시골에서 돌, 조약돌, 조개껍데기를 모아 손수레 한 대(당신이 사진에서 보는)로 운반해 혼자서 조약돌이며 돌을 하나하나 쌓아 올려 이 별난 것을 지었어요. 반은 아랍의 이슬람 사원 같고 반은 앙코르와트의 불교 사원 같아요. 확대경으로 왼편에 있는 세 거인을 보세요, 볼 만하지요.

열흘 전부터는 작년처럼 생트로페 호텔에 있어요. 보스트는 잠시 머물렀고, 우리는 이 대단히 멋진 지역을 자동차를 타고

---

* 우체부인 슈발(Cheval)은 오트리브(드롬 지역)에서 1879년부터 1912년까지 30년 넘게 작업하여 이 건축물을 세웠다.

오랫동안 드라이브했어요. 작업은 많이 하고 알코올은 거의 마시지 않아요. 당신, 당신을 진정한 미국인으로 만들어 줄 아주 깨끗하고* 상냥하고 귀여운 미국 여자와 왜 결혼하지 않아요? 잘 있어요, 내 사랑. 당신은 저 때문에 골머리를 앓아서는 안 돼요. 그런데 그랬다니, 고맙군요. 당신에게 애정 어린 키스를 보내요.

당신의 시몬

1952년 5월 4일, 파리

 늙고 못생기고 냉대받는 내 가엾은 당신. 스카프를 못 받았다니 유감이네요. 아주 특별한 스카프인데 말이죠. 같은 것을 다시 찾아보도록 하겠어요. 당신이 피츠제럴드의 여주인공에게 냉대받았다는 건 그다지 슬프지 않았어요. 당신이 그런 대접을 받도록 행동했을 거란 걸 아니까요. 반면 당신에 대한 그윽한 사랑을 품었다고 하여 매춘부들 집으로 쫓겨난 불쌍한 어린 매춘부를 생각하고 몹시 슬펐어요. 당신, 어쩌면 그렇게 혐오스럽고 고약한 짓을 하나요! 요즘 프랑스에서는 놀랍게도 너대니엘 웨스트*의 작품 세계를 떠올리게 하는 사건들이 일어나는데, 그 소식을 들었나요? 7년 전, 나이 어린 예쁜 소녀가 사랑하는 엄마와 아담한 정원을 거닐고 있었는데, 그때 엄청난 굉음을 들었어요. 폭발 소리와 울부짖음이었지요. 그녀는 황급히 달려가 불길에 휩싸인 미군 트럭과 그 안에서 불붙은 채 나오지 못하는 미군 하사 한 명을 발견했어요. 그리고 엄마가 가르친 대로 가정교육을 잘 받은 소

---

* 윤리적 의미

• 『미스 론리하트』, 『메뚜기의 하루』의 저자. 1940년에 사망했다.

녀가 해야 할 일을 했어요. 그 가엾은 자를 차에서 간신히 끌어냈
지요. 기적적으로 그는 아무 상처도 입지 않았으나, 그녀는 끔찍
한 화상을 입었고 화재와 일종의 산酸으로 인해 손 하나를 잃었으
며 다른 손은 마비되어 버렸어요. 1년 뒤에 젊은 하사는 감사 인
사를 남기고 가 버렸어요. 소녀는 다리 하나를 절단해야 했고, 생
명을 연장하는 치료에 모든 돈을 써야 했기에 추하고 초라하고 비
참하게 됐어요. 이제 소녀는 폐가 손상되어 죽어 가고 있어요. 사
람들은 그 이야기를 트루먼에게 보고했고, 그는 놀랐어요. 당신
은 어떻게 생각해요? 또 다른 영웅이 있어요. 코트다쥐르의 매혹
적인 작은 마을 망통에서 폭우가 쏟아져 개울이 불어나고 산이 무
너져 사람들이 죽고 무너진 집 더미에 파묻히는 재해가 발생했지
요. 한 소녀가 물에 빠져 죽어 가는 두 어린아이를 보고 몸을 던져
구하곤 자기 집에 데려다 놓았어요. 그때 급류가 그녀와 다른 많
은 사람을 휩쓸어 갔어요. 착한 군경이 그녀를 구하려 했으나 안
타깝게도 그녀는 물이 바다로 쏟아지는 긴 터널 속으로 휩쓸리고
말았지요. 미국 배 한 척이 바다에서 그녀를 다시 건져냈어요. 아
아, 하지만! 폐 안에 모래와 진흙이 어찌나 많이 들어갔던지 그녀
는 그로 인해 죽었답니다. 그러니 당신은(만일 행복하게 장수하고 싶다
면) 불이나 물속에서 결코 그 누구도 구해선 안 된다는 걸 명심하
세요. 저는 그것을 완벽하게 이해하지요.

　네, 〈아프리카의 여왕African Queen〉 *을 아주 좋아해요. 어쩌면 그
영화가 중년 남녀의 사랑을 보여 줬기 때문인지도 모르겠어요.
그들의 첫 키스는 엄청 감동적이었어요. 감정적이라기보다 성적
인 키스였지만, 그 키스에서 성으로부터 감정이 생긴다는 것을 느

---

* 험프리 보가트(Humphrey Bogart)와 캐서린 헵번(Katharine Hepburn) 주연의 존 휴스턴
(John Huston) 감독의 1952년도 작품

낄 수 있어요. 헵번은 인물이 출중하고 보가트도 연기가 훌륭하지만, 그보다는 그녀가 오스카상을 받을 만했어요. 그리고 히치콕의 오래된 좋은 영화 〈사라진 여인The Lady Vanishes〉과 훌륭한 프랑스 영화 〈황금투구Casque d'or〉*를 보았지요. 마지막으로 아주 기이한 일본 영화 〈라쇼몽〉**을 보았는데, 당신이 좋아할 거라 믿어요. 영화를 그처럼 많이 본 까닭은 보스트와 올가가 2주간 제 차를 가지고 여행을 떠났기 때문이에요. 그래서 저녁나절엔 자유롭게 시간을 보낼 수 있었어요. 덥고 낭만적인 지금의 파리에서는 특히 값진 일이죠. 여행을 다시 떠나는 걸 유감스럽게 생각할 정도예요. 생트로페에서 여느 때와 마찬가지로 고되게 작업하고 새로운 연인과 여러 산을 오르내리면서 아주 좋은 시간을 보냈어요. 새 연인은 먼지가 뿌옇게 앉아 더 이상 불타오르는 색깔을 띠지 않고, 또 제가 후진을 잘못해서 찌그러졌어요! 담벼락과 나무를 들이받았지요, 살짝. 그럼에도 불구하고 우리는 아몬드나무 꽃이 흐드러지게 피는 아름답기 그지없는 이 지역에서 함께 행복한 생활을 보냈답니다. 저는 혼자 가다가 합류하러 온 보스트와 함께 기차를 타고 파리로 돌아왔지요. 그는 그렇게 하는 것을 대단히 만족스러워했어요. 왜냐하면 부활절 전야에는 수많은 차가 도로를 뒤덮고 보험회사에선 60명의 운전자가 사망할 거라 예상했기 때문이지요. 이들 중 한 명이 되고 싶진 않았어요. 사실상 모두의 기대에 어긋나게도 58명만 사망했지요. 파리에서 3주를 보내고 내일 프랑스와 이탈리아를 여행하기 위해 다시 떠나요. 우선은 보스트하고만, 그다음엔 보스트와 올가와 함께, 그 후에는 사르트르와 떠날 거예요. 작업할 수 있기를 바라고

---

* 자크 베케르(Jacques Becker) 감독의 1952년도 작품
** 구로사와 아키라 감독의 1950년도 작품

있어요. 무엇보다 어디에서나 운전하고 세상을 본다는 것 때문에 기뻐요.

엘렌 라이트는 저를 위해 「사드」로 돈을 진짜 받아 냈어요. 우리는 당신에 대해 이야기하게 됐지요. 그녀와 있을 때는 항상 일어나는 일이에요. 그녀는 늘 당신에 관해 이야기하니까요. 농담이 아니라 그녀가 당신에게 로맨틱한 감정을 품고 있지 않나 싶어요. 그녀는 몽환적이고 향수 어린 말투로 당신이 얼마나 대작가이자 멋진 사나이인지를 이야기하면서 당신이 이곳에 오지 않는 것을 놀라워하며 당신을 비난하지요. 딕, 그는 런던 교외 어딘가의 작은 집에서 일에만 매달려 있대요. 단 1분도 원고와 떨어지지 않는대요. 원고를 전화 걸러 내려올 때도 가지고 오고, 런던에서 점심 식사를 할 때도 들고 온다네요. 식사하는 동안에도 화장실에 갈 때도 가지고 간대요. 엘렌에게는 그것이 가장 재밌는 일로 보이나 봐요. 저도 마찬가지고요. 저는 나이가 들면 들수록 이 지상에서 온전한 정신을 지닌 사람은 단 한 명, 저밖에 없다는 사실에 더욱 놀라고 있어요.

메리 매카시의 신간 『아카데미 숲*The Groves of Academy*』은 어떤가요? 그 책이 괜찮다고들 하는데, 의심이 가요. 랠프 엘리슨의 책*은 정말 여태까지 흑인이 쓴 책 중에서 가장 훌륭한가요? 사르트르는 당신의 『시카고』에 계속 전력하고 있어요. 『황금 팔』에 대해 전혀 소식이 없는데, 당신이 다시 한번 에이전트를 나서게 해야겠어요. 영화로 각색하는 건 어찌 됐나요? 돈을 가져다줄까요? 좋은 작품이 될까요? 일은 어떻게 돌아가나요? 어제 『공손한 매춘부』를 원작으로 한 영화 — 반 이상 촬영한 — 의 시사회가 있었어요. 결국 대단히 평범한 미국적인 영화가 될 거예요. 여배우는 깜

---

* 『보이지 않는 인간』

찍해요. 당신의 평이 듣고 싶은데, 유감스럽게도 당신이 미국에서 그 영화를 볼지 의심스럽네요. 오손 웰스가 상원의원 역을 맡는 것이 문제였어요. 그는 미국에서 흑인 한 명이 린치당하면 집단 전체를 감방에 집어넣고 엄하게 벌을 줄 만큼 얼마나 흑인들을 존중하고 사랑하는지 설명하는 주지사(조지아 또는 사우스캐롤라이나)의 연설 장면을 추가한다는 조건으로 그 역을 받아들였지요. 게다가 영화가 시작될 때 이 영화는 어느 국가의 어떤 현실과도 부합되지 않음을 안내하는 멘트를 짧게 넣으라고 강요했어요! 그러니 오손 웰스를 쏜다는 것은 말도 안 돼요. 정말 허세쟁이 천치에다 더러운 인간이지요!

그래, 당신의 작은 집은 고요를 되찾았나요? 봄이 깊어지고 새들이 잔디 위에 다시 모여드는 지금, 그곳은 틀림없이 쾌적하겠지요. 새들에게 저의 가장 좋은 추억을 전해 주고 당신을 위해 시몬의 사랑을 간직해 주세요.

당신의 시몬

1952년 7월 2일, 파리

내 사랑. 편지 쓰기에는 너무나 더운 날씨예요. 손에 땀이 나서 만년필을 겨우 쥘 수 있고, 머리는 물집으로 가득 찼어요. 온화하고 시원할 때 편지를 쓰지 않아서 벌을 받나 봐요. 네, 편지를 써야만 하는 몇 가지 이유가 있어요. 첫째, 당신의 다음번 편지를 받고 싶기 때문이고 둘째, 오늘 아침에 당신이 멋진 여행을 하며 머무는 것 같은 일본*에서 아름다운 우편엽서를 받았기 때

---

*   올그런이 장난으로 미주리주에서 일본 사원의 사진이 들어 있는 우편엽서를 보냈다.

문이에요. 셋째, 당신이 아주 흥미로운 편지들 가운데 하나인 '감옥으로부터의 편지' 더미*를 보내 줬기 때문이고 넷째, 그렇게 멋진 사나이는 이따금 파리의 편지를 받을 만한 자격이 있기 때문이지요. 그런데 반쯤은 빈사 상태인 제가 과연 끝까지 쓸 수 있을까요? 서신 왕래에 대한 저의 게으름은 특별한 이유가 없어요. 이탈리아에서 쾌적한 날들을 보냈고, 밀라노에 있는 여동생을 만났으며, 3주 전에 이곳에 돌아왔지요. 차를 정비 공장에 보냈어요. 차가 약해지기 시작해서인데, 그 가운데서도 타이어들이 숨을 거두는 중이고 그중 하나는 터져 버렸어요. 그러므로 지금은 사랑이 완전히 없어진 삶이랍니다. 저는 그 한도 끝도 없는 책에 다시 손대기 시작했어요. 엄청난 괴물을 끝마치려면 적어도 1년은 더 필요할 거예요. 사람들을 거의 만나지 않았어요. 가엾은 다리나 실로네는 우선 윌리엄스버그에 간 다음에 뉴욕의 컬럼비아대학에 갈 거예요. 만일 시카고에 갈 가능성이 있다면 틀림없이 당신을 만나러 달려가겠지요. 파리의 미국 영사관이 어찌나 겁에 질리게 하고 또 이탈리아의 파시스트를 기억나게 했던지, 미국에 사는 모든 주민이 FBI 요원이나 국무부 직원은 아니라며 그녀를 안심시켜야 했어요. 그녀가 제 말을 믿었는지는 모르겠어요. 엘렌 라이트는 딕의 신작 소설**을 좋지 않게 생각해요. 석 달 만에 쓰였고, 너무 지적이며, 그녀의 말에 의하면 그가 퍽 잘난 체한다는군요. 그녀는 문학 에이전트 일에 계속 전념하고 있어요.『그로브 프레스』가 사드에 관한 저의 짧은 글을 출판할 거예요. 언제냐고요? 돈을 받긴 했지만 모르겠어요. 엘리슨의『보이지 않는 인간』을 읽기 시작했답니다. 맘에 안 들어요. 필시 당신 맘에도 들지 않을 거

---

* 플로리다의 어느 감옥에 갇혀 있었던 짐 블레이크(Jim Blake)의 편지들
** 『아웃사이더 L'Outsider』

예요. 당신의 환심을 사기 위해 폴 볼스의 중편소설을 『현대』의 이름을 내세워 거절했어요.

제가 돌아온 이후에 중요한 사건이 일어났는데, 당신도 틀림없이 들었을 거예요. 노동자들이 파업하지 않았는데도 뒤클로를 잡아 가둔 사실에 『시카고 트리뷴』이 만족했을 거라고 짐작해요. 이 사건은 노동자들이 공산주의자는 아니라는 걸 의미하지 않지만, 무익한 파업에 신물이 났고 뒤클로를 토레즈만큼 좋아하지 않는다는 걸 보여 줘요. 공산당은 이 일을 그리 능숙하게 이끌지 못했어요. 우파 전체가 희희낙락하고 있는데, 이 자들은 어느 때보다 더 혐오스럽답니다. 우리는 공산주의자들을 당연히 좋아하지 않지만 다른 사람들에 대항하려면 그들과 함께해야 한다는 신념으로, 『현대』를 통해 그들에게 더 가까이 다가가고 있어요.

당신의 '공손하고' 귀여운 여자 이야기는 여전히 손에 땀을 쥐게 하는군요. 그다음 이야기는 어떻게 될까요? 제 생각에는 마음이 아주 넓고 용감한 주인공이 여주인공과 결혼해야 할 것 같아요. 그들은 별 볼일 없는 많은 매춘부와 기둥서방을 거느려야 할 거예요. 주인공은 노후에 돈과 명성을 쌓고 그를 '파파'라고 부를 매혹적인 매춘부들과 기둥서방다운 기둥서방들에 둘러싸여 살 거예요. 그녀가 머리 모양에 세심한 관심을 둔다면 제가 머리 모양을 바꿨다고 말해 줘요. 머리를 더 이상 위로 틀어 올리지 않는답니다.

네, 저는 플로리다의 감옥에 갇혀 있는 당신 친구의 편지들을 진정 높이 평가했어요. 흥미로운 인물이에요. 보스트와 올가가 그 글을 번역하고 있답니다. 돈을 어떻게 할까요? 그는 당연히 돈이 필요할 텐데요. 달러로 치면 아주 적은 돈인데, 모두 보스트와 올가에게 넘겨 버릴까요? 그중 반을 당신 친구에게 보낼까요? 말해 줘요. 어쨌든 훌륭한 번역이 될 거랍니다. 당신 친구는 글을 쓸 줄 아는군요. 몇몇 작가를 과대평가하고 있긴 해도, 문학에 대해서는 잘 알고 있어요. 그는 당신에 대해 어떻게 생각하나요? 그의 사진을 한 장 가지고 있나요?

사실 매우 박진감 있는 이 편지들이 당신 편지보다 당신을 더 생생하게 만들어요. 놀라울 정도로요. 그 편지들은 패터슨섬에서 읽는 느낌이었어요. 그러다가 한순간 집에서 스카치를 마시며 당신과 제가 그것에 대해 토론하는 듯한 느낌이 들었고, 그것이 가슴을 쓰리게 했답니다. 당신을 한순간도 잊지 않았으나 가슴속의 이 쓰라림을 잊고 있었지요. 얼마 전부터는 당신을 추억하기 시작했어요. 제 말은 당신이 더 이상 현재의 삶이 아닌 추억 속의 삶에 속하기 시작했다는 의미지요. 아마도 그런 이유로 제가 편지를 덜 쓰는 건지도 모르겠군요. 사람들이 어디, 추억에다 편지를 쓰나요? 어쨌든 당신 편지에 무척 애착을 느끼기 때문에 충실하게 편지를 보낼 거예요. 미주리에서 당신이 한 연설에 대해 말해 줘요. 시카고에서처럼 사람들이 당신에게 린치를 가하려 했나요? 시카고가 폭염이라고 하더군요. 해수욕을 하나요 아니면 냉동기 안에서 잠자나요?

당신에 대한 사랑, 그것을 강력한 냉동기에 넣어 버린 느낌이에요. 그것은 그 안에서 더 이상 나오지 않겠지만, 썩지도 죽지도 않을 거예요. 저는 이 쓸모없고 헛되며 냉동된, 해를 끼치지 않는 사랑과 함께 살아갈 거예요.

안녕, 냉동된 나의 옛사랑. 더위에도, 다른 무엇 때문에도 죽으면 안 돼요.

당신의 시몬

1952년 8월 3일, 이탈리아

내 사랑. 미주리에서 강연한 내용을 보내 줘 고마워요. 미국에서 일이 진척되는 상황을 고려하면 청중은 당신 말의 반 정도나 좋게 생각함 직하네요. 그렇지만 잘한 일이고, 당신이 그곳에서 행한 것과 말한 방식은 용기 있는 일이에요. 그 강연 내용을 『현대』에 싣고 싶은데, 여느 때와 마찬가지로 그 누구도 당신 글을 번역할 수 없다는 데에 어려움이 있어요. 시피용과 다른 사람들에게 부탁했는데, 그들은 모두 "오! 올그런? 불가능해요!"라는 반응이었어요. 블레이크에 대해 자세히 이야기해 줘서 고마워요. 그가 친절한 편지를 보냈는데, 조만간 당신을 통해 답장을 보내겠어요. 그에게 40~50달러를 보내도록 조처할 거예요. 쉽지 않겠지만, 돈이 필요한 그가 그 돈을 갖기를 원해요. 올가가 원본을 정성스럽게 보관하고 있어요. 제가 파리로 돌아가는 즉시 당신에게 보내도록 할게요.* 다른 사람에게 맡기는 것보다 제가 하는 게 더 안전하니까요.

그래, 어린 매춘부와도 끝났고, 일본 여자와도 끝났고, 바버라와도 끝나 버렸군요! 분명 당신은 완전히 새로운 여자들을 재고할 필요가 있어요.

이탈리아의 한 작은 도시에서 당신에게 편지 쓰고 있답니다. 사르트르가 밀라노까지 기차를 타고 와서 재회했어요. 수요일 늦게 떠난 저는 그날 밤과 다음 날 종일 그리고 금요일 아침까지 운전했지요. 다행히 스위스에서 두 명의 영국인 히치하이커 — 제 생각에 레즈비언인 — 를 차에 태웠어요. 런던에서 유고슬라비아

---

* 블레이크의 편지들은 "미국인 구류범의 편지"라는 제목 아래 1952년 8월호 『현대』에 게재됐다.

로 향하던 그녀들을 밀라노까지 데려다줬답니다. 저는 커다란 호숫가를 따라 이어지는 미끄러운 도로 위에서 하마터면 모두를 죽일 뻔했어요. 제가 막 "속도를 늦출게요. 이 길은 위험하군요"라고 말한 2분 뒤에 차는 통제하기 어렵게 미끄러지더니 도로표지판을 받아 뽑아 버린 뒤에 담을 들이받았어요. 다행히 도로표지판 때문에 차는 멈췄고, 그리 심하게 찌그러지지 않고 약간의 피해만 봤을 뿐이지요. 첫 사고였는데, 큰 손해를 보지 않아 의기양양해했어요. 그럼에도 불구하고 밀라노에서 사르트르와 합류했을 때는 약간 정신이 나가 있었어요. 우리는 두 달 동안 이탈리아를 북부에서 남부까지 그리고 시칠리아섬의 작은 도시들을 방문하고 경치를 즐기면서 지나갈 거예요. 또 당신 책을 작업하기 위해 어딘가에 머물 계획도 세우고 있어요. 이 책은 대략 6개월 후면 끝날 텐데, 차츰 형체를 갖춰 가고 있답니다. 당신이 그 책을 언제쯤 읽게 될까요!

있잖아요, 넬슨, 믿기지 않는 일이 일어나고 있어요. 저를 좋아하고 사랑하고 싶어 하는 누군가가 존재한다는 거지요. 반은 행복하고 반은 슬프네요. 사랑 없이 산다는 것은 무미건조하기 때문에 이는 행복한 일이지만, 당신 외에 그 누구에게서도 사랑받길 원하지 않았기에 슬퍼요.

그 누군가는 검은 머리에 파란 눈을 한 스물일곱 살 유대인 젊은이인데, 『현대』 회합에서 알게 됐어요. 제가 그의 마음에 들었지요. 연초에 비서가 털어놓아서, 그가 어리석게도 저를 '아름답다고' 생각한다는 걸 알고 있었어요. 그들이 농담한다고 생각하면서도 그 젊은이가 매우 친절한 눈으로 저를 바라본다는 걸 알아챘어요. 우리는 사적인 대화를 한 번도 나누지 않았지요. 그런데 일주일 전에 보스트와 비서가 관광 안내 책자에 실을 정보를 수집하려고 브라질로 날아갔어요. 그들은 여행한다는 생각에 뛸

듯이 기뻐했지요. 그 때문에 올가의 집에서 스카치가 흘러넘치는 이별 파티를 열었고, 저는 문제의 그 젊은이를 초대하자는 말을 꺼냈어요. 초대받고 온 그는 약간 취했고, 저는 그에게 친절한 시피용보다 더 친절하게 말하지 않았어요. 파티 내내 저를 응시한 그는 그다음 날 아침에 전화하여 "당신을 영화관에 데려가고 싶군요"라고 말했답니다. 그 말인즉슨 "당신과 자고 싶군요"를 의미했어요. 저는 여행을 떠나기 때문에 시간이 없다고 답했어요. 그가 어찌나 실망하는 것 같던지 술 한잔하자고 제안했지요. 이상했어요. 그의 전화를 받은 후에 다시 방으로 들어오면서 울음을 터뜨렸답니다. 우리가 헤어진 이래 울어 본 적이 없었던 그런 울음을 말예요. 누군가가 저를 사랑하고 싶어 하는데 그 사람은 당신이 아니었어요. 그의 마음을 받아들인다는 것은 당신에게 다시한번 아듀를 말하는 것이 되지요. 당신에게서가 아니라 할지라도 다시 한번 사랑받는다는 것은 달콤하게 느껴졌어요. 우리는 오후 내내 그리고 다음 날 오후까지 이야기를 나눴어요. 그는 저의 집에서 밤을 보내고 제가 이탈리아로 출발하는 날 다시 왔어요. 그와 사랑에 빠졌답니다. 10월에는 우리의 진짜 이야기가 시작될 거예요. 솔직히 말해, 그 이후로 저는 늙은 여자처럼 사랑 없는 삶을 살 것이라고 확신했기에 아연실색하게 되네요. 그에게 저는 아직 젊고, 무엇보다 그는 저를 사랑해요. 당신에게 이런 편지를 쓰는 것도 경악스럽군요. 친구에게 보내는 편지랍니다. 우정은 당신이 저로부터 받아들이는 모든 것이지만, 당신은 정확히 말해 결코 친구가 아니었으며 앞으로도 그러지 않을 거예요. 그 누구도 당신만큼 제게 의미 있는 사람은 없을 거예요. 그러나 그 모든 것에도 불구하고 과거에 못 박힌 채 머물 수는 없지요. 이 과거 속에서 변한 것은 아무것도 없어요. 그러나 저는 더 이상 고집스럽게 집착하지는 않을 거예요.

잘 있어요, 내 사랑. 제 가슴속에 당신에 대한 한결같은 애정이 남아 있긴 해도, 이제는 더 이상 '당신의 시몬'이라고 주장할 수 없을 것 같군요. 이탈리아의 바리로 편지 보내 주세요.

사랑을 가지고 당신에게 키스해요.

시몬

1952년 8월, 로마

카푸친 묘지의
엽서 두 장에,
로마

넬슨, 정말 아름답지 않아요? 이것*을 함께 보지 않았다는 것이 아주 유감스러워요. 전부 진짜 인간의 뼈로 만들어졌는데, 이 미친 짓이 2세기 전 수도사들에 의해 실현됐답니다. 천장의 예쁜 데생들도 뼈로 그려졌지요. 그들은 해골을 가지고 벽시계와 복제품이 존재하지 않는 다른 수많은 예술품도 만들었어요. 이것과 같은 교회당이 다섯 개나 이어지고 있답니다. 맘에 드나요? 저는 '미네르바' 호텔에 투숙하고 있어요. 당신을 생각하지 않을 수 없군요. 당신은 로마를 그다지 좋아하지 않았으나 계속 부드러운 태도를 취했었지요. 어리석은 모습을 단 한 번 드러내긴 했지만요. 네, 이제 그렇게 됐어요. 당신은 추억, 대단히 귀중한 추억이 돼 버렸어요. 그 엄청난 뇌우를 기억하나요? 호우가 쏟아지던 인적 없는 도시에서 우리는 택시를 타고 가고 있었어요. 오늘 저녁,

---

* 카푸친 묘지

저는 로마에서 가슴속에 과거를 가득 지닌 채 고독하게 걷고 있답니다.

해골 모습의 당신과 미래의 당신을 생각해 봐요. 단정하게 살고 단정하게 죽도록 노력하세요.

살아 있는 당신의 얼굴에 애정 어린 키스를 해요.

시몬

1952년 10월 3일

매우 소중한 당신. 실망! 당신은 또 한 번 블레이크의 편지들만 보냈을 뿐 단 한마디도 없군요. 편지 한 통이 분실된 게 분명해요. 파리에서 떠난 이후 두 달이 넘도록 당신에게서 소식을 듣지 못했어요. 제가 푸른 눈과 검은 머리의 젊은이를 위해 저의 가엾은 여자 친구, 그러니까 자동차를 포기한 것을 당신은 어떻게 생각하는지, 수도사들의 해골에 대해서는 무엇을 생각하는지, 그리고 호수와 집, 새들에 대해서도 아무것도 몰라요. 당신이 아주 조만간 편지 쓰기를 바라며 저 역시 본격적으로 편지를 쓰기 전에 당신 소식이 전해지길 기다리고 있답니다.

오는 길에 기막힌 것들, 특히 기원전 6세기의 대단히 골루아적이고 맵시 있는 그림들로 장식된 에트루리아의 무덤들을 보면서 나폴리에서 로마, 로마에서 밀라노까지 운전한 후에 뷔슈리가로 돌아왔어요. 무덤의 그림들 가운데에는 한 남자가 다른 남자와 성교하는 그림이 있었어요. 처음에 제가 멍청하게 물었어요. "이게 뭐예요? 남자 한 명과 여자 한 명인가요?" 안내자는 "아닙니다 부인, 두 남잡니다"라고 엄격하게 답했지요. 주네가 몹시 기뻐했을 거예요.

밀라노의 여동생 집에서 나흘을 보냈는데, 무척 지루했지요. 자동차를 운전하는 데 게을러져서 지난밤에는 기차로 돌아왔어요. 제부가 제 자동차를 운전해 가져올 거예요. 파리에는 재미있는 우편물들이 기다리고 있었어요. 보스트와 비서가 브라질에서 끔찍한 순간들을 보냈는데, 특히 비서는 브라질 비행기를 몹시 무서워했대요 ─ 그는 제가 아는 책의 어떤 주인공과도 비교할 수 없어요. 보스트 말에 의하면, 비서는 도둑이 그의 비행기 표와 돈을 훔쳐 갔다는 말을 지어낼 정도로 겁에 질려 있었대요. 강도당하는 장면을 연출하고 연기하기까지 했다는군요. 결국 보스트가 혼자 브라질의 하늘을 나는 동안 그는 리우에 머물러 있었어요. 그가 극심한 공포를 고백하지 못하고 술책을 부려 그 복잡한 이야기를 전부 꾸며 내야 했다니 코믹해요.

헤밍웨이의 신간이 그렇게 훌륭하다니 정말이에요? 그런 말이 돌고 있지만, 넬슨 올그런이 진짜 진실을 폭로하지 않는 한 어떻게 알겠어요?

블레이크의 편지들이 모든 사람의 관심을 끌고 있어요. 올가와 보스트에게 넘겨주려는 돈을 그에게 주기 위해 조처를 취하겠어요. 왜냐하면 돈은 그들보다 그에게 더 필요하니까요. 최근에 보낸 편지들은 별로 흥미진진한 상황이 아니어서 사용하지 않을 거예요. 만일 당신의 편지 한 통이 분실됐다면 핵심적인 이야기들을 다시 해 주세요.

얼마 전 꿈에서 당신 반지를 손가락에 끼고서 땅에 묻힐 거라고 선언했는데, 실제로 그럴 작정이에요. 살아 있는 한 당신 반지는 제 손가락에, 당신 얼굴은 제 가슴속에 있을 거예요.

시몬

1952년 10월 13일 월요일

생각에 잠겨 있느라 앉아 있는 시골의 멍청이 양반.[*]

잡지 『더 네이션*The Nation*』과 블레이크의 새로운 편지들, 재미있는 인터뷰와 친절한 당신의 예쁜 사진들, 그리고 마침내 진짜 편지를 받았어요! 당신은 저의 모든 질문과 제가 하지 않은 몇몇 질문에조차 답했군요. 내 사랑, 당신 책에 관해서도 질문하는군요. 상냥한 당신과 한 부분 정도 관계가 있는 이 두꺼운 소설은 마침내, 드디어, 끝나가고 있답니다. 당신에게 이 책의 주제를 이미 설명한 것 같은데요, 이 책은 1944년부터 1948년 사이에 한 그룹의 프랑스 작가들의 희망, 환멸, 우정, 사랑, 불화 그리고 전반적인 정치, 특히 공산당과의 관계, 현재 문학(글쓰기)이 제기하는 문제들을 다루고 있어요. 이 책에다 여행, 술 마시며 보낸 저녁나절, 젊은 사람들과 나이 든 사람들, 케스틀러와 카뮈, 사르트르와 저의 이야기를 엄청 집어넣었어요. 그것을 사르트르만 읽었는데, 그는 제가 쓴 것 중에 가장 좋은 작품이라 평가하더군요. 저도 그러기를 바라요. 어쩌면 석 달 이내에 갈리마르 출판사에 넘길지 모르겠어요. 그러나 그 바보 같은 미국 출판사 여사장이 이 책을 언제나 번역해 낼까요?

비서와 보스트가 죽을 뻔했다고 말했던가요? 그들이 탄 비행기가 리스본에서 이륙하던 중에 엔진 두 대가 멈춰 버렸대요! 다행히 비행기는 공항에서 그리 멀지 않은 상공에 있었고요! 그들은 이틀을 지체해 위기를 벗어났대요. 올가는 그 때문에 첫날 밤에 겁에 질려 병이 났고, 공항에 전화해 본다는 것은 생각지도 못

---

[*] 올그런이 시몬 드 보부아르에게 보낸 그에 관한 주요 기사 제목인 "작가 넬슨 올그런, 그는 앉아서 생각에 잠겨 있다"를 암시한다.

한 채 정신 나간 상태에 있었어요. 그녀가 불안에 시달린다는 것을 알았을 때 전화를 건 사람은 저였지요. 보스트와 비서는 브라질에서 놀랄 만큼 재미있게 지냈지만, 완전히 치를 떨며 돌아왔어요. 그들이 인도에서 즐거운 경험을 되풀이하길 원해요. 〈공손한 매춘부〉는 베니스영화제에서 음악상을 받았어요. 미국인들은 이 영화에 대해 분노하기 때문에 감독과도 배우들과도 악수하지 않았지요. 파리에선 대성공이에요. 영화가 연극보다 더 진짜 같은 인상을 주지만, 당신은 그 영화를 미국에서 결코 보지 못할 거예요. 공산주의자들이 그 영화에 대해 탁월한 감상문을 발표했는데, 현재 사르트르에게 전반적으로 친절한 태도를 보이고 있어요. 뒤클로가 체포된 5월 28일의 혐오스러운 사건 이후, 사르트르가 『현대』에서 공산당에게 유리한 발언을 했었지요. 그 결과 모리아크는 그를 "구역질 나는 쥐새끼"로 취급했어요. 공산주의자들은 사르트르를 그들의 회합에 초대하고서 그와 함께 일하기를 원했어요. 사르트르는 그들을 만날 때 희희낙락하지 않아요. 그들을 변호하기 위해서는 그들에게 가까이 다가가지 않는 게 더 나아요. 당신 마르티와 티용이 공산당에서 축출당한 대사건에 대해 들어본 적이 있어요? 그 사건의 지지자들이 정확히 누구인지 아무도 모르는 우울한, 아주 우울한 사건이에요. 당연히 반공주의자들은 기쁨을 표시하고, 많은 공산주의자도 마르티가 정신 나간 놈이라며 기뻐하고 있지요. 헤밍웨이가 『누구를 위하여 종은 울리나』에서 마사르라는 이름으로 묘사하는 인물이 바로 그예요.

이 멍청한 기자는 어째서 당신이 인상적이지 않고 그 작은 숙소가 흉하다는 글을 쓸 수 있는 거죠? 이 작가는 당신에 대해 아무것도 몰라요. 사진 중 한 장에서 당신이 깊은 인상을 주려고 했지만, 다른 사진은 그렇지 않았어요. 사실이에요.

어맨다와 뜻이 잘 맞으니 그녀와 재혼한다는 것은 좋은 생각이에요. 패터슨섬의 보금자리가 약간 쓸쓸해 보이는군요. 예전에 당신은 아이들을 갖기를 원했어요. 당신은 별나지만, 전체적으로는 아주 친절한 아버지가 될 거예요. 저를 슬프게 하는 게 무언지 알아요, 넬슨? 당신이 편지 한 통으로 생생하게 되살아날 적에 제가 울음을 터뜨린다는 걸 알아요? 그건 사랑이 죽어서가 아니라, 우리가 가슴속에 서로를 향한 그 많은 애정을 간직하고 있으면서도 일상의 행복한 우정을 누릴 수 없기 때문이에요. 우리는 서로에게서 너무 멀리 떨어져 살고 있고, 어쩌면 당신을 다시 만날 수 없을지도 몰라요. 당신은 프랑스에 오지 않겠다고 고집을 피우고 있고, 저는 미국에 갈 아무 이유가 없으니까요. 슬퍼요, 애정 어린 우정으로 끝맺는 사랑에서는 아직도 수많은 기쁨을 끌어낼 수 있기 때문이지요. 네, 그런 이유에서 눈물 없이는 당신을 떠올릴 수 없답니다. 우리는 너무 멀리 떨어져 살고 있어서 서로를 거의 잃어버렸어요. 그러나 지난주에 말했지요, 제가 손가락에 당신 반지를 낀 채 땅에 묻힐 거라고요. 그리고 제가 숨을 쉬는 한 당신은 결코 저를 잃어버리지 않을 거고, 당신은 결코 제 가슴에서 쫓겨나지 않을 거예요. 네, 저의 출발과 도착, 우리가 함께 체험한 모든 것에 대해 기억하고 있어요. 그리고 지난해에 이 아름다웠던 '인디안 서머'도요. 사랑으로 당신에게 키스해요.

절대 잃어버리지 않을 당신의 시몬

1952년 11월

매우 소중한 당신. 화창하게 미소 짓는 요즘 같은 날 아침에 생제르맹데프레 광장 한복판에서 당신을 알아본다면 참 좋을 거예요. 신혼여행으로 어맨다와 함께 파리에 오지 못할 이유가 뭐가 있겠어요? 파리는 그녀 마음에 들 거고, 우리는 모두 잘 지낼 거라고 확신해요. 한번 생각해 보도록 해요.

블레이크의 편지를 부쳤고, 그가 당신을 통해 40달러를 받을 수 있도록 조처했어요. 미국에 돈을 보내는 일이 쉽지 않아서 시간이 걸리겠지만요. 그가 아무것도 받지 못하면 알려 주세요. 연설*을 추가했어요. 당신 글을 프랑스어로 번역하는 것은 거의 불가능하다는 문제가 여전히 남아 있답니다. 『시카고』는 조만간 준비를 끝낼 것이지만, 『황금 팔의 사나이』에 대해 보리스에게 물어보면 작년과 마찬가지로 올해도 더도 덜도 아닌 150쪽을 번역했다고 답해요. 그러니 참고 기다립시다. 아 참, 그가 이혼했어요. 『제2의 성』의 번역은 어찌 됐나요? 그 책이 얼마나 좋은지를 말하는 신문 기사를 보내 줬는데, 책이 출판됐나요? 에드먼드 윌슨이 탁월한 비평가로 평가받는다는 것은 알고 있었지만, 그가 정말로 그런 사람인지는 몰랐어요. 이제는 그렇다고 확신해요. 왜냐하면 그가 사드에 관한 제 연구를 자신이 아는 한 가장 훌륭하다고 평가했기 때문이지요. 사드를 좋아하나요. 넬슨?

옛날 우리가 좋았던 시절에 앨버트 슈바이처와 사르트르가 가까운 사촌이라는 사실이 당신을 마냥 웃긴 적이 있었지요. 그들이 사르트르의 집에서 사르트르의 어머니와 함께 점심 식사를 함께했다는 것도 알아 두세요. 식사하는 동안 흥분한 기자들**이 사진을 찍겠다고 얼마나 부탁하고, 또 메뉴를 알고 싶다면서 몇 번이나 초인종을 눌러 댔는지 몰라요. 슈바이처는 '친애하는 나의 사촌'이라는 식으로 매우 다정하게 사르트르의 어깨에 팔을 둘렀지요. 사르트르는 그것을 싫어하지 않았어요. 마지막에 그 노인

---

* 스티븐슨이 12월 대통령 선거에 출마하겠다고 승낙한 연설
** 그 해에 앨버트 슈바이처는 노벨 평화상을 받았다.

은 다소 예상치 않은 방식으로 "결국 우리는 둘 다, 다른 방식으로 같은 목표를 겨누는 거야……"라는 말을 꺼냈어요.

훌륭한 영화, 당신을 기쁘게 할 영화 한 편을 보았어요. 〈금지된 장난〉*으로 보스트의 형이 대사를 썼지요. 1940년에 프랑스 농부들의 생활 방식이 어땠는지 보여 주는 것 말고도 기막히게 깜찍한 어린 소녀를 볼 수 있어요 ─ 당신도 그 누구도 그와 비슷한 소녀를 본 적이 없을 거예요. 여배우가 아니고 실제 생활에서처럼 울고 웃는 진짜 어린 소녀지요. 게다가 그 애는 영화와 현실을 거의 구별하지 않았다고들 하더군요. 제가 어린애들을 좋아하지 않는다는 건 분명하지만, 당신은 오로지 그녀에 대한 사랑만으로도 뛰어가 영화를 봐야 해요.

동생과 제부가 저의 집에서 저녁나절을 보냈어요. 그녀는 『초대받은 여자』를 위해 작은 삽화를 그려 전시했으나 성공하지는 못했어요. 그녀가 하는 일은 현실적으로 매년 더 나빠지고 있고, 이러한 추락을 멈추게 할 어떤 방법도 없어요. 그녀는 길을 완전히 잘못 들었어요.

며칠 전에 사르트르가 재닛 플래너**를 만났어요. 그녀는 친절하고, 또 미국의 상황, '반미 활동'의 모든 더러운 사건을 매우 걱정하고 있었어요. 한 여자가 남편과 결혼하기 전에 동침했고 한 번도 반공주의 언사를 하지 않은 사실로 붙잡혔대요. 플래너는 그녀와 또 한 명의 여성을 위해 증언했대요. 이 여성은 독일에서 1943년에 다음과 같이 말해 비난받았다는군요. "그래서 이제 우리는 소련과 동맹국이죠?" "왜 그런 말을 했나요? ─ 아니 우리가 소련과 동맹국이'었'죠, 아닌가요? ─ 네, 근데 왜 그 말을 했나요?

---

* 브리지트 포세(Brigitte Fossey) 주연, 르네 클레망(René Clément) 감독의 1951년도 작품
** 미국인 여기자

무엇을 말하려 했던 건가요? — 바로 제가 말한 것을요." 이 말에 대해 검사가 위협적인 태도로 법원 서기를 향해 돌아섰대요. "그녀는 단지 그녀가 말한 것만을 말하고자 했다고 기록하세요" 미쳤죠, 안 그래요?

『더 네이션』에 대해 당신에게 감사의 말을 했던가요? 대단히 흥미로워요. 기요네가 그 내용을 『현대』 다음 호에 실으려고 요약 중이에요. 앞으로도 그런 것들을 보면 보내 주길 부탁해요.

당신과 집에 관한 모든 것을 계속 이야기해 줘요. 더 이상 비탄에 잠기지 않을 거예요. 그리하는 것이 금지됐고, 저는 금지 사항을 위반하지 않으니까요, 심지어 '팁-톱-탑'에서도요.

매우 다정하게,

시몬

당신 나라의 선거에서 누가 승리할까요? 여기의 모든 사람이 장군*이 이길까 몹시 두려워하고 있답니다.

1952년 12월 9일

넬슨, 내 사랑. 긴 편지를 받았고, 그다음에는 멀리 있는 해변과 예전의 좋았던 시절의 작은 추억이 들어 있는 짧막한 편지를 받았어요. 고마워요, 넬슨. 저도 그에 못지않은 일종의 추억 선물**을 보내요. 며칠 후면 받을 거예요(분명 제 편지보다 늦게 도착할 거예요). 이번 여름에는 파리에 온다니, 얼마나 기분 좋은 생각인지 모르겠네요! 어맨다가 동의했나요?

---

* 드와이트 데이비드 아이젠하워(Dwight David Eisenhower)
** 미국어판 『제2의 성』

지독한 겨울이에요. 끔찍하게 춥고 눈 내리는 달이에요. 지금은 런던식 무시무시한 안개 비슷한 것이 꼈고 어두컴컴하답니다. 한마디로 서글픈 파리예요. 오래전에 〈잊힌 사람들〉에 관해 말한 적이 있었지요? 멕시코시티를 연상시키는 장면들을 보니 우리가 빈민가를 돌아다녔던 일들이 떠올랐어요. 그 빈민가를 다시 보고 싶군요, 그래요, 충격적이었지요. 〈라임라이트Limelight〉[*]는 어땠어요? 여기서는 논쟁이 대단해요. 좋아하는 쪽과 싫어하는 쪽의 두 파가 상대를 지독하게 증오하면서 충돌하네요. 저는 좋아하는 쪽이고 사르트르는 싫어하는 쪽이며, 비서는 좋아하는 쪽, 보스트는 싫어하는 쪽이에요. 나긋나긋한 영화고, 지나치게 착한 칼베로가 말을 너무 많이 한다는 건 동감해요. 그러나 이루 말할 수 없이 근사한 얼굴을 하고 인습적인 상황에서 인습적이지 않은 수많은 의미를 제시해요. 여자는 예뻐요, 그리고……. 근데 당신은 어떻게 생각해요?

작은 사건이 있었어요. 비서가 사르트르에게 장난쳐서 골탕 먹인 거예요. 그 자리에 저는 없었지요. 비서는 사르트르에게 찰리 채플린이 초대한다고 하고 채플린에게는 사르트르가 초대한다고 말했어요. 결국 그들은 비서와 기요네, 보스트와 올가 그리고 피카소와 함께 저녁 식사를 했지요. 모두가 채플린 때문에 대단히 즐거워했어요. 채플린은 아이젠하워가 당선되면 미국으로 돌아가지 않을 거라고 하는 등 수많은 이야기를 해 줬으며, 어찌나 우호적이고 다정하며 기분 좋은 사람이었던지 유혹에 잘 넘어가지 않는 사르트르조차 넘어갔대요. 그러나 피카소는 노여움을 가라앉히지 않았어요. 어디를 가든 중심인물이 되는 데 익숙한 그가 주변으로 밀려나고 관심이 온통 채플린에게 쏠렸으니까요. 그

---

[*] 찰리 채플린 작품

들은 모두 밑 빠진 독처럼 술을 마셨대요. 채플린의 부인 우나는 좀처럼 입을 열지 않았어요. 만약 채플린이 런던에 정착하고 파리에 자주 온다면, 우리는 분명 그를 다시 만나 파리를 알게 해 줄 텐데……. 그러면 얼마나 기쁠까요? 사실 예전 뉴욕에서 만난 그는 꽤 부자연스러웠고 매력이 없었거든요. 새 남자 친구가 이날 저녁에 돌아오기 때문에 저는 만찬에 참석하지 않았어요. 우리는 석 달간 헤어져 있었고, 그전에도 단둘이 만난 적이 세 번밖에 없어서 이야기할 게 엄청 많았어요. 비록 그는 저보다 나이가 한참 어리지만, 우리는 서로 아주 잘 통해요. 그는 '유대인의 현실'을 잘 파악하고 있고, 자신이 다르다고 느껴요. 그의 가족은 전혀 종교적이지 않지만 같은 감정을 공유하고 있고요. 이스라엘에서 돌아온 후부터 그는 특히 여기서 늘어나는 반유대주의적 희롱에 깊은 상처를 받고 있지요. 그가 주의 깊게 관찰한 흥미진진한 사실들을 들려줬어요. 그곳에서는 '흑인' 유대인과 '백인' 유대인 사이에도 인종차별이 존재한다는군요. 흑인들은 북아프리카 출신들이고(이를테면 우리가 메드닌에서 본 흑인들), 백인들은 독일인, 폴란드인, 소련인들이라는군요. 후자 쪽은 부자고 존경받는대요. 전자는 가난하고 무시당하고요. 결국 그것은 길고 복잡한 역사적 문제며, 그는 이러한 문제에 대한 글을 쓰고 싶어 하지요. 당신이 정말 파리에 온다면 그를 소개할게요. 그 모든 게 당신의 관심을 끌거예요.

선거에 대한 당신의 설명에 관심이 끌렸어요. 스티븐슨이 그렇게 양심적인 사람인 줄 몰랐어요. 그의 연설 속에 신에 관한 문장들과 다른 어리석은 말들은 대부분 의식적인 발언이었겠지만 말이죠. 네, 이 선거는 미국을 좋게 평가하는 이곳의 모든 사람을 슬프게 했어요. 그런데 그 이후에 무슨 일이 일어났나요? 유엔에서 뒷거래하던 FBI의 가공할 사건, 프랑코를 인정하는 유네스코, 레이 밀랜드 주연의 〈스파이 L'Espion〉* 같은 기괴한 영화들 그리고 흉측스러운 로젠버그 사건.** 특히 로젠버그 사건은 정말 흉악스러워요! 사르트르와 다른 사람들이 그들을 지지하기 위해 회합을 열고 트루먼에게 탄원서를 보냈어요. 좌파 신문들에서는 탄원 성명이 넘쳐나지요. 그러나 헛된 일이 될 듯하군요. 공산당 내부의 상황도 낙관적이지 못해요. 제명과 소송 등이 온정적인 태도를 보이기 힘들게 만들어요. 그렇지만 사르트르는 지금 우리가 서로 협력해야 한다고 생각하고, 빈에서 열리는 '평화회의'에 참석할 생각이에요. 그가 당신을 초대해 달라고 부탁했어요. 그러나 그곳은 너무 멀고 위험해요. 당신에겐 불가능할지 모르겠군요. 어떤 좌파 미국인도 참석하지 않을 것이고 또 참석할 수도 없어요. 그리고 많은 비공산주의자 프랑스인도 참석하지 않을 것이므로, 그 회의는 평화와 진정한 자유를 갈망하는 모든 인민의 대회의가 아닌 공산주의 회합으로 남을 거예요.

사르트르는 정치에 빠져 있어요. 그것을 기뻐하지는 않지만, 그 대신 「공산주의자들과 평화」라는 가장 훌륭한 글 중 하나를 쓸 수 있게 됐지요. 잡지 『룩Look』에서 그에게 현재 입장에 관한 인터뷰를 하자고 요청했어요. 사르트르는 자기 말을 단어 하나 바꾸지 않고 인쇄할뿐더러 자신이 한 말에 대해 모욕적인 머리기사를 쓰지 않겠다는 서면 약속을 받는 조건으로 수락했죠. 그들은 그 같은 요구를 받아들일 수 없다고 생각했으므로 인터뷰를 안 했어요.

제 생활을 제대로 이끄는 것이 무척 힘겨웠기 때문에 오랫동

---

* 러셀 라우스(Russell Rouse) 감독의 1952년도 영화. 원제는 "The Thief"

** 소련에 원자폭탄의 기밀을 넘겨줬다고 고발당한 줄리어스와 에설 로젠버그는 1951년 사형선고를 받았다. 그들을 위해 국제적인 여론 운동이 벌어졌음에도 불구하고 1953년에 처형당했다.

안 편지를 쓰지 못했어요. 새 젊은이를 제 삶 안에 정착시켜야 하고, 당신 책을 끝마쳐야 하며, 옛 친구들을 간수해야 하거든요. 한 마디로 먹고 잘 시간도 없을 만큼 진짜 시간이 없어요. 최근 한 달 동안은 저의 불쌍한 자동차조차도 거의 두 번밖에 보지 못했답니다. 변화가 있기를 바라고 편지로 답하도록 하겠어요. 당신은 분명 제게 할 이야기가 많을 거예요. 왜냐하면 저의 긴 침묵이 당신을 말이 없게 만들었으니까요.

그 선물은 정말 작은 추억이 됐군요. 그러나 저는 결코 누구도 제 가슴에서 끌어내지 못할 해변의 이 흔적을 귀중하게 간직하고 있어요. 당신 손으로 직접 다른 것들을 가져다줘요. 제가 그리도 사랑한 넬슨, 당신이 몹시 보고 싶어요. 당신에 대해 이야기해 줘요. 안녕 내 사랑, 사랑과 함께.

시몬

올그런은 시몬 드 보부아르의 제안대로 파리를 다시 보고 1949년에 만난 친구들을 다시 만날 수 있으리란 생각에 몹시 기뻐하며 1월 4일 어맨다와 함께 파리에 가기로 결정한다. 그리고 6개월간 머물 예정으로 '리버티' 선 표를 3월 24일로 예약하고 여권이 나오기를 초조하게 기다렸다. 2월이 지나가고, 이어 깊고 쓰디쓴 실망. 미국 국무부가 그의 청원을 '과거 공산당에 속했던 사실로 인해' 거부했다. 올그런은 3월 10일 보부아르에게 그 사실을 알려 준다. 사실 그는 스페인 전쟁 기간에 링컨여단에 협력했었고, 그 이후 공산당과 함께하는 열두 편 정도의 공동 간행물 제작에 참여했었다. '리버티' 선은 그를 제쳐두고 출항 준비를 하고 있었다. 올그런은 그로부터 무려 7년 후에야 프랑스에 갈 수 있었다. 1953년에는 그렇게 오래 기다려야 한다는 것을 조금도 예상하지 못했다.

3월에 그는 어맨다와 재혼한다. 그런데 바로 그때, 그에게 길고 긴 위선자의 세월이 시작된다. 당시 그는 일련의 극심한 '심적 타격들'을 겪었음을 밝힌다. 바로 전해 10월, 그러니까 어맨다와 결합하기로 약속한 이틀 후에 한 처녀와 열렬한 사랑에 빠진다. 그녀가 결혼을 원했지만 때는 너무 늦었다. 그런데도 두 사람은 그녀가 애리조나의 어떤 부자와 결혼한다고 알릴 때까지 계속 편지를 주고받았다. 올그런은 그녀가 자기 삶에서 사라지는 것을 견딜 수 없다고 고백한다. 속수무책으로 자신이 스스로 짠 거미줄에 걸려 버렸다고 느낀다. 5월과 6월, 상심에서 벗어나려고 애쓰면서 시몬 드 보부아르에게 아주 긴 편지들을 쓴다. 글쓰기를 위해 모든 것을 희생한 것이 과연 옳았을까? 그녀에 대한 전인미답의 유일한 감정이 그의 내부에 끈질기게 남아 있음을 단언하면서 그는 워반지아와 뷔슈리의 잃어버린 마법과 이미 멀어져 버린 그들의 과거에 대한 추억의 회한에 시달린다.

1953년 4월, 생트로페

넬슨, 너무 소중한 나의 넬슨. 당신 편지들이 저를 슬프게 했어요. 처음 편지는 나중에라도 당신이 파리에 올 수 없다고 생각한 때문이고, 둘째 편지는 당신이 겪은 극심한 심적 타격 때문이에요. 당신이 너무 보고 싶고, 당신과 이야기하고 싶고, 당신을 위해 있는 그리고 앞으로도 있을 제 마음속 모든 것을 주고 싶어요. 당신이 올 수 없다니 가슴 아파요. 당신 친구들의 열렬한 우정과 그들보다 훨씬 더 큰 제 우정이 당신을 기다리는데 말예요. 요즘 제가 가장 강렬히 원하는 게 뭔지 아세요? 최근 소련에서 발생한 정치적 대혼란*과 더불어 미국에서도 변화가 일어나고, 철의 장막도 걷혔으면 해요. 가능한 일이지요, 그렇게 생각하지 않아요? 저는 그렇게 생각해요. 그러니까 1년 후쯤이면 당신은 프랑스 친구들을 다시 만날 거예요. 저는 뉴욕에 갈 생각이 없어요. 지금은 비자도 받지 못할 테고 비자를 달라고 간청하고 싶지도 않아요. 어쨌든 장애가 되는 이유가 무수히 많으니, 당신이 오는 편이 훨씬 낫겠어요. 당신의 두 번째 편지는 말문을 막히게 하는군요. 그 편지를 보내 줘서 정말 고마워요. 제가 특별히 심적 충격을 모으는 취미가 있어서가 아니라 당신의 심적 충격이 제게 중요하기 때문이에요. 또 그 충격을 제게 털어놓기로 정한 것도 제게는 매우 의미 있는 일이고요. 제가 알기로는 당신도 저 때문에 마음의 충격을 받았었지요. 저 또한 당신에게 받은 마음의 충격들을 잊을 수 없어요. 당신의 상처들은 하나같이 약해진 메아리처럼 가벼운 상처로 제게 되돌아온답니다. 그만큼 당신은 여전히 제 마음속에 남아 있어요. 하지만 저는 평생 당신이 마음에 받은 충격을 고백

---

* 스탈린이 3월에 사망했다.

할 수 있는 충실한 친구이고 싶어요. 애석하게도 이런 것이 당신을 돕지는 못하지요. 저는 당신을 도울 수 없어요. 누구도 그럴 수 없어요. 슬픈 일이에요. 당신은 예전에도 그랬듯이 그릇된 행동을 하지 않았음이 분명해요. 저는 당신이 옳다고 인정하고 싶어요. 이제는 바꿀 수 있는 문제가 아무것도 없는 만큼 부탁이니, 적어도 다른 사람들이 그로 인해 고통받지 않도록 애쓰세요. 그런 일은 이 이야기를 너무 터무니없게 만들 테니까요. 당신이 주변 상황을 모조리 망치지 않을까 걱정이에요. 그렇지 않다고 말해줘요. 이제 당신의 속마음을 털어놓기 시작했군요, 내 사랑. 계속 그렇게 해요. 당신에게 일어나는 일은 모두 저와 관계있어요. 괜찮다면 모든 것을 처음부터 이야기하도록 해요. 원하지 않는다면 아무것도 말하지 말고요.

사진 고마워요. 사진 속 당신은 그대로군요. 블레이크와 '미친 여자'와 정신이상자들에 대한 편지들도 고맙고, 스크랩한 신문 기사들과 『더 네이션』도 고마워요. 당신은 정말 너그러운 사람이에요! 당신은 행복할 자격이 있고, 분명히 행복해질 거예요. 당신의 첫 번째 편지를 다시 읽어 보죠. "리처드 라이트의 신간은 좋아 보이지 않았어요. 그는 그의 반공주의, 즉 모든 것에 반대하는 입장 때문에 대단한 환영을 받았었지요." 모든 것에 반대한다는 것은 우익 방향으로 나아가는 거예요. 그렇지 않나요? 그가 심오해지려고 애쓰다가 좋은 책을 쓰고자 하는 생각을 잊지나 않았는지 걱정이군요. 『제2의 성』에 관해 미국으로부터 아주 호의적인 편지들이 많이 왔어요. 시카고의 한 사내는 작은 꾸러미를 보내왔더군요. 아주 작은 거예요. 열었더니, 종이에 또 종이, 계속 종이 투성이였어요. 맨 밑바닥에 "분노의 배설을 돕는, 변을 잘 보게 하는 사탕 약"이라나 아무튼 그런 종류의 것이 들어 있었어요. 대단한 재치죠! 분명 워반지아의 재치는 아니고, 아마 미시간 애비뉴의 재치일 테죠? 할리우드 사람이라면 그 책에서 영화를 끌어내려고 했을 텐데요. 그 책은 꽤 유별나다고 할 만하니까요. 그것을 읽지 않은 당신의 눈에조차 그렇지 않은가요.

저는 코트다쥐르에 있는데, 열흘 후에 파리로 돌아갈 거예요(그곳으로 편지를 보내 줘요). 바람이 불고 비가 오는 이곳의 작은 호텔에서 저는 열심히 일한답니다. 제 차를 타고 예쁜 시골길들을 지나왔어요. 사르트르와 저는 당신 이야기를 친근하게, 하지만 당신이 오지 않아 우울한 마음으로 자주 나누어요. 가장 우울해하는 사람은 올가랍니다. 그녀는 당신이, 자기가 알았던 남자 중에서 가장 시적인 남자라는 의견을 굽히지 않아요. 보스트가 카브리에 있는 그들의 작은 집(그 집 기억나지요?)에서 쓰고 싶어 못 견뎌 했던 소설을 시작하는 동안 그녀는 파리에 남아 있었어요. 그런데 보스트에게 시나리오 한 편을 공동 제작하자는 제안이 들어왔지요. 멍청한 속임수에 불과한 것이지만, 대단한 수입을 가져다주는 만큼 수락할 수밖에 없었어요. 그는 파리에 돌아오자마자 병에 걸렸어요. 간 질환이었는데, 그로 인해 2주일 동안 일을 할 수 없었지요. 정신적인 스트레스가 원인이랍니다. 이제는 완쾌하여 돈을 독하게 모으고 있답니다.

지금은 칸영화제가 열리고 있어요. 오늘 오손 웰스와 E. G. 로빈슨을 생트로페에서 얼핏 보았고 또 예쁜 아가씨들과 수상쩍은 남자들도 많이 보았어요. 채플린에 대해서는 분명 당신이 옳아요. 하지만 저는 그에 관해서는 감성을 따르지요. 사르트르와 이곳의 분별 있는 모든 사람이 그 영화에서 당신과 비슷한 인상을 받았어요. 그 영화를 보았던 날 저는 분별이 없었어요, 믿어야 해요.

일, 언제나 일, 길고 어려운…… 하지만 끝나가는 책. 크노프 출판사가 이 책을 출간하고 싶어 해요. 그러므로 당신은 1, 2년 후에 읽어야 할 거예요. 정말 당신 마음에 들었으면 좋겠어요. 알다시피 바로 당신 소설이니까요.

넬슨, 당신에 대해 이야기해 줘요. 현재 제 삶에는 심적 충격이 없답니다. 잔잔한 날들이지요. 그것이 죄의식을 갖게 해요. 당신이 심적 충격을 견디고 있을 때니까요. 그러니 저도 간접적으로 충격을 받고 있어요. 저에게 이야기해요. 당신과 함께 무덤에서 잠자고 싶어요. 하지만 머지않아 우리 함께 스카치를 마실 거라는 희망을 품기로 해요. 제 마음은 온통 당신 생각이랍니다. 넬슨, 정말이지 저는 행복한 기억을 가졌어요, 그리고 변함없는 마음을.

당신의 시몬

1953년 5월 2, 3, 4, 5, 6, 7, 8, 9, 10, 11, 12, 13, 14, 15, 16······

사랑하는 넬슨. 당신을 위해 하늘이 다시 맑아졌다니 다행이에요. 상심의 비밀을 간직한 사람으로서 당신 연애에 대해 많이 생각했어요. 그리고 당신이 실패하지 않았다는 결론에 이르렀어요. 분명히, 이야기가 자연스럽게 끝날 때까지 즉, 당신의 감정이 소멸할 때까지 가는 것이 더 좋았을 테지요. 지금부터 1년, 아마 2년 후면 그 감정들은 죽을 거예요. 그 아가씨는 당신이 생각한 바로 그런 여자가 아닐 테니까요. 물론 작별은 사랑이 끝났을 때 고하는 편이 낫겠지요. 하지만 당신이 어맨다에 대한 존경도 우정도 없이 그 아가씨와 결합했다면, 아내, 아이들, 의무감은 어떻게 됐을까요? 좀 떨어져서 상황을 보면, 당신이 적절하게 선택했다는 것은 분명해 보여요. 마음의 상처나 상실감은 그다지 중요하지 않아요. 그것들은 아직 생생한 감정들을 끊기 위해 품어야 했던 과격함 때문에 생기는 것이고, 힘들게 사라질 거랍니다. 그것들은 하나의 현실로 남아 있을 테지요. 분명히 과거의, 그러나 그 끝까지 살지 못했던 현실로요. 제 생각에 당신은 상실감과 과거에 대한 향수를 오랫동안 ─ 아마 사랑이 이뤄졌다면 당신 마음에 그 사랑이 머물렀을 시간보다 더 오랫동안 ─ 간직할 거예요. 그러니 상황을 심사숙고하도록 해요. 이 관점은 그다지 유쾌하진 않지만, 진실인 것 같아요. 당신이 좋아하지 않는 프루스트는 사랑하는 사람의 부재로 인해 나타나는 예속성, 그 사람의 존재만이 없앨 수 있는 예속성에 관해 훌륭하게 썼어요. "그녀가 있는 동안에는 그녀에게 예속되어 버렸다는 것을 알지 못했다"라고 말하는 대신에 당신은 이렇게 말해야 할 거예요. "그녀가 머물렀다면, 나는 결코 그녀에게 예속되지 않았을 것이다"라고요. 어쨌든 넬슨, 저는 당신 삶이 아무 빛깔도 없이, 사랑도 없이 흐르지는 않을 것이라 믿어요. 당신에게 '한순간 왔다가 가는 일들'이 있을 거예요. 그렇다 해도 모든 것이 끝났다고 생각하지 말아요.

〈공포의 보수Le Salaire de la peur〉를 가서 보도록 하세요. 고약하고 우스꽝스러운 면들이 있고, 미적 감각도 형편없고, 심리 분석도 시시하지만, 파헤쳐진 도로 위로 화약을 싣고 가는 트럭들, 그건 대단해요.

로젠버그 일가의 사정이 다소 나아진 것 같은데, 아닌가요? 어쨌든 그들을 처형하지는 않겠지요, 어떻게 생각해요? 저는 상황이 호전되기를, 당신과 함께 올겨울이나 내년 봄에 파리에서 스카치를 마시기를 늘 바라고 있어요. 12년이 되기 전에* 그러하기를……

미국의 여자들과 일부 남자로부터 『제2의 성』에 관한 친절한

---

* 올그런은 일종의 선견지명으로 한국전쟁(1950~1953)이 끝난 후에 10년이나 12년 정도 불황기를 겪다가 또 다른 전쟁이 발발할 것이라고 예측했다. 정확하게 베트남전쟁은 1962년부터 1975년까지 오랫동안 지속됐다.

편지를 많이 받았어요. 그 책이 텔레비전에서 토론의 대상이 됐다고 하는데, 책을 읽지 않은 게으른 당신도 보았나요? 당신은 그 시시한 책의 저자가 바로 저라는 것을 결코 완전히 이해하지 못할 거라는 느낌이에요. 포레스트 애비뉴에 있는 집에서 대부분 쓰인* 사드에 관한 에세이를 보내요. 보스트는 어제 장애인이 아닌 남자와 싸우고 나서 몹시 거들먹거렸어요. 당신에게 당장 사실을 상세히 전하겠다고 그에게 약속했지요. 사건은 생제르맹의 정신 나간 장소 중 한 곳에서 벌어졌어요. 그는 비서와 올가와 함께 새벽 두 시에 스카치를 마시고 있었고, 그들 맞은편에 앉은 중년 남자 둘은 올가를 너무 오랫동안 대놓고 비웃었어요. 보스트는 냉정하게 그들 얼굴에 스카치를 퍼부었지요. 그 대가로 두 남자 중 하나가 보스트를 때렸는데, 그의 멋진 새 양복 위로 코피가 흐르기 시작했답니다. 이번에는 보스트가 그 불한당을 치려고 테이블 위로 뛰어올랐어요. 비서가 그의 흉내를 내며 그 사내를 꽉 붙들고 보스트에게 명령했지요. "얼굴을 갈겨!" 하지만 보스트는 꼼짝하지 못하는 적을 때릴 수는 없었어요. 기다렸지요. 상대가 풀려나자 맞붙어 싸웠어요. 달려온 구경꾼들이 보스트를 무력화시켰고, 다섯 명이 그를 바닥에 쓰러뜨리고 흠씬 발길질해 댔어요. 테이블 위로 기어오른 올가가 위에서 그들을 내리치고, 한 사람에게서 엄청난 머리털을 뽑았어요. 물론 사건은 끝났지요, 끝나야 하니까요. 하지만 보스트는 그들을 충분히 두들겨 패지 못했다고 생각해 장차 작업을 끝내기를 바라고 있어요.

파리는 덥고 햇빛이 가득해요. 2주 후에는 자동차로 스위스와 이탈리아 북부로 긴 여행을 떠나요. 뷔슈리가로 계속 편지 보내

---

* 1951년 그곳에 마지막으로 머물렀던 때. 『사르트르에게 보낸 편지』(1951년 9월과 10월) 참조

도록 해요. 친절한 관리인 여자가 우편물을 잘 보관해 줄 거예요. 제가 사는 동네에서는 격렬한 싸움들이 끊임없이 벌어지고 있답니다. 하루는 당신의 단편소설 「브레첼 위에 너무 많은 소금Trop de sel sur les bretzels」*에 나오는 것과 비슷한 싸움이 벌어졌어요. 두 사람이 거리에서 서로 치고받기 시작했는데, 서로 거의 죽일 지경이었지요. 한 사람이 땅에 쓰러졌고, 다른 사람은 가 버렸어요. 사람들은 그저 바라만 볼 뿐이고, 술집 주인은 문을 꽉 닫아 버렸어요. 경찰이 오자 모두 끝났지요.

당신의 새 글**이 끝나면 바로 보내 줘요. 번역이 불가능하지는 않겠지요. 우리가 『현대』에 그 글을 실을 수도 있을 거고요.

당신이 열흘 안에 답장을 보낸다면, 출발하기 전에 당신 편지를 받을 거예요. 사르트르가 당신에게 그의 가장 멋진 추억을 보내요. 올가와 보스트도요. 저요? 저는 변치 않는 마음으로 당신에게 키스해요.

시몬

1953년 6월 21일, 베니스의 '루나' 호텔

매우 소중한 넬슨. 편지를 쓰지 않은 지도 오래됐군요. 3주 전부터 스위스와 이탈리아를 이리저리 돌아다니고 있어요. 너무 바쁘고 지쳐서 한 단어도 쓸 수 없었답니다. 베니스에서 휴식을 취하고 있어요. 제일 먼저 당신에게 편지를 쓰는 거랍니다. 젊은 남자 친구와 함께 있어요. 우리는 여행 중이던 사르트르와 재회했

---

* 원제는 "Too Much Salt on the Pretzels"

** 매카시에 반대하는 에세이

고, 로젠버그 사건으로 얼이 빠져 함께 며칠을 보냈어요. 어느 때보다도 당신을 더 생각했어요. 위원회의 일원이었으니, 당신은 결과에 분명 충격을 받았을 테니까요. 저도 당신 나라에서 현재 일어나는 일들을 알기 때문에 일찍이 당신이 조금이라도 희망을 품은 적이 있었는지 궁금하긴 하지만요. 마지막 날에 더글러스가 처형을 연기하고 연방최고재판소가 수치스러워할 수도 있다는 느낌을 받았을 때는 희망을 품었어요. 다음 날 신문들을 보고 끔찍한 충격을 받았지요. 우리는 수영하는 것도, 그림을 보는 것도, 아무것도 하고 싶지 않았어요. 신문들을 모조리 읽었어요. 사르트르는 파리의 한 일간지에 실릴 글을 썼어요. 파리에서는 이 처형으로 인해 엄청난 소동이 일어났답니다. 시위 참가자들이 미국 대사관을 위협하고 거리 행진을 벌였어요. 이탈리아의 많은 도시에서도 마찬가지로 굉장한 소란이 있었어요. 이곳 베니스에서는 거의 움직임이 없네요. 우리는 초조하고 완전한 무력감을 느끼고 있어요. 이탈리아에서처럼 프랑스에서도, 심지어 우익 사람들조차 한 가지에 동의하지요. 바로 냉전 중에 미국이 저지른 가장 큰 오류라는 것이에요. 아무도 그들이 스스로에게 한 것보다 더 적대적인 선전 활동을 할 수 없었을 거예요. 프랑스의 미국 지지자들은 몸 둘 바를 모르고 있지요. 갈리마르 출판사에서 로젠버그 부부의 옥중 편지들을 출판하는데, 그 권리는 자식들에게 상속될 거예요. 그들에 관한 정보를 갖고 있다면 좀 더 알려 줘요. 미국 여론의 반응도요. 파리를 떠난 지 너무 오래돼서『더 네이션』을 받지 못했어요. 5월 중순에 보냈다는 당신 편지도 못 받았고요. 매카시에 관한 당신 책을 출판했나요?『현대』에 실을 요약문을 보내 줄 수 있나요? 당신이『제2의 성』을 끈기 있게 읽었다니 기뻐요. 제 책의 가엾은 번역자가 죽었어요. 당신 알고 있었나요? 심장 발작 때문이었어요. 그는『제2의 성』의 번역을 끝낸 후 삶에 대한 모든 의미를 잃어버렸고, 죽어 버렸어요.

스위스와 이탈리아의 길들을 방황하기 시작한 이래 아무것도 할 수 없었어요. 저의 작은 자동차로 높이, 높이, 언제나 더 높이 오르는 데 너무 열중했지요. 자동차가 아래로, 맨 아래로 내려올 때 이따금 벌벌 떨기도 했어요. 사실 일과 여행을 동시에 한다는 것은 불가능하지요. 하지만 포레스트의 보금자리에 있었던 흥미 진진한 책을 읽었어요. 당신도 최소한 읽어 보기는 했나요? 존 허시의 『벽 Le Mur』* 말이에요. 제가 보기에 완전한 성공은 아니에요. 이야기를 좀 더 직접적으로 할 수 있었을 텐데 폭력적인 것이 없어요. 인물들은 각각 설득력이 없긴 해도, 전반적으로 몰살당하고 학살당하는 게토 전체의 끔찍하고 특이한 이야기를 잘 들려줘요. 읽기 시작한, 미국에서 조직된 범죄 공갈단에 관한 책 『살인 주식회사 Murder Icorporated』는 아주 재미있어 보이는군요.

베니스는 아름다운 도시예요. 당신이 유럽에 올 때 꼭 방문해 이곳의 마법을 즐겨야 해요. 내 사랑, 언젠가 당신의 삶이 마법을 되찾을 거라고 확신해요. 24시간 동안 혼자서만 지껄여 댄 상원 의원 이야기는 재미있었어요. 당신 이야기는 모두 마음에 든답니다. 다른 이야기도 해 줘요. 저는 산과 풍경을 제외하면 할 이야기가 하나도 없어요. 그런데 그 이야기는 편지로 보낼 수 없군요. 어제는 리도 해변을 산책했어요. 그곳의 무수한 작은 조개들이 미시간의 한 해변을 생생하게 떠오르게 했어요. 당신이 그리워요, 넬슨. 가능한 한 빨리 당신을 다시 보고 싶어요. 어떻게 좀 해봐요.

늘 그렇듯이, 변함없는 사랑을 보내며.

당신의 시몬

---

* 원제는 "The Wall"

1953년 7월 22일 화요일

매우 소중한 넬슨. 이탈리아, 스위스, 유고슬라비아를 돌아다녔어요(제 차는 유고슬라비아의 길들을 더듬고 다닌 후부터 더 이상 근사한 새 차가 아니랍니다.) 그래서 당신의 업무 편지에도, 우정 편지에도, 그 어떤 편지에도 답하지 못했어요. 그 편지들은 방에서 제가 돌아오기를 기다리고 있었지요. 무엇보다 고마워요, 자잘한 추억 더미, 흥미롭게 보이는 디킨스의 책, 그리고 제가 기쁨에 차 읽기 시작했고 『현대』에 너무 싣고 싶은 당신의 글,* 모두 고마워요. 내일은 모든 일을 맡아서 할 거예요. 일하는 여자로 돌아가야죠. 약속해요. 모지스 할머니*의 작은 복제품은 좋아요. 당신 어머니와 함께 찍은 사진도요. 하지만 당신이 아주 좋아 보인다고 말할 수는 없군요. 최상의 정신 상태를 가진 것처럼 보인다고 말할 수도 없고요. 하지만 이 남자에게는 무언가가 있답니다…….

금요일

내 사랑, 오늘 아침 당신에게서 새로운 편지가 왔어요. 당신은 저를 '지나치게' 보고 싶어 하진 않지만 알맞게 그리워하는군요. 작은 비밀이 하나 있어요, 바로 당신과 저 사이에. 월요일에 당신 편지들을 발견했을 때, 특히 당신이 어느 날 아침 당신 안에서 일종의 죽음 같은 것을, 너무 오래 떨어져 있어서 당신과 저 사이에 죽음을 느낀다고 말한 편지를 읽었을 때, 진정 비통함을 느꼈어요. 단순한 유감이 아닌 고뇌로 인한 정신적 마비를요. 올가와 보스트가 다음 날 로마로 가기 때문에 그들의 마지막 밤을 기념했

---

* 매카시즘과 로젠버그 사건에 관해 쓴 글로, 훗날 「맹수 우리 안에서의 산책」이라는 에세이가 될 기사다(그러나 출판되지는 않는다).

* Anna Mary Robertson Moses. "모지스 할머니(Grandma Moses)"로 불리는 미국 화가

지요. 저는 많이, 무척 많이 마셨는데, 갑자기 새벽 두 시에 오케스트라가 우리가 함께 들은 재즈를 연주했기에 감정이 격렬해지고 말았어요. 난생처음 기절했지요, 아주 간단하게. 보다시피 제가 당신 마음을 비판하는데도 불구하고 제 마음은 여전히 당신에게 깊이 연결되어 있어요. 넬슨, 돈을 구해 봐요, 그래서 이곳에 와요. 이제 당신을 다시 보지 못할 거라고는 생각할 수 없어요. 당신은 오기를 원하고 또 올 거예요, 저는 알아요. 계속 기다릴 거예요, 당신이 저와 함께 스카치를 마시러 올 때까지. 그래야만 해요. 저는 비통함과 싸우고 있지만, 당신이 파리에 왔을 때는 행복이나 기쁨과는 싸우지 않을 거예요. 언젠가 제게 책을 바치겠다니, 얼마나 다정한 생각인지요.[*] 저는 여전히 당신 책에 힘을 쏟고 있고, 이제 막바지에 이르렀어요. 이 책은 제가 쓴 책 중에서 가장 어려워요.

그래요, 제이스마르의 작품을 읽어 봤으면 좋겠군요. 아마도 제가 활용할 것 같아요. 『현대』는 프랑스인들에게 당신 나라의 무엇이 좋은지 혹은 좋았는지에 대해 알려야 해요. 당신에 대한 그의 비평이 마음에 들었어요. 그는 문학에 대해 아는 것 같아요. 당신이 미키 스필레인에 관해 말하는 것에 흥미를 느껴요. 이런 종류의 비문학을 무척 좋아해서 이미 그의 탐정소설들을 알고 있지요. 하지만 그가 그 같은 종교적 신념들을 갖고 있으리라곤 결단코 상상하지 못했어요! 결점들이 있음에도 불구하고 『부랑자』[**]를 아주 좋아했답니다. 이제 당신이 글쓰기에 완전히 숙달했으니 그것을 다시 쓰려는 생각은 좋은 것 같아요. 당신에게 돈을 벌게 해 줬으면 좋겠네요.

---

[*] 이 책(*A Walk on the Wilde Side*, 1956)은 1960년에 프랑스에서 『뜨거운 거리』로 출간된다.

[**] 올그런이 개작하고 싶어 한 그의 첫 번째 소설로 원제는 "Somebody in Boots"(1935). 프랑스에서는 1994, 2000년에 『미국의 어떤 아들*Un fils de l'Amérique*』로 출간 및 재출간됐다.

로젠버그 부부에 관한 이야기는 무척 흥미로웠어요. 제가 그들에 관해 무엇인가를 읽었다는 것이 처음으로 생각났답니다. 『더 가디언』이었던 것 같아요. 저는 당신의 팔걸이 없는 긴 의자에 앉아 있었고, 당신은 그들에 대해 말했었지요. 당신이 옳아요, 소련을 어떻게 믿을 수 있을까요? 베리아 사건은 무언가 수상쩍어요. 우리는 미국에 희망을 걸고 싶은데, 당신은 매우 회의적인 것 같네요.

유고슬라비아 여행은 몹시 신났었어요……. 지독하게 가난한 나라지만, 지난해 제가 돌아다닌 역시 끔찍하게 가난한 이탈리아 남부와는 얼마나 다른지 몰라요! 이탈리아에는 실업이 만연하고, 토지들은 모조리 지주들 소유예요. 이런 구역질이 나는 상황에서는 마음속에 혐오와 연민이 넘치게 되지요. 유고슬라비아에서 부유한 사람은 아무도 없어요. 모두 다 일하고 희망을 품지요. 그들은 아이들이 열여섯 살까지 다녀야 하는 큰 학교들을 건설하고 있어요. 땅의 가혹함에 맞서 스스로 몸을 바치는 사람들의 투쟁이 느껴져요. 힘든 싸움이에요. 인도인과 거의 마찬가지로 소박하고 미개하고 무지한 이 농부들은 노동자와 기술자들로 바뀌어야 해요. 그들은 이미 도시, 도로, 다리 들을 건설하는 데 성공했어요. 가장 작은 길과 각각의 다리들이 모두 감동을 주지요. 풍족한 스위스나 부유한 북부 이탈리아와 너무 대조적이에요! 우리는 필요한 엔진 오일을 가져갔어요. 그들에게는 엔진 오일이 없거든요. 그들은 자동차에 필요한 무엇도 갖고 있지 않아요. 먹을 것도 별로 없지요. 이런 점들이 여행을 다소 견디기 어렵게 만들었어요. 특히 지독한 더위 때문에 열흘밖에 머물지 않았어요. 도시들은 무척 아름다워요. 특히 한 이슬람 도시에는 여러 개의 모스크가 있고, 터키식 넓은 바지를 입고 베일을 쓴 매력적인 여자들이 가득했어요. 사람들은 정말 홀딱 반할 만큼 멋있지요. 그들은 독일인들을 증오하고 프랑스를 좋아하지만, 우리는 그들과 독일어로 말했어요.

저는 당분간 파리에 머물 거예요. 날씨가 좋고, 사람들이 떠났으니 조용히 일하고 싶군요. 나탈리가 편지를 보냈어요. 그녀는 조금 더 나아진 것 같고, 아이들을 위한 정신분석학자가 되고 싶어 하지요! 누구도 이해하지 못하고 자신만을 염려하는 그녀를 생각할 때 우스운 일이에요.

내 사랑, 이곳의 모든 사람이 적어도 1년에 두 번은 당신을 그리워한다는 것을 믿도록 해요. 제가 당신을 생각하지 않고는 하루도 보낼 수 없다는 것도 믿어 줘요. 저는 우리의 모든 추억을 간직하고 있어요. 마음속에서 그것들을, 또 당신을 절대 잊지 않는답니다. 당신과 저 사이에 죽음이란 없을 거예요.

당신의 변치 않는 시몬

1953년 8월 20일

매우 소중한 넬슨. 우체국 파업으로 패터슨섬에서 편지를 받지 못한 지 오래됐군요. 지난 열흘간 저 역시 아무것도 보낼 수 없었어요. 하지만 지금 사르트르와 함께 두 달 동안 파리를 떠나 네덜란드에 와 있답니다. 그래서 편지를 우편으로 보낼 수 있어요. 원한다면 당신은 8월 28일부터 트리어로(국유치 우편으로), 9월 9일 경에는 취리히로 답장할 수 있어요(저는 간절히 받고 싶은 게 있어요). 우리는 라인강을 따라 내려가서, 슈바르츠발트를 지나 오스트리아에 다다를 계획이에요. 조용한 여행이랍니다. 여행 중에 제가 일을 해야 하니까요. 당신의 대단한 책은 아직 끝나지 않았어요. 완성하려면 두세 달 더 걸릴 거예요. 제 경우에 완성한다는 것은 결국 책을 한없이 살찌게 하는 것이 되지요.

네덜란드는 선량한 미국 주부의 꿈을 닮았어요. 당신 나라의 주택가들을 자주 떠올리게 해요. 박물관들에는 멋진 그림들이 넘쳐나지요. 이틀 전에는 고흐의 전람회를 봤어요. 그의 마지막 그림들에서는 완전한 절망이 뿜어져 나온답니다. 자살 직전의 남자가 그린 순수하고 단순한 공포의 풍경, 또 매우 불안하게 하는 많은 자화상…… 그것을 통해 자기 자신을 보는 눈! 의미심장하답니다. 렘브란트도 매혹적이에요. 많은 자화상에서 천재적인 화가일 뿐만 아니라 인간 렘브란트가 드러나지요. 그리고 최후의 그림들. 고흐처럼 미치지는 않았지만, 그 역시 절망했지요. 가장 많은 재능을 타고난 인간들이 완성할 수 있는 것과 없는 것 앞에서, 늙음과 죽음의 위협 그리고 무無 앞에서 깊고 잔잔한 슬픔을 경험했어요.

그림 외에도 볼거리가 많아요. 매혹적인 소도시들과 마을들이 많고, 수로가 지나는 넓은 벌판들도 많아요. 물과 흙, 들판 한가운데 세워 놓은 배들과 물 위에 지어진 집들이 어우러져 있어요. 그 모든 것 너머에 예쁜 풍차들과 드넓은 하늘이 너무 깨끗하고, 너무 우아하고, 너무 사랑스러운 그런 나라. 저는 저의 충실한 자동차로 다닌답니다. 차가 갑자기 낡아 버렸지만, 당신처럼 저도 낡은 것에 애착을 느끼지요. 당신이 당신의 낡은 바지들과 낡고 구멍 난 셔츠들에 대해 그랬듯이, 저도 제 자동차에 정이 들었어요. 당신은 그것들을 버릴 수 없었지요. 당신 뜻과 달리 그것들을 미시시피강에 익사시킨 사람이 바로 저예요, 기억나죠. 이 낡은 자동차를 새것으로 바꿀 때 몹시 슬플 거예요.

방금 방대한 책을 한 권 다 읽었어요. 이 책이 번역된다면 놓치지 말아요. 독일 책인데, 전쟁 이전과 전쟁 하는 동안의 독일에 관한 정보가 가득하답니다. 패전, 미국의 점령 등 모든 것을 이야기해요. 이 책은 소설이 아니라 라테나우*의 암살에 가담한 에른스트 폰 살로몬이라는 사람이 실제 겪은 일을 기록한 르포르타주예요. 책은 미국 경찰의 명령에 따라 모든 독일인이 의무적으로 답해야 하는 질문서 목록으로 시작되는데, 131개 문항이나 된답니다! 살로몬은 철저하게 대답했고, 이 전략 덕택에 그의 전 생애를 이야기할 수 있게 됐어요. 원제목은 "질문서 Der Fragebogen"**예요. 찾아보세요.

대단한 뉴스는 없어요. 무엇보다 당신이 편지들을 어디로 보내야 하는지를 알려 주려고 쓰는 거랍니다. 파업으로 불편하기는 해도 우리는 그것에 동의해요. 파업은 저 편협한 반동분자들이 그들 마음대로 모든 것을 좌지우지할 수 없다는 것을 의미해요. 또 노동자들이 여전히 투쟁을 이끌 수 있다는 것을 뜻하기도 하지요. 그들은 거기에서 무언가 얻어 낼 게 분명해요. 아마 머지않아 36년의 인민전선과 유사한 좌파 정부를 갖게 될 거예요. 기대합시다.

「맹수 우리 안에서의 산책」은 초반부가 무척 마음에 들어요(이 제목이 좋아요, 다른 제목들보다 훨씬 더). 그 안에 담긴 많은 내용도 마음에 들고요. 하지만 당신이 말하려는 바가 불분명해 보이고 제각기 조각조각 흩어져서 통일성이 없어 보여요. 한 방향으로 나가다가 다른 방향으로 가지요. 당신도 자신이 어디로 가는지 정확히 알지 못해요. 더욱이 너무 암시적이어서 프랑스인들에게는 애매모호하게 보여요. 저는 다른 사람, 예컨대 보스트의 말을 들어봐야겠어요. 공정한 의견을 갖기 위해서랍니다. 어리둥절하거든요. 이 에세이는 장르에 맞지 않게 지나치게 시적인 것 같아요. 좋

---

* Walther Rathenau. 1922년 독일 외무부 장관

** 에른스트 폰 살로몬 지음, 『질문서 Le Questionnaire』, 갈리마르 출판사, 1951년

아요, 그만하지요. 저에게 모든 걸 이야기해 줘요. 그러면 저는 늘 그렇듯이 몹시 감동할 테니까요. 저 또한 무수한 추억이 있어요. 그것들은 아무 때나 부단히 떠오르는데, 소중하고 감미롭답니다.

안녕, 내 사랑. 변치 않는 나의 온 마음으로.

당신의 시몬

1953년 12월 31일

매우 소중한 넬슨.

우리의 지난 편지들은 서로 엇갈렸어요. 당신이 제게 좀 화난 것 같군요. 당신이 말하듯이 사실 저는 일종의 유령이 된 것에 대해 죄의식을 느껴요. 그러나 제가 서신 교환을 전만큼 좋아하지 않는다고 해도, 그것은 제가 유령의 마음을 가졌다는 의미는 아니에요. 결코 그런 뜻이 아니랍니다. 블레이크에게 돈을 지불하라고 수없이 요구했어요. 돈은 환전소에서 두 번까지 교환됐지만, 그때마다 환전소에서 그 돈을 갈리마르 출판사로 돌려보냈답니다. 프랑스에서 외국으로 돈을 보내는 것은 미국에서 정직한 미국인을 내보내는 것만큼 힘든 일인 것 같아요. 당신이 보내 준 책들을 읽지 못했어요. 시간이 없는 데다 밉살스러운 제 소설 나부랭이를 완성하느라 안절부절못하고 있기 때문이죠. 두 달 후면 끝날 거예요.

일찍이 프랑스에서 가장 포근한 겨울이랍니다. 성탄절은 맑고 화창했어요. 우리 — 사르트르, 올가, 완다, 저의 남자 친구와 저 — 는 성탄절을 함께 보냈지요. 보스트는 없었어요. 지금 보스트는 아주 먼 낯선 아프리카 자치국에 있답니다. 그곳의 흑인들은 땅과 돈을 소유하고 백인 요리사나 하인들에게 굉장한 급료를 지급하지요. 바로 라이베리아인데, 어때요? 흥미를 끄나요? 욱스말보다 더, 아니 그만큼 찌는 듯이 무더운데도 부유한 사람들은 어두운색의 옷을 걸치고 온종일 높다란 모자를 쓴다는군요. 물론가난한 사람들은 벗고 다닌대요. 가장 지독한 질병으로 인해 망가진 몸으로요. 라이베리아는 별다른 서류 없이 갈 수 있어서 다수의 나치 당원과 나치 친위 대원이 그곳에 피신해 있어요. 그리고 그곳에서 생활비를 벌고 여권을 얻어 낸 다음에 미국으로 가지요. 보스트와 영화감독 시앙피가 그곳에서 영화를 찍기를 원해서초고속 비행기인 코메트를 탔어요. 그 후 2주가 지났는데, 우리는보스트로부터 엽서 한 장을 받았을 뿐이에요. 그는 깜짝 놀라 아연실색한 상태라고 하는군요. 그곳에서는 누구도 편지를 부치거나 받지 않는다고 했대요. 결국 우리는 그 없이 샴페인과 스카치를 마시고 음악을 들으며 성탄절을 보냈어요.

그래요, 저는 영화를 몇 편 봤어요. 어제는 〈어린 도망자Petit Fugitif〉를 봤는데, 보러 가세요. 아양을 떨거나 애교스러운 면은 전혀 없지만 사랑스럽고 참된, 비범한 아이가 등장하는 대단히 감동적이고 훌륭한 영화였어요. 영화에서는 밤이나 낮이나 코니아일랜드에서 해수욕을 한답니다. 사람들은 마치 그곳에 있는 것처럼느끼지요. 저는 우리가 그곳에 있었던 그 더운 날을 기억했어요. 아주 행복하지는 않았지만 활기차고 풍요로운 날이었어요. 시피용은 돈을 벌고 비서는 얼간이가 됐어요. 카술레는 건달을 하나사귀었고요 — 그들은 함께 자는 것을 좋아하지 않아서 잠자리를별로 하지 않아요. 서로 말도 잘 하지 않아요. 간단히 말해 그들은무엇을 해야 할지를 모른답니다. 젊은 희극배우와 결혼한 여가수는 곧 엄마가 되고 돈도 아주 많이 벌어요. 굉장한 미국산 자동차의 소유주고, 아내가 디오르 옷을 입는 물루지와 거의 같답니다.

맙소사! '보비노'에서 물루지가 노래하는 걸 들었는데, 시시하고 기분에 거슬리는 진부한 작품들을 노래하고 있더군요. 그는 이제 예전의 절반도 안 돼요.

영화에서 뉴욕을 다시 보는 것은 가슴이 너무 아팠어요. 뉴욕도 시카고도 결코 다시 보지 못한다는 건 생각할 수 없어요.* 하지만 당분간은 그곳에 갈 수 있을 것 같지 않아요. 유력한 미국 인사들을 아는 어떤 사람에게 당신이 오는 것에 대해 물었는데, 이곳에서는 아무 조치도 취할 수 없는 것이 분명해요. 넬슨, 당신은 제가 가끔 약간의 불안을 안고 스스로에게 던지는 질문을 제기하는군요. 우리 둘이 다시 만난다면 어떤 일이 일어날까요? 물론 낯설고 어색하겠지요. 과거에 사랑한 두 사람이 우정을 간직하는 것은 쉬운 일이 아니니까요. 당신은 누군가와 함께 살고, 저 또한 그렇고……. 우리는 둘 다 이런 상황을 매우 당황스럽게 여길 것이라 확신해요. 하지만 믿어요. 저는 당신을 보고 당신의 목소리를 다시 들을 수 있어 너무 행복할 거고, 우리는 잘해 나갈 수 있을 거예요. 어쨌든 우리 애쓰도록 해요. 우리는 잃을 게 아무것도 없어요. 그 무엇도 우리의 추억을 망가뜨리지 못할 테니까요. 그러니 제발 매우 소중한 당신, 화내지 말아요. 저는 유령이 아니에요. 다시 편지를 써요. 저는 당신의 편지들을 좋아해요. 그리고 당신의 행복을 바라고 있어요. 스스로를 죄수처럼 느끼는 건 바라지 않아요.**

달콤한 새해의 키스를 보내며.

당신의 변함없는 유령, 당신의 시몬

---

* 그녀는 1970년과 1983년에 뉴욕을 다시 봤지만, 시카고는 더 이상 볼 수 없었다.
** 올그런은 1953년 성탄절 편지에서 자신의 삶에 대해 슬픔, 만족감 결여, 죄수가 된 느낌 등 환멸에 찬 총평을 내렸다. 또한 종종 편지에 자신을 "억류된 미국인"이라고 표현했다.

1954년 1월 17일

　나의 가엾고 매우 소중한 미국의 딜레마. 제 편지 이후에 눈부신 크리스마스카드 한 장, 짧은 편지 한 통과 긴 편지 한 통도 받았어요. 사르트르는 붉은색의 엄청난 면도날을 받았고요. 연초에 모두 당신에게 다정한 마음을 보내요. 제가 제일 첫 번째고요. 당신은 얼마나 멋진 사람인지요! 『미국 여행기』*를 갖고 있나요? 『타임』은 부당하기는 하지만 꽤 기발한 비평을 냈더군요. 읽어 봤나요? 읽었다면, 함께 실린 흉측한 제 사진을 믿지 말아요. 제가 그렇게까지 흉하지는 않았어요. 다른 사진을 보낼게요. 아주 잘 나온 건 아니지만 한결 나은 것으로, 『초대받은 여자』의 표지를 장식할(3월에) 사진으로요. 비앙은 『황금 팔』을 반쯤 번역했다고 하는데, 올해면 끝낼 거라고 하더군요. 크노에게 그렇게 약속했대요. 크노는 그 책을 빨리 갖고 싶어 하는데, 알다시피 저는 아무 도움도 줄 수 없군요. 그 책을 『현대』에서 출판했으면 좋겠는데, 제가 직접 번역할 시간이 없어요. 그래서 희망을 품고 기다리고 있지요. 우리, 모든 것에 희망을 품도록 해요. 저는 바라고 또 바라는데, 다가오는 한 해가 토박이 젊은이들에게, 나의 개인적인 토박이 젊은이에게 더 좋은 해이기를 바라요. 그가 원하는 것처럼 자기 삶의 어려움에서 벗어나기를 바라요. 그는 그럴 자격이 있답니다. 언젠가는 우리가 저 진귀한 위스키를 마시게 될 거예요, 내 사랑. 확신을 갖도록 해요. 비록 제가 그것을 잘 설명하지는 못하지만, 우리가 함께 위스키를 다시 마시는 날은 대단한 날이 될 것임을 믿어요.

　제가 이해할 수 있는 한계 안에서 미국 문학에 대한 당신의 판

---

* 영어판

단에 동의해요. 단지 능란할 뿐인 트루먼 커포티의 단편들과 패러디에 대한 당신의 평가가 그렇게 호의적이라니, 어찌된 일인가요? 당신은 그를 좋아하지 않았잖아요. 그 책이 다른 책들보다 나은가요, 아니면 뭔가요? 우리는 『현대』에 매카시에 관한 긴 논문을 곧 발표할 거예요. 실을 만한 프랑스 문학 작품이 거의 나오지 않지만, 『현대』는 잘 되어 간답니다. 사르트르의 어머니는 큰 텔레비전을 갖고 있어요. 프로그램들이 시시껄렁하지만, 저는 거기에 자주 눈길을 주지요. 그리고 생각에 잠겨요. 우리의 어린 친구들에게 무슨 일이 일어났는가? 뱀과 마녀, 이 모든 사람에게 무슨 일이 일어났는가? 그들은 사라졌는가? 토요일의 그 기묘한 여자는? 하고요.

헤라시 부부의 며느리가 얼마 전에 파리에 왔어요. 그녀는 열아홉 살인데, 지난해 22일에 티토와 결혼했어요. 티토를 보게 되어 기뻐요. 그녀는 미국인이지만 어머니가 프랑스인이에요. 그들은 국적 문제로 곤란을 겪고 있답니다. 스테파는 퍼트니의 사립학교에서 가르치는 일을 하고, 페르낭은 그림을 그리고, 티토는 실존주의에 관한 박사 논문을 쓰고 싶어 하지요. 포커도 하고요. 우리는 뉴욕에 대해 말했어요. 언젠가 당신 나라에 돌아가기를 바라며 저는 커다란 향수에 젖었었죠. 파리의 분위기가 가벼워졌어요. 아무도 전쟁이 임박했다고 생각지 않고, 사람들은 느슨해졌지요. 공산주의자들과의 우정이 가능할 정도랍니다. 사르트르는 에렌부르크의 개인적인 초대 손님으로 5월 한 달 동안 모스크바로 떠나요. 그는 무척 만족해하고 있어요……. 4, 5년 전 그들의 분쟁을 생각하면 꽤 회극적이죠. 가엾은 미국의 딜레마, 당신에게 다른 사람들의 여행에 관해 말하는 것은 사려 깊지 못한 일이에요! 당신은 왜 여권이 있더라도 올해 올 수 없을 거라고 말하는 거죠? 돈이나 다른 무엇이 문제인가요? 당신이 다시 쓰는 그 책은요? 진행 상태가 만족스러운가요?*

안녕, 내 사랑. 당신의 지난 편지들은 저를 슬프게 했어요. 그만큼 당신 자신이 슬프게 보였어요. 하지만 이 슬픔을 걱정하고만 있는 저를 책망해요. 당신 편지들을 몹시 열렬히 원한답니다. 비록 저를 비통하게 할지라도 말예요. 저는 여전히 당신의 비통함을 떠맡아 당신과 함께 나누는 사람이고 싶어요. 부탁이니 당신이 할 수 있는 만큼 편지를 써 보내요. 당신이 모든 것에 희망을 품도록 도우려 애쓸게요. 저는 새로운 만남을 끊임없이 기대해요. 저의 온 마음을 다해 당신에게 키스해요.

당신의 시몬

1954년 2월 15일

매우 소중한 넬슨. 당신은 언제나 한결같이 좋은 사람이에요, 제가 소식을 전하지 않았는데도 그처럼 긴 편지들을 보내 주다

---

* 이 질문들에 대해 올그런은 돈과 결혼이라는 이중 함정에 빠진 것 같다는 씁쓸한 설명으로 답한다. 그가 돈의 함정에서 벗어난다고 해도 결혼의 함정은 쉽게 풀리지 않을 것이다. 여권에 대해서는 말할 필요도 없는데, 여권을 얻을 가능성이 없다. 그는 무엇을 할 수 있을까?
1949년 『황금 팔의 사나이』 이후에는 매년 떠들썩한 실패를 겪었다. 그의 『시카고』처럼 나오지 않은 책들에 대해 출판사로부터 선금을 받았는데, 출판됐을 때는 완전한 손해였다. 4년간의 문학적 실패로 그는 막대한 부채를 짊어졌다. 감히 '좋은' 책에 몰두할 수 없는 상황이었다. 그래서 돈벌이가 될 만한 일을 했고, 『부랑자』를 다시 쓰는 것은 부담스러웠다. 고역이었다. 게다가 그 전 해 여름, 그는 포커에서 막대한 돈을 잃었다. 이 모든 것이 결국 실패의 필연성을 느끼게 했고, 얼마 전 할리우드에서 제시한 멋진 제안들은 로젠버그 사건과 함께 무산됐다—로젠버그 부부에 대한 그의 호의적인 의견 표명이 그에게 비싼 대가를 치르게 했다.
그의 결혼에 관해 말하자면, 철저히 완전한 실패다. 혼자 사는 데 진저리가 난 어맨다는 결혼에 집착하고, 올그런은 결혼생활의 우울한 타성에서 벗어나고자 타자기를 가지고 파리로 떠날 생각뿐이다.

니. 하지만 이번에는 용서받을 만한 좋은 변명거리들이 있어요. 먼저, 여행을 했어요. 일주일 전인데, 돌아와서 바로 당신에게 편지를 쓸 작정이었어요. 그런데 바보같이 아팠답니다. 심한 것은 아니고 감기 비슷한 것 때문에 머리가 멍해서 꼼짝없이 자리에 누워 있었어요. 조금 나아지니까 당신에게 답장하고 싶더군요. 그래서 몸을 지탱하려고 벤제드린*을 삼키고 책상에 앉았어요. 비록 오늘 끝낼 수 없을지도 모르지만요.

진심으로 고마워요, 넬슨. 저를 믿어 주고 이야기해 줘서요. 당신이 알려 준 내용은 제가 예견한 것을 확증해 주는군요. 조금 슬프네요. 당신이 어맨다에게도 사태를 고통스럽게 만들지 않았나 걱정돼요. 솔직히, 저는 당신이 인사도 없이, 한마디 말도 없이 시카고로 떠난 것에 동의하지 않아요. 그와 같은 행동으로 당신이 무엇을 얻을 수 있을까요? 그것은 분명 상황을 해결하는 수단이 아니에요. 가장 좋은 해결책은 일하는 것, 당신이 쓰고자 하고 거기서 행복을 얻고자 하는 글쓰기에 몰두할 수 있도록 충분히 돈을 버는 것, 바로 거기에 있어요. 제 생각에는 더 이상 덫에 걸린 상태라고 자책하지 말고 당신 일에 만족하는 것이 중요할 것 같아요. 당신이 그럴 수 있을 때 파리로 오는 게 좋을 거예요. 도망은 아무 소용이 없어요. 제가 지나치게 훈계하나요? 당신은 아직도 제 삶에 마법이 있는지 묻는군요. 저는 이미 오래 전부터 거기에 대해 말하지 않았어요, 결코. 당신 말처럼 진실을, 모든 진실을 말하기란 어려우니까요. 그래요, 우리가 모든 것을 올바르게 말하려면 센 강변이나 다른 강변을 따라 오랫동안 산책하는 일이 필요하겠지요. 분명 마법은 사라졌어요. 다시 돌아오지 않을 거예요. 하지만 상관없어요, 제 나이 때문이겠지요. 제게는 저를 둘

---

* benzédrine. 각성제

러싸고 있는 세상이 점점 더 중요해져요. 거기서 마법은 거의 나오지 않지요. 무엇보다 제가 더 이상 사랑할 수 없다는 점이 마법을 사라지게 한 거죠. 무언가가 영원히 끝났어요. 제가 전에 설명했지요. 고흐가 한쪽 귀를 잃고서 귀 한쪽밖에 없는 삶을 살았던 것처럼 저는 마법을 잃은 삶을 산답니다. 하지만 저는 행복하다는 것을 인정해야 해요, 조용하게 그러나 확실히. 지금 만나는 청년(저보다 훨씬 젊은)은 연인이라기보다 일종의 근친상간으로 태어난 아들 같아요. 그는 바로 그렇게 저를 사랑한답니다. 그는 다른 것보다 어머니의 애정을 원해요. 그런 이유로 그와 저 사이에, 어떤 비교도 가능하지 않은, 제가 아는 모든 관계와 아주 다른 그런 관계가 맺어질 수 있었던 거겠죠. 사실은 제 마음이 그의 사랑과 그의 끈질기고 한결같음에, 그리고 저에게 자신을 맡겨 버리는 그의 완전한 방임(그에게 유아적인 것은 전혀 없음에도 불구하고 어린애식의)에 지고 말았어요. 편지로는 설명하기 어려운 관계예요. 하지만 당신은 이해할 거라고 믿어요. 그가 주는 사랑의 종류와 제가 느끼는 감정이 저를 어떻게 행복하게 하는지를 말이죠. 저는 이 이야기가 지속되리라고 믿는다는 것을 덧붙여야겠군요. 우리의 나이 차이를 고려하면 이렇게 말하는 것은 다소 정신 나간 것처럼 보여요. 물론 그도 약간 미치긴 했지요. 제가 삶에서 관계 맺은 모든 사람처럼요. 그가 저를 사랑하는 한 그의 사랑에 응할 거예요. 당신은 파리가 시카고보다 살기에 얼마나 더 좋은지 알고 있어요. 때때로 일은 저를 가혹하게 괴롭혀요. 저는 어려운 계획에 뛰어들었는데 성공할지 확신할 수는 없어요. 하지만 친구들이 저를 돕고 용기를 준답니다. 사르트르는 누구보다 어느 때보다 더 중요하고 도움을 주는 사람이죠. 결론적으로, 그래요, 지금은 모든 일이 잘 진행되고 있어요. 당신도 단지 '불행하지 않은' 것이 아니라 확실히 행복하다면, 우리가 종이와 잉크의 이러한 유대가 아닌 실제로 생생한 우정을 누린다면 모든 것이 완벽하게 좋을 텐데요.

좋아요, 이제 최근 한 달에 관해 말하지요. 남자 친구는 겨울 휴가에 무언가를 하고 싶어 했어요. 저는 석 달간 몹시 힘들게 일한 뒤라 도피를 열망했지요. 그래서 우리는 저의 새 자동차를 가지고 무작정 떠나기로 했어요. 하루 만에 마르세유까지 운전한 다음에 자동차를 배에 싣고, 비 오는 우울한 알제에서 눈을 떴답니다. 무수한 거지들, 비참함. 우리는 남으로 남으로, 사하라의 경계로 달려간 뒤에 튀니지로 향했지요. 바위와 모래의 끔찍한 길들과 맨눈으로 볼 수 없는 발자취들을 지나는, 가끔은 서사시적인 웅장한 여정. 우리가 모래에 빠질 때마다 우리를 구해 주러 때마침 누군가가 지나갔어요.

내 사랑, 메드닌을 다시 봤어요, 그리고 제르바도요. 아, 그래요. 메드닌의 아랍인들과 유대인들, 그들은 생존해 있더군요. 마법만이 자취 없이 사라져 버렸어요. 완전히 사라졌어요. 제르바에 있는 둥근 천장의 어두운 카페를 예로 들자면, 아무도 키프*를 피우지 않았고, 아무도 맥주를 차게 하려고 분수에 뛰어들지 않았고, 우리에게 말조차 걸지 않았어요. 더 이상 아뫼르 하시네**도, 나르길레***도 없어요. 그리고 차들을 끄는 낙타들이 있지만, 밤에는 작은 코끼리도 마법도 없어요. 그들은 그 어느 때보다 더 프랑스인들을 증오해요. 그들이 옳아요. 하지만 여행자들에게는 기분 좋은 일이 아니지요. 거지들과 허기가 넘쳐요. 그런 광경을 없애기가 어렵답니다. 저는 배에 차를 놔두고 돌아오려고 비행기를 탔어요. 자동차는 마르세유에서 우리를 기다렸지요. 여행하는

---

* kif. 인도대마 잎사귀를 섞은 담배
** Ameur Hassine
*** narghilé. 연기가 물을 통하게 된 담뱃대

동안 일하지도 쓰지도 않았지만, 많이 읽었어요. 특히 고흐의 편지들을 말예요. 그 편지들이 번역되면 놓치지 말아요. 그는 자신이 미쳤을 때 그런 자신을 자각하고 있었답니다. 그는 희망과 절망 사이에서 그렇게 살았어요. 숭고한 일이죠. 대단한 예술가이자 대단한 사람이죠! 언젠가 그에 관해 글을 쓰고 싶어요. 당신이 보내 준 『불모지 Barren Ground』*를 마침내 다 읽었어요. 제 생각에는 이런 옛날 책들 대부분이 그렇듯이 다소 느리지만 심오하고 아주 좋아요. 포크너의 『압살롬, 압살롬!』은 기교 면에서는 걸작일 테지만, 몹시 거슬려요. 그는 말할 줄 알지만, 그가 말하는 것은 더이상 제 흥미를 끌지 못해요. 여기서는 그런 상황이에요. 그에 관한 제이스마르의 글은 아주 좋아 보여요. 더스패서스와 헤밍웨이에 관한 그의 연구들도 마찬가지죠. 분명히 훌륭한 비평가예요. 그가 『미국 여행기』에 관한 친절한 글을 보냈어요. 그리고 그가 『초대받은 여자』에 관심을 가져 기뻐요. 이 소설은 영국에서 출판됐을 뿐 미국에서는 이제 막 나왔거든요.

맞아요, 〈인생은 내일 시작된다 La vie commence demain〉*는 나쁘지 않더군요. 하지만 이 영화가 적어도 더 나아질 수 있다고 믿었던 우리(보스트와 사르트르와 저)는 촬영하는 동안 실망했었어요. 〈물랭루주 Moulin rouge〉**가 대단치 않다고들 말하는데, 정말이지……. 사르트르는 제가 붉은 면도날을 건네줄 때마다 기뻐서 어쩔 줄 몰라 해요, 매우 자주 말이죠.

넬슨, 피곤해 죽을 지경이에요. 제가 당신의 질문들에 답하는 걸 잊었다면, 혹은 이러저러한 사건들을 보고하는 것을 잊었다면 나중에 다시 말할게요. 오늘 저녁에는 그만할래요. 제 편지가 최

---

* 엘런 글래스고(Ellen Glasgow) 지음
* 보스트가 참여한 니콜 베드레스(Nicole Védrès)의 영화
** 존 휴스턴(John Huston) 감독의 1953년도 작품

소한의 의미라도 있을까요? 어쨌든 당신은 심술쟁이, 남자 중에서 최고의 심술쟁이예요. 안녕, 최고의 심술쟁이, 최고의 멋쟁이, 마법적인 남자여. 저는 마법을 기억하고 있어요, 절대 잊지 않을 거예요.

당신의 시몬

1954년 3월 24일

넬슨 내 사랑. 저도 "방금 두툼한 편지를 우편으로 보냈어요"라고 쓰인 한 통의 짧은 편지를 받고서 그 두툼한 편지를 기다리고 또 기다렸어요. 그러나 아무것도 받지 못하고 여러 날이 흘렀지요. 그런데 갑자기 그 편지가 온 거예요. 당신, 정신이 나갔더군요! '항공 우편'이라고 쓰는 것을 잊었어요. 그래서 늦은 거예요. 멋진 이야기로 가득한 길고 정다운 편지, 당신은 행복해 보이더군요. 저도 덩달아 행복해졌답니다. 하지만 당신에 관한 무시무시한 꿈이라니! 어젯밤에 꽤 오래된 괜찮은 영화를 봤답니다. 링 라드너의 〈챔피언Champion〉인데, 커크 더글러스와 그보다는 덜 알려졌지만 훌륭한 배우 아서 케네디가 나오는 권투선수의 음울한 이야기였어요. 그는 밑바닥에서 출발해 결국 링 위에서 무참히 죽고 맙니다. 제 꿈속에서 길고 잔인하고 피비린내 나는 모험, 일종의 전투에 당신이 연루되어 있었어요. 돌연 당신이 '그곳'에 있다는 것을 깨달았죠. 방망이질하는 가슴으로 끝없는 계단을 기어올랐더니, 당신은 작은방 같은 곳에 있었어요. 당신이 퉁명스러운 얼굴을 제 쪽으로 돌리는데, 처음에는 사납고 증오심에 불타는 표정이더니 곧 피를 흘리더군요. 당신은 죽어 가고 있었어요. 절망에 빠진 저는 자살하려고 계단 꼭대기에서 넓은 홀의 1층까지 뛰어내렸지요. 꿈은 제가 죽기 전에 끝났지만, 저는 몹시 불안해하며 잠에서 깨어났어요.

아니요, 메드닌에 다시 간 데 대해 죄의식을 느끼지 않아요. 욱스말에도 다시 갈 수 있을 거고,* 제가 할 수 있는 것 가운데 그 무엇도 과거에 대한 배신이 아닐 거예요.

사업 얘기를 하죠! 포터, 아니 그의 이름이 무엇이든 간에 우리가 『현대』에 일부분을 실으려 하는 유명한 책, 고마워요. 당신 편지를 비앙에게 전했어요. 그러나 번역과 출판이 늦어진 데 대한 책임이 바로 그에게 있기에, 갈리마르 출판사를 포기하는 것은 어려워요. 그는 끝내려고 박차를 가할 거예요, 그뿐이에요. 그의 번역은 나쁘지도 좋지도 않아요. 제 생각에는 당신의 그 독특한 산문을 적절하게 번역하기란 불가능해요. 딕의 『아웃사이더』는요? 그가 이야기는 잘하지만, 대개 무의미하고 하찮으며 어리석은 이야기들이에요, 안 그래요? 제게 매우 친절한 엘런은 저를 위해 미국에서 돈을 받아내 준답니다. 『초대받은 여자』는 좋은 평을 받는 것 같아요. 『타임』이 아주 근사한 글을 헌사했어요. 읽어 봤나요? 그 끔찍한 사진 때문에, 당신이 읽지 않았기를 바랄 정도예요. 그 사진 이후에는 사방에서 제 사진을 찍도록 내버려 두고 있어요. 왜 그럴까요? 당신에게 보낼 좋은 사진을 얻으려는 희망 때문이죠. 그런데 전부 다 보기 싫어요. 제일 좋은 사진은 시카고와 패터슨섬에서 찍은 거지요.

파리의 모든 사람은 영화 〈물랭루주〉가 형편없다고 생각하고 있어요. 쉬잔 플롱의 연기는 놀랍다는 평을 받지만 말이죠. 당신의 열광은 당신이 파리에서 멀리 떨어져 있고 그곳에 있고 싶다는 열망에서 비롯된 것이 아닌가 싶어요. 그 영화는 당신에게 프

---

* 1970년에 그녀는 그곳에 가게 된다.

랑스를 보여 줬던 거죠. 물론 시카고에 관한 영화가 있다면, 실패 작이라도 제가 만족해하며 눈물을 흘렸겠지요. 하지만 저는 화면 으로 파리를 다시 볼 생각이 별로 없어요. 로렌스 올리비에의 〈햄 릿〉을 보았는데, 당신 의견에 전적으로 동감해요. 그는 깊이 있고 뛰어나요. 저 오래된 연극에 새로운 해석을, 거기에 감춰져 있었 던 의미를 전하지요. 오레스트가 편지 쓰기를, 지난해 내내 나탈 리의 건강이 좋지 않았는데 다소 나아졌대요. 6월 이후부터 그녀 에게 답장하지 못한 것이 부끄러워요. 하지만 저는 지금만큼 심 하게 일했기 때문에 당신에게조차 편지 쓰기가 힘들었어요. 그러 니 그녀는 기다릴 거예요. 3월의 『현대』에 당신의 흥미를 끌 만한 것이 있어요. 마약에 중독된 동성애 작가의 일기인데, 그가 '악에 서 벗어나기' 위해 한 시도를 아주 자세히 말하고 있어요. 무엇보 다 그 악의 달콤하고도 쓰디쓴 특성을 분명히 보여 주죠.

3월 초 며칠간은 포근한 봄 날씨가 이어지더니 비가 쉬지 않고 계속 내리고 있어요. 일, 일, 끊임없이 일. 사르트르는 제가 수정 한 작업에 매우 만족한다고 말했어요. 제가 당신에게 다시 편지 를 쓸 때, 이 책은 갈리마르 출판사에 넘어가 있을 테지요, 그러기 를 바라요. 얼마나 어깨가 가벼울까! 물론 저는 다른 일에 뛰어들 겠죠. 일은 쉽게 빠져나오지 못하는 마약이에요! 넬슨, 약속은 약 속이에요. 언젠가 당신은 파리에 오겠지요. 제 머리가 너무 하얘 지지 않았으면 좋겠는데……. 어쨌든 저는 끝없이 수다를 떨며 따 뜻한 행복을 다시 느끼기에 충분할 만큼 언제나 건강할 거예요. 빨리 편지를 써서 비행기로 보내요, 정신 나간 양반. 건강하세요, 나의 마법사여.

당신의 시몬

1954년 4월 30일

무척 소중한 당신. 어제 당신의 예쁜 엽서는 오랫동안 소식을 전하지 못한 저를 부끄럽게 했어요. 변명거리가 두 가지 있답니다. 하나는 〈물랭루주〉를 봤다는 거고, 또 다른 하나는 마침내 소설을 끝냈다는 거예요.

툴루즈 로트레크의 삶과 비교해 볼 때, 영화의 시나리오는 빈약하기 그지없어요. 그는 밤낮 사창가에서 살았고, 늙은 머저리 아버지를 치료하다가 죽었어요. 하지만 당신이 옳아요. 멋진 색채들, 훌륭한 콜레트 마르샹, 뛰어난 쉬잔 플롱. 그러나 배우는 진짜 툴루즈 로트레크의 날카로운 얼굴을 표현할 수 없어요. 겨우 그가 할 수 있는 것을 할 뿐이지요. 올가와 보스트도 제 의견에 동의해요. 영화의 처음은 터무니없더군요. 그러니 제게 더 이상 화내지 말아요, 적어도 이점에 관해서는.

타자기로 친 1천2백 쪽, 그러니까 인쇄본으로 대략 8백 쪽, 수많은 인물과 사건이 등장하는 제 소설……. 사르트르, 보스트, 올가 등 친구들은 만장일치로 이것이 단연 저의 최고 소설이며, 제일 좋은 부분은 미국 일화라고 해요. 그들은 남자와 여자 둘 모두에게 공감을 주고 감동적이라고 하더군요. 그 일화가 성공적으로 쓰이기를 무척 원했어요. 비록 소설의 작은 부분에 불과하지만, 전체와의 관계와 그것이 지닌 의미로 보면 가장 본질적인 부분이랍니다. 제 소설이 미국에서 출판되기 전에는 당신이 읽을 수 없다니 슬프군요. 머지않아 그곳에서도 나올 거예요. 저는 그 어느 때보다 더 두려워요. 정치적으로 말하자면, 이 책은 대단히 반미적이거든요. 반면에 시카고와 특정 부류의 미국인들은 애정 어리게 표현했어요. 여기저기 세부 사항들을 공들여 손질하고 삭제하는 데 2주일을 보낸 다음에, 제목도 붙이지 않고 제목에 관한 아이디어도 없이 그 괴물을 갈리마르 출판사에 다시 넘길 거예요. 어느 날 누군가가 제목을 발견할 테죠. 저는 안달하지 않아요.

블레이크의 편지와 신문들에서 오려 낸 제 기사들을 돌려보냈었지요. 작은 사진들은 고마워요. 그중에서 잘 나온 사진 한 장은 당신을 위해 갖고 싶은데, 모조리 끔찍해요. 포터의 작품은 예정한 것보다 더 많이 실을 건데, 바비트가家 사람들*에 대한 그의 초상 ― 그것이 그 책의 주제니까요, 아닌가요? ― 이 프랑스인들의 흥미를 끌 거예요. 기요네가 번역한 그의 텍스트**와 함께 『현대』에 보낼 거라고 전해 주세요.

제 생활은 당신 생활과 닮았어요. 당신이 아는 오랜 친구들 말고는 아무도 만나지 않아요. 저는 영화에 대해 재론할 자격이 있어요. 알다시피 〈물랭루주〉를 봤으니까요. 그런데 질문 하나, 당신은 〈지상에서 영원으로〉***를 좋아했나요? 저는 좋아했어요. 특히 시나트라와 그 누구도 실제 전쟁이 시작된다는 것을 깨닫지 못할 때, 일본군의 진주만 공격을 보여 주는 마지막 장면을요. 사르트르는 이 영화를 별로 좋아하지 않았어요. 분명 이것은 영화 〈전함 포템킨〉은 아니지요. 혁명적인 것도 위대한 것도 전혀 없어요. 하지만 제 생각에 매우 훌륭하고 손에 땀을 쥐게 하는 영화랍니다. 시시한 로맨스들을 제쳐놓는다면 말이죠. 저는 아니지만, 지식인들이 칭찬하는 〈위험한 질주〉****는 어때요? 사람들이 그 영화를 황급히 가위질했다는 게 분명해요. 그런데도 그 영화

---

* 싱클레어 루이스(Sinclair Lewis)의 1922년 소설에 등장하는 주인공

** 잭 포터(Jack Potter)의 「무거운 하루La Pesante Journée」, 『현대』 1954년 7월~10월호

*** 프레드 진네만(Fred Zinnemann) 감독의 1953년도 작품. 버트 랭커스터(Burt Lancaster), 데버러 커(Deborah Kerr), 몽고메리 클리프트(Montgomery Clift), 프랭크 시나트라(Frank Sinatra) 출연

**** 러슬로 베네데크(Laszlo Benedek) 감독의 1953년도 작품. 말런 브랜도(MarIon Brando) 출연

에는 무언가가 있어요, 대략 10여 분간 마음을 사로잡지요. 하지만 그보다 더 좋을 수 있었을 텐데요. 영국 영화 〈잔인한 바다〉를 보지 않았다면 달려가서 보세요. 아주 멋지고 진실하고 감동적이에요. 할리우드 상품들 같은 속임수는 전혀 없어요. 눈물겹도록 좋은 작품이에요. 전쟁 영화들은 보통 감동을 주지 않지만, 이 작품은 달라요. 사람들은 그곳, 그 배 위에, 죽음이 배회하는 그 바다 위에 있답니다.

포크너는 『홀리데이*Holidays*』에 미시시피에 관한 긴 글을 발표했어요. 우리는 그것을 『현대』에 실으려고 번역 중이랍니다. 그가 파리에 왔는데, 아마 아직은 이곳에 있을 거예요. 그를 한 식당에서 마주쳤어요. 그는 저도 아는 사람들과 함께 있었지만, 그에게 말을 걸러 가는 것이 내키지 않았어요. 몇 년 전이라면 그런 기회에 달려들었겠지요. 하지만 이젠 그런 일이 별로 좋지 않아요. 늙은 데다 백발인 포크너는 그의 친구들 말에 따르면 마구 폭음하고 있대요.

사르트르는 끈질기게 정치적 소동을 지속하고 있어요. 그가 멋진 일을 끝냈다는 것은 인정해야 해요. 아무도 그가 공산주의자가 되었다고는 생각하지 않아요. 그는 여전히 자기가 바라는 대로 자유롭고 독립적이지만, 공산주의자들은 이제 그를 동지로 여기죠. 일반적으로, 베리아의 죽음 이래 프랑스에서는 모든 것이 변했답니다. 공산주의자들은 과거보다 덜 파벌적으로 보여요. 좌익 전체가 손에 손을 잡고 협력하여 일하지요. 그 결과 사르트르는 5월에 모스크바와 레닌그라드에 초청을 받았어요. 그는 몹시 기뻐하고 있어요. 모스크바에서 순회공연 중인 테아트르 프랑세 극단 단원들이, 소련인들이 어린 소녀들을 잡아먹지도 않고 또 몰리에르의 연극도 이해할 수 있다는 것을 발견한다는 이야기는 우스팡스러워요. 정부는 5월 1일(내일)의 시위와 행진을 금지했어요. 우리는 자문하고 있답니다. 과연 무슨 일이 벌어질까? 사람들이 복종할까, 아니면 복종하지 않을까?

보다시피 저의 시간은 조용히 흐르고 있어요. 책을 끝냈으니 편지를 더 잘 쓸 수 있겠지요. '억류된 미국인'의 편지를 받자마자 답장할 거예요. 안녕, 내 사랑. 당신 자신의 일에 관해 이야기해 주세요. 오래된 무한한 애정으로.

당신의 시몬
추신.

사르트르는 당신의 『시카고』를 천천히 계속 번역하고 있어요. 그것이 8월 이전에 발표되기를 바라요. 우리는 샤인 매카시 사건,* 특히 오펜하이머에 비상한 관심이 있어요. 그는 대단한 사람이에요.
샤인 매카시 말예요.

1954년 5월 10일

매우 소중한 당신. 당신은 제가 소설을 끝낸 이후의 변화를 실감하겠죠! 저는 편지를 받는 즉시 답하고 있어요. "편지와 편지 사이의 시간이 길게 느껴지는군요"라는 당신의 지적은 괴로움을 주었답니다. 저는 무언가 사라져 버릴지도 모른다는 것을 알았어요. 아니요, 넬슨, 우리 사이에 존재하는 것은 사라지지 않아요. 저는 당신만큼 맹렬하게 거기에 집착하며, 언제나 집착할 거예요.

제 눈에는 포터의 주인공이 현대적 배빗,* 옛 배빗과 매우 다른

---

* 로젠버그 소송과 관계된 미국 군대 내부의 독직 사건
* Babbitt. '중산 계급의 교양 없는 속물'을 가리킨다. 싱클레어 루이스의 소설 『배빗Babbitt』에서 비롯된 말이다.

우리 시대의 어떤 배빗과 닮았다고 썼어요. 머리가 둘 달린 아기에 대해서도 잘 알아요. 프랑스에서 그 아기에 대해 이야기들을 했어요. 끔찍해요. '그'가 죽은 것이 훨씬 더 나아요.

제 글씨체를 해독하는 당신의 마술적인 능력을 다소 잃은 것 같군요. 로트레크는 그의 늙은 머저리, 백치, 늙은 짐승인 아버지를 치료하면서 죽었어요. 제가 고흐가 남동생에게 쓴 편지에 대해 언급했었지요. 대단한 사람이에요! 그런데 그 편지의 가장 중요한 부분들이 프랑스에서는 번역되지도 출판되지도 않았어요. 충격적이에요! 작은 사진 고마워요. 아주 근사하군요. 마음속 깊이 간직할게요. 아니, 저는 제 책의 제목 때문에 안달하지 않아요. 어쨌든 책이 10월 이전에는 나오지 않을 테니까, 지금부터 그때까지 찾으면 돼요.

우리 친구들은 소련 무용수들이 오페라 극장에서 공연할 권리를 거부당했기 때문에 지금 분개하고 있어요. 오늘부터 한 달간 공연할 예정이었거든요. 무용 애호가들이 암시장에서 대단히 비싸게 표를 사 놓았답니다. 정부가 디엔비엔푸*에서의 패배에 몹시 분노한다는 핑계를 대며 소련 무용수들이 파리에서 공연하는 것은 언어도단이라고 갑자기 공포했어요. 분명 그들은 소련 무용수들이 디엔비엔푸를 함락시킨 것으로 생각하는 거지요! 우리는 오늘 오후 의회에서 저 메스꺼운 라니엘**이 타도되기를 바라요. 블레이크의 책을 출판할 수 없게 되어 크게 낙담하고 있어요. 못생긴 여자에 대해서도 같은 문제에 봉착해 있지요. 그녀는 원고

---

* Điên Biên Phu. 라오스와의 국경에서 멀지 않은 베트남 북부에 있는 지역. 이곳에서 1954년 3월 13일부터 5월 17일까지 프랑스 군대와 베트남해방 전선부대와의 결전이 있었다. 이 전투에서 패배한 뒤 프랑스는 인도차이나에서 식민통치에 종지부를 찍는 제네바조약을 체결했다.

** Joseph Laniel. 프랑스 정치인으로 1953년 수상으로 임명됐으나 디엔비엔푸에서의 패배로 실각한다.

때문에 5년을 고생했어요.* 그녀가 가장 안 좋은 부분을 없애도록 도왔어요. 전체적으로 괜찮은 편이지만 너무 길고 크노가 망설이고 있는 것이 이해될 만큼 너무나 지루하고 기교를 지나치게 부리며, 애매한 구절들도 많습니다. 그는 앞부분 3백 쪽을 삭제하길 원해요. 타당한 얘기죠. 하지만 그들이 인쇄할 시점에서 투덜대지 않을까, 못생긴 여자가 슬픔과 절망으로 미칠 지경이 되지 않을까, 그래서 그녀도 지하철 객차 아래로 몸을 던지지나 않을까 걱정이에요. 어찌하면 좋을까요? 당신의 블레이크에 관해서는, 40달러를 바꿔 주기 위해『현대』와 은행들 간에 주고받은 쓸데없는 휴지 더미를 당신에게 보내서 산같이 쌓이도록 할 거예요. 당신은 상상할 수 없을걸요! 결국 우리는 총리의 허가를 청해야 한답니다! 이해할 수 없는 처사예요. 프랑스에서는 미국 작가에게 돈을 지급하기 위해 통상 어떻게 처리하는지를 엘렌 라이트에게 물어보겠어요. 우리가 서툴게 행동했음이 분명해요.

5월 13일

내 사랑,『더 네이션』과 그 안에 숨겨진 면도날들을 받았어요. 사르트르는 또 한 번 뛸 듯이 기뻐했지요. 그가 무척 고마워해요. 당신도 그에게 (진심으로) 고마워할 일이 있어요. 그가 당신의『시카고』를 번역하는 위업을 달성했답니다. 그것은 6월호에, 역자는 가명으로 실릴 거예요. 한 마디 한 마디, 그는 프랑스어로 재창조했답니다. 하나의 언어를 통째로 다시 발명해야 했던 만큼 매우 어려운 일 중의 하나였는데, 성공했어요. 원문이나 번역문 모두 멋진 텍스트지요. 1회 분량으로 압축하기 위해 다소 삭제해야 했어요. 당신이 이 프랑스어에서 아무것도 이해할 수 없을지라도

---

* 여러 군데가 삭제되어 1955년에 출판된『참해 Ravages』

보낼게요.

무덥고 비바람 몰아치는 날씨. 사르트르가 모스크바로 떠난 후에 저는 어딘가 푸른 초원으로 피신할 거예요. 그곳에서 다시 일에 착수하겠어요. 10월호 『현대』는 좌파에 할애하는 특별호로 제작되는데(오늘날 좌파가 된다는 것은 무엇을 의미하는가 등), 그에 대응하여 저는 케스틀러, 카뮈, 말로, 반마르크시스트 철학자들 등 우파란 무엇인가, 그들의 사고 및 감수성 형태는 어떠한가에 관한 연구 책임을 떠맡았어요. 한 아름의 어리석은 책들을 써야 해요. 하지만 이 경우 그 어리석음은 흥미롭지요. 그 후에는 어떤 것을 시작할지 모르겠어요. 휴가 동안 계획을 세워야겠어요.

제 동생이, 맙소사, 파리에 있어요. 거창한 그림 전시회 때문이지요. 동생의 그림들은 아무 의미가 없지만, 그 애가 어느 정도는 성공을 거뒀으면 좋겠어요.

안녕 내 사랑, 빨리 편지하세요. 우리 서로에게 보내는 편지들 사이의 시간을 짧게 만듭시다. 저는 그 작은 사진을 마음속 깊이 간직하고 당신을 제 생각 속에, 언제나 그렇듯 깊이 간직하고 있어요.

당신의 시몬

1954년 6월, 런던

매우 소중한 당신. 이번에는 저의 정신적 헬리콥터가 그렇게 빨리 뜨지 못했어요. 그렇지만 당신을 떠나지 않았어요. 저는 그럴 수 없을 거예요. 거듭 말하지만, 당신은 제 마음속에 살고 있어요. 저는 어디를 가든 당신을 데리고 가지요. 지금은 런던에 있어요. 제 책도 끝냈고, 사르트르도 아주 멀리 타슈켄트에 있으므로,

제가 파리에 있을 아무 이유가 없어요. 저는 좀 방랑하고 있지요. 일주일간 프랑스 시골을 돌아다닌 후에 비행기로 한 시간 15분이면 아무것도 아니에요, 런던이에요. 불행히도 막무가내로 비가 내려요. 시골처럼 파리에도, 영국처럼 프랑스에도, 지독한 여름. 월요일부터는 뷔슈리에 돌아와 있을 거예요.

사르트르는 분명 여행에 크게 즐거워하고 있어요. 그곳으로부터 오는 편지는 아주 더디지요(열흘). 하지만 우리는 신문을 통해 매일 정보를 얻고 있답니다. 이를테면 그가 레닌그라드에 있다, 타슈켄트로 날아간다, 모스크바 라디오에서 말했다 등등을요. 그는 원하는 곳에 갈 수 있고 학생들, 교수들, 작가들과 자유롭게 토론할 수 있다는 것, 스탈린의 죽음이 곳곳에 커다란 해방을 초래했다는 것을 단언해요. 그리고 붉은광장에서 꽃을 들고 열을 지어 행진하는 수많은 사람, 마치 〈맥베스〉에서처럼 움직이는 숲을 보았어요. 인상적이지요. 그의 모든 친구는 그가 돌아오기를 몹시 고대하고 있어요. 분명 그는 이야기를 잔뜩 가지고 있을 거예요. 여기는 새로운 게 별로 없어요. 제 동생은 실망했어요. 많은 사람이 그녀의 전시회에 와서 찬사를 늘어놓았다 해도, 신문과 비평가들이 그저 그런 여성 화가로 여기며 완전히 냉담한 반응을 보였으니까요. 갑자기 동생은 모든 걸 깨달았어요. 물론 그림을 한 점도 팔지 못했지만, 그만두지 않을 거예요. 오히려 더욱더 그릴 테고, 사람들에게 자기 그림들을 잔뜩 안길 테죠. 드디어 동생이 파리를 떠났기 때문에 앞으로 한참은 저를 더 이상 괴롭히지 않을 거예요. 저는 못생긴 여자의 책을 다른 출판사에서 펴내도록 애쓰고 있어요. 힘든 시도지요. 총리는 우리가 블레이크에게 돈을 보내는 것을 허락했어요. 결국 일이 끝났어요. 그 돈을 받았나요? 당신 돈은요? 제가 『현대』의 비서에게 『시카고』가 실린 책 두 부를 보내도록 요청했어요. 모든 사람이 당신을 알거나 모르거나, 당신의 텍스트를 칭찬한답니다. 농담이 아니라, 진정한 시인의 작품이라고요. 예컨대 못생긴 여자는 그 책을 무척 좋아해요. 아주 멋지게 훌륭히 번역됐지요.

갈리마르 출판사에서는 제 책(당신 책)에 만족한 것 같아요. 크노는 자신이 일찍이 읽었던 책 중에서 가장 아름답고 감동적인 사랑 이야기라고 말해요. 블랑슈 크노프는 이 건에 대해 저와 접촉하려고 애쓰지요. 하지만 엘렌 라이트는 저작권을 다른 출판사에 팔았어요. 저는 거기에 만족해 크노프를 피하고 있답니다.

제라르 필리프가 출연하는 〈밀회 Monsieur Ripois〉*가 시카고에서 상영되면 보러 가세요. 사람들은 일반적으로 그 영화를 좋아하지 않지만, 저는 좋아해요. 그 영화는 지적이고 섬세하며 기묘해요. 내 사랑, 무엇보다 당신에 관해서 이야기해 줘요. 당신이 호수에서 행복한 여름을 보내기를 바라요. 곧 다시 쓸게요. 사랑으로 키스해요.

당신의 시몬

1954년 7월 12일, 바르셀로나

무척 소중한 넬슨. 런던 다음에 바르셀로나, 당신이 보다시피 끊임없이 움직이고 있어요. 런던에서 오래 있지 않았어요. 겨우 나흘 있었죠. 저는 바르셀로나를 좋아해요. 비록 별로 환대하지 않고, 평일 밤에는 열한 시, 일요일에는 열 시에 모조리 문을 닫지만 말예요. 소련에 가 있는 사르트르는 저와 거의 동시에 파리에 돌아가야 했어요. 그런데 토요일에 우연히 침울한 표정의 보

스트를 만났어요. "모스크바의 공산주의 신문사로부터 전화가 왔어요. 그 신문사는 비서에게 전화했고, 비서는 다시 제게 전화했어요. 사르트르가 아프대요. 모스크바의 병원에 있다는군요." 끔찍한 공포에 떨면서 저는 그가 과로로 토레즈처럼 뇌 발작을 일으켰다고 생각했어요. 우리는 문제의 신문과 소련 대사관의 중개로 모스크바와 통화하려고 애썼죠. 소련 대사관에서 이렇게 답했어요. "당신들이 직접 모스크바를 부르세요. 간단해요!" 그보다 더 쉬운 것은 없는데도 그 일이 비현실적으로 여겨졌지요. 사르트르가 묵고 있는 호텔과 5분 만에 연결됐고, 그곳에서 알려 준 대로 병원에 전화했어요. 사르트르를 바꿔 주더군요. "어떻게 지내요?" "아주 좋아요." "아니, 별로 좋지 않아요. 병원에 있잖아요." 그는 말문이 막힌 듯하더군요. "어떻게 알았어요?" "어쨌든, 저는 알고 있어요." 그가 모두 실토했어요. 소련 사람들이 밑 빠진 독처럼 보드카와 그루지야 와인을 권했대요. 그들은 그를 잠도 잘 수 없게, 마치 기계처럼 비행기로, 기차로, 자동차로 이동하게 해서 그만 주저앉고 말았다는군요. 맥박이 평소보다 두 배나 빨리 뛰고 고혈압으로 쓰러지자 일주일간의 휴식이 주어졌고, 비로소 잠자고 조용히 있게 해 줬대요. 닷새 후에 그가 파리로 돌아왔어요. 여전히 피곤해했지만, 소비에트연방에 다녀왔다는 것과 프랑스로 돌아와 있다는 것에 대단히 만족해했어요. 그를 그다지 멀지 않은 시골에 잠시 데려갔었는데, 지금은 건강이 좋아졌어요. 그는 다소 덜 활동할 수도, 덜 먹을 수도, 덜 마실 수도 없었다고 해요. 소련 사람들이 처음에는 그를 별로 신뢰하지 않았기 때문이라는군요. 어느 날 저녁 식사 때 누군가가 이렇게 말할 때까지 말예요. "오늘 식사 초반부터 이분을 관찰했습니다. 이제는 이분이 진실한 분임을 알겠습니다. 진지하게 먹고 마시니까요." 그래서 그는 자신이 정말로 진실한 사람이라는 것을 확인시켜 주려면 계속 성실하게 먹고 폭음할 의무가 있다고 생각했다는군요. 그러자 그들은 모든 것을 알게 해 주고, 그를 기쁘게 하는 데 아주 열심이었고 친절한 태도를 보였대요. 사르트르는 그들을 기쁘게 하려고 모든 것을 수용해야만 했답니다. 여행은 전체적으로 그를 매료시켰어요. 소련 사람들은 평화를 몹시 원하며, 한 해 한 해 삶의 조건을 개선하려고 애쓴다는군요. 스탈린의 사망 이래 자유의 바람이 불고 있대요. 물론 완전해지기까지는 멀었지요. 지식과 문학의 면에서는 더욱 열악하대요. 그들도 이를 모르지 않아요. 열악해요. 지나치게 많은 돈을 받은 작가들은 신분을 유지하기 위해 아무거나, 1년에 한 권씩 좋거나 나쁜 — 사실 나쁜 — 책을 마구 써낸대요. 그러고 나서 서로 조절해 각자 다른 사람들과 같은 장르의 작품을 만든다는군요. 거기에는 진정한 창조성이란 조금도 없어요. 회화도 야비하대요. 하지만 사르트르는 웅장한 소련 찬가들과 우즈베키스탄의 대중가요, 훌륭한 음악에 대해 말했어요. 쇼스타코비치의 심포니나 당신들이 가지고 있는 그런 것은 아니지요. 그는 이 여행의 나날들에 관해 이야기하고 또 이야기했어요. 그 모두를 당신에게 반복할 수 없군요. 저는 내년에 그와 함께 중국에 갈 생각이에요. 얼마나 황홀할까요!

"레 망다랭"이라고 불릴 제 책의 첫 번째 교정본을 수정하고 있답니다. 첫눈에는 구식으로 보이지만, 혁명의 지도자들이 그들 가운데서 나타난 이 중국 지식인들을 영어로는 어떻게 부르는지 모르겠어요. 프랑스어로는 좋은 제목이죠. 이 소설은 10월 초에 나올 거예요. 어떻게 받아들여질까요?

파리는 비와 추위 때문에 여름이라 볼 수 없어요. 하지만 스페인에서 태양으로 보상받은 것 같아 행복해요. 이틀 전에 남자친구와 자동차로 이곳에 도착했어요. 사르트르와 함께 온 이래 바르셀로나는 변하지 않았어요. 20년 전이군요. 너무나 활기차고 유쾌한 도시예요! 쾌활하고 인간미 넘치는 친근한 사람들! 이는 거리의 사람들에 대해서만 하는 말이지요. 이곳의 부르주아지와 성직자들은 그 어느 곳보다 더 마음에 들지 않으니까요. 사람들은 늦게까지 활동해요. 새벽 두 시에도 카페와 상점들의 문이 여전히 열려 있어요. 사람들은 끝없이 떠들어 대지요. 바리오 치노는 끔찍하게 더럽고 가난하며 '쾌락'을 전문으로 하는 곳이지요, 쓸어 담을 만큼 흔한 창가娼家들, 매춘부가 있는 카페들…… 모든 거리에 있는 작은 노점상에서 피임기구들을 팔아요. 마치 색색의 포장지나 은박지 또는 깜찍한 작은 상자들로 포장된 사탕들을 사라고 하는 것 같답니다. 커다란 게시판들에는 이렇게 쓰여 있지요. "임질-매독". 그리고 하얀 작업복을 입은 남자 한 명이 문 앞에서 기다리고 있어요. 성병 전문 클리닉들이 얼마나 많은지 모른답니다…… 저는 당신을 생각했어요. 이 모든 것이 당신을 즐겁게 했을 테죠. 당신은 손님을 기다리는 많은 여자 괴물을 쉴 새 없이 곁눈질했을 거예요. 아마 당신은 언젠가 그렇게 할 거고, 바르셀로나를 무척 좋아할 거예요.

내 사랑, 우선 파리에 오세요. 엘렌이 당신 돈을 보관하고 있어요. 그것을 쓰러 오세요. 파리에 돈을 가지고 있으며, 그 돈을 쓰기를 원한다고 말하세요. 국유치 우편으로 마드리드로 편지를 보내 줘요. 사랑을 보내며.

당신의 시몬

1954년 8월 18일

매우 소중한 넬슨. 격렬하고 자연스럽지 못한 색채들로 아무렇게나 그려진 당신의 멕시코 우편엽서들은 사실 충격이었어요. 그

래요! 당신은 스스로 하나의 터부를 침해한 거예요. 치첸이트사
는 터부예요, 아니면 욱스말이 그렇죠. 당신은 뉴올리언스에서
놀랄 만큼 건강하군요. 가난한 데다 편안함을 박탈당한 당신이 지
금은 주머니에 돈이 가득하고 고통스럽게도 할 일이 하나도 없다
니, 당신은 무너져 내리겠죠! 재밌군요. 저는 휴스턴 공항의 그 불
타는 열기를 아주 잘 기억하고 있어요! 어떤 날들에는 공기 중의
무언가가, 하나의 향기, 열기, 빛의 뉘앙스 같은 무언가가 당신을
너무나 가깝게 만들어서, 비명을 지를 지경이랍니다. 당신은 정
말 언제쯤에야 가까이 다가올 건가요? 맞아요, 미국인들이 비행
기로 배로 프랑스에 도착하지만, 예전만큼은 아니에요. 어느 날
샹젤리제의 테라스에 사르트르와 함께 있을 때, 대단히 살찐 둥
근 얼굴의 남자가 아주 상냥하게 인사했어요. "헬로! 기억나세요?
시카고에서 만났었죠." 하지만 그를 기억해 내기가 불가능했어
요. 당신과 관련된 작은 일들이 제게서 멀어지는 것이 애석해요.

    스페인 사람들은 프랑코뿐만 아니라 자신들이 처한 그 모든 상
황에도 불구하고, 매우 생기발랄하고 인간적이어서 좋아할 수밖
에 없어요. 그들에게 애착을 느끼면 느낄수록 깜짝 놀라게 된답
니다. 빈곤, 자유의 부재 등이 슬픔을 주지만 마음을 사로잡는 아
름다운 나라예요. 그곳에서 권력자들은 오로지 가증스럽고 기름
지고 오만방자하지요. 삐삐 마르고 친절한 서민들과 이 무슨 대
조인지 모르겠어요! 그야말로 독재국가의 전형적인 이미지지요.

    저의 용감한 소형 자동차는 저를 해안과 산, 도시와 마을들, 외
진 곳에 있는 대학들, 넓은 평야, 그라나다, 세비야, 마드리드 등
으로 데려다줬어요. 말문이 조금 트였답니다, 멕시코에서의 당신
과 거의 같은 수준으로요. 투우도 관람했는데, 멕시코에서만큼
기쁨을 느끼진 못했어요. 소들이 너무 어리고 작아요. 그곳에서
봤던 멋지고 끔찍하게 위험한 야수들이 아니지요.

해수욕하고, 산꼭대기를 기어오르고, 먼 거리를 달리며, 미술품과 투우에 열광하며, 마침내 파리에 돌아왔어요. 사르트르는 휴식을 취한 카프리섬에서 돌아왔는데, 이탈리아의 정치적 친구들을 만나느라(그는 톨리아티*와 함께 저녁 식사를 했어요) 매우 기진맥진해 있답니다. 그가 진정한 휴가를 보내도록 오스트리아로 데려갈 거예요. 거기서 돌아다니지도 배회하지도 않고 머물 거예요. 잘츠부르크에서 한 달을 보낸 뒤에 초대받은 프라하와 빈에 갈 거예요. 10월에 돌아오면 자문하기 시작할 테죠. 이제 무엇을 쓸 것인가? 그에 대해 아무 생각도 없답니다.

나탈리와 그녀의 어린 딸의 사진, 그녀가 반한 어떤 남자의 사진과 그녀의 작은 그림들을 받았어요. 그녀는 자기 상황이 나아졌으며 자세한 것은 차후 이야기하겠다고 단 두 문장으로 알렸답니다. 그녀에게 답장해야 해요.

갈리마르 출판사는 결국 못생긴 여자의 책을 그녀가 좋아하는 부분들—지루하고 노골적인 레즈비언 이야기*와 다른 외설적인 일화들—을 삭제한 뒤에 출판할 거예요. 그녀는 만족스럽지 않으나 전체를 출판하지 못하는 것보다는 그편이 더 낫다고 생각하지요. 보스트는 아주 호감 가는 할리우드의 어떤 감독과 시나리오 작업을 함께해요. 그 감독이 당신을 안다고 하는데, 존 가필드의 친구인 헝가리 유대인으로 이름은 존 베리예요. 그를 아세요? 공산주의자라는 죄목으로 기소됐다가 3년 전에 처자식과 함께 망명했어요.**

---

* Palmiro Togliatti. 이탈리아의 정치가

• 1966년에 출판된 『테레즈와 이자벨Thérèse et Isabelle』

•• 배우 존 가필드는 1951년 존 베리와 함께 필름 누아르의 명작 〈밤의 위협Menaces dans la nuit〉을 촬영했다. 가필드 역시 1950년대 초 미국 할리우드를 뒤흔들었던 유명한 공산주의자 추방운동 때에 '국가전복 음모죄'로 고발당했다. 그러고 나서 얼마 후에 그는 심장 발작으로 사망했다.

사르트르는 자신과 M. 질레트에 관한 시를 보고 웃었어요. 저는 아직 인디언 돈키호테를 받지 못했어요 — 기대하지요. 콘로이에게 일어난 일*은 비극적이에요. 당신은 그의 집에 머무는 동안 축제에 참석하지 않았어야 했어요. 사실 그의 〈불우한 사람들〉 원고를 되찾았어요. 제가 그것을 돌려주기를 바랐다고 기억하는데, 그가 잊었다면 그만두도록 하죠. 당신의 여행**은 만족스러웠나요? 당신 일은 어떻게 되어 가죠? 말해 주세요.

안녕 내 사랑. 우리 두 사람이 이만큼 여행을 다니니, 언젠가 어느 흐린 하늘 아래서 마주칠 게 확실해 보이는군요. 정다운 마음을 다해 당신을 기다려요.

당신의 시몬

1954년 10월 5일

매우 소중한 넬슨. 마른 얼굴의 흥미로운 목각 남자가 당신 대신 저를 방문했다고 파리에서 연락이 왔어요. 이미 멕시코 대사에게서 사랑받는 그를 만나고 싶군요. 고마워요, 넬슨. 언젠가는 살과 뼈로 된 시카고 주민, 넬슨이라는 이름의 남자를 제게 보낼 수 있도록 애쓰세요. 당신의 편지를 잘츠부르크에서 받았어요.

제 책은 다음 주에 완전히 인쇄될 거예요. 당신이 한 단어도 읽지 못한다 해도 즉시 한 부를 보낼게요. 적어도 간지에서 당신의 이름을 보게 될 거예요. 그것이 무엇을 의미하는지 아실 테죠. 갈리마르 출판사는 주변에다 과대 선전을 하고 있어요. 그것이 돈

---

* 그의 아들이 자살했다.
** 그의 책을 위해 뉴올리언스로 떠난 여행

을 벌어다 줄 테니 다행이지만, 제 책이 모델소설(어떤 주인공은 카뮈일 테고, 다른 주인공은 사르트르일 거라는 둥 그 모든 것은 전적으로 틀려요)에 속한다고 믿게 할 테니 낭패이기도 해요. 저는 전체적으로 전쟁이후 프랑스 작가들이 겪은 경험, 일반적인 정신 상태를 환기하려는 계획이었어요. 그래서 그것을 구현하는 특별한 인물들을 만들어 냈지요. 독자들이 이 책을 암호로 된 십자말풀이나 그 비슷한 것으로 여긴다고 생각하면 매우 불쾌하답니다. 마침내 나탈리의 긴 편지를 받았어요. 화학자(애인)가 도망가려 했다가 머무르기로 작정했고, 그녀가 이혼하는 대로 곧 결혼할 것이기에 나탈리는 매우 행복해하고 있어요. 그는 돈이 아주 많아요. 그들은 정원과 세탁기가 있는 대저택에서 살고 있답니다 — 그에 대한 사랑은 본질적으로 세탁기와 가스레인지에 근거한 것처럼 보여요. 그녀는 아이들을 가질 계획이고, 모양은 좋지만 아기들에 관한 전혀 재미없고 극히 여성적인 이야기들을 쓰고 있대요. 3년 이내에 그녀는 프랑스에 오지 않을 거예요. 프랑스가 무섭게 한다는군요. 미국 여성들이 『제2의 성』에 관해 여전히 많은 편지를 보내고 있어요. 그들 중 한 명이 버지니아주 베드포드의 영어 교수와 함께 저에 대해 이야기했다는군요. 그는 예전에 저와 넬슨 올그런을 어디선가 만났답니다. 기억나요? 우리가 함께 그렇게 많은 사람을 만난 기억이 없는데, 그가 갑자기 튀어나와 "나는 당신을 올그런과 함께 만났어요"라고 단언하니, 어찌 된 일이지요? 당신은 당신과 함께 어디든 돌아다니는 저의 복제품을 가지고 있나요?

지금은 이탈리아에 있어요. 베로나에 도착했을 때 뜻밖의 기쁨이 있었답니다! 한 잡지에서 『황금 팔』에 관한 긴 글과 함께 실린 당신을 봤어요. 보관해 뒀다가 보내 드릴게요. 그리고 여러 책방에서 몬다도리 출판사의 출판물들 가운데 있는 아름다운 초록 표지의 그 책을 봤답니다. 얼마나 이상하던지요…… 프랑스에서는 아직도 그 책이 발간되지 않았다니, 정말 어처구니없어요! 보리스 비앙은 무엇을 하는 거죠?

　최근 여행들에 관한 한마디, 그러니까 사르트르와 두 달 예정으로 떠났는데, 파리에서보다 더 나은 상태에서 우리만 있기를 바랐어요. 파리에는 해야 할 일들과 우리를 끊임없이 괴롭히는 사람들이 너무 많아요. 게다가 사르트르에게는 긴 휴가가 필요했죠. 모스크바에서 돌아왔을 때보다는 다소 나아졌지만, 그의 건강은 여전히 아쉬웠거든요. 사실 그는 매우 피곤하기까지 했어요. 우리는 알자스 지역을 거쳐 스트라스부르까지 달린 후에 반은 폐허지만 어쨌든 매우 활기찬 뮌헨까지 갔어요. 그곳 주민들은 부유하고 꽤 행복해 보였답니다. 뮌헨의 맥주홀인 비어가르텐은 참 대단하더군요! 유리잔, 맥주잔, 조끼, 병, 컵 들에 든 갈색 맥주와 황금빛 맥주, 이 모든 맥주를 열렬하게 꿀꺽꿀꺽 마시는 초록빛 펠트 모자를 쓴 수많은 사람. 추억으로 가득 찬 오래된 거리가 있는 인스부르크, 잘츠부르크, 빈은 반은 살아 있고 반은 죽은 꽤 음울한 상태였죠. 체코슬로바키아에 급습한 것이 가장 좋았어요. 사르트르와 저는 초대받았는데, 철의 장막 저편으로의 첫 급습이었죠. 빈에서 비자를 얻는 데 전혀 어려움이 없었어요. 우리는 마음 내키는 대로 자동차로 계속 여행했지요. 황량한 국경, 초라한 두 집 사이에 진짜 철의 장막이 쳐져 있고 젊은 군인이 감시탑에서 지키는 일종의 철조망 바리케이드……. 아이들을 위한 어떤 동화에서처럼 한 노인이 철책 너머로 우리의 여권을 요구했고, 젊은 군인이 열쇠를 던졌어요. 바리케이드가 열리고 펄쩍! 우리는 자전거와 자동차 몇 대 외에는 탈것이 없는 체코의 작은 길 위로 돌진했지요. 프라하에는 우리를 기다리는 사람이 아무도 없었어요. 호텔을 정하고 거리를 자유롭게 쏘다녔죠. 카페, 상점, 식당 들이 있는 아주 서구적인 거리였어요. 사르트르가 말하기를,

모스크바에는 그런 것들이 전혀 없답니다. 그의 친구들과 작가들은 대부분 아주 멋져 보였어요. 저는 공장, 농장, 학교 들을 방문해야 하는 것이 걱정스러웠는데, 전혀 그렇지 않았어요! 그들은 우리를 오래된 예쁜 도시로 안내했고, 좋은 그림, 교회, 낭만적이고 오래된 유대인 묘지, 옛 유대교회를 보여 줬으며, 저녁에는 오페라에 데리고 갔어요. 그들의 인형극 영화들을 봐서 더욱 좋았어요. 그 어떤 만화영화보다 월등하고 감탄할 만했지요. 안데르센의 『황제와 나이팅게일』은 걸작이었어요. 당신 마음에도 들었을 거예요. 체코 사람들은 지적인 자유와 예술적인 자유를 열렬히 희망하는데, 이것은 가공할 문제들을 창출해요. 그들은 우리에게 많은 선물을 주었답니다. 책들, 보헤미아의 크리스털, 레이스, 레코드음반, 코냑. 맙소사! 조금 전이었어요. 자동차는 평소처럼 밖에 있었죠. 자동차에 물건을 두지 말았어야 했어요. 선물들을 거의 몽땅 도둑맞았답니다! 저 이탈리아 악마들이 잠긴 자동차 문을 열 방법을 찾았어요. 오스트리아에는 비가 너무 많이 왔기에 이탈리아로, 베로나, 볼로냐, 피렌체로, 지나치게 덥지 않으면서 햇살이 비추는 황금빛의 푸르고 멋진 가을의 이탈리아로 내려왔어요. 극히 조용한 생활을 보냈답니다. 사르트르는 건강을 되찾았고 일을 다시 시작했어요. 그는 일종의 자서전을 쓰기 시작했는데, 책의 초반에 있는 그의 어린 시절에 관한 장들은 근사하며 익살맞아요. 저는 이후 무엇을 해야 하는지 조금도 알지 못한 채 『현대』에 실을 글을 끝냈어요.

〈로마의 휴일〉은 매혹적인 영화예요, 제 생각에는. 호수 위에서 여름이 반짝이고 있나요? 제 마음속에서 예쁘고 붉은 나뭇잎들과 새들, 물, 다리와 밤하늘을 알아보아요. 우리가 헤어진 지도 3년이군요. 저는 이제 호수를 다시 보지 못하지만, 당신, 당신을 다시 볼 거예요. 당신이 그렇게 약속했죠. 그렇게 될 거예요, 저는 기다리고 있어요. 안녕, 내 사랑. 당신에게 부드럽게 키스해요.

당신의 시몬

1954년 10월의 마지막 날

넬슨, 내 사랑. 파리로 돌아와서 당신이 오랫동안 아무 소식도 받지 못했음을 알았어요. 하지만 저는 이탈리아에서 편지를 썼답니다. 당신에게 빈, 체코슬로바키아, 그 밖에 많은 것에 대해 말했는데, 분실됐을까요? 어떻게 된 일인지 빨리 알려 주세요. 우리의 서신 교환에서 제가 게으르다고, 당신이 그리 생각하는 것을 좋아하지 않아요. 길고 마른 목각 남자는 벽난로 위에 군림하고 있어요. 친근한 돈키호테, 이 침묵의 전달자를 보내 줘서 고마워요.

매캐런*의 죽음은 언젠가 제 난롯가에서 당신과 함께할 수 있다는 의미인가요?

이틀 전 돌아왔을 때, 제 소설이 막 출판됐더군요. 정말 성공할 것 같아서 만족해요. 첫 비평들은 아주 좋아요. 역설적이게도 좌익처럼 우익의 비평가들도, 공산주의자들조차도 이를 높이 평가해요. 우익의 비평가들은 제 소설에서 패배의 이야기, 그러니까 프랑스 좌파 지식인들의 패배를 읽고 있어요. 공산주의자들은 실습, 전향의 패배를, 그러니까 진실을 발견하는 프랑스 지식인들의 패배를 읽지요. 그들의 임무는 공산당에 가담하는 거예요. 물론 두 해석 다 옳지 않아요. 하지만 이 소설이 이전 소설들보다 더 나은 것으로 보이는 이유는 바로 여기에 있어요. 사람들은 그 안

---

* P. A. McCarran. 미국 극우파 상원의원. 프랑코의 지지자고, 이민을 가는 것도 오는 것도 제한할 것을 주장했다.

에서 다양한 독서를 하죠. 이 소설의 의미는 하나로 정해진 게 아니에요. 모두 미국의 연애 사건을 아주 감동적이라고 평가하네요 —저는 온 힘을 다해 썼답니다. 프랑스어를 한마디도 이해하려 하지 않았던 게으른 당신은 읽을 수 없다는 것이 슬프네요. 그렇지만 한 부를 우송합니다. 헌사 때문이지요. 바로 당신의 것이니까요. 당신을 위해 미국이나 영국에서 누군가가 번역하기를 바랄 수밖에요.

『미국 현대문학의 파노라마*Panorama de la littérature contemporaine aux États-Unis*』가 얼마 전에 출간됐어요. 존 브라운이라는 미국 교수가 프랑스어로 썼는데, 책은 별로 흥미롭지 않고 꽤 상투적이나 거기서 당신의 멋진 얼굴을 본답니다. 시카고 철교 아래에 앉아 있는 당신 사진인데, 저도 갖고 있는 거예요. 그는 당신에 대해 잘 이야기하지만, 제 취향에는 충분하지 않아요.

당신의 모든 자잘한 이야기가 저를 아주 즐겁게 했답니다. 특히 자신을 비참한 프랑스인으로 취급받도록 한 부분에서 그랬어요. 그래요, 저는 잘츠부르크의 모차르트 집을 방문했는데, 그냥 집일뿐이었어요. 투아레그족에 관한 당신의 설명은 적절하지 않아요. 그들이 베일을 쓰는 행위에는 종교적 뿌리가 있는 것이지, 그들 스스로를 여자로 여기는 환상에 빠졌음을 의미하는 것이 전혀 아니에요.

이곳의 대중은 파추코스*에게 일어나는 일에 대해 열광하는 것 같지 않아요. 그 누구도 그들이 누구인지 어떤 사람들이었는지에 대해 관심 두지 않아요. 반면 당신이 『현대』를 위해 반공산주의 회합에 참석하는 것은 훌륭해요.

이탈리아에서의 마지막 날은 완벽했어요. 제가 얼마나 훌륭한

---

* Pachucos. 십 대의 길거리 깡패(특히 멕시코계 미국인)

운전사인지 아세요? 저의 소형 자동차는 다른 자동차들을 모조리 그 자리에 남겨둔 채 거리를 날아다녔어요. 하지만 몹시 신중해서 결코 사고를 무릅쓰지는 않았죠. 저는 오르는 것, 언덕이나 산 정상까지 좁고 꼬불꼬불한 작은 길들을 타고 오르는 것을 선호해요. 이처럼 우리는 잠을 엄청 자고, 스파게티를 먹으며 일은 별로 하지 않고 많은 도시, 많은 풍경, 많은 그림을 경탄하며 바라봤지요. 이 요법은 2년 만에 사르트르를 보다 원기 왕성하게 만들었어요. 그는 성공적으로 다시 생기 있고 쾌활한 사람이 됐어요. 채플린의 〈모던 타임스〉를 15년 만에 다시 봤어요. 멋진 영화예요! 그 시대에 얼마나 위대한 사람이었는지, 저를 열광시켰어요. 당신은 그 영화를 아주 좋아하죠, 그렇지 않나요? 미첨과 매릴린 먼로가 나오는 할리우드의 명작 〈돌아오지 않는 강〉*은 내용은 덜 풍부하지만 기분 좋은 영화죠 — 먼로는 매력적이에요. 그녀를 본 적이 없어요. 그녀의 명성에 따라 일종의 자자 가보르* 같은 섹시함 그 자체를 상상했는데, 전혀 아니더군요. 그녀는 배우이며 매력적인 여자예요. 기회가 닿는 대로 〈살아 있는 사막Désert vivant〉을 보러 갈 거예요.

당신 일은 어느 정도 진척됐나요? 교정쇄나 원고를 읽을 수 있도록 해 주세요. 궁금하군요. 당신이 완숙된 지금 스타일로 다시 쓴다면, 아주 좋은 새 책이 될 거라고 믿어요. 내 사랑, 저는 당신 소설과 이 편지를 들고 이 길로 우체국에 갈 거예요. 빨리 편지를 쓰세요. 파리에 평온하게 있는 만큼 지체 없이 답장할게요. 게으르거나 아니거나 저는 당신을 제 마음속에 간직하고 있어요.

당신의 시몬

1954년 11월 29일

넬슨, 내 사랑. 이제 당신이 프랑스어를 그리 잘 읽는다니, 기뻐요. 하지만 이를 영어식 프랑스어에만 유효하다는 뜻으로 이해해야 할까요? 당신과 계속 영어로 편지할 거예요. 그편이 더 확실해 보이는군요.

'당신의' 책 『레 망다랭』에 대해 다시 이야기하도록 하죠. 그 책이 대단하고 아주 대단한, 어쨌든 제게 가장 대단한 성공을 가져다줬다는 것을 겸허하게 이야기하도록 하죠. 비평가들에 따르면, 저의 최고 작품이에요. 게다가 갈리마르 출판사는 그 어떤 소설보다 이 소설을 더 많이 팔고 있어요. 한 주 후에는 그렇게 말해도 좋다면 우리나라의 퓰리처상인 공쿠르상이 수여되지요. 제가 탈지 어떨지는 아무도 예견할 수 없어요. 심사위원들은 제 소설이 올해의 가장 훌륭한 소설이라는 데 동의하지만, 『제2의 성』 이후로 저는 너무 유명해졌어요. 간단히 말해, 초조하게 기다리고 있어요. 가족들(사르트르, 올가, 보스트)은 돈을 경멸하지 않아요. 모두가 그 돈 일부를 손에 넣기를 바라지요. 어쨌든 책이 잘 팔리고 있으니, 상을 받지 못한다 해도 별로 걱정하지 않아요.

헤라시의 아들이 지난주에 젊은 아내와 함께 파리에 왔어요. 헤라시의 집에서 했던 포커 파티가 기억나나요? 스물세 살인 티토는 아버지를 많이 닮았어요. 당신 마음에 들 아주 상냥한 청년이죠. 그는 미국을 무척 좋아하지만, 미국 정치는 혐오해요, 청년의 열정으로요. 그가 당신이 이야기하는 것과 같은 유형의 일화를 들려줬어요. 학생이었을 때, 어느 날 중국에 관해 친구들과 토론을 했대요. "좋아, 우리는 모두 마오의 중국을 국제연합이 승인하지 말아야 한다는 데 동의해. 하지만 토론하기 위해 내가 마오의 중국이 승인되어야 함을 주장한다고 가정해 보자……." 그러고는 규정에 맞게 친중적인 발언을 했대요. 그의 발언이 끝났을 때, 가장 친한 친구가 "너는 지나치게 확신하고, 너무 단호하게 가정했어. 너를 고발해야 해"라고 포고했다는군요. ― "뭐라고? 나를 고발해, 나를?" ― "너는 FBI가 정보제공자에게 돈을 후하게 지불한다는 것을 알고 있지? 이번에는 내 친구니까 가만히 있을 거야. 하지만 조심해." 게다가 그들은 FBI에게서 돈을 받는다는 것을 자랑스러워한대요! 우리는 그에게 파리를 가장 잘 보여 주기 위해 준비했었죠. 그것이 제 마음을 상당히 비통하게 만들었어요. 왜냐하면 그가 미국에 대해 말해 준 덕분에 저는 미국을 너무나 가깝게 생각했고, 미국에서 온 누군가에게 파리를 안내해 줬으니까요. 무국적자인 티토는 프랑스인도 될 수 있고 미국인도 될 수 있어요. 하지만 2년을 군대에서 보낸다면 그는 미국인으로 귀화할 거예요. 그리고 그곳에 남아서 도피 대신 행동하려고 애쓰는 쪽으로 기울겠죠. 다소 이상적이긴 하지만, 정직한 청년이에요.

오! 잊었군요! 얼마 후면 뉴욕에서 예쁜 붉은색 장정의 『모든 인간은 죽는다』가 출판될 거예요. 적어도 당신이 이것은 읽을 수 있을 테죠. 유니박* 두뇌의 모험들은 재미있군요! 반면 그 작은 호수가 사라지고, 그 작은 집이 교외의 평범한 거주지가 된다니 너무 슬퍼요. 그리 되도록 내버려 두지 말아요!

사르트르는 다시 희곡을 쓰기 시작했어요.** 그가 극장 연출가에게 약속한 작품이고, 선지급 받았다는 것 말고는 다른 의미는 없어요. 한 달 전부터 머리를 쥐어짜고, 쥐어짜고, 또 쥐어짜는데, 아무것도 떠오르지 않는대요. 결국 기분만 우울하게 되었지만, 심한 것은 아니에요. 그는 희망을 잃지 않지요.

---

* UNIVAC. 선거 결과를 분석하기 위해 사용하려고 한 컴퓨터의 한 종류

** 추후에 『네크라소프*Nekrassov*』라는 책으로 출판될 것이다.

그래요, 저는 『하드리아누스 황제의 회상록』*을 읽었어요. 유르스나르의 작품 중 현재 파리에서 공연 중인 〈엘렉트라électre〉는 우스꽝스럽지만, 『하드리아누스』는 그와 달리 좋았어요.

파리의 11월은 멋져요. 어제도 여전히 테라스에 앉아 있을 수 있었지요. 그런데 오늘, 겨울이 느껴지는군요. 제가 이 겨울에 무엇을 해야 할까요, 새 책에 대한 어떠한 생각도 찾아내지 못한다면? 사실 여러 계획 사이에서 주저하면서 결정을 내리지 못하고 있어요. 분명 에세이 한 편을 쓰겠죠. 단편소설들도 흥미를 끌지만, 써 본 적이 없어요. 어쨌든 앞으로 한동안 다른 소설은 쓰지 않을 거예요. 이번 소설에 힘을 너무 쏟아서 남은 게 아무것도 없어요.

지난주에는 재미있는 사건이 있었어요. 여러 달 전에 강연을 의뢰하는 편지 한 통을 스위스에서 받았어요. 발신자 이름을 알지 못한 채 거절했었죠. 그런데 열여덟 살 때 제가 잠깐 반했던 대학생의 이름이었어요. 당시 그는 우정을 보여 준 후에 호주로 떠났지요. 더 이상 그에 관한 소식을 듣지 못했어요. 그래서 그때 그 남학생이 맞느냐고 질문하니, 그가 어쩔 줄 몰라 하면서 그렇다고 답했어요. 그가 제 책들을 너무 좋아해서 4년 전부터 방에 제 사진을 모셔놓을 정도였다는데, 그때의 저에 대해서는 한 점도 기억하지 못해서 당황스러웠어요. 당시에 그는 지금 결혼한 여자와 사랑에 빠져서 다른 사람에게는 흥미가 없었대요. 그런 그를 다시 만났어요. 30년 후, 그렇게 오랜 시간이 지난 뒤에 누군가를 대면한 것은 처음이에요. 그는 조금도 변함이 없는 동시에 전혀 다른 사람이었어요. 공산주의자의 이상과 젊은이다운 희망을 품은 낭만적이고 잘생긴 청년은 더 이상 없었어요. 온건하고 그보

• 마르그리트 유르스나르(Marguerite Yourcenar)의 1953년도 작품

다는 어리석은 견해를 지닌 중년의 가장이자 성장한 딸들의 아버지였지요. 그는 저를 전혀 알아보지 못했어요, 현재의 제게 몹시 관심 있음에도 말예요 ― 정확히 저와는 정반대의 반응이지요. 이 30년의 거리가 저를 얼마나 현실적인 동시에 비현실적으로 만들었는지! 저는 당시의 저와 비슷하다고 느꼈지만, 그로부터는 아주 멀어진 것으로 느껴졌지요. 기묘한 체험이었어요.

우리는 다시 만나지 못한 채 30년을 보내게 될까요?

아마 그럴지도 모르죠. 아니, 아니에요, 그런 일은 없을 거예요. 사랑을 보내며.

당신의 시몬

1955년

1955년 1월 3일

내 사랑. 너무 늦기 전에 새해 인사를 전하고 싶어 즉시 답장해요. 오래된 책을 끝내고, 그 책으로 돈을 벌어 당신을 즐겁게 하는 새 책을 시작하세요. 당신의 일 안에서 행복하세요. 포커 게임에서 돈을 너무 낭비하지 말고, 가끔 따도록 해요. 건강하세요. 한마디로 여전히 그대로이길 바라요. 파리에 오겠다는 끈질긴 의지를 마음에 간직하기를 빌어요. 그래서 당신을 그리워하는 당신의 모든 프랑스 친구와 함께 『레 망다랭』의 건강을 위해 건배하는 일이 너무 늦지 않았으면 해요. 저의 최후 바람은 당신이 올해 파리에 오는 거예요. 아마 결국은 그렇게 되고야 말 거예요. 밤에는 좋은 꿈을 꾸고, 낮에는 행복을 느끼세요. 내 사랑, 이상이 제 소망이랍니다. 저는 영혼을 다해 그것들을 빌고 있어요.

『현대』가 묘한 작가의 묘한 소설 『황금 팔의 사나이』를 출간한다고 제가 알렸던가요? 우리는 전체를 다 다룰 수 없지만, 충분한 분량의 발췌문을 12월, 1월, 그다음 3월에 세 번에 걸쳐 실을 거예요. 아주 좋은 번역은 아니에요. 늘 같은 타령이죠. 정말 좋은 번역을 얻어 내겠다고 고집할 만큼 충분한 보수를 비앙에게 주지 않은 거예요. 당신 작품을 번역하는 것은 어려운 작업이기 때문에, 사실 돈벌이가 되지 않아요. 그래서 비앙은 번역을 지나치게 빨리 해치웠어요. 제가 몇몇 군데를 수정했지만, 시간이 없어서 충분치 않아요. 어쨌든 책이 올해 출간됐으면 좋겠어요!

새해 선물로 『모든 인간은 죽는다』 영역본과 제 사진 몇 장을 항공편으로 보내요. 그중 한 장을 제가 아주 좋아하는데, 얼마 전에 찍었어요. 양장본의 큰 사진은 2년 전에 찍었는데, 그다지 잘 나오진 않았지만 재미있는 사진이지요.

1월 9일

저는 여전히 시간이 흐르도록 내버려 두었답니다. 오늘은 마흔
일곱 살이 되는 날이에요. 소중한 당신, 우리는 그야말로 중년이
군요. 저는 여자 점성술사의 예언이 담긴 당신의 얇은 편지를 가
지고 있어요 — 이 속임수를 믿지 않아요. 당신은 그 여자가 당신
에 대해 아무것도 모르고 있었다고 믿나요? 예컨대 당신 결혼에
대해서? 어쨌든 그녀는 당신이 천수를 다할 거라고 예언했어요.
좋은 일이지요.

공쿠르상에 관한 몇 가지 일화들. 이곳에서는 그 상을 받으면
공쿠르가家와의 오찬에 참석해 심사위원들에게 감사를 표하고,
그다음에 출판사는 질문하고 사진을 찍는 언론인들과의 모임인
성대한 칵테일파티를 여는 것이 관례지요. 제 생각에 퓰리처상
도 마찬가질 거예요. 이러한 의식이 미국에서는 의무적이라면 이
곳에서는 어쨌든 참석을 거부하고 직접 스스로 준비할 수 있지
요. 사실 모두가 자신을 알리기 위해 언제나 거기에 가고 싶어 하
죠. 저는 그러고 싶지 않았어요. 무엇보다 기자들이 사르트르와
저에 관해 끊임없이 비열하고 너절한 것들을 써 대고 있으니까
요. 그리고 저는 『제2의 성』 이후 프랑스에서 이미 알려졌어요.
그리고…… 모든 사람이 얼굴을 '뚫어져라' 보는 동물원의 고릴라
가 되는 것을 좋아하지 않죠. 그래서 기자들과 가벼운 숨바꼭질
을 해야 했어요. 상을 받기 이틀 전에 그들은 저의 집 맞은편에 있
는, 당신이 아는 술집에 진을 치고는 저의 문을 감시했답니다. 저
는 일요일 저녁에 비밀 출구를 통해 밖으로 빠져나가 친구가 마련
해 준 근처 조용한 아파트에 머물렀어요. 아파트는 비열하기 짝
이 없는 장군인 알제리 학살자가 소유하고 있었는데, 제게는 안전
한 피난처를 보장해 줬어요. 저는 사람들 코앞에서 나가고 들어
올 수 있었지요. 대망의 저녁이 되고 기자들이 뷔슈리 계단에 늘

러앉아 있는 동안 저, 사르트르, 올가, 보스트와 다른 몇몇 사람은 소규모의 멋진 비공식 축제를 벌였어요. 그들은 샌드위치를 먹으며 작은 소리에도 귀 기울여 염탐하면서 결국은 제가 모습을 드러내리라 확신하고 계단에 종일 있었지요. 그들 중 한 명이 관리인 여자에게 전화를 걸었어요. "저는 장 폴 사르트르입니다. 부탁이니 5분 후에 오는 청년이 보부아르 씨 집에 들어가도록 내버려 두세요." 하지만 한두 살 먹은 어린애도 아니고, 관리인 여자가 넘어갈 리 없었지요. "보부아르 씨가 직접 그리 하라고 말한다면 문을 열겠어요." "보부아르 씨는 외출했습니다. 그녀도 문을 열어 주기를 바랍니다." "그녀가 제게 그리 말하도록 하세요." 관리인 여자가 이겼지요. 그들은 일주일 내내 그 여자의 사진을 마구 찍어 댔답니다. 사람들이 그녀에 관해 이야기했고, 그녀는 그로 인해 자부심으로 가득 찼지요. 또 그들은 제 세탁부(당신 속옷에 'SB'를 새긴 여자)를 인터뷰했어요. "보부아르 씨는 언제 점심 식사 하러 나갑니까?" "보부아르 씨는 점심 식사를 전혀 하지 않아요." 이 말은 전적으로 진실이에요. 보통 저는 오후 세 시나 네 시까지 일하지요. 그때 가볍게 요기를 하고, 늦게 저녁을 먹어요. 그것으로 그들은 완패했어요.

하지만 기름기가 흐르는 사업주들 — 신문사의 편집장들을 말하는 건데 — 은 제 행동이 그들을 존중하지 않고 어쨌든 그들 없이도 지낼 수 있다는 것을 의미하기에 노발대발하고 있어요. 한 주요 잡지의 편집장은 위조한 제 사진을 공표할 만큼 화가 머리끝까지 났답니다. 그는 예쁘게 나온 제 사진 한 장을 골라서 눈 아래를 검게 칠하는 등 고의로 망쳐 놓았지요. 저를 아는 사람들은 제게 무슨 일이 있었는지 이해하지 못할 만큼 저는 너무나 늙고 못생기게 나왔어요. 다행히 다른 많은 사람이 이를 보상해 주었어요. 좋은 글들도 있었고요. 거의 모든 비평이 훌륭하게 쓰였다는 것은 고맙게 여겨야 해요. 그리고 책은 보통의 공쿠르상 수상 작품들보다 더 잘 팔리고 있어요. 아주 많은 편지를 받고 있답니다. 오래전에 잊힌 사람들이 인사말을 하기 위해 몇 분 동안이나마 소생한다는 것은 즐거운 일이에요. 아주 젊은 선생이었을 때의 옛 제자들, 어린 시절의 또 학창 시절의 옛 친구들…….. 주네의 아주 멋진 글* 고마워요. 저는 미국 비평을 두루 살펴보고 싶어요. 크노프는 제가 그 책을 다른 출판사와 계약했다고 화나서 펄펄 뛰고 있답니다. 하지만 그녀는 공쿠르상을 받기 전까지 그 책을 원하지 않았지요. 이만하면 당신의 의견을 알기 위해 정보를 많이 준 거예요. 모두가 '미국의 사랑 이야기'에 찬사를 보내요. 사실 그 이야기는 우리의 진짜 이야기를 반영하지 않아요. 그럴 수 없었을 거예요. 저는 당신을 조금 닮은 한 남자와 저를 조금 닮았을 한 여자 사이의 진정한 사랑을 묘사하고자 했을 뿐이에요. 그들 두 사람을 모두 호감 가도록 하려 애썼어요. 대부분 독자도 그렇다고 하는군요. 그 점에서 성공했어요. 하지만 제가 원하는 것은 바로 당신, 당신이 받은 인상이랍니다.

제게는 중요한 일이 있어요. 3월호에 실릴 『황금 팔』의 발췌문을 선택하는 일이지요. 그러니, 안녕, 잘 있어요. 당신이 당치않은 장소들로 유령을 잡으러 떠난다고 할지라도, 답장은 빨리하세요.

당신은 저에게 결코 유령이 되지 않을 거예요.

당신의 시몬

---

* 뉴욕에서 작성한 평론이다.

1955년 2월 5일, 마르세유

무척 소중한 당신. 멋진 책*과 거기에 들어 있는 소망들 고마워요. 책이 정말 마음에 들어요. 프랑스에서는 이 책에 관해 이야기들이 없었는데, 이해가 안 되네요. 번역됐어야 할 책이에요. 근사한 선물이군요. 미국에서는 잘 팔리나요? 당신이 극찬하는 평문을 썼는데, 팔리는 데 도움이 됐나요? 당신 사진도 고마워요. 그래요, 그 사진은 좋아요. 당신은 진짜 지독한 포커 플레이어인 프랭키 머신을 닮았어요. 당신의 연애 사건이 당신에게 교훈이 되길 빈답니다! 거침없이 되는 대로 떠드는 건 조금만 삼가기를! 나는 '새끼 독수리'와 당신이 언급하는 딱딱한 표정의 희극배우 그리고 무엇보다 우리의 저녁 전체를 생생하게 떠올려요. 누군가『기다려지는 아침』을 영화화하고 싶어 한다고 제가 말했지요? 바로 어맨다가 아는 베리예요. 그는 '빨갱이'라고 할리우드에서 쫓겨났고 지금은 보스트의 친구이죠.『황금 팔』도 그의 흥미를 끈답니다. 하지만 이 모든 것은 그의 머릿속 생각일 뿐 공허해요. 더 진지한 제의가 나오겠죠, 그러기를 바라요. 제가 만난『현대』의 모든 독자는『황금 팔』이 훌륭하다고 평가했어요. 당신 작품이 실린 달의『현대』들을 받아봤나요? 갈리마르 출판사에서 출판되기 전에 비앙이 자기 번역을 잘 수정했으면 좋겠어요. 그 책은 번역본이든 아니든 성공을 거둘 거예요.

마르세유에서 편지를 쓰고 있어요. 공쿠르상 이후 전화, 편지 등 모든 법석으로 인해 병나 버렸어요. 사람들의 관심을 느끼는 것은 분명 유쾌한 일이지만, 부담스럽기도 하지요! 아홉 내지 열 번은 아니라고 답하면 한 번은 예라고 대답해야 해요. 그것만도

---

* 파리드 롬비(Paride Rombi)의 사르디니아 소설『페르두 *Perdu*』

지나치답니다! 그래서 3주 예정으로 마르세유로 도망쳐 왔어요. 유별난 자동차 여행이었어요. 엄청난 홍수 한가운데였으니까요. 끝없이 물에 잠긴 론강의 모든 계곡, 거대한 바닷속에 고립된 외딴집들을 보았어요. 파리에서는 센강이 엄청나게 불었답니다. 강물이 뷔슈리 지하실로 넘쳐 들었어요. 관리인 여자는 제정신이 아니었죠. 수많은 파리 사람들이 일요일에 강변에서, 또 다리 위에서 센강을 지켜봤어요. 저녁에는 극장에서 나온 멋쟁이들, 모피를 입은 여자들이 마치 피크닉을 가듯이 그곳으로 갔지요. 마르세유는 구항舊港 쪽 해안에 재건축된 몹시 보기 싫은 집들에도 불구하고 언제나 아름다워요. 햇살이 너무 환하게 비치고, 활기차고, 소나무와 바다 내음이 풍겨나지요! 저는 일을 하고, 자동차로 근처와 코트다쥐르를 산책해요. 어제는 끔찍한 미스트랄*이 불었어요. 이프성城에서 돌아올 때는 우리가 물에 빠져 죽을 지경이었던 그날보다 더 끔찍한 바람이 불었답니다. 그 순간 라코르니슈**를 지나려던 저는 휘몰아치는 바람 속에서 기둥에 부딪혀 5분여를 기다려야 했어요. 땅바닥에 내동댕이쳐질까 두려웠지요. 다른 사람들도 마찬가지였어요. 우리는 어찌할 바를 모르고 멍청하게, 서로 꼭 매달렸답니다. 두 달 전에는 두 요트 조종자가 이프성 근처에서 진짜로 익사했어요. 사람들이 그들을 말리면서 경고했지만, 그들은 출항했고, 배는 뒤집혀 버린 거예요. 위험한 바다지요.

카프카의 『일기』를 읽고 있어요. 마음을 사로잡는 매력적인 남자예요. 이보다 마음에 들었던 사람은 없었던 것 같아요. 매우 존경받을 만한 뛰어난 사람이라는 뜻이지요. 고흐를 제외하고 말이

---

* mistral. 프랑스 남부에 불어오는 건조한 북풍
** la Corniche. 남프랑스 코트다쥐르 연해의 산복도로

죠. 그가 당신의 관심을 끄나요. 아닌가요? 기억이 나질 않는군요. 『일기』에서처럼 어떤 힘이 그를 유대인 공동체에 속하도록 하는지, 그의 끔찍한 아버지가 어떤 무게로 억누르는지, 그가 철저히 억눌리지 않으려고 얼마나 싸웠는지를 느끼지 못했다면, 그를 이해할 수 없어요.

9월에 사르트르와 함께 중국에 간다는 행복한 희망을 품고 있어요. 이 생각은 저를 정말 흥분시킨답니다. 안녕, 내 사랑. 내년 1월 9일에 만납시다. 정말이지 오도록 노력하세요. 돈을 아끼도록 하고, 포커나 불필요한 세금으로 돈을 낭비하지 말아요. 당신의 여권을 얻도록 노력해요. 당신에게 1년을 주겠어요. 필요하다면 그 이상의 시간도 기다릴 수 있지만요. 당신을 다시 만나고 싶어 하는 제 마음은 영원하답니다.

당신에게 키스해요.

당신의 시몬

2월에 『황금 팔의 사나이』를 영화화하고자 하는 오토 프레민저의 부름을 받고 올그런은 정치적 불신의 분위기가 만연한 할리우드로 갔다. 이 영화는 마약의 지옥을 환기하는 최초의 영화 중 하나가 된다. 프레민저는 비록 이를 지나치게 조심스럽게 보여 주고 있으나, 사회악에 대한 가장 좋은 처방은 이를 감추는 것으로 판단하는 검열위원회와 심하게 싸워야 했다.

상황은 나아지지 않았다. 올그런에 따르면 엄청난 실패다. 그는 수치스럽게 함정에 빠졌다고 생각한다. 왜냐하면 1955년에 개봉될 영화는 많은 달러를 벌어들이겠지만, 그에게는 한 푼도 돌아오지 않기 때문이다! 따라서 그는 해방에 대한 모든 희망, 그러니까 출판사에 진 빚을 청산하고 영화 계획으로 야기된 소송에서 벗어나고, 부조리한 자신의 결혼을 파기하는 등의 희망을 다시 자기 책에 건다. 어맨다는 결혼이 지속되기를 원하기에 법적으로 이혼을 정당화할 유일한 방법은 바로 그가 떠나는 것이다. 그래서 그는 자신이 정말 사랑하는 호수 별장을 떠난다. 그리고 3월 말에 시카고의 한 음산한 아파트에 자리 잡는다. 금요일 밤 열 시부터 토요일 오후 다섯 시까지 쉬지 않고 일하는 직업이 된 포커 게임은 그에게 집세를 낼 수 있게 해 준다. 변함없는 빚 독촉, 미래에 대한 완전히 불투명한 전망. 잠시 쿠바의 아바나로 떠난 그는 처음부터 다시 시작하기를 꿈꾼다.

1955년 9월 1일

무척 소중한 당신. 스페인 길을 돌아다녔기에 더 이상 편지를 쓰지 못했어요. 2주 전에 돌아와 이사했답니다 오! 가엾은 나, 비록 포레스트 애비뉴보다 덜 위압적이라 할지라도 새집에 자리 잡는 것은 쉬운 일이 아니에요. 내일 중국으로 날아갈 거예요. 그래서 긴 편지를 쓰지 못하지요. 다만 이 먼 여행을 떠나기 전에 당신에게 작별 인사를 하고자 해요.

신문에서 알았는데, 이제 당신네 나라 젊은이들에게 출국 비자가 교부될 거라고 하더군요. 거기에는 그다지 젊지 않은 사람들도 포함된다네요. 당신은 아마 다음 제 생일에 파리에 있을 거예요, 그렇지 않으면 쉰일곱 생일에, 어쩌면 그 전일까요? 내 사랑. 당신의 옛 친구들이 환호하며 당신을 극진히 맞이하고 온통 선물로 뒤덮을 거예요. 모두 당신이 오기를 바란답니다. 저는 그들 모두보다 더 강렬히 바라고 있고요. 과거는 지나갔지만 새로운 시간은 그 나름대로 좋을 거예요. 아바나보다 파리에서 사는 편이 나을 거고요. 당신의 악몽은 끝나야 하고, 끝날 거예요. 흐르는 시간을 너무 겁내지 말아요. 당신은 결국 아주 의연하게 대처할 거예요. 당신이 말하는 그 죽음은 당신 것이 아니에요. 당신은 이곳에서 곧 다시 살아나는 것을 느낄 거예요. 당신 책을 끝내고 비행기 표를 사세요. 손에 손을 잡고 거리를 걷도록 당신에게 파리의 어린 여학생을 찾아줄 거예요. 뉴욕에서 보낸 당신 편지는 우리의 산책에 대한 옛 추억들을 되살아나게 했지요. 언젠가 저는 그곳에 다시 갈 테죠. 세상이 조금씩 변하고 있으니까요. 스페인 여행은 나쁘게 시작됐어요. 비로 미끄러워진 도로 위에서 차가 전복됐지요. 제게는 곤란한 결과가 없었지만, 차는 그렇지 않았어요. 지독하게 훼손됐어요. 하지만 수리한 뒤에 자동차는 다시 출발해 어디든 다닐 수 있게 됐답니다. 수많은 투우(모두 56마리)를 봤는데, 몇몇은 훌륭했어요. 그건 그렇고, 짐을 정리하면서 멕시코의 아름다운 투우 포스터들을 발견했답니다……. 넓고 빛이 잘 드는 새 아파트에서 편지를 쓰고 있어요. 실내 계단은 두 개의 창문으로 빛이 드는 로지아로 통해요. 매혹적이랍니다. 진짜 부엌, 진짜 욕실을 갖추고 있어요. 넓은 묘지의 죽은 사람들 이외에 마주 대하는 사람은 아무도 없어요. 그래서 하늘 전체가 큰 유리창 하나를 통해 집으로 들어오지요. 몽파르나스 거리에서 별로 멀지 않아요. 방문객들은 이보다 더 훌륭한 파리의 아파트는 생각할 수 없다고 하는군요. 11월에 집 정리를 끝낼 거예요. 당신이 와 있을 때는 냉장고, 얼음 그리고 우리의 새 삶을 위해 건배할 오래된 훌륭한 위스키가 있을 거예요.

내 사랑, 할 일이 너무 많군요. 열두 시간 후에 북경을 향해 이륙하기 때문에 자고 싶답니다. 중국 때문에 너무 흥분되어서, 당신에게 스페인, 파리, 보스트나 시피용에 대해 이야기하는 기쁨을 느끼지 못할 지경이에요. 내년에는 편지를 더 자주, 더 잘 쓸 것을 약속하지요. 돌아와서 당신 편지를 발견하면 즉시 답장할게요.

굳세게 싸우고, 희망을 간직하고, 좋은 친구들이 파리에서 당신을 기다린다는 것을 기억하세요. 그들 모두를 합한 것 이상으로 제가 당신을 기다린다는 것도요.

당신의 시몬

1955년 11월 3일

매우 소중한 당신. 어제 중국에서 돌아와 당신의 업무 편지를 발견했어요. 당신은 그것을, 그러니까 중국 여행을 믿지 않는 것 같군요. 제가 파리를 떠나기 바로 전, 그러니까 두 달 전에 보낸 편지를 받지 못했나요? 저는 이런 사무적인 의견들보다 좀 더 자세한 소식들을 진정 원했어요. 제 편지에는 사무적인 이야기가 거의 없거든요. 그 편지 안에서, 무엇보다 당신이 회색빛 머리카락에도 불구하고 파리에서 두 팔 벌려 환영받을 것이라고 보장했어요. 제가 당신의 마지막 편지들에 무심했다고 생각한다면 기분이 좋지 않군요. 저를 안심시켜 줘요.

당신의 단편소설들은 마음에 들었어요, 무척이나요. 제 생각에는 당신 최고의 작품들만큼 좋아요. 당신에게 멋진 성공을 가져다줄 만하다고 확신해요. 『현대』같은 잡지에는 다소 문제가 되겠지만요. 우리가 현재 출판하는 그런 장르에 속하진 않지만, 그 소설들이 아주 좋아요. 이 말은 진실이에요.

중국에 관해 진지하게 말한다는 것은 무척 어렵답니다. 이 나라에 대한 이야기를 책 한 권에 모두 담으려고 해요. 작업은 6개월 이상이 걸릴 테고, 다음 해 10월 전에는 출판되지 않겠지요, 프랑스어로 말예요……. 그래서 비행기나 공항에서 대략 124시간을 허비하고 130여 시간을 중국 열차에서 허비한 — 장난 아니에요, 안 그래요? — 지난 두 달을 최소한 환기하려 애써야 해요. 오, 우리가 언제나 흥겨웠던 것은 아니에요. 중국인들은 그들의 말을 이해하지 못하는 우리를 잃어버리지 않을까 전전긍긍했어요. 또 동시에 우리에게 모든 것을 최상으로 보여 주려는 생각에 안절부절못하고 우리 뒤를 악착같이 따라다녔어요. 글자 그대로 매 순간 우리에게 들러붙어 있었어요. 그래서 때때로 우리는 그들의 친절과 배려에도 불구하고 질려 버릴 지경이었지요. 우리는 아주 가끔 거리를 한가하게 배회할 수 있었어요, 사랑을 하는 것처럼요. 당신은 사르트르와 저처럼 그리고 우리가 모스크바에서 마주쳤던 카를로 레비(여전히 자기도취에 빠져 있는 쾌활하고 익살맞은)처럼 여러 번 냉정을 잃었을 거예요. 하지만 전체적으로 우리에게 맡겨진 방식대로 여행하면서 그 나라를 보았지요. 우선 모스크바를 부분적으로(가는 길과 오는 길에) 발견했어요. 소련 사람들은 '공존' 정책에 대한 의지가 너무 확고해서 『미국 여행기』의 계획된 요약문을 출판하지 않을 거예요. 그들에 따르면 그 책이 미국에 별로 관대하지 않다는군요. 하지만 저를 사로잡은 것은 중국이에요. 소련, 시베리아, 몽골, 고비 사막 상공을 끝없이 비행한 뒤에 광대하고 평화로운 농민 도시 베이징에서 한 달을 보냈어요. 성대한 10월 1일 축제, 손에 깃발과 꽃을 들고 마오쩌둥을 환호하는 50만 명의 참가자들……. 가장 무감각한 사람도 놀라게 할 정도였지요. 그 후 한국 가까이에 있는 무크덴*의 산업화된 지역을 간소하게 방문했어요. 그다음에 가 본 남부의 상하이와 광둥은 흥미진진하고 멋졌어요. 가장 경이로운 것은 중국인들이 극심한 노동의 대가를 치르면서 근원적인 극도의 빈곤에 맞서 벌인 놀라운 투쟁이었어요. 짐을 싣고 다니는 말과 소처럼 짐승과

---

* Moukden. 오늘날 선양(Shenyang)

도 같은 자신들의 지긋지긋한 삶을 철저히 참고 견디면서 등에 무거운 짐을 진 인도인들의 비참함 앞에서 당신이 분노를 표출한 것을 떠올렸어요. 중국 농부들도 모든 것을 등에 지고 운반하며 맨손으로 모든 일을 하지만, 그들은 아무것이나 수용하지 않아요. 진보를 위해, 자신들이 처한 생활 조건의 개선을 위해, 예컨대 가까운 미래에 집과 트랙터를 소유하기 위해 고통받고 있어요 — 엄청난 차이지요. 그들은 콜레라와 다른 전염병을 옮기는 파리, 모기, 이를 없앴어요. 읽고 쓰고 세상을 이해하는 방법을 서로에게 가르치지요. 대단한 인내, 대단한 고집이에요! 산업화된 나라가 되려면 적어도 30년이 필요하다는 것을 알고 있어요. 그들은 이른 시일 안에 거기에 도달하고, 황하에 둑을 쌓고, 트랙터를 만들고, 대지 전체를 경작할 거예요. 기차로 여행할 때, 수백 킬로미터에 달하는 논에서 당나귀나 낙타도 없이, 거의 아무 연장도 없이 끈질기게 일하며 스스로의 힘으로 물을 끌어오는 것을 보고 있노라면, 얼마나 경이로운지요. 그들이 건축하는 것은 어떠하고요! 집, 제방 등 모든 것을 자신들 손으로만 만들어 낸답니다. 하지만 신속히 진척되지요. 바로 욱스말 사원을 지었을 때의 옛 마야인들과 같답니다. 중국인들이 신과 사제들을 위해서가 아니라 자신들을 위해서 건축한다는 것을 제외하면 말이죠.

좋아요, 우리 이 주제를 좀 더 전개하기 위해 제 생일이나 당신 생일을 기다리도록 해요. 제발, 당신에 대해 이야기해 줘요. 당신은 이곳에 오려는 생각을 정말 하긴 하나요? 저는 이제 뷔슈리에 살지 않고 더 넓고 더 깨끗한, 안에 비가 들이치지 않는 아파트에 살고 있어요. 내일은 중국에 관한 책을 시작할 거예요.

안녕, 사랑하는 넬슨. 내년에 피리에 올 수 있도록 하세요.

당신의 시몬

추신. 당신의 확정된 주소를 알려 주면 저의 신작을 보낼게요.

『현대』에 실린 에세이들을 모은 작은 분량의 책이에요.* 사드에 관한 에세이는 벌써 알고 있지요? 또 중국인 루쉰이 1937년에 발표한 훌륭한 작품도 보낼게요. 영어로 번역된 것인데, 당신 마음에 들 것이 거의 확실해요. 중국의 자질구레한 것들도 보내도록 하지요. 저의 새 주소는 파리 14구 셸셰가 11의 2예요.

올그런은 11월에 책을 끝냈다. 하지만 2년 전에 돈을 미리 지급한 뉴욕의 출판사가 그 소설을 잔인하게 거절한다. 문제는 그에게 새 계약을 제시할 뿐 아니라 8천 달러의 빚도 갚도록 요구한다는 것이다. 이런 불확실성 속에서 올그런은 친구들과 떠돌다가 플로리다에 이르러 집 한 채를 빌린다. 그는 글을 쓰기 위해 그곳에서 봄까지 머물 계획이다.

1955년 12월 15일

무척 소중한 당신. 시카고에는 눈이 내리는데, 당신은 플로리다의 태양 아래서 뒹구는 이상한 생활을 하는 것 같군요. 출판사 자기네가 요구한 책을 이제 더 이상 출판하지 않겠다는 그 출판사 이야기를 전혀 이해하지 못하겠어요. 저는 그 작품이 좋으리라 확신해요. 당신은 안 좋은 책을 쓸 수 없는 사람이니까요. 그 작품이 리메이크인 까닭에 『황금 팔』보다 열등하다 가정한다 해도 출판할 가치가 있음은 분명해요. 무슨 일이 있었고 현재 무슨 일이

---

* 『특권』. 이 책에는 「사드를 화형에 처해야만 하는가?」, 「오늘의 우파 사상La pensée de droite, aujourd'hui」, 「메를로퐁티와 사이비 사르트르주의Merleau-Ponty et le pseu-do-sartrisme」가 들어 있다.

있는지 더 분명하게 이야기해 줘요. 그 작품 전체를 다 읽고 싶으니 타이핑한 것을 한 부 보내 줘요. 저는 막연하게 들은 로빈슨 제퍼스*의 것보다 그것을 더 좋아할 거예요. 제 에세이 『특권』과 중국 책들, 그 밖에 자질구레한 것들을 우편으로 보냈어요. 그 모든 것이 저의 다정한 소망과 희망을 싣고 크리스마스에 맞춰 도착하기를 바라요. 저의 소망은 당신이 파리에 오는 것이에요. 결국 이루어지고 말 거라 믿어요. 이런 예측은 올가와 보스트를 들뜨게 하지요. 보스트는 벌써 당신과 시피용과 자신을 위한 포커 게임, 당신의 건강을 위해 건배할 술자리 등 모든 것을 계획하고 준비했어요. 저는 중국에 관해 엄청나게 이야기할 거고요. 모든 것을 하나하나 기억해 내며 그곳 중국에 관해 글을 쓰고 있답니다. 장기간을 요구하는, 쉽지 않은 작업이죠. 왜냐하면 사실 충분히 보지도 못했고, 게다가 옛 중국에 관한 지식도 별로 없기 때문이에요. 그래서 공부하는 동시에 글을 써야 하지요. 『미국 여행기』를 시작했을 때도 미국에 관해 많이 알지 못했어요. 하지만 우연히 거기서 그 지역의 젊은이에다가 저에게 많은 것을 가르쳐주는 마음씨 좋은 남자를 만났지요. 저는 미국말을 할 줄 알거나 아니면 적어도 읽을 줄 알았어요. 하지만 이번에는 중국어를 전혀 모르고, 저를 도와줄 어떤 친절한 토박이도 없답니다. 간단히 말해 이 '중국 여행기'**가 어떤 쓸모가 있을지 모르겠어요. 가장 강렬한 관심과 애정을 가지고 전력을 다해 작업할 따름이지요.

따라서 저는 근면하고 평온한 생활을 하고 있답니다. 사르트르는 미친 사람처럼 아서 밀러의 『세일럼의 마녀들』을 영화로 각색하는 데 온 힘을 쏟고 있어요. 제가 보기에 원작보다 더 훌륭해요.

---

* Robinson Jeffers. 캘리포니아의 시인으로, 근친상간을 주제로 한 1925년작 『타마르』를 썼다.

** 최종 제목은 "대장정(La Longue Marche)"이다.

좋은 감독을 만나면 멋진 영화로 나올 수 있을 거예요.˙ 사르트르는 어제 뉴욕에서 〈악마와 선한 신〉을 상영하고 싶어 하는 휴스턴을 만났어요. 그는 어떤 프랑스 여배우와 함께 아일랜드에서 살고 있어요. 호감 가는 인상이었어요. 사르트르는 이 계획이 잘 진행되기를 바라지요. 그건 그렇고, 당신은 〈7인의 사무라이〉˙˙를 보았나요? 훌륭하더군요.

『황금 팔』을 각색한 영화에 관한 글 고마워요. 〈지상에서 영원으로〉 이후로 시나트라가 마음에 들어요. 제가 생각하는 바에 따르면, 검열이 질 테고 당신 영화는 미국에서 개봉될 거예요. 그리고 프랑스에서도 개봉되기를 바라요. 예상하건대, 당신은 그 영화에서 한 푼도 벌지 못하겠지요. 그 영화가 어떤 가치가 있나요? 1956년 7월 전에는 『레 망다랭』의 영역본을 계획하지 않아요. 그 책은 그럭저럭 읽을 만할까요? 저는 당신네 나라에서 성공을 기대하지 않아요. 알다시피 그 책은 다른 진영(소련, 불가리아 등)에서 인정받고 있으니까요. 두고 보지요.

나탈리는 마침내 10개월간의 침묵을 깼어요. 그녀는 정말 운이 없었어요. 불운한 추락 이후 뼈가 약해져 여러 달 동안 깁스를 하고 지냈고, 몹시 고통스러운 다리 치료를 받아야 했어요. 지금은 건강을 회복했고, 2년 전부터 삶을 함께하는 그 화학자와 결혼해서 그의 돈에 파묻혀 지내고 있대요. 그녀에게는 행복이지요. 반면 못생긴 여자는 정말이지 책˙˙˙의 엄청난 실패 이후 미쳐 버렸어요. 상당히 좋은 평과 대중을 끌 만한 파렴치하고 외설적인 작품의 특성에도 불구하고 5백 부 이상은 팔리지 않았답니다. 끔찍한 충격이었죠. 그녀는 사람들이 자신의 아이디어를 훔치기 위해 자

˙ 레몽 룰로(Raymond Rouleau) 감독이 맡았고, 1956년에 개봉된다.

˙˙ 구로사와 아키라 감독의 1954년도 작품

˙˙˙ 『참해』

기 집에 몰래 들어오며, 비정상적인 수많은 사람이 자신을 둘러싸고 있다고 상상하기 시작했어요. 다행히 그녀가 이 마피아에 저를 포함하지 않았답니다. 그래서 그녀를 도우려 애쓰고 있어요. 우선 그녀를 정신과 의사에게 보냈지요.

다른 일이요? 시피용은 사랑에 빠져서 곧 결혼한답니다. 비서는 돈 후안에 관한 그다지 좋지 않은 희곡을 한 편 썼고, 멕시코 여자들과의 사랑 때문에 눈물을 흘리고 있어요. 올가는 좋아요. 모두 당신을 기다리고 있어요. 저는 그 누구보다 더 당신을 그리워하지요. 플로리다에서 잘 지내세요. 내 사랑, 봄에, 프랑스의 온화한 봄에 오세요. 당신을 다정하게 기다리고 있어요.

당신의 시몬

1956년

2월 말, 올그런은 이혼 허가를 받아 내자면 집으로 돌아갈 수 없었으므로 플로리다와 게리, 그리고 뉴욕과 시카고 등지를 계속 떠돌면서 전체를 개고한 소설을 출판사에 맡긴다. 출간은 『레 망다랭』의 영역본과 동일하게 5월에 나올 예정이다. 그리고 『황금 팔의 사나이』를 원작으로 한 영화에 대한 관심이 사라져 이를 보는 것조차 거부하고, 여권 발급을 재요청한다. 7월에는 여러 가지 이유로 하여 난처한 편지들을 쓴다. 우선, 선서에 의한 신고(공산주의자인지 또는 과거에 공산주의자였는지 밝히는)를 요구한 여권과에다가 혹시 자기 소설을 '훔친' 영화 제작자에 대한 소송에서 난처한 입장에 처하지 않을까 걱정되어 두 질문에 "그렇지 않다"라고 답하며 과거를 위증했다. 그는 스스로 곤경에 빠졌음을 깨달으며 이 처참한 시기를 종합적으로 점검해 본다. 그동안 실수를 거듭했고, 시간을 낭비했으며, 일을 질질 끌었고, 기진맥진했으며, 손에서 일을 놓았다. 분명 이혼 승낙은 받아냈지만, 이는 어맨다로부터 해방을 의미하지 않았다. 그녀는 그가 생존을 위한 방편들을 제공해 주기를 기대하고 있었다. 결국 그는 돈 한 푼 남지 않는 극심한 재정난에 허덕이게 된다. 그리고 가장 난감한 사건이 발생한다. 그가 『레 망다랭』이 출간된 초반에 언론에다 시몬 드 보부아르에 관해 오해의 소지가 되는 발언을 한 것이다—이러한 비난 발언은 시작에 불과할 뿐 마지막이 아니다……. 그는 자기 행동을 자책하며 사과했고, "되는 대로 지껄였다"라며 소설의 헌사를 잘못 해석했다고 시인했다. 그에 의하면, 기자들이 자신의 긍정적인 발언을 모두 삭제하여, 자신은 찬사를 표했지만 한낱 비열한 인간으로만 비추어졌다고 한다. 7월 1일, 그는 전화로 자신을 정당화하고자 한다. 불쾌감을 주는 허버트 후버식 캐릭터, 빳빳하게 세운 칼라와 풀 먹인 듯 구김 없는 와이셔츠 차림의 냉담한 사람인 올그런의 또 다른 모습이 처음으로 드러난 순간이었다. 그는 시몬 드 보부아르가 이미 오래전 어느 공항에서 넬슨 올그런을 기다리다가 받은 예감,

즉 무서운 사람이라는 또 다른 그의 모습에 깊은 인상을 받은 것 같다. 12월, 자기 정체성을 잃어버렸음을 깨달은 그는 자신의 결혼, 출판사들, 에이전트들, 변호사들 그리고 금전적 궁핍과 힘겹게 싸우는 와중에 매우 중요한 어떤 것이 사라졌다는 사실로 인해 나락으로 떨어진다. 중요한 어떤 것, 즉 그가 살아가고 글을 쓰게 해 준 작은 빛이 사라져 버린 것이다. 그는 시몬 드 보부아르를 영원히 잃을지도 모른다는 생각에 두려워한다. 그리고 슬픔에 빠져 그녀가 너무 그립고, 인생에서 그녀와 함께 보낸 시간이 가장 아름다웠음을 고백한다. 그런데 그는 왜 그녀가 멀어지도록 내버려 뒀을까?

1956년 3월 18일

매우 소중한 당신. 그래요, 당신은 메뚜기 같아서 어디로 편지를 써야 할지 모르겠군요. 전에 당신이 살았던 뉴욕의 작은 광장*을 잘 알아요. 거기엔 작은 공원과 밤이면 불을 밝히는 커다란 시계가 있었어요, 그렇지요? 미국을 다시 보고 싶은 욕망이 사로잡기 시작했습니다. 당신네 나라 사람들로부터 뉴욕의 지상 전철이 철거됐다는 소식을 들었어요. '3번가'를 따라 걷던 우리의 마지막 산책을 생각했어요. 그때 영혼이 고갈되는 것을 느꼈었는데, 이제 또 한 번 그때의 죽음과도 같은 느낌을 되살리게 됐지요. 더 이상 예전 같지 않을 '3번가'는 화나게 하지만, 뉴욕에 가면 그 모든 걸 용서하겠어요. 가능하다면 그곳으로 돌아가려 해요. 언젠가는 말이에요. 그전에, 돌아오는 10월에는 당신이 우선 이곳에 오길 기다리고 있어요. 이곳의 당신 친구들은 당신이 너무한다고들 하

---

* 그래머시 공원(Gramercy Park)

니, 이제 당신이 와야만 해요. 영화 〈황금 팔〉에 관한 수많은 글을 읽고 있어요. 그들은 자기 결함으로 함정에 빠졌다는 구실로 소피를 살인자로 만들어 버렸어요! 그런 거짓이 어디 있어요! 소설에 나오는 여러 묘미 중 하나는 그녀가 자기 병을 얼마나 아는지, 그런 병은 어느 정도까지 현실인지 아무도, 그녀조차도 알 수 없다는 데 있어요. 어쨌거나 그 영화를 보고 싶군요.

오래된 울타리와 찢어진 광고지들을 배경으로 찍은 당신의 좋은 사진이 실린 흥미로운 광고문만 받아봤어요. 어서 교정판을 받기를 기다리고 있답니다. 저의 미국인 출판사 사장은 무슨 일인지 몰라도 당신 에이전트들과의 오해로 인해 당신 책을 출판하지 않은 것을 통탄하고 있어요.

소로킨은 〈황금 팔〉이 매우 흥미로웠다면서, 만일 당신이 얼마나 훌륭한 예술가고 시인인지 모른다면 이를 편지로 알려 주고 싶었다고 말했어요. 그녀는 남편도 있고 돈도 있으니 행복해 보이지만, 실은 인생이 좀 따분한가 봐요. 요즘 한창 인기를 끄는 주제라서 7월 전에 끝내지 않으면 구식이 될 것 같은 테마인 중국에 관한 글을 집중적으로 쓰고 있는데, 사실 여름에는 아무것도 하지 않고 이리저리 여행을 다니려고 해요. 단 2주 동안 매시간 그에 대해 읽고 또 쓰는 시간을 보냈답니다. 피곤하기도 하고, 특히 당신 말대로 "중국을 포식하고" 나니 그 포화 상태가 끔찍하게 느껴졌어요. 스위스로 질주하여, 기차와 공중 케이블카를 타고 아주 높이까지 올라가 스키를 타고 다시 내려왔어요. 당신은 함께 있었더라면 얼마나 겁에 질렸을까요! 굵은 케이블에 매달린 리프트에 앉아 땅에서 30미터나 떨어진 공중에서 흔들거리고 앉아서 말예요! 영하로 한참 떨어진 추운 날씨였어요. 5년 전부터 타지 않았다가 다시 스키를 타고 눈 덮인 경사면을 신나게 미끄러지는 그 쾌감이란!

파리에는 1백 년 이래 최고로 끔찍한 추위가 엄습했어요. 당신은 얼음판으로 변한 센강 사진을 보았을 거예요. 여행에서 돌아왔더니 저의 아름다운 새 아파트가 엉망이 되어 있었어요. 위층에 사는 미국인 노파가 물이 넘치도록 내버려 두어, 모든 것이 침수되고 아파트 벽도 젖었지요. 제 항의대로라면 수리비를 지불할 만큼 충분한 손해배상을 받을 수 있었는데, 그 늙은 마귀할멈이 어떤 꾀를 부린지 아세요? 갑자기 건물 출입문을 열다가 고꾸라지더니 죽고 말았어요! 그녀는 일부러 그런 거예요. 그녀의 상속인들이 줄을 이을 거예요. 저는 그다지 신경 쓰지 않아요. 다만 사람이 어디까지 고약해질 수 있는지 알려 주고 싶어 얘기한 것뿐이에요.

5월에 일주일간 모스크바를 방문해 달라는 공식 초청을 받았는데, 아마도 갈 것 같아요. 북아프리카에서 일어난 사건들은 대경실색하게 만들더군요. 당신 알제를 기억하지요? 아랍인들이 더 이상 원하지 않으니 우리는 떠나야 해요. 우리가 그들을 위해 한 일은 하나도 없어요. 그러니 그들이 증오하는 것은 당연해요. 그렇지만 정부는 감히 알제리를 봐 주지 못하고, 심지어 공산주의자들조차 정부를 지지하고 있어요. 그러니 이제 인도차이나에서와 같은 피비린내 나는 전쟁이 시작될 것이고, 그 전쟁에서 우리는 패할 거예요. 한 나라 전체가 점령자에 대항하여 궐기하면 그 점령자는 필연적으로 전쟁에서 패하게 되지요. 그러나 승리를 구가하기 위해서는 피를, 많은 피를 흘려야만 해요. 우리는 다양하게 교섭하여 전쟁을 막으려 하지만, 우리에게 무슨 힘이 있겠어요? 소련에서 일어나는 일들에 대해서는 어떻게 생각하세요? 흥미롭지요, 안 그래요?

미국인 출판인과 함께 엘렌과 딕 라이트를 만났어요. 조금 길을 잃은 딕은 어떤 정치적 성향을 지녀야 할지 몰랐고, 완전히 정적주의자*가 되어 더는 아시아와 아프리카에서 세상을 바꾸기를 바라지 않았어요. 그렇다면 아메리카와 유럽은 예외로 놔둘 수 있을까요?

『파리 리뷰Paris Review』에서 당신에 관한 흥미로운 기사를 읽었어요. 블레이크의 편지들이 출판되면 다시 읽어 보겠어요. 루쉰을 좋아하세요? 이제 당신은 어떤 일을 시작할 건가요? 새로운, 정말 새로운 소설을 구상하고 있나요? 파리 사람들은 훌륭한 미국인을 그들 눈으로 직접 보고 싶어 할 거예요. 제가 아무리 항변해도 당신 같은 예외가 존재한다는 사실을 믿으려 들지 않거든요. 그러니까 오세요. 그렇게 달라진 상황에서 당신을 다시 만난다는 것이 이상하겠지만, 그런 것은 중요하지 않아요. 우리는 잘해 나갈 것이고, 그렇게 해야만 해요.

당신을 기다리고 있어요. 다정스럽게.

당신의 시몬

1956년 7월 12일

매우 소중한 나의 넬슨. 할 말이 너무 많아서 아주 오래전부터 편지를 쓰지 않았어요. 당신과 함께 여유롭게 이야기할 수 있는 그런 한가한 오후를 기다리고 있었지요……. 그런 오후는 결코 오지 않았어요. 오늘 오후도 특별히 한가하지는 않아요. 이틀 후에는 몇 달 정도 파리를 떠날 것이고, 해야 할 여러 가지 일로 복잡하기 때문이지요. 그래도 당신은 긴 편지를 받을 거예요. 비록 잠

---

* 인간의 능동적인 의지를 최대로 억제하고 권인적인 신의 힘에 의해 영혼의 평정을 얻자고 주장하는 신비주의자

자는 시간과 일하는 시간에서 몇 분씩 훔쳐 내어 그때그때 조금씩 메워 나가는 식일지라도 말이에요. 당신에게 편지를 쓰지 않는다는 사실이 저를 괴롭히진 않았어요. 당신이 이해하리라 생각했기 때문이지요. 편지를 제대로 쓰려면 일과 마찬가지로 얼마나 많은 정성이 필요한지 당신은 알 거예요. 당신은 늘 모든 것을 이해하죠. 저도 그래요, 내 사랑. 저도 모든 걸 이해해요. "자기 정원을 가꾸지 않는 사람들"에 관한 당신의 선언과 원숭이 같은 모습을 한 당신 사진은 조금도 놀랍지 않았어요. 당신이 한 말의 의미를 완벽히 이해하는데, 당신 말대로 "머릿속에 그것을 정리해" 두었지요. 당신은 뉴욕에서 전화를 걸었고, 그 후엔 다시 전화하지 않았어요. 당신이 왜 그랬는지 잘 알고 있어요. 저는 너무 감정적이라 그걸 견디지 못했을 거예요. 당신을 보지 못한 채 음성만 듣는 것, 아니, 그 시간이 지나면 다시 듣지 못하는 것, 그것은 너무 괴롭고 견디기 힘들었을 거예요.

당신이 "그것을 죽게 하는 일은 고통스러웠소"라고 말했어요. 제게도 힘든 일이었음을 알아주세요. 이는 어떤 의미에서 완전히 소멸하지 않을 거예요. 그래요, 저는 새롭고 결정적인 삶을 다시 꾸몄어요. 그러나 당신에 대한 사랑은 추억 이상의 것으로 남아 있어요. 저는 뜨겁고 생생하고 경이롭고 근원적인 관계로 늘 당신과 깊이 결속되어 있다고 느낄 거예요. 당신이 저를 이해하듯 저도 당신을 이해해요. 우리의 예외적인 유사성이 처음부터 저를 놀라움에 빠뜨려서 다수의 아주 먼 측면에도 불구하고 당신은 제 가슴에 아주 가까이 있어요. 지난 몇 주 동안 당신과 저에 대한 미국 언론의 수많은 기사를 보며 지난 일들을 한참 생각했어요. 당신, 당신은 제 인생에 남아 있고 저는 당신이 오길 바라고 있어요. 사실 『레 망다랭』의 사랑 이야기는 우리의 실제 이야기와는 엄청나게 거리가 멀어요. 저는 다만 우리 이야기의 어떤 울림만을 전하고자 했을 뿐이지요. 남자와 여자가 돌이킬 수 없이 이별할 때, 그들은 여전히, 어쩌면 영원히 사라지지 않을 사랑으로 서로를 갈구한다는 사실을 그 누구도 이해하지 못했어요. 간단히 말해 그런 식으로는 더 이상 지속될 수 없었지요. 가만히 생각해 보면 저도 계속 미국에서 살 수 없었을 거고, 당신 또한 파리에서 체류를 연장하면서 그렇게 살 수 없었을 거예요. 새삼 되뇌게 돼요. 그리고 서로 오가는 해결책도 우리를 만족시킬 수 없었어요. 그래요, 지금에서야 하는 얘기지만, 제게도 무척 힘든 일이었어요.

내 사랑, 지금 어떤 곤란을 당하고 있나요? 해야 할 일에 대해 현명하게 숙고해 결정했는데도 그다지 좋지 않은 방향을 선택했다는 것은 무슨 이야기인가요? 그 일이 어떻게 진행되는지 알려 줘요. 어쩌면 묻혀 버린 당신 과거에서 비롯되는 건 아무것도 없을 테지요. 적어도 여권은 발급될까요? 당신, 오겠다는 마음은 여전한가요?

〈황금 팔〉을 보았는데, 당신 말대로 졸작이었어요. 그래도 몇몇 장면은 괜찮더군요. 화면 위로 기계가 나타나는 장면에서 감동했지요. 당신의 멕시코 이불 위에 누워 있다가 소설을 발견했을 때, 바로 그 노란 타자기용 종이가 기억났어요. 프랭키 역의 시나트라는 맨숭맨숭했지만 마음에 들었고요, 개를 훔치는 그의 친구가 멋졌어요. 포커 장면도 괜찮았고요. 그런데 약물을 복용하는 부분은 고약하게도 모두 엉망이에요. 당신 책 말이에요,* 첫 번째 장이 무척 마음에 드는데, 특히 자신에게 가장 소중한 사람들을 어김없이 괴롭히는 도브가 맘에 들어요. 그런 것이 바로 당신의 문체 중 가장 시적이며 가장 강렬하고 감동적인 부분이라고 생각해요. 그런데 두 번째 장은 당신의 다른 작품들을 재탕한 것 같

---

* 『황야를 걸어라*A Walk on the Wild Side*』

아요. 도브는 더 이상 생기가 없고 설득력도 잃은 채 하나의 인형처럼 전락하거든요. 그 주변으로 다른 사건들만 이어질 뿐이고요. 가능하다면, 당신이 책이라고 부르는 바로 그것을 다시 한번 써 보세요. 당신에 관한 수많은 비평문이 나오고 있답니다. 어떤 이들은 당신을 가장 위대한 미국 작가라고 말하고, 또 다른 이들은 당신의 의도까지 증오하지요. 돈은 잘 벌리나요?

이제 시간이 없군요. 저의『중국』은 가을 전에 끝나지 않을 거예요. 여름휴가 중에도 작업하려고 해요. 지금은『현대』에 보낼 긴 논문*을 마무리 짓고 있어요. 그리고 중국의 현 상황을 그대로 반영하는 훌륭한 영화에 대한 논평을 쓰고 있어요. 그래요, 저는 "중국을 물리도록 포식하기" 시작했어요! 최근 몇 달은 온통 일로 채워졌었지요. 봄 동안은 지긋지긋했지만 아무도 알아차리지 못했어요. 하기야 봄이 있기는 있었던가요? 여름도 그렇게 계속 지낸 것 같아요. 파리를 떠나지 않았고, 짐승처럼 계속 일했답니다.

제가 소련에 관해 이야기하면서 제20차 전당대회와 흐루쇼프*의 보고서를 암시했었지요. 그렇게 해서 세계에 무슨 일인가가 일어났어요. 아닌가요? 제 생각으로는 중대한 어떤 일이 발생했어요. 프랑스 공산주의자들은 그러한 변화에 어떻게 대응할지를 몰라 당황해하며 어느 때보다 갈팡질팡하고 있지요. 저는 휴식을 취하기 위해 유고슬라비아를 가로질러 그리스와 이스탄불로 여행하려 해요. 무시무시한 광란의 질주로 이어지는 6주일간의 자동차 여행 뒤에는 이탈리아에서 진짜 휴식을 취할 거예요. 사르트르와 함께 집필하기 위한 체류라는 명목으로요. 이번에는 편지해 줘요. 저도 더 빨리 답장하도록 할게요. 얌전히 지내도록 해요,

---

• 「중국에 관한 증언Témoin à charge」,『현대』1956년 9~10월호
* Nikita Khrushchyov. 스탈린이 죽자 공산당중앙위원회 제1서기가 됐다.

내 사랑. 당신에게 애정 어린 키스를 해요. 당신, 제 마음 알죠?

당신의 시몬

1956년 11월

매우 소중한 당신. 여러 달 전에 보낸 저의 긴 편지에 대한 답장이 없군요. 당신에게 무슨 일이 일어나고 있는지 너무 알고 싶어요. 올해 이곳에 올 건가요, 그럴 수 없나요? 당신 친구들은 인내심을 갖고 초조하게 당신을 기다리고 있어요. 일하고 있나요? 무슨 일을 어디서 어떻게 하나요?

혹시 그 편지를 받지 못했나요, 아니면 저 때문에 화난 당신에게 저도 불만이 있다고 생각하나요? 당신 정말로 화난 건 아니겠지요? 그렇지는 않을 거예요.

이야기를 좀 해 봐요. 아무것도 알 수 없다는 것이 제 가슴을 아프게 하지요. 저도 당신과 마찬가지로 이런 상태가 싫어요.

두 달 동안 배와 자동차로 다닌 그리스 여행은 환상적이었지만, 그곳 사람들은 너무 가난하고 서글퍼 보였어요. 그 후 사르트르와 함께 로마에서 6주간 머물면서 둘 다 하루에 열 시간씩 일했답니다. 저는 중국에 관한 책을 거의 끝마쳤는데, 썩 훌륭하지 않아요. 좀 어려운 주제를 다루긴 하지만, 독자들에게 어느 정도의 지식은 제공할 수 있을 거라 여겨져요. 기분 전환이 되어 집에 돌아온 어제부터는 당신 소식을 기다렸지요. 저는 다시 일에 몰두하며 이곳에 머물 거예요. 요즘 세상은 끔찍하게 스산해요, 그렇지 않아요?

제발 편지 좀 해 줘요. 당신은 영원히 제 가슴속에 있답니다.

당신의 시몬

1957년

1957년 1월 1일

무척 소중한 당신, 저는 세상 누구에게도 당신이 무심하다고 불평한 적이 없어요. 단 한 번도 그런 생각을 해 본 일이 없고, 그런 말도 꺼낸 적이 없어요. 하지만 그 거짓말쟁이가 거짓말한 것이 오히려 잘되었네요. 당신이 제게 편지를 쓰도록 부추겼으니 말예요. 크리스마스를 기다리며 생각했지요. '만일 그가 그때까지 아는 척을 하지 않는다면, 크리스마스카드조차 보내지 않는다면, 그건 날 죽도록 원망하고 있다는 거야'라고요. 그런 생각은 저를 엄청 슬프게 했어요. 그런데 당신이 이렇게 카드와 편지까지 보냈어요. 여러 가지 이유로 슬펐답니다. 당신은 당신 자신을 몹시도 원망하는 것 같아요! 그건 틀린 생각이에요, 제 말을 믿으세요. 당신 안의 작은 빛은 꺼질 수 없어요. 그 빛은 절대 사라지지 않을 거예요. 제 눈은 공간과 바다를 뛰어넘어 여기서도 그 먼 곳의 불빛을 볼 수 있는걸요. 당신은 허수아비가 아니에요. 저도 그 빛을 보고 있다니까요. 최근 몇 년 동안 너무 힘겹게 싸워 왔기 때문에 당신이 당신 안의 빛을 더 이상 알아보지 못할 뿐, 그 빛은 여전히 존재해요. 시간이 지나고 일이 잘 진행되면 투쟁도 잠잠해지고 당신도 본연의 모습을 되찾을 거예요. 당신에겐 이야기할 것들이 많이 있고 또 당신은 그것들을 말하길 원하잖아요. 당신은 새롭게 글을 쓰기 시작할 테고, 아주 훌륭한 책을 써서 다시 만족할 거예요. 당신을 위로하려는 게 아니라 제 생각을 말하는 거예요. 그 점은 확신해요. 당신의 파리 친구들은 그런 모습을 역시 당신답다고 여기고, 당신과의 재회를 기뻐할 거예요 — 저도 기쁘겠지요. 저는 희망을 버리지 않아요. 저도 변했어요. '젊어 보이던' 나이 지긋한 여자는 이제 늙어 버렸어요. 저를 다시 만나면 쓸쓸해하며 놀랄 거예요. 우리가 시카고에서 처음 만난 지도 거의

10년이 됐어요. 아주 오랜 시간이 지났지만 제 가슴속에서는 그렇게 생각되질 않는군요.

중국에 관한 책을 마무리했는데, 썩 훌륭하지는 않아요. 어쨌든 저는 거기에 저 자신을 많이 쏟아붓지 않았어요. 전혀 색다른 어떤 것을 시도할까 해요. 유년기와 청년기의 기억을 하나의 단순한 이야기로 국한하지 않고, 나는 누구였는가? 내가 살았던 세상과 사는 세상과의 관계에서 나는 어떻게 지금의 내가 되었는가?* 하는 것들을 깊이 파헤칠 거예요. 잘할 수 있을지 모르지만, 그런 시도는 열정에 들뜨게 해요. 소련과 헝가리에서 일어난 사건들 때문에 우리 모두는 몹시 혼란스러웠어요. 다른 얘기인데, 폴란드에 갈 기회가 생겼어요. 얘기하자면 좀 길답니다.

가끔 편지하세요. 올가, 보스트 그리고 사르트르가 '마음씨 좋은 미국인'에게 진심으로 새해 인사를 보낸대요. 제가 당신에게 바라는 게 무엇인지 아시죠, 다시 행복해지는 것이에요. 당신에게 키스를 보내며, 저의 따뜻함을 가득 실어 '행복한 새해를 맞으세요'라고 기원해요.

당신의 시몬

여전히 무기력한 채 옛날 워반지아의 '기적'과 그들이 함께했던 삶, 그들이 함께한 여행 등에 대한 추억에 빠져 지내던 올그런은 1957년 12월에 단 한 통의 편지만 보낸다.

---

* 1958년에 나올 『얌전한 처녀의 회상』에 대한 구상이다.

1958년

1958년 1월

무척 사랑하는 당신. 파리의 당신 친구들이 다정한 신년 인사를 전하며 당신이 며칠간 파리에 오기를 바라고 있어요. 오겠어요? 뉴욕을 방금 떠나온 친구로부터 당신이 얼어붙은 깊은 구덩이를 건너려다 떨어져 죽을 뻔했다는 기사를 신문에서 읽었다는 말을 전해 들었는데, 곧바로 당신의 다정한 크리스마스카드를 받았어요. 구덩이에 떨어지다니, 정말 당신답군요! 조심하세요, 그렇게 죽지는 말아요. 그 소식을 듣고 참으로 가슴이 아팠어요.

저도 기억해요, 모든 걸 기억하고 말고요. 저는 잔잔한 행복감에 기뻐하고 있어요. 기적의 시대가 지나간 것은 제게도 마찬가지예요. 당신 말처럼 인생에 단 한 번의 기적, 그것으로 충분하지요. 무엇보다 당신의 근황을 알고 싶어요. 여전히 게리에서 사나요? 부인과 함께요? 어떤 글을 쓰고 있나요? 무슨 일을 하세요? 가끔은 편지를 보낼 수도 있겠죠? 중국에 관해 쓴 책이 번역되는 대로 보낼게요. 지금은 유년기와 청년기를 중심으로 자서전을 집필하는 데 주력하고 있어요. 사르트르와 보스트는 재밌다고 하지요.

우리는 알제리 전쟁에 경악하고 있어요. 이 무슨 수치스러운 일인가요! 이곳에 오실 건가요? 당신이 이렇게 제 가슴속에 집요하게 남아 있는데, 당신을 만나지 않는다는 것은 불가능해요. 넬슨, 넬슨, 내 사랑, 당신은 영원히 제 가슴속에 남아 있을 거예요. 당신에게 키스해요.

당신의 시몬

1958년 올그런이 보낸 단 한 통의 편지. 슬픈 편지. 그는 다시 시카고에 살며, 더 이상 호수에 있는 별장이나 그 어떤 것도 소유하지 못한다. 넓은 고속도로 대부분이 옛날 '염소들의 보금자리'를 가로지른 까닭에 예전의 워반지아는 더 이상 존재하지 않는다. 여전히 여러 법관의 먹잇감인 그는 미국을 떠날 수 없고, 파리로의 여행은 그다음 해에도 이루어지지 못한다.

1959년

1959년 1월 2일

나의 넬슨. 보내 준 사진 고마워요. 큰 사진들이 정말 잘 나왔어요. 작은 것들은 많은 추억을 불러일으켰지요. 책을 보내 줘서 고마워요. 사르트르도 『결코 오지 않는 아침』 영어판*에 자기 이름이 나온 것을 보고 기뻐하며 고마워했어요. 당신 편지에는 행복한 기색이 별로 없군요. 제 편지도 그래요. 1958년 5월부터 삶이 혹독해졌어요. 우리는 이 나라가 파시즘 쪽으로 기우는 것을 목격했으며, 이러한 경향에 맞선 우리의 필사적인 투쟁은 결국 실패로 끝났어요. 우리는 더 이상 이 새로운 프랑스에 속하지 못해요. 바로 우리의 조국에서 이방인이 된 듯한 느낌이 드네요. 제게 '우리'라는 것은 저와 사르트르 그리고 우리의 진정한 친구들만을 일컫는 말이에요. 사람들이 아랍인들을 계속 괴롭히고 있어요. 언젠가는 시들고 썩으면서 그 죗값을 치르겠지요. 정말 어리석고 역겹고 혐오스러운 정치판이랍니다.

한편 사르트르는 몹시 고민하고 과로해서 쓰러질 뻔했어요. 며칠 동안 상태가 매우 좋지 않아서 심장과 뇌에 이상이 생길까 걱정했는데, 지금은 완전히 회복됐어요. 이제 괜찮겠지요. 제 건강에는 이상이 없어요. 저의 최근작(제 유년기와 청년기의 단상들)은 무척 잘 팔리고 비평가들로부터 좋은 평을 받고 있어요. 번역되는 대로 보낼게요. 책이 출간되니 그동안 자주 보던 사람들이든 그렇지 않은 사람들이든 많은 사람이 연락해 왔고, 가끔 흥미롭고 재미있는 편지들이 힘을 주기도 해요. 이 책을 쓰면서 다른 어떤 책보다 더 큰 즐거움을 느꼈었는데, 지금은 "이제 무얼 하지?"라는

---

* 사르트르는 이 책의 프랑스어판에 "기다려지는 아침(Le matin se fait attendre)"이라는 제목을 붙였다.

질문으로 난감하군요. 현재 프랑스에서는 문학에 대한 관심이 많지 않아요. 그리고 저는 늙어 가고요……. 때때로 더 이상 당신을 볼 수 없을지도 모른다고 생각하면 가슴이 아려요. 제가 미국행 비자를 얻을 수 있을까요? 확실하지 않아요. 그리고 그곳에 가고 싶은 생각이 없답니다. 당신이 언젠가 파리에 오길 기대하고 있었어요. 그런데 당신도 올 수 없다니요. 우울해지네요. 워반지아의 보금자리 소식도 슬프게 했지요. 그래요, 당신은 '멋진 남자'였어요. 당신에 대해 좋은 기억만을 간직하고 있답니다. 당신이 준 반지를 간직하고 있는데, 제 사진에서 그 반지를 볼 수 있을 거예요, 자세히 보세요.

이곳의 당신 친구들의 따뜻한 마음을 보내요. 저의 사랑 가득한 키스와 함께요.

당신의 시몬

1959년 7월

영원토록 사랑하는 당신. 여러 권의 책이 흥미를 돋우고 있어요. 휴가 때 가져가려 해요. "시몬, 새로운 수녀"라는 당신의 글말인데요, 제가 수녀였다고 확신하나요? 매우 잘 써 준 글, 감사해요. 유쾌했어요. 우리나라에서 일어나는 일들에 대해서는 딱히 덧붙일 말이 없네요. 정부는 연일 "내일이면" 큰 결단을 내리겠다고 외치지만, 결국 아무 일도 일어나지 않지요. 그렇게 1년 이상 계속되고 있는데, "좋다"*고 말한 사람들은 "싫다"라고 말할 수 있는 충분한 의지도 없이 이젠 더 이상 긍정적인 반응을 보이지 않

---

* 드골에게 전적인 권한이 부여됐다.

을 거예요. 한마디로 말해 사람들은 침체되어 있지요. 우리는 일하고 있어요. 저는 엄청나게 일하는데, 회고록의 두 번째 부분을 쓰고 있지요. 그렇지만 과연 가치 있는 일일까 하고 생각해요. 곧 사르트르와 함께 (한 달간) 로마로 떠난답니다. 돌아오기 전에 이탈리아를 가볍게 돌아볼까 해요. 내년 여름엔 미국에 갈 꿈을 꾸는데, 불확실한 꿈에 불과하겠지요. 어쨌든 당신과 저는 죽기 전에 다시 만나야 해요. 당신을 영원히 기억할 거예요.

어떻게 지내세요? 말해 줘요. 제게 들리는 당신에 관한 모든 이야기에 집착하지요(예를 들면 엘렌 라이트가 하는 이야기처럼요), 별것 아니라 해도요.

영원히 살아 있을 오랜 사랑과 함께.

당신의 시몬

7월에 올그런이 드디어 여권을 취득한다. 그의 편지는 명랑해진다. 그는 유럽 여행을 즐겁게 계획한다.

1959년 9월

여전히 그대로인 무척 사랑하는 당신. 이 편지를 게리로 보내라니, 어찌된 일인가요? 작은 별장과 모기가 날아다니던 정원 그리고 그 호수가 더 이상 당신 것이 아닌 줄 알았는데 말이에요. 물론이죠, 봄에 파리로 오세요, 당신의 요술 가방을 가득 채우러 말예요. 우리가 멀리 여행할 수 있을는지는 모르겠지만, 어쨌든 틀이 새롭게 짜인 제 삶이 우리를 방해할 수는 없을 거예요. 왜냐하면 지금 제가 그 삶을 파괴하고 있거든요. 그래요, 저는 다시 독신이 되고픈 욕구를 느끼고 있어요. 이제부터 그렇게 살 거예요. 그러니 당신은 제 아파트에 머무는 저의 손님이 될 수도 있어요. 당신은 이곳에서 당신만의 작은방도 가질 수 있답니다. 좋아요, 우리 만나요. 중요한 것은 당신이 온다는 사실이에요. 사실이든 아니든, 아주 많은 이야기를 해 주겠어요. 아니면 당신이 이야기해 주던가요! 오세요, 내 사랑. 당신이 저의 집에 머물고 제 차로 여행을 하고(좀 겁나세요?), 제 요리를 드신다면(아, 당신을 불안하게 한다는 것을 알아요) 그리 많은 돈은 필요치 않아요. 오세요, 우리는 경이로운 행복감을 느낄 거예요. 다 늙어서 말이죠. 당신을 기다려요.

당신의 시몬

사르트르와 보스트 등 모든 사람이 당신이 수의를 걸치기 전에 꼭 만나야 한다고 주장해요.

1959년 12월 20일

매우 사랑하는 당신. 백만장자가 됐나요? 웬 호화로운 책 꾸러미예요? 제 것이 가장 멋지군요. 우리는 "땅과 하늘의 (모든) 권좌"*를 찬미하기 위한 놀라운 여행을 해야 할 거예요. 우리가 아직 알지 못하는 이집트와 시리아 그리고 그리스의 섬들로 말이에요……. 마크 트웨인의 자서전을 읽기 시작했어요. 제게 보낸 것은 아니지만 잠시 제가 차지하고 있지요. 당신이 사르트르에게 선물한 책도 읽기 시작했는데, 미국에 대한 모든 진실을 이야기하네요. 모든 이가 당신에게 매우 감사해하며 당신을 애타게 기다리고 있답니다.

---

* 올그런이 시몬 드 보부아르에게 보낸 두꺼운 앨범의 제목

'노련한 꿀벌'같이 분주하게 지내고 있어요. 제 인생을 허물거나 재건하느라 바쁜 것은 아니에요. 인생은 저 혼자서도 아주 잘 굴러가지요. 바보 같은 영화의 시나리오를 손보느라 바빠요 — 돈 때문이지요. 어제 그 시나리오의 끝을 봤기에, 당신에게 편지를 쓸 수 있게 됐어요. 연출가와 제작자가 저의 작품을 바닥에 내동댕이치기를 바란답니다. 어떻게 되든 상관하지 않아요, 돈은 받았거든요. 이젠 진짜 제 일에 힘을 모아야겠어요.

파리는 음산하고 프랑스는 우중충하지만, 저는 날로 번성하고 있어요. 사르트르와 보스트도 행복하지요. 올가는 그녀가 할 수 있는 한 잘 지내고 있어요. 당신에게 해 줄 이야기가 많아요. 허나 생생한 목소리로 이야기하고 싶답니다. 그러니 5월까지 참고 기다리세요. 참, 영어를 다시 배워야겠어요. 더 이상 한마디도 못 하겠고 다 잊어버렸거든요. 그러니 당신이 하는 말을 먼저 듣고 나서 그 후에 두 배로 더 말할 거예요.

즐거운 크리스마스와 행복한 새해를 맞으세요. 가장 간절한 제 소망을 알고 있을 테지요. '새해에는 당신이 정말 파리에 오기를 간절히 기원해요.' 당신의 시몬의 사랑과 함께.

당신의 시몬

저의 집에는 개수대 이상의 욕조를 갖춘 완벽한 욕실이 있어요.

1960년

1960년 프랑스에서의 올그런

올그런은 6개월간 유럽에서 체류한다. 그리고 시몬 드 보부아르의 집에서 지낸다. 시몬 드 보부아르와 사르트르는 2월 중순부터 3월 20일까지 처음으로 쿠바를 방문한다. 올그런은 더블린에서 그들보다 먼저 파리로 와서 셀셰가에 자리 잡는다. 올그런과 시몬 드 보부아르는 다시 만나 오랫동안 파리를 거닐고 외출하며 여행자처럼 시간을 보낸다. 그리고 올그런이 가 보고 싶어 한 스페인, 마르세유, 이스탄불, 그리스, 크레타섬 등 몇몇 장소를 여행한다. 8월에 시몬 드 보부아르는 사르트르와 함께 브라질로의 대장정을 기획한다. 올그런은 9월까지 프랑스에 머문다. 시몬 드 보부아르와 올그런은 이제 더 이상 만나지 못한다.

1960년 8월 26일 금요일, 리우

너무나 소중하고 경이로운 이, 다게르 거리의 아름다운 꽃. 도빌의 경마에서 돈을 벌었다니 자랑스럽네요. 사람들은 클레르퐁텐이라는 황금빛 말이 그리 훌륭한 줄도 모르면서 그 말에게 내기를 건 당신을 왜 야유했을까요? 요리 솜씨가 느는 것에 대해서도 찬사를 보내요. 제발 창문 난간에 너무 많은 꽃을 놓지 말아요. 이웃에게 좀 창피하지 않나요?

브라질도 나름대로 나쁘지는 않아요. 어제 사르트르와 저는 많은 권리를 뜻하는 '리우데자네이루의 시민' 자격을 부여받았어요. 멋있지 않아요? 그래요, 마치 프랑스 정부를 욕하기라도 하듯이, 멋있어요. 그 더러운 프랑스 정부는 사르트르가 알제리에 대해 말하지 않을까 두려워한 나머지 브라질 정부가 우리를 초청하지 못하도록 엄청난 압력을 가했다는 얘기를 들었어요. 사르트르는 알제리에 대해 말했어요, 고문과 그 모든 것에 대해 말이에요. 자국이 조금은 미국의 식민지라고 느끼는 브라질 사람들은 마음속에 그러한 식민주의를 밀어내려는 의지가 있으므로 그의 연설을 높이 평가했어요. 우리는 할 수 있는 한 반드골주의를 외쳤고, 그러한 맥락에서 그들은 우리에게 리우의 시민 자격을 부여했어요.

검은 신들이 지배하는 검은 도시 바이아는 매혹적이었어요. 신들이 살과 피를 가진 여자들로 현신하는 무시무시한 의식에 백인 지식인들까지 참석하지요. '모든 성자의 어머니(가장 높은 서열의 여제관)'는 사르트르가 신들 가운데 가장 강한 이의 아들이라고 했고, 저는 가장 사랑스러운 여신의 딸이라고 했어요 — 모든 사람이 말하기를, 그녀가 인정하면 어떤 의혹도 있을 수 없으며 그것이 바로 있는 그대로의 진실이라고 했어요. 바이아에서는 손과 발을 마구 흔들어 대는 일종의 전투 의식이 행해지고 있었는데, 영국식 고전적인 권투보다 더 오래된 프랑스의 옛 권투와 흡사하더군요. 아주 재미있는 광경이었지요. 양편이 모두 '춤추는' 듯했어요. 상대를 가능한 한 가깝게 조이면서 건드리지 않으려면 매우 영리하고 능숙해야 하지요. 저녁 때는 황량한 거리에서 또 다른 전투들이 벌어져요. 나쁜 싸움들인데, 손에 칼을 들고 서로 죽이기도 한답니다.

카카오와 담배 밭에서는 불쌍한 농민들이 거의 짐승처럼 비인간적인 삶을 꾸리고 있어요. 유전에서 일하는 노동자들만이 가장 좋은 조건에서 일하지요. 남루한 카우보이들이 시골의 골짜기에서 광대한 동물 사육지를 향해 달리고, 땀에 젖은 흑인 여인들은 괴상한 납덩이를 목에 달고 벗은 몸으로 담배 잎사귀들을 끊임없이 밟고 있어요. 노동과 극도의 가난으로 빚어진 슬프면서도 매혹적인 세계랍니다. 가장 오래되고 흑인이 가장 많은, 브라질에서도 제일 혹독한 지역에서 일어나는 일들이에요. 그 지역은 미국에서 산업화되고 부유한 북부연방에 의해 남부연합이 식민화된 것과 비슷한 방식으로 브라질 남부의 여러 주에 의해 식민화됐어요.

제가 있는 리우는 무섭고 지저분하며 아름답기도 한 거대도시예요. 그야말로 가장 격렬하게 대비되는 모습들이 폭발할 것 같은 곳이지요. 바다, 포구, 해변, 도심에서 돌출한 산들, 이 모든 것은 찬탄할 만한 아름다움을 지니고 있어요. 도심의 좁고 긴 길들에 아무런 멋도 없이 위압적으로 솟은 높고 둔중한 건물들은 어딘가 시카고의 빈민가와 닮은 것 같아요. 그럼에도 불구하고 너무나도 생기가 넘친다는 사실이 재미있어요. 그리고 도시와 그 주변의 모든 언덕에 기를 쓰고 올라와 널려 있는 빈민촌들, 그곳엔 75만 명(전체 4백만 인구 중)이 사는 누추한 집이 빽빽하게 들어차 있지요. 각 빈민촌에는 6천~8만 명에 이르는 사람들이 시립이나 국립 또는 개인 땅에 판자로 엮은 임시 건물을 지어 거대한 마을을 이루고 있어요. 점령지, 그곳에 자리 잡을 어떠한 권리도 없는 불법 거주자들이 지은 집이지만 경찰들은 지은 지 이틀 안의 판잣집만 허물 수 있으니, 나무들과 낡은 집들이 마구 얽혀 있는 그곳에서 새집을 어떻게 가려낼 수 있겠어요? 이 빈민굴은 모든 것을 잃었지만 도시에서 최상의 삶을 살 수 있을지도 모른다는 실낱같은 희망에 부풀어 트럭으로 몇 날 며칠을 헤맨 끝에 내륙의 사막으로부터 꾸역꾸역 밀려온 사람들이 건설한 곳이랍니다. 그들은 훔친 땅에 스스로 집을 짓는 방법 말고는 달리 잠을 잘 장소를 얻을 수 없었던 거예요. 전기도 없고 하수구도 없고 물도 없는 곳에서 여자들은 물을 구하기 위해 2백 미터나 되는 언덕을 수없이 오르내려야 해요. 밤이 되면 신들에게 도움을 청하기 위해 야성적으로 춤을 추지요. 그리고 현실을 잊어 보려고 밤낮으로 마약을 피워 대요. 이렇게 처참한 동네가 극도로 세련되고 부유한 사람들의 동네와 함께 빠져나올 수 없는 미로처럼 뒤섞여 있는 곳이 바로 리우예요. 사람들이 잡아준 우리 숙소는 끝이 보이지 않고 포효하는 청록색 바다와 은빛 모래가 가득한 해변 위의 코파카바나에 있어요. 어른들은 아침부터 저녁까지 수영하고 몸을 태우며, 아이들은 연을 날리지요. 저도 모래 위에 누워 보고 싶지만, 해야할 일들이 너무 많아요. 회의, 집회, 점심 식사, 저녁 식사…… 그런 것들 말고도 이 세계의 무언가를 보도록 애쓰고 싶어요.

다음 편지는 시카고로 부치겠어요. 9월 15일까지는 계속 이곳으로 편지를 보내세요. 그러면 제게 전달될 거예요. 저는 10월 1일부터 10일까지는 아바나에 있을 거고, 그다음엔 파리로 갈 거예요. 당신이 보내 준 편지들과 시, 고마워요. 마음에 들어요. 당신을 사랑해요, 어느 때보다도 그리고 영원히.

당신의 시몬

1960년 9월 23일, 브라질리아

내 가슴을 뒤흔드는 바보, 멀리 있는 내 사랑. 당신은 시카고에 있으리라 생각되네요. 당신이 셸셰가에 있는지, 선상에 있는지, 뉴욕 또는 당신 집에 있는지 오랫동안 알 수 없었어요. 제가 편지를 더 빨리 쓰지 않은 것도 바로 그런 이유에서였지요. 게다가 브라질에서 보낸 편지들이 어디로도 배달되지 않은 것 같았어요. 왜냐하면 브라질에 있을 때는 그 어떤 곳의 편지도 오지 않았거든요. 당신이 초기에 보낸 세 통의 짧은 편지 이후로 몇 주 동안 단한 통도 받지 못했어요. 그리고 늘 너무 바쁜 일정에 매여 있었기에 어쩌다가 운 좋게 시간이 나도 무언가를 할 아무 용기도 없었고, 편지 한 통도 쓸 수 없었지요. 제 일과 중에는 흥미로운 일들도 있었고, 그런대로 재미있는 일들, 그리고 솔직히 말해 지긋지

굿한 일들도 있었어요. 회의, 기자들 만나기, 공식 모임(이때는 웃어야 하는데, 저는 거의 웃지 않아요)……. 그리고 거대한 도시들을 방문하고 사람들을 만나며 놀라운 삶의 방식도 발견하고 멋진 풍경도 감상하지요. 지금은 브라질리아에 있어요. 이 도시는 인간의 뇌가 상상해 낼 수 있는 가장 광기 어린 실패작인데, 오늘 아침에 만난 쿠비체크*의 뇌가 바로 여기에 해당하지요. 유명한 건축가들이 그를 지원했는데, 그중에는 독창적이고 기발하며 또 조화로운 창조에 성공한 사람들도 몇 있어요. 그러나 사막 한가운데에다 그렇게 인위적인 도시를 만든다는 것이 얼마나 정신 나간 행위인지요. 우리는 이곳에 도착하기 위해 극도로 삭막한 지역을 가로질러 1천3백 킬로미터를 달렸어요. 여기서 이 고대 로마식 공사에 투입된 노동자들이 우선 몇 킬로미터 떨어진 곳에 자신들이 살 도시를 세우는 일부터 시작했다는 사실은 놀라워요. 단순한 가건물과 상점들을 나무로 만들었는데, 길도 없고 돌로 된 것은 하나도 없지요. 돌로 지어진 거대한 도시가 높이 올라가는 동안 그들의 도시는 팽창하고 팽창해서, 지금 이 도시엔 5만 명이 거주하고 식당과 술집, 상점들이 들어서 있어요. 지프차가 말을 대신한다는 것만 빼고는 이 모든 것은 옛날 서부영화에서나 볼 법한 나무로 된 작고 볼품없는 오두막들로 이뤄져 있어요. 붉은 먼지와 활기로 넘치는 이곳을 거닐며 작은 카페들에서 한잔 들이키는 것이 큰 기쁨이었어요. 그러나 영혼도, 인정도, 살도 피도 없는 수도 브라질리아를 기꺼이 떠날 거예요.

사르트르를 자랑스럽게 여기세요. 그는 머리털이 검고 갈색 피부를 지닌 알제리 여자 한 명, 완전한 금발의 여자 한 명 그리고 가짜 금발의 여자 두 명으로 충분하지 않았어요. 그에게 무엇이

---

* Juscelino Kubitschek. 1956~1961년 브라질 대통령

부족했을까요? 바로 붉은 머리털의 여자예요. 그는 그런 여자를 찾았고, 그녀와 염문을 뿌리기 시작했어요. 스물다섯 살이고 처녀예요(서른 살과 스물세 살인 그녀의 자매들처럼요). 북쪽의 좋은 가문의 브라질 여인들은 혼전에 성관계를 하지 않아요. 그 점이 마음에 들어요. 그런데 만약 그가 목적을 달성한다면, 그 후에는 또 어떤 일이 닥칠지 겁나는군요. 그도 자신이 정확히 무엇을 원하는지 알지 못하지만, 아마존에 가면 그 붉은 머리털을 지닌 여자를 다시 찾아낼 거예요. 만일 사건이 심각해진다면 어떻게 하지요? 당신이 이 소식을 들으면 즐거워하리라 생각했어요.

자, 브라질에 관해 이야기하려 애쓰지 않겠어요. 우리가 보낼 여름의 긴 저녁나절을 위해 간직할게요. 다만, 헤라클리온,* 양고기 꼬치구이, 미노스왕, 알메리아**와 고이티솔로***, 셀셰가와 파인애플주스 그리고 당신을 제가 기억한다는 것을 알아주세요. 10월 10일에 돌아가면, 길게 쓴 노란색 편지를 받고 싶어요, 꼭 그래야 해요. 그때까지 편지를 많이 쓰지 않을 거예요. 그것은 거의 불가능하지요. 그리고 정말인데, 리우에서 오는 것 말고는 우편물이 어느 곳에서도 오지 않아요. 파리에 도착하면 다시 편지를 자주 쓰는 당신의 시몬이 될게요.

파리에서든 브라질에서든, 저는 언제나 그리고 영원토록 당신의 사랑스러운 시몬으로 남아 있어요. 수많은 것을 기억해요. 제가 체험한 새로운 꿈들, 당신이 꿈꾸게 했고 예전의 것들만큼 아름다운 요술 같은 꿈들을요.

당신에게 키스해요, 나의 요술쟁이, 제 모든 사랑으로.

당신의 시몬

---

* Heraklion. 그리스의 크레타섬에 있는 항구 이름
** Almería. 스페인 남부의 지중해 기슭에 있는 항구도시
*** Juan Goytisolo. 스페인의 시인이자 수필가, 소설가

1960년 10월 28일, 쿠바 아바나의 '나시오날' 호텔

내 가슴속의 사랑스러운 바보, 나의 넬슨. 벨렘에서 당신에게 편지를 보내려 한 그때 이후로(그 시도는 성공했나요?) 여러 가지 사건이 발생했어요. 우리는 아마존강 유역의 마나우스행 비행기를 탔지요. 묘한 도시예요. 전 세계로 고무를 수출하던 초기의 몇 년간은 굉장히 부유했죠. 사람들은 세계에서 가장 기상천외한 극장과 기묘하고 흉측한 집들을 무더기로 지었답니다. 돌연 영국인들이 고무나무의 씨앗을 훔쳐 인도에서 재배하기 시작했고, 그로부터 불과 여섯 달 만에 마나우스는 어떻게 해 볼 도리 없이 몰락해 지금은 들어갈 엄두도 내지 못하는 적도의 숲과 거대한 강 사이에 잠겨 가난하고 음침한 도시로 전락해 버렸어요. 습하고 무더운 그야말로 아마존이에요! 이에 비하면 미시시피강은 작은 물줄기에 지나지 않지요. 그곳에서 갑자기 열이 올랐어요. 마나우스에서 앓아눕고 싶지 않아서 즉시 새벽 네 시에 헤시페*행 비행기를 탔어요(열다섯 시간이나 비행해서 말이에요······). 착륙했을 때는 녹초가 됐어요. 헤시페에서는 그리 덥지 않고 기분 좋은 바람도 불었지만 또 다른 지옥을 경험했지요. 열이 계속 올라서 의사의 진찰을 받아야 했는데, 의사가 장티푸스라는 진단을 내렸어요. 그러나 오진이었는지 곧 회복됐답니다. 어쨌거나 의사는 저를 병원으로 보냈고, 그곳에서 그들이 쑤셔 넣은 항생제는 제 몸의 열을 죽였고 그것도 모자라 저마저 죽여 버렸어요. 몹시 피곤해서 그곳에서 일주일을 머물렀지요. 1인실에 있었지만, 어쨌든 지옥 같았어요. 소음이 심했거든요. 잠드는 것이 불가능했고, 거의 아무것도 먹지 못했으며, 말할 수 없이 지루했지요! 그 와중에 사르트르

---

* Recife. 브라질 동북부에 있는 페르남부쿠주의 주도

는 제정신이 아니었어요. 우리가 헤시페를 선택한 이유는 그곳에서 프랑스로 출발해야 하기 때문이기도 하고, 또 한편으로는 그가 사랑에 빠진 그 붉은 머리의 여자가 그곳에 살고 있었기 때문이에요. 제가 고통으로 침대에 누워 있는 동안 그는 그 여자와 함께 산책하고 다녔어요. 헤시페 같은 브라질 북부의 도시가 어떤 곳인지 아무도 상상할 수 없어요. 여자들에게 처녀성은 필수이며, 그것을 잃고는 결혼할 수 없지요. 한 남자와 거니는 것은 결혼을 전제할 때만 가능해요. 그렇지 않을 경우에는 불명예스러운 일이 되지요. 사르트르에게 푹 빠진 그 여자는 가족과 도시 전체의 비난 때문에 마음이 상했지만, 의지가 있고 성품이 강해서 그를 자주 만났어요. 독실한 신자인 그녀는 사르트르가 자신과 자고 싶어 한다는 것을 안 순간 사탄과 마주하고 있다고 여겼어요. 그들은 서로 다투었지요. 사르트르는 병원에 있는 저와, 반은 다정하고 반은 겁에 질린 그 붉은 머리의 여자 사이를 오가며, 불길하고 적대적인 이 도시에서 지옥 같은 시간을 보냈어요. 어느 날 흠씬 취해 돌아온 그가 잠을 자려고 수면제를 꽤 많이 삼켰어요. 깨어났을 때 그는 몸을 바로 세울 수 없었어요. 온종일 몸을 벽에 지탱하며 지그재그로 걸었어요. 그가 저를 보러 병원에 왔을 때, 저는 비틀거리는 그의 모습에 화가 나서 미칠 것 같았지만 아무것도 할 수 없었어요. 그 처녀도 폭음해 댔고, 우리는 제가 병상에서 일어나는 날에 광란의 밤을 보냈어요. 왜냐하면 그다음 날 출발해야 했거든요. 그녀는 맨손으로 유리잔을 깨뜨렸고, 죽어 가는 소처럼 피를 흘리면서 사르트르를 사랑한 만큼 증오하기도 한다며 죽어 버리겠다고 난리를 피웠어요. 저는 그녀에게 수면제를 충분히 먹이곤 그녀가 창밖으로 뛰어내리지 못하도록 그녀의 손목을 잡고 그녀의 침대에서 잠을 잤어요. 그녀는 착한 여자예요, 저도 그 사실을 인정해요. 그리고 매력적이지요. 그 여자는 파리로 올 거예요. 사르트르는 어쩌면 그 여자와 결혼할지도 모른다고 말해요! 그렇다면 알제리 여자는 어떻게 될까요? 글쎄요, 모든 건 시간이 해결해 주겠지요. 그동안 저는 그렇게 아팠고, 사르트르는 정신이 나가 있었답니다. 그런데 우리는 출발 직전에 파리에서 온 전화와 전보를 받았어요. 얘기인즉슨, 죽느냐 사느냐의 문제가 걸렸으니 친구들이 보낸 긴 사연의 편지를 받아 읽기 전에는 파리로 돌아오지 말라는 것이었어요. 어렴풋이나마 파리에서 사태가 악화되어 우리에게 치명적이라는 사실을 짐작했지요. 그래서 뉴욕을 거쳐 오는 편지를 기다렸는데, 그 편지는 도착하지 않았어요. 그렇게 우리는 저주받은 도시 혜시페에 꼼짝없이 갇혀 있었고, 이 상태가 영원히 지속될 것만 같았지요. 마침내 편지는 도착했고, 당신은 이미 신문에서 봐서 알고 있을 그런 내용이 편지에 들어 있었어요. 사르트르는 장송*의 재판정에 매우 용기 있고 도발적인 선언문을 보냈었어요. 그래서 우리가 젊은이들에게 알제리행 동원령에 거부할 것을 촉구하는 전복적 시위를 군중집회로 확산시켰다는 거지요. 결론적으로 정부는 사르트르를 감옥에 보내려 하고(사실 지금 상황으로는 그리할 수 없지요), 특히 프랑스의 파시스트들은 실로 진지하게 사르트르를 암살하려고 하니 당분간 은신해야 할 것 같았어요. 우리 친구들은 파리 공항에서 경찰과 OAS** 요원들이 진을 치고 있을 거라며, 그쪽 말고 스페인으로 오라고 했어요. 그러면 우리를 데리러 차를 가지고 슬그머니 오겠다고요. 우리는 그렇게 할 생각이었지요. 그러나 그 전에 쿠바 사람들이 우리를 가로챘어요…… . 브라질에서는 전화나 전보로 연락하는 일이 매우 어려워졌기에, 쿠바의 영사가 우리에게 아

---

* Francis Jeanson. 프랑스의 철학자. 알제리 전쟁 당시에 알제리 해방군인 알제리 인민전선(FLN)을 지원한 혐의로 프랑스 재판정에 서게 됐다.

** Organisation de l'Armée Secrète. 알제리의 독립을 반대하는 프랑스 우익의 비밀군사조직

바나로 오라고 간곡히 요구하려고 리우에서 헤시페까지(2천 킬로 미터) 달려온 거죠. 그러니 거절할 방법이 있었겠어요? 그래서 일단 남쪽의 리우로 내려가 다시 북쪽의 벨렘으로, 그리고 카라카스를 거쳐 아바나로 왔지요! 그곳에서야 여행이 일단락됐어요. 카라카스에서 우리를 연금하려 했답니다. 이렇게 우리는 지난 3월에 체류한 때와 같은 호텔에 다시 머물며 쿠바에 남아 있지만, 분위기는 전혀 딴판이지요. 미국이 공격할 것이라는 전망이 쿠바인들을 두렵게 만들고 있어요. 긴장한 쿠바인들은 싸울 준비가 되어 있지만, 매우 씁쓸한 것은 이해되지요. 그 와중에도 우리는 일을 쉬지 않았답니다. 이제 그만 편지를 마쳐야겠군요. 공장 한 곳을 방문해 그곳 노동자들과 점심을 하고 피델*을 만난 뒤에 짐을 싸야 하거든요. 우리는 바르셀로나행 비행기를 탈 것이고, 보스트와 다른 친구들이 차로 데리러 올 거예요. 다음번에는 파리에서 편지를 쓸게요. 그곳에서 넬슨의 수많은 편지를 발견하길 바라요. 내 마음속의 바보, 편지 좀 써요. 당신 없는 셸셰가는 너무 적적하지 않을까 두려워요.

제가 몹시 원하는 것만큼 당신에게 길고 강렬한 키스를 보내요.

당신의 시몬

1960년 11월 5일, 파리

셸셰가의 꽃,
사진 속의 자코메티,
아무 데도 없는 침묵의 바보.

---

* Fidel Castro. 1976~2008년 쿠바의 국가평의회의장

집으로 돌아와 무척 실망했어요. 말하자면, 수북이 쌓여 있는 편지들이 모두 당신에게서 온 것이라고 생각했어요. 그런데 당신 편지는 전혀 보이지 않더군요! 멋진 책, 잡지들, 이스탄불의 아름다운 사진들 사이로 정신없이 뒤졌지만, 단 한 통의 편지도 없었어요. 제가 브라질에서 보낸 편지들을 받았나요? 아니면 한 통도 못 받았나요? 두 경우에 다 해당한다고 해도, 왜 편지를 쓰지 않는 거죠? 세르주가 당신 소식을 전해 줬어요. 사람들이 곤드레만드레 취한 당신을 방까지 옮겨야 했다면서요? 잘한 일인가요? 아니오, 잘한 짓이 아니에요, 창피한 줄 아세요. 그가 더 자세히 이야기해 주겠지만, 당신의 노란색 편지들이 그리워요.

다시 간 쿠바는 3월만큼 즐겁지 않았어요. 그들은 많은 일을 했고, 농민, 노동자 그리고 모든 사람의 삶을 향상시켰어요. 그러나 가짜 쿠바인들(피델 카스트로를 지지하지 않는 쿠바인들로 가장한 미국 참전병들)이 상륙하지 않을까 의심하고 있어요. 불안함이지요. 늘 생동감 넘치고 친절하며 하렘에서의 모험들에 만족해하는 카스트로가 우리를 공항까지 배웅했어요. 스페인으로 가는 비행기는 매우 빨라서, 마드리드에 도착했을 때는 아조레스제도에 닿은 줄 알았지요. 그곳에서 지체하지 않고 곧바로 바르셀로나로 갔어요. 우리를 기다리던 보스트와 친구 두 명은 프랑스의 상황을 서둘러 자세히 설명해 줬어요. 바르셀로나에서 별난 이틀을 보내고(우유를 타지 않은 커피를 파는 곳을 찾아볼 수 없었거든요), 천천히 파리로 돌아왔어요. 정부에 대해 그리 겁먹을 일은 없었어요. 왜냐하면 문제시된 선언문에 서명한 사람은 121명인데, 정부가 그들을 모두 가둘 수 없기 때문이지요. 경찰관들이 매우 정중하게 몇 가지 질문을 했어요. 이제 우리는 우리를 고발할 검사 앞에 서겠지요. 감옥과 소송도 이어질까요? 그것보다 더 큰 위험은 사르트르를 죽이고 싶어 하거나 적어도 그에게 린치를 가하고자 하는 극우파에 있어요. 그들은 극도로 흥분해 있는 매우 위험한 사람들이지요. 사르트르는 대중 앞에 나타나지 않고, 더 이상 집에서 잠자지 않는 등 조심하고 있어요.

셸셰가는 완벽하지만, 몹시 허전해요. 뭔가 부족한 듯, 어쩌면 누군가가 없어서 그런 것일 수도 있지요. 당신이 당신에 대한 소식을 보내 준다면 그 대가로 각자 모두에 대한 정보를 전해 줄게요. 편지를 쓰지 않는 심술쟁이에게 이 편지는 충분히 길었어요. 어둠 속에서, 그러나 사랑으로 당신에게 키스해요.

당신의 시몬

1960년 11월 16일

어디에도 없는 전복적인 바보. 당신은 긴 편지를 받을 자격이 없어요. 당신에게 여섯 통의 편지를 보냈는데, 저는 단지 글 한 줄만 받았을 뿐이에요. 한마디로 아무것도 아니지요. 올가가 당신 편지 중 한 통을 보여 줬는데, 그 글을 읽으면서 당신이 마음만 먹으면 재치 있는 글을 얼마든지 쓸 수 있다는 사실을 깨달았어요. 하지만 제게는 재치 있는 글을 쓰려 애쓰지 말아요. 소박하고 있는 그대로의 진실을, 재치가 아니라 진실을 말해 줘요. 제게는 당신이 중요해요. 그러니 당신의 진실이 저를 만족시킨다는 것을 명심하도록 해요. 저도 가능한 한 재담은 하지 않겠으니, 우리 사이에 경쟁은 없겠지요. 만에 하나, 저도 모르게 재치가 반짝인다고 하더라도 저처럼 하려고 애쓰지 말아요. 알았죠?

당신의 생활과 친구들, 그리고 가련한 저의 경쟁자에 대해 이야기해 주세요. 그녀는 빨간 와이셔츠와 목도리에 대해 높이 평가했나요? 스터드 일가와 당신 주변의 모든 사람은 어떻게 지내나요? 잊고 있었네요, 책상 위에 놓아둔 시, 고마워요. 정말 마음에 든답니다. 당신의 시들을 출판하도록 하세요. 농담이 아니라, 시는 당신이 아주 잘 쓸 수 있는 장르 중 하나예요. 사진도 고마워요. 정말 당신은 사진기를 든 자코메티예요 ─ 이 말은 반은 재담이고 반은 진실이에요 ─ 어떤 것들은 정말 훌륭하더군요.

기이한 생활을 하고 있어요. 우리 친구들은, 사르트르에게 가혹하게 행동하려는 히스테릭한 극우 반동파들의 의식 상태 때문에 사르트르와 제가 집에 머무르는 것이 조금 위험하다고 판단했어요. 그래서 우리가 알지 못하는 어떤 사람에게 아파트를 내주고 다른 곳으로 가라고 엄명했지요(그 사람은 어디로 갔을까요? 저는 알지 못해요). 멋진 동네에 있는 커다란 그 아파트에서 우리는 각자 매우 넓은 방 한 칸씩을 차지하고 있어요. 방은 몇 사람이 쓰기에도 충분해서 오히려 거실이라고 하는 편이 더 나을 정도지요. 종일 그곳에서 파묻혀 지내요. 사르트르에게는 식당과 카페 출입이 금지됐기 때문에, 제가 햄과 소시지, 통조림 등으로 요리하지요. 보스트나 다른 친구들이 와서 저녁을 지어 줄 때를 제외하면 말이에요. 저는 보스트가 오는 때를 빼고는 장을 보러 다녀요. 라디오에서 음악을 들으며 스스로에게 물어보지요. '나의 다음번 책은 어떤 것일까?' 당신이 여기에 있고 저는 국립도서관을 드나들며 집에서 작업했던 당시에 구상한 자서전의 세 번째 부분이 다음 책이될 거로 생각했었으나, 여행에서 돌아온 후부터는 망설였어요. 소설을 쓸까 궁리하기도 했지요. 결심이 섰는데, 회고록의 세 번째이자 마지막 부분을 쓰겠어요. 두 번째 부분은 『나이의 힘』이라는 제목으로 얼마 전에 출판됐는데, 만족스러워요. 갈리마르 출판사는 그 책이 서점가에 나가기도 전에 4만 5천 부를 팔았고, 일주일 뒤에는 2만 5천 부 이상을 팔았지요. 비평가들도 좋은 반응을 보이고, 20만 부는 팔릴 거라고 기대해요. 그러면 몇 년 동안 쓸 수 있을 충분한 돈이 들어오지요. 그렇게만 되면, 시카고의 경마에서 돈을 잃어도 상관없어요.

세르주는 당신과 함께 관람한 경마가 참 좋았대요. 모든 걸 이야기해 주더군요. 당신이 처음에 50달러를 땄다가 그다음 번엔 친절하게도 모든 걸 잃었다는 얘기도요. 당신에 관한 이야기를 들으면 시카고로 돌아가고 싶은 욕망이 강하게 일어요. 모니크의 집에서 고이티솔로, 사르트르와 함께 정겨운 저녁 식사를 했던 날에 나왔던 말들이에요. 그날 빠에야를 먹으며 스페인, 바르셀로나, 정치적 상황…… 그리고 당신에 관한 이야기들을 나눴어요. 우리는 국가 안보를 위협한 혐의로 검사로부터 기소되어야 했지만, 심문받기로 한 날에 사르트르가 앓아누웠어요. 2주는 끌 거예요. 어쨌든 우리의 유죄성은 아직 공식적인 것이 아니어서 신문에서도 그에 대해 강하게 비난하고 있답니다. 어떤 이들은 검사를 계속 귀찮게 쫓아다녀서 검사가 유죄를 선포하게 하라고, 나아가 우리를 체포하게 하는 것이 어떻겠느냐고 제안해요. 그러면 그가 울며불며 자신은 아내와 아이들이 있으니 제발 괴롭히지 말아 달라고 되레 매달릴 거라나요. 우스갯소리지요. 이제 어떻게 될는지 두고 봐야겠어요. 아마 알제에서 그리고 파리에서도 들고일어날 거예요.

붉은 머리의 브라질 여자는 다정한 편지들을 계속 보내오지만, 사르트르는 그녀와 결혼할 생각이 없어요. 그의 모든 여인이 결국 새로운 연인을 만나게 되면서 사르트르는 이 일을 쉽게 해결하곤 했지요 — 매우 상대적이긴 하지만 말이에요. 올가, 그녀는 연인이 없고, 보스트의 상황은 진전될 기미가 없어요. 제가 나탈리의 이야기를 했던가요? 그녀는 그야말로 넌더리 나는 삶을 자초하고 있어요. 아이를 또 가졌는데, 아이는 산모의 경련으로 인해 태어나면서 죽었대요. 그녀는 죄의식으로 초췌해지고, 아직도 심한 방광염으로 상태가 몹시 나빠요. 이 소식은 오레스트에게 들었지요.

맞아요, 매주 스톤 씨가 부쳐오는 주간지와 당신의 『더 네이션』을 받고 있는데, 그것들을 더는 돌려보내지 않기로 했어요. 자, 보세요. 불성실한 당신에 비해 저는 진짜 소식들로 가득 찬 진짜 편지를 쓰잖아요. 빨리 그리고 길게 답장을 보내 줘요. 제가 어느 때보다도 당신을 사랑한다는 것, 그리고 영원히 그럴 것이라는 사실을 잊지 마세요. 사랑, 사랑, 사랑, 사랑, 당신의 시몬의 사랑.

당신의 시몬

1960년 12월

무척 사랑하는 알메리아의 바보, 이스탄불의 아름다운 꽃. 저는 셸셰가로 다시 돌아왔고, 제가 얼마나 착한 집주인이었는지에 대한 감회에 잠겼어요. 이렇게 착한 집주인에게 세를 든 사람은 또 얼마나 운이 좋았겠어요! 파리는 끔찍하게 춥지만 불만스럽지는 않아요. 책이 아주 아주 잘 팔리고(한 달 만에 13만부) 돈도 잘 벌리니, 기분은 최고예요. 모든 사람이 자기 삶을 그대로 이어 가고 있어요. 보스트와 올가는 서로 욕지거리를 하며 싸우지요(어제 그는 문을 있는 힘껏 닫고 그들이 함께 살던 집에서 완전히 떠났어요. 저는 그가 곧 돌아올 것이라고 장담해요). 준비에브는 치과의사와 잘 지내고, 사람들은 그들이 결혼하리라 보고 있어요. 오데트는 도대체 뭘 하는지 밤낮으로 길거리를 싸돌아다니는 아들에게 욕을 퍼붓지요. 완다는 자신에게 욕하는데, 그것은 질책 중에 가장 위험한 거예요.

며칠 전에는 제 책을 커다란 칼로 내리치다가(왜 그런지는 잘 모르겠어요. 갑자기 저를 증오해요) 피를 철철 흘렸어요. 책을 찍으면서 실수로, 어쩌면 일부러 그랬는지도 모르지만, 손과 손목을 함께 베였거든요. 애증으로 뒤범벅된 이 모든 사람을 크리스마스이브에 초대하려고 해요. 당신이 무심한 입주자로 지냈었던 이곳에서 먹고 마시고 할 거랍니다.

리처드 라이트가 죽었다는 소식은 들었겠지요! 너무 놀라워요! 그의 큰딸(열여덟 살)은 아버지의 죽음으로 인해 매우 힘들어하고, 엘렌은 그보다 덜한 편이에요. 그의 죽음은 그녀에게도 충격이긴 하지만, 그녀는 이제부터 행복해질 것이라 느껴요. 이제는 파리에서 그녀 자신만의 삶을 살 수 있다고 여기는 것이지요. 그리고 당신에 관해 수다를 떨었는데, 그녀가 지금 우리의 관계를 알지 못하기 때문에 조금 불편했어요. 그녀는 아무 거리낌도 없이 솔직하게 당신과 런던에서 만난 이야기를 했어요. 당신은 왜 아무 언질도 주지 않았나요? 그것 보세요, 당신의 농담으로 가득한 편지들은 아무 내용도 담고 있지 않았던 거예요.

당신은 우리가 알제리인들을 가만히 내버려 둬야 한다고 생각하는군요. 이 뒤죽박죽된 상태의 가장 좋은 해결책을 생각해 냈어요. 모두 없애버리는 것이죠. 지난 일요일에 착수했는데, 끝을 봐야 해요. 만일 몇 명이 살아남는다면, 그들이 우리를 사랑할 리 만무하거든요. 우리처럼 다정다감한 프랑스 국민을 사랑하지 않는 그 나쁜 녀석들을 어떻게 해야 할까요? 죽여야 해요.*

쿠바에 관한 책을 보내 준 것에 사르트르가 고마워하고 있어요. 그가 표한 감사의 말을 전했던가요? 매우 훌륭한 책이에요.

---

* 알제리 사태에 대한 프랑스 정부의 정책에 대해 보부아르가 시니컬한 어조로 이야기하고 있다.

924

즐거운 크리스마스 보내세요, 내 사랑. 당신 가슴속에 제 몫의 따뜻한 자리를 남겨 두세요. 당신도 제 가슴속에 뜨겁게 자리 잡고 있어요. 이렇게 추운 시기엔 매우 효과적이지요.

당신의 시몬

1961년 1월

아무것도 아닌 것에 미쳐 버린 무척 소중한 왕. 크리스마스와 새해 첫날은 어떻게 보냈어요? 너무 슬프거나 춥지는 않았나요? 저는 서로 욕해 대는 그 모든 욕쟁이 친구를 저녁 식사에 초대해 아주 즐겁게 지냈답니다. 제가 맛있는 음식으로 포식시켰기 때문에 그들은 그날 전혀 싸우지 않았어요. 위스키와 아크바비트* 그리고 쿠바산 럼주, 와인과 넘쳐나는 음식들이 있었지요. 기분 좋게 취한 사르트르는 모두와 한담을 나눴답니다. 준비에브는 치과의사의 손을 잡고, 모니크는 고이티솔로의 발을 잡고 있었지요. 사람들은 당신에 관해 많은 이야기를 했는데, 당신에게 되풀이하지 않을래요, 그게 나아요.

"넬슨 올그런으로부터"라고 적힌 당신 책이 사르트르에게 보내졌는데, 어떤 출판사에서 보냈는지 기억나질 않는군요. 브레넌 출판사는 아니에요. 라이트 밀스를 격찬하는 우리의 쿠바인 친구들이 그에 관한 이야기를 많이 하더군요. 그를 만나 보고 싶어요. 흥미로운 신문 『콘택트Contact』를 보내 줘 고마워요. 당신이 이스탄불과 헤라클리온에 관해 쓴 고약한 글들을 좀 보내 주세요. 우리는 다음 일요일에 있을 국민투표에 대비하여 열심히 준비하고 있어요. 대다수 사람이 드골에게 한 번 더 신임을 표시하겠지만, 우리는 적지 않은 사람이 싫다고 답하기를 기대하고 있답니다. 어제저녁에는 많은 학생이 모인 모임에서 강연했는데, 그들이 싫다고 답하도록 고무시키기 위해서였어요. 이미 그런 생각을 하던 사람들이었고, 그들이 많은 갈채를 보냈어요. 성공하기 위한 훌륭한 조치지요.

---

* akvavit. 스웨덴 위스키

당신들이 히로시마에서 벌인 잔혹한 일에 대해 독일인인지 스위스인인지 모를 작가가 쓴 글을 읽었어요. 당신들은 정말 역겨웠어요. 단지 원자폭탄을 투하한 것뿐 아니라 그 후에도 형편없었더군요. 당신네 부끄럽지도 않나요? 그 책은 당신네를 질책하고 있어요. 그리고 몇 년 만에 처음으로 좋은, 정말로 훌륭한 소련 소설이 나왔는데, 여자가 썼지요. 주제요? 한 엔지니어, 거대한 공장, 일, 사랑, 평범한 사람들을 다루고 있어요.* 시카고의 베스트셀러인 슈바르츠 바르트의 『마지막 의인Le Dernier des justes』에 대해서는 어떻게 생각하세요?

저는 끊임없이, 끊임없이 일하고 있어요. 감옥에 갇히지 않고 병원에 있지 않고 브라질에 있지 않고 제 집에서 살 수 있어서 기쁘다는 것 말고는 특기할 만한 것이 없네요. 다시 시카고로의 여행을 생각하고 있어요, 만일 아무도 그곳에 가지 않겠다면 말이에요. 그러나 날씨가 풀리고, 팔팔한 고양이들이 너무 많지 않다면 가겠어요.

당신에게 키스해요.

당신의 시몬

1961년 2월

매우 사랑하는 나의 미치광이. 문고판 책** 고마워요. 쿠바에서 그리 존경받고 더없이 훌륭한 글을 썼던 라이트 밀스에게 기대한 것만큼 썩 뛰어나지 않은 책이에요. 당신 자신에 관해서는 별 언

---

* 『바히레프의 엔지니어L'Ingénieur Bakhirev』 · 갈리나 니콜라예바(Galina Nikolaeva)의 작품

** 『들어 봐, 양키!Écoute, Yankee!』

급이 없군요. 여전히, 계속 그리고 끊임없이 일하고 있으리라 생각해요……. 저처럼 말이에요. 그나마 저는 사흘간의 짧은 벨기에 여행을 위해 짬을 냈었지요. 몇 달 전에 이미 방문하기로 약속되어 있었어요. 그곳에서 마침 대규모 파업이 있어서 좋은 경험을 했어요. 노동자와 좌파 지도자들을 동시에 만났는데, 매우 훌륭하고 연대 의식이 있는 사람들이었어요. 그리고 사회주의자라고 자처하는 하원의원들과 상원의원들도 만났어요. 노동자들은 부르주아 계급에 몸과 영혼을 팔아 버린 그들을 증오해요. 그들의 말에서 역겨운 것들이 고스란히 드러나 우스꽝스럽기조차 했어요. 당신이 봤다면 재미있어했을 거예요. 그들에게 노동자 계급이 당신들을 어떻게 생각하는 것 같으냐고 질문했지요. 대답은 "아, 그들은 우리를 역겨워하지요" ─ 적어도 그 대답 하나만은 명철했어요. 알제리와 쿠바 그리고 젊은이들에 대해 강연했는데, 좌파 사람들에게서는 갈채를 받았고 대부분의 부르주아지에게서는 그렇지 않았어요. 그 사실을 기쁘게 생각해요. 만일 당신이 유럽에 다시 온다면 북유럽 여러 나라에 함께 가 보도록 해요. 저는 파리의 여러 곳을 다니며 다양한 계층의 사람들에게 드골을 반대하라고 책동했지만, 제 말을 듣지 않았어요. 대다수가 찬성하거나 기권했지요. 그 비열한 광대 같은 작자로 인해 전쟁은 더할 나위 없이 심각하게 계속되고 있어요. 모든 사람은 그가 무언가를 해 주길 기다리지만, 그는 아무 대책이 없어서 한 치도 진보하지 못하고 있어요. 정말 질렸어요. 공산당 안에서 무슨 일이 일어났는지 봤나요? 공산주의자가 아닌 좌익, 특히 사르트르와 연대해 일하기를 원한 모든 당원이 혹독한 비난을 받았고, 반성을 종용받았어요. 희망이 없어요! 만장일치로 임명된 토레즈의 후임자는 토레즈보다 더 지독하답니다. 토레즈가 없었다면 드골은 존재하지 않았을 거예요.

당신에 관한 진짜 이야기들을 해 주세요.

당신에게 키스해요.

당신의 시몬

1961년 3월 5일

나의 사랑하는 이스탄불의 꽃. 이런! 두 통의 편지라니요! 기막히군요! 먼저 쓴 노란 편지와 최근에 쓴 하얀 편지예요. 제가 어떤 편지를 더 좋아할까요? 둘 다예요.

기뻐하세요, 당신이 보스트에게 건네준 우리 집 열쇠를 그가 사용했었어요. 그곳에서 꿈속의 여인에게 입 맞추려고 온 것이지요. 그리고 당신이 쓰지 않으려고 그렇게 애썼던 돈을 발견하자 자기 호주머니에 집어넣었대요. 이 모든 것을 그가 지난 11월에 털어놓았어요, 돈을 갚겠다면서 말이에요. 저는 원치 않아요, 올해는 제가 적지 않게 돈을 벌고 있으니까요.

2월부터 나무마다 꽃이 피는 봄이더니, 3월인 지금은 거의 여름이네요. 파리는 그야말로 매력 만점이랍니다. 매우 기분 좋게 테라스에 나가 앉아 있을 수 있지요. 라이트에 대한 당신 글이 실린 『더 네이션』을 받았는데, 가슴에서 우러난 진심이 아닌 그저 의무감으로 글을 쓴 듯한 인상을 받았어요. 그렇지만 다른 사람들은 그 사실을 간파하지 못했을 거예요. 『콘택트』에 대해서는 좋은 잡지다, 아니다 말할 수 없네요. 왜냐하면 이제는 당신이 부자가 되든 말든 상관없으니까요. 크레이프를 만들어 내다 팔아요, 그러면 부자가 될 거예요.

저는 드골이 곤경에 빠지기를 온 힘을 다해 희망했는데, 아니에요. 아무 일도 일어나지 않고 있어요. 프랑스에는 새로운 일이 전혀 없어요, 아무 일도 일어나지 않았지요. 여섯 여인이 라로케트의 감옥에서 탈출한 재미있는 사건 말고는 말이에요. 우리가 함께 본 〈구멍 Le trou〉*이라는 영화를 기억하나요? 그런 이야기가 현실이 되다니 정말 흥미진진해요. 그 여인들은 다시 잡히지 않았어요. 여자들은 열성도 없고 용기도 없다고, 다시 말해 무능하다고 판단했기 때문에 감시를 소홀히 했어요. 그래서 그녀들은 면회 온 사람들과 자유롭게 대화했고, 그들을 통해 원한 것들을 얻을 수 있었어요. 아주 치밀하게 계획되고 실행된 일이지요. 우리 진영의 사람들은 그에 대해 모두 엄청나게 즐거워했답니다. 미국 언론들도 이 놀라운 탈출 사건에 대해 자세히 보도하던가요? 이 사건은 우리가 몇 주일 만에 즐긴 유일한 오락거리였어요. 우리는 드골과 파르핫 압바스*의 만남을 기다리고, 1년 전부터 어렴풋이 다가오는 평화를 기다리고 있어요.

제 신상에도 특별히 새로운 것은 없어요. 아침에 먹는 과일 주스와 헤이즐넛 초콜릿을 살 돈을 벌고 있지요. 당신은 정말 형편없는 입주자는 아니었어요. 만일 당신이 이곳에 있다면, 혹은 제가 그곳에 있다면 할 말이 많을 것 같아요. 그러나 종이 위에서 당신은 너무 멀리 느껴져요. 그럼 다음에 다시 만나요. 우리의 다음 만남은 언제지요? 제 사랑을 보내요.

당신의 시몬

---

* 자크 베케르의 1959년도 영화
* Farhat Abbās. 알제리인민연합의 창시자. 아직 독립하지 못한 알제리를 위해 이집트 카이로에 세워진 '알제리공화국 임시정부'의 1958~1961년 초대 수반

1961년 4월 14일

무척 소중한 바보. 모든 사람이 자신의 예쁜 사진을 받는 기쁨을 누렸는데, 저는 왜 그렇질 못한 거죠? 그래요, 『엑스프레스*Express*』에 실린 제 문학 초상화를 받긴 했지요. 메리 매카시가 그린 것 말이에요……. 저를 '건장한 수녀'처럼 그려 놓았더군요. 제가 미국인들의 이름 철자를 제대로 쓰지 않았기 때문에 그녀는 저의 진실성을 믿지 않나 봐요. 제가 누리는 행복이 슬픔으로 귀결되네요. 그녀의 감정을 제가 몹시 자극했더군요. 자질 없는 그녀를 인터뷰한 젊은 여성은 분개해 그녀가 속임수를 썼다고 결론 내렸지요. 세상에서 저를 좋아하지 않는 사람이 있다면, 그 사람은 바로 친애하는 그 매카시예요. 누가 그녀의 말을 믿었겠어요, 안 그래요?

사르트르는 알제리 전쟁에 대한 그의 입장을 지지하는 이탈리아인들로부터 밀라노에서 1백만 프랑을 상금으로 받았어요. 그는 그 돈을 알제리인 죄수들에게 바쳤지요. 그래서 전쟁은 그에게 단 한 푼도 가져다주지 않았어요, 이 어리석은 사람에게 말예요. 대신 오늘 아침에 폭발물이 담긴 소포가 곧 배달될 것임을 알리는 두 통의 편지를 받았어요. 당신 그게 뭔지 알지요, 끈을 당기는 순간 폭발하여 사람을 가루로 만들어 버리는 것 말이에요. 그는 조심스럽게 그의 어머니와 알제리 여자, 비서, 보스트 등 그 누구도 자기 대신 소포를 열지 말도록 당부했어요. 저도 그러지 않을 거예요. 이탈리아에서 찬사와 황금으로 사르트르를 뒤덮고 있을 때 저는 그리 멀지 않은 시골, 일종의 지상낙원인 샹그릴라로 달아났어요. 넓은 공원에 자리 잡은 아담한 성이었는데, 그곳의 적막한 고독 속에서 책을 읽고 음악을 듣고 일하고 나른하게 햇볕을 쬐었어요. 붕붕거리는 하얀 비행기들이 제 위를 날아다녔지요. 밤에는 종달새의 노랫소리를 들었는데, 단 한 번도 그런 노랫소리를 들어 본 적이 없다는 걸 깨달았어요. 사실 셰익스피어가 꾸며 낸 것으로 생각했었거든요. 그런데 그 새가 정말 존재하는 거예요, 황홀하게 노래하면서 말이죠.

파리는 점점 더 가관이랍니다. 우리 프랑스인은 수도 한복판에서 알제리인들을 고문하고 죽이고 있어요. 이 일을 진행하는 데 깨끗하고 정확한 방법을 도입했고요. 비열한 알제리인 배신자들에게 돈을 듬뿍 주고서 형사 노릇을 하도록 시키는 거지요. 프랑스 경찰은 잡힌 알제리인을 형사가 된 알제리인 지원군에게 넘겨요. 그러면 그자들은 지하에서 그를 죽도록 '족쳐' 결국 그가 자살하거나 미쳐 버리게 만들지요. 프랑스 경찰은 매우 정직하게 다음과 같이 외칠 수 있어요. "우리는 아무도 고문하지 않습니다." 교활하지 않아요?

당신네 비열한 케네디*는 카스트로에게 심각한 근심거리를 불러일으킬 생각인 것 같네요. 저는 '항상 고른 치아를 드러내고서 미소 짓는' 그 작자와 그의 부인을 증오해요.

만일 우리가 한 번 더 함께 여행한다면, 이스탄불 대신 달을 한 바퀴 도는 것이 어떨까요? 지구 주변을 도는 것은 너무 쉬워 보이잖아요. 머지않아 좀 더 멀리 나가는 것이 용이해질 거예요. 50년 혹은 20년 뒤엔 가가린이 매력적인 옛 조상으로 비춰질 것을 생각하니 참 재미있네요. 도버해협이나 대서양을 처음 횡단한 모험가들인 블레리오나 린드버그가 그렇듯이 말이죠. 그는 영원히 첫 번째 사람으로 남을 거예요. 그래서 젊은이들이 꽃처럼 금성에 닿을 때, 그들은 따뜻한 애정과 관대함을 갖고 그를 떠올리겠지요. 소련의 이번 승리에 대해 미국인들은 어떻게 반응하나요?

---

* 그는 쿠바 침공 계획에 동의했으나, 이는 무참히 실패했다.

저는 사르트르와 함께 니스 근처의 앙티브 해안으로 떠나요. 우리가 보스트 부부와 함께 여가수의 노래를 들었고, 당신이 술에 취해 춤추겠다며 의자를 끌어안았던 그곳 말이에요. 힘차게 일하기 위해 제겐 태양과 침묵과 시간이 필요해요. 당신네 '플레이보이' 클럽 이야기는 무척 재미있어요. 사르트르가 지난달에 그들의 잡지 한 권을 받았는데, 순수 포르노에 가깝더군요. 당신을 도울 길은 없고, 다만 저의 책 『제2의 성』에서 몽테를랑에 관해 쓴 부분을 읽어 보세요. 제가 돈 후안의 전문가는 아니지만, 거기에 비슷한 것들이 쓰여 있으니까요. 당신 카사노바를 알아요? 그 사람은 키스를 제대로 할 줄 알았던 사람이에요, 적어도 자기 회고록에서 그렇게 쓰고 있지요. 그렇지만 그런 이유로 여자들을 경멸하지는 않았어요.

당신의 평론을 보내 주면 기분이 좋아질 것 같아요.

어제저녁에 올가를 만났는데, 당신 편지를 받았다고 매우 기뻐하더군요. 잘 있어요, 내 사랑. 저는 짐을 싸야 해요. 제 사랑을 보내요.

당신의 시몬

사르트르를 죽이겠다고 협박하는 두 번째 익명의 편지가 날아왔어요. 이번 편지는 심각해 보이지 않지만, 어떤 것들은 그를 진저리 치게 하지요.

1961년 6월 10일

매우 소중한 당신. 편지와 스크랩한 신문 기사, 고마워요. 나의 깡마른 늙은 새와 함께 꿈꿨던 오래된 꿈의 사진을 갖게 되어 만족스러워요. 파비올라 왕비와 케네디 부인 등과 함께 차를 마시느라 당신에게 편지 쓰기가 무척 힘드네요. 케네디 부인이 파비올라보다 더 눈에 띄는 건 사실이에요. 그녀가 정말 괜찮은 여자라고 여길 수 있으면 좋겠어요. 당신의 나라가 붕괴 위험에 처했다면 프랑스는 어떻게 설명해야 하지요? 독일의 살인자들이 프랑스 곳곳에서 날뛰고 있어요. 우익분자들이 좌파라고 자처하는 극우파들에게 살해당하고, 좌파 사람들이 우파에 의해 감옥에 갇히고 있어요. 친구 중 한 명도 이틀간 감옥에 구금됐다가(새장에 말이에요) 나왔는데, 『현대』에 협력했다는 것 말고는 아무 이유가 없었어요. 어떤 의미에서는 그보다 더한 시기들도 있었지요. 모든 것이 투명하지 못한 때, 예를 들어 알제리나 파리의 지하실에서 소리 없는 고문이 벌어지던 때 말이에요. 어쩌면 이 전쟁이 끝날 것도 같아요. 그러면 우리는 드골이 죽을 때까지 그를 감당하며 살아야 할 거예요. 그다지 고무적인 전망은 아니지만, 매일의 끔찍함보다는 낫지요.

저는 사르트르와 함께 거의 한 달간을 앙티브에 있었어요. 태양이 빛나고 있었지요. 당신이 본 적이 없는 저의 하얀 자동차로 간간이 기분 좋은 드라이브를 즐기면서 열심히 일했어요. 그중 마르세유에서 보낸 하루는 작년의 기억을 불러일으켰답니다. 당신은 우리의 추억을 얼마큼 떠올리나요? 제가 시카고에 가는 것을 당신이 정말로 바라는지 의문이 일어요. 제게는 그렇게 쉬운 계획이 아니에요. 왜냐하면 지금 쓰고 있는 책을 마치고 싶고, 게다가 지금 비자를 요청한다는 것이 내키지도 않거든요. 당신이 1년 정도 기다리는 것도 괜찮다고 생각한다면, 저도 그게 더 낫겠어요. 그렇지 않으면, 9월에 3주 정도는 시간을 낼 수도 있고요. 말해 줘요. 편지만으로는 당신의 의중을 알기가 어렵군요. 어쨌거나 저의 여름 계획은 일하는 것인데, 그러기 위해 사르트르와 함께 로마로 가려 해요. 제가 쓰기 시작한 글은, 지금까지 써 온 어떤 것들보다 어려움이 많아요.

올가, 보스트 등 모두가 당신 이야기를 자랑스럽게 하고 있지만, 그 이야기들을 다시 옮기려면 너무 길어질 거예요. 언제든 당신이 오면 모두가 반길 거라는 건 확실해요. 착하고 깡마른 늙은 새, 당신에게 부드러운 키스를 해요.

당신의 시몬

1961년 8월

무척 소중한 사람. 그럼요, 「티그톤Tiguetonne」이라는 예쁜 시를 읽었어요. 당신이 얼마나 엉큼한 사람인지를 입증하듯, 어떤 묘한 잡지에다 그 시를 실었더군요. 품위 있는 제 아파트를 방문하는 품위 있는 사람들의 눈을 피해 그 사진들을 숨겨 두자니 불편해 죽겠어요. 부끄럽지도 않아요? 『시카고』의 재판본에 실린 서문도 읽었어요. 신랄하고 날카롭고 훌륭해요. 라이트 밀스와 그의 친구 한 명을 만났는데, 그들은 임시로 런던에 머물고 있더군요. 당신 나라에는 그런 미국인들을 위한 자리가 없기 때문이지요. 그들은 나라 안에서 유배되는 것보다 외국으로 추방당하는 쪽이 더 낫다고 생각해요. 그러나 유쾌할 건 하나도 없지요. 그 가운데 젊은 사람은 쿠바로 가는 것이 금지된 시기에 그곳에서 5개월을 지냈다는 이유로 미국에 돌아갈 수 없게 됐대요. 그의 부인은 미국을 떠나려 해도 여권을 얻을 수 없다는군요, 예전에 중국을 방문했었다는 이유로 말예요. 그래서 그들은 애가 둘이나 있는데도 멕시코나 몬트리올에서 만날 수밖에 없대요. 그들 상황이 어떤지 생각해 보세요. 멋진 세계의 이 사람들, 참 기막히군요.

아뇨, 현재로서는 미국인이라는 사실도 달갑지 않지만, 프랑스인이라는 사실은 더더욱 달갑지 않아요. 프렌의 교도소에 다녀왔어요. 그곳에는 수많은 알제리인이 갇혀 있는데, 몇 사람을 만날 수 있도록 허락받았었지요. 그들 중 한 명은 제 일선의 리더였는데, 2년 전 너무도 심하게 고문당하고 매 맞고 굶주려서 서른 살인데도 쉰은 넘어 보여요. 그는 이제 2년 정도밖에 살지 못해요. 그 알제리인들은 사르트르와 제게 자신들의 우정을 확인시켜 주지만, 저는 그들 앞에 서면 어쩐지 떳떳하지 못함을 느껴요. 우리는 여자들과 아이들, 노인들을 포함해 1백만 명 이상의 알제리인을 학살했습니다.

지금은 두 달 예정으로 로마로 떠나요. 게다가 튀니스에서 알제리 지도자들과 전투원들까지 만나 볼 계획이어서(물론 사르트르와 함께요), 아무래도 올해는 시카고의 당신 아파트를 볼 수 없을 것 같아요. 당신도 제가 오는 것을 바라지 않는 것 같고요. 근본적인 이유는 제가 그렇게 열렬히 떠나고 싶어 하지 않는 데 있겠지요. 그래도 지난해에 우리는 함께 지내며 즐거웠었어요. 아마 언젠가는 또 그럴 거예요.

이상한 일이에요, 사르트르도 당신처럼 추도문을 맡았어요. 그는 메를로퐁티의 추도문을 쓰고 있는데, 그 일을 전혀 마음에 들어 하지 않아요. 우리 직종의 사람들이 너무 많이 죽는다면서 투덜대지요. 헤밍웨이, 셀린, 메를로퐁티…… 그는 메를로퐁티의 약력을 쓰느니 차라리 당신 것을 쓰는 게 더 낫겠대요. 그런데 당신이 태어난 날짜가 정확히 언제지요?

안녕, 내 사랑. 우리의 인사가 마지막 작별 인사가 아니었기를 바라요.

당신의 시몬

1961년 12월

매우 소중한 바보. 당신 여전히 살아 있나요? 죽었어요? 아니면 뭐예요?

바르셀로나에 관해 쓴 당신의 훌륭한 평론은 어떤 일을, 어떤 사람을 생각나게 했어요. 당신이 『더 네이션』에 쓴, 비서를 비판하는 사정없는 글이 파리의 여러 사람을 즐겁게 했답니다. 그리고 또 무엇이 있었지요? 메리 G.와 결혼했으면서 차마 제게는 말하지 못한 건가요?

이곳은 춥고 슬퍼요. 파리의 한복판에서 알제리인들이 살해당하고 있어요. 우리는 "알제리에 평화를!"이라고 외치며 거리에서 시위해요. 저는 경찰이 휘두르는 곤봉을 가까스로 피했습니다.

즐거운 크리스마스를 보내세요. 당신에게 무슨 일이 일어나든지 이곳 사람들이 당신을 염려하고 있다는 사실을 기억해야 해요. 예를 들면 저 같은 사람이 말예요. 그리고 편지 좀 쓰세요. 제 사랑을 보내요.

당신의 시몬

1962년

1962년 2월

나의 늙은 부엉이. 편지를 쓰지 않은 지 오래됐군요. 자 그래서…… 이 나라는 미쳤을 뿐만 아니라 그 광기를 즐기기까지 해요. 구역질이 날 정도예요. 세 명의 공직자가 한 이슬람 여자를 죽도록 고문한 것이 입증됐어요. 그런데 그들이 그 사실을 자백했지만, 법정이 아무렇지 않게 무죄를 선언하고 단 하루도 구류시키지 않고 석방한 사실이 더 기막혀요. 그들 중 한 명이 초등학교 교사직으로 다시 돌아갔는데, 그의 감독관은 그를 그 자리에 그대로 두는 것이 합당하지 않다고 판결했지요. 그랬더니 마을 전체가 들썩였어요. 마을 사람들은 그 멋진 작자를 교사로 그대로 두고 싶어 했고, 이슬람 여자가 죽은 게 뭐 어떠냐는 식이었어요. 그래서 저도 말하지요, "뭐가 어떠냐?"라고요.

저는 우리 집의 마지막 세입자가 당신이라고 믿었고, 또 그러기를 바랐어요. 그런데 지금 한 열두어 명의 세입자가 당신 욕조에서 목욕하고 당신 화덕에서 요리하며 당신 침대에서 잠을 자고 있어요. 누군가가 우리 아파트의 수위에게 전화해 저를 죽이기 위한 테러를 준비하고 있다고 말했대요. 그래서 학생들에게 도움을 요청했는데, 대부분이 청년 공산당원이에요. 그들은 적을 생포한다는 의지를 갖고 집에 진을 치고 있지요. 다른 많은 사람의 집이 폭파당했는데, 그 학생들 덕분에 우리 집은 아직 이렇게 남아 있어요. 저는 다른 곳에서 아무도 세입자로 삼고 싶어 하지 않는* 불쌍한 사르트르와 함께 살고 있어요. 우리는 호사스러운 어느 동네 한 귀퉁이에 음산한 가구들이 놓인 큰 아파트에서 가짜 이름으로 숨어 살고 있어요. 창문 아래로 흐르는 센강의 전경을

---

* 보나파르트가에 있는 사르트르 집에서 테러 사건이 일어난 이후

위안 삼으면서 말이에요.

사건들이 줄지어 일어나고 있는데, 당신에게 모든 것을 상세하게 이야기해 줄 수 없군요. 2월 8일에는 소름 끼치게 잔인한 대량 학살이 있었지요. 경찰이 그들 손으로 젊은 청년을 목 졸라 살해했답니다. 다행히 저는 그곳에 없었지만, 거기 있었던 우리 친구들은 모두 늑골이 부러지거나 눈이 퍼렇게 멍들거나 했어요. 더 심할 수도 있었는데, 그만하길 다행이었어요. 그 청년의 장례식은 감동적이었고 훌륭했어요. 거리로 나온 파리의 모든 사람은 숙연하고 의연했지만, 분노하며 유대감을 느끼고 있었어요. 그러한 모습들이 희망을 주었지요. 불안한 것이긴 하나 미래에 대한 희망을 말이에요. 그날은 위대한 날이었답니다.

평화조약이 체결됐어요, 이젠 됐어요. 그러나 우리가 그토록 소원한 평화건만, 아무 기쁨도 느낄 수 없어요. 너무 많은 알제리인이 희생됐기 때문이에요(2백만 명은 죽었다고도 하고, 또 나치 수용소를 방불케 하는 그런 집단 수용소에서 죽음을 맞았다고도 해요). GPRA*가 너무 많은 양보를 해야만 했어요. 그러니 제국주의가 완전히 패한 것은 아니지요. 알제리와 군대 그리고 파리에서는 이제 무슨 일이 일어날까요? 우리는 좀 더 나중을 위해 기쁨을 잠시 미뤄 두고 있어요.

반면 그쪽은 하늘이 환해지고 있군요. 케네디를 어떻게 생각하세요? 결국 그는 평화를 이루기 위한 실질적인 노력을 하는 것 같아요.

공산당 서기장은 완전히 하이에나로 둔갑해서, 자신은 좌익을 사랑하기 때문에 비판할 수밖에 없다며 좌익에 불리한 말들을 떠

---

* Gouvernement Provisoire de la République Algérienne. 알제리공화국 임시정부. 알제리 독립전쟁 당시에 알제리 민족해방전선에 의해 1958년 9월 1일에 수립됐다.

벌리고 있어요. 『현대』의 다음 호에서 보스트가 이에 대해 신랄하게 답할 거예요. 이제 완전한 파시스트가 돼 버린 그는 테러를 스스로 행하지는 않는다고 해도, 다른 테러범들을 격찬하고 있지요. 카술레의 남편은 OAS를 지지하며 테러를 일삼아요. 올가가 친구를 동행한 카술레를 만났는데, 그녀의 친구도 정평이 난 OAS의 한 살인자와 동침하지요. 카술레가 "올가, 왜 나를 만나려 하지 않는 거지?"라고 울면서 사정했대요. "마르크 때문이야." "좋아, 이젠 곧 끝날 거야, 마르크는 감옥으로 갈 테니까. 그러면 날 만나 주겠지?" 그자는 양손에 피가 흥건해요.

이제 우리의 잔잔한 생활 이야기를 할게요. 저는 쉬지 않고 일하고 있어요. 부엉이처럼 틀어박혀 일하는데, 카페나 식당 등에서 사람들과 얼굴을 대하는 것이 견딜 수 없기 때문이랍니다. 당신이 크리스마스 전까지 가끔 편지를 보내 주겠다면 썩 나쁜 생각은 아닐 것 같군요. 이 지긋지긋한 시기가 언젠가 막을 내릴 때, 제가 가든지, 당신이 오든지, 아마 우리는 다시 만나겠지요. 죽기 전에 시카고에게 작별 인사를 하고 싶어요. 당신에게 언제나 그렇듯 부드럽게 키스해요.

당신의 시몬

1962년 4월

매우 소중한 당신. 올가와 보스트는 블루스톤*과 대화를 나눴어요. 자연스레 당신을 회상하게 됐지요. 그는 끝나지 않는 당신의 반박문을 매우 높이 평가한대요. 저도 그래요. 언제쯤 그 전체

---

* 올그런의 비평가 친구

를 다 받아볼 수 있을까요?* 〈황야를 걸어라〉**가 파리에서 상영 중인데, 당신은 그에 대해 한마디도 하지 않았어요. 언제 저작권을 사 갔나요? 당신의 권리가 조금은 남아 있나요? 만일 그렇다면 그 영화를 보러 가겠어요. 그게 아니라면, 요즘 같은 때에 따분한 영화를 보러 갈 기분은 아니고요.

겨울이 길기도 하더니만 갑자기 여름이에요, 중간 단계도 없이 말이에요. 셸셰가를 한 바퀴 돌았는데, 저의 폭탄 대비 보호반의 젊은이들은 이젠 재미가 들려서 그곳에 아예 눌러앉아 버렸답니다. 그들을 내보내기 위해서는 완력을 행사해야 하는데, 수가 너무 많아요. 그러니 그들을 움직이게 하려면 용감한 미국인이 필요할 것 같아요. 결국 저는 유람선이 미끄러져 다니는 센 강변에서 유배된 채 살고 있답니다. 우리가 선상에서 저녁을 먹은 적이 있는 큰 배의 동생뻘쯤 되는 배들이지요. 당신은 태평양 횡단 여행을 하고 있다고요? 정확히 어떤 목적이에요? 글을 쓰기 위해서인가요, 아니면 파도 위에서 푹 쉬고 싶어서인가요? 저는 6월에 사르트르와 함께 모스크바에 있을 것이고(한 달 예정), 그 후에는 아마 바르샤바에서 일주일을 보낸 다음에 로마로 갈 거예요. 그곳에서 그동안 끝나질 않던 글을 마치려 해요.

정치적으로 일종의 평화가 이룩되긴 했는데, 참 기이한 평화예요. 알제와 오랑에서는 하루에 적어도 스무 명의 아랍인을 죽이고 있거든요. 그 저주받은 전쟁보다야 평화가 낫긴 하지만, 이런 평화는 아무도 만족시키지 못하지요. 게다가 드골이 죽을 때까지

---

* 시몬 드 보부아르에게 헌정한 『누가 미국인을 잃었는가?Who Lost an American?』라는 책은 1963년에 나온다.
** 로렌스 하비(Laurence Harvey), 카푸친, 제인 폰다(Jane Fonda), 앤 백스터(Anne Baxter), 바버라 스탠위크(Barbara Stanwyck) 등이 출연한 에드워드 드미트릭(Edward Dmytryk) 감독의 1962년도 영화로, 프랑스에서는 〈뜨거운 거리La Rue chaude〉라는 제목으로 상영됐다. 그러나 올그런의 이름은 영화 첫머리의 자막에 나오지 않는다.

그를 감당해야만 하니까요. 프랑스에는 정말이지, 아직 광기가 존재하고 있어요. 사람을 아주 지긋지긋하게 한답니다.

시카고를 다시 보고 싶어요, 몹시 서글픈 도시지만 말이에요. 지금으로서는 계획 짜기가 쉽지 않지만 한번 초대해 주세요. 저는 당신을 굳이 초대하지는 않겠어요, 늘 초대받고 있다고 생각하면 되니까요. 바다에서 즐겁게 지내고, 엽서들을 보내 줘요, 일도 잘하고요. 제 사랑을 보내요.

당신의 시몬

1962년 가을

매우 소중한 당신. 당신의 메시지들이 몹시 황당무계한 곳에서* 날아들어 어디로 답장해야 할지 알 수 없었어요. 오늘 당신 친구 스터드로부터 당신이 여행에 만족해하며 드디어 집으로 돌아왔다는 얘기를 들었어요. 가엾은 올가는 나병 환자가 되고, 보스트가 굶어 죽는 것을 상상하며 재미있어했다니 당신은 정말 무정하군요. 게다가 마지막엔 지구 전체가 폭발했으면 좋겠다니요! 저는 그보다 당신이 체험한 고생담을 듣고 싶어요.

벨포르의 사자상*에 다시 돌아왔어요. 전체를 닦고 칠해서, 당신이 오기 전처럼 깨끗하고 상큼해진 저의 집에 다시 들어와 있으니 정말 편안하군요. 그 더러운 전쟁이 끝나서 얼마나 다행인지 몰라요! 비록 벤 벨라**가 우리를 열광시키지는 않지만, 이제 알제리의 역사는 알제리 사람들에게 속하지요. 낡은 전통과 종교,

---

* 태평양 위의 화물선에서 그리고 캘커타에서
* 셸셰가 근처에 있는 사자상으로 여기서는 셸셰가에 있는 보부아르의 집을 지칭한다.
** Ahmed Ben Bella. 1962~1965년 알제리 수상, 1963~1965년 알제리 대통령

여인들이 베일을 쓰는 것, 반유대주의 등을 지지하고 토지 개혁에
는 별로 호의적이지 않은 그보다는, 훨씬 더 지적으로 우수하고
진보적인 사람들이 통치할 수 있어야 했는데요……. 그렇지만 뭐,
때가 되면 순리대로 풀리겠지요. 당신들은 그 불쌍하고 작은 쿠
바를 침공하려는 당신네 계획을 계속 고수할 건가요? 당신네 미
국인들은 저를 정말 화나게 만들어요.

   제 회고록의 마지막 책은 이전 것들보다 훨씬 더 길어질 테니,
그것을 아예 읽으려고도 하지 말아요. 게다가 그걸 더욱 늘리고
있답니다. 소련과 폴란드 여행은 저를 열광케 했어요. 시인들과
화가들, 그리고 작가들이 차츰차츰 자유를 획득해 이제는 자신을
자유롭게 표현하고 있지요. 정말 놀라운 사람들이에요. 작가 중
에 최고로 친절한 사람이 있었는데, 당신을 닮았어요. 사르트르
도 그렇게 생각했대요. 그 후에는 불타는 듯한 로마에서 두 달을
보냈어요. 당신이 어디에 있는지 이제 알고 있으니 기뻐요. 제 사
랑을 보내요.

당신의 시몬

1963년

1963년 4월

매우 소중한 당신. 당신이 죽기 전에 소식을 받아 봐서 좋았어요. 이 길고 추운 겨울, 당신이 시작하기 전까지 저도 더 이상 서신을 보낼 마음이 나지 않았어요. 그리고 열심히 일했고, 끝나지 않던 책*의 무척 많은 부분을 잘라 내면서, 그래요, 마침내 끝냈어요. 그러나 책의 길이가 엄청나서, 당신이 읽기에는 아마 힘에 부칠 거예요. 제 손에 들어온 잡지의 컬러 사진이 아주 멋지군요. 시카고에서 벽에 기대 찍은 당신 사진이에요. 좀 슬퍼 보이는군요. 무척 추운 날에 찍었나 봐요. 그럼요, 『어둠 속의 침대 Un lit de ténèbres』*를 읽었어요. 충격적이고 강렬하며 어떤 부분은 아주 훌륭해요. 이야기들이 마치 사실인 것 같아 잊히지 않고 머릿속에 계속 남아 있습니다. 그의 마지막 작품 『불꽃의 포로La Proie des flammes』**보다 훨씬 뛰어나요. 남북전쟁 당시 남부연합파의 성폭행과 살인 등을 그린 이 소설은 판에 박힌 포크너식 작품이었어요.

12월 말에 사르트르와 저는 모스크바와 레닌그라드를 다시 찾았지요. 모스크바는 흰 눈에 덮여 있었고, 파란 하늘은 마치 어린 시절의 끝없이 계속될 것 같던 아름다운 크리스마스처럼 탄성을 자아내게 했어요. 레닌그라드는 황혼이 이어지는 하늘 아래 있었지요. 우리는 오늘날 많은 평론가의 입에 오르내리는 대부분의 젊은 작가들 또는 중년의 작가들을 만나 돈독한 우정을 다졌어요. 진정한 재능을 가진 사람들이에요. 그들 중 스탈린의 강제 노

• 『상황의 힘』

* 윌리엄 스타이런(William Styron) 작품. 원제는 "Lie Down in Darkness"

** 원제는 "Set This House on Fire"

동 수용소를 비난한 솔제니친*이라는 사람을 최고로 꼽지요. 그들은 흐루쇼프가 지지하는 늙고 한심한 아카데미 회원들이 그들을 상대로 벌이는 전쟁에서 꼭 승리하고야 말겠다는 희망을 버리지 않고 있어요. 올가 칼라일의 『눈 속의 목소리 Voix dans la neige』**라는 책을 구해 읽어 보세요. 우리 시대에 모스크바 지식인 사회의 일면을 잘 보여 주는 책이에요. 반은 소련인이고 반은 미국인인, 재능 있는 여성이 썼는데, 재미있어요.

당신을 만나고 싶어요. 저는 이제 쉰다섯이 됐는데, 쉰넷보다 더 나쁠 게 아무것도 없는 나이예요. 파리에 올 계획은 있으세요? 제가 시카고 여행을 계획해야 할까요? 어쩌면 비자를 얻을 수 있을 것도 같아요. 올여름에는 확실한 계획이 없답니다. 그래요, 카스트로를 만나 보세요. 당신은 그를 참 좋아할 거예요. 제 사랑을 보내요.

당신의 시몬

1963년 6월

무척 소중한 유인원, 당신. 무척 재미있는 이 책*을 헌정해 줘 고마워요. 그 책은 보스트, 올가, 저 그리고 사르트르까지 무척이나 즐겁게 했어요. 사르트르에게 몇몇 부분을 발췌하여 읽어 줬거든요(그에 대한 부분들, 당신 눈에 비친 그의 모습에 관한 부분들 말이에요). 이번에도 지옥 같은 번역을 해야 할 것 같아요. 『현대』에다 『시카

---

* Aleksandr Solzhenitsyn. "러시아의 양심"으로 불린 소설가, 1970년에 노벨 문학상 수상
** 원제는 "Voices in the Snow"
• 『누가 미국인을 잃었는가?』. 이 책은 비평계로부터 혹평을 받았으며, 올그런은 그에 대해 "숭고한 실패"라고 규정했다. 그는 책을 홍보하기 위해(텔레비전과 라디오를 통해) 뉴욕에 있었으나, 대부분 시간을 경마장과 연극과 포커 게임에 할애했다.

고 1』(당신의 유년기)과 『시카고 4』(꼬마 토끼들의 '플레이보이' 클럽으로의 통과기)를 실을까 하거든요. 올가가 당신 책에 관한 두 번째 지독한 평론을 보여 주더군요. 당신이 그들을 정말 화나게 했어요. 그러나 당신에게는 유익한 지적이에요. 구리로 만든 허파와 주석으로 된 귀를 가진 아주 소중한 사람, 당신이 뉴욕에서 정확히 무엇을 하는지는 모르겠지만, 즐겁게 지내길 바라요. 제 회고록의 긴, 아주 긴 마지막 책의 마지막 구절을 적어 넣고서, 그것을 갈리마르 출판사에 가져다줬어요. 책은 1944~1962년 시기를 담고 있는데, 할 말을 모두 다한 게 아닌데도 7백50~8백 쪽은 족히 될 거예요. 9월에 나올 예정인데, 가능할는지 모르겠네요. 그렇게 짧은 기간에 어떻게 교정을 볼 수 있겠어요?

우리는 소련에 두 달간 머물 예정인데, 남쪽 지역으로 갈 거예요. 흐루쇼프가 비난하는 몇몇 작가와 화가가 개인적으로 우리를 만나고 싶어 한다니, 얼마나 기쁜지 모르겠어요. 그들은 그루지야와 크림반도의 아름다움에 자부심이 있지요 — 이 여름은 즐거운 계절이 될 것 같아요.

올가를 제외하고는 모두 다 잘 지내고 있어요. 보스트가 다른 여인을 사랑하고 있다는 것을 아는 그녀는 그 사실을 못 견뎌 해요. 여러 여자가 사르트르에게 결혼하고 싶다고 말하긴 했지만, 사르트르는 그 제안을 받아들이지 않았어요. 유독 완다만이 점점 더 정신을 못 차리고 있지요. 불쌍한 사르트르…… 라고 당신은 말하겠지요, 하지만 그의 책들은 잘 팔리고 있답니다.

편지 좀 쓰세요. 프랑스에는 언제 다시 올 건가요? 1966년 전에는 오지 않을 건가요? 그건 너무 멀어요. 참고 견디는 유인원을 향한 저의 사랑, 실존주의의 최연장 여자인 저의 사랑을 알고 계세요.

당신의 시몬

1963년 7월

매우 소중한 당신. 저도, 올가도 한 통의 편지를 받았어요. 그래서 당신에 대한 몇 가지 사실들을 알게 됐지요. 그녀는 재미있게 읽은 『누가 미국인을 잃었는가?』에 대한 감동을 적은 긴 편지를 당신이 받지 못한 것 같다며 낙담하고 있어요. 그녀는 정확하게 시카고로 편지를 부쳤는데, 당신이 거기에 대해 어떤 언급도 하지 않아서 감정이 상했어요. 그리고 제가 얼마나 자랑스러운지 들어보세요. 사흘 전에 미국 텔레비전 방송과의 인터뷰가 있었어요. 웹스터라는 사람이 '현대 여성'에 대해 물었지요. 처음에는 프랑스어로 말했는데, 제가 영어로 말하도록 그들이 차츰차츰 이끌어서 결국 영어로 유창하게 말했어요! 끝날 때쯤에는 인터뷰가 모두 영어로 이어졌지요. 게다가 최초의 컬러 방송 중 하나였어요! 방송은 9월이나 10월에 나갈 텐데, 당신이 볼 것을 생각하니 재미있어요, 별 흥미로운 말은 하지 않았지만 말예요.

저는 아비뇽 근처의 프로방스 지역에 있는데, 제가 참 좋아하는 곳이에요. 책도 읽고, 일도 하고, 작은 길들을 산책하며 즐기고 있어요. 저는 차를 타고서 모든 사람을 앞지르는데, 빨리, 아주 빨리 달리는 게 여간 자랑스럽지 않았답니다. 당신은 왜 제가 운전을 못 한다고 느끼는 거죠?

당신의 옛 명령대로 『중세 이야기 Contes gothiques』*를 즐거운 마음으로 읽기 시작했어요. 8월엔 사르트르와 함께 6주 예정으로 소련에 갈 거고, 프랑스로 돌아왔다가 이탈리아로 갈 거예요. 시피용이 미국에 가고 싶어 했지만, 그가 1945년에 공산당계 잡지

---

* 덴마크의 여성 작가 카렌 블릭센(Karen Blixen)이 1934년에 발표한 "Seven Gothic Tales"를 가리킨다. 프랑스에서는 "Sept Contes gothiques"라는 제목으로 출간됐는데, 시몬 드 보부아르가 책명을 잘못 표기한 듯하다.

에 글을 썼다는 이유로 비자를 얻지 못했답니다! 어서 〈심연 Les Abysses〉*을 보러 가세요! 빈틈없이 훌륭한 영화예요. 언제나 그렇듯 제 사랑을 보내요.

당신의 시몬

1963년 10월, 로마

매우 소중한 당신. 지난번에 마지막 편지를 쓴 이후로 얼마나 많은 사건이 있었는지 몰라요! 우선 사르트르와 함께 소련에서 매혹적인 6주를 보냈어요. 동유럽과 서유럽의 작가들이 레닌그라드에 모여 문학 대회를 했답니다. 뛰어난 발표가 있었던 것은 아니지만, 여러 사적인 모임을 가질 수 있어 좋았지요. 흑해에 있는 흐루쇼프의 집에서 훌륭한 만찬도 했는데(국자로 푹푹 떠서 먹을 정도로 풍부한 캐비아와 보드카가 있었어요), 그는 매우 친절했지만 저는 경계를 늦추지 않았어요. 중국과 그와의 충돌에 관한 이야기에서 저는 그 잘못을 전적으로 중국인에게 돌리지 않았어요. 매력적인 통역원이 — 아니 오히려 친구라 해야겠지요, 그루지야와 아르메니아 등 우리의 남쪽 지역 여행에 동행해 줬어요. 아르메니아는 놀랍게도 시카고와 파리, 그리고 캘커타에서 온 이민자들로 넘치고 있었지요. 노아가 인고의 시간을 보낸 곳이 바로 그곳의 아라라트산이에요. 그 증거로 방주의 진짜 조각을 전시해 놓았는데, 그것은 대홍수와 몇 천 년의 기나긴 시간 때문에 거의 썩어 있었어요.

잠시 프랑스에 머문 다음에 로마의 '미네르바' 호텔에서 한 달

---

* 니코스 파파타키스(Nikos Papatakis) 감독의 1963년도 작품

간 머물렀지요.『성 주네』가 미국에서 출판됐는데, 그걸 읽으려면 인내심을 가져야 할 거예요, 확실히 두꺼운 책이니까요. 사르트르는 잘 지내고 있고 당신에게 안부를 전하라고 하는군요. 저의 책『상황의 힘』은 2, 3주 후면 나올 거예요. 그 책에서 모든 사람을 통렬히 공격했는데, 당신의『누가 미국인을 잃었는가?』가 그런 것처럼 여기저기서 증오를 불러일으킬 거예요. 그들은 '제가 그런 사실들을 쓸 권리가 없다'며 분노하겠지요. 당신과 관련한 글들이 당신 마음에 들기를 바라요. 왜냐하면 그 안에 저의 온 마음을 집어넣었거든요.

올가와 보스트의 좋지 않은 소식이 있어요. 그는 지긋지긋한 싸움 끝에 결국 그녀와 헤어졌답니다.

(…)

당신이 뉴욕에서 샌프란시스코까지 익살스러운 모습으로 정신없이 떠돌아다니니, 이 편지를 어디로 부쳐야 할까요? 시카고로 부쳐 볼게요. 편지와 스크랩, 암흑가의 사람에 대한 당신 글들을 보내 줘서 고마워요. 마지막 것은 사르트르도 매우 맘에 들어 했답니다. 로마에서의 달콤했던 3주일은 푸르고 관능적이고 부드러운 안개처럼 미끄러져 지나갔지요. 너무 많은 사람을 만나기는 했지만(우리는 파리보다 이곳에 더 많은 친구가 있어요), 대부분은 즐거운 만남이었어요. 갈수록 그다워지는 카를로 레비는 흐루쇼프에게 정치적으로 지향해야 할 바를 알려 주는 편지를 상세하게 썼는데, 답장이 없어 흥분하고 있어요. 다리나 실로네가 제 팔에 안겨 우리는 포옹했지요. 현재 사르트르와 저를 증오하는 실로네가 분명 그녀에게 우리와 포옹하는 것을 금지했을 텐데, 그녀는 기억나지 않았나 봐요.

내일은 파리행 비행기를 타요. 올가는 제게 화나 있어요. 제가 이미 알고 있었고 거짓말했다는 사실을 알았거든요. 저로서는 그게 최선이었다는 것을 이해시키도록 노력해야겠어요.

보스트가 그녀에게 많은 시간을 할애하고 많은 돈을 주고 있으니, 그녀는 헤어진 후에도 살 수 있을 거예요. 보스트를 보면, 그는 아주 아주 행복한 것 같답니다. 일이 어떻게 되어 가는지 그때그때 알려 줄게요.

그래서 시카고의 생활이 더는 예전 같지 않다고요? 다른 쾌적한 곳을 찾아보세요. 편지 좀 쓰고요. 제 사랑을 보내요.

당신의 시몬

1963년 12월

매우 소중한 넬슨. 당신의 사랑이 깃든 편지들, 고마워요. 당신의 잡담을 녹음해 보낸 것도 고맙고요. 그 일부를 올가와 함께 들었는데, 우리 둘 다 즐겁게 만들었지요. 저 혼자 있을 때 당신 목소리를 듣는 것에 감격스러워하며 전체를 다시 들었어요.

이 스산한 11월이 지나가는 동안 어머니가 돌아가셨어요. 참 길기도 했지요. 맙소사, 당신도 말했듯이, 나이 든 여자들이 얼마만큼 삶에 집착하게 되는지를 봤어요! 그녀가 넘어지는 바람에 대퇴부의 뼈가 부러져 병원으로 실려 갔는데, 난데없이 암이 발견된 거예요. 그녀에겐 사형선고나 마찬가지였지요. 물론 우린 그녀에게 아무 말도 하지 않았어요. 수술 후에는 더할 나위 없이 좋아졌다고 믿었기에, 빠른 회복에 만족해하며 자신을 무쇠처럼 튼튼하다고 생각했지요. 그녀는 매우 행복한 2주일을 보냈어요. 모든 사람이 그녀에게 신경 써 주고, 여동생과 저는 밤낮으로 그녀 곁을 지켰으니까요. 저로 말하면, 그녀를 정말 사랑해서 그런 것은 아니었어요. 깊고 씁쓸한 연민 때문이었지요 — 그녀는 너무

나도 살고 싶어 했답니다! 그러나 피곤이 그녀를 엄습하고 고통도 그렇게 닥쳐들었어요. 우리는 의사들에게 모르핀을 주사해 달라고 졸랐어요. 그들은 그녀를 죽음의 잠 속으로 서서히 밀어 넣었지요. 그들은 그렇게 했고, 어쨌든 아무 희망도 남지 않았어요. 마지막 사흘 동안 그녀는 더 이상 고통스러워하지 않았답니다. 대부분 잠에 빠져 있었지요. 다행이었어요. 그런데 어느 날 저녁에는 그녀가 투덜거리며 말했어요. "오늘, 나는 산 게 아니었어." 어머니가 돌아가시기 전날에 그녀를 위해 잠을 많이 자는 것이 좋다고 말하자 그녀가 반박했어요. "그럼 나는 내 하루를 손해 보잖니." 그녀에게 '산다는 것'은 무엇이었을까요? 그녀는 신부도, 신앙심을 지닌 편협한 친구 중 누구도 만나는 것을 거절했어요. 그저 젊고 웃음 띤 얼굴들만 곁에 있어 주기를 바랐지요. 그 한 달 동안 그녀는 제 가슴속에서 가까이 있었어요. 어린 시절에 그랬던 것보다 더 가까웠지요. 그녀에게 거짓말을 한 저는 걷잡을 수 없는 죄책감에 사로잡혀 있었어요. 그녀가 봄과 여름을 볼 수 있을 거라고, 그리고 아직 한참을 더 재미있게 살 거라고, 거짓인 줄 너무나 잘 알면서도 그녀와 그런 약속을 했었거든요.

(…)

당신이 그리도 열광하는 작고 흉측한 네덜란드 남자 말이에요, 그 바보 같고 불쾌한 사람이 저를 경악하게 만들어요. 저의 아름다운 궁전을 경멸 어린 시선으로 뜯어보더니만 다음과 같이 내뱉는 게 아니겠어요. "믿을 수 없군요! 저는 당신이 '이것'보다는 더 나은 곳에서 살고 있으리라 상상했었지요. 시골의 대저택 같은 곳 말입니다." 그러면서 또 제가 왜 진작 그런 것을 하나쯤 사 두지 않았는지 모르겠다고 하더군요.

세르주 라포리가 당신 유년기의 이야기를 기막히게 잘 번역했어요. 그 책은 파리에 있는 당신의 모든 친구의 마음을 즐겁게 했지요. 당신이 쓴 아주 훌륭한 글 중의 하나라고 한결같이 입을 모아 말했답니다. 미국에서는 이 책을 좋게 평가하지 않는다니, 정말 분노할 일이군요.

저의 책은 저주와 증오로 가득한 평을 얻고 있지만 잘 팔리고, 호의적인 편지들도 엄청나게 쇄도하고 있어요. 신문에서 흘리는 말과 독자들에게서 거두는 성공 사이에는 많은 차이가 있어요. 당연히 우파는 모두 한통속으로 그 책을 역겨워하며 없애려고 집요하게 애쓰고 있고요. 구역질이 나는 글 중 하나에서 그들은 『누가 미국인을 잃었는가?』의 줄거리를 소개하고 있는데, 잘린 부분을 교묘히 변질시켜 마치 당신이 사르트르와 저를 몹시 경멸하는 것처럼 보이게 했어요. 당신의 유머와 선하고 우정 어린 묘사들은 감추고 말이에요. 사실 신경 쓸 필요는 없어요. 다만 그 나쁜 작자들이 아무것도 알지 못하고 아무것도 이해하지 못한다는 걸 생각하면 화가 치민다는 거예요. 그러니 우정이니, 사랑이니 하는 것에 대해 그들이 알리는 더욱 만무하지요.

지금은 일하지 않아요. 6주간의 마비 상태로 인해 답장하지 못한 편지들이 점점 더 쌓여 가고, 만나야 할 사람들은 늘어나며, 봐야 할 원고들이 가득한데 말이에요. 이제 곧 무엇을 써야 할지 다시 생각할 거예요 — 무엇을 쓰지요? 아무 생각이 없네요. 『레 망다랭』에서 영감을 얻은 영화의 시나리오(미국 영화예요)를 써 보겠느냐는 제안이 들어왔는데, 슬프게도 사치스럽고 엉터리 같은 영화라서 하고 싶지 않아요.

이제 어머니가 돌아가시는 일은 없을 테니, 당신이 제 답장을 오랫동안 기다리게 하는 일도 없을 거예요. 그러니까 다시 편지를 써 보세요. 가장 다정한 제 사랑을 보내요.

당신의 시몬

1964년

1964년 4월

매우 소중한 넬슨. 그래요, 여러 달 전부터 소식을 보내지 않았으니, 저는 정떨어지는 여자예요. 미친 듯이 글쓰기에 푹 빠져서 제 혼을 빼앗아 갔던 어머니의 죽음에 대한 이야기를 쓰기 시작했어요. 제가 왜 그랬는지 당신에게 그 이유를 조금 설명했었지요. 저는 그에 대해 써야만 했어요. 여태껏 그렇게 강렬한 충동에 순종한 적은 결코 없었어요. 이제 끝마쳤어요. 사르트르는 그 글을 무척 마음에 들어 해요. 인쇄하여 75쪽쯤 되는데, 『현대』 5월호에 실릴 거예요. 그러고 나서 갈리마르 출판사와 상의해 보려 해요, 매우 짧거든요…….[*]

저의 최신 책과 관련된 편지들이 산더미처럼 쌓여 있답니다! 대부분의 편지에 답장하지요. 어떤 의미에서는 사르트르와 제게 매우 만족스러운 시기예요, 그의 작품[**]도 베스트셀러가 됐거든요. 게다가 비평가들로부터 좋은 반응까지 얻고 있어요. 그런데 올가 사건의 극적인 전개로 인해 우울하기도 해요. 그녀는 자신도 죽고 보스트도 죽이겠다고 생각해요. 그녀가 보스트를 죽이지는 않겠지만, 자살한다는 것은 가능한 일이지요. 그렇지 않다면, 무슨 일이 일어날까요?

나탈리 사로트[*]가 당신을 만나고 싶다고 느꼈다니 참 묘한 일이군요! 그녀는 저를 편집광적으로 싫어해서 『플라네타리움 Planétarium』에다 저를 재능 없는 우스꽝스러운 작가로 묘사했었어요. 당신도 그 증오심을 분명히 간파했음 직하네요. 그 만남이 어떻게 이뤄졌는지 들어보면 재미있을 것 같군요.

• 『아주 편안한 죽음』

•• 『말』

* Nathalie Sarraute. 누보로망을 대표하는 프랑스 소설가

사르트르와 저는 1965년에 미국 여행을 계획하고 있어요. 그는 뉴욕 근방의 한 대학으로부터 초청을 받아 일주일 정도 그곳에 머물 것이고, 저는 시카고에서 지낼 수 있을 거예요. 그다음에 그가 우리와 합류하여 다시 셋이서 함께 뉴욕으로 가면 되지요. 지금의 미국을 볼 수 있다면 좋겠어요. 당신을 만난다는 기쁨은 말할 나위도 없고요. 이곳 날씨는 우중충하고 쌀쌀하답니다. 보스트는 올가를 불행하게 만든 일로 불행해하고 있어요. 옛 남자 친구는 지금의 아내에게 꽤 만족스러워하고요. 사르트르는 자신의 새 아파트에 지대한 관심을 쏟고 있어요. 10층인데, 말하자면 파리의 마천루지요. 높은 발코니에서 수도 전체를 굽어본답니다. 그는 우선 그곳을 힘닿는 만큼 더럽힐 작정이었는데, 사람들이 멋진 테이블을 선사한 후부터는 생각을 바꿨어요. 그렇지만 집을 꾸미려는 노력은 실패해서 집은 늘 엉망이에요.

매우 소중한 사람, 파리의 쑥덕공론을 더 듣고 싶다면 당신 소식을 좀 보내 주세요. 제 사랑을 보내요.

당신의 시몬

1964년 7월 14일

나만의 사람. 국경일이에요. 우리가 바스티유를 점거한 날이지요. 모든 파리지앵이 축하는 하지 않고 어디로 도망간 것 같군요. 저는 이 건물에서, 이 거리에서, 어쩌면 파리에서 유일하게 떠나지 않고 남아 있는 존재인 것 같아요. 여름 내음 속에 기분 좋은 침묵이 흐르고 있지요. 우리의 벨포르 사자상을 흉측한 초콜릿색으로 덕지덕지 칠했어요. 항의 여론이 일어날 정도로 흉하지만, 이미 저질러진 일인 걸요. 저는 다시 녹색으로 칠할 수 없답니다.

내년 5월에는 당신이 배를 타고 다시 떠돌지 않기를 바라요. 당신이 미국 내 어디에라도 있어 주기만 한다면, 저는 시카고에 가듯이 잘 찾아갈 수 있어요. 시카고든 어디든, 제겐 중요하지 않아요. 당신의 죽음 전에 당신을 다시 만나고 싶어요.

소련에서 또 다시 머문 일은 기분이 무척 좋았어요. 이제는 그곳에 친한 친구들이 꽤 있으니까요. 물론 좌파 사람들이죠. 다른 곳과 마찬가지로 소련에서도 진보주의자와 반동파가 끊임없이 투쟁하고 있으니까요. 작가들은 천천히, 아주 천천히 자유를 한 조각 한 조각 쟁취해 나가고 있어요. 현재 그들은 카프카의 작품들을 번역하고, 그들 가운데 놀라운 재능을 가진 여러 작가를 확보하고 있지요. 솔제니친의 『이반 데니소비치』나 『마뜨료나의 집』을 읽어 봤나요? 당신에게 권했었는지 기억나질 않는군요. 레닌그라드와 북부 도시들의 백야는 환상적이에요. 반면, 모스크바의 저녁은 서글프지요. 보드카를 마시려면 식사를 반드시 주문해야 하고, 저녁 식사를 하려면 가공할 오케스트라의 연주를 듣고 손님들이 서투르게 춤추는 모습도 반드시 봐야 해요.

매우 소중한 나만의 사람, 너무 머지않은 미래에 당신을 만날 수 있기를 기대해요. 제 부드러운 마음을 당신에게 전하며.

당신의 시몬

당신, 사르트르가 실제로 발레를 촬영할 거라는 사실을
알고 있나요?

1964년 11월

매우 소중한 당신. 어떤 편지도 부치지 않고, 어떤 편지도 오지 않는 영원 같은 시간이 흘렀어요. 당신에 관한 몇 가지 소식이 새어 들어왔어요. 당신이 『더 네이션』에 쓴 〈폴라무르 박사Docteur Folamour〉의 시나리오 작가(그의 이름을 잊어버렸어요)*에 대한 훌륭한 글과, 또 어떤 잡지에서였는지 기억나지 않지만 여인들과 사랑, 결혼 등에 관해 나눈 흥미진진한 인터뷰들이요. 알랭인가, 세르 주인가가 당신이 매우 고상한 의상을 걸치고 다닌다고 일러 주던데, 정말 당신이 맞아요?

저는 두 달간을 로마와 사르데냐에서 — 사르데냐는 가난하고 우수에 젖은 기막히게 멋진 섬으로, 당신 같은 사람을 위해 만들어진 곳이에요 — 세상을 그저 응시하고 탐정소설들을 탐독하는 것 말고는 아무 일도 하지 않고 지냈어요. 이제 저는 무엇에 투신해야 할까요? 글을 쓰고 싶은 열망은 매우 큰데, 불확실성이 조금 불편하게 하는군요.

이곳에서 헬러**는 굉장한 성공을 거뒀어요. 『캐치-22』가 아주 훌륭하게 재번역됐지요. 비올레트 르뒥의 최근작 『사생아La Bâtarde』는 상을 받고 베스트셀러가 될 것 같아요. 크노프와 브라질러는 달러를 들여 저작권 경쟁을 벌이고 있는데, 그 사실이 정말이지 매우 기쁘답니다. 뛰어난 책이에요, 훌륭한 프랑스어를 구사하고 있지요. 그녀도 얼마나 기쁘겠어요!

사르트르는 놀랍도록 잘 지내고 있어요. 몸이 무척 말랐어요(엄격한 식이요법의 결과지요). 보스트는 다시 보았는데, 올가는 아직 만나질 못했어요. 상황은 여전해요. 그녀는 헛소리하고 광분하여 펄펄 뛰고 때로 폭력을 쓰기도 해요. 그녀는 끔찍하게 불행해하지만, 그녀에게도 책임은 있지요.

5월에는 거의 확실하게 미국에 갈 것 같아요. 당신이 숨어 있는

---

* 스탠리 큐브릭 감독의 1964년도 영화 〈닥터 스트레인지러브〉를 가리키며, 시나리오 작가는 테리 서던(Terry Southern)이다.
** Joseph Heller. 미국 소설가

곳이라면 어디든 찾아낼 거예요. 마지막으로 제 책*의 저작권에 대한 계약을 맺은 사람은 빌 타그였고, 저는 봄쯤에 나타날 거예요. 소중한 늙은 바보, 멋 내느라 너무 바쁘지 않다면 소식 좀 보내 줘요. 언제나 그렇듯 큰 사랑을 보내요.

당신의 시몬

---

* 『상황의 힘』 영역본. 이 책은 올그런과 시몬 드 보부아르가 결별하는 결정적 화근이 된다. 올그런은 이 책에 대한 적개심과 공격성을 공개적으로 드러냈는데, 그 이유에 대해서는 알 수 없다. 그는 이러한 태도에 대해 아무런 해명도 하지 않고, 시몬 드 보부아르의 말을 들으려고도 하지 않았다. 어쨌든 1965년으로 예정된 보부아르와 사르트르의 미국 체류는 베트남전쟁의 확전으로 취소되고, 그들은 미국인들이 저지른 전쟁 범죄를 고발하기 위한 '러셀법정(Russell法廷)'의 활동에 적극적으로 참여한다.

1908	1월 9일 파리 출생
1910	여동생 엘렌 드 보부아르(Helene de Beauvoir) 탄생
1913	쿠르 데지르(Cour Désir) 사립 여학교 입학
1925 ~ 1926	앵스티튜 가톨릭(Institut Catholique)과 생트 마리 드 뇌이(Sainte Marie de Neuilly) 가톨릭 사립 여학교에서 일반수학과 문과 과정 이수
1928	소르본대학과 파리고등사범학교에서 철학사 학위와 철학 교수 자격시험(아그레가시옹) 준비 중에 사르트르 만남
1929	철학 교수 자격시험에서 장 폴 사르트르에 이어 2등으로 최연소 합격. 십 대 시절에 절친했던 친구 자자(Zaza, 본명 엘리자베트 라쿠앵) 사망. 사르트르와의 '계약 결혼' 시작
1931	마르세유에 있는 몽그랑고등학교에서 교직 생활 시작
1932	루앙에 있는 잔다르크고등학교에 부임. 당시 동료 교사였던 콜레트 오드리(Colette Audry)의 소개로 그녀의 제자였던 올가

코사키에비치와 첫 만남. 사르트르의 소개로 그의 제자인 자크로랑 보스트와 첫 만남

1936 파리에 있는 몰리에르고등학교에 부임

1937 갈리마르 출판사로부터 자자의 죽음을 소재로 한 소설『정신적인 것의 우위 *Primauté du Spirituel*』출간을 거절당함

1942 아버지의 죽음. 학부모의 허위 고발로 교단에서 퇴출. 3년 뒤인 1945년에 복권됐으나 집필에 전념하기 위해 교직을 완전히 떠남

1943 소설『초대받은 여자』출간

1944 철학서『피뤼스와 시네아스 *Pyrrhus et Cinéas*』출간

1945 희곡『군식구』와 소설『타인의 피』출간. 사르트르와 함께 정치철학 잡지인『현대』창간

1946 소설『모든 인간은 죽는다』출간

1947 철학서『애매성의 윤리를 위하여』출간. 강연 차 미국을 방문했다가 미국 소설가 넬슨 올그런과 만나 연인으로 발전

1948 기행문『미국 여행기』출간

1949 철학서『제2의 성』출간

1952 잡지『현대』를 통해「사드를 화형에 처해야 하는가?」발표

1954 소설『레 망다랭』출간 및 이 작품으로 공쿠르상 수상

1955 철학서『특권』출간

1957 중국 방문기『대장정』출간

1958 첫 번째 회고록『얌전한 처녀의 회상』출간

1960 회고록『나이의 힘』출간. 알제리의 독립을 지지하는「121명의 선언문」에 서명

1963 회고록『상황의 힘』출간. 어머니의 죽음

1964 소설『아주 편안한 죽음』출간

1966 소설『아름다운 영상』출간

1967	소설집『위기의 여자』 출간

1967 소설집『위기의 여자』출간

1970 철학서『노년』출간

1971 임신중지 합법화를 요구하며 「343인 선언Manifeste des 343」에 서명하고 대표로 선언문 작성. 지젤 알리미 변호사와 임신중지 합법화에 결정적 역할을 한 페미니스트 단체 '선택(Choisir)'을 창립하고 공동 의장직 맡음

1972 회고록『결국Tout compte fait』출간.『특권』이『사드를 화형에 처해야 하는가?』라는 제목으로 재출간

1973 잡지『현대』에 「일상의 성차별주의Le sexisme ordinaire」라는 시평 코너 마련. 프랑스 사회 곳곳에서 여성이 겪는 수많은 일상적인 성차별의 악습을 고발하는 첫 시평 작성. 당시 '성차별주의(Le sexisme)'라는 개념은 프랑스 사회에서 아주 새로운 것이었음

1974 여성에게 자행되는 모든 폭력에 대항해 투쟁하는 '여성권리연맹(Ligue du droit des femmes)'을 창설하고 타계할 때까지 회장직 역임

1977 유물론적 페미니스트들과 함께 급진적 페미니즘 이론 잡지『페미니즘의 질문들Questions Feministes』창간 및 편집장 역임. 1981년『페미니즘의 새로운 질문들Nouvelles Questions Feministes』이라는 제호로 재창간

1979 『정신적인 것의 우위』를『정신적인 것이 우월할 때Quand Prime le Spirituel』라는 제목으로 재출간. 보부아르의 기고문, 강연문, 대담 등을 한데 엮은『시몬 드 보부아르의 저술Les Ecrits de Simone de Beauvoir』출간

1980 사르트르 타계

1981 회고록『작별의 의식』출간. 실비 르 봉을 양녀로 입적하고 사후 자신의 작품에 대한 모든 권리 양도

1986	4월 14일 타계. 몽파르나스 묘지에 있는 사르트르 옆에 안장
1990	서한집 『사르트르에게 보내는 편지』와 『전쟁 일기 *Journal de Guerre*』 출간
1997	서한집 『연애편지』 출간
2004	시몬 드 보부아르와 자크로랑 보스트 간에 주고받은 서한집 『편지 교환 *Correspondance Croisée*』 출간
2013	소설 『모스크바에서의 오해』 출간
2014	'시몬 드 보부아르 재단' 설립
2020	소설 『둘도 없는 사이 *Les Inséparables*』 출간